Editor's choice –
выбор главного редактора

На мой взгляд, начинать знакомство с творчеством Айн Рэнд лучше всего с романа «Источник». Его сюжет увлекателен и непредсказуем, а философские идеи поданы отчетливо и просто.

Прочтение «Источника» поможет в дальнейшем по-настоящему понять идеи романа «Атлант расправил плечи», а также философско-публицистических книг Айн Рэнд.

Алексей Ильин,
генеральный директор
издательства «Альпина Паблишер»

Фрэнку О'Коннору

AYN RAND

THE FOUNTAINHEAD

A SIGNET BOOK

АЙН РЭНД

ИСТОЧНИК

Перевод с английского

7-е издание

Издательство
«Альпина Паблишер»
Москва, 2021

альпина
ПРОЗА

УДК 82-312.1
ББК 87.7 (США)
Р96

Переводчик Д. В. Костыгин

Рэнд А.

Р96 Источник / Айн Рэнд ; Пер. с англ. — 7-е изд. — М. : Альпина Паблишер, 2021. — 800 с.

ISBN 978-5-9614-6777-2

На протяжении нескольких десятилетий этот роман остается в списке бестселлеров мира и для миллионов читателей стал классикой. Главный герой романа Говард Рорк ведет борьбу с обществом за свое личное право на творчество. Фанатичная косность окружающих вынуждает его предпринимать неординарные действия. И совсем необычна связь Рорка с влюбленной в него женщиной, которая впоследствии становится женой его злейшего врага.

Через перипетии судеб героев и увлекательный сюжет автор проводит главную идею книги — ЭГО является источником прогресса человечества.

Книга будет интересна широкому кругу читателей.

УДК 82-312.1
ББК 87.7 (США)

ISBN 978-5-9614-6777-2 (рус.)
ISBN 0-451-15512-3 (англ.)

Оглавление

Предисловие

Уважаемый читатель, в ваших руках одно из самых известных произведений Айн Рэнд.

В романе «Источник» четко определена жизненная позиция автора, показаны основы ее философии.

Впрочем, любитель увлекательного чтения может не пугаться — в романе нет скучных философских рассуждений. Несмотря на внушительный объем, сюжет захватывает с первых страниц и очень трудно оторваться от чтения, не узнав, чем закончится тот или иной его поворот. И тем не менее «Источник» — в значительной степени философский роман.

Рэнд говорила: «Если бы от всех философов потребовали представить их идеи в форме романов и драматизировать точное, без тумана, значение и последствия их философии в человеческой жизни, философов стало бы намного меньше, но они были бы намного лучше». Неудивительно поэтому, что философские идеи интересовали ее только в том смысле, в каком они влияют на реальное существование человека. Кстати, к этому Рэнд добавляла, что и сами люди интересуют ее только в том смысле, в каком они преломляют в себе философские идеи.

Как философ А. Рэнд представила новую моральную теорию, как романист — искусно вплела ее в увлекательное художественное произведение. В чем же суть этой новой морали?

Русского человека с детства приучали (и при большевиках, и задолго до их революции), что благополучие общины, отечества, государства, народа и еще чего-то подобного неизмеримо важнее его личного благополучия, что добиваться личного счастья, не считаясь с интересами некоего коллектива, значит быть эгоистом. А это, конечно же, аморально, то есть очень-очень плохо.

Айн Рэнд категорически и без всяких оговорок отвергает приоритет чьих бы то ни было интересов над интересами личности. «Я клянусь своей жизнью и любовью к этой жизни, — писала она, — что никогда не буду жить во имя другого человека и не заставлю другого человека жить во имя меня».

Казалось бы, все просто: живи в свое удовольствие, добивайся благополучия для себя самого. Только в чем оно, это благополучие? Вкусно есть и сладко спать? Но в том-то и дело, что для такого благополучия совсем не обязательна свобода. Более того, она мешает получать от жизни примитивные удовольствия, принуждая думать, принимать решения, рисковать и нести ответственность за свои действия, — по меньшей мере перед самим собой.

Видимо, не случайно лидеры тоталитарных неофашистских режимов пользуются популярностью. И дело вовсе не в них как лидерах, а в миллионах ленивых умом и жаждущих максимально сильной власти над собой, поскольку только она, сильная власть, способна без проволочек решить все их личные проблемы и дать возможность удовлетворения всех их низменных инстинктов.

Говард Рорк, главный герой романа, видит свое личное благополучие в любимой работе и в том, чтобы делать ее так, как он считает нужным. Он архитектор. Он предлагает проекты домов, но общество не принимает их. Общество требует традиционных решений. Однако Рорк не поддается общему течению и, усложняя себе личную жизнь, борется за свое право на творчество. Так, может быть, он заботится о людях, которые будут жить в его домах, и ради них мучается и страдает?

Говард Рорк — эгоист высшей пробы. Люди в его жизни играют второстепенную роль. Личное счастье и благополучие он находит в самом процессе созидания. Не во имя кого-то или чего-то, а только во имя себя! Он, как всякий истинный творец, не ждет похвал и признания окружающих. Он работает не ради них и не ради их благодарности. Он уже получил наивысшее удовлетворение от работы в процессе самой работы и может бесконечно наслаждаться, созерцая творение своего разума.

«Главной целью этой книги, — писала А. Рэнд, — является защита эгоизма в его настоящем смысле». Но автор не только защищает эгоизм, она утверждает, что эго личности — источник прогресса человечества.

Идеи Айн Рэнд многим покажутся новыми и спорными. Мы готовы вступить в дискуссию с каждым желающим. Кстати сказать, уже после первой рекламной публикации в газете «Книжное обозрение» (ноябрь 1993 года) издательский отдел Ассоциации бизнесменов Санкт-Петербурга получил много писем от граждан

России с заявками на книги А. Рэнд. Россияне надеются обрести с помощью этих книг способность противостоять жизненным трудностям и силу духа, ведущую к личному счастью и благополучию.

Мы твердо убеждены в том, что идеи Айн Рэнд помогут каждому принявшему их своим разумом.

Д. Костыгин

Часть первая
ПИТЕР КИТИНГ

I

Говард Рорк смеялся.

Он стоял обнаженный на краю утеса. У его подножья расстилалось озеро. Всплеск гранита взметнулся к небу и застыл над безмятежной водой. Вода казалась недвижимой, утес — плывущим. В нем чувствовалось оцепенение момента, когда один поток сливается с другим — встречным и оба застывают на мгновение, более динамичное, чем само движение. Поверхность камня сверкала, щедро облизанная солнечными лучами.

Озеро казалось лишь тонким стальным диском, филигранно разрезавшим утес на две части. Утес уходил в глубину, ничуть не изменившись. Он начинался и заканчивался в небе. Весь мир, казалось, висел в пространстве, словно покачивающийся в пустоте остров, прикрепленный якорем к ногам человека, стоящего на скале.

Он стоял на фоне неба, расправив плечи. Длинные прямые линии его крепкого тела соединялись углами суставов; даже рельефные изгибы мышц казались разломленными на касательные. Руки с развернутыми ладонями свисали вниз. Он стоял, чувствуя свои сведенные лопатки, напряженную шею и тяжесть крови, прилившей к ладоням. Ветер дул сзади — он ощущал его желобком на спине — и трепал его волосы, не светлые и не каштановые, а в точности цвета корки спелого апельсина.

Он смеялся над тем, что произошло с ним этим утром, и над тем, что еще предстояло.

Он знал, что предстоящие дни будут трудными. Остались нерешенные вопросы, нужно было выработать план действий на ближайшее время. Он знал, что должен позаботиться об этом, но знал также, что сейчас ни о чем думать не будет, потому что в целом ему все уже было ясно, общий план действий давно определен и, наконец, потому что здесь ему хотелось смеяться.

Он только что попробовал обдумать все эти вопросы, но отвлекся, глядя на гранит.

Он уже не смеялся; взгляд его замер, вбирая в себя окружающий пейзаж. Лицо его было словно закон природы — неизменный, неумолимый, не ведающий сомнений. На лице выделялись высокие скулы над худыми впалыми щеками, серые глаза, холодные и пристальные, презрительный плотно сжатый рот — рот палача или святого.

Он смотрел на гранит, которому, думал он, предстоит быть расчлененным и превращенным в стены, на деревья, которые будут распилены на стропила. Он видел полосы окисленной породы и думал о железной руде под землей, переплавленная, она обретет новую жизнь, взметнувшись к небу стальными конструкциями.

Эти горы, думал он, стоят здесь для меня. Они ждут отбойного молотка, динамита и моего голоса, ждут, чтобы их раздробили, взорвали, расколотили и возродили. Они жаждут формы, которую им придадут мои руки.

Затем он тряхнул головой, снова вспомнив о том, что произошло этим утром, и о том, что ему предстоит много дел. Он подошел к самому краю уступа, поднял руки и нырнул вниз.

Переплыв озеро, он выбрался на скалы у противоположного берега, где оставил свою одежду. Он с сожалением посмотрел по сторонам. В течение трех лет, с тех пор как поселился в Стентоне*, всякий раз, когда удавалось выкроить часок, что случалось не часто, он приходил сюда, чтобы расслабиться: поплавать, отдохнуть, подумать, побыть одному, вдохнуть полной грудью. Обретя свободу, он первым делом захотел вновь прийти сюда. Он знал, что видит эти скалы и озеро в последний раз. Этим утром его исключили из школы архитектуры Стентонского технологического института.

Он натянул старые джинсы, сандалии, рубашку с короткими рукавами, лишенную большинства пуговиц, и зашагал по узкой стежке среди валунов к тропе, сбегавшей по зеленому склону к дороге внизу.

Он шел быстро, спускаясь по вытянувшейся далеко вперед, освещенной солнцем дороге со свободной и небрежной грацией опытного

* Здесь и далее звездочка означает наличие комментария, помещенного в конце тома.

ходока. Далеко впереди лежал Стентон, растянувшийся вдоль побережья залива Массачусетс. Городок выглядел оправой для жемчужины — известнейшего института, возвышавшегося на холме.

Стентон начался свалкой. Унылая гора отбросов высилась среди травы, слабо дымя. Консервные банки тускло блестели на солнце. Дорога вела мимо первых домов к церкви — готическому храму, крытому черепицей, окрашенной в голубой цвет. Вдоль стен здания громоздились прочные деревянные опоры, ничего не поддерживающие, сверкали витражи с богатым узором из искусственного камня. Отсюда открывался путь в глубь длинных улиц, окаймленных вычурными, претенциозными лужайками. В глубине лужаек стояли деревянные домищи уродливой формы — с выпирающими фронтонами, башенками, слуховыми окнами, выпяченными портиками, придавленными тяжестью гигантских покатых крыш. Белые занавески колыхались на окнах, у боковых дверей стоял переполненный мусорный бак. Старый пекинес сидел на подушечке рядом с входной дверью, из полураскрытой пасти его текла слюна. Пеленки развевались на ветру между колоннами крыльца.

Люди оборачивались вслед Говарду Рорку. Некоторые застывали, изумленно глядя на него с неожиданным и необъяснимым негодованием, — это было инстинктивное чувство, которое пробуждалось у большинства людей в его присутствии. Говард Рорк никого не видел. Для него улицы были пустынны, он мог бы совершенно спокойно пройти по ним голым.

Он пересек центр Стентона — широкий заросший зеленью пустырь, окаймленный окошками магазинов. Окошки кичились свежими афишами, возвещавшими: «Приветствуем наших выпускников! Удачи вам!» Сегодня днем курс, начавший обучение в Стентонском технологическом институте в 1922 году, получал дипломы.

Рорк медленно направился по улице туда, где в конце длинного ряда строений на пригорке над зеленой лощиной стоял дом миссис Китинг. Он три года снимал комнату в этом доме.

Миссис Китинг была на веранде. Она кормила пару канареек, сидевших в подвешенной над перилами клетке. Ее пухлая ручка замерла на полпути, когда она увидела Говарда. Она с любопытством смотрела на него и пыталась состроить гримасу, долженствующую выражать сочувствие, но преуспела лишь в том, что показала, какого труда ей это стоит.

Он шел через веранду, не обращая на нее внимания. Она остановила его:

— Мистер Рорк!

— Да.

— Мистер Рорк, я так сожалею... — Она запнулась. — О том, что случилось этим утром.

— О чем? — спросил он.

— О вашем исключении из института. Не могу передать вам, как мне жаль; я только хотела, чтобы вы знали, что я вам сочувствую.

Он стоял, глядя на нее. Миссис Китинг казалось, что он ее не видит, но она знала, что это не так. Он всегда смотрит на людей в упор, и его проклятые глаза ничего не упускают. Один его взгляд внушает людям, что их как будто и не существует. Говард просто стоял и смотрел, не отвечая ей.

— Но я считаю, — продолжала она, — что если кто-то в этом мире страдает, то только по недоразумению. Конечно, теперь вы вынуждены будете отказаться от профессии архитектора, разве нет? Но молодой человек всегда может заработать на приличную жизнь, устроившись клерком, в торговле или где-нибудь еще.

Он повернулся, собираясь уйти.

— О мистер Рорк! — воскликнула она.

— Да?

— Декан звонил вам в ваше отсутствие. — На этот раз она надеялась дождаться от него какой-нибудь реакции; это было бы все равно что увидеть его сломленным. Она не знала, что в нем было такого, из-за чего у нее всегда возникало желание увидеть его сломленным.

— Да? — спросил он.

— Декан, — повторила она неуверенно, пытаясь вернуть утраченные позиции. — Декан собственной персоной, через секретаря.

— Ну и?

— Она велела передать вам, что декан хочет видеть вас немедленно после вашего возвращения.

— Спасибо.

— Как вы полагаете, чего он может хотеть *сейчас*?

— Не знаю.

Он сказал: «Не знаю», а она отчетливо услышала: «Мне плевать». И недоверчиво уставилась на него.

— Кстати, — сказала она, — у моего Питти сегодня выпускной вечер. — Она сказала это совершенно не к месту.

— Сегодня? Ах да.

— Это великий день для меня. Когда я думаю о том, как экономила, вкалывала, как рабыня, чтобы дать мальчику образование... Не подумайте, что я жалуюсь. Я не из тех, кто жалуется. Питти — очень одаренный мальчик. Но конечно, — торопливо продолжала она, оседлав любимого конька, — я не из тех, кто хвастается. Одним матерям повезло, другим нет. Мы все имеем то, чего заслуживаем.

Питти себя еще покажет. Я не принадлежу к тем, кто хочет, чтобы их дети убивали себя работой, и буду благодарна Господу, если к моему мальчику придет даже малый успех. Но даже его мать понимает, что он пока еще не лучший архитектор Соединенных Штатов.

Он сделал движение, намереваясь уйти.

— Но что же это я делаю, болтая здесь с вами! — проворковала она весело. — Вам нужно поторапливаться — переодеться и бежать. Декан ждет вас.

Миссис Китинг стояла, глядя через дверь веранды вслед его худощавой фигуре, пересекавшей ее строгую, аккуратную гостиную. Он всегда заставлял ее чувствовать себя неуютно, пробуждая неясное предчувствие, будто он вот-вот не спеша развернется и вдребезги разобьет ее кофейные столики, китайские вазы, фотографии в рамках. Он никогда не проявлял подобной склонности, но она, не зная почему, все время ожидала этого.

Рорк поднялся к себе в комнату. Это была большая пустая комната, светлая от чисто оштукатуренных стен. У миссис Китинг никогда не было чувства, что Рорк действительно здесь живет. Он не добавил ни единой вещи к самому необходимому из обстановки, которой она великодушно снабдила комнату, ни картины, ни вымпела — ни одной теплой человеческой мелочи. Он ничего не принес в комнату, кроме одежды и чертежей — немного одежды и очень много чертежей, загромоздивших весь угол. Иногда миссис Китинг думала, что здесь живут чертежи, а не человек.

Рорк и пришел за чертежами — их нужно было упаковать в первую очередь. Он поднял один из них, потом другой, затем еще один и встал, глядя на широкие листы.

Это были эскизы зданий, подобных которым не было на земле — словно их создал первый человек, родившийся на свет, никогда не слышавший о том, как строили до него. О них нечего было сказать, кроме того, что каждое было именно тем, чем должно быть. Они выглядели совсем не так, будто проектировщик, натужно размышляя, сидел над ними, соединяя двери, окна, колонны в соответствии с книжными предписаниями, приукрашивая все по своей прихоти, пытаясь вычурностью форм скрыть отсутствие идеи. Дома как будто выросли из земли с помощью некой живой силы — совершенной и беспристрастно правильной. Руке, прочертившей тонкие карандашные линии, еще многому предстояло учиться, но не было штриха, казавшегося лишним, не было ни одной пропущенной плоскости. Здания выглядели строгими и простыми, но лишь до тех пор, пока кто-нибудь не начинал рассматривать их ближе и не понимал, каким трудом, какой сложностью метода, каким напряжением мысли достигнута эта простота. И не было законов, определивших какую-либо деталь. Эти здания не были ни готическими, ни классическими, ни ренессансными. Они были только творениями Говарда Рорка.

Он стоял, глядя на эскиз. Это был тот самый эскиз, который до сих пор его не удовлетворял. Он начертил его как упражнение, которое придумал себе сверх учебных заданий; Говард часто делал так, когда находил какое-нибудь особенно интересное место и останавливался прикинуть, какой дом там должен стоять. Он проводил целые ночи, уставившись в этот эскиз, желая понять, что упустил. Взглянув на него теперь, без подготовки, он увидел ошибку.

Он швырнул эскиз на стол и склонился над ним, набрасывая четкие линии прямо поверх своего аккуратного рисунка. Время от времени он останавливался и распрямлялся, чтобы взглянуть на весь лист; кончики его пальцев сжимали бумагу, словно дом был в его длиннопалых, с выпуклыми венами и выпирающими костями руках.

Часом позже он услышал стук в дверь.

— Войдите! — крикнул он, не отрываясь от чертежа.

— Мистер Рорк! — Миссис Китинг разинула рот, уставившись на него через порог. — Что вы делаете?

Он обернулся и взглянул на нее, пытаясь припомнить, кто она такая.

— А как же декан? — простонала она. — Декан, который ждет вас.

— А, — сказал Рорк. — Ах да. Я забыл.

— Вы... *забыли*?!.

— Да. — Нотка изумления появилась в его голосе, он был удивлен ее удивлением.

— Хорошо. Только вот что я хотела сказать. — Она поперхнулась. — Вас исключили — и правильно сделали. Очень правильно. Церемония начинается в четыре тридцать, а вы надеетесь, что декан найдет время поговорить с вами?

— Я иду сейчас же, миссис Китинг.

Ее толкало к действию не только любопытство; это был тайный страх, что приговор совета может быть отменен. Рорк направился в ванную в конце холла. Она наблюдала за ним, пока он умывался, приводил свои разметанные прямые волосы в некое подобие порядка. Он снова вышел и уже было направился к лестнице, когда она поняла, что он уходит.

— Мистер Рорк! — Она удивленно указывала на его костюм. — Вы же не пойдете в *этом*?

— А почему бы и нет?

— Но ведь это ваш *декан*!

— Теперь уже нет, миссис Китинг.

Она ошеломленно подумала, что он сказал это так, будто был совершенно счастлив.

Стентонский технологический институт стоял на холме, его зубчатые стены подобно короне возвышались над распростертым внизу городом. Институт выглядел средневековой крепостью с готическим собором, поднимающимся в центре. Крепость полностью соответствовала своему назначению — у нее были крепкие кирпичные стены с редкими бойницами; валами, позади которых могли ходить обороняющиеся лучники; угловыми башнями, с которых на атакующих можно было лить кипящее масло — если бы таковая необходимость появилась у учебного заведения. Собор высился над всем этим в своем резном великолепии — тщетная защита от двух злейших врагов: света и воздуха.

Кабинет декана походил на часовню, призрачный сумрак питался через единственное высокое окно с витражом. Мутный свет просачивался через одежды пораженных столбняком святых, неестественно выгнувших руки в локтях. Красное и багровое пятна покоились на подлинных фигурках химер, свернувшихся в углах камина, который никогда не топили. Зеленое пятно лежало в центре изображения Парфенона*, висевшего над камином.

Когда Рорк вошел в кабинет, очертания фигуры декана неясно плавали позади письменного стола, покрытого резьбой на манер столика в исповедальне. Декан был низеньким толстым джентльменом, чья полнота несколько сглаживалась непоколебимым чувством собственного достоинства.

— Ах да, Рорк! — Он улыбнулся. — Присаживайтесь, пожалуйста.

Рорк сел. Декан сплел пальцы на животе и замер в ожидании предполагаемой просьбы. Ее не последовало. Декан прочистил горло.

— Мне нет необходимости выражать сожаление в связи с неприятным событием, происшедшим сегодня утром, — начал он, — поскольку я считаю само собой разумеющимся, что вы всегда знали о моей искренней заинтересованности в вашем благополучии.

— Абсолютно никакой необходимости, — подтвердил Рорк.

Декан подозрительно посмотрел на него, но продолжил:

— Нет также необходимости упоминать, что я не голосовал против вас. Я воздержался. Но вам, вероятно, будет приятно знать, что на совете у вас была очень решительная группа защитников. Маленькая, но решительная. Профессор строительной техники выступал от вашего имени прямо как крестоносец. И ваш профессор математики тоже. Но, к сожалению, те, кто посчитал своим долгом проголосовать за ваше исключение, абсолютно превзошли остальных числом. Профессор Питеркин, ваш преподаватель композиции, решил дело. Он даже пригрозил подать в отставку, если вы не будете исключены. Вы должны понять, как сильно вы его спровоцировали.

— Я понимаю, — сказал Рорк.

— Понимаете, в этом-то все и дело. Я говорю о вашем отношении к занятиям по архитектурной композиции. Вы никогда не уделяли им должного внимания. Однако вы блистали во всех инженерных науках. Конечно, никто не станет отрицать важности технических аспектов строительства для будущего архитектора, но к чему впадать в крайности? Зачем пренебрегать артистической, творческой, так сказать, стороной вашей профессии и ограничиваться сухими техническими и математическими предметами? Ведь вы намеревались стать архитектором, а не инженером-строителем.

— Теперь все это, пожалуй, ни к чему, — согласился Рорк. — Все уже позади. Теперь нет смысла обсуждать, какие предметы я предпочитал.

— Я очень хочу вам помочь, Рорк. По справедливости, вы должны признать это. Вы не можете сказать, что вас не предупреждали до того, как это случилось.

— Предупреждали.

Декан задвигался в своем кресле, он почувствовал себя неуютно. Глаза Рорка вежливо смотрели прямо на него. Декан думал: «Нет ничего плохого в том, как он смотрит на меня, действительно, он абсолютно корректен, вежлив как подобает; только впечатление такое, будто меня здесь нет».

— Любая задача, которую перед вами ставили, — продолжал декан, — любой проект, который вы должны были разработать, — что вы делали с ними? Каждый из них сделан в том — ну не могу назвать это стилем, — в той вашей неподражаемой манере, которая противоречит всем основам, которым мы пытались вас научить, всем укоренившимся образцам и традициям искусства. Возможно, вы думаете, что вы, что называется, модернист, но это даже не модернизм. Это... это полное безумие, если вы не возражаете.

— Не возражаю.

— Когда вам задавали проекты, оставлявшие выбор стиля за вами, и вы сдавали одну из ваших диких штучек, ладно, будем откровенны, ваши учителя засчитывали вам это, потому что не знали, как это понимать. Но когда вам задавали упражнение в историческом стиле: спроектировать часовню в тюдоровском духе* или здание французской оперы, вы сдавали нечто напоминающее коробки, сваленные друг на друга без всякого смысла. Можете ли вы сказать — это было неправильное понимание задания или откровенное неповиновение?

— Неповиновение, — сказал Рорк.

— Мы хотели дать вам шанс — ввиду ваших блестящих достижений по всем другим предметам. Но когда вы сдали это, — декан со стуком уронил кулак на лист, развернутый перед ним, — *такую* ренессансную виллу в курсовом проекте — право, мой мальчик, это было уже слишком. — На листе был изображен дом из стекла и бетона. В углу стояла острая угловатая подпись: Говард Рорк. — Вы рассчитывали, что мы сможем зачесть вам это?

— Нет.

— Вы просто лишили нас выбора. Естественно, теперь вы ожесточены против нас, но...

— Ничего подобного я не чувствую, — спокойно сказал Рорк. — Я должен объясниться. Обычно я не позволяю себе подчиняться обстоятельствам. На этот раз я допустил ошибку. Я не должен был ждать, пока вы меня вышибете. Я должен был давным-давно уйти сам.

— Ну-ну, не раздражайтесь. Вы заняли неправильную позицию, особенно ввиду того, что я собираюсь вам сказать. — Декан улыбнулся и доверительно наклонился вперед, наслаждаясь увертюрой к доброму делу. — Вот истинная цель нашего разговора. Мне очень хотелось сообщить ее вам как можно быстрее, чтобы вы не чувствовали себя брошенным. О, я лично подвергал себя риску, сообщая об этом президенту, с его-то нравом, но... Имейте в виду, он не принял на себя никаких обязательств, но... Вот каково положение дел: теперь, когда вы понимаете, насколько это все серьезно, если вы подождете год, успокоитесь, все обдумаете, скажем, повзрослеете, у нас, возможно, появится шанс взять вас обратно. Имейте в виду, я ничего не обещаю — это исключительно неофициально, это против наших правил, но, принимая во внимание особые обстоятельства и ваши блестящие достижения, такая возможность не исключается.

— Думаю, что вы меня не поняли, — сказал Рорк. — Почему вы решили, что я хочу вернуться?

— Что такое?

— Я не вернусь. Кроме того, мне здесь больше нечему учиться.

— Я вас не понимаю, — надменно отчеканил декан.

— Что тут объяснять? Теперь это не имеет к вам никакого отношения.

— Будьте так любезны объясниться.

— Если желаете. Я хочу быть архитектором, а не археологом. Я не вижу смысла в реанимации ренессансных вилл. Зачем мне учиться проектировать их, если я никогда не буду их строить?

— Мой дорогой мальчик, великий стиль Возрождения отнюдь не мертв. Дома в этом стиле возводятся каждый день.

— Возводятся и будут возводиться, но только не мной.

— Бросьте, Рорк. Это же ребячество.

— Я пришел сюда учиться строительству. Когда передо мной ставили задачу, главным для меня было научиться решать ее так, как в будущем я буду решать ее на деле, так, как буду строить. Я научился здесь всему, чему мог, занимаясь теми самыми строительными науками, которые вы не одобряете. Тратить же еще год на срисовывание итальянских открыток я не намерен.

Час назад декан желал, чтобы этот разговор проходил как можно спокойнее. Теперь ему хотелось, чтобы Рорк проявил хоть какие-нибудь чувства; ему казалось неестественным, что человек ведет себя совершенно непринужденно в подобных обстоятельствах.

— Вы хотите сказать, что всерьез думаете строить *таким образом*, когда станете архитектором — если, конечно, станете?

— Да.

— Мой дорогой друг, кто вам позволит?

— Это не главное. Главное — кто меня остановит?

— Послушайте, это серьезно. Мне жаль, что я не поговорил с вами подробно и основательно намного раньше... Знаю, знаю, знаю, не перебивайте меня, вы увидели одно-два модернистских здания и вообразили... Но понимаете ли вы, что весь так называемый модерн — преходящий каприз? Вы должны осознать и принять — и это подтверждено всеми авторитетами, — что все прекрасное в архитектуре уже сделано. Каждый стиль прошлого — неисчерпаемый кладезь. Мы можем только брать из великих стилей прошлого. Кто мы такие, чтобы поправлять или дополнять их? Мы можем лишь, преисполняясь почтения, пытаться их повторить.

— А зачем? — спросил Говард Рорк.

«Нет, — подумал декан, — нет, мне просто послышалось, он больше ничего не сказал; это совершенно невинное слово, и в нем нет никакой угрозы».

— Но это очевидно! — сказал декан.

— Смотрите, — спокойно сказал Рорк и указал на окно. — Вы видите кампус* и город? Видите, сколько людей ходит, живет там внизу? Так вот, мне наплевать, что кто-нибудь из них или все они думают об архитектуре и обо всем остальном тоже. Почему же я должен считаться с тем, что думали их дедушки?

— Это наши священные традиции.

— Почему?

— Ради всего святого, не будьте таким наивным!

— Но я не понимаю. Почему вы хотите, чтобы я считал *это* великим произведением архитектуры? — Он указал на изображение Парфенона.

— *Это*, — отрезал декан, — Парфенон.

— И что?

— Я не могу тратить время на столь глупые вопросы.

— Хорошо. Далее. — Рорк встал, взял со стола длинную линейку и подошел к картине. — Могу я сказать, что здесь ни к черту не годится?

— Это *Парфенон*! — повторил декан.

— Да, черт возьми, Парфенон! — Линейка ткнулась в стекло поверх картины. — Смотрите, — сказал Рорк. — Знаменитые капители* на не менее знаменитых колоннах — для чего они здесь? Для того чтобы скрыть места стыков в дереве — когда колонны делались из дерева, но здесь они не деревянные, а мраморные. Триглифы* — что это такое? *Дерево*. Деревянные балки, уложенные тем же способом, что и тогда, когда люди начинали строить деревянные хижины. Ваши греки взяли мрамор и сделали из него копии своих деревянных строений, потому что все так делали. Потом ваши мастера Возрождения пошли дальше и сделали гипсовые копии с мраморных копий колонн из дерева. Теперь пришли мы, делая копии из стекла и бетона с гипсовых копий мраморных копий колонн из дерева. Зачем?

Декан сидел, глядя на него с любопытством. Что-то приводило его в недоумение — не слова, но что-то в манере Рорка произносить их.

— Традиции, правила? — говорил Рорк. — Вот мои правила: то, что можно делать с одним веществом, нельзя делать с другим. Нет двух одинаковых материалов. Нет на земле двух одинаковых мест, нет двух зданий, имеющих одно назначение. Назначение, место и материал определяют форму. Если в здании отсутствует главная идея, из которой рождаются все его детали, его ничем нельзя оправдать и тем более объявить творением. Здание живое, оно как человек. Его целостность в том, чтобы следовать собственной правде, собственной теме и служить собственной и единственной цели. Человек не берет взаймы свои члены, здание не заимствует части своей сущности. Его творец вкладывает в него душу, выражает ее каждой стеной, окном, лестницей.

— Но все подходящие формы выражения давно открыты.

— Выражения чего? Парфенон не служил тем же целям, что его деревянный предшественник. Аэропорт не служит той же цели, что Парфенон. Каждая форма имеет собственный смысл, а каждый человек сам находит для себя смысл, форму и назначение. Почему так важно, что сделали остальные? Почему освящается простой факт подражательства? Почему прав кто угодно, только не ты сам? Почему истину заменяют мнением большинства? Почему истина стала фактом арифметики, точнее, только сложения? Почему все выворачивается и уродуется, лишь бы только соответствовать чему-то другому? Должна быть какая-то причина. Я не знаю и никогда не знал. Я бы хотел понять.

— Ради всего святого, — сказал декан, — сядьте... Так-то лучше... Не будете ли вы так любезны положить эту линейку?.. Спасибо... Теперь послушайте. Никто никогда не отрицал важности современной технологии в архитектуре. Но мы должны научиться прилагать красоту прошлого к нуждам настоящего. Голос прошлого — голос народа. Ничто и никогда в архитектуре не изобреталось одиночкой. Настоящее творчество — медленный, постепенный, анонимный и в высшей степени коллективный процесс, в котором каждый человек сотрудничает с остальными и подчиняется законам большинства.

— Понимаете, — спокойно сказал Рорк, — у меня впереди есть, скажем, шестьдесят лет жизни. Бóльшая ее часть пройдет в работе. Я выбрал дело, которое хочу делать, и если не найду в нем радости для себя, то только приговорю себя к шестидесяти годам пытки. Работа принесет мне радость, только если я буду выполнять ее наилучшим из возможных для меня способов. Лучшее — это вопрос правил, и я выдвигаю собственные правила. Я ничего не унаследовал. За мной нет традиции. Возможно, я стою в ее начале.

— Сколько вам лет? — спросил декан.

— Двадцать два, — ответил Рорк.

— Вполне простительно, — сказал декан с заметным облегчением. — Вы это все перерастете. — Он улыбнулся: — Старые нормы пережили тысячелетия, и никто не смог их улучшить. Кто такие ваши модернисты? Скоротечная мода, эксгибиционисты, пытающиеся привлечь к себе внимание. Вам не случалось наблюдать за их судьбами? Можете назвать хоть одного, кто достиг сколько-нибудь устойчивой известности? Посмотрите на Генри Камерона. Великий человек, двадцать лет назад он был ведущим архитектором. А что он сегодня? Счастлив, если получает — раз в год — заказ на перестройку гаража. Бездельник и пьяница, чье...

— Не будем обсуждать Генри Камерона.

— О? Он ваш друг?

— Нет, но я видел его здания.

— И вы находите их...

— Я повторяю, мы не будем обсуждать Генри Камерона.

— Очень хорошо. Вы должны понимать, что я проявляю большую... так сказать, терпимость. Я не привык беседовать со студентами в таком тоне. Как бы то ни было, я очень желаю предупредить, если возможно, назревающую трагедию — видеть, как молодой, явно способный человек сознательно калечит свою жизнь.

Декан задумался, почему, собственно, он обещал профессору математики сделать все возможное для этого парня. Просто потому, что профессор сказал: «Это великий человек» — и указал на проект Рорка.

«Великий, — подумал декан, — или опасный». Он поморщился — он не одобрял ни тех ни других.

Он припомнил все, что знал о прошлом Рорка. Отец Рорка был сталелитейщиком где-то в Огайо и умер очень давно. В документах парня не имелось ни единой записи о ближайших родственниках. Когда его об этом спрашивали, Рорк безразлично отвечал: «Вряд ли у меня есть какие-нибудь родственники. Может быть, и есть. Я не знаю». Он казался очень удивленным предположением, что у него должен быть к этому какой-то интерес. Он не нашел, да и не искал в кампусе ни одного друга и отказался вступить в землячество. Он сам заработал деньги на учебу в школе и на три года института. С самого детства он работал на стройках простым рабочим. Штукатурил, слесарил, был водопроводчиком, брался за любую работу, которую мог получить, перебираясь с места на место, на восток, в большие города. Декан видел его прошлым летом в Бостоне во время каникул; Рорк ловил заклепки на строящемся небоскребе, его долговязое тело в замасленном комбинезоне не напрягалось, только глаза были внимательны, в правой руке — ведро, которым он время от времени, искусно, без напряжения выставляя руку вверх и вперед, ловил горячую заклепку как раз в тот момент, когда казалось, что она ударит его в лицо.

— Обратите внимание, Рорк, — мягко промолвил декан, — вы много работали, чтобы оплатить свое образование. Вам остался всего один год. Есть о чем поразмыслить, особенно парню в вашем положении. Вспомните о *практической* стороне профессии архитектора. Архитектор не существует сам по себе, он только маленькая часть большого социального целого. *Сотрудничество, кооперация* — вот ключевые слова современности и профессии архитектора в особенности. Вы думали о потенциальных клиентах?

— Да, — сказал Рорк.

— *Клиент*, — продолжал декан. — *Заказчик*. Думайте о нем в первую очередь. Это тот, кто будет жить в построенном вами доме. Ваша единственная задача — служить ему. Вы лишь должны стремиться придать подходящее художественное выражение желаниям заказчика. И это самое главное в нашем деле.

— Гм, я мог бы сказать, что должен стремиться построить для моего клиента самый роскошный, самый удобный, самый прекрасный дом, который только можно представить. Я мог бы сказать, что должен стараться продать ему лучшее, что имею, и, кроме того, научить его узнавать это лучшее. Я мог бы сказать это, но не скажу. Потому что я не намерен строить для того, чтобы кому-то служить или помогать. Я не намерен строить для того, чтобы иметь клиентов. Я намерен иметь клиентов для того, чтобы строить.

— Как вы предполагаете принудить их внять вашим идеям?

— Я не предполагаю никакого принуждения — ни для заказчиков, ни для самого себя. Те, кому я нужен, придут сами.

Декан понял, что поставило его в тупик в поведении Рорка.

— Знаете, — сказал он, — ваши слова звучали бы гораздо убедительнее, если бы вы не говорили так, будто вам безразлично, согласен я с вами или нет.

— Это верно, — сказал Рорк. — Мне безразлично, согласны вы или нет. — Он сказал это так просто, что слова его не прозвучали оскорбительно — лишь как констатация факта, на который он сам впервые и с недоумением обратил внимание.

— Вам все равно, что думают остальные, это можно понять. Но, судя по всему, вы даже не стремитесь убедить их.

— Не стремлюсь.

— Но это... это чудовищно.

— Да? Возможно. Не знаю.

— Я доволен разговором, — медленно и нарочито громко проговорил декан. — Моя совесть спокойна. Я полагаю и согласен в этом с постановлением собрания, что профессия архитектора не для вас. Я старался помочь вам. Теперь я согласен с советом: вы не тот человек, которому нужно помогать. Вы опасны.

— Для кого? — спросил Рорк.

Но декан поднялся, показывая, что разговор окончен.

Рорк покинул кабинет. Он медленно прошел через длинные коридоры, спустился по лестнице и оказался на лужайке внизу. Он знал много людей, похожих на декана; он никогда не мог понять их. Рорк смутно осознавал, что в чем-то они ведут себя принципиально иначе, чем он сам. Впрочем, сам вопрос отличия давным-давно перестал его волновать. Но как при взгляде на здания он всегда стремился найти главную их тему, так и в общении с людьми он не мог избавиться от желания увидеть их главную побудительную силу — причину их поступков. Но его это не тревожило. Он никогда не умел думать о других людях; лишь иногда удивлялся, почему они такие, какие есть. Думая о декане, он тоже удивлялся.

Тут, несомненно, была какая-то тайна. Некий принцип, который еще предстояло раскрыть.

Рорк остановился. Его взгляд захватили лучи солнца, замершего перед самым закатом, которые разукрасили фризы* из серого известняка, бегущие вдоль кирпичной стены здания института. Он забыл о людях, о декане и принципах, которыми тот руководствовался и которые ему, Рорку, еще предстояло постичь. Он думал только о том, как чудесно смотрится камень в нестойком свете заката и что бы он сделал с этим камнем.

Он думал о большом листе бумаги и видел поднимающиеся на нем строгие стены из серого песчаника с длинными непрерывными рядами окон, раскрывающих аудитории сиянию неба. В углу листа стояла острая, угловатая подпись — *Говард Рорк*.

II

— Архитектура, друзья мои, — великое искусство, покоящееся на двух вселенских принципах: Красоты и Пользы. В более широком смысле эти принципы — часть трех вечных ценностей: Истины, Любви и Красоты. Истина — в отношении к традициям нашего искусства, Любовь — к нашим собратьям, которым мы призваны служить, Красота — ах, Красота, неотразимая богиня всех художников, — является ли она в виде очаровательной женщины или здания... Хм... Да... В заключение я хотел бы сказать вам, начинающим свой путь в архитектуре, что теперь вы — хранители священного наследия... Хм... Да... Итак, отправляйтесь в мир, вооруженные вечными цен... вооруженные мечтой и отвагой, верные высочайшим стандартам, которыми всегда славилась ваша великая школа. Желаю вам всем честно служить, но не как рабы, прикованные к прошлому, и не как парвеню, проповедующие оригинальность ради нее самой; их поза — только невежественное тщеславие. Желаю вам многих лет, деятельных и богатых, и, прежде чем уйти из этого мира, оставить свой след на песке времени! — Гай Франкон вычурно завершил свою речь, выбросив вверх в стремительном салюте правую руку, — неофициально, в том броском хвастливом духе, который Гай Франкон мог себе позволить. Огромный зал перед ним ожил и разразился аплодисментами и криками одобрения.

Море лиц, молодых, энергичных и потных, торжественно прикованных — на сорок пять минут — к сцене, на которой распинался Гай Франкон, председательствовавший на выпускной церемонии в Стентонском технологическом институте. Гай Франкон, который по этому случаю собственной персоной прибыл из Нью-Йорка; Гай Франкон — глава знаменитой фирмы «Франкон и Хейер», вице-президент Американской гильдии архитекторов, член Американской академии искусств и литературы, член Национальной комиссии по изящным искусствам, секретарь Нью-Йоркской лиги поощрения художеств, председатель Общества архитектурного просвещения США*. Гай Франкон, кавалер ордена Почетного легиона, награжденный правительствами Великобритании, Бельгии, Монако и Сиама; Гай Франкон — лучший выпускник Стентона, спроектировавший известнейшее здание Национального банка Фринка в Нью-Йорке, на крыше которого на высоте двадцати пяти этажей светился раздуваемый ветром факел из стекла и огромных электрических ламп «Дженерал электрик», встроенный в слегка уменьшенную копию мавзолея Адриана*.

Гай Франкон спустился со сцены неторопливо, с полным осознанием важности своих движений. Он был среднего роста и не слишком грузен, но с досадной склонностью к полноте. Он знал, что никто не дал бы ему его пятидесяти одного года, на лице его не было ни морщин, ни складок; оно представляло собой приятное сочетание шаров, окружностей, арок и эллипсов, посреди которых хитрыми искорками сверкали глазки. Его одежда демонстрировала безграничное внимание к мелочам, свойственное художникам. Спускаясь по ступеням, он жалел лишь о том, что это не школа совместного обучения.

Гай Франкон считал этот зал великолепным образцом архитектуры, только сегодня здесь было душновато из-за тесноты и пренебрежения вентиляцией. Зато он мог похвастаться зелеными мраморными панелями, коринфскими колоннами литого железа, расписанными золотом и украшенными гирляндами позолоченных плодов; Гай Франкон подумал, что особенно хорошо выдержали проверку временем ананасы. «Как трогательно, — подумал он, — ведь это я двадцать лет назад пристроил это крыло и продумал этот большой холл, и вот я здесь». Зал был так набит, что с первого взгляда невозможно было различить, какое лицо какому телу принадлежит. Все вместе напоминало подрагивающее заливное из рук, плеч, грудных клеток и животов. Одна из голов, бледнолицая, темноволосая и прекрасная, принадлежала Питеру Китингу.

Он сидел в первом ряду, стараясь смотреть на сцену, потому что знал — сотни человек смотрят на него сейчас и будут смотреть позже. Он не оборачивался, но сознание того, что он в центре внимания, не покидало его. У него были карие, живые и умные глаза. Его рот — маленький, безупречной формы полумесяц — был мягко-благородным, теплым, словно всегда готовым расплыться в улыбке. Голова его отличалась классическим совершенством — и формы черепа, и черных волнистых локонов, обрамляющих впалые виски. Он держал голову как человек, привыкший не обращать внимания на свою красоту, но знающий, что у других подобной привычки нет. Он был Питером Китингом — звездой Стентона, президентом студенческой корпорации, капитаном лыжной команды, членом самого престижного землячества; большинством голосов он был назван самым популярным человеком в кампусе.

А ведь все собрались здесь, думал Питер Китинг, чтобы видеть, как мне будут вручать диплом; он попытался прикинуть, сколько человек вмещает зал. Все знали его блестящие оценки, и никому сегодня его рекорда не побить. Ах да, тут Шлинкер. Шлинкер был очень тяжелым соперником, но он все-таки побил Шлинкера в этом году. Он трудился как собака, потому что очень хотел побить Шлинкера. Сегодня у него нет соперников... Он вдруг почувствовал, как у него внутри что-то упало, из горла в живот, что-то холодное и пустое, зияющая пустота, свалившаяся вниз и оставившая ощущение падения — не конкретную мысль, а неуловимый намек на вопрос, действительно ли он так великолепен, как сегодня провозглашают. Он увидел в толпе Шлинкера. Он смотрел на его желтое лицо и очки в золотой оправе, смотрел пристально, с теплотой и облегчением, с благодарностью. Было ясно, что Шлинкер не мог даже надеяться сравняться с его собственной внешностью и способностями, у него не было никаких сомнений: он всегда будет бить Шлинкера и всех Шлинкеров мира, *он никому не позволит достичь того, чего сам достичь не сможет*. Все смотрят на него — и пусть смотрят. Он еще даст им хороший повод смотреть на него не отрываясь. Он чувствовал, как все взгляды вгрызаются в него с ожиданием и нетерпением, и это действовало на него тонизирующе. «Жизнь прекрасна», — думал Питер Китинг. У него немного закружилась голова. Это было приятное чувство, оно понесло его, безвольного и беспамятного, на сцену, на всеобщее обозрение. Вот оно выплеснуло его поверх голов — стройного, подтянутого, атлетически сложенного, полностью отдавшегося поглотившему его потоку. Он уловил в этом шуме, что выпущен с отличием, что Американская гильдия архитекторов вручает ему золотую медаль и что он награжден призом Общества архитектурного просвещения США — стипендией на четыре года обучения в парижской Школе изящных искусств*.

Потом он пожимал руки, кивал, улыбался, соскребал с лица пот концом пергаментного свитка, задыхаясь в своей черной мантии и надеясь, что другие не заметят, как его мать рыдает, закрыв лицо руками. Ректор пожал ему руку, прогудев:

— Стентон будет гордиться вами, мой мальчик.

Декан тряс его руку, повторяя:

— Славное будущее… Славное будущее… Славное будущее…

Профессор Питеркин пожал ему руку и потрепал по плечу, говоря:

— …и вы признаете это совершенно необходимым; например, когда я строил почтамт в Пибоди*…

Дальше Китинг не слушал — он слышал историю почтамта в Пибоди много раз. Это было единственное из кому-либо известных сооружений, возведенное профессором Питеркином до того, как он принес свою практическую деятельность в жертву обязанностям преподавателя. Блестящая работа — так было сказано о дипломном проекте Китинга — дворце изящных искусств. В этот момент Китинг ни за что бы не вспомнил, что это за дворец такой.

Сквозь все это в его глазах отпечатался облик Гая Франкона, пожимавшего ему руку, а в ушах переливался густой голос: «…как я сказал вам, она еще открыта, мой мальчик. Конечно, теперь у вас есть возможность продолжить обучение… Вы должны будете принять решение… Диплом Школы изящных искусств очень важен для молодого человека… Но я был бы доволен, увидев вас в нашем бюро».

Банкет выпуска двадцать второго года был долгим и торжественным. Китинг слушал речи с интересом; вокруг на все лады звучали бесконечные сентенции о «молодых людях — надежде американской архитектуры» и о «будущем, открывающем свои золотые ворота», и Питер знал, что «надежда» — это он и что «будущее» принадлежит ему; приятно было слышать подтверждение этому из стольких уважаемых уст. Он скользил взглядом по седовласым ораторам и думал о том, насколько моложе он будет, когда достигнет их положения, да и места повыше.

Потом он вдруг вспомнил о Говарде Рорке и удивился, обнаружив, что это имя, вспыхнув в его памяти, вызвало беспричинное удовольствие. Потом вспомнил: Говарда Рорка сегодня утром исключили из института. Питер молча упрекнул себя и принялся целеустремленно вызывать в себе чувство сожаления. Но скрытая радость возвращалась всякий раз, когда он думал об исключении Рорка. Это событие безоговорочно доказало, каким он был глупцом, воображая Рорка опасным соперником; одно время Рорк беспокоил его даже больше, чем Шлинкер, хотя и был двумя годами и одним курсом младше. Если он и питал какие-либо сомнения по поводу своей и их одаренности, разве сегодняшний день не расставил все по местам? Хотя, вспомнил Питер, Рорк был очень мил с ним, помогая ему всякий раз, когда он увязал в какой-нибудь проблеме… не увязал на самом деле, просто у него не хватало времени сидеть над всякой скукотищей — чертежами или чем-нибудь еще. Господи! Как Рорк умел распутывать чертежи, будто просто дергал за ниточку — и все понятно... И что с того, что умел? Что это ему дало? Теперь с ним кончено. И, убедив себя в этом, Питер Китинг с удовлетворением испытал наконец нечто вроде сострадания к Говарду Рорку.

Когда Китинга пригласили произнести речь, он уверенно поднялся с места. Он не имел права показать, что сильно испуган. Ему нечего было сказать об архитектуре, но он произносил слова, высоко подняв голову, как равный среди равных, но с некоей толикой почтительности, так, чтобы никто из присутствовавших знаменитостей не почел себя оскорбленным. Насколько он мог позднее вспомнить, он говорил: «Архитектура — великое искусство... С глазами, устремленными в будущее, и почтением к прошлому в сердцах... Из всех искусств — самое важное для народа... И, как сказал сегодня тот, кто стал для всех нас вдохновителем к творчеству, Истина, Любовь и Красота — три вечные ценности...»

Потом, в коридоре, в шумной неразберихе прощаний, какой-то парень шептал Китингу, обняв его за плечи:

— Давай домой, быстренько там разберись, Пит, а потом махнем в Бостон своей компанией; я заеду за тобой через часок.

Тед Шлинкер подбивал его:

— Конечно, пойдем, Пит, без тебя какое веселье. И кстати, прими поздравления и все прочее. Никаких обид. Пусть побеждает сильнейший.

Китинг обнял Шлинкера за плечи. В его глазах светилась такая сердечность, будто Шлинкер был его самым дорогим другом. В этот вечер он смотрел так на всех. Китинг сказал:

— Спасибо, Тед, старина. На самом деле я чувствую себя ужасно из-за этой медали гильдии архитекторов — я думаю, ее достоин только ты, но никогда нельзя сказать, что найдет на этих маразматиков.

И теперь Китинг шел домой в теплом полумраке, думая лишь о том, как удрать от матери на ночь.

Мать, думал он, сделала для него очень много. Как сама часто повторяла, она была леди с полным средним образованием; тем не менее она была вынуждена много работать и, более того, держать в доме пансион — случай беспрецедентный в ее семье.

Его отец владел писчебумажным магазином в Стентоне. Времена изменились и прикончили бизнес, а прободная язва прикончила Питера Китинга-старшего двадцать лет назад. Луиза Китинг осталась с домом, стоящим в конце респектабельной улицы, рентой от страховки за мужа — она не забывала аккуратно обновлять ее каждый год — и с сыном. Рента была более чем скромной, но с помощью пансиона и упорного стремления к цели миссис Китинг сводила концы с концами. Летом ей помогал сын, работая клерком в отеле или позируя для рекламы шляп. Ее сын, решила однажды миссис Китинг, займет достойное место в мире, и она вцепилась в эту мысль мягко и неумолимо, словно пиявка… Странно, вспомнил Китинг, одно время я хотел стать художником. Но мать выбрала иное поле деятельности для проявления его таланта. «Архитектура, — сказала она, — вот по-настоящему респектабельная профессия. Кроме того, ты встретишь самых известных людей». Он так и не понял, как и когда она подтолкнула его к этой профессии. Странно, думал Китинг, что он годами не вспоминал о своем юношеском стремлении. Странно, что теперь воспоминание причиняет ему боль. Ладно, этот вечер и предназначен для того, чтобы все вспомнить — и забыть навсегда.

Архитекторы, думал он, всегда делают блестящую карьеру. А терпели ли они когда-нибудь неудачи, взойдя на вершину? Он вдруг вспомнил Генри Камерона, который двадцать лет назад строил небоскребы, а сегодня превратился в старого пьяницу с конторой в какой-то трущобе. Китинг содрогнулся и пошел быстрее.

Он на ходу задумался, смотрят ли на него люди. Он начал следить за прямоугольниками освещенных окон; когда занавеска колыхалась и голова прислонялась к стеклу, он пытался угадать, не для того ли это, чтобы взглянуть, как он проходит; если и нет, то когда-нибудь так будет, когда-нибудь они все будут смотреть.

Говард Рорк сидел на ступенях крыльца, когда Китинг подошел к дому. Он сидел, отклонившись назад, опираясь локтями о ступени, вытянув длинные ноги. Вьюнок оплел колонны крыльца, словно отгораживая дом от света фонаря, стоящего на углу.

Тусклый шар электрического фонаря в ночном весеннем воздухе казался волшебным. От его тихого света улица становилась глуше и мягче. Фонарь висел одиноко, словно прореха во тьме, окутав темнотой все, кроме нескольких веток с густой листвой, застывших на самом ее краю — легкий намек, переходящий в уверенность, что в темноте нет ничего, кроме моря листьев. На фоне безучастного стеклянного шара фонаря листья казались более живыми; его свечение поглотило цвет листьев, пообещав вернуть при дневном свете краски в несколько раз ярче. Волшебный свет фонаря словно ладошками закрывал глаза, оставляя взамен необъяснимое ощущение — не запах, не прохладу, а все вместе: ощущение весны и безграничного пространства.

Китинг остановился, различив в темноте нелепо рыжие волосы. Это был единственный человек, которого он хотел увидеть сегодня вечером. Он обрадовался и немного испугался, застав Рорка в одиночестве.

— Поздравляю, Питер, — сказал Рорк.

— А... А, спасибо... — Китинг был удивлен, обнаружив, что испытывает большее удовольствие, чем от других поздравлений, полученных в этот день. Он несмело обрадовался поздравлению Рорка и назвал себя за это глупцом. — Кстати... Ты знаешь или... — Он добавил осторожно: — Мама сказала тебе?

— Сказала.

— Она не должна была!

— Почему?

— Слушай, Говард, ты знаешь, что я ужасно сожалею о твоем... Рорк откинул голову назад и посмотрел на него.

— Брось, — сказал Рорк.

— Я... Есть кое-что, о чем я хочу с тобой поговорить, Говард, попросить твоего совета. Не возражаешь, если я сяду?

— О чем?

Китинг сел на ступени. В присутствии Рорка он никогда не мог играть какую-либо роль, а сегодня просто не хотел. Он услышал шелест листа, падающего на землю; это был тонкий, прозрачный весенний звук.

Он осознал в этот момент, что привязался к Рорку, и в этой привязанности засели боль, изумление и беспомощность.

— Ты не будешь думать, — сказал Китинг мягко, с полной искренностью, — что это ужасно с моей стороны — спрашивать тебя о своих делах, в то время как тебя только что?..

— Я сказал, брось. Так в чем дело?

— Знаешь, — сказал Китинг с неожиданной для самого себя искренностью, — я часто думал, что ты сумасшедший. Но я знаю, что ты много знаешь о ней... об архитектуре, я имею в виду, знаешь то, чего эти глупцы никогда не знали. И я знаю, что ты любишь свое дело, как они никогда не полюбят.

— Ну?

— Ну, я не знаю, почему должен был прийти к тебе, но... Говард, я никогда раньше этого не говорил... Видишь ли, для меня твое мнение важнее мнения декана — я, возможно, последую деканскому, но просто твое мне ближе. Я не знаю почему. И я не знаю, зачем говорю это.

Рорк повернулся к нему, посмотрел и рассмеялся. Это был молодой и дружеский смех, который так редко можно было слышать от Рорка, и Китингу показалось, будто кто-то доверительно взял его за руку; он забыл, что его ждут развлечения в Бостоне.

— Валяй, — сказал Рорк, — ты же не боишься меня, так ведь? О чем ты хотел спросить?

— О моей стипендии на учебу в Париже. Я получил приз Общества архитектурного просвещения.

— Да?

— На четыре года. Но, с другой стороны, Гай Франкон недавно предложил мне работать у него… Сегодня он сказал, что предложение все еще в силе. И я не знаю, что выбрать.

Рорк смотрел на него, его пальцы выбивали на ступеньке медленный ритм.

— Если хочешь моего совета, Питер, — сказал он наконец, — то ты уже сделал ошибку. Спрашивая меня. Спрашивая любого. Никогда никого не спрашивай. Тем более о своей работе. Разве ты сам не знаешь, чего хочешь? Как можно жить, не зная этого?

— Видишь ли, поэтому я и восхищаюсь тобой, Говард; ты всегда знаешь.

— Давай без комплиментов.

— Но я именно это имел в виду. Как получается, что ты всегда можешь принять решение сам?

— Как получается, что ты позволяешь другим решать за тебя?

— Но видишь ли, *я не уверен, Говард, я никогда в себе не уверен.* Я не знаю, действительно ли я так хорош, как обо мне говорят. Я бы не признался в этом никому, кроме тебя. Думаю, это потому, что ты всегда так уверен в себе, я…

— Питти! — раздался сзади громкий голос миссис Китинг. — Питти, милый! Что вы там делаете? — Она стояла в дверях в своем лучшем платье из бордовой тафты, счастливая и злая. — Я сижу здесь однаодинешенька, жду тебя! Что же ты сидишь на этих грязных ступенях во фраке? Вставай немедленно! Давайте в дом, мальчики. Горячий шоколад и печенье готовы.

— Но, мама, я хотел поговорить с Говардом о важном деле, — сказал Китинг, но встал.

Казалось, она не услышала его слов. Она вошла в дом. Китинг последовал за ней.

Рорк посмотрел ему вслед, пожал плечами, встал и вошел тоже.

Миссис Китинг устроилась в кресле, деликатно хрустнув накрахмаленной юбкой.

— Ну? — спросила она. — О чем вы там секретничали?

Китинг потрогал пепельницу, подобрал спичечный коробок и бросил его, затем, не обращая на мать внимания, повернулся к Рорку.

— Слушай, Говард, оставь свою позу, — сказал он, повысив голос. — Плюнуть мне на стипендию и идти работать или ухватиться за Школу изящных искусств, чтобы поразить наших провинциалов, а Франкон пусть ждет? Как ты думаешь?

Но что-то ушло. Неуловимо изменилось. Момент был упущен.

— Теперь, Питти, позволь мне... — начала миссис Китинг.

— Ах, мама, подожди минуту!.. Говард, я должен все тщательно взвесить. Не каждый может получить такую стипендию. Если тебя так оценивают, значит, ты того заслуживаешь. Курс в парижской Школе — ты ведь знаешь, как это важно?

— Не знаю, — сказал Рорк.

— О черт, я знаю твои безумные идеи, но я говорю практически, с точки зрения человека в *моем* положении. Забудем на время об идеалах, речь идет о...

— Ты не хочешь моего совета, — сказал Рорк.

— Еще как хочу! Я же спрашиваю тебя!

Но Китинг никогда не мог быть самим собой при свидетелях, любых свидетелях. Что-то ушло. Он не знал, что именно, но ему показалось, что Рорк знает. Глаза Говарда заставляли его чувствовать себя неуютно, и это его злило.

— Я хочу *заниматься* архитектурой, — набросился на Рорка Китинг, — а не говорить о ней. Старая Школа дает престиж. Ставит выше рядовых экс-водопроводчиков, которые думают, что могут строить. А с другой стороны — место у Франкона, причем предложенное лично Гаем Франконом!

Рорк отвернулся.

— Многие ли сравняются со мной? — без оглядки продолжал Китинг. — Через год они будут хвастать, что работают на Смита или Джонса, если вообще найдут работу. В то время как я буду у Франкона и Хейера!

— Ты совершенно прав, Питер, — сказала миссис Китинг, поднимаясь, — что в подобном вопросе не хочешь советоваться со своей матерью. Это слишком важно. Я оставлю вас с мистером Рорком — решайте вдвоем.

Он посмотрел на мать. Он не хотел слышать ее мнение по этому поводу; он знал, что единственная возможность решить самому — это принять решение до того, как она выскажется. Она остановилась, глядя на него, готовая повернуться и покинуть комнату; он знал, что это не поза, — она уйдет, если он пожелает. Он хотел, чтобы она ушла, хотел отчаянно и сказал:

— Это несправедливо, мама, как ты можешь так говорить? Конечно, я хочу знать твое мнение. Как... Что ты думаешь?

Она проигнорировала явное раздражение в его голосе и улыбнулась:

— Питти, я никогда ничего не думаю. Только тебе решать, и всегда было так.

— Ладно... — нерешительно начал он, искоса наблюдая за ней. — Если я отправлюсь в Париж...

— Прекрасно, — сказала миссис Китинг. — Поезжай в Париж. Это отличное место. За целый океан от твоего дома. Конечно, если ты уедешь, мистер Франкон возьмет кого-то другого. Люди будут говорить об этом. Все знают, что мистер Франкон каждый год выбирает лучшего парня из Стентона для своей фирмы. Хотела бы я знать, что скажут люди, если кто-то другой получит это место? Но я полагаю, что это не важно.

— *Что*... *Что* скажут люди?

— Ничего особенного, я полагаю, только то, что другой был лучшим в вашем выпуске. Я полагаю, он возьмет Шлинкера.

— Нет! — Он задохнулся в ярости. — Только не Шлинкера!

— Да, — ласково сказала она. — Шлинкера.

— Но...

— Но почему тебя должно беспокоить, что скажут люди? Ведь главное — угодить самому себе.

— И ты думаешь, что Франкон...

— Почему я должна думать о мистере Франконе? Это имя для меня ничего не значит.

— Мама, ты хочешь, чтобы я работал у Франкона?

— Я ничего не хочу, Питти. Ты — хозяин. Тебе решать.

У Китинга мелькнула мысль, действительно ли он любит свою мать. Но она была его матерью, а по всеобщему убеждению, этот факт автоматически означал, что он ее любит; и все чувства, которые он к ней испытывал, он привык считать любовью. Он не знал, почему обязан считаться с ее мнением. Она была его матерью, и предполагалось, что это заменяет все «почему».

— Да, конечно, мама... Но... Да, я знаю, но... Говард? — Это была мольба о помощи.

Рорк полулежал в углу на софе, развалившись, как котенок. Это часто изумляло Китинга — он видел Рорка то движущимся с беззвучной собранностью и точностью кота, то по-кошачьи расслабленным, обмякшим, как будто в его теле не было ни единой кости. Рорк взглянул на него и сказал:

— Питер, ты знаешь мое отношение к каждому из этих вариантов. Выбирай меньшее из зол. Чему ты научишься в Школе изящных искусств? Только строить ренессансные палаццо и опереточные декорации. Они убьют все, на что ты способен сам. Иногда, когда тебе разрешают, у тебя получается очень неплохо. Если ты действительно хочешь учиться — иди работать. Франкон — ублюдок и дурак, но ты будешь строить. Это подготовит тебя к самостоятельной работе намного быстрее.

— Даже мистер Рорк иногда говорит разумные вещи, — сказала миссис Китинг, — хоть и выражается как водитель грузовика.

— Ты действительно думаешь, что у меня получается неплохо? — Китинг смотрел на него так, будто в его глазах застыло отражение этой фразы, а все прочее значения не имело.

— Время от времени, — сказал Рорк, — не часто.

— Теперь, когда все решено... — начала миссис Китинг.

— Я... Мне нужно это обдумать, мама.

— Теперь, когда все решено, как насчет горячего шоколада? Я подам его сию минуту. — Она улыбнулась сыну невинной улыбкой, говорящей о ее благодарности и послушании, и прошелестела прочь из комнаты.

Китинг нервно зашагал по комнате, закурил, отрывисто выплевывая клубы дыма, а потом посмотрел на Рорка:

— Что ты теперь собираешься делать, Говард?

— Я?

— Я понимаю, очень некрасиво, что я все о себе да о себе. Мама хочет как лучше, но она сводит меня с ума... Ладно, к черту... Так что ты намерен делать?

— Поеду в Нью-Йорк.

— О, замечательно. Искать работу?

— Искать работу.

— В... в архитектуре?

— В архитектуре, Питер.

— Это прекрасно. Я рад. Есть какие-нибудь определенные планы?

— Я собираюсь работать у Генри Камерона.

— О нет, Говард!

Рорк молча и не спеша улыбнулся. Уголки его рта заострились:

— Да.

— Но он ничтожество, он больше никто! О, я знаю, у него все еще есть имя, но он вышел в тираж! Он никогда не получает крупных заказов, несколько лет не имел вообще никаких! Говорят, его контора просто дыра. Какое будущее ждет тебя у него? Чему ты научишься?

— Не многому. Только строить.

— Ради Бога, нельзя же так жить, умышленно губить себя! Мне казалось... Ну да, мне казалось, что ты сегодня кое-что понял!

— Понял.

— Слушай, Говард, если это потому, что тебе представляется, что теперь больше никто тебя не возьмет, никто лучше Камерона, то я помогу тебе, за чем же дело стало? Я буду работать у старика Франкона, завяжу знакомства и...

— Спасибо, Питер, но в этом нет необходимости. Это решено.

— Что он сказал?

— Кто?

— Камерон.

— Я с ним еще не встречался.

Снаружи раздался гудок автомобиля. Китинг опомнился, побежал переодеваться, столкнулся в дверях с матерью, сбив чашку с нагруженного подноса.

— Питти!

— Ничего, мама! — Он схватил ее за локти. — Я спешу, милая. Маленькая вечеринка с ребятами. Нет-нет, не говори ничего, я не задержусь, и — слушай! — мы отпразднуем мое поступление к Франкону и Хейеру!

Он порывисто, с избытком веселья, время от времени делавшим его совершенно неотразимым, поцеловал ее и, вылетев из комнаты, побежал наверх. Миссис Китинг с упреком и удовольствием взволнованно покачала головой.

В своей комнате, разбрасывая одежду во всех направлениях, Китинг вдруг подумал о телеграмме, которую он отправит в Нью-Йорк. Он весь день не вспоминал об этой трепетной теме, но мысль о телеграмме пришла к нему с ощущением того, что это надо сделать срочно; он хотел отправить эту телеграмму сейчас, немедленно. Он неразборчиво нацарапал на клочке бумаги:

«Кэти любимая еду Нью-Йорк работа Франкона люблю всегда Питер».

Этой ночью Китинг мчался по направлению к Бостону, зажатый между двумя парнями, ветер и дорога со свистом проносились мимо. И он думал, что мир сейчас открывается для него подобно темноте, разбегающейся перед качающимися вверх-вниз лучами фар. Он свободен. Он готов. В ближайшие годы — очень скоро, ведь в быстром беге автомобиля времени не существовало — его имя прозвучит, как сигнал горна, вырывая людей из сна. Он готов творить великие вещи, изумительные вещи, вещи, непревзойденные в... в... о черт... в архитектуре.

III

Питер Китинг рассматривал улицы Нью-Йорка. Прохожие, как он заметил, были чрезвычайно хорошо одеты.

На секунду он остановился перед домом на Пятой авеню, где его ожидал первый день службы в фирме «Франкон и Хейер». Он посмотрел на спешащих мимо прохожих. «Чертовски шикарны», — подумал он и с сожалением скользнул взглядом по собственному наряду. Еще многому предстояло выучиться в Нью-Йорке.

Когда тянуть время стало более невозможно, он повернулся к входу, являвшему собой миниатюрный дорический портик, каждый дюйм которого в уменьшенном размере точно воспроизводил пропорции, канонизированные творцами, носившими развевающиеся греческие туники. Меж мраморного совершенства колонн сверкала армированным стеклом, отражая блеск проносившихся мимо автомобилей, вращающаяся дверь. Китинг вошел в эту дверь и через глянцево-мраморный вестибюль прошел к лифту, сиявшему позолотой и красным лаком. Миновав тридцать этажей, лифт доставил его к дверям красного дерева, на которых он увидел изящную бронзовую табличку с не менее изящными буквами: «Франкон и Хейер, архитекторы».

Приемная бюро Франкона и Хейера, архитекторов, походила на уютную и прохладную бальную залу в особняке колониального стиля. Серебристо-белые стены опоясывали плоские пилястры с каннелюрами. Пилястры увенчивались ионическими завитками и поддерживали небольшие фронтоны. В центре каждого фронтона имелась вертикальная ниша, в которой прямо из стены вырастал горельеф греческой амфоры. Стенные панели были украшены офортами с изображениями греческих храмов, небольших, а потому малоизвестных, но при этом демонстрировавших безошибочный набор колонн, портиков, трещин в камне.

Стоило Китингу переступить порог, как у него возникло совершенно неуместное ощущение, будто он стоит на ленте конвейера. Сначала лента принесла его к секретарше, сидевшей возле коммутатора за белой балюстрадой флорентийского балкона. Далее он был перемещен к порогу громадной чертежной, где увидел череду длинных плоских столов, целый лес толстых гнутых проводов, свисавших с потолка и оканчивавшихся лампами в зеленых абажурах, гигантские папки с синьками, высоченные желтые стеллажи, груды бумаг, образцы кирпичей, баночки с клеем и календари, выпущенные разными строительными компаниями и изображающие преимущественно полуобнаженных женщин. Старший чертежник тут же набросился на Китинга, даже толком не взглянув на него. Чувствовалось, что ему здесь все осточертело, но при этом работа настолько захватывала его, что он был прямо-таки переполнен энергией. Ткнув пальцем в направлении раздевалки, он повел подбородком, указуя на дверцу одного из шкафчиков. Потом, пока Китинг неуверенными движениями облачался в жемчужно-серый халат, старший чертежник стоял, покачиваясь с пятки на носок. Такие халаты здесь, по требованию Франкона, носили все. Далее лента конвейера остановилась у стола в углу чертежной, где перед Китингом оказалась стопка эскизов, которые требовалось перечертить в развернутом виде. Тощая спина старшего чертежника уплыла вдаль, причем по одному ее виду можно было безошибочно определить, что ее обладатель начисто забыл о существовании Китинга.

Китинг немедленно склонился над своим заданием, сосредоточив взор и напрягши мышцы шеи. Кроме перламутрового отлива лежащей перед ним бумаги, он ничего не видел и только удивлялся четким линиям, выводимым его рукой, ведь он нисколько не сомневался, что она, эта рука, водя по бумаге, дрожит самым предательским образом. Он срисовывал линии, не ведая, куда они ведут и с какой целью. Он знал лишь одно: перед ним чье-то гениальное творение, и он, Китинг, не вправе ни судить о нем, ни тешить себя надеждой когда-либо сравняться с его автором. Сейчас ему было непонятно, с какой стати он вообще возомнил себя потенциальным архитектором.

Лишь много позже он заметил за соседним столом морщины на сером халате, из-под которого торчали чьи-то лопатки. Он беглым взглядом окинул чертежную — поначалу с осторожностью, затем с любопытством, с удовольствием и, наконец, с презрением. Достигнув этой последней стадии, Питер Китинг вновь стал самим собой и вновь возлюбил человечество. Он подмечал то щеки землистого цвета, то смешной нос. То бородавку на срезанном подбородке, то брюхо, сплющенное о край стола. Эти картины нравились ему чрезвычайно. Да ему ли не справиться с тем, с чем справляются вот эти? Он улыбнулся. Нет, без собратьев-человеков Питеру Китингу не прожить.

Вновь взглянув на лежащие перед ним эскизы, он моментально заметил вопиющие огрехи в этом шедевре. Эскиз изображал один этаж частной резиденции, и Питер обратил внимание на кривые коридоры, бессмысленно съедающие громадные объемы, вытянутые прямоугольные колбасы комнат, обреченных на вечный полумрак. «Господи, — подумал он, — да меня за такое вышибли бы еще в первом семестре!» После чего работа пошла быстро, споро, уверенно. Он был счастлив.

До обеденного перерыва Китинг уже завел дружбу в чертежной — нет, не с конкретными людьми; он, так сказать, подготовил почву для произрастания грядущих побегов дружбы. Он постоянно улыбался соседям и понимающе подмигивал без особых на то причин. Отходя к фонтанчику с питьевой водой, он всякий раз не забывал окинуть тех, мимо кого проходил, ласковым и веселым взором сияющих глаз, которые, казалось, выхватывают каждого по очереди из чертежной, из вселенной, и непременно в качестве наиболее значительного представителя человечества — и ближайшего друга Питера Китинга. «Вот идет он, — словно шелестело ему вслед, — умница и чертовски хороший парень».

Китинг заметил, что высокий юноша за соседним столом работает над фасадом административного здания. С видом дружеского уважения Питер склонился над плечом соседа и посмотрел на переплетение лавровых гирлянд над колоннами с каннелюрами на высоте третьего этажа.

— А что, неплохо старик придумал, — с восторгом произнес Китинг.

— Кто-кто? — спросил юноша.

— Да Франкон же, — сказал Китинг.

— Черта с два Франкон, — безмятежно процедил юноша. — Он за восемь лет и собачьей конуры не спроектировал. — Он махнул большим пальцем через плечо, на стеклянную дверь за их спинами. — Это он придумал.

— Кто? — оборачиваясь, спросил Китинг.

— Он, — повторил юноша. — Штенгель. Он все это делает.

За стеклянной дверью Китинг увидел возвышающиеся над кульманом тощие плечи, напряженно склонившуюся треугольную головку и два круглых пятна света в оправе очков.

Ближе к вечеру словно призрак просочился через закрытую дверь, и по шуршанию шепотков вокруг Китинг узнал, что Гай Франкон явился и проследовал в свой кабинет на верхнем этаже. Спустя полчаса открылась стеклянная дверь и вышел Штенгель, держа двумя пальцами большой лист ватмана.

— Эй, вы, — сказал он, наведя очки на лицо Китинга. — Вы готовите эскизы для вот этого? — Он махнул ватманом. — Снесите-ка это боссу на одобрение. Выслушайте, что он скажет, и постарайтесь при этом сделать умный вид. Впрочем, ни то ни другое ни малейшего значения не имеет.

Штенгель был невысок, и руки его, казалось, доставали до щиколоток. Они болтались в широких рукавах, как толстые веревки, заканчиваясь крупными, сноровистыми ладонями. Взгляд Китинга застыл, потемнел. Десятую долю секунды он пристально смотрел в бесстрастные кругляшки очков. Затем улыбнулся и приятным голосом произнес:

— Да, сэр.

Он понес ватман, держа его кончиками всех десяти пальцев, вверх по лестнице, устланной пушистым малиновым ковром, в кабинет Гая Франкона.

На листе был акварелью изображен в перспективе вид серого гранитного особняка с тремя рядами слуховых окон, пятью балконами, четырьмя эркерами, двенадцатью колоннами, одним флагштоком и двумя львами у входа. В углу аккуратнейшими печатными буквами было написано: «Резиденция мистера и миссис Джеймс С. Уоттлз. Франкон и Хейер, архитекторы».

Китинг тихо присвистнул. Джеймс С. Уоттлз — мультимиллионер, фабрикант лосьонов для бритья.

Кабинет Гая Франкона блистал полировкой. «Нет, — поправил себя Китинг. — Не полировкой, а лаком. А еще точнее, здесь каждый предмет полит толстым слоем расплавленных золоченых зеркал». Он увидел, как порхают, подобно рою бабочек, осколки его собственного отражения, следуя за ним, присаживаясь на чиппендейлские бюро*, на кресла в стиле эпохи Стюартов*, на каминную полку под Людовика Пятнадцатого*. Питер успел заметить в углу подлинную древнеримскую статую, подкрашенные сепией фотографии Парфенона, Реймсского собора*, Версаля* и Национального банка Фринка с его негаснущим факелом.

Он увидел, как от боковой поверхности тумбы массивного стола красного дерева к нему приближаются его собственные ноги. За столом восседал Гай Франкон. Лицо у Франкона было желтое, щеки отвисли. Он посмотрел на Китинга так, словно впервые его видел, но тут же вспомнил и широко улыбнулся:

— Так-так-так, Киттридж, мальчик мой, ты уже здесь — устроился, освоился! Очень рад тебя видеть. Присаживайся, юноша, присаживайся. Что там у тебя? Спешить нам некуда, решительно некуда. Садись. Как тебе здесь нравится?

— Боюсь, сэр, что я слишком счастлив, — сказал Китинг с выражением откровенной мальчишеской беспомощности. — Мне казалось, что я сразу возьму быка за рога на своем первом рабочем месте, но начинать здесь... наверное, это немного выбило меня из колеи... Но я с этим справлюсь, сэр, — пообещал он.

— Конечно, — сказал Гай Франкон. — На молодого человека наше бюро вполне может произвести очень сильное впечатление. Но не слишком. Не переживай. Я уверен, у тебя дела пойдут хорошо.

— Я приложу все усилия, сэр.

— Разумеется, приложишь. Что это они мне прислали? — Он протянул руку к рисунку, но его обессилевшие пальцы закончили движение на лбу. — Какая обуза эта головная боль... Нет-нет, ничего серьезного... — Он улыбнулся, увидев, как Китинг мгновенно придал лицу выражение озабоченности. — Просто немного mal de tête[1]. Так много работы!

— Могу ли я что-нибудь принести вам, сэр?

— Нет-нет, благодарю. Принести ничего не надо. А вот если бы ты мог кое-что забрать у меня... — Он подмигнул. — Шампанское. Entre nous[2], вчера нас потчевали очень дрянным шампанским. Я вообще не слишком люблю шампанское. Да будет тебе известно, Киттридж, разбираться в винах чрезвычайно важно. Например, угощаешь клиента ужином — и непременно надо знать, что именно заказывать. А теперь я выдам тебе одну профессиональную тайну. Возьмем, к примеру, перепелов. Так вот, большинство людей закажут к ним бургундское. А что надо заказывать? Прикажи подать «Кло Вуажо» урожая девятьсот четвертого года. Понял? Это придаст особый оттенок. Вполне корректно и к тому же оригинально. А нужно всегда быть оригинальным... Кстати, кто тебя послал?

— Мистер Штенгель, сэр.

— А-а, Штенгель. — Интонация, с которой Франкон произнес эту фамилию, отчетливо впечаталась в сознание Китинга; это надо запомнить, чтобы использовать при удобном случае. — Слишком мы, понимаете ли, горды, чтобы самим принести свои поделки... Имей в виду, он великий проектировщик, лучший в Нью-Йорке. Просто в последнее время слишком много о себе возомнил. Думает, что он единственный во всем бюро по-настоящему работает, и все только потому, что я даю ему идеи и позволяю их за меня разрабатывать. И еще потому, что он весь день корпит за доской. Мальчик мой, когда ты поработаешь подольше, то поймешь, что настоящая работа в бюро делается вне его стен. Возьмем, к примеру, вчерашний вечер. Банкет, устроенный «Клэрион», ассоциацией по торговле недвижимостью. Две сотни гостей, ужин с шампанским — ох уж это шампанское! — Он брезгливо сморщил нос, иронизируя над самим собой. — Несколько слов, сказанных в неформальной обстановке в небольшом спиче после ужина. Понимаешь, никакой лобовой атаки, никаких вульгарных «налетайте-покупайте». Всего лишь несколько хорошо подобранных соображений об ответственности специалистов по недвижимости перед обществом, о важности подбора таких архитекторов, которые были бы компетентны, уважаемы, имели прочную репутацию... Несколько, понимаешь, броских формулировочек, чтобы хорошенько в мозгах отпечатались.

[1] Голова болит (*франц.*).

[2] Между нами (*франц.*).

— Да, сэр, что-то вроде: «Выбирай строителя для своего дома так же внимательно, как выбираешь жену, которая будет в нем жить».

— Неплохо, Киттридж, совсем неплохо. Не против, если я это запишу?

— Моя фамилия Китинг, сэр, — твердо сказал Китинг. — Я буду только рад, если вы воспользуетесь этой идеей. И счастлив, что она вам понравилась.

— Ну конечно же, Китинг! Разумеется, Китинг, — сказал Франкон с обезоруживающей улыбкой. — Видит Бог, со столькими людьми имеешь дело... Так как ты сказал? «Выбирай строителя»... Очень хорошо сказано.

Он попросил Китинга повторить всю фразу и записал ее в блокнот, достав один из разложенных перед ним шеренгой новых разноцветных карандашей, профессионально отточенных, готовых к употреблению и почти никогда не касавшихся ватмана.

Затем он отложил блокнот, вздохнул, пригладил волнистую шевелюру и устало сказал:

— Ну ладно. Мне, пожалуй, придется взглянуть на эту штуку.

Китинг уважительно протянул рисунок. Франкон отклонился назад, держа ватман на расстоянии вытянутой руки, и стал внимательно его рассматривать. Он прикрыл левый глаз, потом правый, потом отвел лист еще на дюйм.

Китингу почему-то показалось, что Франкон сейчас перевернет рисунок вверх ногами. Но тот просто держал его, и тут Китинг понял, что Франкон давно уже толком не смотрит на рисунок, а лишь делает вид, ради него, Китинга. И в этот момент Китингу сделалось легко-легко, и он четко и ясно увидел дорогу к своему счастливому будущему.

— М-да... — говорил между тем Франкон, потирая подбородок кончиками мягких пальцев. — М-да... — Он посмотрел на Китинга: — Неплохо. Совсем неплохо... Да... может, чуточку, понимаешь, изысканности не хватает, а вообще... нарисовано аккуратно... Ты как считаешь, Китинг?

Китинг подумал, что четыре окна упираются прямо в массивные гранитные колонны. Но, взглянув на пальцы Франкона, поигрывающие темно-лиловым галстуком, решил от комментариев воздержаться. Вместо этого он сказал:

— Если позволите высказать предложение, сэр, мне кажется, что картуши* между четвертым и пятым этажами скромноваты для столь импозантного здания. По-моему, здесь был бы хорош фриз с орнаментом.

— Вот, точно. Я как раз собирался сказать то же самое. Фриз с орнаментом... Только... слушай, тогда ведь придется сменить расположение окон и уменьшить их, так?

— Да, — сказал Китинг, придавая тону некоторую почтительность, которую он часто использовал в спорах с сокурсниками. — Но окна не так важны по сравнению с благородством фасада.

— Вот именно. С благородством. Прежде всего мы должны давать нашим клиентам благородство. Да, конечно же, фриз с орнаментом... Только... Слушай, я ведь уже одобрил предварительные эскизы, а Штенгель все тут так красиво разрисовал...

— Мистер Штенгель будет только рад внести те изменения, которые порекомендуете вы.

Франкон секунду смотрел Китингу прямо в глаза. Затем ресницы его опустились, и он смахнул с рукава пылинку.

— Разумеется, разумеется, — как-то неопределенно сказал он. — Но... ты считаешь, что фриз действительно так важен?

— Я считаю, — медленно проговорил Китинг, — что куда важнее внести те изменения, которые вы считаете нужными, чем безоговорочно одобрять каждый эскиз лишь потому, что его аккуратно выполнил мистер Штенгель.

Поскольку Франкон ничего не сказал, а лишь посмотрел на него и поскольку взгляд его был пристальным, а пальцы замерли, Китинг понял, что пошел на невероятный риск и... победил. Он испугался своего смелого шага, но уже тогда, когда убедился в победе.

Они молча посмотрели друг на друга через стол, и оба увидели, что способны прекрасно понимать друг друга.

— У нас будет фриз с орнаментом, — спокойно и весомо сказал Франкон. — Оставь ватман здесь. Передай Штенгелю, что я хочу его видеть.

Китинг повернулся, собираясь выйти. Франкон остановил его. Голос его был весел и дружелюбен.

— Да, кстати, Китинг, позволь один совет. Строго между нами, ты только не обижайся, но к серому халату лучше подойдет бордовый галстук, а не синий. Как по-твоему?

— Да, сэр, — непринужденно ответил Китинг. — Благодарю вас. Завтра же увидите на мне бордовый галстук.

Он вышел и тихо прикрыл дверь.

На обратном пути, проходя через вестибюль, Китинг увидел респектабельного седовласого джентльмена. Тот придерживал дверь, пропуская впереди себя даму. Джентльмен был без шляпы и явно работал здесь. На даме было норковое манто, и она явно относилась к числу клиентов.

Джентльмен не кланялся до земли, не расстилал ковер под ее ногами, не махал над ее головой опахалом. Китингу просто показалось, что джентльмен все это проделывает.

Здание Национального банка Фринка заметно возвышалось над Нижним Манхэттеном*, и его длинная тень двигалась по мере перемещения солнца, подобно громадной часовой стрелке, поверх закопченных доходных домов, от «Аквариума» до Манхэттенского моста*. Когда солнце скрывалось, ему на смену вспыхивал факел в мавзолее Адриана, яркими красными пятнами отражаясь в окнах домов на многие мили вокруг. По банку Фринка можно было изучать всю историю римского искусства, представленную со вкусом подобранными образцами. Долгое время дом этот считался лучшим зданием Нью-Йорка, поскольку никакое другое строение не могло похвастать таким элементом классической архитектуры, которое не было бы представлено в облике Национального банка. На всеобщее обозрение было выставлено столько колонн, фронтонов*, фризов, треножников, атлантов, ваз и волют*, что казалось, будто дом не сложен из белого мрамора, а испечен из бисквитного теста и облеплен кремом руками искусных кондитеров. Однако дом был выстроен из настоящего белого мрамора. Никто не знал этого, кроме владельцев, которые за мрамор заплатили. Сейчас дом стоял весь в пятнах и потеках и приобрел мерзкий цвет — не коричневый, не зеленый, а как бы вобравший в себя самые неприятные оттенки того и другого. Это был цвет гнили и плесени, цвет дыма, выхлопных газов, кислот, разъевших нежный камень, более уместный в чистом воздухе пригородов. При всем том здание Национального банка Фринка пользовалось большим успехом. Этот успех был настолько велик, что Гай Франкон после этого не спроектировал ни одного строения, ибо слава создателя здания Фринка избавила его от обременительных занятий подобного рода.

В трех кварталах к востоку стояло здание Дэйна. Оно было на несколько этажей ниже и совершенно непрестижно. Линии его были скупы и просты. Они не скрывали, а даже подчеркивали гармонию стального каркаса — так в красивом теле видна соразмерность костяка. Никаких других украшений не предлагалось. Ничего, кроме идеально выверенных углов, плоскостей, длинных гирлянд окон, сбегавших с крыши на мостовую подобно потокам льда. Жители Нью-Йорка нечасто обращали взоры на здание Дэйна. Лишь изредка случайный гость из других мест неожиданно набредал на него в лунном сиянии, останавливался и удивлялся, из какого сна явилось это дивное творение. Но такие гости были крайне редки. Обитатели здания Дэйна говорили, что не променяют его ни на какое другое. Им нравилось обилие света и воздуха, четкая логичность планировки холлов и кабинетов. Но и обитателей было немного — ни один уважающий себя бизнесмен не желал размещать свою фирму в доме, «похожем на какой-то склад».

Архитектором здания Дэйна был Генри Камерон.

В восьмидесятые годы прошлого века нью-йоркские архитекторы ожесточенно бились за право занять второе место в своей профессии. На первое никто даже не претендовал: на первом месте был Генри Камерон. В те годы заполучить Генри Камерона было очень нелегко. В очередь к нему записывались на два года вперед. Он лично проектировал каждое здание, выходившее из его мастерской. Он сам выбирал, что строить. Когда он строил, клиент помалкивал. От всех он требовал только одного — неукоснительного послушания, хотя сам в жизни никого не слушался. Сквозь годы своей славы он промчался как снаряд, выпущенный в неведомую цель. Его называли ненормальным. Но при этом брали все, что он давал, независимо от того, понимали что-нибудь или нет. Ведь дома созидал «сам Генри Камерон».

Поначалу его здания лишь незначительно отличались от прочих, не настолько, чтобы кого-то отпугнуть. Изредка он проводил эксперименты, удивлявшие всех, но от него этого ждали, и с Генри Камероном никто не спорил. С каждым новым зданием в архитекторе что-то вызревало, наливалось, оформлялось, накапливая критическую массу для взрыва. Взрыв произошел с появлением небоскреба. Когда дома устремились ввысь не громоздкими каменными этажами, а невесомыми стальными стрелами, Генри Камерон одним из первых понял это новое чудо и начал придавать ему форму. Одним из первых и немногих он осознал истину, что высокий дом должен и выглядеть высоким. Когда архитекторы, проклиная все на свете, изо всех сил старались, чтобы двадцатиэтажный дом выглядел как старинный кирпичный особняк, когда использовали любую из имеющихся горизонтальных конструкций, лишь бы дом казался пониже, поближе к традиции, лишь бы замаскировать позорный стальной каркас, выставить свое творение маленьким, привычным, старинным, Генри Камерон возводил небоскребы прямыми вертикальными линиями, щеголявшими сталью и высотой. Пока архитекторы вырисовывали фризы и фронтоны, Генри Камерон решил, что небоскребу не пристало копировать Древнюю Грецию. Генри Камерон решил, что ни одно здание не должно быть похоже на другое.

Тогда ему, крепкому неопрятному коротышке, было тридцать девять лет. Он работал как проклятый, недосыпал, недоедал, пил редко, но до озверения, называл своих клиентов непечатными словами, смеялся над ненавидевшими его и сознательно раздувал эту ненавистъ, вел себя как помещик-феодал, как портовый грузчик и жил в страшном напряжении, которое передавалось всем оказавшимся с ним в одной комнате. Этот огонь ни он, ни другие не могли переносить слишком долго. Так было в 1892 году.

А в 1893 году в Чикаго прошла Всеамериканская выставка.

На берегах озера Мичиган вырос Рим двухтысячелетней давности, Рим, дополненный кусками Франции, Испании, Афин и всех последующих архитектурных стилей. Это был город мечты, состоявший из колонн, триумфальных арок, голубых лагун, хрустальных фонтанов и хрустящей кукурузы. Архитекторы состязались, кто искуснее украдет, кто воспользуется самым древним источником или наибольшим числом источников одновременно. Здесь перед глазами молодой страны развернулась картина всех преступлений из области архитектуры, когда-либо совершенных в более древних странах. Это был белый город, белый, как чумной балахон, и появившаяся здесь зараза распространялась со скоростью чумы.

Люди приходили, смотрели, дивились — и увозили с собой во все города Америки впечатления от увиденного. Из этих семян вырос буйный сорняк — почты с черепичными крышами и дорическими портиками, кирпичные особняки с чугунными фронтонами, высотки из двадцати Парфенонов, поставленных друг на дружку. Сорняки разрастались и душили все остальное.

Генри Камерон отказался работать на Всеамериканскую выставку, он ругал ее всеми непечатными словами, допустимыми, однако, к воспроизведению, — но только не в обществе дам. Его слова незамедлительно воспроизводились наряду с рассказами о том, как он бросил чернильницу в лицо известнейшему банкиру, когда тот попросил его спроектировать железнодорожный вокзал в форме храма Артемиды Эфесской. Банкир больше к Камерону не обращался. И не он один.

Едва лишь замаячила вдали цель, к которой Камерон шел долгие и трудные годы, едва лишь истина, которую он искал, стала приобретать осязаемые формы, как перед ним опустился последний шлагбаум. В молодой стране, наблюдавшей за его безумной карьерой, удивлявшейся и восхищавшейся, начал было прививаться вкус к величию его творений. Но в стране, отброшенной на два тысячелетия назад в безудержном приступе классицизма, ему не было места, такой стране не было до него дела.

Теперь стало вовсе не обязательно проектировать дома, достаточно было их сфотографировать. Архитектор с наилучшей библиотекой признавался наилучшим архитектором. Подражатели подражали подражаниям. И все это благословлялось от имени Культуры с большой буквы; из руин поднялись двадцать веков; торжествовала великая

Выставка; а в каждом семейном альбоме появились европейские цветные открытки на любой вкус.

Этому Генри Камерон ничего противопоставить не мог. Ничего, кроме веры, которой он держался только потому, что сам ее основал. Ему некого было цитировать и нечего сказать. Он всего лишь говорил, что форма здания должна отвечать его назначению; что конструкция здания — это ключ к его красоте; что новые методы строительства требуют новых форм; что он хочет строить так, как ему вздумается, и только по этой причине. Но как могли люди прислушаться к нему, когда они обсуждали Витрувия*, Микеланджело* и сэра Кристофера Рена*?

Люди ненавидят страсть, особенно страсть великую. Генри Камерон совершил ошибку — он страстно полюбил свою работу. Поэтому и сопротивлялся. Поэтому и проиграл.

Все говорили, что он так и не понял, что проиграл. А если и понял, то никому не дал это почувствовать. Чем реже появлялись заказчики, тем высокомернее он с ними держался. Чем меньшим становился престиж его имени, тем заносчивее звучал его голос, это имя произносивший. У него был очень толковый менеджер, маленький, тихий и скромный человечек с железным характером, который в дни славы Камерона спокойно выдерживал бурные истерики архитектора и приводил ему клиентов. Камерон оскорблял их и выставлял вон, но маленький человечек добивался того, что заказчики, забыв об оскорблениях, возвращались. Этот человечек умер.

Камерон никогда не умел обращаться с людьми. Они для него не имели ни малейшего значения, как не имела значения и сама жизнь, и вообще все, не считая зданий. Он так и не научился объяснять, а только приказывал. Его никто не любил. Его боялись. А теперь и бояться перестали.

Его оставили в живых. Он жил и проклинал улицы города, который когда-то так мечтал перестроить. Он жил, сидя за столом в своей пустой конторе, неподвижно, в праздном ожидании. Он жил и однажды прочел в газетной статье, написанной с самыми благими намерениями, упоминание о «покойном Генри Камероне». Он жил и начал пить — пить одиноко, тихо, страшно, дни и ночи напролет. Он жил и слышал, как те, кто довел его до такой жизни, говорили, когда его имя упоминалось в связи с возможным заказом: «Камерон? Я бы не советовал. Он пьет как сапожник. Поэтому и сидит без заказов». Он жил, перебираясь из бюро, занимавшего три этажа в очень престижном офисном центре, в другое, занимающее один этаж в здании куда менее известном; оттуда — в гостиничный номер ближе к окраине; потом в три комнаты с видом на вентиляционную шахту. Он остановил свой выбор на этих комнатах в самом трущобном районе лишь потому, что, прижавшись щекой к оконному стеклу, мог видеть поверх кирпичной стены кусочек здания Дэйна.

Говард Рорк тоже смотрел на здание Дэйна, пока стоял под окнами, пока поднимался, останавливаясь на каждой площадке, на шестой этаж, в кабинет Генри Камерона, — лифт не работал. Давным-давно лестницу покрасили грязновато-зеленой краской. Ее осталось совсем немного. Она скрипела под подошвами и разъезжалась неровными кусками. Рорк преодолевал лестничные пролеты быстро, будто ему было назначено время, держа под мышкой папку с эскизами и не сводя глаз со здания Дэйна. Один раз он столкнулся с человеком, который спускался вниз. За последние два дня такое с ним случалось нередко. Он ходил по улицам города, высоко подняв голову и не замечая ничего, кроме домов Нью-Йорка.

В темной клетушке — приемной Камерона — стоял стол с телефоном и пишущей машинкой. За столом сидел тощий как скелет седой мужчина без пиджака, демонстрируя дряблые подтяжки. Он сосредоточенно печатал какие-то технические данные двумя пальцами, но с невероятной скоростью. Свет от тусклой лампочки желтым пятном расплылся у него по спине, там, где мокрая рубашка прилипла к лопаткам.

Когда Рорк вошел, мужчина медленно поднял голову. Он посмотрел на Рорка, ничего не сказал, лишь выжидательно впился в него усталыми, старыми, нелюбопытными глазами.

— Я хотел бы повидать мистера Камерона, — сказал Рорк.

— Да ну? — ответил мужчина. В голосе его не было ни вызова, ни угрозы, вообще какого-либо выражения. — И зачем?

— По поводу работы.

— Какой работы?

— Чертежником.

Мужчина тупо посмотрел на него. Давненько не доводилось принимать посетителей, пришедших с подобной просьбой. Наконец он поднялся, не говоря ни слова, прошаркал к двери, находившейся у него за спиной, и вошел в нее.

Он оставил дверь приоткрытой, и Рорку был слышен его протяжный говорок:

— Мистер Камерон, там какой-то парень. Говорит, на работу к вам пришел устраиваться.

Сильный и внятный голос, в котором не было и намека на старость, отозвался:

— Что еще за идиот? Вышвырни его вон... Погоди! Давай его сюда!

Пожилой мужчина вернулся и, придерживая дверь, молча тряхнул головой в ее направлении. Рорк вошел. Дверь за ним закрылась.

В дальнем конце длинной и пустой комнаты за столом сидел Генри Камерон, наклонившись, упираясь локтями в стол, сложив ладони замком. Борода и волосы его были черны, как уголь, и кое-где перемежались с жесткими седыми прядями. На короткой толстой шее, как канаты, проступали мышцы. На нем была белая рубашка, рукава которой были закатаны выше локтя, открывая мощные, тяжелые загорелые руки. Кожа на широком лице загрубела, как дубленая. Темные глаза смотрели живо и молодо.

Рорк застыл на пороге. Они посмотрели друг на друга через длинную комнату.

Кабинет, выходящий на вентиляционную шахту, был погружен в серый полумрак. Пыль на чертежной доске, на немногочисленных зеленых папках походила на некие мохнатые сталагмиты, порожденные этим скудным освещением. Но на стене, между окнами, Рорк увидел рисунок. Это был единственный рисунок в комнате, и изображал он небоскреб, который так и не был построен.

Быстро окинув взглядом комнату, Рорк остановил внимание на рисунке. Пройдя через кабинет, он остановился перед ним и стал его внимательно рассматривать. Камерон следил за ним тяжелым взглядом, напоминавшим длинную иглу, один конец которой, крепко удерживаемый Камероном, медленно описывал в воздухе полукруг, а другой, острый, пронзил тело Рорка и намертво засел в нем. Камерон смотрел на рыжие волосы, на руку, висящую вдоль тела. Ладонью рука была обращена к рисунку, пальцы чуть согнуты, замерев даже не в жесте, а в некоей прелюдии жеста, выражающего намерение что-то попросить или забрать.

— Ну и? — наконец спросил Камерон. — Ко мне пришел или картинки разглядывать?

Рорк повернулся к нему:

— И то и другое.

Он подошел к столу. В присутствии Рорка люди всегда вдруг начинали сомневаться в реальности собственного существования; но Камерон внезапно почувствовал, что никогда еще он не был так реален, как сейчас, отражаясь в смотрящих на него глазах.

— Чего тебе надо? — грубо спросил он.

— Я хотел бы работать у вас, — спокойно отвечал Рорк. В интонации отчетливо слышалось: «Я буду работать у вас».

— Так прямо и будешь? — сказал Камерон, не сознавая, что отвечает на непроизнесенную фразу. — А что случилось? Публика почище и получше не желает тебя взять?

— Я ни к кому другому не обращался.

— Почему же? Уж не думаешь ли ты, что здесь новичку устроиться проще всего? Думаешь, сюда запросто принимают первых встречных? Да знаешь ли ты, кто я такой?

— Знаю. Поэтому и пришел.

— Кто тебя прислал?

— Никто.

— Тогда какого черта ты выбрал именно меня?

— Я думаю, что это вам известно.

— И у тебя хватило наглости вообразить, что я захочу взять тебя? Видно, решил, что я на такой мели, что готов распахнуть ворота перед первым попавшимся щенком, который соблаговолит оказать мне такую честь? Небось подумал: «Старик Камерон совсем опустился, пьет...» Подумал же, признавайся!.. «Старый пьяница и неудачник, который не будет слишком разборчив!» Так? Отвечай же! Отвечай, черт тебя дери! Чего вылупился? Так? Давай-давай, ври, что не так!

— В этом нет никакой надобности.

— Раньше где работал?

— Только начинаю.

— Чем занимался?

— Три года учился в Стентоне.

— О-о! Значит, лень закончить помешала?

— Меня исключили.

— Замечательно! — Камерон хлопнул по столу кулаком и расхохотался. — Великолепно! Значит, для этого питомника вшей в Стентоне ты не годишься, а для работы у Генри Камерона — в самый раз?! Решил, что здесь у меня самое место для отбросов? За что тебя вышибли? Пьянка? Бабы? Что?

— Это, — сказал Рорк и протянул свои чертежи.

Камерон посмотрел на верхний, потом на следующий, потом просмотрел всю папку до самого дна. Рорк слышал лишь шуршание бумаги, а Камерон молча переворачивал лист за листом. Потом архитектор поднял голову:

— Садись.

Рорк подчинился. Камерон пристально смотрел на него, барабаня толстыми пальцами по кипе эскизов.

— Значит, по-твоему, они хороши? — спросил Камерон. — Так вот, они ужасны. Неописуемо, преступно ужасны. Смотри. — Он ткнул чертеж прямо в лицо Рорку. — Посмотри сюда. Какая тут у тебя основная мысль? Какого черта ты этот план сюда вставил? Просто хотел, чтобы вышло красивенько, раз уж надо было как-то свести в одно? Кем ты себя возомнил? Гаем Франконом, не приведи Господь?.. А на этот проект посмотри, недоучка! Такая идея, а ты даже не знаешь, что с ней делать! Обязательно надо было загубить такую прекрасную идею?! Да знаешь ли, сколько тебе еще надо учиться?

— Знаю. Потому и пришел.

— А на это взгляни! Мне б такое придумать в твоем возрасте! И непременно надо было испохабить? Знаешь, что бы я с этим сделал? Вот, смотри, к черту твои лестницы, к черту котельную! Когда закладываешь фундамент...

Говорил он страстно и долго, непрерывно ругался, не мог найти ни одного эскиза, которым остался бы доволен. Но Рорк заметил, что говорит он так, будто по этим проектам уже идет строительство.

Камерон резко остановился, оттолкнул от себя папку с эскизами и положил на нее кулак. Он спросил:

— Когда ты решил стать архитектором?

— В десять лет.

— Врешь. В таком возрасте никто толком не знает, чего хочет.

— Не вру.

— Не смотри на меня так! Не можешь, что ли, в другую сторону смотреть? Почему решил стать архитектором?

— Тогда я не знал. Но теперь знаю: потому что не верю в Бога.

— Брось! Говори по делу!

— Потому что люблю эту землю. И больше ничего так не люблю. Мне не нравится форма предметов на этой земле. Я хочу эту форму изменить.

— Для кого?

— Для себя.

— Сколько тебе лет?

— Двадцать два.

— Когда и от кого ты все это услышал?

— Никогда. Ни от кого.

— В двадцать два года так не говорят. Ты ненормальный.

— Скорее всего.

— Это не комплимент.

— Я понял.

— Семья есть?

— Нет.

— Работал, когда учился?

— Да.

— Где?

— На стройке.

— Денег сколько осталось?

— Семнадцать долларов тридцать центов.

— Когда в Нью-Йорк приехал?

— Вчера.

Камерон посмотрел на белую стопку листов, прижатую его кулаком.

— Черт тебя возьми! — тихо сказал Камерон и вдруг взревел, подавшись вперед: — Черт тебя возьми! Я тебя приходить сюда не просил! Не нужен мне чертежник! Здесь нечего чертить! Нет у меня работы! Мне с моими служащими приходится ходить на Бауэри благотворительным супчиком кормиться!* Не нужны мне дураки-идеалисты, которые будут тут с голоду помирать! Не желаю брать на себя ответственность. И без того тошно. Никогда не думал, что еще увижу такое. Для меня все это в прошлом. В далеком прошлом. Меня вполне устраивают кретины и бездари, которые у меня сейчас служат, у которых никогда ничего не было и никогда не будет и которым все равно, что из них выйдет. Больше мне ничего не надо. Зачем ты сюда явился? Решил сам себя угробить, так? И чтоб я тебе в этом помог? Видеть тебя не хочу! Ты мне не нравишься. Лицо твое мне не нравится. У тебя вид законченного эгоиста. Ты наглый. Ты слишком самоуверенный. Лет двадцать назад я бы тебе с превеликим удовольствием морду начистил. Завтра явишься в девять ноль-ноль.

— Да, — сказал Рорк, поднимаясь.

— Пятнадцать долларов в неделю. Больше платить не могу.

— Да.

— Ты идиот. Пошел бы к кому-нибудь другому. Если передумаешь и пойдешь к другому, я тебя придушу. Как тебя зовут?

— Говард Рорк.

— Опоздаешь — уволю.

— Да.

Рорк протянул руку за рисунками.

— Здесь оставь! — рявкнул Камерон. — Мотай отсюда!

IV

— Тухи, — сказал Гай Франкон. — Эллсворт Тухи. Очень мило с его стороны, как ты считаешь, Питер? Прочти-ка вслух.

Франкон весело перегнулся через стол и вручил Китингу августовский номер «Новых рубежей». На белой обложке журнала стояла черная эмблема, на которой соединились палитра, лира, молот, отвертка и восходящее солнце. Журнал выходил тиражом в тридцать тысяч, и его сторонники именовали себя интеллектуальным авангардом страны. Никому и в голову не пришло бы подвергнуть сомнению это утверждение. Китинг вслух зачитал отрывок из статьи под названием «Мрамор и цемент», вышедшей из-под пера Эллсворта Тухи:

«…а теперь мы перейдем к другому выдающемуся достижению из области местного градостроительства. Мы призываем всех, кто обладает изысканным вкусом, обратить внимание на новый дом Мелтона, созданный в бюро Франкона и Хейера. Он возвышается в своем белом величии, словно красноречивый свидетель триумфа классической чистоты и здравого смысла. Уроки бессмертной традиции послужили связующим фактором при возведении здания, красота которого способна просто и ясно дойти до сердца самого что ни на есть человека с улицы. В нем нет ни уродливого стремления выставить себя напоказ, ни извращенной жажды оригинальности, ни упоения безудержным эгоизмом. Гай Франкон, его создатель, знает, как подчинить себя непререкаемым канонам, нерушимость которых доказали многие поколения мастеров. В то же время он умеет проявить собственную творческую оригинальность, но не вопреки, а как раз благодаря классическим догматам, которые он принял со смирением, подобающим истинному художнику. Возможно, здесь следует вкратце упомянуть, что следование канонам есть непреложное условие для проявления истинного новаторства…

Однако куда более важным является символическое значение появления подобного здания в нашем великом городе. Стоя перед его южным фасадом, невозможно не испытать потрясения, осознав, что орнаментальные фризы, повторяющиеся с намеренным и изящным постоянством с третьего этажа по восемнадцатый, эти длинные, прямые горизонтальные линии, воплощают в себе принцип сдерживания и выравнивания. Это линии всеобщего равенства. Кажется, будто они низводят величественное строение до скромного роста зрителя. Это линии самой земли, линии народа, линии великих человеческих масс. Они словно говорят нам, что никто не вправе слишком высоко подниматься над уровнем среднего человека, что все, даже это величественное строение, удерживается и смиряется узами человеческого братства…»

И это было не все. Китинг дочитал статью до конца и поднял голову.

— Вот это да, — восторженно произнес он.

Франкон счастливо улыбнулся:

— Неплохо, да? И не от кого-нибудь, а от самого Тухи! Пока еще немногие знают эту фамилию, но узнают, помяни мое слово, узнают. Все признаки налицо… Значит, он не считает, что я так уж плох?

А ведь язык у него как жало, когда он того пожелает. Слышал бы ты, что он обычно говорит про других. Ты видел этот хлев — последнее творение Даркина? Так вот, я был на приеме, где Тухи сказал... — Франкон не смог сдержать смеха. — Он сказал: «Если мистер Даркин имеет несчастье считать себя архитектором, кто-то обязан поведать ему, сколь великолепные возможности открывает нынешняя нехватка квалифицированных сантехников». Он именно так и сказал, представь себе, публично!

— Интересно, — сказал Китинг, — что он скажет обо мне, когда наступит время?

— Только не пойму, что он имел в виду, говоря о каком-то символическом значении и об узах человеческого братства... Ну, в общем, если он нас за такое хвалит, надо бы призадуматься.

— Дело критика, мистер Франкон, — разъяснять художника, в том числе и самому художнику. Мистер Тухи просто выразил словами то скрытое значение, которое вы подсознательно вложили в свое творение.

— Ах вот как, — с неопределенной интонацией произнес Франкон и тут же бодро добавил: — Ты так думаешь? Возможно... Да, вполне возможно... Ты умный мальчик, Питер.

— Благодарю вас, мистер Франкон. — Китинг приготовился встать.

— Постой. Посиди еще. Выкурим еще по одной, а уж потом погрузимся в тягомотину будней.

Перечитывая статью, Франкон улыбался. Китинг никогда не видел его таким довольным. Ни один проект, выполненный в бюро, ни одна завершенная стройка не радовали его так, как эти слова другого человека, напечатанные в журнале, где каждый мог их прочесть.

Китинг непринужденно сидел в удобном кресле. Месяц, отработанный им в фирме, был проведен с большой пользой. Он ничего не говорил и ничего не предпринимал, но по бюро распространилось мнение, что Гаю Франкону нравится общество этого юноши. Ни дня не проходило без приятной паузы в работе, когда Китинг сидел по другую сторону стола Франкона, уважительно, но с ощущением растущей дружеской близости, выслушивая жалобы босса на нехватку в его окружении людей, способных его понимать.

От своих коллег-чертежников Китинг узнал о Франконе все, что только мог узнать. Что Гай Франкон умерен в еде, но предпочитает изысканные блюда и с гордостью называет себя гурманом; что он с отличием закончил парижскую Школу изящных искусств; что он женился на больших деньгах, но брак оказался неудачным; что носки он надевает строго под цвет носовых платков и никогда —

под цвет галстуков; что он предпочитает создавать дома в сером граните; что в Коннектикуте у него есть собственная каменоломня серого гранита, дела которой находятся в самом блестящем состоянии; что он содержит роскошную холостяцкую квартиру в стиле Людовика Пятнадцатого; что жена его, из благородной старой фамилии, умерла, оставив все состояние единственной дочери; и что дочь, которой сейчас девятнадцать, учится в колледже за пределами штата Нью-Йорк.

Два последних факта особенно заинтересовали Китинга. В разговоре с Франконом он исподволь, как бы между прочим, затронул тему дочери. «Да... — с заметным напряжением выговорил Франкон. — Да, конечно». Китинг прекратил все дальнейшие исследования этого вопроса — временно. По лицу Франкона было ясно видно, что мысли о дочери ему крайне неприятны. Отчего — Китинг узнать не смог.

Познакомился Китинг и с Лусиусом Н. Хейером, партнером Франкона. От его внимания не ускользнуло, что Хейер появился в бюро всего два раза за три недели, но он так и не узнал, чем же все-таки занимается Хейер в фирме. Гемофилии у Хейера не было, но выглядел он по-настоящему анемичным — увядший аристократ с длинной тощей шеей, бесцветными глазами навыкате, крайне вежливый и как будто чем-то постоянно напуганный. Он был последним представителем древнего рода, и высказывалось подозрение, что Франкон заманил Хейера в партнеры ради его связей в высшем обществе. Все очень жалели беднягу Лусиуса, восторгались его смелой попыткой заняться делом, да еще каким, и считали, что будет очень мило заказать постройку дома именно ему. Эти дома строил Франкон, и от Лусиуса никаких дальнейших услуг не требовалось. Такое положение дел устраивало всех.

Все чертежники были без ума от Питера Китинга. Он сумел внушить всем такое ощущение, будто он давным-давно работает здесь. Ему всегда удавалось везде становиться как бы незаменимым, куда бы он ни попадал. Он появлялся негромко и весело и, как губка, легко впитывал дух и настроение любого нового коллектива. Дружеская улыбка, веселый голос, легкое пожатие плеч — все, казалось, свидетельствовало, что душу его ничто не тяготит, что он не из тех, кто будет кого-то обвинять, чего-то требовать, чем-то возмущаться.

Сейчас он сидел и смотрел, как Франкон читает статью. Тот оторвался от чтения, посмотрел на молодого человека и увидел глаза, смотрящие на него с невероятным почтением, и две презрительные точечки в углах рта, словно две еще неозвученные смешинки. Франкон почувствовал себя несказанно уютно. Ощущение уюта проистекало именно из подмеченного им презрения. Как раз сочетание почтения и этой едва заметной иронической улыбки на губах подчиненного и создавало между ними идеальные отношения, вознося Франкона на должную высоту и не требуя с его стороны никаких усилий. Слепое восхищение было опасно; заслуженное восхищение налагало определенную ответственность. А вот восхищение заведомо незаслуженное было драгоценным даром.

— Питер, когда будешь выходить, передай это мисс Джефферс, пусть вклеит в мой альбомчик.

Спускаясь по лестнице, Китинг подбросил журнал высоко в воздух и ловко поймал его, беззвучно насвистывая.

В чертежной он застал Тима Дейвиса, лучшего своего друга, который понуро стоял над эскизом с видом полного отчаяния. Тим Дейвис — тот самый высокий юный блондин, который работал за соседним столом и которого Китинг давно уже приметил, поскольку совершенно определенно знал, хоть и не имел ощутимых доказательств, что из всех чертежников Тим пользуется самым большим расположением начальства, а в таких делах Китинг не ошибался никогда. Как только выдавалась такая возможность, Китинг старался получить задание поработать над деталями того проекта, которым занимался Дейвис. Вскоре они уже вместе ходили обедать, а после работы вместе забегали в тихий кабачок, где Китинг, затаив дыхание, слушал рассказы Дейвиса о его любви к некоей Элен Даффи. Через пару часов Китинг не мог вспомнить ни слова из этих рассказов.

Сейчас он увидел Дейвиса в состоянии мрачной подавленности. Тот остервенело жевал сигарету и кончик карандаша одновременно. Китингу не было надобности задавать вопросы. Он просто наклонился и дружески заглянул Дейвису через плечо. Тот выплюнул сигарету и взорвался — оказалось, что сегодня его оставили работать сверхурочно, третий раз за неделю!

— Опять сидеть здесь черт знает сколько! Надо позарез, видишь ли, закончить эту хреновину, и обязательно сегодня! — Он с силой ударил по листам, разложенным перед ним. — Да ты только посмотри! Тут и до утра не закончить! Что же мне делать?

— Тим, это все потому, что ты здесь лучше всех и без тебя не обойтись.

— Да пошло оно все к черту! У меня же сегодня свидание с Элен! Что же, прикажете не являться?! Третий раз! Она мне просто не поверит! В последний раз она мне так и сказала. Все! Иду к великому Гаю и расскажу ему, куда он может засунуть свои проекты и свое чертово бюро! С меня довольно!

— Подожди, — сказал Китинг и придвинулся поближе к Тиму. — Есть и другой способ. Я их закончу вместо тебя.

— Что?

— Я останусь и все сделаю. Не беспокойся. Никто ничего не заметит.

— Пит! Честное слово?

— А как же? Все равно мне сегодня делать нечего. А ты потусуйся здесь, пока все не разойдутся, а потом смывайся.

— Да ты что, Пит! — Дейвис вздохнул. Предложение было соблазнительно. — Только, понимаешь, если кто узнает, меня выгонят. Ты же еще новичок для такой работы.

— Никто же не узнает.

— Мне нельзя потерять работу, Пит. Ты же знаешь. Мы с Элен должны скоро пожениться. И если что случится...

— Ничего не случится.

В начале седьмого Дейвис потихоньку вышел из чертежной, оставив на своем месте Китинга. Склонившись под одинокой зеленой лампой, Питер окинул взглядом безлюдные просторы чертежной. После дневного шума было непривычно тихо, и у Китинга возникло чувство, что все здесь, все три длинные смежные комнаты принадлежат ему одному. Это ощущение не пропадало. Карандаш в его руках двигался быстро и уверенно.

В половине десятого он закончил работу, аккуратно сложил чертежи на стол Дейвиса и вышел из бюро. Он шел по улице, испытывая приятное чувство, как после хорошего обеда. Но, сделав несколько шагов, он внезапно и остро ощутил собственное одиночество. Сегодня ему было просто необходимо с кем-нибудь это одиночество разделить. Но у него никого не было. Впервые ему захотелось, чтобы мать оказалась в Нью-Йорке, рядом с ним. Она осталась в Стентоне, дожидаясь того дня, когда он сможет послать за ней. Сегодня ему было некуда идти, кроме как в благопристойный пансиончик на Двадцать восьмой западной*, где, поднявшись на третий этаж, он оказался бы в своей чистой и душной комнатке. Да, в Нью-Йорке он знал многих, в том числе и девушек. С одной из них он очень мило скоротал ночку, да только никак не мог припомнить ее фамилию. Но с ними ему сейчас не хотелось встречаться. И тут он вспомнил о Кэтрин Хейлси.

В день окончания института он послал ей телеграмму и с тех пор совершенно забыл о ней. Как только в его памяти возникло имя Кэтрин, ему захотелось увидеться с ней; это желание вспыхнуло мгновенно и с огромной силой. Он вскочил в автобус, идущий до Гринвич-Виллидж*, забрался на безлюдный империал* и, сидя в одиночестве на переднем сиденье, ругал светофоры, стоило на них появиться красному свету. И так бывало всякий раз, когда дело касалось Кэтрин, и всякий раз он недоумевал: что же с ним происходит?

Познакомился он с ней год назад, в Бостоне, где она жила со своей матерью-вдовой. При первой встрече он нашел Кэтрин скучной и некрасивой и не заметил в ней ничего хорошего, кроме приятной улыбки, которая еще не была достаточным основанием, чтобы ему захотелось вновь увидеть Кэтрин. На другой вечер он ей позвонил. Из множества девушек, с которыми он водился в студенческие годы, с ней единственной он не позволил себе ничего, кроме нескольких легких поцелуев. Он легко мог бы обладать любой из знакомых девушек и знал об этом. Знал он также, что мог бы обладать и Кэтрин; он желал ее; она была в него влюблена и спокойно, открыто признавалась в этом, без страха, без робости, ни о чем его не прося и ничего не ожидая, и все же он не спешил этим воспользоваться. Питер гордился девушками, с которыми водился в те годы, — самыми красивыми, самыми популярными, самыми модными. Зависть сокурсников радовала его чрезвычайно.

Он стыдился беззаботного и небрежного отношения Кэтрин к собственной внешности, нарядам и манерам; стыдно ему было и за то, что ни один молодой человек, кроме него, не обратил бы на нее ни малейшего внимания. Но когда он появлялся с ней на танцах, устроенных студенческим союзом, не было человека счастливее его. Питер влюблялся множество раз, бурно, страстно, и всякий раз клялся, что не может жить без этой девушки... или другой. Месяцами он начисто забывал о Кэтрин, а она никогда не напоминала ему о себе. Он всегда возвращался к ней, неожиданно, необъяснимо для самого себя. Так случилось и в этот вечер.

Ее мать, тихая и неприметная школьная учительница, умерла прошлой зимой. Кэтрин переехала в Нью-Йорк, к дяде. На некоторые из ее писем Китинг отвечал немедленно, на другие же — спустя несколько месяцев. Она всегда отвечала незамедлительно, но никогда не писала ему в те долгие промежутки, когда он молчал. Она ждала, ждала терпеливо. Когда ему случалось подумать о ней, он чувствовал, что заменить ее не может ничто в жизни. Но, оказавшись в Нью-Йорке, где так легко было добраться до нее, сев в автобус или набрав телефонный номер, он начисто забыл о ней и не вспоминал в течение месяца.

Теперь, спеша к ней, он и не подумал, что надо было бы оповестить ее о своем визите, что ее может не оказаться дома. Ведь он всегда появлялся у нее неожиданно, и Кэтрин всегда оказывалась на месте, и этот вечер не был исключением.

Она открыла ему дверь. Ее квартира находилась на верхнем этаже построенного с большой претензией, но сильно запущенного большого особняка.

— Здравствуй, Питер, — сказала она так, словно они виделись только вчера.

Она стояла перед ним в наряде, который был ей велик и в длину, и в ширину. Короткая черная юбка мешком свисала со стройной талии; воротничок блузки, явно широкий для ее тонкой шеи, перекосился, обнажив холмик тонкой ключицы; хрупкие руки терялись в широченных рукавах. Она смотрела на него, склонив голову набок. Ее каштановые волосы были небрежно собраны в хвостик на затылке. Но ему показалось, что у нее модная короткая стрижка, а волосы образуют легкий волнистый нимб вокруг ее лица. Глаза у нее были серые, большие, близорукие. Блестящие губы растянулись в неспешной, чарующей улыбке.

— Привет, Кэти, — сказал он.

Он ощутил полный покой. Ему нечего было бояться в этом доме, да и за его пределами. Он был готов объясниться с ней, рассказать, что здесь, в Нью-Йорке, у него не выдалось ни одной свободной минутки, только все объяснения казались сейчас ненужными.

— Давай мне шляпу, — сказала она, — и осторожнее с этим стулом, он не очень прочный. У нас в гостиной стулья получше, пойдем туда.

Гостиная, как он заметил, была обставлена просто, но с необъяснимым изяществом и большим вкусом, чего он никак не ожидал. Он обратил внимание на книги — недорогие стеллажи, поднимающиеся до самого потолка, были забиты ценнейшими изданиями. Книги стояли вразнобой, кое-как. Было видно, что здесь ими действительно пользуются. И еще он заметил над убогим, но аккуратно прибранным письменным столом офорт Рембрандта, пожелтевший и покрытый пятнами, высмотренный, по всей вероятности, в лавке старьевщика зорким знатоком, который ни за что не расстанется с этим сокровищем, хотя деньги, которые он мог за него выручить, явно бы ему не помешали. Питер задумался, чем же занимается дядя Кэтрин. Но этого вопроса так и не задал.

Он стоял, оглядывая гостиную, ощущая за своей спиной присутствие Кэтрин, наслаждаясь чувством полной уверенности, которое ему так редко доводилось испытывать. Потом он обернулся, обнял ее и поцеловал. Ее губы нежно и радостно слились с его губами. В ней не чувствовалось ни страха, ни особого волнения. Она была так счастлива, что не могла воспринять этот поцелуй иначе, чем нечто само собой разумеющееся.

— Боже мой, как я по тебе соскучился! — сказал он и почувствовал, что говорит чистую правду. Он скучал по ней каждый день, и больше всего, видимо, в те дни, когда вовсе не вспоминал о ней.

— Ты не очень изменился, — сказала она. — Может быть, чуточку похудел. Тебе идет. Питер, в пятьдесят лет ты будешь очень красив.

— Это не слишком лестно, если подумать.

— Почему? А, ты хочешь сказать, что я не считаю тебя красивым сейчас? Да нет же, ты такой красивый!

— Знаешь, тебе не следовало бы говорить мне это прямо в лицо.

— А что? Ты же знаешь, что это так. Я просто подумала, каким ты будешь в пятьдесят. У тебя будет седина на висках, а носить ты будешь серые костюмы — я на той неделе видела такой костюм в витрине и еще подумала, что это тот самый и есть. И ты будешь великим архитектором.

— Ты на самом деле так думаешь?

— А как же иначе? — Она не льстила ему. Скорее всего, она вообще не представляла себе, что это может восприниматься как лесть. Она просто констатировала факт, причем факт настолько очевидный, что его даже не требовалось подчеркивать.

Он ждал неизбежных расспросов. Но вместо этого они вдруг заговорили о Стентоне, принялись делиться общими воспоминаниями, и Питер уже смеялся, посадив Кэтрин себе на колени. Она опиралась худыми плечами на его согнутую в локте руку, глаза ее смотрели нежно и удовлетворенно. Он говорил об их старых купальных костюмах, о спущенных петлях на ее чулках, о любимом кафе-мороженом в Стентоне, где они вместе провели так много летних вечеров. При этом он как-то неотчетливо думал, что так не годится, что ему надо сказать ей куда более важные вещи, задать ей более важные вопросы. Ведь никто не беседует о пустяках после многомесячной разлуки. Но ей такая беседа казалась совершенно естественной. Казалось, она вообще не сознает, что они давно не виделись.

Наконец он первым спросил:

— Ты получила мою телеграмму?

— Да. Спасибо.

— Разве тебе не интересно знать, как у меня идут дела здесь, в Нью-Йорке?

— Очень интересно. Как у тебя идут дела здесь, в Нью-Йорке?

— Слушай, да тебе совсем неинтересно!

— Интересно! Я хочу знать о тебе все.

— Тогда почему не спрашиваешь?

— Ты сам расскажешь, когда захочешь.

— А тебе все равно, не так ли?

— Что все равно?

— Чем я занимаюсь.

— А... Нет, совсем не все равно. Хотя да, все равно.

— Очень мило с твоей стороны!

— Понимаешь, мне не важно, *что* ты делаешь. Важен только *ты сам*.

— Как это — я сам?

— Ну, какой ты сейчас. Или какой в городе. Или еще где-нибудь. Я не знаю. Вот так.

— А знаешь, Кэти, ты такая дурочка. Твой метод никуда не годится.

— Мое что?

— Твой метод. Нельзя же так прямо, не стесняясь, показывать мужчине, что ты от него практически без ума.

— А если так и есть?

— Да, но об этом нельзя говорить. Тогда ты не будешь нравиться мужчинам.

— Но я не хочу нравиться мужчинам.

— Но ты ведь хочешь нравиться мне, да?

— Но я тебе и так нравлюсь — или нет?

— Нравишься, — сказал он, покрепче обнимая ее. — Чертовски нравишься. Я еще больший идиот, чем ты.

— Ну тогда все в полном порядке, — сказала она, запустив пальцы в его шевелюру. — Или нет?

— Странно, что у нас все всегда в полном порядке... Кстати, я хочу рассказать тебе о своих делах, потому что это важно.

— Честное слово, Питер, мне очень интересно.

— Словом, ты знаешь, что я работаю у Франкона и Хейера и... А, черт, ты даже не понимаешь, что это значит!

— Понимаю. Я посмотрела в справочнике «Кто есть кто в архитектуре». Там о них пишут очень приятные вещи. И еще я спрашивала у дяди. Он сказал, что они в архитектурном деле стоят выше всех.

— Еще бы. Франкон... он величайший архитектор в Нью-Йорке, во всей стране, возможно, и в мире. Он спроектировал семнадцать небоскребов, восемь соборов, шесть вокзалов и еще бог знает что... При этом, разумеется, он старый надутый осел и мошенник, который проложил себе дорогу лестью и взятками... — Он резко замолчал, открыв рот и вытаращив глаза. Он совсем не хотел такое сказать, никогда не позволял себе даже думать так.

Кэтрин спокойно смотрела на него.

— Да? — спросила она. — И что?..

— В общем... э-э-э... — Он запнулся, поняв, что по-другому говорить не может. А если может, то только не с ней. — В общем, так я его воспринимаю. И ни капельки его не уважаю. И счастлив работать у него. Понимаешь?

— Конечно, — тихо ответила она. — Ты честолюбив, Питер.

— Ты не презираешь меня за это?

— Нет. Ты же сам этого хотел.

— Вот именно, сам этого хотел. На самом деле все вовсе не так плохо. Это мощная фирма, лучшая во всем городе. Я действительно работаю неплохо, и Франкон мною очень доволен. Я хорошо продвигаюсь. Думаю, что в конце концов смогу занять у них любой пост, какой только пожелаю... Да, как раз сегодня я сделал работу за другого, который даже не понимает, что скоро окажется никому не нужным, и тогда... Кэти! Что это я такое плету?

— Все нормально, милый. Я все понимаю.

— Если бы понимала, то назвала бы меня тем словом, которого я заслуживаю, и велела мне заткнуться.

— Нет, Питер, я не хочу, чтобы ты изменился. Я же люблю тебя.

— Боже тебя сохрани!

— Я знаю.

— И ты это знаешь и так говоришь? Таким тоном, каким обычно говорят: «Привет, славный нынче вечерок»?

— А почему нельзя? Что тебе не нравится? Ведь я люблю тебя.

— Нет, нравится! Мне нравится!.. Кэти... я никогда не смогу полюбить кого-то, кроме тебя...

— И это я знаю.

Он обнял ее, бережно, словно опасаясь, что ее хрупкое тело вот-вот растает. Он не понимал, почему в ее присутствии признается в том, в чем не может признаться и самому себе. Он не понимал, почему торжество, которым он пришел поделиться, вдруг потускнело. Но все это не имело никакого значения. Его охватило странное чувство свободы — рядом с Кэтрин он всегда освобождался от какой-то тяжести, определить которую точнее не мог. Он становился самим собой. Теперь для него имело значение лишь одно — ощущать рукой грубую ткань ее блузки.

Потом он спросил, как она живет в Нью-Йорке, и она принялась оживленно рассказывать о дяде.

— Он такой замечательный, Питер. Ну совершенно замечательный! Бедный совсем и все же принял меня в свой дом. Даже освободил свой кабинет, чтобы мне было где устроиться, и теперь ему приходится работать здесь, в гостиной. Тебе непременно надо с ним познакомиться, Питер. Сейчас он в отъезде, выступает с лекциями, но тебе надо с ним познакомиться, когда он приедет.

— Да, мне бы очень хотелось.

— Знаешь, я думала устроиться на работу и зарабатывать себе на жизнь, но он мне не позволил. «Деточка моя, — сказал он, — только не в семнадцать лет. Не хочешь же ты, чтобы мне было стыдно перед самим собой? Я не сторонник детского труда». Занятная мысль, правда? У него масса занятных мыслей, я не все понимаю, но говорят, что он человек выдающегося ума. И он все так представил, будто я делаю ему одолжение, позволив содержать меня, и, по-моему, он очень славно поступил.

— Чем же ты занимаешься целыми днями?

— Пока особенно ничем. Книги читаю. По архитектуре. У дяди тонны книг по архитектуре. Но когда он здесь, я печатаю ему лекции. Мне кажется, ему не очень нравится, что я это делаю, у него есть настоящая машинистка, но мне это очень нравится, и он мне разрешает. И даже платит мне жалованье. Я не хотела брать, но он настоял.

— Чем же он зарабатывает на жизнь?

— Ой, многим, я даже не знаю, за всем не уследишь. Например, преподает историю искусств. Он что-то вроде профессора.

— Кстати, ты-то когда собираешься в колледж?

— А... Ну... в общем, понимаешь, мне кажется, дядя эту мысль не одобряет. Я ему сказала, что давно уже собиралась продолжить учебу и готова работать и учиться одновременно, но он, похоже, считает, что это не для меня. Он, правда, много на этот счет не говорит, сказал только: «Бог создал слона для тяжкого труда, а комара — чтобы жужжал, а с законами природы экспериментировать, как правило, не рекомендуется. Однако, дитя мое, если тебе так хочется...» Он на самом деле не возражает, я все решаю сама, но только...

— Не позволяй ему мешать тебе.

— Пойми, он и не хочет мешать мне. Только, понимаешь, я и в школе была не бог весть что. И еще, любимый мой, с математикой у меня вообще не ладилось, и поэтому не знаю... Но с другой стороны, спешить мне некуда. У меня есть время подумать.

— Слушай, Кэти, мне это совсем не нравится. Ты же всегда мечтала поступить в колледж. И если этот твой дядя...

— Не говори о нем так. Ты же его совсем не знаешь. Это совершенно поразительный человек. Он такой добрый, все понимает. И очень интересный, веселый, всегда шутит, да так умело — все, что казалось очень серьезным, в его присутствии оказывается совсем не таким. И при этом он чрезвычайно серьезный человек. Знаешь, он целыми часами говорит со мной, и ему не надоедает, его не раздражает моя глупость. Он мне все рассказывает о забастовках, о жутких условиях жизни в трущобах, о бедняках, которых заставляют трудиться из последних сил, — только о других, и никогда о себе. Один его друг сказал мне, что дядя мог бы стать очень богатым, если бы только захотел, он ведь такой умный. Только он не хочет, деньги его совсем не интересуют.

— Это же ненормально.

— Ты сначала с ним познакомься, а потом говори. Да, и он хочет с тобой познакомиться. Я ему про тебя рассказывала. Он называет тебя Ромео с рейсшиной.

— Ах вот как?

— Да ты пойми! Он же по-доброму. Просто он так выражается. У вас много общего. Возможно, он окажется тебе полезен. Он тоже кое-что понимает в архитектуре. Ты непременно полюбишь дядю Эллсворта.

— Кого-кого?

— Да дядю моего!

— Скажи-ка, — попросил Китинг чуть охрипшим голосом, — как зовут твоего дядю?

— Эллсворт Тухи. А что?

Китинг бессильно уронил руки и ошалело посмотрел на нее.

— Что с тобой, Питер?

Он сглотнул. Кэтрин увидела, как у него судорожно дернулся кадык. Потом он очень решительно сказал:

— Кэти, я не стану знакомиться с твоим дядей.

— Но почему?

— Не хочу. Через тебя — не хочу... Пойми, Кэти, ты же совсем меня не знаешь. Я из тех, кто использует людей в корыстных целях. А *тебя* я использовать не желаю. Никогда. И ты мне не позволяй. Кого угодно, только не тебя.

— Как это — использовать меня? Что это значит? Почему?

— Да все просто. За знакомство с Эллсвортом Тухи я отдал бы все. Вот так. — Он хрипло рассмеялся. — Значит, по-твоему, он кое-что понимает в архитектуре? Дурочка ты! Да он — самая важная персона в архитектуре. Возможно, пока это еще не так, но через пару лет будет так. Спроси у Франкона — эта старая лиса в таких делах не ошибается. Твой дядя скоро станет Наполеоном среди архитектурных критиков, вот увидишь. Во-первых, не так уж много охотников писать о нашей профессии, так что он быстренько сумеет монополизировать этот рынок. Видела бы ты, как все крупные шишки в нашем бюро облизывают каждую запятую в его публикациях! Ты говоришь, что он, может быть, окажется мне полезен? Да он может сделать мне имя, и сделает, и я непременно с ним познакомлюсь, когда буду к этому знакомству готов, так же как познакомился с Франконом. Но только не здесь, только не через тебя. Понимаешь? Не через тебя!

— Но, Питер, почему ты отказываешься?

— Потому что я не хочу так! Потому что это мерзко, потому что я все это ненавижу — свою работу, профессию, ненавижу все, что я делаю, и все, что буду делать! И я не намерен впутывать во все это тебя! Ведь, кроме тебя, у меня ничего *настоящего* в жизни нет! Умоляю тебя, Кэти, не вмешивайся в мои дела!

— В какие дела?

— Не знаю!

Не разжимая его объятий, она встала. Он припал лицом к ее бедру. Она гладила его по голове и смотрела на него сверху вниз.

— Ладно, Питер, мне кажется, я все поняла. Тебе не обязательно встречаться с ним, пока ты не захочешь. Только, когда захочешь, скажи мне. Если надо, можешь меня «использовать». Я не против. От этого ничего не изменится.

Когда он поднял голову, она тихо смеялась.

— Питер, ты перетрудился. У тебя нервы немножко не в порядке. Я заварю чаю, хочешь?

— Ой, я совсем забыл. Я же сегодня не ужинал. Времени не было.

— Надо же! Кошмар какой! Сию же минуту отправляйся на кухню! Сейчас что-нибудь придумаю.

Он вышел от нее через два часа. Он шел, ощущая в себе легкость, чистоту, светясь от счастья, позабыв о своих страхах, позабыв о Тухи и Франконе. Он думал лишь о том, что пообещал ей снова прийти завтра и что до завтра осталось ждать нестерпимо долго. Когда он ушел, она еще долго стояла у дверей, положив руки на дверную ручку, хранившую след его ладони, и думала о том, что он может прийти завтра — а может и через три месяца.

— Когда закончишь, — сказал Генри Камерон, — загляни ко мне в кабинет.

— Хорошо, — сказал Рорк.

Камерон резко развернулся на каблуках и вышел из чертежной. За весь месяц он впервые обратился к Рорку с такой длинной фразой.

Каждое утро Рорк приходил в чертежную, выполнял задания и не слышал ни единого слова, никаких замечаний. Камерон обычно заходил в чертежную и подолгу стоял за спиной Рорка, заглядывая ему через плечо. Создавалось впечатление, что он намеренно старается смутить Рорка, сделать так, чтобы дрогнула его рука, четко выводящая линии на бумаге. Два других чертежника запарывали работу при одной мысли, что такое жуткое видение может появиться у них за спиной. Рорк же, похоже, не замечал этого. Он продолжал работать, неспешно и уверенно водя рукой, столь же неспешно откладывал притупившийся карандаш и брал другой. «Та-ак», — внезапно бурчал

Камерон. Рорк поворачивал голову с вежливым и внимательным видом. «Да?» — спрашивал он. Камерон отворачивался, не сказав ни слова и презрительно прищурившись, словно желая показать, что не считает нужным отвечать, выходил из комнаты. Рорк продолжал работу.

— Плохо дело, — поведал Лумис, молодой чертежник, своему престарелому коллеге Симпсону. — Невзлюбил старик этого парня. И я его хорошо понимаю. Этот здесь долго не протянет.

Симпсон был стар и немощен. Он служил у Камерона еще во времена, когда бюро занимало три этажа, застрял здесь и не мог понять, по какой причине. Лумис же был молод и выглядел совсем как те хулиганы, что собирались обычно на углах возле закусочной. Здесь он оказался потому, что со всех прочих мест его выгнали.

Они оба недолюбливали Рорка. Да и всюду, куда бы Рорк ни пошел, при первом же взгляде на его лицо окружающие обычно начинали испытывать к нему неприязнь. Лицо его было непроницаемо, как дверь банковского сейфа. В сейфе хранят только ценные вещи, но люди не желали задумываться над этим. От его присутствия в комнате тянуло холодком, и это раздражало многих. Было в нем и еще одно странное свойство — он внушал окружающим такое чувство, будто он здесь и в то же время не здесь. Или, возможно, он здесь, а вот их самих нет.

После работы он отмеривал пешком весь неблизкий путь домой — в доходный дом на Ист-Ривер. Он выбрал это жилье потому, что всего за два пятьдесят в неделю в его распоряжение предоставлялся весь верхний этаж — колоссальных размеров помещение, которое раньше использовалось под склад. В нем не было потолка, а крыша протекала. Но зато здесь по обе стороны тянулись два ряда окон, где в некоторых рамах даже сохранились стекла, а другие были заделаны картонными листами. С одной стороны из этих окон открывался вид на реку, а с другой — на город.

Неделю назад Камерон заглянул в чертежную и швырнул на стол Рорка размашистый набросок с изображением загородного дома.

— Посмотрим, сумеешь ли ты из этого сделать настоящий дом! — рявкнул он и ушел, не вдаваясь в дальнейшие объяснения. В последующие дни он не приближался к столу Рорка. Вчера вечером Рорк закончил чертежи и оставил их на столе Камерона. Утром Камерон зашел, кинул Рорку эскиз каких-то стальных перекрытий, приказал ему потом зайти в кабинет и больше в течение всего дня в чертежной не появлялся.

Остальные ушли домой. Прикрыв стол старой клеенкой, Рорк вошел в кабинет Камерона. На столе у того были разложены Рорковы чертежи загородного дома. Свет лампы падал на щеку Камерона, на бороду, в которой белели седые волоски, на его кулак, на угол чертежа, четкие линии которого словно впечатались в бумагу.

— Ты уволен, — сказал Камерон.

Рорк стоял посреди вытянутой комнаты, перенеся всю тяжесть тела на одну ногу, свесив руки по бокам, приподняв одно плечо.

— Да? — тихо спросил он, не шелохнувшись.

— Иди сюда, — сказал Камерон. — Садись.

Рорк подчинился.

— Ты слишком хорош, — сказал Камерон. — Слишком хорош для той судьбы, которую сам себе готовишь. Бессмысленно, Рорк. Лучше понять это сейчас, чем потом, когда будет поздно.

— Что вы хотите сказать?

— Бессмысленно тратить отпущенные тебе годы на идеал, которого ты никогда не достигнешь, которого тебе просто не дадут достичь. Бессмысленно превращать свой талант в дыбу, на которой сам же и будешь распят. Продай его, Рорк. Продай сейчас. Конечно, это будет уже не то, но все же тебя на это хватит. У тебя есть то, за что будут платить, и много платить, если ты будешь использовать свой талант так, как они пожелают. Не отвергай их, Рорк. Иди на компромисс. Иди немедленно — потом все равно придется согласиться на компромисс, только тогда тебе придется пройти через такое, о чем потом придется горько сожалеть. Ты этого не знаешь. А я знаю. Избавь себя от этого. Уходи от меня. Уходи к кому-нибудь другому.

— А вы разве так поступили?

— Ты нахальный выродок! Я сказал, что ты хорош, но не более того! С кем ты себя равнять вздумал? С самим... — Он резко замолчал, так как увидел, что Рорк улыбается. Он посмотрел на Рорка и вдруг улыбнулся в ответ. Ничего более мучительного Рорку еще не доводилось видеть. — Нет, — сказал Камерон, — что-то я не то говорю, да? Совсем не то... В общем, ты прав. Ты верно себя оцениваешь. Но я хочу сказать тебе кое-что. Даже не знаю, с чего начать. Я утратил навык общаться с такими людьми, как ты. Утратил? Скорее всего, никогда не имел. Возможно, именно это меня сейчас и пугает. Постарайся понять, пожалуйста.

— Я все понимаю. Не тратьте времени впустую.

— А ты не груби. Потому что сейчас я не могу позволить себе грубить тебе. Я хочу, чтобы ты выслушал меня. Ты можешь выслушать и не перебивать?

— Да. Простите. Я не хотел быть невежливым.

— Понимаешь, я последний человек из всех, к кому тебе стоило обратиться. Если я оставлю тебя здесь, я совершу преступление. Жаль, что никто не предостерег тебя от меня. Я совсем не смогу тебе помочь.

Я не сумею сбить с тебя кураж. Не сумею привить тебе здравый смысл. Вместо этого я буду подталкивать тебя, тащить тем же путем, каким ты идешь сейчас. Я силой заставлю тебя оставаться таким, какой ты есть, и сделаю тебя еще хуже... Пойми же. Через месяц я уже не смогу расстаться с тобой. Даже не уверен, что смогу сейчас. Так что не спорь со мной и уходи. Спасайся, пока не поздно.

— Но как? Вам не кажется, что нам обоим уже поздно спасаться? Мне и двенадцать лет назад было поздно.

— Попытайся, Рорк. Попытайся хоть раз проявить благоразумие. Есть много крупных фирм, которые возьмут тебя и не посмотрят на то, что тебя исключили из института, если я их попрошу. Они могут потешаться надо мной в своих речах на званых обедах, но, когда им надо, беззастенчиво крадут у меня и прекрасно знают, что я сумею разобраться, хорош чертежник или плох. Я дам тебе письмо к Гаю Франкону. Когда-то давным-давно он у меня работал. Кажется, я его уволил, но это не имеет значения. Иди к нему. Поначалу тебе там не понравится, но ты привыкнешь. А через много лет будешь меня благодарить.

— Зачем вы мне все это говорите? Вы же хотите сказать совсем другое. И сами вы шли совсем другим путем.

— Потому я это и говорю! Именно потому, что сам шел другим путем!.. Понимаешь, Рорк, есть у тебя одна черта, которая меня очень пугает. Тут дело не в том, что выходит из-под твоего карандаша. Меня бы не тревожило, если бы ты был просто одаренным пижоном, который все делает не так, как другие, просто для смеха, для забавы, для того, наконец, чтобы на него обратили внимание. Это ловкий ход — одновременно и противостоять толпе, и забавлять ее, потихоньку собирая денежки за вход на персональную выставку. Если бы дело обстояло так, я бы не беспокоился. Но все не так. Ты *влюблен* в свое ремесло. Господь тебя спаси, ты *влюблен*! А это проклятье. Это клеймо на лбу, выставленное на всеобщее обозрение. Ты не можешь жить без своей работы, и они об этом знают, и еще знают, что тут-то ты и попался! Ты когда-нибудь приглядывался к людям на улице? Я приглядывался. Они проходят мимо тебя, все в шляпах, со свертками... Но не в этом их суть. А суть их в том, что они *ненавидят* каждого, кто влюблен в свое ремесло. Более того, они их боятся, уж не знаю почему. Ты им подставляешься, Рорк, всем и каждому!

— Но я никогда не вижу людей на улице.

— А что они со мной сделали, ты видишь?

— Я вижу только, что вы их не боитесь. Почему же вы хотите, чтобы я их боялся?

— Почему? — Камерон подался вперед, сжав кулаки: — Рорк, хочешь, чтобы я произнес это вслух? Ты ведь жесток, да, Рорк? Ладно же, я произнесу: ты хочешь закончить так, как заканчиваю я? Ты хочешь быть тем, чем стал я?

Рорк поднялся и шагнул вперед, к самому столу.

— Если, — сказал Рорк, — в конце жизни я стану тем, кем вы являетесь здесь и сейчас, я буду считать это честью, которой я не заслужил и не мог бы заслужить ни при каких обстоятельствах.

— Да сядь ты! — рявкнул Камерон. — Терпеть не могу, когда выставляют напоказ свои чувства!

Рорк посмотрел на себя, на стол, крайне удивленный тем, что оказался на ногах. Он сказал:

— Простите. Я даже не заметил, что встал.

— Ну так садись и слушай. Я все понимаю. И это очень мило с твоей стороны. Но ты так ничего и не понял. Мне казалось, что нескольких дней работы в этой дыре хватит, чтобы выбить из твоей башки поклонение героям. Но теперь вижу, что этого оказалось недостаточно. Вот ты теперь сам себе внушаешь, какой великий человек старик Камерон, благородный боец, мученик за безнадежно проигранное дело, и ты уже готов умереть со мной на баррикадах и питаться со мной в грошовых забегаловках до конца дней своих. Я знаю, сейчас все это кажется тебе таким чистым и прекрасным с высоты твоей умудренности жизнью в двадцать два года. Но знаешь ли ты, что это такое на самом деле? Тридцать лет сплошных поражений. Звучит великолепно, не так ли? Но известно ли тебе, сколько дней в тридцати годах? Известно, как проходят эти дни? Известно?

— Вам же больно об этом говорить.

— Да! Больно! Но я буду говорить. Я хочу, чтобы ты выслушал, Чтобы ты понял, что тебя ожидает. Придут дни, когда ты посмотришь на свои руки, и тебе захочется взять что-нибудь тяжелое и переломать в них каждую косточку, потому что ты будешь терзаться мыслью о том, что могли бы сотворить эти руки, если бы ты изыскал для них такую возможность. Но тебе не удастся найти ни малейшей возможности, и ты возненавидишь собственное тело, потому что оно осталось безруким. Придут дни, когда водитель начнет орать на тебя, едва ты войдешь в автобус. Он всего лишь потребует десять центов за проезд, но ты услышишь совсем другое. Ты услышишь, что ты ничтожество, что ты смешон, что это у тебя на лбу написано и все ненавидят тебя за эту никчемность. Придут дни, когда ты будешь стоять в уголке зала и слушать рассуждения какого-то кретина об архитектуре, о деле, которое ты до безумия любишь, и сказанное им заставит тебя надеяться, что кто-нибудь сейчас встанет и раздавит его, как вонючего клопа. А потом ты услышишь, как все бешено рукоплещут ему, и тебе захочется взвыть, потому что непонятно, кто же настоящий — ты или они. То ли тебя засунули в каморку, полную разбитых черепов, то ли, наоборот, кто-то только что вышиб мозги из твоей головы. И ты ничего не скажешь, ибо те звуки, которые ты будешь в состоянии издать, в этом зале уже не считаются человеческим языком. Но если ты и захочешь говорить, то все равно не сможешь, тебя небрежно оттолкнут — ведь тебе совершенно нечего сказать им об архитектуре. Этого тебе хочется?

Рорк сидел неподвижно, на лице его резко пролегли тени, на впалой щеке отпечатался темный клин, длинный черный треугольник перерезал подбородок. Он не сводил глаз с Камерона.

— Тебе мало? — спросил Камерон. — Ладно, поехали дальше! Однажды ты увидишь перед собой на листе ватмана дом, перед которым тебе захочется упасть на колени. Ты не поверишь, что его создал ты сам. Потом ты решишь, что мир прекрасен, и в воздухе пахнет весной, и ты любишь всех людей, потому что в мире больше нет зла. И ты выйдешь из квартиры с этим чертежом, чтобы построить этот дом, поскольку тебе совершенно ясно, что такой дом захочется возвести каждому, кто взглянет на твой чертеж. Но далеко от квартиры ты не уйдешь. Ведь у дверей тебя остановит газовщик, который пришел отключить газ. Ты ел немного, так как экономил деньги, чтобы закончить проект, но все же иногда надо было что-то сготовить, а за газ ты не заплатил... Ну ладно, это мелочи, над этим можешь посмеяться. Но вот ты со своим чертежом попадаешь в чей-нибудь кабинет, ругая себя за то, что вытесняешь своим телом воздух, принадлежащий другому, и ты постараешься ужаться до невидимости, чтобы другой тебя не видел, а только слышал твой голос, умоляющий его, просительный голос, лижущий ему пятки. Ты будешь проклинать себя за это, но это будет неважно, только бы он дал тебе построить этот дом. Ты готов будешь распороть себе брюхо — ведь когда он увидит, что там, в этом брюхе, то уже не сможет отказать тебе. Но он лишь скажет, что ему очень жаль, но подряд только что отдан Гаю Франкону. И ты пойдешь домой, и знаешь, что ты будешь делать дома? Ты будешь плакать. Плакать, как женщина, как алкоголик, как животное. Вот какое тебя ждет будущее, Говард Рорк. Хочешь его?

— Да, — сказал Рорк.

Камерон опустил глаза. Немного опустил голову, потом еще немного. Голова его опускалась медленно, рывками, и наконец остановилась. Он сидел неподвижно, сгорбив плечи, упираясь локтями в колени.

— Говард, — прошептал Камерон. — Такого я никому еще не говорил...

— Спасибо вам... — сказал Рорк.

После долгой паузы Камерон поднял голову.

— Теперь иди домой, — сказал он решительно. — Ты слишком много работал в последнее время. А впереди у тебя тяжелый день. — Он показал на чертежи загородного дома: — Все это замечательно. Мне просто хотелось взглянуть, на что ты способен. Только строить еще нельзя, плоховато будет. Так что придется все переделать. Завтра я тебе покажу, что мне нужно.

V

За год работы в фирме Франкона и Хейера Китинг приобрел статус кронпринца. Громко об этом не говорили, но перешептывались. Оставаясь всего лишь чертежником, он стал всевластным фаворитом Франкона, и тот постоянно брал его с собой обедать. Подобной привилегии еще не удостаивался ни один из служащих. Франкон вызывал его на все беседы с заказчиками, которым, видимо, приятно было увидеть столь декоративного молодого человека в архитектурном бюро.

У Лусиуса Н. Хейера была неприятная привычка ни с того ни с сего спрашивать Франкона: «Как давно у вас этот новичок?», показывая при этом на служащего, проработавшего здесь уже три года. Но, к всеобщему удивлению, Хейер запомнил Китинга по имени и при каждой встрече улыбался ему, всем своим видом показывая, что узнал его. В один ненастный ноябрьский день Китинг долго и обстоятельно беседовал с ним о старом фарфоре. Это было хобби Хейера; он владел прославленной коллекцией, которую собирал с истинной страстью. Китинг проявил неплохое знание предмета, хотя впервые услышал о старом фарфоре лишь накануне вечером, после чего тут же отправился в публичную библиотеку. Хейер был в восторге; никто во всем бюро не проявлял к его увлечению ни малейшего интереса; мало кто вообще замечал его присутствие. В беседе с партнером Хейер не преминул заметить:

— Ты очень неплохо подбираешь людей, Гай. Этот паренек... как бишь его?.. Китинг — просто клад.

— О да, — улыбаясь, ответил Франкон. — О да.

В чертежной Китинг сосредоточил все усилия на Тиме Дейвисе. Сама по себе работа, готовые чертежи, были неизбежными, но несущественными деталями в трудовой жизни Китинга. Сутью же ее на этом начальном этапе профессиональной карьеры стал Тим Дейвис.

Бóльшую часть собственной работы Дейвис теперь перепоручал ему. Поначалу это касалось лишь сверхурочной работы, потом и некоторой части дневных заданий. Вначале это делалось тайком, потом открыто. Дейвис не хотел, чтобы об этом знали; Китинг устроил так, что об этом узнали все, приняв при этом наивно-доверительный тон, как бы подразумевая, что сам он, Китинг, не более чем инструмент, наподобие карандаша или рейсшины в руках Тима, а его помощь никак не умаляет, но лишь подчеркивает высочайшее мастерство Тима. Именно поэтому он, Китинг, и не считает нужным скрывать этот факт.

Сначала Дейвис передавал свои задания Китингу; затем старший чертежник стал принимать такое положение вещей как само собой разумеющееся и начал приходить к Китингу напрямую с поручениями, предназначенными для Дейвиса. Китинг был всегда готов, всегда с улыбкой говорил: «Я все сделаю. Не приставайте к Тиму с такими мелочами. Я справлюсь сам». Дейвис успокоился и пустил дело на самотек. Он беспрестанно выходил покурить, слонялся без дела по чертежной или сидел на табуретке, праздно закинув ногу за ногу, прикрыв глаза и грезя об Элен. Лишь изредка он лениво осведомлялся: «Ну что, Пит, готово?»

Весной Дейвис женился на Элен. Он стал часто опаздывать на работу и завел обыкновение шептать на ухо Китингу:

— Слушай, Пит, ты ведь со стариком в дружбе. Замолви за меня словечко, ладно, чтобы не особо ко мне придирался? Господи, ну что за наказание — работать в такое время!

А Китинг говорил Франкону:

— Простите, мистер Франкон, что мы запоздали с чертежами подвального этажа для дома Мюрреев, но, понимаете, вчера Тим Дейвис повздорил с женой, а вы ведь представляете себе, что такое новобрачные, так что, пожалуйста, не судите их строго. — Или: — Это опять из-за Тима, мистер Франкон, простите его, пожалуйста, он ничего поделать не может. Ему сейчас не до работы!

Когда Франкон заглянул в платежную ведомость своего бюро, он обратил внимание, что самый высокооплачиваемый чертежник одновременно и самый бесполезный.

Когда Тима Дейвиса уволили, никто в бюро не удивился, кроме самого Тима Дейвиса. Он ничего не мог понять и ожесточился на весь мир до конца дней своих. Еще он почувствовал, что в целом свете у него есть только один друг — Питер Китинг.

Китинг утешал его, проклинал Франкона, проклинал людскую несправедливость, потратил шесть долларов, угощая в ресторанчике знакомую секретаршу плохонького архитектора, и нашел новое место для Тима Дейвиса.

После этого он всякий раз вспоминал о Дейвисе с теплым и приятным чувством. Он *изменил* судьбу человека, вышвырнул его с одной тропы и запихнул на другую; человека, который для Китинга был уже не Тимом Дейвисом, а лишь абстрактным телом, наделенным сознанием. Почему он всегда так боялся этого непостижимого явления — сознания, которым наделены другие? Ведь ему, Китингу, удалось направить чужое тело и чужое сознание по иному пути, согласно его, Китинга, воле.

По единодушному решению Франкона, Хейера и старшего чертежника место Дейвиса, вместе с рабочим столом и жалованьем, было передано Питеру Китингу. Но не только это радовало Китинга, более сильное — и более опасное — удовлетворение доставляло ему другое ощущение. Он часто и весело повторял: «Тим Дейвис? Ах да, это тот, которому я нашел новое место».

Он написал об этом матери. Она заявила подругам: «Мой Пит такой бескорыстный мальчик».

Он послушно писал ей каждую неделю. Письма его были короткими и почтительными. От нее же он получал письма длинные, подробные, полные разных советов. Он редко дочитывал их до конца.

Иногда он заглядывал к Кэтрин Хейлси. После того памятного вечера он не сдержал обещания прийти на другой день. Утром он проснулся, вспомнил все, что говорил ей, и возненавидел *ее* за то, что сказал ей такое. Но через неделю он вновь пришел к ней. Она не стала упрекать его, и они ни словом не обмолвились о ее дяде. После этого он встречался с ней раз в месяц или в два. Он был счастлив видеть ее, но никогда не заговаривал с ней о работе.

Он попробовал поговорить об этом с Говардом Рорком, но попытка не увенчалась успехом. Он дважды заходил к Рорку, с остервенением преодолевая пять лестничных маршей до его комнаты. Он радовался встрече с Говардом, ожидая получить у него поддержку. Питер и сам не понимал, какого рода поддержку он хочет получить и почему ее надо искать именно у Рорка. Он рассказывал о своей работе и с искренней заинтересованностью расспрашивал Рорка о бюро Генри Камерона. Говард выслушивал его, охотно отвечал на все вопросы, но при этом у Китинга возникало ощущение, будто все его слова разбиваются о стальной щит в сосредоточенном взгляде Рорка и будто они говорят о совершенно разных вещах. Во время бесед Китинг замечал обтрепанные манжеты Рорка, его стоптанные ботинки, заплатку на колене — и испытывал большое удовлетворение. Уходил он посмеиваясь, но одновременно ощущал себя как-то очень неуютно. Он не понимал, откуда бралось это неприятное ощущение, и клялся сам себе, что ноги его больше у Рорка не будет, и недоумевал — отчего же он ничуть не сомневается, что придет сюда еще не раз?

— Ну знаешь, — сказал Китинг, — у меня пороху не хватит так сразу пригласить ее на обед, но послезавтра она идет со мной на выставку Моусона. А дальше-то что?

Он сидел на полу, опираясь головой на край дивана и вытянув перед собой босые ноги. На нем свободно болталась пижама цвета ликера «Шартрез», принадлежавшая Гаю Франкону.

Через распахнутую дверь ванной он видел Франкона, который стоял возле раковины, упираясь животом в ее сверкающий край. Франкон чистил зубы.

— Прекрасно, — сказал Франкон. Рот его был полон пасты. — Так будет ничуть не хуже. Ты, конечно, понимаешь, что я имею в виду?

— Нет.

— Господи, Пит, я же тебе вчера объяснил, еще до того, как все началось. Муж миссис Данлоп хочет построить для нее дом.

— Ах да, — слабым голосом ответил Китинг, убирая с лица слипшиеся черные кудри. — Теперь вспомнил… Боже мой, Гай, как трещит голова!..

Он смутно припомнил званый ужин, на который Франкон привел его вчера вечером. Припомнил замороженную черную икру, которую подавали в глыбе льда, припомнил симпатичное лицо миссис Данлоп и ее черное вечернее платье из тюля, но так и не мог вспомнить, каким же образом он очутился здесь, в квартире Франкона. Он пожал плечами — в последний год он нередко бывал на разных приемах вместе с Франконом, и частенько его приносили сюда в беспамятстве.

— Это не очень большой дом, — говорил Франкон, засунув в рот зубную щетку. От этого на одной его щеке образовалась выпуклость, а изо рта торчала зеленая ручка щетки. — Тысяч примерно на пятьдесят. Мелочовка, да и сами Данлопы тоже. Но у миссис Данлоп есть сестра, которая замужем за самим Квимби… тем самым крупнейшим торговцем недвижимостью. Так что вовсе не повредит заполучить подходец к этому семейству. И тебе, Пит, я поручаю разузнать, что еще можно выжать из этого заказа. Могу я на тебя рассчитывать?

— Конечно, — сказал Китинг, опустив голову. — Ты можешь на меня рассчитывать во всем, Гай…

Он сидел неподвижно, разглядывая пальцы босых ног, и думал о Штенгеле, проектировщике Франкона. Он не хотел о нем думать, но мысли его автоматически возвращались к Штенгелю. И так было уже несколько месяцев — ведь Штенгель воплощал собой вторую ступеньку его карьеры.

Для дружеских отношений Штенгель был недосягаем. Два года все попытки Китинга ломались об лед его очков. Мнение Штенгеля о нем шепотом пересказывалось в бюро, но немногие решались произнести его вслух, разве что предварительно расставив кавычки. Штенгель же высказывался открыто, хотя прекрасно знал, что все исправления, с которыми его эскизы возвращались от Франкона, сделаны рукой Китинга. Но у Штенгеля было одно уязвимое место: он давно уже подумывал уйти от Франкона и открыть собственное бюро. Он уже подыскал себе партнера, молодого архитектора, совершенно бездарного, но унаследовавшего крупное состояние. Штенгель лишь дожидался благоприятной возможности. Китинг очень много размышлял над этим. Он просто не мог думать ни о чем другом. И теперь, сидя на полу в спальне Франкона, он тоже думал об этом.

Через два дня, сопровождая миссис Данлоп по галерее, где экспонировались картины некоего Фредерика Моусона, он окончательно определился с планом действий. Китинг вел миссис Данлоп через жиденькую толпу, иногда брал ее под локоток, позволяя ей уловить его взгляд, чаще направленный на ее молодое лицо, чем на картины.

— Да, — сказал он, когда она послушно разглядывала пейзаж, изображающий автомобильную свалку, и старалась придать лицу выражение надлежащего восторга. — Замечательное произведение. Обратите внимание на цвета, миссис Данлоп... Говорят, этому Моусону крепко досталось в жизни. Обычная история — борьба за признание и все такое. Старо как мир, но очень трогательно. Так происходит в любом искусстве. Включая и мою профессию.

— Ах, неужели? — сказала миссис Данлоп. Судя по выражению ее лица, в этот момент она явно предпочитала архитектуру всем прочим искусствам.

— А вот здесь, — сказал Китинг, остановившись перед изображением старой карги, которая сидела на обочине дороги и, разувшись, ковыряла пальцы ног, — здесь искусство выступает в роли социально-критического документа. Восприятие такого искусства требует смелости.

— Какая великолепная картина! — вставила миссис Данлоп.

— Да-да, именно смелости. Это редкое качество... Говорят, что Моусон умирал от голода на своем чердаке, когда миссис Стювесант открыла его. Помочь становлению молодого таланта — это так благородно!

— Да, это возвышает, — согласилась миссис Данлоп.

— Если бы я был богат, — мечтательно проговорил Китинг, — то у меня было бы такое хобби. Я устраивал бы выставки молодых художников, финансировал концерты молодых пианистов, заказал бы постройку дома начинающему архитектору...

— А знаете, мистер Китинг, ведь мы с мужем собираемся построить небольшой домик на Лонг-Айленде.

— Да что вы говорите? Миссис Данлоп, вы так мило доверили мне эту новость. Вы еще так молоды, извините за такие слова. Вы не боитесь, что я начну докучать вам, стараясь заинтересовать вас моей фирмой? Или избавили себя от такой напасти, уже подыскав архитектора?

— Отнюдь не избавила, — любезно отвечала миссис Данлоп. — И, честно говоря, вовсе не боюсь такой напасти. За последние дни я много думала о фирме «Франкон и Хейер». Я слышала о них столько хорошего!

— О, вы так любезны, миссис Данлоп.

— Мистер Франкон — великий архитектор.

— О да!

— А что такое?

— Нет, ничего. Решительно ничего.

— Вы все же скажите.

— Вы действительно хотите это услышать?

— Да, разумеется.

— Видите ли, Гай Франкон — это просто громкое имя. Он сам вообще не будет заниматься вашим домом. Это один из профессиональных секретов, который мне не следовало бы разглашать, но в вас есть нечто такое, что заставляет меня быть с вами откровенным. Все лучшие дома, созданные в нашей фирме, спроектировал мистер Штенгель.

— Кто?

— Клод Штенгель. Вы не слышали этого имени, но непременно услышите, если у кого-нибудь хватит смелости открыть его. Понимаете, всю работу делает он, он и есть настоящий, хоть и незаметный, талант, но Франкон ставит свою подпись и стяжает все лавры. Так делается повсюду.

— Но почему мистер Штенгель терпит такое?

— А что ему остается делать? Никто не хочет предоставить ему возможность работать самостоятельно. Вы же знаете, как устроены большинство людей — все хотят идти проторенными путями и готовы заплатить втридорога за тот же товар, лишь бы на нем стояло клеймо известной фирмы. Смелости им не хватает, миссис Данлоп, смелости. Штенгель великий мастер, но очень немногим дано это понять. Он готов открыть собственное дело, если только найдется выдающаяся личность вроде миссис Стювесант, которая предоставит ему такой шанс.

— Надо же! — воскликнула миссис Данлоп. — Как интересно! Расскажите-ка поподробнее.

И он рассказал. К тому времени, как они закончили осмотр творений Фредерика Моусона, миссис Данлоп уже трясла его руку и говорила:

— Так любезно, так изумительно мило с вашей стороны! Вы уверены, что не попадете в неловкое положение перед вашей фирмой, если устроите мне встречу с мистером Штенгелем? Я сама все как-то не осмеливалась это предложить, а вы так добры, что, надеюсь, не рассердитесь на меня за это, ведь правда? Вы проявили такое бескорыстие, на которое никто на вашем месте не отважился бы.

Когда Китинг подошел к Штенгелю с приглашением отобедать с миссис Данлоп, тот выслушал его, не проронив ни слова. Затем он резко тряхнул головой и столь же резко спросил:

— А ты-то с этого что будешь иметь?

Китинг не успел ответить. Штенгель внезапно выпрямился.

— Ага, — сказал он. — Все ясно. — Он снова наклонился, скривив губы в презрительной усмешке. — Хорошо. Я приду на этот обед.

Когда Штенгель уволился от Франкона и Хейера, открыл собственное бюро и, тут же получив свой первый заказ от Данлопов, приступил к проектировке их дома, Гай Франкон сломал линейку о край стола и заорал, повернувшись к Китингу:

— Какой негодяй! Какой гнусный негодяй! После всего, что я для него сделал!

— Чего же ты хочешь? — спросил Китинг, развалившись в низком кресле. — Такова жизнь.

— Вот чего я никак в толк не возьму — как этот вонючка пронюхал о заказе? Ведь прямо из-под носа у нас увел!

— Я никогда ему особенно не доверял. — Китинг пожал плечами. — Натура человеческая...

В голосе Китинга звучала неподдельная обида. Ведь он так и не дождался благодарности от Штенгеля. На прощание тот лишь бросил ему: «А ты еще больший мерзавец, чем мне казалось. Что ж, будь счастлив! Из тебя получится великий архитектор».

Так Китинг получил место главного проектировщика у Франкона и Хейера.

Франкон отметил это событие небольшой скромной оргией в одном из уютных дорогих ресторанов.

— Через пару лет, — все твердил он, — через пару лет мы такое закрутим, Пит... Ты славный парень, и я тебя люблю, и я для тебя готов на все... Разве я тебе не помогал?.. Ты еще такое увидишь... через пару лет...

— Гай, у тебя галстук съехал набок, — сухо заметил Китинг. — И не поливай коньяком жилетку...

Получив первое задание по разработке проекта, Китинг вспомнил о Тиме Дейвисе, о Штенгеле, о других, которые к этому стремились, боролись, старались — и ничего у них не получилось. Ибо всех победил он, Питер Китинг. Его переполняло чувство торжества — ведь он получил ощутимое доказательство собственного величия. И тут он заметил, что сидит в своем кабинете со стеклянными стенками совсем один и смотрит на чистый лист бумаги. Совсем один. Что-то прокатилось из горла в желудок, холодное, пустое. Это было знакомое ощущение полета в пропасть. Он облокотился о стол и прикрыл глаза. До этого момента ему как-то не вполне верилось, что от него действительно ждут, чтобы он на этом листе бумаги что-то изобразил... что-то создал.

Собственно, требовалось создать совсем небольшой коттедж. Но дом никак не вырастал перед его мысленным взором. Более того, очертания будущего строения предстали перед ним в виде глубокой ямы в земле. И такую же яму он почувствовал в себе самом — пустоту, в которой только бессмысленно трещали о чем-то Штенгель и Дейвис... Об этом доме Франкон сказал ему: «В нем должно быть благородство, понимаешь, благородство... никаких выкрутасов... строгая гармония... И не вылезай из сметы». Это, по представлениям Франкона, и означало «дать проектировщику общую концепцию и предоставить ему возможность самостоятельно проработать детали». В холодном оцепенении Китинг представил себе, как клиенты смеются ему в лицо; он услышал тихий, но полный силы голос Эллсворта Тухи, призывающий его обратить внимание на великолепные возможности, открывающиеся в области сантехники. Все сооружения, возведенные человеком на земле, стали ему ненавистны. Он ненавидел сам себя за то, что избрал профессию архитектора.

Начав рисовать, он старался не думать о том, что делает. Он думал только о том, что ведь это делали и Франкон, и Штенгель, и даже Хейер, и другие тоже, и если уж у них получалось, то непременно получится и у него.

Он потратил много дней на предварительные эскизы. Часами он не вылезал из служебной библиотеки, выбирая внешний облик дома из множества фотографий памятников античной архитектуры. Он чувствовал, как в мозгу его тает напряжение. Дом, который начинал у него получаться, — это правильный дом, хороший дом. Ведь люди не перестали поклоняться древним мастерам, строившим подобные дома много веков назад. Не надо сомневаться, бояться, не надо рисковать. За него все уже сделали другие.

Когда эскизы были готовы, он долго стоял над ними и смотрел на них в полной растерянности. Если бы ему сказали, что это самый лучший дом в мире или что здания уродливее еще не существовало на земле, он охотно согласился бы и с тем и с другим. Он не знал наверняка. А надо было знать. Он вспомнил о Стентоне, о том, что делал в те годы, работая над сходными заданиями. И тут же позвонил в бюро Камерона и попросил позвать Говарда Рорка.

Вечером он пришел в комнату Рорка и разложил перед ним планы, проекции, объемные изображения первого своего здания.

Рорк постоял над ними, широко расставив руки и держась пальцами за край стола. Долгое время он молчал.

Китинг тревожно ждал и чувствовал, как вместе с тревогой в нем нарастает гнев — из-за того, что он никак не мог понять причину своей тревоги. Когда он больше не мог этого вынести, он заговорил:

— Понимаешь, Говард, все говорят, что Штенгель — лучший проектировщик в городе, и, по-моему, он еще не собирался уходить от нас. Но я устроил так, что он уволился, а сам занял его место. Мне пришлось над этим здорово пошевелить мозгами, и я...

Он остановился. Его слова звучали отнюдь не гордо и весело, как звучали бы в любом другом месте. Они звучали как слова нищего попрошайки.

Рорк повернулся и посмотрел на него. В этом взгляде не было презрения. Глаза Рорка были лишь приоткрыты шире обычного, внимательные и озадаченные. Рорк ничего не сказал и вновь склонился над эскизами.

Китинг почувствовал себя голым и беззащитным. Здесь ничего не значили имена Дейвиса, Штенгеля, Франкона. От людей Китинга защищали только люди, Рорк же совсем не ощущал людей. *От других Китинг получал ощущение собственной значимости. От Рорка он не получал ничего*. У него мелькнула мысль, что надо бы схватить эскизы и бежать отсюда. Опасность исходила не от Рорка. Опасность заключалась в том, что он, Китинг, остается здесь.

Рорк повернулся к нему:

— Питер, тебе нравится заниматься такими вещами?

— Я знаю, — почти истерично отозвался Китинг, — я знаю, что ты такого не одобряешь. Но это бизнес. Я только хотел спросить, что ты думаешь об этом с *практической* точки зрения. Не с философской, не...

— Не беспокойся. Я не собираюсь читать тебе проповедей. Просто интересно стало.

— Если бы ты только согласился помочь мне, Говард, чуть-чуть помочь... Это ведь мой первый дом, он так много для меня значит, и для моей работы тоже... а я все как-то сомневаюсь. А тебе как кажется? Так ты поможешь мне, Говард?

— Хорошо.

Рорк отбросил в сторону эскиз красивого фасада с рифлеными пилястрами*, ломаными фронтонами, ликторскими пучками прутьев* и двумя имперскими орлами у портика. Он взял чертеж и, положив поверх него лист кальки, принялся чертить. Китинг стоял, наблюдая за карандашом в руках Рорка. Он увидел, как исчезают внушительный вестибюль, кривые коридоры, неосвещенные углы. Он увидел, как в объеме, который сам он посчитал недостаточным, вырастает огромная гостиная, появляется стена, состоящая из гигантских окон, выходящих в сад, просторная кухня. Смотрел он долго.

— А фасад? — спросил он, когда Рорк отбросил карандаш.

— С ним я тебе помочь не могу. Если обязательно нужна классика, пусть будет классика, только хорошая. Не нужны три пилястры там, где хватит одной. И убери с портика этих уток — это уж чересчур.

Уходя, Китинг благодарно улыбнулся ему. Держа папку под мышкой, он спускался по лестнице, исполненный обиды и злости.

Три дня он трудился, изготовляя чертежи по эскизам Рорка и новые, упрощенные проекции. Свой дом он представил Франкону гордым, несколько витиеватым жестом.

— М-да, — сказал Франкон, изучая чертежи. — М-да, доложу я вам!.. Ну и воображение у тебя, Питер... Несколько смеловато, пожалуй, но все-таки... — Кашлянув, он добавил: — Это именно то, что я имел в виду.

— Разумеется, — ответил Китинг. — Я изучил твои дома и постарался представить себе, что бы ты сделал на моем месте. Если получилось неплохо, так только потому, что я научился понимать твои замыслы.

Франкон улыбнулся, и Китинг вдруг понял, что Франкон не верит ни одному его слову и прекрасно знает, что и Китинг ничему этому не верит. И все же оба были очень довольны. Общий метод и общая ложь еще больше сплотили их.

Письмо, лежащее на столе у Камерона, с искренним сожалением извещало его, что совет директоров Трастовой компании ценных бумаг после тщательного рассмотрения вынужден был отклонить его проект здания для нового филиала вышеозначенной компании в городе Астория* и что заказ передан фирме «Гулд и Петтингилл». К письму был приложен чек на заранее оговоренную сумму в уплату за затраченные усилия. Эта сумма не покрывала даже расходов на материалы, пошедшие на подготовку проекта.

Развернутое письмо лежало на столе. Камерон сидел у стола, отодвинувшись подальше, не притрагиваясь к нему, плотно сжав ладонь, лежащую на коленях, напряженными пальцами другой руки. Это был всего-навсего листок бумаги, но Камерону казалось, будто от этого листка, как от радия, исходят невидимые лучи, которые поразят его, если он только пошевелится. И он сидел, съежившись, в полной неподвижности.

Он ждал заказа от этой компании три месяца. За последние два года те немногие предложения, которые изредка еще делались ему, исчезали одно за другим, начинаясь туманными обещаниями и оканчиваясь однозначным отказом. Давно пришлось расстаться с одним из чертежников. Домовладелец приставал с вопросами — сначала вежливо, потом сухо и, наконец, грубо и без всякого стеснения. Но никого в бюро не раздражали ни выходки домовладельца, ни задержки жалованья: ведь у них была надежда на заказ от Трастовой компании. Вице-президент компании, предложивший Камерону выдвинуть свой проект, заявил: «Я знаю, что в совете директоров не все разделяют мое мнение. Но дерзайте, мистер Камерон. Доверьтесь мне, а я буду за вас бороться».

Камерон доверился. Они с Рорком работали как проклятые — лишь бы все закончить вовремя, задолго до назначенного срока, прежде чем Гулд и Петтингилл представят свой проект. Петтингилл был двоюродным братом жены президента компании и крупнейшим специалистом по развалинам Помпеи. Сам же президент был страстным поклонником Юлия Цезаря и как-то раз, будучи в Риме, целых полтора часа благоговейно изучал Колизей.

Камерон и Рорк сутками не вылезали из чертежной, встречая один холодный рассвет за другим. Камерон невольно ловил себя на мысли о счете за электричество, но тут же заставлял себя забыть о нем. Далеко за полночь в чертежной еще горел свет; Камерон посылал Рорка за бутербродами. Рорк, выходя на улицу, попадал в серое утро — в бюро, в окнах, выходящих на высокую кирпичную стену, еще царила ночь. В последний день Рорк велел Камерону отправляться домой сразу после полуночи, потому что у того немилосердно дрожали руки, а нога постоянно искала опоры в виде высокого табурета, на который Камерон медленно и очень аккуратно ставил колено. Именно на эту аккуратность было больнее всего смотреть. Рорк отвел учителя вниз, усадил в такси, и в свете уличных фонарей Камерон увидел его лицо, изможденное, с сухими губами, увидел глаза, которые закрывались сами собой. На другое утро Камерон вошел в чертежную и сразу же увидел на полу опрокинутый кофейник, вокруг которого расплылась черная лужица. В этой лужице, ладонью вверх, лежала рука Рорка с полусогнутыми пальцами. Рорк, растянувшись на полу и запрокинув голову, крепко спал. На столе Камерон обнаружил законченный проект...

Он сидел, глядя на письмо, лежащее на столе. Самое унизительное заключалось в том, что он даже не мог думать о тех бессонных ночах, о здании, которое должно было подняться в Астории, о здании, которое теперь появится там вместо него. В голове осталась лишь мысль о неоплаченном счете за электричество...

За эти последние два года Камерон иногда неделями не появлялся в бюро, а Рорк не находил его дома и прекрасно понимал, что происходит, но мог только ждать, уповая на благополучное возвращение Камерона. Потом Камерон даже перестал стыдиться своих мук и приходил на работу покачиваясь, никого не узнавая. Мертвецки пьяный, он выставлял свое состояние напоказ в стенах того единственного на земле места, к которому относился с уважением.

Рорк научился встречать своего домовладельца спокойным утверждением, что не сможет расплатиться с ним еще неделю. Домовладелец боялся его и не решался настаивать. Питер Китинг каким-то образом узнал об этом, как всегда узнавал то, о чем хотел узнать. Однажды вечером он явился в выстуженную комнату Рорка и уселся, не снимая пальто. Он извлек бумажник, вытащил оттуда пять десятидолларовых банкнот и вручил Рорку:

— Тебе нужны деньги, Говард. Я знаю, что тебе они нужны. Только не возражай. Отдашь, когда сможешь.

Рорк с удивлением посмотрел на него, взял деньги и сказал:

— Да, мне нужны деньги. Спасибо, Питер.

Тогда Китинг сказал:

— Какого черта ты растрачиваешь себя впустую у старика Камерона? Ради чего ты прозябаешь здесь, словно последний оборванец? Бросай это дело, Говард, и переходи к нам. Мне достаточно только сказать, и Франкон тебя с радостью возьмет. Для начала мы положим тебе шестьдесят в неделю.

Рорк вынул из кармана деньги и вернул их Китингу.

— Говард, да ты что? Я... я не хотел тебя обидеть.

— И я тоже.

— Но, Говард, прошу тебя, оставь себе деньги.

— Спокойной ночи, Питер.

Рорк вспомнил этот случай, когда Камерон вошел в чертежную, держа в руках письмо из Трастовой компании. Он передал письмо

Рорку, молча повернулся и ушел к себе в кабинет. Рорк прочел письмо и пошел вслед за учителем. Когда они теряли очередной заказ, Рорк знал, что Камерон хочет видеть его в своем кабинете, — но не затем, чтобы поговорить о неудаче, а лишь для того, чтобы он там был, чтобы можно было поговорить о постороннем, найти хоть какое-то утешение в том, что рядом верный ученик.

На столе Камерона Рорк увидел номер нью-йоркского «Знамени».

Это была ведущая газета мощного синдиката Винанда. Рорк ожидал увидеть газету такого рода на кухне, в парикмахерской, в третьесортной гостиной какого-нибудь дома, в метро — где угодно, но только не в кабинете Камерона. Камерон увидел, что Рорк разглядывает газету, и ухмыльнулся:

— Нынче утром приобрел, по пути сюда. Смешно, правда? Я ведь не знал, что мы сегодня... получим это письмо. И все же они очень подходят друг другу — письмо и газета. Не знаю, что меня дернуло купить ее. Должно быть, чувство символики. Взгляни на нее, Говард. Это любопытно.

Рорк просмотрел газету. На первой полосе была помещена фотография матери-одиночки с пухлыми глянцевыми губами, она застрелила своего любовника. Под фотографией расположились первая часть биографии этой женщины и подробный отчет о судебном процессе. На последних страницах теснились статьи, гневно обличающие городские коммунальные службы, ежедневный гороскоп, фрагменты церковных проповедей, советы новобрачным, фотографии девушек с красивыми ножками, рекомендации тем, кто желает сохранить мужа, конкурс на лучшего ребенка, стихотворение, провозглашающее, что вымыть посуду благороднее, чем написать симфонию, статья, в которой доказывалось, что женщина, родившая ребенка, автоматически становится святой.

— Вот и ответ, Говард. Ответ тебе и мне. Эта газета. Она существует, и ее любят. Можешь ты с этим бороться? Можешь ли ты найти слова, которые читатели такой газеты услышали бы и поняли? Им не надо было присылать нам письмо. Лучше бы прислали экземпляр винандовского «Знамени». Так было бы проще и понятнее. А знаешь ли ты, что через три года этот подонок Гейл Винанд будет управлять всем миром? То-то будет прекрасный мир! И возможно, он прав.

Камерон держал газету в вытянутой руке, будто взвешивал ее на ладони.

— Дать им, чего они хотят, Говард, и позволить им обожать тебя за это, за то, что ты лижешь им пятки и... кое-что еще. Не все ли равно?.. Все равно, и даже то, что мне теперь все равно, тоже все равно... —

Он посмотрел на Рорка и добавил: — Если бы я только мог продержаться, пока не поставлю на ноги тебя, Говард...

— Не надо об этом.

— Надо... Странно, Говард, весной исполнится три года, как ты тут. А кажется, прошло гораздо больше, правда? И что, научил я тебя чему-нибудь? Я так скажу — научил очень многому и в то же время ничему не научил. Ведь, по сути дела, *никто* не может научить *тебя*, в смысле самую твою сердцевину. В глубине души ты сам все знаешь. И то, что ты делаешь, — это только твое, не мое, не чье-нибудь. Я могу только научить тебя лучше доводить детали. Я могу дать тебе средства, но цель — цель принадлежит только тебе. Из тебя не выйдет послушного ученичка, воздвигающего малокровные пустячки под раннее барокко или позднего Камерона. Ты будешь... эх, дожить бы да посмотреть!

— Доживете. Вы и сейчас это знаете.

Камерон стоял, глядя на голые стены своего кабинета, на белую стопочку счетов на письменном столе, на грязные дождевые капли, медленно стекающие по стеклам.

— Мне нечего им ответить, Говард. Я оставляю тебя с ними один на один. *Ты* им ответишь! Всем — газеткам Винанда, тем, чьи глаза делают существование таких газеток возможным, и тем, кто стоит за ними. Я возлагаю на тебя необычную миссию. Я даже не представляю, каким он будет, твой ответ. Знаю только, что ответ будет, и этот ответ дашь ты, поскольку ты сам и есть этот ответ, и однажды лишь ты сумеешь найти нужные слова.

VI

«Проповедь в камне» Эллсворта Тухи увидела свет в январе 1925 года.

Книга вышла в неброской темно-синей суперобложке с четкими серебряными буквами и серебряной пирамидой в углу. У нее был подзаголовок «Архитектура для всех». Успех ее оказался сенсационным. В ней излагалась вся история архитектуры, от первобытной землянки до небоскреба, простыми обыденными словами, понятными человеку с улицы, и вместе с тем эти слова казались высоконаучными. В предисловии автор подчеркивал, что книга является «попыткой поставить архитектуру на то почетное место, которое ей принадлежит по праву, то есть в самую гущу народных масс». Далее автор признавался, что мечтает, чтобы «средний человек рассуждал об архитектуре так, как он рассуждает о бейсболе». Он не утомлял читателей техническими подробностями пяти ордеров*, не вдавался в описания стоек и перемычек, несущих опор и свойств железобетона. Страницы книги были заполнены доступными, простыми описаниями быта египетской домохозяйки, римского сапожника, любовницы Людовика Четырнадцатого: что они ели, как умывались, где делали покупки и какое воздействие на их существование оказывали здания, в которых они жили и которые их окружали. Но при этом Тухи создавал в читателях уверенность, что они познают все, что следует знать и о пяти ордерах, и о железобетоне; что нет и не было никаких вопросов, достижений, устремлений мысли, сколько-нибудь обособленных от обыденной жизни людей, равно безвестных и в прошлом, и в настоящем; что все цели и достижения науки сводятся исключительно к усовершенствованию этой обыденной жизни; что читатели воплощают в себе высшие устремления цивилизации и достигают всех мыслимых идеалов одним лишь тем, что продолжают в безвестности влачить свои дни. Научная точность Тухи была безупречной, эрудиция поразительной — никто не мог бы опровергнуть его суждений о кухонной утвари Вавилона или дверных ковриках Византии. В его описаниях были яркость и убедительность, свойственные очевидцу. Он не продирался сквозь гущу веков, а скорее, как отмечали критики, двигался по тропе времени веселой, танцующей походкой. Он являлся читателям одновременно в трех обличьях — шута, близкого друга и пророка.

Он утверждал, что архитектура воистину является высшим из искусств, поскольку она анонимна, как и все великое. Он утверждал, что в мире есть множество прославленных строений, но мало прославленных строителей, и это правильно, поскольку отдельная личность никогда еще не создавала ничего значительного в архитектуре, — кстати, и в других областях тоже. Те немногие, чьи имена сохранила история, на самом деле самозванцы, укравшие славу у народа, подобно тому как другие крадут у народа богатство. «Когда мы созерцаем величие древнего монумента и приписываем его гению одного человека, мы совершаем непростительную духовную подмену. Мы забываем об армии безвестных невоспетых каменщиков, предшественников этого "гения" во тьме неведомых веков, которые смиренно трудились (а истинный героизм смиренен) и вносили свою малую лепту в общую сокровищницу эпохи. Каждое великое сооружение есть не творение той или иной гениальной личности, а лишь материальное воплощение духа народа».

Он объяснял, что упадок в архитектуре наступил тогда, когда на смену средневековому общинному устройству явилась частная собственность, что эгоизм частных собственников, которые строили с одной целью — удовлетворить свой дурной вкус («любые претензии на свой особый, индивидуальный вкус и есть дурной вкус»), уничтожил планомерную городскую застройку. Он доказывал, что никакой свободы воли не существует, ибо все творческие устремления людей, как и все прочее, жестко обусловлены экономическим укладом эпохи, в которой живут эти люди. Он восхищался всеми великими архитектурными стилями прошлого, но предостерегал от их произвольного смешения. Современную архитектуру он вообще не брал в расчет, говоря, что «до сей поры она представляла собой лишь прихоти и причуды отдельных личностей, не имеющие никакого отношения к великому и свободному движению народных масс, а следовательно, и никакого значения». Он предсказывал светлое будущее, где все люди станут братьями, а все постройки — гармоничными и неотличимыми друг от друга, согласно великой традиции Греции, матери Демократии. В этом месте он сумел, ничуть не поступившись спокойной отстраненностью слога, передать ощущение, что слова, ныне четко отпечатанные, в рукописи были начертаны нетвердой рукою, дрожащей от избытка чувств. Он призывал отказаться от эгоистического стремления к личной славе и посвятить себя воплощению в камне духа народа. «Архитекторы — это слуги, а не вожди. Они должны не утверждать свое маленькое Я, а выражать душу своей страны и ритмы своего времени. Они должны не потакать своим личным прихотям, а стремиться к общему знаменателю, что приблизит их творения к сердцу народных масс. Архитекторы... да, друзья мои, архитекторы не имеют права рассуждать. Их дело не руководить, а подчиняться».

Реклама «Проповеди в камне» включала в себя следующие выдержки из критических статей: «Потрясающе!», «Феноменальное достижение!», «Подобного еще не знала история искусств!», «Не упустите шанс познакомиться с милейшим человеком и глубочайшим мыслителем!», «Обязательное чтение для каждого, кто претендует на звание интеллигентного человека!».

Очевидно, претендентов на это звание набралось очень много. Читатели приобретали эрудицию и авторитетность суждений без серьезных занятий, без издержек и усилий. Очень приятно было смотреть на дома и критиковать их с видом профессионала, вспоминая при этом четыреста тридцать девятую страницу «Проповеди»; вести высокохудожественные споры, обмениваясь одними и теми же цитатами из одних и тех же глав. В светских гостиных вскоре уже можно было услышать: «Архитектура? Ах да, Эллсворт Тухи!»

В соответствии со своими принципами Эллсворт М. Тухи на протяжении всей книги не упомянул ни одного архитектора. «Метод исторического исследования, построенный на мифотворчестве и почитании героев, всегда был мне глубоко отвратителен». Имена появлялись только в сносках. В нескольких сносках упоминался Гай Франкон, «имеющий некоторую склонность к украшательству, но заслуживающий похвалы за верность строгим принципам классицизма». В одной сноске говорилось и о Генри Камероне, «когда-то известном как один из основателей так называемой современной школы, а ныне прочно и заслуженно забытом. Vox populi vox dei[1]».

В феврале 1925 года Генри Камерон оставил работу.

Он уже год предвидел наступление этого дня. Он не говорил об этом с Рорком, но они оба это прекрасно понимали и продолжали работать, ни на что не рассчитывая, кроме одного — продолжать работать, пока это еще возможно. За этот год в их бюро накапало несколько заказов — дачки, гаражи, реставрация старых зданий. Они брали все. Но и эта тоненькая струйка вскоре иссякла. Трубы пересохли. Общество, которому Камерон никогда не платил по счетам, перекрыло воду.

Симпсона и старика, сидевшего в приемной, давно уже рассчитали. Остался только Рорк, который длинными зимними вечерами неподвижно сидел, глядя на Камерона, полусползшего со стула и безжизненно уронившего голову на стол. В свете лампы поблескивала бутылка.

Как-то в феврале, когда Камерон уже несколько недель не притрагивался к спиртному, он потянулся снять книгу с полки и вдруг рухнул к ногам Рорка — рухнул окончательно и бесповоротно. Рорк отвез его домой, а вызванный врач объявил, что если Камерон не будет строго соблюдать постельный режим, то подпишет себе смертный приговор. Камерон и сам это понимал. Он лежал неподвижно, послушно вытянув руки вдоль тела. Его немигающий взгляд был пуст. Он тихо сказал:

— Говард, закрой бюро, пожалуйста.

— Хорошо, — сказал Рорк.

Камерон закрыл глаза и не сказал больше ни слова. Рорк всю ночь просидел у его постели, не зная, спит учитель или нет.

Откуда-то из Нью-Джерси приехала сестра Камерона, кроткая пожилая дама с седыми волосами, дрожащими руками и совершенно неприметным лицом. От нее исходило ощущение полной покорности судьбе и тихого отчаяния. Обладая крохотным доходом, она тем не менее приняла на себя ответственность за брата и взяла его к себе, в свой дом в Нью-Джерси. Она никогда не была замужем, и, кроме брата, у нее не было никого на свете. Этому бремени она не обрадо-

[1] Глас народа — глас Божий (*лат.*).

валась и не опечалилась, поскольку уже давно утратила способность чувствовать.

В день отъезда Камерон передал Рорку письмо, которое с великим трудом написал накануне ночью, положив на колени старый кульман и опираясь спиной о подушку. Письмо было адресовано одному известному архитектору, в нем содержалась рекомендация. Рорк прочитал письмо и, глядя на Камерона, а не на собственные руки, разорвал его, сложил обрывки и еще раз порвал.

— Нет, — сказал Рорк. — Вам не следует просить их ни о чем. Не беспокойтесь обо мне.

Камерон кивнул и погрузился в долгое молчание. Потом он произнес:

— Говард, ты закроешь бюро. В уплату за аренду пусть оставят себе мебель. Возьми только рисунок на стене в моем кабинете и переправь его мне. Только его. Все остальное сожги. Все бумаги, папки, чертежи, контракты — все.

— Хорошо, — сказал Рорк.

Мисс Камерон пришла с санитарами и носилками, и все отправились в карете скорой помощи к парому. У входа на причал Камерон сказал Рорку:

— Теперь иди. — И добавил: — Навещай меня, Говард... Только не слишком часто...

Рорк повернулся и зашагал прочь, а Камерона понесли на пирс. Утро было пасмурное, в воздухе стояло холодное и гнилостное дыхание моря. Над набережной низко пикировала серая чайка. На фоне мокрой каменной стены она казалась парящим обрывком газеты.

В тот же вечер Рорк пришел в опустевшее бюро Камерона. Не включая свет, он растопил железную печку в кабинете Камерона и стал бросать в огонь содержимое одного ящика за другим, даже не просматривая. В тишине слышалось тихое потрескивание горящей бумаги. В комнате поднялся слабый запах плесени. Огонь шипел, трещал, вспыхивал яркими языками. Иногда из пламени вылетал дрожащий белый клочок с обгоревшими краями. Рорк заталкивал его обратно концом железной линейки.

Горели чертежи зданий Камерона, и знаменитых, и оставшихся недостроенными, горели синьки, на которых тонкими линиями были обозначены балки, которые еще где-то стояли; горели контракты, на которых стояли подписи знаменитых людей. Иногда в алом сиянии проступало семизначное число, выведенное на пожелтевшей бумаге, проступало и тут же исчезало в маленьком облачке огненных искр.

Из папки со старыми письмами выпала на пол газетная вырезка. Рорк поднял ее. Она пожелтела и стала такой хрупкой, что ломалась на сгибах прямо в пальцах Рорка. Это было интервью, которое Генри Камерон дал 7 мая 1892 года. «Архитектура — это не бизнес, не карьера, это крестовый поход и посвящение своей жизни тому счастью, ради которого только и стоит жить на земле». Рорк бросил вырезку в огонь и потянулся за следующей папкой. Он собрал все огрызки карандашей со стола Камерона и бросил их в пламя.

Рорк неподвижно стоял возле печки, не глядя на огонь, лишь боковым зрением ощущая трепетание пламени. Он смотрел на висящее перед ним на стене изображение небоскреба, который так и не был построен.

Китинг служил у Франкона и Хейера уже третий год. Он ходил, гордо подняв голову, и держался нарочито прямо. Всем своим видом он напоминал преуспевающего молодого человека с рекламы очень дорогих бритвенных лезвий или не самых дорогих автомобилей.

Одевался он хорошо и внимательно следил, чтобы это не осталось незамеченным другими. У него была скромная, но очень престижная квартирка неподалеку от Парк-авеню*, и еще он купил три очень ценных офорта и прижизненное издание одного литературного классика. Эту книгу он ни разу не открывал, да и самого автора никогда не читал. Иногда он сопровождал клиентов в Метрополитен-опера*, а однажды появился на костюмированном балу искусств и потряс всех маскарадным костюмом средневекового каменотеса — пурпурная бархатная куртка и того же цвета штаны в обтяжку. В колонке светской хроники, посвященной этому событию, упомянули его имя. Это первое упоминание о себе в печати он вырезал и бережно сохранил.

Он забыл о первом спроектированном им здании. Забыл о страхах и сомнениях, сопутствовавших появлению на свет его первенца. Он давно уже понял, до чего все просто. Клиенты готовы будут принять все, что он предложит, лишь бы им дали внушительный фасад, величественный вход и гостиную под стать королевской, гостиную, которой можно было бы потрясти гостей. Все выходило ко всеобщему удовлетворению: Китингу было наплевать на все, лишь бы произвести впечатление на клиентов; клиентам было наплевать на все, лишь бы произвести впечатление на гостей; а гостям было просто наплевать на все.

Миссис Китинг сдала внаем свой дом в Стентоне и переехала в Нью-Йорк к сыну. Она была не нужна ему, но отказать ей он не мог — она ведь его мать, а матерям отказывать не принято. Он даже встретил ее с некоторой радостью, ему очень хотелось поразить ее своими успехами. Но она не поразилась. Внимательно осмотрев его жилище, гардероб, чековую книжку, она лишь сказала: «Ладно, Пит, пока сойдет. Но только пока».

Однажды она пришла к нему на службу и ушла, не пробыв там и получаса. В тот вечер Китингу пришлось полтора часа, ерзая и скрипя стулом, выслушивать советы матери.

— Этот тип, Уизерс, носит костюм намного дороже твоего. Это не дело, Пит. Надо блюсти свой престиж перед этими парнями. Тот коротышка, который принес тебе синьки, — мне совсем не понравилось, как он разговаривал с тобой... Нет-нет, ничего особенного, только я на твоем месте присмотрелась бы к нему повнимательнее... А тот длинноносый явно тебе не друг... Почему? Уж я-то вижу... Поосторожнее с этим, как его... Беннетом. На твоем месте я бы от него избавилась. Он высоко метит. Я таких насквозь вижу. — Потом она спросила: — Гай Франкон... У него есть дети?

— Одна дочь.

— Ах вот как... — встрепенулась миссис Китинг. — И какая она из себя?

— Я ее ни разу не видел.

— Как же так, Питер? — сказала она. — Ты не предпринимаешь никаких усилий, чтобы познакомиться с членами семьи мистера Франкона, тем самым проявляя к нему явную непочтительность.

— Мама, она учится в колледже, далеко от Нью-Йорка. Когда-нибудь я с ней обязательно познакомлюсь. А сейчас уже поздно, мама, а у меня завтра столько работы...

Но всю ночь и весь следующий день он думал об этом разговоре. Да и раньше он нередко обращался мыслью к дочери Франкона. Он знал, что колледж она давно закончила и сейчас работает в «Знамени», где ведет небольшую колонку об интерьере. Помимо этого он ничего не смог узнать о ней. Похоже, никто в бюро ничего не знал о ней. Франкон же никогда не заговаривал о дочери.

В тот же день в обеденный перерыв Китинг решился начать разговор на эту тему.

— Я слышал очень лестные отзывы о твоей дочери, — сказал он Франкону.

— И где же ты услышал эти лестные отзывы? — весьма зловеще спросил Франкон.

— Да знаешь, так, вообще... Словом, слышал. И пишет она превосходно.

— Да, пишет она превосходно. — Франкон резко захлопнул рот.

— Понимаешь, Гай, мне очень хотелось бы с ней познакомиться.

Франкон посмотрел на него и устало вздохнул.

— Ты же знаешь, что она не живет со мной, — сказал Франкон. — У нее своя квартира. Я даже не уверен, что помню адрес... Да ты, скорее всего, познакомишься с ней когда-нибудь. Питер, она тебе не понравится.

— Почему ты так говоришь?

— Есть основания, Питер. Боюсь, я оказался скверным отцом... Да, Питер, скажи-ка, как отнеслась миссис Маннеринг к новому проекту лестницы?

Китинг почувствовал гнев, разочарование — и облегчение. Он посмотрел на приземистую фигуру Франкона и попытался представить себе, какую же внешность должна была унаследовать его дочь, чтобы вызвать такую явную неприязнь даже у отца. «Богата и страшна как смертный грех, — решил он. — Впрочем, все они такие». Он подумал, что это его не остановит — в нужный момент. Мысль о том, что этот момент откладывается, только обрадовала его, и он тут же почувствовал огромное желание сегодня же навестить Кэтрин.

Миссис Китинг знала Кэтрин по Стентону и страстно надеялась, что Питер о ней забудет. Теперь она знала, что он не забыл Кэти, хотя редко говорил о ней и не приглашал к себе домой. Миссис Китинг никогда не упоминала имени Кэтрин. Зато она непрестанно заводила речь о нищих девицах, которые подцепляют на крючок блестящих молодых людей, о многообещающих юношах, чье завидное будущее было загублено женитьбой на абсолютно неподходящих женщинах. Она читала ему вслух каждое газетное сообщение о том, что та или иная знаменитость разводится со своей женой-плебейкой, которая никак не может соответствовать высокому общественному положению мужа.

Направляясь к дому Кэтрин, Китинг задумался об их редких свиданиях. Ни в одном из них не было ничего значительного, но из трех лет, проведенных им в Нью-Йорке, именно эти дни запали ему в память.

Когда она открыла ему дверь, он увидел посреди гостиной ее дяди груду писем, беспорядочно разбросанных по всему ковру, портативную пишущую машинку, газеты, коробки, ножницы и баночку с клеем.

— Боже мой! — сказала Кэтрин, неловко бухнувшись на колени посреди всего этого беспорядка.

Она посмотрела на него, улыбнулась обезоруживающей улыбкой, прикрывая руками бумажные кипы. Ей было почти двадцать лет, но сейчас она выглядела ничуть не старше семнадцати.

— Садись, Питер. Я думала, что закончу до твоего прихода, но, кажется, не успела. Тут письма от дядиных поклонников и вырезки из прессы. Мне надо все рассортировать, ответить на письма, разложить по папкам, написать благодарственные записочки... Видел бы ты, что ему пишут! Это чудо что такое! Да не стой там! Садись, пожалуйста. Я через минутку закончу.

— Ты уже закончила, — сказал он, взял ее на руки и отнес в кресло.

Он обнимал ее, целовал, а она смеялась от счастья, уткнувшись лицом ему в плечо. Он сказал:

— Кэти, ты такая несносная дурочка, и у тебя так сладко пахнут волосы!

Она сказала:

— Питер, не двигайся. Мне так хорошо.

— Кэти, я хочу тебе сказать. У меня сегодня замечательный день. Было официальное открытие здания Бордмена. Ты его знаешь, это на Бродвее. Двадцать два этажа и готический шпиль. У Франкона было несварение, и я пошел на открытие как его представитель. Я же как-никак проектировал этот дом и... Впрочем, ты же об этом ничего не знаешь.

— Все я знаю, Питер! Я видела все твои дома. У меня есть их фотографии. И я составляю из них памятный альбом, вроде дядиного... Ой, Питер, как это здорово!

— Что здорово?

— Дядины альбомы, письма, вот это все... — Она вытянула руки над бумагами, разбросанными по полу, будто желая их обнять. — Ты только подумай, письма идут со всей страны, от совершенно незнакомых людей, для которых он, оказывается, так много значит. А я вот ему помогаю, я, ничего собой не представляющая, — а какая на мне ответственность! Это так важно, так ответственно, касается всей страны, и все наши личные дела — такие мелочи по сравнению с этим!

— Ах вот как? Это он тебе так сказал?

— Ничего он мне не говорил. Но невозможно ведь прожить с ним несколько лет и не перенять хотя бы частичку его... его замечательной самоотверженности.

Ему захотелось рассердиться, но он увидел ее сияющую улыбку, глаза, в которых светился незнакомый огонь, и ему оставалось только улыбнуться в ответ.

— Я вот что скажу, Кэти. Тебе это очень идет, чертовски идет. Знаешь, ты выглядела бы просто сногсшибательно, если бы научилась хоть чуточку разбираться в одежде. Когда-нибудь я силком отволоку тебя к хорошему портному. Я хочу представить тебя Гаю Франкону. Он тебе понравится.

— Да? А ты, по-моему, говорил, что не понравится.

— Неужели? Значит, тогда я не знал его по-настоящему. Он отличный мужик. Я хочу познакомить тебя со всеми. Тебе будет... Эй, куда ты?

Она обратила внимание на стрелки его наручных часов и тихонечко попятилась от него.

— Я... Питер, скоро девять, а мне надо все закончить до прихода дяди Эллсворта. Он придет к одиннадцати — выступает на собрании профсоюза. Я буду разговаривать с тобой и одновременно работать. Ты не против?

— Конечно, против! Пошли они к черту, поклонники твоего драгоценного дядюшки! Пусть сам с ними разбирается. А ты сиди где сидишь.

Она вздохнула, но послушно положила голову ему на плечо.

— Не смей так говорить о дяде Эллсворте. Ты его совсем не знаешь. Читал его книгу?

— Да. Читал. Замечательная, гениальная книга. Но куда бы я ни пошел, везде только и разговоров, что о ней. Так что, если ты не возражаешь, давай переменим тему.

— Ты все еще не хочешь познакомиться с дядей Эллсвортом?

— Я? С чего ты взяла? Очень хочу.

— Ах так...

— А что?

— Но ты как-то сказал, что не хочешь знакомиться с ним через меня.

— Правда? И как ты только запоминаешь всю чепуху, которую мне случается наговорить?

— Питер, теперь я не хочу, чтобы ты знакомился с дядей Эллсвортом.

— Почему?

— Не знаю. Наверное, это глупо, но я просто не хочу. А почему — не знаю.

— Ну так и не надо. Сам познакомлюсь с ним в свое время. Кэти, слушай, я вчера стоял у окна в своей комнате и думал о тебе, и мне так захотелось, чтобы ты была рядом. Я чуть не позвонил тебе, но было уже поздно. Иногда мне так без тебя бывает тоскливо, и я...

Она слушала, обвив руками его шею. А потом он увидел, как она, скользнув взглядом мимо него, вдруг открыла рот от ужаса. Кэтрин вскочила, пробежала через комнату, опустилась на четвереньки, заползла под письменный стол и достала оттуда бледно-лиловый конверт.

— Что еще такое? — сердито спросил он.

— Очень важное письмо, — сказала она, не поднимаясь с колен и сжав конверт в своем кулачке. — Это очень важное письмо, и оно очутилось под столом, чуть ли не в мусорной корзине. Я бы его выкинула и не заметила. Это от бедной вдовы. У нее пятеро детей, и старший хочет быть архитектором, а дядя Эллсворт собирается устроить ему стипендию.

— Так, — сказал Китинг, поднимаясь с кресла. — С меня довольно. Пошли отсюда, Кэти. Прогуляемся. На улице сейчас чудесно. А здесь ты сама не своя.

— Ой, здорово! Пойдем гулять.

На улице стояла сплошная пелена из мелких, сухих, невесомых снежинок. Она неподвижно висела в воздухе, заполняя узкие проемы улиц. Питер и Кэтрин шли, прижавшись друг к другу, и их следы оставляли длинные коричневые лунки на белых тротуарах.

На Вашингтон-сквер* они присели на скамейку. Площадь окутал снег, отрезав их от окружающих домов, от раскинувшегося позади города. Через тень арки мимо них пролетали точечки огней — белых, зеленых, тускло-красных.

Кэтрин сидела, прижавшись к Питеру. Он смотрел на город. Этого города он всегда боялся, не перестал бояться и сейчас. Правда, у него были два не очень сильных защитника — снег и девушка рядом с ним.

— Кэти, — прошептал он. — Кэти...

— Я люблю тебя, Питер...

— Кэти, — произнес он без колебаний, — мы помолвлены, да?

Он увидел легкое движение ее подбородка, сначала вниз, а потом вверх, и с ее губ слетело одно только слово.

— Да, — проговорила она настолько спокойно и серьезно, что голос ее мог бы со стороны показаться безразличным.

Она никогда не задавала себе вопросов о собственном будущем, ведь вопросы означают наличие сомнения. Но, произнося «да», она понимала, что долго ждала этого момента и может все погубить, если даст волю чувствам и признает, что очень счастлива.

— Через год или два, — сказал он, сжимая ее ладонь, — мы поженимся. Как только я встану на ноги и окончательно обоснуюсь в фирме. Мне же надо еще и о матери заботиться, но через год все образуется. — Он говорил нарочито бесстрастно, чтобы не спугнуть ощущение переживаемого чуда.

— Я подожду, Питер, — прошептала она. — Нам незачем спешить.

— Мы никому не скажем, Кэти... Это будет наша тайна, только наша, пока... — И тут он замер, пораженный одной мыслью, тем более неприятной, что он был не в силах доказать, что эта мысль до сего момента ему в голову не приходила. И все же он мог честно признаться себе, что это, как ни странно, было именно так. Он резко отстранил

Кэтрин и сердито спросил: — Кэти, ты не думаешь, что это из-за твоего чертова великого дядюшки?

Она рассмеялась, легко и беззаботно, и он понял, что оправдан.

— Боже мой, Питер, что ты говоришь! Ему, конечно, это не понравится, но какое нам дело?

— Не понравится? Но почему?

— Он, мне кажется, не одобряет брака. Не подумай только, что он проповедует что-то аморальное. Но он всегда говорил мне, что брак — это старомодный, чисто экономический союз, призванный увековечить институт частной собственности, или что-то в этом роде, словом, он его не одобряет.

— Ну и замечательно! Мы ему покажем.

Честно говоря, Китинга это даже обрадовало. Ведь хотя сам он знал, что ничего такого у него в мыслях не было, но у других могло возникнуть подозрение, что к его чувству к Кэтрин примешиваются, пусть и в незначительной степени, такие соображения, которые могли бы возникнуть у него по отношению... например, к дочери Франкона. Неодобрительное отношение Тухи к браку начисто снимало подобные подозрения. Китинг и сам не понимал, почему для него так важно, чтобы его любовь к Кэтрин никак не соприкасалась с его отношениями со всеми остальными.

Откинув голову, он ощутил на губах покалывание снежинок. Потом он повернулся и поцеловал ее. Прикосновение ее губ было мягким и холодным от снега.

Ее шляпка сбилась набок, губы полуоткрыты, глаза — круглые и беспомощные, ресницы блестели. Он держал ее руку, глядя на ладонь. На ней была черная вязаная перчатка с по-детски неуклюже растопыренными пальцами. В ворсинках перчатки он увидел жемчужины растаявшего снега — они ярко блеснули в свете фар пронесшегося мимо автомобиля.

VII

Бюллетень Американской гильдии архитекторов опубликовал в разделе «Разное» коротенькое сообщение о прекращении профессиональной деятельности Генри Камерона. В шести строчках обобщались его достижения в области архитектуры, причем названия двух лучших его зданий были напечатаны с ошибками.

Питер Китинг вошел в кабинет Франкона, когда тот самым деликатным образом торговался с антикваром, который запросил за табакерку, когда-то принадлежавшую мадам Помпадур*, на девять долларов двадцать пять центов больше, чем Франкон готов был заплатить. После ухода антиквара, сумевшего-таки уломать Франкона, тот с недовольной миной повернулся к Китингу и спросил:

— В чем дело, Питер, чего надо?

Китинг швырнул бюллетень на стол Франкона и отчеркнул ногтем заметку о Камероне.

— Мне нужен этот человек, — сказал он.

— Какой человек?

— Говард Рорк.

— Что еще за Рорк? — спросил Франкон.

— Я тебе о нем рассказывал. Проектировщик Камерона.

— А... да, помнится, рассказывал. Ну так иди и приведи его.

— Ты дашь мне полную свободу действий при его найме?

— Какого черта? Нанять еще одного чертежника — что тут особенного? Кстати, обязательно надо было меня тревожить из-за такого пустяка?

— Он может заартачиться. А мне обязательно надо заполучить его, прежде чем он обратится в другую фирму.

— В самом деле? Значит, по-твоему, он может заартачиться? Ты что, намерен *умолять* его поступить *сюда* после работы у Камерона, что, кстати, не Бог весть какая рекомендация для молодого человека?

— Брось, Гай. Сам же понимаешь, что это совсем не так.

— Ну... ну, в общем, если брать аспект чисто технический, но не эстетический, надо признать, что Камерон дает основательную подготовку и... конечно, в *свое* время он был значительной фигурой. Более того, я сам когда-то был его лучшим чертежником. С этой точки зрения за старика Камерона можно замолвить словечко-другое. Действуй. Веди своего Рорка, если он тебе так нужен.

— Да не то чтобы он мне был так уж нужен. Просто он мой старый друг и остался без работы, и я решил, что неплохо было бы ему помочь.

— Делай что хочешь, только ко мне не приставай... Кстати, Питер, согласись, что более очаровательной табакерки ты в жизни не видел.

В тот же вечер Китинг без предупреждения поднялся в комнату Рорка, нервно постучался и вошел с очень веселым видом. Рорк сидел на подоконнике и курил.

— Мимо проходил, — сказал Китинг. — Выдался свободный вечерок, и я как раз вспомнил, что ты живешь тут неподалеку. Дай, думаю, зайду, скажу: «Привет, давно не виделись».

— Я знаю, зачем ты пришел, — сказал Рорк. — Я согласен. Сколько?

— О чем ты, Говард?

— Ты прекрасно знаешь, о чем я.

— Шестьдесят пять в неделю, — выпалил Китинг. Это был совсем не тот тонкий подход, который он тщательно продумал; но он и представить не мог, что такой подход вовсе не понадобится. — Шестьдесят пять для начала. Но если этого недостаточно, я мог бы…

— Шестьдесят пять меня устраивает.

— Так ты… ты придешь к нам, Говард?

— Когда приступать?

— Ну… как только сможешь! В понедельник?

— Хорошо.

— Спасибо, Говард!

— Но при одном условии, — сказал Рорк. — Я не буду заниматься проектированием. Никаким. Даже деталей. Никаких небоскребов под Людовика Пятнадцатого. Если хочешь, чтобы я у вас работал, избавь меня от эстетики. Определи меня в технический отдел. Посылай на строительные площадки. Ну что, все еще хочешь заполучить меня?

— Разумеется. Все будет так, как ты скажешь. Тебе у нас понравится, вот увидишь. И Франкон тебе понравится. Он ведь и сам начинал у Камерона.

— Уж ему-то не стоит этим похваляться.

— Ну…

— Ладно, не переживай. Этого я ему в лицо не скажу. Вообще ничего никому говорить не стану. Тебе это надо было знать?

— Да нет. За это я не переживаю. Мне вообще такое в голову не приходило.

— Тогда решено. Спокойной ночи! До понедельника.

— Да, но… я особенно не тороплюсь, я ведь, собственно, пришел тебя проведать и…

— В чем же дело, Питер? Что тебя беспокоит?

— Ничего… Я…

— Ты хочешь знать, почему я так поступаю? — Рорк улыбнулся, без сожаления, но и без энтузиазма. — Так ведь? Я скажу, если тебе интересно. Мне совершенно безразлично, где теперь работать. В городе нет архитектора, у которого мне хотелось бы поработать. Но где-то работать надо, можно и у твоего Франкона, если там согласны на мои условия. Я продаю себя, Питер, я готов вести такую игру — до поры до времени.

— Честное слово, Говард, не надо так смотреть на это. У нас перед тобой откроются безграничные возможности, надо только немножко пообвыкнуть. Хотя бы увидишь, для разнообразия, как выглядит настоящее архитектурное бюро. После Камероновой дыры.

— Об этом, Питер, помолчим. И сейчас, и после!

— Я не собирался критиковать и... я вообще ничего не имел в виду. — Он не мог сообразить, что сказать и какие, собственно, чувства следует испытывать. Это была победа, но какая-то уж очень неубедительная. Но все же победа, и ему очень хотелось найти в себе хоть какую-то симпатию к Рорку. — Говард, пойдем выпьем. Отметим, так сказать, событие.

— Извини, Питер. Это в мои служебные обязанности не входит.

Китинг шел сюда, готовый проявить предельную осмотрительность и весь такт, на который только был способен. Он добился цели, которой в глубине души и не рассчитывал добиться. Он понимал, что сейчас не следует рисковать. Нужно молча удалиться. И все же нечто необъяснимое, не оправданное никакими практическими соображениями подталкивало его. Он не выдержал:

— Ты можешь хоть раз в жизни держаться как человек?

— Как кто?

— Как человек. Просто. Естественно.

— Я так и держусь.

— Ты вообще способен расслабиться?

Рорк улыбнулся — он ведь и так сидит на подоконнике в совершенно расслабленной позе, лениво привалившись спиной к стене, болтая ногами. Даже сигарета висит между пальцев, которые совсем ее не удерживают.

— Я не об этом! — взвился Китинг. — Почему ты не можешь пойти и выпить со мной?

— А зачем?

— Неужели обязательно должна быть какая-то цель? Непременно надо всегда быть таким чертовски серьезным? Ты не способен хоть иногда сделать что-то без всякой причины, как все люди? Ты такой серьезный, такой старый. Для тебя вечно все такое важное, великое, каждая минута, даже если ты ни черта не делаешь! Неужели ты не можешь просто отдохнуть, быть не столь значительным?

— Не могу.

— Тебе не надоело быть героем?

— А что во мне героического?

— Ничего. Все. Не знаю. Дело не в твоих поступках. Дело в том, как чувствуют себя другие в твоем присутствии.

— И как же?

— Неестественно. Напряженно. Когда я нахожусь рядом с тобой, мне всегда кажется, что я поставлен перед выбором. Или я — или весь остальной мир. Я не желаю такого выбора. Не желаю быть изгоем. Хочу быть со всеми или, по крайней мере, не один. В мире так много простых и приятных вещей. В нем есть не только борьба и самоотречение. А у тебя получается так, будто ничего другого и нет.

— От чего же это я самоотрекся?

— О, ты никогда ни от чего не отречешься! Если тебе что-нибудь втемяшится в голову, ты и по трупам пойдешь! Но кое от чего ты отказался уже потому, что никогда не хотел этого.

— Это оттого, что невозможно хотеть и того и другого.

— Чего «того и другого»?

— Слушай, Питер, я ведь тебе ничего подобного о себе не рассказывал. С чего ты это взял? Я никогда не просил тебя выбирать между мною и чем-то еще. Что же заставляет тебя думать, будто я тебя ставлю перед выбором? И почему ты себя неуверенно чувствуешь, если так уверен, что я не прав?

— Я не... не знаю. Я не понимаю, о чем ты говоришь. — Затем Китинг неожиданно спросил: — Говард, за что ты меня ненавидишь?

— Я тебя не ненавижу.

— Вот, вот именно! Так за что, за что ты меня не ненавидишь?!

— А зачем мне тебя ненавидеть?

— Чтобы я хоть что-то мог чувствовать! Я понимаю, что ты не можешь любить меня. Ты никого не можешь любить. Так не добрее ли дать людям почувствовать, что ты хотя бы ненавидишь их, чем просто не замечать, что они существуют?

— Я не добр, Питер. — Поскольку Китингу сказать было нечего, Рорк добавил: — Иди домой, Питер. Ты получил то, за чем пришел. И довольно об этом. Увидимся в понедельник.

Рорк стоял у доски в чертежной «Франкона и Хейера», держа в руке карандаш. Прядь ярко-рыжих волос упала на лоб; обязательный жемчужно-серый халат, в который был облачен Рорк, походил на форму заключенного.

Он уже примирился со своей новой работой. Линии, которые он чертил, должны были преобразиться в четкие контуры стальных балок. Он старался не думать о том, какой именно груз будут нести эти балки. Иногда это было очень трудно. Между ним и проектом, над которым он работал, вырастал образ того же здания — каким ему следовало быть. Он видел, как и что переделать, как изменить прочерчиваемые им линии, куда повести их, чтобы получилось действительно что-то стоящее. Ему приходилось подавлять в себе это знание. Приходилось убивать собственное видение. Он обязан был подчиняться и чертить так, как было велено. Это причиняло ему такую боль, что иногда приходилось прикрикнуть на самого себя в холодной ярости: «Трудно? Что ж, учись!»

Но боль не уходила — боль и беспомощное изумление. Возникавшее перед ним видение было неизмеримо реальнее, чем все листы ватмана, само бюро, заказы. Он не мог взять в толк, почему другие ничего не видят, откуда взялось их безразличие. Глядя на лежащий перед ним лист, он не понимал, почему существует бездарность и почему именно ей принадлежит решающее слово. Этого он никогда не мог понять. И действительность, в которой подобное допускалось, продолжала оставаться для него не вполне реальной.

Но он знал, что долго так продолжаться не может, что надо подождать, что в ожидании и заключается смысл его нынешней работы, что его чувства не имеют никакого значения, что надо, обязательно надо просто ждать.

— Мистер Рорк, у вас готов стальной каркас готического фонаря для здания Американской радиокорпорации?

В чертежной у него не было друзей. Он находился там как предмет обстановки — нужный, но безликий и немой. Только начальник технического отдела, к которому был приписан Рорк, сказал Китингу после двух недель работы Рорка:

— А у вас, Китинг, голова варит лучше, чем мне всегда казалось. Спасибо.

— За что? — спросил Китинг.

— Вы, впрочем, вряд ли поймете, — сказал начальник.

Иногда Китинг останавливался возле стола Рорка и шепотом говорил:

— Говард, ты не мог бы сегодня после работы заглянуть ко мне в кабинет? Так, ничего особенного.

Когда Рорк приходил, Китинг обычно начинал так:

— Ну, Говард, как тебе у нас нравится? Может быть, тебе что-нибудь нужно? Ты только скажи, и я...

Но Рорк прерывал его вопросом:

— А сейчас где не получается?

Тогда Китинг доставал из ящика стола эскизы.

— Я понимаю, что оно и так не плохо. Но если говорить в целом, то как тебе кажется?..

Рорк рассматривал эскизы, и хотя ему хотелось бросить их Китингу в лицо и уйти куда глаза глядят, его неизменно останавливала одна мысль: ведь это все же здание, и надо его спасать. Так другие не могут пройти мимо утопающего, не бросившись ему на помощь.

Потом он принимался за работу и иногда работал всю ночь, а Китинг сидел и смотрел. Рорк забывал о присутствии Китинга. Он видел только здание, только ту форму, которую он мог этому зданию придать. Он знал, что в дальнейшем эта форма будет изменена, искажена, исковеркана. И все же в проекте останется хоть какая-то соразмерность и осмысленность. И в конечном счете здание будет лучше, чем было бы в случае его отказа.

Иногда попадался эскиз проще, вразумительнее и честнее прочих. Тогда Рорк говорил:

— Совсем неплохо, Питер. Растешь.

И Китинг ощущал небольшой странный толчок в груди — тихое, интимное, драгоценное чувство, которое никогда не возникало от комплиментов Гая Франкона, заказчиков, вообще кого-либо, кроме Рорка. Вскоре он совершенно забывал об этом, особенно после того, как окунался в более весомые похвалы какой-нибудь богатой дамы, не видевшей ни одного его здания, которая роняла за чашкой чая: «Вам, мистер Китинг, суждено стать величайшим архитектором Америки».

Он обнаружил возможность компенсировать свое внутреннее подчинение Рорку. Утром он появлялся в чертежной, бросал Рорку на стол чертеж, который надо было только скалькировать, и говорил: «Ну-ка, Говард, сделай мне это, да побыстрее». В середине рабочего дня он присылал к Рорку курьера, который во всеуслышание объявлял: «Мистер Китинг желает немедленно видеть вас в своем кабинете». Иногда Китинг выходил из своего кабинета и, сделав несколько шагов в направлении стола Рорка, произносил, ни к кому конкретно не обращаясь: «Куда, черт возьми, запропастились сантехнические спецификации по Двенадцатой улице? А, Говард, будь любезен, поройся в папках, откопай их и принеси мне».

Поначалу он опасался возможной реакции Рорка. Когда он увидел, что не следует вообще никакой реакции, кроме молчаливого послушания, то перестал сдерживать себя. Отдавая Рорку приказания, он испытывал физическое наслаждение, смешанное с негодованием, — как же Рорк может так безропотно выполнять любое его указание, даже самое нелепое? Тем не менее Китинг продолжал в том же духе, зная, что это может продлиться лишь до тех пор, пока Рорк не проявит гнев. В то же время ему страстно хотелось сломить Рорка, спровоцировать взрыв. Но взрыва так и не последовало.

Рорку нравились те дни, когда его отправляли инспектировать строительство. По стальным перекрытиям будущих домов он передвигался увереннее, чем по тротуарам. Рабочие с любопытством отмечали, что по узеньким доскам и незакрепленным балкам, висящим над пропастью, он ходит с легкостью, на которую были способны лишь лучшие из них самих.

Однажды в марте, когда небо в преддверии весны чуть подернулось зеленоватой дымкой и в Центральном парке* земля, оставшаяся в пятистах футах внизу, переняла у неба этот оттенок, добавив к своей коричневой темноте намек на грядущую перемену цвета, а озера рассыпались осколками стекла под паутинками голых ветвей, Рорк прошел по каркасу будущего огромного отеля квартирного типа и остановился перед работающим электриком.

Тот усердно трудился, оборачивая балку похожим на водопроводную трубу кабелем в толстой металлической оплетке. Эта работа требовала многочасового напряжения и терпения, тем более что вопреки всем расчетам свободного места явно не хватало. Рорк встал, сунув руки в карманы, наблюдая за мучительно медленным ходом работы электрика.

Электрик поднял голову и резким движением повернулся к Рорку. У него была большая голова и настолько некрасивое лицо, что оно даже привлекало. Лицо это, не старое и не рыхлое, было сплошь покрыто глубокими морщинами, а щеки свисали, как у бульдога. Поразительны были глаза, большие, широко раскрытые, небесно-голубого цвета.

— И чего надо? — сердито спросил электрик. — Чего вылупился, придурок?

— Горбатишься впустую, — сказал Рорк.

— Да ну?

— Да ну.

— Надо же!

— Тебе, чтобы обвести балку кабелем, и дня не хватит.

— А ты что, знаешь, как сделать лучше?

— Ага.

— Катись отсюда, щенок. Нам здесь умники из колледжа без надобности.

— Прорежь в балке дыру и протяни кабель через нее.

— Черта с два, и не подумаю!

— Еще как подумаешь!

— Так никто не делает.

— Я так делал.

— *Ты*?

— Не только я. Так везде делают.

— А здесь не будут. Я-то точно не буду!

— Тогда я сам сделаю.

Электрик взревел:

— Ни фига себе! С каких это пор конторские крысята стали делать мужскую работу?!

— Дай-ка мне горелку.

— Поосторожнее с ней, голубчик. А то, не ровен час, свои нежные пальчики спалишь!

Взяв у электрика рукавицы, защитные очки и ацетиленовую горелку, Рорк опустился на колени и направил тонкую струю синего пламени в центр балки. Электрик стоя наблюдал за ним. Рорк твердой рукой удерживал тугую шипящую струю пламени. Он содрогался в такт ее яростным колебаниям, но ни на секунду не позволял ей отклониться от намеченного направления. В его теле не было ни малейшего напряжения — оно все было вложено в руку. И казалось, что синяя струя, медленно прогрызающая сталь, исходит не из горелки, а прямо из держащей ее руки.

Он закончил, положил горелку и поднялся.

— Боже мой! — сказал электрик. — Да ты, оказывается, умеешь с горелкой управляться!

— Похоже на то, а? — Рорк снял рукавицы и очки и отдал их электрику. — Теперь так и делай. А прорабу передай, что это я так велел.

Электрик с почтением смотрел на аккуратное отверстие, прорезанное в балке. Он пробормотал:

— И где ж ты, рыжий, научился так с горелкой работать?

Спокойная и довольная улыбка Рорка показывала, что это признание его победы не осталось им незамеченным.

— Я поработал и электриком, и сантехником, и клепальщиком, и еще кое-кем.

— И при этом учился?

— Да, в определенном смысле.

— Архитектором стать хочешь?

— Да.

— Тогда будешь первым из них, кто знает толк не только в красивых картинках да званых обедах. Видел бы ты, каких нам тут отличников из конторы присылают!

— Если ты так передо мной извиняешься, то не надо. Я и сам эту братию не люблю. Ладно, работай. Пока!

— Пока, рыжий!

В следующий раз, когда Рорк появился на стройплощадке, голубоглазый электрик издалека помахал ему, позвал его и попросил совета, в котором совсем не нуждался. Он сказал, что его зовут Майк и что за эти несколько дней он успел соскучиться по Рорку. В следующий приход Рорка дневная смена как раз закончила работу, и Майк подождал, когда Рорк закончит осмотр.

— Ну что, рыжий, может, по кружечке пивка? — предложил он, когда Рорк вышел.

— А как же, — сказал Рорк. — Спасибо.

Сидя за столиком в углу подвальчика, они пили пиво, и Майк рассказывал свою любимую историю — как он свалился с пятого этажа, когда под ним треснули леса, и сломал три ребра, но выжил и может теперь все это рассказывать. Рорк вспоминал свою работу на стройке. Настоящее имя Майка было Шон Ксавье Доннеган, но его все давным-давно позабыли. У него был свой набор инструментов и старый «форд», и жил он тем, что разъезжал по всей стране с одной большой стройки на другую. Сами люди не много значили для Майка, но их умение работать значило очень много. Мастерство, в каком бы деле оно ни проявлялось, он буквально боготворил. Майк страстно любил собственную работу и не выносил тех, у кого не было подобной преданности делу. В своей области он был настоящим мастером и в других ценил только мастерство. Его мировоззрение отличалось простотой: есть мастера и есть неумехи, и последние его нисколько не интересовали. Он обожал здания, но при этом презирал всех архитекторов.

— Был, правда, один, — серьезно изрек он за пятой кружкой, — но только один, но ты, рыжий, слишком молод и уже не застал его. Это был единственный архитектор, который знал толк в строительстве. Я у него работал, когда был в твоем возрасте.

— Кто ж это такой?

— Его звали Генри Камерон. Он, наверное, давно уже умер.

Рорк долго смотрел на Майка, а потом сказал:

— Он не умер, Майк. — И добавил: — Я у него работал.

— *Ты*?!

— Почти три года.

Они молча посмотрели друг на друга, окончательно скрепив этим взглядом свою дружбу.

Спустя несколько недель Майк как-то остановил Рорка на стройплощадке и с изумленным выражением на некрасивом лице спросил:

— Рыжий, я слыхал, как наш старшой говорил парню от подрядчика, что ты упрямый и своенравный и что с таким гадом, как ты, он еще дела не имел. Что ты ему сделал?

— Ничего.

— Тогда о чем он говорил?

— Не знаю, — сказал Рорк. — Может, ты знаешь?

Майк посмотрел на него, пожал плечами и ухмыльнулся.

— Понятия не имею, — сказал он.

VIII

В начале мая Питер Китинг отправился в Вашингтон инспектировать строительство музея, подаренного городу одним великим филантропом, занятым успокоением своей совести. Здание музея, как гордо заметил Китинг, явится совершенно новым словом в архитектуре, так как будет копией не Парфенона, а Мезон Карре в Ниме*.

Китинг отсутствовал уже несколько дней, когда курьер подошел к столу Рорка и сообщил ему, что мистер Франкон желает видеть его в своем кабинете. Когда Говард вошел в святая святых, Франкон улыбнулся из-за стола и весело сказал:

— Садись, друг мой, садись… — Но что-то в глазах Рорка, которых Франкон никогда не видел вблизи, побудило Франкона замолчать. Он лишь сухо добавил: — Садитесь.

Рорк подчинился. Франкон секунду внимательно смотрел на него, но не смог сделать никакого вывода, отметив лишь, что у собеседника на редкость неприятное лицо, но выражение этого лица вполне корректно и внимательно.

— Вы тот самый, кто работал у Камерона, не так ли? — спросил Франкон.

— Да, — ответил Рорк.

— Мистер Китинг говорил мне о вас много хорошего, — очень любезно начал Франкон, но вновь остановился. Любезность была растрачена впустую. Рорк просто сидел, смотрел на него и ждал. — Слушайте… как вас?..

— Рорк.

— Слушайте, Рорк. У нас есть клиент… с некоторыми странностями. Но это важный человек, очень важный, и нам обязательно надо удовлетворить его. Он сделал нам заказ на восемь миллионов долларов — деловой центр. Но вся беда в том, что у него есть определенные представления о том, как он должен выглядеть. Он хочет…

Франкон пожал плечами, словно извиняясь и снимая с себя всякую ответственность за столь нелепое предложение.

— Он хочет, чтобы он выглядел вот так, — Франкон протянул Рорку фотографию. Это была фотография здания Дэйна.

Рорк сидел не шелохнувшись и держал фотографию между пальцами.

— Вы знаете этот дом? — спросил Франкон.

— Да.

— Вот этого он и хочет. А мистер Китинг в отъезде. Я велел сделать эскизы и Беннету, и Куперу, и Уильямсу, но заказчик отверг все. И тогда я решил предоставить эту возможность вам.

Потрясенный великодушием собственного предложения, Франкон посмотрел на Рорка. Тот никак не прореагировал. Франкон видел перед собой человека, которого как будто только что стукнули по голове.

— Разумеется, — продолжил Франкон, — для вас это задание непривычное, сложное, но я решил дать вам попробовать свои силы. Не бойтесь, мистер Китинг да и я лично потом все подчистим. Вы просто составьте проект в общих чертах и сделайте хороший эскиз. Вы же, вероятно, понимаете, чего хочет наш заказчик, — вам известны камероновские штучки. Естественно, мы не можем позволить, чтобы из стен нашего бюро вышло подобное уродство. Нам надо удовлетворить заказчика, но при этом не потерять своей репутации и не распугать остальных клиентов. Суть в том, чтобы сделать здание попроще, сохранить общий дух вот этого, — он указал на фотографию, — но при этом не поступиться художественностью. Понимаете, пусть это будет в древнегреческом стиле, но построже. Вместо ионического ордера используйте дорический*. Цоколи и лепнину попроще. Ну и так далее. Уловили? Забирайте снимок и покажите мне, на что вы способны. Обо всех деталях расскажет вам Беннет и... Что такое? — Франкон резко замолчал.

— Мистер Франкон, позвольте мне спроектировать дом так, как было спроектировано здание Дэйна.

— То есть?

— Позвольте мне это сделать. Не скопировать здание Дэйна, а выполнить проект так, как это сделал бы Генри Камерон и как могу сделать я.

— Вы хотите сказать — по-модернистски?

— Я... в общем, да, можно сказать и так.

— Вы в своем уме?

— Мистер Франкон, прошу вас, выслушайте меня. — Слова Рорка походили на ноги канатоходца, неторопливые, напряженные, ощупью разыскивающие единственную нужную точку для следующего шага, ноги, покачивающиеся над бездной, но делающие очень точные шаги. — Я не критикую те дома, которые строите вы. Я у вас работаю, получаю у вас жалованье, у меня нет права высказывать свои возражения. Но сейчас... сейчас клиент сам просит... Вы же ничем не рискуете. Он сам так хочет. Подумайте только, вот человек, единственный человек, который видит и понимает, и хочет такой дом, и в состоянии построить его. Вы же не хотите впервые в жизни вступить в борьбу с клиентом — и ради чего? Чтобы обманом навязать ему все ту же старую дрянь. И это в то время, как все ваши заказчики хотят именно этой дряни и нашелся только один-единственный, кто обратился к вам с совсем другим заказом.

— А вы не забываетесь? — осведомился Франкон ледяным тоном.

— Да не все ли вам равно? Вы только дайте мне сделать этот проект по-своему и показать ему. Только показать. Он ведь уже отверг три эскиза, ну, отвергнет четвертый — только и всего! Но если он его примет… если примет…

Рорк не умел выпрашивать, это у него получалось отвратительно. Говорил он напряженно, монотонно, с заметной натугой; и его мольба звучала как оскорбление, адресованное человеку, вынудившему его взмолиться. Китинг бы дорого заплатил, чтобы увидеть Рорка в этот момент. Но Франкон был не в состоянии оценить ту победу, которой до него никто еще не добивался. Он воспринял только оскорбление.

— Я вас правильно понял? — спросил он. — Вы меня критикуете и пытаетесь преподать мне урок в области архитектуры?

— Я умоляю вас, — сказал Рорк и закрыл глаза.

— Если бы вы не были протеже мистера Китинга, я не стал бы утруждать себя дальнейшей дискуссией с вами. Но раз уж вы столь очевидно наивны и неопытны, я замечу вам, что не имею обыкновения интересоваться мнением простых чертежников в эстетических вопросах. Так что, будьте любезны, заберите фотографию — и мне не нужно от вас никакого здания, как его мог бы спроектировать Камерон. Мне нужно, чтобы вы внесли в эскиз конкретного проекта те изменения, которые связаны с особенностями участка. Что же касается классического решения фасада, вы будете строго следовать моим указаниям.

— Я не могу этого сделать, — очень тихо произнес Рорк.

— Что? Вы это мне говорите? Вы что, в самом деле сказали: «Извините, я не могу этого сделать»?

— Нет, мистер Франкон, я не говорил «извините».

— Тогда что же вы говорили?

— Что не могу этого сделать.

— Почему?

— Это вам будет неинтересно. Не просите меня заниматься проектированием. Я готов делать для вас любую другую работу, какую только пожелаете. Но не эту. И тем более не с творением Камерона.

— То есть как это — не заниматься проектированием? Вы же рассчитываете когда-нибудь стать архитектором? Или нет?

— Но не таким путем.

— Ага… понятно. Значит, не можете выполнить задание? Точнее, не хотите?

— Если вам так больше нравится.

— Слушайте, вы, дерзкий болван, это же неслыханно!

Рорк поднялся:

— Мне можно идти, мистер Франкон?

— За всю свою жизнь, — заорал Франкон, — за все годы работы я еще не видел ничего подобного! Зачем вас сюда наняли? Чтобы вы заявляли мне, что вы согласны делать, а что не согласны?! Чтобы поучать меня, критиковать мой вкус, выносить приговоры?!

— Я ничего не критикую, — еле слышно сказал Рорк. — И никаких приговоров не выношу. Просто есть вещи, которые я делать не могу. И довольно об этом. Позвольте идти?

— Иди-иди! Из кабинета моего иди и из фирмы! Иди и не возвращайся! Хоть к черту, к дьяволу! Иди и подыщи себе другое место! Попробуй поищи дурака, который тебя возьмет! Получай расчет и убирайся!

— Да, мистер Франкон.

Вечером Рорк пешком дошел до подвального кабачка, куда всегда заходил после работы Майк. Теперь Майк работал на строительстве фабрики, которое вел тот же подрядчик, что и на других самых крупных объектах Франкона. Днем Майк рассчитывал встретиться с Рорком на площадке, куда тот должен был приехать с проверкой. Поэтому сейчас он встретил Рорка неприветливо:

— В чем дело, рыжий? Филонишь?

Услышав, что произошло, Майк замер, сделавшись похожим на оскалившего зубы бульдога.

— Вот сволочи, — бормотал он в промежутках между более сильными эпитетами, — какие же сволочи!..

— Успокойся, Майк.

— Ну и куда теперь, рыжий?

— Подыщу что-нибудь в том же духе — до тех пор, пока сегодняшняя история не повторится.

Вернувшись из Вашингтона, Китинг сразу же прошел в кабинет Франкона. В чертежную он не заглядывал и новостей не слышал. Франкон тепло приветствовал его:

— Ну, малыш, просто здорово, что ты вернулся! Коньячку или виски с содовой?

— Нет, спасибо. Угости лучше сигаретой.

— Держи... Выглядишь превосходно! Лучше всех. Как это тебе удается, везунчик? Мне надо тебе столько порассказать! Как идут дела в Вашингтоне? Все в порядке? — Китинг не успел и рта раскрыть, как Франкон затараторил дальше: — Со мной случилась пренеприятная вещь. Очень огорчительная. Помнишь Лили Ландау? Мне-то казалось, что у меня с ней все на мази, но, когда я ее последний раз встретил, получил от ворот поворот! И знаешь, кто ее отбил?

Ты не поверишь! Гейл Винанд собственной персоной! Высоко летает девка! Во всех его газетах — сплошные ее портреты, ножки — ты бы видел! Счастье привалило! А что я могу предложить ей взамен этого? А он знаешь что сделал? Помнишь, как она всегда говорила — никто, дескать, не может дать ей то, чего ей больше всего хочется: родного дома, милой австрийской деревушки, где она родилась? И представляешь, Винанд купил эту чертову деревушку и перевез сюда — всю до последнего гвоздика! Здесь он заново собрал ее на берегу Гудзона. Там она сейчас и стоит, с булыжной мостовой, церковью, яблонями, свинарниками и прочим! А две недели назад он взял и подарил все это Лили. А как же иначе? Если царь вавилонский сумел построить висячие сады для своей затосковавшей по дому женушки, то чем Гейл Винанд хуже? Лили, конечно, расплывается в улыбках и благодарностях, но на самом деле ей, бедняжке, совсем не весело. Ей куда больше хотелось бы норковую шубу. А эта проклятая деревня ей ни к черту не нужна. И Винанд это прекрасно знал. А вот, поди ж ты, деревня-то стоит, на самом Гудзоне. Вчера он устроил для нее прием, прямо там, в деревне. Костюмированный бал, где сам мистер Винанд изволил появиться в костюме Чезаре Борджиа*! А кем ему еще быть? И знаешь, такая была вечеринка! Такое говорят, что ушам не веришь! Но ты же понимаешь, это Винанд, ему все можно! А на другой день он знаешь что придумал? Притащился с целым выводком детишек, которые, видишь ли, никогда не видели австрийской деревни, филантроп хренов! А потом забил все газеты фотографиями этого выдающегося события и слюнявыми статейками о ценности образования. Конечно, тут же получил кучу восторженных писем от женских клубов! Хотел бы я знать, что он станет делать с деревней, когда даст отставку Лили. А это скоро произойдет, поверь мне, они у него подолгу не задерживаются. Как ты думаешь, тогда у меня с ней что-нибудь получится?

— Непременно, — сказал Китинг. — Не сомневайся. А как дела здесь, в бюро?

— Прекрасно. Как всегда. Лусиус простудился и выжрал весь мой лучший арманьяк. Ему же это для сердца вредно, да и стоит сто долларов ящик!.. Кроме всего прочего, Лусиус влип в мерзкую историю. И все из-за этой его мании, фарфора, будь он неладен! Пошел, понимаешь, и купил чайничек у скупщика краденого. А ведь прекрасно знал, что товарец-то ворованный! Пришлось мне попотеть, чтобы избавить его от публичного скандала... И кстати, я уволил твоего приятеля, как бишь его?.. Рорка.

— Да? — сказал Китинг и после секундной паузы спросил: — А за что?

— Такой наглый выродок! И где ты его откопал?

— А что произошло?

— Я, понимаешь, хотел оказать ему любезность, дать возможность показать себя. Попросил его сделать эскиз дома Фаррела, ну, ты помнишь, того самого, который Брент в конце концов спроектировал, и мы уломали Фаррела принять этот проект. Да-да, упрощенный дорический. Так вот, твой приятель наотрез отказался это делать. Идеалы у него какие-то или что-то вроде. Короче, я указал ему на дверь... Что такое? Чему ты улыбаешься?

— Так просто. Представил себе эту сцену.

— Только не проси меня принять его обратно.

— Что ты! И не подумаю.

В течение нескольких дней Китинга не покидала мысль, что надо бы навестить Рорка. Он не знал, что скажет Рорку, но смутно чувствовал, что что-то сказать надо. Но он все откладывал. В работе у него появлялось все больше уверенности, и он чувствовал, что Рорк ему не так уж и нужен. День шел за днем, а он так и не заходил к Рорку и даже испытывал некоторое облегчение от того, что теперь может спокойно забыть о его существовании.

Из окон своей комнаты Рорк видел крыши, цистерны с водой, трубы, бегущие далеко внизу автомобили. В тишине его комнаты, в праздных днях, в руках, обреченных на безделье, таилась угроза. Еще он чувствовал, что угроза, и более страшная, поднимается от раскинувшегося внизу города, словно каждое окно, каждый кусочек мостовой стали мрачными, непроницаемыми, чужими, налились молчаливой враждебностью. Но это его не беспокоило. С этой враждебностью он давно уже свыкся.

Он составил список архитекторов, чьи работы вызывали у него наименьшее омерзение, в порядке убывания достоинств, и занялся поисками работы — спокойно, методично, без гнева и без надежды. Он не задумывался, насколько мучительны для него эти дни, твердо зная одно — это надо делать.

Архитекторы, к которым он приходил, вели себя по-разному. Одни смотрели на него через стол добрым и рассеянным взглядом, всем своим видом показывая, что его стремление стать архитектором очень трогательно и похвально, но непонятно и, при всем сочувствии, достойно сожаления, как и многие иные заблуждения юности. Другие улыбались ему, плотно сжимая губы. Их, казалось, радовало само присутствие Рорка в кабинете, ведь оно лишний раз напоминало им о том, какого успеха *они* добились. Третьи холодно цедили слова, как будто его стремление было для них личным оскорблением. Четвертые разговаривали резко и коротко, самим тоном давая понять, что им, конечно, нужны хорошие чертежники, нужны постоянно, но к нему это никоим образом относиться не может, и потому не будет ли он столь любезен поубавить настырности и не вынуждать их высказаться по этому поводу более откровенно.

Это не было намеренным недоброжелательством и не основывалось на отрицательной оценке его способностей. Никто из них не считал его бездарным. Просто их совершенно не интересовало, хорош он или нет. Правда, иногда его просили показать свои работы, он протягивал их через стол, чувствуя, как мускулы руки непроизвольно сжимаются от стыда. Ощущение было таким, словно с него срывали одежду, а стыд возникал не оттого, что его голое тело выставлялось на обозрение, а оттого, что его рассматривали равнодушные глаза.

Время от времени он заезжал в Нью-Джерси навестить Камерона. Они вдвоем сидели на крыльце домика, стоящего на холме. Камерон укладывался в инвалидном кресле, сложив руки на коленях поверх старого одеяла.

— Как живется, Говард? Тяжеленько?

— Нет.

— Хочешь, дам тебе письмо к одному из этих подонков?

— Нет.

И больше Камерон не заговаривал на эту тему. Ему не хотелось об этом говорить, не хотелось думать, что его ученик будет отвергнут всеми и не найдет себе места во всем огромном городе. Когда Рорк приезжал к нему, он говорил об архитектуре, говорил спокойно и уверенно, как бы на правах истинного хозяина. Они сидели вдвоем, глядя на город, раскинувшийся вдали, за рекой, на самом краю горизонта. Темнеющее небо светилось как зеленовато-синее стекло. Дома казались облаками, проступившими на этом стекле, серыми облаками, замершими на мгновение в виде правильных прямоугольников. И лишь последние лучи заходящего солнца золотили их шпили...

Текли летние месяцы, и Рорк исчерпал свой список. Когда он пошел по второму кругу, значительно его расширив, он узнал, что о нем кое-что известно, и везде выслушивал одни и те же слова, произносимые то робко, то грубо, то гневно, то почти просительно: «Вас выгнали из Стентона. Вас выгнали от Франкона». У этих разных голосов было одно общее свойство — в них слышалось облегчение от того, что не надо принимать решение. Оно уже было принято другими.

Вечерами он сидел на подоконнике, курил, прижав ладони к стеклу. Город лежал у него под пальцами, стекло холодило кожу.

В сентябре он прочел в «Трибуне архитектора» статью Гордона Л. Прескотта, озаглавленную «Уступить дорогу новому». В ней утверждалось, что трагедия профессии архитектора заключается в тех трудностях, которые возникают на пути талантливого новичка, что в этой борьбе гибнут незамеченными великие таланты, что архитектура и сама гибнет от недостатка свежей крови и свежих идей. Автор заявлял, что поставил себе целью поиск перспективных новичков и намерен всячески поощрять их, развивать их дар, помогать им реализовать себя, как они того заслуживают. Рорк никогда не слышал о Гордоне Л. Прескотте, но в статье чувствовалась искренняя убежденность. Он позволил себе переступить порог кабинета Прескотта с некоторым проблеском надежды.

Приемная Гордона Л. Прескотта была выдержана в серых, черных и пурпурных тонах — очень смело и в то же время сдержанно и корректно. Молодая, очень привлекательная секретарша сообщила Рорку, что мистер Прескотт никого не принимает без предварительной записи, но она с величайшей радостью запишет мистера Рорка на следующую среду, на два пятнадцать. В среду, ровно в два пятнадцать, секретарша с улыбкой попросила Рорка присесть и подождать всего минуточку. Без четверти пять он был допущен в кабинет Гордона Л. Прескотта.

На Гордоне Л. Прескотте был твидовый пиджак в коричневую клетку и белый мохеровый свитер с высоким воротником. Ему было тридцать пять лет, он был высок и атлетически сложен, но выражение прозорливой житейской мудрости на его лице сожительствовало с нежной кожей, курносым носом и пухлым ротиком типичного кумира одноклассниц. Это лицо также отличалось глубоким ровным загаром. Светлые волосы Гордона Л. Прескотта были коротко подстрижены, как у прусского офицера. Словом, вид у него был подчеркнуто мужественный, подчеркнуто непритязательный. Чувствовалось, что впечатление, которое он должен производить, тщательно продумано и рассчитано.

Он молча слушал Рорка; глаза его походили на секундомер, аккуратно отсчитывающий каждую секунду, затраченную Рорком на произнесение каждого слова. Первую фразу он выслушал до конца, вторую прервал, коротко бросив: «Покажите рисунки», — словно давая понять, что все, что может сказать Рорк, ему уже давно хорошо известно.

Он взял эскизы своими бронзовыми руками. И, еще не посмотрев на них, сказал:

— Да-да, как много молодых людей приходят ко мне за советом. Как много! — Он бросил взгляд на первый эскиз и поднял голову, не успев рассмотреть его. — Конечно, начинающим особенно трудно ухватить связь между практическим и трансцендентным. — Он положил эскиз в низ пачки. — Архитектура в первую очередь понятие утилитарное, и проблема заключается в том, чтобы возвысить принцип прагматизма до уровня эстетической абстракции. Все прочее — чепуха. — Он скользнул взглядом еще по двум эскизам и тоже положил их под низ. — Терпеть не могу фантазеров, которые воспринимают архитектуру ради архитектуры как некий священный крестовый поход. Великий динамический принцип — это общий принцип. — Он бегло посмотрел очередной эскиз и положил его на место. — Окончательным критерием для художника являются вкусы и симпатии публики. Гений — это тот, кто умеет выразить всеобщее. Незаурядность заключается в том, чтобы научиться использовать заурядное. — Он взвесил стопку листов на ладони, увидел, что проглядел уже половину, и положил их на стол. — Ах да, — сказал он. — Ваши работы. Очень интересно. Но непрактично. Незрело. Нет внятности и дисциплины. Взрослости не хватает. Оригинальность ради оригинальности. Совсем не отвечает духу времени. Если хотите составить представление, в чем примерно общество нуждается сегодня особенно остро, вот смотрите. — Он вытащил из ящика стола рисунок. — Этот молодой человек пришел ко мне без всяких рекомендаций, желторотый новичок, никакого опыта работы. Когда научитесь создавать нечто подобное, у вас больше не будет необходимости искать работу. Я взглянул на этот его единственный эскиз и немедленно взял его к себе, на целых двадцать пять долларов в неделю. Нет ни малейшего сомнения, что он — потенциальный гений.

Он протянул эскиз Рорку. На рисунке был изображен дом в виде силосной башни, в котором непостижимым образом проступали черты Парфенона, предельно упрощенного и будто страдающего дистрофией.

— Вот, — сказал Гордон Л. Прескотт, — это и есть оригинальность, новое в вечном. Старайтесь стремиться к чему-то подобному. Честно говоря, я не могу предсказать вам великое будущее. Будем откровенны. Я не хотел бы своим авторитетом порождать у вас иллюзии. Вам еще многому надо учиться. Сейчас я не взялся бы гадать, какой у вас талант и как он может развиться в будущем. Но если вы будете упорно трудиться, возможно... Однако архитектура — тяжелая профессия, и конкуренция в ней очень велика, очень... А теперь, с вашего позволения, меня ждут другие посетители...

Поздним октябрьским вечером Рорк возвращался домой. Кончался еще один из вереницы дней, растянувшихся в месяцы. Он затруднился бы припомнить, что было с ним сегодня, с кем он встречался, в какой форме получил отказ. Все его силы сосредоточивались на тех нескольких минутах, когда он попадал в очередной кабинет. Это надо было сделать, а когда все было позади, это его больше не касалось. Возвращаясь домой, он вновь обретал свободу.

Перед ним вытянулась длинная улица. Ряды домов, как высокие речные берега, сходились впереди так близко, что ему казалось, будто он может расправить руки и, ухватившись за шпили, раздвинуть дома. Он шел стремительно; мостовая, словно трамплин, подбрасывала его вперед на каждом шагу.

Он увидел освещенный бетонный треугольник, висящий в нескольких сотнях футов над землей. Он не видел, что находилось ниже и служило треугольнику опорой, и поэтому мог представить себе все что угодно, все, что поместил бы туда сам. И внезапно он подумал, что сейчас, в этот самый момент, в глазах всего города, всех людей на земле, ему, Говарду Рорку, не суждено что-либо построить. Никогда — а ведь он еще и не начал. Этому он мог противопоставить лишь непоколебимую внутреннюю уверенность, что строить он будет. Он пожал плечами. Все, что происходит с ним в чужих кабинетах, лишь явления второго порядка, незначительные эпизоды на том пути, сути которого не дано ни понять, ни ощутить никому из хозяев этих кабинетов.

Он свернул в боковую улочку, ведущую к Ист-Ривер*. Далеко впереди красным пятном в тусклом сумраке горел одинокий светофор. Старые дома прижимались к земле, согнувшись под тяжестью неба. Улица была пуста; его шаги разносились гулким эхом. Он шел с поднятым воротником, заложив руки в карманы. Когда он проходил мимо фонаря, из-под его каблуков вырастала тень и проносилась по стене длинной черной стрелой — так проносится по лобовому стеклу автомобиля стеклоочиститель.

IX

Джон Эрик Снайт просмотрел рисунки Рорка, отложил в сторону три из них, собрал в ровную стопку остальные, вновь просмотрел три отложенных, тремя резкими хлопками положил их один за другим поверх стопки и сказал:

— Сильно. Радикально, но сильно. Вечером что поделываете?

— А что? — спросил ошеломленный Рорк.

— Вы свободны? Не возражаете начать прямо сейчас? Снимите пальто, пройдите в чертежную, позаимствуйте у кого-нибудь инструмент и быстренько сообразите мне набросок универмага, который мы перестраиваем. Наскоро, в самых общих чертах, но чтобы завтра все было у меня на столе. Допоздна поработать не против? Батареи работают, а я распоряжусь, чтобы Джо принес вам чего-нибудь на ужин. Кофе хотите, виски или еще чего? Только скажите Джо, он все достанет. Так останетесь?

— Да, — не веря своим ушам, сказал Рорк. — Я всю ночь могу работать.

— Чудесно! Замечательно! Как раз камероновца мне и недоставало. Остальные у меня уже есть. Да, сколько вам у Франкона платили?

— Шестьдесят пять.

— Я не Гай-эпикуреец и такой роскоши позволить себе не могу. Максимум пятьдесят. Годится? Отлично. Приступайте. Я велю Биллингсу ввести вас в курс дела насчет универмага. Я хочу чего-нибудь модернового. Понимаете? Современного, необычного, безумного, чтобы у всех глаза повылазили. Не сдерживайте себя. Валяйте во все тяжкие. Выкиньте любой номер, который придет вам в голову, чем безумнее, тем лучше. Пошли!

Джон Эрик Снайт стремительно вскочил на ноги, широко распахнул дверь в гигантских размеров чертежную, влетел туда, наткнулся на кульман, остановился и сказал полному мужчине с мрачным лунообразным лицом:

— Биллингс, это Рорк, наш модернист. Покажи ему бентоновский универмаг. Выдай инструмент. Оставь ему ключи и покажи, что надо запереть перед уходом. Считай его в штате с сегодняшнего утра. Пятьдесят в неделю. Во сколько у меня встреча с братьями Долсон? Уже опаздываю. Пока. Сегодня больше не вернусь.

Он выбежал и хлопнул дверью. Биллингс не выказал ни малейшего удивления. Он посмотрел на Рорка так, словно тот работает здесь с незапамятных времен, и заговорил бесстрастно, усталым и протяжным голосом. Через двадцать минут он оставил Рорка один на один с кульманом, выдав ему бумагу, карандаши, инструменты, набор планов и фотографий универмага, таблицы и длинный список инструкций.

Сжимая в кулаке тонкий ствол карандаша, Рорк долго смотрел на лежащий перед ним чистый лист белой бумаги. Он положил карандаш и снова взял его, тихонько поглаживая большим пальцем гладкую поверхность. Он заметил, что карандаш дрожит. Он быстро положил карандаш, разозлившись на себя за непростительную слабость, ведь он позволил себе отнестись к этой работе как к чему-то жизненно важному. Еще его разозлило внезапное осознание того, во что в действительности обошлись ему долгие месяцы безделья. Кончики его пальцев были прижаты к бумаге, как будто бумага не отпускала их, как не отпускает случайно прикоснувшегося к нему человека оголенный электрический провод. Не отпускает и причиняет боль. Оторвав пальцы от бумаги, Рорк приступил к работе…

Джону Эрику Снайту было пятьдесят лет. На лице его застыло хитро-довольное выражение, одновременно проницательное и порочное, будто с каждым, с кем он общается, его связывает некая постыдная тайна, о которой не стоит упоминать, поскольку тайна эта очевидна для обоих. Он был выдающимся архитектором, говоря об этом факте, Снайт не менял выражения лица. Гая Франкона он считал непрактичным идеалистом. Самого Снайта никакие классические догмы не сдерживали. Его взгляды и приемы отличались завидной широтой — он строил все. К модернистской архитектуре он не испытывал ни малейшей неприязни и охотно строил, если какой-нибудь редкий заказчик того желал, прямоугольные коробки с плоскими крышами. Этот стиль он называл прогрессивным. Строил он и особняки в романском стиле, который именовал утонченным, и готические церкви — это у него называлось одухотворенным. Для него между всеми этими зданиями не было никакой разницы. Злился он, только когда его называли эклектиком.

У него была собственная система. На него работало пять проектировщиков разного типа, и он устраивал между ними состязание по каждому полученному заказу. Он сам определял проект-победитель и совершенствовал его с помощью деталей, позаимствованных из других четырех проектов.

— Одна голова хорошо, — говаривал он, — а шесть лучше.

Когда Рорк увидел окончательный проект универмага Бентона, он понял, почему Снайт не побоялся нанять его. Он узнал свою планировку пространства, свои окна, свою систему циркуляции воздуха. Но вдобавок увидел коринфские капители, готические своды, колониальные люстры и немыслимую лепнину, в которой было что-то мавританское. Рисунок был выполнен акварелью с поразительным изяществом, наклеен на картон и прикрыт тончайшим слоем мягкой гофрированной бумаги. Служащим позволялось взглянуть на рисунок только с безопасного расстояния, предварительно вымыв руки. Курить в одной комнате с рисунком строжайше запрещалось. Джон Эрик Снайт придавал огромное значение тому, чтобы рисунок, который следовало передать заказчику, имел безупречный вид. Он даже нанял молодого китайца, изучающего архитектуру, исключительно для создания этих шедевров.

Рорк понял, чего можно ожидать от работы здесь. Он никогда не увидит своих произведений воплощенными целиком, а только отдельные их части, чего он предпочел бы не видеть вовсе. Но при этом он всегда будет волен проектировать так, как ему хочется, и приобретет опыт решения конкретных задач. Это было меньше, чем ему хотелось, но больше, чем он был вправе ожидать. Он принял такое положение вещей. Познакомившись с коллегами, четырьмя вечными конкурсантами, он узнал, что у каждого из них свое прозвище. Одного звали Классиком, другого — Готиком, третьего — Возрожденцем, а четвертого — Универсалом. Когда Рорка окликали «Эй, Модернист!», он слегка морщился.

Забастовка, объявленная профсоюзом строителей, приводила Франкона в ярость. Поначалу она была направлена против подрядчиков, строящих здание отеля «Нойес Белмонт», но вскоре распространилась на все стройки города. В печати упоминалось, что архитектором «Нойес Белмонт» является фирма «Франкон и Хейер».

Бóльшая часть прессы лишь способствовала разрастанию конфликта, призывая подрядчиков не идти ни на какие уступки бастующим. Самые громкие нападки на забастовщиков раздавались со страниц крупных газет, принадлежащих мощной корпорации Винанда.

«Мы всегда выступали, — говорилось в винандовских передовицах, — за права простого человека и против жадных акул, погрязших в привилегиях. Но мы не можем оказывать поддержку нарушителям закона и порядка». Так и осталось невыясненным, то ли газеты Винанда оказали решающее воздействие на общественное мнение, то ли наоборот. Не вызывало сомнения лишь то, что между газетами и мнением публики существует поразительное единодушие. Однако никто, за исключением очень немногих, к числу которых относился и Гай Франкон, не знал, что Винанд является владельцем корпорации, которая, в свою очередь, владеет корпорацией, которой принадлежит отель «Нойес Белмонт».

Это лишь добавляло неприятностей Франкону. По слухам, операции Гейла Винанда с недвижимостью были несравненно масштабнее всей его газетной империи. И Франкон, впервые получивший заказ, исходивший, по сути дела, от Винанда, с жадностью ухватился за него, приняв во внимание те возможности, которые этот заказ может перед ним открыть. Он и Китинг вложили все силы и способности в проект роскошнейшего дворца в стиле рококо для будущих постояльцев, которые могут выложить за номер двадцать пять долларов в день и которым безумно нравятся гипсовые цветы, мраморные купидоны и открытые лифты, украшенные ажурным бронзовым литьем. Забастовка могла перечеркнуть все блистательные перспективы. Франкон был никоим образом не причастен к возникновению забастовки, но никто не взялся бы предугадать, кого Гейл Винанд сочтет главным виновником и на каком основании. Винанд славился непредсказуемыми и необъяснимыми зигзагами в своих симпатиях и антипатиях, и было хорошо известно, что очень немногие архитекторы, получившие первый заказ от Винанда, получали от него и второй.

Мрачное настроение Франкона довело его до того, что он начал срывать злость на единственном человеке, который прежде был полностью от этого избавлен, — на Питере Китинге. Тот лишь пожимал плечами и молча, но вызывающе поворачивался к Франкону спиной. Затем Китинг бесцельно слонялся по комнатам, рыча на молодых чертежников без малейшего повода с их стороны. В дверях он столкнулся с Лусиусом Н. Хейером и рявкнул: «Смотри, куда прешь!» Хейер лишь посмотрел вслед Китингу, моргая от изумления.

На работе делать было нечего, говорить — тем более. Общение с кем-либо не обещало ничего хорошего. Китинг рано ушел с работы и в холодных декабрьских сумерках направился домой.

Дома он вслух обругал густой запах краски, исходивший от перегретых батарей; обругал холод, когда мать открыла окно. Он не мог найти причины своего взвинченного состояния. Возможно, дело в том, что из-за неожиданного простоя в работе он оказался предоставлен самому себе. Он терпеть не мог оставаться наедине с собой.

Он сорвал телефонную трубку и позвонил Кэтрин Хейлси. Ее чистый голосок словно прохладной ласковой рукой провел по его разгоряченному лбу. Он сказал:

— Ничего серьезного, милая. Просто захотел узнать, будешь ли ты дома. Я хотел бы заскочить после ужина.

— Конечно, Питер, я буду дома.

— В половине девятого подходит?

— Да... Питер, ты слышал про дядю Эллсворта?

— Да, черт возьми, слышал я про твоего дядю Эллсворта!.. Прости меня, Кэти, прости, дорогая. Я не хотел грубить тебе, но я весь день только и слышу, что про твоего дядю Эллсворта. Понимаю, что все это замечательно и так далее, только давай сегодня вечером не будем больше говорить про дядю Эллсворта!

— Конечно, не будем. Извини. Я понимаю. Так я жду тебя.

— До скорой встречи, Кэти.

Он слышал последние сведения об Эллсворте Тухи, но ему очень не хотелось думать о них, потому что это возвращало его к неприятной теме забастовки. Полгода назад, на волне успеха «Проповеди в камне», Эллсворт Тухи подписал контракт на ведение ежедневной колонки «Вполголоса», одновременно публиковавшейся сразу в нескольких газетах Винанда. Поначалу колонка появилась в «Знамени» как искусствоведческая, но затем переросла в некое подобие трибуны, с которой Эллсворт М. Тухи выносил свои вердикты по вопросам искусства, литературы, нью-йоркских ресторанов, международных кризисов и социологии — преимущественно социологии. Колонка пользовалась огромным успехом. Но забастовка строителей поставила Эллсворта М. Тухи в неловкое положение. Он не скрывал своих симпатий к забастовщикам, но ничего не говорил о забастовке в своей колонке, поскольку в газетах, принадлежащих Гейлу Винанду, лишь один человек обладал правом говорить, что ему вздумается, — сам Гейл Винанд. Тем не менее на этот вечер был назначен массовый митинг в защиту забастовщиков. На нем должны были выступить многие знаменитости, включая и Эллсворта Тухи. Во всяком случае, его имя было объявлено.

Это событие породило множество самых разных предположений. Даже заключались пари — хватит ли у Тухи смелости показаться на митинге? Китинг слышал, как один чертежник с пеной у рта настаивал:

— Он придет и выступит. Пожертвует собой. Он такой. Это единственный честный человек из всех, кто пишет в газетах.

— Не выступит, — говорил другой чертежник. — Представляешь, что значит пойти против самого Винанда? Да если Винанд на кого зуб заимеет, он того в порошок сотрет, будь уверен. Никто не знает, когда и как он это сделает, но уж точно сделает, и никто под него не подкопается. Если кто настроил против себя Винанда, может считать себя конченым человеком.

Китингу все это было глубоко безразлично и вызывало только раздражение.

В тот вечер он поужинал в мрачном молчании, а когда миссис Китинг начала со своего обычного: «Да, кстати...», намереваясь повести разговор в знакомом ему до боли русле, он огрызнулся:

— Ты ни слова не скажешь о Кэтрин. Ни слова.

Миссис Китинг не произнесла больше ни слова и сосредоточила все усилия на том, чтобы втиснуть в сына как можно больше пищи.

Он домчался на такси до Гринвич-Виллидж, взлетел по лестнице, дернул за колокольчик и принялся нетерпеливо ждать. Никто не отвечал. Он долго звонил, прислонившись к стене. Кэтрин не могла уйти, зная, что он придет. Это просто невозможно. В полном недоумении он спустился по лестнице, вышел на улицу и посмотрел на окна ее квартиры. Окна были темны.

Он стоял, глядя на окна, и чувствовал, как чудовищно его предали. Затем возникло тошнотворное чувство одиночества, словно он оказался бездомным в огромном городе. На мгновение он забыл собственный адрес, будто того места не существовало вовсе. Потом он вспомнил о митинге — колоссальном массовом митинге, где ее дядя будет сегодня вечером публично приносить себя в жертву. «Вот куда она пошла, — понял он. — Идиотка чертова!»

— Да пропади она пропадом! — сказал он вслух и быстро зашагал по направлению к залу, где должен был проводиться митинг.

Над квадратным проемом входа в зал горела одинокая лампочка, испуская зловещий голубовато-белый свет, слишком яркий и холодный. Его лучики прыгали в уличной темноте по тонким, словно хрустальные шпаги, струйкам дождя, сбегающим с карниза крыши. Китингу ни с того ни с сего вспомнились рассказы о людях, которые погибли, пронзенные упавшими сосульками. Вокруг входа прямо под дождем теснились несколько безразлично-любопытствующих зевак и группка полицейских. Дверь была открыта. Утопающий во мраке вестибюль был забит теми, кому не удалось пробраться в зал. Люди внимательно слушали репродуктор, установленный здесь по такому случаю. У входа три смутные тени раздавали прохожим листовки. Одна из этих теней оказалась небритым молодым человеком чахоточного вида, с длинной и тонкой шеей. Вторым был аккуратный юнец в дорогом пальто с меховым воротником. Третьей оказалась Кэтрин Хейлси.

Она стояла под дождем, сгорбившись, расслабив от усталости мышцы живота. Нос ее лоснился, в глазах горел радостный огонь. Она улыбнулась без всякого смущения и весело сказала:

— Питер! Как мило, что ты пришел!

— Кэти... — Он слегка поперхнулся. — Кэти, какого черта...

— Но я должна, Питер. — В голосе ее не было ни тени вины. — Ты этого не поймешь, но я...

— Не стой под дождем. Зайди внутрь.

— Но я не могу. Я должна...

— Хотя бы уйди с дождя, глупышка! — Он решительно втолкнул ее через дверь в уголок вестибюля.

— Питер, милый, ты ведь не сердишься, правда? Понимаешь, как все получилось... Я думала, что дядя не разрешит мне сегодня сюда приходить, но в последний момент он сказал, что я могу прийти, если хочу, и могу помочь раздавать листовки. Я знала, что ты все поймешь, и оставила тебе записку на столике в гостиной. Я там написала, что...

— Ты оставила мне записку? *Дома*?!

— Да... Ой... Ой, мамочки, мне и в голову не пришло. Ты же не мог зайти в квартиру. Конечно же. Какая я дура! Но я так торопилась! Нет, ты только не сердись, ладно? Нельзя сердиться! Разве ты не понимаешь, как это важно для дяди? Разве ты не понимаешь, чем он жертвует, придя сюда? Но я не сомневалась, что он поступит именно так.

Я так и сказала тем людям, которые говорили, что он не придет, что это означало бы его конец. Но даже если и так, его это не остановит. Он такой! Я и боюсь за него, и очень горжусь его смелым поступком. Он возродил во мне веру в человечество. Но я боюсь, потому что, понимаешь, Винанд обязательно...

— Молчи! Я все это знаю. Осточертело! Слышать больше не желаю про твоего дядю, про Винанда, про забастовку эту чертову. Пошли отсюда.

— Нет, Питер! Нельзя! Я хочу услышать его речь и...

— Эй вы там, заткнитесь! — прошипел кто-то из толпы.

— Мы так все пропустим, — прошептала она. — Сейчас выступает Остин Хэллер. Разве тебе не хочется послушать Остина Хэллера?

Китинг посмотрел на громкоговоритель с некоторым уважением, которое вызывали в нем известные всем имена. С публикациями Остина Хэллера он был знаком не очень хорошо, но знал, что Остин Хэллер является ведущим обозревателем «Кроникл», блистательной независимой газеты, непримиримого противника изданий Винанда. Он знал, что Хэллер — выходец из старинной, очень известной семьи, выпускник Оксфорда. Начав как литературный критик, Хэллер стал тихим маньяком, одержимым идеей разрушения любых форм принуждения, частных или государственных, на небе и на земле. Его проклинали проповедники, банкиры, активистки женских клубов и профсоюзные лидеры. Его манеры были много изысканнее манер светской элиты, которую он высмеивал, а телосложение намного крепче, чем у рабочих, которых он обычно защищал. Он с полным пониманием дела рассуждал и о последней бродвейской премьере, и о средневековой поэзии, и о международной финансовой системе. Он ни гроша не давал на благотворительность, но почти все свои средства тратил на защиту политических заключенных во всем мире. Все это было хорошо известно Китингу.

Из громкоговорителя раздавался сухой, размеренный голос с едва уловимым британским акцентом.

— ...мы также должны принять во внимание, — бесстрастно говорил Остин Хэллер, — что поскольку, *увы*, мы вынуждены жить в обществе, то для нас необычайно важно не забывать, что чем меньше будет каких бы то ни было законов, тем больше будет порядка.

Я не вижу никакой этической мерки, которой можно было бы измерить бесконечную аморальность самой концепции государства. Ее можно лишь приблизительно оценить тем временем, физическим и интеллектуальным напряжением, повиновением, наконец, деньгами, которые государство силой выжимает из каждого из своих подданных. Ценность общества и степень его цивилизованности находятся в обратной пропорции к его уверенности в необходимости такой силы. Ничем нельзя оправдать закон, по которому свободного человека можно заставить работать вообще или не на тех условиях, которые он сам выбрал. Ничем нельзя оправдать закон, по которому свободный человек лишается права выбирать. С другой стороны, недопустимо навязывать условия работника работодателю — тот сам волен соглашаться или не соглашаться. Свобода соглашаться или не соглашаться — основа истинно свободного общества. И частью этой свободы является свобода бастовать. Я говорю об этом лишь в порядке возражения некоему патрицию из трущоб Адской Кухни, лощеному выродку, который в последнее время весьма шумно вещает всем нам, что эта забастовка является нарушением и дискредитацией закона и порядка.

Из громкоговорителя донесся высокий, пронзительный гул одобрения и шквал аплодисментов. Кэтрин ухватила Китинга за руку.

— Ой, Питер! — прошептала она. — Он же говорит о Винанде! Винанд родился в Адской Кухне. Он-то может себе позволить говорить такое, но Винанд отыграется на дяде Эллсворте!

Китинг не мог толком послушать окончание речи Хэллера — у него дико разболелась голова и любые звуки вызывали такую боль в глазах, что ему пришлось плотно закрыть их. Он привалился к стене.

Китинг резко открыл глаза, скорее почувствовав, чем услышав вокруг какую-то странную тишину. Он не заметил, когда Хэллер закончил выступление. Он увидел, что люди в вестибюле замерли в напряженном и отчасти торжественном ожидании, а сухое потрескивание громкоговорителя приковывает все взгляды к его темной горловине. Потом тишину разорвал отчетливый неторопливый голос:

— Дамы и господа! Мне выпала величайшая честь представить вам мистера Эллсворта Монктона Тухи!

«Что ж, — подумал Китинг. — Свои полторы монеты Беннет выиграл». Последовало несколько секунд молчания. То, что началось затем, дикой болью ударило Китинга по затылку. Это был не гром, не толчок, не взрыв — это было нечто разорвавшее саму ткань времени, нечто отрезавшее *это* мгновение от предшествовавшего ему совершенно обычного. Вначале Китинг почувствовал только удар и лишь потом, по прошествии целой отчетливо осознаваемой секунды, понял, что это, собственно, такое. Аплодисменты. Овация столь бурная, что Китингу показалось, будто громкоговоритель сейчас взорвется. Овация не стихала, она распирала стены вестибюля, — Китингу показалось, что они начинают опасно выгибаться наружу. Окружающие его люди орали: «Ура!» Кэтрин стояла, приоткрыв рот, и Китинг не сомневался, что она в этот момент даже не дышала.

Прошло очень много времени, и внезапно стало тихо. Тишина наступила столь же резко, как и предшествующие ей рев и шум, и произвела столь же ошеломляющее действие. Громкоговоритель стих, подавившись на высокой ноте. Стоящие в вестибюле замерли. Потом послышался голос.

— Друзья мои! — произнес он просто и серьезно. — Братья мои! — добавил он тихо и как бы невольно, одновременно и исполненный чувств, и словно со смиренной улыбкой просящий извинения за проявление этих чувств. — Я более чем тронут вашим приемом. Я надеюсь, что вы извините меня за эту малую толику ребяческого тщеславия, которое живет в каждом из нас. Но я понимаю — и в этом смысле принимаю — ваши аплодисменты как дань не моей персоне, а тому принципу, счастье представлять который сегодня выпало мне, и я покорно принимаю это счастье.

Это был не голос. Это было истинное чудо. Разворачиваясь подобно бархатному знамени, волшебные звуки складывались в английские слова, но звучность и чистота каждого слога создавали впечатление, будто слова эти произносятся на некоем новом языке и звучат впервые. То был голос титана.

Китинг застыл с раскрытым ртом, не слыша, о чем говорит этот голос. Он с головой провалился в мелодию и ритм речи, не вдаваясь в ее содержание, не чувствуя ни малейшей необходимости вникать в ее смысл. Он готов был принять все, слепо пойти за этим голосом куда угодно.

— ...итак, друзья мои, — говорил волшебный голос, — урок, который нам следует извлечь из нашей трагической борьбы, — это урок единения. Мы объединимся или будем побеждены. Наша воля, воля обездоленных, забытых, угнетенных, сольет нас в мощный поток, с единой верой и единой целью. Настало время каждому из нас отвергнуть мысли о своих мелких личных проблемах, мысли о богатстве, комфорте, самоудовлетворении. Настало время влить свое Я в единый всемогущий поток, в непобедимую приливную волну, которая всех нас, желающих и нежелающих, унесет в великое будущее. История, друзья мои, не задает нам вопросов, не испрашивает нашего согласия. Она неотвратима, как и голос народных масс, определяющий ее ход. Прислушаемся же к призыву истории. Сплотимся, братья. Сплотимся. Сплотимся.

Китинг посмотрел на Кэтрин. Кэтрин не было. Осталось только белое лицо, тающее в звуках громкоговорителя. И дело было не в том, что она слушала своего дядю. Китинг не мог заставить себя почувствовать к нему ревность, хотя ему этого очень хотелось. Дело было не в том, что ее переполняли чувства. Нет, ее опустошало что-то холодное и безликое, волю ее сковала не воля другого человека, а безымянное Нечто, которое поглощало ее.

— Пойдем отсюда, — прошептал он. От непреодолимого чувства страха голос ему не подчинялся.

Она повернулась к нему, словно приходя в себя после глубокого обморока. Он понял, что она напрягает все силы, стараясь узнать того, кто стоит с ней рядом, и понять, что он говорит. Она прошептала:

— Да. Пойдем отсюда.

Они пошли пешком, под дождем, без определенного направления. Было холодно, но они все шли — лишь бы двигаться, лишь бы ощущать движение собственных мышц.

— Мы промокли до нитки, — сказал Китинг, придавая голосу всю простоту и естественность, на которые был в тот момент способен. Молчание пугало его. Оно показывало, что они оба чувствуют одно и то же и что чувство это отнюдь не иллюзорно. — Пойдем куда-нибудь, где можно выпить.

— Да, — сказала Кэтрин. — Пойдем. Очень холодно... Какая же я дура! Вот, пропустила речь дяди, а ведь так хотела послушать.

Теперь все нормально. Она первая заговорила об этом, заговорила так естественно, с совершенно нормальной примесью сожаления. Холодный, безликий призрак исчез.

— Но я хотела быть с тобой, Питер... Я хочу быть с тобой всегда.

Призрак дернулся в последний раз — не в самих ее словах, а в том, что вызвало эти слова, — и растаял окончательно. Китинг улыбнулся. Его пальцы нащупали запястье Кэтрин между краешком рукава и перчаткой. Ее кожа согрела его озябшие пальцы...

Много дней спустя Китинг услышал историю, которую рассказывали по всему городу. Рассказывали, что на следующий день после митинга Гейл Винанд увеличил жалованье Эллсворту Тухи. Тухи пришел в ярость и попытался отказаться. «Подкупить меня вам не удастся, мистер Винанд!» — заявил он. «Я вас не подкупаю, — ответил Винанд. — Не льстите себе этой мыслью».

Когда забастовка закончилась соглашением, прерванное строительство возобновилось по всему городу с удвоенной энергией. Китинг снова проводил дни и ночи на работе. Заказы текли рекой. Франкон радостно улыбался всем и каждому и устроил небольшую пирушку для своих служащих, чтобы в их памяти стерлись все гадости, которые он успел им наговорить. Наконец завершилось строительство особняка-дворца для мистера и миссис Дейл Айнсворт, в проект которого (позднее Возрождение и серый гранит) Китинг вложил всю душу. Мистер и миссис Дейл Айнсворт устроили в своей новой резиденции официальный прием, на который пригласили Гая Франкона и Питера Китинга, совершенно забыв про Лусиуса Н. Хейера, что в последнее время случалось довольно часто. Франкону прием понравился чрезвычайно — ведь в этом доме каждый квадратный фут гранита напоминал ему о кругленькой сумме, полученной некоей каменоломней в Коннектикуте. Китингу прием тоже понравился — ведь величественная миссис Айнсворт заявила ему с неотразимой улыбкой: «Но у меня *не было и тени сомнения*, что партнер мистера Франкона именно вы! Ну конечно же, “Франкон и Хейер”! Непростительная оплошность с моей стороны. В качестве оправдания могу лишь сказать, что если вы и не партнер мистера Франкона, то, несомненно, имеете на это *все права*!» Жизнь в бюро текла гладко; настал один из тех периодов, когда спорится все.

Поэтому Китинг был неприятно поражен, когда однажды утром, вскоре после приема у Айнсвортов, Франкон приехал в бюро в состоянии нервном и раздраженном. «Ничего не случилось, — отмахнулся он от Китинга. — Сущие пустяки!» В чертежной Китинг заметил трех чертежников, которые, сдвинув головы, склонились над страничкой нью-йоркского «Знамени» и с жадным, несколько виноватым интересом вчитывались в нее. Один из них усмехнулся самым неприятным образом. Когда они увидели Китинга, газета стремительно исчезла — слишком стремительно. У него не было времени разбираться: в кабинете его ждал курьер от подрядчика, не говоря о почте и кипе чертежей, которые надо было одобрить.

Погрузившись в дела, он через три часа начисто забыл о происшествии. Он чувствовал себя легко, голова была ясной, он упивался собственной энергичностью. Когда ему понадобилось сходить в библиотеку, чтобы сравнить новый проект с его предшественниками, он вышел из своего кабинета, насвистывая и весело помахивая эскизом.

Он по инерции прошагал половину приемной и... замер на месте. Эскиз качнулся вперед и опустился, хлопнув его по коленям. Он совершенно забыл, что при его положении ему не пристало задерживаться здесь.

Перед барьерчиком, разговаривая с секретаршей, стояла молодая женщина. Ее стройное тело казалось совершенно непропорциональным по сравнению с обычным человеческим телом. Все его линии были слишком длинными, слишком хрупкими и настолько откровенными, что она казалась стилизованным изображением женщины, рядом с которым обычные человеческие пропорции представляются неуклюжими и тяжеловесными. На ней был строгий серый костюм. Контраст между суровой простотой костюма и поразительной внешностью женщины был продуманно бросающимся в глаза — но при всей необычности лишь подчеркивал ее элегантность. Ее узкая ладонь лежала на барьерчике, соприкасаясь с ним лишь кончиками пальцев. Ее серые глаза были не овалами, а узкими прямоугольниками, окаймленными параллельными прямыми ресниц. Она держалась спокойно и уверенно, у нее был поразительно красивый, несколько порочный рот. Возникало впечатление, что и лицо ее, и светло-золотистые волосы, и костюм не имеют цвета, а лишь легкие, воздушные, призрачные оттенки, на фоне которых реальные цвета и предметы казались вульгарными. Китинг не мог пошевельнуться: он впервые понял, что имеют в виду художники, когда говорят о красоте.

— Он примет меня или сейчас, или никогда, — говорила она секретарше. — Он сам попросил меня прийти, а другой свободной минуты у меня не будет. — Это даже не было приказанием. Женщина говорила так, словно никогда не испытывала надобности придавать своему голосу повелительные интонации.

— Да, но... — На селекторе, стоявшем у секретарши на столе, загорелась лампочка. Она поспешно подсоединила провод. — Да, мистер Франкон... — Она слушала и облегченно кивала. — Да, мистер Франкон. — Обернувшись к посетительнице, она сказала: — Будьте любезны, пройдите, пожалуйста.

Молодая женщина повернулась и, проходя по направлению к лестнице мимо Китинга, взглянула на него. Ее взгляд на нем не задержался. Из состояния умопомрачительного восхищения, с которым Китинг смотрел на нее, исчезла какая-то важная составляющая — у него было время заглянуть ей в глаза. Они выглядели усталыми и немного презрительными, но у него они оставили ощущение холодной жестокости.

Это ощущение исчезло, когда он услышал ее шаги на лестнице. Восхищение же осталось. Он подошел к столу секретарши в приподнятом настроении.

— Кто это такая? — спросил он. Секретарша пожала плечами:

— Девочка босса.

— Ну и счастливчик! — воскликнул Китинг. — Надо же, а мне ни слова!

— Вы меня не поняли, — холодно сказала секретарша. — Это его дочь. Доминик Франкон.

— Да? — сказал Китинг. — О Господи!

— Вот так. — Девушка саркастически посмотрела на него. — Вы читали утренний выпуск «Знамени»?

— Нет. А что?

— Прочтите.

Загудел селектор, и секретарша отвернулась от Китинга.

Он отправил посыльного за номером «Знамени» и, получив газету, незамедлительно обратился к рубрике «Наш дом» (ведущая Доминик Франкон). Он слышал, что ее рассказы о домах известных жителей Нью-Йорка пользуются большой популярностью. Она специализировалась на интерьере, но время от времени позволяла себе вторгаться в область архитектурной критики. Сегодня предметом ее рассмотрения стала новая резиденция мистера и миссис Дейл Айнсворт на Риверсайд-драйв*. Среди прочего Китинг прочел следующее:

«Вы входите в величественный вестибюль из золотистого мрамора, и у вас возникает впечатление, что вы оказались в мэрии или на центральном почтамте, но это не так. Тем не менее в вестибюле есть все: антресоли с колоннадой, витая лестница, явно страдающая базедовой болезнью, картуши, напоминающие застегнутые кожаные ремешки, только сделанные не из кожи, а из мрамора. Столовая оборудована роскошными бронзовыми воротами, по ошибке помещенными на потолок, в виде садовой решетки, увитой свежими побегами бронзового винограда. Со стенных панелей свисают мертвые утки и кролики, украшенные букетами из морковки, петуний и волокнистой фасоли. Не думаю, что в натуральном виде это было бы очень красиво, но коль скоро здесь всего лишь дурная гипсовая имитация, то все замечательно… Окна спальни выходят на кирпичную стену, довольно неприглядную, но заглядывать в спальни вовсе необязательно… Окна фасада довольно велики и дают много света, а к тому же открывают чудесный вид на ноги мраморных купидонов, примостившихся снаружи. Купидоны эти весьма упитанны и премило смотрятся с улицы на фоне мрачного серого гранита, которым отделан фасад. Они заслуживают всяческих похвал, если только вам не претит лицезреть их пухлые пятки всякий раз, когда понадобится выглянуть на улицу и посмотреть, не идет ли дождь. Если же это зрелище вам надоест, ничто не мешает выглянуть из центрального окна третьего этажа и для разнообразия насладиться чугунной задницей Меркурия, восседающего на фронтоне парадного подъезда. Это очень красивый подъезд. Завтра мы посетим дом мистера и миссис Смит-Пикеринг».

Дом проектировал Китинг. Но, несмотря на всю свою ярость, он не мог не усмехнуться при мысли о том, что, должно быть, чувствовал Франкон, читая это. И как теперь Франкон посмотрит в глаза миссис

Дейл Айнсворт. Потом Китинг забыл и про дом, и про статью. Все его мысли сгрудились вокруг девушки, которая эту статью написала.

Схватив наугад три эскиза со своего стола, он направился в кабинет Франкона, чтобы тот их одобрил, в чем, кстати, не было никакой надобности.

На площадке перед закрытой дверью Франкона он остановился. За дверью раздавался голос Франкона, громкий, сердитый, беспомощный. Такой голос Китинг слышал всякий раз, когда Франкону случалось оказаться побежденным.

— ...такую свинью мне подложить! И кто? Родная дочь! Я уже привык ждать от тебя чего угодно, но это переходит всякие границы. Что мне теперь прикажешь делать? Как объясняться? Есть у тебя хоть малейшее представление, в какое положение ты меня поставила?

И тут Китинг услышал ее смех. Этот смех был так весел и так холоден, что Китинг понял, что лучше не входить. Он знал, что не хочет входить, потому что его вновь одолел страх, как и тогда, когда он заглянул ей в глаза.

Он развернулся и пошел вниз по лестнице. Дойдя до нижнего этажа, он вдруг подумал, что скоро, очень скоро познакомится с ней и Франкон не сможет теперь воспрепятствовать этому знакомству. Он подумал об этом с радостью, весело смеясь над тем портретом дочери Франкона, который уже несколько лет существовал в его сознании. Теперь перед ним возникла совершенно новая картина собственного будущего. И все же в глубине души он смутно ощущал, что будет гораздо лучше, если он больше никогда не увидит дочери Франкона.

X

У Ралстона Холкомба не было сколько-нибудь заметной шеи, но этот недостаток с лихвой компенсировал подбородок. Подбородок и челюсти образовывали плавную кривую, основанием которой служила грудь. Щеки у него были розовые, мягкие той дряблой мягкостью, которая приходит с возрастом и напоминает кожицу ошпаренного персика. Его седая шевелюра, напоминающая длинные средневековые мужские стрижки, поднималась надо лбом и падала на плечи, оставляя на воротнике хлопья перхоти.

Он ходил по улицам Нью-Йорка в широкополой шляпе, темном деловом костюме, светло-зеленой атласной рубашке и жилете из белой парчи. Из-под подбородка выглядывал огромный черный бант. Вместо тросточки он ходил с посохом, высоким посохом из черного дерева с массивным золотым набалдашником. Создавалось впечатление, что, хотя громадное тело Холкомба и уступило нехотя обычаям прозаической цивилизации с ее блеклыми одеяниями, его грудь и живот реяли над землей, облаченные в гордые цвета знамен его души.

Все это позволялось ему, поскольку он был гений. И президент Американской гильдии архитекторов.

Ралстон Холкомб не разделял взглядов коллег по этой организации. Он не был ни бездуховным строителем-трудягой, ни бизнесменом. Он был, как сам он твердо заявлял, человеком с идеалами.

Он гневно осуждал прискорбное состояние американской архитектуры и беспринципный эклектизм архитекторов. Он заявлял, что в любой исторический период архитекторы творили в духе своего времени, а не искали образцы для подражания в прошлом. «Мы можем сохранять верность истории, лишь подчиняясь ее законам, которые требуют, чтобы корни нашего искусства глубоко уходили в почву того времени, в котором мы живем». Он открыто выступал против сооружения зданий в греческом, готическом или романском стиле. Он призывал быть современными и строить в том стиле, который соответствует духу нашего времени. И Холкомб нашел такой стиль. Это было Возрождение.

Он четко формулировал свои принципы. Поскольку, утверждал он, в мире со времен Возрождения ничего особо выдающегося не произошло, мы должны считать себя все еще живущими в ту эпоху. И все внешние формы нашего существования должны быть верны образцам великих мастеров шестнадцатого века.

Он терпеть не мог тех немногих, кто говорил о современной архитектуре с совершенно иных позиций. Он старался их не замечать и ограничивался утверждением, что люди, которые хотят порвать со всем прошлым, суть лентяи и невежды и что никто не имеет права ставить оригинальность выше Красоты. На этом последнем слове его голос дрожал от благоговения.

Он принимал только очень крупные заказы, будучи специалистом по Вечному и Монументальному. Он построил несчетное количество мемориалов и капитолиев*. Ему принадлежали проекты многих Международных выставок.

Он творил, как творят некоторые композиторы, импровизируя под воздействием неведомых высших сил. Вдохновение осеняло его внезапно. Тогда он добавлял неимоверный купол к плоской крыше законченного здания, или украшал длинный свод мозаикой из золотых листьев, или скалывал с фасада штукатурку, заменяя ее мрамором. Клиенты бледнели, заикались — но платили. Его внушительная внешность неизменно выводила его в победители в любых схватках с кошельком клиента. За его спиной стояло всеобщее неколебимое и всемогущее убеждение, что он — Художник с большой буквы. Престиж его был огромен.

Он родился в семье, занесенной в «Светский альманах». В достаточно зрелом возрасте он женился на молодой даме, семья которой хоть и не доросла до «Светского альманаха», зато имела кучу денег и оставила единственной наследнице целую империю жевательной резинки.

Ныне Ралстону Холкомбу было шестьдесят пять, но он прибавлял себе еще несколько лет, чтобы почаще выслушивать комплименты знакомых о том, как он великолепно сохранился. Миссис Ралстон Холкомб было сорок два года. Она, напротив, убавляла себе значительное количество лет.

Миссис Ралстон Холкомб держала светский салон, который собирался в неформальной обстановке каждое воскресенье.

— К нам заглядывает каждый, кто хоть что-то представляет собой в архитектуре, — говорила она подругам и прибавляла: — Пусть только попробуют не заглянуть.

В один воскресный мартовский день Китинг подъехал к особняку Холкомбов — копии некоего флорентийского палаццо* — послушно, но несколько неохотно. На этих прославленных приемах он был частым гостем, и они успели ему изрядно поднадоесть. Он знал всех, кого там можно встретить. Однако он чувствовал, что на сей раз ему обязательно надо там быть, поскольку этот прием был приурочен к завершению строительства очередного капитолия, созданного гением Ралстона Холкомба в каком-то там штате.

Визитеры, хоть и многочисленные, как-то терялись в мраморной бальной зале Холкомбов. Группы их становились совсем неприметными в необъятных пространствах, рассчитанных на прямо-таки королевские приемы. Гости стояли повсюду, изо всех сил стараясь держаться неофициально и чем-нибудь блеснуть. Их шаги по мраморному полу отдавались гулким эхом, как в склепе. Пламя высоких свечей отчаянно диссонировало с серым светом, пробивающимся с улицы. От этого свечи казались тусклыми, а их пламя придавало дневному свету оттенок преждевременных сумерек. На пьедестале посреди зала, сияя крошечными электрическими лампочками, возвышался макет очередного капитолия.

Миссис Ралстон Холкомб председательствовала за чайным столом. Каждый гость принимал от нее хрупкую чашечку костяного фарфора, раз-другой прихлебывал самым деликатным образом и исчезал в направлении бара. Двое статных дворецких ходили и собирали оставленные гостями чашечки.

Миссис Ралстон Холкомб была, по словам одной восторженной подруги, «миниатюрна, но интеллектуальна». От миниатюрности она втайне страдала, но научилась находить в ней и приятные стороны. Она постоянно рассказывала, не кривя душой, что носит платья очень маленького размера и может покупать одежду в детских отделах. Летом она одевалась как школьница и носила короткие носки, выставляя на всеобщее обозрение тощие ноги с затверделыми синими венами. Она обожала знаменитостей, и в этом был смысл ее жизни. Она целеустремленно за ними охотилась; знакомилась с ними, вытаращив глаза от восторга и говоря им о незначительности собственной персоны, о смирении перед теми, кто чего-то добился в жизни. Она злобно сжимала губы и поводила плечами, когда кто-то из выдающихся людей недостаточно, по ее мнению, внимательно относился к ее собственным воззрениям на жизнь после смерти, теорию относительности, архитектуру ацтеков, контроль за рождаемостью и новые фильмы. Среди ее друзей было множество бедняков, и этот факт она широко рекламировала. Если кому-то из этих друзей удавалось улучшить свое финансовое положение, она порывала с ним, чувствуя при этом, что он ее предал. Она искренне ненавидела богатых — ведь их возвышало над всеми прочими то же, что и ее. Архитектуру она считала своей вотчиной. Родители дали ей имя Констанс, но она посчитала чрезвычайно остроумным, чтобы все звали ее Кики. Это прозвище она навязала всем своим знакомым, когда ей было уже далеко за тридцать.

Китинг никогда не чувствовал себя уютно в присутствии миссис Холкомб. Она слишком настойчиво ему улыбалась, а на любую его фразу отвечала подмигиванием и словами: «Ах, Питер, какой же вы проказник!», хотя ничего похожего у него и в мыслях не было. Однако сегодня он, как обычно, с поклоном поцеловал ей руку, а она улыбнулась ему из-за серебряного чайничка. На ней было царственное вечернее платье из изумрудного бархата, а во взбитых коротких волосах застряла ядовито-красная ленточка с тошнотворным бантиком. Кожа ее была сухой и загорелой, с крупными порами, особенно на ноздрях. Она протянула Китингу фарфоровую чашечку, сверкнув при свете свечей квадратным изумрудом на пальце.

Выразив восхищение капитолием, Китинг поспешно отошел и принялся рассматривать макет. Он выстоял перед макетом положенное число минут, обжигая губы горячей жидкостью, пахнущей гвоздикой. Холкомб, который ни разу не взглянул в сторону макета и не упустил из виду ни единого гостя, подошедшего полюбоваться его творением, хлопнул Китинга по плечу и сказал что-то приятное о молодых людях, познающих красоту стиля эпохи Возрождения. Затем Китинг просто слонялся без дела, без особого восторга пожимая руки, и то и дело поглядывал на часы, высчитывая момент, когда уже можно будет откланяться. Вдруг он остолбенел.

В небольшой библиотеке, соединенной с залом широким арочным проемом, он увидел Доминик Франкон в окружении трех молодых людей.

Она стояла, опершись о колонну, держа в руке стакан с коктейлем. На ней был черный бархатный костюм. Плотная светонепроницаемая ткань скрадывала исходящее от ее фигуры ощущение нереальности, удерживая свет, который чересчур легко протекал сквозь ее руки, шею, лицо. В ее стакане холодным металлическим крестом застыла огненная искорка, словно стакан был линзой, собравшей в пучок исходившее от ее кожи сияние.

Китинг рванулся вперед и разыскал в толпе гостей Франкона.

— Питер! — оживленно воскликнул Франкон. — Принести тебе выпить? Не бог весть что, — добавил он, понизив голос, — но «манхэттены»* вполне пристойные.

— Нет, — сказал Китинг. — Спасибо.

— Entre nous[1], — сказал Франкон, подмигнув в направлении макета капитолия, — это страх божий, верно?

— Да, — сказал Китинг. — Пропорции никудышные... Купол напоминает физиономию Холкомба, изображающую восход солнца на крыше... — Они остановились лицом к библиотеке, и взор Китинга замер на девушке в черном, как бы умоляя Франкона обратить на это внимание. Он был счастлив, что Франкону теперь не отвертеться.

— А планировка? Тоже мне планировка! Заметил, на втором этаже... О! — Франкон наконец увидел, куда смотрит Китинг. Он посмотрел на Китинга, потом в направлении библиотеки, потом опять на Китинга. — Что ж, — наконец произнес он, — потом пеняй на себя. Сам напросился. Пошли.

Они вместе вошли в библиотеку. Китинг очень вежливо остановился, но во взгляде его была отнюдь не столь вежливая целеустремленность, Франкон же просиял и с весьма неубедительным оживлением произнес:

— Доминик, дорогая! Позволь тебе представить — Питер Китинг, моя правая рука. Питер, это моя дочь.

— Здравствуйте! — тихо произнес Китинг. Она с серьезным видом наклонила голову.

— Я так давно мечтал с вами познакомиться, мисс Франкон.

---

[1] Между нами (*франц.*).

— Интересно получается, — сказала Доминик. — Вам, конечно, хочется быть со мной полюбезнее, но это будет крайне недипломатично.

— То есть как, мисс Франкон?

— Отец предпочел бы, чтобы вы вели себя со мной ужасно. Мы с отцом не ладим.

— Но, мисс Франкон, я...

— Наверное, будет честно сказать вам об этом в самом начале. Возможно, вам захочется пересмотреть кое-какие из ваших умозаключений.

Китинг искал глазами Франкона, но тот исчез.

— Не надо, — тихо сказала она. — Отец совсем не умеет вести себя в подобных ситуациях. Он слишком очевиден. Вы попросили его представить вас мне, но ему не следовало давать мне это заметить. Но, коль скоро мы оба это признаем, все в порядке. Присаживайтесь.

Она опустилась на диванчик, а он послушно сел рядом с ней. Незнакомые ему молодые люди постояли несколько минут с глуповатыми улыбками в надежде, что их включат в беседу, и разошлись. Китинг с облегчением подумал, что она совсем не страшная, если бы только не неприятный контраст между ее словами и той невинно-искренней манерой, с которой она эти слова произносила. Он не знал, чему же верить.

— Признаюсь, я просил представить меня, — сказал он. — Все равно это и так заметно, согласитесь. А кто бы не попросил? Однако не кажется ли вам, что мои, как вы выражаетесь, умозаключения могут и не иметь никакого отношения к вашему отцу?

— Только не говорите мне, что я прекрасна, восхитительна, что никого похожего вы в жизни не встречали, что вы готовы влюбиться в меня. Рано или поздно вы все это скажете, но давайте отложим этот момент. Во всем прочем мы, как мне кажется, прекрасно поладим.

— Но вы намереваетесь предельно осложнить мне это дело, не так ли?

— Да. Отцу следовало бы предупредить вас.

— Он предупредил.

— А вам следовало бы его послушать. Будьте с отцом очень предупредительны. Я уже встречала столько «правых рук» отца, что у меня выработалось скептическое отношение к ним. Но вы первый, кто сумел продержаться так долго и, похоже, намерен продержаться еще дольше. Я очень много слышала о вас. Поздравляю.

— Я много лет мечтал познакомиться с вами. А рубрику вашу я читаю с таким большим... — Он остановился, понимая, что ему не следовало бы говорить об этом, тем более не следовало останавливаться.

— С таким большим?.. — мягко спросила она.

— С таким большим удовольствием, — закончил он, надеясь, что она не станет развивать эту тему.

— Ах, конечно, — сказала она. — Дом Айнсвортов. Вы его спроектировали. Извините. Вы оказались случайной жертвой одного из моих редких приступов честности. У меня они случаются нечасто. Вам это, конечно, известно, если вы читали мою вчерашнюю заметку.

— Да, читал. И… что ж, последую вашему примеру и буду с вами совершенно откровенен. Только не сочтите за жалобу — нельзя жаловаться на тех, кто тебя критикует. Но согласитесь же, капитолий Холкомба значительно хуже во всех тех аспектах, за которые вы нас разбомбили. Почему же вы вчера так его расхвалили? Или у вас было такое особое задание?

— Не льстите мне. Никаких особых заданий у меня не было. Неужели вы думаете, что кому-то в газете есть дело до того, что я пишу в колонке об интерьере? Кроме того, от меня вообще не ждут статей о капитолиях. Просто я устала от интерьеров.

— Тогда почему же вы расхвалили Холкомба?

— Потому что его капитолий настолько ужасен, что высмеивать его просто скучно. И я решила, что будет забавнее, если я восхвалю его до небес. Так и вышло.

— Значит, такая у вас позиция?

— Значит, такая у меня позиция. Но моей колонки никто не читает, кроме домохозяек, которым все равно не хватит денег на приличную отделку, так что это не имеет значения.

— Но что вам действительно нравится в архитектуре?

— Мне ничего не нравится в архитектуре.

— Ну, вы, конечно, понимаете, что я вам не верю. Зачем же вы пишете, если ничего не хотите сказать?

— Чтобы чем-то себя занять. Чем-то более мерзким, чем многое другое, что я умею. Но и более занятным.

— Бросьте, это не слишком хорошая отговорка.

— У меня вообще не бывает хороших отговорок.

— Но вам же должна нравиться ваша работа.

— А она мне нравится. Разве незаметно? Очень нравится.

— Признаюсь, я вам даже завидую. Работать в такой мощной организации, как газетный концерн Винанда. Крупнейшая организация в стране, привлекшая лучшие журналистские силы…

— Слушайте, — сказала она, доверительно склонившись к нему, — позвольте вам помочь. Если бы вы только что познакомились с моим отцом, а он бы работал в газете Винанда, тогда вам следовало бы говорить именно то, что вы говорите. Но со мной дело обстоит не так. Именно это я и ожидала от вас услышать, а мне не по душе слышать то, чего я ожидаю. Было бы куда интереснее, если бы вы сказали, что концерн Винанда — огромная помойная яма, бульварные газетенки; что все их авторы гроша ломаного не стоят.

— Вы на самом деле такого мнения о них?

— Вовсе нет. Но мне не нравятся люди, которые говорят только то, что, по их мнению, думаю я.

— Спасибо. Ваша помощь мне очень пригодится. Я еще не встречал никого... впрочем, этого вы от меня как раз слышать не хотите. Но о ваших газетах я говорил вполне серьезно. Гейл Винанд всегда восхищал меня. Мне безумно хочется с ним познакомиться. Какой он?

— Его очень точно охарактеризовал Остин Хэллер. Лощеный выродок.

Он поморщился, припомнив, где именно слышал эти слова Остина Хэллера. Он видел перед собой тонкую белую руку, перекинутую через подлокотник дивана, и все связанное с Кэтрин показалось ему неуклюжим и вульгарным.

— Но я имел в виду — какой он человек?

— Не знаю. Я с ним незнакома.

— Не может быть!

— Это так.

— А я слышал, что он очень интересный человек.

— Несомненно. Когда мне захочется чего-нибудь извращенного, я непременно с ним познакомлюсь.

— А Тухи вы знаете?

— О-о! — сказала она. Он заметил в ее глазах то выражение, которое уже видел однажды, и ему совсем не понравилась ее приторно веселая интонация. — О, Эллсворт Тухи! Конечно же, я его знаю. Он великолепен. Вот с ним я очень люблю поговорить. Это идеальный мерзавец.

— Но, мисс Франкон, позвольте! Кроме вас, никто никогда...

— Я не стараюсь вас шокировать. Я говорю совершенно серьезно. Я им восхищаюсь. В нем такая цельность, такая завершенность! Согласитесь, в этом мире не так уж часто приходится видеть совершенство, с каким бы знаком оно ни было. А он и есть совершенство. В своем роде. Все остальные настолько не закончены, разбиты на кусочки, которые никак не могут собрать воедино. Но только не Тухи. Это монолит. Иногда, когда ожесточаюсь на весь мир, я нахожу утешение в мысли, что буду отомщена и этот мир получит все, что ему причитается, сполна, ведь в нем есть Эллсворт Тухи.

— Вы жаждете отмщения — за что же?

Она посмотрела на него. Ее веки приподнялись на мгновение, так что глаза больше не казались прямоугольными. Они были ясны и ласковы.

— Очень умно, — сказала она. — Это первая умная вещь, которую я от вас услышала.

— Почему?

— Потому что вы поняли, *что* выбрать из всей словесной трухи, которую я тут наговорила. Так что придется мне вам ответить. Мне бы хотелось отомстить миру за то, что мне *не за что* ему мстить. Давайте лучше продолжим об Эллсворте Тухи.

— Понимаете, я всегда ото всех слышал, что он вроде святого, единственный чистый идеалист, совершенно неподкупный и...

— Все это истинная правда. Обыкновенный мошенник был бы намного безопаснее. Но Тухи, он как лакмусовая бумажка для людей. О них можно узнать все по тому, как они его воспринимают.

— Как это? Что вы хотите сказать?

Она откинулась в кресле, вытянув руки и положив их на колени ладонями вверх и переплетя пальцы. Потом легко засмеялась:

— Ничего такого, о чем было бы уместно говорить на светском чаепитии. Кики права. Она меня терпеть не может, но иногда ей приходится меня приглашать. А я не могу отказать себе в удовольствии — ведь ей так явно не хочется меня видеть. Знаете, я ведь сегодня сказала Ралстону все, что на самом деле думаю о его капитолии. Но он мне так и не поверил. Только разулыбался и назвал меня очень милой девочкой.

— А разве это не так?

— Что?

— Что вы очень милая девочка.

— Только не сегодня. Я же вас весь вечер ставила в неловкое положение. Но я исправлюсь. Я расскажу вам, что я думаю о вас, поскольку вас это беспокоит. Я думаю, что вы умны, надежны, простодушны, очень честолюбивы и что у вас все получится. Вы мне нравитесь. Я скажу отцу, что очень одобряю его правую руку, так что, видите, вам нечего бояться со стороны дочки босса. Хотя лучше будет, если я ничего ему не скажу, потому что мою рекомендацию он воспримет в строго противоположном смысле.

— А мне можно сказать, что я думаю о вас? Только одну вещь?

— Конечно. И не одну.

— По-моему, было бы лучше, если бы вы не говорили мне, что я вам нравлюсь. Тогда у меня было бы больше шансов надеяться, что это окажется правдой.

Она засмеялась.

— Если вы и это понимаете, — сказала она, — мы с вами подружимся. И тогда может оказаться, что я сказала правду.

В проеме арки, выходящей в бальную залу, появился Гордон Л. Прескотт со стаканом в руке. На нем был серый костюм, а вместо рубашки — свитер из серебристой шерсти. Его мальчишеское лицо было свежевыбрито. От него, как всегда, пахло мылом, зубной пастой и пребыванием на свежем воздухе.

— Доминик, дорогая! — воскликнул он, взмахнув стаканом. — Привет, Китинг, — отрывисто добавил он. — Доминик, где же вы прятались? Я услышал, что вы сегодня здесь, и убил черт знает сколько времени, разыскивая вас!

— Привет, Гордон, — сказала она вполне корректно. В ее тихом, вежливом голосе не было ничего оскорбительного, но вслед за его восторженной интонацией ее тон казался убийственно безразличным. Эти два контрастных тона как бы создали ощутимый контрапункт вокруг основной мелодической линии — линии полного презрения.

Прескотт этой мелодии не расслышал.

— Дорогая, — сказал он. — Каждый раз, когда я вижу вас, вы становитесь все очаровательнее. Кто бы мог подумать, что такое возможно?

— Седьмой, — сказала она.

— Что?

— Вы мне седьмой раз об этом говорите при встрече, Гордон. Я веду счет.

— Доминик, вы же это несерьезно. Вы никогда не бываете серьезной.

— Ошибаетесь, Гордон. Я только что весьма серьезно разговаривала с моим другом Питером Китингом.

Какая-то дама помахала Прескотту, и он использовал эту возможность, чтобы ретироваться с довольно глупым видом. А Китинг пришел в восторг при мысли, что она отбрила другого мужчину ради продолжения разговора с ее другом Питером Китингом.

Но когда он обернулся к ней, она спросила сладеньким голосом:

— Так о чем мы говорили, мистер Китинг? — И она с преувеличенным интересом посмотрела вдаль, на высохшую фигуру старичка, который закашлялся над бокалом виски в другом конце зала.

— Как? Мы ведь говорили... — начал Китинг.

— О, вот и Юджин Петтингилл. Мой любимец. Мне надо поздороваться с Юджином.

Она поднялась и пошла через зал, чуть прогибаясь на ходу, навстречу самому несимпатичному старцу из всех присутствующих.

Китинг не понял, была ли это случайность, или его записали в один клуб с Гордоном Л. Прескоттом.

Он неохотно вернулся в бальный зал, заставил себя присоединяться к группам гостей, разговаривать. Он смотрел на Доминик Франкон — как она идет сквозь толпу, как останавливается поговорить с другими. На него она больше не взглянула. Он не мог решить, что же у него с ней вышло — полный успех или полная неудача.

Ему удалось случайно оказаться возле двери, когда она уходила.

Она остановилась и одарила его чарующей улыбкой.

— Нет, — сказала она, прежде чем он успел произнести хоть слово. — Провожать меня не надо. Меня ждет машина. Но все равно благодарю вас за любезность.

Она ушла, а он беспомощно стоял у дверей и лихорадочно соображал, покраснел он или нет.

Он почувствовал, как на плечо ему опустилась мягкая рука, повернулся и увидел Франкона.

— Домой собрался, Питер? Подбросить тебя?

— Но я думал, что тебе надо к семи быть в клубе.

— Да ничего, немножко опоздаю, подумаешь. Я довезу тебя до дому, без проблем. — На лице Франкона было странное целеустремленное выражение, очень ему не свойственное и не идущее.

Заинтригованный, Китинг молча пошел за Франконом и, оказавшись с глазу на глаз с ним в уютном полумраке автомобиля, продолжал молчать.

— Ну и? — несколько зловеще произнес Франкон. Китинг улыбнулся:

— Гай, ты свинья. Даже не умеешь ценить то, что имеешь. Почему ты ничего не сказал мне? Таких прекрасных женщин, как она, я еще не встречал.

— О да, — мрачно отозвался Франкон. — Может, в том-то вся и беда.

— Какая еще беда? Где ты увидел беду?

— Что ты на самом деле о ней думаешь, Питер? Помимо внешности. Сам потом увидишь, как быстро научишься не принимать ее внешность в расчет. Так что же?

— Ну, по-моему, у нее очень сильный характер.

— Благодарю за преуменьшение. — Франкон угрюмо замолчал, а когда заговорил, в голосе его прозвучала некая нотка надежды: — Знаешь, Питер, ты меня очень удивил. Я наблюдал за тобой, у вас с ней получилась очень долгая беседа. Это просто поразительно. Я был совершенно уверен, что она тут же отошьет тебя какой-нибудь милой ядовитой шуточкой. Может статься, ты с ней и поладишь. Я одно лишь могу заключить: она вообще непредсказуема. Возможно... Знаешь, Питер, я вот что тебе хотел сказать: не обращай никакого внимания на ее слова, будто я хочу, чтобы ты себя вел с ней ужасно.

Полная искренность и выстраданность этой фразы содержала в себе такой намек, что Китинг уже сложил было губы, чтобы негромко присвистнуть, но вовремя сдержался. Франкон добавил тем же тоном:

— Я не хочу, чтобы ты с ней не ладил. Совсем не хочу.

— Знаешь, Гай, — сказал Китинг с несколько снисходительным упреком, — тебе не следовало бы так избегать ее.

— Я не знаю, как с ней говорить, — Франкон вздохнул. — Так и не научился. Я никак в толк не возьму, что в ней не так, но что-то не так, это точно. Она просто не желает вести себя как нормальный человек. Знаешь, ее ведь из двух школ выгоняли в последнем классе. Ума не приложу, как она проскочила через колледж, но могу тебе признаться, что четыре года боялся вскрывать ее письма. Потом я решил: ну ладно, теперь она самостоятельна, моя роль сыграна, и мне теперь нечего о ней переживать. Но она стала еще хуже.

— Но в чем же ты находишь причины для переживаний?

— Я их и не ищу. Стараюсь не искать. Я счастлив, когда мне вообще не надо думать о дочери. Это происходит помимо моей воли, просто я не создан быть отцом. Но иногда я начинаю чувствовать, что все же обязан отвечать за нее. Хотя, Бог свидетель, я вовсе не хочу такой ответственности, но ответственность все же существует, и надо что-то делать. Не могу же я перепоручить ее кому-то другому.

— Гай, ты дал ей себя запугать, а бояться-то, по существу, нечего.

— Ты так считаешь?

— Абсолютно нечего.

— Возможно, ты и есть тот человек, который мог бы с ней управиться. Теперь я не жалею, что вы с ней познакомились, хотя ты знаешь, что прежде мне этого очень не хотелось. Да, пожалуй, кроме тебя, с ней управиться некому. Ведь когда тебе что-то нужно, ты... ты бываешь очень решительным. Да, Питер?

Китинг беззаботно махнул рукой:

— У меня редко возникает чувство страха.

И он откинулся на спинку сиденья, будто очень устал, будто не услышал ничего достойного внимания, и не проронил больше ни слова на протяжении всей поездки. Молчал и Франкон.

— Ребята, — сказал Джон Эрик Снайт. — Не жалейте сил на это дело. Это важнейший для нас заказ в нынешнем году. Денег, как вы понимаете, не так уж много, зато престиж, связи! Если дельце выгорит, кое-кто из этих великих архитекторов позеленеет от зависти! Понимаете, Остин Хэллер честно сказал, что мы — третья фирма, в которую он обратился. Ничего из того, что наши великие деятели пытались ему всучить, его не устроило. Так что теперь, ребята, все в наших руках. Нужно что-то необычное, нестандартное, со вкусом, но главное — *необычное*. В общем, постарайтесь.

Пятеро его проектировщиков сидели перед ним полукругом.

У Готика был усталый вид. Универсал казался заранее обескураженным, Возрожденец внимательно следил за перемещениями мухи по потолку. Рорк спросил:

— Что конкретно он сказал, мистер Снайт?

Снайт пожал плечами и с хитрецой посмотрел на Рорка, будто они оба знали какую-то постыдную тайну своего клиента, о которой не следовало распространяться.

— Между нами, мальчиками, говоря, ничего особенно вразумительного, — сказал Снайт. — Учитывая его великолепное владение английским языком на бумаге, его невнятность была особенно заметна. Он признался, что ничего в архитектуре не понимает. Он не сказал, хочет ли дом современного вида, или в каком-либо историческом стиле, или еще чего-нибудь. Проблеял что-то в том смысле, что ему нужен собственный дом, но он долго не решался начать строительство, потому что все дома казались ему одинаковыми — одинаково безобразными, и он никак не может понять, как кто-то может прийти в восторг по поводу какого бы то ни было здания. И все же он вбил себе в голову, что ему нужен дом, который он смог бы полюбить. «Дом, который будет что-то для меня значить» — так он выразился, хотя добавил, что не знает, что именно и почему. Вот так. Больше он ничего, пожалуй, и не сказал. Не слишком четкие указания, и я никогда не взялся бы предложить ему проект, если бы он не был Остином Хэллером. Но, что ни говори, он и сам не понимает, чего ему надо, это уж точно... В чем дело, Рорк?

— Ни в чем, — сказал Рорк.

На этом и закончилось первое совещание относительно резиденции Остина Хэллера.

Вечером того же дня Снайт загнал своих пятерых проектировщиков в поезд, и они отправились в Коннектикут осмотреть участок, выбранный Хэллером. Они стояли на одиноком каменистом берегу, в трех милях от не слишком фешенебельного городка, жевали бутерброды и орешки, смотрели на утес, который ломаными уступами вырастал из земли и резко, свирепо обрывался в море. Вертикальный обелиск скалы крест-накрест пересекал бледную линию морского горизонта.

— Вот тут, — сказал Снайт, вертя в руке карандаш. — Веселенькое местечко, да? — Он вздохнул. — Я пытался предложить ему более приличный участок, но ему это не сильно понравилось, так что пришлось мне заткнуться. — Снайт вновь покрутил карандаш. — Вон где он хочет дом, на самой верхушке скалы. — Снайт почесал кончиком карандаша кончик носа. — Я пытался предложить поставить дом подальше от берега, а эту чертову скалу оставить для вида, но это тоже его не вдохновило. — Он закусил резинку карандаша зубами. — Подумать только, сколько понадобится взрывных работ на этой вершине! А нивелировки? — Он почистил ноготь грифелем, оставив черный след. — В общем, вот так... Определите угол залегания и качество породы. Подходы к площадке будут трудными. У меня в конторе есть все замеры и фотографии... Так... У кого есть сигарета?.. Ну, пока достаточно... Всегда готов помочь вам советом... Так... Во сколько идет этот чертов поезд?

Так пять проектировщиков приступили к работе. Четверо из них незамедлительно бросились к кульманам. Только Рорк еще много раз в одиночку выезжал на участок.

Пять месяцев, проведенных Рорком у Снайта, пролетели, не оставив в его душе никакого следа. Если бы у него возникло желание спросить себя, что он чувствует в связи с этим, он не смог бы ничего ответить, кроме, пожалуй, одного — за эти пять месяцев ему ничего не запомнилось. То есть он прекрасно помнил каждый сделанный им эскиз; если постараться, он, вероятно, вспомнил бы и дальнейшую судьбу этих эскизов. Он не старался.

Но ни к одному из этих проектов он не относился с такой любовью, как к дому Остина Хэллера. Вечер за вечером он оставался в чертежной после работы, наедине с листом бумаги и мыслью о нависающем над морем утесе. Никто не видел его эскизов, пока они не были завершены.

Закончив работу над ними поздно ночью, он сел у доски, разложив перед собой листы, и сидел много часов, одной рукой подперев подбородок, а другую свесив вниз, так что кровь прилила к пальцам и они занемели. Улица за окном сделалась темно-синей, затем бледно-серой. Он не смотрел на эскизы. Он был опустошен.

Дом, изображенный на эскизах, казалось, был создан не Рорком, а утесом, на котором стоял. Казалось, что утес вырос и завершил себя, заявив о своем предназначении, осуществления которого он так долго ждал. Дом был разбит на несколько уровней, следующих контурам естественных террас, созданных природой на скальной поверхности утеса. Дом поднимался вместе с ними — постепенно, неравномерно, стекаясь в одну точку, в единое гармоничное целое.

Стены, из того же гранита, из которого был сложен утес, продолжали вертикальное движение его склонов вверх, широкие бетонные террасы, серебристые, как море, повторяли линии волн, линии горизонта.

Рорк еще сидел у доски, когда его сослуживцы вернулись, чтобы начать новый рабочий день. Тогда эскизы были отправлены в кабинет Снайта.

Два дня спустя конечный вариант дома, который нужно было представить Остину Хэллеру, вариант, выбранный и отредактированный Джоном Эриком Снайтом, исполненный художником-китайцем, лежал на столе, закутанный в оберточную бумагу. Это был дом Рорка, но теперь стены были сложены из красного кирпича, окна обрезаны до общепринятых размеров и снабжены зелеными ставнями, два выступающих крыла отсутствовали, громадная нависающая над морем терраса была заменена балкончиком с ажурной решеткой, а к входу были приделаны портик с ионическими колоннами под ломаным фронтоном и небольшой шпиль с флюгером.

Возле стола стоял Джон Эрик Снайт, раскинув руки над рисунком, боясь коснуться девственной чистоты его нежных тонов.

— Уверен, что именно это имел в виду мистер Хэллер, — сказал он. — Очень неплохо… Да, очень неплохо… Рорк, сколько можно повторять, чтобы ты не курил у белового эскиза? Отойди. Не ровен час, измажешь его пеплом.

Остин Хэллер ожидался к двенадцати часам. Но в половине двенадцатого без предупреждения явилась миссис Симингтон и потребовала немедленной встречи с мистером Снайтом. Миссис Симингтон была внушительного вида вдова, которая только что въехала в новый дом, спроектированный мистером Снайтом. Помимо того, Снайт рассчитывал получить заказ на многоквартирный дом от ее брата. Он не мог отказаться принять ее и с поклонами препроводил в свой кабинет, где она, не стесняясь в выражениях, принялась излагать ему, что в библиотеке у нее треснул потолок, а на эркерных стеклах в гостиной постоянно выступает какая-то испарина, из-за которой пропадает весь вид и с которой она ничего не может поделать. Снайт послал за своим главным инженером, и они вдвоем пустились в подробные объяснения, извинения и проклятия в адрес подрядчиков. Миссис Симингтон не выказала никаких признаков смягчения, когда на столе Снайта зазвенел звонок и голос секретарши сообщил о прибытии Остина Хэллера.

Было равно невозможно и попросить миссис Симингтон уйти, и предложить мистеру Хэллеру подождать. Снайт решил проблему, перепоручив миссис Симингтон главному инженеру с его ласковыми речами, а сам удалился на минуточку, попросив извинения. Он вышел в приемную, крепко пожал руку Хэллеру и предложил:

— Давайте, мистер Хэллер, заглянем в чертежную, если вы не против. Понимаете, там освещение лучше, а эскиз для вас уже готов, и мне бы не хотелось его куда-либо переносить.

Хэллер не возражал. Он послушно проследовал за Снайтом в чертежную, высокий, широкоплечий, в английском твидовом костюме, с песочными волосами и квадратным лицом с бесчисленными морщинками вокруг насмешливо-спокойных глаз.

Рисунок лежал на столе китайца. Сам художник, не говоря ни слова, почтительно отошел. Рядом был кульман Рорка. Стоя спиной к Хэллеру, он продолжал работать и не оборачивался. Служащих приучили не вмешиваться, когда Снайт приводил клиента в чертежную.

Снайт кончиками пальцев приподнял с рисунка оберточную бумагу — словно вуаль с лица невесты. Потом он сделал шаг назад и стал следить за лицом Хэллера. Тот наклонился и замер в этой позе, внимательно, напряженно, долго не произнося ни слова.

— Послушайте, мистер Снайт, — произнес он наконец. — Понимаете, мне кажется... — Он замолчал.

Снайт терпеливо ждал. Он был доволен, чувствуя приближение чего-то, чему не следовало мешать.

— Вот, — внезапно громко сказал Хэллер и хлопнул кулаком по рисунку. Снайт поморщился. — Ближе к желаемому никто не подходил!

— Я не сомневался, что вам понравится, мистер Хэллер, — сказал Снайт.

— Мне *не* нравится, — сказал Хэллер. Снайт, моргая, ждал, что будет дальше.

— Это так близко, — с сожалением проговорил Хэллер, — но это совсем не то. Не знаю, в чем дело, но совсем не то. Прошу вас, извините меня, если выражаюсь непонятно, но мне либо нравится все с самого начала, либо не нравится совсем. Я знаю, например, что этот вход меня никогда не устроит. Это очень красивый вход, но он будет совершенно незаметен, потому что такой вход встречается очень часто.

— Да, мистер Хэллер, но позвольте мне высказать несколько соображений. Конечно, хочется быть современным, но при этом хочется, чтобы у жилого дома сохранился вид жилого дома. Понимаете, сочетание величия и уюта. Такой строгий дом, как этот, требует некоторых смягчающих штрихов, абсолютно корректных с архитектурной точки зрения.

— Несомненно, — сказал Хэллер. — Только мне этого не понять. Я ведь ни разу в жизни не бывал абсолютно корректен.

— Разрешите объяснить вам весь замысел. Тогда вы сами поймете...

— Знаю, — устало сказал Хэллер. — Знаю. Не сомневаюсь, что вы правы. Но только... — в его голосе прозвучало некоторое оживление, и было видно, как он жаждет подобного внутреннего оживления, — только если бы в нем было некое единство... некая главная идея, которая здесь вроде бы и есть, и в то же время ее нет. Если бы дом казался живым... а он таким не кажется... Тут чего-то не хватает и чего-то слишком много... Если бы он был как-то четче, определеннее и — как это называется? — целостнее...

Рорк развернулся. Он оказался по другую сторону стола. Схватив рисунок, он стремительно выбросил вперед руку с карандашом, и тот зашелестел по бумаге, прочерчивая черные жирные линии поверх неприкосновенной акварели. Под этими линиями исчезли ионические колонны, исчезли фронтон, портик, шпиль, ставни, кирпичи. Выросли два каменных крыла, выплеснулись широкие окна, балкон разлетелся вдребезги, а над морем взмыла терраса.

Все это делалось, пока остальные соображали, что, собственно, происходит. Затем Снайт рванулся вперед, но Хэллер схватил его за руку и остановил. Рука Рорка продолжала сносить стены, расчленять, строить заново — яростными, размашистыми штрихами.

На долю секунды Рорк откинул голову и посмотрел через стол на Хэллера. Надобность представляться друг другу исчезла — взгляд, которым они обменялись, был равносилен рукопожатию. Рорк продолжал работать, а когда он отбросил карандаш, дом, в том виде, в каком он его спроектировал, предстал перед ними в паутине черных штрихов, как будто уже построенный. Все заняло не более пяти минут.

Снайт попытался вставить слово. Поскольку Хэллер молчал, Снайт решил наброситься на Рорка и закричал:

— Ты уволен! Черт тебя побери, убирайся отсюда! Ты уволен!

— Мы оба уволены, — сказал Остин Хэллер, подмигивая Рорку. — Пойдемте отсюда. Вы обедали? Сходим куда-нибудь. Я хочу с вами поговорить.

Рорк подошел к своему шкафчику и достал пальто и шляпу. Вся чертежная стала свидетелем беспрецедентного события, и работа прекратилась — все ждали, что будет дальше. Остин Хэллер взял рисунок, сложил его вчетверо, сгибая драгоценный ватман, и засунул в карман.

— Но, м-мистер Хэллер... — запинаясь, пролепетал Снайт, — позвольте, я все объясню... Если это то, что вам надо, то все прекрасно... мы переделаем рисунок... позвольте объяснить...

— В другой раз, — сказал Хэллер. — После. — Подойдя к дверям, он добавил: — Чек я вам пришлю.

И Хэллер исчез. Вместе с ним исчез и Рорк. Звук захлопнувшейся за ними двери напоминал последнюю точку в очередной статье Хэллера.

Рорк не сказал ни слова.

В мягко освещенной кабинке ресторана — в таком дорогом ресторане Рорк еще ни разу не бывал — посреди блеска хрусталя и серебра Хэллер говорил:

— ...потому что это именно тот дом, который я хочу, потому что о таком доме я всегда мечтал. Можете вы его построить для меня, составить всю документацию, проконтролировать строительство?

— Да, — сказал Рорк.

— Сколько это займет времени, если мы начнем немедленно?

— Около восьми месяцев.

— И у меня к концу осени будет свой дом?

— Да.

— В точности такой, как на рисунке?

— В точности.

— Послушайте, я представления не имею, какой контракт надо заключать с архитектором, а вы это, должно быть, знаете, так что составьте и разрешите сегодня же вечером моему адвокату взглянуть на него. Вы согласны?

— Да.

Хэллер внимательно посмотрел на человека, сидящего напротив. Он увидел руку, лежащую на столе. Хэллер сосредоточился на этой руке. Он видел длинные пальцы, острые суставы, набухшие вены.

У него возникло ощущение, что он не нанимает этого человека, а препоручает себя его воле.

— Сколько вам лет, незнакомец? — спросил Хэллер.

— Двадцать шесть. Вам нужны рекомендации?

— Нет. Все нужные мне рекомендации у меня в кармане. Как ваше имя?

— Говард Рорк.

Хэллер достал чековую книжку, разложил ее на столе и полез за авторучкой. Он начал писать со словами:

— Я выписываю на ваш счет пятьсот долларов. Снимите себе мастерскую и прочее, что вам необходимо, и приступайте.

Он оторвал чек и передал его Рорку, держа кончиками выпрямленных пальцев, опершись на локоть и делая вращательные движения ладонью. Он хитро прищурился и смотрел на Рорка с загадочным выражением. Но его жест напоминал приветствие.

Чек был выписан на имя «Говарда Рорка, архитектора».

XI

Говард Рорк открыл собственное бюро.

Оно занимало одну большую комнату на верхнем этаже старого здания. Широкое окно выходило на соседние крыши. Подойдя к подоконнику, Рорк мог видеть далекую ленту Гудзона*. Маленькие стрелки кораблей двигались под кончиками его пальцев, когда он прижимал их к стеклу. У него был письменный стол, два стула и огромная чертежная доска. На стеклянной входной двери висела табличка «Говард Рорк. Архитектор». Он долго стоял в холле и смотрел на эти слова. Потом он вошел и захлопнул за собой дверь. Он снял с доски рейсшину, затем кинул ее обратно, словно бросая якорь.

Джон Эрик Снайт был против. Когда Рорк зашел к нему в бюро забрать свой инструмент, Снайт появился в приемной, тепло пожал ему руку и сказал:

— Рорк! Ну и как дела? Заходи, заходи давай, я хочу потолковать с тобой.

Усадив Рорка напротив своего письменного стола, Снайт громко продолжил:

— Слушай, дружок, надеюсь, у тебя хватит ума не держать на меня зла за то, что я там вчера наговорил. Ты же понимаешь, я немного вышел из себя. И вовсе не из-за того, что ты сделал, а из-за того, что тебе непременно надо было все сделать на *беловом* рисунке, на том самом... ну ладно, ничего. Так ты зла не держишь?

— Нет, — сказал Рорк. — Нисколько.

— Разумеется, ты не уволен. Ты ведь не принял мои слова всерьез? Можешь сию же минуту приступать к работе.

— А зачем, мистер Снайт?

— Как это зачем? А, ты думаешь о доме Хэллера? Но неужели ты воспринял Хэллера всерьез? Ты же видел его и понимаешь, что этот безумец может менять свое мнение шестьдесят раз в минуту. Он же не даст тебе этот заказ. Понимаешь, не так-то это просто. Так вообще не делается.

— Мы вчера подписали контракт.

— Так подписали? Прекрасно! В общем, понимаешь, Рорк, я скажу тебе, как мы поступим: ты принесешь этот заказ нам, а я позволю тебе поставить свое имя рядом с моим. Джон Эрик Снайт и Говард Рорк. А гонорар поделим пополам. Разумеется, в дополнение к твоему жалованью, кстати, ты получаешь повышение. А далее у нас будут те же условия на любой заказ, который добудешь ты. И... Боже мой, чего ты смеешься?

— Извините, мистер Снайт, больше не буду.

— Мне кажется, ты не понял, — изумленно произнес Снайт. — Так пойми же. Это твой страховой полис. Пока тебе еще рано открывать собственное дело. Заказы не будут сыпаться тебе на голову, в этот раз все вышло чисто случайно. И что ты тогда будешь делать? А если согласишься на мой вариант, у тебя будет надежная работа, и ты будешь постепенно набираться опыта для независимой частной практики, если ты к этому стремишься. Через четыре-пять лет ты встанешь на ноги, созреешь для самостоятельного дела. Так поступают все. Понимаешь?

— Да.

— Так согласен?

— Нет.

— Господи Боже мой, да ты с ума сошел! Начинать в одиночку сейчас? Без опыта, без связей, без... да вообще без всего! Я о таком никогда еще не слышал. Да спроси любого, кто имеет отношение к архитектуре. Услышишь, что они тебе скажут. Твое решение — полное сумасшествие!

— Вполне возможно.

— Рорк, да выслушай меня наконец!

— Я выслушаю, мистер Снайт, если вам угодно. Но, по-моему, мне следует сказать сразу, что ваши слова не будут иметь для меня никакого значения. Если это вас устраивает, я готов выслушать.

Снайт говорил долго, а Рорк слушал, не возражая, не объясняя, не отвечая.

— В общем, если ты настроен так, то не жди, что я возьму тебя обратно, когда ты окажешься на улице.

— Я этого и не жду, мистер Снайт.

— И не рассчитывай, что кто-то другой из архитекторов тебя возьмет, когда они узнают, как ты поступил со мной.

— И на это я тоже не рассчитываю.

В течение нескольких дней Снайт подумывал подать в суд на Рорка и Хэллера, но решил не делать этого, поскольку при данных обстоятельствах оснований для иска не было: во-первых, Хэллер оплатил Снайту все услуги, во-вторых, дом действительно был спроектирован Рорком, а в-третьих, с такими людьми, как Остин Хэллер, никто не судится.

Первым посетителем бюро Рорка был Питер Китинг.

Однажды ровно в полдень он вошел без всякого предупреждения, прошел через всю комнату и уселся прямо на стол Рорка, весело улыбаясь и широко разведя руки в стороны.

— Ну и ну, Говард! — сказал он. — Вот так дела!

Он не виделся с Рорком год.

— Здравствуй, Питер, — сказал Рорк.

— Надо же, собственное бюро, табличка с собственным именем, и вообще!.. Так скоро! Невероятно!

— Кто тебе рассказал, Питер?

— Ну, ходят слухи. Вполне естественно, что я слежу за твоими успехами. Ты же знаешь, что я о тебе думаю постоянно. Надо ли говорить, что я тебя поздравляю и желаю всего самого наилучшего.

— Нет, не надо.

— Хорошо у тебя тут. Светло, просторно. Может быть, не так солидно, как следовало бы, но чего можно ожидать в самом начале пути? А кроме того, перспективы ведь достаточно неопределенные. Согласен, Говард?

— Вполне.

— Ты пошел на громадный риск.

— Скорее всего.

— И ты действительно рассчитываешь чего-то добиться? Я имею в виду, самостоятельно?

— А что, не похоже?

— Понимаешь, пока ведь еще не поздно. Когда я услышал всю эту историю, то решил, что ты обязательно вернешься с этим заказом к Снайту и заключишь с ним выгодную сделку.

— Я так не сделал.

— И неужели не собираешься?

— Нет.

Китинг не мог понять, почему его гложет мучительная злоба, почему он пришел сюда в надежде услышать, что вся эта история просто выдумана, в надежде застать Рорка неуверенным, готовым капитулировать. Бессильная злоба охватила его с того самого мгновения, когда он услышал новости о Рорке, и не покидала, даже когда он забывал о причинах ее возникновения. Злоба волнами накатывала на него в самые неподходящие моменты, и он часто недоумевал: что же, черт возьми, происходит? Что меня сегодня так разозлило? И лишь некоторое время спустя вспоминал: ах да, Рорк; Рорк открыл собственное бюро. И тогда Китинг спешил задать себе вопрос: «Ну и что с того?», понимая, что сами эти слова болезненны и унизительны, как оскорбление.

— Знаешь, Говард, я восхищаюсь твоей смелостью. Честное слово. У меня значительно больше опыта, да и профессиональная репутация повыше — ты только не обижайся, я ведь объективно говорю, — но я не решился бы на такой шаг.

— Не решился бы.

— Выходит, ты первый совершил прыжок. Так-так. Кто бы мог подумать?.. Искренне желаю тебе всяческих удач.

— Спасибо, Питер.

— Я думаю, ты добьешься успеха. Я в этом не сомневаюсь.

— Неужели не сомневаешься?

— Конечно. Ни капельки. А ты разве сомневаешься?

— Я как-то об этом не задумывался.

— Не задумывался?!

— Не особенно.

— Так значит, Говард, ты все-таки не уверен в себе. Так?

— А почему ты спрашиваешь с такой радостью?

— Что?! Нет, конечно, не с радостью. Просто я беспокоюсь за тебя, Говард. Сейчас, в твоем положении, никак нельзя терять уверенность. Так у тебя есть сомнения?

— Никаких.

— Но ты сказал...

— Питер, я во всем совершенно уверен.

— А ты подумал о получении лицензии?

— Я подал заявку.

— У тебя же нет диплома. Тебе придется очень трудно на экзамене.

— Скорее всего.

— Что же ты будешь делать, если не получишь лицензии?

— Я ее получу.

— Что ж, теперь будем встречаться в гильдии, если ты, конечно, не зазнаешься и не перестанешь меня узнавать. Ты ведь как-никак будешь полноправным членом, а я всего лишь в молодежной секции.

— Я не буду вступать в гильдию.

— То есть как это — не будешь? Ты же теперь имеешь право вступить.

— Может быть.

— Тебя пригласят вступить.

— Скажи им, чтобы не тратили силы попусту.

— Что?!

— Знаешь, Питер, у нас с тобой был точно такой же разговор семь лет назад, когда ты пытался убедить меня вступить в твое землячество в Стентоне. Так что не начинай снова.

— Ты не станешь вступать в гильдию, когда у тебя появилась такая возможность?

— Я не стану вступать ни во что, Питер. Никогда.

— Разве ты не понимаешь, насколько это полезно?

— Для чего?

— Для работы архитектора.

— Я не желаю, чтобы мне помогали быть архитектором.

— Ты сам себе все усложняешь.

— Да.

— И знаешь, трудностей у тебя будет много.

— Знаю.

— Если ты откажешься от их предложения, то наживешь в их лице много сильных врагов.

— В их лице я так или иначе наживу врагов.

В первую очередь Рорк поделился новостями с Генри Камероном. Подписав контракт с Остином Хэллером, он на следующий же день отправился в Нью-Джерси. Шел дождь. Рорк застал Камерона в саду. Тот медленно передвигался по мокрым дорожкам, тяжело опираясь на палку. За прошедшую зиму Камерон немного поправился и мог гулять по нескольку часов в день. Ходил он с трудом, согнувшись в три погибели. Он смотрел себе под ноги, на первую траву, пробивающуюся из земли. Время от времени он отрывал палку от земли, поустойчивее опирался на ноги, кончиком палки дотрагивался до зеленого бутона и смотрел, как с него, искрясь в сумеречном свете, стекает капелька росы. Увидев поднимающегося по холму Рорка, он нахмурился. В последний раз он виделся с Рорком всего неделю назад, а поскольку эти визиты так много значили для них обоих, ни один не хотел, чтобы они были слишком частыми.

— Ну? — ворчливо спросил Камерон. — Теперь чего тебе здесь надо?

— Надо кое-что вам сказать.

— С этим можно и подождать.

— Не думаю.

— Итак?

— Я открываю собственное бюро. Только что подписал контракт на первый дом.

Камерон крутил палку, вжав наконечник в землю. Ручка, за которую он держался обеими ладонями, положив их одну на другую, описывала широкие круги в воздухе. Он медленно кивал головой в такт движению, закрыв глаза. Потом посмотрел на Рорка и сказал:

— Так, только не хвастай по этому поводу. — И добавил: — Помоги мне присесть.

Камерон впервые произнес эту фразу. И его сестра, и Рорк давно уже знали, что в присутствии Камерона совершенно недопустимо выказывать намерение помочь ему передвигаться.

Рорк взял его за локоть и подвел к скамейке. Не отводя взгляда от заходящего солнца, Камерон хрипло спросил:

— Какой дом? Для кого? За сколько?

Он молча выслушал рассказ Рорка, а потом долго рассматривал рисунок на потрескавшемся картоне, где поверх акварели были нанесены карандашные линии. Он задал много вопросов о камне, стали, дорогах, подрядчиках, расходах. От поздравлений и комментариев он воздержался.

Только когда Рорк уходил, Камерон внезапно сказал:

— Говард, когда откроешь свое бюро, сделай несколько снимков и покажи их мне.

Потом он покачал головой, с виноватым видом отвернулся и выругался.

— Впадаю в маразм. Не надо никаких снимков.

Рорк промолчал.

Три дня спустя он вернулся.

— Ты начинаешь мне надоедать, — сказал Камерон.

Рорк, не говоря ни слова, протянул ему конверт. Камерон посмотрел на снимки: на широкую пустую комнату, на большое окно, на входную дверь. Отложив остальные, он долго смотрел на фотографию входной двери.

— Так, — сказал он. — Дожил я все-таки до этого дня. — Он положил снимок. — Не совсем то, — добавил он. — Не так я этого хотел, но все же... Похоже на тени, которые, по словам некоторых, мы будем видеть на том свете. Возможно, именно так мне и предстоит увидеть все последующее. Учусь. — Он снова взял снимок. — Говард, — сказал он, — ты посмотри.

Они оба посмотрели на снимок.

— Слов совсем мало. Только «Говард Рорк. Архитектор». Но это как тот девиз, который когда-то вырезали над воротами замка и за который отдавали жизнь. Это как вызов перед лицом чего-то столь огромного и темного, что вся боль на свете — а знаешь ли ты, сколько страданий в мире? — вся боль исходит оттуда, от этого темного Нечто, с которым ты обречен сражаться. Я не знаю, что это такое, не знаю, почему оно выступит против тебя. Знаю только, что так будет. И еще я знаю, что если ты пронесешь свой девиз до конца, то это и будет победа. Победа не только для тебя, Говард, но и для чего-то, что обязано победить, чего-то, благодаря чему движется мир, хотя оно и обречено оставаться непризнанным и неузнанным. И так будут отомщены все те, кто пал до тебя, кто страдал так же, как предстоит страдать тебе. Да благословит тебя Бог — или кто там есть еще, кто один в состоянии увидеть лучшее, высочайшее, на что способны человеческие сердца. Говард, ты встал на путь, который ведет в ад.

Рорк поднялся по тропинке на вершину утеса, где в синее небо поднимался стальной каркас дома Хэллера. Каркас был уже возведен и забетонирован. Большие площадки террас нависали над серебряным покрывалом воды, колышущейся далеко внизу. Сантехники и электрики начали прокладывать коммуникации.

Он посмотрел на квадратики неба, разграниченные стройными линиями балочных ферм и колонн, на пустую кубатуру пространства, которую он вырвал прямо из неба. Руки его непроизвольно двигались, заполняя пространство еще не возведенными стенами, обхватывая будущие комнаты. Из-под его ноги вырвался камень и, подпрыгивая, полетел вниз по холму. Звуки падения разбежались в солнечном ясном летнем воздухе.

Он стоял на вершине, широко расставив ноги, расправив плечи. Он смотрел на шляпки стальных заклепок, мелкие блестки в отесанных глыбах камня, паутину свежих желтых лесов.

Затем он увидел крупную, рослую фигуру, обмотанную проводами, бульдожье лицо, расплывающееся в широкой ухмылке, и небесно-голубые глаза, в которых светилось неистовое торжество.

— Майк! — сказал Рорк, не веря собственным глазам. Несколько месяцев назад, задолго до появления Хэллера в бюро Снайта, Майк уехал на большую стройку в Филадельфии. Так что он не мог быть в курсе дела — или так только казалось Рорку?

— Здорово, рыжий, — нарочито спокойно сказал Майк и добавил: — Привет, босс.

— Майк, откуда ты?..

— Архитектор из тебя тот еще. Такую работу филонишь! Я уж третий день тут тебя дожидаюсь.

— Майк, как ты сюда попал? С каких пор за такие мелочи стал браться? — Он знал, что Майк никогда не соглашался работать на строительстве мелких частных домов.

— Не валяй дурака. Сам же знаешь, как я сюда попал. Уж не думал ли ты, что я пропущу твой первый дом, или как? Или ты считаешь, такая работа ниже моего достоинства? Ну может, и так. А может, и совсем наоборот.

Рорк протянул руку, и грязные пальцы Майка свирепо обхватили ее, словно пятна, которые он оставил на коже Рорка, могли сказать все, что он хотел. И убоявшись, что он все-таки произнесет вслух эти слова, Майк прорычал:

— Давай, босс, беги дальше. Не задерживай работу.

Рорк пошел дальше. В какие-то моменты он мог быть собранным, бесстрастным, мог остановиться и дать указания, словно это был не его дом, а некая математическая задача. Тогда он особенно остро ощущал существование труб и заклепок, а собственная его личность исчезала. Были моменты, когда внутри его что-то поднималось — не мысль и не чувство, а волна какой-то физической энергии, и тогда ему хотелось остановиться, оглянуться, ощутить реальность своего Я, вознесенного стальным каркасом, со всех сторон поднимавшегося вокруг яркого, незабываемого существования его тела, оказавшегося самым центром строения. Он не останавливался, а спокойно шел дальше. Но руки его выдавали то, что он хотел утаить. Они сами по себе вытягивались вперед, медленно гладили балки и узлы. Строители заметили это и говорили друг другу:

— Этот парень просто влюблен в свой дом. Он не может не прикасаться к нему.

Строители любили его. Представители подрядчика не любили. Ему с трудом удалось найти подрядчика на строительство дома. От заказа отказалось несколько лучших фирм. «Мы такими вещами не занимаемся», «Нет, не пойдет. Слишком сложно для такого небольшого заказа», «Да кому, к черту, такой дом нужен? Скорее всего, потом от этого психа и денег не дождешься. Ну его к дьяволу», «Никогда ничего подобного не строил и не знаю, как подступиться. Буду, пожалуй, продолжать строить дома, которые и есть дома». Один подрядчик быстро просмотрел планы и, отшвырнув их в сторону, решительно заявил:

— Он стоять не будет.

— Будет, — сказал Рорк.

— Да ну? Кто вы такой, чтобы меня учить, мистер? — небрежно протянул подрядчик.

Рорк нашел маленькую фирму, которая нуждалась в работе и приняла заказ, запросив втридорога на том основании, что сильно рискует, ввязываясь в бредовый эксперимент. Строительство закипело, прорабы были мрачны и послушны, молчанием выражая свое неодобрение, словно ожидая, что их предсказания сбудутся, и казалось, что они будут даже счастливы, если недостроенный дом рухнет им прямо на головы.

Рорк купил старый «форд» и выезжал на площадку гораздо чаще, чем того требовала необходимость. Трудно было сидеть в конторе за столом, стоять у кульмана, силой заставляя себя не ездить на стройку. На стройке же возникали моменты, когда ему хотелось забыть о своем кабинете, о доске, схватить инструменты и начать непосредственно строить дом, как он делал в юности. Ему хотелось построить этот дом собственными руками.

Он шел по площадке, легко переступая через груды досок и мотки проводов, вел записи, хриплым голосом отдавал короткие распоряжения. Он избегал смотреть в направлении Майка. Но Майк следил за его перемещениями по растущему дому. Всякий раз, когда Рорк проходил мимо, Майк ему понимающе подмигивал. Однажды Майк сказал:

— Сдерживай себя, рыжий. Ты открытый, как книга. Господи, да просто неприлично быть таким счастливым!

Рорк стоял на утесе рядом со стройкой и смотрел на окружающий пейзаж, на широкую серую ленту дороги, извивавшуюся вдоль берега. Мимо, со стороны города, пролетела открытая машина, набитая людьми, направлявшимися на пикник. Возник хаос ярких свитеров и шарфов, трепетавших на ветру; хаос голосов, перекрикивавших ревущий мотор, утрированных приступов смеха. В автомобиле боком сидела девушка, перекинув ноги через бортик. Ее мужская соломенная шляпа сползла на нос. Девушка отчаянно дергала струны гавайской гитары, издавая пронзительные звуки, и вопила: «Хэ-эй!» Эти люди наслаждались одним днем своей жизни; они визжали, радуясь, что сегодня свободны от работы, от тягот пережитых дней. Они работали и несли эти тяготы во имя определенной цели — и это была их цель.

Рорк посмотрел на машину, мчавшуюся мимо. Ему подумалось, что есть различие, очень важное различие, между тем, как ощущают этот день они и как ощущает он. Он попытался осмыслить это различие. Но мгновенно забыл о нем. Вверх по холму с натугой поднимался грузовик, груженный сверкающими плитами шлифованного гранита.

Остин Хэллер часто заезжал посмотреть на дом. Он наблюдал за его ростом с любопытством и непреходящим недоумением. С одинаковой скрупулезностью он изучал дом и Рорка. Ему казалось, что одно как бы не совсем отделимо от другого.

Хэллера, борца против насилия, Рорк приводил в замешательство тем, что был настолько невосприимчив к принуждению, что и сам становился своего рода принуждением, ультиматумом чему-то. Чему именно, Хэллер затруднился определить. Через неделю Хэллер знал, что нашел друга, лучше которого у него не будет никогда, и что в основании этой дружбы лежит совершенное безразличие Рорка к его, Хэллера, персоне. В глубине своего существа Рорк вообще не сознавал, что есть такой Хэллер, не испытывал в нем никакой нужды, ни привязанности, ни потребности. Хэллер чувствовал, что проведена черта, переступать которую он не имеет права. Рорк ничего у него не просил и ничего ему не давал. Но когда Рорк смотрел на него с одобрением, когда Рорк улыбался, когда Рорк хвалил одну из его статей, Хэллер испытывал на удивление чистую радость от похвалы, которая не была ни взяткой, ни подачкой.

Летними вечерами они вместе сидели на выступе скалы на полпути к вершине холма и беседовали, а тьма медленно окутывала перекрытия дома, возвышающегося над ними. Последние лучи солнца отражались на стальных наконечниках стоек.

— Что же мне так нравится в доме, который ты мне строишь, Говард?

— Дом, как и человек, может быть цельным, — сказал Рорк. — Но и в том и в другом случае это бывает крайне редко.

— То есть как?

— А ты подумай. Каждая деталь здесь присутствует лишь потому, что она совершенно необходима дому, и ни по какой другой причине. Отсюда видно, как распланированы интерьеры. Соотношение масс определяется тем, как распределен объем внутри. Украшения определяются методом строительства, тем самым подчеркивается принцип, на котором основано здание. Ты собственными глазами видишь каждое напряжение, каждую опору, благодаря которым дом стоит. Когда смотришь на дом, видишь все стадии его строительства, можешь проследить каждый этап, видишь, как оно возводилось, знаешь, как оно сделано и за счет чего держится. Но тебе доводилось видеть здания с колоннами, которые ничего не поддерживают, с ненужными карнизами, с пилястрами, лепниной, фальшивыми арками и окнами. Ты видел дома, которые выглядят так, будто в них всего один огромный зал: у них массивные колонны и сплошные окна высотой в шесть этажей. Но внутри обнаруживаешь те самые шесть этажей. Наоборот, есть дома, в которых один-единственный зал, но фасад разделен поэтажными фризами, рядами окон. Понимаешь разницу между этими домами и твоим? Твой дом создан из его *собственных* потребностей. Остальные же созданы из потребности произвести *впечатление*. Лейтмотив твоего дома — в самом доме. Лейтмотив других домов — в публике, которая будет на них смотреть.

— А знаешь, я ведь тоже по-своему это чувствовал. Мне казалось, что, когда я перееду в этот дом, у меня начнется совершенно новая жизнь и даже в самых обыденных моих занятиях появится некая честность, некое достоинство, которое мне трудно определить словами. Не удивляйся, если я скажу тебе, что у меня такое чувство, будто и я сам обязан стать достойным такого жилища.

— Этого я и добивался, — сказал Рорк.

— И кстати, спасибо за то, что ты, похоже, очень основательно подумал о моем комфорте. Здесь я замечаю многое, о чем раньше никогда не думал, но ты все распланировал так, словно знал мои привычки. Например, кабинет — самая важная для меня комната, и ты отвел ему доминирующее положение в доме. Это, кстати, видно и снаружи.

И его соседство с библиотекой, удаленность от гостиной и комнат для гостей, чтобы я мог никого не слышать, когда мне этого не надо... и прочее в том же роде. Ты проявил ко мне большое внимание.

— Знаешь, — сказал Рорк, — я ведь о тебе вообще не думал. Я думал только о доме. Возможно, именно поэтому я и сумел проявить к тебе такое внимание.

Дом Хэллера был закончен в ноябре 1926 года.

В январе 1927 года «Трибуна архитектора» опубликовала большую обзорную статью о лучших домах, построенных в Америке в прошедшем году.

Двенадцать больших глянцевых страниц были посвящены фотографиям двадцати четырех домов, которые редакторы отобрали в качестве наивысших достижений архитектуры. Дом Хэллера упомянут не был.

Нью-йоркские газеты в рубриках, посвященных недвижимости, каждое воскресенье публиковали краткие сведения о достойных внимания новых жилых постройках в городе и окрестностях. Сведений о доме Хэллера не было.

Ежегодник Американской гильдии архитекторов, представивший великолепно выполненные репродукции зданий, которые гильдия сочла лучшими в стране, под заголовком «Глядя в будущее», ни словом не обмолвился о доме Хэллера.

Было немало торжественных собраний, на которых ораторы поднимались на трибуны и обращались к аудитории с речами о выдающемся прогрессе в американской архитектуре. О доме Хэллера ни один из ораторов не сказал ни слова.

Некоторые мнения высказывались в клубных комнатах гильдии.

— Это позор для всей страны, — заявил Ралстон Холкомб, — что не запрещено строить такие штуки, как дом Хэллера. Это марает всю нашу профессию. Необходим закон...

— Вот такие сооружения и отпугивают клиента, — сказал Джон Эрик Снайт. — Посмотрят на такой домик и сразу решат, что все архитекторы чокнутые.

— Не вижу никаких причин для негодования, — сказал Гордон Л. Прескотт. — По-моему, это сооружение безумно смешно. Нечто среднее между бензоколонкой и тем, как в комиксах изображают ракету на Луну.

— Подождем пару лет, — сказал Юджин Петтингилл, — тогда и увидим. Эта штука рухнет, словно карточный домик.

— Зачем же говорить о годах? — сказал Гай Франкон. — Эти модернистские штучки выдерживают один сезон, самое большее. Владельцу эта ерунда мгновенно осточертеет, и он сломя голову кинется искать домик в добром старом ранне-колониальном стиле.

Дом Хэллера прославился на всю округу. Люди специально делали крюк и останавливали машины на дороге перед домом, глазели на него, показывали пальцами, хихикали. Заправщики на бензоколонке гнусно ухмылялись, когда мимо проезжал автомобиль Хэллера. Его кухарке приходилось терпеть презрительные взгляды торговцев, когда она ходила за покупками. В округе дом Хэллера был известен под названием дурдом.

Питер Китинг с довольной улыбкой говорил своим друзьям и коллегам:

— Ну не надо, не надо так говорить о нем. Я давно знаю Говарда Рорка, и он вполне талантлив, вполне. Он даже какое-то время работал у меня. Просто у него в этом случае немножко ум за разум зашел. Но он еще научится. У него есть будущее... Ах, вам так не кажется? Вам серьезно так не кажется?

Эллсворт М. Тухи, без комментария которого отныне не поднималось из американской земли ни одно сооружение из камня, не знал, что построен дом Хэллера. Во всяком случае, судя по его рубрике. Он не считал нужным сообщить своим читателям о существовании подобного строения, хотя бы даже и с целью осуждения. Он молчал.

XII

Рубрика «Наблюдения и размышления» (ее вел Альва Скаррет) появлялась ежедневно на первой полосе «Знамени». Это был верный поводырь, источник вдохновения и основатель общественной философии в провинциальных городках по всей Америке. Много лет назад в этой колонке появилось знаменитое утверждение: «Всем нам будет гораздо лучше, если мы забудем высокопарные идеи нашей пижонской цивилизации и обратим больше внимания на то, что задолго до нас знали дикари, — уважение к матери». Альва Скаррет — холостяк, заработавший два миллиона долларов, прекрасно играл в гольф и служил главным редактором у Винанда.

Именно Альве Скаррету принадлежала идея начать кампанию против тяжелых условий жизни в трущобах и против акул-домовладельцев. Кампания велась в «Знамени» уже три недели. Материалами такого рода Альва Скаррет просто наслаждался. В них были и «человеческий интерес», и социальный подтекст. Они прекрасно сочетались с публикуемыми в воскресных приложениях иллюстрациями, изображающими девушек, бросавшихся в реку (при этом юбки у них задирались значительно выше колен). С их помощью стремительно росли тиражи. Они покрывали позором акул, владевших несколькими кварталами возле Ист-Ривер и выбранных главными злодеями в текущей кампании. Акулы эти отказались продать свои кварталы некой малоизвестной фирме по торговле недвижимостью, но в конце кампании они уступили. Никто не смог бы доказать, что фирма, приобретавшая трущобные кварталы, принадлежала некой компании, которая, в свою очередь, принадлежала Гейлу Винанду.

Газеты Винанда не могли долго существовать без очередной кампании. Одну они только что завершили — посвященную современной авиации. В воскресном семейном приложении прошел ряд научно-популярных статей об истории воздухоплавания, иллюстрированных чертежами летающих машин Леонардо да Винчи и далее, вплоть до фотографий новейшего бомбардировщика. Прилагалось и весьма привлекательное изображение Икара, извивающегося в алом пламени. Тело его было сине-зеленым, восковые крылья желтыми, а дым лиловым. Имелись и картинки, изображающие прокаженную старуху с горящими глазами и хрустальным шаром, которая еще в одиннадцатом веке предсказала, что человек будет летать, а также с летучими мышами, вампирами и оборотнями.

Они также провели конкурс авиамоделей, открытый для всех мальчишек младше десяти лет, которым достаточно было лишь оформить три новые подписки на «Знамя».

Гейл Винанд, опытный летчик, в одиночку совершил перелет из Лос-Анджелеса в Нью-Йорк на маленьком, специально построенном самолете, который обошелся в сто тысяч долларов, и побил трансконтинентальный рекорд скорости. При подлете к Нью-Йорку он чуть-чуть ошибся в расчетах и совершил вынужденную посадку на скалистом пастбище. Посадка была очень рискованная, но Винанд выполнил ее безукоризненно. По чистой случайности на месте оказалась бригада фотографов из «Знамени». Гейл Винанд вышел из самолета. Такое происшествие потрясло бы любого аса. Винанд же стоял перед камерами, держа сигарету между двумя нисколько не дрожавшими пальцами, а лацкан его летной куртки украшала безукоризненная гардения. Когда его спросили, каково его первое желание после благополучного приземления, он изъявил желание поцеловать самую привлекательную из всех присутствующих женщин, выбрал из толпы самую неряшливую старую каргу и, склонившись с серьезным видом, поцеловал ее в лоб, пояснив, что она напомнила ему мать.

Затем, начиная кампанию с трущобами, Винанд сказал Альве Скаррету: «Действуй. Выжми из этого все, что сможешь», — после чего отправился на своей яхте в кругосветный круиз в сопровождении очаровательной авиаторши двадцати четырех лет, которой он подарил свой трансконтинентальный самолет.

Альва Скаррет начал действовать. Среди многих других шагов в этой кампании он подрядил Доминик Франкон обследовать состояние квартир в трущобах и собрать «человеческий материал». Доминик Франкон только что возвратилась из летнего отпуска в Биаррице. Она неизменно брала летний отпуск полностью, а Альва Скаррет неизменно его предоставлял, поскольку она была одной из его любимых сотрудниц, постоянно озадачивала его, и он знал, что она может бросить эту работу, когда ей заблагорассудится.

Доминик Франкон две недели прожила в спальне-мансарде в доходном доме в Ист-Сайде*. В комнате была стеклянная крыша, но не было окон, воды, приходилось пешком подниматься на шестой этаж. Она готовила на кухне этажом ниже, в квартире, где жило многочисленное семейство. Она ходила к соседям в гости, по вечерам сидела на площадках пожарных лестниц и посещала грошовые кинотеатры с девушками из округи.

Она носила потертые юбки и блузки. В этой обстановке природная хрупкость придавала ей такой вид, будто она изнемогает от нужды и лишений. Соседи не сомневались, что у нее туберкулез. Но двигалась она так же, как и в гостиной Кики Холкомб, — спокойно, грациозно, уверенно. Она мыла полы в своей комнате, чистила картошку, принимала холодные ванны в жестяной лохани. Раньше она никогда ничем подобным не занималась, но все у нее получалось очень ловко. У нее была врожденная способность к действию, способность, которая совершенно не гармонировала с ее внешностью. Новый жизненный фон ее нисколько не угнетал. Трущобы были ей так же безразличны, как и светские гостиные.

К концу второй недели она вернулась в свою квартиру-пентхаус* на крыше отеля, выходящего в Центральный парк, а в «Знамени» появились ее статьи о жизни в трущобах. Они были точны, беспощадны, талантливы.

На званом обеде ей пришлось выслушать массу недоуменных вопросов:

— Дорогая моя, неужели действительно вы написали все это?

— Доминик, вы что, в самом деле жили в этих трущобах?

— О да, в том самом доме на Двенадцатой восточной, который принадлежит вам, миссис Палмер, — отвечала она, лениво поводя рукой в изумрудном браслете, который был слишком широк для ее тонкого запястья. — Там у вас канализация засоряется через день и нечистоты заливают весь двор. На солнце они отливают синим и фиолетовым безупречных радужных оттенков... А в квартале, которым вы, мистер Брукс, управляете как опекун Клэриджей, на всех потолках растут совершенно очаровательные сталактиты, — говорила она, наклоняя златокудрую голову к приколотому к корсажу букету, где на матовых лепестках белых гардений поблескивали капельки воды.

Ее попросили выступить на собрании благотворительных организаций. Собрание было очень важное, с радикальным, боевым настроем, и организовали его самые выдающиеся в этой области женщины. Альва Скаррет был очень обрадован и благословил ее.

— Иди, детка, — сказал он. — и не жалей красок. Благотворительные организации нам очень нужны.

Она стояла за трибуной в душном зале и смотрела на плоские лица, непристойно упивавшиеся собственной добродетелью. Она говорила спокойно, без бурных интонаций. Среди прочего она сказала:

— Семья, живущая на первом этаже, ближе к черному ходу, не утруждает себя квартирной платой, а дети не могут ходить в школу из-за отсутствия одежды. Но в забегаловке на углу отца семейства поят в кредит. Он здоров и имеет хорошую работу... Парочка со второго этажа только что купила новый радиоприемник за шестьдесят девять долларов и девяносто пять центов наличными. На четвертом этаже отец семейства ни одного дня в своей жизни не проработал и не собирается. У него девять детей, все на попечении церковного прихода. Скоро появится и десятый...

Когда она закончила, раздалось несколько сердитых хлопков. Она подняла руку и сказала:

— Не надо аплодисментов. Я на них и не рассчитывала. — И вежливо спросила: — Есть ли вопросы?

Вопросов не было.

Вернувшись домой, она застала там Альву Скаррета, который поджидал ее. В гостиной ее квартиры он выглядел нелепо, пристроив свое огромное тело на краешке изящного стула. Он напоминал сгорбившуюся горгулью* на фоне панорамы города, переливающейся огнями за сплошной стеной из стекла. Город походил на настенную роспись, предназначенную для украшения комнаты и придания ей завершенности. Тонкие линии шпилей на фоне черного неба продолжали изящные линии мебели. Огни, переливавшиеся в далеких окнах, отбрасывали отражения на непокрытый натертый до блеска пол. Холодная точность прямоугольных строений снаружи гармонировала с холодной и жесткой элегантностью внутреннего убранства. Альва Скаррет нарушал эту гармонию. Он походил одновременно и на доброго сельского доктора, и на карточного шулера. На его тяжелом лице была добродушная отеческая улыбка, которая служила ему и фирменным знаком, и универсальной отмычкой. Он умел выглядеть так, что доброта его улыбки нисколько не преуменьшала, а напротив, подчеркивала серьезность и солидность его фигуры. Впечатление доброты несколько убавлял длинный, тонкий, крючковатый нос, который зато добавлял солидности. Живот, свисавший почти до колен, солидности убавлял, зато добавлял доброты. Он поднялся, расплылся в улыбке и взял Доминик за руку.

— Решил заглянуть по пути домой, — сказал он. — Надо кое-что тебе сказать. Как прошло собрание, детка?

— Как я и ожидала.

Она сорвала шляпку и бросила ее на первый попавшийся стул. Волосы ее падали косой челкой на лоб и прямой волной ниспадали на плечи. Они были гладкими, густыми и несколько напоминали купальную шапочку из светлого золота. Она подошла к окну и остановилась, глядя на город. Не оборачиваясь, она спросила:

— Что же ты мне хотел сказать?

Альва Скаррет смотрел на нее с удовольствием. Он давно уже оставил все попытки сближения с ней, лишь иногда без особой надобности брал ее за руку или трепал по плечу. Никаких надежд на ее счет он уже не лелеял, но в душе его жило некое смутное, полуосознаваемое чувство, которое он сам для себя выражал так: «Чем черт не шутит...»

— У меня хорошие новости для тебя, дитя мое, — сказал он. — Я тут разработал небольшой план, так, маленькую реорганизацию, и решил, что кое-что надо бы объединить под рубрикой «Жизнь женщины». Понимаешь, вопросы образования, домашнего хозяйства, ухода за детьми, правонарушений среди несовершеннолетних и все в таком духе. И всем будет руководить один человек. А лучшей женщины для этой работы, чем моя миленькая крошка, я не вижу.

— Ты меня имеешь в виду? — не оборачиваясь, спросила она.

— А кого же еще? Как только Гейл вернется, я получу его согласие.

Она повернулась и посмотрела на него, скрестив руки и держась ладонями за локти.

— Спасибо, Альва, — сказала она. — Только я не хочу.

— Как это не хочешь?!

— Так вот не хочу.

— Ради всего святого, пойми же ты, какой это будет большой шаг!

— Шаг куда?

— К блестящей карьере.

— Я никогда не говорила, что собираюсь делать карьеру.

— Но не хочешь же ты вечно вести занюханную колонку на задних полосах?

— А кто говорит, что вечно? Пока не надоест.

— Но подумай о том, чего ты можешь добиться в большой игре! Подумай, что для тебя сможет сделать Гейл, как только ты привлечешь его внимание!

— У меня нет ни малейшего желания привлечь его внимание.

— Но, Доминик, ты нужна нам. После твоего сегодняшнего выступления все женщины будут стоять за тебя горой.

— Не думаю.

— Почему? Я зарезервировал две колонки сегодняшнего набора на собрание и на твою речь.

Она взяла телефон и, протянув ему трубку, сказала:

— Распорядись, пожалуйста, забить их другим материалом.

— Почему?

Порывшись в ворохе бумаг на столе, она нашла несколько листков, отпечатанных на машинке, и вручила ему.

— Вот речь, которую я сегодня произнесла, — сказала она. Он просмотрел листки. Он не сказал ни слова, но один раз схватился за голову. Потом он сорвал трубку и распорядился дать как можно более краткое сообщение о собрании и не упоминать имени оратора.

— Прекрасно, — сказала Доминик, когда он бросил трубку. — Я уволена?

Он скорбно покачал головой:

— А ты хочешь, чтобы тебя уволили?

— Не обязательно.

— Я это дело спущу на тормозах, — пробормотал он. — Гейлу ничего не скажу.

— Как хочешь. Мне решительно все равно.

— Послушай, Доминик... я знаю, что не вправе задавать вопросы... но только почему же ты вечно выкидываешь такие номера?

— Без всякой причины.

— Но, понимаешь, я же слышал о том шикарном приеме, где ты высказывалась на эту тему вполне определенно. А потом ты идешь на собрание радикалов и говоришь там совершенно другое.

— Но, однако же, и то и другое — правда, не так ли?

— Да, конечно, но разве нельзя было поменять местами те обстоятельства, при которых ты соизволила высказать свое мнение?

— Тогда в этом не было бы никакого смысла.

— А в том, что ты сделала, смысл есть?

— Нет. Никакого. Но это меня позабавило.

— Я не могу тебя понять, Доминик. Ты и раньше так поступала. Так замечательно, талантливо работаешь — но как раз в тот самый момент, когда ты можешь сделать настоящий шаг вперед, все портишь, откалывая очередной номер вроде этого. Почему?

— Возможно, именно поэтому.

— Так скажи же мне, скажи как другу, ведь ты мне нравишься, ты мне интересна, — к чему ты на самом деле стремишься?

— По-моему, это достаточно очевидно. Я не стремлюсь абсолютно ни к чему.

Он беспомощно развел руками. Она весело улыбнулась:

— К чему такой скорбный вид? Ты мне тоже нравишься, Альва, и ты мне тоже интересен. Мне даже нравится разговаривать с тобой, что еще лучше. Садись, расслабься, сейчас принесу выпить. Тебе, Альва, надо выпить.

Она принесла ему стакан матового стекла. Позвякивание льдинок нарушило наступившую тишину.

— Ты такой славный ребенок, Доминик, — сказал он.

— Конечно. Я такая.

Она уселась на краешек стола, опершись ладонями сзади, прогнулась на выпрямленных руках, медленно покачивая ногами.

— Знаешь, Альва, было бы просто ужасно, если бы у меня была работа, которой бы мне действительно хотелось.

— Какие глупости! Какие невероятные глупости! Что ты этим хочешь сказать?

— То, что сказала. Было бы ужасно иметь работу, которая нравится и которую боишься потерять.

— Почему?

— Потому что тогда пришлось бы зависеть от тебя. Ты замечательный человек, Альва, но в качестве источника вдохновения — не очень. Было бы, наверное, не очень красиво, если бы я стала раболепствовать и съеживаться при виде кнута в твоих ручках... Нет, нет, не возражай. Конечно, это был бы такой маленький, интеллигентный кнутик, но от этого все было бы еще гнуснее. Мне пришлось бы зависеть от нашего босса Гейла. О, я не сомневаюсь, что он великий человек, но только глаза бы мои его не видели.

— Откуда у тебя такая нелепая позиция? Ты же знаешь, что и Гейл, и я — мы для тебя на все готовы, и лично я...

— Дело не только в этом, Альва. Не в одном тебе. Если бы я нашла работу, дело, идеал или человека, который мне нужен, я бы поневоле стала зависимой от всех. Все на свете взаимосвязано. Нити от одного идут к чему-то другому. И мы все окружены этой сетью, она ждет нас, и любое наше желание затягивает нас в нее. Тебе чего-то хочется, и это что-то дорого для тебя. Но ты не знаешь, кто пытается вырвать самое дорогое у тебя из рук. Знать это невозможно, все может быть очень запутанно, очень далеко от тебя. Но ведь кто-то пытается сделать это, и ты начинаешь бояться всех. Ты начинаешь раболепствовать, пресмыкаться, клянчить, соглашаться — лишь бы тебе позволили сохранить самое дорогое. И только посмотри, с кем тогда придется соглашаться!

— Если я правильно понимаю, ты критикуешь человечество в целом...

— Знаешь, это такая своеобразная вещь — наше представление о человечестве в целом. Когда мы произносим эти слова, перед нами возникает некая туманная картинка — что-то величественное, большое, важное. На самом же деле единственное известное нам человечество в целом — это те люди, которых мы встречаем в жизни. Посмотри на них! Вызывает ли у тебя кто-нибудь ощущение величественности и важности? Домохозяйки с авоськами, слюнявые детишки, которые пишут всякую похабщину на тротуарах, пьяные светские львята. Или же другие, ничем не отличающиеся от них в духовном отношении. Кстати, можно отчасти уважать людей, когда они страдают. Тогда в них появляется некое благородство. Но случалось ли тебе видеть их, когда они наслаждаются жизнью? Вот тогда ты и видишь истину. Посмотри на тех, кто тратит деньги, заработанные рабским трудом, в увеселительных парках и балаганах. Посмотри на тех, кто богат и перед кем открыт весь мир. Обрати внимание, какие развлечения они предпочитают. Понаблюдай за ними в их дорогих кабаках. Вот оно, ваше человечество в целом. Не желаю иметь с ним ничего общего.

— Но, черт побери, нельзя же так смотреть на все! Это совсем не полная картина. Даже в худшем из нас есть что-то хорошее, черта, которая искупает все остальное.

— Тем хуже. Разве можно вдохновиться при виде человека, который совершил героический поступок, а потом узнать, что в свободное время он ходит в оперетку? Или видеть человека, создавшего великую картину, и узнать, что он спит с каждой подвернувшейся потаскухой?

— Так чего же ты хочешь? Совершенства?

— Или ничего. Поэтому, видишь ли, я и соглашаюсь на ничто.

— Это чепуха.

— Я остановилась на одном желании, которое действительно можно себе позволить. Это свобода, Альва, свобода.

— И что ты называешь свободой?

— Ни о чем не просить. Ни на что не надеяться. Ни от чего не зависеть.

— А если тебе встретится что-то, чего ты хотела?

— Не встретится. Я предпочту этого не заметить. Ведь это все равно будет частью вашего прелестного мира. Мне придется делиться им со всеми остальными. А я не хочу. Знаешь, я никогда второй раз не раскрываю великие книги, которые когда-то прочла и полюбила. Мне больно думать, что их читали другие глаза, представлять себе эти глаза. Такие вещи делить ни с кем нельзя. По крайней мере, не с этими людьми.

— Доминик, но испытывать к чему-либо столь сильные чувства ненормально.

— По-другому я чувствовать не умею. Сильно или вообще никак.

— Доминик, дорогая моя, — сказал Скаррет с искренней озабоченностью. — Как жаль, что я не твой отец. В детстве тебе, наверное, пришлось пережить трагедию?

— Не было никакой трагедии. У меня было прекрасное детство. Свободное, мирное, никто мне особо не докучал. Пожалуй, мне слишком часто бывало скучно. Но я к этому привыкла.

— Полагаю, что ты просто продукт нашей несчастной эпохи. Я всегда так говорил. Мы слишком циничны, слишком развращены. Если бы мы с надлежащим смирением вернулись к бесхитростным добродетелям...

— Альва, как ты можешь нести такую чушь? Это годится только для твоих передовиц и... — Она остановилась, посмотрев ему в глаза: в них были недоумение и обида. Потом она рассмеялась: — Я ошиблась. Ты действительно во все это веришь. Или убежден, что веришь. О Альва! Именно за это я тебя и люблю. Именно поэтому я поступаю сейчас так, как на сегодняшнем собрании.

— То есть? — озадаченно спросил он.

— Говорю так, как говорю с тобой — таким, каков ты есть. Очень приятно разговаривать с тобой о таких вещах. Знаешь, Альва, первобытные народы создавали статуи своих богов по образу и подобию человека. Представляешь, как выглядела бы твоя статуя — в голом виде, с животиком и прочим?

— А это-то тут при чем?

— Ни при чем, милый. Прости меня. — Она добавила: — Знаешь, я люблю статуи обнаженных мужчин. Не стой с таким глупым видом. Я же сказала — статуи. Особенно одну, которая у меня была. Якобы изображение Гелиоса*. Я вывезла ее из одного европейского музея. Заполучить ее было ужасно трудно — она, разумеется, не продавалась. По-моему, я в нее влюбилась. Альва, я увезла эту статую домой.

— Где же она? Хотелось бы, для разнообразия, взглянуть на что-то, что тебе нравится.

— Она разбилась.

— Разбилась? Музейный экспонат? Как это произошло?

— Я сама ее разбила.

— Как?

— Выбросила в вентиляционную шахту. Там внизу бетонный пол.

— Ты с ума сошла? Зачем?

— Чтобы никто другой никогда не мог ее увидеть.

— Доминик!

Она резко тряхнула головой, словно отгоняя от себя эту тему. По прямым густым волосам пробежала волна, словно по поверхности наполненного ртутью сосуда. Она сказала:

— Извини, дорогой. У меня и в мыслях не было тебя шокировать. Мне казалось, что я могу поговорить с тобой, поскольку ты единственный человек, которого ничем не проймешь. Мне не следовало бы так делать. Наверное, это было бессмысленно. — Она легко спрыгнула с краешка стола, на котором сидела. — Беги домой, Альва, — сказала она. — Уже поздно. Я устала. Увидимся завтра.

Гай Франкон читал статьи дочери. Он слышал о ее высказываниях на приеме и на благотворительном собрании. Он понял только одно — именно такой последовательности действий и следовало ожидать от его дочери. Эта мысль не давала ему покоя, смешиваясь с недоумением и смутным предчувствием какой-то опасности, возникавшим у него всякий раз, когда он думал о Доминик. Он задавался вопросом: может быть, он и вправду ненавидит собственную дочь?

Но когда бы он ни спрашивал себя об этом, в его сознании невольно возникала одна и та же картина. Она относилась к детству Доминик, к одному дню давно позабытого лета в их загородном поместье в Коннектикуте. Остальные детали этого дня он забыл, забыл и то, что привело к моменту, врезавшемуся ему в память. Но он помнил, что стоял на террасе и смотрел, как она прыгает через высокую живую изгородь на краю лужайки. Изгородь казалась слишком высокой для ее крошечного тельца. Он еще успел подумать, что ей ни за что не перепрыгнуть, но в то же мгновение увидел, как она, торжествуя, перелетела через зеленый барьер. Он не мог вспомнить ни начала, ни конца этого прыжка, но все еще видел, как на кинокадре, вырезанном и застывшем навсегда, то мгновение, когда ее тело повисло в пространстве, — широко раскинутые длинные ноги, взметнувшиеся тонкие руки, напряженные ладони, белое платье и светлые волосы, реющие на ветру, как два полотнища, — маленькое яркое пятнышко ее тела в великом порыве восторга и свободы.

Такого порыва он больше никогда не видел.

Он не знал, почему его память запечатлела то мгновение, какое осознание его важности, тогда еще не понятое, сохранило этот момент, тогда как многое куда более существенное стерлось навсегда. Он не знал, почему этот момент непременно возникал всякий раз перед его глазами, когда он начинал испытывать озлобление по отношению к дочери. Он не знал, почему, как только этот момент возникал перед его взором, его переполняла щемящая, мучительная нежность. Он говорил себе, что просто естественная отцовская привязанность проявляется помимо его воли. Но в глубине души, неловко, неосмысленно, он хотел помочь ей, не зная и не желая знать, в чем, собственно, должна заключаться эта помощь.

И он начал приглядываться к Питеру Китингу. Он начал склоняться к тому решению, в котором сам себе не хотел признаться. Личность Питера Китинга действовала на него успокаивающе благотворно, и он чувствовал, что незамысловатое и устойчивое душевное здоровье Китинга могло бы послужить отличной опорой неуравновешенности и непоследовательности Доминик.

Китинг не признавался, что он упорно и безрезультатно добивался свидания с Доминик. Он уже давно раздобыл у Франкона номер ее телефона и часто звонил ей. Она снимала трубку, весело смеялась и говорила, что, разумеется, повидается с ним, поскольку прекрасно понимает, что этого не избежать, но в ближайшие недели очень занята, поэтому не будет ли он любезен позвонить ей в начале следующего месяца?

Франкон догадывался о положении дел. Он сказал Китингу, что пригласит Доминик на обед, где они и смогут увидеться.

— То есть я постараюсь пригласить ее, — уточнил он. — Она, конечно, откажется.

Но Доминик в очередной раз удивила его. Она тут же радостно приняла приглашение.

Она встретилась с ними в ресторане, улыбаясь так, словно давно мечтала об этой милой встрече. Она оживленно разговаривала, и Китинг почувствовал, что совершенно очарован ею, что ему удивительно легко с ней и что ему совершенно непонятно, как он мог бояться ее. Через полчаса она взглянула на Франкона и сказала:

— Так мило, отец, что ты уделил столько времени встрече со мной. Особенно учитывая, что ты так занят и у тебя так много деловых встреч.

Лицо Франкона оцепенело от ужаса.

— Боже мой, Доминик, ты мне как раз напомнила...

— У тебя свидание, о котором ты забыл? — нежно спросила она.

— Да, проклятье! Совершенно упустил из виду. Сегодня утром позвонил старый Эндрю Колсон, а я забыл записать. Он настоятельно желает видеть меня в два часа. Вы же понимаете, я просто не имею никакой возможности отказаться от встречи с Колсоном, черт возьми! И надо же, чтобы именно сегодня… — Он добавил с подозрительным видом: — Откуда ты об этом узнала?

— Да я вовсе ничего не знала. Но не беда, отец. Мы с мистером Китингом простим тебя и прекрасно отобедаем вдвоем. У меня сегодня никаких срочных дел нет, так что не тревожься, я от него никуда не убегу.

Франкон подумал, не поняла ли она, что это оправдание он придумал заранее, чтобы оставить ее наедине с Китингом. Определенно он сказать не мог. Она смотрела ему прямо в глаза, искренности в ее взгляде было чуть больше, чем необходимо. Он был рад удалиться.

Доминик обернулась к Китингу со взором столь ласковым, что ничего, кроме презрения, он выражать не мог.

— Теперь можно и отдохнуть, — сказала она. — Мы оба знаем, чего добивается отец, и это вполне нормально. Не смущайтесь. Я же не смущаюсь. Очень хорошо, что отец у вас на поводке. Но я знаю, что, если он будет тянуть вас за собой вместе с поводком, вам это не пойдет на пользу. Так что давайте забудем обо всем и займемся обедом.

Он хотел подняться и уйти, но понял, испытывая беспомощную ярость, что не может. Она сказала:

— Не хмурьтесь, Питер. Можете называть меня просто Доминик, потому что рано или поздно мы все равно начнем называть друг друга по имени. Наверное, мы с вами будем часто встречаться. Я встречаюсь с большим количеством людей, а отцу будет приятно, если вы войдете в их число. Так почему бы и нет?

На протяжении всего обеда она разговаривала с ним как со старым другом, весело и откровенно. В ее откровенности, которая, казалось, показывала, что скрывать ей совершенно нечего, но особо лезть ей в душу не стоит, было нечто неуютное. Изысканно благожелательные манеры предполагали, что в их отношениях нет и не может быть ничего серьезного, что она просто не снизойдет до проявления недружелюбия к нему. Он знал, что уже почти ненавидит ее. Но он зачарованно следил за движениями ее губ, складывающимися в слова, смотрел на ноги, небрежно, но очень уверенно закинутые одна на другую — так, словно складывали какой-то дорогой инструмент. Он не мог не испытывать удивленного восхищения, как и в тот раз, когда увидел ее впервые.

Когда они выходили, она сказала:

— Питер, не сводишь ли ты меня сегодня в театр? На какую пьесу, мне все равно. Заезжай за мной после ужина. Отцу расскажи, это ему понравится.

— Хотя, если подумать, особых причин для радости у него нет, — сказал Китинг, — да и у меня, пожалуй, тоже. Но я все равно буду счастлив сходить с тобой в театр, Доминик.

— А почему это у тебя нет причин для радости?

— Потому что у тебя на самом деле сегодня нет желания ни идти в театр, ни встречаться со мной.

— Решительно никакого. Ты начинаешь мне нравиться, Питер. Заезжай за мной в половине девятого.

Когда Китинг вернулся в бюро, Франкон тут же вызвал его наверх.

— Ну? — нетерпеливо спросил он.

— В чем дело, Гай? — невинным голосом спросил Китинг. — Что ты так растревожился?

— Ну, я... в общем, честно говоря, мне интересно знать, поладите вы с ней или нет. По-моему, ты мог бы оказать на нее положительное влияние. Так что же было?

— Ничего. Мы прекрасно провели время. Кормят в твоих ресторанах отменно, ты же знаешь... Да, кстати, сегодня я веду твою дочь в театр.

— Не может быть!

— Точно.

— И как это тебе удалось?

Китинг пожал плечами:

— Я же говорил тебе, что Доминик бояться не надо.

— Я не боюсь, но... А, так она для тебя уже Доминик? Поздравляю, Питер... Я ее вовсе не боюсь, только никак не могу в ней разобраться. Она никого к себе не подпускает. У нее не было ни одной подруги, даже в детском садике. Вокруг нее всегда толпа обожателей, но ни одного друга. Не знаю, что и думать. Вот и сейчас она живет сама по себе, ее вечно окружают толпы мужчин и...

— Ну, Гай, нельзя же думать что-то порочное о собственной дочери.

— Да я и не думаю! В том-то и беда, что не думаю. Хотел бы, но не могу. Но ей двадцать четыре года, Питер, а она девственница, я это знаю наверняка. Ведь это нетрудно определить, просто посмотрев на женщину. Я не моралист, Питер, и считаю, что такое положение ненормально. В ее возрасте, с ее внешностью, при той совершенно свободной жизни, которую она ведет, это абсолютно неестественно. Я молю Бога, чтобы она вышла замуж. Честное слово... Разумеется, это должно остаться между нами. Пойми меня правильно и не сочти мои слова за приглашение.

— Ну разумеется, нет.

— Кстати, Питер, пока тебя не было, звонили из больницы. Сказали, что бедняге Лусиусу намного лучше. Надеются, что он выкарабкается.

У Лусиуса Н. Хейера был удар, и Китинг, хоть и проявлял на людях немалое беспокойство о его здоровье, так и не удосужился посетить его в больнице.

— Я очень рад, — сказал Китинг.

— Но я не думаю, что он когда-нибудь сможет вернуться к работе. Он стареет, Питер... Да, стареет... Наступает возраст, когда нельзя больше обременять себя бизнесом. — Зажав между двумя пальцами нож для разрезания бумаги, Франкон задумчиво стучал им по краю настольного календаря. — Рано или поздно такое случается со всеми нами, Питер... Надо думать о будущем...

Китинг сидел на полу в своей гостиной у камина с имитацией поленьев. Он сложил руки на коленях и слушал расспросы матери: какая Доминик из себя, как одевается, что она ему сказала и сколько, по его мнению, денег досталось ей от матери.

Он часто встречался с Доминик. Сейчас он только что вернулся с вечера, проведенного вместе с ней в ночных клубах. Она всегда принимала его приглашения. Он не понимал, что означает ее отношение — не намеренное ли подтверждение того, что ей проще демонстрировать ему свое пренебрежение, часто бывая в его обществе, нежели отказывая ему в свиданиях? Но каждый раз, встречаясь с ней, он очень охотно планировал следующую встречу. С Кэтрин он не виделся уже месяц. Она занималась исследовательской работой, которую доверил ей дядя для подготовки серии его лекций.

Миссис Китинг сидела под лампой, зашивая небольшую прореху на подкладке парадного костюма Питера. Вперемешку с вопросами она упрекала его — зачем он сидит на полу в парадных брюках и лучшей выходной рубашке. Он не обращал внимания ни на упреки, ни на вопросы. Но вместе с раздражением и скукой он ощущал непонятное чувство облегчения, словно упрямый поток материнских слов, подталкивая его, придавал ему сил. Время от времени он отвечал:

— Да... Нет... Не знаю... Да, она красива, очень красива... Мама, ужасно поздно, я устал, пойду-ка я спать...

В дверь позвонили.

— Надо же, — сказала миссис Китинг. — Кто бы это, в такое-то время?

Китинг поднялся, пожал плечами и лениво направился к дверям.

Это была Кэтрин. Она стояла, сжав обеими руками старую бесформенную сумочку. Вид у нее был одновременно решительный и неуверенный. Отступив на шаг, она сказала:

— Добрый вечер, Питер. Можно войти? Мне надо поговорить с тобой.

— Кэти! Конечно же! Как мило, что ты зашла! Заходи же. Мама, это Кэти.

Миссис Китинг посмотрела на ноги девушки, которые двигались словно по палубе корабля в большую качку. Она посмотрела на сына и поняла, что что-то произошло и с этим надо разобраться с крайней осторожностью.

— Добрый вечер, Кэтрин, — негромко сказала она. Китинг ничего не сознавал, кроме внезапного радостного толчка, который он ощутил, увидев ее. Эта радость подсказала ему, что ничего не изменилось, что он может быть в ней уверен, что присутствие Кэти разрешает все проблемы. Он забыл подумать, почему она пришла в такой поздний час, почему она впервые, и без приглашения, оказалась у него в квартире.

— Добрый вечер, миссис Китинг, — сказала она нарочито оживленным голосом. — Надеюсь, я вам не помешала, ведь, наверное, уже очень поздно?

— Что вы, дитя мое, нисколько не помешали, — сказала миссис Китинг.

Кэтрин заговорила поспешно, не задумываясь, цепляясь за само звучание слов:

— Я только шляпку сниму... Куда мне ее положить, миссис Китинг? Прямо на стол? А это ничего?.. Нет, наверное, я лучше положу ее на бюро, хотя она сыроватая после улицы... она может испортить лак, а бюро такое милое, я надеюсь, что она не испортит лак...

— Что случилось, Кэти? — спросил Китинг, наконец заметив ее состояние.

Она посмотрела на него, и он увидел, что глаза ее полны ужаса. Губы ее разжались. Она попыталась улыбнуться.

— Кэти! — вскрикнул он. Она ничего не сказала.

— Снимай пальто. Садись сюда, погрейся у огня.

Он подтолкнул к камину скамеечку и заставил Кэтрин сесть. На ней был черный свитер и старая черная юбка — бывшая школьная форма, она не переоделась, направляясь сюда. Кэтрин сидела, сгорбившись, тесно сжав колени. Она заговорила, и, поскольку в голосе ее изливалось страдание, он зазвучал тише и естественнее:

— У тебя такой хороший дом... Теплый, просторный... Ты можешь открывать окна всегда, когда захочешь?

— Кэти, милая, — ласково спросил он, — что случилось?

— Ничего. На самом деле ничего не случилось. Только я должна поговорить с тобой. Сегодня же. Сейчас.

Он посмотрел на миссис Китинг.

— Если хочешь...

— Нет. Все нормально. Миссис Китинг может это слышать. Может быть, будет даже лучше, если она услышит. — Она обернулась к миссис Китинг и самым обычным тоном произнесла: — Видите ли, миссис Китинг, мы с Питером помолвлены. — Повернувшись к нему, она добавила дрогнувшим голосом: — Питер, я хочу, чтобы наша свадьба была сегодня, завтра — как можно быстрее.

Рука миссис Китинг медленно опустилась на колено. Она посмотрела на Кэтрин без всякого выражения и произнесла спокойно, с достоинством, которого Китинг от нее никак не ожидал:

— Я этого не знала. Я очень рада, дорогая.

— Так вы не против? Вы действительно совсем не против? — в отчаянии спросила Кэтрин.

— Отчего же, дитя мое? Такие вещи решать только вам и моему сыну.

— Кэти! — выдохнул он, как только к нему вернулся голос. — Что произошло? Почему как можно скорее?

— Ой, ой... Неужели похоже, будто я... будто со мной та неприятность, которая обычно случается с девушками?.. — Она густо покраснела. — О Боже мой! Нет! Конечно же, нет! Ты же знаешь, что это невозможно! Не подумал же ты, Питер, что я... что я...

— Ну конечно, нет. — Он засмеялся, усевшись на пол близ нее и обняв ее за талию. — Успокойся же. Так в чем дело? Ты же знаешь, что, если только захочешь, я женюсь на тебе сегодня же. Но все-таки что случилось?

— Ничего. Я уже успокоилась. Теперь скажу. Ты решишь, будто я сошла с ума. Просто у меня внезапно возникло чувство, что я никогда не выйду за тебя, что со мной происходит что-то ужасное и мне надо спасаться.

— Что же с тобой происходит?

— Не знаю. Ничего не происходит. Я весь день работаю над конспектами, и ничего не происходит. Никто не приходит, не звонит. А потом, сегодня вечером, у меня вдруг появилось это чувство. Знаешь, это было как кошмар, неописуемый ужас, то, чего в нормальной жизни не происходит. Просто почувствовала, что я в смертельной опасности, будто что-то на меня надвигается, а мне не убежать, потому что оно не отпустит, что уже слишком поздно.

— От чего тебе не убежать?

— Я точно не знаю. От всего. От всей моей жизни. Знаешь, это похоже на зыбучие пески. Гладкие, такие естественные. Ничего особенного не заметишь, не заподозришь. И легко на них ступаешь. А когда замечаешь, то уже слишком поздно... И я почувствовала, что оно настигает меня, что я не стану твоей женой, что мне надо бежать, бежать немедленно, сейчас или никогда. Разве у тебя никогда не было такого чувства, такого необъяснимого страха?

— Было, — прошептал он.

— Ты не считаешь меня безумной?

— Нет, Кэти. Только чем это было вызвано? Чем-то конкретным?

— Ну... Теперь это кажется таким глупым. — Она хихикнула с виноватым видом. — Дело было так: я сидела у себя в комнате, было прохладно, и я не стала открывать окно. У меня на столе было столько книг и бумаг, что не оставалось места писать. И каждый раз, когда делала запись, я что-то сталкивала локтем со стола. На полу повсюду валялись вороха бумаг и тихонько шуршали, потому что я оставила дверь в гостиную приоткрытой и был небольшой сквозняк. В гостиной работал дядя. Работа у меня спорилась, я сидела уже несколько часов, не замечая времени. И тут вдруг на меня нахлынуло. Я и сама не знаю почему. Может быть, было душно или из-за тишины. Я не слышала ни звука, в гостиной тоже было тихо, только шуршала бумага, тихо-тихо, будто кого-то душат насмерть. А потом я огляделась и... и не увидела дяди в гостиной, только его тень на стене, огромную скрюченную тень, и она совсем не двигалась. Она была такая большая! — Она содрогнулась. Этот эпизод больше не казался ей глупым. Она прошептала: — И мне стало совсем не по себе. Она не двигалась, эта тень. Но мне казалось, что движется вся бумага, что она тихо-тихо поднимается с пола и тянется к моему горлу и что сейчас я утону. И тогда я закричала. И, Питер, он даже не услышал! Он не услышал! Потому что тень не шелохнулась. И я схватила пальто и шляпку и убежала. Когда я пробегала через гостиную, он, кажется, спросил: «Кэтрин, это ты? Который час? Куда идешь?» — что-то в этом роде, я не уверена. Но я не обернулась, не ответила — не могла. Я его боялась. Боялась дядю Эллсворта, от которого в жизни не слышала ни одного худого слова!..

Вот и все, Питер. Я ничего не понимаю, но я боюсь. Теперь, с тобой, уже не так сильно боюсь, но все-таки...

Миссис Китинг заговорила четко и сухо:

— Ну, дорогая моя, то, что с вами произошло, вполне естественно. Вы слишком много работали, вот и перетрудились и слегка впали в истерику.

— Да... наверное...

— Нет, — глухо сказал Китинг, — это совсем другое. — Он подумал о громкоговорителе в вестибюле во время митинга забастовщиков. И поспешно прибавил: — Да. Мама права. Ты убиваешь себя работой, Кэти. Этот твой дядя — я ему когда-нибудь шею сверну!

— Ой, да он тут ни при чем. Он не хочет, чтобы я работала. Он часто отбирает у меня книги и велит сходить в кино. Он и сам говорит, что я слишком много работаю. Но мне это нравится. Мне кажется, что каждая моя запись, каждый клочок информации будет потом преподаваться тысячам молодых студентов по всей стране и что именно я помогаю обучать людей, вношу свой маленький вклад в такое великое дело. И тогда я горжусь собой и не хочу прекращать работу. Понимаете? В самом деле, мне не на что жаловаться... А потом... потом как сегодня вечером... Я не знаю, что со мной происходит.

— Послушай, Кэти, мы завтра же получим разрешение на брак и сможем немедленно пожениться, где тебе только захочется.

— Давай, Питер, — прошептала она. — Ты действительно не против? У меня нет веских причин, но я хочу. Я так этого хочу! Тогда я буду знать, что все в порядке. Мы справимся. Я устроюсь на работу, если ты... если ты не совсем готов, или...

— Чепуха. И не думай. Мы справимся. Все это не имеет значения. Главное, давай поженимся, а все остальное решится само собой.

— Милый, ты это понимаешь? Понимаешь?

— Да, Кэти.

— Ну раз уж вы все решили, — сказала миссис Китинг, — давайте-ка, Кэтрин, выпейте чашечку чаю на дорожку. Она вам не повредит.

Она заварила чай. Кэтрин с благодарностью его выпила и, улыбаясь, сказала:

— Я... я всегда боялась, что вы не одобрите, миссис Китинг.

— С чего вы это взяли? — протянула миссис Китинг. Голос ее звучал, однако, не с вопросительной интонацией. — Теперь бегите домой, как хорошая девочка, и хорошенько выспитесь.

— Мама, а можно Кэти остаться здесь на ночь? Она могла бы спать в твоей комнате.

— Ну же, Питер, не надо впадать в истерику. Что подумает ее дядя?

— Ой, не надо, конечно, не надо. Не беспокойся обо мне, Питер. Я поеду домой.

— Но если ты...

— Нет, я не боюсь. Теперь уже нет. Неужели ты подумал, что я действительно боюсь дядю Эллсворта?

— Ну ладно. Только побудь еще немного.

— Что ты, Питер, — сказала миссис Китинг. — Ты же не хочешь, чтобы она бегала по улицам в такую темень?

— Я провожу ее домой.

— Нет, — сказала Кэтрин. — Я не хочу выглядеть глупее, чем я есть. Нет, не провожай меня.

Он поцеловал ее у дверей и сказал:

— Завтра я зайду за тобой в десять утра, и мы сходим за разрешением.

— Да, Питер, — прошептала она.

Он закрыл за ней дверь и долго стоял, неосознанно сжимая кулаки. Затем решительно вернулся в гостиную и остановился напротив матери, держа руки в карманах. Он посмотрел на нее молчаливо и требовательно. Миссис Китинг сидела и спокойно смотрела на него, не притворяясь, что не замечает его взгляда, но и не отвечая на этот взгляд.

Потом она спросила:

— Хочешь лечь, Питер?

Китинг ожидал чего угодно, только не этого. Он почувствовал яростное стремление ухватиться за эту возможность, развернуться, выйти из комнаты и бежать. Но он обязан был узнать, что она думает, обязан был оправдать себя.

— Так вот, мама, я не собираюсь выслушивать никаких возражений.

— Я никаких возражений и не высказывала, — заметила миссис Китинг.

— Мама, я хочу, чтобы ты поняла: я люблю Кэти и ничто меня теперь не остановит. Это окончательно.

— Очень хорошо, Питер.

— Не пойму, что тебе в ней не нравится.

— Для тебя больше не имеет значения, что мне нравится, а что не нравится.

— Да нет же, мама, конечно, имеет! Ты же знаешь. Как ты можешь такое говорить?

— Питер, у меня лично нет никаких симпатий или антипатий. О себе я вообще не думаю, потому что ничто в мире не имеет для меня значения, кроме тебя. Может быть, это старомодно, но так уж я устроена. Я знаю, что мне следовало бы вести себя по-другому, потому что дети в наши дни этого не ценят. Но я ничего с собой поделать не могу.

— Мама, но ты же знаешь, что я ценю тебя! Ты знаешь, что я ни за что не согласился бы причинить тебе страдания.

— Ты можешь причинить мне страдания, Питер, только причинив их себе. А это… это трудно вынести…

— Как же это я причиняю себе страдания?

— Что ж, если ты не откажешься выслушать меня...

— Я никогда не отказывался тебя выслушать!

— Если тебе действительно интересно мое мнение, то я скажу, что это похороны двадцати девяти лет моей жизни, похороны всех надежд, которые я связывала с тобой.

— Но почему? Почему?

— Дело не в том, что мне не по душе Кэтрин, Питер. Она мне очень нравится. Она очень милая девушка, если, конечно, не слишком часто впадает в истерику и не выдумывает невесть что. Она девушка порядочная, и я сказала бы, что из нее выйдет отличная жена для любого — любого славного, порядочного юноши со средними способностями. Но не для тебя, Питер! Не для тебя!

— Но...

— Ты скромен, Питер. Ты слишком скромен. В этом всегда была твоя беда. Ты не умеешь ценить себя. Ты считаешь, что ты такой же, как все.

— Конечно, не считаю! И никому не позволю так считать!

— Тогда пораскинь мозгами! Разве ты не знаешь, что тебя ждет впереди? Разве ты не видишь, как высоко уже поднялся и как высоко еще можешь подняться? У тебя есть шанс стать... ну, если не самым лучшим, то одним из лучших архитекторов страны, и...

— Одним из лучших?! Так вот как ты считаешь? Да если мне не дано быть самым лучшим, единственным великим архитектором своей эпохи, то мне вообще ничего не надо!

— Но такого положения не достигают те, кто пренебрегает работой. Нельзя стать первым в чем-либо, не имея сил принести что-то в жертву.

— Но...

— Твоя жизнь не принадлежит тебе, Питер, если ты действительно метишь высоко. Ты не можешь позволить себе потакать собственным капризам, как это делают обыкновенные люди. А они могут, потому что это ни на что существенно не повлияет. Дело не в тебе, не во мне, не в наших чувствах. Дело в твоей карьере, Питер. Нужна сила, чтобы отречься от себя и завоевать уважение других.

— Ты просто не любишь Кэти и делаешь это из собственного предубеждения...

— С какой стати мне ее не любить? Ну конечно, я не могу сказать, что одобряю девушку, которая так мало считается со своим любимым, что готова бежать к нему и расстраивать его по пустякам, и просит его вышвырнуть свое будущее в окошко только потому, что ей пришла в голову какая-то бредовая идея. Отсюда видно, на какую помощь можно рассчитывать от подобной жены. Что до меня, то если ты думаешь, что я за себя беспокоюсь, ты просто слеп, Питер. Разве ты не видишь, что лично для меня это был бы идеальный брак? Потому что с Кэтрин у меня не было бы никаких проблем, мы бы прекрасно ладили, она была бы почтительной и послушной невесткой. С другой же стороны, мисс Франкон…

Он поморщился. Он знал, что без этого не обойдется. Это был единственный предмет, упоминания которого он боялся.

— Да-да, Питер, — тихо и твердо сказала миссис Китинг. — Нам нельзя об этом не говорить. Так вот, я уверена, что никогда не смогла бы поладить с мисс Франкон, такая элегантная светская девушка вообще не пожелает считаться с такой заурядной и необразованной свекровью, как я. Скорее всего, она попросту выживет меня из дому. Да, Питер. Но, понимаешь, я думаю не о себе.

— Мама, — хрипло сказал он. — Все, что ты сейчас сказала относительно моих шансов с Доминик, — полная чушь. Я даже не уверен, что эта дикая рысь вообще захочет взглянуть на меня.

— Отступаешь, Питер. Было время, когда ты ни за что в жизни не признался бы, что существует нечто, чего тебе не получить.

— Но я не хочу ее, мама.

— Ах, не хочешь, да? Вот ты и попался! Именно об этом я и говорю! Посмотри на себя! Франкон, лучший архитектор в городе, души в тебе не чает. Он практически умоляет тебя стать его партнером — в твоем-то возрасте, через головы стольких заслуженных людей. Он не просто разрешает, он просит тебя жениться на его дочери! А завтра ты явишься и представишь ему это маленькое ничтожество, на котором взял и женился! Перестань на минуточку думать о себе и подумай о других! Как по-твоему, ему это понравится? Ему понравится, когда ты предъявишь ему эту трущобную крыску, которую предпочел его дочери?

— Ему это не понравится, — прошептал Китинг.

— Еще бы! Могу биться об заклад на что угодно, что он тут же вышвырнет тебя на улицу! Он найдет множество таких, кто с радостью устремится на твое место. Как, например, насчет Беннета?

— Ну нет! — прохрипел Китинг так яростно, что мать поняла, что попала в яблочко. — Только не Беннет!

— Да! — торжествующе сказала она. — Беннет! Так оно и будет. «Франкон и Беннет». А ты будешь обивать пороги в поисках работы! Зато у тебя будет жена! О да, у тебя будет жена!

— Мама, прошу тебя… — прошептал он с таким отчаянием, что она позволила себе продолжать, вовсе не сдерживаясь:

— Такая вот жена у тебя будет. Неуклюжая девчонка, которая не знает, куда девать ноги и руки. Робкое и глупое создание, которое будет прятаться от любого мало-мальски значительного человека, которого ты захочешь пригласить в дом. Так ты считаешь себя таким замечательным? Не обольщайся, Питер Китинг! Ни один великий человек не достиг вершины в одиночку. И нечего отмахиваться — лучшим из них всегда помогала женщина, подходящая женщина. Ведь твой Франкон не женился на кухарке, какое там! Хоть на минуточку попробуй взглянуть на вещи глазами других. Что они подумают о твоей жене? Что они подумают о тебе? Не забывай, на жизнь не заработаешь, строя ларьки для содовой! Тебе придется вести игру так, как это видится великим мира сего. Надо стремиться выйти на их уровень. Что они подумают о человеке, который женился на таком затрапезном пучке кисеи? Будут они тобой восхищаться? Доверять будут? Уважать?

— Замолчи! — крикнул он.

Но она продолжала. Она говорила долго, а он сидел, свирепо щелкая костяшками пальцев, и время от времени стонал:

— Но я люблю ее!.. Я не могу, мама... Я люблю ее...

Она отпустила его, только когда улицы сделались серыми от утреннего света. Она позволила ему, пошатываясь, удалиться в свою комнату под аккомпанемент ее последних слов, ласковых и усталых:

— По крайней мере, Питер, это в твоих силах. Всего несколько месяцев. Попроси ее подождать всего несколько месяцев. Хейер может умереть в любой момент, а как только станешь полноправным партнером, ты сможешь на ней жениться, избежав самых неприятных последствий такого брака. Если она тебя любит, она не откажется подождать еще совсем немного... Подумай, Питер... И подумай еще о том, что если решишь жениться сейчас, то разобьешь сердце своей матери. Это, конечно, совершенные пустяки, но обрати на это хоть чуточку внимания. Думая о себе час, подумай и о других минутку...

Он не пытался заснуть. Он, не раздеваясь, несколько часов просидел на своей кровати, и яснее всего в его мозгу проступало желание перенестись на год вперед, когда все уже утрясется, причем безразлично как.

Когда он звонил в дверь квартиры Кэтрин в десять часов, он еще ничего не решил. Он смутно чувствовал, что она возьмет его за руку, поведет, будет настаивать — и тогда все решится само собой.

Кэтрин открыла дверь и улыбнулась — весело и доверчиво, будто вчера ничего не произошло. Она провела его в свою комнату, где яркий солнечный свет заливал стопки книг и бумаг, аккуратно разложенные у нее на столе. В комнате было чисто прибрано, ворсинки ковра улеглись полосками, оставленными пылесосом. На Кэтрин была накрахмаленная блузка из жесткой кисеи, рукава стойко и весело поднимались над ее плечами. В солнечном свете в ее волосах вспыхивали маленькие пушистые искорки. Он на мгновение почувствовал легкое разочарование — ничего зловещего его здесь не поджидало. Разочарование смешивалось с облегчением.

— Я готова, Питер, — сказала она. — Достань мое пальто.

— Ты дяде сказала? — спросил он.

— Да. Вчера ночью. Он все еще работал, когда я вернулась.

— И что он сказал?

— Ничего. Просто засмеялся и спросил, какой я хочу свадебный подарок. Но он так смеялся!

— Где он? Разве он не хочет хотя бы познакомиться со мной?

— Ему пришлось пойти в редакцию своей газеты. Он сказал, что будет еще достаточно времени, чтобы ты ему до смерти надоел. Но он сказал это так мило!

— Послушай, Кэти, я… я хотел сказать тебе одну вещь. — Он замялся, не глядя на нее. — Видишь ли, дело вот в чем: Лусиус Хейер, партнер Франкона, очень болен, и говорят, жить ему недолго. Франкон вполне откровенно намекал, что я займу место Хейера. Но Франкон вбил себе в голову женить меня на своей дочери. Только не пойми меня превратно, этому не бывать, но я не могу открыто заявить ему об этом. И я подумал… я подумал, что, если бы мы повременили… хотя бы несколько недель… Я получу место, и тогда Франкон ничего не сможет со мной сделать, если я скажу ему, что женат… Но все, конечно, будет, как ты скажешь. — Он смотрел на нее, и голос его дрожал от нетерпения. — Если ты хочешь, чтобы мы поженились сегодня, мы пойдем немедленно.

— Но, Питер, — спокойно сказала она, хотя и была удивлена его предложением. — о чем ты говоришь? Конечно же, мы подождем.

Он улыбнулся, одобрительно и облегченно прикрыв глаза.

— Конечно, мы подождем, — твердо сказала она. — Я не знала об этой ситуации, но это очень важно. Так что нет никаких причин торопиться.

— Ты не боишься, что мною завладеет дочь Франкона?

Она рассмеялась:

— Ох, Питер, я слишком хорошо тебя знаю!

— Но все же, если ты предпочла бы…

— Нет, так будет намного лучше. Видишь ли, честно говоря, я сегодня утром подумала, что нам лучше подождать. Но не хотела ничего говорить, если уж ты решился. Но раз ты предпочел бы подождать, я тоже лучше повременю. Понимаешь, сегодня утром сказали, что дядю приглашают повторить курс лекций в каком-то ужасно важном университете на Западном побережье этим летом. Мне было так совестно бросать его с незаконченной работой. И еще я подумала, что мы, наверное, поступаем не очень умно, мы ведь оба еще так молоды. И дядя Эллсворт так смеялся. Понимаешь, действительно мудрее немного подождать.

— Да. Хорошо. Но, Кэти, если ты настроена, как вчера вечером...

— Да нет же! Мне так стыдно за себя. Ума не приложу, что на меня вчера нашло. Стараюсь все припомнить и ничего не понимаю. Знаешь, как это бывает. Потом так глупо себя чувствуешь. На другой день все так ясно и просто. Я вчера много чепухи наговорила?

— Ну, не будем об этом. Ты же разумная девочка. Мы оба разумные. И мы подождем чуть-чуть, совсем недолго.

— Да, Питер.

Внезапно он страстно, почти отчаянно сказал:

— Кэти, *потребуй*, чтобы это было сейчас.

И глупейшим образом рассмеялся, как будто говорил не всерьез. В ответ она весело улыбнулась.

— Вот видишь, — сказала она, разведя руками.

— Ну... — пробормотал он. — Ну хорошо, Кэти. Мы подождем. Конечно, так будет лучше. Я... я побежал. В бюро опаздываю. — Он почувствовал, что сейчас, сегодня ему надо бежать из ее комнаты. — Я позвоню. Давай завтра вместе поужинаем.

— Да, Питер. Это будет замечательно.

Он ушел, испытывая и облегчение, и безутешное горе, браня себя за тупое настойчивое ощущение, говорившее, что он упустил шанс, который никогда не повторится. Что-то надвигалось на них, и они капитулировали перед неведомой опасностью. Он бранился, потому что не мог определить, с чем же именно им надо было выйти на бой. Он поспешил в бюро — ведь он опаздывал на встречу с миссис Мурхед.

После его ухода Кэтрин стояла посреди комнаты и недоумевала: почему ей вдруг сделалось так пусто и холодно, почему только в этот момент она поняла, что ей больше всего хотелось, чтобы он *заставил* ее пойти с ним. Потом она пожала плечами, укоризненно улыбнулась самой себе и вернулась к работе, ожидавшей на письменном столе.

XIII

Как-то октябрьским днем, когда строительство дома Остина Хэллера подходило к концу, от маленькой группки людей, стоявших через дорогу и разглядывавших дом, отделился долговязый молодой человек и подошел к Рорку.

— Это вы построили дурдом? — спросил он очень неуверенно.

— Если вы имеете в виду этот дом, то да, — ответил Рорк.

— О, приношу свои извинения, сэр. Просто этот дом тут так прозвали... Я бы его так не назвал. Видите ли, у меня тоже есть заказ... Ну, не то чтобы дом — я собираюсь построить собственную заправочную станцию милях в десяти отсюда, на почтовом тракте. Я бы хотел с вами поговорить.

Позднее, на скамье перед гаражом, где он работал, Джимми Гоуэн рассказал все подробности и добавил:

— И тут я подумал о вас, мистер Рорк, потому что мне понравился ваш чудной дом. Не понимаю почему, но мне он нравится. В нем, по-моему, все как-то разумно. И еще я подумал, что все на него смотрят, разинув рот, и говорят о нем. Положим, жилому дому от этого пользы мало, но для служебного здания это очень привлекательно. Пускай себе хихикают, зато ведь и говорить много будут. И я решил предложить вам построить мне станцию. Скажут, что я сошел с ума. Не знаю, как вас, а меня лично это совсем не волнует.

Джимми Гоуэн пятнадцать лет работал как вол, копил деньги на собственное дело. К его выбору архитектора все отнеслись неодобрительно и говорили об этом с возмущением. Джимми не проронил ни слова в свою защиту и не вдавался в объяснения, он лишь вежливо говорил: «Может, и так, ребята, может, и так». И предоставил Рорку полную свободу действий.

Станция открылась в конце декабря. Она выходила прямо на Бостонский почтовый тракт и представляла собой два небольших строения из стекла и бетона, образующих полукруг среди деревьев — цилиндр служебного здания и длинный низкий овал закусочной, а между ними встала колоннада заправочных автоматов. Во всем доминировали окружности, здесь не было ни углов, ни прямых линий. Сооружение словно собрали из изгибов морской волны, замершей на мгновение, перед тем как разбиться о камни, изгибов, которые сплелись в столь гармоничные формы, что сотворить их могла, казалось, только природа, но никак не воля человека. Еще станция была похожа на гроздь пузырьков, низко висящих над землей и совершенно ее не касающихся. Создавалось впечатление, что воздушный вихрь от пролетавших мимо автомобилей вот-вот сметет эти пузырьки. Кроме того, у станции был нарядный, веселый вид — так ярко, бодро, крепко выглядит новенький мощный самолет. Рорк заехал на станцию в день открытия. Он пил кофе из чистой белой кружки за стойкой закусочной и наблюдал за автомобилями, останавливающимися у дверей.

Уехал он поздно ночью. Ведя машину по длинной пустой дороге, он взглянул назад. Огни станции мерцали, уплывая прочь. Она стояла там, на перекрестке двух дорог, и автомобили будут течь мимо нее днем и ночью, приезжая из городов, где не было места для подобных зданий, и уезжая в города, где не найдется ничего похожего. Он перевел взгляд на дорогу перед собой и больше не смотрел в зеркальце, в котором все еще мягко подмигивали удалявшиеся точки света.

Потом наступило многомесячное бездействие. Каждое утро он сидел в своем бюро, потому что знал: он должен сидеть там, сидеть и глядеть на дверь, которая никогда не открывалась; он сидел, не снимая руки с телефона, который никогда не звонил. В пепельницах, которые он опустошал каждый день перед уходом, были только его собственные окурки.

— И как ты борешься с таким положением дел? — спросил его однажды вечером за обедом Остин Хэллер.

— Никак.

— Но ты должен.

— Я ничего не могу с собой сделать.

— Тебе надо научиться обращаться с людьми, находить к каждому особый подход.

— Не могу.

— Почему?

— Я с детства лишен нужного для этого чувства.

— Оно приобретается.

— У меня нет органа, которым его приобретают. Не знаю, то ли мне недостает чего-то, то ли во мне есть что-то лишнее. Кроме того, я не люблю людей, к которым нужен особый подход.

— Но нельзя же просто сидеть и ничего не делать. Нужно искать заказы.

— И *что* мне говорить, чтобы получить заказ? Я могу показать свою работу. Если они ее не поймут, то не услышат никаких слов. Сам я для них ничто, и связывает их со мной только моя работа. И ничего сверх того я им говорить не хочу.

— Что же ты собираешься делать? Тебя такое положение дел не беспокоит?

— Нет. Я предполагал, что так будет. Я жду.

— Чего?

— Людей *моего* склада.

— То есть?

— Не знаю. Нет, вообще-то знаю, но не могу объяснить. А хотелось бы. Должен же быть какой-то общий признак, но какой — я не знаю.

— Прямота?

— Да... Нет, только отчасти. Гай Франкон — прямой человек, но это не то. Смелость? Ралстон Холкомб по-своему очень смел... Я не знаю. Все прочее в жизни для меня куда яснее. Но я могу определить человека моего типа по лицу, по какому-то особому выражению. Мимо твоего дома и мимо бензоколонки будут проходить тысячи людей. Если хоть один из тысячи остановится и увидит их — все, больше мне ничего не надо.

— Выходит, тебе все-таки не обойтись без других, а, Говард?

— Конечно. Над чем ты смеешься?

— Я всегда считал тебя самым антиобщественным животным из всех, с кем имел удовольствие встречаться.

— Мне нужны люди, чтобы получать от них работу. Я же не мавзолеи строю. А по-твоему, надо, чтобы они мне были нужны еще для чего-нибудь? Для чего-то очень личного?

— В очень личном плане тебе никто не нужен.

— Точно, не нужен.

— Ты даже не гордишься этим.

— А нужно гордиться?

— У тебя не получится. Ты даже для этого слишком высокомерен.

— Неужели я такой?

— А ты не знаешь, какой ты?

— Нет. Во всяком случае, не знаю, как меня воспринимаешь ты или кто-то другой.

Хэллер сидел и молча чертил сигаретой круги в воздухе. Затем он рассмеялся и сказал:

— Очень характерно.

— Что?

— Что ты не попросил меня сказать, каким я тебя вижу. Любой другой попросил бы.

— Извини. Тут дело не в безразличии. Ты один из немногих моих друзей, которых я не хотел бы терять. Мне просто в голову не пришло спросить.

— Я знаю. В том-то все и дело. Ты — эгоцентричное чудовище, Говард. И самое ужасное, что ты этого совершенно не сознаешь.

— Это так.

— Признавая это, следовало бы выказать хоть какое-то беспокойство.

— Зачем?

— Знаешь, что ставит меня в тупик? Ты самый бесчувственный человек, которого я знаю. И я не могу понять, почему, зная, что ты настоящий дьявол, почему, когда я вижу тебя, мне всякий раз кажется, что из всех, кого я когда-либо встречал, ты человек самой щедрой души.

— Что ты хочешь этим сказать?

— Не знаю. Только то, что сказал.

Шли недели. Рорк каждый день приходил в свою контору, садился за письменный стол и в течение восьми часов читал, много читал. В пять он уходил домой. Он перебрался в комнату получше и поближе к бюро. Тратил он мало, и у него было достаточно денег, чтобы жить так довольно долго.

Однажды утром в феврале телефон зазвонил. Живой и выразительный женский голос попросил о встрече с мистером Рорком, архитектором. В тот же день в бюро вошла маленькая проворная смуглая женщина, одетая в норковую шубку; экзотические серьги в ее ушах позвякивали от частого, по-птичьи резкого и мелкого подергивания головой.

Миссис Уайн Уилмот с Лонг-Айленда* желала построить загородный дом. Она выбрала мистера Рорка, как она объяснила, потому что он спроектировал дом Остина Хэллера, а она обожает Остина Хэллера, который, по ее словам, является оракулом для всех, кто хоть отчасти претендует на звание прогрессивного интеллектуала, так ей кажется — а разве нет? — и фанатически ему предана, да, без преувеличения, фанатически. Мистер Рорк очень молод, не так ли? Но она ничего против не имеет, она — большая либералка и рада помогать молодежи. Ей хочется иметь большой дом, у нее двое детей, и она полагает, что в них нужно развивать индивидуальность — а разве нет? — и поэтому каждому из них нужна отдельная детская, а у нее самой должна быть библиотека — «я зачитываюсь до безумия», — музыкальная комната, оранжерея — «мы выращиваем ландыши, друзья сказали, что это мой цветок», — и каморка, небольшой уютный кабинет для мужа, слепо доверяющего ей и позволившего самой заниматься строительством дома, — «потому что я прямо-таки создана для этого; если бы я не была женщиной, я, конечно, стала бы архитектором», — комнаты для прислуги, гараж на три машины и прочее. После полутора часов подробных объяснений она сказала:

— И конечно, что касается стиля, то это должен быть английский тюдор. Я обожаю английский тюдор.

Он посмотрел на нее и медленно спросил:

— Вы видели дом Остина Хэллера?

— Нет. Мне хотелось бы посмотреть, только как? Я не знакома с мистером Хэллером лично, я только его поклонница, так, простая, обыкновенная поклонница. Каков он из себя? Вы должны рассказать мне, я до смерти хочу услышать это, нет, я не видела его дом, он же где-то в штате Мэн, не так ли?

Рорк вынул фотографии из ящика стола и передал их ей.

— Это, — сказал Рорк, — дом Хэллера.

Она взглянула на фотографии — ее быстрый взгляд словно вода мазнул по глянцевой поверхности — и бросила их на стол.

— Очень интересно, — сказала она, — крайне необычно, совершенно ошеломляюще. Но конечно, это не то, что я хочу. Дом такого типа не выразит моего характера. Друзья говорят, что у меня характер елизаветинского склада*.

Он попытался спокойно и терпеливо объяснить, почему не следует строить тюдор. Она прервала его в середине фразы:

— Послушайте, мистер Рорк, уж не пытаетесь ли вы меня учить? Я абсолютно уверена в том, что у меня хороший вкус, и я много знаю об архитектуре — я брала специальные уроки в клубе. Друзья говорят, что я знаю больше многих архитекторов. Я вполне утвердилась в намерении построить дом в стиле английский тюдор и не желаю спорить об этом.

— Тогда вам нужно обратиться к какому-нибудь другому архитектору, миссис Уилмот.

Она ошеломленно уставилась на него:

— Вы хотите сказать, что отказываетесь от заказа?

— Да.

— Вы не хотите принять мой заказ?

— Нет.

— Но почему?

— Я не строю таких домов.

— Но я думала, архитекторы…

— Да. Архитекторы построят вам все, что вы попросите. Любой архитектор в городе, кроме меня.

— Но я в первую очередь дала шанс вам.

— Сделайте одолжение, миссис Уилмот, скажите, почему вы пришли ко мне, если вам нужен тюдор?

— Ну, я, конечно, думала, что вы будете мне благодарны за такую возможность. И потом, мне хотелось бы сказать своим друзьям, что для меня строил архитектор Остина Хэллера.

Он пытался объяснить, переубедить ее. Но, пока говорил, понял, что это бесполезно: его слова звучали так, будто попадали в вакуум, в котором не было никакой миссис Уилмот, а была только оболочка, набитая мнениями друзей, картинками с почтовых открыток, проглоченными романами о сельских сквайрах. Именно в этой оболочке и увязали его слова — в чем-то пустом, не слышащем его и не реагирующем, глухом и безличном, как ватный тампон.

— Извините, — сказала миссис Уайн Уилмот, — но я не привыкла иметь дело с людьми, абсолютно неспособными мыслить здраво. Я совершенно уверена, что найду многих более уважаемых людей, которые будут рады работать для меня. Мой муж с самого начала был против идеи пригласить вас, и, к величайшему сожалению, он оказался прав. Прощайте, мистер Рорк.

Она вышла с достоинством, но хлопнула дверью. Рорк смахнул фотографии обратно в ящик стола.

Мистер Роберт Л. Манди, пришедший в контору Рорка в марте, был послан Остином Хэллером. Голос и волосы мистера Манди были серыми, как сталь, а голубые глаза — мягкими и печальными. Он хотел построить дом в Коннектикуте и говорил об этом с трепетом новобрачного.

— Это не просто дом, мистер Рорк, — сказал он с робкой неуверенностью, словно говорил с человеком старше или известнее себя, — он как... как символ для меня... как памятник. Он то, чего я ждал и для чего работал все эти годы. Так много лет... Я должен рассказать вам об этом, и тогда вы поймете. У меня теперь много денег — столько, что мне и думать о них не хочется. Но я не всегда был богат. Наверное, деньги пришли ко мне слишком поздно. Не знаю. Молодые думают, что, достигнув цели, забываешь, что произошло по пути к ней. Не забываешь. Что-то остается. Я всегда буду помнить себя мальчишкой — это было в маленьком городке в Джорджии, в глуши, — как я был посыльным у шорника и как дети смеялись, когда проезжавшие кареты окатывали мои штаны грязью сверху донизу. Уже тогда я решил, что когда-нибудь у меня будет собственный дом — такой дом, к которому подъезжают кареты. А потом, как бы порой ни приходилось трудно, я всегда думал о своем доме, и становилось легче. Потом настали годы, когда я боялся, я мог построить дом, но боялся. Ну а теперь время пришло. Вы понимаете, мистер Рорк?

— Да, — с чувством отозвался Рорк, — понимаю.

— Там, неподалеку от моего родного города, — продолжал мистер Манди, — была усадьба, самая большая во всем округе. Рандольф-Плейс — старый плантаторский дом, каких больше не строят. Я иногда доставлял туда, к его задней двери, всякие товары. Именно такой дом мне и нужен, мистер Рорк. Точно такой же. Но не там, в Джорджии. Я не хочу возвращаться. Прямо здесь, за городом. Я купил землю. Вы должны помочь мне обустроить участок так же, как в Рандольф-Плейс. Мы посадим деревья и кусты, цветы и все прочее точно как там, в Джорджии. Мы придумаем, как сделать так, чтобы они росли. Мне плевать, сколько это будет стоить. Конечно, у нас будут электрические фонари и гаражи для машин, а не каретные сараи. Но я хочу, чтобы фонари были сделаны как свечи, а гаражи выглядели как конюшни. Все точно так, как было там. У меня есть фотография Рандольф-Плейс, и я купил кое-что из их старой мебели.

Когда Рорк начал говорить, мистер Манди слушал с вежливым недоумением. Его даже не возмущали слова Рорка, они до него просто не доходили.

— Неужели вы не видите? — говорил Рорк. — Вы хотите построить памятник, но памятник не себе, не вашей собственной жизни и достижениям, а другим людям, их превосходству над вами. Вы не подвергаете его сомнению, вы даете ему бессмертие. Вы не только не отказываетесь признать их превосходство над собой — вы хотите его увековечить. Когда же вы будете счастливы — если на всю оставшуюся жизнь запретесь в этом чужом, заимствованном доме или если разом обретете свободу и построите новый дом, свой собственный? Вам нужен вовсе не Рандольф-Плейс. Вам нужно то, что этот дом символизирует. Но символизирует он то, с чем вы боролись всю жизнь.

Мистер Манди слушал, ничего не понимая, и Рорк снова ощутил странную беспомощность перед нереальностью: не было никакого мистера Манди, были только останки давно умерших людей, населявших когда-то Рандольф-Плейс. А можно ли убедить в чем-либо останки?

— Нет, — сказал наконец мистер Манди. — Нет. Может, вы и правы, но я этого совсем не хочу. Нет, ваши доводы вполне убедительны, только мне нравится Рандольф-Плейс.

— Почему?

— Просто потому, что он мне нравится.

Когда Рорк сказал, что ему придется подыскать другого архитектора, мистер Манди неожиданно проговорил:

— Но вы мне нравитесь. Почему вы не можете построить это для меня? Какая вам разница?

Рорк не стал объяснять.

Позднее Остин Хэллер сказал ему:

— Я ожидал этого. Я боялся, что ты откажешь ему. Я тебя не осуждаю, Говард, просто он так богат. Это могло бы тебе очень помочь. Жить-то надо, в конце концов.

— Надо, — ответил Рорк. — Но не так.

В апреле Рорку позвонил мистер Натаниел Йенс из компании по торговле недвижимостью «Йенс и Стюарт». Мистер Йенс был прям и откровенен. Он заявил, что его компания планирует возведение небольшого делового здания — этажей в тридцать — на нижнем Бродвее и что лично он не в восторге от кандидатуры Рорка, но его друг Остин Хэллер настоял на том, чтобы он встретился с Рорком и поговорил; мистер Йенс не слишком высокого мнения о работах Рорка, но Хэллер буквально истерзал его, и он выслушает Рорка, прежде чем принять решение. Что Рорк скажет по этому поводу?

У Рорка было что сказать. Он говорил спокойно. Поначалу ему было трудно, потому что он так хотел построить это здание, что чувствовал страстное желание вырвать заказ у Йенса хоть под дулом пистолета, если бы у него был пистолет. Но через несколько минут все стало легко и просто, мысли об оружии исчезли, исчезло даже желание строить это здание; никакой речи о заказе как бы не было, он всего-навсего говорил об архитектуре.

— Мистер Йенс, когда вы покупаете автомобиль, вы ведь не хотите, чтобы у него были гирлянды из роз на окнах, львы на крыльях или ангел на капоте. Почему?

— Это было бы глупо, — изрек мистер Йенс.

— Почему глупо? А по-моему, это было бы прекрасно. Кроме того, у Людовика Четырнадцатого была такая карета, а то, что подходило Людовику, подходит и нам. Мы не должны увлекаться поспешными нововведениями и порывать с традицией.

— Вы ведь сами, черт возьми, в это не верите.

— Знаю, что не верю. Но вы-то верите, не так ли? Теперь возьмем человеческое тело. Почему вам не хочется видеть его с изогнутым хвостом, с пучком страусовых перьев на кончике? Или с ушами в форме листьев аканта? Это было бы украшением, знаете ли, а то мы имеем абсолютно голое безобразие. Ну почему вам не нравится эта идея? Потому, что это было бы бесполезно и неуместно. Потому, что красота человеческого тела в том, что в нем нет ни единой мышцы, которая бы не служила своей цели, в том, что ни одна линия не пропущена, и в том, что все члены соответствуют одной идее — идее человека и человеческой жизни. Так скажите же мне, почему, когда речь идет о здании, вы не хотите подумать, что в нем есть какой-то смысл и назначение, почему вы хотите задушить его украшениями, принести его содержание в жертву оболочке — не зная даже, почему именно такой оболочке? Вы хотите, чтобы оно выглядело как чудовищный гибрид, полученный от скрещивания ублюдков десяти разных видов, создание без внутренностей, сердца и мозгов, но в шкуре, с хвостом, когтями и перьями. Почему? Вы должны сказать мне, потому что я не способен этого понять.

— Хорошо, — сказал мистер Йенс. — Я никогда не смотрел на это с такой точки зрения. — И добавил без большой уверенности: —

Но мы хотим, чтобы в нашем здании было достоинство, понимаете, и красота, которую называют настоящей красотой.

— Какой красотой? И кто называет?

— Ну-у...

— Скажите, мистер Йенс, вы действительно думаете, что греческие колонны и корзинки с фруктами прекрасны на современном административном здании из стали?

— Вряд ли я когда-нибудь задумывался, почему то или иное здание прекрасно, — признался мистер Йенс, — но, по-моему, людям нравится что-то в этом роде.

— Почему вы полагаете, что им это нравится?

— Не знаю.

— Тогда почему вас должно беспокоить, что им нравится?

— Надо считаться с людьми.

— Разве вы не знаете, что большая часть людей берет что дают и не имеет ни о чем собственного мнения? Вы хотите руководствоваться их представлениями о том, что вам надлежит думать, или своими собственными суждениями?

— Но нельзя же силой навязывать им свои суждения.

— И не надо. Надо только набраться терпения, потому что на вашей стороне здравый смысл — о, я знаю, что такого союзника на самом деле никто себе не пожелает, — а против вас просто бессмысленная, тупая и слепая инерция.

— Почему вы решили, будто я не хочу, чтобы здравый смысл был на моей стороне?

— Не вы лично, мистер Йенс, это желание большинства людей. Они плывут по течению, просто плывут по течению, но они чувствуют себя намного уютнее, когда знают, что плывут в безобразии, тщеславии и глупости.

— А знаете, вы правы, — сказал мистер Йенс.

В завершение разговора мистер Йенс задумчиво сказал:

— Не могу сказать, что наша беседа была совсем уж бесполезной, мистер Рорк. Позвольте мне все обдумать. Я скоро дам о себе знать.

Мистер Йенс позвонил ему неделю спустя:

— Совет директоров должен будет принять решение. Хотите рискнуть, Рорк? Сделайте чертежи и несколько предварительных эскизов. Я представлю их совету. Ничего не могу обещать, но я за вас и буду стоять на этом.

Две недели днем и ночью Рорк работал над чертежами. Они были представлены. Затем он был вызван на совет директоров компании «Йенс и Стюарт». Он стоял сбоку от длинного стола и говорил, медленно переводя взгляд с одного лица на другое. Он старался не смотреть на стол, но краем глаза все же улавливал белое пятно своих рисунков, разложенных перед двенадцатью мужчинами. Ему задали множество вопросов. Иногда мистер Йенс вскакивал отвечать за него, колотил кулаком по столу и рычал: «Вы что, не видите? Разве это не понятно?.. Что из этого, мистер Грант? Что, если никто не строил ничего подобного?.. Готика, мистер Хаббард? Зачем нам обязательно готика?.. Я ведь могу и в отставку подать, если вы от этого проекта откажетесь!»

Рорк говорил спокойно. Здесь, в этой комнате, он единственный чувствовал уверенность в собственных словах. Он чувствовал также, что все это безнадежно. Двенадцать лиц, обращенных к нему, имели разное выражение, но во всех было нечто общее, не цвет и не какая-то характерная черта, а некий общий знаменатель — они казались ему не лицами, а лишь плоскими овалами из плоти. Он обращался ко всем и ни к кому. Он не ощущал ответной реакции, не чувствовал, что его слова отдаются в мембранах чужих барабанных перепонок. Его слова падали в колодец, натыкались в падении на каменные выступы, рикошетом отскакивали от них и летели дальше, вниз, в бездонную пучину.

Ему было сказано, что его известят о решении совета. Он знал это решение заранее. Получив письмо, он прочитал его равнодушно. Письмо было от мистера Йенса и начиналось словами: «Дорогой мистер Рорк, мне жаль сообщать вам, что наш совет директоров счел невозможным поручить вам...» В жестокой, оскорбительной официальности письма слышалась мольба — мольба человека, который не мог показаться ему на глаза.

Джон Фарго начинал уличным торговцем с ручной тележкой. К пятидесяти годам он владел скромным капиталом и процветающим магазином в нижней части Шестой авеню. В течение многих лет он успешно боролся с большим магазином на другой стороне улицы, одним из многих принадлежавших некой большой семье. Прошлой осенью хозяева перевели этот магазин в новые кварталы, поближе к окраине. Они были убеждены, что центр розничной торговли в городе перемещается на север, и решили ускорить крах прежнего соседа, оставив старый магазин пустовать, чтобы он своим видом смущал былого конкурента и служил ему зловещим предостережением. В ответ Джон Фарго заявил, что построит новый магазин в том же самом месте, по соседству со старым. Самый новый и привлекательный, каких в городе еще не видели. Он заявил, что сохранит престиж старого квартала.

Пригласив Рорка в свою контору, он не стал говорить, что должен все обдумать, а потом принять решение. Он сказал:

— Из нас архитектор — ты. — Он сидел, положив ноги на стол, и курил трубку, выпуская слова вперемежку с клубами дыма. — Я скажу тебе, сколько мне нужно места и сколько хочу потратить. Если нужно больше — говори. Остальное решай сам. Я мало знаю о строительстве, но знающего человека узнаю с первого взгляда. Действуй.

Фарго выбрал Рорка, потому что однажды ехал мимо автостанции Гоуэна, остановился, вошел внутрь и задал несколько вопросов. А после этого подкупил повара Хэллера, чтобы тот провел его по дому в отсутствие хозяина. Других аргументов ему не требовалось.

В конце мая, когда рабочий стол Рорка был завален эскизами магазина Фарго, он получил еще один заказ.

Мистер Уайтфорд Сэнборн, неожиданный заказчик, был владельцем делового центра, много лет назад построенного для него Генри Камероном. Когда мистер Сэнборн решил, что ему нужна новая загородная резиденция, он отверг предложенных женой других архитекторов. Он написал Генри Камерону. Камерон ответил письмом на десяти страницах. В трех первых строках он заявил, что удалился от дел. Все остальное было о Говарде Рорке. Рорк так и не узнал, что было в этом письме, — Сэнборн не показывал его, а Камерон не говорил. Но Сэнборн нанял его строить загородную резиденцию, несмотря на яростные протесты миссис Сэнборн.

Миссис Сэнборн являлась президентом многих благотворительных организаций, и это развило в ней такую склонность к властолюбию, как никакое другое занятие. Миссис Сэнборн желала построить в новом имении на Гудзоне французский замок-шато. Она желала, чтобы он выглядел величественным и старинным, словно всегда принадлежал их семье; конечно, признавала она, люди будут знать, что это не так, но, по крайней мере, он будет таким казаться.

Мистер Сэнборн подписал контракт после того, как Рорк подробно объяснил ему, какого типа дом он намеревается строить. Мистер Сэнборн с готовностью согласился, не пожелав даже дождаться эскизов.

— Но, Фанни, — устало говорил он жене, — я хочу *современный* дом. Я уже давно говорил тебе об этом. Такой, какой мог бы спроектировать Камерон.

— Скажи мне, ради Бога, кто сейчас помнит, кто такой Камерон? — спрашивала она.

— Не знаю, Фанни. Я знаю только, что в Нью-Йорке нет здания, равного тому, что он построил для меня.

Споры продолжались долгими вечерами в пышной викторианской гостиной Сэнборнов — темной зале, отделанной полированным красным деревом. Мистер Сэнборн колебался. Рорк спросил, обведя гостиную широким жестом:

— Вы *этого* хотите?

— Если вы к тому же собираетесь дерзить... — начала миссис Сэнборн, но мистер Сэнборн взорвался:

— Господи, Фанни! Он прав! Как раз такого-то я и *не хочу*! Это мне и здесь надоело!

Рорк не появлялся на людях, пока эскизы не были готовы. Дом из простого камня, с огромными окнами и множеством террас стоял среди парка над рекой, широкий, как половодье, открытый, словно поляна в лесу; нужно было внимательно всматриваться в абрис дома, чтобы обнаружить, где он незаметно переходит в просторный парк, — столь плавным был подъем террас и подход к дому. Казалось, что деревья вплывают в дом и проплывают сквозь него, что дом не препятствие для солнечных лучей, а чаша, собирающая их и накапливающая, отчего свет внутри дома казался ярче, чем снаружи.

Мистер Сэнборн увидел эскизы первым. Он изучил их, после чего сказал:

— Я... Я не нахожу слов, мистер Рорк. Это великолепно. Камерон в вас не ошибся.

Но после того, как эскизы увидели другие, мистер Сэнборн уже не был в этом так уверен. Миссис Сэнборн заявила, что дом ужасен, и долгие вечерние споры возобновились.

— Ну почему, почему мы не можем поставить в углах башни? — спрашивала миссис Сэнборн. — На этой плоской крыше так много места.

Когда ее отговорили от этого, она осведомилась:

— Почему у нас не может быть окон с каменными стойками? Что они могут изменить? Боже правый, окна достаточно велики, однако почему они должны быть такими — я подобных не видела, они совсем не оставляют места для уединения. Я готова отнестись благосклонно к вашим окнам, мистер Рорк, если вы так упорствуете, но почему вы не можете поставить на них стойки? Это смягчит общее впечатление и придаст дому царственность, нечто такое феодальное.

Друзьям и родственникам, к которым миссис Сэнборн поспешила с эскизами, дом не понравился вовсе. Миссис Уоллинг назвала его нелепым, а миссис Хупер — грубым. Мистер Меландер сказал, что не взял бы его и даром. Миссис Эплби заявила, что он похож на обувную фабрику. Мисс Де Витт взглянула на эскизы и сказала с одобрением:

— О, как искусно, дорогая! Кто это проектировал?.. Рорк?.. Рорк?.. Никогда о нем не слышала... Откровенно говоря, здесь есть что-то надуманное.

Представители младшего поколения разошлись во мнениях по этому вопросу. Джун Сэнборн, девятнадцати лет, всегда считала, что все архитекторы романтики, и с удовольствием узнала, что у них будет очень молодой архитектор, но ей не понравилась внешность Рорка и его равнодушие к ее намекам. И она заявила, что дом отвратителен и поэтому она отказывается в нем жить. Ричард Сэнборн, двадцати четырех лет, бывший в колледже блестящим студентом, а теперь медленно спивающийся, поразил семью, выплыв из своей обычной летаргии и заявив, что дом великолепен. Трудно сказать, было это заявление продиктовано эстетическим чувством, враждебностью к матери или тем и другим вместе.

Уайтфорд Сэнборн колебался в соответствии с услышанными мнениями. Он ворчал: «Ну хорошо, конечно, никаких стоек, это полная ерунда, но почему бы вам не сделать карниз, мистер Рорк, ради сохранения мира в семье? Обыкновенный такой зубчатый карниз, он ведь ничего не испортит. Или все же испортит?»

Споры окончились после того, как Рорк заявил, что не будет строить дом, если мистер Сэнборн не одобрит эскизы такими, какие они есть, и не распишется на каждом листе чертежей.

Миссис Сэнборн была весьма довольна, узнав через некоторое время, что ни один уважаемый подрядчик не берется за возведение дома. «Видишь?» — говорила она торжествующе. Мистер Сэнборн отказывался видеть. Он нашел неизвестную фирму, принявшую заказ неохотно, как особое ему одолжение. Миссис Сэнборн узнала, что в лице подрядчика обрела союзника, и в нарушение всех светских правил пригласила его на чай. У нее давно уже не было никаких вразумительных мыслей относительно дома, она просто ненавидела Рорка. Подрядчик ненавидел всех архитекторов из принципа.

Строительство дома Сэнборнов продолжалось в течение лета и осени, и каждый день возникали новые стычки. «Ну конечно, мистер Рорк, я сказала вам, что хочу в спальне три стенных шкафа, я отчетливо помню, это было в пятницу, мы сидели в гостиной, мистер Сэнборн в большом кресле у окна, а я... Что насчет чертежей? Каких чертежей? Да как вы могли подумать, что я разбираюсь в чертежах?», «Тетушка Розали говорит, что ей не по силам взбираться по винтовой лестнице, мистер Рорк. Что прикажете делать? Подбирать гостей в соответствии с домом?», «Мистер Халберт говорит, что такие перекрытия не выдержат... О да, мистер Халберт многое знает об архитектуре. Он провел два лета в Венеции», «Джун, бедняжка, говорит, что ее комната будет темной, как погреб... Ну, у нее такое чувство, мистер Рорк. Даже если комната и не темная, а просто *кажется* темной — это одно и то же». Рорк не спал ночами, переделывая чертежи, внося в них те изменения, избежать которых оказалось невозможно. Это означало многодневный снос уже возведенных перекрытий, лестниц, стен и ложилось дополнительным бременем на смету подрядчика. Подрядчик пожимал плечами: «Я вам так и говорил. Вот как бывает, когда приглашают одного из этих зазнаек-архитекторов. Погодите, вы увидите, сколько еще придется выложить, пока он управится».

Затем, когда дом был в основном построен, уже сам Рорк понял, что хочет внести изменения. Восточное крыло не удовлетворяло его с самого начала. Увидев его в камне, он понял, в чем заключался просчет и как его исправить; он знал, что это изменение придаст зданию большую логичность и целостность. Он был еще неопытен в строительстве и мог открыто признать свои промахи. Но теперь уже мистер Сэнборн отказался оплатить изменения. Рорк обратился к нему с просьбой; однажды ясно увидев образ нового крыла, он больше не мог видеть дом таким, каким он был.

— В общем, — холодно сказал мистер Сэнборн, — вы, пожалуй, правы. Но мы не можем себе этого позволить. Извините.

— Это будет стоить меньше, чем бессмысленные изменения, которые меня заставила сделать миссис Сэнборн.

— Опять вы об этом. Не хватит ли?

— Мистер Сэнборн, — медленно спросил Рорк, — вы подпишете бумагу, что разрешаете эти изменения при условии, что они не будут вам ничего стоить?

— Конечно. Если вы готовы взять на себя роль чудотворца.

Он подписал. Восточное крыло было перестроено. Рорк заплатил за все сам, потратив больше, чем получил в качестве гонорара. Мистер Сэнборн колебался, он хотел возместить затраты, но миссис Сэнборн остановила его.

— Это просто грязный трюк, — сказала она, — форма давления. Он вымогает деньги, играя на твоих лучших чувствах. Он так и ждет, что ты раскошелишься. Подожди, увидишь, он еще попросит денег. А ты не давай.

Рорк не попросил. Мистер Сэнборн так и не заплатил ему.

Когда строительство дома было завершено, миссис Сэнборн отказалась в нем жить. Мистер Сэнборн печально смотрел на новый дом. Он устал бороться и не мог признать, что любит его, что именно такой дом ему всегда хотелось иметь. Он сдался. Дом не был обставлен, миссис Сэнборн отправилась с мужем и дочерью на зиму во Флориду. «Там, — сказала она, — у нас есть приличный дом в испанском стиле. Слава Богу, мы купили его готовым!.. Вот что происходит, когда рискуешь строить дом, наняв архитектора-недоучку, к тому же идиота!»

Ее сын, ко всеобщему изумлению, продемонстрировал неожиданное своеволие: он отказался ехать во Флориду; дом ему понравился, и он отказался жить где-либо еще. Для него были обставлены три комнаты. Семья уехала, а он в одиночестве перебрался в дом на Гудзоне. Ночью с реки можно было видеть одинокий маленький прямоугольник желтого света, затерянный среди темных окон огромного брошенного дома.

Бюллетень Американской гильдии архитекторов поместил небольшую заметку:

«Нам сообщили о любопытном инциденте, произошедшем с недавно построенным домом Уайтфорда Сэнборна, известного промышленника. Инцидент этот был бы забавен, если бы не был столь прискорбным. Упомянутый дом, спроектированный неким Говардом Рорком и возведенный с затратами, значительно превышающими сто тысяч долларов, был признан семьей непригодным для жилья. Он стоит теперь заброшенный как красноречивое доказательство профессиональной некомпетентности».

XIV

Лусиус Хейер упорно не хотел умирать. Оправившись от удара, он вернулся в бюро, несмотря на запреты врача и возражения Гая Франкона, обеспокоенного здоровьем партнера. Франкон предложил выкупить его долю. Хейер отказался. При этом его блеклые слезящиеся глаза упрямо таращились в пустоту. Раз в два-три дня он приходил в свой кабинет, читал копии писем, которые по заведенному обычаю клали в его корзинку; садился за письменный стол и рисовал цветочки на чистом листке блокнота, а затем уходил домой. Он ходил, медленно волоча ноги, прижав локти к бокам и выставив вперед руки со скрюченными пальцами, походившими на клешни. Пальцы его тряслись, левой рукой он не владел вовсе. Но в отставку не уходил. Ему нравилось видеть свое имя на фирменных бланках.

Хейера несколько удивляло, почему его больше не представляют видным клиентам, почему показывают эскизы новых зданий, лишь когда они уже почти закончены. Если он упоминал об этом, Франкон возражал: «Но, Лусиус, я не мог и подумать беспокоить тебя в таком состоянии. Любой другой на твоем месте давно ушел бы в отставку».

Поведение Франкона его немного озадачивало. Поведение же Питера Китинга и вовсе ставило в тупик. Китинг едва удосуживался поздороваться с ним при встрече, да и то не сразу, бросал его на середине фразы, к нему, Китингу, обращенной. Когда Хейер дал какое-то мелкое поручение одному из чертежников, поручение не выполнили, а чертежник сообщил ему, что распоряжение отменено мистером Китингом. Хейер не мог этого понять: он всегда помнил Китинга весьма почтительным юношей, который так мило говорил с ним о старом фарфоре. Сперва он прощал Китинга, потом робко и неуклюже попробовал поставить его на место, а затем стал попросту бояться. Он пожаловался Франкону. Раздраженно, совершенно несвойственным ему начальственным тоном он сказал:

— Твой протеже, Гай, этот Китинг — он становится невозможным, он груб со мной. Нам надо от него избавиться.

— Теперь ты видишь, Лусиус, — сухо ответил Франкон, — почему я говорю, что тебе пора на покой. Нервы твои переутомлены, тебе мерещится всякая чушь.

И вот объявили конкурс на проект здания «Космо-Злотник».

Компания «Космо-Злотник пикчерс» из Голливуда, штат Калифорния, решила построить в Нью-Йорке монументальную штаб-квартиру — небоскреб с кинотеатром и сорока этажами офисов. Годом раньше по всему миру был объявлен конкурс среди архитекторов. Провозглашалось, что «Космо-Злотник» — лидер не только в кинематографии, но и вообще во всех видах искусства, поскольку кинофильм есть детище всех искусств. «Космо-Злотник» готова включить в их число и архитектуру — величественный, но лишенный должного внимания вид искусства.

Вместе с последними новостями о распределении ролей в фильме «Я пленю моряка» и о съемках «Жены на продажу» в прессу запустили рассказы о Парфеноне и Пантеоне. Мисс Салли О'Дон была сфотографирована на ступенях Реймсского собора в купальном костюме, а мистер Пратт Персел дал интервью, заявив, что непременно стал бы зодчим, если бы не был киноактером. Мисс Милашка Уильямс в своей статье приводила высказывания Ралстона Холкомба, Гая Франкона и Гордона Л. Прескотта о будущем американской архитектуры. Было опубликовано интервью, якобы взятое у сэра Кристофера Рена, в котором сей великий зодчий прошлого делился своими соображениями о кинематографе. В воскресных приложениях появились фотографии старлеток «Космо-Злотник» в шортах и свитерах. Держа в руках рейсшины и логарифмические линейки, они стояли перед чертежными досками, на которых было написано «Здание “Космо-Злотник”» на фоне огромного вопросительного знака.

Конкурс был открытым для архитекторов всех стран; здание должно было вознестись над Бродвеем и стоить десять миллионов долларов; оно должно было символизировать гений современной технологии и дух американского народа. Оно заранее было объявлено Самым

Прекрасным Зданием в Мире. Жюри конкурса состояло из мистера Шупа, представляющего «Космо», мистера Злотника, представляющего «Злотник», профессора Питеркина из Стентонского технологического института, мэра города Нью-Йорка, Ралстона Холкомба, президента гильдии архитекторов, и Эллсворта М. Тухи.

— Давай, Питер! — с энтузиазмом говорил Франкон Китингу. — Постарайся. Выдай все, на что ты способен. Такой шанс выпадает раз в жизни. Ты прославишься на весь мир, если выиграешь. И вот что мы сделаем: мы поместим твое имя над нашим входом, на одной табличке с названием фирмы. Если выиграешь, получишь пятую часть приза. А ведь гран-при — это шестьдесят тысяч долларов.

— Хейер будет возражать, — осторожно сказал Китинг.

— И пусть возражает. Поэтому я и делаю так. Возможно, он наконец сообразит, что на его месте необходим порядочный человек. А я... ну, мое мнение ты знаешь, Питер. Я уже считаю тебя партнером. Так будет честно. Ты заслужил, и конкурс может решить этот вопрос окончательно.

Китинг переделывал свой проект пять раз. Он ненавидел его. Ненавидел каждую балку еще не рожденного здания. Во время работы у него дрожали руки. Он не думал о чертеже, над которым работает. Он думал о своих соперниках, о человеке, который может победить и которого публично провозгласят более достойным, чем он, Китинг. Питеру страстно хотелось знать, *что* этот другой будет делать, как он решит эту проблему, как одержит верх. Китинг должен был побить его, а все остальное не имело значения. Не было больше Питера Китинга, было только всасывающее устройство, походившее на одно тропическое растение, о котором он слышал. Оно втягивает насекомое в свою полость, высасывает из него все соки и таким образом обеспечивает себе существование.

Когда эскизы были готовы и изящное, аккуратно выписанное изображение здания из белого мрамора лежало перед ним, он испытал лишь чувство полной неуверенности. Здание выглядело как ренессансное палаццо, сделанное из резины и вытянувшееся на сорок этажей вверх. Он выбрал стиль Возрождения, потому что знал неписаный закон, гласивший: все архитектурные жюри любят колонны. И еще потому, что помнил: в жюри входит Ралстон Холкомб. Китинг позаимствовал что-то у всех итальянских дворцов, особенно любимых Холкомбом. Это выглядело хорошо... может быть... Он сомневался. Ему не у кого было спросить.

Он услышал эти слова в своем сознании и ощутил прилив слепой ярости. Еще не зная ее причины, он в тот же миг понял, откуда взялась эта ярость: ему было у кого спросить. Он не хотел вспоминать это имя; он ни за что не пойдет к нему. Гнев прилил к лицу, и он почувствовал, как под глазами горячо стянуло кожу. Он понял, что пойдет. Он заставил себя выкинуть эту мысль из головы. Никуда он не пойдет. Когда рабочий день закончился, он сунул свои чертежи в папку и пошел в контору Рорка.

Он нашел Рорка сидящим в одиночестве за письменным столом в большой комнате, в которой не было никаких признаков деятельности.

— Привет, Говард! — сказал он живо. — Как дела? Я не помешал?

— Привет, Питер, — сказал Рорк.

— Ты не слишком занят, не так ли?

— Не слишком.

— Не против, если я присяду на несколько минут?

— Садись.

— Ну, Говард, ты отлично поработал. Я видел магазин Фарго. Он великолепен. Мои поздравления.

— Спасибо.

— Выбиваешься в люди, несмотря ни на что, да? Было уже три заказа?

— Четыре.

— Ах да, конечно, четыре. Неплохо. Я слышал, у тебя были небольшие неприятности с Сэнборнами.

— Были.

— Ну не всегда все бывает гладко, ты же знаешь... С тех пор нет заказов? Ничего?

— Нет. Ничего.

— Ладно. Еще будут. Я всегда говорил, что архитекторы не должны грызть друг другу глотки, работа найдется для всех, мы должны развивать дух профессионального единства и сотрудничества. Взять хотя бы этот конкурс — ты уже послал свой проект?

— Какой конкурс?

— Как? *Тот самый конкурс. Конкурс* «Космо-Злотника».

— Я не посылал никакого проекта.

— Ты... не посылал? Вообще ничего?

— Нет.

— Почему?

— Я не участвую в конкурсах.

— Господи, но почему же?

— Брось, Питер. Не за этим же ты пришел.

— По правде говоря, я думал показать тебе свой проект. Понимаешь, я не прошу тебя помочь, мне просто нужно увидеть твою реакцию, узнать мнение. — Он поспешил открыть папку.

Рорк внимательно рассмотрел эскизы. Китинг нетерпеливо воскликнул:

— Ну? Все в порядке?

— Нет. Слабо. И ты это знаешь.

Затем в течение нескольких часов, пока Китинг наблюдал, а небо темнело и свет вспыхивал в окнах города, Рорк говорил, объяснял, рассекал чертежи линиями, распутывал лабиринт выходов из кинозала, вырезал окна, выпрямлял коридоры, убирал ненужные арки, выравнивал лестницы. Китинг заикнулся даже:

— Господи, Говард! Почему ты не участвуешь в конкурсе, если можешь творить такое?

Рорк ответил:

— Потому что не могу. Не могу, даже если бы хотел. У меня руки опускаются. Я не могу дать им то, чего они хотят. Но если вижу, что кто-то наворотил черт знает чего, могу подправить.

Уже настало утро, когда он оттолкнул в сторону чертежи. Китинг прошептал:

— А профиль?

— А, провались ты со своим профилем! Видеть не хочу ваши чертовы ренессансные профили! — Но он вновь взялся за чертежи. И рука его помимо воли принялась прочерчивать линии поверх изображения. — Ладно, черт побери, если уж обязательно надо дать им Возрождение, так дай хорошее Возрождение, если, конечно, таковое существует! Только этого я тебе делать не стану. Сам придумаешь. Что-нибудь в таком роде. Проще, Питер, проще, яснее, честнее — насколько можно в нечестном деле. А теперь иди домой и попытайся изобразить что-нибудь по этой схеме.

Китинг пошел домой. Он скопировал чертежи Рорка, преобразив поспешный набросок в аккуратный законченный рисунок. Затем он отослал чертежи по почте, должным образом адресовав:

«Конкурс на “Самое Прекрасное Здание в Мире”, “Космо-Злотник, Инк.”, Нью-Йорк».

На конверте, в котором лежал проект, стояло: «Франкон и Хейер, архитекторы, Питер Китинг, старший проектировщик».

В течение всей той зимы у Рорка не было ни предложений, ни потенциальных клиентов. Он сидел за своим письменным столом и временами, когда наступали ранние сумерки, забывал включить свет; ему начинало казаться, что тяжелая неподвижность медленно текущих часов, никогда не открывавшейся двери, самого воздуха в кабинете постепенно просачивается в него. Тогда он поднимался и швырял в стену книгу, только чтобы почувствовать, как двигается его рука, услышать резкий звук. Довольно улыбался, подбирал книгу и аккуратно клал ее на стол. Включал настольную лампу. И, не убрав еще руки из конуса света под лампой, глядел на руку, медленно раздвигая пальцы. Потом он вспоминал о том, что давным-давно говорил ему Камерон, резко отдергивал руку, тянулся за своим пальто, выключал свет, закрывал дверь и уходил домой.

С приближением весны он понял, что денег надолго не хватит. Он вносил арендную плату ежемесячно, не позднее первого числа. Ему необходимо было ощущение, что впереди тридцать дней, в течение которых он все еще является владельцем бюро. Каждое утро он спокойно входил туда. Но как только наступали сумерки и Рорк понимал, что прошел еще один из тридцати дней, ему не хотелось смотреть на календарь. Заметив это, он заставил себя смотреть на календарь. Теперь он стал как бы участником забега, в котором его арендная плата состязалась с... — он не знал имени другого участника. Им мог быть любой прохожий.

Когда он поднимался в свой кабинет, лифтеры смотрели на него с каким-то странным ленивым любопытством; когда он говорил, они отвечали — не оскорбительно, но с таким безразличием растягивая каждый слог, что, казалось, их слова станут оскорбительными в следующий миг. Они не знали, чем он занимается и как, знали только, что к нему никогда не приходят клиенты. Уступая просьбам Остина Хэллера, он посетил несколько приемов, которые Хэллер время от времени устраивал; гости спрашивали его: «О, вы архитектор? Простите меня, я не очень слежу за архитектурой, что вы построили?» Когда он говорил, то слышал в ответ: «О да, конечно», и по подчеркнутой вежливости ответов понимал, что для этих людей он архитектор лишь предположительно. Они не видели ни одного его здания, они не знали, хороши эти здания или никчемны, они знали только, что никогда о них не слышали.

Это была война, в которой его столкнули с пустотой. Сражаться в ней было не с кем, однако его подталкивали к драке, он должен был драться, у него не было выбора — и не было противника.

Он проходил мимо зданий в строительных лесах. Останавливался взглянуть на стальные клетки. Временами ему казалось, что балки и перекрытия образуют не дом, а баррикаду, которая должна остановить его, и несколько шагов по тротуару, отделявших его от деревянного забора, огораживавшего строительство, — шаги, которых ему никогда не преодолеть. Это причиняло боль, но боль была притупленной, неглубокой. «Это правда», — говорил он себе. «Нет», — отвечало его тело, исполненное непонятным ему неосязаемым здоровьем.

Открылся магазин Фарго. Но одно здание не могло спасти целый район; конкуренты Фарго оказались правы: торговля перетекала ближе к окраине. Даже постоянные покупатели перестали заглядывать в его магазин. Открыто заговорили о крахе Джона Фарго, который проявил недостаток деловой сметки, вложив деньги в здание столь нелепого вида. Как утверждали, это свидетельство того, что публика не принимает архитектурных новшеств. И ничего не говорили о том, что магазин был самым чистым и ярким в городе, что благодаря искусной планировке управлять им проще, чем любым другим, что район был обречен еще до начала строительства. Во всем винили только новое здание.

Этельстан Бизли, остроумец в стане архитекторов, придворный шут гильдии, который, кажется, ничего не построил, зато организовывал все благотворительные балы, писал в своей рубрике «Бюллетеня АГА», озаглавленной «Эпиграммы и каламбуры»:

«Мальчики и девочки, вот вам волшебная сказка со смыслом: в некотором царстве жил однажды маленький мальчик с волосами цвета спелой тыквы, который думал, что он лучше всех вас — обыкновенных мальчиков и девочек. И чтобы доказать это, он взял и построил дом, очень милый дом, да только никто не смог в нем жить, и магазин, чудесный магазин, да только он обанкротился. Он создал также еще одно выдающееся сооружение, а именно телегу для проселочной дороги. Эта последняя, сделанная, как сообщается, действительно очень хорошо, и есть, видимо, подходящая область для применения талантов этого маленького мальчика».

В конце марта Рорк прочитал в газетах о Роджере Энрайте. Роджер Энрайт обладал миллионами, нефтяным концерном и отсутствием чувства меры. Поэтому его имя часто появлялось в газетах. Он пробуждал полувосхищенный-полуиронический благоговейный страх непоследовательностью и разнообразием своих неожиданных рискованных предприятий. Самым последним был проект жилой застройки нового типа — многоквартирный дом, где каждая квартира спланирована и отделана как дорогой частный дом. Этому зданию надлежало прославиться как дому Энрайта. Энрайт заявил, что не желает, чтобы его дом походил на какой-либо другой. Он обратился к нескольким лучшим архитекторам города и отверг их.

Рорк почувствовал, что газетное сообщение будто обращено к нему лично. В первый раз в жизни он попытался пойти за заказом. Он попросил о встрече с мистером Энрайтом. Разговаривал он с секретарем. Секретарь, молодой человек, с безмерно скучающим видом задал ему несколько вопросов о его деятельности. Он задавал их медленно, так, будто ему требовалось усилие, чтобы решить, какой именно вопрос полагается задать в подобных обстоятельствах, учитывая, что ответы не имеют совершенно никакого значения. Он взглянул на несколько фотографий зданий Рорка и заявил, что мистера Энрайта это не заинтересует.

В первую неделю апреля, когда Рорк последний раз внес арендную плату еще за один месяц, его попросили представить эскизы нового здания банка «Метрополитен». Попросил его мистер Вейдлер, член совета директоров и друг молодого Ричарда Сэнборна. Вейдлер сказал ему: «У меня был нелегкий бой, мистер Рорк, но, по-моему, я выиграл. Я лично провел их по дому Сэнборна и вместе с Диком объяснил им кое-что. Как бы то ни было, совет должен увидеть эскизы, прежде чем примет решение. Должен сказать вам откровенно, полной ясности пока еще нет, но только пока. Они отказали двум другим архитекторам и очень заинтересованы в вас. Приступайте. Удачи вам!»

У Генри Камерона случился повторный инсульт, и доктор предупредил его сестру, что рассчитывать на выздоровление не приходится. Она не поверила. У нее вновь появилась надежда, потому что она видела: Камерон, неподвижно лежавший в постели, выглядел безмятежным, почти счастливым — слово, которое она никогда не находила возможным применить к брату.

Но однажды вечером она испугалась — когда он неожиданно сказал: «Позвони Говарду. Попроси его прийти». За три года, с тех пор как удалился от дел, он ни разу не позвонил Рорку, а просто ждал его посещений.

Рорк приехал через час. Он сидел возле кровати Камерона, и Камерон, как обычно, говорил с ним. Он ни словом не обмолвился о том, что сам вызвал Рорка, и ничего не стал объяснять. Ночь была теплой, и окно спальни Камерона стояло открытым в темный сад. Обратив внимание в паузе между фразами на позднее время и тишину за окном, Камерон позвал сестру и сказал: «Приготовь для Говарда кушетку в гостиной. Он остается здесь». Рорк посмотрел на него и понял. Он наклонил голову в знак согласия; только спокойным взглядом он мог показать, что понял истинный смысл фразы, произнесенной Камероном.

Рорк прожил в доме три дня. О его пребывании здесь, о том, сколько оно еще продлится, не говорилось ни слова. Его присутствие воспринималось как естественный факт, не требующий комментариев. Мисс Камерон понимала это и знала, что ничего не должна говорить. Она молча ходила по дому с кротким мужеством смирения.

Камерон не хотел, чтобы Рорк подолгу сидел в его комнате. Он говорил: «Выйди прогуляйся по саду, Говард. Там чудесно, трава растет». Он лежал в постели и с удовлетворением наблюдал через открытое окно за Рорком, который шел между голых деревьев, стоящих под бледным голубым небом. Он просил только, чтобы Рорк ел вместе с ним. Мисс Камерон клала поднос ему на колени, а Рорку сервировала маленький столик возле кровати. Казалось, Камерон испытывал удовольствие от того, чего никогда не имел и не искал: от ощущения теплоты в обыденном течении жизни, от ощущения семьи. На третий день вечером Камерон, как обычно, лежал на подушке и разговаривал, но говорил он медленно и не мог двигать головой. Рорк слушал, изо всех сил стараясь не показать, что понимает, что происходит во время жутких пауз между словами. Слова звучали естественно, и напряжение, с которым выговаривались эти слова, должно было остаться последней тайной Камерона в соответствии с его пожеланием. Камерон говорил о будущем строительных материалов:

— Обрати внимание на легкие металлы, Говард... Через несколько лет... увидишь, из них будут делать поразительные вещи... И на пластики обрати внимание... целая новая... эра начнется с них... Будут новые инструменты, новые средства, новые формы... Ты должен показать... этим дуракам... какое богатство человеческий разум создал для них... какие возможности... На прошлой неделе я читал о новом виде композитной черепицы... И я придумал, как использовать ее там, где... больше ничего использовать нельзя... возьми, к примеру, небольшой дом... около пяти тысяч долларов...

Немного погодя он остановился и замолчал, закрыв глаза. Затем Рорк неожиданно услышал его шепот:

— Гейл Винанд.

Озадаченный, Рорк наклонился поближе.

— Я больше... ни к кому не питаю ненависти... только к Гейлу Винанду... Нет, я никогда его не видел... Но он олицетворяет... все несправедливое, что есть в этом мире... торжество... всеподавляющей пошлости... Гейл Винанд — вот с кем ты должен драться, Говард... — Он долго молчал. Открыв глаза снова, он улыбнулся и сказал: — Я знаю... как нелегко тебе сейчас с работой... — Рорк никогда не говорил ему об этом. — Нет... Не отрицай и... не говори ничего... Я знаю... Но... все в порядке... Не бойся... Помнишь день, когда я пытался тебя уволить?.. Забудь, что я сказал тебе тогда... Это еще далеко не все... Это... Не бойся... Оно того стоило...

Его голос замер, он больше не мог говорить. Но способность видеть осталась, и он молча лежал и спокойно смотрел на Рорка. Через полчаса он умер.

Китинг часто встречался с Кэтрин. Теперь, когда мать знала об их помолвке, это словно перестало быть его личной драгоценной тайной.

Временами Кэтрин думала, что для него их встречи перестали быть важным событием. После того вечера ожидание встреч не было для нее столь томительным, но она лишилась и чувства уверенности, что Питер обязательно к ней вернется.

Китинг сказал ей:

— Давай дождемся результатов этого киношного конкурса, Кэти. Это недолго, решение объявят в мае. Если я выиграю — я встану на ноги. Тогда мы поженимся. И вот тогда я познакомлюсь с твоим дядей, а он захочет познакомиться со мной. Я просто обязан выиграть.

— Я знаю, что ты выиграешь.

— Кроме того, старик Хейер не протянет больше месяца. Доктор сказал, что в любое время можно ждать второго удара и тогда все будет кончено. Если это и не сведет его в могилу, то из бюро уберет наверняка.

— О, Питер, я не могу слышать, когда ты так говоришь. Ты не должен быть таким... таким ужасно эгоистичным.

— Прости, дорогая. Право... Да, полагаю, я эгоист. Как, впрочем, и всякий.

Он проводил много времени с Доминик. Доминик благодушно наблюдала за ним, словно в будущем он не представлял для нее никаких проблем. Казалось, она нашла его подходящим для роли полуслучайного спутника, чтобы скоротать вечерок-другой. Он думал, что нравится ей, и знал, что ничего хорошего это не сулит.

Он забывал временами, что она дочь Франкона, забывал обо всех причинах, побуждавших его хотеть ее. Он не чувствовал необходимости в дополнительных стимулах. Он просто хотел ее. Ему не нужны были причины, достаточно было и радостного волнения от ее присутствия.

И все же он чувствовал себя беспомощным перед ней. Он отказывался принять мысль, что какая-либо женщина может оставаться безразличной к нему. Но он не был уверен даже в ее безразличии. Он ждал и пытался угадать ее настроение, реагировать так, как, по его представлению, ей хотелось бы. Никакого ответа от нее он не получил.

Весенним вечером они вместе поехали на бал. Они танцевали, и он крепко прижимал ее к себе. Он знал, что она заметила и поняла. Она не отодвинулась, а только смотрела на него неподвижным взглядом, в котором угадывалось почти ожидание. Когда они уходили, он подал ей шаль и задержал пальцы на ее плечах. Она не шевельнулась, не спешила закутаться в шаль; она ждала, пока он сам не отвел руки. Затем они вместе пошли вниз к такси.

Она молча сидела в углу такси; никогда прежде его присутствие не казалось ей достойным молчания. Она сидела, скрестив ноги, запахнувшись в шаль, медленно постукивая пальцами по колену. Он нежно сжал ее руку. Она не сопротивлялась и не ответила, только перестала постукивать пальцами. Его губы коснулись ее волос. Это не было поцелуем, просто он долго не отнимал губы от ее волос.

Когда такси остановилось, он зашептал:

— Доминик… позволь мне подняться… на минуту…

— Да, — ответила она вяло и безразлично, это нисколько не походило на приглашение. Но она никогда не позволяла этого раньше. Он последовал за ней, и сердце его бешено колотилось.

Была доля секунды, когда она, войдя в квартиру, остановилась в ожидании. Он загляделся на нее — беспомощно, смущенно, сгорая от счастья. Он осознал эту паузу, только когда она снова двинулась, уходя от него в гостиную. Она села, раскинув руки по сторонам, в какой-то беззащитной позе. Глаза ее были полузакрыты и пусты.

— Доминик, — зашептал он, — Доминик… как ты прелестна!..

Затем он оказался рядом с ней, бессвязно шепча:

— Доминик… Доминик, я люблю тебя… Не смейся надо мной. Пожалуйста, не смейся!.. Вся моя жизнь… все, что пожелаешь… Разве ты не знаешь, как ты прекрасна?.. Доминик… я люблю тебя…

Он остановился, обнимая ее и наклоняясь к ее лицу, желая уловить какую-то реакцию, хотя бы сопротивление. Он не увидел ничего. В отчаянии он резко привлек ее к себе и поцеловал в губы.

Его руки разжались. Он выпустил ее из объятий и, ошеломленный, пристально посмотрел на ее тело, откинувшееся в кресле.

То, что было, не было поцелуем, и в своих объятиях он держал не женщину. Он обнимал и целовал не живое существо. Губы ее не двинулись в ответ на движение его губ, руки не шевельнулись, чтобы обнять его; в этом не было отвращения — отвращение он мог бы понять. Все было так, словно он мог держать ее вечно или бросить, поцеловать ее снова или пойти дальше в удовлетворении своей страсти — а ее тело этого бы не узнало, не заметило. Она смотрела не на него, а сквозь него. Увидев окурок, выпавший из пепельницы на столе рядом с ней, она двинула рукой и положила его обратно.

— Доминик, — неловко прошептал он, — разве ты не хотела, чтобы я тебя поцеловал?

— Хотела. — Она над ним не смеялась, она отвечала просто и беспомощно.

— Ты целовалась когда-нибудь раньше?

— Да. Много раз.

— И всегда вела себя так?

— Всегда. Точно так же.

— Почему ты хотела, чтобы я тебя поцеловал?

— Я хотела попробовать.

— Ты не человек, Доминик.

Она подняла голову, встала, и к ней снова вернулась четкая точность движений. Он знал, что больше не услышит в ее голосе простой доверчивой беспомощности, знал, что момент близости кончился, даже несмотря на то, что ее слова, когда она заговорила, были более откровенными, чем все, что она говорила раньше; но она произносила их так, будто ей было безразлично, в чем и кому она признается:

— Полагаю, я одна из тех уродов, о которых ты слышал, — совершенно фригидная женщина. Прости, Питер. Понимаешь? У тебя нет соперников, но и ты не претендент. Ты разочарован, дорогой?

— Ты... Это пройдет с возрастом... когда-нибудь...

— На самом деле я не так молода, Питер. Мне двадцать пять. Должно быть, это интересный эксперимент — переспать с мужчиной. Я хотела бы этого захотеть. Думаю, интересно было бы стать распутной женщиной. Знаешь, честно говоря, я... Питер, у тебя такой вид, будто ты сейчас покраснеешь. Это очень забавно.

— Доминик! Ты вообще никогда не была влюблена? Даже самую малость?

— Нет, не была. Я действительно хотела влюбиться в тебя. Думаю, это было бы удобно. С тобой у меня совсем не было бы забот. Но, видишь ли, я ничего не чувствую. Мне все равно — ты, Альва Скаррет или Лусиус Хейер.

Он встал. Не желая смотреть на нее, он подошел к окну и стал пристально вглядываться в него, сжав руки за спиной. Он позабыл о своей страсти и о ее красоте, но вспомнил теперь, что она — дочь Франкона.

— Доминик, ты выйдешь за меня замуж?

Он знал, что должен сказать это сейчас. Если он позволит себе подумать о ней, он никогда этого не скажет; его чувства к ней больше не имели значения, он не мог допустить, чтобы они стали преградой между ним и его будущим. А его чувства к ней начали переплавляться в ненависть.

— Ты шутишь? — спросила она.

Он повернулся к ней и заговорил быстро и легко — теперь он лгал и поэтому был так в себе уверен, что слова давались без всякого труда:

— Я люблю тебя, Доминик. Я без ума от тебя. Дай мне шанс. Почему бы и нет, если у тебя нет больше никого? Ты научишься любить меня, потому что я понимаю тебя. Я буду терпелив. Я сделаю тебя счастливой.

Она неожиданно вздрогнула, а затем рассмеялась. Она смеялась просто и самозабвенно; он видел, как колышутся бледные очертания ее платья. Она поднялась, откинув назад голову, подобно натянутой струне, дрожание которой ослепляло его — и оскорбляло, потому что ее смех не был едким или дразнящим. Это был обыкновенный веселый смех.

Потом смех прекратился. Она стояла и смотрела на него. Затем серьезно сказала:

— Питер, если я когда-нибудь захочу наказать себя за что-нибудь ужасное, если я захочу наказать себя самым страшным наказанием, я выйду за тебя замуж. — И добавила: — Считай это обещанием.

— Я буду ждать. И мне все равно, какую ты выберешь причину.

Она весело улыбалась. Он всегда боялся этой холодной веселой улыбки.

— Знаешь, Питер, на самом деле ты вовсе не обязан этого делать. В любом случае ты получишь партнерство в фирме. И мы останемся добрыми друзьями. А теперь тебе пора уходить. Не забудь, в среду ты ведешь меня на выставку лошадей. Я обожаю выставки лошадей. Спокойной ночи, Питер.

Он оставил ее и пошел домой. Стояла теплая весенняя ночь. Он был взбешен. Если бы в этот момент ему предложили в безраздельное владение фирму «Франкон и Хейер» с условием, что он женится на Доминик, он отказался бы. А еще он знал, ненавидя себя, что, если ему предложат это завтра утром, он не откажется.

XV

Это был страх. Китингу казалось, что такое ощущают в ночных кошмарах, только при кошмарах человек просыпается, когда становится совсем уж невыносимо. Он же не мог ни проснуться, ни далее выносить этот ужас. Страх, порочный, непристойный страх поражения копился целыми днями, неделями и теперь обрушился на него. Он проиграет конкурс, без всякого сомнения, проиграет — и эта уверенность нарастала с каждым днем ожидания. Он не мог работать, вздрагивал, когда к нему обращались, не мог заснуть ночью.

Он шел по направлению к дому Лусиуса Хейера, стараясь не замечать лица людей, мимо которых проходил. Но не замечать он не мог. Он привык смотреть на людей, и те тоже смотрели на него, как обычно. Ему хотелось крикнуть им, чтобы они отвернулись, оставили его в покое. Они глазеют на него, потому что он обречен на провал, и они об этом знают, — так думалось Китингу.

Он направлялся к дому Хейера, чтобы спасти себя от надвигающейся катастрофы, спасти единственным способом, который еще оставался в его распоряжении. Если он проиграет этот конкурс (а он не сомневался, что проиграет), Франкон будет неприятно удивлен и разочарован. В таком случае, если Хейер умрет (а умереть он может в любой момент), у Франкона, только что пережившего по вине Китинга горькое публичное унижение, появятся сомнения, брать ли Китинга в партнеры. А если у Франкона появятся сомнения, то игра будет проиграна. Ведь подобной возможности ждут и многие другие: Беннет, которого Китинг так и не сумел выжить из бюро; Клод Штенгель, который процветал и уже обратился к Франкону с предложением выкупить долю Хейера. Китингу рассчитывать было не на что, кроме веры в него Франкона, а это был капитал весьма ненадежный. Как только на место Хейера придет другой партнер, всем видам Китинга на будущее придет конец. Он слишком близко подошел к цели и промахнулся. Такого не прощают никогда.

Бессонными ночами оформилось четкое и окончательное решение — он должен закрыть этот вопрос раз и навсегда. Он должен воспользоваться беспочвенными надеждами Франкона, пока еще не объявлен победитель конкурса. Ему нужно заставить Хейера уйти и самому сесть на его место. У него оставалось всего несколько дней.

Он вспомнил, что говорил Франкон о характере Хейера. Он просмотрел папки в кабинете Хейера и нашел то, что надеялся найти. Это было письмо от подрядчика, написанное пятнадцать лет назад. В нем просто констатировалось, что подрядчик прилагает к письму чек на двадцать тысяч долларов на имя мистера Хейера. Китинг просмотрел документацию на здание, о котором шла речь. Действительно, оказалось, что строительство обошлось дороже, чем следовало бы. Как раз в том году Хейер начал собирать свою знаменитую коллекцию фарфора.

Хейер был в своем домашнем кабинете один. Это была маленькая темная комната, воздух в ней казался спертым, словно она годами не проветривалась. Темные панели красного дерева, гобелены, бесценная старинная мебель — все содержалось в безукоризненной чистоте, но все же в кабинете почему-то пахло нищетой и гнилью. На маленьком столике в углу горела одинокая лампа, освещая пять нежных драгоценных чашечек старинного фарфора. Хейер сидел, ссутулившись, и изучал чашечки в тусклом свете, с выражением какой-то бессмысленной радости на лице. Он слегка вздрогнул, когда его старый слуга ввел Китинга. Хейер удивленно моргнул, но пригласил Китинга присесть.

Услышав первые звуки собственного голоса, Китинг понял, что страх, который он испытывал на пути сюда, покинул его. Голос его был холоден и ровен. «Тим Дейвис, — подумал он, — Клод Штенгель. Теперь надо убрать с дороги еще одного».

Он объяснил, что ему надо. Все было изложено в одном сжатом, лаконичном, законченном абзаце, идеальном, как чисто ограненный драгоценный камень.

— И следовательно, если вы завтра утром не сообщите Франкону о своей отставке, — закончил он, держа письмо двумя пальцами за уголок, — вот это будет направлено в гильдию архитекторов.

Он ждал. Хейер сидел неподвижно, выкатив бесцветные, ничего не выражающие глаза. Рот его сложился в идеальную окружность. Китинг вздрогнул — ему показалось, что он разговаривает с идиотом.

Потом Хейер зашевелил губами. На фоне нижних зубов показался бледно-розовый язык.

— Но я не хочу в отставку, — сказал он простодушно, чуть прихныкивая.

— Вам придется уйти в отставку.

— Я не хочу. И не собираюсь. Я знаменитый архитектор. Я всегда был знаменитым архитектором. Я не хочу, чтобы ко мне приставали. Все хотят, чтобы я ушел в отставку. Я расскажу вам один секрет. — Он наклонился к Китингу и с хитрым видом прошептал: — Вы, может быть, не знаете, но я-то точно знаю, меня ему не обмануть. Гай хочет моей отставки. Он думает, что может меня перехитрить, но я его насквозь вижу. Так что здесь Гай просчитался. — Он тихо захихикал.

— Мне кажется, вы меня не поняли. Это вы понимаете? — Китинг всунул письмо в наполовину согнутые пальцы Хейера.

Он смотрел, как тоненький листочек дрожит в руке Хейера. Потом письмо упало на стол, и Хейер безнадежно попытался зацепить его, как крючком, парализованными пальцами левой руки. Хейер сглотнул и произнес:

— Вы не можете отправить это в гильдию. Тогда меня лишат лицензии.

— Конечно, — сказал Китинг. — Лишат.

— И об этом напишут в газетах.

— Во всех.

— Вы не можете так поступить.

— Могу. Если вы не подадите в отставку.

Плечи Хейера опустились до края стола. Голова его оставалась над столом, робко и нерешительно, словно тоже намереваясь исчезнуть из виду.

— Не делайте этого, пожалуйста, не надо, — бормотал Хейер на одной плаксивой ноте без всяких пауз. — Вы хороший мальчик, вы такой хороший мальчик, вы же не поступите так со мной?

На столе желтым квадратом лежало письмо. Беспомощная левая рука Хейера тянулась к нему, медленно наползая от края стола. Китинг наклонился и вырвал письмо из-под руки Хейера.

Хейер посмотрел на него, открыв рот, склонив голову набок. Он смотрел так, будто ожидал, что Китинг сейчас его ударит. Его омерзительный молящий взгляд говорил, что он стерпит этот удар.

— Пожалуйста, — прошептал Хейер. — Не надо делать этого, ну пожалуйста. Я неважно себя чувствую. Я ведь никогда вас не обижал. Я даже помню, что когда-то, кажется, сделал для вас что-то хорошее.

— Что? — отрезал Китинг. — Что вы мне сделали такого хорошего?

— Вы ведь Питер Китинг... Питер Китинг... Я действительно кое-что для вас сделал... Вы тот самый юноша, в которого так верит Гай Франкон. Не доверяйте Гаю. Я ему не доверяю. Но вы мне нравитесь. Когда-нибудь мы сделаем из вас проектировщика. — После этих слов рот его остался открытым. С края рта стекала тонкая струйка слюны. — Пожалуйста, не надо...

Глаза Китинга засверкали от презрения. Отвращение толкало его на более решительные действия. Ему надо было сделать эту сцену еще более мерзкой, потому что он не мог больше выносить этого.

— Вас разоблачат публично, — произнес Китинг громовым голосом. — Вас разоблачат как взяточника. Люди будут указывать на вас пальцами. Ваши портреты опубликуют в газетах. Владельцы дома подадут на вас в суд. Вы попадете за решетку.

Хейер ничего не сказал. Он не шевелился. Китинг услышал, как на столе вдруг зазвенели чашечки. Он не мог видеть, как трясется тело Хейера. В тишине комнаты раздавался лишь легкий стеклянный звон, как будто чашечки тряслись сами по себе.

— Убирайтесь! — сказал Китинг, повышая голос, чтобы не слышать этого звука. — Убирайтесь из фирмы вон! Зачем вы хотите остаться? Вы ничтожество! Вы всегда были ничтожеством.

Желтое лицо на краю стола приоткрыло рот, издавая влажный булькающий звук, похожий на стон.

Китинг сидел свободно, чуть наклонившись вперед, раздвинув колени и опершись локтем на одно из них. Рука его свисала вниз, в ней болталось письмо.

— Я... — У Хейера перехватило дыхание. — Я...

— Молчите! Вам нечего сказать. Только да или нет. Думайте, и побыстрее. Я тут с вами препираться не намерен.

Хейер перестал дрожать. На его лицо по диагонали упала тень. Китинг видел один немигающий глаз, половину открытого рта. Через эту дыру в полулицо втекал мрак, придавая ему ужасное выражение.

— Отвечайте! — завопил внезапно перепугавшийся Китинг. — Почему вы мне не отвечаете?

Полулицо покачнулось, и Китинг увидел, как голова рухнула вперед. Она упала на стол, продолжила свое движение и рухнула на пол, как отрубленная. За ней упали две чашки, тихо разбившись на ковре. Первым чувством Китинга было облегчение от того, что за головой последовало тело, которое неловкой и неподвижной грудой лежало теперь на полу. Не раздалось ни звука — только приглушенный музыкальный звон бьющегося фарфора.

«Он страшно разозлится», — подумал Китинг, глядя вниз на разбитые чашки. Он вскочил, опустился на колени, принялся без всякой надобности собирать осколки, поскольку сам видел, что склеить ничего не удастся. Он сознавал, что одновременно думает о том, что это было оно, то самое, второй удар, которого все ожидали, и о том, что ему, Китингу, надо немедленно что-то предпринять, но на самом деле все в порядке — ведь теперь Хейер обязательно уйдет в отставку.

Потом он на коленях приблизился к телу Хейера. Он еще подумал — почему он не хочет дотрагиваться до Хейера?

— Мистер Хейер! — окликнул он тихим, исполненным уважения голосом. Осторожно приподнял голову Хейера. И выронил ее. Звука падения он не услышал. Он услышал лишь собственную икоту, поднимавшуюся в горле. Хейер был мертв.

Он сидел возле тела, упираясь ягодицами в пятки, вытянув руки на коленях, и смотрел прямо перед собой. Взгляд его остановился на складках дверных портьер. Он задумался: серый налет на портьерах — это пыль или ворс бархата? Бархат ли это вообще? Насколько вышли из моды дверные портьеры? Потом он почувствовал, что трясется. К горлу подступила тошнота. Он поднялся, прошел по комнате и рывком распахнул дверь, потому что вспомнил, что где-то ведь есть и остальная часть квартиры, а в ней — слуга. Он начал звать его, стараясь кричать погромче.

Китинг пришел в бюро как обычно. Он отвечал на вопросы, объяснял, что в тот день Хейер пригласил его к себе после ужина, желая обсудить с ним вопрос о своей отставке. Никто в рассказе Китинга не усомнился, да никто, как он сам понимал, и не мог бы усомниться. Конец Хейера пришел именно так, как все и ожидали. Франкон ничего, кроме облегчения, не испытал.

— Мы знали, что рано или поздно это случится, — сказал он. — Так стоит ли сожалеть о том, что он избавил себя и всех нас от затяжной агонии?

Китинг держался спокойнее, чем когда-либо за последние недели. Это было спокойствие полного оцепенения. Навязчивая, монотонная мысль преследовала его повсюду — на работе, дома, ночью в постели: «Я убийца... ну, почти убийца... почти убийца...» Он знал, что это не было несчастным случаем, его действия были рассчитаны на то, чтобы вызвать у Хейера потрясение и ужас. Он рассчитывал на этот второй удар, после которого Хейер окажется в больнице до конца своих дней. Но разве он ожидал только этого? Разве он не знал, что еще может означать второй удар? Он рассчитывал и на это? Китинг постарался припомнить. Он очень хотел припомнить, очень. Он ничего не чувствовал. Так или иначе, он ожидал, что не будет чувствовать ничего. Но ему хотелось знать наверняка. Он не замечал, что происходит вокруг него в бюро. Он совсем забыл, что у него осталось очень немного времени, чтобы заключить с Франконом договор о партнерстве.

Через несколько дней после смерти Хейера Франкон вызвал его в кабинет.

— Садись, Питер, — сказал он с улыбкой более лучезарной, чем обычно. — Что ж, малыш, у меня для тебя есть хорошие новости. Утром прочли завещание Лусиуса. Знаешь, у него ведь не осталось родственников. Признаюсь, я не ожидал, я недооценил его, но оказывается, и он при случае был способен на широкий жест. Он завещал все тебе... Душевно, не правда ли? Теперь тебе не придется беспокоиться об учредительском взносе, когда мы займемся... Что такое, Питер?.. Питер, мальчик мой, тебе плохо?..

Китинг уронил голову на руку, лежащую на столе. Он не мог допустить, чтобы Франкон видел сейчас его лицо. Его сейчас вырвет. Вырвет потому, что при всем ужасе ситуации он поймал себя на мысли: а сколько же все-таки ему оставил Хейер?..

Завещание было составлено пять лет назад. Вероятно, под влиянием минутного приступа симпатии к единственному человеку в бюро, который отнесся к Хейеру с расположением. Возможно, это был жест, направленный против партнера. Завещание было составлено и забыто. Наследство включало в себя двести тысяч долларов, а также пай Хейера в фирме и его коллекцию фарфора.

В тот день Китинг рано ушел со службы и не стал выслушивать поздравлений. Он отправился домой, рассказал матери о новостях, оставил ее переживать восторги в гостиной, а сам заперся в спальне. Перед ужином он ушел из дома, не сказав ни слова. В этот вечер он ничего не ел, но много пил в своем любимом баре. Опьянение принесло беспощадную ясность сознания. Он клевал носом над стаканом, но рассудок его был ясен. Китинг испытывал нечто похожее на просветление. Он внушал себе, что терзаться незачем. Он сделал то, что на его месте сделал бы любой. Кэтрин сказала, что он эгоистичен. А кто же не эгоист? Быть эгоистом некрасиво, но не один же он такой. Просто ему повезло больше других. Повезло, потому что он лучше других. Он чувствовал себя прекрасно. Оставалось только надеяться, что бесполезные вопросы и сомнения больше не станут одолевать его. «Каждый за себя», — пробубнил он и заснул, уронив голову на стол.

Ненужные вопросы его больше не одолевали. В последующие дни у него просто не было на них времени. Он выиграл конкурс на «Самое Прекрасное Здание в Мире».

Питер Китинг знал, что это будет триумф, но того, что произошло, он не ожидал. Он мечтал о победном звуке труб, но целого симфонического оркестра не предвидел.

Все началось с тоненького телефонного звонка с объявлением имен победителей. Тут же в бюро оглушительно зазвенели все телефоны. Звонки как бы вырывались прямо из-под пальцев телефонистки, которая едва успевала управляться с коммутатором. Звонили редакторы всех городских газет, все знаменитые архитекторы. Сыпались вопросы, требования дать интервью, поздравления. Затем из лифтов в двери служебных помещений выплеснулся поток — послания, телеграммы, люди, которых Китинг знал, люди, которых он никогда раньше не видел. Секретарша совсем обезумела, не знала, кого впускать, кого не впускать, а Китинг все пожимал руки — бесконечную вереницу рук, похожую на машину, влажные и мягкие зубцы которой соприкасались с его пальцами. Он не понимал, что говорит во время первого интервью в кабинете Франкона, забитом людьми и камерами. Франкон широко распахнул дверцы своего кабинетного бара. Всем посетителям он, захлебываясь от восторга, говорил, что здание «Космо-Злотника» создано исключительно Питером Китингом. Франкон не имел ничего против. В приливе восторга он сделался великодушен. А кроме того, получалась хорошая реклама.

Реклама получилась даже лучше, чем рассчитывал Франкон. Со страниц газет на страну глядело лицо Питера Китинга — красивое, здоровое, улыбающееся лицо с сияющими глазами и темными кудрями. Под фотографиями шли колонки текстов — о бедности, борьбе, стремлениях и упорном труде, получившем наконец заслуженную награду; о вере матери, которая пожертвовала всем ради успеха своего мальчика; о «золушке архитектуры».

Фирма «Космо-Злотник» осталась довольна. Они не думали, что архитекторы-лауреаты могут к тому же быть молодыми, красивыми и бедными… ну, скажем, бедными в недалеком прошлом. Они открыли юного гения. «Космо-Злотник» обожала юных гениев. Мистер Злотник и сам был из их числа — ему ведь было всего сорок три.

Эскизы Китинга, изображавшие «самый прекрасный небоскреб в мире», были воспроизведены в газетах над выдержками из текста поздравительной грамоты, врученной победителю: «…за замечательное мастерство и простоту проекта… за четкую и строгую функциональность… за изобретательную экономию пространства… за мастерское сочетание современности с традициями Великого Искусства… фирме “Франкон и Хейер” и лично Питеру Китингу…»

Китинг замелькал в кинохронике — он пожимал руки мистеру Шупу и мистеру Злотнику, а в титрах излагалось мнение этих двух джентльменов о новом здании. На киноэкране Китинг пожимал руку мисс Милашке Уильямс, а в субтитрах излагалось его мнение о ее последнем фильме. Он появлялся на архитектурных и кинобанкетах на почетном месте. Ему приходилось выступать с речами, причем он нередко забывал, об архитектуре ему следует говорить или о кинематографе. Он появлялся в архитектурных клубах и клубах поклонников кино. «Космо-Злотник» выпустила фотомонтаж, изображающий Китинга на фоне его здания. Фотографию можно было приобрести, направив в фирму конверт с маркой и обратным адресом и вложив в него двадцать пять центов. Каждый вечер в течение недели Китинг собственной персоной появлялся на сцене кинозала «Космо» во время премьерного показа последнего шоу «Космо-Злотник». Он раскланивался в огнях рампы, стройный и изящный в черном смокинге, и минуты две говорил о важности архитектуры. Он председательствовал в жюри на конкурсе красоты в Атлантик-Сити, победительницу которого ждала кинопроба в «Космо-Злотник». Его фотографию вместе со знаменитым боксером опубликовали под заголовком «Победители». Был изготовлен макет его здания, который отправился в турне по всей Америке вместе с фотографиями лучших из прочих представленных проектов. Выставки проходили в фойе всех кинотеатров, принадлежащих «Космо-Злотник».

Вначале миссис Китинг разрыдалась, крепко прижала к себе Питера и с придыханиями пролепетала, что поверить в это не может. Отвечая на вопросы о своем Питти, она запиналась и с неловкостью и робостью позировала перед фотокамерами. Потом она привыкла. Пожимая плечами, она сказала Питеру, что он, конечно, победил, но изумляться тут нечему. Никто другой и не мог победить. В разговорах с репортерами у нее выработался бодрый, чуть презрительный тон. Ее явно раздражало, когда она не попадала на фотографии вместе со своим драгоценным Питти. Она купила себе норковую шубу.

Китинг позволил себе просто плыть по течению. Ему нужны были люди и создаваемый вокруг него шум. Когда он стоял на возвышении, глядя на море лиц, у него не возникало ни вопросов, ни сомнений. Воздух был густой, спертый, насыщенный лишь одним компонентом — обожанием. Для всего прочего попросту не оставалось места. Китинг был велик — велик пропорционально количеству людей, которые верили в его величие. Китинг был прав — прав пропорционально количеству людей, которые верили в его правоту. Он смотрел на лица, на глаза. Он видел, как заново рождается в этих глазах, словно вновь наделявших его даром жизни. Вот он — Питер Китинг; его тело — это отражение его собственного отражения в зрачках поклонников.

Однажды вечером он выкроил время и провел с Кэтрин два часа. Он держал ее в объятиях, она восторженно шептала ему на ухо блистательные планы их совместного будущего. Он смотрел на нее с удовольствием, не слыша ее слов. Он думал о том, как смотрелась бы их фотография в такой позе и в скольких газетах ее можно было бы опубликовать одновременно.

Один раз он встретился с Доминик. Она уезжала из города на лето. Доминик его разочаровала. Она вполне вежливо его поздравила, но смотрела на него так, как смотрела всегда, будто ничего не случилось. Из всех публикаций, посвященных архитектуре, только в ее колонке ни слова не говорилось ни о конкурсе «Космо-Злотник», ни о его победителе.

— Я уезжаю в Коннектикут, — сказала она. — У отца там дом, я поживу в нем летом. Он предоставляет дом в мое полное распоряжение. Нет, Питер, в гости ко мне нельзя. Ни разу. Я ведь для того и еду туда, чтобы никого не видеть.

Он был разочарован, но это не испортило его триумфальных дней. Он больше не боялся Доминик. Он испытывал уверенность, что сумеет заставить ее изменить свое отношение, что перемену в ней он увидит, когда она вернется осенью.

Но одно все-таки портило его триумф — не часто и не слишком заметно. Ему никогда не надоедало слушать, что говорят лично о нем, но ему не нравилось, когда слишком много говорили о его здании. И когда ему приходилось это выслушивать, он не возражал против комментариев о «мастерском сочетании современности и традиции». Но когда речь заходила о планировке — а случалось это нередко, — когда он слышал о «гениальной простоте... четкой и жесткой функциональности... изобретательной экономии пространства», когда он слышал это и думал о... Нет, не думал. В мозгу его не было слов. Он не допускал их туда. Было только тяжелое, мрачное чувство — и имя.

В течение двух недель после присуждения премии он усиленно вытеснял такие мысли из сознания как нечто не заслуживающее внимания, нечто, что нужно было похоронить, как он похоронил свое скромное, исполненное сомнений прошлое. Всю зиму он хранил свои чертежи, перечеркнутые карандашными линиями, выведенными чужой рукой. В вечер получения награды он первым делом сжег их.

Но неприятные мысли не покидали его. Потом он сообразил, что в них заключена не просто некая туманная угроза, но и реальная опасность. И он утратил страх. Он умел справляться с реальными опасностями. Он мог легко от них избавиться. Облегченно усмехнувшись, он позвонил в бюро Рорка и договорился о встрече.

На эту встречу он отправился без колебаний. Впервые в жизни он почувствовал себя полностью избавленным от той непонятной неловкости, которую испытывал в присутствии Рорка и которой никак не мог найти объяснение. Теперь он чувствовал себя в безопасности. Он покончил с Говардом Рорком.

Рорк сидел за столом в кабинете и ждал. Утром один раз позвонили — но звонил Питер Китинг, который просил о встрече. Теперь он уже забыл, что придет Китинг. Он ждал звонка. За последние несколько недель у него выработалась зависимость от телефона. Он должен быть в любую минуту готов услышать о судьбе своих эскизов для банка «Метрополитен».

Он давно задолжал за помещение. И за комнату, в которой жил. Комната его не волновала, он мог попросить домовладельца подождать. До сих пор тот ждал. Если он перестанет ждать, никаких существенных изменений не произойдет. Но бюро — совершенно иное дело. Он сказал сборщику арендной платы, что придется немного подождать. Он не просил отсрочки, а просто и без обиняков сказал, что задержится с платой. Как сказать об этом по-другому, он просто не знал. Но само осознание того, что ему нужна эта поблажка от сборщика, породило в нем ощущение, что он клянчит, как нищий. Это была настоящая пытка. «Ладно, — подумал он. — Пытка так пытка. И что с того?»

За телефон он задолжал за два месяца. Он получил последнее предупреждение. Через несколько дней телефон отключат. Ему оставалось только ждать. За несколько дней может произойти многое.

Ответ из правления банка, который давно уже обещал ему Вейдлер, откладывался с недели на неделю. Правление не могло прийти к единому мнению. Были противники, были и убежденные сторонники. Проходили многочисленные совещания. Вейдлер красноречиво отмалчивался, но Рорк и сам о многом догадывался. Наступили дни тишины. Тишины в бюро. Тишины во всем городе. Тишины в самом Рорке. Он ждал.

Он сидел, навалившись на стол, уронив голову на руки, пальцы лежали на телефонной полочке. Мелькала смутная мысль, что не надо бы так сидеть. Но он очень устал. Он подумал, что надо бы убрать руку от телефона, но не шевельнулся. Да, он зависит от телефона. Он может встать и разбить аппарат вдребезги, но зависимость не исчезнет. Он будет зависеть от телефона каждым своим вздохом, каждой клеточкой. Его пальцы неподвижно лежали на полочке. Телефон; и еще письма. Он лгал себе еще и по поводу писем. Лгал, с трудом заставляя себя не вскакивать, когда через щелочку в двери падало редкое письмо, не бежать хватать его, а ждать, стоять, глядя на белый конверт на полу, потом медленно подойти к нему и поднять. Щелочка в двери и телефон — больше для него ничего в мире не оставалось.

Подумав об этом, он поднял голову и посмотрел на дверь, в самый низ. Ничего не было. Начинался вечер, наверное, до завтра почту разносить уже не будут. Он поднял руку и хотел взглянуть на часы. Но часы были заложены. Он повернулся к окну. Можно было разглядеть часы на далекой башне. Была половина пятого. Сегодня писем уже не будет.

Он увидел, что рука его подняла телефонную трубку, а пальцы набирают номер.

— Нет, еще нет, — пояснил в трубке голос Вейдлера. — Это совещание у нас было запланировано на вчера, но пришлось отложить... Я вцепился в них как бульдог... Могу лишь обещать вам, что завтра будет определенный ответ. Почти обещать. Если не завтра, то придется переждать выходные, но в понедельник ответ будет точно... Вы проявили ангельское терпение, мистер Рорк. Мы очень вам благодарны.

Рорк бросил трубку и закрыл глаза. Он решил дать себе отдохнуть и ни о чем не думать несколько минут, прежде чем начать вспоминать, какого числа пришло извещение об отключении телефона и как ему протянуть до понедельника.

— Привет, Говард, — сказал Питер Китинг.

Он открыл глаза. Китинг вошел в кабинет и, улыбаясь, стоял перед ним. На нем было легкое бежевое весеннее пальто нараспашку, концы пояса висели по бокам, как ручки от сумки. В петлице красовался василек. Он стоял, широко расставив ноги, упершись кулаками в бедра, сдвинув шляпу на затылок. Его черные кудри так ярко и свежо выделялись над бледным лбом, что возникало ощущение, что на них, как на васильке, выступают капли росы.

— Привет, Питер, — сказал Рорк.

Китинг удобно уселся, снял шляпу, бросил ее посередине стола и с легким шлепком опустил ладони на колени.

— Что скажешь, Говард, идут дела, да?

— Поздравляю.

— Спасибо. А с тобой что, Говард? Выглядишь ты ужасно. Конечно, не из-за избытка работы, насколько мне известно?

Он вовсе не собирался говорить в таком тоне. Разговор этот, по плану, должен был пройти легко и дружески. «Ладно, — решил Китинг, — потом переменю тон». Но сначала надо показать, что он не боится Рорка и никогда уже не будет бояться.

— Нет, я не перегружен работой.

— Слушай, Говард, а почему бы тебе не бросить это дело?

Вот уж этого он совсем не собирался говорить. Он и сам от изумления открыл рот.

— Какое дело?

— Ну, эту свою позу. Или идеалы, если тебе так угодно. Почему ты не опустишься на землю? Не начнешь работать, как все? Не перестанешь быть идиотом чертовым?! — Он почувствовал, что катится с горы без тормозов. Остановиться он не мог.

— В чем дело, Питер?

— Как ты рассчитываешь выжить в этом мире? Знаешь ли, ведь хочешь не хочешь, а надо жить с людьми. Есть только два способа. Либо объединяться с ними, либо драться. Но ты, похоже, не делаешь ни того ни другого.

— Верно. Ни того ни другого.

— А людям ты не нужен. *Не нужен*! Тебе не страшно?

— Нет.

— Ты же год не работаешь. И не будешь. Кому придет в голову дать тебе работу? Может, у тебя и осталось несколько сотен, а дальше все, конец.

— Ты не прав, Питер. У меня осталось четырнадцать долларов пятьдесят семь центов.

— Да? А посмотри на меня. Мне плевать, что некрасиво говорить об этом самому. Не в этом дело. Я не хвастаюсь. Какая разница, кто об этом говорит. Но посмотри на меня! Помнишь, как мы начинали? И взгляни на нас сейчас. А теперь задумайся о том, что все в твоих руках. Только откажись от своего идиотского представления, что ты лучше всех, — и принимайся за работу. Через год у тебя будет такое бюро, что ты краснеть будешь при воспоминании об этой дыре. За тобой будут бегать толпы, у тебя появятся клиенты, друзья появятся, ты будешь распоряжаться целой армией чертежников!.. Черт побери, Говард, мне ж в этом нет никакой выгоды. На этот раз я не прошу у тебя ничего для себя. Более того, я даже знаю, что из тебя получится опасный конкурент, но все равно я должен сказать тебе. Говард, подумай хорошенько! Ты будешь богатым. Ты будешь знаменитым. Тебя будут уважать, восхвалять. Тобой будут восхищаться. Ты станешь одним из нас!.. Ну?.. Скажи же что-нибудь! Почему ты молчишь?

Он ожидал встретить презрительно-отчужденный взгляд Рорка, но заметил, что тот смотрит на него внимательно и вопросительно. Для Рорка это было почти равносильно своего рода капитуляции, — он не прикрыл свой взгляд железной завесой, позволил сохранить выражение озадаченное, любопытствующее — и почти беспомощное.

— В общем так, Питер. Я тебе верю. Я знаю, что, говоря мне все это, ты ничего не выигрываешь. Я знаю и больше того. Знаю, что ты не желаешь мне успеха, — ничего, я тебя не упрекаю. Я всегда это знал — ты не хочешь, чтобы я достиг всего того, что ты мне тут предлагаешь. И все же ты вполне искренне толкаешь меня на то, чтобы я устремился за всем этим. А ты знаешь, что, если я приму твой совет, я достигну всего. И не любовь ко мне тобой движет. Иначе ты не был бы столь сердит — и напуган... Питер, чем я мешаю тебе в моем нынешнем состоянии?

— Я не знаю... — прошептал Китинг.

Он понял, что его ответ был признанием — и признанием ужасным. Он не знал, в чем именно признался, и не сомневался, что Рорк тоже не знает этого. Но все же с чего-то был сорван покров. Они не могли осознать, что это было, но оба чувствовали его присутствие. И поэтому сидели молча, друг напротив друга, удивленные и покорные судьбе.

— Не раскисай, Питер, — мягко, как другу, сказал Рорк. — Мы больше не будем об этом говорить.

Тогда Китинг неожиданно громко произнес, звонко, вульгарно, радостно:

— Да черт же побери, Говард, я ведь говорил с позиции элементарного здравого смысла. Если бы ты захотел работать как нормальный человек...

— Заткнись! — рявкнул Рорк.

Китинг в изнеможении откинулся в кресле. Больше ему сказать было нечего. Он забыл, что хотел обсудить, придя сюда.

— Ну, — сказал Рорк, — так что ты мне хотел поведать о конкурсе?

Китинг встрепенулся. Он не понял, как Рорк догадался, что именно с этим он и пришел. А потом стало легче, поскольку в нем поднялась волна обиды и он забыл обо всем остальном.

— Ах да, — звонко сказал Китинг, и в его голосе звучали нотки раздражения. — Да, я как раз хотел поговорить с тобой об этом. Спасибо, что напомнил. Конечно, ты должен был догадаться, ведь ты знаешь, что я не какая-нибудь неблагодарная свинья. Я ведь пришел поблагодарить тебя, Говард. Я не забыл, что в этом здании есть и твой вклад, что ты меня консультировал. Я первый готов признать твои заслуги.

— В этом нет необходимости.

— Да дело не в том, что я против, но я уверен, что ты и сам не захочешь, чтобы я рассказал о твоем участии. И уверен, что ты и сам не захочешь ничего говорить, ты же знаешь, люди такие странные, все поймут неправильно, истолкуют самым нелепым образом... Но поскольку я получаю часть призовых денег, по-моему, было бы только справедливо поделиться с тобой. Я рад, что могу помочь тебе как раз тогда, когда ты остро нуждаешься в деньгах.

Он достал бумажник, извлек из него чек, который выписал заранее, и положил его на стол. На чеке была надпись: «Уплатить Говарду Рорку по предъявлении — пятьсот долларов».

— Спасибо, Питер, — сказал Рорк и взял чек.

Потом он перевернул чек и на тыльной стороне написал: «Уплатить Питеру Китингу по предъявлении», расписался и отдал чек Китингу.

— А это тебе *моя* взятка, Питер, — сказал он. — За то же самое. Чтобы держал язык за зубами.

Китинг смотрел на него, ничего не понимая.

— Пока я не могу предложить тебе большего, — сказал Рорк. — Сейчас ты из меня не сможешь вытянуть ни цента, но потом, когда у меня будут деньги, я хотел бы попросить тебя не шантажировать меня. Скажу тебе откровенно, такая возможность у тебя будет — я не хочу, чтобы кто-то знал, что я каким-то образом причастен к этому зданию. — Он засмеялся, глядя, как постепенно меняется выражение лица Китинга. — Нет? — сказал Рорк. — Не станешь меня этим шантажировать?.. Иди домой, Питер. Ничто тебе не угрожает. Я никому не скажу ни слова. Это все твое — здание, каждая его балка, каждый фут канализации, каждый твой портрет в газетах.

Китинг вскочил. Его трясло.

— Ты, черт тебя возьми! — заорал он. — Черт тебя возьми! Да кто ты такой? Кто тебе сказал, что ты имеешь право так издеваться над людьми?! Значит, ты для этого здания слишком хорош? Значит, ты хочешь, чтобы мне было за него стыдно? Ты мерзкий, паршивый, самодовольный ублюдок! Кто ты такой? У тебя даже умишка не хватает, чтобы сообразить, что ты полное ничтожество, недоумок, нищий, неудачник, неудачник, неудачник! И ты стоишь здесь и выносишь суждения! Ты — против всей страны! Ты — против всех! С какой стати мне тебя слушать? Ты меня не запугаешь! Руки коротки! За меня весь мир!.. Не смотри на меня так! Я ненавижу тебя! А ты не знал, да? Всегда ненавидел и всегда буду ненавидеть! Когда-нибудь я тебя уничтожу, клянусь, даже если это будет стоить мне жизни!

— Питер, — сказал Рорк, — зачем до такой степени разоблачать себя?

У Китинга перехватило дыхание. Он застонал. Рухнув в кресло, он застыл, впившись пальцами в края подлокотников.

Через некоторое время он поднял голову и деревянным голосом спросил:

— О Господи, Говард, что я тут наговорил?

— Ты в порядке? Идти сможешь?

— Говард, извини меня. Если хочешь, я готов умолять, чтобы ты простил меня. — Говорил он хрипло и как-то неубедительно. — Я потерял голову. Нервы совсем ни к черту стали. Я ничего такого не имел в виду. Не знаю, почему у меня это вырвалось. Честное слово, не знаю.

— Пристегни воротничок. Потеряешь.

— Наверное, я разозлился из-за того, что ты сделал с чеком. Но ты, наверное, тоже был обижен. Извини. Иногда я веду себя очень глупо. Я не хотел тебя обидеть. Давай просто уничтожим этот проклятый чек.

Он взял чек, зажег спичку и смотрел, как пламя пожирает бумагу. Он отбросил последний клочок, чтобы не обжечь пальцы.

— Говард, так мы обо всем забыли?

— Тебе не пора?

Китинг тяжело поднялся, сделав несколько непонятных и ненужных движений руками, и пробормотал:

— Ну... в общем, спокойной ночи, Говард. Я... до скорой встречи... Понимаешь, со мной так много произошло за последнее время... Наверное, надо отдохнуть... До свидания, Говард...

Выйдя в прихожую и закрыв за собой дверь, Китинг испытал леденящее чувство облегчения. Он чувствовал себя разбитым и усталым, но как-то мрачно уверенным в себе. Он понял одно: он ненавидит Рорка. Больше не надо было сомневаться, терзаться вопросами, сходить с ума от неловкости. Все было просто. Он ненавидит Рорка. Причины? Не было никакой нужды задумываться о причинах. Нужно было только ненавидеть, ненавидеть слепо, ненавидеть терпеливо, ненавидеть без гнева. Только ненавидеть и не позволять ничему вставать на пути этой ненависти. И никогда не забывать, никогда.

Телефон зазвонил в понедельник, ближе к вечеру.

— Мистер Рорк? — сказал Вейдлер. — Вы не могли бы срочно подойти? Я не хочу говорить ничего по телефону, но приезжайте немедленно. — Голос был звонкий, веселый, но с оттенком предостережения.

Рорк посмотрел в окно на далекие башенные часы. Он сидел и смеялся над этими часами, как над добрым старым врагом. Больше они ему не понадобятся. У него снова будут свои часы. Он откинул голову назад, как бы бросая вызов бледному серому циферблату, висящему высоко над городом.

Он поднялся и взял пальто. Надевая его, он резко отвел плечи назад, испытывая удовольствие от мышечного напряжения.

На улице он взял такси, которое было ему не по карману.

Председатель правления ждал его в своем кабинете вместе с Вейдлером и вице-президентом банка «Метрополитен». В комнате стоял длинный стол для совещаний. На нем были разложены эскизы Рорка. Когда Рорк вошел, Вейдлер поднялся и подошел поздороваться, протягивая руку. Что-то витало в атмосфере кабинета, как бы предвещая слова, произнесенные Вейдлером. Рорк не мог бы сказать, в какой момент он услышал эти слова, — ему показалось, что они были произнесены в ту самую секунду, когда он вошел.

— Ну-с, мистер Рорк, заказ ваш, — произнес Вейдлер.

Рорк поклонился. Лучше было несколько минут ничего не говорить — голос мог подвести его.

Председатель благодушно улыбнулся, приглашая его присесть. Рорк присел у краешка стола рядом с эскизами, положив на стол руку. Полированное красное дерево казалось теплым и живым на ощупь. Было такое ощущение, словно он прикасался к фундаменту собственного здания, лучшего своего здания — пятьдесят этажей в центре Манхэттена.

— Должен вам сказать, — говорил между тем председатель, — что вокруг этого вашего здания у нас развязалась настоящая драка. Слава Богу, все позади. Некоторые наши члены просто не могли проглотить ваши радикальные новшества. Вы же знаете, до чего некоторые люди бывают глупо консервативны. Но мы нашли способ умиротворить их и получить их согласие. Мистер Вейдлер чрезвычайно убедительно высказывался в вашу пользу.

Трое мужчин говорили еще много. Рорк их почти не слышал. Он думал о том моменте, когда первый ковш экскаватора вонзится в землю и начнется рытье котлована. Затем он услышал слова председателя: «...так что заказ ваш, при одном маленьком условии». Услышав это, Рорк посмотрел на председателя.

— Всего лишь небольшой компромисс, и, если вы на него согласитесь, мы тут же подпишем контракт. Всего лишь малозначащий вопрос внешнего вида здания. Я понимаю, вы, модернисты, не придаете большого значения фасаду, для вас важна планировка, и вы совершенно правы. Мы и не подумали бы хоть в чем-то менять вашу планировку, именно ее логика убедила нас принять ваш проект. Так что я уверен, вы не станете возражать.

— Чего вы хотите?

— Все дело лишь в небольшом изменении фасада. Я покажу вам. Сын нашего мистера Паркера изучает архитектуру, и мы попросили его сделать эскиз, весьма приблизительный, с одной лишь целью — выразить, чего мы хотим, а также объяснить членам совета, поскольку иначе они не смогли бы понять, какого рода компромисс мы предлагаем. Вот, взгляните. — Из-под лежащих на столе эскизов он вытащил рисунок и передал его Рорку.

На рисунке было весьма аккуратно изображено здание Рорка. Это было его здание, но впереди налепили упрощенный дорический портик, наверху пририсовали карниз, а вместо его орнамента извивался стилизованный греческий.

Рорк встал. Он не мог сидеть. Все свои усилия он сосредоточил на том, чтобы стоять. Тогда все остальное становилось легче. Он оперся на вытянутую руку, сжав пальцами край стола. Под кожей на запястье проступили жилы.

— Видите смысл изменений? — умиротворяюще сказал председатель. — Наши консерваторы наотрез отказались принять такое откровенное здание, как ваше. Они утверждают, что публика его тоже не примет. Так что нам пришлось избрать нечто среднее. Таким образом, хотя это отнюдь не традиционная архитектура, у публики от этого дома возникнет *впечатление* чего-то привычного, благодаря чему появляется определенный дух надежности, солидности, достоинства — а именно этого все ждут от банка, не так ли? Существует же неписаный закон, что у банка должен быть классический портик. А банк не совсем то заведение, чтобы выставлять напоказ пренебрежение к законам и мятежный дух. Понимаете, это подрывает неосязаемое чувство уверенности. Люди не доверяют новизне. Но наш план устраивает всех. Лично я не стал бы на нем настаивать, но мне все же представляется, что он ничего не испортит. К тому же таково решение совета. Разумеется, мы не настаиваем, чтобы вы во всем следовали этому эскизу. Но он дает общее представление о том, чего мы хотим, и вы можете разработать собственный вариант классического мотива для фасада.

Тогда Рорк ответил. Никто из присутствующих не взялся бы охарактеризовать тон его голоса — был ли в нем переизбыток спокойствия или переизбыток чувств. Остановились все же на спокойствии, ибо голос тек ровно, без ударений, без оттенков, каждый слог четко отделялся, словно говорил автомат. Лишь воздух в комнате вибрировал совсем не так, как он вибрирует при звуках спокойного голоса.

Присутствующие решили, что в поведении говорящего нет ничего безумного, кроме того, что его правая рука намертво вцепилась в край стола, и, когда ему нужно было передвинуть эскизы, он делал это левой рукой, как человек, у которого парализована правая.

Он говорил долго. Он объяснял, почему у такого строения не может быть классического фасада. Он объяснял, почему честное здание, как и честный человек, должно быть самим собой, должно быть единым. Именно это составляет источник жизни, смысл существования любого предмета или существа, и поэтому, если хотя бы малейшая часть изменит этому смыслу, предмет или существо умирает. Он объяснял, что добрым, великим и благородным на земле может быть лишь то, что способствует единству и цельности.

Председатель прервал его:

— Мистер Рорк, я согласен с вами. Тому, что вы говорите, не может быть возражений. Но к сожалению, в *реальной* жизни не всегда можно быть столь безупречно последовательным. Всегда есть не поддающийся исчислению эмоциональный, человеческий фактор. И с ним мы не можем бороться с помощью холодной логики. Наша дискуссия совершенно бесполезна. Я могу с вами согласиться, но ничем не могу вам помочь. Вопрос закрыт. Это было окончательное решение правления — после, как вам известно, более чем затянувшегося обсуждения.

— Вы позволите мне выступить на правлении?

— Извините, мистер Рорк, но правление не станет вновь открывать этот вопрос для дальнейшего обсуждения. Решение окончательно. Я могу лишь просить вас четко ответить, согласны вы принять заказ на наших условиях или нет. Должен признаться, что правление приняло во внимание возможность вашего отказа. Имя другого архитектора, Гордона Л. Прескотта, получило вполне лестные отзывы в качестве возможной альтернативы. Но я заявил правлению, что вполне уверен в вашем согласии.

Он подождал. Рорк молчал.

— Вы понимаете ситуацию, мистер Рорк?

— Вполне, — сказал Рорк, опустив глаза. Он рассматривал эскизы.

— Ну и?

Рорк не отвечал.

— Да или нет, мистер Рорк?

Рорк откинул голову и закрыл глаза.

— Нет, — сказал Рорк.

Спустя некоторое время председатель спросил:

— Вы отдаете себе отчет в том, что делаете?

— Вполне, — сказал Рорк.

— Боже мой! — внезапно воскликнул Вейдлер. — Как же ты не понимаешь, какой это крупный заказ?! Ты молод, и в ближайшее время тебе вряд ли представится подобный шанс. И… ладно, черт возьми, я все-таки скажу! Тебе этот заказ позарез нужен! Я знаю, до чего он тебе нужен!

Рорк собрал со стола эскизы, свернул их в трубочку и положил под мышку.

— Это же полное безумие! — взвыл Вейдлер. — Ты мне нужен! Нам нужно твое здание! Тебе нужен заказ. Надо ли проявлять такой фанатизм и самоотверженность?

— Что? — изумленно спросил Рорк.

— Фанатизм и самоотверженность.

Рорк улыбнулся и посмотрел на свои эскизы. Чуть двинул локтем, прижимая их поближе к телу. Он сказал:

— То, что вы сейчас видите, — самый эгоистичный поступок, на который способен человек.

В свое бюро он вернулся пешком. Там он собрал чертежные инструменты и кое-какие личные вещи. Получился один сверток, поместившийся под мышкой. Он запер дверь и сдал ключи сборщику арендной платы. Он сказал сборщику, что закрывает бюро. Потом зашел домой, оставил сверток и пошел к Майку Доннегану.

— Нет? — спросил Майк, только взглянув на Рорка.

— Нет, — сказал Рорк.

— Что стряслось?

— В другой раз расскажу.

— Сволочи!

— Не кипятись, Майк.

— А как же теперь бюро?

— Я закрыл его.

— Насовсем?

— На время.

— Черт бы их всех побрал, рыжий! Гады они!

— Заткнись. Мне нужна работа, Майк. Можешь мне помочь?

— Я?

— Я здесь никого из строителей не знаю. Никого, кто захотел бы взять меня. Ты же знаешь их всех.

— Каких еще строителей? О чем ты?

— Обыкновенных строителей. Я бы поработал на стройке. Как когда-то.

— Простым рабочим?

— Простым рабочим.

— Ты спятил, идиот чертов!

— Кончай, Майк. Так устроишь меня на работу?

— Какого дьявола? Ты же можешь получить приличное место в архитектурном бюро. Ты сам прекрасно это знаешь.

— Не стану я этого делать, Майк. Никогда.

— Почему?

— И близко подходить не хочу. Видеть не желаю. Не хочу помогать им делать то, что они делают.

— Можешь получить хорошую чистую работу по другой части.

— На хорошей чистой работе мне придется думать. Я не хочу думать. Во всяком случае, думать так, как думают они. А куда бы я ни пошел, мне придется думать именно так. Мне нужна работа, где бы вообще не надо было думать.

— Архитекторы не поступают на места рабочих.

— Этот архитектор ничего другого делать не умеет.

— Ты же можешь в любой момент чему-нибудь подучиться.

— Не хочу ничему учиться.

— Ты хочешь, чтобы я устроил тебя в строительную бригаду прямо здесь, в городе?

— Да, что-то вроде.

— Нет, черт тебя возьми! Не могу! Не хочу! Не буду!

— Почему?

— Рыжий, ты же выставишь себя напоказ перед всеми подонками в этом городе. Чтобы все сукины дети знали, до чего они тебя довели? Чтобы всласть назлорадствовались?

Рорк засмеялся:

— Мне-то на это плевать, Майк. А ты что так завелся?

— Ну так я тебе не позволю. Не доставлю этим гадам такого удовольствия.

— Майк, — тихо сказал Рорк, — мне больше ничего не остается.

— Черта с два! Я и раньше тебе говорил. А сейчас ты послушаешься умного совета. У меня хватит денег, чтобы ты...

— Я скажу тебе то, что когда-то сказал Остину Хэллеру. Если ты мне еще раз предложишь деньги, между нами все будет кончено.

— Но почему?

— Не спорь, Майк.

— Но...

— Я прошу тебя о более важной услуге. Мне нужна работа. И не надо меня жалеть. Я себя не жалею.

— Но... но что с тобой будет, рыжий?

— Когда?

— Ну... в будущем.

— Заработаю денег и вернусь. Или кто-нибудь пришлет за мной раньше.

Майк посмотрел на него. Он увидел в глазах Рорка что-то такое, чего, как понял Майк, Рорку совсем не хотелось показывать.

— Ладно, рыжий, — тихо сказал Майк.

Он долго что-то обдумывал, а потом сказал:

— Слушай, рыжий. Работу в городе я тебе искать не стану. Не могу. При одной мысли наизнанку выворачивает. Но кое-что в этом духе я тебе устрою.

— Хорошо. Все что угодно. Мне безразлично.

— Я так долго работал у всех любимых подрядчиков этой скотины Франкона, что знаю всех, кто там работает. У него есть гранитная каменоломня в Коннектикуте. Один из прорабов — мой хороший друг. Он сейчас в городе. Ты когда-нибудь работал на каменоломне?

— Работал. Очень давно.

— Думаешь, тебя это устроит?

— Вполне.

— Я навещу его. Мы не скажем ему, кто ты такой. Просто друг, и все.

— Спасибо, Майк.

Майк потянулся было за пальто, но опустил руки и посмотрел в пол.

— Рыжий...

— Все будет хорошо, Майк.

Рорк пошел домой. На улице было темно и пустынно. Дул сильный ветер. Рорк чувствовал, как тугой, холодный, свистящий воздух бьет его по щекам. Это было единственное ощутимое проявление ветра. Ничто не шевелилось в каменном коридоре, окружавшем Рорка. Ни деревца, которое могло бы шелохнуться, ни занавесок, ни тентов — лишь голые массы камня, стекло, асфальт, острые углы. Было даже странно ощущать на лице яростные порывы ветра. Но в урне на углу шелестел смятый лист газеты, судорожно колотясь о проволочные прутья. И ветер перестал казаться нереальным.

Через два дня вечером Рорк уехал в Коннектикут.

Из поезда он на мгновение увидел панораму города, промелькнувшую за окнами. Детали зданий были смыты сумерками. Дома поднимались тонкими колоннами мягкого голубого цвета. Этот цвет не был их настоящим цветом — его создавали вечернее освещение и расстояние. Дома поднимались прямыми контурами, как еще не заполненные каркасы. Расстояние сделало город плоским. Лишь одиночные шпили небоскребов стояли неизмеримо высоко, вне всякого соотношения со всем окружающим. Они образовывали свой собственный мир и свидетельствовали перед небом об осуществленных замыслах человека. Они были пустыми формами. Но если человек оказался в силах создать их, он способен создать и неизмеримо большее. Город на фоне неба таил в себе вопрос — и надежду.

На вершине одной знаменитой башни, в окнах ресторана «Звездная крыша», мерцали крохотные точечки света. Потом поезд сделал поворот, и город исчез.

В этот вечер в банкетном зале «Звездной крыши» состоялся ужин в честь вступления Питера Китинга в партнеры фирмы, которая отныне должна была называться «Франкон и Китинг».

Гай Франкон сидел за длинным столом, покрытым, казалось, не скатертью, а полотнищем света. Сегодня он как-то не слишком грустил по поводу серебряных прядей, появившихся у него на висках. Они ярко сверкали на фоне его черных волос и придавали ему чрезвычайно опрятный и элегантный вид, равно как и жестко накрахмаленная рубашка, надетая к черному вечернему костюму. На почетном месте восседал Питер Китинг. Он откинулся в кресле, расправив плечи и держа в пальцах ножку бокала. На его белом лбу блестели черные кудри. В этот момент тишины гости не чувствовали ни зависти, ни обиды, ни злобы. В зале царило неподдельное настроение братства, вызванное присутствием красивого бледного юноши, серьезного, как при первом причастии. Ралстон Холкомб поднялся, чтобы произнести тост, и застыл с бокалом в руке. Он приготовил тост, но, к великому собственному изумлению, услышал, что с абсолютной искренностью говорит нечто совсем иное:

— Мы — хранители великого человеческого предназначения, возможно, величайшего из всех, до которых оказался способен подняться человек. Мы достигли многого, и мы часто ошибались. Но мы готовы со всем смирением уступить дорогу нашим наследникам. Мы всего лишь люди, всего лишь искатели. Но всем лучшим, что есть в наших сердцах, всеми высокими достоинствами, которыми наделен род человеческий, мы ищем правду. Это величайшая миссия. За будущее Американской Архитектуры!

Часть вторая

ЭЛЛСВОРТ М. ТУХИ

I

Стиснуть кулаки — так, чтобы кожа ладоней намертво вросла в сталь, которая пригрелась в руках. Твердо расставить ноги — так, чтобы остались вмятины в камне, ощутить ответное давление гранита на подошвы. Забыть о том, что есть тело, а не десяток осей напряжения — в пальцах, в запястьях, в плечах, в коленях, в отбойном молотке. Чувствовать только этот инструмент, захлебывающийся в руках, его агонию и конвульсивную дрожь одновременно с дрожью собственного желудка и легких.

Видеть лишь отвесный оскал гранита, постепенно превращающийся в цепочку угловатых дрожащих зубцов с паутиной трещин. Чувствовать, как отбойный молоток и воля в едином порыве устремляются в толщу сопротивляющегося камня. Вот из чего складывалась жизнь Говарда Рорка час за часом и день за днем на протяжении двух последних месяцев.

Он стоял на раскаленных камнях под палящим солнцем. Его лицо загорело так, словно покрылось бронзовым налетом. Его пропитанная потом рубашка прилипла к телу, и вся спина была в длинных мокрых потеках. Вокруг него возвышался карьер, весь испещренный переходящими один в другой выступами. Это был мир, лишенный травы и земли: мир каменных плато, крутых обрывов и скал. Этот камень появился не в результате кропотливого труда столетий, склеивающих остатки дождей и приливов; он родился из раскаленной массы, медленно остывавшей в неведомых глубинах, затем был изгнан на землю и по сей день хранил в себе неистовую ярость, почти равную ярости вгрызающихся в него людей.

Прямые линии свидетельствовали о мощи этого противоборства. Каждый удар обрушивался на скалу с безукоризненной точностью. Камень, неспособный гнуться и покоряться, с треском раскалывался. Отбойные молотки вгрызались в него с тяжелым нудным жужжанием; напряженная тяжесть звука наваливалась на нервы, пронзала черепа, и казалось, что содрогающиеся инструменты дробят не только камень, но и людей, держащих их в руках.

Ему нравилась эта работа. Временами ему казалось, что это борцовский поединок между его мышцами и гранитом. Ночью он валился с ног от усталости, но ему нравилось ощущение пустоты, вызванное телесным изнеможением.

Каждый вечер он проходил две мили от карьера до маленького городка, где жили рабочие. Земля в лесу, которым он шел, была мягкой и теплой, и, как ни странно, после каждого дня тяжелой работы в карьере он улыбался от удовольствия, глядя под ноги. Он видел, как его ботинки вминаются в податливую землю, оставляя за ним неглубокие следы.

На чердаке дома, который он снимал, стояла деревянная кадка. Краска давным-давно сошла с ее дна и стенок, а голые доски приобрели светло-серый цвет. Говард подолгу лежал в ней, пока прохладная вода смывала каменную пыль с его кожи. Он откидывал голову на край кадки и закрывал глаза. В огромную усталость давно уже прокралось какое-то особое облегчение; усталость подавляла все чувства, кроме одного — приятного ощущения того, как напряжение постепенно покидает мышцы.

Рорк ужинал на кухне вместе с другими рабочими из каменоломни. Он сидел в одиночестве за столом в углу. Чад от подгоревшего жира, который беспрестанно трещал на огромной газовой плите, наполнял комнату едким дымом. Рорк ел мало, зато пил много воды; прохладная сверкающая жидкость в прозрачном стакане опьяняла.

Он спал в крохотной каморке под самой крышей. Потолочные балки почти касались его кровати. Когда шел дождь, он слышал, как каждая капля стучит по крыше, и ему стоило больших усилий понять, почему он не чувствует, как дождь стучит по его телу.

Иногда после ужина Рорк уходил в лес, который начинался сразу за домом. Там он ложился на живот, упираясь локтями в землю. Подпирая подбородок ладонями, он разглядывал узоры прожилок в травинках, что стелились перед ним. Он дул на них и наблюдал, как они то заволнуются, то снова замрут. Он перекатывался на спину и лежал неподвижно, чувствуя тепло земли под собой. Высоко над ним замерли все еще зеленые листья, но их зелень была темной, концентрированной, будто собрала все усилия перед тем, как темнота поглотит ее. Листья неподвижно застыли на фоне лимонно-желтого неба; его светящаяся бледность плавно утекала за горизонт. Рорк вжимался бедрами и спиной в землю; земля сопротивлялась, но нехотя поддавалась. Это была молчаливая победа, и по мускулам его ног разливалась незнакомая радость.

Случалось, правда не часто, что он садился и долгое время сидел неподвижно, затем улыбался ленивой улыбкой палача, наблюдающего за жертвой. Он думал о том, что жизнь проходит мимо, о зданиях, которые он мог бы и даже должен был построить, но которые, возможно, никогда не появятся на этой планете.

Он прислушивался к своей боли с холодным отрешенным любопытством и говорил себе: «Ну вот, опять». Он ждал, желая понять, как долго будет продолжаться эта боль. Он наблюдал, как его Я борется с ней, и испытывал от этого странное и тяжкое удовольствие. Ему даже удавалось забыть, что страдает он сам. Он мог презрительно усмехнуться, не понимая того, что усмехается над собственной агонией. Такие моменты были редки, но, когда они приходили, он испытывал те же чувства, что и в карьере: он должен дробить гранит, должен вбивать клин и вышибать эту внутреннюю тоску, которая упорно стремилась пробудить в нем жалость к себе.

Доминик Франкон тем летом жила одна в огромном особняке в колониальном стиле в имении отца, в трех милях от рабочего городка. Она никого не принимала. Старый управляющий и его жена были единственными людьми, которых она видела, да и то по необходимости. Они жили на некотором расстоянии от особняка, недалеко от конюшен. Управляющий смотрел за усадьбой и лошадьми, а его жена вела хозяйство в доме и готовила для Доминик.

Пожилая женщина прислуживала с вежливой строгостью, которой научилась в те дни, когда мать Доминик жила здесь и восседала на почетном месте в большой столовой среди гостей. Вечером Доминик садилась одна за стол, накрытый словно для официального банкета. Зажигались свечи, и язычки желтого пламени стояли неподвижными сверкающими металлическими копьями почетного караула. Темнота растягивала комнату до размеров дворцового зала, оцепленного шеренгой неусыпных стражей — больших окон. Большая хрустальная ваза, залитая светом, стояла в центре длинного стола. В ней плавала всего одна кувшинка, чьи лепестки раскинулись вокруг сердцевины, желтой, как язычки огня свечей.

Старая женщина подавала на стол молча и незаметно и исчезала из дома сразу после выполнения своих обязанностей. Когда Доминик поднималась в свою спальню, на кровати уже лежала ночная рубашка с тонким кружевом. Утром, когда она входила в туалетную, ее уже ждала ванна, полная воды, благоухающей гиацинтом; отполированный зелено-голубой кафель блестел под ее ногами, огромные полотенца, раскинувшиеся как снежные сугробы, жаждали обнять ее тело, и тем не менее она не слышала ни звука и не чувствовала чужого присутствия в доме. Старая женщина обращалась с Доминик с такой же почтительной заботой, как и с венецианским стеклом в шкафчиках гостиной.

Доминик провела столько лет и зим в окружении людей только ради того, чтобы чувствовать себя одинокой, что опыт реального одиночества всегда производил на нее магическое действие. Исподволь оно привило ей слабость, которую Доминик никогда прежде не позволяла себе: она полюбила одиночество.

Доминик вытянула руки, затем лениво опустила их, чувствуя сладкую, вялую истому в локтях, как после первого бокала вина. Было приятно чувствовать на себе летнее платье, чувствовать, как колени и бедра встречают слабое сопротивление ткани при движении; при этом она ощущала не столько ткань, сколько собственное тело.

Дом стоял в одиночестве посреди огромного поместья. Вдали простирались леса, на целые мили вокруг не было ни души. Она скакала на лошади по пустынным длинным дорогам, по укромным тропинкам, ведущим в никуда. Листья блестели на солнце, ветки били ее по лицу, когда она проносилась мимо. Временами у нее захватывало дыхание от неожиданного чувства, что нечто великолепно-ужасное встретится ей за следующим поворотом дороги. Она не смогла бы объяснить, что именно она ожидала встретить. Она не могла сказать, будет ли это какой-то пейзаж, человек или событие; Доминик знала лишь об одном свойстве этого: оно осквернит ее удовольствие.

Иногда она выходила из дому пешком и шла милю за милей, не зная, с какой целью идет и когда вернется. Мимо нее проезжали машины, люди из рабочего городка знали ее и кивали ей, ее считали хозяйкой особняка, какой в свое время была ее мать. Она сворачивала с дороги и шла по лесу, свободно размахивая руками. Она запрокидывала голову, чтобы видеть верхушки деревьев. Она видела облака, плывущие над листвой, и казалось, что гигантское дерево перед ней двигалось и наклонялось, готовое рухнуть и раздавить ее. Она останавливалась и замирала с откинутой головой, ее горло сжималось, и ей казалось, что она хочет быть раздавленной. Затем она вздрагивала и шла дальше. Она нетерпеливо отгибала толстые ветки с дороги, и они царапали ее голые руки. Она продолжала идти и после того, как начинала чувствовать усталость, толкая себя вперед, сопротивляясь усталости. Затем она падала на спину и лежала неподвижно, раскинув крестом руки и ноги, и дышала с облегчением, чувствуя себя опустошенной и выдохшейся, ощущая тяжесть воздуха, будто наступившего на грудь.

Иногда, по утрам, просыпаясь в своей спальне, она слышала взрывы в гранитном карьере. Она закидывала руки за голову, клала их на белую шелковую подушку и слушала. Это был звук разрушения, и он нравился ей.

Так как солнце пекло в то утро как никогда и она знала, что в гранитном карьере будет еще жарче, так как она не хотела никого видеть и знала, что встретит там целую бригаду рабочих, — Доминик пошла в карьер. Сама мысль пойти в карьер в этот жаркий день была омерзительна; и она радовалась этой перспективе.

Когда она вышла из леса к краю каменного ущелья, ей показалось, что она попала в камеру пыток, наполненную раскаленным паром. Пар шел не от солнца, а от этого гигантского разлома в земле, от отражающих солнце каменных гряд. Ее плечи, голова и спина, открытые воздуху, чувствовали прохладу, но в то же время она ощущала, как раскаленное дыхание скалы поднимается по ногам, к подбородку, к ноздрям. Внизу воздух плавился: по поверхности гранита пробегали огненные искорки, и ей показалось, что камни шевелятся, плавятся и бегут белыми потоками лавы. Молотки и буры разбили вдребезги неподвижную тяжесть воздуха. Было ужасно видеть живых людей на углях этой топки. Они не были похожи на рабочих, они выглядели как каторжники, которые несли немыслимое наказание за немыслимое преступление. Она не могла отвести взгляда.

Она стояла словно воплощение оскорбления и издевки над всем, что творилось внизу. Ее платье цвета воды, нежно-голубого цвета, слишком простое и дорогое, его складки, напоминавшие хрустальные грани, ее тонкие каблуки, широко расставленные среди гальки, волны ее волос, подчеркнутая хрупкость всего ее облика на фоне неба — все это как бы подразумевало утонченную прохладу садов и гостиных, из которых она пришла сюда.

Она глянула вниз. Ее глаза остановились на ярко-рыжих волосах человека, который поднял голову и взглянул на нее.

Она стояла неподвижно, потому что ее первым ощущением было, будто до нее кто-то дотронулся — словно тихонько ударил по лицу. Она неловко отвела одну руку назад, широко растопырив пальцы, словно упершись ими в стену. Она знала, что не сможет двигаться до тех пор, пока он не отпустит ее.

Она видела его рот и молчаливое презрение, сквозившее в форме губ, его исхудалые, впалые щеки, холодный и чистый блеск его глаз, в которых не было ни капли жалости. Она знала, что это самое прекрасное лицо из всех, что ей когда-либо доводилось видеть, потому что оно было живым воплощением силы как таковой. Она почувствовала в себе вспышку гнева, протеста, сопротивления и... удовольствия. Он стоял и смотрел на нее снизу вверх, и это был не просто взгляд, а утверждение прав собственника. Доминик подумала, что нужно заставить себя придать лицу выражение, которое послужило бы достойным ответом этому наглецу. Но вместо этого она смотрела на его загорелые руки, покрытые каменной пылью, на мокрую рубашку, прилипшую к ребрам, на его длинные ноги. Она вспомнила те мужские статуи, которые так любила: «Интересно, как он выглядит обнаженный?» Он смотрел на нее, как будто зная, о чем она думает. Она осознала, что неожиданно у нее появилась цель в жизни — беззаветно ненавидеть этого человека.

Доминик пошевелилась первой. Она повернулась и пошла прочь. Она увидела управляющего каменоломней впереди на тропинке и взмахнула рукой. Управляющий проворно устремился к ней.

— Мисс Франкон! — воскликнул он. — Не верю своим глазам! Здравствуйте, мисс Франкон.

Она надеялась, что тот человек внизу услышит эти слова. Первый раз в жизни она радовалась тому, что она — мисс Франкон, гордилась положением и влиятельностью своего отца и тем, что тот человек внизу — простой рабочий, собственность владельца этого места, а она почти владелица.

Вся фигура управляющего выражала почтение. Она улыбнулась и сказала:

— Я полагаю, что унаследую когда-нибудь эту каменоломню, и решила, что стоит время от времени проявлять к ней интерес.

Управляющий пригласил ее последовать за ним по тропинке и начал показывать ей свои владения, объясняя, в чем состоит работа. Она прошла за ним далеко — до противоположной стороны карьера. Спустилась в пыльную зеленую лощину к рабочим ангарам, осмотрела загадочные механизмы. Потратив на все это уйму времени, она пошла назад, теперь уже одна, вниз по краю гранитной чаши.

Она узнала его издалека и продолжала наблюдать за ним до тех пор, пока не подошла совсем близко. Он работал. Она заметила, что прядь его рыжих волос упала на лицо и вздрагивает в такт отбойному молотку. Она с надеждой подумала, что вибрирующий инструмент причиняет ему боль — боль всему его телу, внутри и снаружи.

Когда Доминик оказалась прямо над ним, он поднял голову и взглянул на нее, хотя ей казалось, что он не заметил ее появления. Он взглянул вверх, как будто рассчитывал увидеть ее там, как будто знал, что она вернется. Она увидела подобие улыбки, которая была даже более обидной, чем слова. Он продолжал смотреть ей в лицо с оскорбительным высокомерием, он не двигался, не сделал ей уступки — не отвернулся, чтобы тем самым признать, что не имеет права так смотреть на нее. Он не просто присвоил его себе, а сказал без всяких слов, что она сама дала ему это право.

Она резко отвернулась и двинулась по скалистому склону подальше от карьера.

Не глаза его, не рот вспоминались ей, а руки. Весь смысл этого дня запечатлелся в ее памяти как бы в виде одного мгновения, когда он стоял, опершись одной рукой о гранит. Она снова увидела эту картину: его ногти впаяны в камень, длинные пальцы продолжают прямые линии сухожилий, что раскинулись веером от запястья до суставов этих пальцев. Она думала о нем, но перед глазами все время стояла эта картина — его рука на граните. Это пугало ее, но почему — она объяснить не могла.

«Он всего лишь простой рабочий, — думала она, — наемный рабочий, выполняющий работу каторжника». Она думала об этом, сидя перед зеркальной полкой своего туалетного столика. Она смотрела на хрустальные предметы, лежащие напротив нее. Они были похожи на ледяные статуи и словно напоминали о ее собственной холодно-утонченной хрупкости. Она думала о его мускулистом теле, о его одежде, насквозь пропитанной пылью и потом, о его руках. Она мысленно обостряла контраст между ним и собой, потому что это унижало ее. Она откинула голову и закрыла глаза. Доминик вспомнила о тех достойных людях, которым отказала. И еще — о том рабочем в карьере. Она поняла, что сломлена, — но не тем, кто сумел бы вызвать ее восхищение, а человеком, которого она презирает. Она уронила голову на руки — эта мысль внушила ей такое наслаждение, что силы оставили ее.

Два дня она старалась заставить себя поверить, что сможет уехать отсюда. Она нашла старые путеводители в своем саквояже, изучила их, выбрала курорт, отель и конкретную комнату в этом отеле, выбрала поезд, на котором поедет, пароход и номер каюты. Она находила порочное удовольствие в этом занятии, так как знала, что не сможет отправиться в путешествие, понимала, что вернется в карьер.

Доминик пошла в карьер через три дня. Она остановилась у края над тем местом, где он работал, и стояла, откровенно глядя на него. Когда он поднял голову, она не отвернулась. Ее взгляд говорил ему, что она понимает значение своего поступка, но не уважает его настолько, чтобы отказаться от него. По его взгляду она поняла — он знал, что она придет. Он склонился над молотком и продолжал работать. Она ждала. Она хотела, чтобы он поднял голову. Она знала, что он знает это. Но он больше не взглянул на нее.

Она стояла, наблюдая за его руками, ожидая момента, когда он дотронется до камня. Она забыла про молоток и динамит. Перед ней остался лишь гранит, который крушили его руки.

Она услышала, как управляющий приветствует ее, торопливо идя к ней по тропинке. Она повернулась к нему, когда он подошел.

— Мне нравится смотреть, как они работают, — объяснила она.

— Да уж, видок, не правда ли? — согласился управляющий. — Вон сейчас пойдут груженые вагонетки.

Она не смотрела на вагонетки. Она видела мужчину внизу, который смотрел на нее, она видела по его глазам, что он понимает, что она не хочет, чтобы он смотрел на нее в этот момент, и это было для нее оскорбительно. Она отвернула голову. Взгляд управляющего пробежал по площадке и остановился на человеке внизу.

— Эй, ты, там внизу! — крикнул он. — Тебе платят за то, чтобы ты работал, а не зевал!

Мужчина молча согнулся над молотком. Доминик громко рассмеялась. Управляющий сказал:

— У нас здесь грубый народ, мисс Франкон. У некоторых из них преступное прошлое.

— А вон тот мужлан? — спросила она, показав вниз.

— Ну, точно не могу сказать. Всех не упомнишь.

Она надеялась, что у него была судимость. Ей было интересно знать, секут ли заключенных в наше время. Она надеялась, что секут. При этой мысли у нее перехватило дыхание, как в детстве, во сне, когда она падала с высокой лестницы, и она почувствовала, как засосало под ложечкой.

Она резко повернулась и ушла из карьера.

Она вернулась туда лишь много дней спустя. Она увидела его внезапно — прямо перед собой, на плоском камне сбоку от тропинки. Она резко остановилась. Ей не хотелось подходить слишком близко. Было странно видеть его так близко, не имея тех преимуществ, которые давало расстояние.

Он стоял, глядя ей прямо в лицо. Их взаимопонимание было унизительно в своей полноте — ведь они до сих пор не обменялись и парой слов. Она уничтожила это ощущение, заговорив.

— Почему вы всегда так смотрите на меня? — спросила она резким тоном и с облегчением подумала, что слова — лучшее средство отчуждения. Словами она отрекалась от всего, что было понятно им обоим. Мгновение он стоял молча и глядел на нее. Она почувствовала ужас при мысли, что он не ответит и своим молчанием даст ей понять, что никакой ответ не нужен. Но он ответил:

— По той же причине, что и вы.

— Я не знаю, о чем вы говорите.

— Если бы вы не знали, то были бы несколько сильнее удивлены и не так озлоблены, мисс Франкон.

— Так вы знаете мое имя?

— Вы достаточно громко рекламировали его.

— А вам бы не надо быть таким высокомерным. Я могу сделать так, что вас уволят в один момент, знаете ли!

Он повернул голову, выискивая кого-то среди людей внизу, и спросил:

— Позвать управляющего?

Она презрительно улыбнулась:

— Нет, конечно же, нет. Это было бы слишком просто. Но так как вы знаете, кто я, будет лучше, если вы перестанете смотреть на меня, когда я прихожу сюда. Это может быть неправильно понято.

— Я так не думаю.

Она отвернулась. Нужно было, чтобы голос звучал спокойно. Она посмотрела на каменные выступы и спросила:

— Как вам работается здесь? Не слишком тяжело?

— Ужасно тяжело!

— Вы устаете?

— Нечеловечески.

— И как это проявляется?

— Я с трудом передвигаю ноги, когда кончается рабочий день. Ночью не могу пошевелить руками. Когда лежу в кровати, я могу пересчитать каждый мускул по количеству мест, которые болят.

Она вдруг поняла, что он рассказывает не о себе, он говорил о ней, говорил ей то, что она хотела услышать, и одновременно — что он знает, что она хочет услышать именно это.

Она почувствовала злость, приятную злость, холодную и целенаправленную. Она также почувствовала желание дотронуться своей кожей до его кожи, прижать свои голые руки к его рукам. Только это. Дальше желание не заходило. Она тихо спросила:

— Вам здесь не место, не так ли? Вы говорите не как рабочий. Кто вы такой?

— Электрик. Водопроводчик. Штукатур и многое другое.

— Так почему вы работаете именно здесь?

— Из-за денег, что вы платите мне, мисс Франкон.

Ее передернуло. Она отвернулась и пошла прочь от него вверх по тропинке.

Она знала, что он смотрит ей вслед. Она не оглянулась. Она пошла дальше через карьер и выбралась из него при первой возможности, но не вернулась назад на тропинку, где ей пришлось бы увидеть его снова.

II

Каждое утро Доминик просыпалась с мыслью о том, как она проведет день. Это было очень важно, так как она преследовала определенную цель — не ходить сегодня в карьер.

Она потеряла свободу, которую так любила. Она знала, что продолжительная борьба против власти одной-единственной страсти сама по себе тоже рабство, но такая форма цепей ее устраивала. Только так она могла допустить его присутствие в своей жизни. Она находила мрачное удовлетворение в боли, потому что эта боль исходила от него.

Она сходила в гости к дальним соседям, в семью безупречно богатых и снисходительно любезных людей, которые так надоели ей в Нью-Йорке. Она еще никого не навещала этим летом. Они были удивлены и польщены ее приходом. Доминик сидела в группе достойных людей на краю плавательного бассейна и наслаждалась собственной аурой изощренной элегантности. Она видела, с каким почтением обращаются к ней люди. Она взглянула на свое отражение в бассейне: она выглядела более утонченной и строгой, чем любой из окружающих ее людей.

Со злым волнением Доминик представила, как поступили бы эти люди, если бы могли прочесть ее мысли в этот момент, если бы они знали, что она думает о каменотесе, думает о его теле с такой интимностью, с какой никто не думает о чужом теле, — так можно думать только о своем. Она улыбнулась холодной и чистой улыбкой, по которой никто не смог бы догадаться, чем она на самом деле вызвана. Она вновь и вновь приходила к соседям лишь ради того, чтобы эти мысли нашли себе достойное обрамление в уважении людей, которые ее окружали.

Однажды вечером один из гостей предложил отвезти ее домой. Это был известный молодой поэт, бледный и чахлый. У него был нежный, чувственный рот и глаза, в которых светилась вселенская скорбь. Она не заметила, с каким задумчивым вниманием он долго смотрел на нее. Они ехали в сумерках, и она увидела, как он неуверенно наклоняется к ней. Она услышала его голос, шепчущий признания и бессвязные слова, которые она не раз слышала от других. Он остановил машину. Она почувствовала, как его губы прижались к ее плечу.

Она отвернулась от него. Мгновение Доминик сидела неподвижно, потому что иначе ей пришлось бы дотронуться до него, а ей было невыносимо противно даже подумать об этом. Затем она распахнула дверцу, выпрыгнула из машины, с силой захлопнула дверцу, как будто этот хлопок мог стереть его с лица земли, и побежала, не разбирая дороги. Через некоторое время она остановилась, затем пошла дальше, сильно дрожа. Она шла по темной дороге, пока не увидела очертания крыши своего дома.

Она остановилась и с удивлением огляделась. Такие инциденты частенько случались с ней и раньше, но тогда это ее просто забавляло — она не чувствовала отвращения, вообще ничего не чувствовала.

Она медленно пошла через лужайку к дому. На лестнице, ведущей к ее комнате, она остановилась. Ей вспомнился мужчина из каменоломни. Ясно и четко она сказала себе, что этот человек хочет ее. Она и раньше знала это — знала с того самого мгновения, когда он впервые взглянул на нее. Но никогда раньше она не признавалась себе в этом столь открыто и твердо.

Она засмеялась и окинула взглядом молчаливое великолепие дома. При виде такого дома мысль о мужчине в карьере казалась нелепой. Она знала, что этого с ней никогда не случится. И знала, какие страдания может причинить ему.

Днями напролет она с удовлетворением бродила по комнатам. Дом был ее защитой. Каждый раз, услышав взрыв в карьере, она улыбалась.

Но она чувствовала себя слишком уверенно, и дом был слишком надежен. И ей захотелось утвердиться в этой уверенности, подвергнув ее испытанию.

Она остановила свой выбор на мраморной плите перед камином в спальне. Решила разбить ее. Нагнулась, сжимая в руках молоток, и попыталась расколоть плиту. Она стучала по ней, ее тонкая рука взлетала над головой и падала вниз с жестокой беспомощностью. У нее заболели кости рук и плечевые суставы. Ей удалось лишь продолбить длинную царапину вдоль плиты. Она пошла в карьер. Увидев его издалека, она направилась прямо к нему.

— Привет,— сказала она небрежно.

Он прекратил работу, прислонился к каменной гряде и сказал:

— Привет.

— Я подумала о вас, — мягко начала она и остановилась, затем продолжила, и в ее голосе зазвучали настойчивые ноты, как в приглашении, которое нельзя не принять, — потому, что есть кое-какая грязная работа по дому. Не хотите ли немного заработать?

— Конечно, мисс Франкон.

— Приходите ко мне сегодня вечером. К черному ходу можно подойти со стороны Риджуэй-роуд. У камина треснула мраморная плита, и ее нужно заменить. Я хочу, чтобы вы вынули ее и заказали новую.

Она ожидала, что он рассердится и откажется. Он спросил:

— Когда я должен прийти?

— В семь часов. Сколько вам здесь платят?

— Шестьдесят два цента в час.

— Уверена, вы стоите этого. Я согласна платить вам по тем же расценкам. Вы знаете, как найти мой дом?

— Нет, мисс Франкон.

— Тогда спросите у кого-нибудь в поселке.

— Да, мисс Франкон.

Она пошла прочь с чувством разочарования. Ей показалось, что их тайное взаимопонимание утеряно. Он говорил так, будто речь шла об обычной работе, которую она могла предложить любому рабочему. Затем она почувствовала, как внутри все замерло, — ее охватило чувство стыда и удовольствия, которое он всегда внушал ей: она осознала, что их взаимопонимание стало более интимным и обостренным, чем раньше, — оно сквозило в том, как легко принял он ее необычное предложение. Отсутствием удивления он показал ей, как много знает.

Она попросила старого управляющего и его жену побыть в доме этим вечером. Их робкое присутствие дополняло картину феодального особняка. В семь часов она услышала звонок у входа для слуг. Старая женщина проводила его в большой зал, где Доминик стояла на площадке широкой лестницы.

Она наблюдала, как он приближается, глядя на нее. Она продержала позу достаточно долго, чтобы намекнуть ему, что это умышленная, заранее детально продуманная поза. Она нарушила ее в нужный момент — прежде чем он смог твердо в этом убедиться. Она сказала: «Добрый вечер». Ее голос был спокоен.

Он не ответил, но наклонил голову и стал подниматься к ней по лестнице. На нем была рабочая одежда и сумка с инструментами в руках. В его движениях сквозила необычная энергия, несовместимая с ее домом, с натертыми ступенями и строгими, изящными перилами. Она ожидала, что в ее доме он будет выглядеть неуместным, но неуместным казался дом вокруг него.

Она двинула рукой, указывая на дверь спальни. Он послушно последовал туда. На комнату он не обратил никакого внимания, будто вошел в обычную мастерскую. Он прошел прямо к камину.

— Вот она, — сказала она, показывая пальцем на плиту.

Не сказав ни слова, он нагнулся, вынул из сумки тонкий металлический клин, поставил его острием прямо на царапину в плите, достал молоток и ударил по клину. По плите пошла длинная, глубокая трещина.

Он взглянул на нее. Этого взгляда она боялась — он был наполнен смехом, на который никак нельзя было отреагировать, поскольку смех этот не был явным. Он сказал:

— Теперь она разбита, и ее надо заменить.

Она спокойно спросила:

— А вы знаете, что это за сорт мрамора и где заказать плиту из него?

— Да, мисс Франкон.

— Ну так выньте ее.

— Да, мисс Франкон.

Она стояла, наблюдая за ним. Странно было ощущать бессмысленную необходимость наблюдать за механическим процессом работы — как будто она могла помочь глазами. Потом она поняла, что боится взглянуть на комнату, в которой они оба находились. Она заставила себя поднять голову.

Она увидела полочку своего туалетного столика, ее стеклянную кромку, похожую в полутьме на зеленую атласную ленту, и хрустальные флакончики. Она увидела пару белых ночных тапочек, бледно-голубое полотенце на полу у зеркала, пару чулок, что висели на ручке кресла, увидела белое атласное покрывало на своей кровати. По его рубашке расплылись мокрые пятна и серые полосы каменной пыли; эта пыль полосами лежала и на его руках. Ей показалось, что он перетрогал все предметы в комнате, как будто воздух превратился в прозрачную воду, в которую их обоих погрузили, и вода, касаясь его, несла его прикосновение к Доминик и ко всем предметам, находящимся в спальне. Она хотела, чтобы он посмотрел на нее. Он работал, не поднимая головы.

Доминик подошла к нему поближе и молча замерла над ним. Никогда еще она не находилась так близко от него. Она видела гладкую кожу у него на шее и могла даже рассмотреть отдельные волоски. Она взглянула вниз на кончики своих сандалий. Там, внизу, всего лишь дюйм отделял их от его тела. Достаточно было сделать всего одно еле заметное движение ногой — и она дотронулась бы до него. Она сделала шаг назад.

Он двинул головой, но не для того, чтобы взглянуть на нее, а лишь чтобы взять другой инструмент из сумки, и снова склонился над работой. Она засмеялась вслух. Он остановился и взглянул на нее.

— Что-то не так? — спросил он.

С невозмутимым лицом она ответила ровным голосом:

— О, прошу прощения. Вы могли подумать, что я смеюсь над вами. Но, конечно же, это не так. — И добавила: — Я не хотела вас беспокоить. Вы, конечно, хотите поскорее закончить и уйти. Я в том смысле, что вы, должно быть, очень устали. Но с другой стороны, я плачу вам по часам, так что, если хотите немного потянуть время, я не против. Вам, наверное, есть о чем поговорить со мной.

— О да, мисс Франкон.

— Ну и о чем же?

— Я думаю, что это ужасный камин.

— Неужели?! Этот дом проектировал мой отец.

— Да, конечно, мисс Франкон.

— Вряд ли вам стоит обсуждать работу архитектора.

— Конечно, не стоит.

— Мы определенно могли бы выбрать какую-нибудь другую тему для разговора.

— Да, мисс Франкон.

Она отошла от него, села на кровать и отклонилась назад, опираясь на выпрямленные руки. Она закинула ногу за ногу и, крепко сжав их, вытянула в прямую линию. Ее расслабленное тело противоречило напряженно вытянутым ногам, а холодная строгость лица противоречила позе.

Он бросил на нее взгляд, не отрываясь от работы. Вскоре он почтительно заговорил:

— Я достану плиту из мрамора точно такого же качества, мисс Франкон. Очень важно различать сорта мрамора. Вообще их бывает три. Белый мрамор, образовавшийся благодаря перекристаллизации известняка, ониксовый мрамор, который является отложением карбоната кальция, а также зеленый мрамор, который состоит в основном из гидромагнезиевого силиката, или серпентина. Последний не может считаться настоящим мрамором. Настоящий мрамор — это метаморфическая форма известняка, возникающая при огромном давлении и высоких температурах. Давление — это могучий фактор. Оно приводит к последствиям, которые, раз начавшись, уже не могут быть остановлены.

— Каким последствиям? — спросила она, подавшись вперед.

— К рекристаллизации частичек известняка с просачиванием инородных элементов из почвы. Это-то и приводит к образованию цветных полос, которые можно наблюдать у большинства разновидностей мрамора. Розовый мрамор возникает в присутствии марганцевых окислов, серый мрамор — дитя карбонатов, желтый — продукт гидроокиси железа. Эта плита, конечно же, сделана из белого мрамора. Существует множество разновидностей белого мрамора. И здесь вы должны быть очень осторожны, мисс Франкон…

Она сидела, подавшись вперед, собравшись в черный комок; лампа отбрасывала свет на ее руку, которую она уронила на колено ладонью вверх, с полураскрытыми пальцами, в контурах которых мягко отсвечивал огонь камина. На темном фоне платья рука казалась слишком откровенно белой.

— …заказывая мне новую плиту именно этого сорта. Ведь, например, не следует ставить на это место плиту из белого джорджийского мрамора, которой не так мелкозернист, как белый вермонтский, а тот, в свою очередь, не может сравниться с белым алабамским. Эта плита сделана из алабамского мрамора. Очень качественного и очень дорогого.

Он увидел, как она сжала руку и выронила ее за пределы круга света. Он молча продолжил работу. Закончив, он поднялся и спросил:

— Куда положить плиту?

— Оставьте там. Ее уберут потом.

— Я закажу новую, которую изготовят по этим размерам и доставят вам наложенным платежом. Вы хотите, чтобы ее установил я?

— Да, конечно. Я дам вам знать, когда ее привезут. Сколько я вам должна? — Она взглянула на часы, что стояли на столике рядом с кроватью: — Так-так, вы здесь три четверти часа. Это сорок восемь центов. — Она взяла сумку, вынула долларовую купюру и протянула ему: — Сдачу можете оставить себе.

Она надеялась, что он бросит бумажку ей в лицо. Нет. Он опустил ее в карман и сказал:

— Спасибо, мисс Франкон.

Он увидел, как краешек ее длинного черного рукава дрожит над сжатыми пальцами.

— Спокойной ночи, — сказала она гулким от злости голосом.

Он кивнул ей:

— Спокойной ночи, мисс Франкон.

Он повернулся, спустился по ступеням и вышел из дома.

Она перестала думать о нем. Она думала о мраморной плите, которую он заказал. Она ждала, когда ее привезут, с лихорадочным напряжением, внезапно охватившим ее, как приступ безумия. Она считала дни, следила за грузовиками, изредка проезжавшими по дороге, проходившей позади лужайки.

Она яростно убеждала себя, что ждет всего лишь плиту. Именно ее, и ничего больше. И никаких других причин ее состояния не существует. Не существует! Это было последнее истерическое проявление ее наваждения. Вот привезут плиту, и всему этому настанет конец.

Когда плиту привезли, она едва глянула на нее. Не успел грузовик, который привез плиту, отъехать, как она уже сидела за столом и писала записку на самой лучшей почтовой бумаге. Она написала: «Плиту привезли. Я хочу, чтобы ее установили сегодня вечером». Она послала своего управляющего с запиской в карьер. Она приказала отнести ее и при этом сказала:

— Отдайте это тому рыжему рабочему, что уже был здесь. Я не знаю, как его зовут.

Управляющий вернулся и принес ей клочок бумаги, выдранный из бумажного пакета, на котором карандашом было написано: «Плита будет установлена сегодня вечером».

Она ждала, сидя у окна своей спальни и чувствуя удушающую пустоту нетерпения. Звонок у входа для прислуги зазвонил в семь часов. В дверь постучали.

— Войдите, — сказала она, сказала резко, чтобы скрыть странный тон своего голоса.

Дверь открылась, и вошла жена управляющего, показывая кому-то стоявшему сзади, чтобы следовал за ней. Вошедший оказался приземистым пожилым итальянцем с кривыми ногами, золотой серьгой в ухе и потертой шляпой, которую он уважительно держал двумя руками.

— Вот человек, которого прислали из карьера, мисс Франкон, — сказала жена управляющего.

Доминик спросила, причем голос ее прозвучал как нечто среднее между криком отчаяния и вопросом:

— Кто вы такой?

— Паскуале Орсини, — послушно ответил удивленный мужчина.

— Что вам угодно?

— Ну, я... ну, рыжий там, в карьере, сказал, что надо какой-то камин починить, он сказал, что вы... это... хотите, чтобы я его починил.

— Да, да, конечно, — сказала она поднимаясь. — Я забыла. Приступайте.

Она не могла оставаться в спальне. Ей необходимо было бежать отсюда, чтобы никто ее не видел, чтобы самой себя не видеть, насколько возможно.

Она остановилась посреди сада и стояла, вся дрожа и прижимая кулаки к глазам. Ею овладел гнев, одно-единственное чистое и цельное чувство, в котором решительно не было места ничему другому —

ничему, кроме ужаса, скрывавшегося под гневом; и ужас этот был вызван тем, что теперь ей больше нельзя пойти в каменоломню, и все же она знала, что непременно пойдет туда.

Как-то ранним вечером, несколько дней спустя, она направилась к карьеру на обратном пути после долгой прогулки верхом. Увидев, как удлиняются тени, падающие на лужайку, она поняла, что еще одной ночи просто не переживет. Ей непременно нужно было попасть туда, в карьер, пока еще не ушли рабочие.

Она повернула коня и поскакала к карьеру; ветер обжигал ей щеки.

Подъехав к карьеру, она сразу поняла, что его там нет, хотя рабочие только начали уходить и длинной колонной шли по тропке, ведущей из чаши каменоломни. Она стояла, сжав губы, и искала его глазами. Но она знала, что он уже ушел.

Доминик поскакала в лес. Она пролетала, не разбирая дороги, между стенами листьев, которые растворялись в наступающих сумерках. Остановилась, отломила от дерева длинный, тонкий прут, сорвала с него листья и понеслась дальше, нахлестывая коня, чтобы мчаться еще быстрее. Ей казалось, что с помощью скорости можно сделать вечер более быстротечным, ускорить бег времени. Ей хотелось на этой скорости прыгнуть сквозь время прямо туда, в утро, которое еще не наступило. А потом она увидела — вот он идет перед ней по тропинке, один.

Она рванулась вперед и, догнав его, резко остановилась. Ее кинуло сначала вперед, затем назад, как отпущенную пружину. Он тоже остановился.

Они молча смотрели друг на друга. Она подумала, что каждое молчаливое мгновение подобно предательству: этот безмолвный поединок был слишком красноречивым признанием того, что никакие приветствия не нужны. Она спросила безжизненным голосом:

— Почему вы не пришли устанавливать плиту?

— Я думал, что для вас не имело значения, кто придет. Или я был не прав, мисс Франкон?

Эти слова показались ей не звуками человеческой речи, а пощечиной. Ветка, которую она держала в руке, поднялась и хлестнула его по лицу. И, хлестнув той же веткой коня, она вновь поскакала — теперь уже прочь от него.

Доминик сидела за туалетным столиком в своей спальне. Было очень поздно. Вокруг во всем пустом огромном доме не раздавалось ни звука. Застекленные двери спальни выходили на террасу, но из сада, лежащего позади нее, не доносилось даже шелеста листвы. Одеяла на ее кровати были уже откинуты и ждали ее, и подушка выглядела особенно белой на фоне высоких черных окон.

«Попытаюсь заснуть», — подумала она. Она не видела его три дня. Доминик пробежала руками по волосам, пригладив ладонями их мягкую волну. Прижала смоченные духами кончики пальцев к вискам и подержала их некоторое время. Она почувствовала облегчение от приятного прохладного жжения духов на коже. Пролитая капля духов осталась на полочке туалетного столика; эта капля блестела как драгоценный камень, впрочем, не уступая ему и в цене.

Она не слышала шагов в саду. Она услышала их только на лестнице террасы. Она села, нахмурилась и посмотрела на дверь.

Он вошел. На нем была рабочая одежда: грязная рубашка с закатанными рукавами и брюки, перепачканные каменной пылью. Он стоял, неотрывно глядя на нее. На лице его уже не было понимающей усмешки. Оно было суровым, откровенно жестоким — лицо аскета, открывшего страсть: щеки впали, губы крепко сжаты. Она вскочила на ноги и тоже замерла, отведя назад руки с раздвинутыми пальцами. Он не двигался. Доминик видела, как шевелится на его шее вена, то набухая, то снова опадая.

Затем он подошел к ней. Он обнял ее так, что, казалось, его плоть врезалась в ее плоть, и она почувствовала кости его рук на своих ребрах, его ноги крепко прижались к ее ногам, а его рот впился в ее рот.

Она не знала, что было сначала: то ли, содрогаясь от ужаса и упершись локтями ему в шею, она принялась извиваться всем телом, стараясь вырваться, то ли, наоборот, застыла в его руках, потрясенная его прикосновением. Именно об этом она и думала, этого ждала, но никак не могла представить себе, что будет вот так, ведь к жизни это не могло иметь отношения — выдержать такое более секунды совершенно невозможно.

Она попыталась оттолкнуть его от себя. Но его руки этих попыток даже не заметили. Она колотила его кулаками по плечам, по лицу. Одной рукой он поймал кисти обеих ее рук и завел их ей за голову, выкручивая в плечах. Она запрокинула голову далеко назад. Она почувствовала его губы на своей груди… и вырвалась из его объятий.

Привалившись к туалетному столику, она наклонилась, сжимая отведенными назад руками край столешницы. Ее глаза расширились, стали бесцветными и бесформенными от ужаса. Он смеялся. Точнее, его лицо исказила гримаса смеха, но никаким звуком это не сопровождалось. Вероятно, он намеренно отпустил ее. Он стоял, расставив ноги, руки спокойно висели вдоль тела. Тем самым он заставил ее ощущать его тело на расстоянии — сильнее, чем когда она была в его объятиях. Она посмотрела на дверь позади него, но он заметил этот намек на движение, эту мимолетную мысль прыгнуть к двери. Он раскрыл руки, не дотрагиваясь до нее, и она отшатнулась. Ее плечи чуть-чуть приподнялись. Он сделал шаг вперед, и ее плечи опали. Она еще сильнее вжалась в столик. Некоторое время он не двигался, выжидая. Затем приблизился и без малейших усилий поднял ее. Она вцепилась зубами в его руку и почувствовала вкус крови на кончике языка. Он откинул ее голову назад и ртом заставил разжать зубы.

Она дралась, как животное, но не издала ни звука. Она не звала на помощь. В его придыханиях она слышала эхо своих ударов и поняла, что это были придыхания, порожденные наслаждением. Она дотянулась до лампы на туалетном столике. Он выбил лампу из ее руки. В темноте хрусталь разлетелся на мелкие кусочки.

Он швырнул ее на кровать, она почувствовала, как горло и глаза наливаются кровью, полной ненависти и бессильного ужаса. Она чувствовала лишь ненависть и прикосновения его рук к своему телу — рук, что крушат даже гранит. Она отчаянно, из последних сил, дернулась. Резкая боль прострелила все ее тело до самого горла, и она закричала. Затем замерла.

То, что произошло, могло быть нежным, как дань любви, а могло быть и символом унижения и покорения. Это мог бы быть поступок влюбленного — или солдата, насилующего женщину из вражеского стана. Он выражал этим презрение и насмешку. Он брал ее, не любя, а как бы именно оскверняя, и поэтому она лежала неподвижно и подчинялась ему. Достаточно было бы малейшего проявления нежности с его стороны — и она осталась бы холодна и не почувствовала, что делают с ее телом. Но поступок властелина, который вот так, с презрением, постыдно для нее овладел ее телом, породил в ней тот страстный восторг, которого она так долго ждала.

Затем она почувствовала, как он содрогнулся в агонии наслаждения, нестерпимого даже для него самого, и поняла, что это она, ее тело подарило ему наслаждение, и тогда она... укусила его губы, почувствовав то, что он хотел дать ей почувствовать.

Он неподвижно лежал на краю кровати, отодвинувшись от нее и свесив голову вниз. Она слышала его медленное, тяжелое дыхание. Она лежала на спине, в том же положении, в каком он оставил ее, неподвижно, с открытым ртом, чувствуя себя опустошенной, легкой до невесомости, невидимо тонкой.

Она увидела, как он встает, его силуэт на фоне окна. Он вышел, не сказав ни слова, не взглянув на нее. Она это заметила, но это все не имело для нее никакого значения. Она просто слушала звук его удаляющихся шагов в саду.

Доминик долго пролежала неподвижно. Затем она пошевелила языком во рту и услышала звук, шедший откуда-то изнутри; это был сухой короткий всхлип, но она не плакала, ее глаза были открытыми и сухими, как будто парализованными. Звук перешел в движение — в спазм, который пробежал вниз, от горла к желудку. Ее буквально подбросило — она неуклюже встала, согнувшись и прижав руки к животу. Она услышала, как в темноте дребезжит маленький столик у кровати, и взглянула на него, пораженная тем, что столик пришел в движение без всяких на то причин. Затем она поняла, что трясется сама. Она не испугалась: было просто глупо так дрожать, какими-то короткими толчками, напоминающими беззвучную икоту.

Она подумала, что нужно принять ванну. Это желание сделалось нестерпимым, словно появилось уже очень давно. Все прочее не имеет значения, только бы принять ванну. Медленно переставляя ноги, она двинулась по направлению к туалетной.

Включив там свет, она увидела себя в высоком зеркале. Она увидела пурпурные синяки, которые его рот оставил на ее теле. Услышала собственный глухой стон, не очень громкий. Стон был вызван не тем, что она увидела, а тем, что внезапно поняла. Она поняла, что не примет ванну. Поняла, что хочет сохранить ощущение его тела, следы его тела на своем, поняла, что именно подразумевает такое желание. Она упала на колени, сжимая край ванны. Она не могла заставить себя переползти через этот край. Ее руки соскользнули, и она замерла, лежа на полу. Плитка под ней была жесткой и холодной. Она пролежала так до утра.

Рорк проснулся утром, подумав, что прошлой ночью была достигнута некая точка, словно его жизнь на какое-то время приостановила свое течение. Собственно, ради таких остановок он и двигался вперед — таких, как строящийся хэллеровский дом или как прошлая ночь. По какой-то причине, не поддававшейся выражению в словах, прошлая ночь стала для него тем же, что и возведение дома, — по качеству ощущений, по полноте восприятия жизни.

Их обоих соединяло нечто большее, чем яростная схватка, чем нарочитая грубость его действий. Ведь если бы эта женщина не значила для него так много, он бы не поступил с ней таким образом; если бы он не значил для нее так много, она не защищалась бы с таким отчаянием. И было несказанно радостно знать, что они оба понимали это.

Он пошел в карьер и работал в этот день как обычно. Она не пришла в карьер, а он и не ждал, что она придет. Но мысль о ней не покидала его. Это было ему любопытно. Было странно столь остро сознавать существование другого человека, ощущать в нем сильнейшую потребность, которую не было надобности облекать в слова; не было в ней ни особой радости, ни особой боли, она просто была — безоговорочная, как приговор. Было важно знать, что она, эта женщина, существует в мире, было важно думать о ней — о том, как она проснулась этим утром, о том, как двигалось ее тело, ныне принадлежащее ему — ему навсегда, думать о том, что она думает.

В тот вечер, ужиная в закопченной кухне, он открыл газету и увидел в колонке светской хроники имя Роджера Энрайта. Он прочел этот короткий абзац:

«Похоже, что еще один грандиозный план скоро полетит в мусорную корзину. Роджер Энрайт, нефтяной король, видимо, на этот раз оказался бессилен. Ему придется повременить со своей последней голубой мечтой — зданием Энрайта. Как нам сообщили, имеются проблемы с архитектором. Похоже, что целой полудюжине строительных воротил неугомонный мистер Энрайт уже дал от ворот поворот. И это несмотря на то, что все они мастера высочайшего класса».

Рорк остро почувствовал то состояние, с которым всегда старался бороться, от болезненного воздействия которого старался защититься, — состояние беспомощности, которое возникало у него всякий раз, когда перед его мысленным взором вставало то, что он мог бы сделать, если бы его не лишили этой возможности. Затем, без всякой причины, он подумал о Доминик Франкон. Она никак не была связана с тем, что занимало его ум, и его неприятно поразило, что она сумела остаться в его сознании среди всех прочих мыслей.

Прошла неделя. Однажды вечером он нашел в каморке письмо, которое дожидалось его. С бывшего места работы письмо переслали на его последний домашний адрес в Нью-Йорке, оттуда — Майку, а от Майка — в Коннектикут. Оттиснутый на конверте адрес какой-то нефтяной компании ни о чем не говорил ему. Он открыл конверт и прочел:

«Дорогой мистер Рорк! Я приложил немало усилий, чтобы разыскать Вас, но не смог установить Ваше местонахождение. Пожалуйста, свяжитесь со мной, как только сможете. Если Вы тот самый человек, который построил магазин Фарго, мне хотелось бы обсудить с Вами вопрос постройки здания Энрайта.

Искренне Ваш,
Роджер Энрайт».

Полчаса спустя Рорк был в поезде. Когда поезд тронулся, он вспомнил о Доминик и подумал, что покидает ее. Эта мысль показалась ему какой-то далекой и несущественной. Он был лишь удивлен тем, что все еще думает о ней. Думает даже теперь.

Она сможет примириться, тем временем думала Доминик, сможет когда-нибудь забыть то, что произошло с ней. Только одного она никогда не сможет забыть, что происшедшее доставило ей удовольствие и что он знал об этом. Более того — он знал, что ей это будет приятно, а если бы не знал, то никогда не пришел бы. Только одно могло спасти ее — она могла бы дать ему понять, что испытывает отвращение. Но она не сделала этого. В собственном отвращении и ужасе она обрела наслаждение — и еще в силе этого человека. Именно такого унижения она жаждала; именно поэтому она его возненавидела.

Однажды утром, за завтраком, она обнаружила на столике письмо. Письмо было от Альвы Скаррета:

«Когда же ты вернешься, Доминик? Мы все здесь скучаем по тебе безмерно. Да, ты, конечно, не подарок, и я даже побаиваюсь тебя. Но на расстоянии рискну раздуть твое и без того чрезмерное самомнение и признаюсь, что мы все ждем тебя с нетерпением. Твое возвращение будет подобно триумфальному возвращению императрицы».

Прочитав это, она улыбнулась и подумала: «Если бы они знали... эти люди из прежней жизни, с их трепетным преклонением передо мной... Меня изнасиловали. Изнасиловал какой-то рыжий бандит из каменоломни... Меня, Доминик Франкон!» При всем острейшем чувстве унижения эти слова дарили ей наслаждение, равное тому, которое она испытала в его объятиях.

Мысли эти не покидали ее, когда она шла по дороге, проходила мимо людей, а люди склоняли головы перед ней — владычицей всего городка. Ей хотелось кричать об этом во всеуслышание.

Дни летели, и она не замечала их. Она радовалась собственной непонятной отстраненности, тому, что осталась наедине со словами, которые неустанно повторяла про себя. Однажды утром, стоя на лужайке в саду, она поняла, что прошла неделя и что за всю неделю она ни разу не видела его. Развернувшись, она быстро зашагала через лужайку к дороге. Она направлялась в каменоломню.

Она не спеша шла с непокрытой головой по солнцепеку весь долгий путь к карьеру. Не было необходимости спешить. Это было неизбежным. Снова увидеть его... Конкретной цели у нее не было. Потребность была так сильна, что невозможно было говорить о цели... Может быть, после... В ее сознании смутно проступало многое, что ей довелось пережить, — ужасное, очень важное, но главным было одно, только одно — еще раз увидеть его...

Она подошла к карьеру и осмотрелась — медленно, внимательно, тупо. Тупо потому, что мозг ее не мог вместить в себя невосполнимость того, что ей открылось: она сразу поняла, что его здесь нет. Работа шла полным ходом, солнце стояло высоко, рабочий день был в самом разгаре, не видно было ни одного незанятого человека, но его не было среди них. Она долго стояла оцепенев. Затем она увидела управляющего и махнула ему, чтобы он подошел.

— Добрый день, мисс Франкон. Отличный денек, мисс Франкон, не правда ли? Как будто опять середина лета, а ведь все же осень не за горами; да, осень уже наступает, взгляните на листья, мисс Франкон.

Она спросила:

— У вас здесь был рабочий... мужчина с очень яркими рыжими волосами. Где он?

— Ах да. Этот. Он уехал.

— Уехал?

— Ну да. Уволился и уехал в Нью-Йорк, по-моему. Очень неожиданно.

— Когда — неделю назад?

— Нет, что вы. Только вчера.

— Скажите, как... — Она остановилась. Она собиралась спросить, как его зовут. Но вместо этого спросила: — Почему здесь вчера работали до позднего вечера? Я слышала взрывы.

— Выполняли особый заказ для клиента мистера Франкона. Здание «Космо-Злотник». Слыхали, наверное? Спешная работа.

— Да... понятно.

— Я сожалею, что это вас побеспокоило, мисс Франкон.

— Нет, вовсе нет.

Она ушла. Она так и не спросила его имени. В этом был ее последний шанс вновь обрести свободу.

Она шла стремительно, чувствуя внезапное облегчение. Она удивилась, почему не замечала, что не знает его имени, и почему ни разу не спросила его об этом. Может быть, потому что узнала о нем все, что нужно было знать, с первого взгляда. Она подумала, что в Нью-Йорке невозможно разыскать безымянного рабочего. Значит, можно быть спокойной. Вот если бы она знала его имя, то уже сейчас была бы на пути в Нью-Йорк.

Дальше все просто и понятно. Главное, никогда не пытаться разузнать его имя. Ей дарована отсрочка. Дарован шанс бороться. Она поборет это в себе, или это поборет ее. Если она будет побеждена, она спросит, как его зовут.

III

Когда Питер Китинг вошел в кабинет, открывающаяся дверь издала высокий трубный звук. Она распахнулась перед ним будто сама по себе — как при приближении человека, перед которым все двери должны открываться именно таким образом.

Его рабочий день в конторе начинался с газет. Внушительная их пачка, сложенная секретарем на столе, уже поджидала его. Он с удовольствием читал все новое, что появлялось в печати о строительстве здания «Космо-Злотник» или о фирме «Франкон и Китинг».

В сегодняшних утренних газетах о них не упоминалось, и Китинг хмурился. Он заметил, тем не менее, статью об Эллсворте М. Тухи. Это была ошеломляющая статья. Умер известный филантроп Томас Л. Фостер, который оставил скромную сумму в сто тысяч долларов Эллсворту М. Тухи — «моему другу и духовному наставнику в знак признательности его благородному уму и подлинной преданности человечеству». Эллсворт принял наследство и тотчас передал его, не истратив ни цента, в Центр социальных исследований, передовое учебное заведение, где он читал лекции по курсу «Искусство как социальный феномен». Его объяснение было очень простым: он не верит в такой институт, как частное наследование. От дальнейших объяснений он отказался. «Нет, друзья мои, — сказал он, — не стоит больше об этом, — и прибавил, проявляя свою очаровательную способность смягчать серьезность собственных слов: — Мне нравится предаваться роскоши комментировать только интересные темы. Я не считаю свою особу одной из таких тем».

Питер Китинг прочел статью. И так как он знал, что подобного поступка не совершит никогда в жизни, он чрезвычайно им восхищался.

Потом он подумал в привычном приступе раздражения, что так и не сумел познакомиться с Эллсвортом Тухи. Тухи отправился в турне с лекциями вскоре после решения комиссии конкурса «Космо-Злотника», и вот теперь, после самой блестящей награды, которую он когда-либо получал, отсутствие одного человека, с которым он больше всего хотел встретиться, обесценивало все его достижения. За все это время в колонке, которую вел Тухи, не появилось даже упоминания о Китинге. И в это утро Питер с надеждой обратился к колонке «Вполголоса» в «Знамени». Но сегодня «Вполголоса» была вся посвящена «Песням и прочему» и стремилась доказать превосходство народных песен над всеми другими видами музыкального творчества и хорового пения — над любой другой манерой исполнения.

Китинг отбросил «Знамя». Он встал и возбужденно заходил по кабинету, ибо пришло время подумать о гложущей его проблеме. Вот уже которое утро он все откладывал ее решение. Она была связана с выбором скульптора для здания «Космо-Злотник». Несколько месяцев назад заказ на сооружение гигантской статуи «Трудолюбие», предназначавшейся для установки в главном вестибюле здания, был отдан — предварительно — Стивену Мэллори. Это решение озадачило Китинга, но оно принадлежало мистеру Злотнику, поэтому Китинг одобрил его. Он встретился с Мэллори и сказал ему: «…в знак признания ваших выдающихся способностей… конечно, у вас нет имени, но оно у вас появится после получения такого заказа, как мое здание, что не часто случается».

Мэллори ему не понравился. Глаза Мэллори были подобны черным провалам тлеющего пожара, и Мэллори ни разу не улыбнулся. Ему было двадцать четыре года, однажды уже состоялась выставка его работ, но заказами его не баловали. Его работы были необычны и чересчур агрессивны. Китинг запомнил, что как-то написал о них в рубрике «Вполголоса» Эллсворт Тухи: «Скульптуры мистера Мэллори были бы весьма замечательны, если бы можно было забыть гипотезу о Сотворении мира и человека Господом. Если бы эту работу доверили мистеру Мэллори, возможно, он смог бы справиться с ней лучше, чем Всемогущий, если судить по тому, что он выдает в камне за человеческое тело. Или все же не смог бы?»

Китинг перестал удивляться выбору мистера Злотника, как только узнал, что Милашка Уильямс одно время снимала комнату в том же доме, что и Стивен Мэллори, а в настоящий момент мистер Злотник ни в чем не мог отказать Милашке Уильямс. Мэллори был нанят, работал и представил модель своей статуи «Трудолюбие». Когда Китинг увидел ее, он понял, что статуя будет выглядеть в четких, элегантных линиях вестибюля как незажившая рана, словно опаленная языком пламени. Это было изображение стройного обнаженного тела мужчины, который выглядел так, будто мог пробиться через стальные листы обшивки боевого корабля и преодолеть любые преграды. Статуя стояла как вызов. Она оставляла какое-то странное впечатление у смотрящих, люди, стоящие рядом с ней, выглядели как будто еще меньше и печальнее, чем обычно. В первый раз за всю свою жизнь, глядя на эту статую, Китинг подумал, что теперь он понимает, *что* означает слово «героический».

Он не сказал ничего. Но когда модель отослали мистеру Злотнику, многие с негодованием говорили то, что чувствовал Китинг. Мистер Злотник попросил его найти другого скульптора и оставил право выбора за ним.

Китинг опустился в кресло, откинулся на спинку и щелкнул языком. Он задумался, не отдать ли заказ Бронсону, скульптору, который был в дружеских отношениях с миссис Шуп, женой президента «Космо», или же Полмеру, которого рекомендовал мистер Хьюзби, планировавший строительство новой фабрики по производству косметики стоимостью в пять миллионов долларов. Китинг обнаружил, что ему нравится сам процесс раздумывания, — он держал в своих руках жизнь двух людей и, вероятно, многих других, их судьбу, их работу, их надежды и даже, возможно, количество еды в их желудках. Он мог выбирать, как ему заблагорассудится, руководствуясь какими угодно причинами или обходясь вообще без причин; мог подбросить монету, мог вычислить их по пуговицам своего пиджака. Он был великим человеком — по милости тех, кто от него зависел.

Затем он обнаружил конверт.

Он лежал поверх груды писем на его столе. Это был простой, тонкий, узкий конверт, но в уголке был оттиснут фирменный знак «Знамени». Он поспешно потянулся за ним. В нем не было никакого личного послания, лишь вырезка из пробного оттиска завтрашнего номера «Знамени». Он увидел знакомое «Вполголоса» Эллсворта М. Тухи, а прямо под названием колонки — всего одно слово в качестве подзаголовка, напечатанное нарочито крупными буквами, единственное слово, кричащее своей единственностью, ставшее обращением, потому что перед ним был пробел: «Китинг».

Он выпустил из рук газетную вырезку, затем вновь ухватился за нее и прочел, захлебываясь громадными непереваренными мотками фраз; бумага дрожала в его руке, лоб покрылся розовыми пятнами. Тухи писал:

«Слово “великий” по отношению к конкретному человеку есть не что иное, как литературное преувеличение, которое, подобно преувеличению физических размеров, незамедлительно — и логично — заполняется банальной пустотой. На ум приходит образ неимоверно надувшегося воздушного шарика, не правда ли? Тем не менее нечасто, но складываются обстоятельства, когда мы вынуждены признать, что то, что мы все несколько приблизительно понимаем под словом “величие”, находит свое поразительно точное воплощение в реальности. В нашем случае оно материализовалось в образе почти мальчика по имени Питер Китинг — восходящей звезды архитектуры. Мы слышали так много лестных отзывов, впрочем, заслуженных, о великолепном здании “Космо-Злотник”, которое Питер спроектировал. Давайте же, воспользовавшись случаем, впервые взглянем не на здание, а на человека, отпечаток личности которого оно якобы несет.

Вы увидите, друзья мои, что Питер реализовал свое Я именно в том, что здание не несет отпечатка ни его личности, ни чьей-либо еще. В этом и заключается подлинное величие самоотверженного духа молодости, который впитал все наши знания и опыт и, обогатив их благородным блеском собственного таланта, подарил миру. Только таким образом, воплощая достижения всех в своем собственном, отдельный человек может стать представителем бесчисленного множества людей, а не выразителем собственных сиюминутных капризов...

...Все, кто умеет видеть суть вещей, видят то, что хотел сказать Питер Китинг всем нам, создавая здание "Космо-Злотник", видят, что три простых массивных основания являются как бы единым телом нашего рабочего класса, на котором покоится все общество, что ряды идентичных окон, обращенные стеклами к солнцу, не что иное, как души простых людей, бесчисленные и безвестные создания, тянущиеся к свету, равные в своем братстве, что изящные пилястры, поднимающиеся от своего прочного основания и обрывающиеся в веселом дыхании коринфских капителей, — все это цветы нашей культуры, расцветающие лишь в том случае, если их корни укреплены в плодородной почве широких масс...

...Отвечая всем тем, кто полагает всех критиков чудовищами, чьей единственной целью является уничтожение легко ранимого таланта, наша рубрика хотела бы поблагодарить Питера Китинга за предоставление нам редкой — о, какой редкой! — возможности показать нашу радость в исполнении нашего подлинного долга, который состоит в открытии юного таланта, — разумеется, когда есть что открывать. И если Питеру Китингу случится прочесть эти строки, мы не ожидаем от него благодарности. Благодарить должны мы».

Только когда Китинг принялся читать статью в третий раз, он обратил внимание на несколько строчек, написанных красным карандашом и уместившихся возле заголовка:

«Дорогой Питер Китинг, загляните на днях ко мне в редакцию. Мне хотелось бы узнать, как Вы выглядите. Э.М.Т.».

Он выпустил вырезку из рук, и она слетела на стол, а он в каком-то блаженном оцепенении стоял над ней, запустив пальцы себе в волосы. Потом он повернулся к своим эскизам здания «Космо-Злотник», развешанным на стене между громадными фотографиями Парфенона и Лувра. Он вгляделся в его пилястры. Китинг никогда не думал о них как о культуре, расцветающей в широких массах, но, решил он, такой взгляд вполне оправдан — как и все прочие похвалы.

Затем он схватил телефонную трубку. Ему ответил высокий монотонный голос, принадлежавший секретарю Эллсворта Тухи. Он договорился о встрече с Тухи на завтра, в половине пятого.

В последующие часы его рутинная работа наполнилась ощущением небывалого подъема. Казалось, слова Эллсворта Тухи смогли превратить его обыденную деятельность из обычной плоской фрески в благородный барельеф, одним мановением придав ей третье измерение.

Гай Франкон завел привычку время от времени выходить из своего кабинета без всякой видимой причины. Сдержанные тона его рубашек и носков неизменно гармонировали с сединой в висках. В такие минуты он стоял молча и благожелательно улыбался. Китинг промчался мимо него в чертежную и, заметив его присутствие, не остановился, а лишь замедлил свой бег для того, чтобы сунуть в складки его носового платка цвета мальвы, торчавшего из нагрудного кармана, шуршащий клочок газеты:

— Почитай в свободное время, Гай. — А когда уже почти исчез в соседней комнате, прибавил: — Ты не против пообедать со мной сегодня, Гай? Подожди меня в «Плаза»*.

Когда Китинг возвращался с обеда, его остановил молодой чертежник, который высоким от возбуждения голосом спросил:

— Скажите, мистер Китинг, а кто же это стрелял в Эллсворта Тухи?

Китинг с трудом выдохнул:

— Кто — *что* сделал?

— Стрелял в мистера Тухи.

— *Кто*?

— Это я как раз и спрашивал. Кто?

— Стрелял... в *Эллсворта Тухи*?

— Да, я прочел об этом в газете у одного парня в ресторане. Не было времени купить самому.

— Он... *убит*?

— Вот этого я и не знаю. Прочел, что вроде только стреляли.

— Но если он убит, опубликуют ли завтра его колонку?

— Не знаю. А в чем дело, мистер Китинг?

— Отправляйтесь и живо принесите мне газету.

— Но мне надо...

— Принеси мне газету, ты, чертов идиот!

Статья была опубликована в дневных выпусках газет.

«Сегодня утром, когда Эллсворт Тухи покинул свою машину напротив радиостанции, где он должен был выйти в эфир с беседой "Бессловесные и беззащитные", в него стреляли. Выстрел не достиг цели. Эллсворт Тухи остался невозмутимым и полностью владел собой. Его поведение можно назвать театральным только в том смысле, что в нем полностью отсутствовало что-либо театральное. Он сказал: "Мы не можем заставлять радиослушателей ждать" — и поспешил наверх, к микрофону, где, не упомянув о случившемся, провел получасовую беседу, полагаясь лишь на память, как всегда. При аресте стрелявший ничего не сказал».

Китинг с пересохшим горлом уставился на имя покушавшегося. Это был Стивен Мэллори. Китинг всегда боялся необъяснимого, особенно когда это необъяснимое заключалось не в осязаемых фактах, а таилось в беспричинном чувстве страха внутри его самого. Не случилось ничего, что касалось бы лично его, не считая разве того, что ему бы хотелось, чтобы стрелявший был кем угодно, но не Стивеном Мэллори; но он и сам не мог бы объяснить, почему ему хотелось этого.

Стивен Мэллори ничего не сказал. Он не дал никакого объяснения своего поступка. Вначале, узнав, что он жил в ужасной бедности, предположили, что его толкнуло на покушение отчаяние из-за неудачи с заказом на скульптуру для здания «Космо-Злотник». Но было неопровержимо доказано, что Эллсворт Тухи не имел никакого отношения к этой неудаче. Тухи никогда не говорил с мистером Злотником о Стивене Мэллори. Тухи даже не видел статую «Трудолюбие». В этой связи Мэллори нарушил молчание и допустил, что он никогда не встречался с Тухи и никогда ранее не видел его лично, а также не знал никого из друзей Тухи.

«Вы полагаете, что мистер Тухи каким-то образом ответственен за то, что вы потеряли заказ?» — спросили его. Мэллори ответил: «Нет». — «Тогда в чем же дело?» Мэллори в ответ промолчал.

Тухи не узнал стрелявшего, когда тот был схвачен полицейскими на тротуаре возле радиостанции. Его имя он узнал только после окончания своей радиопередачи. Выйдя из студии в вестибюль, полный ожидающих его репортеров, Тухи сказал: «Нет, конечно, я не буду возбуждать против него никакого иска. Я хочу, чтобы его отпустили. Кстати, а кто это такой?» Когда ему сказали, взгляд Тухи замер в точке где-то между плечом одного из окруживших его газетчиков и краем шляпы другого. Затем Тухи, который был спокоен даже в тот момент, когда пуля, пролетев всего в дюйме от его головы, пробила стекло во входной двери, обронил только одно слово; и это слово, тяжелое от страха, казалось, скатилось к его ногам: «Почему?»

Никто не ответил. Тогда Тухи пожал плечами, улыбнулся и произнес: «Это было покушение на свободу слова — что ж, у юноши отвратительный вкус!» Но никто не поверил этому объяснению, потому что все чувствовали: Тухи сам в него не верит. Во время последовавшего интервью Тухи с юмором отвечал на вопросы. Он сказал: «Я никогда не считал себя столь значительной личностью, чтобы заслуживать покушения. Оно могло бы стать величайшей наградой — если бы так не отдавало дешевой опереттой». Ему удалось создать успокаивающее впечатление, что ничего значительного не произошло, потому что на этом свете никогда не происходит ничего значительного.

Мэллори отправили в тюрьму — ждать суда. Все попытки допросить его ничего не дали. В нескончаемые ночные часы Китинга лишала спокойствия ни на чем не основанная уверенность, что Тухи чувствует себя сейчас так же, как и он. «Он знает, — думал Китинг, — и я знаю, что в мотивах Стивена Мэллори кроется гораздо большая опасность, чем в его злодейском покушении. Но мы никогда не узнаем о его мотивах. Или узнаем?..» И затем он коснулся самой сути страха — это было внезапное желание защититься на все годы, вплоть до самой смерти, и никогда не узнать, что двигало в этом случае Мэллори.

Когда Китинг вошел, секретарь неспешно поднялся и открыл перед ним дверь в кабинет Эллсворта Тухи. Китинг уже переборол страх перед перспективой встречи со знаменитым человеком, но страх вновь овладел им в тот момент, когда он увидел, как открывается под рукой секретаря дверь. Он попытался представить, как в действительности выглядит Тухи. Он вспомнил великолепный голос, который слышал в фойе во время собрания забастовщиков, и вообразил себе некоего гиганта с густой гривой волос, возможно уже начинающих седеть, со смелыми, резкими чертами лица, в которых разлита бесконечная благожелательность, короче, нечто слегка напоминающее лик Бога Отца.

— Мистер Питер Китинг — мистер Тухи, — произнес секретарь и закрыл за собой дверь.

При первом взгляде на Эллсворта Монктона Тухи возникало желание предложить ему плотное, хорошо утепленное пальто — таким хрупким и незащищенным выглядело тощее маленькое тело, как цыпленок, только что вылупившийся из яйца, во всей своей внушающей жалость хрупкости еще не затвердевших костей. При втором взгляде уже хотелось быть уверенным, что пальто будет отменного качества, — столь дорогой была надетая на Тухи одежда. Линии пиджака подчеркивали заключенное в нем тело, даже не пытаясь ни за что извиняться. Они ниспадали с выпуклости его тощей груди, они соскальзывали с его длинной тонкой шеи и скатывались к плечам. Большой лоб доминировал над всем его обликом. Клинообразное лицо сужалось от висков к маленькому острому подбородку. Волосы были темные, блестящие, разделенные пополам тонкой белой линией. Это создавало четкий и аккуратный общий абрис головы, лишь уши не вписывались в эту картину, приковывая взгляд своей одинокой беззащитностью, — похожие на ручки бульонной чашки. Его нос, длинный и тонкий, находил продолжение в небольшом комочке темных усов. Его карие глаза были поразительны. В них чувствовалось такое богатство интеллекта и брызжущего веселья, что казалось, он носит очки не для защиты своих глаз, а для защиты других от их чрезвычайного блеска.

— Привет, Питер Китинг, — произнес Эллсворт Монктон Тухи своим магически повелевающим голосом. — Что вы думаете о храме Нике Аптерос*?

— Добрый... добрый день, мистер Тухи, — проговорил в изумлении Китинг. — Что я думаю... о чем?

— Садитесь, друг мой. О храме Нике Аптерос.

— Что ж... что ж... я...

— Я вполне уверен, что вы не могли проглядеть это маленькое сокровище. Парфенон украл у него признание, — впрочем, такое случается сплошь и рядом. Самые большие и самые сильные произведения завоевывают восхищение и поклонение, а красота менее притязательных созданий так и остается невоспетой. Это полностью относится к нашей маленькой жемчужине — творению свободного духа Греции. Вы наверняка заметили чудесное равновесие всего строения, высокое совершенство его скромных пропорций — да, высокое в малом — тонкое мастерство детали...

— Да, конечно, — пробормотал Китинг, — он всегда был в числе моих любимых... этот храм Нике Аптерос.

— Неужели? — спросил Эллсворт Тухи с улыбкой, которую Китинг не совсем понял. — Я был уверен в этом. Я был уверен, что вы это скажете. У вас очень приятное лицо, Питер Китинг, но напрасно вы так уставились на меня, это совершенно излишне.

И Тухи вдруг расхохотался, явно высмеивая его, явно издеваясь над ним и над самим собой; получилось так, будто он хотел подчеркнуть неестественность всей этой процедуры. Китинг застыл в ужасе и лишь затем понял, что смеется в ответ, словно он был дома со своим старинным другом.

— Так-то лучше, — сказал Тухи. — Не кажется ли вам, что в ответственные моменты не стоит разговаривать чересчур серьезно? А это может стать очень ответственным моментом — кто знает? — для нас обоих. И конечно, я знал, что вы будете слегка побаиваться меня, и — о, я допускаю это — я совсем немножко, но побаивался вас, а разве не лучше просто посмеяться над всем этим?

— О да, мистер Тухи, — довольно отозвался Китинг. Обычная уверенность, с которой он разговаривал с окружающими, покинула его, но он чувствовал себя свободно, как будто кто-то снял с него всю ответственность, и теперь ему не надо было задумываться, правильно ли он говорит. Его подвели к тому, чтобы он выразил все, что надо, без всяких усилий со своей стороны. — Я всегда знал, мистер Тухи, что наша встреча явится очень важным моментом. Всегда. Вот уже сколько лет.

— Разве? — спросил Эллсворт Тухи, и его глаза за стеклами очков стали внимательны. — Почему?

— Потому что я постоянно надеялся, что сумею понравиться вам, что вы одобрите меня... мою работу... когда наступит время... Господи, я даже...

— И что же?

— ...я даже задумывался частенько, пока чертил, — то ли это здание, которое мог бы назвать хорошим Эллсворт Тухи? Я пытался смотреть на него вашими глазами... я... — Тухи внимательно слушал. — Я всегда хотел этой встречи, потому что вы такой глубокий мыслитель и человек столь обширных культурных...

— Ну-ну, — сказал Тухи, тон его голоса был любезен, но слегка нетерпелив, его интерес к собеседнику несколько угас. — Никоим образом. Мне не хотелось бы быть неучтивым, но мы можем обойтись без этого, не правда ли? Пусть это не покажется неестественным, но мне действительно неприятно слышать похвалы в свой адрес.

Китинг подумал, что в глазах Тухи есть что-то успокаивающее. В них светилось такое глубокое понимание, такая нетребовательная — нет, это совсем не то слово, — такая безграничная доброта. Как будто от него ничего нельзя скрыть, да, впрочем, и не было надобности, потому что он в любом случае простил бы все. Китингу никогда не доводилось видеть таких вот вопрошающих глаз.

— Но, мистер Тухи, — пробормотал он, — мне бы хотелось...

— Вам хотелось поблагодарить меня за статью, — помог ему Тухи, и лицо его исказилось шутливым отчаянием. — А я-то так старался удержать вас от этого. Может, все-таки уважите меня, а? Вам решительно не за что меня благодарить. Если повезло заслужить то, о чем я говорил, — что ж, это ваша, а не моя заслуга. Не правда ли?

— Но я был так счастлив, что вы подумали, что я...

— ...великий архитектор? Но ведь, сынок, вы об этом уже знали. Или вы не были уверены? Никогда не были полностью уверены?

— Ну, скажем, я...

Наступила короткая пауза. Китингу показалось, что эта пауза и была тем, что хотел от него Тухи; Тухи не стал ждать продолжения, а заговорил, как будто выслушал полный ответ и этот ответ ему понравился:

— Что же касается здания «Космо-Злотник», кто может отрицать, что это потрясающий успех? Знаете, я весьма заинтригован его планировкой в целом. Это весьма хитроумная планировка. Блестящая.

Очень необычная. Совершенно не похоже на все ваши прежние работы. Не правда ли?

— Естественно, — подтвердил Китинг. Его голос впервые стал твердым и четким. — Задача была совсем другой, непохожей на то, что мне приходилось делать раньше, и пришлось прибегнуть именно к такой планировке для достижения тех целей, которые были передо мной поставлены.

— Конечно, — мягко заметил Тухи. — Великолепно проделанная работа. Вы можете гордиться ею.

Китинг заметил, что глаза Тухи сконцентрировались в центре стекол очков, а стекла сфокусированы прямо на его зрачки, и внезапно понял — Тухи знает, что проект здания «Космо-Злотник» выполнен не им. Это его не испугало. Его скорее испугало то, что в глазах Тухи он ясно видел одобрение.

— Если вам необходимо выразить благодарность — нет, не благодарность, благодарность — не совсем подходящее слово, — ну, скажем, признательность, — продолжал Тухи, и голос его становился все мягче, как будто он был заодно с Китингом в некоем заговоре и тот должен знать, какой пароль впредь употреблять, чтобы выразить свое личное мнение, — вы могли бы поблагодарить меня за понимание того символического значения вашего здания, которое я смог воплотить в слова, так же как вы воплотили его в мрамор. Ибо, разумеется, вы не просто каменщик, но мыслитель в камне.

— Да, — сказал Китинг, — это была моя общая тема, когда я задумывал строение. Народные массы и цветы культуры. Я всегда полагал, что корни подлинной культуры в простых людях. Но у меня не было никакой надежды, что кто-то когда-нибудь поймет меня.

Тухи улыбнулся. Его тонкие губы полуоткрылись, и показались зубы. Он не смотрел на Китинга. Он разглядывал собственную руку, удлиненную, изящную руку пианиста, и шевелил лист бумаги перед собой. Затем он произнес, глядя не на Китинга, а куда-то мимо него:

— Возможно, мы братья по духу. По духу человечества. Только это имеет значение в жизни, — и стекла очков неожиданно зловеще устремились в пространство над лицом Китинга.

Но Китинг понял: Тухи знает, что он никогда и не задумывался об общей теме, пока не прочел об этом в статье, и еще — Тухи и сейчас одобряет его. Когда стекла очков спустились к лицу Китинга, глаза Тухи были полны дружеской приязни, очень холодной и очень подлинной. Затем Китинг почувствовал, что стены комнаты как будто тихо сдвинулись и он остался один на один, но не с Тухи, а с какой-то неизвестной виной. Он хотел вскочить и бежать, но остался сидеть на месте с полуоткрытым ртом.

И, не осознав, что же подтолкнуло его, Китинг услышал в тишине собственный голос:

— Я хотел выразить свою радость, что вам удалось избегнуть вчера пули этого маньяка, мистер Тухи.

— О-о?.. О, благодарю. Какой пустяк! Было бы из-за чего переживать. Это весьма небольшая цена, которую мы платим за свое положение на общественном поприще.

— Мне никогда не нравился Мэллори. Какой-то странный человек. Слишком издерганный. Мне не нравятся издерганные люди. И его работы мне тоже не нравятся.

— Просто эксгибиционист. И ничего больше.

— Во всяком случае, не я придумал дать ему шанс. Так решил сам мистер Злотник. Связи, как вы понимаете. Но, в конце концов, мистер Злотник разобрался.

— Мэллори когда-нибудь упоминал при вас мое имя?

— Да нет, никогда.

— И я, как вы знаете, тоже не встречался с ним. Даже не видел его. Почему он так поступил?

И теперь наступила очередь Тухи, завидев выражение лица Китинга, замереть настороженно и беспокойно. «Так вот оно, — подумал Китинг, — то, что связывает нас, и это — страх». Было еще что-то, и может быть, больше, чем страх, но назвать это можно было только словом «страх». И он понял, вне всякого сомнения, что любит Тухи больше, чем кого-либо, с кем прежде встречался.

— Что ж, вы знаете, как это бывает, — весело сказал Китинг, надеясь, что привычные сочетания слов, которые он был готов произнести, помогут ему покончить с этой темой. — Мэллори — человек не очень компетентный даже в своей области, и он это понимает, потому и решил устранить вас как символ всего высокого и талантливого.

Но вместо ожидаемой улыбки Китинг увидел, как Тухи внезапно пронзил его взглядом. Это был даже не взгляд, а настоящий рентгеновский луч. Китингу показалось, что он чувствует, как тот вползает в него, разглядывая его внутренности. Затем лицо Тухи окаменело, подобралось, и Китинг понял, что тот каким-то образом снял свое напряжение, и скорее всего потому, что обнаружил в его, Китинга, душе или в выражении его ошарашенного, с раскрытым ртом лица такую бездну невежества, которая успокоила Тухи. Потом Тухи медленно, со странной насмешливой интонацией произнес:

— Мы станем прекрасными друзьями, Питер, — вы и я.

Китинг немного помолчал, прежде чем заставил себя торопливо ответить:

— О, я надеюсь на это, мистер Тухи!

— Ей-богу, Питер! Неужели я такой старик? Эллсворт — это память о своеобразном вкусе моих родителей по части имен.

— Да... Эллсворт.

— Так-то лучше... Вообще-то я ничего против своего имени не имею, особенно если сравнить его с тем, как меня называли в узком кругу, а то и прилюдно все эти годы. Ну да ладно. Мне это только льстит. Если ты наживаешь себе врагов, значит, ты опасен именно там, где и должен быть опасен. Всегда есть нечто подлежащее уничтожению — или оно уничтожит тебя. Мы будем часто видеться, Питер. — Его голос звучал теперь свободно и уверенно, с окончательностью решения, которое подверглось испытанию и выдержало его, с убежденностью, что уже никогда ничто в Китинге не будет для него неясным. — Например, я уже некоторое время задумываюсь, а не собрать ли вместе несколько молодых архитекторов — я знаком со многими из них, — этакий неформальный круг людей для обмена мнениями, развития духа сотрудничества и при необходимости выработки общей линии действий ради блага архитектуры в целом. Ничего похожего на официальную организацию типа АГА. Просто группа молодых. Вам это интересно?

— Господи, конечно! А вы будете председателем?

— О нет. Я никогда нигде не председательствовал, Питер. Мне не нравятся звания. Нет, я подумал бы, вы будете председателем. Вряд ли нам удастся найти лучшую кандидатуру.

— Я?

— Вы, Питер. О, конечно же, это только проект — ничего определенного, просто идея, к которой я возвращаюсь время от времени. Мы с вами еще поговорим об этом. Но мне хотелось бы, чтобы вы кое-что сделали, — и это одна из причин нашей встречи.

— О, конечно, мистер Ту... конечно, Эллсворт. Все, что вы пожелаете...

— Но это не для меня. Вы знакомы с Лойс Кук?

— Лойс... кто?

— Кук. Я вижу, вы незнакомы. Но вы просто обязаны с ней познакомиться. Эта молодая женщина — величайший гений литературы после Гете. Вы должны ее почитать, Питер. Как правило, я это предлагаю только избранным. Ее не понять буржуазии, любящей лишь очевидное. Она подумывает о собственном доме. Небольшой особнячок на Бауэри. Да, на Бауэри. Как это в духе Лойс! Она обратилась ко мне, чтобы я порекомендовал ей архитектора. Я уверен, что лишь такой человек, как вы, может понять такую личность, как Лойс. Я назову ей ваше имя... если вас это интересует, и вы построите ей небольшой, но весьма дорогой особнячок.

— Ну конечно же! Это... это очень мило с вашей стороны, Эллсворт! Знаете, я подумал, когда вы сказали... и когда я читал вашу записку, где вы писали, что хотите, чтобы я оказал любезность... ну, понимаете, услугу за услугу, а вы...

— Мой дорогой Питер, до чего же вы наивны!

— Ох, полагаю, мне не следовало говорить это! Извините. Я не хотел обидеть вас, я...

— Ничего, ничего. Вы должны научиться лучше понимать меня. Как ни странно это звучит, но совершенно бескорыстная заинтересованность в другом человеке все еще возможна в нашем мире, Питер.

Затем они заговорили о Лойс Кук и ее трех опубликованных произведениях («Романы?» — «Нет, Питер, не совсем романы... Нет, даже не собрание рассказов... это просто, просто Лойс Кук — совершенно новая литературная форма...»), и о том огромном наследстве, которое она получила от нескольких поколений преуспевших торговцев, и о доме, который она намерена построить.

И только когда Тухи поднялся, чтобы проводить Китинга до двери, и Китинг обратил внимание, как беззащитно прямо стоял он на своих маленьких ножках, — только тогда Тухи приостановился и внезапно произнес:

— Да, кстати, мне кажется, следовало бы вспомнить о некоторых личных связях между нами, хотя всю свою жизнь я не мог их точно установить... Ах да, конечно. Моя племянница. Малышка Кэтрин.

Китинг почувствовал, как лицо его напряглось, и понял, что не должен позволить обсуждать это; но лишь неловко улыбнулся вместо того, чтобы запротестовать.

— Я так понял, вы с ней обручены?

— Да.

— Очаровательно, — сказал Тухи. — Просто очаровательно. Был бы рад стать вашим дядюшкой. Вы ее любите?

— Да, — ответил Китинг. — И очень.

Его голос, лишенный всякого выражения, прозвучал очень серьезно. Впервые за все время разговора он обнажил перед Тухи нотку искренности и значительности в своем характере.

— Как мило, — продолжил Тухи. — Молодая любовь. Весна, рассвет, и райское блаженство, и шоколад из кондитерской за доллар с четвертью коробка. Привилегия богов и киногероев... О, я, конечно, одобряю, Питер. Думаю, что это чудесно. Вам трудно было бы сделать лучший выбор, чем Кэтрин. Она как раз тот человек, для которого мир не существует, мир со всеми своими проблемами и всеми своими возможностями, — о да, не существует, потому что она невинна, и мила, и красива, и малокровна.

— Если вы собираетесь... — начал Китинг, но Тухи улыбнулся лучезарно и приветливо:

— О, Питер, конечно, я понимаю. И одобряю. Но я реалист. Мужчина всегда стремится выставить себя ослом. О, не надо, нельзя терять чувство юмора. И все же я всегда любил историю Тристана и Изольды. Это самая красивая из всех известных историй — после истории о Микки и Минни Маус.

IV

«...зубная щетка в челюсть пена хрена гобелена полена измена измена гобелена зуб хруп щетка трещотка скребница глазница власяница...»

Питер Китинг скосил глаза, взгляд его был сосредоточен, как будто он смотрел вдаль, но книгу он отложил. Обложка этой тощей книжонки была черная с ярко-алыми буквами, образовавшими слова «Лойс Кук. Саванны и саваны». Здесь же было указано, что это воспоминания о путешествиях мисс Кук по всему миру.

Китинг откинулся назад с ощущением теплоты и удовольствия. Ему нравилась эта книга. Она преобразила его рутинный воскресный завтрак в глубокое духовное переживание. Он был уверен, что оно глубокое, потому что он ничего не понимал.

Питер Китинг никогда не чувствовал необходимости формулировать вслух свои внутренние мотивы. Для этого у него была рабочая гипотеза: «Если чего-то можно достичь, значит, оно не высоко; если о чем-то можно рассуждать, оно не велико; если можно увидеть все целиком, оно не глубоко»; это было его кредо — не сформулированное, но и не требовавшее доказательств. Оно избавляло его от необходимости пытаться чего-то достигнуть, о чем-то рассуждать, что-то видеть, более того, оно дало ему возможность презрительно отворачиваться от тех, кто предпринимал подобные попытки. Поэтому он оказался в состоянии наслаждаться произведением Лойс Кук. Он чувствовал, что поднимается в собственных глазах от сознания своей способности откликаться на отвлеченное, абстрактное, глубокое. Тухи говорил: «Тут все просто, звучание как звучание, слова как слова, стиль — как мятеж против стиля. Но только наиболее тонкие умы могут это оценить, Питер». Питер подумал, что мог бы поговорить об этой книге со своими друзьями, а если они не поймут, он сможет убедиться в своем превосходстве над ними. Ему не надо доказывать свое превосходство — все это именно так, превосходство как превосходство, его автоматически лишается тот, кто потребует объяснений. Ему чрезвычайно нравилась эта книга.

Он принялся за второй кусок тоста. Он видел, что мать оставила для него на краю стола большую пачку воскресных газет. Он придвинул ее, чувствуя в себе в этот момент достаточно сил, чтобы во всеоружии своего тайного духовного величия бросить вызов всему миру, заключенному в стопку газет. Питер вытянул иллюстрированный выпуск и остановился. Он увидел репродукцию: дом Энрайта, проект Говарда Рорка.

Ему не надо было подписи под иллюстрацией или росписи в нижнем углу; он знал, что никто другой не мог бы задумать такой дом, он узнал его манеру чертить — одновременно и яростную, и спокойную; карандашные линии выделялись, словно линии высокого напряжения, такие изящные и невинные на вид, но не дай бог дотронуться. Над широким пространством Ист-Ривер возвышалась громада. На первый взгляд она совсем не напоминала здание, скорее вздымающуюся глыбу горного хрусталя. В ней чувствовался тот же строгий математический порядок, связующий воедино это фантастическое беспорядочное образование: прямые линии и четкие углы, пространство, словно вырезанное резцом и гармоничное, как произведение ювелира; невероятное разнообразие форм, каждая из которых не повторялась, но вводила в следующую и во все строение целиком таким образом, чтобы каждый будущий обитатель дома получил не квадратную клетку в нагромождении квадратных клеток, но единственный в своем роде дом, примыкающий к другим домам, как отдельный кристалл примыкает к своему каменному основанию.

Китинг разглядывал рисунок. Он уже давно знал, что дом Энрайта будет строить Говард Рорк. Упоминания имени Рорка встречались изредка в газетах. Не часто, и все их можно было объединить в одно: «По каким-то причинам мистером Энрайтом выбран некий молодой архитектор, возможно не без таланта». В подписи под картинкой указывалось, что строительство должно вот-вот начаться. «Ну и что, — подумал Китинг, опуская газету, — ну и что?» Газета упала рядом с черно-алой книгой. Он взглянул на нее, смутно чувствуя, что Лойс Кук была его защитой от Говарда Рорка.

— Что там, Пит? — раздался за его спиной голос матери.

Он протянул через плечо газету, которая через мгновение вновь шлепнулась на стол.

— А-а... — Миссис Китинг пожала плечами.

Она стояла прямо за ним. Нарядное шелковое платье плотно облегало ее, позволяя видеть жесткий корсет; небольшая заколка у шеи сияла, ее размер не вызывал сомнений, что бриллианты в ней настоящие. Мать выглядела подобно новой квартире, в которую они переехали: откровенно дорогой. Интерьер квартиры был первой профессиональной работой Китинга для себя. Она была обставлена только что купленной мебелью в нововикторианском стиле, консервативно и впечатляюще. Портрет — большое полотно, висящее в гостиной, — конечно, не мог быть не чем иным, как изображением знаменитого предка, хотя таковым и не был.

— Пит, дорогой, мне неприятно напоминать тебе об этом в воскресенье утром, но разве уже не пора одеться? Мне надо бежать, а я боюсь, что ты забудешь о времени и опоздаешь. Как мило со стороны мистера Тухи пригласить тебя!

— Да, мама.

— Будут, наверное, еще какие-нибудь знаменитости?

— Нет. Гостей не будет. Будет только еще один человек. Не знаменитость. — Она вопрошающе взглянула на него. Он прибавил: — Там будет Кэти.

Услышанное имя не произвело на нее никакого впечатления. В последнее время ею владела странная уверенность, окутывавшая ее подобно толстому слою ваты, сквозь который эта частная проблема больше не проникала.

— Просто семейное чаепитие, — сказал он значительно. — Он так и сказал.

— Очень мило с его стороны. Я уверена, что мистер Тухи очень умный человек.

— Да, мама.

Он нетерпеливо поднялся и направился к себе в комнату.

Это было первое посещение Китингом первоклассной гостиницы-пансионата, куда недавно переехали Кэтрин и ее дядя. У него в памяти их номер не оставил каких-то воспоминаний, там все было просто, очень чисто и изысканно скромно; он отметил, что было много книг и очень мало картин, но все подлинники, и очень ценные. Люди никогда не запоминали жилища Эллсворта Тухи, лишь его владельца. Владелец в этот воскресный день был в темно-сером костюме, безупречном, как военная форма, и в шлепанцах из черной кожи с красной отделкой — шлепанцы бросали вызов строгой элегантности костюма и все же дополняли эту элегантность как удачный противовес. Он сидел на большом низком стуле, и на лице его было выражение осторожного добродушия, настолько осторожного, что Китинг и Кэтрин чувствовали себя иногда незначительными мыльными пузырями.

Китингу не понравилось, как сидела на стуле Кэтрин, — сгорбившись и неловко сдвинув ноги. Он с сожалением отметил, что на ней третий сезон один и тот же костюм. Ее глаза уставились в точку где-то посредине ковра. Она редко вскидывала взгляд на Китинга и вовсе не смотрела на дядю. Китинг не обнаружил и следа того веселого восхищения, с которым она всегда отзывалась о дяде и проявления которого он напрасно ожидал в присутствии самого дяди. Вся она была какой-то неподвижной, бесцветной и очень усталой.

Коридорный внес на подносе чай.

— Пожалуйста, дорогая, разлей, — обратился к Кэтрин Тухи. — Ах, нет ничего лучше, как попить днем чайку. Когда исчезнет Британская империя, историки обнаружат, что она сделала два неоценимых вклада в цивилизацию — чайный ритуал и детективный роман. Кэтрин, дорогая, почему ты держишь ручку чайника, как нож мясника? Впрочем, ладно, это очаровательно, именно за это мы тебя и любим, Питер и я, мы бы тебя не любили, если бы ты была элегантна, как герцогиня, — ну кому в наше время нужна герцогиня?

Кэтрин разлила чай, пролив его на скатерть, чего раньше с ней не случалось.

— Мне действительно хотелось взглянуть на вас двоих вместе, — сказал Тухи, бережно держа на весу хрупкую чашечку. — Глупо с моей стороны, не правда ли? Вообще говоря, ничего особо замечательного не происходит, но иногда я становлюсь глупым и сентиментальным, как и все мы. Я хочу поздравить тебя, Кэтрин, хотя должен извиниться перед тобой, потому что никогда не подозревал в тебе столько вкуса. Вы с Питером чудесная пара. Ты сможешь много дать ему. Ты будешь готовить для него пышки, стирать его платки и рожать ему детей, хотя, конечно, дети, все они болеют рано или поздно ветрянкой, что весьма неприятно.

— Но вы… вы это одобряете? — обеспокоенно спросил Китинг.

— Одобряю это? Что это, Питер?

— Нашу женитьбу… со временем.

— Что за вопрос, Питер! Конечно, одобряю. Но вы так молоды! С молодыми всегда так — они видят препятствия там, где их нет. Вы спрашиваете об этом так, будто это настолько важно, чтобы можно было не одобрить.

— Кэти и я встречаемся вот уже семь лет, — попытался обороняться Китинг.

— И это была, конечно, любовь с первого взгляда?

— Да, — ответил Китинг, чувствуя себя смешным.

— Тогда, должно быть, была весна, — сказал Тухи. — Обычно так и бывает. Всегда найдется темный кинозал и парочка, витающая в облаках. Они держат друг друга за руки — но руки потеют, если держать их слишком долго, не правда ли? И все же быть влюбленным — это прекрасно. Мир не знает более трогательной истории — и более банальной. Не отворачивайся так, Кэтрин. Нельзя позволять себе терять чувство юмора.

Он улыбнулся. Сердечность его улыбки согрела их обоих. Сердечности было так много, что она затопила их любовь, которая показалась такой мелкой и жалкой, потому что только нечто достойное могло породить такую бездну сострадания. Тухи спросил:

— Кстати, Питер, а когда вы намерены пожениться?

— Ну... вообще-то мы еще не говорили об определенной дате. Понимаете, у меня столько всего произошло, а теперь и у Кэти есть своя работа и... Да, между прочим, — резко прибавил он, потому что эта работа Кэти без всякого на то основания нервировала его, — когда мы поженимся, Кэти должна будет отказаться от нее. Я ее не одобряю.

— Я тоже не одобряю, — подтвердил Тухи, — если это не нравится Кэтрин.

Кэтрин работала дневной сиделкой в яслях при школе для бедных в Клиффорде. Это была ее собственная идея. Она часто посещала школу вместе с дядюшкой, который преподавал там экономику, и заинтересовалась этой работой.

— Но она мне действительно нравится! — воскликнула Кэтрин с внезапным возбуждением. — Я не понимаю, почему ты против этого, Питер! — в ее голосе прорезалась резковатая нотка, вызывающая и неприятная. — Никогда в жизни я не чувствовала такого удовлетворения: помогать людям, которые беспомощны и несчастны. Я была там и сегодня утром — мне не нужно было идти, но я этого хотела, а потому забежала туда по дороге домой. У меня даже не было времени переодеться. Но это ничего не значит, кому интересно, как я выгляжу? — Резкая нотка в ее голосе исчезла, она заговорила оживленно и очень быстро: — Дядя Эллсворт, вообрази! У Билли Хансена болит горло — ты помнишь Билли? А нянюшки там не было, и я должна была прочистить ему горло эгриролом! Бедняжка, у него был ужасный белый налет в горле!

Ее голос, казалось, сиял, как будто она говорила о чем-то чрезвычайно прекрасном. Она смотрела на дядю. И Китинг впервые уловил в ее взгляде чувство, которого ожидал увидеть. Она продолжала говорить о своей работе, о детях, о школе. Тухи внимательно слушал, ничего не произнося. Но серьезность и внимание в глазах преобразили его. Насмешливая веселость исчезла, он забыл о собственном совете и стал серьезен, по-настоящему серьезен. Заметив, что тарелка Кэтрин опустела, он просто предложил ей поднос с бутербродами, но при этом каким-то образом сделал свой жест жестом уважения.

Китинг нетерпеливо ждал, когда она хотя бы на секунду прервется. Ему хотелось сменить тему. Он осмотрелся вокруг и увидел воскресные газеты. Этот вопрос уже давно засел в его голове. Он осторожно спросил:

— Эллсворт, что вы думаете о Рорке?

— Рорк? Рорк? — повторил Тухи. — Кто такой Рорк?

Слишком невинный, слишком обыденный тон, которым он повторил имя, с едва заметной презрительной интонацией в конце, позволил Китингу увериться, что Тухи хорошо знает это имя. Когда человек совершенно незнаком с чем-либо, он обычно не подчеркивает свое полное незнание. Китинг сказал:

— Говард Рорк. Помните, архитектор? Тот, кто строит дом Энрайта.

— О? Ах да, тот, кто наконец-то строит дом Энрайта. И что?

— «Кроникл» сегодня опубликовала его эскиз.

— Разве? Я еще не просматривал «Кроникл».

— А... что вы думаете об этом здании?

— Если бы оно было значительным, я бы о нем помнил.

— Конечно! — Китинг с трудом выговаривал слоги, задерживаясь на каждом. — Это ужасная, сумасшедшая вещь! Ничего похожего мы не видели и не хотели бы видеть! — Его охватило чувство освобождения. Как будто он прожил всю жизнь, зная, что у него врожденная болезнь, и вдруг слова величайшего в мире специалиста открыли ему, что он здоров. Ему хотелось смеяться, свободно, глупо, не беспокоясь о собственном достоинстве. Ему хотелось говорить. — Говард — мой друг, — весело произнес он.

— Ваш друг? Вы его знаете?

— Знаю ли я его! Господи, да мы вместе учились! В Стентоне. Господи, да он жил в нашем доме года три, я могу сказать вам, какого цвета у него нижнее белье и как он принимает душ!

— Он жил в вашем доме в Стентоне? — повторил Тухи. Он говорил с какой-то настороженной четкостью. Его слова звучали кратко, сухо и бесповоротно. Как будто ломались спички.

«Все это очень странно», — думал Китинг. Тухи задал ему очень много вопросов о Говарде Рорке. Но вопросы эти не имели смысла. Они были не о здании и вообще не об архитектуре. Это были бесцельные вопросы личного свойства. Непонятно, зачем было расспрашивать о человеке, о котором он никогда прежде не слышал.

— Он часто смеется?

— Очень редко.

— Он выглядит несчастным?

— Никогда.

— У него было много друзей в Стентоне?

— У него никогда и нигде не было друзей.

— Сокурсники его не любили?

— Никто не мог его любить.

— Почему?

— Он порождает в людях чувство, что любовь к нему была бы наглостью.

— Он бывал на вечеринках, пил, развлекался?

— Никогда.

— Его влекут деньги?

— Нет.

— Ему нравится, когда им восхищаются?

— Нет.

— Верит ли он во Всевышнего?

— Нет.

— Он много говорит?

— Очень мало.

— Слушает ли он, когда другие обсуждают какие-то... вопросы с ним?

— Слушает... Но лучше бы не слушал.

— Почему?

— Это было бы не так оскорбительно — если вы понимаете, что я имею в виду. Когда тебя так слушают, ты понимаешь, что ему это совершенно безразлично.

— Всегда ли он хотел стать архитектором?

— Он...

— В чем дело, Питер?

— Да так. До меня только что дошло, что, как ни странно, я никогда раньше не спрашивал себя об этом. И ведь вот что странно: о нем так и спросить нельзя. Он настоящий маньяк во всем, что касается архитектуры. Ему это все кажется таким чертовски важным, что он становится непохожим на нормального человека. У него просто нет никакого чувства юмора по отношению к себе вообще — вот вам пример человека без чувства юмора, Эллсворт. Даже вопроса не возникает, что бы он делал, если бы не хотел стать архитектором.

— Нет, — ответил Тухи. — Зато возникает вопрос, что бы он делал, если бы не мог стать архитектором.

— Он шел бы по трупам. Любого и каждого. Всех нас. Но он стал бы архитектором.

Тухи сложил свою салфетку, хрустящий маленький квадратик ткани, у себя на коленях. Он сложил ее аккуратно, сначала вдоль, потом поперек, а затем пробежал кончиками пальцев по краям, чтобы сделать складку более острой.

— Вы помните о нашей маленькой группе архитекторов, Питер? — спросил он. — Скоро я закончу все приготовления к первой встрече. Я уже говорил со многими из будущих членов, и вам польстило бы то, что они сказали о вас как о нашем будущем председателе.

Они с удовольствием проговорили еще с полчаса. Когда Китинг встал, готовясь уходить, Тухи вспомнил:

— Ах да! Я говорил о вас с Лойс Кук. Вы о ней скоро услышите.

— Большое спасибо, Эллсворт. Кстати, сейчас я читаю «Саванны и саваны».

— И?

— О, потрясающе. Знаете, Эллсворт, это... это заставляет осмыслить все совершенно по-новому.

— Совсем иначе, — промолвил Тухи, — не правда ли? — Он стоял у окна, глядя на последние солнечные лучи холодного, ясного дня. Затем обернулся и предложил: — Чудесный день. Возможно, один из последних в этом году. Отчего бы вам не пригласить Кэтрин немного прогуляться, Питер?

— О, мне этого так хочется, — охотно откликнулась Кэтрин.

— Так что ж, давайте, — весело улыбнулся Тухи. — В чем дело, Кэтрин? Обязательно ждать моего разрешения?

Потом, когда они гуляли, когда они были одни в холодном блеске улиц, наполненных последними солнечными лучами, Китинг обнаружил, что вновь возвращается мыслью к тому, что всегда значила для него Кэтрин, — непонятное чувство, которое не посещало его в присутствии других. Он взял ее руку в свою. Она отняла ее, сняла перчатку и протянула ему свою руку обратно. Он вдруг подумал, что, если долго держать руку в руке, они потеют, и, раздражаясь, зашагал быстрее. Он подумал, что вот они шагают вместе, как Микки и Минни Маус, и это, наверное, кажется прохожим смешным. Он встряхнулся и отогнал от себя эти мысли, потом взглянул на ее лицо. Она шла, глядя прямо перед собой на солнечный свет, он разглядел ее нежный профиль и небольшую складочку в уголке губ, она улыбалась тихой счастливой улыбкой. Он заметил бледный край ее века и подумал, не больна ли она анемией.

Лойс Кук сидела, скрестив по-турецки ноги, на полу посреди гостиной, позволяя видеть свои большие колени, серые чулки и край выцветших розовых штанишек. Питер Китинг сидел на краешке обтянутого фиолетовым сатином шезлонга. Никогда раньше он не испытывал такой неловкости при первой встрече с клиентом.

Лойс Кук было тридцать семь лет. Она настойчиво подчеркивала в частных разговорах и публично, что ей шестьдесят четыре. Это повторялось как экзотическая шутка и создавало вокруг ее имени смутное впечатление вечной молодости. Лойс была высокая, худощавая женщина, с узкими плечами и широкими бедрами. Лицо ее было вытянутым, болезненно желтого цвета, глаза близко посажены друг к другу. Неопрятные пряди волос спускались на уши, ногти были обломаны. Она выглядела вызывающе неухоженной, но эта неряшливость была строго и четко рассчитана.

Она непрестанно говорила, раскачиваясь взад-вперед:

— ...да, на Бауэри. Частный особняк. Храм на Бауэри. У меня есть участок, я хотела его и купила его. Вот так просто, или мой дурак-юрист купил его для меня, вы должны встретиться с моим юристом, у него скверно пахнет изо рта. Не знаю, сколько вы будете мне стоить, но это не самое главное, деньги — это так вульгарно. Капуста — это тоже вульгарно. В нем должно быть три этажа и гостиная с кафельным полом.

— Мисс Кук, я прочел «Саванны и саваны», и это явилось для меня духовным откровением. Позвольте мне включить себя в число тех немногих, кто понимает смелость и значительность того, что вы сделали в одиночку, в то время как...

— Да ладно, не трендите, — промолвила она и подмигнула ему.

— Я же искренне! — зло огрызнулся он. — Мне понравилась ваша книга. Я...

Ее лицо выражало скуку.

— Это так заурядно, — протянула мисс Кук, — когда тебя все понимают.

— Но мистер Тухи сказал...

— Ах да. Мистер Тухи. — Глаза ее стали внимательными и виноватыми, но непочтительными, как глаза ребенка, который только что выкинул злую шутку. — Мистер Тухи. Я являюсь председателем небольшой группы молодых писателей, в которой мистер Тухи весьма заинтересован.

— Ах, вот как? — повеселев, спросил он. Кажется, это была первая прямая связь между ними. — Как интересно! Мистер Тухи создает сейчас и небольшую группу молодых архитекторов, и он был весьма любезен, подумав обо мне как о председателе.

— О, — произнесла она и подмигнула, — так вы из наших?

— Из кого?

Он не понял, что сделал, но точно знал, что каким-то образом разочаровал ее. Она принялась хохотать. Она сидела, глядя на него, откровенно хохоча ему в лицо, и смех ее был неприличен и совсем не весел.

— Какого... — Он взял себя в руки. — Что-нибудь не так, мисс Кук?

— О Боже! — произнесла она. — Вы такой милый, милый мальчик и такой красивый!

— Мистер Тухи — великий человек, — сказал он рассерженно. — Это самая… самая благородная личность, которую я когда-либо…

— О да. Мистер Тухи — чудесный человек. — Ее голос звучал странно — в нем явно не чувствовалось ни следа уважения к предмету разговора. — Он мой лучший друг. Самый великолепный человек в мире. Есть мир, и есть мистер Тухи — закон природы. А кроме того, подумайте, как приятно рифмовать: Ту-хи, ду-хи, му-хи, шлю-хи. И, тем не менее, он святой. А это большая редкость. Такая же редкость, как гений. Я гений. Мне нужна гостиная без окон. Без окон вообще, запомните это, когда будете делать чертежи. Без окон, с кафельным полом и черным потолком. И без электричества. Я не хочу электричества в своем доме, только керосиновые лампы. Керосиновые лампы, камин и свечи. Ко всем чертям Томаса Эдисона*! И кто он вообще такой?

Ее слова не так беспокоили его, как улыбка. Это была не улыбка, это была поднимающаяся от уголков ее большого рта постоянная усмешка, которая придавала ей вид хитрого и злого бесенка.

— И еще, Китинг, я хочу, чтобы дом был уродлив. Великолепно уродлив. Я хочу, чтобы он был самым уродливым в Нью-Йорке.

— С… самым *уродливым*, мисс Кук?

— Милый, прекрасное так заурядно!

— Да, но… но я… ну я просто не представляю… как я могу позволить себе…

— Китинг, где же ваша решительность? Неужели вы не способны при случае на поступок? Все так тяжело трудятся, борются и страдают, пытаясь создать красоту, пытаясь превзойти один другого в красоте. Давайте превзойдем их всех! Утрем им всем нос! Давайте уничтожим их всех одним ударом. Будем богами. Будем уродливыми.

Он принял этот заказ. Через несколько недель он уже перестал чувствовать неловкость, вспоминая о нем. Где бы он ни упоминал о своей новой работе, он встречал почтительное любопытство. Иногда любопытствующие забавлялись, но всегда почтительно. Имя Лойс Кук было хорошо известно в лучших гостиных, которые он посещал. Названия ее произведений сверкали в разговоре подобно бриллиантам в интеллектуальной короне говорившего. В голосах, произносивших эти названия, всегда слышалась нотка вызова. Они звучали так, будто говоривший был очень храбрым человеком. Эта храбрость всех удовлетворяла; она никогда не порождала чувство антагонизма. Для писателя, произведения которого не раскупаются, ее имя было непонятным образом известно и окружено почетом. Она была знаменосцем авангарда, интеллекта и мятежа. Питер только никак не мог взять в толк, против кого, собственно говоря, направлен этот мятеж. Но почему-то предпочитал этого не знать.

Он спроектировал дом, отвечающий ее пожеланиям. Это было трехэтажное строение, частью отделанное мрамором, частью оштукатуренное, украшенное водостоками с изображениями химер наверху и фонарями для экипажей. Оно выглядело как павильон аттракционов.

План этого строения появлялся в печати намного чаще, чем изображение любого другого здания, которое он когда-либо проектировал, за исключением здания «Космо-Злотник». Один из комментаторов выразил мнение, что «Питер Китинг обещает стать гораздо большим, чем просто талантливым молодым человеком, умеющим понравиться старомодным акулам большого бизнеса. Он пытается найти себя и в области интеллектуального экспериментирования с такими заказчиками, как Лойс Кук». Тухи отозвался о доме как о грандиозной шутке.

Но в мозгу Китинга осталось непонятное ощущение — как после перепоя. Смутные отзвуки его возникали, когда он работал над важными проектами, которые ему нравились; он ощущал их в те моменты, когда испытывал удовлетворение от своей работы. Он не мог точно определить, что это за ощущение, но знал, что частично это было чувство стыда.

Однажды он рассказал об этом Эллсворту Тухи. Тухи рассмеялся: «Это не так уж плохо, Питер. Нельзя позволять себе привыкнуть к преувеличенному ощущению собственной важности. Не стоит обременять себя абсолютными категориями».

V

Доминик вернулась в Нью-Йорк. Она приехала сюда без определенной причины, просто потому, что ей было не под силу оставаться в своем загородном доме больше трех дней после последнего посещения карьера. Она должна быть в городе; потребность в этом возникла у нее внезапно, непреодолимо и необъяснимо. Она ничего не ждала от города. Но ей хотелось вновь ощутить его улицы и строения. Утром, когда она проснулась и услышала далеко внизу приглушенный шум уличного движения, этот звук оскорбил ее, напомнив, где она находится и почему. Она подошла к окну, широко развела руки и коснулась краев рамы, ей почудилось, что в ее руках оказалась часть города, со всеми его улицами и крышами строений, отражающимися в оконном стекле между ее руками.

Она выходила из дома одна и долго гуляла. Она шла быстро — руки в карманах старого пальто, воротник поднят. Она говорила себе, что не надеется встретить его. Она не искала его. Но она должна была быть вне дома, на улицах, ни о чем не думая, без всякой цели, долгими часами.

Она никогда не любила городские улицы. Она смотрела на лица людей, спешивших мимо нее, все они были похожи — их сделал такими страх, всеобщий уравнитель; они боялись себя, боялись других — всех вместе и по отдельности, страх заставлял их набрасываться всей массой на то, что было свято для одного из них. Она никак не могла понять причин этого страха. Но всегда чувствовала его присутствие. Она ничего не хотела касаться — и это была единственная страсть, которую она свято поддерживала в себе. И ей нравилось смотреть прямо в их лица на улицах, нравилось ощущать бессилие их ненависти, потому что в ней не было ничего, на что они могли бы наброситься.

Но она больше не была свободной. Теперь каждый шаг по улице ранил ее. Она была привязана к *нему* — как была привязана к каждой части этого города. Он был безвестный рабочий, занятый какой-то безвестной работой, потерянный в этих толпах, зависящий от них, которого любой мог ранить и оскорбить и которого она вынуждена делить с целым городом. Ей была ненавистна сама мысль, что он, может быть, ходит по тротуарам вместе со всеми. Ей была ненавистна сама мысль, что какой-то торгаш протягивает ему пачку сигарет через окошечко своего киоска. Ей были ненавистны локти, которые могли соприкасаться с его локтями в вагоне метро. Она возвращалась домой после своих странствий по городу, дрожа как в лихорадке. И на следующий день выходила снова.

Когда время ее отпуска закончилось, она отправилась в редакцию «Знамени» с желанием уволиться. Ее работа и колонка в газете больше не казались ей занимательными. Она остановила Альву Скаррета, который многословно приветствовал ее. Она сказала: «Я пришла только сказать тебе, что увольняюсь, Альва». Он воззрился на нее с глупым видом, вымолвив только: «Почему?»

Это был первый звук из внешнего мира, который она смогла услышать, — за долгое время. Она всегда вела себя импульсивно, как ей подсказывало в данный момент чувство, и гордилась тем, что не нуждается в оправдании своих поступков. И теперь внезапное «почему» потребовало от нее ответа, от которого она не могла уйти. Она подумала: «Из-за него» — потому, что она позволила ему нарушить свой привычный образ жизни. Она словно видела его улыбку — так он улыбался на тропинке в лесу. У нее не оставалось выбора. Или под влиянием момента принять решение — она могла бросить работу, потому что он заставил ее хотеть этого, — или остаться, хотя ей и не хотелось сохранить свой образ жизни наперекор ему. Последнее было труднее.

И она подняла голову и сказала: «Это шутка, Альва. Просто хотелось услышать, что ты скажешь. Я остаюсь».

Она проработала уже несколько дней, когда в ее кабинете появился Эллсворт Тухи.

— Привет, Доминик, — начал он. — Только что узнал, что ты вернулась.

— Привет, Эллсворт.

— Я рад. Знаешь, у меня всегда было чувство, что ты когда-нибудь уйдешь от нас, не объяснив почему.

— Чувство, Эллсворт? Или надежда?

Он посмотрел на нее, в глазах его отражалась радость, а улыбка была как обычно чарующей, но в этом очаровании было что-то от насмешки над самим собой, как будто он знал, что ей это будет неприятно, и еще что-то от уверенности, как будто он хотел показать, что при любых обстоятельствах будет выглядеть добрым и очаровательным.

— Знаешь, тут ты не права, — сказал он примиряюще. — В этом ты всегда ошибалась.

— Нет. Я ведь не вписываюсь, Эллсворт. Разве не так?

— Я мог бы, конечно, спросить — куда? Но предположим, что я этого не спрашиваю. Предположим, я просто скажу, что люди, которые не вписываются, тоже могут быть полезны, как и те, которые вписываются. Тебе это больше нравится? Конечно, проще всего было бы сказать, что я всегда восхищался тобой и всегда буду.

— Это не комплимент.

— Почему-то я не думаю, что мы можем стать врагами, Доминик, как бы ты этого ни хотела.

— Нет, я не думаю, что мы можем стать врагами, Эллсворт. Из всех, кого я знаю, ты самый неконфликтный человек.

— Вот именно.

— В том смысле, который я имею в виду?

— В каком тебе угодно.

На столе перед ней лежало иллюстрированное воскресное приложение «Кроникл». Оно было развернуто на странице с рисунком дома Энрайта. Она взяла газету и протянула ему, глаза ее сузились в молчаливом вопросе. Он посмотрел на рисунок, затем бросил взгляд на ее лицо и возвратил ей газету, которая вновь легла на свое место на столе.

— Независим, как оскорбление, не так ли? — спросил он.

— Знаешь, Эллсворт, я считаю, что человек, спроектировавший это, должен кончить самоубийством. Человек, который замыслил такую красоту, наверное, никогда не сможет позволить, чтобы ее возвели. Он, наверное, не хотел бы, чтобы она существовала. Но он позволит ее построить, и женщины будут развешивать на ее террасах пеленки, мужчины будут плевать на ее ступеньки и расписывать похабными рисунками ее стены. Он отдает ее им, и он будет частью их — частью всего. Но ему не следовало бы позволять людям, подобным тебе, смотреть на нее, обсуждать ее. И он опорочит собственное творение первым же словом, которое вы произнесете. Он поставил себя ниже тебя. Ты совершишь лишь незначительный вульгарный проступок, а он совершил святотатство. Человеку, который знает то, что необходимо знать, чтобы создать такое, нельзя оставаться в живых.

— Хочешь написать об этом? — спросил он.

— Нет. Это означало бы повторить его преступление.

— А говорить об этом со мной?

Она взглянула на него. Он приятно улыбался.

— Да, конечно, — задумчиво сказала Доминик, — это часть того же преступления.

— Давай поужинаем с тобой на днях, Доминик, — предложил он. —Ты не даешь мне вдоволь насмотреться на тебя.

— Отлично, — ответила она, — в любое время.

На суде по делу о нападении на Эллсворта Тухи Стивен Мэллори отказался назвать мотивы преступления. Он не сделал никакого заявления. Казалось, ему безразлично, каким будет приговор. Но Эллсворт Тухи, выступив без приглашения в защиту Мэллори, произвел небольшую сенсацию. Он просил судью о милости; он объяснил, что у него нет желания видеть, как будет погублено будущее и творческая карьера Мэллори. Все в зале были тронуты — за исключением Стивена Мэллори. Стивен Мэллори слушал и выглядел так, будто подвергался особо изощренной пытке. Судья приговорил его к двум годам тюрьмы и отложил исполнение приговора.

О необычайном благородстве Тухи было много толков. Тухи весело и скромно отклонил все похвалы в свой адрес. «Друзья мои, — заявил он, и это было напечатано в газетах, — героев-мучеников пусть творят без меня».

На первом собрании будущей организации молодых архитекторов Китинг заключил, что Тухи обладает чудесной способностью подбирать идеально совместимых людей. Что-то витало в атмосфере вокруг собравшихся восемнадцати будущих членов, неопределенное, подающее ему ощущение комфорта и безопасности, которого он никогда не испытывал в одиночестве или на любом другом собрании; и чувство комфорта рождалось частично из знания, что все остальные чувствовали себя подобным же образом и по столь же необъяснимой причине. Это было чувство братства, но какого-то совсем не святого или благородного братства; и все же чрезвычайно комфортно — не испытывать никакой необходимости быть святым или благородным.

Если бы не это сродство, Китинг был бы разочарован собранием. Среди восемнадцати собравшихся в гостиной Тухи не было ни одного архитектора с именем, если не считать его самого и Гордона Л. Прескотта, который пришел в бежевом свитере с высоким воротом и держался чуть свысока, хотя и был полон энтузиазма. Имен остальных Китинг никогда раньше не слышал. Большинство были начинающие, молодые, плохо одетые и воинственно настроенные. Некоторые были просто чертежниками. Была и одна женщина-архитектор, которая построила несколько небольших частных домов, по большей части для богатых вдов; манеры у нее были вызывающие, губы тонкие, в волосах — цветок петунии. Был здесь и совсем мальчик с невинными, чистыми глазами. Был еще какой-то неизвестный подрядчик с толстым лицом без всякого выражения, а также высокая, худая женщина, оказавшаяся специалистом по внутренней отделке, и еще одна, вовсе без определенных занятий.

Китинг так и не смог взять в толк, каковы намерения группы, хотя разговоров было очень много. Речи были не слишком связные, но во всех чувствовался какой-то общий подтекст. Он догадывался, что этот подтекст и есть главное во всех их разговорах, полных темных общих мест, хотя никто об этом как будто не упоминал. Это привлекало его, как привлекало и других, и у него не было желания определять, что это.

Молодые люди много говорили о несправедливости, нечестности, жестокости общества по отношению к молодым и требовали, чтобы каждый имел гарантии договоров к тому времени, когда заканчивает университет. Женщина-архитектор вставляла резкие реплики о самодурстве богатых. Подрядчик прокричал, что это жестокий мир и что «соратники должны помогать друг другу». Мальчик с ясными глазами утверждал, что «мы могли бы принести большую пользу». В его голосе прозвучала нотка отчаянной искренности, которая казалась неуместной и смущала. Гордон Л. Прескотт заявил, что АГА — всего-навсего кучка старых глупцов, понятия не имеющих о социальной ответственности, в крови которых нет и капли мужества, и что пришло время дать им, наконец, коленом под зад. Женщина без определенных занятий говорила об идеалах и служении, хотя никто не мог понять, что это за идеалы и служение.

Питера Китинга избрали председателем единогласно. Гордон Л. Прескотт был избран вице-председателем и казначеем. Тухи отклонил все предложенные ему посты. Он заявил, что примет участие в организации только в качестве неофициального советника. Было решено, что организация будет называться Советом американских строителей. Было установлено, что членство не будет ограничено одними архитекторами, но будет открыто всем «смежным профессиям» и «всем, кто глубоко интересуется великой профессией строителя».

Затем наступила очередь Тухи. Он говорил долго, стоя, опершись рукой, сжатой в кулак, о стол. Его гениальный голос был мягок и убедителен. Он наполнял собой всю комнату, и у слушателей создавалось впечатление, что он мог бы наполнить и римский амфитеатр; в этом впечатлении, в звуках властного голоса, сдерживаемого в интересах слушателей, было что-то льстящее их самолюбию.

— ...и таким образом, друзья мои, архитекторам не хватает понимания общественной значимости своей профессии. Его не хватает по двум причинам: из-за антисоциальной природы всего нашего общества и из-за вашей собственной врожденной скромности. Вы привыкли считать себя лишь людьми, зарабатывающими на хлеб и не имеющими более высокого предназначения. Разве не время, друзья мои, остановиться и подвергнуть переоценке ваше положение в обществе? Из всех профессий ваша является самой важной. Важной не по количеству денег, которые вы могли бы заработать, не по уровню мастерства, которое вы могли бы проявить, но по делу, которое вы делаете для своих собратьев. Именно вы даете человечеству прибежище. Запомните это, а затем взгляните на наши города, на наши трущобы, чтобы оценить гигантские задачи, стоящие перед вами. Но чтобы приступить к ним во всеоружии, вам надо обрести более широкое видение самих себя и своей работы. Вы не наемные прислужники богатых. Вы — крестоносцы, борющиеся за дело тех, кому отказано в общественных привилегиях и в крыше над головой. Пусть о нас судят не по тому, кто мы есть, а по тому, кому мы служим. Так давайте же объединимся в этом духе. Давайте во всех делах будем верны этой новой, широкой, высокой перспективе. Давайте создадим — что ж, друзья мои, могу ли я так выразиться? — более благородную мечту.

Китинг жадно слушал. Он всегда ощущал себя лишь зарабатывающим хлеб в поте лица с помощью профессии, которую избрал, потому что его мать хотела, чтобы он ее избрал. Ему было приятно сознавать, что он гораздо значительнее, чем просто добытчик, что его ежедневная деятельность может считаться более благородной. Он знал, что и остальные собравшиеся чувствовали то же самое.

— ...и когда наша общественная система рухнет, профессия строителя не рухнет вместе с ней, наоборот, она вознесется выше к своей вящей славе...

Прозвенел дверной звонок. Затем на секунду появился слуга Тухи, открывший дверь гостиной, чтобы пропустить Доминик Франкон.

По тому, как Тухи замолчал, прервав свою речь на полуслове, Китинг понял, что Доминик не приглашали и не ожидали. Она улыбнулась Тухи, кивнула ему и сделала жест рукой, чтобы тот продолжал. Тухи слегка поклонился в ее сторону — движение было чуть выразительнее, чем подъем бровей, — и продолжал свою речь. Его приветствие было любезным, и его неформальный характер включал гостью в круг братства, но Китингу показалось, что все было проделано с некоторым запозданием. Никогда раньше он не видел, чтобы Тухи упустил нужный момент.

Доминик уселась в уголке, позади всех. Стараясь привлечь ее внимание, Китинг позабыл на мгновение, что надо слушать. Он дожидался, пока ее взгляд, задумчиво блуждавший по комнате от одного лица к другому, не остановится на нем. Он поклонился и энергично закивал, улыбаясь улыбкой собственника. Она наклонила голову, и он увидел, как ее ресницы коснулись щеки в тот момент, когда она закрывала глаза, затем она вновь взглянула на него. Она довольно долго без улыбки рассматривала его, будто открыла в его лице что-то новое. Он не видел ее с весны и подумал, что она выглядит немного более усталой и более миловидной, чем в его воспоминаниях.

Затем он снова повернулся к Эллсворту Тухи и принялся слушать. Слова, которые он слышал, по-прежнему зажигали его, но в его наслаждение ими вкрадывалась капелька беспокойства. Он посмотрел на Доминик. Она была чужой в этой комнате, на этой встрече. Он не мог бы определить почему, но уверенность в этом была полная и гнетущая. Дело было не в ее красоте, не в ее невыносимой элегантности. Но что-то делало ее чужой. Как будто они все с охотой оголились, а кто-то вошел в комнату полностью одетым, заставив их почувствовать неуместность и неприличность этого. А ведь она ничего не совершила. Она сидела и внимательно слушала. Вот она откинулась на спинку стула, скрестила ноги и зажгла сигарету. Она стряхнула пламя со спички коротким резким движением кисти и опустила спичку в пепельницу, и он ощутил, что этим движением она как будто швырнула спичку прямо ему в лицо. Он подумал, что все это очень глупо, но заметил, что Эллсворт Тухи ни разу не взглянул на нее, пока говорил.

Когда собрание закончилось, Тухи устремился к ней.

— Доминик, дорогая! — восторженно начал он. — Должен ли я чувствовать себя польщенным?

— Если хочешь.

— Если бы я знал, что это тебя заинтересует, я прислал бы тебе особое приглашение.

— Но ты не подумал, что меня это заинтересует?

— Нет, честно говоря, я...

— Это твоя ошибка, Эллсворт. Ты недооценил интуицию газетчика — никогда не пропускать важную информацию. Не часто случается присутствовать лично при рождении гнусного преступления.

— Что, собственно, ты имеешь в виду, Доминик? — спросил Китинг, повышая тон.

Доминик обернулась:

— Привет, Питер.

— Ты, конечно, знакома с Питером Китингом? — улыбнулся ей Тухи.

— О да. Питер когда-то был влюблен в меня.

— Почему ты используешь прошедшее время, Доминик? — спросил Китинг.

— Нельзя принимать всерьез все, что вздумает сказать Доминик, Питер. Она и не рассчитывает, что мы примем это всерьез. Тебе не хочется присоединиться к нашей маленькой группе, Доминик? Твои профессиональные достоинства несомненно позволяют тебе войти в нее.

— Нет, Эллсворт. Мне не хотелось бы присоединяться к вашей маленькой группе. Ты мне еще не настолько противен, чтобы я это сделала.

— Но почему же тебе все это так не нравится? — взорвался Китинг.

— Господи, Питер! — протянула она. — Откуда у тебя такие мысли? Разве мне все это не нравится? Неужели я произвожу такое впечатление, Эллсворт? Я считаю, что это просто необходимое мероприятие, отвечающее явной в нем потребности. Это как раз то, что нам всем нужно... и чего мы заслуживаем.

— Можем ли мы рассчитывать на твое присутствие на следующем собрании? — спросил Тухи. — Настоящее удовольствие иметь столь искушенного слушателя, который не будет никому мешать, — я о нашем следующем собрании.

— Нет, Эллсворт. Благодарю. Я только из любопытства. Хотя у вас здесь подобралась интересная компания. Молодые строители. Кстати, почему вы не пригласили человека, который проектировал дом Энрайта, как бишь его зовут? Говард Рорк?

Китинг почувствовал, как сомкнулись его челюсти. Но она невинно смотрела на них и произнесла это очень легко, как бы между прочим. «Конечно, — подумал он, — она не имела в виду... Что? — спросил он себя и прибавил: — Она ничего не имела в виду, что бы я там ни думал и что бы меня ни испугало сейчас».

— Я не имел удовольствия встречаться с мистером Рорком, — серьезно ответил Тухи.

— Ты его знаешь? — спросил ее Китинг.

— Нет, — ответила она. — Я видела только проект дома Энрайта.

— Ну и, — настаивал Китинг, — что ты о нем думаешь?

— А я не думаю о нем, — ответила она.

Потом она повернулась и вышла, Китинг последовал за ней. В лифте он снова принялся разглядывать ее. Он обратил внимание на ее руку в тесно облегающей черной перчатке, державшую за уголок сумочку. Небрежность ее пальцев, одновременно и вызывающая, и притягивающая, заставила его вновь почувствовать уже пережитую им страсть.

— Доминик, зачем, собственно, ты сегодня пришла сюда?

— О, я давно нигде не была и решила начать отсюда. Знаешь, когда я хочу поплавать, я не люблю мучить себя, постепенно входя в холодную воду. Я сразу бросаюсь в воду, вначале это ужасно, зато потом все кажется уже не таким страшным.

— О чем это ты? Что действительно такого плохого в этом собрании? В конце концов, мы же не собираемся делать ничего определенного. По сути, у нас нет никаких планов. Я даже не знаю, зачем мы все там оказались.

— В том-то и дело, Питер. Ты даже не знаешь, зачем вы все там оказались.

— Ну это же просто группа ребят, которые хотели бы встречаться. В основном поговорить. Что в этом плохого?

— Питер, я устала.

— Ладно, но означает ли твое появление здесь по крайней мере то, что твое добровольное заключение окончилось?

— Да, только это... Мое заключение?

— Знаешь, я все время пытался связаться с тобой.

— Разве?

— Нужно ли мне опять начать с того, что я очень рад вновь увидеть тебя?

— Нет. Будем считать, что ты это уже сказал.

— Знаешь, ты изменилась, Доминик. Не могу сказать точно в чем, но ты изменилась.

— Разве?

— Давай считать, что я уже сказал, что ты прелестна, потому что мне не найти слов, чтобы это выразить.

На улице было уже темно. Он подозвал такси. Сидя рядом с ней, он повернулся и в упор взглянул на нее, в его взгляде явно читалось желание, чтобы установившееся молчание имело для них какое-то значение. Она не отвернулась, а молча и испытующе смотрела на него. Казалось, она размышляла, поглощенная собственными мыслями, которых он не мог угадать. Китинг осторожно двинулся и взял ее руку. Он почувствовал в руке Доминик какое-то усилие, и ее напряжение подсказало ему, что это усилие не только пальцев, но и всей руки направлено не на то, чтобы отдернуть, а на то, чтобы позволить ему держать руку. Он приподнял ее руку, перевернул и прижался губами к запястью.

Потом взглянул на ее лицо. Он опустил ее руку, и она осталась на мгновение в прежнем состоянии — с напряженными, чуть сведенными пальцами. Это было не безразличие, которое он все еще помнил. Это было отвращение, настолько сильное, что в нем отсутствовало личное чувство, и оно уже не могло оскорбить, — оно означало нечто большее, чем просто отвращение к нему. Внезапно он ощутил ее тело — не в порыве желания или оскорбленного чувства, просто оно существовало совсем рядом с ним, под ее одеждой. Он, не отдавая себе отчета, прошептал:

— Доминик, кто он?

Она повернулась, чтобы взглянуть на него. Затем он увидел, что глаза ее сузились. Увидел, как расслабились ее губы, стали полнее, мягче; ее губы слепо растянулись в слабую улыбку, но не разжались. Она ответила, прямо глядя ему в лицо:

— Рабочий из каменоломни.

Она достигла своего — он громко рассмеялся.

— Ты хорошо ответила, Доминик. Мне не следовало подозревать невозможное.

— Питер, разве не странно? Ведь именно тебя, как мне казалось, я бы могла однажды захотеть.

— А почему это странно?

— Но это только в мыслях, ведь мы так мало знаем о самих себе. Когда-нибудь ты узнаешь правду и о самом себе, Питер, и это будет для тебя хуже, чем для большинства из нас. Но тебе не надо об этом думать. Это случится еще не скоро.

— Ты хотела меня, Доминик?

— Я думала, что никогда ничего не захочу, и ты для этого был очень подходящим.

— Не понимаю, что ты имеешь в виду. Я не понимаю, думаешь ли ты вообще когда-нибудь, что говоришь. Я знаю, что всегда буду тебя любить. И я не хотел бы, чтобы ты вновь исчезла. А теперь, когда ты вернулась...

— Теперь, когда я вернулась, Питер, я больше не хотела бы тебя видеть. О, я должна видеть тебя, когда мы столкнемся друг с другом, и так и будет, но не звони мне. Не приходи ко мне. Я не пытаюсь тебя оскорбить, Питер. Это не так. Ты ничего не сделал, чтобы разозлить меня. Это что-то, что во мне самой и чего мне не хотелось бы больше видеть. Мне жаль, что я выбрала тебя как пример. Но ты попался мне так кстати. Ты, Питер, олицетворяешь собой все то, что я презираю в этом мире, и я не хочу напоминаний, как сильно я это презираю. Если я позволю себе попасть во власть этих воспоминаний — я вернусь к этому. Нет, я тебя не оскорбляю, Питер. Попытайся понять. Ты далеко не худший в этом мире. Ты воплощаешь лучшее в этом худшем. И это меня пугает. Если я когда-либо вернусь к тебе — не позволяй мне возвращаться. Я говорю об этом сейчас, потому что могу, но если я вернусь к тебе, ты не сможешь остановить меня, а сейчас как раз то время, когда я еще могу предостеречь тебя.

— Я не понимаю, — сказал он в холодной ярости сквозь стиснутые зубы, — о чем ты говоришь.

— И не пытайся понять, это и не важно. Просто давай держаться подальше друг от друга. Договорились?

— Я никогда не откажусь от тебя.

Она пожала плечами:

— Ладно. Питер. Я впервые была добра к тебе. Вообще к кому-то.

VI

Роджер Энрайт начал свою карьеру шахтером в Пенсильвании. На пути к миллионам, которыми он владел сегодня, ему никто никогда не оказывал помощи. «Именно поэтому, — объяснял он, — никто мне никогда не мешал». На самом деле ему мешало многое и многие, но он никогда их не замечал. Многие эпизоды его долгой карьеры восхищения не вызывали, но никто об этом не шептался. Его карьера была у всех на виду, как доска объявлений. Шантажистам было нечего с ним делать, равно как и авторам очернительных биографий. Среди богатых людей его не любили за богатство, доставшееся ему таким примитивным образом.

Он ненавидел банкиров, профсоюзы, женщин, евангелистов и биржу. Он никогда не купил ни одной акции и не продал ни одной акции своих предприятий, владея всем единолично так же просто, как если бы носил все наличные деньги в кармане. Кроме своих нефтяных скважин он владел издательством, рестораном, радиомагазином, гаражом, заводом электрохолодильных установок. Перед тем как заняться новым делом, он долго изучал поле будущих действий, затем делал вид, будто никогда о нем и не слышал, поступая вопреки всем сложившимся традициям. Некоторые из предпринятых им шагов заканчивались успехом, некоторые — провалом. Он продолжал руководить всем с неукротимой энергией. Работал он по двенадцать часов в сутки.

Решив возвести здание, он провел шесть месяцев в поисках архитектора. Затем, к концу первой их встречи, продолжавшейся полчаса, он нанял Рорка. Позднее, после того как были закончены чертежи, он приказал незамедлительно приступить к строительству. Когда Рорк захотел поговорить с ним о чертежах, Энрайт прервал его: «Не надо ничего объяснять. Бессмысленно объяснять мне абстрактные идеалы. У меня их никогда не было. Говорят, я полностью лишен морали. Я руководствуюсь лишь тем, что мне нравится. Но я твердо знаю, что мне нравится».

Рорк никому не сказал о своей попытке связаться с Энрайтом, как и о своем свидании со скучающим секретарем. Однако Энрайт каким-то образом узнал об этом. Через пять минут секретарь был уволен, а через десять уже выходил из конторы, как и было приказано, в середине очень загруженного делами дня, оставив в пишущей машинке недописанное письмо.

Рорк вновь открыл свое бюро, все в той же большой комнате на верхнем этаже старого здания. Он увеличил площадь, использовав соседнее помещение под комнату для чертежников, которых нанял, чтобы справиться со строительством в запланированные сжатые сроки. Чертежники были молоды и не имели большого опыта. Он никогда раньше о них не слышал, но не спрашивал рекомендательных писем. Он выбрал их сам среди многих желающих, просто быстро проглядев их чертежи.

В горячке последовавших затем дней он не находил времени поговорить с ними ни о чем, кроме работы. И они чувствовали, входя каждое утро в рабочий кабинет, что у них нет личной жизни, что они ничего не значат, что в этой комнате нет иной реальности, кроме больших листов бумаги на столах. Пока они не смотрели на Рорка, помещение выглядело холодным и бездушным, как заводской склад, но стоило бросить взгляд на хозяина, и казалось, что это не склад, а доменная печь, которая топилась их телами, но прежде всего — телом Рорка.

Бывало, он оставался в кабинете на ночь. Возвращаясь на следующее утро, они заставали его все еще работающим. Однажды он оставался там безвылазно два дня и две ночи подряд. На третий день сон свалил его прямо за рабочим столом. Через несколько часов он проснулся и, ничего не говоря, прошелся между столами, чтобы взглянуть на сделанное. Он делал замечания, и ничто в его голосе не выдавало, что несколько часов назад сон прервал его мысли.

— Ты невыносим, когда работаешь, Говард, — заметил ему Остин Хэллер как-то вечером, хотя он не говорил о своей работе.

— Почему? — удивленно спросил тот.

— Очень неуютно в одной комнате с тобой. Знаешь, напряжение заразительно.

— Напряжение? Я чувствую себя вполне нормально, когда работаю.

— В этом все и дело. Ты полностью нормален, только достаточно добавить еще чуть-чуть пара и тебя разнесет на куски. Из чего, черт возьми, ты сделан, Говард? В конце концов, это только здание. Только здание, а не комбинация из святого причастия, индейских пыток и оргазма, которую ты, кажется, хочешь устроить из всего этого.

— А ты хочешь сказать, что это не так?

О Доминик он думал не часто, но когда это случалось, мысль о ней не приходила как внезапное откровение, она жила в нем всегда, и в воспоминаниях не было нужды. Он хотел ее. Он знал, где ее найти. Он выжидал. Ожидание забавляло его, потому что он понимал — для нее ожидание было пыткой. Он понимал: то, что его нет рядом, привязывает ее к нему гораздо сильнее и оскорбительнее, чем это могло сделать его присутствие. Он давал ей время попытаться ускользнуть, чтобы она еще больше поняла собственную беспомощность, когда он соберется вновь ее увидеть. Она поймет, конечно, что такая попытка дана ей по его воле, что это просто другая форма господства. Тогда она будет готова или убить его, или прийти к нему сама, по своей воле. Оба этих решения будут для нее равнозначны. Ему хотелось довести ее до этого состояния. Он выжидал.

Когда строительство дома Энрайта должно было вот-вот начаться, Рорка попросили зайти в контору Джоэла Сьюттона. Коммерсант, которому повсюду сопутствовал успех, решил построить огромное здание для своей конторы. Основа его успеха заключалась в способности ничего не понимать в окружающих его людях. Ему нравились все. Его любовь не допускала различий; она уравнивала всех, в ней не было ни вершин, ни пустот — так в чашке с патокой поверхность всегда невозмутима.

Джоэл Сьюттон познакомился с Рорком на ужине, который устроил Энрайт. Он восхищался Рорком, но не видел различия между ним и кем-то еще. Увидев Рорка входящим в его контору, Джоэл Сьюттон заявил:

— Я все еще не уверен, не уверен. Я не совсем уверен, но мне кажется, я мог бы иметь вас в виду на предмет того домика, который задумал. Ваш дом Энрайта несколько… необычен, но он привлекателен, все дома привлекательны, я обожаю дома — а вы? А Род Энрайт человек очень ловкий, чрезвычайно ловкий, он кует деньги там, куда другие и не подумали бы сунуться. Я готов послушать Рода Энрайта в любое время. Если это годится для Энрайта, то и для меня сгодится.

Несколько недель после этой встречи Рорк не получал никаких известий. Джоэл Сьюттон никогда не принимал поспешных решений.

Как-то вечером в декабре Рорку позвонил Остин Хэллер и без всякого предупреждения объявил, что он должен сопровождать его в следующую пятницу на официальный прием, который устраивает миссис Ралстон Холкомб.

— Какого черта, Остин? Нет, — отказался Рорк.

— Послушай, Говард, ну все-таки почему нет? О да, я знаю, ты не перевариваешь подобные штуки, но это еще не основание. Я, в свою очередь, могу привести массу убедительнейших доводов, что идти надо. Этот дом — своего рода дом свиданий для архитекторов, и я знаю, что ты отдал бы все за заказ на строительство — о, конечно, на строительство дома таким, каким ты его видишь, — я знаю, ты готов заложить за него душу, которой у тебя нет, так отчего бы не провести несколько скучных часов ради будущих возможностей?

— Конечно. Но я все же не верю, что такого рода вечер может привести к какому-то результату.

— Но ты пойдешь на этот раз?

— Почему именно на этот раз?

— Ну, во-первых, потому что эта чертова кукла Кики Холкомб требует. Вчера она битых два часа уговаривала меня пригласить тебя, и из-за нее я пропустил ленч с приятельницей. Репутация Кики будет подмочена, если она не сможет заполучить в свой салон архитектора такого здания, как дом Энрайта. Она настаивала, чтобы я тебя привел, и я ей обещал.

— Ради чего?

— Ну, если честно, то в следующую пятницу у нее ожидают Джоэла Сьюттона. Попытайся быть с ним любезным, даже если тебе противно. Практически он уже решил отдать свой заказ тебе, так, по крайней мере, говорят. Немножко личных отношений как раз то, что нужно, чтобы уладить это. Вокруг него трется много желающих. Они все там будут. И я хочу, чтобы и ты там был. Я хочу, чтобы заказ достался тебе. У меня еще лет десять не будет никакого желания слушать о гранитных каменоломнях. Мне не нравятся гранитные каменоломни.

Рорк уселся за стол и, чтобы успокоиться, вцепился руками в его край. Он был совершенно опустошен после четырнадцати часов, проведенных в конторе, и подумал, что, наверное, чертовски устал, но не в состоянии этого чувствовать. Он ссутулился в надеждс расслабиться, но ничего не получалось; его руки были напряжены, а локоть дрожал непрерывной мелкой дрожью. Его длинные ноги были разведены в стороны, одна, согнутая, спокойно упиралась в стол, другая, свесившаяся через его край, нетерпеливо подрагивала. В эти дни ему было очень трудно заставить себя отдохнуть.

Он жил теперь в большой комнате в маленьком современном жилом доме на спокойной улочке. Он выбрал этот дом, потому что там не было карнизов над окнами снаружи и панельной обшивки стен внутри. В его комнате было мало мебели; она выглядела чистой, просторной и пустой; посетителям могло показаться, что они вот-вот услышат, как в ее углах раздается эхо.

— Почему бы не пойти? Хотя бы раз, — настаивал Хэллер. — Вряд ли это будет так ужасно. Тебя это даже развлечет. Ты увидишься там со своими старыми друзьями. Джон Эрик Снайт, Питер Китинг, Гай Франкон с дочерью — ты мог бы встретиться с его дочерью. Ты когда-нибудь читал, что она пишет?

— Я пойду, — внезапно согласился Рорк.

— Ты настолько непредсказуем, что даже бываешь иногда разумным. Я заеду за тобой в восемь тридцать в пятницу. Смокинг обязателен. Кстати, он у тебя есть?

— Энрайт заставил меня его купить.

— Энрайт человек весьма благоразумный.

Рорк еще долго сидел за столом. Он согласился пойти на прием, потому что знал: именно там Доминик меньше всего хотелось бы встретить его.

— Нет ничего более бесполезного, дорогая Кики, — сказал Эллсворт Тухи, — чем богатая женщина, которая избрала своей профессией занимать гостей. И все же все бесполезное имеет свое очарование. Как, например, аристократия, одно из самых бесполезных явлений.

Кики Холкомб хитренько наморщила носик в гримасе легкого упрека, хотя сравнение с аристократией понравилось ей. Три хрустальные люстры сверкали в бальном зале флорентийского стиля, и, когда Кики взглянула на Тухи, свет застыл, отраженный в ее глазах, и они влажно заискрились в бахроме ее густо напудренных век.

— Вы говорите отвратительные вещи, Эллсворт. Не знаю, почему я все еще приглашаю вас к себе.

— Именно поэтому, дорогая. Я полагаю, меня будут приглашать сюда, когда мне этого захочется.

— Что может с этим поделать слабая женщина?

— Никогда не спорьте с мистером Тухи, — произнесла миссис Гиллспай, высокая женщина с ожерельем из крупных бриллиантов, одинаковых по размеру с ее зубами — она охотно демонстрировала и их, когда улыбалась. — Это бесполезно. Мы проигрываем, даже не начав играть.

— Спорить, миссис Гиллспай? — возразил Тухи. — В этом нет ни пользы, ни очарования. Оставьте это для умных мужчин. Ум не что иное, как опасное свидетельство слабости. Говорят, мужчины начинают развивать свой ум, когда терпят неудачу во всем остальном.

— Все-то вы шутите, — произнесла миссис Гиллспай, в то время как ее улыбка свидетельствовала о том, что она приняла слова Тухи за приятную для себя истину. Она с видом победительницы завладела им и отвела его в сторону как приз, украденный у миссис Холкомб, которая на минутку отвернулась, чтобы приветствовать новых гостей. — Но вы, умные мужчины, настоящие дети. Вы так чувствительны. Вам надо потакать.

— Я бы не стал этого делать, миссис Гиллспай. Мы бы этим воспользовались, а выставлять напоказ свой ум так вульгарно. Даже вульгарнее, чем выставлять напоказ свое богатство.

— Боже мой, как вы все тонко понимаете! Нынче, как я слышала, вы считаетесь радикалом, но я не принимаю это всерьез. Ни настолечко. Как вам это нравится?

— Мне это очень нравится, — заверил Тухи.

— Меня не проведешь. Не можете же вы заставить меня думать, что вы из опасных людей. Опасные люди все грязные и говорят очень неграмотно. А у вас такой прекрасный голос.

— Что же вас заставляет думать, будто я тщусь стать опасным, миссис Гиллспай? Я просто являюсь — как бы это сказать? — той нежной вещью, которую называют совестью. Вашей собственной совестью, к счастью для вас, воплощенной в другом человеке и готовой принять на себя вашу озабоченность судьбой людей, чья доля менее завидна в этом мире. Так что вы сами уже свободны от этих забот.

— Что за странная идея! Я даже не знаю, ужасно ли это, или очень мудро.

— И то и другое, миссис Гиллспай, как и любая мудрость.

Кики Холкомб с удовольствием обозрела свой бальный зал.

Она взглянула на потолок, до которого не доходил свет люстр, и с удовольствием отметила, как он высок, какой он величественный и недоступный. Толпа гостей не могла уменьшить размеров зала; он возвышался над ними как громадная четырехугольная коробка, ни с чем не соизмеримая, и именно это впустую растраченное пространство, как бы втиснутое над залом, придавало всему видимость царской роскоши; потолок можно было сравнить с крышкой ящичка для драгоценностей, излишняя величина которой подчеркивает лежащий на его плоском дне единственный небольшой бриллиант.

Гости двигались двумя меняющими направление потоками, которые рано или поздно прибивали их к двум водоворотам. В центре одного из них стоял Эллсворт Тухи, а другого — Питер Китинг.

Вечерний костюм не шел Эллсворту Тухи: прямоугольник белой манишки удлинял его лицо, как бы унося в двухмерное пространство; бабочка на тонкой шее делала ее похожей на шею ощипанного цыпленка — бледной, голубоватой и почти готовой к тому, чтобы ее одним движением свернула чья-то сильная рука. Однако в его манере носить одежду было больше достоинства, чем у кого-либо из присутствовавших мужчин. Он носил ее с беспечной бесцеремонностью уродца. И сама гротескность его внешности становилась знаком его превосходства, превосходства настолько значительного, что он мог спокойно пренебречь такой мелочью, как внешность.

Он говорил молодой, меланхолического вида женщине в очках и вечернем платье с глубоким вырезом:

— Моя дорогая, вы навсегда останетесь интеллектуальной дилетанткой, если не отдадите себя служению делу, более возвышенному, чем ваша собственная персона.

Он говорил тучному джентльмену с раскрасневшимся от спора лицом:

— Но, друг мой, мне это тоже может не нравиться. Я всего лишь сказал, что таков неизбежный ход истории. И не нам с вами спорить с ходом истории.

Он говорил несчастному молодому архитектору:

— Нет, мой мальчик, если я и имею что-то против тебя, то совсем не из-за того скверного здания, которое ты спроектировал, а из-за того дурного вкуса, который ты проявил, хныкая по поводу моей критики. Надо быть осмотрительнее. А то кое-кто может сказать, что ты не умеешь ни запрячь, ни тронуться с места.

Он говорил вдове миллионера:

— Да, я думаю, это блестящая идея — помочь своим вкладом программе социальных исследований. Так вы сможете погрузиться в великий поток культурных устремлений человечества, не поступаясь ни привычным образом жизни, ни хорошим пищеварением.

Окружающие говорили:

— Не правда ли, это очень остроумно? И какая смелость!

Питер Китинг радостно улыбался. Он чувствовал, что внимание и восхищение текут к нему со всех сторон зала. Он смотрел на людей, на всех этих аккуратных, надушенных, шуршащих шелком людей, отлакированных светом, стекавшим с них, как стекала вода в душе несколько часов назад, когда они готовились идти сюда и трепетно стоять перед человеком по имени Питер Китинг. Бывали минуты, когда он забывал о том, что он Питер Китинг, и смотрелся в зеркало, желая присоединиться к общему восхищению собой.

Когда однажды поток гостей столкнул его лицом к лицу с Эллсвортом Тухи, Китинг улыбнулся, как мальчик, выбравшийся из речки в летний день, искрящийся, полный сил и неуемной энергии. Тухи стоял и смотрел на него; руки Тухи небрежно скользнули в карманы брюк, отчего его пиджак оттопырился поверх тощих бедер; казалось, он слегка покачивался на своих коротких ножках; глаза его были внимательны и загадочно пытливы.

— Ну это... Эллсворт... это... разве это не чудесный вечер? — спросил Китинг, как ребенок спрашивает мать, которая все понимает, и как мужчина, который слегка выпил.

— Ты счастлив, Питер? Сегодня ты — настоящая сенсация. Малыш Питер перешагнул черту славы. Так это и бывает, и никто не определит точно, когда и почему... Хотя, кажется, одна особа явно тебя игнорирует.

Китинг поморщился. Его удивило, когда и как Тухи нашел время это заметить.

— Господь с ней, — сказал Тухи, — к сожалению, исключения подтверждают правило. У меня всегда была абсурдная мысль, что только очень необычный человек сможет привлечь внимание Доминик Франкон. Тогда-то я и подумал о тебе. Так, досужая мысль. Но все же, знаешь, мужчина, который ее получит, будет обладать чем-то таким, чему ты не способен ничего противопоставить. Здесь он тебя и переплюнет.

— Никто еще ею не обладал, — обрезал его Китинг.

— Нет, без сомнения, нет. Еще нет. Это несколько удивительно. Полагаю, для этого надо быть совершенно необычным человеком.

— Послушайте, какого черта вы это говорите? Вам не нравится Доминик Франкон. Разве не так?

— Я никогда не говорил, что нравится.

Чуть позже Китинг услышал, как Тухи мрачно говорил в разгаре какого-то серьезного обсуждения:

— Счастье? Но это же так заурядно и буржуазно. Что такое счастье? В жизни есть многое, что гораздо важнее счастья.

Китинг медленно пробирался к Доминик. Она стояла, отклонившись назад, как будто воздух был достаточно надежной опорой для ее тонких обнаженных лопаток. Ее вечернее платье было цвета стекла. Ему показалось, что он видит сквозь ее платье стенку напротив. Она выглядела до нереальности хрупкой, но эта хрупкость говорила о какой-то пугающей силе, которая привязывала ее к жизни, — в теле, явно не созданном для жизни.

Когда он приблизился, она не сделала никакой попытки ускользнуть; она повернулась к нему, ответила, но монотонная точность ее ответов остановила его, лишила сил и вынудила вскоре отойти.

Кики Холкомб встретила входивших Рорка и Хэллера у двери. Хэллер представил ей Рорка, и она заговорила, как всегда, таким тоном, который подобно несущейся ракете сметал самим своим напором всякое сопротивление:

— О, мистер Рорк, я так хотела увидеться с вами! Мы все здесь так много слышали о вас! Только должна вас сразу предупредить, что мой муж вас не одобряет — из чисто художественных соображений, — но пусть это вас не тревожит, в моем лице вы имеете союзника, и весьма преданного союзника.

— Очень любезно с вашей стороны, миссис Холкомб, — ответил Рорк, — и возможно, излишне.

— О, я обожаю ваш дом Энрайта! Не могу сказать, конечно, что он воплощает мои собственные эстетические воззрения, но культурные люди должны держать свой ум открытым для всего, включая, я полагаю, любую точку зрения в творчестве. Прежде всего мы должны широко мыслить, вы согласны?

— Не знаю, — возразил Рорк, — я никогда не умел широко мыслить.

Она была уверена, что он не намеревался дерзить ей. Ни в его голосе, ни в его манерах этого не было. Но он сразу показался ей ужасно дерзким. На нем был смокинг, и он хорошо сидел на его высокой худощавой фигуре, но каким-то образом казалось, что эта одежда не для него; его рыжие волосы в сочетании со смокингом казались нелепыми; кроме того, ей не понравилось его лицо — этому лицу больше соответствовала работа у станка или армия, ему не было места в ее гостиной. Она сказала:

— Мы все заинтересовались вашей работой. Это ваш первый дом?

— Пятый.

— Ах, так? Конечно. Как интересно. — Она всплеснула руками и отвернулась, чтобы встретить нового гостя.

Хэллер сказал:

— Кого бы ты хотел увидеть первым?.. А вот и Доминик Франкон. Она смотрит на нас. Пошли.

Рорк повернулся; он увидел Доминик, стоявшую в одиночестве на другом конце зала. На ее лице не было никакого выражения, даже усилия придать ему какое-то выражение; странно было видеть человеческое лицо, которое являло собой только костную структуру и связки мышц, лицо как чисто анатомическое понятие, подобно плечу или руке, не выражающее никаких ощущений. Она смотрела, как они идут к ней. Ее ноги стояли как-то странно: два длинных треугольника, расположенных параллельно, как будто под ними не было пола, лишь несколько квадратных дюймов пространства под подошвами, и она могла устоять, только сохраняя неподвижность и не глядя вниз. Он почувствовал дикое наслаждение, потому что она казалась слишком хрупкой, чтобы вынести жестокость того, что он делал, и потому что она выносила это безупречно.

— Мисс Франкон, разрешите представить вам Говарда Рорка, — начал Хэллер.

Он не повысил голоса, произнося имя; он удивился, почему оно прозвучало так громко; затем подумал, что тишина поглотила и задержала его, но тишины не было; лицо Рорка было приветливо-безразлично, и Доминик вежливо сказала:

— Добрый вечер, мистер Рорк.

Рорк поклонился:

— Добрый вечер, мисс Франкон.

Она сказала:

— Дом Энрайта... — Она сказала это так, будто не хотела произносить эти два слова и будто они обозначали не дом, но то личное, что стояло за ним.

Рорк ответил:

— Да, мисс Франкон.

Затем она улыбнулась заученно вежливой улыбкой, с которой обычно начинают разговор. Она начала:

— Я знаю Роджера Энрайта. Он почти друг нашей семьи.

— Я не имел удовольствия встречаться с друзьями мистера Энрайта.

— Помню, отец как-то пригласил его пообедать. Это был неудачный обед. Отца называют блестящим собеседником, но даже он не мог выдавить ни звука из мистера Энрайта. Роджер просто сидел. Надо знать отца, чтобы понять, какой это был для него удар.

— Я работал у вашего отца, — ее рука двинулась и остановилась в воздухе, — несколько лет назад чертежником.

Рука опустилась.

— Тогда вы можете понять, что отец не мог поладить с Роджером Энрайтом.

— Нет. Он не мог.

— Думаю, я почти нравилась Роджеру, хотя он никогда не простит мне, что я работаю в газете Винанда.

Стоя между ними, Хэллер подумал, что ошибся, — в этой встрече не было ничего странного, в самом деле ничего. Ему было неприятно, что Доминик не говорит об архитектуре, как можно было ожидать; он с огорчением заключил, что ей не понравился этот человек, как не нравились многие, с кем она встречалась.

Затем миссис Гиллспай завладела Хэллером и увела его. Рорк и Доминик остались наедине. Рорк начал:

— Мистер Энрайт читает все городские газеты. Их приносят ему в контору — с вырезанными передовицами.

— Он всегда так делал. Роджер явно ошибся в выборе профессии. Ему следовало бы стать ученым. Он так привязан к фактам и не переваривает толкований.

— Бывает и иначе. Вы знаете мистера Флеминга? — спросил он.

— Нет.

— Он друг Хэллера. Мистер Флеминг никогда ничего не читает в газетах, кроме страниц с передовицами. Но людям нравится слушать, как он говорит.

Она наблюдала за ним. Он смотрел прямо на нее, очень вежливо, как смотрел бы, встретившись с ней в первый раз, любой мужчина. Ей хотелось найти в его лице какой-нибудь намек на прежнюю ироничную улыбку, даже насмешливость была бы признанием и неким обязательством — она не нашла ничего. Он говорил как посторонний. Он не позволял себе ничего, вел себя как человек, которого ей представили в гостиной, безупречно выполняя то, чего требовал этикет. Она смотрела на эту любезную официальность и думала, что ее платье уже ничего не скрывает от него, что он уже использовал ее для потребностей более интимных, чем потребность в пище, которую он ел, — и вот теперь стоит, соблюдая дистанцию, в нескольких футах от нее, как человек, который никоим образом не может себе позволить стать ближе. Она подумала, что он выбрал именно такой способ издеваться над ней, чтобы показать, что он ничего не забыл, но не подает виду. Она подумала, что он хочет, чтобы она первой все сказала, и тогда он заставит ее пройти через все унижения принятия их прошлого — потому что именно она первой вызвала бы это прошлое к жизни; и он твердо знал, что она не сможет этого не сделать.

— И чем зарабатывает на жизнь мистер Флеминг? — спрашивала в это время она.

— Он производит точилки для карандашей.

— Правда? И он друг Остина?

— У Остина много знакомых. Он говорит, что это его бизнес.

— И ему везет в этом?

— Кому, мисс Франкон? Я не уверен насчет Остина, но мистеру Флемингу очень везет. Он уже открыл филиалы в Нью-Джерси, Коннектикуте и на Род-Айленде.

— Вы не правы в отношении Остина, мистер Рорк. Ему очень везет. В нашей с ним профессии считается, что человеку везет, если она не портит его.

— Как вам это удается?

— Есть только два пути: или не обращать никакого внимания на людей, или, наоборот, быть внимательным ко всему, что с ними связано.

— А какой предпочтительнее, мисс Франкон?

— Тот, что труднее.

— Но желание выбрать самый трудный можно расценивать само по себе как признание собственной слабости.

— Конечно, мистер Рорк. Но это наименее оскорбительная его форма.

— Если вообще есть в чем признаваться.

Вдруг кто-то продрался через толпу гостей и полуобнял Рорка за плечи. Это был Джон Эрик Снайт.

— Рорк! Надо же, вот не ожидал! — вскричал он. — Рад, очень рад! Сколько лет, сколько зим? Послушай, мне нужно с тобой поговорить! Отпусти его со мной на минуту, Доминик.

Рорк поклонился ей, руки его оставались опущенными, но прядь волос упала ему на лоб, и Доминик не увидела его лица, только рыжую голову, вежливо склонившуюся на короткий момент, а затем он исчез в толпе вместе со Снайтом.

Снайт тараторил:

— Господи! И поднялся же ты за последние несколько лет! Послушай, ты не знаешь, собирается ли Энрайт всерьез заняться недвижимостью? Я имею в виду, не собирается ли он строить еще дома?

Появился Хэллер, он оттеснил Снайта и подвел Рорка к Джоэлу Сьюттону. Джоэл Сьюттон был восхищен. Он почувствовал, что присутствие здесь Рорка развеяло последние его сомнения; это было своего рода свидетельство о благонадежности Рорка. Пальцы Джоэла Сьюттона сомкнулись на локте Рорка: пять коротких розовых пальцев на черном рукаве. Джоэл Сьюттон доверительно сглотнул слюну:

— Послушай, мальчик, все решено. Заказ твой. Только не начинай выколачивать из меня последний цент, все вы, архитекторы, головорезы и бандиты с большой дороги. Но я поставил на тебя, ты парень ловкий, объегорил старину Рода, а? Так и меня захочешь обвести вокруг пальца, по правде говоря, уже почти обвел. Я звякну тебе через пару деньков, и мы поцапаемся как следует при заключении контракта.

Хэллер взглянул на них и подумал, что видеть их вместе почти неприлично: высокая аскетическая фигура Рорка, излучающая особую гордую чистоту статных людей, и рядом с ним улыбающаяся фрикаделька, чье решение так много значит.

Рорк начал было говорить о будущем доме, но Джоэл Сьюттон, пораженный и оскорбленный, посмотрел на него снизу вверх. Джоэл Сьюттон пришел сюда не для того, чтобы говорить о строительстве; вечера устраивались с другой целью — дать человеку порадоваться, а что может быть большей радостью в его жизни, как не возможность позабыть о серьезных вещах? Поэтому Джоэл Сьюттон заговорил о бадминтоне, который был его хобби; это увлечение патрициев, заявил он. Это совсем не походит на то, чем занимаются обычные люди, тратящие свое время на гольф. Рорк вежливо слушал. Ему было нечего сказать.

— Ты ведь, конечно, играешь в бадминтон? — внезапно спросил Джоэл Сьюттон.

— Нет, — ответил Рорк.

— Ты не играешь? — изумленно открыл рот Джоэл Сьюттон. — Не играешь? Вот это зря, это чертовски жаль! Я-то думал, что ты, конечно, играешь. С твоей-то фигурой ты бы далеко пошел, был бы чемпионом. А я размечтался, как мы разделаем под орех старину Томпкинса, пока строится дом.

— Пока будет строиться дом, мистер Сьюттон, у меня в любом случае не будет времени для игры.

— О чем это ты? Как это не будет времени? А зачем тебе чертежники? Найми еще двоих. Пусть они и вкалывают, я же тебе буду платить достаточно, разве не так? Но с другой стороны, ты не играешь, это же просто стыд собачий. Я-то думал... Архитектор, который построил мне дом там, на Кэнал-стрит, был просто ас в бадминтоне, но он умер в прошлом году, разбился в автомобильной катастрофе, черт бы его подрал. Он тоже был отличный архитектор. А ты вот не играешь.

— Мистер Сьюттон, разве вас это так уж расстроило?

— Я очень серьезно разочарован, мой мальчик.

— Но для чего же вы меня нанимаете?

— Для чего я — что?

— Нанимаете меня.

— Господи, конечно же, строить!

— И вы серьезно думаете, что здание стало бы лучше, если бы я играл в бадминтон?

— Ну, есть дела, а есть человеческие отношения. О, я не возражаю, просто подумал, что с таким костяком, как у тебя, ты бы, конечно... ладно, ладно. Не бывает так, чтобы все сразу...

Когда Джоэл Сьюттон отошел, Рорк услышал веселый голос, говорящий:

— Поздравляю, Говард.

Он обернулся и увидел Питера Китинга, который радостно и насмешливо улыбался ему.

— Привет, Питер. Что ты сказал?

— Я сказал, поздравляю, ты посадил в лужу Джоэла Сьюттона. Только знаешь, ты не очень хорошо это проделал.

— Что?

— Со стариной Джоэлом. О, конечно, я слышал почти все — почему бы и нет? Это было презабавно. Но это не метод вести дела, Говард. Знаешь, что бы я сделал? Я бы поклялся, что играю в бадминтон с двух лет, и что это игра графов и королей, и что только очень благородная душа способна оценить ее, и, если он захочет испытать меня, я сделаю все, чтобы тоже играть в нее не хуже графа. Ну скажи, чего бы это тебе стоило?

— Я не подумал об этом.

— Это секрет, Говард. И редкий притом. А я отдал его тебе совершенно бесплатно и с пожеланиями всегда быть тем, кем люди хотят тебя видеть. И они все будут твои, когда ты этого захочешь. Я отдаю тебе его совершенно бесплатно, потому что ты им никогда не сумеешь воспользоваться. Ты совершенно великолепен в некоторых отношениях и — я это всегда говорил — ужасно глуп в других.

— Возможно.

— Тебе надо научиться некоторым вещам, если ты хочешь использовать в своих целях салон Кики Холкомб. Ну как? Будем расти, а, Говард? Хотя я был совершенно в шоке, увидев тебя здесь, — кто бы мог подумать? Ну и конечно, мои поздравления с домом Энрайта. Как всегда великолепно; где, кстати, ты был все лето? Напомни мне научить тебя носить смокинг. Боже, до чего глупо он смотрится на тебе! Вот это мне и нравится, мне нравится видеть, как глупо ты выглядишь. Мы же старые друзья, не так ли, Говард?

— Ты пьян, Питер.

— Конечно, пьян. Но сегодня я не выпил ни капли — ни капельки. А отчего я пьян — ты этого никогда не поймешь, никогда, эта штука не для тебя. И от этого я тоже немного пьян. Знаешь, Говард, я люблю тебя. Действительно люблю. Люблю — сегодня.

— Да, Питер. Но знаешь, ты всегда будешь меня любить.

Рорка представили многим из собравшихся, и многие говорили с ним. Они улыбались и выглядели искренними в своих усилиях быть с ним дружелюбными, выражая свое восхищение, проявляя добрую волю и сердечно изображая заинтересованность. Но он слышал лишь: «Дом Энрайта великолепен, он почти так же хорош, как здание "Космо-Злотник"»; «Я уверен, что вас ждет большое будущее, мистер Рорк, поверьте мне. Я узнаю его признаки. Вы будете новым Ралстоном Холкомбом». Он привык к враждебности, но такая приветливость оскорбляла его сильнее, чем враждебность. Он пожал плечами; он думал, что скоро выберется отсюда и снова окажется в своем бюро, где все чисто и ясно.

До конца вечера он ни разу не взглянул на Доминик. Она следила за ним из толпы. Она следила за теми, кто останавливал его и говорил с ним. Она смотрела на его плечи, которые вежливо сутулились, когда он слушал. Она думала, что это тоже его способ издеваться над ней; он позволял ей смотреть, как перед ее взором его представляли толпе и он отдавался каждому, кто хотел владеть им в течение нескольких минут. Он знал, что ей тяжелее смотреть на него, чем на солнце или работу в каменоломне. Она послушно стояла и смотрела. Она не ждала, чтобы он вновь заметил ее; она должна была оставаться в зале, пока он был там.

В зале был еще один человек, который в этот вечер неестественно остро ощущал присутствие Рорка, ощущал его с того момента, как тот вошел в гостиную. Эллсворт Тухи видел, как Рорк вошел. Тухи никогда прежде его не видел и не знал. Но Тухи долго стоял и разглядывал его. Затем начал пробираться среди гостей, улыбаясь друзьям. Но, улыбаясь и произнося свои афоризмы, он все время обращал взгляд к человеку с рыжими волосами. Он смотрел на него, как смотрел время от времени на мостовую из окна тринадцатого этажа, раздумывая о собственном теле: что бы могло произойти, если бы его вдруг выбросили из окна вниз и оно ударилось об эту мостовую. Он не знал имени этого человека, его профессии или прошлого; ему не надо было знать; он был для него не человеком — только силой; Тухи никогда не видел людей. Возможно, было что-то завораживающее в ощущении этой особой силы, так явно воплощенной в конкретном человеческом теле.

Через некоторое время он спросил Джона Эрика Снайта, указывая на этого человека:

— Кто это такой?

— Это? — переспросил Снайт. — Говард Рорк. Помните — дом Энрайта?

— О-о… — протянул Тухи.

— Что?

— Конечно. Так и должно быть.

— Хотите познакомиться?

— Нет, — ответил Тухи. — Нет, я не хочу с ним знакомиться.

До конца вечера, когда кто-нибудь заслонял Тухи обзор, он нетерпеливо дергал головой, чтобы вновь найти Рорка. Он не хотел смотреть на Рорка — но он должен был смотреть, как не мог не смотреть вниз, на далекую, пугающую мостовую.

В этот вечер Эллсворт Тухи не осознавал никого вокруг, только Говарда Рорка. А Рорк и не знал, что Тухи присутствует в гостиной.

Когда Рорк ушел, Доминик продолжала стоять и считать минуты. Прежде чем уйти, она должна была удостовериться, что улицы уже поглотили его. Потом она двинулась к выходу.

Тонкие влажные пальцы Кики Холкомб сжали ее руку на прощание, рассеянно пожали и на секунду скользнули к запястью.

— Дорогая, — спросила Кики Холкомб, — что ты думаешь об этом новичке? Знаешь, я видела, как ты с ним разговаривала. Ну, об этом Говарде Рорке.

— Я думаю, — твердо сказала Доминик, — что более отвратительной личности я еще не встречала.

— О, даже так?

— Разве может понравиться ничем не сдерживаемая заносчивость? Не знаю, что можно сказать в его пользу, кроме того, что он чертовски хорош собой. Но это ничего не меняет.

— Хорош собой? Ты что, смеешься, Доминик?

Кики Холкомб увидела, что Доминик как-то глупо удивилась, а Доминик поняла: то, что поразило ее в его лице, позволило ей увидеть лицо полубога, оставило других равнодушными; и ее, казалось бы, случайная реплика по поводу совершенно очевидного факта в действительности являлась признанием чего-то понятного только ей.

— Господи, дорогая, — воскликнула Кики, — он вовсе не так красив, просто он в высшей степени мужественен!

— Пусть это тебя не поражает, Доминик, — произнес голос за ее спиной. — Эстетические воззрения Кики отнюдь не твои — и не мои.

Доминик обернулась. За ней стоял Эллсворт Тухи, улыбаясь и внимательно глядя ей в лицо.

— Ты... — начала она и осеклась.

— Конечно, — ответил Тухи, слегка кланяясь и показывая, что он понял и то, что ею не было сказано. — Позволь мне, пожалуйста, указать, Доминик, что моя способность видеть самую суть отнюдь не хуже твоей. Хотя и не для эстетического любования. Это я предоставляю тебе. Но мы прозреваем вещи, которые временами не столь уж явны, — не правда ли? — и ты, и я.

— Что конкретно ты имеешь в виду?

— Дорогая, это могло бы вызвать долгую философскую дискуссию — и какую! — но все же совершенно ненужную. Я всегда говорил тебе, что нам надо бы быть друзьями. Интеллектуально у нас много общего. Мы исходим из противоположных полюсов, что совершенно неважно, потому что, понимаешь ли, мы сходимся в одной точке. Это был очень интересный вечер, Доминик.

— К чему ты это все ведешь?

— Ну, например, было интересно понять, кто, по-твоему, хорош собой. Это позволило бы мне определенным образом классифицировать тебя саму. Без слов — ориентируясь лишь на предпочтительный тебе тип лица.

— Если... если ты способен понять то, о чем говоришь, значит, ты не тот, кто ты есть.

— Нет, дорогая. Я как раз тот, кто я есть, именно потому, что понимаю.

— Знаешь, Эллсворт, по-моему, ты гораздо хуже, чем я думала.

— И возможно, намного хуже, чем ты думаешь сейчас. Но я полезен. Мы все полезны друг другу. Так же, как ты будешь полезна мне. Я думаю, ты захочешь быть мне полезной.

— О чем ты говоришь?

— Жаль, Доминик. Очень жаль. Если ты не понимаешь, о чем я говорю, возможно, я никак не смогу этого объяснить. Если же понимаешь, я уже все объяснил и не прибавлю ни слова.

— О чем вы говорите? — в изумлении спросила Кики.

— Просто поддразниваем друг друга, — весело ответил Тухи. — Пусть это тебя не беспокоит, Кики. Доминик и я всегда поддразниваем друг друга. Возможно, не очень удачно, потому что, видишь — не получается.

— Когда-нибудь, Эллсворт, — проговорила Доминик, — ты сделаешь ошибку.

— Очень возможно. А ты, дорогая, ее уже сделала.

— Спокойной ночи, Эллсворт.

— Спокойной ночи, Доминик.

Когда Доминик ушла, Кики повернулась к Тухи:

— В чем дело? Что у вас произошло, Эллсворт? Что это за разговор — совершенно ни о чем? Лица людей и первые впечатления еще ни о чем не говорят.

— Это, дорогая Кики, — ответил он, и голос его звучал мягко и отстраненно, будто он отвечал не ей, а собственным мыслям, — одно из наших общих и самых больших заблуждений. Нет ничего более значительного, чем лицо человека. И более красноречивого. На самом деле мы можем по-настоящему узнать человека только с первого взгляда. Более того, при этом взгляде мы узнаем о нем все, хотя не всегда бываем достаточно мудры, чтобы развить это наше знание. Ты когда-нибудь задумывалась о стиле души, Кики?

— О... чем?!

— Стиле души. Помнишь знаменитого философа, который говорил о стиле цивилизации? Он называл это стилем. Он говорил, что это самое подходящее по смыслу слово, которое можно найти. Он говорил, что у каждой цивилизации есть свой главный принцип, одна-единственная высшая определяющая идея, и все усилия каждого человека внутри этой цивилизации подчинены этому принципу — неосознанно и неотвратимо... Я думаю, Кики, что каждая человеческая душа также имеет свой собственный стиль, свою главную тему. Ты видишь, как она отражается в каждой мысли, каждом поступке, каждом желании этой личности. Единственный абсолют, единственный императив этого существа. Годы изучения человека не расскажут тебе этого. Но расскажет его лицо. Чтобы описать личность, потребуются тома и тома. Но вспомни его лицо. Больше тебе ничего не понадобится.

— Это совершеннейшая фантастика, Эллсворт. И это, если верно, нечестно. Люди окажутся перед тобой совершенно голыми.

— Хуже того. Голым окажешься перед ними и ты. Обнаружишь себя тем, как ты реагируешь на определенные лица. На определенный сорт лиц... Стиль твоей души... В мире нет ничего важнее человека. Нет ничего более важного в человеке, чем его отношение к себе подобным...

— Ну и что же ты видишь в моем лице?

Он посмотрел на нее, будто только сейчас заметил ее присутствие:

— Что ты сказала?

— Я спросила, что ты видишь в моем лице.

— О... да... Ну что ж, скажи мне имя кинозвезды, которая тебе нравится, и я скажу тебе, кто ты.

— Знаешь, мне нравится, когда меня анализируют. Ну, посмотрим. Моей любимой кинозвездой всегда была...

Но он уже не слушал. Он отвернулся от нее и удалялся, даже не извинившись. Он выглядел утомленным. Она никогда раньше не видела, чтобы он был груб, — разве что намеренно.

Чуть позже до нее донесся его сильный, вибрирующий голос, утверждавший:

— ...и таким образом, самая благородная идея на свете — идея абсолютного равенства людей.

VII

«... здесь оно и будет стоять как памятник безграничному эгоизму и ничему, кроме эгоизма мистера Энрайта и мистера Рорка. Оно будет стоять между рядами жилых домов из песчаника с одной стороны и газгольдерами — с другой. Возможно, это не случайность, а перст судьбы, свидетельствующий о ее разборчивости. Иное соседство не смогло бы столь красноречиво выявить кричащую наглость этого строения. Оно будет выситься как насмешка над всеми зданиями города и людьми, построившими их. Наши здания лишены всякого смысла и противоестественны; строение мистера Рорка лишний раз подчеркивает это. Но контраст совсем не в его пользу. Сам факт этого контраста делает это здание частью всеобщего абсурда, причем частью самой комической. Так луч света, проникший в свинарник, делает видимой всю грязь и тем оскорбляет наш взор. Наши строения имеют великое преимущество: они робки и темны. Более того, они нас удовлетворяют. Дом Энрайта смел и светел... Он как пернатая змея. Он *привлечет* внимание — но лишь к безмерной наглости мысли мистера Рорка. Когда его построят, он станет шрамом на лице нашего города. А шрам тоже по-своему ярок и выразителен».

Это было напечатано в колонке «Ваш дом», которую вела Доминик Франкон. Статья появилась через неделю после приема у Кики Холкомб.

Утром, в день ее появления, Эллсворт Тухи вошел в кабинет Доминик. В руках он держал экземпляр «Знамени», открытый на странице, где была помещена ее рубрика. Не произнося ни слова, Тухи остановился и замер, слегка раскачиваясь на своих маленьких ножках. Казалось, можно было не видеть, а слышать выражение его глаз: в них буквально искрился смех. Губы же его были вполне невинным образом сжаты.

— Ну и?.. — спросила она.

— Где ты встречалась с Рорком до этого приема?

Доминик сидела, глядя на него, опершись правой рукой о спинку стула, на кончиках ее пальцев висел карандаш. Казалось, она улыбается. Она сказала:

— Я впервые его увидела на этом приеме.

— Что ж, я ошибся. Я просто удивлен, — газета зашелестела в его руке, — сменой чувств.

— Да? Но он мне не понравился, когда я его встретила... на этом приеме.

— Именно это я и заметил.

— Садись, Эллсворт. Ты выглядишь не лучшим образом, когда стоишь.

— Не возражаешь? Не занята?

— Не особенно.

Он присел сбоку от ее стола. Сел и в задумчивости похлопал сложенной газетой по коленям.

— Знаешь, Доминик, — начал он, — это нехорошо сработано. Совсем нехорошо.

— Вот как?

— Разве ты не понимаешь, что можно прочесть между строк? Конечно, это заметят не многие. Он заметит. И я заметил.

— Но это написано не для него или для тебя.

— Так что, для других?

— Для других.

— Тогда это подлая насмешка над ним и надо мной.

— Вот видишь? Мне показалось, что сработано неплохо.

— Что ж, у каждого свои приемы.

— А что ты напишешь об этом?

— О чем?

— О доме Энрайта.

— Ничего.

— Ничего?

— Ничего.

Он, почти не шевелясь, бросил на стол газету, просто движением кисти руки, и сказал:

— Кстати, об архитектуре. Доминик, почему ты ничего не написала о здании «Космо-Злотник»?

— А о нем стоит писать?

— О, определенно. Есть люди, которых оно будет весьма раздражать.

— А стоит ли обращать на них внимание?

— Кажется, да.

— И что это за люди?

— О, я не знаю. Откуда нам знать, кто читает то, что мы пишем? Но в этом-то и весь интерес. Все эти незнакомые люди, которых мы никогда не видели, с которыми никогда не говорили или не можем говорить... и газета, где они могут прочесть наши ответы, если мы хотим дать эти ответы. Я убежден, что тебе надо написать несколько приятных слов о здании «Космо-Злотник».

— Тебе, кажется, очень нравится Питер Китинг?

— Нравится? Я чертовски его люблю. И ты тоже полюбишь... со временем, когда лучше узнаешь. Питера Китинга очень полезно знать. Отчего бы тебе не выделить время буквально на днях и не встретиться с ним, чтобы он рассказал тебе историю своей жизни? Ты узнаешь много интересного. Например, что он учился в Стентоне.

— Я это знаю.

— И ты считаешь, что это неинтересно? По-моему, это более чем интересно. Великолепное место этот Стентон. Замечательный образчик готической архитектуры. А витражи в его часовне, они же действительно одни из самых красивых в стране. Кроме того, там так много молодых студентов. И таких разных. Некоторые при окончании получают дипломы с отличием. А других выгоняют.

— Ну и?

— Ты знаешь, что Питер Китинг — один из старых друзей Говарда Рорка?

— Нет. А что, он?..

— Да, он его старый друг.

— Питер Китинг — старый друг всех.

— Совершенно верно. Замечательный парень. Но Рорк совсем не такой. Ты не знала, что Рорк тоже учился в Стентоне?

— Нет.

— Кажется, ты не очень много знаешь о мистере Рорке?

— О мистере Рорке я ничего не знаю. Но мы обсуждаем не мистера Рорка.

— Разве? Нет, конечно, мы обсуждаем Питера Китинга. Но ты же понимаешь, что контраст позволяет убедительнее выявить точку зрения. Как ты сделала это сегодня в своей прелестной заметочке. Чтобы оценить Питера так, как он того заслуживает, попробуем сравнить их. Проведем две параллельные прямые. Я склонен согласиться с Евклидом, что эти две параллельные прямые никогда не пересекутся. Так вот, они оба учились в Стентоне. Мать Питера содержала нечто вроде пансиона, и Рорк жил там в течение трех лет. Все это не столь важно, но от этого последующий контраст получается более зримым и, скажем, более личного свойства. Питер закончил университет с отличием, первым в своем выпуске. Рорк был исключен. Не смотри на меня так. Я не должен объяснять, почему его исключили, мы это понимаем, ты и я. Питер стал работать у твоего отца, теперь он уже его партнер. Рорк также работал на твоего отца, и тот его вышвырнул. Да, именно так. Разве это не символично? Кстати, он сделал это без всякой помощи с твоей стороны — в этот раз. На счету Питера здание «Космо-Злотник» — а Рорк создал лишь киоск для продажи сосисок в Коннектикуте. Питер раздает автографы — а имени Рорка не знают даже производители сантехнического оборудования. И вот Рорк заключает контракт на жилой дом, что для него весьма ценно, ведь это единственное его детище, — а Питер бы этого не заметил, даже если это дом Энрайта, ведь для него контракты дело привычное. Не думаю, чтобы Рорк особенно ценил работу Питера, и никогда не будет ценить, что бы ни случилось. А теперь продвинемся с нашей параллелью еще на шаг. Никто не хочет поражений. Но потерпеть поражение от человека, который в его глазах всегда был символом посредственности, работать одновременно с этой посредственностью и наблюдать, как она взбирается все выше, тогда как он борется изо всех сил и получает лишь мордой об стол, видеть, как посредственность крадет у него один за другим шансы, ради которых он отдал бы жизнь, видеть, как посредственность становится объектом поклонения, терять место, которое хотел бы получить, и наблюдать, как на нем возводится храм посредственности, терять, зная, что тебя приносят в жертву, что тебя не понимают, что со всех сторон на тебя сыпятся только удары, удары, удары — и не от гения, не от полубога, а от Питера Китинга... Ну как, моя маленькая дилетантша, ты считаешь, что испанская инквизиция могла бы изобрести пытку, равную этой?

— Эллсворт, — закричала она, — вон отсюда!

Она вскочила. Какое-то мгновение стояла выпрямившись, затем наклонилась вперед, оперлась ладонями о стол и застыла; он видел, как волна ее волос слегка дернулась, затем опустилась на лицо, скрыв его под собой.

— Но, Доминик, — сказал он как можно мягче, — я только пытался объяснить, почему Питер Китинг столь интересен как личность.

Она подняла лицо и тряхнула головой, волосы вновь волной легли на свое место. Она опустилась на стул, не спуская взгляда с Тухи, губы ее были полураскрыты и очень некрасивы.

— Доминик, — нежно произнес он, — ты выдаешь себя. Ты слишком явно выдаешь себя.

— Убирайся отсюда!

— Ладно. Но я всегда повторял, что ты меня недооцениваешь. Если тебе когда-нибудь потребуется помощь, позвони мне. — Уже в дверях он повернулся и добавил: — Конечно, лично я убежден, что Питер Китинг — величайший архитектор нашего времени.

В тот же вечер, когда она вернулась домой, зазвенел телефон.

— Доминик, дорогая, — прозвучал в трубке чей-то тревожный голос, — ты действительно так думаешь?

— Кто это?

— Джоэл Сьюттон. Я...

— Привет, Джоэл. Я действительно думаю — что?

— Привет, дорогая, как ты? Как поживает твой очаровательный папочка? Я хотел узнать, действительно ли ты так думаешь о доме Энрайта и об этом парне, Рорке. Я имею в виду то, что ты написала сегодня в своей колонке. Я весьма обеспокоен, весьма. Ты знаешь о моем доме? Так вот, хотя мы тут все уже решили, эта штука стоит больших денег, и я подумал, что надо быть очень осторожным с решением, а я больше всего доверяю тебе, я всегда верил тебе, ты девочка умная, если работаешь на такого, как Винанд, и я полагаю, это все тебе знакомо. Винанд понимает в строительстве, господи, этот парень получает от своей недвижимости больше, чем от своих газет, можешь мне поверить, хотя он думает, что это никому не известно. Но я-то знаю. А ты у него работаешь, и я вот не знаю, что думать. Потому что, понимаешь, я решил... ну почти решил... пригласить этого парня, Рорка. По правде говоря, я ему уже сказал, и в общем-то он должен прийти ко мне днем, завтра, подписать контракт, а теперь... Ты действительно думаешь, что это будет похоже на пернатую змею?

— Послушай, Джоэл, — сказала она, стиснув зубы, — ты не хочешь пообедать со мной завтра?

Она встретилась с Джоэлом в огромном пустом зале дорогого отеля. Немногие одиночные посетители бросались в глаза среди белых столов, а незанятые столики служили как бы элегантной декорацией, свидетельствующей об исключительности гостей. Джоэл Сьюттон широко улыбнулся. Ему еще не доводилось сопровождать столь яркую женщину, как Доминик.

— Знаешь, Джоэл, — начала она, глядя на него через стол; голос ее звучал спокойно, ровно, без улыбки, — это блестящая мысль — выбрать Рорка.

— О, ты так считаешь?

— Да, я так считаю. Ты получишь великолепный дом. Дом, от которого будет захватывать дыхание — и у тебя, и у твоих съемщиков. Лет через сто о тебе будут писать в учебниках, а твою могилу будут искать в Поттерсфилде*.

— Господи Боже мой, о чем ты, Доминик?

— О твоем доме. О том, какой дом Рорк для тебя построит.

— Ты хочешь сказать — хороший?

— Я не хочу сказать — хороший, я хочу сказать — исключительный.

— Но это не одно и то же.

— Нет, Джоэл, нет. Это не одно и то же.

— Мне не нравится слово «исключительный».

— Конечно, не нравится. Я этого и не предполагала. Так на что ты рассчитывал, приглашая Рорка? Ты хочешь иметь дом, который бы никого не потрясал. Дом, который будет обычным, комфортабельным и надежным, как горница в родной деревне, где пахнет жирной похлебкой. Дом, который понравится всем без исключения — нашим и вашим. Быть героем, Джоэл, дело очень беспокойное, и ты явно не создан для этого.

— Ну конечно, мне нужен дом, который будет нравиться людям. Ради чего еще мне его возводить, ради здоровья?

— Нет, Джоэл. И даже не ради твоей души.

— Так ты считаешь, что Рорк никуда не годится?

Она сидела прямо и не шевелясь, как будто все ее тело напряглось, чтобы заглушить боль. Но в глазах ее стыла печаль. Они были полузакрыты, словно от ласки чьей-то руки. Она спросила:

— Ты видел много домов, которые он создал? Ты видел много людей, которые его нанимали? В Нью-Йорке шесть миллионов человек. Шесть миллионов не могут ошибаться. Разве не так?

— Конечно, не могут.

— Конечно.

— Но я думал, что Энрайт…

— Ты не Энрайт, Джоэл. Хотя бы потому, что он так часто не улыбается. Потом, понимаешь, Энрайт не спросил бы моего мнения. А ты спросил. Вот потому ты мне нравишься.

— Я действительно тебе нравлюсь, Доминик?

— Разве ты не знаешь, что всегда был одним из моих любимцев?

— Я… я всегда тебе доверял. Я поверю всему, что ты скажешь. А как ты думаешь, что мне теперь делать?

— Ну, это просто. Ты хочешь самого лучшего, что можно купить за деньги… того, что деньги могут купить. Ты хочешь иметь дом, который будет… таким, каким он заслуживает быть. Ты хочешь нанять архитектора, которого нанимали другие, потому что хочешь показать им, что ты совершенно такой же, как они.

— Это верно. Совершенно верно… Послушай, Доминик, ты почти ни к чему не притронулась.

— Я не голодна.

— Ну хорошо, а какого архитектора ты могла бы рекомендовать?

— Подумай, Джоэл. О ком сейчас все говорят? Кто получает наибольшее чисто заказов? Кто приносит больше всего денег себе и своим клиентам? Кто молод, знаменит, надежен и популярен?

— Господи, я полагаю… я полагаю, это Питер Китинг.

— Да, Джоэл. Питер Китинг.

— Мне так жаль, мистер Рорк, чертовски жаль, поверьте, но все же я занимаюсь бизнесом не ради своего здоровья… не ради своего здоровья и не для души… поэтому, то есть я уверен, что вы войдете в мое положение. Дело не в том, что я имею что-то против вас, совсем наоборот, я считаю, что вы исключительный архитектор. Понимаете, в этом-то и проблема: исключительность — это великолепно, но совсем непрактично. В этом-то и вся трудность, мистер Рорк, непрактично, и, кроме того, вы должны признать, что мистер Китинг более известен и у него есть эта… доступность, которой вы не можете похвастаться.

Мистера Сьюттона смущало, что Рорк не пытался протестовать. Он хотел бы, чтобы Рорк попытался спорить; вот тогда он привел бы те непререкаемые доводы, которые усвоил от Доминик пару часов назад. Но Рорк ничего не сказал, услышав его решение, только склонил голову. Мистер Сьюттон очень хотел изложить ему эти доводы, но казалось совершенно бесполезным пытаться убеждать человека, который выглядел уже убежденным. Но все же мистер Сьюттон любил людей и не хотел никого оскорбить.

— На самом-то деле, мистер Рорк, я не сам пришел к этому решению. На самом-то деле я хотел нанять вас, я решил иметь дело с вами, совершенно честно, но мисс Доминик Франкон, чьи суждения я в высшей степени ценю, убедила меня, что, выбрав вас, я поспешил; и она была настолько любезна, что позволила мне сообщить вам ее мнение.

Он увидел, как вдруг взглянул на него Рорк. Затем он увидел, что впалые щеки Рорка втянулись еще глубже, а его рот открылся, — он смеялся, беззвучно, лишь дыхание его участилось.

— Отчего вы смеетесь, мистер Рорк?

— Так это мисс Франкон пожелала, чтобы вы мне все сказали?

— Она не пожелала, зачем это ей? Просто сказала, что я могу сказать это вам, если захочу.

— Да, конечно.

— И это говорит только о ее честности и о том, что убеждения ее обоснованы и она готова высказать их открыто.

— Несомненно.

— Так в чем же дело?

— Ни в чем, мистер Сьюттон.

— Послушайте, но так смеяться неприлично.

— Крайне неприлично.

В комнате сгущалась темнота. Эскиз дома Хэллера, без рамки, был приколот кнопками к длинной белой стене; он создавал ощущение, что стена комнаты еще длиннее, а сама комната еще более пуста. Рорк не чувствовал, как бежит время, он ощущал его как некую твердую субстанцию, которая сгустилась в комнате и отставлена куда-то в сторону; время, уже ничего более не заключающее в себе, несло единственную реальность — реальность его неподвижного тела.

Услышав стук в дверь, он крикнул: «Входите!» — не меняя позы.

Вошла Доминик. Она вошла так, будто и раньше бывала здесь. На ней был черный костюм из тяжелой ткани, простой, как одежда ребенка, которая служит лишь для защиты тела, а не для его украшения; высокий мужской воротник поднимался к ее щекам, а шляпа скрывала половину лица. Он сидел и смотрел на нее. Доминик ожидала увидеть насмешливую улыбку, но ее не появилось. Улыбка, казалось, незримо витала в комнате, в том, что она стоит вот тут, посреди нее. Она сняла шляпу, как входящий в помещение мужчина, — стянула с головы за края кончиками напряженных пальцев и держала опущенной вниз рукой. Она ждала, лицо ее было спокойным и холодным, но мягкие волосы выглядели беззащитно и смиренно. Она сказала:

— Ты не удивлен, что я здесь.

— Я ждал, что ты придешь сегодня.

Она подняла руку, согнув ее в локте четким и экономным движением, — ровно столько усилий, сколько требовалось, — и бросила шляпу через всю комнату на стол. Затяжной полет свидетельствовал о силе, которая была заключена в ее руке.

Он спросил:

— Чего ты хочешь?

Она ответила:

— Ты знаешь, чего я хочу, — голосом страдающим и ровным.

— Знаю. Но я хочу услышать, как ты это скажешь. Все.

— Если хочешь. — В голосе ее зазвучала нотка деловитости, подчиняющаяся приказу с механической точностью. — Я хочу спать с тобой. Сейчас, сегодня ночью, в любое время, когда тебе заблагорассудится позвать меня. Я хочу твоего обнаженного тела, твоей кожи, твоего рта, твоих рук. Я хочу тебя — вот так, не впадая в истерику от желания, холодно и сознательно, без всякого достоинства и сожаления;

я хочу тебя — у меня нет самоуважения, чтобы спорить с самой собой и делить себя; я хочу тебя — хочу тебя, как животное, как кошка на заборе, как публичная девка.

Она произносила все это ровно, без усилий, как будто читала Символ Веры. Она стояла неподвижно — ноги в туфлях на низком каблуке расставлены, плечи отведены назад, руки опущены по бокам. Она выглядела отрочески чистой, словно то, что произносили ее губы, совершенно ее не касалось.

— Ты знаешь, Рорк, что я тебя ненавижу. Ненавижу за то, что ты есть, за то, что хочу тебя, за то, что не могу тебя не хотеть. Я буду бороться с тобой — и постараюсь уничтожить тебя, я говорю тебе это так же спокойно, как говорила, что я животное, просящее подачку. Я буду молиться, чтобы тебя невозможно было уничтожить, — говорю тебе и это, — несмотря на то, что я ни во что не верю и мне не о чем молиться. Но я буду стремиться помешать тебе сделать любой новый шаг. Я буду стремиться вырвать у тебя любой шанс. Я буду стараться причинить тебе боль только там, где можно причинить тебе боль, — в твоей работе. Я буду бороться, чтобы заставить тебя умереть от голода, удавить тебя тем, что останется для тебя недостижимым. Я проделала это с тобой сегодня днем и поэтому буду спать с тобой сегодня ночью.

Он сидел, глубоко погрузившись в кресло, вытянув ноги, расслабленно и одновременно напряженно, в то время как его спокойствие медленно наполнялось энергией предстоящего движения.

— Сегодня я тебя достала. И проделаю это снова. Я приду к тебе вновь, как только нанесу удар, когда буду знать, что опять достала тебя, — и я заставлю тебя владеть мною. Я хочу, чтобы мною владели, но не любовник, а противник, который украдет у меня одержанную мною победу, и не честными ударами, а просто прикосновением своего тела. Вот чего я хочу от тебя, Рорк. Вот какая я на самом деле. Ты хотел услышать все. Ты услышал. Что ты теперь скажешь?

— Раздевайся.

Она застыла на мгновение; два твердых желвака выступили и побелели в уголках ее рта. Потом она заметила, как задвигалась ткань его рубашки; он перестал сдерживать дыхание, и она, в свою очередь, презрительно улыбнулась ему, как всегда улыбался ей он.

Она подняла руки к воротнику и расстегнула пуговицы своего жакета — просто, рассчитанно, одну за другой. Она бросила жакет на пол, сняла тонкую белую блузку и только тогда заметила на своих обнаженных руках черные перчатки. Она сняла их, потянув один за другим за каждый палец. Она раздевалась равнодушно, как будто была одна в собственной спальне.

Затем она взглянула на него, обнаженная, ожидающая, чувствующая, как пространство между ними давит ей на живот, знающая, что это мучительно для него тоже и что все идет так, как они оба желали. Затем он поднялся, подошел к ней, и, когда он обнял ее, руки ее поднялись сами, и она почувствовала, как все его тело приникло к ее телу, к коже на обнимающих его руках, ощутила его ребра, его подмышки, его спину, его лопатки под своими пальцами, свои губы на его губах, и ее покорность была еще более яростной, чем ее борьба.

Потом, когда она лежала в его постели рядом с ним, под его одеялом, она спросила, разглядывая его комнату:

— Рорк, почему ты работал в этой каменоломне?

— Сама знаешь.

— Да. Любой другой выбрал бы работу в архитектурном бюро.

— И тогда у тебя не было бы желания уничтожать меня.

— Ты это понимаешь?

— Да. Лежи тихо. Теперь это не имеет значения.

— А ты знаешь, что дом Энрайта — самое красивое здание в Нью-Йорке?

— Я знаю, что ты это знаешь.

— Рорк, ты работал в этой каменоломне, а в тебе уже был дом Энрайта и много других домов, а ты долбил камень, как...

— Ты сейчас размякнешь, Доминик, а на следующий день будешь жалеть об этом.

— Да.

— Ты очень хороша, Доминик.

— Не надо.

— Ты очень хороша.

— Рорк, я... я все еще хочу уничтожить тебя.

— Ты полагаешь, что я хотел бы тебя, если бы ты этого не желала?

— Рорк...

— Ты хочешь опять услышать это? Все или частично? Я хочу тебя, Доминик. Я хочу тебя. Я хочу тебя.

— Я... — Она замолчала. Слово, на котором она остановилась, было почти слышно в ее дыхании.

— Нет, — сказал он. — Еще нет. Пока ты не будешь этого говорить. Давай спать.

— Здесь? С тобой?

— Здесь. Со мной. Утром я приготовлю тебе завтрак. Ты знаешь, что я сам готовлю себе завтрак? Тебе понравится смотреть, как я это делаю. Как на работу в каменоломне. А потом ты пойдешь домой и будешь думать, как меня уничтожить. Спокойной ночи, Доминик.

VIII

Отблески огней города на окнах гостиной подбирались к линии горизонта, проходящей как раз посредине оконного стекла. Доминик сидела за столом, проверяя последние страницы статьи, и в это время зазвенел звонок над входной дверью. Гости не беспокоили ее без предупреждения, и она рассерженно, но с любопытством оторвалась от бумаг, карандаш в ее руке застыл в воздухе. Она услышала шаги служанки в передней, а затем та появилась и сама со словами: «Какой-то джентльмен спрашивает вас, мадам». Нотки враждебности в ее голосе были вызваны тем, что джентльмен отказался назвать себя.

Доминик захотелось спросить, не рыжеволосый ли это мужчина, но, передумав, она только резко повела карандашом и сказала:

— Просите.

Дверь отворилась, и в свете из передней она разглядела длинную шею и опущенные плечи — похожий на бутылку силуэт. Звучный бархатный голос произнес:

— Добрый вечер, Доминик. — Она узнала Эллсворта Тухи, которого никогда не приглашала к себе.

Она улыбнулась и сказала:

— Добрый вечер, Эллсворт. Давненько я тебя не видела.

— Ты, вероятно, ожидала меня сегодня, не правда ли? — Он повернулся к служанке: — Ликер «Куантро», пожалуйста, если он есть, а я уверен, что есть.

Служанка, широко открыв глаза, взглянула на Доминик. Доминик молча кивнула, та вышла, закрыв за собой дверь.

— Как всегда, занята? — спросил Тухи, оглядывая заваленный бумагами стол. — Тебе идет, Доминик. И к тому же дает свои плоды. В последнее время ты стала писать много лучше.

Она опустила карандаш, откинула руку на спинку стула и, полуобернувшись, спокойно разглядывала его:

— Зачем пришел, Эллсворт?

Он не садился, а продолжал стоять, изучая комнату неторопливым взглядом знатока.

— Неплохо, Доминик. Чего-то в этом роде я и ожидал. Немного холодновато. Знаешь, я бы не поставил сюда этот холодно-голубоватый стул. Чересчур очевидно. Слишком уж сюда подходит. Именно его и можно ожидать на этом самом месте. Я бы выбрал морковно-красный цвет. Безобразный, бросающийся в глаза, нагло красный. Как волосы мистера Говарда Рорка, но это так, между прочим — совершенно ничего личного. Достаточно легкого мазка диссонирующего колера, и комната будет смотреться совсем иначе, такого рода штучки придают помещению особую элегантность. Цветы подобраны прекрасно. Картины тоже неплохие.

— Все так, Эллсворт, но в чем дело?

— Разве ты не знаешь, что я никогда раньше у тебя не бывал? Как-то случилось, что ты меня никогда не приглашала. Даже не знаю почему. — Он с удовольствием уселся, положив одну ногу на другую и вытянув их, открывая взгляду полностью выступающий из-под брюк темно-серый с голубой искрой носок, а над ним — полоску голубовато-белой кожи, поросшей редкими черными волосами. — Но ты вообще не отличалась общительностью. Я говорю в прошедшем времени, дорогая, в прошедшем. Так говоришь, мы давненько не виделись? И это верно. Ты была так занята — и столь необычным образом. Визиты, обеды, коктейли и чаепития. Разве не так?

— Все так.

— Чаепития. По-моему, это гениально. У тебя хорошее помещение для чаепитий, большое, масса пространства, чтобы напихать приглашенных, особенно если тебе все равно, кем его заполнить, — а тебе все равно. Особенно сейчас. А чем ты их кормила? Паштет из анчоусов и яйца, нарезанные сердечком?

— Икра и лук, нарезанный звездочками.

— А как насчет старых леди?

— Плавленый сыр и толченый орех — спиралью.

— Мне хотелось бы увидеть, как ты справляешься с такими делами. Просто чудо, как внимательна ты стала к старым леди. В особенности к омерзительно богатым, чьи зятья занимаются недвижимостью. Хотя думаю, что это все же лучше, чем отправиться смотреть «Разори-ка меня» с капитаном первого ранга Хайги, у которого вставные зубы и прелестный участок на углу Бродвея и Чамберс, на котором еще ничего не построено.

Вошла служанка с подносом. Тухи взял рюмку и, осторожно держа ее, вдыхал аромат ликера, пока служанка не вышла.

— Не скажешь ли мне, к чему эта тайная полиция — я не спрашиваю, кто в нее входит, — и для чего столь детальный отчет о моей деятельности? — безразлично спросила Доминик.

— Я скажу тебе кто. Любой и каждый. Как по-твоему, могут люди говорить о мисс Доминик Франкон, ставшей ни с того ни с сего задавать приемы? О мисс Доминик Франкон как о своего рода второй Кики Холкомб, но гораздо лучше — о, намного! — гораздо тоньше, гораздо способнее и к тому же, представьте себе, несравненно красивее. Тебе давно пора хоть как-то использовать свою восхитительную внешность, за которую любая женщина перерезала бы тебе горло.

Конечно, если подумать о гармоничном соотношении формы и содержания, твоя красота все равно пропадает зря, но теперь хоть кто-то, по крайней мере, извлекает из нее пользу. Например, твой отец. Я уверен, что он в восторге от твоей новой жизни. Малышка Доминик дружески относится к людям. Малышка Доминик становится наконец нормальной. Он, конечно, заблуждается, но как приятно сделать его счастливым. И некоторых других тоже. Меня, например; хотя ты никогда не сделала бы ничего, чтобы я почувствовал себя счастливым, но все же, понимаешь ли, у меня есть счастливая способность совершенно бескорыстно извлекать радость из того, что предназначалось отнюдь не мне.

— Ты не ответил на мой вопрос.

— Напротив. Ты спросила, откуда такой интерес к твоей деятельности, и я отвечаю: потому что она дает мне радость. Кроме того, послушай, кто-то мог бы и удивиться — пусть это и недальновидно, — если бы я собирал информацию о деятельности своих врагов. Но не знать о действиях своих — ну право, знаешь, не думала же ты, что я мог быть столь бездарным генералом. Ведь что бы ты ни думала обо мне, ты никогда не считала меня бездарным.

— *Своих*, Эллсворт?

— Послушай, Доминик. Чем плох твой письменный, и разговорный, стиль — ты используешь слишком много вопросительных знаков. Во всех случаях это плохо. Особенно плохо, если в этом нет необходимости. Оставим игру в вопросы и ответы, просто поговорим, раз уж мы все понимаем и нам не надо задавать друг другу вопросы. Если бы в этом была необходимость, ты бы выбросила меня отсюда. А вместо этого ты угощаешь меня очень дорогим ликером.

Он держал рюмку у самого носа и смачно вдыхал аромат напитка; за обеденным столом это было бы почти равносильно громкому причмокиванию и вульгарно, здесь же его манера прижимать край рюмки к хорошо подстриженным небольшим усикам казалась в высшей степени элегантной.

— Ладно, — согласилась она, — говори.

— Я это и делаю. И с моей стороны это весьма любезно — раз уж ты не готова говорить сама. Еще не готова. Что ж, продолжу — в чисто созерцательной манере — о том, как интересно видеть людей, которые так радостно приветствуют тебя в своей среде, принимают тебя, толпятся вокруг тебя. Отчего это, как ты считаешь? Они полны презрения сами по себе, но стоит кому-то, кто презирал их всю жизнь, внезапно перемениться и стать любезным — они подкатываются к тебе брюшком вверх и со сложенными лапками: давай, пощекочи им животик. Почему? Здесь возможны два объяснения, как мне представляется. Приятное состоит в том, что они великодушны и жаждут почтить тебя своей дружбой. К сожалению, приятные объяснения никогда не бывают верными. Второе же состоит в том, что они догадываются: ты порочишь себя, стремясь к дружбе с ними, ты сошла с пьедестала, одиночество — тоже пьедестал, и они в восторге от возможности стащить тебя еще ниже с помощью своей дружбы. Хотя, конечно, никто, кроме тебя самой, этого не осознает. Именно потому ты идешь на это с муками, а ради благородного дела ты никогда не решилась бы на такое. Нет, ты идешь на это исключительно ради избранной цели. И цель эта настолько гнуснее средств, что сами средства становятся вполне терпимыми.

— Знаешь, Эллсворт, ты сейчас произнес такую фразу, которую никогда не вставил бы в свою рубрику.

— Разве? Несомненно. Я могу сказать тебе многое, чего никогда не напишу. А какую?

— Одиночество — тоже пьедестал.

— А, это? Да, совершенно точно. Я бы так не написал. Но тебе дарю, хотя она так себе. Пошловата. Когда-нибудь я найду для тебя и получше, если захочешь. Хотя жалко, что ты выбрала только ее из моего краткого выступления.

— А что бы ты хотел, чтобы я выбрала?

— Ну, два моих объяснения, например. В них есть один интересный момент. Что добрее — поверить в лучшее в людях и придавить их благородством, которое им не под силу, или принять их такими, какие они есть, потому что им так спокойнее? Доброта, разумеется, выше справедливости.

— Мне на это наплевать, Эллсворт.

— Мы не настроены на отвлеченные рассуждения? Интересуемся лишь конкретными результатами? Допустим. Сколько заказов ты добыла для Питера Китинга за последние три месяца?

Она поднялась, подошла к подносу, оставленному служанкой, налила себе ликеру и, сказав «четыре», подняла рюмку ко рту. Затем вновь обернулась к нему, все еще с рюмкой в руке, и прибавила:

— Вот он, знаменитый метод Тухи. Не бить в начале статьи, не бить в конце. Одарить исподтишка, когда меньше всего ожидают. Наполнить всю колонку бредом только для того, чтобы протолкнуть одну важную строчку.

Он вежливо склонился:

— Совершенно точно. Именно поэтому я люблю говорить с тобой. Бесполезно быть изощренно ехидным с людьми, которые даже не понимают, что ты изощренно ехиден. Но невозможно высказать бессмысленную бессмыслицу, Доминик. К тому же я и не знал, что стиль моей рубрики стал столь очевиден. Надо придумать что-то новенькое.

— Не стоит беспокоиться. Публике он нравится.

— Еще бы. Публике понравится все, что я напишу. Так их четыре? Я пропустил один. Я насчитал три.

— Что-то я не пойму — если ты хотел узнать только это, зачем вообще пришел? Ты так любишь Питера Китинга, а я ему столько помогаю, гораздо больше, чем мог бы ты, поэтому если ты хотел поговорить со мной о помощи Питу, то совершенно напрасно — разве не так?

— Здесь ты не права, Доминик, причем дважды в одном высказывании. Одно честное заблуждение и одна ложь. Честное заблуждение состоит в том, что я хочу помочь Питу Китингу, — и кстати, я могу ему помочь гораздо больше, чем ты, я это делаю и буду делать, но это долгосрочная программа. Ложь же в том, что я пришел к тебе поговорить о Питере Китинге, — ты знала, зачем я пришел, уже когда я входил. И — Господи! — ради разговора на эту тему ты впустила бы и более противного типа, чем я. Хотя сомневаюсь, чтобы в данный момент кто-то был тебе более противен.

— Питер Китинг, — произнесла она.

Он поморщился:

— О нет. Для этого он слишком мелок. Что ж, поговорим о Питере Китинге. Какое удачное совпадение, что он оказался партнером твоего отца. Таким образом, ты из кожи вон лезешь, добывая подряды для отца, как подобает любящей дочери. Что может быть естественнее? В последние три месяца ты творила чудеса во имя процветания фирмы «Франкон и Китинг». Просто улыбаясь неким почтенным вдовам и появляясь в сногсшибательных платьях на некоторых наиболее важных приемах. Невозможно представить, чего бы ты могла добиться, если бы решилась идти до конца и продавать свое бесподобное тело в целях, отличных от эстетического любования в обмен на контракты для Питера Китинга. — Он помолчал, она тоже ничего не сказала, и он прибавил: — Мои поздравления, Доминик, ты подтвердила все лучшее, что я о тебе думал, — тем, что это тебя ничуть не шокировало.

— На что ты рассчитываешь, Эллсворт? Хочешь меня шокировать или на что-то намекаешь?

— О, считай это чем угодно, например, предварительным прощупыванием. Но если честно, это ровно ничего не значило. Просто немного пошлости. Это тоже особенность метода Тухи, понимаешь, я всегда рекомендую в нужное время выйти из роли. Ведь по сути такой убежденно-скучный пуританин, как я, просто обязан иногда предстать в ином свете — для разнообразия.

— А ты пуританин, Эллсворт? Не могу сказать, кто ты — по сути. Я не знаю.

— Осмелюсь предположить, что никто не знает, — любезно возразил он. — Хотя в действительности здесь нет никакой тайны. Все очень просто. Все всегда просто, если свести проблему к основным понятиям. Ты бы очень удивилась, узнав, сколь они малочисленны. Пожалуй, только два, которые объясняют все обо всех. Трудно только разобраться, свести все к ним... потому-то люди и не хотят обременять себя этим. Да и результат им вряд ли понравится.

— Мне все равно. Я знаю, что я такое. Давай выкладывай. Я просто стерва.

— Не стоит обманывать себя, дорогая. Ты гораздо хуже, чем стерва. Ты — святая. Что доказывает, почему святые опасны и нежеланны.

— А ты?

— Ну я как раз точно знаю, что я такое. Это уже само по себе может объяснить многое во мне. Я даю тебе полезную подсказку — если ты вдруг захочешь ею воспользоваться. Но это, конечно, вряд ли. Хотя может быть — в будущем.

— А зачем мне это?

— Я нужен тебе, Доминик. Так что было бы неплохо, если бы ты меня немного понимала. Видишь, мне совсем не страшно, что меня поймут. Во всяком случае, ты.

— Ты мне нужен?

— Ну зачем же так, прояви еще и немного храбрости.

Она молча и холодно ждала. Он улыбнулся, явно довольный, даже не пытаясь скрыть свое удовлетворение.

— Давай взглянем, — начал он, разглядывая без особого внимания потолок, — на контракты, которые ты добыла для Питера Китинга. Здание под контору Крайсона в этом смысле ничего не значило — Говард Рорк никогда бы его не получил. С домом Линдсея получше — кандидатура Рорка явно рассматривалась, и, если бы не ты, я думаю, он бы его получил. То же и с клубом «Стоунбрук» — у него был шанс, пока ты не вмешалась. — Он взглянул на нее и тихонько прищелкнул языком. — Никаких комментариев по поводу стиля и методов, Доминик? — Улыбка Тухи была похожа на застывший жир, плавающий над мягкими переливами его голоса. — Ты дала промашку с загородным домом Норриса. Ты знаешь, он подписал контракт на прошлой неделе. Что ж, не может ведь тебе постоянно везти. Кроме того, дом Энрайта — это большое дело; он породил много толков, и постепенно многие начали проявлять интерес к мистеру Говарду Рорку. Но ты все великолепно обставила. Мои поздравления. Ну а теперь — разве ты не считаешь, что я к тебе хорошо отношусь? Каждому художнику нужно признание, а тут больше некому тебя поздравить, потому что никто не догадывается, что ты делаешь. Только Рорк и я, а он не станет тебя благодарить. Если подумать, то я, пожалуй, соглашусь, что Рорк не знает, что ты делаешь, а это портит всю радость, не так ли?

Она спросила:

— А откуда ты знаешь, что я делаю? — Ее голос звучал устало.

— Дорогая, ты, конечно, еще помнишь, что именно я первый и предложил тебе эту мысль?

— О да,— рассеянно произнесла она. — Да.

— Теперь ты понимаешь, зачем я пришел. Теперь ты понимаешь, что я имел в виду, когда говорил о своих.

— Да, — сказала она. — Конечно.

— Это пакт, дорогая. Сотрудничество. Союзники, правда, никогда не верят друг другу, но это не мешает им действовать эффективно. Наши устремления могут быть продиктованы разными причинами. Так оно и есть. Но это неважно, результат от этого не изменится. Совсем не обязательно быть связанными единой благородной целью. Обязательно лишь иметь общего врага. У нас он есть.

— Да.

— Поэтому-то ты и нуждаешься во мне. Один раз я уже помог.

— Да.

— Я могу доставить Рорку больше неприятностей, чем любое твое чаепитие.

— Зачем?

— Опусти эти «зачем». Я же не касаюсь твоих.

— Хорошо.

— Тогда мы договорились? Итак, союзники?

Она посмотрела на него, подавшись вперед, внимательно, без следа волнения на лице. Потом произнесла:

— Мы союзники.

— Великолепно, дорогая. Теперь послушай. Перестань упоминать о нем в своей колонке почти каждый день. Я понимаю, что каждый раз, когда пишешь, ты зло вышучиваешь его, но это чересчур. Благодаря тебе его имя все время появляется в печати, а этого совсем не нужно. Далее: тебе лучше бы приглашать меня на эти свои чаепития. Есть вещи, которые ты не можешь делать, а я сделаю. Еще одно: мистер Гилберт Колтон — ты помнишь, он из калифорнийских Колтонов, занимающихся керамикой, — планирует построить на востоке завод — филиал компании.

Он думает о хорошем современном архитекторе. Он всерьез собирается пригласить мистера Рорка. Не позволяй Рорку получить заказ. Это огромное предприятие — о нем будут много писать. Подумай и изобрети какое-нибудь чаепитие с сандвичами для миссис Колтон. Делай что хочешь, но не допусти, чтобы Рорк получил заказ.

Она поднялась и, болтая руками, потащилась к столу за сигаретой. Закурив, она обернулась к нему и безразличным тоном произнесла:

— Когда тебе надо, ты можешь говорить кратко и по делу.

— Когда я нахожу это необходимым.

Она подошла к окну и, разглядывая город, сказала:

— Ты ничего не предпринимал против Рорка. Я и не знала, что тебя это так беспокоит.

— О, дорогая, так-таки и ничего?

— Но ты ни разу не упоминал его имени в своих статьях.

— Но, дорогая, это как раз и есть то, что мною сделано против мистера Рорка. Пока.

— Когда ты впервые о нем услышал?

— Когда увидел эскизы дома Хэллера. Не считаешь же ты, что я их не заметил, правда? А ты?

— Когда увидела эскизы дома Энрайта.

— А не раньше?

— Не раньше. — Она молча курила, потом произнесла, не оборачиваясь к нему: — Эллсворт, если кто-либо из нас попытается повторить то, что здесь сейчас было сказано, другой будет все отрицать, ничего нельзя будет доказать. Поэтому неважно, искренни мы друг перед другом или нет. Нам ничто не угрожает. А почему ты его ненавидишь?

— Я не говорил, что ненавижу его.

Она пожала плечами.

— Что до остального, — прибавил он, — думаю, ты можешь догадаться сама.

Она медленно кивнула отраженному в стекле огоньку своей сигареты. Он поднялся, подошел к ней и встал рядом, глядя на огни города под ними, на угловатые силуэты домов, на темные стены, которые в свете окон казались прозрачными, словно тонкая черная газовая накидка на плотной массе огней. И Эллсворт Тухи тихо произнес:

— Посмотри. Разве это не высочайшее достижение? Подумай о тысячах людей, которые работали над созданием этого, и о миллионах, которые этим пользуются. И говорят, что, если бы не заслуги дюжины умов, а возможно, их было меньше дюжины, ничего этого не было бы. Может быть, и так. В таком случае можно опять-таки занять две позиции по этому вопросу. Можно сказать, что эти двенадцать были великими благодетелями, и все мы питаемся лишь избытком великолепного богатства их духа и рады согласиться с этим в знак благодарности и братства. И можно сказать, что блеском достижений, с которыми нам не сравниться и которых не достичь, эти двенадцать показали, кто мы такие, что нам не надо свободного дара их величия, что пещера возле смердящего болота и огонь, добытый трением палочек друг о друга, предпочтительнее небоскреба и неонового света, если пещера и палочки — вершина наших собственных творческих способностей. Какую из этих двух позиций ты бы назвала по-настоящему гуманистической? Потому что, видишь ли, я гуманист.

Понемногу Доминик поняла, что ей уже легче сходиться с людьми. Она научилась принимать самоистязание как испытание на прочность с целью выяснить, сколько же она может вынести. Она проходила через пытку официальных приемов, спектаклей, обедов, танцев, благосклонная и улыбающаяся, и эта улыбка делала ее лицо привлекательнее и холоднее, подобно солнцу в холодный зимний день. Она безучастно слушала лишенные смысла слова, произносимые так, будто говорившего оскорбил бы любой намек на интерес со стороны слушателя, будто склизкая скука была единственным возможным видом связи между людьми, единственной опорой их непрочного достоинства. Она кивала всему и принимала все.

— Да, мистер Холт, я считаю, что Питер Китинг — человек века, нашего века.

— Нет, мистер Инскип, только не Говард Рорк, зачем вам Говард Рорк... Мошенник? Конечно же, он мошенник. Только с вашей обостренной четкостью и можно по справедливости оценить порядочность человека. Посредственность? Разумеется, и... и... он полная посредственность. Все дело лишь в размере и расстоянии... и расстоянии... Нет, я не очень много пью, мистер Инскип, я рада, что вам нравятся мои глаза, да, они всегда такие, когда я веселюсь, и мне так приятно, когда вы говорите, что этот Говард Рорк ничего собой не представляет.

— Вы встречались с мистером Рорком, миссис Джонс? И вам он не понравился?.. О, это тип человека, к которому нельзя испытывать чувство сострадания? Как верно. Сострадать — это чудесно. Это то, что чувствуешь, глядя на раздавленную гусеницу. Возвышающее чувство. Можно размягчиться и раздаться вширь... понимаете, все равно что снять с себя корсет. Не нужно поджимать живот, сердце или дух — когда испытываешь сострадание. Надо лишь посмотреть вниз. Это намного легче. Когда задираешь голову и смотришь вверх, начинает болеть шея. Сострадание — великая добродетель. Оно оправдывает страдание. В этом мире надо страдать, ибо как иначе стать добродетельным и испытать сострадание?.. О, оно имеет и свою противоположность, но такую суровую и требовательную...

Восхищение, миссис Джонс, восхищение. Но здесь не обойдешься корсетом... Поэтому я считаю, что всякий, к кому мы не чувствуем сострадания, — плохой человек. Как Говард Рорк.

Поздно вечером она часто приходила к Рорку. Она приходила без предупреждения, уверенная, что найдет его там и в одиночестве. В его комнате не было необходимости сдерживаться, лгать, соглашаться и исключать себя из бытия. Здесь она свободно могла сопротивляться, и ее сопротивление приветствовалось противником слишком сильным, чтобы бояться борьбы, и достаточно сильным, чтобы испытывать в ней потребность; именно здесь она находила волю другого, всецело поглощающую ее право быть собой, той, с которой можно соприкоснуться лишь в честном бою, право побеждать и терпеть поражение, и равно сохранить себя и в победе, и в поражении, а не превращаться в бессмысленное, обезличенное крошево.

Когда они были в постели, это превращалось в акт насилия — как того с неизбежностью требовала сама природа этого акта. Это была капитуляция, тем более полная из-за силы сопротивления участников. Это было действо напряжения, ибо все великое на земле порождается напряжением; напряжением, как в электричестве, где сила питает сопротивление, протискиваясь через туго натянутые металлические провода; напряжением, как в воде, которая преобразуется в энергию из-за сдерживающего насилия дамбы. Касания его тела были не лаской, а волной боли; они становились болью из-за чрезмерной силы желания, из-за того, что она так его сдерживала. Это было действо стиснутых зубов и ненависти, это было непереносимо — агония; акт страсти — слово, изначально равнозначное слову «страдание»; это было мгновение, созданное ненавистью, напряжением, болью, мгновение, дробящее на куски собственные составные части, выворачивающее их наизнанку, торжествующее, переходящее в отрицание всякого страдания, в его полную противоположность — экстаз.

Она приходила в его комнату прямо с приема, в дорогом вечернем туалете, хрупком, как ледяная кольчуга на теле, и прислонялась к стене, чувствуя кожей шероховатую поверхность штукатурки. Она медленно оглядывала каждую вещь вокруг: грубо сколоченный кухонный стол, заваленный листами бумаги, стальную линейку, полотенца в грязных отпечатках пальцев, некрашеные половицы; потом ее взгляд скользил по блестящей атласной ткани платья, переходил на маленькие треугольники серебряных босоножек, и она думала о том, как он будет раздевать ее здесь. Ей нравилось бродить по комнате, сбрасывая перчатки посреди свалки из карандашей, резинок и всякой всячины, ставить свою маленькую серебряную сумочку на несвежую брошенную рубашку, раскрывать щелчком застежку браслета с бриллиантами и бросать его на тарелку с остатками бутерброда возле незаконченного чертежа.

— Рорк, — сказала она, стоя возле его стула и положив руки ему на плечи, ладонь ее скользнула за воротник рубашки, пальцы прижались к его груди, — сегодня я вынудила мистера Саймонса обещать, что он отдаст заказ Питеру Китингу. Тридцать пять этажей, расходы не ограничены, деньги не главное — только искусство, свободное искусство. — Она услышала, как он тихо прищелкнул языком, но не повернулся взглянуть на нее, лишь плотно сомкнул свои пальцы на ее запястье, все дальше затягивая ее руку под рубашку, крепко прижимая ее к своей коже. Она запрокинула его голову назад и склонилась над ней, закрыв его рот своим.

Войдя, она увидела экземпляр «Знамени» на его столе. Газета была раскрыта на полосе с колонкой «Ваш дом», подписанной Доминик Франкон. В ней была строка: «Говард Рорк — маркиз де Сад от архитектуры. Он влюблен в свои здания — а посмотрите, какой у них вид». Она знала, что он не любит «Знамя», что принес газету только ради нее, что он проследил, обнаружила ли она ее, сохраняя на лице ту полуулыбку, которой она боялась. Она разозлилась — ей хотелось, чтобы он читал все, что она пишет; и все же предпочла бы думать, что написанное ею так оскорбляет его, что он уклоняется от чтения. Позже, уже в постели, когда его рот ласкал ее груди, она взглянула поверх его всклокоченной головы на газетный лист на столе, и он почувствовал, как она дрожит от наслаждения.

Она сидела на полу у его ног, прижимаясь головой к его коленям и держа его руку. Задерживая в своем кулаке поочередно его пальцы, она крепко сжимала их и медленно скользила по всей их длине, чувствуя твердые холмики суставов. Она тихо спросила:

— Рорк, ты хочешь получить заказ на фабрику Колтона? Очень хочешь?

— Да, очень хочу, — ответил он без улыбки и видимой боли. Потом она поднесла его руку к своим губам и долго держала ее, не отпуская.

В темноте она соскочила с кровати и пошла, обнаженная, через комнату, чтобы взять со стола сигарету. Она нагнулась, чтобы зажечь спичку, ее плоский живот слегка округлило движение. Он попросил: «Зажги и для меня», и она вложила сигарету ему в рот; потом она бродила в темноте по комнате и курила, а он оставался в постели и, приподнявшись на локтях, следил за ней.

Как-то она зашла к нему, когда он работал, сидя за столом. Даже не взглянув на нее, он сказал: «Мне надо закончить, сядь подожди».

Она молча ждала, устроившись в кресле в дальнем углу комнаты. Она следила, как сдвигалась от напряжения прямая линия его бровей, как поджимались губы и билась под туго натянутой кожей жилка на шее, как хирургически четко и уверенно двигалась его рука. Он был не похож на художника, скорее на рабочего в каменоломне, на строителя, рушащего стены старых зданий, на монаха. Ей уже не хотелось, чтобы он прекращал работу или смотрел на нее, потому что ей нравилось следить за аскетичной чистотой его личности, в которой не было никакой чувственности, следить и думать о том, что ей запомнилось.

Бывали вечера, когда он приходил в ее квартиру без предупреждения, как и она приходила к нему. Если у нее были гости, он говорил: «Гони их» — и шел в ее спальню, в то время как она выполняла его приказ. У них было молчаливое соглашение, принятое обоими без обсуждения: не показываться в обществе друг друга. Ее спальня была восхитительным местом, выдержанным в холодных зеленовато-стеклянных тонах. Ему нравилось приходить сюда в той же запачканной одежде, в которой он проводил день на строительной площадке. Ему нравилось отбрасывать покрывало с ее кровати, а затем сидеть, спокойно разговаривая, час или два, не глядя на постель, не делая ни малейшего намека на ее статьи, или строительство, или последние контракты, которых она добилась для Питера Китинга; простота и непринужденность наделяла эти часы большей чувственностью, нежели те минуты, которые они оба откладывали.

Бывали вечера, когда они сидели вместе в ее гостиной у огромного окна, высоко над городом. Она любила смотреть на него у этого окна. Он стоял, полуобернувшись к ней, курил и разглядывал город сверху. Она отходила от него, усаживалась на пол посреди комнаты и смотрела на него.

Однажды, когда он встал с постели, она зажгла свет и увидела, что он стоит голый возле окна; она посмотрела на него и произнесла спокойно и безнадежно, в отчаянной попытке быть полностью искренней:

— Рорк, все, чем я занималась всю жизнь, — это из-за того, что мы живем в мире, который прошлым летом заставил тебя работать в каменоломне.

— Я знаю.

Он уселся в ногах кровати. Она переползла к нему, уткнулась лицом в колени, свернулась, оставив ноги на подушке, руки ее были опущены, а ладонь медленно двигалась вдоль его ноги от лодыжки до колена и обратно. Она добавила:

— Конечно, если бы все зависело от меня, прошлой весной, когда ты был без копейки и без работы, я бы послала тебя на ту же работу и в ту же каменоломню.

— Я и это знаю. А может, не послала бы. Скорее, ты использовала бы меня как служителя в туалетной комнате клуба АГА.

— Да, возможно. Положи мне руку на спину, Рорк. Просто держи ее там. Вот так. — Она тихо лежала, лицом все так же уткнувшись ему в колени, руки свешивались с постели, она не двигалась, как будто все в ней умерло и жила только полоска спины под его рукой.

В архитектурных бюро, которые она посещала, в кабинетах АГА — повсюду толковали о неприязни мисс Доминик Франкон из «Знамени» к Говарду Рорку, этому юродивому от архитектуры, который строит для Энрайта. Это создало ему скандальную славу. Можно было услышать: «Рорк? Знаете, это тот парень, которого Доминик Франкон на дух не выносит»; «Эта девица Франкон здорово разбирается в архитектуре, и, если она говорит, что он не тянет, значит, он еще хуже, чем я думал»; «Боже, до чего эти двое не терпят друг друга! Хотя я слышал, что они даже не знакомы». Ей нравилось слушать эти толки. Ей польстило, когда Этельстан Бизли написал в своей колонке в «Бюллетене АГА», обсуждая архитектуру средневековых замков: «Чтобы понять жестокую мрачность этих строений, следует вспомнить, что войны между враждующими феодальными властителями принимали самый дикий характер — нечто похожее на вражду между мисс Доминик Франкон и мистером Говардом Рорком».

Остин Хэллер, бывший ее другом, заговорил с ней об этом. Она никогда не видела его таким раздраженным: лицо его утратило все очарование обычной саркастической гримасы.

— Что, черт возьми, на тебя нашло, Доминик! — рявкнул он. — Такого откровенного журналистского хулиганства я в жизни не видел. Почему бы тебе не предоставить такого рода дела Эллсворту Тухи?

— А Эллсворт хорош, правда? — вставила она.

— По крайней мере, у него хватает приличия держать свою мерзкую пасть закрытой насчет Рорка, хотя, конечно, и это не совсем прилично. Но что нашло на тебя? Ты понимаешь, о ком и о чем говоришь? Раньше, когда ты развлекалась похвалами в адрес уродов дедушки Холкомба или наводила страх на собственного папашу и этого красавчика с календаря для домохозяек, которого он взял в партнеры, все было нормально. Так или иначе, это ничего не значило. Но использовать тот же прием против таких людей, как Рорк... Знаешь, я действительно думал, что в тебе есть порядочность и способность к здравому суждению, — только тебе не выпала удача их развить. Я считаю, что ты ведешь себя как проститутка, только чтобы подчеркнуть посредственность тех ослов, работу которых должна оценить. Не думал я, что ты такая безответственная сука.

— Ты ошибался, — заметила она.

Однажды утром к ней в кабинет вошел Роджер Энрайт и, не поздоровавшись, сказал:

— Надевай шляпу. Поедешь со мной смотреть.

— Доброе утро, Роджер, — одернула она его. — Смотреть что?

— Дом Энрайта. То, что мы построили.

— Боже мой, ну конечно, Роджер, — улыбнулась она вставая. — Мне очень хочется взглянуть на дом Энрайта.

По дороге она спросила:

— А в чем дело, Роджер? Ты пытаешься подкупить меня?

Он сидел, выпрямившись на больших серых подушках сидений своего лимузина, и не смотрел в ее сторону. Он сказал:

— Я могу понять глупую зловредность. Могу понять зловредность по невежеству. Я не могу понять намеренную гнусность. Ты вольна, конечно, писать что хочешь. Но это не должно быть глупостью, не должно быть невежеством.

— Ты переоцениваешь меня, Роджер, — пожала плечами она и больше ничего не произнесла до конца поездки.

Они миновали деревянное ограждение, оказавшись в джунглях обнаженных стальных конструкций того, что должно было стать домом Энрайта. Ее высокие каблучки легко ступали по деревянным мосткам, она шла, чуть отклонившись назад, с беспечной и дерзкой элегантностью. Она останавливалась и смотрела на небо, забранное в стальные рамы, на небо, которое казалось еще более высоким, чем обычно, как бы отброшенным вглубь громадными, устремленными вверх балками. Она смотрела на стальные клетки будущих этажей, на смелые углы, на невероятную сложность этой формы, рождающейся как простое, логическое целое, — обнаженный скелет с еще воздушными стенами, обнаженный скелет в холодный зимний день, уже готовый ожить и обещающий уют, как дерево весной, покрывающееся первыми почками будущей зелени.

— О, Роджер!

Он глянул на нее и увидел лицо, которое можно увидеть лишь в церкви на Рождество.

— Я оценил вас правильно, — сухо сказал он, — и тебя, и здание.

— Доброе утро, — произнес низкий сильный голос за их спинами.

Она не поразилась, увидев Рорка. Она не слышала, как он подошел, но было бы странно думать, что строительство обойдется без него. Она чувствовала, что он здесь, с того самого момента, как пересекла ограду, что это строение — он, что оно больше выражает его личность, чем его тело. Он стоял перед ними, держа руки в карманах пальто свободного покроя, без шляпы на таком холоде.

— Мисс Франкон — мистер Рорк, — представил их друг другу Энрайт.

— Мы уже как-то встречались, — сказала она, — у Холкомбов. Если мистер Рорк помнит.

— Несомненно, мисс Франкон, — подтвердил Рорк.

— Мне хотелось, чтобы мисс Франкон лично взглянула на это, — сказал Энрайт.

— Могу ли я вас провести? — спросил Рорк.

— Да, проведите, пожалуйста, — согласилась она.

Все трое прошли по стройке, и рабочие с любопытством глазели на Доминик. Рорк говорил о расположении будущих комнат, системе лифтов, отопления, конструкции окон, как объяснял бы это подрядчику. Она спрашивала, он отвечал.

— Сколько всего кубических футов, мистер Рорк? Сколько тонн стали?

— Будьте осторожны с этими трубами, мисс Франкон. Пройдите здесь.

Энрайт шел рядом, опустив глаза, не глядя вокруг. Потом он спросил:

— Как движется дело, Говард?

Рорк, улыбаясь, ответил:

— На два дня опережаем расписание, — и они остановились поговорить о работе как братья, забыв на какое-то время о ней, о клацающем гуле машин, заглушавших слова.

Стоя здесь, в сердце строения, она подумала, что если у нее не было ничего от него, ничего, кроме его тела, то здесь ей предлагалось все, что составляло его душу, что мог увидеть и потрогать любой; эти балки, трубы и конструкции были частью его, и они не могли принадлежать никому другому в этом мире; они были его, как его лицо, как его душа; здесь была и форма, которую он создавал, и то внутри его, что заставляло его создавать эту форму; цель и причина, связанные воедино, движущая сила, бьющаяся в каждой молекуле стали, — и суть этого человека, который принадлежал в данный момент ей, — ей, потому что именно она смогла это увидеть и понять.

— Вы не устали, мисс Франкон? — спросил Рорк, вглядываясь в ее лицо.

— Нет, — ответила она, — нет, совершенно нет. Я думала… какого типа сантехническую арматуру вы собираетесь использовать, мистер Рорк?

Несколько дней спустя в его комнате, усевшись на краю чертежного стола, она взглянула на газету, на свою колонку в ней и строчки: «Я посетила место строительства дома Энрайта. Я хочу, чтобы сброшенная во время будущего воздушного налета бомба полностью разнесла этот дом. Это будет намного лучше, чем видеть, как он стареет и покрывается пятнами копоти, унижает себя семейными фотографиями, грязными носками, шейкерами для коктейлей и шкурками грейпфрутов, брошенными то тут, то там его обитателями. В Нью-Йорке нет ни одного человека, которому можно позволить жить в этом доме».

Подошел Рорк и встал возле нее, совсем близко, прижавшись ногами к ее коленям. Посмотрев на газету, он улыбнулся.

— Ты совершенно потрясла этим Роджера, — заметил он.

— Он прочел?

— Я как раз был сегодня в его конторе, когда он читал. Сначала он обозвал тебя такими словами, которых я никогда раньше не слышал. Потом произнес: «Подожди минутку» — и перечитал. Посмотрел на меня удивленно, но совершенно не рассерженно и сказал, что, если читать так… но с другой стороны…

— А ты что сказал?

— Ничего. Знаешь, Доминик, я, конечно, очень благодарен, но когда ты кончишь делать мне столь экстравагантные комплименты? Это может понять и еще кто-нибудь. А ты так этого не хочешь.

— Еще кто-нибудь?

— Ты знаешь, что я понял это еще из первой твоей статьи о доме Энрайта. Ты хотела, чтобы я понял. Но не думаешь ли ты, что еще кто-нибудь может понять твои штучки?

— О да. Но тебе же будет лучше, если никто не поймет. Тогда ты в их глазах ничего не теряешь. Однако не знаю, станет ли кто-то утруждать себя пониманием. Если только… Рорк, что ты думаешь об Эллсворте Тухи?

— Боже мой, да кому он нужен, Эллсворт Тухи?

Она радовалась тем редким возможностям, когда они с Рорком встречались на каких-то сборищах, куда его приводили Хэллер или Энрайт. Ей нравилось вежливо безличное «мисс Франкон», произносимое его голосом. Она наслаждалась нервной озабоченностью хозяйки и ее усилиями не допускать, чтобы они подошли друг к другу. Она знала, что люди вокруг них ожидают какого-то взрыва, какого-то скандального проявления враждебности, чего, впрочем, никогда не случалось. Она не выискивала Рорка и в то же время не пыталась избегать его. Они разговаривали, случайно оказываясь в одной группе, как говорили бы с любым другим. Это не требовало усилий, было очень правильно и оправдывало все, даже это сборище. Она обнаружила, что быть здесь, на этом вечере, среди этих людей, чужими — чужими и врагами, очень правильно. Она думала: эти люди могут догадываться о многом, что связывает его и меня, — за исключением того, что действительно нас связывает. Эта мысль возвышала все вспоминаемые мгновения, мгновения, не запятнанные чужими взглядами, чужими словами, чужими мыслями. Она думала: здесь нет ничего, все существует только во мне и в нем. Она ощущала небывалое чувство обладания, чувство, что он нигде не принадлежал ей настолько, как в этом зале среди чужих людей в те редкие моменты, когда она смотрела в его сторону.

Если она смотрела на него через зал и замечала, что он занят разговором с пустыми, безразличными лицами, она отворачивалась — это ее не занимало; если лица были враждебными, она с удовольствием на секунду задерживала взгляд; она злилась, когда видела улыбку, теплоту или одобрение на обращенном к нему лице. Это не было ревностью; ей было безразлично, принадлежало это лицо мужчине или женщине; ее возмущало одобрение, как наглость.

Она терзалась по самым странным поводам: улица, где он жил, ступеньки его дома, машины, сворачивавшие за угол его квартала, причиняли ей несказанные мучения. Больше всего ее сердили машины, почему бы им не ездить по другой улице. Она смотрела на помойное ведро у соседней двери и раздумывала, стояло ли оно здесь, когда он проходил мимо по дороге в контору этим утром, взглянул ли он на эту измятую пустую пачку из-под сигарет на самом верху. Однажды на лестничной площадке его дома она увидела выходящего из лифта мужчину и застыла от изумления. Ей всегда казалось, что Рорк единственный жилец в этом доме. Поднимаясь в тесноватом автоматическом лифте, она стояла, прислонившись к стенке, скрестив руки на груди, обняв себя за плечи, и чувствовала, как приятно и страстно вздрагивает, будто под теплым душем.

Она думала об этом, когда какой-нибудь джентльмен развлекал ее рассказом о последних постановках на Бродвее, а Рорк потягивал коктейль на другом конце зала, и она слышала, как хозяйка шепчет кому-то: «Господи, я и не подумала, что Гордон может привести Доминик, я знаю, Остин на меня страшно рассердится, потому что, понимаете, его приятель Рорк тоже здесь».

Позднее, лежа поперек его кровати с закрытыми глазами, горящими щеками и влажными губами, теряя ощущение тех границ, которые сама же для себя установила, теряя ощущение собственных слов, она шептала:

— Рорк, на сегодняшнем приеме был мужчина, он говорил с тобой и улыбался тебе, — что за дурак, ужасный дурак, на прошлой неделе он смотрел комиков из кино и млел от них; мне хотелось сказать этому человеку: не смотри на него, иначе потеряешь право вот так смотреть на других, не люби его, иначе тебе придется возненавидеть весь мир, ты, чертов дурак; не смотри на него, не люби его, не соглашайся с ним — вот что мне хотелось сказать ему... Вот так. Или он — или все остальные, но только не все вместе. Только не теми же глазами. Или ты — или все остальные. Я не могу вынести, не могу видеть это, я на все готова, чтобы увести тебя от всего, от их мира, от всех их, от любого предмета, Рорк... — Она сама не осознавала, что говорит, не видела, как он улыбается, не замечала, что на лице его написано полное понимание; она знала только, что оно совсем рядом, склонилось над ее лицом, и ей не нужно ничего от него скрывать, оставлять недосказанным — все было разрешено, на все отвечено, все найдено.

Питер Китинг пребывал в изумлении. Внезапный интерес Доминик к его карьере был поразительным, льстил ему и приносил огромные доходы; все повторяли ему это, но время от времени он совсем не чувствовал себя ни изумленным, ни польщенным, он чувствовал себя не в своей тарелке.

Он старался избегать Гая Франкона.

— Как это тебе удалось, Питер? Как ты это сделал? — спрашивал Франкон. — Она, должно быть, просто с ума сходит по тебе! Кто бы мог подумать, что именно Доминик?.. И кто бы подумал, что она на такое способна? Она сделала бы меня миллионером, если бы проделала подобное лет пять назад. Ну конечно, отец не может внушить таких чувств, как... — он уловил мрачное выражение, появившееся на лице Китинга, и закончил высказывание иначе: — Как, скажем, поклонник.

— Послушай, Гай, — начал Китинг и остановился, потом вздохнул и пробормотал: — Гай, пожалуйста, не надо...

— Понимаю, понимаю, понимаю. Не следует опережать события. Но черт побери, Питер, entre nous[1], это же равносильно публичной помолвке? Даже больше. И громче. — Затем улыбка сползла с его лица, и оно стало искренним, спокойным, явно постаревшим и, что бывало нечасто, осветилось подлинным достоинством. — Я доволен, Питер, — сказал он просто. — Я и хотел, чтобы все было так.

[1] Между нами *(франц.)*.

Вообще-то я полагаю, что люблю Доминик. И это приносит мне счастье. Я знаю, что оставляю ее в надежных руках. Ее, а со временем и все остальное…

— Послушай, старина, ты извинишь меня? Я в такой жуткой запарке… Сегодня спал только два часа… знаешь, фабрика Колтона. Господи! Вот это работенка! И все благодаря Доминик — это же с ума сойти можно! То ли еще будет! Ты еще не видел, что получается. И не видел сумму прописью.

— Доминик — просто чудо! Но скажи мне, почему она это делает? Я спрашивал ее саму, но ничего не понял из того, что она говорила, она несла такую белиберду — ты же знаешь, как она это умеет.

— Ну и что, пока она так себя ведет, нам беспокоиться не о чем.

Он не мог сказать Франкону, что ответа у него нет; не мог выдать, что не виделся с Доминик наедине уже несколько месяцев, что она отказывается встречаться с ним.

Он вспоминал свой последний разговор с ней наедине, это было в такси после встречи с Тухи. Он вспоминал безразличное спокойствие ее оскорблений — наивысшее презрение, оскорбление без всякого гнева. После этого он мог ожидать всего, только не того, что она станет его глашатаем, рекламным агентом, его, можно сказать, сутенером в юбке.

Он часто видел ее после того, как она начала свою непрошеную кампанию; его приглашали на ее вечера — и представляли будущим клиентам; но ему не разрешалось побыть с ней наедине ни секунды. Он пытался поблагодарить ее — и хорошенько порасспросить. Но не смог навязать ей разговора, который она не желала возобновлять, среди толкавшейся вокруг них толпы любопытных гостей. Ему оставалось лишь продолжать любезно улыбаться, в то время как ее рука случайно ложилась на черный рукав его смокинга; касаясь его бедром, она выглядела вызывающе близкой, ощущение близости усиливалось еще и тем, что она, казалось, не замечала этого, рассказывая восхищенному кружку слушателей о своих впечатлениях от здания «Космо-Злотник». Слушая завистливые реплики друзей и знакомых, он с горечью отмечал, что был единственным человеком в Нью-Йорке, который знал, что Доминик Франкон в него не влюблена.

Но он знал опасное непостоянство ее настроений, а такое настроение было слишком ценным, чтобы его портить. Он избегал встреч с нею и посылал ей цветы; он плыл по течению и старался не думать об этом, но оставалось легкое чувство беспокойства — чувство неопределенности.

Однажды он случайно встретил ее в ресторане. Увидел, что она завтракает одна, и воспользовался этой возможностью. Он подошел к ее столику, решив вести себя как старый друг, который помнит только о ее невероятном благоволении. После ряда веселых комментариев по поводу своего везения он спросил:

— Доминик, почему ты отказываешься видеться со мной?

— Но для чего мне с тобой видеться?

— Господи всемогущий!.. — Это вырвалось у него непроизвольно, с довольно сильным призвуком долго сдерживаемого гнева, который он поспешно смягчил улыбкой. — Разве ты не считаешь, что задолжала мне возможность поблагодарить тебя?

— Ты меня благодарил. Много раз.

— Да, но ты не думаешь, что нам стоит встретиться наедине? Разве ты не считаешь, что я могу быть слегка... озадачен?

— Об этом я не подумала. Да, наверное, можешь.

— Ну и?..

— Что — ну и?

— Что это вообще такое?

— Вообще? Полагаю, на данный момент тысяч пятьдесят...

— Ты становишься невыносимой.

— Хочешь, чтобы я прекратила?

— О нет! То есть не...

— Не заказы. Прекрасно. Они не прекратятся. Даю тебе слово. Так о чем же нам говорить? Я кое-что делаю для тебя, и ты доволен, что я это делаю, — мы действуем в полном согласии.

— Какие странные вещи ты говоришь! Это и преувеличение, и недооценка, разве нет? Конечно, в согласии, а как же иначе? Ты же не ожидала, что я буду протестовать против твоих действий, правда?

— Нет. Я не ожидала.

— Но согласие не то слово, чтобы поведать то, что я чувствую. Я ужасно благодарен тебе, у меня просто голова идет кругом... это была такая неожиданность... видишь, я глупею на глазах... я знаю, ты этого не перевариваешь... но я так благодарен тебе, что не знаю, что с собой делать...

— Прекрасно, Питер. Вот ты меня и поблагодарил.

— Понимаешь, я никогда не льстил себе и не считал, что ты ценишь мою работу, думаешь о ней и вообще замечаешь ее. А потом ты... поэтому я так счастлив... Доминик, — спросил он, и голос его слегка дрогнул, потому что этот вопрос был как крючок на длинной незаметной леске, и он знал, что это и есть настоящая причина того, почему он чувствует себя не в своей тарелке, — ты действительно считаешь, что я великий архитектор?

Она слабо улыбнулась и ответила:

— Питер, если кто-то услышит, что ты об этом спрашиваешь, то будет хохотать. Особенно потому, что ты спрашиваешь об этом меня.

— Да, я знаю, но... ты действительно думаешь обо мне так, как говоришь?

— Но это действует.

— Да, но разве поэтому ты выбрала меня? Потому, что считаешь меня хорошим архитектором?

— Но ведь ты идешь нарасхват, как горячие пирожки. Разве это не доказательство?

— Да... Нет... Я имею в виду... совсем другое... Я имею в виду... Доминик, мне бы хотелось, чтобы ты сказала хоть раз, только раз, что я...

— Послушай, Питер, мне пора бежать, но перед тем как уйти, я должна сказать тебе то, что ты, скорее всего, услышишь от миссис Лонсдейл завтра или днем позже. И помни, что она сторонница запрета алкогольных напитков, любительница собак, ненавидит курящих женщин и верит в переселение душ. Она хочет, чтобы ее дом был лучше, чем у миссис Перди, — дом Перди строил Холкомб, — поэтому, если ты скажешь ей, что дом Перди выглядит претенциозно и что подлинная простота стоит гораздо больших денег, у тебя все получится. И еще ты мог бы обсудить с ней вышивку по канве. Это ее хобби.

Он ушел, с удовольствием думая о доме миссис Лонсдейл, совсем забыв о своем вопросе. Позднее он со злобой вспомнил о нем, содрогнулся и сказал себе, что самое приятное в помощи Доминик — ее нежелание встретиться с ним.

В качестве компенсации он получил массу удовольствия, присутствуя на встрече Совета американских строителей, организованной Тухи. Он не понял, почему подумал об этом как о компенсации, но это было приятное чувство. Когда Гордон Л. Прескотт делал доклад о значении архитектуры, он слушал со вниманием.

— Таким образом, скрытое значение нашего искусства заключено в том философском факте, что мы имеем дело с ничем. Мы создаем пустоту, сквозь которую должны проходить некие физические тела. Для удобства мы обозначаем эти тела как людей. Под пустотой я понимаю то, что обычно называют комнатами. Таким образом, только недалекие обыватели считают, что мы возводим каменные стены. Ничего подобного мы не делаем. Как я доказал, мы возводим пустоту. Это ведет нас к выводу астрономической важности: к безусловному принятию гипотезы, что отсутствие выше присутствия. То есть к принятию того, что не может быть принято. Я выражу это более просто — для ясности: ничто выше, чем нечто. Таким образом, становится ясно, что архитектор не просто каменщик, исходя из того, что кирпич — это в любом случае иллюзия вторичного порядка. Архитектор — это метафизический жрец, имеющий дело с основными сущностями, который достаточно смел, чтобы согласиться с основной концепцией реальности как нереальности, ибо нет ничего и он создает ничто. Если это и выглядит противоречием, то еще не доказывает, что логика порочна, но лишь доказывает существование более высокой логики, диалектику всей жизни и искусства. Если мы захотим вывести неизбежные заключения из этой основной концепции, то придем к заключениям большой социологической важности. Вы сможете понять, что очень красивая женщина стоит ниже некрасивой, грамотный — ниже неграмотного, богатый — ниже бедного, а специалист — ниже человека некомпетентного. Архитектор является конкретной иллюстрацией космического парадокса. Давайте будем скромны в огромной гордости этого открытия. Все остальное просто чепуха. Слушая это, любой мог уже не беспокоиться о собственной значимости или достоинстве. Самоуважение становилось излишним.

Китинг выслушал все это, переполняясь радостью. Он бросил взгляд на других. В аудитории царила напряженная тишина, всем нравилось это, так же как и ему. Он увидел, как занялся жевательной резинкой мальчик, как чистил ногти краешком спичечного коробка мужчина, как неэстетично потянулся юноша. И это тоже понравилось Китингу — они как будто говорили: «Нам нравится слушать о высоких материях, но совершенно необязательно, черт возьми, преклоняться перед ними».

Совет американских строителей собирался раз в месяц, но не вел никакой ощутимой деятельности, если не считать выслушивания речей и потягивания скверного свекольно-брюквенного лимонада. Он не рос ни количественно, ни качественно. Конкретных результатов деятельности тоже не наблюдалось.

Собрания совета происходили в огромном пустом помещении над гаражом в западной части города. Длинная, узкая непроветриваемая лестница вела к двери с табличкой; внутри стояли складные стулья, стол председателя и корзинка для мусора. Гильдия архитекторов расценивала Совет американских строителей как глупую шутку.

— Зачем тебе тратить время на этих придурков? — спрашивал Китинга Франкон в обтянутых розовым штофом кабинетах Американской гильдии архитекторов и морщил нос — брезгливо и весело.

— Понятия не имею, — так же весело отвечал Китинг. — Мне они нравятся.

Эллсворт Тухи присутствовал на всех заседаниях совета, но не выступал. Он сидел в углу и слушал.

Однажды вечером Китинг и Тухи отправились после собрания по домам вместе. Проходя по темным грязным улицам Вест-Сайда*, они остановились выпить по чашке кофе в облезлой забегаловке.

— А почему бы и не в забегаловке? — рассмеялся Тухи, когда Китинг напомнил ему об изысканных ресторанах, которые стали знаменитыми благодаря покровительству Тухи. — По крайней мере, никто нас здесь не узнает и не побеспокоит.

Он выпустил струю дыма от своей египетской сигареты прямо в выцветшую рекламу кока-колы, заказал себе сандвич и, с наслаждением надкусив кружок огурчика, который не был засижен мухами, хотя и выглядел таким, заговорил с Китингом. Он говорил без всякой цели. Что он сказал, не имело значения, главное было в голосе, в несравненном голосе Эллсворта Тухи. Китинг словно стоял посреди огромной равнины, под звездами, обнимая всю вселенную, он чувствовал себя уверенно и надежно.

— Доброта, — мягко говорил голос, — отзывчивость. Это первая заповедь, а возможно, и единственная. Вот почему я должен был сурово разнести в своей вчерашней колонке эту новую пьесу. В ней нет доброты. Мы должны быть добры, Питер, ко всем вокруг. Мы должны принимать и прощать — каждому из нас нужно так многое простить. Если ты научился любить все самое скромное, самое мелкое, самое серое, то и в тебе полюбят и самое невзрачное.

Тогда мы постигнем смысл всеобщего равенства, великий покой братства, новый мир, Питер, прекрасный новый мир.

IX

Эллсворту Монктону Тухи было семь лет, когда он окатил водой из шланга Джонни Стокса, Джонни как раз шел по лужайке Тухи в своем лучшем воскресном костюме. Джонни ждал этого костюма полтора года, потому что его мать была очень бедна. Эллсворт не таился и не скрывался, он совершил все на виду у всех и все точно рассчитав: он подошел к крану, открыл его, встал на середину лужайки и направил шланг на Джонни. Мать Джонни находилась всего в нескольких шагах позади него на улице, его собственная мать и отец, а также гость — пастор — сидели на веранде дома Тухи и все прекрасно видели. Джонни Стокс был веселый парнишка с ямочками на щеках и золотыми кудрями; люди всегда оборачивались и смотрели на него. Никто никогда не оборачивался, чтобы взглянуть на Эллсворта Тухи.

Потрясение и изумление присутствовавших взрослых было столь велико, что никто из них не бросился остановить Эллсворта. Он напрягал свое маленькое тельце, чтобы устоять под напором рвавшейся из его рук воды, не позволяя ей изменить направление, пока не почувствовал удовлетворение; тогда он бросил шланг, и вода забила по траве; он сделал два шага к веранде и остановился в ожидании, не опуская головы, готовый к наказанию. Наказание пришло бы от Джонни, но миссис Стокс схватила своего сына и держала его. Эллсворт, не повернувшись к Стоксам, находившимся позади него, тихо и отчетливо произнес, глядя на свою мать и пастора: «Джонни — грязный хулиган. Он бьет всех мальчишек в школе». И это было правдой.

Вопрос о наказании превратился в этическую проблему. Эллсворта трудно было наказать при любых обстоятельствах из-за его тщедушного тельца и слабого здоровья; кроме того, казалось несправедливым наказывать мальчика, который жертвовал собой, чтобы отомстить за несправедливость, и храбро проделал это, несмотря на свою физическую слабость; как бы там ни было, он выглядел мучеником. Эллсворт этого не сказал, он не прибавил ничего, это сказала его мать. Пастор был склонен согласиться с ней. Эллсворта отослали в его комнату и оставили без ужина. Он не жаловался. Он послушно оставался там и отказался от еды, которую мать тайком принесла ему поздно ночью, нарушив распоряжение мужа. Мистер Тухи настоял на том, чтобы миссис Стокс позволила ему заплатить за костюм Джонни. Миссис Тухи, надувшись, позволила ему сделать это — она не любила миссис Стокс.

Отец Эллсворта руководил бостонским филиалом национальной сети обувных магазинов. Он получал скромное, но приличное жалованье и был владельцем скромного, но приличного дома в небогатом пригороде Бостона. Тайная печаль его жизни состояла в том, что он не был хозяином собственного дела. Но он был спокойным, здравомыслящим человеком без воображения, и ранняя женитьба покончила со всеми его стремлениями.

Мать Эллсворта была худенькой беспокойной женщиной, принявшей и отвергнувшей за девять лет пять вероисповеданий. Черты ее лица были тонкими и позволили ей выглядеть красивой в течение нескольких лет, во время ее расцвета — не раньше и не позже. Эллсворт был ее маленьким божеством. Сестра Эллсворта Хелен, старше его пятью годами, была добродушной незаметной девушкой, некрасивой, но миловидной и здоровой. Проблем с ней не было. Эллсворт, напротив, от рождения был хрупкого здоровья. Мать обожала его с того момента, как доктор сказал, что он не жилец; это заставило ее подняться в духовном величии, понять полную меру собственного великодушия в любви к столь мало вдохновляющему предмету.

Чем голубее и безобразнее выглядел младенец Эллсворт, тем более страстной становилась ее любовь. Она была почти разочарована, когда он выжил, так и не став настоящим калекой. Хелен ее мало интересовала. Девочка столь явно заслуживала большей любви, что казалось справедливым отказывать ей в этом.

Мистер Тухи по причинам, которые он вряд ли мог объяснить, не был особенно нежен с сыном. Тем не менее Эллсворт был настоящим хозяином в доме по молчаливому, добровольному соглашению обоих родителей, хотя его отец не мог бы объяснить причины своего участия в этом соглашении.

Вечерами, когда семья собиралась при лампе за столом в гостиной, миссис Тухи начинала сдавленным вызывающим голосом, уже заранее раздраженно и обреченно:

— Горас, мне нужен велосипед. Велосипед для Эллсворта. У всех мальчиков его возраста есть велосипеды. Вилли Ловетту только на днях купили новую машину, Горас. Горас, я хочу велосипед для Эллсворта.

— Но не сейчас же, Мэри, — устало отвечал ей мистер Тухи. — Может быть, следующим летом... Как раз сейчас мы не можем себе позволить...

Миссис Тухи начинала спорить, голос ее поднимался до крика.

— Мама, зачем это? — говорил Эллсворт, голос его звучал мягко, полно и ясно, гораздо тише, чем голоса родителей, и все же возвышаясь над их голосами, с командными нотками и на удивление убедительно. — Столько вещей нам нужней велосипеда. Зачем обращать внимание на Вилли Ловетта? Мне совсем не нравится Вилли. Вилли дурак. Вилли может себе это позволить, потому что его папа владеет собственным бакалейным магазином. Его папа задавала. Мне не нужен велосипед.

Каждое его слово было правдой, и Эллсворт не хотел велосипеда. Но мистер Тухи странно смотрел на него и недоумевал, что же его заставляет так говорить. Он видел, как безразлично смотрит на него из-под небольших очков сын; его взгляд не был вызывающе нежен, в нем не было упрека или хитрости, он был просто безразличен. Мистер Тухи чувствовал, что ему следовало бы быть благодарным сыну за проявленное понимание, и вместе с тем ему чертовски хотелось, чтобы тот не упоминал о частном магазине.

Эллсворт не получил велосипеда. Но он заслужил в семье вежливое внимание, уважительную озабоченность — нежную и виноватую со стороны матери, беспокойную и подозрительную со стороны отца. Мистер Тухи согласен был заняться чем угодно, лишь бы не быть втянутым в разговор с Эллсвортом, чувствуя, что это глупо, и злясь на себя за свой страх.

— Горас, я хочу новый костюм. Новый костюм для Эллсворта. Я видела такой сегодня в витрине, и я...

— Мама, у меня четыре костюма. Зачем мне еще один? Я не хочу выглядеть дураком, как Пат Нунан, который меняет их каждый день. И все потому, что у его папы свое кафе-мороженое. Пат, как девчонка, заботится о своей одежде. Я не хочу выглядеть девчонкой.

«Эллсворт, — думала иногда миссис Тухи, радуясь и ужасаясь, — будет святым, он совсем не заботится о материальных вещах, ну совершенно». Это было правдой. Эллсворт не беспокоился о вещах материальных.

Это был худенький и бледный мальчик с больным желудком, и мать должна была неустанно следить за его диетой, как и бороться с его частыми простудами. Его звучный голос удивлял, ведь он был такого хрупкого сложения. Он пел в хоре, где ему не было равных. В школе он был образцовым учеником, всегда знавшим урок, а его учебники были в блестящем состоянии. Он следил за своими ногтями, любил воскресную школу и предпочитал чтение гимнастическим играм, в которых у него не было ни малейшего шанса выделиться. Он был не особенно силен в математике — она ему не нравилась, но всегда среди лучших в истории. Английский язык, психология и социология были его любимыми предметами.

Он учился добросовестно и много. Он совсем не походил на Джонни Стокса, который никогда не слушал в классе и редко открывал книгу дома и все же знал почти все еще до того, как это объяснит учитель. Наука давалась Джонни без труда, как, впрочем, и все; у него были ловкие маленькие кулачки, здоровое тело, потрясающая внешность и бьющая через край жизнерадостность. Но то, что делал Джонни, было неожиданным и шокирующим; Эллсворт делал то, чего от него ожидали, но лучше, чем это когда-либо делали другие. Когда писали сочинение, Джонни мог поразить класс самым блестящим проявлением бунтарства. В сочинении на заданную тему «Школьные годы — золотой век» он дал восхитительное эссе о том, как ненавидит школу и почему. Эллсворт создал поэму в прозе о прелести школьных лет, которую напечатала местная газета.

Кроме того, Эллсворт полностью забивал Джонни, когда дело касалось имен и дат: память Эллсворта была подобна жидкому цементу, она намертво удерживала все, что в нее попало. Джонни казался бьющим гейзером, Эллсворт — губкой.

Дети звали его Эллси Тухи. Обычно они оставляли его в покое, по возможности избегая, но не открыто — они не могли разобраться, что же он все-таки собой представляет. Он охотно приходил на помощь, когда надо было растолковать урок; у него был острый ум, и он мог уничтожить репутацию любого, придумывая обидные прозвища; он умел рисовать на заборах ужасные карикатуры; он по всем признакам подпадал под определение «пай-девочки», но почему-то это прозвище совершенно ему не подходило; у него была слишком большая уверенность в себе и спокойное, поразительно мудрое презрение ко всем. Он ничего не боялся.

Он мог подойти к самым сильным мальчикам посреди улицы и сказать — а не прокричать — своим четким голосом, слышным за целый квартал, сказать без всякой злобы — никто никогда не видел Эллсворта Тухи обозленным: «У Джонни Стокса на заду заплатка», «У Джонни Стокса нет своей квартиры», «Вилли Ловетт — недоучка», «Пат Нунан — пожиратель рыб». Джонни никогда не бил его, как не били и остальные — потому что Эллсворт носил очки.

Он не мог участвовать в играх с мячом и был единственным среди мальчиков, кто хвастался этим, а не чувствовал себя ущемленным или смущенным, как другие мальчики с хилым телом. Он считал физкультуру вульгарной и так и говорил. «Мозг, — утверждал он, — важнее мышц»; и он действительно так считал.

У него не было близких друзей. Его считали справедливым и неподкупным. В детстве у него было два случая, которыми очень гордилась его мать.

Случилось так, что богатый и популярный Вилли Ловетт устроил день рождения в тот же день, что и Дриппи Манн — сын вдовой портнихи, вечно жаловавшийся и постоянно сморкавшийся мальчик. Эллсворт Тухи был единственным из числа приглашенных на оба праздника, кто отказал Вилли Ловетту и отправился к Дриппи Манну на скучнейшее сборище, от которого он не ожидал никакой радости и не получил ее. Недруги Вилли Ловетта после этого целый месяц преследовали и дразнили его — за то, что им пренебрегли в пользу Дриппи Манна.

Случилось так, что Пат Нунан предложил Эллсворту пакет с леденцами в обмен на то, что тот тайком поправит его контрольную. Эллсворт взял конфеты и позволил Пату списать. Спустя неделю Эллсворт подошел к учительнице и, положив нетронутый пакет с леденцами на ее стол, сознался в своем проступке, но не назвал другого виновника. Несмотря на все усилия узнать его имя, она ничего не добилась — Эллсворт молчал; он только объяснил, что списавший — один из лучших учеников и он не может пожертвовать оценкой мальчика в угоду требованиям собственной совести. Наказали только его одного, оставив в школе на два часа после уроков. Затем учительнице пришлось забыть об этой истории и оставить все оценки в том виде, в котором они были. Но это вызвало подозрения относительно оценок Джонни Стокса, Пата Нунана и других лучших учеников за исключением Эллсворта Тухи.

Эллсворту было одиннадцать, когда умерла его мать. Тетя Аделина, незамужняя сестра отца, переехала к ним жить и вести хозяйство. Тетя Аделина была высокой, сильной женщиной с лошадиным лицом и непоколебимым здравым смыслом. Тайное огорчение всей ее жизни состояло в том, что ее никто никогда не любил. Хелен стала ее любимицей. Что до Эллсворта, то она считала его исчадием ада. Но это никак не повлияло на его полное почтения поведение по отношению к ней. Он вскакивал, чтобы поднять ее упавший носовой платок, подвигал ей стул, когда у них собиралась компания, в особенности мужская компания. Он посылал ей великолепные открытки в День святого Валентина — на кружевной бумаге, с розочками и строками любовных поэм. Он пел «Милая Аделина» громко, как городской глашатай.

— Ты пиявка, Эллси, — сказала как-то она. — Ты присасываешься к ранам других.

— Значит, я никогда не умру от голода, — ответил он.

Спустя некоторое время они остановились на вооруженном нейтралитете. Эллсворту было предоставлено расти, как ему заблагорассудится.

Во время учебы в старших классах Эллсворт стал местной знаменитостью — главным оратором. Даже через несколько лет после его выпуска о подающем надежды мальчике упоминали не как о неплохом ораторе, а как о «втором Тухи». Он выигрывал все состязания. Позднее слушавшая его аудитория говорила «об этом изумительном мальчике», не вспоминали его жалкую маленькую фигурку с впалой грудью, слабыми ножками и очками — вспоминали его голос. Он побеждал во всех спорах. Он мог доказать все. Однажды после своей победы над Вилли Ловеттом, когда он доказал, что перо сильней меча, он предложил Вилли поменяться местами и вновь выиграл дебаты.

До шестнадцатилетнего возраста Эллсворт чувствовал склонность к карьере пастора. Он много думал о религии. Он говорил о Всевышнем и о Духе. Он много читал об этом. Он прочел больше книг об истории церкви, чем о сущности веры. Он довел аудиторию до слез во время одного из своих наивысших ораторских триумфов, рассуждая на тему «Кроткие наследуют землю».

В это же время он начал обретать друзей. Ему нравилось говорить о вере, и он находил тех, кому нравилось слушать об этом. Однако он обнаружил, что умные, сильные и способные мальчики класса не испытывают необходимости в его речах и вообще никакой необходимости в нем. К нему приходили только страдающие и малоодаренные. Дриппи Манн начал ходить за ним с молчаливой преданностью собаки. Билли Уилсон, потерявший мать, забредал по вечерам в дом Тухи и сидел на веранде с Эллсвортом, слушая, изредка вздрагивая, ничего не говоря, лишь глядя на него широко открытыми сухими молящими глазами. Тощий Дикс перенес полиомиелит и, лежа в постели, поглядывал в окно на перекресток в ожидании Эллсворта. Рыжий Хазелтон не смог перейти в следующий класс и часами плача просиживал у него, а холодная, спокойная рука Эллсворта лежала на его плече.

Трудно было установить с точностью, они открыли Эллсворта, или Эллсворт открыл их. Скорее всего здесь сработал закон природы: природа, как известно, не терпит пустоты, страдания и Эллсворт Тухи тянулись друг к другу. Его звучный прекрасный голос вещал:

— Страдание — это благо. Не жалуйтесь. Несите его, склоняйтесь перед ним, принимайте его и будьте благодарны, что Господь позволил вам страдать. Ибо это сделает вас лучше тех, кто сейчас смеется и счастлив. Если вы этого не понимаете, не старайтесь понять. Все зло исходит от ума, ибо ум задает слишком много вопросов. Благословенна вера, а не разум. Если вы не перешли в следующий класс, радуйтесь этому. Это значит, что вы лучше тех умников, которые думают слишком много и слишком легко.

Говорили, что очень трогательно видеть, как льнут к Эллсворту его друзья. Даже после кратковременного общения с ним они уже не могли обходиться без него. Он действовал на них как наркотик.

Эллсворту было пятнадцать лет, когда он поразил учителя закона Божьего странным вопросом. Учитель разъяснял тезис «Что выгадает человек, если обретет весь мир, но душу свою потеряет?». Эллсворт спросил:

— Тогда для того, чтобы стать воистину богатым, человеку надо собирать души?

Учитель уже готов был спросить, какого черта он имеет в виду, но сдержался и спросил, что он под этим понимает. Эллсворт не стал разъяснять.

В шестнадцатилетнем возрасте Эллсворт потерял интерес к религии. Он обнаружил социализм.

Эта перемена взглядов шокировала тетю Аделину.

— Во-первых, это святотатство и идиотизм, — сказала она. — Во-вторых, это бессмыслица. Я удивляюсь тебе, Эллси. Нищий духом — звучит прекрасно, но просто нищий — это совершенно не респектабельно. Кроме того, это тебе не подходит. Ты не создан для больших пакостей, только для мелких. Здесь скрыто какое-то сумасшествие, Эллси, что-то здесь не вяжется. Это совершенно не в твоем стиле.

— Во-первых, дорогая тетя, — ответил он, — не называй меня Эллси. Во-вторых, ты не права.

Перемена хорошо сказалась на Эллсворте. Он не превратился в агрессивного ревнителя нового учения. Он стал приветливее, спокойнее, мягче. Стал более внимательно и вдумчиво относиться к окружающим, как будто что-то сняло его нервное напряжение и наполнило его новой уверенностью в себе. Окружающие начали любить его. Тетя Аделина перестала беспокоиться. Его увлечение революционными теориями не переходило в действие. Он не вступал ни в какие политические партии, лишь много читал и присутствовал на нескольких сомнительных собраниях, где выступал раз-другой, и не особенно хорошо, а чаще сидел в углу и слушал, наблюдал, думал.

Эллсворт поступил в Гарвардский университет*. Его мать завещала на это свою страховку. В Гарварде он получал только самые высокие оценки. А по истории он получил почетный диплом. Тетя Аделина считала, что он займется экономикой и социологией, и очень боялась, что он станет работать в сфере социального обеспечения. Он не стал. Его поглотили литература и искусство. Это ее немного удивило, у него это было новой чертой, раньше он никогда не проявлял склонности к искусству.

— Ты не из тех, кто занимается искусством, Эллси, — утверждала она. — Это не для тебя.

— Ты не права, тетушка, — отвечал он.

Отношения Эллсворта с товарищами по учебе были, пожалуй, наиболее необычным из его свершений в Гарварде. Он заставил принять себя. Среди гордых молодых потомков гордых старых фамилий он не скрывал факта своего скромного происхождения, скорее даже преувеличивал его. Он не говорил, что его отец управлял обувным магазином, он сказал, что тот был простым сапожником. Он говорил об этом без вызова, горечи или пролетарской кичливости; он говорил, как бы подсмеиваясь над самим собой, а если внимательно вглядеться в его глаза, то и над собеседниками. Он вел себя как сноб, не явный сноб, он будто такой уж был от природы и пытался показать, что старается не быть снобом. Он был вежлив, но не как тот, кто ищет покровительства, а как тот, кто его оказывает. Его уверенность заражала. Никто не спрашивал о причинах его превосходства, все принимали как само собой разумеющееся, что они существуют. Вначале было забавно слышать, как его называли монахом Тухи, но затем это приняло всеобщий характер и стало отличием. Если это и была победа, то Эллсворт, казалось, не осознавал ее как таковую; казалось, это его не заботит. Среди всей этой несформировавшейся молодежи он казался мужчиной, который знает, куда идти, у которого разработано все до мельчайшей детали на много лет вперед и которого только забавляют небольшие случайности на пути продвижения вперед. Его улыбка была обращена внутрь, как тайна, как улыбка торговца, подсчитывающего свои прибыли, — даже если ничего особенного и не случалось.

Он уже не говорил о Всевышнем и благородстве страдания. Он говорил о народных массах. На дружеских вечеринках, продолжавшихся до утра, он доказывал захваченной его красноречием аудитории, что религия питает эгоизм, потому что, как он считает, религия преувеличивает важность духовной личности; она учит только одному — молиться о спасении собственной души.

— Дабы достичь добродетели в высшем смысле, — говорил Эллсворт Тухи, — человек должен хотеть взять на себя и самые мерзкие преступления — ради своих собратьев. Умертвить плоть — это чепуха. Умертвить душу — вот единственный подвиг добродетели. Итак, вы полагаете, что возлюбили широкие массы людей? Вы ничего не знаете о любви. Вы отдали пару долларов в стачечный фонд и полагаете, что выполнили свой долг? Несчастные дурачки! Ваш дар не стоит ничего, если вы не отдаете то, что для вас драгоценнее всего. Отдайте вашу душу. За ложь? Да, если остальные в нее верят. За обман? Да, если ваш ближний в нем нуждается. За измену, подлость, преступление? Да! За все, что вам кажется самым низким и мерзким. Только когда вы сможете почувствовать отвращение к собственному бесценному маленькому Я, вы обретете подлинно полный покой альтруизма, соединение вашего духа с необъятным коллективным духом человечества. В узкой, тесной жалкой норе отдельного Я нет места любви к ближнему. Будьте пусты, чтобы наполниться. «Любящий душу свою погубит ее; а ненавидящий душу свою в мире сем сохранит ее в жизнь вечную»*. Где-то здесь мелькают и продавцы церковного опиума, но они не знают, что они имеют. Самоотречение? Да, друзья мои, любыми средствами. Но нельзя отречься от себя, сохраняя чистоту и гордость собственной чистотой. Подлинная жертва, разрушение собственной души — ах, о чем же я толкую? Все это: и постижение, и свершение — только для героев.

Он не добился особого успеха у бедных студентов, которые сами зарабатывали на свое обучение. Но он собрал значительное количество последователей среди молодых наследников, миллионеров во втором и третьем поколении. Он предлагал им свершение, к которому они чувствовали себя готовыми.

Он закончил университет с отличием. Когда он приехал в Нью-Йорк, ему уже предшествовала небольшая личная известность; из Гарварда просачивались слухи о необычной личности по имени Эллсворт Тухи, немногие высокие интеллектуалы и очень богатые люди слышали эти разговоры и быстро забывали, о чем они слышали, но имя оставалось в памяти, вызывало какие-то неопределенные ассоциации с такими понятиями, как блеск, храбрость, идеализм.

К Эллсворту Тухи начали понемногу стекаться люди, нужные люди, из тех, кто вскоре почувствовал в нем духовную необходимость. Люди другого склада не появлялись, их, казалось, предупреждал какой-то инстинкт. Когда кто-нибудь начинал обсуждать последователей Тухи — у него не было ни звания, ни программы или организации, но каким-то образом его кружок сразу назвали последователями, — то завистливый соперник обычно замечал:

— Тухи притягивает к себе тех, кто липнет; знаете, лучше всего липнут две вещи: грязь и клей.

Тухи, услышав это, пожал плечами, улыбнулся и добавил:

— Ну что вы, что вы, их гораздо больше: клейкая лента, пиявки, леденцы, мокрые носки, резиновые пояса, жевательная резинка и пудинг из патоки, — и уходя, уже через плечо, без улыбки произнес: — и цемент.

Он получил степень магистра в Нью-Йоркском университете и написал диссертацию на тему «Черты коллективизма в городской архитектуре XIV века». Он зарабатывал на жизнь активно и во многих местах сразу; никто не мог проследить всех его занятий. У него была должность советника по профессиональной деятельности в университете, он писал рецензии на книги, пьесы, художественные выставки, статьи, читал какие-то лекции небольшим группам самых разнообразных людей. В его работе сформировались уже некоторые видимые тенденции, он был больше склонен к романам о жизни деревни, а не города, о средних, а не об одаренных людях, о больных скорее, чем о здоровых; его критика романов о так называемом маленьком человеке всегда была особенно теплой; его самым любимым прилагательным было «человечный»; он предпочитал психологические зарисовки действию, а описания — психологическим зарисовкам; ему больше нравились романы без сюжета, а еще больше — и без героя.

Как советник по профессиональной деятельности он считался выдающимся. Его крошечный кабинет в университете стал по сути исповедальней, куда приходили студенты со всеми своими затруднениями, как в учебе, так и в жизни. Он всегда был готов обсудить — с одинаковой мягкой, серьезной вдумчивостью — выбор предмета, любовные переживания или, в особенности, выбор будущей деятельности. Консультируя любовные истории, Тухи советовал отдаться своему влечению, если дело касалось романов с очаровательной маленькой искательницей приключений, которая хороша лишь для выпивок в тесных компаниях, — «давайте будем современными людьми» — и отказаться, если речь шла о глубокой, сильной страсти, — «давайте будем взрослыми». Когда студент приходил к нему поговорить о чувстве стыда, которое он испытывает после неприглядной сексуальной истории, Тухи советовал выбросить все из головы: «Для тебя же это чертовски полезно. Есть две вещи, от которых следует избавляться как можно раньше: чувство личного превосходства и преувеличенное уважение к половому акту».

Было замечено, что Эллсворт Тухи редко советовал юноше следовать профессии, которую тот для себя избрал. «Нет, я не продолжал бы заниматься юриспруденцией, окажись я на твоем месте. Для этого ты чересчур скован и впечатлителен. Истерическое увлечение только карьерой не приведет ни к счастью, ни к успеху. Разумнее выбрать профессию, о которой ты можешь судить спокойно, здраво и практично. Да, даже если ты ее и не любишь. Тогда ты не будешь витать в облаках...»; «Нет, я не советовал бы тебе продолжать занятия музыкой. То, что тебе это легко дается, верный признак, что твой талант поверхностен. В том-то и беда, что ты ее любишь. Разве ты сам не считаешь, что это звучит по-детски? Откажись от нее. Да, даже если ты будешь от этого страдать»; «Нет, извини. Мне бы очень хотелось сказать, что я одобряю, но я не могу. Когда ты раздумывал об архитектуре, это был чисто эгоистический выбор, разве не так? Разве ты задумывался о чем-либо большем, чем собственное удовлетворение? А ведь профессия человека касается всего общества. Первое, что должно тебя волновать, это вопрос, где ты будешь более полезным своим согражданам. Дело совсем не в том, что ты получишь от общества, главное — что ты ему принесешь. И если речь о том, где есть возможность лучше служить ему, вряд ли можно найти что-либо серьезнее профессии хирурга. Подумай над этим».

После окончания университета многие его протеже преуспели, другие потерпели неудачу. Но лишь один покончил жизнь самоубийством. Говорили, что Эллсворт Тухи оказывал на них благотворное влияние — потому что они никогда не забывали его; они приходили консультироваться с ним по многим вопросам годы спустя, они писали ему, их тянуло к нему. Они были как машины, которые не заводятся автоматически, кто-то со стороны должен помочь им в этом. У него всегда находилось время выслушать каждого.

Его жизнь была переполнена событиями и людьми, как городская площадь, и не оставляла ему времени для самого себя. У друга человечества не было ни одного близкого друга. Людей тянуло к нему — его ни к кому не тянуло. Он принимал все. Его любовь была золотистой, мягкой, ровной, как огромное заполненное песком пространство, на котором ветру было все равно, как передвигать дюны; песок лежал спокойно, а солнце всегда стояло в зените.

Из своих скромных доходов он умудрялся давать деньги многим организациям. Но было известно, что ни одного доллара он не ссудил частному лицу. Он никогда не просил своих богатых друзей помочь кому-то в беде, но получал от них большие пожертвования на благотворительные учреждения: ночлежки, центры для отдыха, дома для падших женщин, школы для дефективных детей. Он работал в правлениях всех этих учреждений — но бесплатно. Большое количество филантропических заведений и радикальных изданий, руководимых разными людьми, имели между собой единственное связующее звено, один общий знаменатель: неизменное присутствие имени Эллсворта Тухи. Он был своеобразной холдинговой компанией альтруизма, состоящей из одного человека.

Женщины не играли никакой роли в его жизни. Его никогда не интересовал секс. Нечастые тайные потребности приводили его к молодым, стройным, полногрудым глупым певицам, хихикающим официанточкам, сюсюкающим маникюршам, не очень умелым стенографисткам из тех, что носят алые или малиновые платья, небольшие шляпки на затылке и начесывают светлые волосы спереди. К умным женщинам он был безразличен.

Он довольствовался утверждением, что семья — буржуазный институт, но не делал из этого далеко идущих выводов и не ратовал за свободную любовь. Секс был для него скучной темой. Он полагал, что люди придают слишком большое значение этой ерунде; она не стоит внимания; слишком много гораздо более важных проблем скопилось в мире.

Проходили годы, и каждый день его жизни был подобен небольшой монетке, терпеливо бросаемой в щель гигантского игрового автомата, бросаемой безвозвратно, без оглядки на комбинации цифр. Постепенно из многих его дел начало вырисовываться одно: он стал известным критиком по вопросам архитектуры. Он писал о строительстве зданий поочередно для трех журналов, которые с шумом и перерывами выходили в течение ряда лет, а затем один за другим терпели крах: «Новые голоса», «Новые тропы», «Новые горизонты». Четвертый — «Новые рубежи» — сумел выплыть. Эллсворт Тухи был единственным сохранившимся после трех последовательных крушений обломком. Архитектурная критика, казалось, была заброшенным полем деятельности, мало кто стремился писать о строительстве, но еще меньше было тех, кто читал. Тухи приобрел репутацию неофициального монополиста. Лучшие журналы стали обращаться к нему, если возникала необходимость в чем-то связанном с архитектурой.

В 1921 году в личной жизни Тухи произошло небольшое изменение: его племянница Кэтрин Хейлси, дочь его сестры Хелен, переехала жить к нему. Его отец к тому времени уже давно умер, а тетя Аделина сгинула во тьме бедности какого-то небольшого городка; и ко времени, когда умерли родители Кэтрин, не осталось никого, кто бы позаботился о ней. У Тухи не было намерения держать ее в своем доме. Но когда она сошла с поезда в Нью-Йорке, ее простоватое личико на мгновение стало таким красивым, будто перед ней открылось ее будущее и его отблески сияли на ее лбу, словно она рада, горда и готова принять это будущее. Это был один из тех редких моментов, когда самый скромный из людей осознает, что значит чувствовать себя центром вселенной, и это знание делает его прекрасным, а мир — в глазах присутствующих — выглядит лучше из-за того, что в нем появился такой центр. Эллсворт Тухи увидел это — и решил, что Кэтрин останется с ним.

В 1925 году вышла его книга «Проповедь в камне», и с ней пришла слава. Эллсворт Тухи стал модным. Мало-мальски интеллектуальные хозяйки салонов боролись за него. Но были и те, кто его не любил и смеялся над ним. Но насмешки над ним приносили небольшое удовлетворение, потому что он всегда первым отпускал весьма рискованные шутки на свой счет. Однажды на званом обеде некий важничавший глуповатый бизнесмен прислушивался некоторое время к серьезным социальным теориям Тухи, а затем самодовольно сказал:

— Что ж, я не очень-то разбираюсь в этой интеллектуальной шелухе. Я играю на бирже.

— А я,— отозвался Тухи, — играю на бирже духа. И мошенничаю.

Самым важным следствием «Проповеди в камне» стал подписанный Тухи контракт на ежедневную рубрику в нью-йоркской газете Гейла Винанда «Знамя».

Контракт был совершенным сюрпризом для сторонников и противников Тухи и вначале обозлил всех. Тухи часто отзывался о Винанде без всякого почтения, а газеты Винанда называли Тухи любыми словами, лишь бы они были печатными. Но газеты Винанда не касались политики, если не считать политикой отражение самых больших предрассудков наибольшего числа людей, и это создавало неустойчивое, но вполне обозначенное направление противоречивости, безответственности, банальности и повышенной возбудимости. Газеты Винанда были против привилегий и за среднего человека, но в манере уважительной, никого не шокирующей; они уличали монополии, когда им это было надо; поддерживали забастовки, когда им это было надо, и наоборот. Они обличали Уолл-стрит и обличали социализм, разворачивали шумные кампании за кино без пошлости —

и все с одинаковым смаком. Они были резкими и шумными, но по сути своей безжизненно вялыми. Эллсворт Тухи был слишком ярким явлением для страниц «Знамени».

Однако в кадровых вопросах «Знамя» отличалось той же неразборчивостью, что и в политике. Там работали все, кто мог понравиться публике или ее значительной части. Кто-то сказал: «Гейл Винанд не свинья. Он все сожрет». Имя Эллсворта Тухи было связано с большим успехом, и публика внезапно заинтересовалась архитектурой; в «Знамени» не было специалиста по архитектуре, значит, «Знамя» возьмет Эллсворта Тухи. Это был простой силлогизм.

Так вот и обрела существование рубрика «Вполголоса». «Знамя» объяснило ее появление, возвестив: «В понедельник “Знамя” представит вам нового друга — Эллсворта М. Тухи, чью искрометную книгу “Проповедь в камне” вы все прочли и полюбили. Имя мистера Тухи связано с великой профессией — Архитектурой. Мы поможем вам понять все, что вы захотите узнать о чудесах современного строительства. Следите за рубрикой “Вполголоса” начиная с понедельника. Она появится только в выпуске “Знамени”». О том, с чем еще связано имя мистера Тухи, читателям не сказали.

Эллсворт Тухи никого не оповещал и никому ничего не объяснял. Он не обратил внимания на голоса друзей, которые кричали, что он продался. Он просто пошел на работу. Один раз в месяц рубрика «Вполголоса» была посвящена архитектуре. Остальное время голос того же Эллсворта Тухи говорил то, что хотел сказать объединенным миллионам. Тухи был единственным служащим Винанда, которому условия контракта разрешали писать все, что ему заблагорассудится. Он на этом настоял. Все сочли это огромной победой, все, но не Эллсворт Тухи. Он понимал, что это могло означать одно из двух: Винанд или с почтением склонился перед славой его имени, или слишком презирал его, чтобы ограничивать.

Казалось, что «Вполголоса» никогда не говорила ничего опасно революционного и весьма редко писала о политике вообще. Она просто проповедовала чувства, с которыми легко соглашалось большинство читателей: альтруизм, братство, равенство. «Я скорее буду добр, чем прав»; «Милосердие выше справедливости, как бы ни возражали мелкие душонки»; «Говоря анатомически — а возможно, и не только, — сердце — наш самый ценный орган. Мозг — это всего лишь идол»; «В делах духовных есть простое и надежное правило: все, что идет от человеческого Я, — зло, все, что идет от любви к ближнему, — благо»; «Служение — единственный знак благородства. Я не нахожу ничего оскорбительного в теории, удобрения суть величайший символ человеческого предназначения: именно удобрение дарит нам пшеницу и розы»; «Худшая народная песенка гораздо выше лучшей из симфоний»; «Человек, более храбрый, чем его братья, косвенно оскорбляет их. Не будем стремиться к добродетелям, если их нельзя разделить с другими»; «Я еще не видел гения или героя, который, если коснуться его горящей спичкой, почувствует меньше боли, чем его обычный, ничем не замечательный брат»; «Гений — это преувеличение объемов. Как и слоновая болезнь. И то и другое может быть только болезнью»; «По сути все мы братья, и я, например, в доказательство готов содрать шкуру со всего человечества и добраться до этой сути».

В кабинетах «Знамени» к Эллсворту Тухи относились почтительно и не приставали. Прошел слушок, что Гейл Винанд его не любит — потому что всегда вежлив с ним. Альва Скаррет был прост до сердечности, но сохранял осторожность. Между Тухи и Скарретом установилось молчаливое, осторожное равновесие: они понимали друг друга.

Тухи не предпринимал никаких попыток сблизиться с Винандом. Тухи казался безразличным ко всем влиятельным фигурам в «Знамени». Он сосредоточил свое внимание на других.

Он организовал клуб служащих Винанда. Это не был профсоюз, это был просто клуб. Они встречались раз в месяц в библиотеке «Знамени». Здесь не говорили о зарплате или об условиях работы, здесь вообще не было определенной программы. Люди знакомились, разговаривали, слушали выступавших. Большинство выступлений делал сам Эллсворт Тухи. Он говорил о новых горизонтах и о прессе как о голосе масс. Гейл Винанд однажды побывал в клубе, явившись без предупреждения посреди собрания. Тухи улыбнулся и пригласил его вступить в клуб как имеющего на это право. Винанд не вступил. Он просидел полчаса, послушал, зевнул, встал и ушел до того, как собрание закончилось.

Альва Скаррет оценил тот факт, что Тухи не пытался влезать в его сферу, в важные вопросы редакционной политики. Как своего рода услугу за услугу Скаррет позволил Тухи рекомендовать новых служащих, если нужно было заполнить вакансии, в особенности места, которые не считались важными. Как правило, Скаррета это не заботило, тогда как Тухи всегда все заботило, даже место мальчика-посыльного. Те, кого выбирал Тухи, получали работу. Большинство из них были молодые, нагловатые, компетентные, с уклончивым взглядом и вялым рукопожатием. Их объединяли и другие признаки, но они не были столь заметны.

Тухи уже регулярно посещал несколько ежемесячных встреч: собрания Совета американских строителей, Совета американских писателей, Совета американских художников. Все они были организованы им самим.

Лойс Кук была председателем Совета американских писателей. Он собирался в гостиной ее дома на Бауэри. Она была единственным членом совета, пользовавшимся известностью. Остальными были: женщина, которая никогда не использовала заглавных букв в своих книгах; мужчина, никогда не ставивший запятых; юноша, который написал роман из тысячи страниц, ни разу не использовав буквы «о»; и еще один, который писал поэмы, лишенные рифмы и размера; был здесь и мужчина с бородой, весьма умный и доказавший свой интеллект тем, что на каждой из десяти страниц своей рукописи употреблял все известные непечатные слова; была и женщина, подражавшая Лойс Кук во всем, за исключением того, что стиль ее был еще непонятней, а когда ее спрашивали об этом, она отвечала, что именно такой слышит окружающую жизнь, так она преломляется в призме ее подсознания. «Вы представляете, что делает призма со световым лучом?» — спрашивала она в свою очередь. Был, наконец, и еще один совсем дикий юноша, известный просто как Айк Гений, хотя никто не знал, что он создал, за исключением рассуждений о своей любви к жизни во всех ее проявлениях.

Совет американских писателей подписал декларацию, где констатировалось, что его члены являются слугами пролетариата, но заявление не звучало так просто, оно было более замысловатым и пространным. Декларацию разослали по редакциям всех газет страны. Она нигде не была напечатана, если не считать тридцать второй страницы «Новых рубежей».

Совет американских художников возглавлял изможденного вида юноша, рисовавший все, что он видел во сне. Был здесь и парень, никогда не пользовавшийся холстом, но мудривший что-то с птичьими клетками и метрономами; и еще один, который изобрел новую технику письма: он чернил лист бумаги, а потом писал стирательной резинкой. Была здесь и плотная леди средних лет, которая рисовала подсознанием, утверждая, что она никогда не смотрит на свои руки и не имеет ни малейшего понятия, что они делают; руку ее, объясняла она, ведет дух усопшего возлюбленного, которого она никогда не встречала на земле. О пролетариате здесь не говорили, лишь восставали против тирании реальности и объективности.

Некоторые из друзей указывали Эллсворту Тухи на то, что он, кажется, слегка непоследователен; он такой убежденный противник индивидуализма, а взгляните на всех этих его писателей и художников — каждый из них сумасшедший индивидуалист. «Вы так считаете?» — спокойно улыбался Тухи.

Никто не принимал эти советы всерьез. О них говорили лишь потому, что это была неплохая тема для разговора; это просто большой розыгрыш, утверждали некоторые, и конечно, от них нет никакого вреда. «Вы так считаете?» — спрашивал Тухи.

Эллсворту Тухи исполнился уже сорок один год. Он жил в очаровательной квартирке, которая казалась скромной в сравнении с тем доходом, который он мог бы получать, если бы захотел. Ему нравилось использовать прилагательное «консервативный» по отношению к себе только в одном значении: для обозначения его хорошего вкуса в одежде. Никто никогда не видел, чтобы он вышел из себя. Его поведение никогда не менялось: он был одинаков в гостиной, на совещании, на кафедре, в ванной и во время полового акта — спокойный, владеющий собой, заинтересованный, чуть снисходительный. Окружающие восхищались его чувством юмора. «Это человек, — утверждали они, — который в состоянии посмеяться над собой». «Я опасная личность. Кто-то должен предостеречь вас от меня», — говорил он таким тоном, будто речь шла о чем-то совершенно нелепом.

Из множества предлагавшихся ему званий он предпочитал одно: Эллсворт Тухи, гуманист.

X

Дом Энрайта был завершен в июне 1929 года. Официальной церемонии не было. Однако Роджер Энрайт хотел отметить этот момент для собственного удовольствия. Он пригласил тех немногих, кому симпатизировал, и отворил огромную стеклянную входную дверь, распахнув ее навстречу пронизанному солнцем воздуху. Приехали несколько газетных фотографов, потому что дело касалось Роджера Энрайта и потому что Роджер Энрайт не хотел, чтобы они здесь были. Он их не замечал. Он постоял на середине улицы, разглядывая здание, затем прошел через холл, то резко останавливаясь, то возобновляя движение. Он ничего не сказал. Он молчал и выразительно хмурился, как будто вот-вот яростно зарычит. Его друзья знали, что Роджер Энрайт счастлив.

Дом стоял на берегу Ист-Ривер, как две взметнувшиеся ввысь напряженные руки. Хрустальные формы так выразительно громоздились друг на друга, что здание не казалось неподвижным, оно стремилось все выше в постоянном движении — пока не становилось понятно, что это только движение взгляда и что взгляд вынужден двигаться в заданном ритме. Стены из светло-серого ракушечника казались серебряными на фоне неба, отсвечивая чистым, матовым блеском металла, но металла, ставшего теплой, живой субстанцией, которую вырезал самый острый из инструментов — направленная воля человека. Благодаря ей дом жил какой-то своей внутренней жизнью, и в мозгу зрителей возникали слова, которые, казалось, не имели прямого отношения ни к чему: «...по его образу и подобию...»

Молодой фотограф из «Знамени» заметил Говарда Рорка, стоящего в одиночестве у парапета набережной с непокрытой головой. Рорк откинулся назад и, крепко ухватившись за парапет, разглядывал здание. Молодой фотограф обратил внимание на лицо Рорка и подумал о том, что занимало его уже давно; его всегда удивляло, почему то, что мы испытываем во сне, протекает так ярко и сильно, как никогда не бывает в обычной жизни, почему ужас бывает таким безграничным, а чувство наслаждения — таким полным и что это за сверхсостояние, которое невозможно пережить вновь, — то состояние, которое он испытывал, когда во сне спускался по тропинке, продираясь сквозь зелень листьев, и воздух был напоен ожиданием и беспричинной невыразимой радостью, а проснувшись, он не смог объяснить этого себе — снилась просто дорожка где-то в лесу. Он вспомнил об этом, потому что впервые увидел это сверхсостояние наяву, увидел на лице Рорка, обращенном к зданию. Фотограф был молодой парень, новичок в работе, он почти ничего не знал о ней, но любил свое дело, занимался фотографией с детства. Поэтому он щелкнул Рорка как раз в этот миг.

Позднее редактор отдела искусств увидел снимок и рявкнул:

— Что это, черт возьми?

— Говард Рорк, — ответил фотограф.

— Кто этот Говард Рорк?

— Архитектор.

— Кому, черт возьми, нужен портрет архитектора?

— Ну, я только подумал...

— Кроме того, в ней есть что-то безумное. Что это с этим парнем?

И снимок был отправлен в архив.

Дом Энрайта быстро заполнился съемщиками. Те, кто сюда переехал, были людьми, желающими жить со здоровым комфортом, и больше их ничто не волновало. Они не обсуждали достоинства дома, им просто нравилось в нем жить. Они были из тех, кто ведет полезную, активную личную жизнь и не рвется на публику.

Но люди иного склада толковали о доме Энрайта недели три. Они считали, что дом абсурден, построен, лишь чтобы как-то выделиться, и в нем нет естественности. Они говорили: «Дорогая, представьте себе, если бы вы жили в таком доме, посмели бы вы пригласить к себе миссис Морланд? Ах, с каким вкусом построен ее дом!» Начали появляться и немногие, кто говорил: «Знаете, мне, пожалуй, нравится современная архитектура, ей сегодня удалось создать блестящие образцы. В Германии существует целое направление модернистов, и весьма интересное, но это совсем не похоже на них. Это уродство».

Эллсворт Тухи в своей рубрике ни словом не обмолвился о доме Энрайта. Один из читателей «Знамени» обратился к нему с письмом: «Дорогой мистер Тухи, что вы думаете о здании, которое называется домом Энрайта? У меня есть друг, он работает декоратором, и он много говорит об этом здании и считает его дрянью. Архитектура и разные подобные искусства — мое хобби, а я не знаю, что и думать. Вы расскажете нам об этом в своей рубрике?» Эллсворт Тухи ответил, но в частном письме: «Дорогой друг, в мире сегодня строится так много важных зданий, происходит так много интереснейших событий, что я не могу занимать свою рубрику предметами тривиальными».

Но люди находили Рорка — те немногие, которые ему были нужны. Этой же зимой он получил заказ на строительство дома Норриса, скромной загородной резиденции. В мае он подписал еще один контракт — на свое первое деловое здание, пятидесятиэтажный небоскреб в центре Манхэттена. Энтони Корд, его владелец, возник неизвестно откуда и создал за немногие блестящие и жестокие годы на Уолл-стрит целое состояние. Ему было нужно собственное здание, и он обратился к Рорку.

Контора Рорка выросла до четырех комнат. Служащие его любили. Сами они этого не понимали и были бы страшно поражены возможностью применять такое понятие, как любовь, по отношению к своему холодному, не терпящему никаких личных подходов и человеческих отношений боссу. Именно этими словами они обычно характеризовали Рорка, именно этими словами их учили пользоваться по стандартам и идеологии их прошлого; однако, поработав с ним, они понимали, что эти слова не относятся к нему, но не могли бы объяснить, ни каков он на самом деле, ни как они к нему относятся.

Он не улыбался своим служащим, не приглашал их выпить, никогда не расспрашивал об их семьях, их любовных историях или вероисповедании. Он откликался только на одну способность человека — его творческие возможности. В его конторе человек должен быть специалистом. Никаких вариантов, никаких смягчающих обстоятельств здесь не знали. Но если служащий работал хорошо, ему не надо было больше ничего, чтобы заслужить благорасположение своего хозяина: оно предоставлялось не как подарок, но как долг. Оно было не знаком привязанности, но знаком признания. И наконец, это способствовало огромному чувству самоуважения в каждом, кто с ним работал.

— Но ведь это бесчеловечно, — воскликнул кто-то, когда один из чертежников Рорка попытался объяснить это дома, — что за холодный рассудочный подход!

Один из юношей, молодое подобие Питера Китинга, попытался заменить «рассудочный» подход «человеческим» в конторе Рорка. Он не продержался и двух недель. Время от времени Рорк ошибался в выборе подчиненных, но не часто; те, кто проработал с ним больше месяца, становились его друзьями на всю жизнь. Они, конечно, не называли себя его друзьями, не расхваливали его посторонним, не говорили о нем. Но они каким-то таинственным образом знали, что дело в их преданности не ему, но тому лучшему, что есть в них самих.

Доминик все лето оставалась в городе. Она со сладкой горечью вспоминала о своей привычке путешествовать, ее злило, что она не могла уехать и не могла захотеть уехать. Она радовалась своему гневу, он гнал ее в его квартиру. Ночами, которые не проводила с ним, она бродила по улицам города. Она шла к дому Энрайта или к магазину Фарго и смотрела на них, простаивая там долгое время. Она выезжала одна из города — взглянуть на дом Хэллера, дом Сэнборна, на автозаправочную станцию Гоуэна. В разговорах с ним она никогда не упоминала об этих поездках.

Однажды она села на паром до Стейтен-Айленд в два часа ночи; стоя в одиночестве у борта на пустой палубе, она наблюдала, как удаляется от нее город. В безбрежной пустоте неба и воды город казался лишь маленьким зазубренным островком. Он, казалось, сконцентрировался в одной точке, тесно сжавшись, и был уже не местом размещения улиц или отдельных зданий, а единой скульптурной формой. Формой из неровных ступенек, которые беспорядочно поднимались и опускались, длинных подъемов и внезапных спусков, как кривая упрямого борцовского поединка. Но она тянулась вверх — к торжествующим пикам редких небоскребов, возвышающихся над схваткой.

Судно прошло мимо статуи Свободы — зеленоватой фигуры с рукой, поднятой, как башни небоскребов, стоящих за ней.

Доминик стояла у бортового ограждения, пока город все уменьшался, и чувствовала движение возрастающего расстояния как усиливающееся напряжение внутри себя, натяжение живой струны, которую нельзя было растягивать бесконечно. Она стояла в тихом волнении, когда судно повернуло, и она увидела, как город вновь начал расти ей навстречу. Она широко раздвинула руки. Город продолжал расти, вот он уже у локтей, у запястий, добрался до ее пальцев. Потом небоскребы поднялись над ее головой — она вернулась.

Она сошла на берег. Она знала, куда идти, и хотела попасть туда быстрее, но чувствовала, что должна прийти туда сама, своими ногами. Она прошла половину Манхэттена по длинным, пустым улицам, заполненным эхом ее шагов. Было четыре тридцать утра, когда она постучала в его дверь. Он был сонный.

— Нет, — сказала она. — Отправляйся дальше спать. Я просто хочу побыть здесь.

Она не дотронулась до него. Сняла шляпу и туфли, свернулась в кресле и заснула, положив голову на плечо и свесив руку через ручку кресла. Утром он ни о чем не расспрашивал. Они вместе позавтракали, и он заспешил к себе в контору. Перед уходом он обнял ее и поцеловал. Он вышел, а она еще оставалась, потом ушла и она. Они не обменялись и двадцатью словами.

Бывало, они вместе выезжали из города на уик-энд и отправлялись на ее машине к какой-нибудь неприметной точке на побережье. Загорали, растянувшись на песке безлюдного пляжа, купались в океане. Ей нравилось смотреть на его тело в воде. Стоя позади по колено в воде, так, что волны били по ногам, она смотрела, как он устремляется по прямой, разрезая вздымающиеся навстречу ему валы. Ей нравилось лежать с ним у края воды, она ложилась на живот в нескольких футах от него лицом к берегу, ногами в море; она не касалась его, но чувствовала приближение волн позади. Волны поднимались и накрывали их тела, а потом пенящимися потоками отступали, обтекая их по бокам.

Ночи они проводили в маленьких сельских гостиницах, где снимали комнату на двоих. Они никогда не заговаривали о том, что оставили в городе. Но невысказанное придавало особое значение безмятежному покою этих часов; всякий раз, когда они смотрели друг на друга, в их глазах загорались молчаливые искорки смеха — так велика была пропасть между «там» и «здесь».

Она попыталась показать ему свою власть над ним. Какое-то время она не появлялась у него, ждала, что он сам придет к ней. Он все испортил, появившись очень скоро, отказав ей в удовольствии знать, что он ждет и борется со своим желанием, моментально капитулировав. Она говорила: «Поцелуй мне руку, Рорк». Он становился на колени и целовал ей ноги. Он победил ее, признав ее власть. Ей было отказано в наслаждении навязать эту власть силой. Он ложился у ее ног и говорил:

— Конечно, ты нужна мне. Я схожу с ума, глядя на тебя. Ты можешь делать со мной почти все что угодно. Тебе это хотелось услышать? Почти, Доминик. А что до того, что ты не можешь заставить меня сделать, то если бы ты меня об этом попросила, а мне пришлось бы отказать тебе, это причинило бы мне невыносимую боль. Я отказал бы, но страдал ужасно, Доминик. Тебе это приятно? Зачем ты хочешь знать, владеешь ли ты мною? Все так просто. Конечно, владеешь. Владеешь всем во мне, чем можно владеть. Другого ты никогда не потребуешь. Но тебе хочется знать, можешь ли ты заставить меня страдать. Можешь, ну и что из этого?

Его слова не звучали так, будто он сдался, потому что их из него не вырвали, он сам просто и охотно признался. Она не ощутила восторга победы, она ощутила, что ею владеют больше, чем когда-либо, и владеет ею человек, который мог делать подобные признания, зная, что говорит правду, полный уверенности, тем не менее, что он не только отдает себя во власть другого, но и сам подчиняет своей власти. Таким он ей и был нужен.

В конце июня к Рорку пришел человек по имени Кент Лансинг. Ему было сорок лет, одет он был так, будто сошел со страниц журнала мод, и выглядел как профессиональный боксер, хотя не был плотен, мускулист или груб. Он был тонок и костляв. Все же в нем было что-то от боксера, и наперекор его внешности и костюму в голову невольно приходили сравнения с тараном, танком и торпедой. А был он членом корпорации, созданной с целью построить роскошный отель на южной окраине Центрального парка. В проекте участвовало немало богатых людей, дела корпорации вело многочисленное правление, они купили место под строительство, но еще не остановились на архитекторе. Кент Лансинг решил, что им должен быть Рорк.

— Не стану скрывать от вас, что был бы рад этому заказу, — сказал ему Рорк в конце их первой беседы, — но у меня нет никаких шансов получить его. Я умею ладить с людьми поодиночке, но не могу иметь дела с группой. Меня не наняло еще ни одно правление, и по-видимому, этому не бывать.

Кент Лансинг улыбнулся:

— А вы знаете правление, которое что-нибудь решает?

— Что вы имеете в виду?

— Именно это: вам известно хоть одно правление, которое способно что-то сделать?

— Но они, кажется, все-таки существуют и функционируют.

— Вот как? Знаете, ведь было время, когда все считали, что земля плоская. Было бы весьма забавно порассуждать о природе и причинах человеческих заблуждений. Когда-нибудь я напишу об этом книгу. Она не будет популярна. В ней будет глава о правлениях и советах. Дело в том, что их нет в природе.

— Был бы рад согласиться с вами, но в чем соль вашей шутки?

— Нет, согласиться со мной вам не доставит радости. Выявление причин заблуждений — дело неблагодарное. Причины эти либо трагичны, либо коренятся в пороках. В данном случае мы имеем дело и с тем и с другим. Но прежде всего с порочностью человеческой природы. И это не шутка. Не будем, однако, углубляться в эту тему. Важно лишь заметить, что правление — это один-два честолюбивых человека, а остальные — балласт. Так что группы — это вакуум. Большие раздутые пустышки. Говорят, абсолютную пустоту нельзя увидеть. Посидите, однако, на совещаниях правлений. Проблема лишь в том, кто стремится заполнить пустоту. Идет упорная борьба. Упорнейшая. Довольно просто бороться с врагом, если он есть. Но когда его нет?.. Не смотрите на меня, как на помешанного. Вам следовало бы знать самому. Вы всю жизнь боролись с вакуумом.

— Я смотрю на вас так, потому что вы мне нравитесь.

— Конечно, я вам нравлюсь. Я тоже знал, что вы мне понравитесь. Все люди — действительно братья, за исключением правлений, союзов, корпораций и принудительных сообществ, и у них есть инстинктивная тяга к братству. Но я говорю слишком много. Вот почему я хороший торговец. Однако вам мне нечего продать. Вы это знаете. Так что мы просто скажем, что вы возьметесь возвести «Аквитанию», так будет называться наш отель, и на этом пока остановимся.

Если бы ожесточенность битв, о которых люди ничего не слышали, можно было измерить в каких-то материальных единицах, битва Кента Лансинга с правлением директоров корпорации «Аквитания» вошла бы в историю в числе наиболее кровопролитных. Но то, с чем он сражался, не было настолько вещественным, чтобы на поле битвы оставались трупы.

Ему приходилось сражаться с мнениями вроде:

— Слушай, Пальмер, Лансинг толкует о каком-то Рорке, ты как собираешься голосовать? Какое мнение о нем в солидных кругах?

— Сам я не определюсь, пока не станет ясно, кто голосует за, а кто против.

— Лансинг утверждает... но с другой стороны, Тори мне рассказывал, что...

— Тэлбот ставит шикарный отель на Пятой авеню, а подрядил он Франкона и Китинга.

— Харпер молится на этого молодца Гордона Прескотта.

— А Бетси считает, что мы тут рехнулись.

— Не нравится мне физиономия Рорка, какой-то он необщительный.

— Я знаю, печенкой чувствую, Рорк не то, что нам надо. Какой-то он не такой, как все.

— Какой — не такой?

— Неужели тебе не ясно, что значит «не такой, как все»?

— Томпсон говорит, что миссис Притчет говорит, что она абсолютно уверена, потому что мистер Мейси сказал ей, что если...

— Вот что, мужики, мне плевать, что вокруг болтают, я сам себе голова, но я вам вот что скажу: пустой номер этот Рорк. Не нравится мне его дом Энрайта.

— Почему?

— Не могу сказать, не нравится, и все тут. Имею я право на собственное мнение?

Сражение продолжалось много недель. Высказались все, кроме Рорка. Лансинг сказал ему:

— Все в порядке. Не возникай, не делай ничего. Предоставь болтовню мне. Тебе тут делать нечего. Тому, кто больше всего занят делом, кто реально работает и продвигает дело как никто, нечего сказать обществу. Его все равно не станут слушать, принимая как данность, что у него нет права голоса, а его доводы следует отметать автоматически, поскольку он лицо заинтересованное. И не важно, что говорят, важно, кто говорит. Судить о человеке намного проще, чем об идее. Как, черт меня подери, можно судить о человеке, не разобравшись, что у него в мозгах, выше моего понимания. Но так принято. Понимаешь, чтобы оценить аргументы, требуется их взвесить. А весы не делают из ваты. Между тем человеческая душа сделана именно из ваты — материала, у которого нет своей формы, который не оказывает сопротивления, его можно комкать так и сяк. Ты мог бы намного точнее, чем я, обосновать, почему ты лучше других можешь исполнить заказ. Но тебя они не станут слушать, а меня послушают. Потому что я посредник. Кратчайшее расстояние между двумя точками не прямая, а посредник. И чем больше посредников, тем короче путь. Такова психология ватных душ.

— Почему ты так сражаешься за меня?

— А почему ты хороший архитектор? Потому что у тебя есть критерии того, что хорошо, это лично твои критерии, и ты от них не отступишься. Мне нужен хороший отель, и у меня есть критерии хорошего, и это мои критерии, а ты тот человек, который даст мне то, чего я хочу. Когда я сражаюсь за тебя, я делаю то, что делаешь ты, проектируя свои здания. Ты думаешь, порядочность — монополия художника? А кстати, что значит, по-твоему, быть порядочным человеком? Уметь противостоять желанию стащить часы из кармана соседа? Нет, проблема так просто не решается. Если бы все сводилось к этому, девяносто пять процентов человечества были бы честными, порядочными людьми. Однако, как ты хорошо знаешь, процент намного ниже. Порядочность означает способность постоять за идею. А это предполагает способность мыслить. Мышление такая штука, что его нельзя одолжить или заложить. И все же, если бы меня попросили избрать подлинный символ человечества, каким мы его знаем, я избрал бы не крест, не орла, не льва с единорогом. Я бы избрал три золоченых шара*. — Когда Рорк посмотрел на него, он добавил: — Не беспокойся. Они все против меня. Но у меня есть одно преимущество: они не знают, чего они хотят. А я знаю, чего хочу.

В конце июля Рорк подписал контракт на строительство «Аквитании».

Эллсворт Тухи сидел у себя в кабинете, уставившись в разложенную на столе газету на заметку об «Аквитании». Он курил, держа сигарету в углу рта двумя выпрямленными пальцами, причем один из пальцев долгое время медленно и ритмично постукивал по сигарете. Он услышал, как дверь в кабинет распахнулась, и, подняв глаза, увидел Доминик. Она остановилась, прислонившись к косяку, скрестив руки на груди. На ее лице отражался интерес, ничего больше, однако то, что она проявляла подлинный интерес, настораживало.

— Дорогая, — сказал он, поднимаясь, — ты впервые дала себе труд появиться у меня, впервые за четыре года, что мы работаем в одном здании. Это целое событие.

Она ничего не ответила, но приятно улыбалась, что настораживало еще больше. Он продолжал любезным тоном:

— Мое краткое вступление, конечно, равнозначно вопросу. Или мы уже больше не понимаем друг друга?

— Вероятно, нет, поскольку ты считаешь нужным спрашивать, что привело меня сюда. Но тебе это известно, Эллсворт, да, известно. Причина у тебя на столе. — Она подошла к столу и, щелкнув по краю газеты, сказала со смехом: — Жалеешь, что не припрятал ее? Конечно, ты не ждал моего прихода. Впрочем, это не меняет дела. Но мне приятно, что ты, вопреки обыкновению, не успел замести следы. Тут, перед тобой, прямо на твоем столе. К тому же газета развернута именно на разделе о недвижимости.

— Ты говоришь так, будто эта заметка тебя прямо-таки осчастливила.

— Так оно и есть, Эллсворт.

— Я думал, ты приложила все усилия, чтобы контракт не состоялся.

— Да, все.

— Если ты полагаешь, Доминик, что в данный момент разыгрываешь комедию, ты заблуждаешься. Так комедии не разыгрывают.

— Нет, Эллсворт, не разыгрывают.

— Ты счастлива, что Рорк заключил контракт?

— Так счастлива, что готова переспать с этим Кентом Лансингом, хоть и в глаза его не видела, если когда-нибудь увижусь с ним и он об этом попросит.

— Тогда наш пакт разорван?

— Ни в коем случае. Я буду мешать ему получить любой заказ, какой только могут предложить. Я не оставлю своих попыток. Хотя теперь это будет сложнее, чем раньше. Дом Энрайта, здание Корда и теперь это. Сложнее для меня и для тебя. Он тебя побеждает, Эллсворт. Эллсворт, что, если мы ошибались насчет мира, ты и я?

— Ты всегда ошибалась, дорогая. Прошу меня простить. Уж мне-то не следовало бы удивляться. Конечно же, тебя, несомненно, должно было обрадовать, что он заключил контракт. Я даже готов признать, что меня это ничуть не радует. Вот видишь? Теперь можешь считать свой визит ко мне полностью успешным. Мы просто спишем «Аквитанию» как явное поражение, забудем о нем и будем действовать, как раньше.

— Конечно, Эллсворт. Как раньше. Сегодня на званом обеде я выхлопочу для Питера Китинга заказ на новую больницу.

Эллсворт Тухи отправился домой и провел вечер, размышляя о Хоптоне Стоддарде.

Хоптон Стоддард был коротышкой стоимостью в двадцать миллионов долларов. Эта сумма сложилась из трех наследств и семидесяти двух лет трудовой жизни, целиком отданной деланию денег. Хоптон Стоддард был гением инвестиций, он вкладывал капиталы во все — в дома терпимости, в монументальные театральные постановки на Бродвее, особенно в спектакли религиозного характера, в фабрики, в противозачаточные средства и в закладные под фермерские хозяйства. Он был маленького роста и к тому же сгорблен. Лицо его не было безобразным — так только казалось, но лишь потому, что ему было свойственно только одно выражение: он всегда улыбался. Его ротик был сведен постоянной гримасой доброй улыбки, уголки рта были всегда вздернуты. Брови, напротив, были сведены в скобочки над круглыми голубыми глазками. Волосы, густые, волнисто-седые, выглядели как парик, но были настоящие.

Тухи много лет был знаком с Хоптоном Стоддардом и имел на него большое влияние. Хоптон Стоддард никогда не был женат, у него не было родственников и друзей, он не доверял людям, полагая, что они всегда охотятся за его деньгами. Но он был необычайно высокого мнения об Эллсворте Тухи, потому что Тухи был полным антиподом ему и его образу жизни: Тухи нимало не заботился о земных благах. Исключительно в силу этого контраста он видел в Тухи олицетворенную добродетель, но ему никогда не приходило в голову, чем же в таком случае является он сам как противоположность Тухи. И все же от дум о своей земной жизни у него делалось нелегко на сердце, и с годами это чувство усиливалось вместе с неотвратимостью приближавшегося конца. Он нашел облегчение в религии — это была своего рода взятка. Он перепробовал несколько разных конфессий, посещал службы, жертвовал большие суммы и переходил в другую веру. Шли годы, и темп его поиска ускорился, в нем появились признаки паники.

Безразличие к религии было единственным недостатком, который он с тревогой отмечал в своем друге и наставнике. Но все, что проповедовал Тухи, казалось, хорошо вписывалось в закон Божий: милосердие, жертвенность, помощь бедным. Следуя советам Тухи, он всегда чувствовал себя умиротворенным. Он щедро и без долгих уговоров жертвовал организациям, которые ему рекомендовал Тухи. В делах духовных Тухи был для него земным аналогом Господа Бога.

Но этим летом Тухи впервые потерпел фиаско с Хоптоном Стоддардом. Хоптон Стоддард решил осуществить давнюю мечту, которую так же тайно и хитро, как все свои капиталовложения, вынашивал в течение нескольких лет: он решил возвести храм. Не храм какой-то определенной веры, но межконфессиональный, экуменический монумент, посвященный религии вообще, храм веры, открытый для всех. Хоптон Стоддард хотел сыграть наверняка.

Он был крайне удручен, когда, узнав о его намерении, Эллсворт Тухи стал отговаривать его. Тухи хотел разместить в здании приют для дефективных детей, для этой цели он уже собрал внушительный комитет спонсоров и средства на текущие расходы. Не хватало только здания и денег на его сооружение. Если Хоптон Стоддард хотел получить нечто достойное его имени, способное увековечить память о нем, дать миру наивысшее свидетельство своей щедрости, то какая цель может быть благороднее, чем возведение на собственные средства стоддардовского приюта для дефективных детей, горячо убеждал его Тухи, для несчастных, обездоленных деток, до которых никому нет дела? Но Хоптон Стоддард не испытывал ни малейшего энтузиазма относительно приюта или какого-либо иного гражданского заведения. Только стоддардовский храм человеческой души — и ничего другого.

Он не мог предъявить убедительных аргументов против блестящих доводов Тухи. Он твердил одно: «Нет, Эллсворт, нет, это не то, вовсе не то». Вопрос был оставлен в подвешенном состоянии. Хоптон Стоддард не сдавался, однако недовольство Тухи беспокоило его, и он постоянно откладывал окончательное решение. Но он помнил: ему придется принять его к концу лета, потому что осенью он отправлялся в долгое путешествие по святыням всех религий мира — от Лурда до Иерусалима, Мекки и Бенареса.

Как-то вечером, спустя несколько дней после сообщения о строительстве «Аквитании», Тухи отправился навестить своего упрямого друга в его одинокой громадной забитой ценностями квартире на Риверсайд-драйв.

— Хоптон, — весело начал он, — я ошибался. Ты был прав насчет храма.

— Не может быть! — поразился Хоптон Стоддард.

— Да, — сказал Тухи, — ты был прав. Нельзя придумать ничего уместнее. Ты должен построить храм. Храм человеческой души.

Хоптон Стоддард судорожно глотнул, голубые глаза его увлажнились. Он почувствовал, что, должно быть, здорово продвинулся по стезе добродетели, если смог преподать урок добродетели своему наставнику. Теперь уже ничто не имело значения, он сидел и слушал Эллсворта Тухи, как тихое сморщенное дитя, кивал и со всем соглашался.

— Это грандиозное начинание, Хоптон, и если делать, то делать наверняка. Есть ведь немалая гордыня в подношении дара Господу, и если не сделать все наилучшим образом, то это будет не смиренное подношение, а акт тщеславия.

— Да, да, конечно. Надо сделать хорошо, лучшим образом. Ты ведь мне поможешь, Эллсворт? Ты знаешь все об архитектуре, искусстве и прочем. Надо сделать все толком.

— Я буду рад помочь тебе, Хоптон, если ты хочешь.

— Господи, хочу ли я? Что ты такое говоришь, хочу ли я? Пресвятая Дева, что б я без тебя делал, Эллсворт? Я ничего не понимаю в... во всем этом. А надо сделать все толком.

— А если так, то будешь ли ты поступать, как я скажу?

— Да, да! Конечно, буду.

— Прежде всего, выбор архитектора. Это крайне важно.

— Ну конечно.

— Нам не нужен ни один из этих меркантильных лакировщиков, от которых за милю несет чистоганом. Нужен человек, который верит в свое дело, как ты веришь во Всевышнего.

— Верно, именно так.

— Ты должен согласиться с тем, кого я назову.

— Конечно, о ком речь?

— Говард Рорк.

— Кто это? — Имя ничего не сказало Хоптону Стоддарду.

— Человек, который построит храм человеческой души.

— Хороший архитектор?

Эллсворт приблизился и посмотрел ему прямо в глаза.

— Могу поклясться бессмертием своей души, Хоптон, — внушительно произнес он, — самый лучший, какой только может быть.

— О!..

— Но заполучить его не просто. Он берется за дело только на определенных условиях, и их надо соблюдать неукоснительно. Ему нужна полная свобода действий. Скажи, чего тебе хочется, сколько ты готов потратить, а остальное предоставь ему. Пусть проектирует и строит, как захочет. Иначе он не возьмется. Скажи ему честно, что ты профан в архитектуре и остановился на нем, потому что чувствуешь, что только ему можно доверить этот заказ, чтобы он был выполнен без чьего-либо вмешательства и как надо.

— Хорошо, если ты готов за него поручиться.

— Я ручаюсь.

— Отлично. И мне наплевать, во что это обойдется.

— Но будь осторожен, контактируя с ним. Возможно, вначале он откажется. Он скажет, что не верит в Бога.

— Что?!

— Но ты ему не верь. Он человек глубоко религиозный — посвоему. Это видно по его сооружениям.

— О!

— Но он не относит себя ни к одному из существующих вероисповеданий. Так что ты не покажешься пристрастным, не оскорбишь каких-либо религиозных чувств.

— Слава Господу.

— Когда имеешь дело с вопросами веры, нужно самому обладать верой. Не так ли?

— Да, конечно.

— Не дожидайся его эскизов. Ему потребуется время. А ты свое паломничество не откладывай. Просто найми его, контракта не подписывай, в этом нет необходимости, дай распоряжение своему банку финансировать его по первому требованию, а остальное предоставь ему. Гонорар ему платить не потребуется до твоего возвращения. Через год или около того, когда ты вернешься, побывав во всех великих храмах мира, ты найдешь здесь еще один, твой собственный, лучше всех прочих.

— Именно это мне и надо.

— Но надо подумать и о рекламе, торжественном открытии, освящении храма.

— Да, конечно... О рекламе?

— Именно. Нет такого большого события, которое бы не сопровождала хорошая рекламная кампания. Нет рекламы — нет события. Ты не должен пренебрегать ею, это было бы неуважением.

— Это верно.

— Но чтобы получить хорошую рекламу, ее надо хорошо и загодя спланировать. Нужно, чтобы открытие храма было как увертюра к опере, как звон фанфар, как трубный зов архангела Гавриила.

— Ты умеешь так красиво сказать!

— Но для этого не следует позволять, чтобы газетные пачкуны раньше времени разнесли новость, как сороки на хвосте. Храни в тайне эскизы храма, не давай печатать их в газетах. Скажи Рорку, что не хочешь утечки информации. Он не станет возражать. Вели подрядчику поставить высокий глухой забор вокруг строительной площадки на время, пока возводится храм. Никто не должен иметь представления о нем, пока ты не вернешься и лично не возглавишь церемонию освящения. Вот тогда — снимки во всех газетах страны, черт бы их побрал!

— О, Эллсворт!

— Прошу прощения.

— Но мысль верна. Подобным образом мы поступили с «Легендой о святой деве», это было лет десять назад, когда она вышла на экраны. Одних актеров там было занято девяносто семь.

— Да. Однако до того момента надо все же подогревать интерес публики. Найми хорошего агента по связям с прессой и проинструктируй его. Я подберу тебе хорошую кандидатуру. Устрой так, чтобы каждую неделю-другую в газетах что-нибудь да появлялось об этом загадочном стоддардовском храме. Пусть гадают. Пусть ждут. Пусть будут наготове в назначенный час.

— Верно.

— Но Рорк ни в коем случае не должен знать, что его рекомендовал я. Никому ни слова, что я имею к этому какое-то касательство. Ни единой душе. Поклянись.

— Но зачем?

— У меня слишком много друзей-архитекторов, а это такой большой заказ, что мне не хотелось бы задеть чьи-либо чувства.

— Ах вот что! Конечно.

— Поклянись, Хоптон.

— О, Эллсворт!

— Поклянись спасением души.

— Клянусь… этим самым.

— Хорошо. Тебе не приходилось иметь дела с архитекторами, а Рорк к тому же весьма своеобразен, и дело нельзя испортить каким-нибудь ляпом. Так что я научу тебя, что ему сказать.

На следующий день Тухи вошел в кабинет Доминик. Он встал у ее стола, улыбнулся и сказал неулыбчивым тоном:

— Ты помнишь Хоптона Стоддарда, помнишь, что он уже шесть лет толкует о храме веры?

— Смутно.

— Он намерен построить его.

— Неужели?

— Он собирается поручить это Говарду Рорку.

— Не может быть!

— Именно так.

— Просто невероятно… Чтобы Хоптон Стоддард!..

— Он, он.

— Ну что же. Я займусь им.

— Нет. Не вмешивайся. Я рекомендовал ему нанять Рорка.

Она сидела, ничего не говоря, пока его слова не дошли до нее. Веселость сошла с ее лица. Он добавил:

— Мне хотелось, чтобы ты знала, что это сделал я, чтобы у нас не возникло тактических неувязок. Больше никто об этом не знает и не должен знать. Надеюсь, ты будешь помнить об этом.

Она спросила, поджав губы:

— Зачем тебе это?

Он улыбнулся и сказал:

— Я хочу сделать его знаменитым.

Рорк сидел в кабинете Хоптона Стоддарда и слушал его, не веря своим ушам. Хоптон Стоддард говорил медленно и серьезно. Его слова звучали внушительно и искренне, но причина была в том, что он почти дословно вызубрил свою речь. Он просительно смотрел на Рорка глазами младенца. Впервые Рорк почти забыл об архитектуре и на первое место поставил человеческие отношения. Ему хотелось встать и уйти — этот человек не нравился ему до отвращения. Но его удерживали слова, они никак не гармонировали ни с выражением лица, ни с голосом.

— Как видите, мистер Рорк, хотя это и культовое сооружение, оно должно быть чем-то большим. Обратите внимание, мы называем его храмом человеческой души или даже лучше — храмом человеческого духа. Мы хотели бы воплотить в камне, как другие воплощают в музыке, не какую-то узкую религиозную веру, но сущность всякой религии. А в чем сущность религии? В великом устремлении человеческого духа к самому высокому, самому благородному, самому совершенному. Человеческого духа как творца и покорителя идеала. Великой животворящей силы вселенной. В этом ваша задача, мистер Рорк.

Рорк беспомощно тер глаза тыльной стороной ладони. Нет, это невозможно. Этот человек не мог этого хотеть, только не он. Слышать такое от него было ужасно.

— Мистер Стоддард, боюсь, вы ошибаетесь, — сказал он медленно и устало, — не думаю, что я тот человек, который вам нужен. Полагаю, я не должен принимать ваше предложение. Это было бы неверно. Я не верю в Бога.

С изумлением он увидел, что на лице Хоптона Стоддарда появилось выражение триумфа и удовлетворения. Он сиял от того, что мог по достоинству оценить мудрость и силу ясновидения Эллсворта Тухи, который всегда оказывался прав. Он выпрямился и заговорил с большей уверенностью, твердо, так, что в его голосе зазвучал старший в обращении к младшему. Снисходительно, тихо и умудренно он сказал:

— Это не имеет значения. Вы человек глубоко верующий, мистер Рорк, но по-своему. Это можно видеть по вашим сооружениям.

Он с удивлением обнаружил, что Рорк молча, неподвижно уставился на него.

— Это действительно так, — наконец вымолвил Рорк едва слышным шепотом.

И то, что этот человек увидел в его работах главное и понял их до того, как он сам осознал их суть, и то, как он сказал об этом: терпеливо и уверенно, с видом несомненного понимания, — все это развеяло сомнения Рорка. Он сказал себе, что не понимает людей, что впечатления могут быть обманчивы, к тому же Хоптон Стоддард вскоре будет далеко, на другом континенте, что такой шанс выпадает архитектору только раз в жизни, что все теряет значение, когда человеческий голос, пусть даже голос Хоптона Стоддарда, произносит такие слова:

— Я склонен называть это Богом. Вы можете предпочесть другое имя. Но в этом сооружении должен воплотиться ваш дух. Ваш дух, мистер Рорк, таково мое желание. Свершите это во всю силу вашего таланта, и ваша цель будет достигнута, как и моя. И пусть вас не гнетет та идея, которую я хочу воплотить в этом здании. Пусть вами руководит ваш свободный дух, диктуя вам форму здания, и вольно или невольно вы воплотите мою идею.

И Рорк согласился построить стоддардовский храм человеческого духа.

XI

В декабре с большой помпой было открыто здание «Космо-Злотник». Было все: знаменитости, гирлянды цветов, репортеры с кинокамерами, подсветка и три часа неотличимых одна от другой речей.

Я должен быть счастлив, говорил себе Питер Китинг, — и не был. Он видел из окна плотную массу лиц, заполнивших Бродвей от края до края. Ему хотелось уговорить себя радоваться. Он не испытывал ничего. Ему пришлось признать, что ему скучно. Но он улыбался, пожимал руки и позировал перед камерами. «Космо-Злотник» тяжелой массой вздыбился над улицей, словно белокаменная усыпальница.

После торжественного открытия Эллсворт Тухи провел Китинга в уютно декорированную под белую орхидею кабинку тихого дорогого ресторана. Открытие здания отмечалось широко и разнообразно, но Китинг ухватился за предложение Тухи и отклонил все другие приглашения. Тухи смотрел, как он жадно схватил свой бокал, едва плюхнувшись на сиденье.

— Все прошло как нельзя лучше, — сказал Тухи. — Это, Питер, вершина того, что ты можешь ожидать от жизни. — Он скромно поднял свой бокал: — Выпьем за надежду, что впереди у тебя еще много таких триумфов. Как сегодняшний.

— Спасибо, — сказал Китинг и снова торопливо схватил, не глядя, свой бокал, поднял его к губам, но обнаружил, что он уже пуст.

— Разве ты не гордишься своим успехом, Питер?

— Конечно, горжусь.

— Это хорошо. Таким ты мне нравишься. Сегодня ты выглядел очень эффектно. Ты будешь отлично смотреться в кинохронике.

Искра интереса проскочила во взгляде Китинга:

— Надеюсь, так и будет.

— Очень жаль, что ты не женат, Питер. Присутствие жены было бы сегодня очень кстати. Публике это нравится. Кинозрителям тоже.

— Кэти неважно смотрится при съемке.

— Ах да, ты обручен с Кэти. Как я мог упустить это, ума не приложу. Вечно забываю. Ты прав, она плохо смотрится на фотографиях. И как ни пробую, не могу себе представить, чтобы Кэти подошла на роль хозяйки подобного торжества. Можно сказать немало добрых слов о Кэти, но эпитетов «изысканная», «блестящая» среди них не отыщешь. Извини меня, Питер. Я далеко унесся в мыслях. Будучи так сильно связан с искусством, я склонен смотреть на вещи с чисто эстетической точки зрения. И когда я смотрел на тебя сегодня, то невольно представлял себе женщину, которая составила бы с тобой идеальную пару.

— И кто же это?

— О, не обращай на меня внимания. Всего лишь эстетическая фантазия. Жизнь не бывает настолько идеальной. И без того у тебя немало такого, чему можно позавидовать. Нельзя же добавлять к списку еще и *это*.

— А все же кто?

— Оставь, Питер. Ее ты не получишь. Никто ее не получит. Ты хорош, но не настолько.

— Кто?

— Доминик Франкон, конечно.

Китинг выпрямился на сиденье, и Тухи увидел в его глазах настороженность, возмущение, явную враждебность. Тухи спокойно выдержал его взгляд. Первым сдался Китинг, он снова обмяк и сказал просительно:

— О Господи, Эллсворт, оставь. Я ее не люблю.

— А я и не считал, что ты в нее влюблен. Но я постоянно упускаю из виду то чрезмерное значение, которое средний человек обычно придает любви, половой любви.

— Я не средний человек, — устало сказал Китинг. Он протестовал машинально, без горячности.

— Взбодрись, Питер. Ты так сутулишься, что не тянешь на героя торжества.

Китинг выпрямился — резко, тревожно и сердито. Он сказал:

— Я всегда догадывался, что ты хочешь, чтобы я женился на Доминик. Почему? Зачем это тебе надо?

— Ты сам ответил на свой вопрос, Питер. Какое мне до этого дело? Но мы говорили о любви. О половой любви. Половая любовь, Питер, чувство глубоко эгоистическое. А эгоистические эмоции не приносят счастья. Или приносят? Возьмем, к примеру, сегодня. Вот вечер — настоящая услада для эгоиста. А был ли ты счастлив, Питер? Не трудись, ответа не требуется. Я хочу лишь подчеркнуть одно: не следует доверять личным импульсам. На деле желания человека значат очень мало. Нельзя добиться счастья, пока полностью не осознаешь, сколь ничтожны личные желания. Поразмысли минуту о сегодняшнем дне. Ты был сегодня, дорогой Питер, фигурой наименее значимой. Но так и должно быть. Значим не тот, кто создает, а те, для кого создают. Но ты не мог смириться с этим, поэтому и не испытал большого душевного подъема, на который рассчитывал.

— Это верно, — пробормотал Китинг. Никому другому он бы ни за что в этом не признался.

— И ты лишил себя возможности испытать высшую гордость полного самоотречения, совершенного бескорыстия. Только когда научишься полностью отвергать свое Я, только когда сможешь посмеиваться над такими сантиментами взбрыкивающей плоти, как сексуальные позывы, только тогда ты достигнешь того величия, которого я всегда ожидал от тебя.

— Ты... ты действительно веришь, что я на это способен, Эллсворт? Правда?

— Я не сидел бы здесь, если бы не верил. Но вернемся к любви. Личная любовь, Питер, большое зло, как и все личное. Она всегда ведет к несчастью. Непонятно почему? Личная любовь — акт отбора, акт предпочтения. Это акт несправедливости против всех людей на земле, которых ты лишаешь своей любви, произвольно отдавая ее кому-то одному. Надо равно любить всех. Но этого благородного чувства не достигнешь, не убив в себе мелкие эгоистичные предпочтения. Они порочны и пусты, так как противоречат основному мировому закону — закону изначального равенства всех людей.

— Ты хочешь сказать, — загорелся интересом Китинг, — что в философском смысле, в глубинной своей основе все мы равны? Все без исключения?

— Безусловно, — ответил Тухи.

Китинг спрашивал себя, почему эта мысль так приятно греет ему душу. Его не смущало, что это приравнивало его к каждому карманнику, которых немало собралось в толпе на церемонии по случаю открытия. Эта мысль мелькнула у него подспудно — и ничуть его не смутила, — хотя идея полного равенства входила в явное противоречие со страстным стремлением к превосходству, которое подстегивало его всю жизнь. Он отмахнулся от противоречия как от несущественного, он не думал ни о толпе, ни о сегодняшнем событии, он думал о человеке, которого здесь не было.

— Знаешь, Эллсворт, — сказал он, наклоняясь вперед, ощущая какое-то неловкое, неоправданное удовольствие, — я... для меня нет ничего приятнее, чем сидеть здесь и беседовать с тобой. Сегодня выбор был большой, но я предпочитаю быть с тобой. Иной раз я спрашиваю себя: что бы я делал без тебя?

— Так и должно быть, — сказал Тухи, — иначе на что же нам друзья?

Той зимой ежегодный костюмированный бал искусств отличался большим блеском и изобретательностью, чем обычно. На Этельстана Бизли, бывшего душой подготовки бала, сошло, как он выразился, гениальное озарение. Всех архитекторов пригласили прийти в костюмах, изображавших лучшие их творения. Идея имела колоссальный успех.

Звездой вечера был Питер Китинг. Он великолепно смотрелся в образе здания «Космо-Злотник». Точная копия знаменитого сооружения из папье-маше накрывала его с головы до колен, лица не было видно, но глаза ярко сверкали из окон верхнего этажа, а голову венчала пирамида крыши, колоннада пришлась ему на уровне диафрагмы, а пальцы вылезали через центральный портал. Ноги могли свободно двигаться с обычной для него элегантностью в безупречно скроенных брюках и модных ботинках.

Гай Франкон весьма впечатлял, представляя Национальный банк Фринка, хотя модель выглядела приземистей оригинала, — чтобы вместить живот Франкона; Адрианов факел над его головой освещался настоящей электрической лампочкой, которую питала миниатюрная батарейка.

Ралстон Холкомб был великолепен в виде капитолия штата, а Гордон Л. Прескотт выглядел чрезвычайно мужественно, переодетый элеватором.

Юджин Петтингилл таскал на ненадежных старческих ножках внушительный отель на Парк-авеню, сгибаясь под тяжестью модели и возраста, поблескивая стеклами очков из-под величественной башни. Два остряка устроили дуэль, бодая друг друга в живот знаменитыми шпилями, — достопримечательностью города, — которые приветствуют океанские корабли на подходе к порту. Всяк веселился от души.

Многие архитекторы, в особенности Этельстан Бизли, с неприязнью отзывались о Говарде Рорке, который не появился, хотя был приглашен. Ожидали, что он явится в обличии дома Энрайта.

Доминик остановилась в холле и посмотрела на дверь с надписью «Говард Рорк, архитектор».

Раньше ей не доводилось бывать здесь. Она долгое время сопротивлялась, прежде чем отправиться сюда. Но ей непременно нужно было увидеть место, где он работает.

Когда Доминик назвала себя секретарю, та удивилась, но доложила о ней Рорку.

— Проходите, мисс Франкон, — сказала она.

Рорк улыбнулся ей, когда она вошла, улыбка была едва обозначена, в ней не было удивления.

— Я знал, что ты когда-нибудь появишься здесь. Хочешь, чтобы я показал тебе контору?

— Что это? — спросила она.

Его руки были перепачканы глиной; на длинном столе среди множества незаконченных эскизов стояла модель здания из глины — грубый эскиз из террас и линий.

— «Аквитания»? — спросила она.

Он кивнул.

— Ты всегда так работаешь?

— Нет, не всегда. Иногда. Тут мне приходится решать сложную проблему, так что я хочу поразмыслить и прикинуть разные варианты. Возможно, это будет мое любимое сооружение — с таким трудом оно дается.

— Пожалуйста, продолжай. Я хочу посмотреть, как ты работаешь. Ты не возражаешь?

— Ничуть.

Через минуту он забыл о ней. Она сидела в углу и следила за его руками. Они лепили стены. Она видела, как он смял часть модели и начал лепить снова, медленно и терпеливо, с поразительной уверенностью. Она видела, как его ладонь сформировала длинную, прямую плоскость, видела, как ребро сооружения возникло в движении его кисти, прежде чем воплотиться в глине.

Она поднялась и подошла к окну. Далеко внизу городские здания выглядели не больше модели на столе. Ей вдруг показалось, что она видит, как его руки лепят очертания зданий, круша и вновь созидая город — фасады его зданий, дворы и крыши. Забывшись, она водила пальцем по стеклу, следуя линиям будущего здания, уступами поднимавшегося к небу. Она физически ощущала поверхности здания — ощущала за Говарда и вместе с ним.

Она повернулась к нему. Он стоял, склонившись над моделью, на лицо упала прядь волос. Он смотрел не на нее, а только на глину, обретающую форму под его пальцами. Ей вдруг показалось, что она видит, как его руки скользят по телу другой женщины. Ослабев, она прислонилась к стене, ощущая неодолимое физическое наслаждение.

В начале января, когда первые стальные колонны уже поднимались там, где должны были вырасти деловой центр Корда и гостиница «Аквитания», Рорк работал над проектом храма.

Сделав первые наброски, он вызвал секретаршу:

— Разыщите мне Стивена Мэллори.

— Мэллори, мистер Рорк? Кто это? А, скульптор-стрелок.

— Стрелок?

— Он ведь стрелял в Эллсворта Тухи, не так ли?

— В самом деле? Ну да, конечно, стрелял.

— Именно он вам нужен, мистер Рорк?

— Именно он.

Два дня секретарша обзванивала картинные галереи, торговцев произведениями искусства, архитекторов, редакции газет. Никто не знал, где находился Стивен Мэллори и что с ним сталось. На третий день она доложила Рорку:

— Я разыскала адрес, по которому, как мне сказали, его можно найти в Гринвич-Виллидж. Телефона нет.

Рорк продиктовал письмо к Мэллори с просьбой позвонить в контору.

Письмо не вернулось, но неделя прошла без ответа. Потом Стивен Мэллори позвонил.

— Алло, — произнес Рорк в трубку, когда секретарша переключила телефон на него.

— Говорит Стивен Мэллори, — произнес молодой, четкий голос, оставляя нетерпеливые агрессивные паузы между словами.

— Я хотел бы встретиться с вами, мистер Мэллори. Не могли бы вы прийти ко мне в контору для разговора?

— Зачем я вам нужен?

— Речь пойдет о работе. Я хочу, чтобы вы выполнили скульптурные работы для здания, которое мне заказано.

Последовало долгое молчание.

— Хорошо, — сказал Мэллори. Голос звучал тускло. Он добавил: — О каком здании речь?

— Храм Стоддарда. Возможно, вы слышали...

— Да, слышал, что вы взялись построить его, — кто об этом не слышал? Вы готовы платить мне столько же, сколько агенту по связям с прессой?

— Я не оплачиваю никаких агентов. Вам я буду платить, сколько вы запросите.

— Вы знаете, что это не будет много.

— Когда вам удобно прийти ко мне?

— Да что там, как скажете. Вы ведь знаете, что я не занят.

— Завтра в два часа?

— Хорошо. — Он добавил: — Мне не нравится ваш голос.

Рорк рассмеялся:

— А мне ваш нравится. Ну ладно, оставим это, жду вас завтра в два.

— Ладно. — Мэллори повесил трубку.

Рорк сделал то же и ухмыльнулся. Но усмешка тотчас исчезла, он уставился на телефон в серьезной задумчивости.

Мэллори в срок не появился. Прошло три дня. Никаких известий. Тогда Рорк лично отправился на его поиски.

Мэллори снимал жилье в обветшавшем старом доме из бурого песчаника. Он был расположен на неосвещенной улице, пропахшей ароматами рыбного рынка. На нижнем этаже дома по обеим сторонам узкого входа размещались прачечная и сапожная мастерская. Неряшливо одетая хозяйка дома ответила на его вопрос: «Мэллори?

Пятый этаж, со двора», — и, не выказав никакого интереса, отправилась к себе, шаркая ногами. Рорк поднялся по просевшей деревянной лестнице, освещенной редкими лампочками, натыканными здесь и там среди труб. Он постучал в почерневшую дверь.

Дверь отворилась. На пороге стоял худой широкоплечий молодой человек с растрепанной шевелюрой. У него был крепкий рот с упрямой нижней губой и глаза, выразительнее которых Рорку не доводилось видеть.

— Что вам надо? — резко спросил он.

— Вы мистер Мэллори?

— Да.

— Я Говард Рорк.

Мэллори засмеялся. Он прислонился к косяку, перекрыв рукой дверной проем и не собираясь отступать в сторону. Он был заметно пьян.

— Ну и ну! — сказал он. — Собственной персоной.

— Можно войти?

— Зачем?

Рорк присел на перила:

— Почему не пришли в назначенное время?

— Вы о встрече? Тут такое дело, — с серьезным видом начал Мэллори, — я действительно собирался прийти и даже направился к вам, но по дороге на глаза попалось кино, показывали «Две головы на одной подушке». Я и зашел, я просто обязан был посмотреть «Две головы на одной подушке». — Он расплылся в улыбке, опершись рукой на дверной косяк.

— Будет лучше, если мы войдем, — спокойно сказал Рорк.

— А что, можно и войти.

Жильем ему служила узкая, как нора, комната. В углу стояла неприбранная кровать, кругом в беспорядке валялись старые газеты, одежда. Там же стояла газовая плита. На стене в рамке висел пейзаж: какая-то нездорового коричневого цвета лужайка с овцами. Никаких эскизов, рисунков, статуэток — никакого намека на профессиональные занятия жильца.

Рорк сбросил с единственного стула книги и сковородку и уселся. Мэллори остался стоять перед ним, слегка покачиваясь и ухмыляясь.

— Вы поступаете неправильно, — сказал Мэллори. — Так дела не делают. Здорово вас, должно быть, поджимает, если вы бегаете за скульптором. А делать-то надо иначе: вы договариваетесь со мной о встрече у вас, и, когда я прихожу к вам первый раз, вас нет на месте. Во второй раз вы заставляете меня дожидаться часа полтора, потом появляетесь в приемной, жмете мне руку и спрашиваете, знаю ли я Вилсонов из Подунка, говорите, как мило, что у нас есть общие знакомые, но сегодня вы ужасно торопитесь, однако через какое-то время пригласите меня на ленч, и тогда мы потолкуем о деле. Далее вы выжидаете пару месяцев, а потом уже даете мне заказ. Однако затем вы мне говорите, что у меня ничего не получилось, и что вообще я мало чего стою, и что это было ясно с самого начала, и выбрасываете мою работу на помойку. Наконец вы нанимаете Валериана Бронсона, и он выполняет заказ. Вот так делают дела. Только на этот раз все по-другому.

Между тем его глаза напряженно изучали Рорка, и это был уверенный взгляд профессионала. Постепенно из его речи исчезла пьяная бесшабашность, и, в конце концов, осталась лишь мрачная решимость последних фраз.

— Да, — откликнулся Рорк. — Все по-другому.

Молодой человек молча стоял и смотрел на него.

— Так вы Говард Рорк? — наконец продолжил он. — Мне ваши постройки нравятся. Вот почему я не захотел встречаться с вами. Чтобы меня впредь не тошнило, когда я буду на них смотреть. Мне хотелось и дальше думать, что их возвел человек, который их достоин.

— А если так оно и есть?

— Так не бывает.

Но он присел на край скомканной постели и, наклонившись вперед, без смущения изучающе смотрел на Рорка, взвешивая, как на весах, все детали его внешности, голоса и поведения.

— Послушайте, — заговорил Рорк очень отчетливо, взвешивая каждое слово, — я хочу заказать вам статую для храма Стоддарда. Найдите лист бумаги, и мы с вами сейчас составим контракт, в котором будет сказано, что я обязуюсь выплатить вам миллион долларов неустойки, если найму другого скульптора или откажусь использовать вашу работу по назначению.

— Можно говорить нормально. Я не пьян. Не настолько. Я все понимаю.

— И что же?

— Почему вы выбрали меня?

— Потому что вы хороший скульптор.

— Это неправда.

— Что вы хороший скульптор?

— Что вы выбрали меня по этой причине. Кто посоветовал вам обратиться ко мне?

— Никто.

— Кто-нибудь из женщин, с которыми я спал?

— Я не знаю, с кем вы спите.

— Туго с деньгами?

— Нет, меня финансируют без ограничений.

— Из жалости?

— Нет. Почему я должен вас жалеть?

— Хотите получить рекламу в связи с моим покушением на Тухи?

— О Боже! С какой стати?

— Тогда что же?

— Почему вы вытаскиваете на свет какую-то чушь вместо очевидной причины?

— А именно?

— Мне нравятся ваши работы.

— Ну конечно. Все так говорят. Так нам положено говорить и верить сказанному. Представьте, что было бы, если бы не такие утеплительные сказочки. Ну хорошо, вам нравятся мои работы. А настоящая причина?

— Мне нравятся ваши работы.

Мэллори заговорил серьезным, трезвым голосом:

— Вы хотите сказать, что видели мои работы и они вам понравились, вам... одному... самому, без подсказок со стороны; никто вам не внушал, что они должны вам понравиться и почему. И вы решили, что я вам подойду по одной только этой причине, ничего больше не зная обо мне и не желая знать... только потому, что это мои работы и вы в них нашли нечто, что вам нравится. И поэтому-то вы решаете нанять меня, разыскиваете по всему городу, находите, выслушиваете оскорбления — все ради того, что вы усмотрели в моих работах, ради чего-то в них, что придало мне такую значимость в ваших глазах, что вы почувствовали: мне без него не обойтись, он мне нужен. Вы это хотите сказать? Это имеете в виду?

— Именно это, — сказал Рорк.

Глаза Мэллори округлились, на них страшно было смотреть. Он тряс головой и повторял, будто утешая себя, одно короткое, простое слово — «нет».

Он еще больше наклонился вперед. Голос его, умирая, молил:

— Послушайте, мистер Рорк. Обещаю не держать на вас зла. Мне просто надо знать. Хорошо, я вижу, что вы настроились заполучить меня, и вы знаете, что получите меня на любых условиях, нет нужды подписывать миллионный контракт, достаточно посмотреть на эту комнату, и вам ясно: я ваш со всеми потрохами. Тогда почему бы вам не сказать мне правду? Для вас это ничего не изменит, а для меня это очень важно.

— Что очень важно для вас?

— Чтобы я не... чтобы не... Послушайте. Я не думал, что кому-нибудь когда-нибудь понадоблюсь. Но вам я понадобился. Хорошо. Согласен еще раз пройти через все. Только теперь я не хочу думать, что работаю на кого-то, кому нравится моя работа. Вот на такое я больше не согласен. Мне будет лучше, если вы мне скажете... Спокойнее будет. Зачем вам разыгрывать передо мной спектакль? Я ничто. Я не стану хуже думать о вас, если вас это волнует. Неужели вы не понимаете, что благородней, порядочней сказать правду. Тогда все будет просто и честно. Я буду больше уважать вас. Нет, правда.

— Что с тобой, малыш? Что они сделали с тобой? Почему ты говоришь такое?

— Потому что... — Мэллори внезапно взревел, потом у него перехватило горло, голова опустилась, и закончил он равнодушным шепотом: — Потому что я провел два года, — он вялым движением очертил комнату, — вот как я провел два года, приучая себя к мысли, что всего, что вы сейчас говорите обо мне, не существует...

Рорк подошел к нему, поднял его подбородок, вздернув одним движением, и сказал:

— Какой же ты дурачок! Ты не имеешь права переживать из-за того, что я думаю о твоих работах, кто я такой и зачем пришел. Ты слишком талантлив, чтобы страдать от таких мелочей. И если все же хочешь знать мое мнение, лучшего скульптора, чем ты, у нас нет. Я так думаю, потому что твои статуи изображают человека не таким, каков он есть, но таким, каким он мог бы и должен быть. Потому что ты вышел из круга вероятного и позволил увидеть возможное — ставшее возможным благодаря тебе. Потому что в твоих работах меньше, чем у кого-либо, презрения к человечеству. Тебе присуще великое уважение к человеку. Твои статуи воплощают героическое в человеке. Так что я пришел не для того, чтобы сделать тебе одолжение, и не потому, что пожалел тебя, не потому, что ты крайне нуждаешься в работе. Меня привела к тебе простая корыстная цель, та же, что заставляет человека искать самую чистую пищу, какую можно найти. Ведь это закон выживания — не правда ли? — искать лучшее. Я пришел не ради тебя. Ради себя.

Мэллори рванулся прочь от него, рухнул лицом на постель, вытянул перед собой руки, сжал кулаки и закрыл ими голову. Тонкая ткань рубашки затрепетала у него на спине — он рыдал. Кисти рук извернулись и погрузились в подушку. Рорк видел, что перед ним человек, никогда ранее не рыдавший. Он присел на край кровати и все никак не мог оторвать взгляда от скрученных запястий, хотя вид их был невыносимо тяжел.

Через некоторое время Мэллори поднял голову. Он посмотрел на Рорка и увидел самое спокойное и доброе из лиц — лицо без намека на жалость. Это не было лицо человека, которому агония другого доставляет тайное наслаждение, которому приятен вид нищего, нуждающегося в сострадании; это не была маска жадной души, питающейся унижениями ближнего. Лицо Рорка выглядело усталым, кожа па висках натянулась, будто его только что побили. Но глаза были безмятежны и спокойно смотрели на Мэллори уверенным, чистым взглядом понимания и уважения.

— Приляг, — сказал Рорк, — полежи немного спокойно.

— Как только разрешили тебе жить на свете?

— Ложись. Отдохни. Поговорим после.

Мэллори встал. Рорк взял его за плечи, уложил на кровать, поднял его ноги с пола, опустил его голову на подушку. Молодой человек не сопротивлялся.

Отступив назад, Рорк натолкнулся на заваленный всякой всячиной стол. Что-то полетело на пол. Мэллори дернулся подхватить. Рорк отвел его руку и поднял упавшую вещь.

Это была небольшая гипсовая дощечка с изображением вроде тех, что продают в дешевых сувенирных лавках. Ребенок, растянувшийся на животе, с пухленькой, в ямочках попкой, лукаво смотревший назад через круглое плечико. Изумительный талант, который невозможно скрыть, обнаруживал себя в линиях тельца, в структуре мышц и складках кожи. Талант яростно рвался наружу. Остальное было намеренной попыткой казаться банальным, привычным, вульгарным — неуклюжим, мучительно неубедительным усилием скрыть истину. Это был предмет, уместный в камере пыток.

Мэллори увидел, как задрожала рука Рорка. Потом она двинулась назад и вверх, поднялась над головой — медленно, как бы спрессовывая воздух в изгибе локтя. В сущности, она взметнулась, показалось, что движение длилось долго, рука застыла вверху и вдруг — резкий взмах вперед, и гипсовый барельеф полетел через комнату и разбился вдребезги, ударившись в стену. Редко можно было видеть Рорка в таком убийственном гневе.

— Рорк.

— Да?

— Рорк, жаль, что я не встретил тебя до того, как ты пришел ко мне с заказом. — Он говорил без всякого выражения, закрыв глаза, откинув голову на подушку. — Тогда ничто не примешивалось бы. Понимаешь, я очень тебе благодарен. Не за работу. Не за твой приход. Не за что-либо, что ты сделаешь для меня. Просто за то, что ты есть.

Потом он лежал без движения, вытянувшийся и обмякший, как человек, который давно уже перешел за грань всякого страдания. Рорк стоял у окна и смотрел на убогую комнату и мальчика в кровати. Он спрашивал себя, откуда у него ощущение ожидания. Он как будто ожидал, что над их головами грянет взрыв. В этом не было смысла. Потом он понял. Он подумал: вот что чувствуют люди, попавшие в западню; эта комната не просто свидетельство нищеты, это след войны, она опустошена и растерзана взрывчаткой более мощной и зловещей, чем та, что хранится на военных складах. Война?.. Против кого?.. У противника не было ни лица, ни имени. Но этот юноша был соратником, его опалила война, и Рорк стоял, склонившись над его телом, испытывая странное незнакомое чувство, желание поднять его на руки и отнести в безопасное место... Только неизвестно, где именно ад, а где — безопасное место... На ум ему пришел Кент Лансинг, и он пытался припомнить что-то сказанное им...

Потом Мэллори открыл глаза и поднялся на локте. Рорк подтянул стул к кровати и сел.

— Теперь, — велел он, — говори. Говори о том, что действительно надо высказать. Не говори о семье, детстве, друзьях или чувствах. Говори о том, о чем ты *думаешь*.

Мэллори недоверчиво взглянул на него и прошептал:

— Но как ты догадался?

Рорк улыбнулся и ничего не сказал.

— Как ты догадался, что мучает меня? Медленно, годами, заставляя меня ненавидеть людей, тогда как я не хочу ненавидеть... Ты тоже это испытал? Тебе тоже пришлось узнать, что лучшие друзья любят в тебе все, за исключением того, что действительно важно? А то, что действительно важно, для них ничто, пустой, никчемный звук. Ты в самом деле хочешь услышать? Хочешь знать, что я делаю и почему? Ты хочешь знать, о чем я думаю? Тебе это не скучно? Это для тебя важно?

— Рассказывай, — сказал Рорк.

И он сидел, слушая, долгие часы, пока Мэллори рассказывал о своей работе, о том, что он вкладывал в нее, об идеях, которые формировали его жизнь, рассказывал, как изголодавшийся, как утопавший, которого выбросило, наконец, на берег и он ненасытно хватает глотки пьяняще чистого воздуха.

На следующее утро Мэллори пришел в контору Рорка, и Рорк показал ему эскизы храма. Когда Мэллори стоял у кульмана, когда он решал проблему, это был другой человек — никакой неуверенности, никаких болезненных переживаний; движения рук, перебиравших чертежи, были четкими и уверенными, как у солдата на посту. Эти движения говорили, что теперь никакие превратности судьбы не помешают функционированию того механизма внутри его, который был запущен. Он излучал непреклонную безличную уверенность, он обращался к Рорку как равный.

Он долго изучал чертежи, потом поднял голову. Он контролировал все в своем лице, кроме выражения глаз.

— Нравится? — спросил Рорк.

— Не говори глупостей.

Он взял один из эскизов, подошел к окну и стоял, снова и снова переводя взгляд с эскиза на улицу и на лицо Рорка.

— Невероятно, — сказал он. — Вот это. И вот это. — Он показал на улицу.

На перекрестке внизу были клуб, жилой дом с коринфским портиком, тумба с афишей мюзикла на Бродвее, на крыше виднелась веревка с серо-розовым нижним бельем, трепетавшим на ветру.

— И это в одном городе, на одной планете, — сказал Мэллори. — Но ты это сделал. Это возможно… Я больше никогда не буду бояться.

— Чего?

Мэллори осторожно положил эскиз на стол. И ответил:

— Вчера ты что-то сказал насчет основного закона. Закона, требующего, чтобы человек выбирал лучшее… Смешно… Непризнанный гений — эта история стара как мир. А не приходило тебе в голову, что есть трагедия похуже — чрезмерно признанный гений?.. То, что множество людей — бедняги, которым не дано отличить лучшее, еще пустяки. На это не стоит сердиться. Но как понять людей, которые видят лучшее, но, отличая, его же и отвергают?

— Невозможно понять.

— Конечно, невозможно. Как ни старайся. Я всю ночь думал о тебе. Не мог заснуть ни на минуту. И знаешь, в чем твой секрет? В твоей ужасной наивности.

Рорк громко расхохотался, глядя в мальчишеское лицо Мэллори.

— Нет же, — сказал Мэллори, — это не смешно. Я знаю, о чем говорю, а ты нет. Ты не можешь знать. По причине идеального здоровья. Ты так здоров, что болезнь для тебя непостижима. Ты знаешь, что болезни существуют, но поверить в них не можешь. А я могу. Кое в чем я умнее тебя, потому что слабее. Мне понятна… другая сторона. Потому и случилось со мной… то, что ты видел вчера.

— Это прошло.

— Возможно. Но не совсем. Больше я не боюсь. Но я знаю, ужас существует. Я знаю, каков этот ужас. Тебе этого не представить.

Скажи, что самое ужасное можно себе представить? Для меня это остаться безоружным взаперти в камере с истекающим слюной хищным зверем или маньяком, рассудок которого пожрала болезнь. И у тебя нет ничего, кроме голоса и разума. Ты начинаешь, крича, объяснять ему, почему он не должен трогать тебя, ты произносишь прекрасные, неопровержимые слова, становишься глашатаем истины. И ты видишь, что он не спускает с тебя глаз, и тебе ясно: он тебя не слышит, до него не докричаться, ни за что, никак, хоть он и дышит, и передвигается перед тобой с какой-то своей целью. Вот это ужас. Вот что нависло над миром, крадется где-то среди людей — нечто замкнутое в себе, безмозглое, беспринципное, но по-своему целеустремленное и хитрое. Надеюсь, я не трус, но я его боюсь. И все, что я знаю о нем, — он есть. Его цели мне неизвестны, неизвестно его имя.

— Принцип, олицетворяемый деканом, — сказал Рорк.

— Что?

— Нечто, о чем я размышляю время от времени... Мэллори, почему ты пытался застрелить Эллсворта Тухи? — Увидев глаза юноши, он добавил: — Если не хочешь, можешь не рассказывать.

— Я не люблю говорить об этом, — сразу напрягся Мэллори. — Но ты задал правильный вопрос.

— Присядем, — сказал Рорк, — поговорим о нашем заказе.

Рорк стал говорить о сооружении и задаче скульптора. Мэллори внимательно слушал. Рорк сказал в заключение:

— Только одна статуя. Она будет стоять здесь. — Он указал место на эскизе. — Пространство будет организовано вокруг нее. Статуя обнаженной женщины. Если тебе понятен замысел здания, то понятно, какой должна быть статуя. Ее идея — человеческая душа, героическое в человеке. Одновременно и устремление, и свершение. Взыскующая Бога и обретающая себя. Показывающая, что нет более высокого совершенства, чем совершенство ее формы... Никто, кроме тебя, не сможет изваять такое.

— Да.

— Ты будешь работать на тех же условиях, на каких я работаю на заказчика. Ты знаешь, что мне нужно, в остальном ты предоставлен сам себе. Твори, как знаешь; я мог бы предложить тебе натурщицу, но, если она тебе не подойдет, подбери другую по своему желанию.

— Кого ты выбрал?

— Доминик Франкон.

— О Боже!

— Знаешь ее?

— Видел. Если бы она согласилась… Господи! Другой нельзя и желать. Она… — Он осекся. Потом добавил: — Она не станет позировать. Для тебя — ни за что.

— Станет.

Гай Франкон, услышав об этом, пытался возражать.

— Послушай, Доминик, — сердито сказал он. — Всему есть предел. Даже для тебя. Зачем тебе это? Да еще для здания, которое возводит Рорк. После всех твоих стараний насолить ему. Неудивительно, что люди теперь говорят. Если бы речь шла о ком-то другом, никто бы и слова не сказал, даже не заметил бы. Но ты и Рорк! Я шагу ступить не могу из-за расспросов. Что прикажешь мне делать?

— Закажи себе копию статуи, отец. Она будет прекрасна.

Питер Китинг не хотел обсуждать эту тему. Но, встретив Доминик на вечеринке, спросил против воли:

— Правда, что ты позируешь для статуи в храме Рорка?

— Да.

— Доминик, мне это не нравится.

— Вот как?

— Извини меня. Конечно, я не вправе… Тут всего лишь… Одного не могу понять — как ты могла подружиться с Рорком? С кем угодно, только не с ним.

Казалось, она заинтересовалась:

— А что?

— Ну, не знаю…

Его встревожил пристальный взгляд Доминик.

— Возможно, дело в том, — забормотал он, — что твое презрительное отношение к его работам было не вполне справедливым. Сам я был просто счастлив, что ты его так… так… но все это было как-то не в твоем духе.

— Не в моем?

— Да. Но как человек он ведь тебе тоже не нравится?

— Нет, как человек он мне не нравится.

Эллсворт Тухи тоже был недоволен.

— Очень неумно с твоей стороны, Доминик, — сказал он, когда они оказались вдвоем в его кабинете. И голос его звучал отнюдь не плавно.

— Я знаю.

— Не лучше ли передумать и отказаться?

— Я не передумаю, Эллсворт.

Тухи пожал плечами и сел; через минуту он улыбнулся:

— Хорошо, дорогая, поступай как знаешь.

Она вертела карандаш в пальцах и ничего не сказала.

Тухи зажег сигарету.

— Итак, он нанял Стивена Мэллори, — сказал он.

— Да. Забавное совпадение, так ведь?

— Вовсе не совпадение, дорогая. Подобных совпадений не бывает. За ними скрыта закономерность. Хотя я уверен, что он не в курсе и никто не руководил его выбором.

— Полагаю, ты одобряешь?

— Всей душой. Все образуется как нельзя лучше. Лучше, чем когда-либо.

— Эллсворт, почему Мэллори пытался убить тебя?

— Не имею ни малейшего представления. Не знаю. Думаю, что мистер Рорк знает. Или должен бы знать. Кстати, чья идея — чтобы ты позировала для статуи? Рорка или Мэллори?

— Это не твое дело, Эллсворт.

— Понятно. Рорка.

— Кстати, я сказала Рорку, что это ты убедил Хоптона Стоддарда нанять его.

Он задержал сигарету на полдороге, затем продолжил движение и поднес ее ко рту.

— Сказала? Зачем?

— Я видела эскизы храма.

— Так хороши?

— Даже лучше, Эллсворт.

— Что он сказал, когда ты ему рассказала?

— Ничего. Он посмеялся.

— Посмеялся? Как мило. Полагаю, спустя какое-то время будет смеяться не он один.

Всю эту зиму Рорк редко спал более трех часов в сутки. В его движениях были резкость и размах, его тело заряжало энергией всех вокруг. Энергия излучалась сквозь стены его бюро к трем пунктам в городе: к деловому центру Корда — башне из металла и стекла в центре Манхэттена, к гостинице «Аквитания» в южной части Центрального парка и к храму на скале над Гудзоном, к северу от Риверсайд-драйв.

Когда у них было время увидеться, Остин Хэллер, довольно посмеиваясь, наблюдал за ним.

— Когда будут закончены эти три сооружения, — говорил он, — никому не удастся тебя остановить. Теперь уж никогда. Иной раз я размышляю, как далеко ты пойдешь. Понимаешь, я всегда питал слабость к астрономии.

Однажды вечером в марте Рорк стоял внутри высокого ограждения, которым по распоряжению Стоддарда окружили строительную площадку храма. Над фундаментом поднимались первые каменные блоки — основания будущих стен. Было поздно, рабочие ушли. Площадка была безлюдна, оторвана от мира, растворена в темноте, но небо светилось, ночь прижималась к земле, сияние на небе длилось дольше обычного часа, возвещая приход весны. Где-то на реке раздался одиночный крик корабельной сирены, звук, казалось, пришел издалека, с суши, преодолев многие мили ночного молчания. В деревянной времянке, поставленной как мастерская для Мэллори, где ему позировала Доминик, все еще горел свет.

Храм должен был быть небольшим зданием из серого известняка. Его линии были горизонтальны — линии земли, не восходящие к небесам. Храм был распростерт на поверхности, как руки на уровне плеч, ладонями вниз, в жесте великого молчаливого приятия. Он не жался к почве и не оседал под небом. Казалось, он поднимал землю, а несколько вертикальных линий притягивали небо. Его пропорции были соразмерны человеку, не превращая его в карлика, но образуя для него фон, на котором он выступал абсолютным мерилом, единицей совершенства, с которой соотносились все параметры. Войдя в храм, человек ощутит, что пространство вокруг смоделировано для него и по нему, словно для полной гармонии не хватало лишь его появления. Храм был местом тихой светлой радости и ликования. В нем человек чувствовал себя безгрешным и сильным, здесь он обретал мир души, который даруется только во славу.

Внутри не было украшений, интерьер оживляла лишь градация выступающих стен и громадные окна. Потолок не был замкнут арками, здание было распахнуто земному пространству вокруг него: деревьям, реке, солнцу и линиям городского горизонта в отдалении, небоскребам — формам человеческих творений на земле. В конце зала, примыкавшего к входу, стояла скульптура — нагое человеческое тело.

Но сейчас перед ним не было ничего в темноте, кроме нескольких первых камней. И все-таки Рорк думал о завершенном строении, чувствуя его в суставах пальцев, все еще помня движения карандаша, который его чертил. Он стоял и думал об этом. Потом пересек неровную, изрытую поверхность площадки по направлению к мастерской.

— Минуту, — услышал он голос Мэллори, когда постучал.

В мастерской Доминик спустилась с подиума и накинула халат. Мэллори открыл дверь.

— А, это ты, — сказал он. — А мы подумали, сторож. Что ты здесь делаешь так поздно?

— Добрый вечер, мисс Франкон, — сказал Рорк. Она коротко кивнула. — Стив, извини, что прервал.

— Ничего. Дело у нас не очень ладилось. Доминик никак не возьмет в толк, чего я хочу от нее сегодня. Присаживайся, Говард. Кстати, который час?

— Половина десятого. Если вы остаетесь дольше, то не прислать ли вам поесть?

— Не знаю. Давай закурим.

В мастерской был некрашеный деревянный пол, виднелись стропила под крышей, в углу теплилась чугунная печка. Мэллори ходил по мастерской как полноправный хозяин; лоб у него был перепачкан глиной. Он нервно затягивался сигаретой, расхаживал взад-вперед.

— Хотите одеться, Доминик? — спросил он. — Вряд ли мы сможем что-нибудь еще сделать сегодня.

Она не ответила. Она стояла и смотрела на Рорка. Мэллори дошел до конца помещения, повернул обратно и улыбнулся Рорку:

— Что же ты, Говард, раньше к нам не заглядывал? Конечно, если бы я был по-настоящему занят и дело спорилось, я бы тебя и на порог не пустил. Кстати, что ты тут делаешь так поздно?

— Просто сегодня захотелось взглянуть. Раньше не получалось.

— Стив, это — то, что вам надо? — внезапно спросила Доминик. Она сняла халат и нагая встала на возвышение.

Мэллори перевел взгляд от нее к Рорку и обратно. И тут ему открылось то, над чем они бились целый день. Он видел перед собой ее тело, прямое и напряженное; голова была откинута назад, руки она держала ладонями наружу. Та же поза была у нее и раньше, но теперь ее тело ожило, и ожило настолько, что, казалось, трепетало, неся ему весть, которую он все время хотел услышать; гордая, благоговейная, восторженная, она внимала явившемуся ей видению и вся отдалась ему в тот высший миг, после которого образ качнется и распадется. Сейчас же все в ней светилось открывшимся ей миром.

Сигарета Мэллори дугой полетела прочь через все помещение.

— Держать! Держать, Доминик! — закричал он. — Именно так держать!

Он был на рабочем месте раньше, чем сигарета упала на пол.

Он работал. Доминик стояла не шелохнувшись. Рорк, не отрываясь, смотрел на нее, прислонившись к стене.

В апреле стены храма ломаной линией поднялись над землей. Лунными ночами они сияли мягким, размытым светом подводных глубин. Вокруг них, на страже, стоял высокий забор.

После рабочего дня на площадке часто оставались четверо: Рорк, Мэллори, Доминик и Майк Доннеган. Майк работал на всех стройках Рорка.

Они усаживались в мастерской Мэллори после того, как все уходили. Незаконченная статуя была покрыта мокрой тканью. Дверь сарая оставалась открытой, впуская тепло весенней ночи. Снаружи над входом нависла ветка дерева с тремя новыми листочками, видневшимися на темном фоне неба, в котором звезды дрожали, как капли воды на краях листьев. В помещении не было стульев. Мэллори возился у чугунной печки, готовя сосиски и кофе. Майк сидел на подиуме, покуривая трубку. Рорк растягивался на полу, опершись на локти. Доминик сидела на табурете, закутавшись в халат из тонкого шелка, опустив босые ноги на половицы.

О работе они не говорили. Мэллори рассказывал невероятные истории, от которых Доминик заливалась детским смехом. Разговор шел ни о чем, значение имели только звук голосов, радость теплых интонаций, полная раскованность поз. Здесь были просто четыре человека, которым нравилось быть вместе. Стены, поднимавшиеся в темноте за порогом мастерской, давали им право на отдых, на веселье — там было их творение, над которым они вместе трудились. Казалось, само строение чуть слышно резонирует в такт их голосам, сливая их в единую гармонию. Рорк хохотал так, как Доминик еще не доводилось слышать, — юным, беззаботным смехом.

Они оставались там допоздна. Мэллори разливал кофе в случайное собрание разносортных потрескавшихся чашек. Запах кофе смешивался с запахом весенней листвы.

В мае остановилось строительство отеля «Аквитания».

Двое из заказчиков разорились в результате неудачных биржевых операций, на капиталы третьего был наложен арест в связи с тем, что ему был предъявлен иск по поводу какого-то наследства; четвертый присвоил чьи-то акции. Корпорация лопнула, запутавшись в сетях бесконечных судебных разбирательств, которые могли затянуться на годы. Незавершенная стройка была заморожена.

— Я должен распутать этот клубок, даже если мне придется коекого отправить на тот свет, — заявил Кент Лансинг Рорку. — Я переведу стройку на себя. Когда-нибудь мы с тобой закончим ее, ты и я. Но потребуется время. Возможно, немало времени. Не стану призывать тебя потерпеть. Такие, как мы с тобой, не дотянули бы и до шестнадцати лет, если бы не обзавелись терпением китайского палача. И шкурой, крепкой, как броня дредноута.

Сидя на краю стола Доминик, Эллсворт Тухи посмеивался.

— Неоконченная симфония, слава Всевышнему, — сказал он.

Доминик использовала эту фразу в своей колонке. «Неоконченная симфония на южной окраине Центрального парка», — написала она. Она не написала «слава Всевышнему». Выражение прижилось. Люди обращали внимание на странное зрелище: дорогостоящая коробка стоит на людном месте с пустыми глазницами окон, полуприкрытыми стенами, голыми балками. Когда спрашивали, что это, люди, которые никогда не слышали ни о Рорке, ни об истории строительства, с иронией отвечали: «А, это неоконченная симфония».

Рорк приходил сюда поздно вечером, останавливался на другой стороне улицы, под деревьями парка, и смотрел на черный, мертвый каркас, выпадавший из цепи ярко светящихся зданий, ломавший ритм городского ландшафта. Его руки начинали двигаться, как они двигались над глиняной моделью; на таком расстоянии зияние в цепи можно было скрыть ладонью; он инстинктивно завершал сооружение, но под рукой был только воздух.

Иной раз он заставлял себя пройтись по зданию. Он ходил по подрагивающим доскам, перекинутым над пустотой, по комнатам без потолков и дверей, выходил на край открытых, без стен, площадок, где арматура выпирала наружу, как кости из лопнувшей кожи.

В глубине первого этажа, в закутке, нес вахту старый сторож. Он знал Рорка и не мешал ему бродить по зданию. Один раз он остановил Рорка на выходе и неожиданно сказал: «У меня когда-то чуть было не появился сын. Он родился мертвым». Что-то побудило его произнести это, и он смотрел на Рорка, не очень понимая, что хотел сказать. Но Рорк улыбнулся ему, прикрыв глаза, положил руку на плечо старика вместо рукопожатия и пошел прочь.

Так было несколько первых недель. Потом он заставил себя забыть «Аквитанию».

Однажды вечером в октябре Рорк и Доминик вместе обошли завершенный храм. Через неделю было назначено торжественное открытие — через день после приезда Стоддарда. Никто еще не видел храм, кроме тех, кто был занят на его сооружении.

Вечер был ясен и тих. На строительной площадке было пусто, безлюдно. Красный свет заката на известковых плитах походил на свет первых солнечных лучей.

Они стояли и смотрели на храм, потом вошли внутрь и остановились перед мраморной статуей. Они ничего не говорили друг другу. Тени в замкнутом пространстве, казалось, были созданы той же рукой, которая возвела эти стены. Потоки меркнущего света струились в мерном ритме и звучали как голоса переменчивых теней на стенах.

— Рорк...

— Да, моя бесценная?

— Нет... ничего...

Они направились к машине, крепко держась за руки.

XII

Открытие храма Стоддарда было назначено на первое ноября. Агент по связям с прессой проделал большую работу. О событии было много разговоров, говорили о Рорке, об архитектурном шедевре, который обогатит город.

Утром тридцать первого октября Хоптон Стоддард возвратился из своего кругосветного путешествия. В порту его встретил Эллсворт Тухи.

Утром первого ноября Хоптон Стоддард сделал заявление, что открытие храма не состоится. Никакого объяснения дано не было.

Утром второго ноября нью-йоркское «Знамя» вышло с колонкой Эллсворта Тухи «Вполголоса». Подзаголовок был — «Святотатство». Говорилось там следующее:

«Настало время, — морж сказал, —
О многом поболтать:
О лодках, Рорке, сапогах...
Капусте, королях...
И правда ль то, что лед горяч
И может Рорк летать.

Не наше дело, перефразируя философа, который нам не по душе, служить мухобойкой, но, когда муха раздувается до колоссальных размеров, долгом честного человека становится уничтожить насекомое.

Последнее время много говорилось о некоем Говарде Рорке. Поскольку свобода слова, наше священное достояние, включает и свободу злоупотреблять нашим временем и вниманием, в таких разговорах не было бы большой беды, если, конечно, не считать того, что можно найти гораздо более разумную трату сил, чем обсуждение человека, которому пока нечего поставить себе в заслугу, кроме одного сооружения, которое было начато, а затем брошено. Повторяю, беды бы не было, если бы фарс не обернулся трагедией — и обманом.

Говард Рорк — об этом надо сказать, так как большинство из вас не слышали о нем и вряд ли снова услышат, — архитектор. Год назад ему доверили чрезвычайно ответственное строительство. Ему предложили возвести монументальное сооружение в отсутствие заказчика, который доверился ему и дал полную свободу действий. Если бы к сфере искусства можно было применить терминологию уголовного кодекса, то нам пришлось бы сказать, что сделанное мистером Рорком эквивалентно духовной растрате.

Мистер Хоптон Стоддард, известный филантроп, вознамерился преподнести городу Нью-Йорку Храм Религии, межконфессиональный собор, символизирующий дух человеческой веры. То, что соорудил мистер Рорк, может сойти за склад, хотя и плохо приспособленный, или за бордель, что более вероятно, если учесть, какой скульптурой украсил его мистер Рорк. В любом случае это, конечно, не храм.

Представляется, что в этом здании намеренно и злокозненно извращены все атрибуты, свойственные святому храму. Вместо строгой замкнутости этот, с позволения сказать, храм широко распахнут, как трактир на Западе. Вместо настроения почтительной скорби, подобающей месту, где человек созерцает вечность и осознает свое ничтожество, это здание против воли внушает посетившему его чувство разнузданности, бесшабашной вседозволенности. Вместо линий, воспрявших к небесам, чего требует сама природа храма как символа человеческих поисков чего-то более возвышенного, чем ничтожное эго, это здание вызывающе распростерто горизонтально, волочит свое тело в грязи и тем самым нагло заявляет о плотской приверженности, прославляет грубые телесные наслаждения в противовес духовным. Статуя голой женщины в месте, куда человек приходит ради возвышенного, говорит сама за себя и ставит все точки над i.

Отправляясь в храм, человек ищет избавления от себя. Он хочет обуздать гордыню, исповедаться в грехах, испросить прощения. Он ищет благодати в полном смирении. В доме Господа человеку надлежит стоять на коленях. Но в храме мистера Рорка никому в здравом уме не придет в голову преклонить колени. Это противно духу этого места. Оно пробуждает чувства иного рода: высокомерие, самовосхваление, непокорность, зазнайство. Это не дом Господа нашего, а вертеп гордеца. Это не храм, а его антитеза, наглая насмешка над всякой религией. Можно было бы назвать его языческим капищем, если бы не тот факт, что язычники были поразительно талантливыми архитекторами — не в пример некоторым.

Мы выступаем здесь не в поддержку какой-либо одной веры, простая порядочность требует уважать религиозные убеждения наших сограждан. Нам представлялось, что мы должны раскрыть общественности характер этой намеренной вылазки против религии. Нельзя потворствовать наглому святотатству.

Кому-то может показаться, что мы обошли молчанием анализ собственно архитектурных достоинств строения мистера Рорка. На это мы скажем: для этого нет повода. Было бы ошибкой подвергать серьезному разбору дело рук посредственности. Прославлять его хотя бы таким способом? Нет, увольте. На память приходят другие опусы, созданные этим самым Говардом Рорком, и они обнаруживают ту же незначительность, неумелость и заурядность выскочки-дилетанта. Во всех нас горит искра Божья, но не во всех — искра таланта.

Так, друзья мои, обстоит дело. Будем считать, что мы выполнили неприятный долг. Ибо нам не доставляет радости писать некрологи».

Третьего ноября Хоптон Стоддард подал судебный иск против Говарда Рорка за нарушение условий контракта и злоупотребление доверием заказчика. В покрытие понесенных им убытков он требовал взыскать с ответчика сумму, достаточную для перестройки храма другим архитектором.

Убедить Хоптона Стоддарда было несложно. Он вернулся из путешествия, раздавленный всемирной панорамой религий, в особенности разнообразием адских мук, которыми ему повсюду грозили, если он не искупит своих прегрешений. Волей-неволей его склонили к выводу, что, какую религию ни возьми, человеку, жившему, как он, безусловно уготована самая страшная кара после смерти. Это потрясло остатки его разума. Все стюарды на корабле, когда он плыл домой, были убеждены, что старик впал в маразм.

В день прибытия, после полудня, Эллсворт Тухи повел его смотреть храм. Тухи ничего не говорил. Хоптон Стоддард пялился по сторонам, и Тухи слышал, как судорожно клацали его искусственные челюсти. Здание не было похоже ни на то, что Стоддард когда-либо видел, ни на то, что он ожидал увидеть. Он не знал, что подумать. Когда он с отчаянной надеждой повернулся к Тухи, это был безумный взгляд потерянного человека. Он ждал. В этот момент Тухи мог убедить его в чем угодно. Тухи заговорил, и сказал он то, что потом напечатал в газете.

— Не ты ли сам рекомендовал мне этого Рорка? — недоуменно простонал Стоддард.

— Я полагал, что он стоил рекомендации, — холодно отозвался Тухи.

— Но в чем же тогда дело?

— Не знаю, — сказал Тухи, давая понять взглядом и тоном обвинителя, что здесь скрывается чудовищная вина и виноват сам Стоддард.

В лимузине, по дороге на квартиру Стоддарда, Тухи хранил молчание, не обращая внимания на слезные просьбы Стоддарда. Он был неумолим, и Стоддард пришел в ужас. В квартире Тухи усадил его в кресло и встал перед ним грозный, как судья:

— Хоптон, я знаю, почему так получилось.

— О, Эллсворт…

— Скажи, были ли у меня какие-то причины солгать тебе?

— Нет, конечно, нет! Ты самый сведущий и самый честный человек из всех, и я ума не приложу… Я просто ничего не понимаю.

— А мне ясно. Когда я рекомендовал Рорка, у меня были все основания и самые веские причины полагать, что он создаст для нас шедевр. Но этого не случилось. Хоптон, знаешь ли ты, какая сила может опрокинуть все расчеты людей?

— К-какая?

— Господь этим способом отверг твое приношение. Он не счел тебя достойным поднести ему храм. Видимо, Хоптон, ты можешь обмануть меня и кого угодно, но нельзя ввести в заблуждение Всевышнего. Ему ведомо, что душа твоя чернее сверх всех моих представлений.

Он долго так говорил — спокойно и сурово. Хоптон сжался в клубок от ужаса. В конце Тухи сказал:

— Кажется ясно, Хоптон, что тебе не получить прощения, обращаясь прямо к Всевышнему. Только чистый сердцем может возвести храм. Ты должен пройти много ступеней смиренного искупления, прежде чем достигнешь верхней. Прежде чем оправдать себя в глазах Господа, ты должен оправдаться перед людьми. Этому зданию не суждено быть храмом, оно предназначено стать обителью человеческого милосердия. Например, приютом для дефективных детей.

Хоптон Стоддард сдался не сразу.

— Позже, Эллсворт, позже, — ныл он. — Дай мне время. — Он согласился подать в суд на Рорка, как предложил Тухи, чтобы возместить стоимость переделок, а после решить, каких именно переделок.

— Не удивляйся тому, что я буду писать или говорить на эту тему, — сказал ему Тухи на прощание. — Я вынужден иной раз сказать неправду. Я должен оградить свою репутацию от позора, виной которому не я, а ты, мой друг. Вспомни, что ты поклялся никогда не разглашать, кто посоветовал тебе нанять Рорка.

На следующий день в «Знамени» было опубликовано «Святотатство». Запал сработал, его подожгло объявление об иске Стоддарда.

Никто не жаждал крови из-за здания, но атаке подверглась религия. Слишком уж постарался агент по связям с прессой, пружина общественного интереса была заведена, и множество людей спустили ее.

Буря негодования, поднявшаяся против Говарда Рорка и его храма, удивила всех, кроме Эллсворта Тухи. Священники проклинали сооружение в своих проповедях. Женские клубы принимали резолюции протеста. Комитет матерей занял восьмую страницу газеты гневным протестом, в котором почему-то требовалось оградить детей. Знаменитая актриса опубликовала статью о принципиальной общности всех искусств, в ней она объясняла, что храм Стоддарда по своей структуре безгласен, еще она вспоминала о том времени, когда играла Марию Магдалину в большой библейской драме. Некая дама из общества тоже разрешилась статьей об экзотических храмах и святынях, которые ей довелось видеть во время опасных странствий в джунглях, она восторгалась трогательной верой дикарей и упрекала современного человека в цинизме. Храм Стоддарда, писала она, — символ разложения и упадка. Снимок изображал даму в бриджах, стройной ножкой она попирала гриву убитого льва. Профессор колледжа написал редактору газеты письмо о своем богатом духовном мире, он утверждал, что в таких местах, как храм Стоддарда, его духовный мир тускнеет. Кики Холкомб в письме редактору делилась мыслями о жизни и смерти.

АГА выступила с полным достоинства заявлением, в котором отмежевалась от храма Стоддарда, назвав его духовно-эстетическим суррогатом. Сходные по смыслу, но менее сдержанные в формулировках заявления сделали Советы американских строителей, писателей и художников. О них никто никогда раньше не слышал, но они называли себя советами, и это придавало вес их голосам. Люди говорили друг другу: «А вы знаете, что Совет американских строителей считает этот храм верхом безвкусицы?» Это говорилось тоном, намекавшим на близкое знакомство со сливками мира искусства. Собеседник, конечно, не хотел обнаружить своего невежества и, хотя слыхом не слыхивал о таком объединении, отвечал: «Я так и думал, что они заявят об этом. А вы?»

Хоптон Стоддард получил так много писем с выражением сочувствия, что почувствовал себя счастливым. Раньше он не пользовался популярностью. Эллсворт, думал он, был прав, его сограждане прощали его. Эллсворт всегда прав.

Газеты повыше классом вскоре оставили эту историю. Но «Знамя» продолжало подогревать страсти. Для «Знамени» это была находка. Гейл Винанд был в отъезде, он путешествовал на своей яхте в Индийском океане. Без него Альва Скаррет рвался в бой. Его устраивало продолжение крестового похода. От Эллсворта Тухи даже не требовалось подталкивать его. Скаррет сам горел желанием. Повод был великолепен.

Он писал о закате цивилизации и оплакивал утрату чистой веры. Он устроил конкурс сочинений старшеклассников на тему «Почему я хожу в церковь». Он начал серию иллюстрированных статей «Церкви нашего детства». Он заказывал фотографии сакральных фигур и идолов, которым поклонялись в разные века: сфинкса, горгулий, тотемных столбов. Он опубликовал множество фотографий со статуей Доминик — с подобающими гневными подписями; имя модели, впрочем, упомянуто не было. Он печатал карикатуры на Рорка, изображая его в виде варвара в медвежьей шкуре, размахивающего дубинкой. Он делился умными мыслями о Вавилонской башне, не достигшей небес, а также об Икаре, рухнувшем на своих восковых крыльях.

Эллсворт Тухи воздерживался от активных действий и наблюдал. Он сделал еще два скрытых хода: нашел в архиве «Знамени» фотографию Рорка на открытии дома Энрайта — лицо человека в момент наивысшего восторга. Он напечатал фотографию в «Знамени» под заголовком «Вы счастливы, мистер Супермен?». Кроме того, в ожидании слушания дела он заставил Стоддарда открыть храм для публики. Многочисленные экскурсанты оставили непристойные рисунки и надписи на пьедестале статуи Доминик.

Были и немногие, кто приходил полюбоваться и восхититься зданием в благоговейном молчании, но это были люди, обычно не принимавшие участия в общественных движениях. Остин Хэллер опубликовал гневную статью в защиту Рорка и храма. Но он не был признанным авторитетом ни в области архитектуры, ни в области религии, и его статья осталась незамеченной.

Сам Говард Рорк никак не пытался защититься.

Его попросили высказать свое мнение, и он принял в своем кабинете группу репортеров. Он был совершенно спокоен и сказал:

— Я не могу говорить о собственной работе. Я оскорбил бы читателей и себя, если бы попытался накормить их потоком словесного вздора. Но я рад видеть вас здесь. Хочу сказать: я приглашаю осмотреть храм всех желающих, и мне было бы интересно услышать, что люди думают о моей работе, если, конечно, им захочется высказать свое мнение.

Репортаж об этом интервью был напечатан в «Знамени». В нем говорилось: «Мистер Рорк, на которого, кажется, ополчилось сейчас все общество, принял репортеров с видом самодовольного высокомерия, назвав общественное мнение вздором. Он не захотел говорить, но, по всей видимости, прекрасно осознавал, что все происходящее послужит ему хорошей рекламой. По его словам, все, что ему нужно, —

это привлечь к своему зданию внимание как можно большего числа людей».

Несмотря на настойчивые уговоры Остина Хэллера, Рорк отказался нанять адвоката для предстоящего процесса. Он сказал, что будет сам защищаться в суде, но отказался объяснить, каким образом собирается это делать.

— Остин, во многом я охотно следую общепринятым нормам. Я охотно ношу такую же одежду, что и все, ем то же, что и все, и, как все, пользуюсь метро. Но есть вещи, которые я не могу и не хочу делать так, как все. И это — одна из них.

— Да что ты понимаешь в судах и законах? Ведь он выиграет.

— Выиграет что?

— Свой иск.

— Разве так важно, кто выиграет? Это пустяки. Ведь я все равно не смогу помешать ему поступить с этим зданием, как ему заблагорассудится. Храм принадлежит ему. Он может стереть его с лица земли или отдать под фабрику по производству клея. Он может сделать это в любом случае, независимо от того, кто выиграет.

— Да, но он воспользуется для этого твоими деньгами.

— Может быть, и моими деньгами.

Стивен Мэллори никак не выразил своего отношения к происходящему. Но лицо у него было такое, как в тот вечер, когда Рорк встретил его впервые. Как-то Рорк попросил его:

— Стив, скажи мне, что ты думаешь обо всем этом, если тебе тогда станет легче.

— Не о чем говорить, — равнодушно ответил Мэллори. — Я уже сказал, что они тебя погубят.

— Чепуха. У тебя нет оснований бояться за меня.

— Я и не боюсь. Что толку? Дело совсем не в этом.

Несколько дней спустя, все в том же кабинете Рорка, Мэллори вернулся к этому разговору. Он сидел на подоконнике, глядя на улицу, и вдруг сказал:

— Говард, помнишь, я говорил тебе, что боюсь только одного чудовища? Так вот, я ничего не знаю об Эллсворте Тухи. Я никогда не видел его до того, как мне пришлось в него выстрелить. Только читал его статьи. Говард, я стрелял в него именно потому, что он, по-моему, знает все об этом чудовище.

Доминик появилась у Рорка в тот день, когда Стоддард подал иск. Она молча положила сумочку на стол и стояла, медленно снимая перчатки, как будто хотела продлить момент внутренней радости от сознания, что воспроизводит этот привычный жест здесь, в его комнате. Она взглянула на свои пальцы. Потом подняла голову. По ее лицу было видно, что она знает о самых тяжких его страданиях, и его страдания были ее страданиями, и она хотела нести их груз хладнокровно, не прося ни слова сочувствия.

— Ты не права, — мягко сказал он. Они часто разговаривали так — словно продолжая беседу. — На самом деле мне вовсе не так плохо.

— Я не хочу этого знать.

— Но я хочу, чтобы ты знала. Все, что ты думаешь, гораздо хуже правды. Они хотят уничтожить храм, но мне, кажется, это безразлично. Может быть, боль настолько велика, что я ее уже не чувствую. Но кажется, здесь другое. Если ты хочешь страдать за меня, не страдай больше меня. Упиваться своими страданиями я не могу. Никогда не мог. Существует некий предел, до которого можно выдерживать боль. Пока существует этот предел, настоящей боли нет. Не смотри на меня так.

— Где этот предел?

— В сознании того, что этот храм создал я. Я его построил. Остальное не так важно.

— Ты не должен был его строить. Ты не должен был доводить все до такого конца.

— Это неважно. Даже если его разрушат. Важно только то, что он существовал.

Она покачала головой:

— Ты понял, от чего я тебя оберегала, когда отбирала у тебя все эти заказы?.. Я не хотела давать им право поступать так с тобой... Право жить в твоих зданиях... Право касаться тебя... каким бы то ни было образом...

Когда Доминик вошла в кабинет Тухи, лицо его озарила теплая, неожиданно искренняя приветливая улыбка. В то же время он поднял брови и нахмурил лоб, притворяясь разочарованным. Какую-то долю секунды его лицо выражало одновременно искреннее радушие и наигранное разочарование, что было смешно и нелепо. Он сделал вид, что разочарован, потому что Доминик была не такой, как всегда: в глазах ее не было ни насмешки, ни гнева. Она вошла спокойно и деловито, как служащий, пришедший по официальному поручению.

— Чего ты добиваешься? — спросила она.

Он попытался воскресить веселый задор их привычных междоусобиц и сказал:

— Присаживайся, дорогая. Ужасно рад тебя видеть и ничего с этой радостью поделать не могу. Я тебя заждался, думал, что ты придешь намного раньше. Я получил так много комплиментов по поводу своей небольшой статьи, но честно, это было совсем не весело, и я хотел услышать, что об этом скажешь ты.

— Чего ты добиваешься?

— Послушай, дорогая, я очень надеюсь, что ты не обижаешься на то, что я сказал о твоей статуе. Думаю, ты понимаешь, что я просто не мог пройти мимо такой подробности.

— Зачем тебе этот суд?

— Ну что ж, ты хочешь, чтобы говорил я. А я хотел послушать тебя. Но полурадость лучше, чем полная безрадостность. Что ж, давай поговорим. Я с таким нетерпением ждал тебя. Сядь, пожалуйста, мне будет удобней... Не хочешь? Как хочешь. Спасибо, что хоть не убегаешь. Зачем мне суд? А разве это не ясно?

— Это ведь его не остановит, — сказала она бесстрастно, как будто зачитывая статистическую сводку. — Выиграет он или проиграет, все равно ничего не изменится. Весь этот скандал — только повод повеселиться для неотесанных идиотов. Это мерзко и бессмысленно. Я не думала, что ты способен тратить время на скандалы. Не пройдет и года, как все это будет забыто.

— Господи, да ведь это мой полный провал! Никогда не думал, что я такой плохой учитель. Мы знаем друг друга уже два года, а ты научилась столь немногому! Я просто обескуражен. А ведь я не знаю ни одной женщины умнее тебя. Значит, это моя вина. Но ты все же усвоила одно: я не трачу время попусту. Совершенно верно. Не трачу. Не пройдет и года, как все будет забыто, говоришь ты. Бороться можно лишь с тем, что пока еще живо. С мертвым бороться бессмысленно. Однако всякая мертвечина не исчезает без следа — она оставляет после себя тлен и разложение. А иметь трупное пятно на репутации — вещь не из приятных. Все совершенно забудут о существовании мистера Хоптона Стоддарда, об этом храме и о суде. Но все будут говорить: «Говард Рорк? Разве можно доверять такому человеку? Он ведь против религии. Это абсолютно аморальный тип. Вы и оглянуться не успеете, как он надует вас и присвоит ваши денежки»; «Рорк? Да это известный негодяй, как же, одному из его клиентов пришлось подать на него в суд. Он ведь провалил заказ»; «Рорк? Рорк? Минутку, уж не тот ли это парень, о котором писали все газеты из-за какого-то скандала? Что же это было? Сейчас вспомню. Какая-то скандальная история, владелец здания, кажется, это был публичный дом, не помню точно, но что бы это ни было, владельцу пришлось подать на него в суд. Зачем связываться с такой печально известной личностью? Зачем, если можно нанять приличного человека?..» Попробуй пойти против молвы, дорогая. Скажи, как бороться со слухами, особенно если у тебя нет никакого оружия, кроме таланта, что в данном случае не оружие, а помеха?

Она терпеливо слушала, пристально глядя на него, но ничем не выдавала своего гнева. Она стояла, напряженно выпрямившись перед его столом, похожая на часового на посту, который заставляет себя противостоять натиску ветра и бури даже тогда, когда чувствует, что у него больше нет сил.

— Ты хочешь, чтобы я продолжил? — сказал Тухи. — Теперь ты видишь, как отлично действует забытый скандал. Нельзя ничего объяснить, защититься или оправдаться. Никто не будет тебя слушать. Заслужить репутацию трудно. Заслужив же, невозможно изменить. Нельзя погубить карьеру архитектора, доказывая, что он плох как профессионал. Но можно это сделать, убедив всех в том, что он, например, атеист, или был под судом, или спит с какой-нибудь женщиной, или любит отрывать крылышки у мух. Ты говоришь, это вздор? Конечно. Именно вздор и срабатывает. Можно пытаться опровергать разумные доводы, но как опровергнуть нелепицу? Ты, милая, как и многие, недооцениваешь бессмыслицу. В этом твоя слабость. А ведь она — движущая сила нашей жизни. Если бессмыслица против тебя — ты обречен. Но если ты можешь превратить ее в союзника... Послушай, Доминик, я замолчу, как только увижу, что это тебя пугает.

— Продолжай, — последовал ответ.

— Тебе следовало бы задать мне вопрос. Может быть, ты не хочешь казаться тривиальной и ждешь, когда я сам это сделаю? Что ж, хорошо. Вопрос такой: почему именно Говард Рорк? Потому что — здесь я позволю себе процитировать собственную статью — я не мухобойка. В статье я говорил это по другому поводу, но это неважно. Кроме того, это помогло мне добиться кое-чего от Хоптона Стоддарда, но это так, побочный эффект, небольшой навар. Главное то, что весь этот скандал — своеобразный эксперимент, проба сил. Результаты же самые удовлетворительные. Если бы ты могла посмотреть со стороны, ты стала бы единственной, кто по достоинству оценил бы зрелище. В самом деле, посуди сама, мне это почти ничего не стоило, я почти ничего не сделал, а какой результат! Разве не интересно наблюдать, как огромный, сложный механизм — наше общество, — состоящий из бесчисленного множества винтиков, колесиков, рычагов — попробуй-ка управлять такой штукой! — вдруг рассыпается и становится всего лишь кучей лома? А все отчего? Оттого, что ты нарушаешь центр тяжести этой громоздкой конструкции, ткнув мизинцем в самое уязвимое место. Это можно сделать, дорогая. Но на это нужно время. Столетия. У меня было много предшественников — в этом мое преимущество. Думаю, я буду последним и самым удачливым. Не потому, что я умнее, просто я лучше знаю, что мне нужно.

Но это отвлеченные рассуждения. Если же говорить конкретно, то, на мой взгляд, в моем маленьком эксперименте много забавного. Посуди сама, ну, например, все случилось так, как, по идее, должно было быть: на сторону Рорка встали совсем не те, кто должен бы. Мистеру Альве Скаррету, профессорам университета, редакторам газет, членам торговой палаты, уважаемым матерям семейств следовало бы броситься на защиту Рорка — если им дорого собственное благополучие. Но они поддерживают Стоддарда. В то же время какая-то банда застольных радикалов — они называют себя Новый союз пролетарского искусства — собирала, как я слышал, подписи в поддержку Рорка. Они называют его жертвой капитализма. А должны бы знать, что главный их поборник — Хоптон Стоддард. Кстати, нужно отдать должное Рорку, у него хватает ума ни во что не вмешиваться. Он все понимает, так же как ты, я и еще кое-кто. Но каждому свое. Металлолом тоже нужен.

Она повернулась и шагнула к двери.

— Как, ты уходишь? — Его голос звучал обиженно. — Ты так ничего и не скажешь? Совсем ничего?

— Нет.

— Доминик, ты меня разочаровываешь. Я ведь так тебя ждал! Вообще-то я очень независим, люблю одиночество, но и мне иногда нужна аудитория. Ты единственная, с кем я могу быть самим собой. Это потому, наверное, что ты меня слишком презираешь. Что бы я ни говорил, это не изменит твоего отношения ко мне. Ты видишь, я это знаю, но мне все равно. Кроме того, методы, которые я применяю к другим, на тебя не действуют. Остается только одно — быть откровенным. Да, чертовски обидно, когда никто не в состоянии оценить мое мастерство. Ты сегодня сама не своя, иначе ответила бы, что у меня психология убийцы, который совершает идеальное преступление, не оставив ни одной улики, и доносит сам на себя только потому, что не в состоянии переживать свой триумф в одиночку. Я ответил бы, что это действительно так, мне нужны зрители. Жертвы не знают, что они жертвы, в этом их недостаток. Так и должно быть, но это слишком скучно, и половина наслаждения пропадает. Куда забавнее было бы, если бы жертва знала, что над ней нависла угроза. А ты такая редкость. Ты жертва, способная по достоинству оценить мастерство палача... Господи, Доминик, как ты можешь уйти, ведь я буквально умоляю тебя остаться.

Она взялась за ручку двери. Он пожал плечами и откинулся на спинку стула.

— Что ж, как хочешь, — сказал он. — Кстати, не пытайся переманить Стоддарда. Он мой и не даст себя подкупить.

Она уже открыла дверь, но, услышав это, остановилась на пороге и снова закрыла ее.

— Да, я знаю, ты уже пыталась. Бесполезно. Ты не настолько богата. Ты не сможешь выкупить храм, тебе столько не собрать. Да Хоптон и не примет от тебя денег на реконструкцию. Впрочем, я знаю, ты уже предлагала. Он хочет, чтобы это оплатил Рорк. Между прочим, вряд ли Рорк обрадуется, если узнает от меня, что ты пыталась это сделать. — Он язвительно усмехнулся, чтобы разозлить ее. Ее лицо оставалось непроницаемым. Она вновь повернулась к двери. — Еще только один вопрос, Доминик. Адвокат Стоддарда спрашивал, может ли он вызвать тебя в качестве свидетельницы. Как эксперта в области архитектуры. Ты ведь, конечно, будешь свидетельствовать в пользу истца?

— Да. Я буду свидетельствовать в пользу истца.

Процесс по делу Хоптона Стоддарда против Говарда Рорка начался в феврале 1931 года.

Зал суда был настолько переполнен, что реакцию слушателей можно было заметить только по медленному волнообразному движению, пробегавшему по головам собравшихся подобно колыханию мышц под шкурой морского льва.

Толпа — коричневая с прожилками — выглядела как слоеный пирог всех искусств, обильно увенчанный сливками Американской гильдии архитекторов.

Здесь было много знаменитостей, людей, известных в своей области. Их жены были богато одеты, с чопорно поджатыми губами. Каждая, казалось, обладала неоспоримым правом на ту область искусства, в которой проявил себя ее муж. Каждая ревностно оберегала эту монополию, бросая негодующие взгляды на остальных. Почти все присутствующие были знакомы. В зале царила атмосфера общего собрания, театральной премьеры и семейного пикника одновременно. Присутствующих не покидало ощущение, что они пришли на встречу старых знакомых.

Стивен Мэллори, Остин Хэллер, Роджер Энрайт, Кент Лансинг и Майк сидели вместе в одном углу. Они старались не смотреть по сторонам. Майк волновался за Стивена Мэллори. Он старался держаться к нему поближе, настояв на том, чтобы сесть рядом с ним, и посматривал на него всякий раз, когда до их слуха доносились особо обидные реплики. Мэллори наконец заметил это и сказал:

— Спокойней, Майк. Я не буду кричать и никого не застрелю.

— Следи за собой, мальчик, — заметил Майк, — следи за собой!

— Майк, помнишь тот вечер, когда мы засиделись почти до самого утра? В машине Доминик кончился бензин, автобусы уже не ходили, и мы решили пойти домой пешком. Солнце уже освещало крыши, когда мы добрались до дома.

— Помню. Ты думай об этом, а я буду думать о гранитной каменоломне.

— Какой еще каменоломне?

— Мне там было очень плохо однажды, но потом оказалось, что, по большому счету, это не имело ровно никакого значения.

Небо за окнами было белым и плоским, как заиндевевшее стекло. Свет, казалось, исходил от шапок снега на крышах и карнизах. Он казался неестественным, из-за него все в зале выглядело оголенным.

Судья сидел на своем возвышении, нахохлившись, как петух на насесте. У него было маленькое сморщенное личико, казавшееся добродетельным из-за сети покрывавших его морщин. Руки он положил прямо перед собой, соединив кончики пальцев на уровне груди. Стоддард не пришел. Его представлял высокий, красиво-осанистый, похожий на посла адвокат.

Рорк сидел в одиночестве за столом защиты. Публика внимательно разглядывала его. Его поведение не оправдывало ожиданий, это всех рассердило, и его перестали рассматривать. Он не казался подавленным, но и не вел себя вызывающе. Он выглядел бесстрастным и спокойным, как будто слушал музыку в собственной комнате, и совсем не походил на человека, находящегося в центре всеобщего внимания. Он не делал никаких пометок. На столе перед ним лежал лишь большой коричневый конверт. Толпа может простить что угодно и кого угодно, только не человека, способного оставаться самим собой под напором ее презрительных насмешек. Некоторые из присутствующих пришли сюда, настроившись пожалеть Рорка, но с первых же мгновений все возненавидели его.

Адвокат истца изложил дело в кратком вступительном слове. По его словам, Хоптон Стоддард действительно дал Рорку полную свободу в строительстве и отделке храма. Но дело было в том, что мистер Стоддард ясно дал понять, что ему нужен храм; здание же, о котором идет речь, едва ли можно назвать храмом, руководствуясь общепринятыми требованиями, предъявляемыми к подобным постройкам. Именно это адвокат и хотел доказать с помощью самых известных авторитетов в области архитектуры.

Рорк отказался от права выступить перед присяжными со вступительным словом.

Первым свидетелем со стороны истца был Эллсворт М. Тухи. Он сел на краешек стула перед столом присяжных и, облокотившись на спинку, закинул ногу на ногу. Казалось, что происходящее его забавляет, но ему удалось дать понять, что его поведение — лишь попытка воспитанного человека скрыть, как ему это все наскучило.

Адвокат задал целый ряд вопросов, касающихся его профессиональной подготовки, выяснил даже количество проданных экземпляров его книги «Проповедь в камне». Затем он зачитал вслух статью Тухи «Святотатство» и попросил его подтвердить, что статья написана им. Тухи подтвердил. Последовала серия вопросов, касающихся архитектурных достоинств храма. Тухи доказал, что таковых храм не имеет. Затем он сделал небольшой экскурс в историю. Он говорил свободно и легко. Он кратко охарактеризовал все известные цивилизации и их культовые сооружения, начав с инков, финикийцев и жителей острова Пасхи. Он упомянул даты постройки, число рабочих, занятых на строительстве, и приблизительную стоимость работ в американских долларах. Аудитория завороженно слушала. Тухи доказал, что храм Стоддарда противоречит любому историческому прецеденту.

— Я постарался показать, — сказал он в заключение, — что храм изначально был сооружением, в котором человек должен испытывать два чувства: благоговейный трепет и смирение. Можно отметить в этой связи гигантские размеры культовых сооружений, их напряженные линии, гротескные фигуры богов, подобных чудовищам, или, в более поздние века, горгулий. Все это призвано внушить человеку глубокое чувство собственной незначительности, подавить его одними только размерами, вселить в него тот священный ужас, который ведет к кротости и добродетели. Храм Стоддарда — бесстыдное отрицание всего нашего прошлого, дерзкое «нет», брошенное в лицо истории. Позволю себе высказать предположение относительно того, почему это дело вызвало такой широкий интерес общественности. Все мы интуитивно поняли, что нравственная сторона вопроса гораздо важнее, чем правовая. Этот храм — символ глубокой ненависти ко всему человечеству. Символ отрицания одним человеком самых святых порывов всего человечества, каждого из нас, каждого, кто сидит в этом зале!

Эту речь нельзя было назвать свидетельскими показаниями в суде. Эллсворт Тухи говорил так, будто выступал с трибуны на митинге. Реакцию публики можно было предугадать — зал разразился аплодисментами. Судья постучал молоточком и пригрозил очистить зал. Порядок был восстановлен, но на лицах присутствующих все еще блуждало самодовольство уверенных в своей правоте людей. Тухи угодил всем: он выделил всех и дал им почувствовать себя потерпевшей стороной. Подавляющее большинство присутствующих не видели храм Стоддарда даже издали.

— Спасибо, мистер Тухи, — сказал адвокат, слегка поклонившись. Затем чрезвычайно учтиво повернулся к Рорку: — Ваши вопросы к свидетелю.

— У меня нет вопросов, — сказал Рорк.

Тухи поднял бровь и с сожалением покинул свидетельское место.

— Мистер Питер Китинг! — вызвал адвокат.

Питер Китинг выглядел очень свежо, будто прекрасно выспался. Он со студенческим задором взобрался на возвышение, где находилось свидетельское место, без надобности раскачивая плечами. Он поклялся говорить только правду и весело ответил на первые вопросы. Его манера сидеть на свидетельском кресле выглядела странно: он с развязной непринужденностью выгнулся вбок, но ноги держал до нелепости прямо, тесно сдвинув колени. За все время, пока давал показания, он так и не взглянул на Рорка.

— Назовите, пожалуйста, несколько известных всем зданий, созданных вами, мистер Китинг, — попросил адвокат.

Китинг начал перечислять, и этот список выглядел впечатляющим. Начал он бодро и быстро, но чем дальше, тем медленнее и тише говорил он, будто желая, чтобы его остановили. Последнее название он попросту проглотил.

— Вы, кажется, забыли назвать основную вашу работу. Ведь это вы воздвигли здание «Космо-Злотник»? — спросил адвокат.

— Да, — прошептал Китинг.

— Итак, мистер Китинг, вы посещали Технологический институт в Стентоне вместе с мистером Рорком?

— Да.

— Вы можете сказать что-нибудь об успехах мистера Рорка в институте?

— Его исключили.

— Его исключили, потому что он не был способен справиться с высокими требованиями, предъявляемыми к студентам?

— Да. Да, именно так.

Судья взглянул на Рорка. Юрист протестовал бы против такого свидетельства, как не имеющего отношения к делу. Рорк этого не сделал.

— Как вы считаете, он проявил способности к архитектуре в то время?

— Нет.

— Не могли бы вы говорить немного громче, мистер Китинг?

— Не думаю... что у него были какие-то способности к архитектуре.

С речью Китинга творилось что-то странное: некоторые слова он произносил четко, будто ставя после каждого восклицательный знак;

другие наскакивали друг на друга, будто он сам не хотел слышать, что говорит. На адвоката он не смотрел. Его взгляд был обращен к аудитории. Временами на лице его появлялось шкодливое выражение, как у мальчишки, только что подрисовавшего усики симпатичной девушке на рекламе зубной пасты в метро. Затем в глазах его появилась мольба, — казалось, он просил публику о поддержке — словно сам был обвиняемым на этом суде.

— Мистер Рорк работал какое-то время в вашей конторе, не так ли?

— Так.

— И вам пришлось его уволить?

— Да.

— За некомпетентность?

— Да.

— Что вам известно о том, как сложилась дальнейшая карьера мистера Рорка?

— Видите ли, карьера — понятие относительное. Если говорить о достижениях, то любой чертежник в нашей конторе добился большего, чем мистер Рорк. Постройку одного или двух сооружений у нас не называют карьерой. Почти каждый месяц мы строим, может быть, и больше.

— Какого вы как профессионал мнения о его работе?

— Я думаю, как архитектор он еще не состоялся. Его работы очень эффектны, иногда интересны, но в основном незрелы.

— Следовательно, мистера Рорка нельзя назвать профессионалом в полном смысле этого слова?

— Нет, в том значении, в каком мы употребляем это слово, говоря о мистере Холкомбе, мистере Гае Франконе, мистере Гордоне Прескотте, — нет. Но я, конечно, должен отдать ему должное. У него есть определенный потенциал, особенно как у инженера. Он мог бы себя показать. Я ему пытался это внушить, пытался... помочь... честное слово. Но это бесполезно. С тем же успехом можно было беседовать с одной из его любимых железобетонных конструкций. Я знал, что это так закончится. И не удивился, когда услышал, что клиенту пришлось наконец подать на него в суд.

— Что вы можете рассказать об отношениях мистера Рорка с клиентами?

— В этом все дело. В этом-то все и дело... Он никогда не считался с желаниями клиентов, вообще ни с чьими желаниями. Не понимал даже, как другие архитекторы могут считаться с этим. Не хотел проявить и этой малости, хоть капельку понимания, хоть чуть-чуть... хоть немного уважения. А я не понимаю, что плохого в том, что ты хочешь доставить людям удовольствие. Не знаю, почему нельзя стремиться быть дружелюбным и популярным и хотеть нравиться. Разве это преступление? Разве над этим нужно насмехаться? Все время одни насмешки, день и ночь, день и ночь, ни минуты покоя. Как китайская пытка, когда льют воду на голову капля за каплей, понимаете?

Люди в зале начали догадываться, что Питер Китинг пьян. Адвокат нахмурился; свидетельские показания были тщательно отрепетированы, но все грозило вот-вот провалиться.

— Мистер Китинг, может быть, вам лучше рассказать нам о взглядах мистера Рорка на архитектуру?

— И расскажу, если хотите. Он думает, что говорить об архитектуре можно, не иначе как преклонив колени. Вот что он думает.

А с какой стати? Почему? Это всего лишь способ зарабатывать, не лучше и не хуже любого другого, не так ли? Что в этом священного, черт возьми? Почему от этого все должны приходить в восторг? Мы всего лишь люди. Нам нужно зарабатывать на жизнь. Зачем все усложнять? Зачем корчить из себя героев, черт побери?

— Успокойтесь, мистер Китинг. Мы, кажется, немного отклонились от темы. Мы...

— Нет, не отклонились. Я знаю, о чем говорю. И вы тоже. Все знают. Все, кто здесь присутствует. Я говорю о храме. Разве не ясно? Зачем нанимать фанатика, чтобы построить храм? Для этого нужен земной человек. Человек, который может понять... и простить. Человек, который может простить... Ведь мы за этим и идем в церковь — за прощением...

— Да, мистер Китинг, но давайте вернемся к мистеру Рорку...

— А что мистер Рорк? Он не архитектор. Он абсолютно ничего не стоит. Почему я должен бояться сказать, что он ничего не стоит? Почему вы все его боитесь?

— Мистер Китинг, если вы нездоровы и хотите, чтобы вас освободили от обязанности свидетеля...

Китинг посмотрел на адвоката, словно проснувшись. Он постарался взять себя в руки, и через минуту его голос снова звучал покорно и безжизненно:

— Нет. Я чувствую себя хорошо. Я скажу все, что вы захотите. Так что я должен сказать?

— Скажите, что вы, профессиональный архитектор, думаете по поводу сооружения, известного как храм Стоддарда.

— Да. Конечно. Храм Стоддарда... Храм Стоддарда неправильно спланирован. Результат — пространственная разбросанность. Нет симметрии. Пропорции не соблюдены. — Он говорил на одной ноте. Шея у него была напряжена; ему приходилось прилагать усилия, чтобы не клевать носом. — Конструкция не уравновешена. Она противоречит элементарным композиционным принципам. В целом создается впечатление…

— Погромче, пожалуйста, мистер Китинг.

— В целом создается впечатление непродуманности композиции, архитектурной безграмотности. Нет чувства… нет чувства структуры, чувства красоты, творческого воображения, нет… — он закрыл глаза, — художественной целостности…

— Спасибо, мистер Китинг, это все.

Адвокат повернулся к Рорку и нервно спросил:

— Ваши вопросы?

— У защиты нет вопросов, — ответил Рорк. Так закончился первый день процесса.

В тот вечер Мэллори, Хэллер, Майк, Энрайт и Лансинг собрались вместе в комнате Рорка. Они пришли, не сговариваясь, объединенные одним и тем же чувством. Они не говорили о суде, но напряженности и сознательного желания избежать неприятной темы не было. Рорк сидел на своем рабочем столе и говорил о будущем химической промышленности. Вдруг Мэллори без всякой видимой причины громко рассмеялся.

— Что случилось, Стив? — спросил Рорк.

— Нет, ничего, я просто подумал… Говард, мы все пришли сюда, чтобы помочь тебе, ободрить тебя, а вместо этого ты помогаешь нам. Ты сам поддерживаешь тех, кто пришел поддержать тебя, Говард.

В тот же вечер Питер Китинг, мертвецки пьяный, сидел в баре, уронив голову на стол.

В следующие два дня еще несколько свидетелей дали показания в пользу истца. Всем им в первую очередь были заданы вопросы относительно их квалификации. Адвокат управлял ходом показаний подобно опытному пресс-секретарю. Остин Хэллер заметил, что архитекторы, должно быть, боролись за право выступить на суде, ведь представителям этой, в общем, тихой профессии нечасто выпадает такая возможность для саморекламы.

Никто из свидетелей не смотрел на Рорка. Он смотрел на них. Он слушал их показания и говорил каждому: «У меня нет вопросов».

На место свидетеля взошел Ралстон Холкомб. В своем мягком галстуке и с тростью с золотым набалдашником в руках он был похож на великого князя или метрдотеля. Показания он давал долго и говорил малопонятным ученым языком. Но закончил он так:

— Все это бессмыслица, детский лепет. Я мало сочувствую мистеру Хоптону Стоддарду. Пусть случившееся послужит ему уроком.

Нашему времени подходит преимущественно стиль Возрождения. Это известный научный факт, и если такие уважаемые люди, как мистер Стоддард, например, отказываются признать это, чего ждать от выскочек, мнящих себя архитекторами, и о всяком сброде вообще? Давным-давно доказано, что все церкви, храмы и соборы можно строить лишь в стиле Возрождения. А как же сэр Кристофер Рен? Ха-ха-ха! Вспомните одно из самых грандиозных культовых сооружений всех времен — собор Святого Петра в Риме. Может, и его тоже нужно усовершенствовать? И если мистер Стоддард не настаивал на приверженности Возрождению, он получил то, что заслуживает. Пусть это будет ему уроком.

Гордон Л. Прескотт был в спортивном свитере, клетчатом пиджаке, брюках из твида и ботинках для игры в гольф.

— Соотношение между трансцендентным и чисто пространственным в этом сооружении абсолютно неприемлемо, — начал он. — Если признать, что горизонтальное пространство одномерно, вертикальное — двухмерно, диагональное — трехмерно, а архитектура есть искусство четвертого измерения, то ясно, что сооружение, о котором мы говорим, гомолоидально, то есть, выражаясь обычным языком, плоско. В нем совершенно отсутствует ощущение полноты жизни, источник которого — единство в многообразии, или, наоборот, упорядоченный хаос — противоречие в себе, являющееся неотъемлемым свойством архитектурного сооружения. Я пытаюсь выражаться как можно яснее, но нельзя рассуждать о диалектике, прикрывая ее ради тугодумов-обывателей фиговым листком логики.

Джон Эрик Снайт сдержанно и спокойно подтвердил, что он использовал Рорка в своей конторе, но Рорк, по его словам, оказался ненадежным, не заслуживающим доверия, непорядочным работником и начал свою карьеру с того, что переманил у Снайта клиента.

На четвертый день суда адвокат истца вызвал последнего свидетеля.

— Мисс Доминик Франкон! — торжественно объявил он. Мэллори ахнул, но никто его не услышал; Майк предостерегающе взял его за руку и держал, чтобы тот успокоился.

Адвокат приберег Доминик напоследок не только потому, что ее показания были важны, но и потому, что он не знал, что она намерена говорить, и это его тревожило. Она была единственным свидетелем, чье выступление не было подготовлено; она отказалась репетировать его. В своей рубрике она ни разу не упомянула храм Стоддарда, но адвокат просмотрел ее более ранние статьи о работах Рорка; кроме того, привлечь ее в качестве свидетельницы советовал Эллсворт Тухи.

Доминик поднялась на возвышение, медленно обвела глазами зал. Она была поразительно красива, но казалось, что ее красота — что-то отвлеченно-обезличенное, ей не принадлежащее. Ее красота, казалось, присутствует в этом зале сама по себе. Доминик была похожа на не до конца явившееся видение, жертву на эшафоте, человека, стоящего ночью на палубе океанского лайнера.

— Ваше имя?

— Доминик Франкон.

— Ваша профессия, мисс Франкон?

— Журналистка.

— Вы автор блестящей рубрики «Ваш дом» в нью-йоркском «Знамени»?

— Я веду рубрику «Ваш дом».

— Ваш отец, Гай Франкон, известный архитектор?

— Да. Моего отца просили дать показания. Но он отказался. Он сказал, что это сооружение, храм Стоддарда, ему не нравится, но вся эта возня недостойна порядочных людей.

— Мисс Франкон, давайте не будем отклоняться от сути. Мы очень рады видеть вас здесь, поскольку вы единственная женщина-свидетель, а у женщин всегда сильно ощущение религиозной веры. А поскольку вы к тому же авторитет в области архитектуры, вы, конечно, достаточно компетентны и можете представить здесь то, что я со всей почтительностью назову женской точкой зрения на ситуацию. Скажите, пожалуйста, своими словами, что вы думаете по поводу храма Стоддарда?

— Я думаю, что мистер Стоддард совершил ошибку. В его правоте не было бы сомнений, если бы он требовал возмещения стоимости работ не по реконструкции, а по сносу здания.

Адвокат явно вздохнул с облегчением:

— Объясните, пожалуйста, почему вы так думаете?

— Вы слышали объяснения всех свидетелей, выступавших передо мной.

— Можно ли понимать это так, что вы поддерживаете все предыдущие показания?

— Полностью. Даже больше, чем сами свидетели. Они говорили очень убедительно.

— Объясните, пожалуйста, мисс Франкон, что вы хотите этим сказать?

— То, что сказал мистер Тухи: это сооружение — угроза всем нам.

— Так-так.

— Мистер Тухи все очень хорошо понимает. Можно мне пояснить это своими словами?

— Безусловно.

— Рорк воздвиг храм во имя человеческого духа. Он видит в человеке сильное, гордое, чистое, мудрое, бесстрашное существо, способное на подвиг. Во славу именно такого человека он и воздвиг храм. В храме человек должен испытывать душевный подъем. А душевный подъем, по его мнению, мы испытываем от сознания того, что нам не в чем себя упрекнуть, что мы знаем, где правда и как ее добиться, что мы призваны жить на пределе своих душевных сил, не стыдясь самих себя, не стыдясь стоять обнаженными на солнечном свете, не имея никаких злых помыслов. Рорк считает, что душевный подъем — радость, и эта радость дана человеку от рождения. Он считает, что здание, утверждающее духовную чистоту и силу человека, священно. Вот что он думает о человеке и душевном подъеме. Но Эллсворт Тухи утверждает, что этот храм — памятник глубокой ненависти к человечеству. По Эллсворту Тухи выходит, что для того, чтобы возвыситься душой, надо от страха потерять рассудок, упасть и заскулить, как собака. Эллсворт Тухи говорит, что высшая человеческая добродетель — сознание собственной ничтожности и мольба о прощении. Эллсворт Тухи говорит, что человек — существо, которому нужно прощение, и спорить с этим аморально. Эллсворт Тухи считает, что это здание построено во имя человека, земного человека, и тем самым это здание причастилось грязью, а не святостью. Прославлять человека значит, по его мнению, прославлять грубое наслаждение плоти, потому что в царство духа человеку дороги нет. Чтобы войти в это царство, говорит Эллсворт Тухи, человек должен приползти на коленях, как нищий. Эллсворт Тухи — известный гуманист.

— Мисс Франкон, речь не о мистере Тухи, придерживайтесь, пожалуйста...

— Я не обвиняю Эллсворта Тухи. Я обвиняю Говарда Рорка. Архитектурное сооружение, как известно, должно вписываться в свое окружение, а в каком же мире построил свой храм Рорк? Для каких людей? Оглянитесь вокруг. Станет ли храм святыней, если он должен служить оправой для мистера Хоптона Стоддарда? Или мистера Ралстона Холкомба? Или Питера Китинга? Что вы чувствуете, когда смотрите на всех этих людей? Ненависть к Эллсворту Тухи? Или вы проклинаете Рорка за невыносимое оскорбление, которое он действительно нанес вам? Эллсворт Тухи прав: этот храм действительно святотатство, хотя и в несколько ином смысле. Но я полагаю, мистер Тухи знает это. Когда вы видите, как человек мечет бисер перед свиньями, не получая даже свиной отбивной, вы возмущаетесь не свиньями, но самим человеком, который настолько не ценит свой бисер, что добровольно бросает его в дерьмо, а в ответ слышит всеобщее негодующее хрюканье, зафиксированное судебной стенографисткой.

— Мисс Франкон, суд вряд ли может принять подобные показания. Они недопустимы, несущественны...

— Продолжайте, свидетель, — неожиданно подал голос судья. Ему было скучно, кроме того, ему было приятно смотреть на Доминик. Он также видел, что присутствующие слушают увлеченно, хотя бы потому, что назревал скандал. Все были приятно взбудоражены, хотя симпатии безоговорочно оставались на стороне Хоптона Стоддарда.

— Ваша честь, видимо, произошло недоразумение, — сказал адвокат. — Мисс Франкон, вы свидетельствуете в пользу мистера Рорка или мистера Стоддарда?

— Конечно, в пользу мистера Стоддарда. Я объясняю причины, по которым мистер Стоддард должен выиграть это дело. Я поклялась говорить правду.

— Продолжайте, — сказал судья.

— Все свидетели, выступавшие здесь, говорили правду. Я просто восполняю пробелы. Они говорили об угрозе и ненависти. Они правы. Храм Стоддарда — угроза многому. Если оставить этот храм таким, каков он есть, никто не осмелится взглянуть на себя в зеркало. А это жестокое испытание. С людьми так нельзя. Требуйте от людей всего, чего хотите. Требуйте от них богатства, славы, любви, жестокости, насилия, самопожертвования. Но не ждите от них самоуважения. За это они возненавидят вас до глубины души. Что ж, им лучше знать. У них есть на это причины. Конечно, они не скажут вам в лицо, что ненавидят вас. Напротив, они скажут, что это вы их ненавидите. Разница, впрочем, не так велика. Они понимают, какие чувства стоят за этим. Таковы люди. Зачем же становиться мучеником ради невозможного? Зачем строить храм миру, которого нет?

— Ваша честь, я не вижу, какое отношение все это может иметь...

— Я ведь работаю на вас. Я доказываю, что вам следует поддерживать Эллсворта Тухи. Впрочем, вы и без того это делаете. Храм Стоддарда нужно разрушить. Но не ради спасения людей, а ради спасения храма. Впрочем, об этой разнице можно и не говорить. Мистер Стоддард должен победить. Я полностью согласна со всем, что здесь происходит, за исключением одного. Этот храм нужно разрушить, но давайте не будем делать вид, что совершаем акт справедливости. Давайте признаемся сами себе, что мы кроты, поднявшие голос против горных вершин. Или лемминги, животные, которые идут навстречу собственной гибели. Я прекрасно понимаю, что мое выступление так же бессмысленно, как то, что совершил Говард Рорк. Но пусть это будет моим храмом Стоддарда, первым и последним. — Она поклонилась судье. — Это все, ваша честь.

— Ваши вопросы к свидетелю, — пробурчал адвокат в сторону Рорка.

— У защиты нет вопросов.

Доминик сошла с возвышения.

Адвокат поклонился в сторону скамьи присяжных:

— У истца больше нет вопросов.

Судья повернулся к Рорку и жестом пригласил его взять слово.

Рорк поднялся и прошел к скамье присяжных, держа в руках коричневый конверт. Он вынул из конверта десять фотографий храма Стоддарда и положил их перед судьей. Затем он произнес:

— Защита отказывается от дальнейшего предъявления доказательств.

XIII

Хоптон Стоддард выиграл дело. Эллсворт Тухи написал по этому поводу: «Мистер Рорк вытащил на суд Фрину*, но это ему никак не помогло. Прежде всего, мы никогда не поверим тому, что она рассказала».

Рорку пришлось оплатить расходы по реконструкции храма. Он отказался подать апелляционную жалобу. Хоптон Стоддард объявил, что храм будет переделан в больницу для дефективных детей его имени.

На следующий день после суда Альва Скаррет просматривал гранки рубрики «Ваш дом», которые ему принесли, и от ужаса у него перехватило дыхание. Перед ним был полный текст выступления Доминик в суде. Ее показания уже цитировались в обзорах по этому делу, но в печать попали лишь безобидные выдержки из ее речи. Скаррет поспешил в кабинет Доминик.

— Дорогая, дорогая, дорогая, мы никак не можем это напечатать. — Она посмотрела на него, как в пустоту, и промолчала. — Доминик, солнышко, будь же разумной. Ты прекрасно знаешь, какую позицию заняла наша газета в этом вопросе. Не говоря уж о твоих словесах и совершенно непечатных мыслях! Ты знаешь, какую кампанию мы провели. Ты видела мою передовицу для сегодняшнего выпуска — «Победа порядочности». Мы не можем допустить, чтобы статья одного из наших авторов противоречила всей нашей политике.

— Тебе придется напечатать ее.

— Но, дорогая…

— Или я должна буду уйти.

— Но послушай, послушай, не глупи. Зачем впадать в детство? Ты же все понимаешь. Куда мы денемся без тебя? Мы не можем…

— Тебе придется выбирать, Альва.

Скаррет оказался меж двух огней: он не хотел терять Доминик, ведь ее рубрика была популярной, но и напечатать ее статью не мог, иначе получил бы жесточайший разнос от Гейла Винанда. Винанд еще не вернулся из круиза. Скаррет телеграфировал ему в Бали, спрашивая, что делать.

Ответ пришел через несколько часов. Телеграмму, зашифрованную личным шифром Винанда, расшифровали. Она гласила: «Уволить суку. Г.В.».

Скаррет, совершенно подавленный, уставился в текст телеграммы. Это был приказ. Теперь нельзя было ничего изменить, даже если бы Доминик уступила. Он надеялся, что она сама откажется от своих обязанностей. Он просто не мог представить себе, как будет ее увольнять.

Через рассыльного, которого пристроил на работу в редакции, Тухи раздобыл дешифровку телеграммы Винанда. Он положил ее в карман и отправился в кабинет Доминик. Он не видел ее после суда. Она освобождала ящики своего стола.

— Привет, — коротко бросил он. — Чем занимаешься?

— Жду новостей от Альвы Скаррета.

— Новостей?

— Сообщения, надо ли мне подать заявление об уходе.

— Есть желание потолковать о суде?

— Нет.

— А у меня есть. Хочу сказать, что тебе удалось то, что еще никому не удавалось: ты доказала, что я не прав. — Он произнес это холодным тоном, на лице его не отразилось никаких чувств, в глазах не было и намека на дружелюбие. — Не ожидал такого выступления от тебя. Весьма эффектно. Впрочем, на твоем обычном уровне. Просто я просчитался в том, на что будет направлена твоя злость. Однако у тебя хватило ума признать тщетность своих усилий. Конечно, ты выразила, что хотела. Я тоже. У меня есть подарок для тебя в знак глубокого уважения.

Он выложил телеграмму на стол.

Она ее прочитала и, не говоря ни слова, продолжала держать листок в руке.

— Как видишь, дорогая, ты даже не можешь уйти по собственному желанию, — сказал он. — Не можешь принести себя в жертву твоему сорящему бисером герою. Помня, что ты можешь вынести побои исключительно от себя самой, я подумал, что этот жест ты сможешь оценить.

Она сложила листок и положила его в сумочку:

— Спасибо, Эллсворт.

— Если ты собираешься бороться со мной, тебе не обойтись одними речами.

— А разве я ограничилась только речами?

— Нет, конечно, нет. Ты права. Я опять выразился неточно. Ты всегда боролась против меня, и твои свидетельские показания — единственный случай, дорогая, когда ты сломалась и молила о пощаде.

— И?..

— И в этом был мой просчет.

— Да.

Он церемонно поклонился и вышел.

Она сложила все, что собиралась унести домой. Потом отправилась в кабинет к Скаррету. Она показала ему телеграмму, но оставила ее у себя в руках.

— Хорошо, Альва, — сказала она.

— Доминик, я не мог ничего сделать, тут такое дело… А как ты ее раздобыла?

— Не волнуйся, Альва. Нет, тебе я ее не отдам. Оставлю у себя. — Она положила листок обратно в сумочку. — Чек пришлешь мне по почте и сообщишь все что нужно.

— Так ты… ты так или иначе все равно собиралась уволиться?

— Да, но так мне больше нравится — быть уволенной.

— Доминик, мне это страшно неприятно. Просто не могу поверить. Не укладывается в голове.

— Все-таки вы, господа, сделали из меня мученицу. А я всю жизнь этого боялась. Это так непривлекательно — быть мученицей. Слишком большая честь для мучителей. Но я вот что скажу тебе, Альва, потому что ты самый неподходящий человек, чтобы выслушать это: что бы вы ни делали со мной… или с ним, ничто не может быть хуже того, что я сделаю сама с собой. Если ты думаешь, что храм Стоддарда мне не по силам, подожди и увидишь, что мне по силам.

Через три дня после суда Эллсворт Тухи сидел дома и слушал радио. Работать ему не хотелось, и он позволил себе отдохнуть, с наслаждением растянувшись в кресле, выбивая пальцами сложный ритм симфонии. Раздался стук в дверь.

— Входите, — протянул он.

Вошла Кэтрин. Как бы извиняясь, она взглянула на радио.

— Я думала, что вы не заняты, дядя. Мне надо поговорить с вами.

Она стояла, ссутулившись, худая и плоская. На ней была юбка из дорогого твида, но неотглаженная. Губы накрашены небрежно, помада попала на щеки, бледные от наложенной пятнами пудры. В свои двадцать шесть лет она выглядела как женщина, которая старается скрыть, что ей уже за тридцать.

За последние несколько лет с помощью дяди она смогла стать видным работником социальной сферы. У нее был постоянный заработок в коммунальной службе, небольшой, но собственный счет в банке, она могла позволить себе приглашать своих приятельниц по службе, женщин старше ее, в кафе, и там они обсуждали проблемы матерей-одиночек, вопросы воспитания детей из бедных семей и вред, причиняемый обществу промышленными корпорациями-монополистами.

В последние годы Тухи, казалось, забыл о ее существовании. Но он осознавал, что при всей ее молчаливости и ненавязчивости он очень много значил для нее. Он редко обращался к ней, но она постоянно приходила к нему за советом. Она походила на аккумулятор, которому надо периодически подзаряжаться от его энергии. Даже в театр она не отправлялась, не спросив его мнения о пьесе. Прежде чем записаться на курс лекций, она спрашивала его мнение. Однажды она подружилась с интеллигентной, способной, веселой девушкой, которая любила бедных, несмотря на то что сама была работником социальной сферы. Тухи не одобрил их дружбу, и она отказалась от нее.

Когда Кэтрин нужен был совет, она обращалась к нему как бы мимоходом, стараясь не занимать надолго его внимания, — за столом между двумя блюдами, у лифта, когда он уходил из дома, в гостиной, во время паузы в радиопередаче. Она всячески подчеркивала, что не претендует на что-то большее, чем обрывки его внимания.

Поэтому Тухи посмотрел на нее с удивлением, когда она появилась у него в кабинете. Он сказал:

— Пожалуйста, я не занят, для тебя, милочка, у меня всегда есть время. Приглуши немного радио, будь добра.

Она убавила громкость и неуклюже опустилась в кресло напротив. Движения ее были неловки и плохо скоординированы, как у подростка, она утратила уверенность движений и поз. И все же иной раз какой-то невольный жест, поворот головы обнаруживали накапливавшееся в ней недовольство, прорывавшееся наружу нетерпение.

Она смотрела на дядю. Взгляд под очками был напряженно-упорным, но ничего не выражающим. Она заговорила:

— Чем вы были заняты, дядя? Я читала в газетах, что вы выиграли какое-то дело в суде, с которым были связаны. Я порадовалась за вас. Давно я не следила за газетами. Так много дел... Хотя это не совсем так. Время у меня было, но, когда я возвращалась домой, у меня ни на что не оставалось сил. Я валилась на кровать и засыпала. Скажите, дядя, люди много спят, потому что устают или хотят от чего-то укрыться?

— Ну-ну, дорогая, это на тебя не похоже. Совсем не похоже.

Она беспомощно дернула головой:

— Да, я знаю.

— В чем же дело?

Смотря вниз, на ноги, с трудом шевеля губами, она произнесла:

— Видно, дядя, я ни на что не гожусь. — Она подняла на него глаза. — Я очень несчастна, дядя.

Он молча, с серьезным и добрым видом смотрел на нее. Она прошептала:

— Вы понимаете меня?

Он кивнул.

— Вы не сердитесь на меня? Вы меня не презираете?

— Дорогая моя, как я могу?

— Я не хотела говорить этого. Даже самой себе. Не только сегодня, но много раньше. Позвольте мне все сказать, не останавливайте меня. Мне надо высказаться. Я как на исповеди, как бывало раньше... нет, нет, не думайте, что я вернулась к прошлому, я знаю, что религия — это всего лишь... вид классового угнетения. Не думайте, что я забыла ваши уроки, усомнилась в вас. Меня не тянет снова в церковь. Мне только нужно, чтобы меня выслушали.

— Кэти, дорогая, во-первых, почему ты так испугана? Не надо ничего бояться. Во всяком случае, не надо бояться разговора со мной. Успокойся и рассказывай, что случилось. Будь сама собой.

Она благодарно посмотрела на него:

— Вы так... так великодушны, дядя Эллсворт. Именно этого мне не хотелось говорить, но вы угадали. Я боюсь. Потому что... вы ведь сами только что сказали: будь сама собой. Я как раз этого и боюсь больше всего — быть собой. Потому что во мне много зла.

Он рассмеялся необидным, добрым смехом, отрицавшим ее утверждение. Но она не улыбнулась.

— Нет, дядя Эллсворт, я говорю правду. Я попробую выразиться яснее. Мне всегда, с детских лет, хотелось быть хорошим человеком. Раньше я думала, что все стремятся к этому, но теперь я так уже не думаю. Одни стараются изо всех сил, насколько могут, делать добро, даже если им не всегда это удается. Но другим безразлично. Я же всегда принимала это близко к сердцу, относилась неравнодушно. Конечно, я понимала, что у меня нет больших талантов, что это очень сложный вопрос — проблема добра и зла. Но независимо от этого, в меру моего понимания, что есть добро, а что зло, я всегда изо всех сил старалась делать добро. Никто на моем месте не сделал бы больше, так ведь? Для вас все это, наверное, звучит детским лепетом?

— Нет, милая Кэти, совсем нет, продолжай.

— Так вот, я с самого начала знала, что быть эгоистом дурно. В этом я была уверена. Поэтому я ничего не требовала для себя. Когда Питер надолго исчезал... Нет, этого вы не одобряете.

— Что я не одобряю, дорогая?

— Меня и Питера. Лучше я не буду говорить об этом. Да это и неважно. Вы можете теперь понять, почему я была так рада поселиться у вас. Вы меньше всего думаете о себе, и я, как могла, старалась следовать вашим принципам. Вот почему я пошла в социальное обеспечение. Вы никогда этого прямо не предлагали мне, но я чувствовала, что вы бы это одобрили. Не спрашивайте, на чем основывалась эта догадка, это трудно выразить — нечто неосязаемое, незначительные, казалось бы, признаки. Я с уверенностью приступила к работе. Я знала, что эгоизм порождает несчастье и что настоящего счастья можно добиться, только посвятив себя заботам о других. Я слышала это от вас. Это многие говорили. Об этом твердили людям испокон веку лучшие представители человечества.

— И что же?

— Посмотрите на меня.

На время он замер, потом весело заулыбался и сказал:

— Что с тобой произошло, голубушка? Если не принимать во внимание, что на тебе чулки из разных пар и помада размазалась по лицу...

— Не смейтесь надо мной, дядя Эллсворт. Прошу вас. Я помню, что вы говорили: надо уметь смеяться надо всем и над собой в первую очередь. Только мне теперь не до смеха.

— Ладно, Кэти, я не буду подтрунивать над тобой. Но все-таки что же случилось?

— Я чувствую себя ужасно несчастной. Несчастной до неприличия, до отвращения, каким-то непристойным, нечестным образом. И уже давно. Я боюсь об этом думать, боюсь всмотреться в себя. И это плохо. Я становлюсь лицемеркой. Я всегда стремилась быть честной перед собой, но больше нет, нет, нет!

— Успокойся, дорогая. Не надо кричать. Тебя услышат соседи.

Она провела тыльной стороной ладони по лбу. Тряхнула головой. Прошептала:

— Извините. Сейчас я успокоюсь.

— Отчего же ты так несчастна, дорогая?

— Не знаю. Сама не пойму. Вот, например, я организовала курсы для беременных в доме Клиффорда, это была моя идея, я собрала деньги, нашла специалиста. Курсы пользуются успехом. Казалось бы, я должна радоваться, но этого нет. Я ощущаю безразличие. Я сижу и говорю себе: ты пристроила ребенка Марии Гонзалес в хорошую семью и должна радоваться этому. А я не рада. Мне все равно. Я ничего не чувствую. Когда не лукавлю, я знаю, что единственное, что я испытывала все эти годы, — это безмерная усталость. Не физическая усталость, а просто усталость. Такая... такая, будто меня самой уже и нет.

Она сняла очки, словно двойной барьер линз — его и ее очков — мешал ей пробиться к нему. И заговорила еще тише, слова давались ей с большим трудом.

— Но это еще не все. Еще хуже, просто нестерпимо для меня то, что я начинаю ненавидеть людей. Я становлюсь грубой, подлой и мелочной. Такой я никогда раньше не была. Я ожидаю от людей благодарности, я ее требую. Мне приятно, когда жители трущоб кланяются мне, заискивают и унижаются передо мной. Мне нравятся только те, кто подобострастен. Один раз... один раз я сказала женщине, что она не ценит того, что мы делаем для отбросов общества вроде нее. Потом я долго рыдала, так мне было стыдно за себя. Теперь меня задевает, когда люди начинают спорить со мной. Мне уже кажется, что они не имеют права на собственное мнение, что мне лучше знать, что я для них высший авторитет. Мы очень беспокоились за одну девушку, она встречалась с очень красивым парнем, о котором ходила дурная слава. Я неделями не давала ей прохода, внушая, что с ним она попадет в беду и что она должна бросить его. И что же? Она вышла за него замуж, и теперь они самая счастливая пара в округе. Думаете, это меня радует? Ничуть. Я испытываю раздражение против них и с трудом его скрываю, когда вижу эту девушку. Одной девушке позарез требовалось найти работу по семейным обстоятельствам, и я обещала ей помочь. Но она устроилась на хорошее место без моей помощи. Меня это не порадовало. Наоборот, я испытывала страшную досаду, что кто-то выбрался из беды без моего участия. Вчера я беседовала с пареньком, который хочет попасть в колледж. Я всячески его отговаривала, говорила, что ему лучше пойти работать. Я даже была раздосадована. А потом вдруг поняла: причина в том, что я сама хотела раньше учиться в колледже, помните, вы мне не позволили, вот и я тоже хотела не позволить ему... Дядя Эллсворт, разве вам не ясно? Я становлюсь эгоисткой. Эгоисткой еще худшего вида, чем какой-нибудь мелкий хозяйчик, который заставляет людей работать до седьмого пота, чтобы выжать из них лишний цент.

Он спокойно спросил ее:

— Это все?

Она прикрыла глаза и сказала, опустив голову:

— Да, если не считать того, что я не одна такая. Таких, как я, много; большинство женщин, которые работают со мной, такие же. Не знаю, как они дошли до этого. Не знаю, как это случилось со мной... Раньше мне было приятно помогать людям. Помню один случай, я тогда обедала вместе с Питером, по дороге домой я увидела старика, он играл на шарманке, и я дала ему пять долларов — все деньги, какие у меня оставались, я их приберегла, чтобы купить бутылку «Рождественской ночи». Уж очень мне тогда ее хотелось, но потом всякий раз, когда я вспоминала шарманщика, у меня было так радостно, так светло на душе... В те дни я часто виделась с Питером. Возвращаюсь, бывало, домой после встречи с ним, и мне хочется приласкать каждого маленького оборвыша в нашем квартале... А теперь мне, кажется, ненавистны все бедняки. И моим сослуживцам, похоже, тоже... Но бедняки нас не ненавидят, хотя могли бы. Они нас презирают. Не смешно ли? Обычно хозяева презирают рабов, а рабы их ненавидят. Не знаю, как будто роли поменялись. Видно, в этом случае все иначе, а может быть, и нет. Не знаю... — Она выпрямилась на миг в последней попытке сопротивления. — Неужели вам не понять, что меня мучает? Как же так получилось, что я с радостью взялась за дело, которое мне казалось правым, а в итоге оно растлило мою душу? Видимо, во мне изначально нет добра, и я не способна нести его людям. Не вижу другого объяснения. И все же... иногда мне приходит в голову странная мысль: может ли вообще быть смысл в том, чтобы человек искренне, всем сердцем стремился делать добро — при том, что добро ему никак не дается? Не может быть, что я совсем негодный человек. Я ведь все отвергла, ничего не оставила для себя, у меня ничего нет — а между тем я несчастна. И другие женщины рядом со мной несчастны. И я не знаю ни одного бескорыстного человека в мире, который был бы счастлив... кроме вас, дядя.

Она уронила голову на грудь и больше ее не поднимала, казалось, она потеряла интерес к ответу на заданный ею вопрос.

— Кэти, — тихо, с мягким упреком сказал он. — Кэти, дорогая моя.

Она молча ждала.

— Ты действительно хочешь услышать ответ?

Она кивнула.

— Видишь ли, мой ответ уже содержится в том, что ты сама сказала.

Она взглянула на него, не понимая.

— О чем ты вела речь? На что ты жаловалась? На то, что ты несчастна. Ты, Кэти Хейлси, и никто другой. За всю свою жизнь я не слышал речей более эгоистичных.

Она заморгала глазами, вся внимание, напрягаясь, как школьница, которой задают трудный урок.

— Неужели тебе не ясно, как это эгоистично? Ты выбрала благородную профессию, и не ради добрых дел, а ради личного удовлетворения, которое ожидала найти в ней.

— Но мне действительно хотелось помогать людям.

— Потому что ты рассчитывала проявить в этом лучшие качества своей натуры.

— Да, а что? Я считала, что это доброе дело. Разве зазорно хотеть приносить добро?

— Зазорно, если это твоя главная цель. Тебе непонятно, что ставить в центр собственные желания — это и есть эгоизм. Пусть все летит к чертовой матери, только бы я был добродетелен.

— Но если не уважать себя, как можно что-нибудь совершить?

— А зачем вообще быть личностью? — Она изумленно развела руками. — Если заботиться прежде всего о том, кто ты, что думаешь, что чувствуешь, что у тебя есть, а чего нет, то это и есть обыкновенный эгоизм.

— Не могу же я вылезти из собственной кожи.

— Нет, но можно вылезти из собственной мелкой души.

— Вы хотите сказать, что я должна *хотеть* быть несчастной?

— Нет. Надо вообще *перестать хотеть*. Надо забыть, как важна мисс Кэтрин Хейлси, перестать с ней считаться. Потому что, пойми, она несущественна. Люди что-то значат только по отношению к другим людям, по своей полезности, по тем функциям, которые они выполняют. Не поняв этого полностью, нельзя ни на что рассчитывать, кроме несчастья в той или иной форме. Зачем делать мировую трагедию из того, что ты чувствуешь, как становишься черствым по отношению к людям? Ну и что? Это только болезнь роста. Нельзя ведь сразу перескочить из состояния животной дикости в царство духовности, минуя промежуточные стадии. Какие-то из них покажутся малопривлекательными. Красивая женщина сначала часто бывает гадким утенком. Рост предполагает разрушение. Нельзя приготовить омлет, не разбив яйца. Надо с готовностью принимать страдания, не бояться быть жестоким, нечестным, нечистоплотным, словом, идти на все, чтобы вырвать с корнем самое стойкое из зол — свое Я. Только умертвив его, став ко всему безучастным, растворив себя как личность и забыв имя своей души, только тогда познаешь счастье, о котором я говорил, и перед тобой растворятся врата духовного величия.

— Но, дядя Эллсворт, — пролепетала она, — когда растворятся врата, кто войдет в них?

Он звонко, недобро, но явно оценив ее замечание, рассмеялся:

— Ну, милая, никак не ожидал от тебя таких сюрпризов. — Лицо его стало серьезным. — Остроумно, ничего не скажешь, но надеюсь, милая Кэти, за этим ничего больше не кроется, кроме остроумия?

— Нет, не кроется, — неуверенно сказала она, — наверное, нет, и все же...

— Когда говоришь об отвлеченных материях, нельзя понимать все буквально. Конечно, ты войдешь. Ты не утратишь по дороге свою личность, наоборот, приобретешь более широкую, такую, что вместит все другие и всю вселенную.

— Но как? Что это значит конкретно?

— Теперь ты видишь сама, как трудно рассуждать об этих вещах, ведь весь наш язык — это выражение индивидуализма со всеми его понятиями и предрассудками. Личность — это иллюзия, не более. Нельзя построить новый дом из одних обломков старого. Не стоит рассчитывать понять меня полностью в рамках нынешнего концептуального аппарата. Наш ум отравлен эгоизмом, его предрассудками и заблуждениями. Нам не дано знать, что будет добром и злом в обществе бескорыстия, мы не можем судить, что и как будем чувствовать тогда. Сначала надо разрушить эго. Вот почему разум так ненадежен. Мы не должны думать. Мы должны верить. Верить, Кэти, даже вопреки разуму. Не задумывайся. Верь. Полагайся на сердце, а не на рассудок. Не думай, а чувствуй и верь.

Она сидела молча, собравшись, успокоившись, и все же выглядела так, будто по ней проехал паровой каток. Она покорно прошептала:

— Вы правы, дядя... я... я не могла сама все так понять, я имею в виду, мне казалось, что я должна думать... Но вы правы... то есть если я могу правильно выразить свою мысль... если я могу правильно употреблять слова... Да, я буду верить... я постараюсь понять... Нет, не понять. Почувствовать, я хочу сказать, поверить... Но хватит ли у меня сил? После разговора с вами я всегда чувствую себя такой ничтожной... Видимо, я в чем-то была права: я недостойна... но это неважно... это неважно...

Когда на следующий день вечером позвонили в дверь, Тухи сам пошел открыть.

Он с улыбкой впустил Питера Китинга. После суда Тухи ожидал появления Китинга, он знал, что Китингу надо будет встретиться с ним. Но ждал, что Китинг появится раньше.

Китинг вошел с неуверенным видом. Казалось, руки у него отяжелели и оттягивали плечи. Веки набрякли, лицо было одутловатым.

— Привет, Питер, — энергично сказал Тухи. — Пришел повидаться? Входи же. Очень кстати. У меня весь вечер свободен.

— Нет, — ответил Китинг. — Я пришел к Кэти.

Он избегал смотреть на Тухи и не видел выражения его глаз за очками.

— К Кэти? Ради бога! — непринужденно сказал Тухи. — Раньше ты никогда к ней не приходил, так что мне не пришло в голову, но... Проходи, думаю, она дома. Вот сюда... ты не знаешь, где ее комната? Вторая дверь.

Китинг, тяжело шаркая ногами, прошел по коридору, постучал в дверь и вошел после ответа. Тухи стоял, задумчиво глядя ему вслед.

Кэтрин, увидев Питера, вскочила. Минуту она стояла с глупым видом, не веря глазам, потом бросилась к кровати, схватила лежавший там пояс и торопливо засунула его под подушку. Сбросила очки, спрятала их в кулаке, а потом опустила в карман. Она не знала, что хуже: остаться как есть или присесть за туалетный столик и накраситься в его присутствии.

Она не видела Китинга шесть месяцев. Последние три года они изредка виделись, иногда вместе обедали, пару раз ходили в кино. Они всегда встречались на людях. После знакомства с Тухи Китинг не решался заходить к ней домой. При встречах они разговаривали так, словно ничего не изменилось. О женитьбе они давно не заводили речи.

— Добрый день, Кэти, — тихо сказал Китинг. — Не знал, что теперь ты носишь очки.

— Только когда читаю... я... Добрый вечер, Питер... Наверное, вид у меня ужасный сегодня... Я рада видеть тебя, Питер...

Он тяжело опустился на стул, не снимая пальто, держа шляпу в руке. Она стояла, беспомощно улыбаясь. Потом сделала нерешительный округлый жест рукой и спросила:

— Ты просто заскочил на минутку или... Может, снимешь пальто?

— Нет, я не на минутку. — Он поднялся, бросил пальто и шляпу на кровать и впервые за все время улыбнулся, спросив: — Но может быть, ты занята и прогонишь меня?

Она прижала подушечки пальцев к глазам и быстро-быстро отдернула их. Она должна была вести себя с ним как всегда при встречах, чтобы голос звучал легко и непринужденно.

— Нет, нет, я совсем не занята.

Он присел и протянул к ней руку в молчаливом приглашении. Она быстро подошла к нему, вложила свою руку в его, и он притянул ее к себе на ручку кресла.

Свет лампы падал на него, и она уже достаточно овладела собой, чтобы заметить выражение его лица.

— Питти, — воскликнула она, — что с тобой? Ты выглядишь просто ужасно.

— Я пил.

— Но не так же.

— Именно так. Но теперь с этим покончено.

— В чем же дело?

— Я хотел тебя видеть, Кэти. Я хотел тебя видеть.

— Милый, что они сделали с тобой?

— Никто ничего со мной не сделал. Теперь со мной все в порядке. Поэтому я и пришел сюда... Кэти, ты когда-нибудь слышала о Хоптоне Стоддарде?

— Стоддард?.. Не знаю. Имя мне где-то встречалось.

— Ладно, неважно, не затрудняйся. Только я подумал, как все странно. Видишь ли, этот Стоддард, старый мошенник, не мог больше терпеть угрызений совести и, чтобы загладить свои грехи, преподнес городу большой дар. А я... когда мне стало невмоготу терпеть, я решил, что могу искупить их единственным образом, сделав то, чего мне на самом деле хотелось больше всего, — прийти к тебе.

— Что ты не мог больше терпеть, Питер?

— Кэти, я сделал большую подлость. Когда-нибудь я тебе расскажу, только не сейчас... Ты могла бы простить меня... простить не расспрашивая? Тогда я буду думать, что прощен человеком, который никак не может простить меня. Человеком, которого нельзя обидеть и который поэтому не может простить... Но от этого мне только хуже.

Кэтрин, казалось, ничуть не удивилась. Она с готовностью произнесла:

— Я прощаю тебя, Питер.

Он несколько раз медленно склонил голову и сказал:

— Благодарю тебя.

Она прижалась к нему щекой и прошептала:

— Тебе так много пришлось пережить, Питер.

— Да, но теперь все в порядке.

Китинг притянул ее к себе и стал целовать. Он больше не думал о храме Стоддарда, а она не думала о добре и зле. В этом не было нужды, они оба были чисты.

— Кэти, почему мы не поженились?

— Не знаю, — ответила она. И добавила торопливо, только потому, что сердце ее застучало и она не могла не сказать что-то, но и не могла позволить себе воспользоваться моментом: — Наверное, мы оба знали, что нам не надо торопиться.

— Нет, надо. Если мы уже не опоздали.

— О, Питер! Ты... уж не делаешь ли ты мне снова предложение?

— Кэти, прошу тебя не удивляться. Если ты удивишься, я пойму так, что все эти годы ты испытывала сомнение. Это было бы для меня сейчас ужасно. Я пришел именно сделать тебе предложение. Мы поженимся. Поженимся, не теряя времени.

— Да, Питер.

— Нам не нужны объявления, приготовления, гости, церемонии и прочее. Из-за них мы все время откладывали нашу женитьбу. Честно, не могу понять, как мы могли пустить все на самотек... Мы никому ничего не скажем, просто исчезнем из города и поженимся. Объясним и объявим всем после, если кому-то потребуется объяснить. Это касается твоего дяди, моей матери, ну и других.

— Да, Питер.

— Завтра ты бросишь твою чертову работу. Я договорюсь на службе о месячном отпуске. Гай, конечно, взбеленится, интересно будет на него посмотреть. Упакуй нужные вещи, много не потребуется, и не беспокойся о макияже, между прочим... ты вроде сказала, что выглядишь сегодня ужасно? Так вот, ты никогда так чудесно не выглядела.

Я буду здесь послезавтра в девять утра. К тому времени у тебя все должно быть готово.

— Да, Питер.

Когда он ушел, она бросилась на кровать, плача навзрыд, не сдерживаясь, забыв о достоинстве, забыв обо всех делах и заботах.

Эллсворт Тухи оставил дверь кабинета открытой. Он видел, как Китинг прошел мимо, не заметив его открытой двери. Потом Тухи услышал рыдания Кэтрин. Он подошел к ее комнате и вошел без стука. Он спросил:

— В чем дело, дорогая? Питер обидел тебя?

Она приподнялась на кровати, посмотрела на него, отбросив волосы с лица назад, не сдерживая искупительных рыданий. И выпалила первое, что пришло ей в голову и что ей почему-то захотелось сказать. Она сказала нечто, чего сама не поняла, но он понял:

— Я вас не боюсь, дядя Эллсворт!

XIV

— Кто? — выдохнул Китинг.

— Мисс Доминик Франкон, — повторила горничная.

— Да ты пьяна, идиотка!

— Мистер Китинг!..

Он уже был на ногах, оттолкнул ее с дороги, выскочил в гостиную и увидел стоявшую там, в его квартире, Доминик Франкон.

— Привет, Питер.

— Доминик!.. Доминик, откуда ты? — Над всеми его эмоциями: гневом, недоверием, любопытством, польщенным самолюбием — возобладала признательность Всевышнему за то, что матери нет дома.

— Я звонила тебе на работу. Мне сказали, что ты уехал домой.

— Я очень, очень рад. Какой приятный сюр... А, к черту этикет. Я всегда стараюсь быть с тобой корректным, но ты видишь меня насквозь, так что в этом нет проку. Не буду разыгрывать роль безупречного джентльмена. Понимаешь, я поглупел от неожиданности, твой приход выходит за всякие рамки, и что бы я ни сказал сейчас, вероятно, будет невпопад.

— Да, так будет лучше, Питер.

Он заметил, что все еще держит в руках ключ от чемодана, и опустил его в карман. Он был до этого занят тем, что упаковывал вещи для завтрашнего свадебного путешествия. Он осмотрелся вокруг и с раздражением заметил, как вульгарна викторианская мебель по сравнению с элегантной фигурой Доминик. На ней был серый костюм, черный меховой жакет с высоким, до подбородка, воротом и шляпа с опущенными полями. Она выглядела иначе, чем в суде, и не так, как на вечеринках и званых обедах. На память ему вдруг пришел тот момент, когда многие годы назад он стоял на лестнице у кабинета Гая Франкона и желал себе больше никогда не видеть Доминик. Она выглядела такой же, как тогда: незнакомкой с кристально чистой пустотой во взгляде.

— Садись, Доминик. Сними пальто.

— Нет, я ненадолго. Поскольку на сей раз мы с самого начала говорим начистоту, я прямо скажу, зачем пришла к тебе. Или ты предпочитаешь все же начать с вежливых пустяков?

— Нет, обойдемся без церемоний.

— Хорошо. Ты хочешь на мне жениться, Питер?

Он стоял, не шевелясь, потом тяжело опустился на стул. Он знал, что она не шутит.

— Если ты готов жениться на мне, — продолжала она тем же ровным, отстраненным голосом, — то это надо сделать немедля. Машина ждет внизу. Мы отправимся в Коннектикут и вернемся обратно. Это займет около трех часов.

— Доминик… — Ему хватило сил только на ее имя. Он хотел, чтобы его парализовало. Он чувствовал, что жизнь бьется в нем, как всегда, он старался усилием воли сковать свои мышцы, мозг, потому что хотел укрыться от ответственности сознательного решения.

— Питер, мы не притворяемся. Обычно люди сначала обсуждают доводы, чувства, а потом совершают поступки. Мы идем обратным путем. Если бы я сделала предложение как-то иначе, я бы обманывала тебя. Для нас это возможно только так. Никаких вопросов, условий, объяснений. То, о чем не сказано, уже заключает в себе ответ. Тем, что о нем не сказано. Тебе нечего обдумывать — только хочешь ты так поступить или нет.

— Доминик, — заговорил он, мгновенно сосредоточившись, словно шел по доске, перекинутой через пропасть, — я понял только одно, я понял, что должен поступить, как ты: никакого обсуждения, никаких разговоров, только ответ.

— Да.

— Но я не могу, не могу совсем…

— Питер, это такой момент, когда негде укрыться. Негде спрятаться. Даже за словами.

— Вот если бы ты сказала одну вещь…

— Нет.

— Если бы ты дала время…

— Нет. Или мы сейчас спускаемся вниз, или забудем обо всем.

— Ты не должна обижаться, если я… Ты никогда не оставляла мне надежды, что могла бы… что ты… Нет, нет, этого я не скажу… Но что, по-твоему, я должен думать? Я здесь один и…

— Поэтому совет ты можешь получить только от меня. И я советую тебе отказаться. Я не играю с тобой, Питер, но я не хочу облегчать твою задачу, сняв свое предложение. Ты предпочел бы вообще не иметь возможности жениться на мне. Но она у тебя есть. Сейчас. И решение за тобой.

Он больше не мог сохранять достоинство. Он опустил голову, уперся кулаком в лоб.

— Доминик, *почему*?

— Причины ты знаешь. Однажды, давно, я тебе говорила о них. Если у тебя не хватает духу думать о них, не жди, чтобы я повторила.

Он тихо сидел с опущенной головой. Потом сказал:

— Доминик, когда женятся люди нашего круга, это новость для первой полосы газет.

— Да.

— Не лучше ли все сделать как положено, с объявлением и свадебной церемонией?

— Я сильный человек, Питер, но не настолько. После ты можешь устроить прием, оповестить газеты.

— А сейчас ты ждешь от меня только «да» или «нет»?

— Только этого.

Он долго сидел, подняв на нее глаза. Она тоже смотрела на него, но в ее взгляде было не больше жизни, чем у взгляда с портрета. Ему показалось, что он остался один в комнате. Она терпеливо ждала, ничем не поступаясь, даже не прося поторопиться с ответом.

— Ладно, Доминик, да, — наконец сказал он.

Она с серьезным видом приняла его согласие, кивнув головой. Он встал.

— Надену пальто, — сказал он. — Поедем в твоей машине?

— Да.

— Машина с открытым верхом? Не одеться ли потеплее?

— Нет. Возьми теплый шарф. На улице слегка ветрено.

— Надо ли что-нибудь захватить с собой? Мы возвращаемся обратно сразу же?

— Мы там не задержимся.

Он не прикрыл за собой дверь, и она видела из гостиной, как он надевал пальто, укутывал шею шарфом, забросив конец за плечо. Он вышел в гостиную, держа в руках шляпу, и кивком головы пригласил ее отправиться в дорогу.

На площадке он нажал кнопку вызова лифта и пропустил ее в кабину. Его движения были точны, он действовал без колебаний, без радости, без эмоций. Он казался более чем когда-либо уверенным и мужественным.

Переходя улицу к месту, где стояла машина, он твердо и покровительственно взял ее под локоть. Открыл дверцу машины и, когда она уселась за руль, молча устроился рядом. Доминик перегнулась через него, чтобы поднять ветровое стекло с его стороны.

Она сказала:

— Если будет дуть на ходу, прикрой форточку, чтобы не было слишком холодно.

Он сказал:

— Поедем по Грэнд-Конкурс, там меньше фонарей.

Она положила сумку ему на колени, когда заводила мотор. Внезапно антагонизм между ними исчез, осталось тихое ощущение безнадежного товарищества, словно они оба стали жертвой одной безликой беды и были вынуждены помогать друг другу.

По привычке она ехала быстро и ровно, без рывков и спешки. Они сидели молча под мерный рокот мотора; не меняя позы, терпеливо дожидались указаний светофоров. Казалось, их нес властный поток, который нельзя остановить, которому бесполезно противиться. На улицах появились первые признаки сумерек, их слабый намек. Пожелтели мостовые. Магазины еще были открыты. Засветилась реклама кинотеатров, замерцали красные лампы, втягивая в себя из воздуха последние остатки дневного света, и от этого на улицах еще больше потемнело.

У Питера Китинга не было желания говорить. Он уже больше не казался Питером Китингом. Уже не искал тепла, не просил участия. Он ничего не требовал. Эта мысль пришла и ей в голову. Доминик взглянула на него, и во взгляде ее светилось одобрение, почти нежность. Он твердо встретил ее взгляд, она увидела, что он все понимает, но не сказал ни слова. Только глаза сказали: «Конечно» — и все.

Они уже выехали из города, и холодная бурая лента дороги стремительнее стлалась под колесами. Он сказал:

— Дорожная полиция здесь свирепствует. На всякий случай приготовь журналистское удостоверение.

— Я больше не журналист.

— То есть?

— Я больше не журналист.

— Уволилась?

— Нет, уволена.

— Что это значит? Почему?

— Где ты был последние дни? Я думала, все уже знают об этом.

— Извини, в последнее время я отключился от всего.

Чуть позднее она попросила:

— Достань мне сигарету. В сумочке.

Он открыл сумочку, увидел внутри портсигар, пудреницу, помаду, расческу, сложенный носовой платок, такой белоснежный, что жаль было трогать, он слабо пах ее духами. Где-то в нем шевельнулась мысль, что он как будто расстегивал ее блузку. Но эта мысль задела лишь малую часть его. Равно мало для него значила и та свобода, с которой он мог распорядиться ее сумочкой. Он достал сигарету, прикурил и передал из своих губ в ее. «Спасибо», — сказала она. Он закурил сам и закрыл сумочку.

Когда они добрались до Гринвич, он стал расспрашивать встречных, объяснять ей, куда ехать, где сворачивать. Потом, когда они подъехали к дому судьи, он сказал: «Вот здесь». Вышел первым и помог выйти ей. Нажал на кнопку звонка.

Их обвенчали в гостиной, где старились кресла с выцветшей обивкой голубого и пурпурного цвета и лампа со стеклянными бусами на ободке. Свидетелями были жена судьи и сосед по имени Чак, которого отвлекли от домашних дел. От него немного пахло хлоркой.

Они вернулись к машине, и Китинг спросил:

— Хочешь, я сяду за руль, если ты устала?

Она ответила:

— Нет.

Дорога пересекала бурые поля. На каждом склоне с западной стороны лежала усталая красная тень. Края полей размыла пурпурная дымка, в небе недвижно висела полоса догоравшего огня. Навстречу им катились еще различимые издалека коробки машин, у многих уже светились беспокойно-желтые зрачки фар.

Китинг смотрел на дорогу — узкую длинную ленту в центре ветрового стекла; она была зажата между полей, продернута по земле, опоясана вокруг холмов и вся уместилась в прямоугольнике перед его лицом, разматываясь как клубок навстречу летящей машине.

Дорога заполняла низ ветрового стекла, сбегала к его краям и рвалась на части, расступаясь перед полетом, распластываясь двумя серыми полотнищами по обеим сторонам машины.

Китингу подумалось, что идет гонка, и он стал ждать, когда в этой гонке победит ветровое стекло — врежется в прямоугольник дороги, прежде чем тот успеет развернуться.

— Где мы будем жить поначалу? — спросил он. — У тебя или у меня?

— У тебя, конечно.

— Я бы предпочел переехать к тебе.

— Нет. Я расстаюсь со своим жильем.

— Вряд ли тебе понравится моя квартира.

— Почему?

— Не знаю. Она не для тебя.

— Она мне понравится.

Минуту они молчали, потом он спросил:

— Как оповестим о нашей женитьбе?

— Как пожелаешь. Оставляю это на твое усмотрение.

Темнело, и она включила фары. Навстречу им выскакивали размытые прямоугольники дорожных знаков, извещая: «Левый поворот», «Перекресток». Вспыхивая внезапными пятнами света на обочине дороги, они, казалось, злорадно ухмылялись, суля опасности.

Они ехали в молчании, но между ними уже не чувствовалось связи, теперь они не шли вместе навстречу беде, беда уже нагрянула, и их смелость отныне ничего не значила.

Он ощутил беспокойство и неуверенность, обычные для него в обществе Доминик Франкон.

Он взглянул на нее вполоборота. Глаза ее были прикованы к дороге. На холодном ветру ее профиль был безмятежно чужд и невыносимо прекрасен. Он видел ее руки в перчатках, крепко держащие руль. Видел ее стройную ногу на педали акселератора, его глаза охватили ее очертания снизу доверху. Взгляд задержался на узком треугольнике тесной серой юбки. Внезапно он осознал, что имеет право думать о том, о чем он думает.

Впервые он полностью, ясно представил себе эту сторону брака и понял, что всегда хотел эту женщину и что это то же чувство, какое могло у него быть к шлюхе, только непреходящее, безнадежное и мстительное. «Моя жена», — впервые подумал он без тени какого бы то ни было уважения. На него нахлынуло желание, такое неистовое, что, будь сейчас лето, он велел бы ей свернуть с дороги и овладел ею.

Он протянул руку и обнял ее за плечи, едва касаясь их пальцами. Она не шевельнулась, не сопротивлялась и не повернулась к нему. Он отнял руку и стал смотреть прямо перед собой.

— Миссис Китинг, — без выражения сказал он, не обращаясь к ней, а просто констатируя факт.

— Миссис Питер Китинг, — откликнулась она.

Когда они остановились перед его домом, он вышел из машины и придержал дверцу открытой для нее, но она осталась сидеть за рулем.

— Спокойной ночи, Питер, — сказала она. — Увидимся завтра. — И добавила, прежде чем выражение его лица озвучилось непристойным ругательством: — Завтра я перевезу вещи к тебе, и тогда мы все обсудим. Все начнется завтра, Питер.

— Куда ты сейчас?

— Мне надо кое-что уладить.

— Но что я скажу людям сегодня?

— Все что хочешь, а можешь ничего.

Она включила мотор и исчезла в дорожном потоке.

Когда в тот же вечер она вошла в комнату Рорка, он встретил ее улыбкой, но не привычной легкой улыбкой, а напряженной улыбкой боли и ожидания.

Он не видел ее после процесса. Она ушла из зала суда, дав показания, и исчезла для него. Он приходил к ней домой, но горничная сказала, что мисс Франкон не может принять его.

Теперь она смотрела на него и улыбалась. В этом взгляде и улыбке впервые отразилось полное приятие, как будто, когда она увидела его, все разрешилось, все вопросы нашли ответ, и ей оставалось только смотреть на него.

Минуту они стояли друг перед другом, и она подумала, что самые прекрасные слова — это те, которых и произносить не надо.

Когда он шевельнулся, она сказала:

— Не надо ничего говорить о суде. Позже.

Он обнял ее, и она прижалась к нему всем телом, чтобы ощутить ширину его груди рядом со своей грудью, длину его ног своими; она как бы лежала на нем, и ступни ее не чувствовали веса — его объятия сделали ее невесомой.

В ту ночь они лежали в кровати, изредка обессиленно проваливаясь в недолгий сон, но и этот сон был столь же мощным актом единения, как и конвульсивное слияние тел.

Утром, когда они оделись, она смотрела, как он ходит по комнате. Ей была видна усталая расслабленность его движений. Она думала о том, что взяла от него, и тяжесть запястий подсказывала ей, что ее сила перелилась теперь в его нервы. Казалось, они обменялись энергией.

Когда он стоял в другом конце комнаты, повернувшись к ней спиной, она позвала его спокойным тихим голосом:

— Рорк.

Он повернулся к ней, словно уже ждал этого и догадывался, что последует.

Она прошла на середину комнаты, как в первый раз, когда здесь появилась, и остановилась, собранно и торжественно, словно перед исполнением священного обряда:

— Я люблю тебя, Рорк.

Она сказала это в первый раз.

Реакцию на последующие слова она прочитала на лице Рорка еще до того, как их произнесла.

— Вчера я вышла замуж. За Питера Китинга.

Ей было бы легче, если бы она увидела, как мужчина с гримасой боли подавляет рвущийся наружу крик, как он сжимает кулаки и напрягает мышцы, защищаясь от самого себя. Но легко ей не было, потому что она этого не увидела, хотя знала, что именно это свершалось в нем, не находя выхода и облегчения в физическом действии.

— Рорк... — прошептала она нежно и испуганно.

Он сказал:

— Все в порядке. — Потом добавил: — Прошу тебя, обожди немного... Теперь все, продолжай.

— Рорк, я всегда боялась встретить такого человека, как ты, потому что знала: мне придется увидеть то, что я увидела в суде, и придется сделать то, что я сделала в суде. Это было мне ненавистно, потому что быть защищаемым для тебя оскорбительно, и для меня тоже оскорбительно защищать тебя… Рорк, я могу принять все, кроме того, что легче всего принимают другие: полумеры, почти, приблизительно, ни то ни се, и так и этак. Возможно, у них есть на то основания. Не знаю. И не собираюсь разбираться. Знаю только одно: мне не дано это понять. Когда я постигаю тебя, я вступаю в желанный для меня мир. Мир, в котором стоит жить, по крайней мере, тут тебе дают шанс сражаться, и сражаться на приемлемых условиях. Но такого мира не существует. И я не могу жить, разрываясь между тем миром, который существует, и тобой. Это означало бы борьбу с теми, кто не достоин быть твоим противником. Вести бой за *тебя*, пользуясь их оружием, — святотатство. Тогда я была бы вынуждена делать для тебя то, что делала для Питера Китинга: лгать, льстить, быть уклончивой, идти на компромиссы, лебезить перед ничтожествами. И зачем? Чтобы ты получил свой шанс, чтобы выпросить для себя возможность жить, творить. Умолять их, Рорк, не насмехаться над ними, но трепетать, потому что они облечены властью причинять тебе вред. Может быть, я не могу так поступать, потому что слишком слаба? Но я не знаю, что свидетельствует о силе — смириться со всем этим ради тебя или так сильно любить тебя, чтобы все прочее стало неприемлемым. Не знаю. Я слишком люблю тебя.

Он смотрел на нее, ожидая. Она знала, что все это он давно уже понял, но об этом надо было сказать.

— Для тебя их как бы не существует. Но для меня они есть. Я ничего не могу поделать. Я люблю тебя. Контраст слишком велик. Рорк, тебе не победить их, они тебя уничтожат, но я этого не увижу: меня там не будет. Сначала я уничтожу сама себя. Вот единственная форма протеста, доступная мне. Что еще могу я предложить тебе? Люди жертвуют такой малостью. Я отдаю тебе свой брак с Питером Китингом. Я отказываюсь быть счастливой в их мире. Я принимаю страдание. Это будет мой ответ им и мое приношение тебе. Вероятно, я никогда не увижу тебя. Постараюсь не увидеть. Но я буду жить для тебя. Каждой минутой и каждым постыдным поступком я буду посвоему жить для тебя, и это все, что я могу.

Он пытался вставить слово, но она продолжала:

— Обожди. Позволь, я закончу. Ты можешь спросить: почему не покончить с собой? Потому что я люблю тебя. Потому что ты есть. Одно это так много значит, что не позволит мне умереть. А раз я должна жить, чтобы знать, что живешь ты, мне придется жить в том мире, какой есть, и жить по его предписаниям. Не наполовину, а в полную меру. Не хныча, не спасаясь от него бегством, но идя ему навстречу лицом к лицу, навстречу боли и уродству этого мира. Я выбираю худшее, что он может сделать со мной. Не как жена какого-нибудь относительно порядочного человека, а как жена Питера Китинга. И только в глубине души, там, куда никому не добраться, будет храниться за надежной стеной моего растления мысль о тебе и знание о тебе, и время от времени я буду говорить себе: «Говард Рорк», и буду сознавать, что заслужила право произнести это имя.

Она стояла перед ним, подняв к нему лицо, губы ее не были плотно сжаты, они были мягко сомкнуты, но их линия была четко обозначена на лице как знак боли и нежности, — нежности и покорности.

В его лице она видела страдание, такое давнее, что оно как будто стало частью его, потому что с ним смирились, и выглядело оно уже не раной, а шрамом.

— Доминик, если бы я сказал тебе сейчас: разорви этот брак, забудь о мире и моей борьбе, оставь гнев, заботы и надежды, живи для меня, для моей потребности в тебе — как моя жена, мое достояние?..

Он увидел в лице Доминик то, что она видела в его лице, когда сказала ему о замужестве, но он не был испуган и спокойно смотрел на нее. Она ответила после паузы, и слова не сходили прямо с губ, а казалось, губы мучительно собирали звуки извне:

— Я бы тебе подчинилась.

— Теперь тебе понятно, почему я этого не делаю. Я не буду пытаться остановить тебя. Я люблю тебя, Доминик.

Она закрыла глаза, и он сказал:

— Тебе не хотелось бы слышать об этом сейчас? Но я хочу, чтобы ты услышала. Когда мы вместе, у нас нет необходимости что-то говорить друг другу. И то, что я сейчас скажу, предназначено для времени, когда мы уже не будем вместе. Я люблю тебя, Доминик. Эгоистично, как факт моего существования. Эгоистично, как легкие вдыхают воздух. Я дышу, потому что это необходимо для моего существования, для обеспечения тела энергией. Я принес тебе не жертву, не сострадание, но собственное Я и свои самые сокровенные желания. Надо желать, чтобы тебя только так и любили. Я хочу, чтобы ты только так любила меня. Если бы ты вышла сейчас замуж за меня, я заполнил бы собою все твое существование. Но тогда ты мне не была бы нужна. Ты не была бы нужна себе и поэтому не смогла бы долго любить меня. Чтобы сказать: «Я тебя люблю», надо научиться произносить Я. И если бы сейчас принял твое самопожертвование, я ничего не получил бы, кроме пустого остова. Потребовав этого, я бы погубил тебя. Вот почему я не держу тебя. Я отпускаю тебя к твоему мужу. Не знаю, как я переживу нынешнюю ночь, но переживу непременно. Я хочу всю тебя целиком, как я сам, и такой ты останешься после сражения, в которое вступила. Сражения не бывают бескорыстными.

Напряженный ритм его речи говорил ей, что высказать эти мысли ему труднее, чем ей выслушать их. И она слушала.

— Тебе не надо бояться мира. Чтобы он не держал тебя так, как держит сейчас. Чтобы он не причинял тебе боли, как это было в суде. Я должен позволить тебе учиться самой. Я не могу помочь тебе. Ты должна сама отыскать свой путь. И когда ты его найдешь, ты вернешься ко мне. Они не уничтожат меня, Доминик. И тебя они не уничтожат. Ты победишь, потому что избрала самый трудный путь борьбы за свою свободу от мира. Я буду ждать тебя. Я люблю тебя. Я говорю это впредь на все годы, пока нам придется ждать. Я люблю тебя, Доминик. — Он поцеловал и отпустил ее.

XV

В то утро в девять часов Питер Китинг расхаживал взад-вперед по комнате. Дверь в комнату была заперта. Он забыл, что было девять часов и что Кэтрин ждала его. Он заставил себя забыть ее и все, что было с ней связано.

Дверь он запер от матери. Прошлым вечером, видя, что он места себе не находит, она вынудила его рассказать правду. Он выпалил, что женился на Доминик Франкон, и в объяснение добавил, что ей пришлось уехать из города к старушке-родственнице, чтобы сообщить о своем замужестве. Мать захлебывалась от восторженных расспросов, эмоции так захлестнули ее, что ему удалось избежать ответов на вопросы и скрыть свою панику: он не был уверен, что обзавелся женой и что она вернется к нему утром.

Он запретил матери сообщать кому бы то ни было эту новость, но вечером она кое-кому позвонила и то же сделала утром, так что теперь телефон звонил постоянно: все хотели знать, правда ли это, и рассыпались в изумленных поздравлениях. Китинг видел, как новость кругами расходилась по городу, охватывая все более широкий круг людей разного общественного положения. Сам он отказывался говорить по телефону. Ему казалось, что ликование охватило все закоулки Нью-Йорка, и лишь один он в непроницаемом бункере своей комнаты был в ужасе, отчаянии и не знал, что делать.

Был уже почти полдень, когда прозвенел дверной звонок. Он зажал уши руками, чтобы не слышать, кто и зачем пришел. Потом он услышал голос матери, пронзительный и радостный до глупости:

— Питти, миленький, иди же скорей и поцелуй свою супругу.

Он выскочил в прихожую. Там была Доминик, она снимала мягкую норковую шубу, и от меха к нему донеслась волна холодного воздуха с улицы, смешанного с легким ароматом ее духов. Она смотрела прямо на него и сдержанно улыбалась:

— Доброе утро, Питер.

Он стоял натянутый, как струна, и за какой-то миг заново пережил всю ночь и утро с телефонными звонками и недоверчивыми расспросами. И, пережив, ощутил триумф свершившегося. Он двигался как человек в центре арены гигантского стадиона и улыбался, как будто был высвечен лучами юпитеров и подан на экран крупным планом. Он сказал:

— Доминик, дорогая, ты как воплощенная мечта!

Чувство обреченности ушло — их брак стал тем, чем и должен был стать.

Казалось, она была рада этому. Она сказала:

— Извини, Питер, что не дала тебе возможности перенести меня через порог.

Он взял ее руку и поцеловал выше запястья с видом небрежно-интимной нежности.

Он увидел, что мать стоит рядом, и сказал тоном баловня судьбы:

— Мама, это Доминик Китинг.

Он смотрел, как мать целовала ее. Доминик с серьезным видом отвечала на поцелуи. Миссис Китинг счастливо кудахтала:

— Дорогая, я так рада, так рада! Благослови вас Господь. Я и подумать не могла, что вы такая красавица!

Он не знал, что делать дальше, но Доминик взяла инициативу в свои руки, не оставляя времени на лишние эмоции. Она прошла в гостиную и сказала:

— Сначала мы должны сесть за стол, а потом, Питер, ты покажешь мне квартиру. Мои вещи должны прибыть с минуты на минуту.

Миссис Китинг вся лучилась от радости.

— Обед готов на троих, мисс Фран... — Она поперхнулась. — Господи, как же мне звать вас, дорогая? Миссис Китинг или...

— Доминик, конечно, — ответила Доминик без улыбки.

— Не пригласить ли нам гостей, оповестить о... — начал было Китинг, но Доминик остановила его:

— Позже, не сейчас, Питер. Узнается само собой.

Позднее, когда прибыл багаж, он видел, как она без колебаний вошла в его спальню. Она показала горничной, как разложить и развесить ее гардероб, и попросила его помочь ей перераспределить одежду в шкафах.

Миссис Китинг была озадачена:

— Вы что же, детки, никуда не отправитесь? Все так внезапно и романтично, но как же — никакого медового месяца?

— Нет, никакого, — сказала Доминик. — Я не хочу отрывать Питера от работы.

Он сказал:

— Здесь мы, конечно, временно, Доминик. Потом переедем в другую квартиру. Я хочу, чтобы ты сама ее выбрала.

— Лучше я перееду, — благородно произнесла миссис Китинг, не подумав, просто из невольного страха перед Доминик. — Я сниму себе квартиру.

— Нет, — распорядилась Доминик. — Мне этого не хотелось бы. Я ничего не хочу менять. Я хочу войти в жизнь Питера, не меняя ее.

— Как это мило с вашей стороны! — засветилась улыбкой миссис Китинг, а Питер угрюмо подумал, что ничего особенно милого с ее стороны в этом нет.

Миссис Китинг осознавала, что, когда придет в себя, она возненавидит свою невестку. Она смирилась бы с высокомерием, но не могла простить Доминик ее серьезный вид и вежливость.

Зазвенел телефон. Китинга поздравлял главный проектировщик его фирмы, который сказал:

— Только что узнал, Питер. Гай просто ошалел от новости. Думаю, тебе обязательно надо позвонить ему, или самому появиться здесь, или сделать что-то в этом духе.

Китинг помчался на работу, радуясь возможности ненадолго сбежать из дому. В конторе он появился с видом юного счастливого жениха, летящего на крыльях любви. Смеясь, он пожимал руки в чертежной, принимая шумные игривые поздравления и завистливые напутствия. Потом он направился в кабинет Франкона.

Войдя, увидев улыбку на лице Франкона, улыбку, похожую на благословение, он на миг испытал чувство вины перед ним. И с восторгом обнимая Франкона за плечи, он бормотал:

— Гай, я так счастлив, так счастлив…

— Я этого всегда ждал, — неторопливо говорил Франкон, — и теперь я спокоен. Теперь все здесь по праву вскоре должно стать твоим, Питер, эти помещения и все прочее.

— О чем ты говоришь?

— Ладно, Питер, ты все понимаешь. Я уже устал, знаешь, наступает такое время, когда устаешь навсегда, и тогда… Впрочем, откуда тебе знать, ты слишком молод. Ну, черт побери, какой прок от меня здесь? Самое смешное то, что мне уже даже не хочется притворяться, что от меня есть прок… Иной раз мне хочется быть честным, это даже как-то приятно… В общем, куда ни кинь, еще год-другой, и я уйду на покой. Тогда все останется тебе. Конечно, мне будет приятно подольше оставаться здесь, ты ведь знаешь, что я люблю свое дело, здесь кипит работа, все притерлись друг к другу, нас уважают, неплохая ведь была фирма «Франкон и Хейер», как ты думаешь? Однако что же я мелю? «Франкон и Китинг». А потом будет просто «Китинг»… Питер, — тихо спросил он, — почему ты не выглядишь счастливым?

— Конечно же, я счастлив, я очень признателен и все такое, но с какой стати ты вдруг размечтался о покое?

— Я не о том тебя спросил, Питер. Я хочу знать, почему ты не рад, услышав, что все здесь станет твоим? Мне бы хотелось, чтобы это радовало тебя.

— Господи, Гай, что на тебя нашло? С чего это ты?

— Питер, для меня очень важно, чтобы ты был доволен тем, что тебе остается от меня. Чтобы ты гордился нашим делом. Ты ведь гордишься, Питер? Гордишься?

— А кто бы не гордился? — Он не смотрел на Франкона. Ему нестерпим был его просительный тон.

— Конечно, кто бы не гордился. И ты, Питер, конечно, гордишься?

— Да что ты хочешь от меня? — сердито крикнул Китинг.

— Я хочу, чтобы ты гордился мной, — просто, униженно, с отчаянием вымолвил Франкон. — Хочу знать, что я кое-что сделал, что моя жизнь не была бессмысленной. В конечном счете я хочу быть уверен, что я что-то значу.

— А ты в этом сомневаешься? Сомневаешься? — вдруг обозлился Китинг, будто увидел опасность, исходившую от Франкона.

— В чем дело, Питер? — тихо, почти равнодушно спросил Франкон.

— Черт возьми, у тебя нет права сомневаться! В твоем возрасте, с твоим именем, авторитетом, с твоим…

— Я хочу быть уверенным, Питер. Я трудился не покладая рук.

— Но ты сомневаешься! — Он был раздражен и напуган, поэтому ему хотелось досадить, причинить боль, и он пустил в ход то, что могло причинить самую сильную боль, забыв, что больно будет ему самому, а не Франкону, что Франкон не поймет, что он не знает об этом и не сможет даже догадаться. — А я вот знаю одного, у которого к концу его жизни никаких сомнений не будет. О, он будет так чертовски уверен в себе, что я готов перерезать его поганое горло!

— Кто он? — тихо, без интереса спросил Франкон.

— Гай! Гай, что с нами происходит? О чем мы говорим?

— Не знаю, — сказал Франкон. Он выглядел усталым.

Вечером того же дня Франкон пришел к Китингу на ужин. Он был нарядно одет и излучал былую галантность, целуя руку миссис Китинг. Однако поздравляя Доминик, он стал серьезен, и поздравление его было коротким. На лице его, когда он взглянул на дочь, промелькнуло умоляющее выражение. Он ждал от нее обидной, острой насмешки, но неожиданно встретил понимание. Она ничего не сказала, но нагнулась, поцеловала его в лоб, на секунду дольше, чем требовала простая формальность, прижавшись губами. Он почувствовал прилив тепла и благодарности... и тут же переполошился.

— Доминик, — прошептал он, чтобы никто не услышал, кроме нее, — ты, должно быть, ужасно несчастна...

Она весело рассмеялась и взяла его за руку:

— Да нет же, папа, как ты мог подумать такое.

— Прости меня, — пробормотал он, — я просто старый осел... Все чудесно...

Весь вечер к ним шли гости, шли без приглашения и без извещения, все, кто прослышал об их женитьбе и считал себя вправе появиться у них. Китинг не мог разобраться, рад он их видеть или нет. Казалось, все в норме, по крайней мере до тех пор, пока длилась веселая суматоха. Доминик вела себя безупречно. Он не уловил в ее поведении ни единого намека на сарказм.

Было уже поздно, когда ушел последний гость и они остались одни среди переполненных пепельниц и пустых стаканов. Они сидели в противоположных концах комнаты, и Китингу хотелось оттянуть момент, когда нужно будет думать о том, о чем в такой момент полагается думать.

— Ладно, Питер, — вставая, сказала Доминик, — давай доведем дело до конца.

Когда он лежал в темноте рядом с ней, удовлетворив свою страсть и оставшись еще более неудовлетворенным ее неподвижным телом, которое не реагировало на него, когда он испытал поражение в той единственной возможности навязать свою волю, которая ему оставалась, первыми словами, которые он прошептал, были:

— Будь ты проклята!

Она не пошевелилась.

Тогда он вспомнил о своем открытии, которое минуты страсти на время вытеснили из памяти.

— Кто это был? — спросил он.

— Говард Рорк, — ответила она.

— Ладно, — прошипел он, — не хочешь, не говори!

Он включил свет и увидел ее, нагую, лежащую неподвижно, с закинутой назад головой. Выражение ее лица было умиротворенным, невинным и чистым. Она сказала тихим голосом, глядя в потолок:

— Питер, если я смогла выдержать это, я теперь смогу выдержать все...

— Если ты рассчитываешь, что я собираюсь часто тебя беспокоить при таком твоем отношении...

— Часто ли, редко ли — как пожелаешь, Питер.

На следующее утро, войдя в столовую завтракать, Доминик обнаружила у своего прибора длинную белую коробку из цветочного магазина.

— Что это? — спросила она прислугу.

— Принесли сегодня утром, мадам, просили положить вам на стол за завтраком.

Коробка была адресована миссис Питер Китинг. Доминик открыла ее. В ней было несколько веток белой сирени, для этого времени года роскошь еще более экстравагантная, чем орхидеи. Там же была небольшая карточка, на которой от руки было написано большими стремительными буквами, которые, казалось, язвительно смеялись ей в лицо: «Эллсворт М. Тухи».

— Как мило, — сказал Китинг. — А я удивлялся вчера, почему от него ничего не слышно.

— Пожалуйста, поставьте их в воду, Мэри, — сказала Доминик, передавая коробку горничной.

Позже Доминик позвонила Тухи и пригласила его на ужин через несколько дней.

Ужин состоялся вскоре. Мать Китинга сказала, что не может присутствовать, так как этот день у нее якобы был занят еще раньше. Она оправдывала себя тем, что ей требовалось время, чтобы освоиться в новых обстоятельствах. Поэтому стол был накрыт на троих, горели свечи в хрустальных подсвечниках, в центре стояла ваза пористого стекла с голубыми цветами.

Появившись, Тухи поклонился хозяевам так, будто был приглашен на прием ко двору. Доминик вела себя как хозяйка на светском рауте, словно родилась для этой роли и ни для какой другой.

— Что скажешь, Эллсворт? — спросил Китинг, сопровождая слова жестом, который объединял гостиную, обстановку и Доминик.

— Дорогой Питер, — сказал Тухи, — не будем говорить о том, что говорит само за себя.

Доминик прошла с ними к накрытому столу. Она была одета к ужину: белая атласная блузка мужского покроя, длинная черная юбка, прямая и простая, гармонировавшая с каскадом прямых блестящих волос. Узкий пояс юбки так тесно охватывал стройную талию, что ее можно было без усилия обнять пальцами двух рук. Короткие рукава блузки оставляли руки обнаженными. На тонкое левое запястье Доминик надела большой, тяжелый браслет из золота. В целом Доминик оставляла впечатление элегантной до извращения, опасной и мудрой женщины — и впечатление это она создавала именно тем, что выглядела как очень юная девушка.

— Скажи, Эллсворт, разве она не великолепна? — говорил между тем Китинг и смотрел на нее с таким жадным восторгом, как будто нашел набитый банкнотами бумажник.

— Конечно, великолепна, — отвечал Тухи, — не менее, чем я ожидал, но и не более.

За столом в основном говорил Китинг. Казалось, его поразил вирус болтливости. Он сыпал словами, с наслаждением барахтался в них, как мышь в крупе.

— По правде говоря, Эллсворт, идея пригласить тебя принадлежит Доминик. Я ее не просил об этом. Ты наш первый гость. Великолепная компания для меня — жена и лучший друг. Не знаю, почему я раньше думал, что вы с Доминик недолюбливаете друг друга. Глупая мысль, невесть откуда взявшаяся. Тем более я счастлив теперь — мы вместе, втроем.

— Ну, Питер, тогда ты не веришь в математику, — сказал Тухи. — Что тут необычного? Сложение величин дает известную сумму. Есть три единицы — Доминик, ты и я: при сложении они закономерно дают определенную сумму.

— Говорят, что трое уже толпа, — засмеялся Китинг. — Но это как посмотреть. Два лучше, чем один, а три иногда лучше, чем два, все зависит от случая.

— Эти рассуждения не совсем справедливы, — сказал Тухи. — Мы привыкли видеть в слове «толпа» нечто предосудительное. А на деле все как раз наоборот. Как ты сам с легкостью подтвердил. Я могу добавить, что три — одно из главных мистических чисел. Доказательство, например, Святая Троица. Или треугольник — незаменимая фигура в наших кинофильмах. Есть множество разновидностей треугольника, не обязательно несчастливых. Например, наша троица: я выступаю в качестве гипотенузы, точнее, дублер гипотенузы — вполне уместная замена, поскольку я замещаю своего антипода, разве не так, Доминик?

Они заканчивали десерт, когда Китинга позвали к телефону. Было слышно, как он нетерпеливо давал пояснения чертежнику, который допоздна засиделся за срочной работой и нуждался в консультации. Тухи повернулся, посмотрел на Доминик и улыбнулся. Этой улыбкой он высказал все, что ранее ему не позволяло высказать поведение Доминик. В ее лице ничто не дрогнуло, она выдержала его взгляд, но выражение теперь изменилось, словно она принимала смысл его взгляда, вместо того чтобы отвергнуть его. Он предпочел бы замкнутый взгляд неприятия.

— Итак, Доминик, ты вернулась в колею?

— Да, Эллсворт.

— Больше не взываешь к милосердию?

— Ты полагаешь, в этом еще есть необходимость?

— Нет. Я восхищен тобой, Доминик... Как тебе нравится твое положение? Полагаю, Питер неплох, хотя и не так хорош, как человек, о котором мы оба думаем, тот, конечно, само совершенство, но, увы, этого ты никогда не узнаешь.

Отвращения в ней не было, она выглядела искренне изумленной:

— О чем ты, Эллсворт?

— Ладно, ладно, милая, мы ведь больше не притворяемся, так ведь? Ты ведь влюбилась в Рорка, едва увидела его в гостиной Кики Холкомб, и — позволь мне быть откровенным — хотела переспать с ним, но вот беда, он тебя даже презрением не удостоил, отсюда все последующее твое поведение.

— Ты так подумал?

— Разве не ясно? Женщина, которой пренебрегли. Так же ясно, как то, что Рорк как раз тот мужчина, которого ты бы пожелала, и пожелала в самом примитивном смысле. Разве ты могла смириться с тем, чтобы он не узнал о твоем существовании?

— Я тебя переоценила, Эллсворт, — сказала она. Она потеряла всякий интерес к нему и даже не испытывала надобности сохранять осторожность. Он стал ей скучен. Тухи озадаченно нахмурился.

Вернулся Китинг. Тухи потрепал его по плечу, направляясь к своему креслу.

— До моего ухода, Питер, нам надо обсудить вопрос перестройки храма Стоддарда. Сможешь обтяпать это дельце?

— Эллсворт! Как ты...

Тухи рассмеялся:

— Не будь ханжой, Питер. Велика беда, профессиональный жаргон, словечко, ну, может быть, несколько пошлое. Доминик не возражает. Как-никак она ведь в газете работала.

— Что с тобой, Эллсворт? Ты так раздосадован, что забываешь держать марку. — Она встала. — Кофе подать в гостиную?

Хоптон Стоддард добавил щедрую сумму к той, что отсудил у Рорка, и храм Стоддарда был перестроен группой архитекторов в соответствии со своим новым назначением. Группу отобрал Эллсворт Тухи, и в нее вошли Питер Китинг, Гордон Л. Прескотт, Джон Эрик Снайт и некто по имени Гэс Уэбб, юнец двадцати четырех лет от роду, обожавший говорить непристойности на улице, проходя мимо почтенных дам; раньше ему не приходилось работать над заказами самостоятельно. Трое из подрядчиков были людьми профессионально и общественно известными, у Гэса Уэбба не было ни того ни другого. Именно поэтому Тухи включил его в группу. Из всей четверки у Уэбба был самый громкий голос и самый безапелляционный тон. Все они состояли в Совете американских строителей.

Совет американских строителей вырос. После процесса Стоддарда в кулуарах АГА было немало горячих споров. Отношение АГА к Эллсворту Тухи вначале было отнюдь не сердечное, в особенности после того, как был учрежден Совет американских строителей. Однако судебный процесс все незаметно изменил: многие члены организации указывали, что толчком к суду послужила статья в рубрике «Вполголоса» и что человек, который может принудить заказчиков предъявить иск, заслуживает осторожного обращения. Так возникла идея пригласить Эллсворта Тухи выступить на собрании АГА. Нашлись и противники такого приглашения, и среди них Гай Франкон. Но самым яростным оппонентом был один молодой архитектор, он выступил с яркой речью, голос его дрожал от волнения, так как это была его первая публичная речь. Он сказал, что восхищается Эллсвортом Тухи и разделяет его общественные взгляды и идеалы, но, если группа людей чувствует, что кто-то начинает забирать власть над ними, пора выступить против такого человека. Но большинство его не поддержало. Приглашение Эллсворту Тухи было направлено, послушать его собралось множество народу, и Тухи произнес блестяще хитроумную речь. Многие члены АГА вступили в Совет американских строителей. Среди них был Эрик Снайт.

Четверка архитекторов, возглавившая работу по перестройке стоддардовского сооружения, собралась в кабинете Китинга вокруг стола, на котором были разложены чертежи храма, фотокопии первоначальных чертежей Рорка, полученных от подрядчика, и глиняная модель сооружения, выполненная по заказу Китинга. Разговор шел о депрессии и ее разрушительном влиянии на строительную промышленность. Еще говорили о женщинах, и Гордон Л. Прескотт рассказал серию анекдотов, в которых основным местом действия была ванная. Потом Гэс Уэбб воздел кулак и обрушил его на крышу модели, отчего еще не затвердевшая модель превратилась в лепешку.

— Ну, ребята, — произнес он, — пора заняться делом.

— Гэс, сукин ты сын, — закричал Китинг, — эта штука стоила денег!

— Плевать, — сказал Гэс, — не мы за нее платим.

Каждый из них располагал подборкой фотокопий первоначальных эскизов с четкой подписью Говарда Рорка в углу. Они потратили много вечеров и много недель, набрасывая свои варианты перестройки и улучшения сооружения. Они потратили на это больше времени, чем было необходимо. Внесли больше изменений, чем требовалось. Казалось, это доставляло им удовольствие. Затем они соединили четыре варианта в один общий. Никогда еще они не испытывали такого наслаждения от работы. Они подолгу дружески совещались. Возникали незначительные разногласия, например, Гэс Уэбб заявлял:

— Какого черта, Гордон, если ты делаешь кухни, то уборные, уж конечно, должны достаться мне.

Но это была лишь легкая рябь на гладкой поверхности. Они ощущали единство и относились друг к другу с заботливой предупредительностью, у них сложились тесные братские отношения, способные выдержать любой шквал.

Храм Стоддарда не снесли — в его каркас вписали пять этажей, где разместили спальни, аудитории, амбулаторию, кухню и прачечную. Вестибюль выложили цветным мрамором, лестницы оградили перилами из фасонного алюминия, в душевых поставили стеклянные перегородки между кабинками, в комнатах отдыха появились пилястры коринфского ордера. Громадные окна оставили без изменений, но рассекли перекрытиями этажей.

Четверка архитекторов твердо решила добиться гармонии и поэтому постановила избегать какого-либо архитектурного стиля в чистом виде. Питер Китинг спроектировал полудорический портик из белого мрамора, поднявшийся над главным входом, а также венецианские балконы, ради которых в стенах прорубили дополнительные двери. Джон Эрик Снайт водрузил маленький полуготический шпиль, увенчанный крестом, а стены из белого песчаника украсил гирляндами стилизованных листьев терновника. Гордон Л. Прескотт спроектировал полуренессансные карнизы и стеклянную террасу, выступившую из стены на третьем этаже. Гэс Уэбб украсил окна кубистским орнаментом и водрузил на крыше современную неоновую надпись, которая гласила: «Приют Хоптона Стоддарда для дефективных детей».

— Когда грянет революция, — провозгласил Гэс Уэбб, созерцая завершенное строение, — у каждого малыша в нашей стране будет такой приют, как этот.

Первоначальная форма здания была все еще различима. Оно походило не столько на растерзанный труп с безжалостно разбросанными членами, сколько на труп, который расчленили, а потом второпях собрали.

В сентябре приют заселили. Небольшой штат был подобран Тухи. Труднее было отыскать детей, которые отвечали условиям приюта. Большую часть их перевели из других приютов. Шестьдесят пять детей в возрасте от трех до пятнадцати лет были отобраны инициативными дамами, большими доброхотками, которые отсеивали небезнадежные случаи и набирали исключительно тех детей, излечить которых не представлялось возможности. Среди них был мальчик, который в пятнадцать лет не научился говорить; бессмысленно смеявшийся подросток, не умевший ни читать, ни писать; безносая девочка, родившаяся от собственного деда; бесполый ребенок неопределенного возраста, которого звали Джекки. Они вошли в свой новый дом; в их глазах застыла пустота, то был неподвижный взгляд смерти, до которой не существовало никаких миров.

Теплыми вечерами дети из окрестных трущоб забирались в парк, окружавший приют, и через громадные окна завистливо смотрели на спортзал, комнаты для игр и кухню. У них были перепачканные лица, на них были грязные отрепья, но их маленькие тела были ловки, в глазах светились ум и энергия, они вызывающе и требовательно смеялись, отстаивая свое место в мире. Но персонал приюта гнал их прочь с громкими возмущенными криками — ах, опять эти юные гангстеры!

Раз в месяц приют посещала делегация спонсоров. Их имена были хорошо известны, они числились среди лучших людей города, хотя ни у одного из них не было личных заслуг перед обществом. Это была депутация норковых манто и бриллиантовых подвесок с благородными вкраплениями сигар стоимостью в целый доллар и дорогих шляп, импортированных из Великобритании. Всякий раз их сопровождал Эллсворт Тухи. После такого посещения казалось, что норковые шубы греют еще лучше, а право на их ношение неоспоримо утверждалось за их обладательницами, поскольку визит связывал воедино социальное превосходство и бескорыстную любовь к людям, выставляя эту связь гораздо привлекательнее и ярче, чем посещение, например, морга. По завершении осмотра на Эллсворта Тухи сыпались комплименты; его не без смущения поздравляли с успешным осуществлением большого общественно значимого начинания и не скупились на добровольные взносы и пожертвования на другие его гуманитарные акции: публикации, курсы лекций, радиофорумы и социологические семинары.

Кэтрин Хейлси поставили заведовать отделением детской трудовой терапии, и она переехала жить в приют. За новые обязанности она взялась с неистовым энтузиазмом. Она непрестанно только об этом и говорила со всеми, кто готов был ее слушать. Голос ее звучал сухо и непреклонно. Когда она говорила, движения губ скрывали две новые, недавно появившиеся морщинки, рассекшие ее лицо от ноздрей к подбородку. Люди предпочитали, чтобы она не снимала очков: ее глаза лучше было не видеть. Она с вызовом утверждала, что занимается не благотворительностью, а «реабилитацией человеческих существ».

Наибольшее значение она придавала урокам художественного воспитания, которые обозначались как «уроки детского творчества». Для этих целей была отведена специальная комната с видом на далекую городскую перспективу. Дети получали материалы, и их поощряли к свободному творчеству под присмотром Кэтрин: она наблюдала за ними, как ангел во время родов.

Ее необычайно воодушевило, когда Джекки, казалось бы, наименее способная из всех, внезапно создала законченный продукт художественного воображения. Джекки собрала в пригоршню обрывки фетра, прихватила баночку с клеем и уселась в углу комнаты. Там, в углу, из стены торчала под углом консоль с оштукатуренным и выкрашенным в зеленый цвет экраном — она осталась от экспериментов Рорка по формированию интерьера и предназначалась для рассеивания света при закате солнца. Подойдя к Джекки, Кэтрин увидела на зеленом экране узнаваемое подобие собаки с бурой шерстью, испещренной голубыми пятнами, и с пятью ногами. Джекки выглядела очень довольной. «Теперь вы видите, видите? — повторяла Кэтрин своим сослуживицам. — Какое чудо и как трогательно! Никогда не знаешь, чего может достичь ребенок, если его поощрять. И как много теряет юная душа, когда ее побуждения к творчеству подавляются. Очень, очень важно не лишать их возможности самовыражения. Видели бы вы лицо Джекки!»

Статуя Доминик была продана. Никто не знал, кто ее купил. Купил ее Эллсворт Тухи.

Бюро Рорка сократилось до одной комнаты. После завершения строительства делового центра Корда он остался без работы. Депрессия пагубно сказалась на строительстве, заказов было мало, говорили, что с небоскребами покончено, архитекторы закрывали мастерские.

Время от времени возникали мелкие заказы, и тогда к ним устремлялись архитекторы, обнаруживая не больше достоинства, чем в очереди за хлебом. Среди них были люди вроде Ралстона Холкомба, которые никогда ничего не просили, а напротив, требовали, чтобы заказчик предъявил гарантии. Когда Рорк пытался получить заказ, ему отказывали, и в отказе сквозил подтекст — с этим не стоит церемониться. «Рорк? — спрашивали осторожные бизнесмены. — Тот, о котором кричали в газетах? Деньги нынче в цене, жаль выбрасывать их на судебные издержки».

Все же ему доставались мелкие поручения: перестроить тут или там многоквартирный дом, где всей работы было переставить перегородки и поменять водоснабжение и отопление.

— Зачем ты берешься за это, Говард? — сердито выговаривал ему Остин Хэллер. — И хватает у них наглости подряжать тебя на такие заказы. И это после того, как ты возвел небоскреб Корда, построил дом Энрайта.

— Я возьмусь за что угодно, — отвечал Рорк.

Выплаты по стоддардовскому делу перекрыли его гонорар за небоскреб Корда. Но пока еще его сбережений хватало. Он оплачивал комнату Мэллори и рассчитывался почти во всех случаях, когда они обедали вместе, а это бывало довольно часто.

Мэллори пытался протестовать.

— Перестань, Стив, — останавливал его Рорк. — Я это делаю не ради тебя. В такие времена могу я все же позволить себе небольшие излишества? Я покупаю самое ценное, что можно купить за деньги, — твое время. Я соперничаю с целой страной, разве это не роскошь? Они бы хотели заставить тебя делать надгробные плиты, а я нет, и мне нравится противодействовать им.

— А над чем бы ты хотел, чтобы я работал, Говард?

— Я хочу, чтобы ты работал, не спрашивая никого, чего бы ему хотелось.

Остин Хэллер услышал об этом от Мэллори и конфиденциально поговорил с Рорком.

— Если ты помогаешь ему, то почему ты против того, чтобы я помог тебе?

— Я не был бы против, если бы ты мог, — сказал Рорк. —Но ты не можешь. Ему нужно лишь время, и больше ничего. Он может работать без клиентов. А я не могу.

— Странно, Говард, видеть тебя в роли альтруиста.

— Оскорблять меня совсем не обязательно. Это не альтруизм. Вот что я тебе скажу: большинство людей говорят, что им больно видеть страдания других. А мне нет. И все же одного я не могу понять. Большинство не пройдут мимо, увидев на дороге истекающего кровью человека, которого сбил водитель, трусливо скрывшийся с места происшествия. И вместе с тем большинство даже пальцем не пошевелят ради Стивена Мэллори. А разве им не известно, что если страдание можно измерить, то Стив Мэллори страдает много сильнее, чем целая рота, скошенная пулеметным огнем, когда не может исполнить те работы, которые хочет? Если кто-то хочет утолить боль всего мира, то не с Мэллори ли следовало бы начать?.. Впрочем, я помогаю ему не по этой причине.

Рорк еще не видел храм Стоддарда после перестройки. Одним ноябрьским вечером он отправился взглянуть на него. Он не знал, чему подчинил страх увидеть здание в новом виде: боли или чувству торжества.

Было поздно, и парк вокруг здания был безлюден. Сооружение погрузилось во мрак, лишь одно окно наверху во дворе было освещено. Рорк долго стоял и смотрел на здание.

Дверь под греческим портиком открылась, и появилась легкая фигура мужчины. Он быстро и уверенно сбежал по ступенькам. Потом остановился.

— Добрый вечер, мистер Рорк, — тихо сказал Эллсворт Тухи.

Рорк взглянул на него без удивления.

— Добрый вечер, — ответил он.

— Пожалуйста, не убегайте, — в голосе Тухи не было насмешки, тон был серьезен.

— Не собирался.

— Я знал, что когда-нибудь вы здесь появитесь, и мне хотелось оказаться здесь, когда это произойдет. Я придумывал всякие предлоги, чтобы почаще бывать здесь. — в голосе не чувствовалось торжества, он звучал тускло и обыденно.

— И что же?

— Не стоит отказываться от разговора со мной. Видите ли, я понимаю то, что вы создаете. А вот как я свое понимание употребляю, это другое дело.

— Употребляйте, как вам заблагорассудится. Это ваше право.

— Я понимаю ваше творчество лучше кого-либо, за исключением разве что Доминик Франкон. А возможно, лучше, чем она. Это немало, не правда ли, мистер Рорк? Вокруг вас немного людей, которые могут утверждать подобное. Так что связь между нами более прочная, чем если бы я был вашим преданным, но слепым поклонником.

— Я знал, что вы понимаете.

— Тогда вы не будете возражать против разговора.

— О чем?

В потемках могло показаться, что Тухи вздохнул. После паузы он показал на здание и спросил:

— Это вам понятно?

Рорк не ответил.

Тухи продолжал, не возвышая голоса:

— Как это выглядит для вас? Как бессмысленное нагромождение? Как случайный лесной завал? Как хаотическое творение неразумных сил? Но так ли это, мистер Рорк? Нет ли здесь метода и закономерности? Не открываются ли они вам, человеку, знающему язык архитектуры и смысл формы? Нет ли здесь цели?

— Не вижу смысла обсуждать это.

— Мистер Рорк, мы здесь одни. Почему вы не скажете, что вы думаете обо мне? В такой форме, в какой вам угодно. Никто нас не услышит.

— Но я о вас не думаю.

На лице Тухи было выражение внимания, он прислушивался к чему-то простому, как судьба. Он долго молчал, и Рорк спросил:

— Что вы хотели мне сказать?

Тухи посмотрел на него, затем на голые деревья, обступившие их, на реку, бежавшую поодаль внизу, и на безмерный шатер неба, поднимавшийся за рекой.

— Ничего, — ответил Тухи.

Он зашагал прочь, в тишине его шаги резко и ровно скрипели по гравию, как выстрелы клапанов паровой машины.

Рорк остался один на пустынной дорожке. Он смотрел на здание.

Часть третья

ГЕЙЛ ВИНАНД

I

Гейл Винанд поднял пистолет к виску.

Он почувствовал, как металлический кружок прижался к коже, — и ничего больше. С тем же успехом он мог притронуться к голове свинцовой трубой или золотым кольцом — просто небольшой кружок.

— Сейчас я умру, — громко произнес он — и зевнул.

Он не чувствовал ни облегчения, ни отчаяния, ни страха. Последние секунды жизни не одарили его даже осознанием этого акта. Это были просто секунды времени; несколько минут назад в руках у него была зубная щетка, а теперь он с тем же привычным безразличием держит пистолет.

«Так нельзя умирать, — подумал он. — Нужно же чувствовать или большую радость, или всеобъемлющий страх. Надо же чем-то обозначить собственный конец. Пусть я почувствую приступ страха и сразу нажму на спусковой крючок». Он не почувствовал ничего.

Он пожал плечами, опустил пистолет и постоял, постукивая им по ладони левой руки. «Всегда говорят о черной смерти или о красной, — подумал он, — твоя же, Гейл Винанд, будет серой. Почему никто никогда не говорил, что *это* и есть беспредельный страх? Ни воплей, ни молений, ни конвульсий. Ни безразличия честной пустоты, очищенной огнем некоего великого несчастья. Просто скромненько-грязненький, мелкий ужас, неспособный даже напугать. Не можешь же ты опуститься до такого, — сказал он себе, — это было бы проявлением дурного вкуса».

Он подошел к стене своей спальни. Его пентхаус был надстроен над пятьдесят седьмым этажом роскошного отеля, которым он владел в центре Манхэттена; внизу он мог видеть весь город. Спальней служила прозрачная клетка на крыше, стенами и потолком которой были огромные стеклянные панели. Вдоль стен протянулись гардины из пепельно-голубой замши, они могли закрыть комнату, если он пожелает; потолок всегда оставался открыт. Лежа в постели, он мог наблюдать звезды над головой, видеть блеск молний, следить, как капли дождя разбиваются в гневных, сверкающих всплесках света о невидимую преграду. Он любил гасить свет и полностью раскрывать гардины, когда был в постели с женщиной. «Мы совершаем соитие на виду у шести миллионов», — пояснял он ей.

Сегодня он был один. Гардины были раскрыты. Он смотрел на город. Было поздно, и великое буйство света внизу начало меркнуть. Он подумал, что готов смотреть на город еще много, много лет, но и не имеет ничего против того, чтобы никогда его больше не видеть.

Он прислонился к стене и сквозь тонкий темный шелк своей пижамы почувствовал ее холод. На нагрудном кармане пижамы была вышита белая монограмма «Г.В.», воспроизводившая его подпись, — именно так он подписывался своими инициалами одним властным движением руки.

Утверждали, что самым обманчивым в Гейле Винанде была внешность. Он выглядел как порочный и чрезмерно утонченный последний представитель старинного, погрязшего в многовековой роскоши рода, хотя все знали, что он поднялся из грязи. Он был чрезмерно строен — настолько, что не мог считаться физически красивым, казалось, вся его плоть уже выродилась. У него не было необходимости держаться прямо, чтобы произвести впечатление жесткости. Подобно изделиям из дорогой стали, он склонялся, сгибался и заставлял окружающих чувствовать не свою позу, а туго сжатую пружину, готовую выпрямить его в любой миг. Ему не требовалось ничего сильнее этого намека, он редко стоял выпрямившись, движения и позы его были ленивы и расслаблены. И какие бы костюмы он ни носил, они придавали ему вид совершеннейшей элегантности.

Его лицо не вписывалось в современную цивилизацию, скорее в античный Рим — лицо бессмертного патриция. Его волосы с легкой сединой были гладко зачесаны назад, обнажая высокий лоб, рот был большим и тонким, глаза под выгнутыми дугами бровей были бледно-голубыми и при фотосъемке выглядели двумя сардоническими белыми овалами. Один художник попросил его позировать для Мефистофеля; Винанд рассмеялся и отказался, а художник с горечью наблюдал за ним, потому что смех превратил его лицо в идеальную модель.

Он небрежно привалился к стеклянной панели своей спальни, ощутив тяжесть пистолета в ладони. «Сегодня, — подумал он, — что же такое было сегодня? Разве произошло что-нибудь, что бы помогло мне сейчас, придало значение этому моменту?»

Сегодняшний день прошел так же, как множество других в его жизни, поэтому было трудно заметить, чем же он отличался от них. Ему исполнился пятьдесят один год, и на дворе была середина октября 1932 года, в этом он был твердо уверен; остальное же требовало усилий памяти.

Он проснулся и оделся в шесть утра; он никогда не спал больше четырех часов. Он спустился в столовую, где был приготовлен завтрак. Его квартира, небольшое строение, стояла на краю обширной крыши, на которой был разбит сад. Его комнаты были вершиной художественного совершенства; их простота и красота вызвали бы вздохи восхищения, если бы дом принадлежал кому-то другому, но гости бывали поражены до немоты, увидев дом издателя нью-йоркского «Знамени», самой популярной газеты в стране.

После завтрака он зашел в свой кабинет. Его стол был завален наиболее известными газетами, книгами и журналами, полученными этим утром со всех концов страны. Он работал в уединении за этим столом часа три, читая и делая краткие заметки большим синим карандашом поперек печатных страниц. Заметки напоминали стенографию шпиона, никто не смог бы их расшифровать за исключением сухой, средних лет секретарши, которая заходила в кабинет, когда он его покидал. За пять лет он ни разу не слышал ее голоса, да они и не нуждались в личном общении. Когда он вечером возвращался в кабинет, секретарша и куча бумаг уже исчезали; на столе он находил отпечатанные страницы, содержавшие все, что он хотел сохранить от утренней работы.

В десять часов он подъехал к зданию редакции «Знамени» — простому, мрачному зданию в не очень престижном квартале Нижнего Манхэттена. Когда он проходил по узким коридорам здания, служащие, попадавшиеся ему навстречу, приветствовали его, желая доброго утра. Приветствия были официальными, и он вежливо отвечал, но его продвижение было подобно лучу смерти, останавливающему деятельность живых организмов.

Среди многих жестких порядков, заведенных для служащих, самым тяжким было требование, чтобы при появлении мистера Винанда никто не прекращал работы, не замечал его присутствия. Никто не мог предсказать, какой отдел будет выбран для посещения и когда. Он мог появиться в любой момент в любой части здания, и его присутствие действовало как удар электрического тока. Служащие пытались выполнять предписание как можно лучше, но предпочли бы трехчасовую переработку десяти минутам работы под его молчаливым наблюдением.

Утром в своем кабинете он пробежал гранки редакционных статей воскресного выпуска «Знамени». Он вычеркивал синим карандашом те строки, которые считал ненужными. Он не подписывался своими инициалами: все знали, что только Гейл Винанд может вычеркивать текст такими размашистыми синими линиями, которые, казалось, обрекают на смерть авторов этого номера.

Он закончил с гранками и попросил соединить его с редактором «Геральда» в Спрингвиле, штат Канзас. Когда он звонил в свои провинциальные издания, его имя никогда не сообщалось жертве. Он считал, что его голос должен быть известен всем наиболее значительным гражданам его империи.

— Доброе утро, Каммингс, — произнес он, когда редактор ответил.

— Господи, — задохнулся редактор, — неужели…

— Он самый, — ответил Винанд. — Послушай, Каммингс. Если в моей газете еще раз появится такой бред, как вчерашняя история о «Последней розе лета», вы отправитесь обратно в «Гудок» своего колледжа.

— Да, мистер Винанд.

Винанд повесил трубку. Он попросил соединить его с известным сенатором в Вашингтоне.

— Доброе утро, сенатор, — приветствовал он его, когда этот джентльмен через две минуты взял трубку. — Очень любезно с вашей стороны, что вы согласились поговорить со мной. Я весьма благодарен. Не хочу злоупотреблять вашим временем, но полагаю, что обязан высказать свою самую искреннюю благодарность. Я звоню, чтобы поблагодарить вас за ваши усилия, за поддержку билля Хейса–Лангстона.

— Но… мистер Винанд! — В голосе сенатора прозвучали тоскливые нотки. — Очень мило с вашей стороны, но… билль Хейса–Лангстона еще не прошел.

— О, вот как. Видимо, я ошибся. Он пройдет завтра.

Совещание совета директоров предприятий Винанда было назначено в это утро на одиннадцать тридцать. Концерн Винанда насчитывал двадцать две газеты, семь журналов, три службы новостей, два киножурнала. Винанд владел семьюдесятью процентами акций. Директора не были уверены в понимании своих функций и задач. Винанд распорядился, чтобы совещания всегда начинались вовремя, независимо от того, присутствовал он на них или нет. Сегодня он вошел в комнату совета в двенадцать двадцать пять. Выступал какой-то пожилой, внушительного вида джентльмен. Директорам не было позволено останавливаться или обращать внимание на присутствие Винанда. Он прошел на свободное место во главе длинного стола красного дерева и уселся. Никто не повернулся к нему, как будто на стул опустился призрак, существование которого никто не осмеливался замечать. Он молча слушал минут пятнадцать, затем в середине высказывания встал и покинул зал таким же образом, как и вошел.

На большом столе своего кабинета он разложил план Стоунриджа, своего нового строительного проекта, и провел полчаса, обсуждая его с двумя своими агентами. Он купил обширный участок земли на Лонг-Айленде, который должен был превратиться в микрорайон Стоунридж, прибежище мелких домовладельцев, каждый тротуар, улица и дом которого будет построен Гейлом Винандом. Немногие, знавшие о его операциях с недвижимостью, говорили, что он сошел с ума. Это происходило как раз в том году, когда никто и не думал о строительстве. Но Гейл Винанд сколотил состояние на решениях, которые называли сумасбродными.

Архитектор, которому предстояло создать Стоунридж, еще не был выбран. Новости о проекте тем не менее просочились к изголодавшимся профессионалам. В течение нескольких недель Винанд не читал писем и не отвечал на звонки лучших архитекторов страны и их друзей. Он также отказался разговаривать, когда секретарь сообщил, что мистер Ралстон Холкомб настойчиво просит уделить ему две минуты по телефону.

Когда агенты ушли, Винанд нажал кнопку на своем столе, вызывая Альву Скаррета. Скаррет появился в кабинете, радостно улыбаясь. Он всегда отвечал на этот звонок с льстившей Винанду веселостью мальчика-рассыльного.

— Альва, черт возьми, что такое «Доблестный камень в мочевом пузыре»?

Скаррет рассмеялся:

— А, это? Это название нового романа. Его написала Лойс Кук.

— Что же это за роман?

— О, просто блевотина. Предполагается, что это своего рода поэма в прозе. Об одном из таких камней, который считает себя независимой сущностью, своего рода воинствующем индивидуалисте мочевого пузыря, ну, ты понимаешь. Ну а потом человек принимает большую дозу касторки — там есть подробное описание последствий этого, не знаю уж, насколько оно верно с точки зрения медицины, — и тут-то доблестному камню в мочевом пузыре и приходит конец.

Все это должно доказать, что такой штуки, как свободная воля, не существует.

— Сколько экземпляров продано?

— Не знаю. Полагаю, очень немного. Только среди интеллектуалов. Но я слышал, что потом было продано еще несколько и...

— Вот как? Что происходит, Альва?

— Что? А, ты имеешь в виду некоторые упоминания, которые...

— Я имею в виду, что обратил внимание на то, что этот доблестный камень не сходит со страниц «Знамени» в последние недели. Делается все очень тонко, достаточно сказать, что мне пришлось изрядно повозиться, пока я не обнаружил, что все это не случайность.

— Что ты имеешь в виду?

— Почему ты думаешь, что надо что-то иметь в виду? Почему, в частности, это название появляется постоянно в самых неподходящих местах? Один раз в рассказе о полиции, о том, как разделались с неким убийцей, который «храбро пал, как доблестный камень в мочевом пузыре». Дня два спустя на шестнадцатой странице о какой-то идиотской истории в Олбани: «Сенатор Хазлтон полагает себя независимой сущностью, но может обернуться так, что он окажется просто доблестным камнем в мочевом пузыре». Затем в объявлениях о смерти. Вчера это было на женской странице. Сегодня в комиксах. Снукси называет своего богатого домовладельца доблестным камнем в мочевом пузыре.

Скаррет миролюбиво хихикнул:

— Да, разве это не забавно?

— И я подумал, что забавно. Сначала. Теперь нет.

— Но какого черта, Гейл! Разве это главная тема и наши лучшие умы стараются кого-то пропагандировать? Это просто мелкий борзописец, который получает сорок долларов в неделю.

— В этом-то вся и штука. Кроме того, упомянутая книга совсем не бестселлер. Если бы это было так, я мог бы понять, ведь тогда название книги автоматически запало бы в голову. Но это не так. Значит, кто-то сознательно вдалбливает это в головы. Кто и зачем?

— Ну, Гейл, зачем так? Почему кто-то должен об этом беспокоиться? И зачем беспокоиться нам? Если бы речь шла о политике... Но, черт возьми, кто сможет получить хоть пару центов за то, что поддерживает идею свободной воли или идею отсутствия свободной воли?

— А тебя кто-нибудь консультировал по поводу такой поддержки?

— Нет. Я уверен, такого человека и не существует. Все совершенно случайно. Просто многие думают, что это забавно.

— А кто был первым, от кого ты это узнал?

— Не помню... Подожди-ка... Это был... да, мне кажется, что это был Эллсворт Тухи.

— Передай, чтобы все это прекратили. В первую очередь скажи Тухи.

— Да, если ты настаиваешь. Но это все, в сущности, чепуха. Просто люди немного поразвлеклись.

— Мне не нравится, когда кто-то развлекается в моей газете.

— Да, Гейл.

В два часа, уже в качестве почетного гостя, Винанд приехал на завтрак, устроенный Национальным конгрессом женских клубов. Он уселся справа от председательницы в гулком банкетном зале, пропитанном запахами цветов на корсажах — гардений и душистого горошка — и жареных цыплят. После завтрака Винанд выступил с речью. Конгресс требовал возможности работы для замужних женщин; газеты Винанда уже много лет боролись против привлечения к работе замужних женщин. Винанд проговорил минут двадцать и умудрился совершенно ничего не сказать, но создать полное впечатление, что он поддерживает все, что говорилось на встрече. Никто не мог объяснить влияния Гейла Винанда на аудиторию, в особенности женскую; он не делал ничего необычного, голос его звучал глухо, монотонно и с призвуком металла; он был очень корректен, но так, что это выглядело почти сознательной пародией на корректность. И все же он чем-то завораживал слушателей. Говорили, что на них действует его физически ощутимая мощная мужская сила; это она, когда он говорил о школе, доме и семье, заставляла воспринимать его так, будто он занимается любовью с каждой присутствующей старой ведьмой.

Возвратившись в редакцию, он зашел в отдел местных новостей. Стоя за высоким столом и вооружившись синим карандашом, он написал на огромном листе типографской бумаги, буквами величиной в дюйм каждая, блестящую и сокрушительную передовицу, обличавшую сторонников предоставления работы женщинам. Его инициалы «Г.В.» в конце статьи выглядели как вспышка голубой молнии. Он не перечитывал написанное — в этом никогда не было необходимости, лишь швырнул на стол первого попавшегося редактора и вышел.

Позже, днем, когда Винанд уже собирался покинуть редакцию, секретарь сообщил ему, что Эллсворт Тухи просит соизволения увидеться с ним. «Просите», — бросил он секретарю.

Вошел Тухи. На лице его была осторожная полуулыбка, выражавшая насмешку над самим собой и своим боссом, однако это была весьма взвешенная и деликатная улыбка, шестьдесят процентов насмешки было обращено против самого себя. Он знал, что Винанд отнюдь не жаждет его видеть, и то, что его принимают, говорит не в его пользу.

Винанд сидел за своим столом, на лице — вежливое безразличие. Две диагональные морщины слабо проступали у него на лбу, образуя параллель его приподнятым бровям. Это сбивавшее с толку собеседников выражение, которое иногда появлялось у него на лице, создавало вдвойне угрожающий эффект.

— Садитесь, мистер Тухи. Чем могу служить?

— О, что вы, мистер Винанд, я на это и не рассчитываю, — весело произнес Тухи. — Я пришел не просить об услуге, лишь хотел предложить свою.

— Какую же?

— Я о Стоунридже.

Диагональные морщины на лбу Винанда проступили еще сильнее.

— Чем же здесь может быть полезен ведущий газетную рубрику?

— Ведущий рубрику — ничем, мистер Винанд. Но эксперт по архитектуре... — Голос Тухи прозвучал насмешливо и вопросительно.

Если бы глаза Тухи не были нагловато устремлены на Винанда, он был бы тотчас же выброшен из кабинета. Но взгляд его четко говорил, что Тухи известно, до какой степени Винанду досаждают люди, рекомендующие архитекторов, и с каким трудом тот пытается от них освободиться, а также, что Тухи переиграл его, добившись встречи по вопросу, которого тот не ожидал. Наглость его позабавила Винанда, на что Тухи также рассчитывал.

— Хорошо, мистер Тухи, кого вы мне хотите всучить?

— Питера Китинга.

— Ну и?..

— Извините?

— Давайте расхвалите его мне.

Тухи весело пожал плечами и перешел к делу:

— Вы понимаете, конечно, что я ничем не связан с мистером Китингом. Я здесь только как его друг — и ваш. — Его голос был приятно неофициален, хотя и несколько растерял свою уверенность.— Честно говоря, я понимаю, что это выглядит банальным, но что еще я могу сказать. Так уж случилось, что это правда. — Винанд оставался непроницаем. — Предполагается, что я пришел сюда, потому что считал своим долгом сообщить вам свое мнение. Нет, не моральным долгом. Назовем его эстетическим. Я знаю, что вы стремитесь получить все самое лучшее. Для столь грандиозного проекта среди работающих ныне архитекторов нет более подходящего, чем Питер Китинг, с его деловитостью, вкусом, оригинальностью, фантазией. Таково, мистер Винанд, мое искреннее мнение.

— Вполне вам верю.

— Верите?

— Конечно. Но, мистер Тухи, почему я должен обращать внимание на ваше мнение?

— Ну, вообще-то, я являюсь вашим экспертом по архитектуре! — Он не смог скрыть нотку раздражения в голосе.

— Дорогой мистер Тухи, не стоит путать меня с моими читателями.

После минутной паузы Тухи откинулся на стуле и развел руками в глумливой беспомощности.

— Честно говоря, мистер Винанд, я не рассчитывал, что мои слова будут для вас весомы. Я и не пытался всучить вам Питера Китинга.

— Нет? А что же вы пытались сделать?

— Только попросить вас уделить полчаса человеку, который сможет убедить вас в возможностях Питера Китинга намного лучше, чем это могу сделать я.

— Кто же это?

— Миссис Питер Китинг.

— А почему я должен хотеть говорить об этом с миссис Питер Китинг?

— Потому что она чрезвычайно красивая женщина и в высшей степени упрямая.

Винанд откинул назад голову и громко рассмеялся:

— Господи Боже, Тухи, разве на мне это написано? — Тухи замигал, сбитый с толку. — Право, мистер Тухи, я должен принести вам извинения, если, позволив своим вкусам быть столь явными, стал причиной вашего неприличного предложения. Но у меня и в мыслях не было, что помимо прочих многочисленных филантропических дел вы еще и сводник. — Тухи поднялся со стула. — Извините, что разочаровал вас, мистер Тухи. У меня нет ни малейшего желания встречаться с миссис Питер Китинг.

— Я и не думал, что оно у вас появится, мистер Винанд. Во всяком случае по моему не поддержанному ничем предложению. Я это предвидел еще несколько часов назад. Если быть точным, сегодня рано утром. Поэтому я позволил себе приготовиться к еще одной возможности обсудить это с вами. Я позволил себе послать вам подарок. Когда вернетесь домой, вы найдете там его. Затем, если почувствуете, что я вполне оправданно ожидал этого от вас, вы сможете позвонить мне и сказать, хотите вы встретиться с миссис Питер Китинг или нет.

— Тухи, это невероятно, но, кажется, вы предлагаете мне взятку.

— Именно так.

— Знаете, за все, что вы здесь разыграли, вас бы следовало вышвырнуть отсюда — или позволить вам выйти сухим из воды.

— Я уповаю на ваше мнение о моем подарке по возвращении домой.

— Ладно, мистер Тухи. Я взгляну на ваш подарок.

Тухи поклонился и повернулся, чтобы уйти. Когда он уже дошел до двери, Винанд прибавил:

— Знаете, Тухи, недалек тот день, когда вы мне надоедите.

— Я постараюсь не делать этого — до поры до времени, — ответил Тухи, еще раз поклонился и вышел.

Когда Винанд вернулся к себе, он совершенно забыл об Эллсворте Тухи.

Этим вечером в своей квартире Винанд ужинал с женщиной, у которой была белоснежная кожа лица и мягкие каштановые волосы, за ней маячило три столетия отцов и братьев, которые убили бы человека даже за намек о тех вещах, которые проделывал с ней Гейл Винанд.

Линия ее руки, когда она подняла хрустальный стакан с водой к губам, была так же совершенна, как серебряный подсвечник, созданный руками несравненного таланта, и Винанд с некоторым интересом разглядывал ее. Пламя свечи рельефно оттеняло ее лицо и создавало такую красоту, что он пожалел, что оно живое и он не может просто смотреть на него, ничего не говоря, и думать, что придет в голову.

— Через месяц-другой, Гейл, — лениво улыбаясь, произнесла она, — когда все вокруг станет холодным и противным, давай возьмем «Я буду» и поплывем куда-нибудь, где солнце и тепло, как мы сделали прошлой зимой.

«Я буду» — так называлась яхта Винанда, и он никому и никогда не объяснял эту загадку. Многие женщины спрашивали его об этом. Эта женщина тоже уже спрашивала его. И теперь, так как он продолжал молчать, она вновь спросила:

— Кстати, милый, что все же это значит — я говорю об имени твоей изумительной яхты?

— Это вопрос, на который я не отвечаю, — сказал он. — Один из тех.

— Хорошо. Но не позаботиться ли мне об одежде для путешествия?

— Зеленый идет тебе больше всего. Он хорошо смотрится на море. Мне нравится смотреть, как он гармонирует с твоими волосами и руками. Мне будет не хватать твоих обнаженных рук на зеленом шелке. Потому что сегодня последний раз.

Ее пальцы, державшие стакан, не дрогнули. Ничто не говорило о том, что это будет последний раз. Но она знала, что ему, чтобы покончить со всем, достаточно этих слов. Все женщины Винанда знали заранее, что им следует ожидать подобного конца и что возражать бесполезно. Спустя минуту она спросила тихим голосом:

— И по какой причине, Гейл?

— По вполне понятной.

Он сунул руку в карман и извлек бриллиантовый браслет; в отблеске свечей браслет загорелся холодным, блестящим огнем, его тяжелые звенья свободно повисли на пальцах Винанда. Ни коробки, ни обертки не оказалось. Он бросил его через стол.

— В знак памяти, дорогая, — произнес он. — Намного более ценный, чем то, что он призван обозначать.

Браслет ударился о стакан, вызвав в нем звук, подобный тихому резкому вскрику, как будто стекло вскрикнуло вместо женщины. Женщина же не произнесла ни звука. Он понимал, что это отвратительно, потому что женщина была не из тех, которым можно дарить такие подарки в такие минуты, как и другие женщины, с которыми он имел дело, и потому что она не сможет отказаться, как не смогли отказаться другие.

— Благодарю, Гейл, — сказала она, замкнув браслет на запястье и не глядя на него.

Позднее, когда они проходили в гостиную, она остановилась, и взгляд ее сквозь полуопущенные веки с длинными ресницами скользнул в темноту, туда, где была лестница в его спальню.

— Позволишь мне заслужить твой памятный подарок, Гейл? — спросила она ровным голосом.

Он покачал головой.

— По правде говоря, я хотел бы, — ответил он. — Но я устал.

Когда она ушла, он остался стоять в холле, думая, что она страдала и это страдание было настоящим, но со временем ничто из этого не будет для нее реальным, кроме браслета. Он не мог припомнить, когда подобная мысль могла вызвать у него горечь. Осознав, что случившееся сегодня вечером касается и его лично, он ничего не почувствовал, лишь удивился тому, что не сделал этого давным-давно.

Он пошел в библиотеку, уселся и читал несколько часов подряд. Затем бросил чтение, бросил внезапно, без всякой причины, прямо посреди важного высказывания. У него не было никакого желания продолжать чтение. У него не было даже желания сделать усилие продолжить его.

С ним ничего не произошло, ведь происходящее — это реальность, а никакая реальность никогда не могла лишить его сил, здесь же было какое-то огромное отрицание, как будто все было стерто, осталась лишь бесчувственная пустота, слегка неприличная, потому что она казалась столь заурядной, столь неинтересной, как убийство с улыбкой благодушия.

Ничто не изменилось, ушло только желание; нет, гораздо больше, корень всего — желание желать. Он подумал, что человек, лишившись глаз, все же сохраняет понятие зрения; хотя он слышал и о более ужасной слепоте: если центры, контролирующие зрение, разрушены, человек теряет даже память о том, как он видел раньше, не может вспомнить никаких зрительных образов.

Он оставил книгу и поднялся. У него не было желания оставаться на месте, не было желания и уйти отсюда. Он подумал, что, наверное, лучше поспать. Конечно, для него это слишком рано, но он мог встать утром пораньше. Он поднялся в спальню, принял душ, надел пижаму. Потом открыл ящик бюро и увидел пистолет, который там хранил. Это было как откровение, внезапный подъем интереса, и он взял его.

Мысль, что следует застрелиться, показалась ему очень убедительной, потому что он не почувствовал никакого испуга. Мысль оказалась столь простой, что ее даже не требовалось проверять, как, например, снотворные пилюли.

И вот он уже стоит у стеклянной стены, остановленный самой простотой этой мысли. Человек может сделать свою жизнь снотворной пилюлей, подумал он, — но какая же пилюля от смерти?

Он подошел и сел на кровать, пистолет оттягивал ему руку. Человек, подумал он, в последние минуты перед смертью в мгновенном озарении видит всю свою жизнь. Я же ничего не вижу. Но я могу заставить себя увидеть. Я могу насильно пережить это вновь. Пусть это поможет мне или найти волю к жизни, или причину, чтобы с ней покончить.

Гейл Винанд, мальчик двенадцати лет, стоял в темноте в проломе полуразрушенной стены на берегу Гудзона, рука его была сжата в кулак и отведена назад. Он ждал.

Камни под его ногами поднимались по останкам того, что когда-то было углом здания; уцелевшая его часть прикрывала Гейла со стороны улицы, перед ним был лишь отвесный спуск к реке. Неосвещенное и неогражденное водное пространство лежало перед ним, покосившиеся сараи, пустое пространство неба, склады, погнутые карнизы, свисавшие кое-где над зловеще теплящимися светом окнами.

Сейчас ему придется драться — и он знал, что драться надо будет не на жизнь, а на смерть. Он стоял неподвижно. Сжатый кулак, опущенный и отведенный назад, казалось, сжимал невидимые провода, проведенные ко всем главным точкам его тощего, почти без плоти тела под рваными штанами и рубашкой к удлиненным, напружиненным мышцам голых рук, к туго натянутой мускулатуре шеи. Провода, казалось, вибрировали; тело оставалось неподвижным. Он был подобен новому виду смертоносного механизма; если бы палец коснулся любой точки его тела, это прикосновение спустило бы курок.

Он знал, что главарь шайки подростков ищет его и что главарь придет не один. Двое парней из банды придут с ножами; за одним из них уже числилось убийство. Он ждал их, но в его карманах было пусто. Он был самым юным членом банды и примкнул к ней последним. Главарь сказал, что его надо проучить.

Все началось из-за грабежа барж на реке, к которому готовилась банда. Главарь решил, что дело надо начать ночью, и банда согласилась — все, кроме Гейла Винанда. Гейл Винанд тихо и презрительно объяснил, что страшилы-малолетки из банды, что ниже по реке, пытались проделать ту же штуку на прошлой неделе и шесть членов банды попали в лапы полицейских, а еще двое и вовсе оказались на кладбище; на дело надо идти на рассвете, когда их никто не ждет. Банда его освистала. Но это ничего не изменило. Слушаться приказов Гейл Винанд не умел. Он не признавал ничего, кроме правильности только своих решений. Поэтому главарь захотел решить спор раз и навсегда.

Трое парней крались так тихо, что люди за тонкими стенками не слышали шагов. Гейл Винанд услышал их за целый квартал. Он не пошевелился в своем углу, только кулаки его слегка сжались.

Когда наступил нужный момент, он выпрыгнул из-за угла. Выпрыгнул прямо на открытое пространство, не заботясь о том, где приземлится, будто выброшенный катапультой сразу на милю вперед. Его грудь ударила в голову одного из врагов, живот — другого, а нога нанесла сокрушительный удар третьему. Все четверо покатились вниз. Когда трое нападавших подняли головы, Гейла Винанда уже нельзя было различить; они видели только какой-то вихрь над собой в воздухе, и что-то выступало из этого вихря и било по ним жестокими ударами.

У него были только собственные кулаки; на их стороне было пять кулаков и нож, но это все, казалось, не шло в счет. Они слышали, что их кулаки бились обо что-то с глухим тяжелым стуком, как о плотную резину; они чувствовали, как нож натыкается на что-то в ударе. Но они дрались с чем-то, что никак не поддавалось. У него не было времени чувствовать, он делал все слишком быстро; боль не достигала его, казалось, он оставлял ее где-то там, в пространстве над местом схватки, где она лишь касалась его, потому что в следующую секунду его уже там не было.

Казалось, у него за спиной, между лопатками, помещен мотор, который раскручивал его руки двумя кругами, видны были только эти круги; руки исчезли, как спицы крутящегося колеса. Круг каждый раз чего-то касался и останавливался. Но спицы не ломались. Один из парней увидел, как его нож исчез в плече Винанда, он различил, как плечо встряхнулось, а нож упал вниз, к поясу Винанда. Это было последним, что видел парень. Что-то случилось с его подбородком, и он упал, стукнувшись затылком о груду битого кирпича.

Еще долго оставшиеся двое дрались против этой центрифуги, которая уже разбрызгивала капли крови по стене позади них. Но все было бесполезно. Они дрались не с человеком. Они дрались против бестелесной человеческой воли.

Когда они сдались и хрипели, распростершись на груде кирпичей, Гейл Винанд произнес своим обычным голосом: «Мы провернем это дело на рассвете» — и ушел. С этого момента он стал главарем шайки.

Грабеж барж начали два дня спустя на рассвете, он прошел с блестящим успехом.

Гейл Винанд жил вместе с отцом в подвальном помещении старого дома в самом центре Адской Кухни. Его отец был докером. Это был высокий молчаливый человек без всякого образования, никогда не посещавший школу. Его отец, как и дед, были с ним одного поля ягоды, не знавшие ничего, кроме бедности. Но каким-то образом в их роду в исторической дали оказались и аристократы; кто-то из них был одно время хорошо известен, но произошла какая-то трагедия, давно всеми забытая, которая и привела его потомков в самый низ общественной лестницы. Что-то во всех Винандах — были ли они у себя дома, в таверне или в тюрьме — не вязалось с их окружением. Отец Гейла был известен на побережье под прозвищем Герцог.

Мать Гейла умерла от туберкулеза легких, когда ему исполнилось два года. Он был единственным сыном. Он смутно чувствовал, что в женитьбе отца скрыта какая-то большая драма; он видел фотографию своей матери — она выглядела и была одета не как женщины, живущие по соседству, она была очень красива. Когда она умерла, вся жизнь, казалось, ушла из его отца. Он любил Гейла, но такая привязанность требовала для своего удовлетворения не более двух-трех фраз в неделю.

Гейл не был похож на мать и отца. Он явился своего рода атавизмом, осколком времени, расстояние до которого измерялось не поколениями, а столетиями. Для своего возраста он был всегда слишком высок, а также слишком тонок. Сверстники называли его Винанд Дылда. Никто не знал, что у него вместо мускулов, но все твердо знали, что пользоваться этим он умеет.

С самого раннего возраста ему пришлось работать, часто меняя хозяев. Довольно долго он торговал газетами на улице. Однажды он пришел к своему боссу и предложил обслуживать клиентов по-новому: разносить газеты прямо к дверям читателей по утрам; он объяснил, как и почему это приумножит их число.

— Н-да? — хмыкнул босс.

— Я знаю, это сработает, — утверждал Винанд.

— Что ж, может быть, но не ты здесь главный, — отвечал хозяин.

— Вы идиот, — сказал Винанд.

Он потерял работу.

Он работал в бакалейной лавке. Бегал с поручениями, мыл влажный деревянный пол, сортировал груды гнилых овощей, помогал обслуживать покупателей, терпеливо взвешивая фунт муки или разливая молоко из громадного бидона в приносимую посуду. Это было все равно что гладить носовой платок паровым катком. Но он, стиснув зубы, работал, ни на что не обращая внимания. Однажды он объяснил хозяину лавки, что разливать молоко в бутылки, как виски, было бы очень выгодным делом.

— Заткни фонтан и обслужи миссис Салливан, — ответил бакалейщик. — Думаешь, ты скажешь что-то, чего я сам не знаю о своей лавке? Не ты здесь главный.

Он обслужил миссис Салливан и не сказал ничего в ответ.

Он работал в бильярдной. Чистил плевательницы и подтирал за пьяными. Он слышал и видел такое, что привило ему иммунитет к удивлению на всю оставшуюся жизнь. Чтобы сохранить место, которое некоторые называли его местом, он был вынужден постоянно сдерживаться, учиться молчать, принимать как должное некомпетентность своих хозяев — и ждать. Никто не слышал, чтобы он говорил о том, что чувствует. А в нем боролись самые противоречивые чувства по отношению к окружающим, но чувства уважения среди них не было.

Он работал чистильщиком сапог на пароме. Получал тычки и указания от каждого подвыпившего торговца лошадьми, от каждого пьяного матроса. Если он заговаривал, то слышал в ответ грубый окрик: «Не ты здесь главный». Но ему нравилась его работа. Когда не было клиентов, он стоял у бортового ограждения и смотрел на Манхэттен. Смотрел на желтые стены новых домов, пустующие клочки земли, краны и редкие башни, поднимающиеся вдали. Он думал о том, что здесь можно построить и что надо разрушить, о том, какие здесь открываются возможности и как их можно использовать. Хриплые крики «Эй, мальчик!» прерывали ход его мыслей. Он возвращался к своей скамейке и послушно склонялся над каким-нибудь грязным башмаком. Клиент видел только маленькую головку со светлыми каштановыми волосами и пару тонких, проворных рук.

В туманные вечера при свете газовых ламп на перекрестках никто не замечал стройной фигуры мальчика, прислонившегося к фонарному столбу, аристократа средних веков, бессмертного патриция, каждая клеточка тела которого кричала о том, что он рожден, чтобы отдавать приказы. Его быстрый ум говорил ему, почему у него есть право на это. Но он, барон-феодал, созданный для власти, рожден мыть полы и выполнять приказы.

В возрасте пяти лет он сам научился читать и писать, задавая вопросы. Он читал все, что ему попадалось под руку. Он выходил из себя, если чего-то не понимал. Он должен был понимать все, что кто-либо знал. Эмблемой его детства, гербом, который он придумал для себя вместо утерянного столетия назад, был знак вопроса. Ему не нужно было объяснять что-либо дважды. Он усвоил основы математики от инженеров, прокладывавших канализационные трубы. Он узнал о географии от моряков на побережье. Он познакомился с общественным устройством благодаря политиканам местного клуба, который был гангстерским притоном. Он никогда не был ни в церкви, ни в школе. Ему было двенадцать, когда он однажды зашел в церковь. Он прослушал проповедь о терпении и покорности. Больше он в церковь не ходил. Ему было тринадцать, когда он решил взглянуть, что такое образование, и записался в начальную школу. Его отец ничего не сказал, как не говорил ничего, когда Гейл, весь избитый, возвращался домой после уличных драк.

В течение первой недели учительница постоянно вызывала к доске Гейла Винанда — для нее это было наслаждением, потому что он всегда знал ответ. Если он верил тем, кто был выше его, и их целям, то подчинялся, как спартанец, заставляя себя следовать правилам дисциплины, которых требовал от собственных подчиненных в банде. Но сила его воли была растрачена понапрасну — через неделю он понял, что ему не нужно усилий, чтобы быть первым в классе. Через месяц учительница перестала замечать его присутствие в классе, это оказалось ненужным, он по-прежнему всегда знал урок, и она могла перенести свое внимание на более слабых, медленнее соображающих детей. Он сидел, откинувшись назад, часами, которые разматывались, как цепь, в то время как учительница повторяла, разжевывала снова и снова, потея от усилия выбить хоть искру интеллекта из пустых глаз и бормочущих голосов. В конце второго месяца, делая обзор тех обрывков истории, которые она пыталась вбить в своих учеников, учительница спросила:

— Из скольких штатов состоял первоначально Союз?

Не поднялась ни одна рука. Потом поднял руку Гейл Винанд. Учительница кивнула ему. Он поднялся.

— Почему, — спросил он, — я должен выслушивать одно и то же десять раз? Я все это знаю.

— Но ты не единственный ученик в классе, — ответила учительница.

Он произнес нечто такое, что заставило ее побелеть, а через пятнадцать минут, когда она поняла наконец все, и покраснеть. Он пошел к двери. На пороге обернулся и добавил:

— Ах да. Первоначально Союз составили тринадцать штатов.

Так окончилось его официальное образование.

В Адской Кухне жили люди, никогда не переступавшие ее границ, были и другие — они редко выходили даже за пределы дома, в котором родились. Но Гейл Винанд часто прогуливался по лучшим улицам города. Он не чувствовал горечи от созерцания мира богатых, он был свободен от чувства зависти или страха. Ему было просто любопытно. И он чувствовал себя дома как на Пятой авеню*, так и в любом другом месте. Он прогуливался мимо роскошных особняков, заложив руки в карманы, пальцы выпирали из его башмаков на тонкой подошве. Прохожие глазели на него, но он их не замечал. Он проходил, оставляя за собой ощущение, что эта улица создана для него, а не для них. Пока он ничего не хотел — только понять.

Он старался понять, что отличало этих людей от тех, среди кого он жил. Его взгляд не останавливался на одежде, машинах или банках, он видел только книги. У людей, окружавших его, были одежда, экипажи и деньги, степень их богатства была несущественна; но они не читали книг. Он решил узнать, что читают обитатели Пятой авеню. Однажды он увидел читавшую книгу леди, которая ожидала кого-то в карете на углу; он сразу понял, что это настоящая леди, его суждения в таких делах были более точны, чем «Светский альманах». Он прыгнул на подножку кареты, схватил книгу и убежал. Чтобы поймать его, нужны были более проворные и менее толстые люди, чем полицейские.

Это была книга Герберта Спенсера*. Он испытал настоящую агонию, прежде чем дочитал ее. Он прочел ее до конца и понял четверть из того, что прочел, но это вовлекло его в последовательность действий, которой он неуклонно придерживался. Без всяких советов, помощи или плана он начал чтение самых разнообразных книг; он сталкивался с тем, чего не мог понять в одной книге, и тогда доставал другую на нужную тему. Круг его беспорядочного чтения ширился во всех направлениях; сначала он читал книги, требующие специальных знаний, а вслед за ними элементарные учебники средней школы. В его чтении не было системы, но в том, что оставалось у него в голове, система была.

Он обнаружил читальный зал в публичной библиотеке, куда время от времени заходил изучить обстановку. Однажды туда заявилась цепочка молодых парней, скверно причесанных и не вполне промытых. Выходили они отнюдь не такими тощими, как вошли. В этот вечер Гейл Винанд приобрел собственную небольшую библиотеку, разместившуюся в одном из углов его комнаты. Шайка без всякого протеста выполнила его приказ. Это была скандальная проделка — ни одна уважающая себя банда никогда не воровала ничего столь бесполезного, как книги. Но Винанд Дылда отдавал приказы — и никто никогда с ним не спорил.

Ему было пятнадцать, когда однажды утром его обнаружили в канаве. Это была масса кровоточащей плоти, обе ноги были сломаны, его избил подвыпивший портовый грузчик. Когда его нашли, он был без сознания. Но он был в сознании после побоев. Он был один в темном закоулке. За углом он увидел свет. Никто не знал, как он смог доползти до угла, но он смог; позже прохожие видели длинную полосу крови на мостовой. Он полз, опираясь только на руки. Он постучал в какую-то дверь. Это была пивная, еще открытая. Хозяин вышел на улицу. Это был единственный раз в жизни, когда Гейл Винанд просил о помощи. Хозяин пивной посмотрел на него пустым тяжелым взглядом, взглядом, в котором читались и понимание чужой боли и несправедливости, и невозмутимое бычье безразличие. Хозяин пивной вернулся в свое заведение и захлопнул дверь. У него не было никакого желания вмешиваться в разборки между бандами.

Годы спустя Гейл Винанд, издатель нью-йоркского «Знамени», все еще помнил имена портового грузчика и хозяина пивной и знал, где их можно найти. Он ничего не сделал портовому грузчику. Но приложил усилия, чтобы пустить хозяина пивной по миру, добился, чтобы тот потерял свой дом и все свои сбережения, и довел его до самоубийства.

Когда Гейлу Винанду исполнилось шестнадцать лет, умер его отец. В то время он остался без работы, он был один, с шестьюдесятью центами в кармане, неоплаченными счетами за квартиру и хаотической эрудицией. Он решил, что пришло время решать, что делать со своей жизнью. В тот вечер он поднялся на крышу своего дома и долго разглядывал огни города, города, где главным был не он. Его глаза медленно скользили от окон сырых лачуг вокруг к окнам особняков вдали. Видны были только светящиеся прямоугольники, подвешенные в темноте, но он мог угадать, к каким строениям они относились; огни вокруг выглядели мутными, навевающими печаль, тогда как те, что виднелись на расстоянии, были яркими и бодрыми. Его волновал лишь один вопрос: что же объединяет те и другие — дома с тусклыми и дома с яркими окнами, что общего во всех этих комнатах, во всех этих людях? Все они ели свой хлеб. Можно ли править этими людьми с помощью хлеба, который они покупают? У них была обувь, у них был кофе, у них было... И дальнейший ход его жизни определился.

На следующее утро он вошел в кабинет редактора «Газеты», третьесортного листка, размещавшегося в обшарпанном доме, и попросил работу в отделе местных новостей. Редактор посмотрел на его одежду и осведомился:

— А ты можешь написать слово «кошка»?

— А вы можете написать слово «антропоморфология»? — спросил вместо ответа Винанд.

— Уходи. У нас нет для тебя работы, — сказал редактор.

— Я буду поблизости, — заявил Винанд. — Вдруг понадоблюсь. Мне можно ничего не платить. Заплатите, когда почувствуете, что пора.

Он остался сидеть на ступеньках лестницы возле отдела местных новостей. Он сидел там каждый день в течение недели. Никто не обращал на него внимания. Ночью он устраивался в проходе у двери. Когда большая часть его денег иссякла, он начал красть еду с прилавков или находил ее в отбросах перед тем, как возвратиться на свой пост.

Однажды какой-то репортер пожалел его и, спускаясь по лестнице, бросил ему пятицентовик:

— Сходи купи себе что-нибудь поесть, парень.

В кармане у Винанда оставалось лишь десять центов. Он вынул их и бросил репортеру с пожеланием:

— Сходи, купи себе кого-нибудь трахнуть.

Тот выругался и сошел вниз. Монеты остались лежать на ступеньках. Это происшествие обсуждали в отделе. Прыщавый клерк пожал плечами и взял обе монеты.

В конце недели, в час пик, кто-то из отдела позвал Винанда и дал ему поручение. За ним последовали и другие мелкие задания. Он выполнил их с военной четкостью. Через десять дней его внесли в ведомость на зарплату. Через шесть месяцев он стал репортером. Через два года он был уже заместителем редактора.

Гейлу Винанду исполнилось двадцать, когда он влюбился. Он знал все, что нужно знать о сексе, с тринадцати лет. У него было много девиц. Он никогда не говорил о любви, не имел никаких романтических иллюзий на этот счет и рассматривал все эти вещи как простую животную потребность, в этом уж он был знатоком — и женщины угадывали это, просто взглянув на него. Девушка, в которую он влюбился, отличалась необычайной красотой, такой красоте надо было поклоняться, а не желать ее. Она была хрупка и молчалива. Ее лицо говорило о каких-то милых тайнах, живших в ней, но не нашедших еще своего выражения.

Она стала любовницей Гейла Винанда. Он позволил себе слабость быть счастливым. Он тотчас женился бы на ней, если бы она хоть раз заговорила об этом. Но они мало говорили друг с другом. Он чувствовал, что между ними все ясно и понятно.

Однажды вечером он заговорил. Сидя возле ее ног, он решился открыть свою душу:

— Дорогая, все, чего ты хочешь, все, чем я являюсь сейчас, все, чем я могу когда-либо стать… Все это я хотел бы отдать тебе… Не вещи, которые я тебе дарю, а то во мне, что позволяет их добиться. Все, от чего мужчина не может отказаться… Но я хочу это сделать — так, чтобы это стало твоим, так, чтобы это служило тебе — только тебе.

Девушка улыбнулась и спросила:

— Ты считаешь, что я красивее Мэгги Келли?

Он встал. Он ничего не сказал и вышел из дома. Больше он никогда не видел эту девушку. Гейл Винанд, который гордился тем, что ему не надо повторять урок дважды, за все последующие годы больше никогда не влюблялся.

Ему исполнился двадцать один год, когда его карьера в «Газете» оказалась под угрозой, в первый и единственный раз. Политика и коррупция его никогда не волновали — он знал об этом все: в свое время его банде платили за организацию потасовок у избирательных участков в дни голосования. Но когда против Пата Маллигана, капитана полиции его участка, было выдвинуто несправедливое обвинение, Винанд не смог этого перенести, потому что Пат Маллиган был единственным честным человеком, которого он встретил в своей жизни.

«Газету» контролировали те силы, которые обвиняли Маллигана. Винанд не сказал ничего. Только систематизировал в своей голове сведения, которыми располагал, чтобы взорвать к чертям саму «Газету». Правда, вместе с ней взлетела бы на воздух и его работа, но это уже не имело значения. Его решение противоречило всем правилам, которые он положил в основу своей карьеры. Нс он не раздумывал. Это была одна из редких вспышек, которые иногда находили на него, заставляли забыть о предусмотрительности, делали его одержимым одним желанием — сделать все по-своему, потому что его путь наверх был ослепительно прямым и единственно возможным. Он понимал также, что крушение газеты будет только первым шагом. Но чтобы спасти Маллигана, даже такого шага было недостаточно.

Уже три года Винанд хранил небольшую вырезку, передовицу о коррупции, написанную редактором одной очень крупной газеты. Он хранил ее, потому что это было прекраснейшее подтверждение человеческой порядочности. Он взял эту вырезку и отправился на встречу с великим редактором. Он решил рассказать ему о Маллигане, чтобы они вместе придумали, как справиться с кознями.

Он долго шел пешком через весь город к зданию известной газеты. Он нуждался в такой прогулке. Она помогла ему справиться с бушевавшей в нем яростью. Его допустили в кабинет редактора — он умел попадать, куда ему было надо, в обход всех правил. За столом он увидел толстяка с узкими, близко посаженными глазами. Он не стал представляться, вместо этого положил на стол вырезку и спросил:

— Вы помните это?

Редактор взглянул на вырезку, потом на Винанда. Это был взгляд, с которым Винанд уже сталкивался: в глазах хозяина пивной, захлопнувшего перед ним дверь.

— Неужели ты думаешь, что я помню весь тот бред, который пишу? — спросил редактор.

Помолчав секунду, Винанд сказал:

— Спасибо.

Это был единственный раз, когда он почувствовал к кому-то благодарность. Благодарность была подлинной — плата за урок, который ему больше не понадобится. Но даже редактор понял, что в его «спасибо» было что-то не то, что-то пугающее. Он не знал, что это был некролог Гейлу Винанду.

Винанд пешком возвратился к себе в газету, злость на редактора, на махинации политиков прошла. Он чувствовал только гневное презрение к себе, к Пату Маллигану и к человеческой порядочности; он чувствовал стыд, когда думал о тех, чьими жертвами он и Маллиган чуть добровольно не стали. Он не думал — жертвами, он думал — дураками. Он поднялся к себе в кабинет и написал блестящую передовицу, обличавшую капитана Маллигана.

— Господи, а я-то думал, что ты сочувствуешь этому бедолаге, — сказал польщенный редактор.

— Я никому не сочувствую, — ответил Винанд.

Бакалейщики и палубные матросы не оценили Гейла Винанда; политики же смогли оценить. За годы работы в газете он научился ладить с людьми. Лицо его приняло выражение, которое сохранилось на всю оставшуюся жизнь: не совсем улыбка, скорее выражение иронии, адресованной всему миру. Можно было подумать, что его насмешка направлена против тех же вещей, над которыми смеются окружающие. Кроме того, было приятно иметь дело с человеком, которого не волнуют страсти или почтение к святости.

Ему было двадцать три года, когда свора политиков, твердо намеренная выиграть муниципальные выборы и нуждавшаяся в поддержке своих планов печатным словом, купила «Газету». Они купили ее на имя Гейла Винанда, задачей которого являлось быть респектабельным фасадом для их махинаций. Гейла Винанда сделали главным редактором. Он поддержал идеи своих боссов и выиграл для них выборы. Два года спустя он разгромил эту свору, отправил ее главарей за решетку и остался единственным владельцем «Газеты».

Первым делом он содрал вывеску на дверях здания и сменил название газеты. Так появилось на свет нью-йоркское «Знамя». Друзья возражали. «Издатели не меняют названия своих газет», — говорили ему. «Этот издатель меняет», — возразил он.

Первая кампания, которую предприняло «Знамя», призывала читателей пожертвовать деньги на благотворительность. «Знамя» начало публиковать две истории; им было отведено равное количество газетной площади. Первая рассказывала о работавшем над великим изобретением молодом ученом, умирающем от голода в чердачной комнате; вторая — о горничной, возлюбленной казненного убийцы, ожидавшей появления на свет незаконнорожденного ребенка.

Первая история была иллюстрирована диаграммами, вторая — портретом девушки с большим ртом и трагическим выражением лица; одежда девушки была в некотором беспорядке. «Знамя» просило своих читателей помочь обоим несчастным. Редакция получила девять долларов сорок пять центов для молодого ученого и тысячу семьдесят семь долларов для незамужней матери. Гейл Винанд провел совещание с персоналом. Он положил на стол газету с обеими версиями и деньги, собранные для обоих благотворительных фондов.

— Есть ли среди присутствующих кто-то, кто не понимает? — спросил он. Ответа не последовало. Он сказал: — Теперь вы знаете, какой должна быть газета «Знамя».

Издатели в то время имели обыкновение гордиться тем, что их индивидуальность четко выявляется в издаваемых ими газетах. Гейл Винанд отдал свою газету, всю без остатка, вкусам толпы. «Знамя» стало похожим на цирковую афишу по форме и цирковое представление по сути. Оно придерживалось и тех же принципов: развлекать и собирать дань с пришедших. Оно несло на себе отпечаток не одного, а миллионов людей. Гейл Винанд так объяснял проводимую им политику:

— Люди различаются по своим достоинствам, если они вообще у них имеются, но всегда одинаковы в своих пороках. — При этом, глядя прямо в лицо собеседника, он добавлял: — Я служу огромному числу людей на нашей планете. Я представляю большинство — разве это не добродетель само по себе?

Толпа требовала описаний преступлений, скандалов и страстей. Гейл Винанд щедро снабжал ее всем этим. Он давал людям то, чего они хотели, и, кроме того, оправдывал вкусы, которых они стыдились. «Знамя» описывало убийства, поджоги, изнасилования, коррупцию — с соответствующей долей морали. Пропорция была выверена: на три колонки преступлений полагалась одна нравоучительная.

— Если вы направляете человека к благородной цели, это ему быстро наскучит, — говорил Винанд. — Если потакаете во всех пороках, ему будет стыдно. Но соедините то и другое — и он ваш.

Он публиковал рассказы о падших девушках, разводах в избранном обществе, приютах для подкидышей, районах красных фонарей, больницах для неимущих.

— Сначала секс, — повторял Винанд. — Слезы потом. Пусть они сначала попотеют, а потом дайте им поплакать — и они в ваших руках.

«Знамя» возглавляло шумные походы общественности — если цель была самоочевидна. Оно обличало политиканов — за один шаг до решения суда; оно боролось против монополий — во имя угнетенных; оно насмехалось над богатыми и удачливыми — как это делали те, кто не был ни богат, ни удачлив. Оно всячески подчеркивало блеск высшего света — и публиковало светскую хронику со скрытой ухмылкой. Это давало человеку с улицы двойное удовлетворение: можно было войти в гостиные самых известных людей, не вытирая ног на пороге.

«Знамени» было дозволено злоупотреблять истиной, вкусом и верой — но не читательскими мозгами. Его громадные заголовки, великолепные фотографии и сверхупрощенные тексты били по чувствам и западали в сознание без промежуточного процесса размышления — так питательный бульон, введенный с помощью клизмы, не требует переваривания.

— Новости, — учил Гейл Винанд своих подчиненных, — это то, что создает наибольший взрыв интереса среди наибольшего числа людей. Это то, что убивает наповал. Чем сильнее, тем лучше, главное, чтобы этих людей было достаточное количество.

Однажды он привел в редакцию человека, которого нашел прямо на улице. Это был обычный человек, одетый не очень хорошо, но и не в лохмотьях; не высокий, но и не низкий, не темноволосый, но и не блондин; его лицо трудно было запомнить, даже если долго разглядывать. Просто пугало, насколько он походил на любого другого; в нем не было даже тех индивидуальных черточек, по которым узнают придурка. Винанд провел его по зданию, представил каждому из сотрудников, а потом отпустил. Затем Винанд созвал совещание сотрудников и сказал им:

— Когда вы сомневаетесь в своей работе, вспомните лицо этого человека. Вы пишете для него.

— Но, мистер Винанд, — запротестовал один из молодых редакторов, — его лица нельзя вспомнить.

— В этом все и дело, — резюмировал Винанд.

Когда имя Гейла Винанда превратилось в угрозу для всего издательского мира, несколько владельцев газет отвели его в сторону — дело было на городском благотворительном собрании, где он присутствовал, — и начали упрекать в том, что они называли «потакать вкусам толпы».

— Это не мое дело, — ответил им Винанд, — помогать людям сохранять самоуважение, если его у них нет. Вы даете им то, что они, по их же публичным признаниям, любят. Я же им даю то, что им действительно нравится. Честность — лучшая политика, джентльмены, хотя и не совсем в том смысле, в каком вас учили.

Плохо делать свое дело было невозможно для Винанда. Какими бы ни были его цели, его средства были совершенны. Вся сила, вся воля, не допущенные на страницы его газеты, шли на ее оформление. Исключительный талант впустую сжигался, чтобы достичь совершенства в сотворении заурядного. Энергии духа, затраченной на сбор подозрительных историек и размазывание их на страницах газеты, хватило бы на создание новой религии.

«Знамя» всегда было первым поставщиком новостей. Когда в Южной Америке произошло землетрясение и не было никакой связи с районом бедствия, Винанд нанял судно, послал туда группу репортеров и распространял на улицах Нью-Йорка специальные выпуски, на несколько дней опередив конкурентов. В специальных выпусках можно было видеть рисунки, изображавшие пожары, трещины в земле, раздавленные тела. Когда с корабля, тонущего во время шторма у Атлантического побережья, был получен сигнал SOS, Винанд с группой своих репортеров поспешил туда, опережая службу береговой охраны. Винанд возглавил операцию по спасению и возвратился с уникальным материалом, с фотографией, на которой он поднимался по трапу над бушующими волнами, держа на руках ребенка. Когда деревушка в Канаде была стерта с лица земли снежной лавиной, «Знамя» послало туда аэростат, чтобы сбросить пищу и Библии ее жителям.

Угледобывающий район был парализован забастовкой — и «Знамя» организовало раздачу бесплатного супа и публиковало трагические истории об опасностях, подстерегающих прелестных дочерей шахтеров, живущих в бедности. Котенок попал в западню и был спасен фотографом «Знамени».

«Если нет новостей, надо организовать их» — стало девизом Винанда. Из сумасшедшего дома, принадлежавшего штату, бежал лунатик. Последовали дни, наполненные ужасом для жителей этого района, ужасом, который подогревало «Знамя», публиковавшее мрачные прогнозы и негодовавшее против бессилия местной полиции — лунатика обнаружил репортер «Знамени». Через две недели после поимки лунатик чудесным образом поправился и был выпущен. Он продал «Знамени» репортаж о плохом обращении, которому подвергался, находясь в этом заведении. Последовали мгновенные реформы. Впоследствии поползли слухи, что лунатик перед этим происшествием работал на «Знамя». Они не были доказаны.

В мастерской, где работали тридцать молодых девушек, вспыхнул пожар. Он унес жизни двоих из них. Мэри Ватсон, одна из спасшихся, дала «Знамени» эксклюзивное интервью о жуткой эксплуатации, которой они подвергались. Это привело к кампании против мастерских с потогонной системой, которую возглавили самые уважаемые дамы города. Причину пожара не обнаружили. Ходили слухи, что настоящее имя Мэри Ватсон — Эвлин Дрейк и она писала для «Знамени». Это не было доказано.

В первые годы существования «Знамени» Гейл Винанд чаще проводил ночи на диване в своем кабинете, чем у себя в спальне. То, чего он требовал от своих служащих, было трудно выполнить, в то, чего он требовал от себя, было трудно даже поверить. Он вел их, как полководец свои полки; себя же он эксплуатировал, как раба. Он хорошо оплачивал труд своих служащих, сам же довольствовался оплатой аренды жилья и пищей. Он жил в меблированных комнатах, тогда как его лучшие репортеры снимали люксы в дорогих гостиницах. Он тратил деньги быстрее, чем получал, — все свои деньги он тратил на «Знамя». Газета стала для него роскошной содержанкой, каждое желание которой удовлетворялось без раздумий о цене.

«Знамя» первым из газет получало самое современное типографское оборудование. «Знамя» числилось последним изданием среди тех, кому требовались репортеры, — из него не уходил никто. Винанд посетил редакции своих конкурентов — никто не мог позволить себе платить персоналу столько, сколько платил он. Он нанимал на работу по простой формуле. Когда какой-то журналист получал приглашение посетить Винанда, он воспринимал это как оскорбление своей профессиональной совести, но на встречу являлся. Он приходил, приготовившись выставить целый набор оскорбительных условий, на которых согласился бы работать, если бы вообще согласился. Винанд начинал разговор с того, что объявлял сумму, которую собирался платить. Затем добавлял:

— Мы могли бы, конечно, обсудить и другие условия... — и видя, как дергается кадык у собеседника, заключал: — Нет? Прекрасно. Явитесь ко мне в понедельник.

Когда Винанд открыл свою вторую газету — в Филадельфии, — местные издатели встретили его, как европейские вожди, объединившиеся против вторжения Атиллы. Война, последовавшая за этим, была столь же беспощадной. Винанд долго смеялся. Ему не требовались учителя, которые могли бы добавить что-либо к тому, что он знал о вербовке бандитов для кражи транспорта, доставляющего газеты, и избиения продавцов. Два конкурирующих издания погибли в борьбе. «Звезда Филадельфии» Винанда выжила.

Все остальное прошло быстро и просто, как эпидемия. К тому времени, когда ему исполнилось тридцать пять, газеты Винанда выходили во всех крупных городах Соединенных Штатов. К своему сорокалетию он уже выпускал журналы, программу новостей для кино и владел большей частью предприятий, входивших в концерн Винанда.

Весьма высокая активность в сферах, о которых газеты молчали, помогла ему сколотить огромное состояние. Он ничего не забыл из своего детства. Он вспомнил то, о чем думал, когда еще чистильщиком сапог стоял у бортового ограждения парома,— о возможностях, которые открывал перед ним город. Он покупал недвижимость, роста цен на которую никто не предвидел. По пути к успеху он скупил много различных предприятий. Иногда они лопались, разоряя всех, кто был с ними связан, за исключением Гейла Винанда. Он провел кампанию против темных дельцов, монополизировавших городской трамвай, и добился, чтобы они потеряли лицензию; лицензия была передана группе еще более темных дельцов, контрольный пакет акций оказался у Гейла Винанда. Он яростно обличал монополию на торговлю скотом на Среднем Западе — и оставил свободное поле для другой банды, действующей под его контролем.

Ему помогали очень многие люди, обнаружившие, что Винанд умный парень, достойный того, чтобы его использовать. Он проявлял очаровательную обходительность, выказывая радость, что его используют. Но всегда получалось так, что использован был не он, а другие, — как в деле с «Газетой», которую купили для Винанда.

Иногда ему случалось терять на инвестициях, но делалось это холодно и с трезвым расчетом. Путем последовательных незаметных действий, каждое из которых было трудно проследить, ему удалось разорить многих значительных лиц: президента банка, главу страховой компании, владельца пароходства и других. Никто не мог понять мотивов его действий. Разоряемые им люди не были его конкурентами, и он не получал никакой выгоды от их краха. «Неизвестно, к чему стремится этот негодяй Винанд, — говорили вокруг, — но явно не к деньгам».

Те, кто слишком настойчиво обличал его, теряли работу, одни через несколько недель, другие — спустя много лет. Случалось, что он не обращал внимания на оскорбления, но были случаи, когда он мстил за вполне невинное замечание. Никто не мог утверждать с уверенностью, будет ли Винанд мстить или же простит обидчика. Однажды он обратил внимание на блестящую работу молодого репортера чужой газеты и послал за ним. Тот явился, но сумма, о которой упомянул Винанд, не произвела на него никакого впечатления.

— Я не могу работать на вас, мистер Винанд, — заявил он с обезоруживающей честностью, — потому что у вас... у вас нет идеалов.

Тонкие губы Винанда раздвинулись в улыбке.

— От человеческой испорченности никуда не деться, малыш, — мягко сказал он. — Хозяин, на которого ты работаешь, возможно, и имеет идеалы, но вынужден выпрашивать деньги и исполнять распоряжения многих ничтожных людей. У меня нет идеалов — но я ни у кого не прошу. Выбирай. Третьего не дано.

Юноша вернулся в свою газету. Через год он вновь встретился с Винандом и спросил, осталось ли в силе приглашение. Винанд ответил утвердительно. С тех пор репортер оставался в «Знамени». Он был единственным в штате, кто любил Гейла Винанда.

Альва Скаррет, единственный из оставшихся от прежней «Газеты», поднимался вверх вместе с Винандом. Но никто не мог утверждать, что он любил Винанда, он просто примкнул к своему хозяину с автоматической преданностью дорожки под ногами. Альва Скаррет никогда никого не ненавидел, а потому был неспособен и на любовь. Он был ловким, знающим и безжалостным — в бесхитростной манере человека, которому не известно, что такое жалость. Он верил всему, что писал сам и что писалось в «Знамени». Его вера в написанное не держалась более двух недель. В этом смысле он был для Винанда бесценным человеком — он представлял собой барометр общественного мнения.

Никто не мог сказать, есть ли у Гейла Винанда личная жизнь. Часы, проводимые вне редакционного кабинета, заимствовали свой стиль у первой страницы «Знамени», но в более грандиозном масштабе — он как бы продолжал цирковое представление, но лишь для царственных особ. Он скупал все билеты на премьеру выдающейся оперы — и сидел в зале один, с очередной любовницей. Он обнаружил великолепную пьесу неизвестного драматурга и заплатил ему огромную сумму, чтобы пьеса была исполнена один-единственный раз — и больше никогда. Винанд был единственным зрителем этого спектакля. На следующее утро пьеса была сожжена. Когда некая очень известная в обществе дама попросила его помочь важному благотворительному начинанию, Винанд протянул ей подписанный незаполненный чек и, смеясь, сознался, что сумма, которую она осмелится вписать, будет меньше, чем она получила бы иным путем. Он купил что-то вроде трона у промотавшегося претендента на престол одной из балканских стран, которого встретил в подпольном ресторане, и больше не желал его видеть; он часто употреблял фразу «мой слуга, мой шофер и мой король».

По ночам, надев потертый костюм, купленный за девять долларов, Винанд часто ездил в метро или бродил по пивным в районе трущоб, прислушиваясь к своим читателям.

Однажды в полуподвальной пивнушке он услышал, как водитель грузовика в весьма колоритных выражениях обличает Гейла Винанда — худшего представителя капиталистического зла. Винанд согласился с ним и поддержал его в собственных выражениях из словаря Адской Кухни. Потом подобрал «Знамя», оставленное кем-то на столе, вырвал из него собственную фотографию с третьей страницы, приколол к стодолларовой бумажке, протянул ее водителю грузовика и вышел до того, как кто-нибудь смог произнести хоть слово.

Смена его любовниц происходила так часто, что положила конец сплетням. Говорили, что он никогда не наслаждался с женщиной, предварительно не купив ее, но она должна была быть из тех, которые не продаются.

Он сохранял подробности своей личной жизни в тайне, делая свою жизнь широко известной. Он отдавал себя на суд толпы; он не был ничьей собственностью подобно статуе в парке, табличке автобусной остановки, страницам «Знамени». Его фотографии появлялись в его газетах чаще, чем фотографии кинозвезд. Его снимали в самой разной одежде, по всякому возможному поводу. Его никогда не фотографировали раздетым, но у читателей было такое чувство, будто они не раз видели его обнаженным. Он не извлекал никакого наслаждения из своей известности; это было делом политики, которой он подчинил себя. Каждый уголок его роскошной квартиры был представлен в его газетах и журналах. «Каждый негодяй в стране знает, что находится в моем холодильнике и в ванной», — говорил он.

Тем не менее одна сторона его жизни была известна мало и никогда не упоминалась. Верхний этаж здания, под его квартирой, был частной художественной галереей. Он был закрыт. Туда не допускали никого, кроме уборщиц. Очень мало кто знал об этом. Однажды французский посол попросил разрешения посетить ее. Винанд отказал ему. Время от времени, но не часто он спускался в галерею и оставался там часами. Там все было собрано по его собственному вкусу. У него были и шедевры, и картины неизвестных мастеров; он отвергал произведения бессмертных гениев, если они оставляли его равнодушным. Оценки коллекционеров и подписи знаменитостей его не волновали. Галерейщики, которым он покровительствовал, говорили, что его суждения были суждениями настоящего знатока.

Однажды вечером слуга видел, как Винанд возвратился из своей галереи, и был поражен выражением его лица: на нем было написано страдание, и все же лицо казалось моложе на десять лет.

— Вы не больны, сэр? — спросил он.

Винанд безразлично взглянул на него и произнес:

— Идите спать.

— Мы можем сделать из твоей художественной галереи великолепный разворот для воскресного выпуска, — как-то мечтательно заметил Альва Скаррет.

— Нет, — отрезал Винанд.

— Но почему, Гейл?

— Послушай, Альва. У каждого человека есть собственная душа, которой никто не должен видеть. Даже у заключенных, даже у цирковых уродов. Никто, кроме меня самого. Моя душа разверстана в цвете в твоих воскресных выпусках. Поэтому у меня должно быть нечто ее заменяющее, хотя бы запертая комната с немногими предметами, которых никому нельзя лапать.

Это был долгий процесс, на который уже указывали некоторые сопутствующие явления, но Скаррет обратил внимание на новые черты в характере Винанда, только когда тому исполнилось сорок пять. Тогда же они стали видны многим. Винанд потерял интерес к борьбе с промышленниками и финансистами. Он нашел новую разновидность жертв. Нельзя было понять, спортивный ли это интерес, мания или последовательное стремление к какой-то цели. Полагали, что это ужасно, потому что выглядит бессмысленной жестокостью.

Началось с дела Дуайта Карсона. Дуайт Карсон, талантливый молодой писатель, заслужил безупречную репутацию как человек, страстно преданный своим убеждениям. Он боролся за права личности. Он писал в крупных журналах, имевших большой престиж и небольшой тираж и не представлявших угрозы для Винанда. Винанд купил Дуайта Карсона. Он заставил Карсона вести в «Знамени» рубрику, посвященную превосходству масс перед гениальной личностью. Это была скверная рубрика, нудная и неубедительная; многие читатели были разочарованы. Это было напрасной тратой газетной площади и денег. Винанд настоял, чтобы рубрика продолжалась.

Даже Альва Скаррет был шокирован тем, что Карсон предал свои идеалы.

— Любой другой, Гейл, — высказался он, — но честное слово, от Карсона я этого не ожидал.

Винанд рассмеялся. Он смеялся так долго, словно не мог остановиться, его смех был на грани истерики. Скаррет нахмурился: ему не понравился вид Винанда, не способного справиться с эмоциями; это противоречило всему, что он знал о Винанде. У Скаррета появилось смутное ощущение, будто он увидел маленькую трещинку в непробиваемой стене; трещинка, возможно, не могла угрожать стене — но она не имела права на существование.

Несколько месяцев спустя Винанд купил молодого писателя из радикального журнала, человека, известного своей честностью, и усадил его за серию статей, клеймящих массу и прославляющих людей исключительных. Это тоже не встретило понимания у рассерженных читателей. Но Винанд продолжал. Ему, казалось, были безразличны пока еще не очень явные признаки снижения тиража.

Он нанял чувствительного поэта для репортажей с бейсбольных матчей. Нанял искусствоведа вести колонку финансовых новостей. Поставил социалиста на защиту фабрикантов и консерватора — на защиту прав трудящихся. Заставил атеиста писать о красоте религиозного чувства. Вынудил серьезного ученого провозглашать преимущество мистической интуиции перед научными методами исследования. Он выплачивал знаменитому дирижеру симфонического оркестра щедрое годовое содержание при одном непременном условии: никогда не дирижировать.

Некоторые из этих людей отказывались — вначале. Но соглашались, обнаружив, что находятся на грани банкротства, к которому вела последовательность не выясненных до конца обстоятельств. Некоторые из этих людей были знамениты, другие безвестны. Винанд не проявлял интереса к положению своей будущей добычи. Как не проявлял интереса и к тем, чей шумный успех переходил на твердую коммерческую основу, — к людям, не имевшим твердых убеждений. Его жертвы имели одну роднившую их черту — незапятнанную честность.

После того как они были сломлены, Винанд скрупулезно продолжал платить им. Но более не чувствовал озабоченности их судьбами или желания увидеться с ними. Дуайт Карсон запил. Двое стали наркоманами. Один покончил с собой. Последний случай переполнил чашу терпения Скаррета.

— Не слишком ли далеко это заходит, Гейл? — спросил он. — Это же практически убийство.

— Вовсе нет, — ответил Винанд. — Я просто стал внешним толчком. Причина же была заложена в нем самом. Если молния ударит в гниющее дерево, оно рухнет, но это не вина молнии.

— Что же ты называешь здоровым деревом?

— Их просто не существует, Альва, — весело заявил Винанд, — их просто не существует.

Альва Скаррет больше никогда не просил у Винанда объяснений. Каким-то шестым чувством Скаррет почти угадал причину. Скаррет пожимал плечами и смеялся, объясняя своим собеседникам, что нет причин для беспокойства, это просто «предохранительный клапан». Только двое разгадали Гейла Винанда: Альва Скаррет — частично и Эллсворт Тухи — полностью.

Эллсворт Тухи, который в этот период хотел прежде всего избежать ссоры с Винандом, не смог сдержать недовольства, что Винанд не выбрал жертвой его. Он почти желал, чтобы Винанд попробовал подкупить его, не важно, что последует за этим. Но Винанд редко замечал его.

Винанд никогда не боялся смерти. Мысль о самоубийстве посещала его, но не как намерение, а лишь как одна из многих вероятностей человеческой судьбы. Он рассматривал эту возможность безразлично, с чувством вежливого любопытства, как рассматривал любую возможность, — а затем забывал. Винанду была знакома полная потеря сил, когда воля ему изменяла. Он всегда излечивался, проведя несколько часов в своей галерее.

Так он дожил до пятидесяти одного года и этого дня, когда не произошло ничего значительного, и все же вечер застиг его лишенным всяких желаний.

Гейл Винанд сидел на краю постели, слегка наклонившись вперед, локти его покоились на коленях, пистолет лежал на ладони.

«Да, — сказал он себе, — решение где-то здесь. Но я не хочу об этом знать».

И ощутив, что в основе желания не знать коренится приступ страха, он понял, что сегодня не умрет. Пока он еще чего-то боится, страх убережет его жизнь, даже если это означает лишь продвижение к неведомой катастрофе. Мысль о смерти не принесла ничего. Мысль о жизни принесла небольшую милостыню — намек на страх.

Он пошевелил рукой, ощутив вес пистолета. Улыбнулся чуть заметной разочарованной улыбкой: «Нет, это не для тебя. Еще не время. У тебя еще достаточно ума, чтобы не умирать бессмысленно».

Он отбросил пистолет, понимая, что момент прошел и это больше не угрожает ему. Встал. Радости он не испытывал, только усталость, но он уже вернулся к своему обычному состоянию. Сомнений больше не было, надо было заканчивать этот день и отправляться спать.

Он спустился в свой кабинет и достал бутылку.

Когда в кабинете зажегся свет, он заметил подарок Тухи. Это был большой вертикально стоящий ящик. Винанд уже видел его этим вечером. Он подумал тогда: «Что за черт» — и забыл о нем.

Он налил себе и медленно пил стоя. Ящик был слишком велик, чтобы его можно было не замечать, и, пока пил, он пытался угадать, что бы там могло быть. Он был не в состоянии вообразить, что, собственно, Тухи мог ему послать; он ожидал чего-нибудь не столь существенного — небольшого конверта с намеком на шантаж; многие уже пытались совершенно безуспешно шантажировать его; он подумал, что у Тухи могло бы хватить ума понять это.

К тому времени, когда стакан опустел, он не пришел к какой-то разумной догадке. Это его раздражало, как не поддающийся решению кроссворд. Где-то в его столе хранились инструменты. Он нашел их и вскрыл ящик.

Это была статуя Доминик Франкон, изваянная Мэллори.

Гейл Винанд подошел к своему столу и положил клещи, которые держал так, будто они сделаны из хрупкого стекла. Затем повернулся и вновь оглядел статую. Он смотрел на нее около часа.

Затем подошел к телефону и набрал номер Тухи.

— Алло? — послышался голос, хриплая торопливость которого свидетельствовала о том, что Тухи подняли с постели.

— Ладно. Приходите, — сказал Винанд и повесил трубку.

Тухи приехал спустя полчаса. Это был его первый визит в дом Винанда. Он позвонил, и ему открыл сам Винанд, все еще в пижаме. Он не сказал ни слова и направился в кабинет; Тухи последовал за ним.

Обнаженное мраморное тело с откинутой назад в порыве страсти головой превращало комнату в храм, которого уже не существовало, — храм Стоддарда. Глаза Винанда, в глубине которых таилась сдерживаемая ярость, выжидающе смотрели на Тухи.

— Вы хотите, конечно, узнать имя натурщицы? — спросил Тухи, и в голосе его прозвучала победная нотка.

— Черт возьми, нет! — взорвался Винанд. — Я хочу узнать имя скульптора.

Его удивило, почему Тухи не понравился вопрос; что-то большее, чем досада, отразилось на лице Тухи.

— Скульптора? — переспросил Тухи. — Минутку... обождите... Я полагаю, что знал его... Стивен... или Стенли... Стенли и еще что-то... Честно говоря, не помню.

— Если вы знали, что покупаете, вы знали достаточно, чтобы спросить имя и не забывать его.

— Я наведу справки, мистер Винанд.

— Где вы ее достали?

— В одной художественной лавочке, знаете, из тех, на Второй авеню.

— Как она туда попала?

— Не знаю. Не спрашивал. Я купил, потому что знаю, кого она изображает.

— Вы лжете. Если бы вы увидели в ней только это, то не стали бы так рисковать. Вы знаете, что я никого не впускаю в свою галерею. У вас хватило наглости подумать, что я позволю вам пополнить ее? Никто еще не осмеливался предлагать мне такого рода подарок. И вы бы не стали рисковать, если бы не были уверены, абсолютно уверены, насколько ценно это произведение искусства. Уверены, что я не смогу не принять его. Что вы меня переиграете. И вы своего добились.

— Рад слышать это, мистер Винанд.

— Если вы хотите порадоваться, должен также сказать, что мне противно, что это пришло от вас. Противно, что вы оказались в состоянии оценить это. Это совсем на вас не похоже. Хотя я был явно не прав в отношении вас: вы оказались большим специалистом, чем я думал.

— В таком случае я вынужден принять ваши слова как комплимент и поблагодарить вас, мистер Винанд.

— А теперь — чего же вы хотели? Чтобы я уразумел, что вы не отдадите мне это, если я не соглашусь на свидание с миссис Питер Китинг?

— Господи, нет, мистер Винанд. Я вам это подарил. Я хотел только, чтобы вы уразумели, что это — миссис Питер Китинг.

Винанд посмотрел на статую, затем вновь на Тухи.

— Ну вы и идиот! — мягко произнес Винанд. Тухи, пораженный, уставился на него. — Неужели вы действительно использовали это как красный фонарь в окне? — Казалось, Винанд испытал облегчение; он уже не считал нужным смотреть на Тухи. — Так-то лучше, Тухи. Не так уж вы умны, как я было подумал.

— Но, мистер Винанд, что?..

— Неужели вы не поняли, что эта статуя — самый верный способ убить любое желание, которое я мог бы испытать по отношению к миссис Китинг?

— Вы ее не видели, мистер Винанд.

— О, вероятно, она красива. Возможно, еще более красива, чем ее статуя. Но она не может обладать тем, что вложил в нее скульптор. А то же лицо, лишенное значительности, подобно карикатуре — вы не думаете, что за это можно возненавидеть женщину?

— Вы ее не видели.

— А, ладно, увижу. Я уже сказал, что должен либо сразу простить вам вашу проделку, либо не простить. Ведь я не обещал, что пересплю с ней. Не так ли? Только увижусь.

— Только этого я и хотел, мистер Винанд.

— Пусть она позвонит мне в приемную и согласует время.

— Спасибо, мистер Винанд.

— Кроме того, вы лжете, что не знаете имени скульптора. Но мне лень заставлять вас его назвать. Она мне его назовет.

— Уверен, что она назовет. Но зачем мне лгать?

— Бог знает. Кстати, если скульптор оказался бы менее значительным, вы потеряли бы работу.

— Все же, мистер Винанд, у меня контракт.

— О, оставьте его для профсоюза, Эллси! А теперь, полагаю, вы пожелаете мне спокойной ночи и уберетесь.

— Да, мистер Винанд. Желаю вам спокойной ночи. Винанд проводил его в холл. У двери Винанд сказал:

— Вы плохой бизнесмен, Тухи. Не знаю, почему вы так стараетесь, чтобы я встретился с миссис Китинг. Не знаю, что заставляет вас добиваться подряда для вашего Китинга. Но в любом случае это не стоит того, чтобы расставаться с такой вещью.

II

— Почему ты не носишь свой браслет с изумрудами? — спросил Питер Китинг. — Так называемая невеста Гордона Прескотта заставила всех разинуть рот от изумления своим звездным сапфиром.

— Извини, Питер. Я надену его в следующий раз, — ответила Доминик.

— Это был чудесный вечер. Тебе было интересно?

— Мне всегда интересно.

— Мне тоже... только... О Господи, хочешь узнать правду?

— Нет.

— Доминик, я смертельно скучал. Винсент Ноултон — страшная зануда. Чертов сноб. Не переношу его. — И осторожно прибавил: — Но ведь я этого не показал?

— Нет. Ты очень хорошо себя вел. Смеялся всем его шуткам — даже когда никто не смеялся.

— А, ты заметила? Это всегда срабатывает.

— Да, я заметила.

— Ты считаешь, что не следовало этого делать?

— Я этого не говорила.

— Ты считаешь, что это... низко?

— Я ничего не считаю низким.

Он глубже забился в кресло, подбородок при этом неудобно прижался к груди, но ему не хотелось двигаться. В камине горел огонь. Он выключил все освещение, кроме лампы с желтым шелковым абажуром. Но это не принесло внутреннего успокоения, лишь придало помещению нежилой вид пустой квартиры с отключенным освещением и водой. Доминик сидела в другом конце комнаты, ее стройное тело послушно приняло очертания стула с прямой спинкой; поза не казалась напряженной, скорее неудобной. Они были одни, но она сидела как леди, выполняющая общественные обязанности, как прекрасно одетый манекен в витрине расположенного на оживленном перекрестке магазина.

Они вернулись с чаепития в доме Винсента Ноултона, молодого преуспевающего светского льва, нового приятеля Питера Китинга. Они спокойно поужинали вдвоем, и теперь у них был свободный вечер. Никаких светских обязанностей до завтра не предвиделось.

— Наверно, не стоило смеяться над теософией, разговаривая с миссис Марш, — произнес он. — Она в нее верит.

— Извини, я буду осторожнее.

Он ждал, когда она выберет предмет для разговора. Она молчала. Он вдруг подумал, что она никогда не заговаривала с ним первой — за все двадцать месяцев их супружеской жизни. Он сказал себе, что это смешно и невозможно; он попытался вызвать в памяти хоть один случай, когда она обратилась бы к нему. Конечно же, обращалась; он вспомнил, как она спросила: «Когда ты сегодня вернешься?» и «Хочешь ли ты включить Диксонов в список гостей во вторник?» — и многое другое вроде этого.

Он посмотрел на нее. Она не выглядела скучающей или не желающей замечать его. Вот она сидит, бодрая и внимательная, как будто быть с ним — все, что ей нужно; она не принялась за книгу, не углубилась в собственные мысли. Она смотрит прямо на него, не мимо него, как бы ожидая, когда он заговорит. Она всегда смотрела прямо на него, как сейчас; только сегодня он задумался над тем, нравится ли ему это. Нет, пожалуй, не совсем, это не позволяло увильнуть в сторону ни тому, ни другому.

— Я только что закончил «Доблестный камень в мочевом пузыре», — начал он. — Прекрасная книга. Создание искрящегося гения, злой дух, обливающийся слезами, клоун с золотым сердцем, водрузившийся на миг на трон Господа Бога.

— Я читала эту рецензию в воскресном номере «Знамени».

— Я читал саму книгу. Ты же знаешь.

— Как мило с твоей стороны.

— Угу? — Он услышал одобрение в ее голосе и был польщен.

— Очень любезно по отношению к автору. Я уверена, что ей нравятся люди, которые читают ее книги. Очень мило, что ты потратил на нее время, заранее зная, что должен думать о книге.

— Я не знал. Но оказалось, что я согласен с автором статьи.

— В «Знамени» работают настоящие профессионалы.

— Это верно. Конечно. Так что ничего страшного, если я с ними согласен.

— Конечно, ничего. Я всегда соглашаюсь.

— С кем?

— Со всеми.

— Ты смеешься надо мной, Доминик?

— Разве ты дал повод?

— Нет. Не вижу, каким образом. Нет, конечно, не давал.

— Тогда я не смеюсь.

Китинг помолчал. Он услышал проезжавший внизу по улице грузовик, эти звуки заполнили несколько секунд, а когда они смолкли, заговорил вновь:

— Доминик, мне хочется знать, что ты думаешь.

— О чем?

— О... о... — Он поискал что-нибудь позначительнее и закончил: — О Винсенте Ноултоне.

— Я считаю, он человек вполне достойный того, чтобы целовать его зад.

— Ради Бога, Доминик!

— Извини. Скверный английский и скверные манеры. Это, конечно, не так. Ну что ж, скажем так: Винсент Ноултон — человек, с которым приятно поддерживать знакомство. Старые семьи заслуживают того, чтобы к ним относились с большим почтением, и мы должны проявлять терпимость к мнениям других, потому что терпимость — одна из величайших добродетелей, и было бы нечестным навязывать свое мнение о Винсенте Ноултоне, а если ты дашь ему понять, что он тебе нравится, он будет рад помочь тебе, потому что он очень милый человек.

— Ну вот, теперь это на что-то похоже, — сказал Китинг. Он чувствовал себя как дома в привычном стиле разговора. — Я полагаю, что терпимость — вещь очень важная, потому что… — Он помолчал. И закончил без всякого выражения: — Ты сказала точно то же самое, что и раньше.

— Так ты заметил, — сказала она. Она произнесла это равнодушно, просто как факт. В ее голосе не было иронии, хотя ему этого хотелось бы, ведь ирония подтверждала бы признание его личности, желание уязвить его. Но в ее голосе никогда не было личных ноток, связанных с ним, — за все двадцать месяцев.

Он посмотрел на огонь в камине. Вот что делает человека счастливым — сидеть и мечтательно смотреть на огонь — у своего собственного камина, в своем собственном доме; это было то, о чем он всегда слышал и читал. Он смотрел, не мигая, на пламя, стараясь проникнуться установленной истиной. «Пройдет еще минута этого покоя, и я почувствую себя счастливым», — подумал он, сосредоточиваясь. Но ничего не произошло.

Он подумал о том, как убедительно мог бы описать эту сцену друзьям, заставив их позавидовать полноте его счастья. Почему же он не мог убедить в этом себя? У него было все, чего он когда-либо желал. Он хотел главенствовать — и вот уже целый год являлся непререкаемым авторитетом в своей профессии. Он хотел славы — и у него уже накопилось пять толстенных томов посвященных ему публикаций. Он хотел богатства — и у него уже достаточно денег, чтобы обеспечить себе жизнь в роскоши. Сколько людей боролось и страдало, чтобы добиться того, чего он уже достиг? Сколькие мечтали, истекали кровью и погибали, так ничего и не достигнув? «Питер Китинг — самый счастливый парень на свете». Сколько раз он слышал это?

Последний год был лучшим в его жизни. К тому, чем владел, он прибавил невозможное — Доминик Франкон. Было так приятно небрежно рассмеяться, когда друзья повторяли: «Питер, как это тебе удалось?» Было настоящим наслаждением, представляя ее, легко бросить «моя супруга» и увидеть глупый, безотчетный блеск зависти в глазах. Однажды на большом приеме какой-то подвыпивший элегантный тип, подмигнув, спросил его, не в силах скрыть своих намерений:

— Послушай, ты не знаком с той роскошной женщиной?

— Немного, — с удовлетворением ответил Питер, — это моя жена.

Он часто благодарно повторял себе, что их брак оказался намного удачнее, чем он предполагал. Доминик стала идеальной женой. Она полностью посвятила себя его интересам: делала все, чтобы нравиться его клиентам, развлекала его друзей, вела его хозяйство. Она ничего не изменила в его упорядоченной жизни: ни рабочего расписания, ни меню, даже обстановки. Она ничего не принесла с собой — только свою одежду; она не прибавила ни единой книги, даже пепельницы. Когда он высказывал свое мнение о чем-либо, она не спорила, она соглашалась с ним. Она охотно, как будто так и должно быть, растворилась в его заботах.

Он ожидал смерча, который поднимет его на воздух и разобьет о неведомые скалы. И не обнаружил даже ручейка, впадающего в мирные воды его жизни. Словно кто-то пришел и спокойно опустился в ее плавно текущие воды; нет, это было даже не плавание — действие активное и требующее усилий, а следование за ним по течению. Если бы ему была дана власть определять, как должна вести себя Доминик после свадьбы, он бы потребовал, чтобы она вела себя так, как сейчас.

Только ночи оставляли его в неприятной неудовлетворенности. Она отдавалась, когда ему этого хотелось. Но все было как в их первую ночь: в его руках была безразличная плоть, Доминик не выказывала отвращения, но и не отвечала ему. С ним она все еще оставалась девственницей: он никак не мог заставить ее что-то почувствовать. Каждый раз, терзаясь оскорбленным самолюбием, он решал больше не прикасаться к ней. Но желание возвращалось, возбужденное постоянным лицезрением ее красоты. И он отдавался ему, когда не мог сопротивляться, но не часто.

То, в чем он не смел себе признаться, если говорить об их совместной жизни, было высказано его матерью:

— Я не могу этого вынести, — сказала она спустя полгода после их свадьбы. — Если бы она разозлилась, обругала меня, бросила в меня чем-то, все было бы в порядке. Но этого я не могу вынести.

— Чего, мама? — спросил он, чувствуя, как в нем поднимается холодок начинающейся паники.

— А, что толку говорить, Питер, — ответила она.

Мать, поток доказательств, мнений, упреков которой он обычно не мог остановить, больше ни слова не проронила об их женитьбе. Она сняла для себя маленькую квартирку и покинула его дом. Она часто приходила навестить его и была вежлива с Доминик, принимая какой-то странно побитый и смиренный вид. Он сказал себе, что должен, вероятно, радоваться, освободившись от матери, но не испытывал радости.

Кроме того, он не мог понять, каким образом Доминик пробуждала в нем безотчетный страх. Он не находил ни слова, ни жеста, которыми мог бы упрекнуть ее. Но все двадцать месяцев было так же, как сегодня: ему было тяжело с ней наедине — и все же он не хотел уйти от нее, а она не выражала желания избегать его.

— Сегодня уже никто не придет? — спросил он ровным голосом, отворачиваясь от камина.

— Нет, — ответила она и улыбнулась, ее улыбка как бы предварила слова: — Может быть, оставить тебя одного, Питер?

— Нет! — Это прозвучало почти как крик. И, продолжив ответ, он подумал: «Нельзя, чтобы это выглядело так отчаянно». — Конечно, нет! Я рад провести этот вечер наедине со своей женой.

Неясный внутренний голос говорил ему, что он должен решить эту проблему, должен научиться не тяготиться в ее обществе, не избегать ее — в первую очередь ради себя самого.

— Чем бы ты хотела сегодня заняться, Доминик?

— Всем, чего ты хочешь.

— Хочешь в кино?

— А ты?

— О, не знаю. Это помогает убить время.

— Прекрасно, давай убивать время.

— Нет. Зачем? Это звучит ужасно.

— Разве?

— Зачем нам бежать из своего дома? Давай останемся.

— Да, Питер.

Он помолчал. «Но и молчание, — подумал он, — это тоже бегство, его наиболее скверный вариант».

— Хочешь сыграть в «Русский банк»? — спросил он.

— Тебе нравится «Русский банк»?

— О, это убивает вре... — Он остановился. Она улыбнулась. — Доминик. — Он смотрел на нее. — Ты так красива. Ты всегда так... так восхитительно красива. Мне все время хочется сказать тебе, что я чувствую, глядя на тебя.

— Мне нравится знать, что ты чувствуешь, глядя на меня, Питер.

— Я люблю смотреть на тебя. Всегда вспоминаю при этом слова Гордона Прескотта. Он сказал, что ты совершенное упражнение Господа Бога в структурной математике. А Винсент Ноултон говорил, что ты — весеннее утро. А Эллсворт... Эллсворт сказал, что ты — упрек любой другой женщине на свете.

— А Ралстон Холкомб? — спросила она.

— А, не имеет значения! — оборвал он себя и снова повернулся к камину.

«Я знаю, почему мне так тяжело молчание, — подумал он. — Потому что ей все равно, молчу я или говорю; как будто я не существую и никогда не существовал... это еще страшнее, чем смерть, — никогда не родиться...» Он внезапно почувствовал отчаянное желание, которого и сам не мог четко объяснить, — желание стать для нее ощутимым.

— Доминик, знаешь, о чем я думаю? — с надеждой спросил он.

— Нет, о чем же ты думаешь?

— Я уже не раз задумывался об этом — и никому не говорил. И никто не знает. Это моя мечта.

— Боже, это же великолепно. И что это такое?

— Мне хотелось бы переехать за город, построить дом только для нас.

— Мне это очень нравится. Как и тебе. Ты хочешь сам спроектировать дом для себя?

— Черт возьми, нет же. Беннет быстро отстроил бы его для меня. Он проектирует все загородные дома. Он настоящий волшебник в таких делах.

— Ты хотел бы каждый день ездить в город на работу?

— Нет, я думаю, это было бы страшно неудобно. Сейчас все, кто что-то собой представляет, живут в пригороде. Я всегда чувствую себя чертовым пролетарием, когда сообщаю кому-то, что живу в городе.

— Тебе хотелось бы видеть вокруг себя деревья, сад и землю?

— О, это же все чепуха. У меня нет на это времени. Дерево — это только дерево. Когда видишь на экране лес весной, уже видишь все.

— Тебе хотелось бы поработать в саду? Говорят, это прекрасно — самому обрабатывать землю.

— Господи, да нет же! Какая, по-твоему, у нас будет земля? Мы можем позволить себе садовника, и хорошего. И тогда все соседи позавидуют нашему участку.

— Тебе хотелось бы заняться спортом?

— Да. Мне нравится эта идея.

— И каким же?

— Думаю, мне стоило бы заняться гольфом. Знаешь, когда ты член загородного клуба и тебя считают одним из уважаемых граждан в округе, это совсем не то, что поездки время от времени на уик-энд. И люди, с которыми встречаешься, тоже совсем другие. Классом выше. И отношения, которые ты завязываешь... — Он спохватился и раздраженно добавил: — И еще я занялся бы верховой ездой.

— Мне нравится верховая езда, а тебе?

— У меня никогда не было для этого времени. Ну и потом, при этом немилосердно трясутся все внутренности. Но кто, черт возьми, такой Гордон Прескотт? Считает себя единственным настоящим мужчиной, наляпал свои фотографии в костюме для верховой езды у себя в приемной.

— Я полагаю, тебе хочется найти и какое-то уединение?

— Ну, вообще-то я не особенно верю в болтовню о необитаемых островах. Я думаю, что дом следует строить поблизости от большой дороги, и люди могли бы, понимаешь, показывать на него, как на владение Китинга. Кто, черт возьми, такой Клод Штенгель, чтобы иметь загородный дом, в то время как я снимаю квартиру? Он начал практически тогда же, когда и я, а посмотри, где теперь он и где я. Господи, да он должен быть счастлив, если о нем слышали два с половиной человека, так почему же он должен жить в Уэстчестере* и...

И он умолк. Она со спокойным выражением лица наблюдала за ним.

— О, черт подери все это! — вскричал он. — Если ты не хочешь переезжать за город, почему не сказать прямо?

— Я хочу делать то, чего хочешь ты, Питер. Следовать тому, что ты задумал.

Он надолго замолчал, потом спросил, не сумев сдержаться:

— Что мы делаем завтра вечером?

Она поднялась, подошла к столу и взяла свой календарь.

— Завтра вечером мы пригласили на ужин Палмеров, — сказала она.

— О Господи! — простонал он. — Они ужасные зануды! Почему мы должны их приглашать?

Она стояла, держа кончиками пальцев календарь. Как будто сама была фотографией из этого календаря и в глубине его расплывалось ее собственное изображение.

— Мы должны пригласить Палмеров, — сказала она, — чтобы получить подряд на строительство их нового универмага. Мы должны получить этот подряд, чтобы пригласить Эддингтонов на обед в субботу. Эддингтоны не дадут нам подряда, но они упомянуты в «Светском альманахе». Палмеры тебя утомляют, а Эддингтоны воротят от тебя нос. Но ты должен льстить людям, которых презираешь, чтобы произвести впечатление на людей, которые презирают тебя.

— Зачем ты говоришь мне подобные вещи?

— Тебе бы хотелось взглянуть на этот календарь, Питер?

— Но это все делают. Ради этого все и живут.

— Да, Питер. Почти все.

— Если тебе это не по душе, почему не сказать прямо?

— Разве я сказала, что мне что-то не по душе?

Он подумал.

— Нет, — согласился он. — Нет, ты не говорила. Но дала понять.

— Ты хотел бы, чтобы я говорила об этом более сложными словами, как о Винсенте Ноултоне?

— Я бы... — И он закричал: — Я бы хотел, чтобы ты выразила свое мнение, черт возьми, хоть раз!

Она спросила все так же монотонно:

— Чье мнение, Питер? Гордона Прескотта? Ралстона Холкомба? Эллсворта Тухи?

Он повернулся к ней, опершись о ручку кресла, слегка приподнявшись и напрягшись. То, что стояло между ними, начало обретать форму. Он почувствовал, что в нем рождаются слова, чтобы назвать это.

— Доминик, — начал он нежно и убеждающе, — вот оно. Теперь я знаю. Я понял, что между нами происходит.

— И что же между нами происходит?

— Подожди. Это страшно важно. Доминик, ты же ни разу не говорила, ни разу, о чем думаешь. Ни о чем. Ты никогда не выражала желания. Никакого.

— Ну и что здесь плохого?

— Но это же... Это же как смерть. Ты какая-то ненастоящая. Только тело. Послушай, Доминик, ты не понимаешь, и я хочу тебе объяснить. Ты знаешь, что такое смерть? Когда тело больше не двигается, когда ничего нет... ни воли, ни смысла. Понимаешь? Ничего. Абсолютно ничего. Так вот, твое тело двигается — но это все. О, не пойми меня превратно. Я не говорю о религии, просто для этого нет другого слова, поэтому я скажу: твоя душа... твоей души не существует. Ни воли, ни смысла. *Тебя,* настоящей, больше нет.

— Что же это такое — я настоящая? — спросила она. Впервые она проявила заинтересованность, не возразила, нет, но по крайней мере заинтересовалась.

— А что настоящее в человеке? — начал он ободренно. — Не просто тело. Это... это душа.

— А что такое душа?

— Это ты. Все, что внутри тебя.

— То, что думает, оценивает и принимает решения?

— Да! Да, именно это. И то, что чувствует. Ты же... ты от нее отказалась.

— Значит, есть две вещи, от которых нельзя отказываться: собственные мысли и собственные желания?

— Да! О, ты все понимаешь! Ты понимаешь, что ты подобна пустой оболочке для тех, кто тебя окружает. Своего рода смерть. Это хуже любого преступления. Это...

— Отрицание?

— Да, просто чистое отрицание. Тебя здесь нет. Тебя здесь никогда не было. Если бы ты сказала, что занавески в этой комнате ужасны, если бы ты их сорвала и повесила те, что тебе нравятся, что-то в тебе было бы настоящим, было бы здесь, в этой комнате. Но ты никогда ничего подобного не делала. Ты никогда не говорила повару, какой десерт хотела бы к обеду. Тебя здесь нет, Доминик. Ты не живая. Где же твое Я?

— А твое, Питер? — спокойно спросила она.

Он замер, вытаращив глаза. Она знала, что его мысли в этот момент были чисты, непосредственны и наполнены зрительными ощущениями, что сам процесс размышления заключался в реальном видении тех лет, которые проходили перед его духовным взором.

— Это неправда, — произнес он наконец глухим голосом. — Это неправда.

— Что неправда?

— То, что ты сказала.

— Я ничего не сказала. Я задала тебе вопрос.

Его глаза молили ее продолжать, отрицать. Она поднялась и встала перед ним, напряженность ее тела свидетельствовала о жизни, жизни, которую он пропустил и о которой молил; в ней было еще одно качество — присутствие цели, но ее целью было судить.

— Ты начинаешь понимать, не так ли, Питер? Мне следует объяснить тебе получше. Ты никогда не хотел, чтобы я была настоящей. Ты никогда не хотел ничего настоящего. Но и не хотел, чтобы я показала это тебе, ты хотел, чтобы я играла роль и помогала тебе играть свою — прекрасную, сложную роль, состоящую из словесных украшений, ухищрений и просто слов. Одних слов. Тебе не понравилось то, что я сказала о Винсенте Ноултоне. Тебе понравилось, когда я сказала то же самое, но облекла это в покров добродетельных штампов. Ты не хотел, чтобы я верила. Ты хотел только, чтобы я убедила тебя, что поверила. Моя настоящая душа, Питер? Она настоящая, только когда независима, — ты ведь понял это? Она настоящая, только когда выбирает занавеси и десерт, тут ты прав — занавеси, десерт, религия, Питер, и формы зданий. Но тебе это никогда не было нужно. Ты хотел зеркал. Люди хотят, чтобы их окружали только зеркала. Чтобы отражать и отражаться.

Знаешь, как бессмысленная бесконечность, в которую вступаешь в узком зеркальном коридоре. Так бывает в очень вульгарных гостиницах. Отражение отражений, эхо эха. Без начала и без конца. Без источника и цели. Я дала тебе то, что ты хотел. Я стала такой, как ты, как твои друзья, какой так старается быть большая часть человечества, — только без всяких прикрас. Я не ходила вокруг да около, довольствуясь книжными обозрениями, чтобы скрыть пустоту собственных суждений, я говорила: у меня нет мнения. Я не заимствовала чертежей, чтобы скрыть свое творческое бессилие, я ничего не создавала. Я не говорила, что равенство — благородная цель, а объединение — главная задача человечества. Я просто соглашалась со всеми. Ты называешь это смертью, Питер? Но я бы переадресовала это заявление тебе и каждому вокруг нас. Но ты, ты этого не делал. Людям с тобой удобно, ты им нравишься, они радуются твоему присутствию. Ты спасаешь их от неминуемой смерти. Потому что ты возложил эту роль на себя.

Он ничего не произнес. Она отошла от него и вновь села в ожидании.

Он поднялся, шагнул к ней:

— Доминик... — И вот он уже на коленях перед ней, приник к ней, зарываясь головой в ее платье. — Доминик, это неправда... неправда, что я никогда не любил тебя. Я люблю тебя, всегда любил, это не было... просто чтобы похвастаться перед другими, это совсем не так. Я любил тебя. На свете есть только два человека — ты и еще один, мужчина, кто всегда заставлял меня почувствовать то же самое, это не совсем страх, скорее стена, голая стена, на которую надо забраться, приказ подняться — не знаю куда... Но это чувство возникало... я всегда ненавидел этого человека... но тебя, я хотел тебя всегда... вот почему я женился на тебе, хотя знал, что ты презираешь меня. Ты должна простить мне эту женитьбу, ты не должна мстить мне таким образом... не таким образом, Доминик, я же могу не ответить, я...

— Кто этот человек, которого ты ненавидишь, Питер?

— Это не важно.

— Кто он?

— Никто, я...

— Назови его.

— Говард Рорк.

Она долго молчала. Потом положила руку ему на голову. Этот жест напоминал нежность.

— Я никогда не хотела мстить тебе, Питер, — мягко произнесла она.

— Тогда почему?

— Я вышла за тебя замуж по собственным мотивам. Я действовала, как требует от человека современный мир. Только я ничего не могу делать наполовину. Те, кто может, скрывают внутри трещину. У большинства людей их много. Они лгут самим себе, не зная этого. Я никогда не лгала себе. Поэтому я должна была делать то, что все вы делаете, — только последовательно и полно. Вероятно, я тебя погубила. Если бы это не было мне безразлично, я сказала бы, что мне жаль. Это не было моей целью.

— Доминик, я тебя люблю. Но я боюсь, потому что ты что-то изменила во мне, уже со дня нашей свадьбы, когда я сказал тебе «да»; и даже если потеряю тебя, я не могу вернуться в прежнее состояние — ты взяла у меня что-то, что у меня было.

— Нет. Я взяла что-то, чего у тебя никогда не было. Уверяю тебя, это хуже.

— Что?

— Говорят, худшее, что можно сделать с человеком, — это убить в нем самоуважение. Но это неправда. Самоуважение убить нельзя. Гораздо страшнее убить претензии на самоуважение.

— Доминик, я... я не хочу говорить.

Она опустила взгляд на его лицо, и он увидел в ее глазах жалость и сразу понял, какая страшная вещь — настоящая жалость, но это знание тотчас и ушло, потому что он захлопнул двери своего сознания для слов, которыми мог бы его сохранить.

Она наклонилась и поцеловала его в лоб. Это был первый поцелуй, который она ему подарила.

— Я не хочу, чтобы ты страдал, Питер, — нежно сказала она. — То, что происходит сейчас, — настоящее, это я — и мои собственные слова. Я не хочу, чтобы ты страдал; ничего другого я почувствовать не могу, но это я чувствую очень глубоко.

Он прижался губами к ее руке.

Когда он поднял голову, она какое-то мгновение смотрела на него так, будто он был ее мужем. Она сказала:

— Питер, если бы ты мог всегда быть таким... тем, кто ты сейчас...

— Я люблю тебя, — сказал он.

Они долго сидели и молчали. Он не чувствовал напряженности в этом молчании.

Зазвонил телефон.

Но не звонок нарушил наступившее было взаимопонимание; его нарушила та радость, с которой Китинг вскочил и побежал к телефону. Она слышала его голос через открытую дверь — голос, в котором звучало почти неприличное облегчение.

— Алло?.. О, Эллсворт!.. Нет, ничего... свободен как жаворонок. Конечно, приходи, приходи *прямо сейчас*!.. Жду!

— Это Эллсворт, — объяснил он, вернувшись в гостиную. В голосе его звучали радость и нахальство. — Он хочет заглянуть к нам.

Она промолчала.

Он занялся пепельницами, в которых были лишь спичка или окурок; собрал газеты, подкинул в камин полено, которое было совсем не нужно, включил свет. Он насвистывал мелодию из только что вышедшей на экран оперетты.

Услышав звонок, он побежал открывать.

— Как мило, — произнес Тухи входя. — Огонь в камине, и вы только вдвоем. Привет, Доминик. Надеюсь, я не очень не вовремя.

— Привет, Эллсворт, — ответила она.

— Ты всегда вовремя, — сказал Китинг. — Не могу выразить, как я рад, что вижу тебя. — Он подвинул стул к огню. — Усаживайся, Эллсворт. Что будешь пить? Знаешь, когда я услышал твой голос по телефону... мне захотелось прыгать и тявкать, как щенку.

— Однако не стоит вилять хвостом, — заметил Тухи. — Нет, я ничего не буду, спасибо. А как ты, Доминик?

— Как и год назад, — ответила она.

— Но не как два года назад?

— Нет.

— А что мы делали в это время два года назад? — беспечно спросил Китинг.

— Вы не были женаты, — пояснил Тухи. — Доисторический период. Подождите... что же тогда было? Думаю, что был только что достроен храм Стоддарда.

— А... — протянул Китинг.

Тухи спросил:

— Ты слышал что-нибудь о своем приятеле Рорке, Питер?

— Нет. По-моему, он не работает уже год или больше. На этот раз с ним покончено.

— Да, и я так думаю... Что же ты поделывал, Питер?

— Ничего особенного... А, я только что прочел «Доблестный камень в мочевом пузыре».

— Понравилось?

— Да! Знаешь, я думаю, это очень важная книга. Ведь это правда, что свободной воли как таковой не существует. Мы не можем изменить ни самих себя, ни того, чем занимаемся. Это не наша вина. Никого нельзя ни в чем винить. Все это заложено в нашем происхождении и... и в наших железах. Если ты добр, это не твоя заслуга — тебе повезло с железами. Если ты мерзавец, никто не может тебя наказать —

просто тебе не повезло, вот и все. — Он проговорил это с вызовом, с горячностью, не соответствующей литературной дискуссии. Он не смотрел на Тухи и Доминик.

— По существу правильно, — подтвердил Тухи. — Но тем не менее, если обратиться к логике, не следует думать о наказании мерзавцев. Они претерпели не за свою вину, они несчастны и недостаточно одарены и, вероятно, заслуживают какой-то компенсации, даже вознаграждения.

— Господи... да! — вскричал Китинг. — Это... это логично.

— И справедливо, — добавил Тухи.

— Ты широко пользуешься «Знаменем», когда тебе это нужно, Эллсворт? — спросила Доминик.

— Это ты о чем?

— О «Доблестном камне в мочевом пузыре».

— А... Нет, не могу сказать, что пользуюсь. Не совсем. Всегда находятся такие, кто не может оценить.

— О чем вы толкуете? — спросил Китинг.

— Профессиональный треп, — сказал Тухи. Он протянул руки к огню, игриво сгибая пальцы. — Кстати, Питер, ты что-нибудь предпринимаешь насчет Стоунриджа?

— Черт бы его подрал, — в сердцах сказал Китинг.

— А в чем дело?

— Ты знаешь, в чем дело. Ты знаешь этого ублюдка лучше, чем я. Такой проект сейчас, когда он как манна небесная, и чтобы им распоряжался этот сукин сын Винанд!

— А чем плох мистер Винанд?

— О, оставь, Эллсворт! Ты же отлично знаешь, что, если бы на его месте был кто-нибудь другой, я получил бы этот подряд просто так. — Он щелкнул пальцами. — Мне не надо было бы даже спрашивать, заказчики сами пришли бы ко мне. Особенно если бы знали, что такой архитектор, как я, сидит практически на бобах, учитывая, как могла бы работать наша контора. Но мистер Гейл Винанд! Можно подумать, он святейший лама и его может осквернить воздух, которым дышат архитекторы!

— Я полагаю, ты пытался?

— Ох, не надо об этом. Меня мутит от этого. Я думаю, что потратил долларов триста, чтобы накормить обедами и напоить всякую шушеру, которая заверяла, что может устроить свидание с ним. А получил только похмелье. Думаю, легче встретиться с Папой Римским.

— Полагаю, ты хочешь получить Стоунридж?

— Ты что, дразнишь меня, Эллсворт? Да я отдал бы за это свою правую руку.

— Вряд ли это было бы разумно. Тогда ты не смог бы выполнить ни одного чертежа или даже сделать вид. Предпочтительнее отделаться чем-нибудь менее уязвимым.

— Я отдал бы свою душу.

— Отдал бы, Питер? — спросила Доминик.

— Что ты задумал, Эллсворт? — резко сказал Китинг.

— Всего лишь практическое предположение, — ответил Тухи. — Кто был твоим самым эффективным поставщиком, кому ты обязан своими лучшими подрядами в прошлом?

— Господи, полагаю, что Доминик.

— Правильно. А раз ты не можешь попасть к Винанду, и вряд ли тебе это помогло бы, даже если бы ты добился свидания, не считаешь ли ты, что Доминик как раз тот человек, который мог бы убедить его?

Китинг уставился на него:

— Ты с ума сошел, Эллсворт?

Доминик подалась вперед. Казалось, ее это заинтересовало.

— Насколько я слышала, — включилась она в разговор, — Гейл Винанд не оказывает любезность женщинам, если они не красивы. А если красивы, то это уже не просто любезность.

Тухи посмотрел на нее, подчеркивая взглядом, что не отрицает сказанного.

— Какая глупость! — взорвался Китинг. — Каким образом Доминик сможет увидеться с ним?

— Позвонив к нему в контору и договорившись о встрече, — объяснил Тухи.

— А кто тебе сказал, что он согласится?

— Он и сказал.

— Когда?!

— Вчера поздно вечером. Точнее, сегодня рано утром.

— Эллсворт! — выдохнул Китинг. И прибавил: — Я не верю.

— А я верю, — сказала Доминик. — Иначе Эллсворт не начал бы этот разговор. — Она улыбнулась Тухи: — Итак, Винанд обещал тебе встретиться со мной?

— Да, дорогая.

— Как это тебе удалось?

— О, я представил ему убедительный довод. Но в любом случае было бы неразумно откладывать разговор. Тебе, вероятно, надо позвонить ему завтра.

— А почему бы не позвонить сейчас же? — сказал Китинг. — А, понимаю, сейчас уже слишком поздно. Ты позвонишь ему утром.

Она взглянула на него из-под полуопущенных век и ничего не сказала.

— Ты уже давно не проявляешь активного интереса к карьере Питера, — обратился к ней Тухи. — А как тебе такого рода подвиг — ради Питера?

— Если Питер захочет...

— Если я захочу? — закричал Китинг. — Вы что, оба с ума сошли? Такое случается раз в жизни, та... — Он заметил, что они удивленно смотрят на него, и взорвался: — А, ерунда!

— Что ерунда, Питер? — спросила Доминик.

— Неужели тебя остановят глупые сплетни? Господи, да жена любого архитектора поползла бы на карачках за такой возможностью...

— Однако жене *любого* архитектора такая возможность не представилась бы, — сказал Тухи. — У *любого* архитектора нет такой жены, как Доминик. Ты всегда так гордился этим, Питер.

— Доминик может позаботиться о себе в любых обстоятельствах.

— Без сомнения.

— Хорошо, Эллсворт, — проговорила Доминик. — Завтра я позвоню Винанду.

— Эллсворт, ты просто великолепен, — сказал Питер, стараясь не смотреть на нее.

— А теперь я бы выпил, — вздохнул Тухи. — Надо отпраздновать.

Когда Китинг поспешно вышел на кухню, Тухи и Доминик переглянулись. Он улыбнулся. Потом взглянул на дверь, через которую вышел Китинг, и насмешливо кивнул Доминик.

— Ты этого ожидал, — сказала Доминик.

— Конечно.

— А теперь скажи, чего ты в действительности добиваешься, Эллсворт?

— Боже, я просто хочу помочь тебе добыть Стоунридж для Питера. Это действительно потрясающий проект.

— Зачем ты так стараешься, чтобы я переспала с Винандом?

— А ты не считаешь, что это было бы интересным опытом?

— Ты не удовлетворен тем, как обернулась моя жизнь с Питером. Да, Эллсворт?

— Не совсем. Процентов на пятьдесят. Что ж, в этом мире нет ничего совершенного. Человек хватается за что может, а затем устремляется за следующим.

— Тебе очень хотелось, чтобы Питер женился на мне. Ты знал, во что это выльется, лучше, чем Питер или я.

— Питер вообще ничего не знал.

— Что ж, это сработало — на пятьдесят процентов. Ты сделал из Питера Китинга то, что хотел, — он ведущий архитектор страны, готовый лизать тебе пятки.

— Мне никогда не нравилась твоя манера выражаться, но она точна. Я бы сказал иначе: нечто виляющее хвостом. Но ты выразилась мягче.

— А другие пятьдесят процентов, Эллсворт? Провал?

— Похоже, полнейший. Моя вина. Вероятно, не следовало ожидать, что кто-то вроде Питера Китинга, даже в роли мужа, сможет сломить тебя.

— Что ж, ты откровенен.

— Я уже говорил тебе однажды, что это единственный способ общаться с тобой. Кроме того, тебе не надо было этих двух лет, чтобы понять, чего мне хотелось от вашего брака.

— И ты полагаешь, Гейл Винанд справится с этой задачей?

— Мог бы. А ты как думаешь?

— Я думаю, что снова играю роль отвлекающего маневра. Помнишь, ты как-то назвал это сладкой подливкой? А что ты имеешь против Винанда?

Он рассмеялся, этот смех выдавал — он не ожидал вопроса. Она презрительно добавила:

— Не пытайся показать, что ты шокирован, Эллсворт.

— Ладно. Давай поговорим откровенно. Я ничего не имею против мистера Гейла Винанда. Я подумывал о его встрече с тобой уже давно. Если тебе нужны подробности — вчера утром он меня обидел. Он слишком наблюдателен. И я решил, что время пришло.

— А тут еще и Стоунридж....

— А тут еще и Стоунридж. Я понимал, что это тебя заинтересует. Ты никогда не продала бы себя, чтобы спасти свою страну, свою душу или жизнь человека, которого любила. Но ты будешь торговать собой, чтобы получить для Питера Китинга подряд, которого он не заслуживает. Посмотришь, что потом от тебя останется. Или от Гейла Винанда. Мне тоже будет интересно посмотреть.

— Совершенно верно, Эллсворт.

— Все, что я сказал? Даже о человеке, которого ты любила... если любила?

— Да.

— Ты стала бы торговать собой ради Рорка? Хотя, конечно, тебе не нравится слышать, как произносят это имя.

— Говард Рорк, — ровным голосом произнесла она.

— Мужества тебе не занимать, Доминик.

Вошел Китинг и принес коктейли. Глаза его лихорадочно блестели, и он слишком размахивал руками.

Тухи поднял бокал:

— За Гейла Винанда и его «Знамя».

III

Гейл Винанд поднялся из-за своего стола, чтобы поздороваться с ней.

— Здравствуйте, миссис Китинг.

— Здравствуйте, мистер Винанд.

Он подвинул стул, но, когда она села, не вернулся на свое место, а остался стоять, изучая ее с видом знатока, словно основания для этого были ей известны и в подобном поведении не было ничего вызывающего.

— В жизни вы выглядите стилизованной версией своей собственной стилизованной версии, — начал он. — Как правило, когда я смотрю на прототип произведения искусства, я испытываю приступ атеизма. Но на сей раз я не могу сказать, что скульптор превзошел Создателя.

— Какой скульптор?

— Тот, который создал вашу статую.

Он чувствовал, что за статуей кроется какая-то история, и убедился в этом, заметив, как в ее лице на долю секунды появилась напряженность, противоречившая ее безразличному, но спокойному самообладанию.

— Где и когда вы видели эту статую, мистер Винанд?

— В моей художественной галерее, сегодня утром.

— Где вы ее приобрели?

Наступила его очередь выразить удивление:

— Разве вы не знаете?

— Нет.

— Ее прислал мне ваш приятель Эллсворт Тухи. В подарок.

— Чтобы устроить мне эту встречу?

— Мотивировка его была не столь откровенной, как, я полагаю, вы подумали. Но по существу да.

— Он мне этого не сказал.

— Вы не против того, что статуя у меня?

— Не особенно.

— Я ждал, вы скажете, что восхищены этим.

— Совсем нет.

Винанд без стеснения уселся на край стола, вытянув ноги и скрестив лодыжки. Он спросил:

— Я полагаю, вы потеряли след статуи и пытались найти ее.

— В течение двух лет.

— Вам не вернуть ее обратно. — И прибавил, следя за ее лицом: — Но вы можете получить Стоунридж.

— Пожалуй, я изменю свое мнение. Я счастлива, что Эллсворт Тухи отдал ее вам.

В этот миг он испытал горьковатое торжество, смешанное с разочарованием. Выходит, он все же может читать ее мысли, и мысли эти, оказывается, лежат на поверхности. Он спросил:

— Потому что это позволило вам встретиться со мной?

— Нет. Потому что вы предпоследний человек на свете, которого я бы хотела видеть владельцем этой статуи. Но Тухи — последний.

Ощущение торжества ушло — это было совсем не то, что должна говорить и думать женщина, добивающаяся Стоунриджа. Он спросил:

— Вы не знали, что она у Тухи?

— Нет.

— Вероятно, следовало бы разобраться с нашим общим приятелем, мистером Эллсвортом Тухи. Мне не нравится быть пешкой, и вряд ли это нравится вам. Мистер Тухи многое предпочитает замалчивать. Имя этого скульптора, например.

— Он вам не сказал?

— Нет.

— Стивен Мэллори.

— Мэллори?.. Не тот ли, кто пытался... — Он громко рассмеялся.

— В чем дело?

— Тухи сказал, что не может вспомнить имени. *Этого* имени.

— Неужели мистер Тухи вас все еще удивляет?

— За последние дни даже не раз. Это особая разновидность хитрости — подавать себя столь вульгарно, как это делает он. Очень редкая и сложная разновидность. Его артистичность заставляет меня почти уважать его.

— Не разделяю ваших вкусов.

— Ни в какой области? Ни в скульптуре, ни в архитектуре?

— В отношении архитектуры — определенно.

— А вам не кажется, что именно этого вам не следовало бы говорить?

— Вероятно.

Он посмотрел на нее и сказал:

— А вы интересная.

— Это не входило в мои намерения.

— Это ваша третья ошибка.

— Третья?

— Первая связана с мистером Тухи. В данных обстоятельствах можно было ожидать, что вы начнете восхвалять его. Цитировать его, опираться на его огромный авторитет в вопросах архитектуры.

— Но можно было ожидать, что вы знаете, что такое Эллсворт Тухи. И к чему тогда были бы цитаты?

— Я рассчитывал сказать это вам, если бы вы дали мне такую возможность.

— Это было бы забавно.

— Вы ожидали, что вас будут здесь забавлять?

— Да.

— Рассказом о статуе? — Это была единственная уязвимая точка, которую он обнаружил.

— Нет. — Голос ее стал резким. — Не о статуе.

— Скажите, когда она была создана и для кого?

— Это еще одно, о чем забыл мистер Тухи?

— По всей видимости.

— Вы помните скандал со зданием, которое называли храмом Стоддарда? Два года назад. Вас здесь в это время не было.

— Храм Стоддарда?.. Кстати, откуда вы знаете, где я был два года назад?.. Минутку. Храм Стоддарда. Вспоминаю: святотатство вместо церкви или нечто подобное, что дало повод библейской команде устроить детский крик на лужайке.

— Да.

— Там была... — Винанд осекся. И заговорил тем же тоном, что и она, — резко, с усилием: — Там был скандал вокруг статуи обнаженной женщины.

— Именно.

— Понимаю.

Он немного помолчал, затем резко, как будто сдерживая приступ гнева, источник которого она не могла угадать, начал:

— В это время я был где-то рядом с Бали*. Мне неприятно, что весь Нью-Йорк видел статую до меня. Но на яхте я не читаю газет. Я отдал приказ вышвырнуть за борт любого, кто принесет на яхту газету Винанда.

— Так вы не видели даже фотографий храма Стоддарда?

— Нет. Здание было достойно статуи?

— Статуя была почти достойна здания.

— Оно ведь было разрушено, правда?

— Да. С помощью газет Винанда.

Он пожал плечами:

— Помню, для Альвы Скаррета это были славные деньки. Большая сенсация. К сожалению, я все пропустил. Но Альва хорошо поработал. Да, кстати, откуда вы узнали, что я отсутствовал, и почему сам факт моего отсутствия остался в вашей памяти?

— Эта сенсация стоила мне работы у вас.

— *Работы? У меня?*

— Разве вы не знаете, что раньше мое имя было Доминик Франкон?

Его плечи под пиджаком модного покроя подались вперед — знак растерянности и беспомощности. Он просто смотрел на нее несколько секунд, затем сказал:

— Нет.

Безразлично улыбнувшись, она сказала:

— Кажется, Тухи хотелось все как можно больше усложнить для нас обоих.

— К черту Тухи. Мне надо с этим разобраться. Ничего не понимаю. Так вы — Доминик Франкон?

— Была.

— И вы работали здесь, в этом здании?

— Шесть лет.

— А почему я раньше вас никогда не встречал?

— Уверена, что вы не встречаетесь с каждой вашей служащей.

— Я думаю, вы понимаете, что я имею в виду.

— Хотите, чтобы я выразила это за вас?

— Да.

— Почему я не пыталась встретиться с вами раньше?

— Да.

— У меня не было желания.

— А вот этого я как раз и не понимаю.

— Мне следует пропустить это мимо ушей — или понять?

— С вашей красотой и знанием моей репутации отчего же вы не пытались устроить свою карьеру в «Знамени»?

— Мне никогда не хотелось настоящей карьеры в «Знамени».

— Почему?

— Возможно, по той же причине, которая заставила вас запретить газеты Винанда на своей яхте.

— Это неплохая причина, — спокойно согласился он. Потом спросил беззаботным тоном: — Интересно, что же вы сделали, что я вас уволил? Пошли против нашей политики, скорее всего?

— Я пыталась защитить храм Стоддарда.

— Вы что, не могли придумать ничего лучше, чем проявить искренность в «Знамени»?

— Я рассчитывала сказать это вам, если бы вы дали мне такую возможность.

— Забавлялись?

— Тогда — нисколько. Мне нравилось здесь работать.

— Кажется, в этом здании вы одна такая.

— Одна из двоих.

— А кто второй?

— Вы, мистер Винанд.

— Не будьте так уверены. — Подняв голову, он увидел в ее глазах легкую насмешку и сказал: — Вы хотели поймать меня на подобном заявлении?

— Пожалуй, — спокойно ответила она.

— Доминик Франкон... — произнес он. — Мне нравились ваши статьи. Я почти жалею, что вы пришли не просить вернуть вас на прежнюю работу.

— Я пришла договориться о Стоунридже.

— Ах да, конечно. — Он откинулся в кресле, приготовившись наслаждаться длинной речью, призванной его убедить. Он подумал, что интересно услышать доводы, к которым она прибегнет, и увидеть, какова она в роли просительницы. — Так что же вы хотели мне сказать по этому поводу?

— Я бы хотела, чтобы вы отдали этот заказ моему мужу. Я понимаю, конечно, что у вас нет причин это делать, — если взамен я не соглашусь переспать с вами. Если это является для вас достаточно веской причиной, я согласна.

Он молча смотрел на нее, не позволяя себе никак проявить свою реакцию. Она смотрела слегка удивленно: что же он медлит, будто ее слова не заслуживают внимания. Ему не удалось, хотя он напряженно искал, увидеть на ее лице ничего, кроме неуместно невозмутимой невинности.

Он сказал:

— Именно это я и намеревался предложить. Но не так грубо и не при первой встрече.

— Я сэкономила ваше время и помогла обойтись без лжи.

— Вы очень любите своего мужа?

— Я презираю его.

— У вас огромная вера в его художественный гений?

— Я полагаю, он третьеразрядный архитектор.

— Так почему же вы это делаете?

— Это меня забавляет.

— Я думал, что я единственный человек, руководствующийся этим принципом.

— Не обращайте внимания. Я не верю, чтобы вы когда-нибудь считали оригинальность желанной добродетелью, мистер Винанд.

— Так вам безразлично, получит ваш муж Стоунридж или нет?

— Абсолютно.

— И у вас нет никакого желания спать со мной?

— Никакого.

— Я мог бы восхищаться женщиной, которая способна разыграть такую сцену. Но ведь вы не играете.

— Не играю. И, пожалуйста, не восхищайтесь мной. Я хотела бы избежать этого.

Когда он улыбался, явных движений лицевых мускулов не требовалось; что-то похожее на усмешку всегда было на его лице, просто на мгновение она проступала резче, а затем вновь пряталась. Сейчас усмешка стала видна отчетливее.

— Фактически, — начал он, — что ни говори, ваша основная цель — я. Желание отдаться мне. — Он заметил взгляд, который она не сумела скрыть, и добавил: — Нет, не радуйтесь, что я допустил столь грубую ошибку. Я говорю это не в обычном смысле. Совсем наоборот. Разве вы не сказали, что считаете меня предпоследним человеком в мире? Вам не нужен Стоунридж. Вы хотите продаться из самых низменных побуждений самому низкому из людей, которого вам удалось найти.

— Я не ожидала, что вы поймете, — просто сказала она.

— Вы хотите — так делают иногда мужчины, но не женщины — выразить через половой акт полнейшее презрение ко мне.

— Нет, мистер Винанд. К себе.

Тонкая линия его рта слегка дрогнула, как первый намек на откровенность — непроизвольный, а потому говорящий о слабости, — и он очень следил за своими губами, говоря:

— Большинство людей из кожи вон лезут, стараясь убедить себя, что они себя уважают.

— Согласна.

— И конечно, это стремление к самоуважению является доказательством его отсутствия.

— Согласна.

— Следовательно, вы понимаете, что означает стремление презирать самого себя.

— То, что ничего у меня из этого не выйдет.

— Никогда.

— Не ожидала, что вы и это поймете.

— Я не хочу больше ничего говорить — вы можете перестать считать меня предпоследним человеком на свете, и я перестану подходить для вашей цели. — Он поднялся. — Должен ли я выразить официально, что принимаю ваше предложение?

Она склонила голову в знак согласия.

— Если быть откровенным, — сказал он, — мне все равно, кого выбрать для строительства Стоунриджа. Я никогда не нанимал хороших архитекторов для того, что строил. Я давал народу то, что он хочет. На этот раз мне захотелось подобрать что-то получше, потому что я устал от неумех, которые на меня работают, но выбирать без определенных критериев весьма трудно. Думаю, вы не будете возражать. Я действительно вам благодарен — вы даете мне намного больше, чем я смел надеяться.

— Я рада, что вы не сказали, что всегда восхищались гением Питера Китинга.

— А вы не сказали, как счастливы пополнить собой список выдающихся любовниц Гейла Винанда.

— Можете радоваться, если хотите, но я полагаю, что мы поладим.

— Вполне возможно. По крайней мере вы дали мне новую возможность: делать то, что я делал всегда, но честно. Могу ли я начать отдавать вам приказы? Я не хочу притворяться, будто это нечто иное.

— Если хотите.

— Вы отправитесь со мной в двухмесячное путешествие на яхте. Отплываем через десять дней. Когда мы вернемся, вы будете вольны возвратиться к мужу — с контрактом на Стоунридж.

— Слушаюсь.

— Я хотел бы встретиться с вашим мужем. Не пообедаете ли вы оба со мной в понедельник?

— Да, если хотите.

Когда она поднялась, чтобы уйти, он спросил:

— Могу ли я сообщить вам разницу между вами и вашей статуей?

— Нет.

— Но я хочу. Есть что-то пугающее в одних и тех же элементах, использованных в двух композициях на противоположные темы. Все в этой статуе — тема восторга. Но ваша собственная тема — страдание.

— Страдание? Я не отдавала себе отчета в том, что выказала страдание.

— Вы — нет. Именно это я и имел в виду. Ни один счастливый человек не бывает настолько нечувствителен к боли.

Винанд позвонил своему галерейщику и попросил его устроить закрытую выставку работ Стивена Мэллори. Встречаться с Мэллори лично он отказался, так как никогда не встречался с людьми, творчество которых ему нравилось. Торговец весьма спешно выполнил заказ. Винанд купил пять вещей из того, что ему показали, и заплатил больше того, на что мог рассчитывать торговец.

— Мистеру Мэллори будет любопытно узнать, — сказал тот, — что привлекло ваше внимание.

— Я видел одну из его работ.

— Какую?

— Не имеет значения.

Тухи рассчитывал, что Винанд позвонит ему после встречи с Доминик. Винанд не позвонил. Несколько дней спустя, случайно увидев Тухи в отделе местных новостей, Винанд громко спросил его:

— Мистер Тухи, так ли много людей пытались вас убить, что вы не помните их имен?

Тухи улыбнулся и ответил:

— Я уверен, что это хотели бы сделать многие.

— Вы льстите окружающим, — сказал Винанд и вышел.

Питер Китинг разглядывал шикарный зал ресторана. Это было место для самой избранной публики и самое дорогое в городе. Китинга распирало от радости, когда он возвращался к мысли о том, что он гость Гейла Винанда.

Он пытался не смотреть на изысканно элегантного Винанда, сидевшего напротив него за столом. Он благословлял Винанда за то, что тот выбрал для встречи общественное место. Народ глазел на Винанда — осторожно, но глазел, — и внимание распространялось на гостей за его столом. Доминик сидела между двумя мужчинами. На ней было белое шелковое платье с длинными рукавами и воротником-капюшоном; монашеское одеяние создавало потрясающий эффект вечернего платья только потому, что так явно не соответствовало этому назначению. На ней не было драгоценностей. Ее золотистые волосы были уложены шапочкой. Тяжелый белый шелк при движении с холодной невинностью подчеркивал очертания тела, — тела, публично приносимого в жертву и не нуждавшегося в том, чтобы его скрывали или желали. Китинг находил платье непривлекательным. Он заметил, что Винанд, кажется, им восхищался.

Какой-то массивный человек из-за стола в отдалении напряженно смотрел в их сторону. Затем эта тяжелая фигура поднялась на ноги, и Китинг узнал Ралстона Холкомба, который поспешил к ним.

— Питер, мой мальчик, так рад тебя видеть, — жужжал он, тряся его руку, кланяясь Доминик и намеренно не замечая Винанда. — Где ты скрывался? Почему тебя совсем не видно? — Три дня назад они вместе завтракали.

Винанд поднялся и стоял, вежливо склонившись вперед. Китинг колебался, затем с явным нежеланием произнес:

— Мистер Винанд — мистер Холкомб.

— Неужели *тот самый* мистер Гейл Винанд? — воскликнул Холкомб с великолепно разыгранной невинностью.

— Мистер Холкомб, если вы встретите одного из братьев Смит с этикетки капель против кашля, вы его узнаете? — спросил Винанд.

— Господи… полагаю, что да, — заморгал глазами Холкомб.

— Мое лицо, мистер Холкомб, для народа так же банально.

Холкомб пробормотал несколько благожелательных общих фраз и испарился.

Винанд тепло улыбнулся:

— Не стоило бояться представлять мне мистера Холкомба, мистер Китинг, даже если он архитектор.

— Бояться, мистер Винанд?

— Не нужно, потому что все уже договорено. Разве миссис Китинг не сказала вам, что Стоунридж ваш?

— Я… нет, она не сказала… Я не знал… — Винанд улыбался, улыбка оставалась на месте, как приклеенная, и Китинг чувствовал, что его вынуждают продолжать. — Я не очень надеялся… Не так скоро… конечно, я полагал, что этот обед может быть знаком… поможет вам решить… — и непроизвольно у него вырвалось: — Вы всегда разбрасываетесь такими сюрпризами, вот так, раз и все?

— При первой же возможности,— серьезно согласился Винанд.

— Я приложу все силы, чтобы заслужить эту честь и оправдать ваше доверие, мистер Винанд.

— Нисколько не сомневаюсь, — сказал Винанд.

Этим вечером он почти не обращался к Доминик. Казалось, все его внимание сосредоточилось на Китинге.

— Общество благожелательно отнеслось к моим прежним попыткам, — говорил Китинг,— но я сделаю Стоунридж своим лучшим творением.

— Это весьма серьезное обещание, учитывая замечательный список ваших работ.

— Я не надеялся, что мои работы достаточно интересны, чтобы привлечь ваше внимание, мистер Винанд.

— Но я их хорошо помню. Здание «Космо-Злотник» — это чистый Микеланджело. — Лицо Китинга расплылось в улыбке от невероятной радости, он знал, что Винанд разбирается в искусстве и не позволил бы себе такое сравнение без веской на то причины. — Здание банка «Пруденшал» — подлинный Палладио*. А универмаг Слоттерна позаимствован у Кристофера Рена… — Лицо Китинга сменило выражение. — Подумайте, какую компанию знаменитостей я получил, заплатив только одному. Разве это плохая сделка?

Китинг улыбнулся одеревеневшим лицом и произнес:

— Мне доводилось слышать о вашем бесподобном чувстве юмора, мистер Винанд.

— А не доводилось ли вам слышать о моем описательном стиле?

— Что вы имеете в виду?

Винанд полуобернулся на своем стуле и посмотрел на Доминик, будто разглядывал неодушевленный предмет.

— У вашей жены прекрасное тело, мистер Китинг. Ее плечи чересчур узки, но это великолепно сочетается со всем остальным. Ее ноги чересчур длинны, но это придает ей элегантность линий, которую можно увидеть в хорошей яхте. Ее груди великолепны, вы не находите?

— Архитектура — занятие грубое, мистер Винанд, — попытался рассмеяться Китинг. — Она не позволяет человеку заниматься высшими видами философствования.

— Вы меня не поняли, мистер Китинг?

— Если бы я не знал, что вы джентльмен, я мог бы вас неправильно понять, но вам меня не обмануть.

— Я как раз и не хочу вас обманывать.

— Я ценю комплименты, мистер Винанд, но мне трудно вообразить, что мы должны говорить о моей жене.

— Отчего же, мистер Китинг? Считается хорошим тоном говорить о том, что у нас есть — или будет — общего.

— Мистер Винанд, я... я не понимаю.

— Должен ли я объяснять?

— Нет, я...

— Нет? Тогда мы оставляем тему Стоунриджа?

— О, давайте поговорим о Стоунридже! Я...

— Но мы об этом и говорим, мистер Китинг.

Китинг обвел глазами зал. Он подумал, что такие вещи не делаются в подобных местах; праздничное великолепие зала превращало все в чудовищную нелепость; он предпочел бы очутиться в мрачном подвале. Он подумал: «Кровь на камнях мостовой — да, но не кровь на ковре в гостиной...»

— Теперь я понимаю, что это шутка, мистер Винанд, — сказал он.

— Моя очередь восхищаться вашим чувством юмора, мистер Китинг.

— Такие вещи... не делаются...

— Ну, вы совсем не это имеете в виду, мистер Китинг. Вы считаете, что они делаются постоянно, но о них просто не говорят вслух.

— Я не думал...

— Вы думали об этом до того, как прийти сюда. Но не возражали. Согласен, я веду себя отвратительно. Я нарушаю все законы милосердия. Быть честным — чрезвычайно жестокое дело.

— Пожалуйста, мистер Винанд, давайте… оставим это. Я не знаю, как себя вести.

— Ну это просто. Вам следует дать мне пощечину. — Китинг хихикнул. — Вам надо было сделать это несколько минут назад.

Китинг заметил, что его ладони стали влажными, он пытался перенести вес своего тела на руки, которые вцепились в салфетку на колснях. Винанд и Доминик продолжали медленно и красиво есть, как будто они сидели за другим столом. Китинг подумал, что перед ним два совсем не человеческих тела; свечение хрустальных подвесок в зале казалось радиоактивным излучением, и лучи проникали сквозь тела; за столом остались только души, облаченные в вечерние костюмы. Человеческой же плоти не было. Они были ужасны в своем новом облике, ужасны, потому что он ожидал увидеть в них своих мучителей, а обнаружил полнейшую невинность. Он с удивлением подумал — что же они видят в нем, что скрывает его одежда, если не стало его телесной формы?

— Нет? — спрашивал Винанд. — Вам не хочется делать этого, мистер Китинг? Но конечно, вы и не обязаны. Просто скажите, что вы ничего не хотите. Я не возражаю. Тут, за столом напротив, сидит Ралстон Холкомб. Он может с таким же успехом, как и вы, построить Стоунридж.

— Я не понимаю, что вы имеете в виду, мистер Винанд, — прошептал Китинг. Глаза его были устремлены на томатное желе на тарелке с салатом; оно было мягким и слегка подрагивало; его мутило от вида желе.

Винанд повернулся к Доминик:

— Помните наш разговор о некоем стремлении, миссис Китинг? Я сказал, что для вас оно безнадежно. Посмотрите на своего мужа. Он в этом специалист — без всяких усилий со своей стороны. Вот так оно и делается. Попробуйте как-нибудь с ним потягаться. Не утруждайтесь заявлением, что вы не можете. Я это знаю. Вы дилетант, дорогая.

Китинг подумал, что должен что-то сказать, но не мог, во всяком случае пока салат оставался перед ним. Ужас исходил от этой тарелки, а вовсе не от высокомерного чудовища напротив; все остальное вокруг было теплым и надежным. Его качнуло, и локоть смел блюдо со стола.

Он пробормотал что-то вроде сожаления. Откуда-то возникла неясная фигура, прозвучали вежливые слова извинения, и с ковра мигом все исчезло.

Китинг услышал, как кто-то сказал: «Зачем вы это делаете?», увидел, как два лица повернулись к нему, и понял, что говорил он сам.

— Мистер Винанд делает это не для того, чтобы мучить тебя, Питер, — спокойно ответила Доминик. — Все это ради меня. Посмотреть, сколько я могу вынести.

— Это верно, миссис Китинг, — сказал Винанд. — Но только частично. Основная цель — оправдать себя.

— В чьих глазах?

— В ваших. И возможно, в своих собственных.

— Вам это нужно?

— Иногда. «Знамя» — газета презренная, не так ли? Так вот, я заплатил своей честью за право развлечься, наблюдая, как у других насчет чести.

Теперь и у него самого под одеждой, подумал Китинг, ничего больше нет, потому что эти двое за столом перестали замечать его. Он был в безопасности, его место за столом опустело. Он поражался, глядя на них сквозь огромно безразличное расстояние: почему же они спокойно смотрят друг на друга — не как враги, не как два палача, но как товарищи?

Поздно вечером за два дня до отплытия яхты Винанд позвонил Доминик.

— Не могли бы вы прийти ко мне прямо сейчас? — спросил он и, услышав в ответ растерянное молчание, прибавил: — О, это не то, что вы думаете. Я всегда придерживаюсь условий договора. Вы будете в полной безопасности. Просто мне надо сегодня с вами встретиться.

— Хорошо, — согласилась она и удивилась, услышав в ответ спокойное «благодарю вас».

Когда дверь лифта открылась в холле его квартиры на крыше, он уже ждал ее. Однако он не позволил ей выйти, а вошел в лифт сам:

— Я не хочу, чтобы вы входили в мой дом. Мы спустимся этажом ниже.

Мальчик-лифтер удивленно посмотрел на него. Кабина лифта остановилась и открылась перед запертой дверью. Винанд открыл дверь и помог ей выйти, последовав за ней в свою картинную галерею. Она вспомнила, что туда никогда не допускались посторонние. Она ничего не сказала. Он ничего не объяснял.

Она бродила в молчании вдоль стен, любуясь сокровищами невероятной красоты. На полу лежали толстые ковры, не было ни звука — ни шагов, ни города за стенами. Он следовал за ней и останавливался, когда останавливалась она. Его глаза вместе с ее глазами скользили от одного экспоната к другому. Иногда его взгляд перемещался на ее лицо. Мимо статуи из храма Стоддарда она прошла не останавливаясь.

Он не торопил, как будто отдавал ей все. Она сама решила, когда ей уйти, и он проводил ее до двери. Она спросила:

— Зачем вам было надо, чтобы я все видела? Это не заставит меня думать о вас лучше. Хуже — возможно.

— Этого мне и следовало бы ожидать. Только я об этом не думал. Мне просто захотелось, чтобы вы все увидели, — спокойно ответил он.

IV

Когда они вышли из машины, солнце уже садилось. В открывшемся просторе неба и моря — зеленое небо над полосой разлитой ртути — еще угадывались следы уходившего светила, на краях облаков и на медной обшивке яхты. Яхта казалась белой молнией, хрупко-чувствительным созданием, которое рискнуло немного задержаться в безграничном покое.

Доминик посмотрела на золотые буквы «Я буду» на нежно-белом борту.

— Что значит это название? — спросила она.

— Это ответ, — пояснил Винанд, — ответ тем, кого давно нет в живых. Хотя, пожалуй, только они и бессмертны. Понимаете, в детстве мне часто повторяли: «Не ты здесь главный».

Она вспомнила разговоры о том, что он никогда не отвечал на этот вопрос. Ей он ответил мгновенно; казалось, он сам не заметил, что делает исключение. В его манере держаться она заметила умиротворенность, что было на него не похоже, и уверенность в неизбежности чего-то.

Они поднялись на борт, и яхта отплыла, будто шаги Винанда на палубе включили мотор. Он стоял у бортового ограждения, не дотрагиваясь до него, и разглядывал длинную коричневую полосу берега, которая то поднималась, то падала, удаляясь от них. Потом он повернулся к ней. Это не было признание, у него был такой взгляд, как будто он смотрел на нее постоянно.

Когда они спустились вниз, он прошел в ее каюту. Он сказал:

— Пожалуйста, если вам чего-то захочется, скажите мне, — и вышел в боковую дверь. Она увидела, что дверь ведет в его спальню. Он закрыл дверь и не возвращался.

Она прошлась по каюте. Вместе с ней по блестящей поверхности обшивки из красного дерева двигалось ее отражение. Она опустилась в низкое кресло, вытянув ноги и закинув руки за голову, и стала разглядывать иллюминатор, который менял цвет от зеленого до темно-синего. Она протянула руку и зажгла свет; синева исчезла, превратившись в блестящий черный круг.

Стюард объявил об ужине. Винанд постучался к ней и проводил ее в кают-компанию. Его поведение удивило ее: он был весел, его веселое спокойствие говорило об особой искренности.

Когда они сели за стол, она спросила:

— Почему вы оставили меня одну?

— Я подумал, что вы, возможно, хотите побыть одна.

— Свыкнуться с мыслью?

— Если вам угодно так ставить вопрос.

— Я свыклась с ней до того, как пришла в ваш кабинет.

— Да, конечно. Извините, что допустил в вас какую-то слабость. Вам лучше знать. Кстати, вы не спросили, куда мы направляемся.

— Это тоже было бы слабостью.

— Верно. Но я рад, что вам это безразлично, потому что предпочитаю не придерживаться определенного маршрута. Это судно служит не для прибытия куда-то, а наоборот, для ухода откуда-то. Я делаю стоянку в порту лишь для того, чтобы почувствовать еще большую радость ухода. Я всегда думал: вот еще одно место, которое не может удержать меня.

— Я привыкла путешествовать. И всегда испытывала те же чувства. Мне говорили, это оттого, что я ненавижу человечество.

— Вы же не так глупы, чтобы в это поверить?

— Не знаю.

— Нет, нет, вас этот бред определенно не собьет с толку. Я имею в виду тезис, что свинья — символ любви к человечеству, ибо она приемлет все. Честно говоря, человек, который любит всех и чувствует себя дома всюду, — настоящий человеконенавистник. Он ничего не ждет от людей, и никакое проявление порочности его не оскорбляет.

— Вы имеете в виду людей, которые говорят, что в худшем из нас есть частица добра?

— Я имею в виду тех, кто имеет наглость утверждать, что он одинаково любит и того, кто изваял вашу статую, и того, кто продает воздушные шары с Микки Маусом на перекрестках. Я имею в виду тех, кто любит тех, кто предпочитает Микки Мауса вашей статуе, — и таких людей много. Я имею в виду тех, кто любит и Жанну д'Арк, и продавщиц магазина готовой одежды на Бродвее, — и с той же страстью. Я имею в виду тех, кто любит вашу красоту и женщин, которых видит в метро, — из тех, кто не может скрестить ноги, не показав кусок плоти над чулками, — и с тем же чувством восторга. Я имею в виду тех, кто любит чистый, ищущий и бесстрашный взгляд человека за телескопом и бессмысленный взгляд идиота — одинаково. Я имею в виду весьма большую, щедрую и великодушную компанию. Так кто же ненавидит человечество, миссис Китинг?

— Вы говорите все то, что... с тех пор как я себя помню... как я начала понимать и думать... меня... — Она замолчала.

— Вас это мучило. Конечно. Нельзя любить человека, не презирая большинство тех созданий, которые претендуют на такое же определение. Одно или другое. Нельзя любить Бога и святотатство. Не считая случаев, когда человек не знает, что совершено святотатство. Потому что не знает Бога.

— Что вы скажете, если я отвечу, как обычно отвечали мне: любовь — это прощение?

— Я отвечу, что это непристойность, на которую вы не способны, даже если считаете себя специалистом в подобных делах.

— Или что любовь — это жалость.

— О, помолчите. Достаточно дурно даже слышать это. Слышать же это от вас — отвратительно даже в шутку.

— Так что же вы ответите?

— Что любовь — это почтение, обожание, поклонение и взгляд вверх. Не повязка на грязных ранах. Но они этого не знают. Тот, кто при всяком удобном случае говорит о любви, никогда ее не испытывал. Они стряпают неаппетитное жаркое из симпатии, сострадания, презрения и безразличия и называют это любовью. Если вы испытали, что означает любить, как вы и я понимаем это: полнота страсти до высочайшей ее точки — на меньшее вы уже не согласны.

— Как... вы и я... понимаем это?

— Это то, что мы чувствуем, глядя на что-то подобное вашей статуе. В этом нет прощения, нет жалости. И я убил бы того, кто утверждает, что они должны быть. Но, понимаете, когда такой человек созерцает вашу статую, он ничего не чувствует. Она или собака с перебитой лапой — ему все равно. Он даже чувствует себя более благородным, перевязав лапу собаке, чем глядя на вашу статую. Поэтому, если вы пытаетесь найти сияние величия, если вы хотите больших чувств, если вы требуете Бога и отказываетесь промывать раны вместо всего этого, вас называют человеконенавистником, миссис Китинг, потому что вы совершили преступление. Вы узнали любовь, которую человечество еще не сумело заслужить.

— Мистер Винанд, вы прочли то, за что меня уволили?

— Нет. Тогда нет. А теперь не осмеливаюсь.

— Почему?

Он не ответил на вопрос, улыбнулся и сказал:

— И вот вы пришли ко мне и сказали: «Вы самый низкий человек на свете — возьмите меня, чтобы я познала презрение к себе. Во мне нет того, чем живет большинство людей. Они находят, что жизнь вполне сносна, а я не могу». Теперь вы видите, что вы этим показали.

— Я не ожидала, что это увидят.

— Нет. Во всяком случае не издатель нью-йоркского «Знамени». А я ожидал красивую сучку, приятельницу Эллсворта Тухи.

Оба рассмеялись. Она подумала, как странно, что они могут говорить так свободно, как будто он забыл цель этой поездки. Его спокойствие породило возникшую между ними умиротворенность. Она наблюдала, с какой ненавязчивой грацией их обслуживали за обедом, рассматривала белоснежную скатерть на темном фоне красного дерева. Она невольно подумала, что впервые находится в по-настоящему роскошном помещении, причем роскошь была вторичной, она была столь привычным фоном для Винанда, что ее можно было не замечать. Человек стал выше своего богатства. Она видела богатых людей, застывших в страхе перед тем, что представлялось им конечной целью. Роскошь не была целью, как не была и высшим достижением человека, спокойно склонившегося над столом. Она подумала: что же для него цель?

— Судно соответствует вам, — сказала Доминик. Она заметила в его глазах огонек радости — и благодарности.

— Благодарю... А художественная галерея?

— Да, но она менее извинима.

— Я не хочу, чтобы вы извинялись за меня. — Он произнес это просто, без упрека.

Ужин был закончен. Она ждала неизбежного приглашения. Его не последовало. Он продолжал сидеть. Курить и говорить о яхте и океане.

Случайно ее рука оказалась на скатерти, рядом с его рукой. Она видела, как он посмотрел на нее. Она хотела было отдернуть руку, но пересилила себя и оставила ее неподвижной на столе. «Сейчас», — подумала она.

Он встал и предложил:

— Пройдемте на палубу.

Они стояли у бортового ограждения и смотрели в черное, пустое пространство. Несколько звезд делали реальным небо. Несколько белых искр на воде давали жизнь океану.

Он стоял, беззаботно склонившись над бортом, одной рукой держась за бимс. Она видела, как плывут по воде искры, обрамляя гребешки волн. И это тоже соответствовало ему.

Она сказала:

— Могу я назвать еще один порок, которого вы не испытали?

— Какой же?

— Вы никогда не чувствовали себя маленьким, глядя на океан.

Он рассмеялся:

— Никогда. И глядя на звезды тоже. И на вершины гор. И на Большой Каньон*. А почему я должен это испытывать? Когда я смотрю на океан, я ощущаю величие человека. Я думаю о сказочных способностях человека, создавшего корабль, чтобы покорить это бесчувственное пространство. Когда я смотрю на вершины гор, я думаю о туннелях и динамите. Когда я смотрю на звезды, мне приходят на ум самолеты.

— Да. И то особое чувство священного очарования, которое, как говорят люди, они испытывают, созерцая природу, и которого я не получила от природы, а только от... — Она замолчала.

— От чего?

— От зданий, — прошептала она. — Небоскребов.

— Почему вы не хотели сказать это?

— Не знаю.

— Я отдал бы самый красивый закат в мире за вид нью-йоркского горизонта. Особенно когда уже не видны детали. Только очертания. Очертания и мысль, которая их воплотила. Небо над Нью-Йорком и сделавшаяся осязаемой воля человека. Какая еще религия нам нужна? А мне говорят о какой-нибудь сырой дыре в джунглях, куда идут поклониться разрушенному храму и скалящемуся каменному монстру с круглым животом, созданному пораженным проказой дикарем. Разве люди хотят видеть красоту и талант? Разве они ищут высокого чувства? Пусть они приедут в Нью-Йорк, станут на берегу Гудзона и упадут на колени. Когда я вижу город сквозь свое окно, нет, я не чувствую себя маленьким, но если всему этому будет угрожать война, я хотел бы взлететь над городом, чтобы своим телом защищать эти здания.

— Гейл, когда ты говоришь, я не знаю, тебя я слушаю или саму себя.

— Слышала ли ты себя только что?

Она улыбнулась:

— Только что нет. Но я не хочу брать свои слова обратно, Гейл.

— Благодарю тебя... Доминик. — Голос его был нежным и удивленным. — Но мы говорили не о тебе или обо мне. Мы говорили о других. — Он оперся о борт обеими руками, говорил и смотрел на искорки на воде. — Интересно рассуждать о том, что заставляет людей так унижать самих себя. Например, ощущать свое ничтожество перед лицом природы. Ты замечала, как самоуверенно звучит голос человека, когда он говорит об этом? Посмотри, говорит он, я так рад быть пигмеем, посмотри, как я добродетелен. Ты слышала, с каким наслаждением люди цитируют некоторых великих, которые заявляли, что они не так уж и велики, когда смотрят на Ниагарский водопад? Они как будто облизывают губы в немом восторге от того, что лучшее в них — всего лишь пыль в сравнении с грубой силой землетрясения. Они словно, распластавшись на брюхе, расшибают лбы перед его величеством ураганом. Но это не тот дух, что приручил огонь, пар, электричество, пересек океан на парусных судах, построил аэропланы, плотины... и небоскребы. Чего же они боятся? Что же они так ненавидят — те, кто рожден ползать? И почему?

— Когда я найду ответ на этот вопрос, — сказала она, — я примирюсь со всеми.

Он продолжал говорить: о своих путешествиях, о континентах за окружавшей их тьмой, которая превратила пространство в мягкую завесу, прижатую к их векам. Она ждала. Она прекратила отвечать. Она давала ему возможность использовать ее молчание, чтобы покончить с этим, сказать слова, которых она ожидала. Но он их не произносил.

— Ты устала, дорогая? — спросил он.

— Нет.

— Я принесу тебе стул, если ты хочешь присесть.

— Нет, мне нравится стоять здесь.

— Сейчас прохладно. Но завтра мы уже будем далеко на юге, и на закате ты увидишь океан в огне. Это очень красиво.

Она угадывала скорость яхты по звуку воды — шуршащему стону протеста против того неведомого, что прорезало глубокую рану в поверхности океана.

— Когда мы спустимся вниз? — спросила она.

— Мы не будем спускаться.

Он сказал это спокойно, настолько просто и естественно, будто беспомощно остановился перед фактом, изменить который был не в состоянии.

— Ты согласишься выйти за меня замуж? — спросил он.

Она не могла скрыть, что поражена; он предвидел это и спокойно, понимающе улыбался.

— Лучше больше ничего не говорить, — осторожно начал он. — Но ты предпочитаешь, чтобы все было высказано, потому что на молчание такого рода я рассчитывать не вправе. Ты почти ничего не хочешь мне сказать, но я говорил сегодня за тебя, поэтому позволь мне говорить за тебя снова. Ты выбрала меня как символ своего презрения к людям. Ты меня не любишь. Ты не хочешь ничего. Я лишь твое орудие для саморазрушения. Я все это знаю, принимаю и хочу, чтобы ты вышла за меня замуж. Если ты хочешь совершить что-то из мести всему миру, то гораздо логичнее не продаваться своему врагу, а выйти за него замуж. Чтобы худшее в тебе соответствовало не худшему, а лучшему в нем. Ты уже пыталась это проделать, но жертва оказалась недостойной твоей цели. Видишь, я отстаиваю свою позицию с точки зрения твоих условий нашего договора. Что же касается моих соображений, то, чего я хочу найти в этом браке, для тебя не имеет значения. Тебе не надо об этом знать. Ты не должна об этом думать. Мне не нужны обещания, и я не накладываю на тебя никаких обязательств. Ты вольна оставить меня, как только захочешь. И кстати, раз уж тебя это не волнует, — я люблю тебя.

Доминик стояла, сложив руки за спиной, опершись о борт. Она произнесла:

— Я этого не хотела.

— Я знаю. Но если тебе любопытно, я скажу, что ты сделала ошибку. Ты позволила мне увидеть самую чистую личность на свете.

— Разве это не смешно, если вспомнить, каким образом мы встретились?

— Доминик, я провел жизнь, дергая за все веревочки на свете. Я видел все. Неужели ты думаешь, что я мог поверить в чистоту, если бы она не попала ко мне в том ужасном виде, какой ты для нее выбрала? Но то, что я чувствую, не должно влиять на твое решение.

Она стояла и смотрела на него, с недоумением оглядываясь на все произошедшее за эти часы. Очертания ее рта смягчились. Он заметил это. Она подумала, что каждое произнесенное им сегодня слово было сказано на ее языке, что его предложение и форма, в которую он его облек, принадлежали ее миру и что всем этим он разрушил то, что сам предложил, — невозможно саморазрушение с человеком, который так говорит. Ей вдруг захотелось сблизиться с ним, рассказать ему обо всем, найти в его понимании возможность освобождения, а потом просить его никогда с ней больше не встречаться.

Затем она вспомнила.

Он заметил движение ее руки. Ее пальцы напряженно прижались к поручню, выдавая, насколько она сейчас нуждается в опоре, и подчеркивая значимость этого мгновения; потом они обрели уверенность и сомкнулись на поручне, словно она спокойно взяла в руки вожжи, потому что ситуация больше не требовала от нее серьезных усилий.

Она вспомнила храм Стоддарда. Она думала о человеке, стоявшем перед ней и говорившем о всепоглощающей страсти, восходящей к небесам, и о защите небоскребов, и видела иллюстрацию из нью-йоркского «Знамени»: Говард Рорк, разглядывающий храм, и подпись: «Вы счастливы, мистер Супермен?»

Она подняла глаза и спросила:

— Выйти замуж за тебя? Стать миссис Газеты Винанда? Он сдержался:

— Если тебе нравится называть это так — да.

— Я выйду за тебя замуж.

— Благодарю тебя, Доминик.

Она продолжала с безразличным видом ждать.

Он повернулся к ней и заговорил, как и до этого, спокойным голосом с ноткой веселости:

— Мы сократим срок круиза. Пусть будет неделя — мне хочется, чтобы ты побыла здесь еще немного. Через день после возвращения ты отправишься в Рино*. Я позабочусь о твоем муже. Он получит Стоунридж и все, что еще пожелает, и пусть убирается к черту. Мы поженимся в тот же день, как ты возвратишься.

— Да, Гейл. А теперь пойдем вниз.

— Ты этого хочешь?

— Нет. Но я не хочу, чтобы наша свадьба была значительным событием.

— А я хочу, чтобы она была значительной, Доминик. Поэтому я не дотронусь до тебя сегодня. До тех пор, пока мы не поженимся. Я знаю, что это бессмысленно. Знаю, что брачная церемония не имеет значения ни для одного из нас. Но поступить как принято — единственное извращение, возможное между нами. Поэтому я так хочу. У меня нет другой возможности сделать исключение.

— Как хочешь, Гейл.

Он притянул ее к себе и поцеловал в губы. Это было завершение того, о чем он говорил, утверждение, настолько сильное, что она постаралась замереть, чтобы не ответить; и она почувствовала, что ее плоть отвечает ему, глухая ко всему, кроме физического ощущения обнимавшего ее мужчины.

Он отпустил ее. Она поняла, что он заметил. Он улыбнулся:

— Ты устала, Доминик. Я, пожалуй, попрощаюсь с тобой. Я хотел бы еще немного побыть здесь.

Она послушно повернулась и спустилась к себе в каюту.

V

— В чем дело? Разве я не получу Стоунридж? — взорвался Питер Китинг.

Доминик прошла в гостиную. Он последовал за ней и остановился у открытой двери. Мальчик-лифтер внес ее багаж и вышел. Снимая перчатки, она сказала:

— Ты получишь Стоунридж, Питер. Остальное тебе скажет сам мистер Винанд. Он хочет встретиться с тобой сегодня же вечером. В восемь тридцать. У него дома.

— Почему, черт возьми?

— Он тебе все скажет сам.

Доминик осторожно похлопала перчатками по ладони, это означало, что все кончено, — как точка в конце предложения. Она повернулась, чтобы выйти. Он встал на ее пути.

— А мне плевать, — начал он, — абсолютно все равно. Я могу играть и по-вашему. Вы великие люди, не так ли? Потому что действуете как грузчики, и ты, и мистер Гейл Винанд. К черту порядочность, к чертям собачьим чувства другого. Ладно, я тоже так умею. Я использую вас обоих, получу от вас все, что смогу, — а на остальное мне плевать. Ну как тебе это нравится? Все ваши штучки теряют смысл, когда растоптанный червяк не желает страдать? Испортил развлечение?

— Думаю, так намного лучше, Питер. Я довольна.

Он понял, что не может сохранить такое отношение, когда вечером входил в кабинет Винанда. Он не мог скрыть трепета при мысли, что допущен в дом Гейла Винанда. К тому времени, когда он пересекал комнату, чтобы усесться в кресло напротив стола, Китинг не чувствовал ничего, кроме собственной тяжести, ему казалось, что на мягком ковре остаются отпечатки его ботинок, тяжелых, как свинцовые подошвы водолаза.

— То, что я должен вам сказать, мистер Китинг, вероятно, не следовало бы ни говорить, ни делать, — начал Винанд. Китингу не приходилось слышать, чтобы человек так следил за своей речью. У него мелькнула сумасшедшая мысль, что голос Винанда звучит так, словно он прижал к губам кулак и выпускал каждый слог по одному, предварительно его осмотрев. — Все лишние слова были бы оскорбительны, поэтому буду краток. Я женюсь на вашей жене. Завтра она отправляется в Рино. Вот контракт на Стоунридж. Я его подписал. К нему приложен чек на двести пятьдесят тысяч долларов. Кроме того, вы получите за работу по контракту. Я был бы вам признателен, если бы вы ничего не говорили. Я понимаю, что мог бы получить ваше согласие и за меньшую сумму, но я не желаю обсуждений. Было бы невыносимо, если бы вы начали торговаться. Поэтому прошу вас — это ваше, и будем считать, что все улажено.

Он протянул контракт через стол. Китинг заметил бледно-голубой прямоугольник чека, подколотый скрепкой поверх страницы. Скрепка сверкнула серебром в свете настольной лампы.

Китинг не протянул руки. Он сказал, подчеркивая каждое слово:

— Я не хочу этого. Вы можете получить мое согласие просто так. — Подбородок его нелепо двигался.

Он заметил на лице Винанда выражение удивления, почти нежности.

— Вы не хотите этого? И не хотите Стоунриджа?

— Я хочу Стоунридж! — Рука Китинга поднялась и схватила бумаги. — Всего хочу! Почему это должно пройти вам даром? Не все ли мне равно?

Винанд встал, в голосе его прозвучали облегчение и сожаление:

— Правильно, мистер Китинг. На какой-то момент вы почти оправдали ваш брак. Пусть все останется так, как мы договаривались. Спокойной ночи.

Китинг не пошел домой. Он отправился к Нейлу Дьюмонту, своему новому дизайнеру и лучшему другу. Нейл Дьюмонт был высоким, нескладным, анемичным светским молодым человеком, плечи которого опустились под бременем слишком многих знаменитых предков. Он не был хорошим дизайнером, но у него были связи. Он рабски ухаживал за Китингом в конторе, а Китинг рабски ухаживал за ним в нерабочие часы.

Он нашел Дьюмонта дома. Они захватили с собой Гордона Прескотта и Винсента Ноултона и выкатились, чтобы устроить дикую пьянку. Китинг пил немного. Он платил. Платил больше, чем было надо. Казалось, он озабочен единственно тем, за что бы еще заплатить. Он раздавал огромные чаевые. Он постоянно спрашивал: «Мы ведь друзья? Разве мы не друзья? Разве мы не?..» Он смотрел на окружавшие его рюмки, следил, как переливается свет в бокалах. Он смотрел на три пары глаз, не очень отчетливо различимых, но время от времени с удовольствием обращавшихся в его сторону, — они были нежными и заботливыми.

В тот же вечер, уложив чемоданы, Доминик отправилась к Стивену Мэллори.

Она не виделась с Рорком уже двадцать месяцев. Время от времени она заглядывала к Мэллори. Мэллори понимал, что эти посещения были передышками в той войне, для которой она не может подыскать названия, он понимал, что ей не хотелось приходить, что редкие вечера, проведенные с ним, были временем, вырванным из ее жизни.

Он никогда ни о чем не спрашивал, но был рад видеть ее. Они разговаривали спокойно, по-товарищески, как давно женатые люди, словно он обладал ее телом, но ощущение чуда давным-давно миновало, ничего не оставив, кроме блаженного чувства близости. Он никогда не касался ее тела, но обладал им в более глубоком смысле, пока работал над ее статуей, и они не потеряли особого чувства друг друга, возникшего между ними благодаря статуе.

Открыв дверь и увидев ее, он улыбнулся.

— Привет, Доминик.

— Привет, Стив. Не вовремя?

— Все в порядке, проходи.

У него была огромная неопрятная студия в старом доме. Она заметила изменения со времени своего последнего посещения. Помещение приняло веселый вид, как человек, который слишком долго сдерживал дыхание, а потом вздохнул полной грудью. Она увидела подержанную мебель, потертый яркий восточный ковер, агатовые пепельницы, статуэтки из археологических раскопок — все, что Мэллори захотелось купить после того, как ему внезапно повезло с Винандом. Но стены выглядели странно голыми над этим веселым беспорядком. Картин он не покупал. В студии висел только один набросок — рисунок храма Стоддарда, сделанный самим Рорком.

Она медленно осматривалась, замечая каждый предмет и причину его появления. Он подтолкнул к камину два кресла, и они уселись по обе стороны огня.

Он просто сказал:

— Клейтон, штат Огайо.

— Что делает?

— Новый универмаг для Джейнера. Пятиэтажный. На главной улице.

— Сколько он уже там?

— Около месяца.

Это было первое, что он говорил, когда бы она ни приходила, не заставляя ее спрашивать. С ним было просто, он избавлял ее от необходимости объяснений или вопросов, кроме того, он ничего не обсуждал.

— Я завтра уезжаю, Стив.

— Надолго?

— На шесть недель. В Рино.

— Я рад.

— Лучше не говорить сейчас, что я сделаю, когда вернусь. Вряд ли ты будешь рад.

— Я попытаюсь, если тебе хочется это сделать.

— Именно это мне и хочется сделать.

Одно полено на груде углей не прогорело, его раздробили на мелкие куски, и оно тлело, не вспыхивая, обрамляя продольной полосой огонь. Мэллори наклонился и подбросил новое полено. Оно разорвало продольную полосу над огнем, разбросав кучу искр на покрытые сажей кирпичи.

Он заговорил о своей работе. Она слушала как эмигрант, услышавший вдруг обрывки родной речи.

Помолчав, она спросила:

— Как он, Стив?

— Как всегда. Ты же знаешь, он не меняется.

Он стукнул кочергой по полену. Несколько угольков вывалилось из камина. Он отправил их обратно и сказал:

— Я часто думаю, что он единственный из нас достигнет бессмертия. Я не имею в виду, что он прославится или не умрет. Ведь он уже живет в бессмертии. Я думаю, что сама идея бессмертия создана для таких, как он. Ты же знаешь, как люди хотят стать бессмертными. Но они умирают с каждым прожитым днем. Они всегда уже не те, что при прошлой встрече. Каждый час они убивают какую-то часть себя. Они меняются, отрицают, противоречат — и называют это развитием. В конце концов, не остается ничего, ничего не пересмотренного и не преданного; как будто человек никогда не был цельной личностью, лишь последовательностью сменяющих друг друга определений. Как же они надеются на постоянство, которого не испытали ни разу в жизни? Но Говард — его нельзя представить иначе, как живущим вечно.

Она сидела, глядя на огонь, который придавал ее лицу обманчивое подобие жизни.

Через некоторое время он спросил:

— Тебе нравятся вещи, которые я приобрел?

— Нравятся, и нравится, что они у тебя.

— Я еще не рассказал тебе, что со мной произошло со времени нашей последней встречи. Совершенно невероятно. Гейл Винанд...

— Да, я знаю.

— Знаешь? Винанд — почему он выбрал именно меня?

— Это я тоже знаю. Расскажу, когда вернусь.

— У него поразительный нюх. Поразительный для него. Он купил самое лучшее.

— Да, он это может. — Затем без всякого перехода, как будто он знал, что она имеет в виду не Винанда, Доминик спросила: — Стив, он когда-нибудь спрашивал обо мне?

— Нет.

— Ты говорил ему, что я захожу сюда?

— Нет.

— Это... это ради меня?

— Нет. Ради него.

Он понял, что сказал ей все, что она хотела знать. Поднимаясь, она сказала:

— Давай попьем чайку. Покажи мне, где ты все держишь. Я приготовлю.

Доминик выехала в Рино рано утром. Китинг еще спал, и она не стала будить его, чтобы попрощаться.

Открыв глаза, он сразу понял, что она уехала. Он понял это, даже не глядя на часы, — по особенной тишине в доме. Он подумал, что следовало бы сказать: «Скатертью дорога», — но не сказал этого и не ощутил. Все его ощущения выражались широкой и плоской сентенцией: «Это бесполезно», не относящейся ни к нему, ни к Доминик. Он остался один. Он лежал на спине в своей кровати, беспомощно раскинув руки. На его лице застыло обиженное выражение, в глазах таилось удивление. Он чувствовал, что всему пришел конец, что это смерть, и дело не в потере Доминик.

Он встал и оделся. В ванной он обнаружил ее полотенце, использованное и отброшенное. Он поднял его и долго прижимал к губам, испытывая не горе, а какое-то непонятное ему самому чувство. Он чувствовал, что по-настоящему любил ее лишь дважды: в тот вечер, когда позвонил Тухи, и сейчас. Потом он раскрыл ладони, и полотенце скользнуло на пол, как проливается вода между пальцами.

Он отправился в свою контору и работал как обычно. Никто не знал о его разводе, и у него не было желания сообщать об этом. Нейл Дьюмонт подмигнул ему и проблеял: «Пит, на тебе лица нет». Он пожал плечами и отвернулся. Сегодня вид Дьюмонта вызывал у него тошноту.

Он рано ушел с работы. Какой-то непонятный инстинкт, подобный голоду, подгонял его, пока он не понял, что должен увидеться с Эллсвортом Тухи. Он должен его найти. Он чувствовал себя как человек, оставшийся в живых после кораблекрушения и решивший плыть к видневшемуся вдали огоньку.

В этот же вечер он притащился домой к Эллсворту Тухи. Войдя, он смутно порадовался своему самообладанию — Тухи ничего не заметил по его лицу.

— О, привет, Питер, — сказал он с отсутствующим видом. — Твое чувство времени оставляет желать лучшего. Ты застал меня в самый поганый вечер из всех возможных. Устал как собака. Но пусть тебя это не беспокоит. Мы друзья, а друзья и должны причинять неудобства. Садись, я сейчас освобожусь.

— Извини, Эллсворт. Но… я был вынужден.

— Будь как дома. Просто забудь на минуту, что я существую. Ладно?

Китинг уселся и стал ждать. Тухи работал. Он делал заметки на листах машинописного текста. Он чинил карандаш, и этот скрипучий звук неприятно бил по нервам Китинга. Потом он опять склонился над столом и зашуршал своими бумагами.

Через полчаса он отодвинул бумаги в сторону и улыбнулся Китингу.

— Ну вот, — сказал он. Китинг слегка подался вперед. — Посиди еще, — остановил его Тухи, — я должен позвонить в одно место. — Он набрал номер Гэса Уэбба. — Привет, Гэс, — весело начал он. — Как ты, ходячая реклама противозачаточных средств?

Китинг никогда не слышал от Тухи такого вольного тона, особой интонации братских отношений, допускающих некоторую фамильярность. Он слышал высокий голос Уэбба, тот рассмеялся в трубку. Трубка продолжала извергать быструю последовательность звуков, начиная от самых низких, как будто кто-то прочищал горло.

Слов было не разобрать, только их общую тональность, полную самозабвения и фамильярности, нарушаемую время от времени всплесками веселья.

Тухи откинулся на спинку стула, слушал и слабо улыбался.

— Да, — соглашался он, — угу-у… Лучше и не скажешь, малыш… Вернее некуда… — Он уселся поудобнее и положил ногу в блестящем остроносом ботинке на край стола. — Послушай, малыш, я все-таки советую тебе пока быть поосторожнее со старым Бассеттом. Конечно, ему нравится твоя работа, но не стоит сейчас его так пугать. Без грубостей, понимаешь? Не особенно раскрывай хлебало… Ты прекрасно знаешь, кто я такой, чтобы тебе советовать… Верно… В том-то и дело, малыш… О, он так и сделал? Чудно, зайчик мой… Хорошо, всего. Да, послушай, Гэс, а ты слышал анекдот об английской леди и сантехнике? — Он начал рассказывать. Трубка почти завыла в ответ. — Ну, зайчик, следи за собой и своим пищеварением. Спокойной ночи. — Тухи положил трубку и сказал: — Ну вот, Питер. — Он потянулся, встал, подошел к Питеру и остановился перед ним, слегка покачиваясь на своих маленьких ножках и глядя ясно и приветливо. — Что там у тебя за дело? Мир рушится прямо у тебя перед носом?

Китинг сунул руку в карман и вытащил скомканный желтый чек. Он был подписан Китингом, десять тысяч долларов на имя Эллсворта

М. Тухи. Жест, которым он протянул Тухи чек, не был жестом дарителя, он словно сам просил подаяния.

— Пожалуйста, Эллсворт... вот... возьми... на благое дело... На Центр социальных исследований... на что захочешь... Ты лучше знаешь... На благое дело.

Тухи подержал чек кончиками пальцев, как грязную мелкую монету, склонив голову набок и оценивающе скривив губы, и бросил на стол.

— Весьма щедро, Питер. Действительно щедро. В честь чего это?

— Эллсворт, помнишь, ты однажды сказал: не имеет значения, кто мы и чем занимаемся, если мы помогаем другим; только это и важно. Ведь это и есть добро, правда? И это чисто?

— Я сказал это не однажды. Я говорил это миллион раз.

— И это действительно верно?

— Конечно, верно. Если у тебя хватает мужества принять это.

— Ты же мой друг? Ты же мой единственный друг. Я... я сам-то себе не друг, но ты друг. Мой друг. Разве нет, Эллсворт?

— Ну конечно. Что гораздо более ценно, чем твоя дружба с самим собой. Несколько странная формулировка, но сойдет.

— Ты меня понимаешь. Никто больше не понимает. И ты меня любишь.

— Беззаветно. Когда не слишком занят.

— Что?

— Чувство юмора, Питер, где твое чувство юмора? В чем дело? Брюхо болит? Несварение души?

— Эллсворт, я...

— Да?

— Я не могу тебе сказать. Даже тебе.

— Ты трус, Питер.

Китинг беспомощно уставился на него; голос Тухи звучал сурово и мягко, и он не мог понять, что ему следует чувствовать: боль, обиду или доверие.

— Ты приходишь сказать мне, что не имеет значения, что ты делаешь, а затем начинаешь рыдать то над одним, то над другим. Ну, давай, будь мужчиной и скажи, что же не важно. Скажи, что ты сам не важен. Покажи это. Ну, смелей. Забудь о своем маленьком Я.

— Я не важен, Эллсворт. Я не важен. О Господи, если бы кто-нибудь мог сказать это, как говоришь ты. Я не важен. И я не хочу быть важным.

— Откуда деньги?

— Я продал Доминик.

— О чем ты говоришь? О круизе?

— Только кажется, что я продал вовсе не Доминик...

— А какая тебе разница, если...

— Она отправилась в Рино.

— *Что?*

Он не мог понять, почему Тухи так бурно отреагировал, он слишком устал, чтобы думать об этом. Он рассказал, как все случилось; рассказ не занял много времени.

— Ты последний идиот! Ты не должен был этого допускать!

— А что я мог сделать против Винанда?

— Позволить ему на ней *жениться*!

— А почему нет, Эллсворт? Это лучше, чем...

— Я и не подумал, что он... О Господи, черт возьми, я оказался еще большим дураком, чем ты!

— Но для Доминик лучше, чтобы...

— К чертовой матери Доминик! Я же думаю о Винанде!

— Эллсворт, что с тобой?.. Почему это тебя беспокоит?

— Помолчи, ладно? Мне надо подумать.

Через некоторое время Тухи пожал плечами, сел возле Китинга и обнял его за плечи.

— Извини, Питер, — начал он. — Я прошу прощения. Я был непростительно груб с тобой. Просто я был в шоке. Но я понимаю, что ты чувствуешь. Однако не следует принимать все близко к сердцу. Это не имеет значения. — Он говорил автоматически. Мысли его витали далеко, но Китинг не заметил этого. Он слушал слова. Они были бальзамом для его души. — Это не имеет значения. Ты только человек. А кто лучше? Кто может первым бросить камень? Все мы люди-человеки. Это не имеет значения.

— Боже! — воскликнул Альва Скаррет. — Это невозможно! Только не на Доминик Франкон!

— Он сделает это, — подтвердил Тухи. — Как только она вернется.

Скаррет удивился, когда Тухи пригласил его позавтракать, но услышанные новости сделали это удивление еще больше и болезненнее.

— Мне нравится Доминик. — Скаррет, потеряв всякий аппетит, отодвинул тарелку. — Мне она всегда нравилась. Но получить ее в качестве миссис Гейл Винанд!

— Я чувствую то же самое, — кивнул Тухи.

— Я всегда советовал ему жениться. Это помогает. Придает стиль. Дает своего рода подтверждение респектабельности. Он всегда любил кататься по тонкому льду. Правда, пока что ему все с рук сходило! Но Доминик!

— Почему вам кажется, что этот брак столь плох?

— Ну что ж, это... Черт побери, вы же знаете, что это совсем не то!

— Я знаю. А вы?

— Послушайте, она очень опасная женщина.

— Да. Но это не главный ваш аргумент. Ваш главный аргумент иной: он опасный мужчина.

— Что ж… в каком-то смысле… да.

— Мой уважаемый редактор, вы меня отлично понимаете. Но бывают обстоятельства, когда полезно сформулировать, что и как. Это помогает… сотрудничеству. У нас много общего, хотя вы все время от этого открещивались. Мы — две вариации одной темы, если можно так выразиться. Или играем с двух сторон против одного центра, если вы предпочитаете собственный стиль. Но наш дорогой босс — совсем другая мелодия. Совершенно иной лейтмотив — разве нет, Альва? Наш любимый босс — всего лишь случайность среди нас. А на случайности нельзя полагаться. Вы годами сидели на краю своего кресла, наблюдая за мистером Гейлом Винандом. Не так ли? Поэтому вы понимаете, о чем я толкую. Вы также знаете, что мисс Доминик Франкон тоже ария не из нашей оперы. И вам не хотелось бы, чтобы именно это влияние отразилось на жизни нашего босса. Должен ли я объяснить подробнее?

— Вы умный человек, Эллсворт, — серьезно сказал Скаррет.

— Это давно известно.

— Я поговорю с ним. Вам лучше этого не делать. Он вас не переваривает, вы уж меня извините. Но не думаю, что и я смогу что-то сделать. Если уж он что надумал, то это серьезно.

— Я не ожидаю, что у вас что-то получится. Вы можете попытаться, если хотите, хотя это бесполезно. Мы не сможем предотвратить этот брак. В моих правилах признавать неудачу, если она неизбежна.

— Тогда почему же вы…

— Вам это рассказываю? В порядке обмена, Альва. Снабжаю информацией.

— Я ценю это, Эллсворт. Честное слово, ценю.

— Будет весьма благоразумно и впредь ценить это. Газеты Винанда, Альва, так просто не сдадутся. В единении сила. Ваш стиль.

— Что вы имеете в виду?

— Только то, что нас ожидают тяжелые времена, друг мой. Поэтому лучше держаться вместе.

— Господи, я же с вами, Эллсворт. И всегда был с вами.

— Не совсем так, но Господь с ним. Меня волнует лишь настоящее. И будущее. Как залог нашего взаимопонимания — что вы думаете насчет того, чтобы при первой же возможности отделаться от Джимми Кернса?

— Я вижу, вы ведете к этому уже несколько месяцев! А что плохого в Джимми Кернсе? Он умный мальчик, многообещающий. Лучший театральный критик в городе. У него острый ум.

— Да, ум у него есть — собственный. Но мне не кажется, что вам нужно что-то острое — если не считать вашей собственной остроты. И думаю, что надо быть осторожнее с многообещающими мальчиками.

— А кого посадить на его место?

— Жюля Фауглера.

— Ну, черт возьми, Эллсворт!

— А почему нет?

— Этот старый су... Он нам не подходит.

— Подойдет, если захотите. Подумайте, какое он сделал себе имя.

— Но это же самый невыносимый из всех старых...

— Хорошо, не берите. Мы еще поговорим об этом позже, просто отделайтесь от Джимми Кернса.

— Послушайте, Эллсворт. Для меня все равны, любимчиков у меня нет. Я выкину за дверь Джимми, если пожелаете. Но не понимаю, что от этого изменится и, кроме того, какое это имеет отношение к предмету нашего разговора?

— Не понимаете, — согласился Тухи. — Но скоро поймете.

— Гейл, ты знаешь, что я хочу видеть тебя счастливым, — говорил в тот же вечер Альва Скаррет, сидя в удобном кресле в кабинете Винанда на крыше небоскреба. — Ты знаешь, что я ни о чем больше не думаю.

Винанд, вытянувшись на кушетке, закинув ногу на ногу, молча курил.

— Я знаю Доминик много лет, — продолжал Скаррет, — задолго до того, как ты услышал о ней. Я люблю ее. Люблю, можно сказать, как отец. Но согласись, она не та женщина, в которой твои читатели хотели бы увидеть миссис Гейл Винанд.

Винанд молчал.

— Твоя жена — общественная фигура, Гейл. Она становится ею автоматически. Она принадлежит обществу. Твои читатели вправе ожидать от нее некоторых вещей. Она должна быть символом, если ты понимаешь, что я хочу сказать. Вроде королевы Англии. Можешь ли ты надеяться, что Доминик поднимется до этого? Можешь ли надеяться, что она вообще будет соблюдать приличия? Более непредсказуемой личности я не знаю. У нее ужасная репутация. Но хуже всего — только подумай, Гейл! — разведенная! А мы тратим тонны краски, ратуя за святость семейного очага и чистоту женщины!

Как твои читатели переварят это? Как прикажешь мне подать им твою жену?

— Тебе не кажется, что лучше прекратить этот разговор, Альва?

— Да, Гейл, — смиренно сказал Скаррет.

Предчувствуя серьезные последствия, как после жестокой схватки, Скаррет ожидал примирения и искал его.

— Я понял, Гейл! — вскричал он весело. — Я понял, что мы сможем сделать. Мы снова возьмем Доминик в газету, вести рубрику, но другую — объединенную рубрику о доме. Знаешь, хозяйственные советы, кухня, дети и все такое. Это отразит все нападки, все увидят, какая она домовитая и милая, несмотря на все ее девичьи заблуждения. Пусть женщины ее простят. Мы введем особый раздел — «Рецепты миссис Гейл Винанд». Тут уже подойдут ее фотографии — клетчатые платья, переднички, скромная прическа.

— Заткнись, Альва, пока я тебе не дал по морде, — сказал Винанд, не повышая голоса.

— Да, Гейл. — Скаррет попытался встать.

— Сиди. Я не закончил. — Скаррет послушно ждал. — Завтра утром, — сказал Винанд, — ты разошлешь указание во все наши газеты. Ты напишешь, чтобы просмотрели все архивы и нашли все фотографии Доминик Франкон, которые могли сохраниться в связи с ее старой рубрикой. Ты напишешь, чтобы все это было уничтожено. Ты напишешь, что впредь упоминание ее имени или использование ее фотографии в любой из моих газет будет стоить работы всему руководству. В нужное время ты опубликуешь сообщение о нашей свадьбе во всех газетах. Без этого не обойтись. Но это будет самое краткое сообщение, на которое ты способен. Без комментариев. Без статей. Без снимков. Шепни, кому надо, чтобы как следует это запомнили. Это означает увольнение для всех, включая тебя.

— И никаких репортажей — когда вы поженитесь?

— Никаких, Альва.

— Но Господи Боже мой! Это же сенсация! Другие газеты…

— Мне безразлично, что делается в других газетах.

— Но… почему, Гейл?

— Ты все равно не поймешь.

Доминик сидела в вагоне у окна и прислушивалась к стуку колес под полом. Она смотрела, как за окном в сгущающихся сумерках проплывают сельские пейзажи Огайо. Голова ее покоилась на изголовье сиденья, руки безвольно свисали с поручней. Она составляла как бы единое целое с вагоном и двигалась вместе с его оконными рамами, полом и стенками. Края открывавшейся перед ней панорамы расплывались в сгущавшейся темноте, но окно оставалось светлым — вечерний свет поднимался с поверхности земли. Она позволила себе понаслаждаться этим странным освещением; оно заполнило купе и царило в нем, пока Доминик не прогнала его, включив свет.

Она не ощущала какой-то цели. В этой поездке ее не было, главной оставалась сама поездка — металлические звуки движения. Она чувствовала слабость и опустошенность, ее Я растворилось в безболезненном упадке сил, довольное тем, что все исчезает и становится неопределенным, кроме пейзажа за окном.

Когда в замедлившемся движении за стеклом Доминик различила надпись «Клейтон» на выцветшей вывеске под карнизом станционного здания, она поняла, чего ждала. Поняла, зачем села в этот поезд, а не в скорый, зачем внимательно изучала расписание, хотя тогда для нее оно было всего лишь бессмысленным перечнем названий. Доминик схватила чемодан, пальто и шляпку. Побежала. У нее не было времени одеться — она боялась, что пол под ней двинется и унесет ее отсюда. Она пронеслась по узкому коридору, сбежала по ступенькам. Спрыгнула на платформу, почувствовав, как зимний холод обжег обнаженную шею. Остановилась и посмотрела на здание станции. За ее спиной, уносясь вдаль, прогрохотал поезд.

Тогда она надела пальто и шляпку. Прошла по заляпанному жевательной резинкой деревянному настилу сквозь тяжелый поток жара от железной печки в зале ожидания и вышла на площадь за зданием станции.

Она увидела последние лучи уходящего солнца над низкими крышами. Увидела растрескавшуюся мостовую и маленькие домики, прилепившиеся друг к другу; облетевшие деревья со скрюченными ветвями, сухой клок сорной травы в дверном проеме заброшенного гаража, темные витрины магазинов, открытую аптеку на углу и отблеск мутного желтого света в ее низко посаженных окнах.

Она никогда здесь не была, но чувствовала, как это местечко властно заявляет свои права, надвигаясь на нее со всех сторон с пугающей настойчивостью. Как будто какая-то темная масса затягивала ее. Она положила руку на пожарный гидрант и почувствовала, как холод просачивается через перчатку к коже. Город приветствовал ее прямым проникновением, которого не могли остановить ни ее одежда, ни ее сознание. Оставался покой неизбежности. Надо действовать, и ее действия были простыми, известными заранее. Она спросила прохожего, где здесь новое здание универмага Джейнера.

Она терпеливо окунулась в скопище темных улочек. Прошла мимо неприкаянных лужаек и перекошенных крылец, мимо пустырей, где ветер играл сорняками и пустыми банками, мимо закрытых бакалейных лавочек и окутанных паром прачечных, мимо незанавешенного окна, позволявшего увидеть мужчину, читающего газету у камина. Она сворачивала на перекрестках и переходила улицы, ощущая камни мостовых сквозь тонкие подошвы своих лодочек. Редкие прохожие заглядывались на нее, удивленные ее потусторонней элегантностью. Она отмечала это и мысленно отвечала на их удивление. Она как бы говорила: «Разве вы не понимаете? Я гораздо больше местная, чем вы». Время от времени она останавливалась и закрывала глаза — ей было тяжело дышать.

Она дошла до главной улицы и пошла медленнее. Освещение здесь было скудное, машины, стоящие под углом к тротуарам, кинотеатр, в витрине магазина среди кухонной утвари виднелось розовое женское белье. Она шла выпрямившись, глядя прямо перед собой.

Она увидела отблеск на стене старого здания — брандмауэре из желтого кирпича. Свет шел из вырытого экскаваторами котлована. Она поняла, что пришла, хотя очень надеялась, что это не так. Если они работают допоздна, он должен быть здесь. Ей не хотелось видеть его сегодня. Ей хотелось только увидеть площадку, к большему она не была готова; она хотела увидеть его завтра. Но она уже не могла остановиться. Она подошла к котловану, открытому, без ограждения. Услышала скрежет металла, увидела стрелу подъемного крана, тени людей на косой поверхности свежевырытой земли, казавшейся желтой в электрическом свете. Она не могла видеть ступенек, которые поднимались к тротуару, но услышала звук шагов, а потом увидела Рорка, выходящего из котлована. Он был без шляпы, в расстегнутом свободном пальто.

Он остановился и посмотрел на нее. Она подумала, что все нормально, все как всегда и его серые глаза и рыжие волосы такие же, какими она привыкла их видеть. Она удивилась, когда он бросился к ней, его рука больно сжала ее локоть, и он сказал:

— Ты бы лучше присела.

Она поняла, что не устояла бы, если бы не его рука на ее локте. Он взял ее чемодан, перевел ее через улицу и заставил присесть на ступеньки пустого дома. Она прислонилась к закрытой двери. Он сел рядом и продолжал крепко держать ее локоть — не ласково, а как бы контролируя ее и себя.

Через несколько секунд он убрал руку. Она поняла, что теперь все в порядке. Она может говорить.

— Это твое новое здание?

— Да. Ты прямо с поезда?

— Да.

— Здесь довольно далеко.

— Наверно.

Она подумала, что они не поздоровались и что это нормально. Это не была встреча — они никогда не расставались. Она подумала, что было бы странно, если бы она когда-нибудь говорила ему «здравствуй». Человек не может приветствовать каждое утро самого себя.

— Когда ты сегодня встал? — спросила она.

— В семь.

— Я еще была в Нью-Йорке. В такси. Спешила на Центральный вокзал. Где ты завтракаешь?

— В вагончике.

— Из тех, что открыты всю ночь?

— Да. В основном там бывают водители грузовиков.

— Ты часто туда ходишь?

— Когда мне хочется выпить чашечку кофе.

— Сидишь у стойки? И окружающие глазеют на тебя?

— Сижу у стойки, когда есть время. Да, там бывает народ. Не думаю, что на меня особенно глазеют.

— А потом? Возвращаешься на работу?

— Да.

— Ходишь пешком каждый день? По этим улицам? Мимо окон? И если кто-то захочет заговорить и откроет окно...

— Народ здесь не глазеет в окна.

Со ступенек был виден котлован напротив — земля, рабочие, стальные конструкции, высящиеся в резком свете прожекторов. Она подумала, как странно видеть свежевырытую землю посреди улицы, будто вырванный из одежды города лоскут, обнаживший его плоть. Она сказала:

— Ты построил два загородных дома за два года.

— Да. В Пенсильвании и недалеко от Бостона.

— Не очень интересные дома.

— Недорогие, ты хочешь сказать. Но строить их было интересно.

— Сколько ты еще здесь продержишься?

— Месяц.

— Почему ты работаешь по ночам?

— Это срочная работа.

В котловане пришел в движение подъемный кран, переносящий длинный брус. Она видела, как Рорк наблюдает за ним, и знала, что это инстинктивная реакция, отразившаяся в его глазах, что-то физически близкое, родственное всему тому, что происходило с его строением.

— Рорк...

Они еще не назвали друг друга по имени. Было какое-то чувственное наслаждение в том, чтобы предаться отложенному надолго удовольствию — произнести имя и знать, что он его слышит.

— Рорк, это снова каменоломня.

Он улыбнулся:

— Если хочешь. Только это не так.

— После дома Энрайта? После здания Корда?

— Я думаю об этом иначе.

— А как ты думаешь?

— Я люблю это делать. Каждое здание — это личность независимо от размеров. Единственная и неповторимая.

Он смотрел через улицу. Он не изменился. В нем по-прежнему чувствовалась легкость, свобода в движениях, в действиях, в мысли. Она произнесла фразу, в которой не было ни начала, ни конца:

— ...строя пятиэтажки до конца своей жизни...

— Если надо. Но я не думаю, что так будет всегда.

— Чего ты ждешь?

— Я не жду.

Она закрыла глаза, но не смогла спрятать рот — ее губы выдавали горечь, гнев и боль.

— Рорк, если бы ты был в городе, я бы не пришла с тобой встретиться.

— Я знаю.

— Но именно в этой безымянной дыре... Я должна была ее увидеть. Должна была посмотреть на это место.

— Когда ты возвращаешься?

— Ты знаешь, что я не останусь?

— Да.

— Почему?

— Ты все еще боишься вагончиков-закусочных и окон.

— Я не еду в Нью-Йорк. Не сразу.

— Нет?

— Ты ни о чем не спросил, Рорк, только шла ли я со станции пешком.

— О чем мне спросить?

— Я сошла с поезда, когда увидела название станции, — сказала она мрачно. — Я не собиралась здесь выходить. Я еду в Рино.

— А потом?

— Снова выхожу замуж.

— Я знаю твоего жениха?

— Ты слышал о нем. Его зовут Гейл Винанд.

Она увидела его глаза. Она думала, что ей захочется смеяться; наконец-то она смогла нанести ему такой удар, который уже не надеялась нанести. Но она не рассмеялась. Он думал о Камероне, о его словах: «Мне нечего им ответить, Говард. Я оставляю тебя с ними один на один. *Ты* им ответишь! Всем — газеткам Винанда, тем, чьи глаза делают существование таких газеток возможным, и тем, кто стоит за ними».

— Рорк.

Он не отвечал.

— Это хуже, чем Питер Китинг, да? — спросила она.

— Намного хуже.

— Ты хочешь меня остановить?

— Нет.

Он не дотронулся до нее с тех пор, как отпустил ее локоть, да и этот жест годился разве что для санитарной машины. Она протянула руку — и коснулась его руки. Он не отдернул пальцы и не изобразил безразличия. Она наклонилась, взяла его руку, не поднимая ее с его колен, и прижалась к ней губами. Шляпа слетела с ее головы, и он видел белокурые волосы на своих коленях, чувствовал, как она вновь и вновь целует его руку. Его пальцы сжали ее руку, это был единственный ответ.

Она подняла голову и посмотрела на улицу. Вдали висело освещенное окно, забранное решеткой из простых железных прутьев. Маленькие домики уходили в темноту, вдоль узких тротуаров стояли беззащитные деревья.

Она заметила свою шляпу, упавшую на нижнюю ступеньку, и наклонилась поднять ее. Ее рука без перчатки легла на ступеньку. Камень был старый, изношенный и ледяной. Она ощутила удовольствие от прикосновения. Она замерла на мгновение, согнувшись над камнем, ощущая эти ступеньки, по которым прошлось столько ног.

— Рорк, где ты живешь?

— Снимаю комнату.

— Какую?

— Просто комнату.

— Какая она? Какие там стены?

— Оклеенные обоями. Выцветшими.

— А какая мебель?

— Стол, стулья, кровать.

— Нет, расскажи подробнее.

— Там есть шкаф для белья, комод, кровать, большой стол...

— Возле стены?

— Нет. Я поставил его напротив окна, я там работаю. Еще там есть стул с прямой спинкой, кресло с встроенной лампой и книжная полка, которой я не пользуюсь. Наверно, это все.

— Коврики? Занавески?

— Кажется, на окнах что-то есть и лежит какой-то коврик. Пол прекрасно отполирован, это великолепное старое дерево.

— Я буду думать о твоей комнате ночью — в поезде.

Он смотрел на другую сторону улицы. Она попросила:

— Рорк, разреши мне остаться с тобой на ночь.

— Нет.

Она проследила за его взглядом. Он смотрел на скрежетавшие в котловане механизмы. Помолчав, она спросила:

— Как тебе удалось получить этот заказ?

— Заказчик видел мои постройки в Нью-Йорке, и они ему понравились.

Из котлована вышел мужчина в комбинезоне, всмотрелся в темноту и крикнул:

— Это вы, босс?

— Да, — крикнул в ответ Рорк.

— Не можете спуститься сюда на минутку?

Рорк пошел к нему через улицу. Она не слышала разговора, услышала только, как Рорк весело сказал: «Это легко», а затем оба направились к спуску в котлован. Мужчина остановился, заговорил, объясняя. Рорк откинул назад голову, наблюдая за поднимавшейся вверх стальной конструкцией; свет падал прямо на его лицо, и Доминик увидела его серьезный взгляд, его выражение наполнило ее радостным чувством — она увидела его натренированный грамотный ум в действии. Он наклонился, подобрал кусок фанеры, вынул из кармана карандаш и начал быстро чертить, стоя одной ногой на груде досок и объясняя что-то мужчине, который удовлетворенно кивал. Она не могла расслышать слов, но чувствовала отношение Рорка к этому человеку, к другим людям в котловане — какое-то свежее чувство верности и братства, которое совсем не соответствовало тому, что принято называть этими словами. Он закончил, протянул чертеж мужчине, и оба чему-то засмеялись. Затем Рорк вернулся к ней и уселся рядом на ступеньках.

— Рорк, — сказала она, — я хочу остаться здесь с тобой на все оставшиеся нам годы. — Он выжидающе смотрел на нее. — Я хочу жить здесь. — В ее голосе звучало с трудом сдерживаемое напряжение. — Я хочу жить, как живешь ты. Не касаться своих денег, я их кому-нибудь отдам. Стиву Мэллори, если хочешь, или какой-нибудь из организаций Тухи, не имеет значения. Мы снимем здесь дом, такой же, как эти, и я буду — не смейся, я все умею — готовить, стирать твое белье, мыть пол. А ты откажешься от архитектуры.

Он не смеялся. Доминик видела только сосредоточенное внимание к тому, что она говорила.

— Рорк, постарайся понять, пожалуйста, постарайся понять. У меня нет сил видеть, что они с тобой делают, что они еще с тобой сделают. Это страшно важно — ты, эти здания и твои чувства. Но ты не можешь так продолжать. Это не может продолжаться долго. Они тебе не позволят. Ты движешься к катастрофе. Это не может кончиться иначе. Сдайся. Возьмись за какую-нибудь бессмысленную работу — как в каменоломне. Будем жить здесь. Мы будем мало получать и ничего не будем отдавать. Будем жить только для себя, как сможем.

Он рассмеялся. Он не хотел смеяться, но уже не мог остановиться.

— Доминик. — Ее поразило, как он произнес ее имя. Это дало ей силы выслушать последовавшие за этим слова: — Я хотел бы сказать тебе: то, что ты сказала, было для меня соблазном, во всяком случае на мгновение. Но это не так. Если бы я был жестоким человеком, я бы принял твое предложение. Чтобы увидеть, как скоро ты начнешь умолять меня вернуться к строительству.

— Да... Возможно...

— Выходи замуж за Винанда и оставайся с ним. Это лучше того, что ты делаешь с собой сейчас.

— Ты не против... если мы чуточку посидим здесь... и... не будем говорить об этом, а просто побеседуем, как будто все идет как надо... пусть это будет получасовым перемирием... Расскажи мне, как ты проводил время здесь, все, что можешь припомнить...

Потом они говорили, это крыльцо пустого дома было словно самолет, летящий в пространстве, откуда не видно ни земли, ни неба; Рорк не смотрел на другую сторону улицы.

Потом он взглянул на часы у себя на руке и сказал:

— Через час поезд на Запад. Проводить тебя до станции?

— Ты не против, если мы пойдем пешком?

— Договорились.

Она встала и спросила:

— А когда теперь, Рорк?

Он повел рукой в направлении улиц:

— Когда ты перестанешь ненавидеть все это, перестанешь бояться этого, научишься не замечать этого.

Они пошли на станцию. Она прислушивалась к звуку его и своих шагов на пустынной улице, ее взгляд скользил по стенам зданий, мимо которых они проходили. Она уже любила эти места, этот городок и все, что было связано с ним.

Они прошли мимо пустыря. Ветер обвил ее ноги обрывками старых газет. Они липли к ее ногам с лаской кошки. Она подумала, что все в этом городе близко ей и имеет право на подобные жесты. Нагнулась, подобрала газету и начала складывать, чтобы сохранить.

— Что ты делаешь? — спросил он.

— Будет что почитать в поезде, — глуповато объяснила она.

Он вырвал газету из ее рук, смял и отбросил в сухие сорняки.

Она ничего не сказала, и они продолжили путь.

Над пустынной платформой горела одна-единственная лампочка. Они ждали. Он смотрел на железнодорожную колею, туда, откуда должен был появиться поезд. Когда рельсы загудели и дрогнули, а белый шар головных огней блеснул на расстоянии и уперся в небо, набухая и разрастаясь с огромной скоростью, Рорк не двинулся и не повернулся к Доминик. Стремительно несущийся луч бросил его тень поперек платформы, закружил над шпалами и отбросил во тьму. На мгновение она увидела прямые линии его тела в свете огней. Паровоз миновал их, застучали колеса замедливших свой бег вагонов. Он смотрел на проносившиеся мимо окна вагонов. Она не видела его лица, только линию щеки.

Когда поезд остановился, Рорк повернулся к ней. Они не пожали друг другу руки. Они стояли, молча глядя в лица друг друга, прямо, как по стойке смирно; это напоминало военное приветствие. Затем она схватила свой чемодан и поднялась в вагон. Минуту спустя поезд тронулся.

VI

«*Чак*: А почему не мускусная крыса? Почему человек воображает себя выше мускусной крысы? Пульс жизни бьется во всякой мелкой твари в поле и в лесу. Жизни, поющей о вечной печали. Давней печали. Песнь песней. Мы этого не понимаем, но кому нужно наше понимание? Только бухгалтерам и педикюршам. И еще письмоносцам. Мы же только любим. Сладкая тайна любви. Все только в ней. Подари мне любовь и брось всех философов в печку. Когда Мэри берет бездомную мускусную крысу, ее сердце раскрывается и в него врываются жизнь и любовь. Из меха мускусной крысы делают хорошую имитацию норки, но не это главное. Главное — это жизнь.

Джейк (врываясь): Скажите, парни, у кого тут есть марка с портретом Джорджа Вашингтона?

Занавес».

Айк с треском закрыл рукопись и глубоко втянул в себя воздух. После двухчасового громкого чтения голос его стал хриплым, и он прочел кульминационную сцену на едином дыхании. Он посмотрел на аудиторию, рот его насмешливо кривился, брови высокомерно изогнулись, но глаза умоляли.

Эллсворт Тухи, сидя на полу, чесал спину о ножку стула и зевал. Гэс Уэбб, распластавшийся на животе посреди комнаты, перекатился на спину. Ланселот Клоуки, иностранный корреспондент, потянулся за своим коктейлем и прикончил его в два глотка. Жюль Фауглер, новый театральный критик «Знамени», сидел не двигаясь; он был неподвижен уже в течение двух часов. Лойс Кук, хозяйка, подняла руки, потянулась и сказала:

— Господи, Айк, это ужасно.

Ланселот Клоуки протянул:

— Лойс, девочка, где ты берешь этот джин? Не будь такой жадиной. Ты худшая из всех известных мне хозяек.

Гэс Уэбб заявил:

— Я не понимаю литературы. Это непродуктивная и напрасная потеря времени. Писатели исчезнут.

Айк резко расхохотался:

— Мерзость, а? — Он помахал рукописью. — Настоящая мерзость. Зачем, вы думаете, я ее написал? Покажите мне кого-нибудь, кто мог бы написать худшую вещь. Такой гадкой пьесы вы в жизни не услышите.

Это не была очередная встреча Совета американских писателей, скорее неофициальное сборище. Айк попросил нескольких своих друзей послушать его последнюю работу. К двадцати шести годам он написал одиннадцать пьес, но ни одна из них не была поставлена.

— Ты бы лучше отказался от театра, Айк, — предложил Ланселот Клоуки. — Творчество — вещь серьезная, она не для случайных подонков, решивших попытать счастья. — Первая книга Ланселота Клоуки — отчет о личных приключениях за границей — уже десятую неделю держалась в списке бестселлеров.

— Отчего же, Ланс? — сладким голосом протянул Тухи.

— Ладно же! — рявкнул Клоуки. — Хорошо! Налей-ка выпить.

— Это ужасно, — заявила Лойс Кук. Ее голова устало перекатывалась из стороны в сторону. — Совершенно ужасно. Так ужасно, что даже великолепно.

— Чепуха, — сказал Гэс Уэбб. — Зачем я вообще сюда хожу?

Айк запустил рукопись в камин. Она натолкнулась на проволочный экран и упала обложкой вверх, тонкие листы помялись.

— Если Ибсен мог писать пьесы, почему же я не могу? — спросил он. — Он гений, а я бездарь, но ведь этого недостаточно для объяснения.

— В космическом смысле нет, — подтвердил Ланселот Клоуки. — И все же ты бездарь.

— Не повторяй. Я первый сказал.

— Это великая пьеса, — произнес чей-то голос — медленно, устало и в нос. Голос звучал в этот вечер впервые, и все повернулись к Жюлю Фауглеру. Один карикатурист нарисовал его знаменитый портрет — две соприкасающиеся окружности — маленькая и большая, большая была животом, маленькая — нижней губой. На нем был великолепно сшитый костюм, цветом напоминавший, как он говорил, merde d'oie — гусиное дерьмо. Руки его постоянно скрывали перчатки, он всегда ходил с тростью. Жюль Фауглер был знаменитым театральным критиком.

Фауглер протянул к камину трость, подцепил рукопись и подтащил по полу к своим ногам. Он не поднял рукопись, но повторил, глядя на нее:

— Это великая пьеса.

— Почему? — спросил Ланселот Клоуки.

— Потому что я так сказал, — ответил Жюль Фауглер.

— Это шутка, Жюль? — спросила Лойс Кук.

— Я никогда не шучу, — ответил Жюль Фауглер, — это вульгарно.

— Пошлите мне пару билетов на премьеру, — скривился Ланселот Клоуки.

— Восемь восемьдесят за два места, — сказал Жюль Фауглер.

— Это будет гвоздь сезона.

Жюль Фауглер повернулся и увидел, что на него смотрит Тухи. Тухи улыбнулся, его улыбка не была легкой и беспечной. Это был одобрительный комментарий, признак того, что Тухи считал разговор серьезным. Фауглер посмотрел на остальных, взгляд его был презрителен, но смягчился, остановившись на Тухи.

— Отчего бы вам не войти в Совет американских писателей, Жюль? — спросил Тухи.

— Я индивидуалист, — сказал Фауглер. — Я не верю в организации. И кроме того, разве это необходимо?

— Нет, совершенно не обязательно, — ответил Тухи весело. — Не для вас, Жюль. Нет ничего, чему я могу вас научить.

— Что мне в вас нравится, Эллсворт, так это то, что вам ничего не надо объяснять.

— Черт возьми, зачем здесь что-то объяснять? Ведь мы шестеро одного поля ягоды.

— Пятеро, — заметил Фауглер. — Мне не нравится Гэс Уэбб.

— Почему? — спросил Гэс. Он не был оскорблен.

— Потому что он не моет уши, — ответил Фауглер, как будто его спросил кто-то другой.

— А, — протянул Гэс.

Айк встал и уставился на Фауглера, не совсем уверенный.

— Вам нравится моя пьеса, мистер Фауглер? — наконец спросил он тихим голосом.

— Я не сказал, что она мне нравится, — холодно отвечал Фауглер. — Я считаю, что она смердит. Именно поэтому она великая.

— О! — рассмеялся Айк. Казалось, он успокоился. Его взгляд прошелся по лицам присутствующих, взгляд скрытого торжества.

— Да, — подтвердил Фауглер, — мой подход к критике тот же, что и ваш подход к творчеству. Наши побуждения одинаковы.

— Вы прекрасный парень, Жюль.

— Мистер Фауглер, с вашего разрешения.

— Вы прекрасный парень, превосходнейший мерзавец, мистер Фауглер.

Фауглер перевернул страницы рукописи концом своей трости.

— Вы слишком сильно бьете по клавишам, Айк, — сказал он.

— Черт возьми, я же не стенографистка. Я творческая личность.

— Вы сможете позволить себе взять секретаршу после открытия сезона. Я считаю себя обязанным похвалить пьесу — хотя бы для того, чтобы пресечь дальнейшее издевательство над пишущей машинкой. Пишущая машинка — прекрасный инструмент, не следует над ней издеваться.

— Хорошо, Жюль, — сказал Ланселот Клоуки. — Все это очень остроумно, вы великолепны, как и все, кто выбился, но почему все-таки вы намерены хвалить это дерьмо?

— Потому что это, как вы выразились, дерьмо.

— Ты не логичен, Ланс, — возразил Айк. — В космическом смысле. Написать хорошую пьесу, пьесу, которую хвалят, — ерунда. Это любой может. Любой, у кого есть талант, а талант лишь продукт деятельности желез. Но написать дерьмовую пьесу и хвалить ее — что ж, попробуй сделать лучше.

— Он сделал, — подсказал Тухи.

— Это зависит от мнения, — вставил Ланселот Клоуки. Он опрокинул пустой бокал и высасывал из него остатки льда.

— Айк понимает ситуацию лучше, чем вы, Ланс, — сказал Жюль Фауглер. — В своей небольшой речи он только что доказал, что он подлинный философ, и как философ оказался лучше, чем его пьеса.

— Свою следующую пьесу я напишу об этом, — пообещал Айк.

— Айк изложил свое мнение, — продолжал Фауглер. — Теперь рассмотрим мою позицию, если желаете. Разве похвалить хорошую пьесу — заслуга для критика? Никоим образом. Критик в этом случае не более чем осыпанный похвалами мальчик на побегушках между автором и публикой. На что мне это все? Осточертело. Я вправе предложить людям самого себя как личность. Иначе я впаду в тоску — а мне это не нравится. Но если критик способен поднять на щит совершенно никчемную пьесу — вы видите разницу! Таким образом, я сделаю гвоздем сезона… Как называется ваша пьеса, Айк?

— «Не твое собачье дело», — подсказал Айк.

— В каком это смысле?

— Она так называется.

— А, понимаю. Я сделаю «Не твое собачье дело» гвоздем сезона.

Лойс Кук громко расхохоталась.

— Как много шума из ничего, — заявил Гэс Уэбб, лежа на спине с заложенными за голову руками.

— А теперь, Ланс, если хотите, рассмотрим ваш случай, — продолжил Фауглер. — Что получает корреспондент, передающий новости о жизни планеты? Публика читает о международных событиях, а вы счастливы, если заметят вашу подпись внизу. Но ведь вы ничуть не хуже какого-нибудь генерала, адмирала или посла. Вы имеете право заставить людей задуматься о вас самих. И вы поступаете очень мудро. Вы пишете кучу всякой чепухи — да, чепухи, но эта чепуха морально оправдана. Толковая книга. Вселенские катастрофы как фон для вашей дурной натуры. Как Ланселот Клоуки наклюкался во время международной конференции. С какими красотками он спал во время вторжения. Как он схватил понос во время всеобщего голода. А почему бы и нет, Ланс? Ведь номер прошел, не так ли? Эллсворт его протащил.

— Публике нравится читать о человеческих слабостях и пристрастиях, — сказал Ланселот Клоуки, сердито уставясь в стакан.

— Кончай трепаться, Ланс! — воскликнула Лойс Кук. — Перед кем ты притворяешься? Ты прекрасно знаешь, что дело не в человеческих слабостях, а в Эллсворте Тухи.

— Я помню, чем я обязан Тухи, — вяло парировал Клоуки. — Эллсворт мой лучший друг. Но и он не сделал бы этого, не будь в его распоряжении хорошего материала.

Восемь месяцев назад Ланселот Клоуки стоял перед Эллсвортом Тухи с рукописью в руках, как теперь Айк перед Фауглером, и не верил своим ушам, когда Тухи сказал, что его книга возглавит список бестселлеров. И когда было продано двести тысяч экземпляров, Клоуки навсегда утратил способность к реальной оценке.

— Как-никак успех на книжном рынке «Доблестного камня в мочевом пузыре» — свершившийся факт, — безмятежно констатировала Лойс Кук, — хоть это и чушь несусветная. Уж я-то знаю. Но факт есть факт.

— Этот факт мне дорого стоил, — мимоходом вставил Тухи. — Я чуть не потерял работу.

— Лойс, почему ты зажимаешь выпивку? — сердито отреагировал Клоуки. — Бережешь себе на ванну, что ли?

— Не возникай, алкаш, — сказала Лойс Кук, лениво поднимаясь.

Она пересекла комнату, шаркая ногами, подобрала чей-то недопитый стакан, выпила остатки и вышла. Вскоре она вернулась с дюжиной дорогих бутылок. Клоуки и Айк поспешили к ним приложиться.

— Думаю, ты несправедлива к Лансу, Лойс, — сказал Тухи. — Почему он не может написать свою биографию?

— Потому что так, как он, и жить не стоит, не то что писать об этом.

— Именно поэтому я и сделал книгу бестселлером.

— Что-то ты разоткровенничался.

— Всякому овощу свое время.

Рядом было много удобных кресел, но Тухи предпочел расположиться на полу. Он перекатился на живот, приподнялся на локтях и с видимым удовольствием переносил тяжесть тела с одного локтя на другой, разбросав ноги по ковру. Раскованность позы явно была ему по душе.

— Да, хочется поделиться. В следующем месяце я хочу опубликовать автобиографию зубного врача из маленького городка, человека поистине замечательного тем, что ни в его жизни, ни в его книге нет ничего интересного. Лойс, книга должна тебе понравиться. Представь себе самого заурядного обывателя, который раскрывает свою душу так, словно несет откровение.

— Маленький человек, — с нежностью произнес Айк. — Я люблю этот тип. Мы должны любить маленьких людей, населяющих эту планету.

— Вставь это в свою следующую пьесу, — сказал Тухи.

— Не могу, — ответил Айк. — Уже вставил.

— К чему вы клоните, Эллсворт? — не успокаивался Клоуки.

— Все очень просто, Ланс. Когда факт, что некто есть не более чем пустое место и ничего более выдающегося не сделал, кроме как ел, спал и точил лясы с соседями, становится предметом гордости, изучения и всеобщего внимания со стороны миллионов читателей, тогда факт, что некто построил собор, перестает быть интересным и уже не заслуживает места в сознании людей. Это проблема относительного масштаба явлений. Допустимый предел максимального разброса двух сопоставимых фактов ограничен. Слуховое восприятие муравья не рассчитано на гром.

— Ты рассуждаешь как буржуазный декадент, Эллсворт, — сказал Гэс Уэбб.

— Умерь пыл, балаболка, — без обиды парировал Тухи.

— Все это чудесно, — сказала Лойс Кук, — только лавры достаются одному тебе, Эллсворт, а на мою долю ничего не остается, так что вскоре, чтобы меня не перестали замечать, мне придется сочинять что-то действительно значительное.

— Пока это неактуально, Лойс, ни сейчас, ни до конца столетия, а возможно, и в следующем не будет нужды в талантах. Так что успокойся.

— Но вы не сказали!.. — вдруг закричал Айк, весь в тревоге.

— Что я не сказал?

— Вы не сказали, кто будет ставить мою пьесу!

— Предоставьте это мне, — сказал Жюль Фауглер.

— Я забыл вас поблагодарить, Эллсворт, — торжественно произнес Айк. — Так что благодарю. Есть масса фиговых пьес, но вы выбрали мою. Вы и мистер Фауглер.

— Ваша фиговость заслуживает внимания, Айк.

— Это уже что-то.

— Даже очень много.

— Может быть, поясните?

— Не надо долгих рассуждений, Эллсворт, — вмешался Гэс Уэбб. — На вас напал словесный зуд.

— Закрой свой роток, приятель. Мне нравится рассуждать. Пояснить вам, Айк? Предположим, я не люблю Ибсена…

— Ибсен — хороший драматург, — сказал Айк.

— Конечно, хороший. Кто спорит? Но предположим, мне он не нравится. Предположим, я не хочу, чтобы люди ходили на его пьесы. Отговаривать их — дело пустое. Но если я смогу убедить их, что вы того же калибра, что Ибсен, то вскоре они перестанут видеть разницу между вами.

— Неужели?

— Это просто для примера, Айк.

— Но это было бы великолепно!

— Конечно, великолепно. И тогда вообще перестало бы иметь значение, что они смотрят. Ничто не имело бы значения — ни писатели, ни те, для кого они пишут.

— Почему, Эллсворт?

— В театре, Айк, нет места для вас двоих: Ибсена и вас. Это вам понятно, надеюсь?

— Допустим, понятно.

— Так вы хотите, чтобы я расчистил для вас место?

— Это бесполезный спор, об этом давно сказано и гораздо убедительнее, — вставил Гэс Уэбб. — Во всяком случае короче. Я сторонник функциональной экономии.

— Где об этом сказано? — поинтересовалась у Тухи Лойс Кук.

— «Кто был ничем, тот станет всем», сестричка.

— Гэс груб, но мудр, — сказал Айк. — Он мне нравится.

— Пошел ты... — сказал Гэс.

В комнату вошел дворецкий Лойс Кук. Это был представительный пожилой мужчина в строгом костюме. Он сказал, что пришел Питер Китинг.

— Пит? — весело отреагировала Лойс Кук. — Конечно же, веди его сюда, не мешкая.

Китинг вошел и остановился, оторопев при виде сборища.

— Э-э... привет всем, — сказал он без энтузиазма. — Я не знал, что у тебя гости, Лойс.

— Это не гости. Проходи, Пит, садись, налей себе чего-нибудь. Ты всех знаешь.

— Привет, Эллсворт, — сказал Китинг, обращаясь к Тухи за поддержкой.

Тухи махнул в ответ рукой, поднялся и устроился в кресле, с достоинством положив ногу на ногу. Все в комнате машинально изменили позу в присутствии вновь прибывшего: выпрямили спины, сдвинули колени, поджали губы. Только Гэс Уэбб остался лежать как раньше.

Китинг выглядел собранным и красивым, вместе с ним в комнату вошла свежесть продутых ветром улиц. Но он был бледен и двигался замедленно и устало.

— Прошу простить мое вторжение, Лойс, — сказал он. — Мне нечем было заняться, и я чувствовал себя чертовски одиноким, вот и решил заскочить к тебе. — Он слегка запнулся на слове «одиноким», произнеся его с извиняющейся улыбкой. — Дьявольски устал от Нейла Дьюмонта и его компании. Хотелось общения, какой-нибудь пищи для души, так сказать.

— Я гений, — сказал Айк. — Мою пьесу поставят на Бродвее. Наравне с Ибсеном. Эллсворт пообещал мне.

— Айк только что прочитал нам свою новую пьесу, — сказал Тухи. — Великолепная вещь.

— Тебе она понравится, Питер, — сказал Ланселот Клоуки. — Пьеса отличная.

— Шедевр, — сказал Жюль Фауглер. — Надеюсь, вы как зритель окажетесь достойны ее, Питер. Это драматургия, которая зависит от того, с чем зрители приходят в театр. Если вы человек с пустой душой и жалким воображением, она не для вас. Но если вы настоящая личность с огромным, полным чувства сердцем, если вы сохранили детскую чистоту и непосредственность восприятия, нас ждут незабываемые переживания.

— «Если не обратитесь и не будете как дети, не войдете в Царство Небесное»*, — сказал Эллсворт Тухи.

— Спасибо, Эллсворт, — сказал Жюль Фауглер. — Этими словами я начну свою рецензию на спектакль.

Китинг с напряженным вниманием следил за Айком и остальными. Как далеки они были от обыденности, как бескорыстны в своих интересах, как уверены в своей жизненной позиции! Ему было далеко до них, но они тепло улыбались ему, пусть сверху вниз, но доброжелательно, не выталкивая из своего круга.

Китинга наполняло ощущение их величия, у них он получал духовную пищу, за которой пришел, с ними его душа взмывала ввысь. А его присутствие заставило их ощутить свое собственное величие. Их объединял ток духовной близости, замыкая в единый круг всех. И это сознавали все, кроме Питера Китинга.

Эллсворт Тухи выступил в защиту современной архитектуры.

В последние десять лет, несмотря на то, что большая часть жилых строений по-прежнему следовала традициям, копируя наследие былых времен, в коммерческом строительстве — заводы, учреждения, небоскребы — победил принцип Генри Камерона. Победа была не явной, половинчатой — вынужденный компромисс, в результате которого исчезли колонны и стилобаты*, а второстепенные участки стен утратили декор и, словно извиняясь за свою удачную — безусловно, по чистой случайности — форму, завершались упрощенными греческими волютами. Многие компилировали идеи Камерона, но немногие их усвоили. Из всего его наследия неотразимо действовал только один аргумент — экономия денег. Здесь Камерон победил безоговорочно.

В странах Европы, особенно в Германии, уже давно вызревала новая архитектурная школа, идеей которой было поставить четыре стены, накрыть их сверху плоской крышей и снабдить несколькими отверстиями. Это называлось архитектурой модернизма. Свобода от догм, за которую сражался Камерон, свобода, которая на творчески мыслящего архитектора накладывала громадную ответственность, обернулась тут отказом от всяких созидательных усилий, даже от попытки усвоить традиции. Она выдала жесткий набор новых предписаний — сознательное подчинение некомпетентности и творческой импотенции. Бездарность превратили в систему и похвалялись собственным убожеством.

«Здание творит собственную красоту, его декор — производная от темы и структуры сооружения», — говорил Камерон. «Зданию не нужны ни красота, ни декор, ни тема», — утверждали новые архитекторы.

Говорить так было безопасно. Камерон и горстка других мастеров проложили путь и вымостили его своей жизнью. Другие, и имя им было легион, люди, которые ничтоже сумняшеся копировали Парфенон, усмотрели в новых идеях опасность для себя, но отыскали удобный выход: воспользоваться путем, указанным Камероном, и создать новый Парфенон, в форме громадного ящика из стекла и бетона. Сломалось древо искусства, и на нем поселились мхи и лишайники, гниль и плесень, и стало оно безобразным и потеряло свою красоту. Но стало таким же, как и все в джунглях.

И джунгли обрели голос.

Эллсворт Тухи писал в рубрике «Вполголоса» в статье под заголовком «Плыть вместе с потоком»:

«Мы долгое время сомневались, признавать ли существование феномена, известного как архитектура модернизма. Осторожность такого рода — необходимое качество для того, кто выступает в роли законодателя общественного вкуса. Как часто отдельные проявления, аномалии ошибочно принимались за массовое движение, и требуется осмотрительность, чтобы не приписать им значимость, которой они не заслуживают. Но архитектура модернизма выдержала испытание временем, она отвечает запросам масс, и мы рады отдать ей должное.

Уместно вспомнить пионеров этого движения, таких, как покойный Генри Камерон. В некоторых его работах уже звучит мотив будущего величия нового архитектурного стиля. Но, подобно всем пионерам, он еще был связан предрассудками, унаследованными от прошлого, сантиментами среднего класса, из которого вышел. Он остался рабом красоты и орнаментальности, хотя его орнамент уже оригинален и, как следствие, ниже качеством, чем устоявшиеся классические формы.

Только мощь широкого коллективного движения придала современной архитектуре ее подлинное выражение. Теперь стало ясно, что во всем мире она заявила о себе не как хаос форм индивидуального воображения, а как цельная формула, налагающая строгие ограничения на фантазию творца и прежде всего требующая подчинения коллективной природе этого ремесла.

Каноны этой новой архитектуры установились в ходе колоссального процесса народного творчества. Они столь же строги, как каноны классицизма. Они требуют безыскусной простоты под стать неиспорченной натуре простого человека. Как уходящий век международного банковского капитала требовал от каждого здания вычурного карниза, так век наступающий узаконивает плоскую крышу. Эра империализма навязывала романский портик в каждом доме —

эра гуманизма утвердила угловые окна, символизирующие равное право всех на солнечный свет.

Способный видеть обнаружит глубокий социальный смысл, властно заявляющий о себе в формах новой архитектуры. При старой системе эксплуатации рабочим, то есть наиболее ценному элементу общества, не давали возможности осознать свою значимость, их функциональное назначение замалчивалось или маскировалось. Так хозяин одевает слуг в расшитую золотом броскую ливрею. Это отразилось в архитектуре той эпохи: функциональные элементы — двери, окна, лестницы — скрывались в завитках бессмысленного орнамента. Но в современном здании именно эти функциональные элементы — символы труда открыто заявляют о себе. Разве не слышен в этом голос нового мира, где трудящийся получит свое по праву?

Лучшим примером архитектуры модернизма может служить близкое к завершению фабричное здание компании «Бассетт браш». Это небольшое сооружение, но в своих скромных пропорциях оно воплощает суровую простоту нового стиля и являет собой вдохновляющий пример величия малого. Оно спроектировано Огастесом Уэббом многообещающим молодым архитектором».

Встретив Тухи несколько дней спустя, Питер Китинг с тревогой в голосе спросил:

— Слушай, Эллсворт, ты это написал всерьез?

— Что?

— Об архитектуре модернизма.

— Конечно, всерьез. Как тебе понравилась статейка?

— Очень понравилась. Хорошо сказано, убедительно. Но послушай, Эллсворт, почему... почему ты выбрал Гэса Уэбба? Если на то пошло, я тоже в последние годы проектировал кое-что в модернистском духе. Здание Пальмера, например, построено без всяких выкрутасов, и в доме Моури нет ничего, кроме крыши и окон, и склад Шелдона...

— Но, Питер, дружище, не будь неблагодарной свиньей. Разве я не оказывал тебе услуг? Позволь мне оказать поддержку и другим.

На званом обеде, где Питер Китинг должен был сказать слово об архитектуре, он констатировал:

— Подводя итоги своей деятельности к нынешнему моменту, я пришел к выводу, что руководствовался верным принципом: непрерывное движение — требование жизни. Строительство и сами строения — неотъемлемая часть нашей жизни, а из этого следует, что архитектура должна постоянно видоизменяться. В области архитектуры у меня никогда не было никаких предубеждений, я твердо верил, что надо держать двери открытыми для нового и слушать голос времени. Фанатики, на всех углах кричавшие о радикальной модернизации архитектуры, и замшелые консерваторы, упрямо бубнившие о непреходящей ценности традиционных стилей, одинаково узколобы. Я не прошу извинения за те из моих сооружений, которые следуют классической традиции. Они отвечали духу и требованиям своего времени. Но равным образом я не прошу прощения и за здания, которые возвел в стиле модерн. Они возвещают приход лучшего мира. Я придерживаюсь мнения, что скромные усилия по претворению в жизнь этого принципа составляют гордость людей моей профессии, в них обретает архитектор радость и награду за свой труд.

Когда стало известно, что строительство Стоунриджа поручено Питеру Китингу, это вызвало одобрение в городских кругах, а среди архитекторов — возгласы зависти и лестные комментарии. Китинг пытался возродить в себе былое чувство удовлетворения. И ничего не ощутил. Лишь смутный след того, что отдаленно походило на радость.

Стоунридж казался ему задачей почти непосильной. Обстоятельства, при которых он получил этот заказ, его не смущали; его чувства выцвели и утратили силу, он принял все как должное и тут же забыл. Но ему становилось не по себе от необходимости проектировать множество разных домов, что предполагал этот заказ. Он чувствовал сильную усталость уже утром, когда просыпался, а вечером только мечтал скорее добраться до постели.

Он передал Стоунридж Нейлу Дьюмонту и Беннету.

— Действуйте, — утомленно сказал он, — действуйте как знаете.

— В каком стиле, Пит? — спросил Дьюмонт.

— А, какую-нибудь историческую стилизацию, иначе мелким собственникам не угодишь. Но слегка осовремените ради газетных рецензий. Чтобы заметна была традиция и ощущалась современность. В общем, как хотите. Мне все равно.

Дьюмонт и Беннет принялись за дело. Китинг исправил кое-где линию крыши на эскизах, иначе расположил окна. Наброски были одобрены представителем Винанда. Китинг не знал, видел ли их Винанд. С Винандом он больше не встречался.

Доминик отсутствовала уже месяц, когда Гай Франкон объявил об уходе. Китинг сообщил ему о разводе без всяких объяснений. Франкон принял новость спокойно. Лишь сказал:

— Я этого ожидал. Что ж, Питер, вероятно, вашей вины тут нет — ни твоей, ни ее.

Больше он об этом не упоминал. Не говорил он и о причине своего ухода от дел:

— Я давно предупредил тебя об этом. Я устал. Желаю удачи, Питер.

Китингу стало не по себе, когда он подумал, что на вывеске у входа останется одно его имя и вся ответственность за фирму ляжет на его плечи. Ему нужен был партнер. Он выбрал Нейла Дьюмонта. У Нейла были хорошие манеры. Он был копией Лусиуса Хейера. Так фирма стала называться «Питер Китинг и Корнелиус Дьюмонт». Собралась кучка приятелей, чтобы отметить событие выпивкой, но Китинг не появился. Он обещал быть, но забыл и отправился провести уик-энд за городом, среди засыпанных снегом равнин. Он вспомнил о пирушке только на следующее утро, когда одиноко брел по заледенелой сельской дороге.

Стоунридж стал последним контрактом, который заключила фирма «Франкон и Китинг».

VII

Когда Доминик сошла с поезда в Нью-Йорке, ее встретил Винанд. Они не писали друг другу, пока она оставалась в Рино. Она никого не известила о возвращении. Но увидев его на платформе в позе спокойно-уверенного ожидания, она поняла, что для него все решено, что он держал связь с ее адвокатами, следил за ходом бракоразводного процесса, знал день, когда решение суда вступало в силу, час, когда она села в поезд, и номер ее купе.

Увидев ее, он не двинулся навстречу. Она сама подошла к нему, зная, что ему хочется видеть, как она пройдет, — хотя бы то короткое расстояние, что разделяло их. Она не улыбалась, но на ее лице была та прелестная безмятежность, которая без усилия переходит в улыбку.

— Привет, Гейл.

— Привет, Доминик.

Пока его не было рядом, она не думала о нем, во всяком случае память о нем не тревожила ее, отсутствующий, он терял реальность, но теперь он привычно заполнил ее сознание, и она ощутила, что встретила кого-то хорошо знакомого и нужного.

Он сказал:

— Давай квитанции, я займусь багажом позже, нас ждет машина.

Она отдала ему квитанции, и он положил их в карман. Надо было идти по платформе к выходу, но они одновременно отменили решения, принятые ранее, и не пошли, а остановились, продолжая всматриваться друг в друга.

Он первым прервал паузу, прикрывая неловкость легкой улыбкой:

— Если бы я имел право, то сказал бы, что я бы не перенес ожидания, если бы знал, что ты будешь выглядеть, как сейчас. Но поскольку такого права у меня нет, я этого не скажу.

Она засмеялась:

— Ладно, Гейл. Мы и так притворяемся, будто все в порядке вещей. От этого все выглядит более значительным, не так ли? Будем говорить, ничего не скрывая.

— Я люблю тебя, — сказал он безо всякого выражения, как будто констатируя боль и обращаясь не к ней.

— Я рада снова быть с тобой, Гейл. Не думала, что так получится, но я рада.

— Чему ты рада, Доминик?

— Не знаю. Должно быть, мне передалась твоя радость. Рада ощущению покоя и свершенности.

Они заметили, что говорят, стоя посреди платформы, запруженной людьми, чемоданами и тележками с багажом.

Они вышли на улицу, к машине. Она не спросила, куда они едут, это не имело значения. Она молча сидела рядом с ним. Ее чувства раздваивались. Большая часть ее существа была охвачена стремлением не сопротивляться, меньшая часть поражалась этому. Ей хотелось быть с ним, в ней было чувство безрассудного доверия, доверия без счастья, но доверия несомненного. Она заметила, что он держит ее руку в своей. Она не помнила, когда он взял ее руку, это казалось таким естественным. Она хотела этого с момента, как увидела его, но не могла позволить себе хотеть этого.

— Куда мы едем, Гейл? — спросила она.

— Получить разрешение на брак. Потом к судье — зарегистрировать его. Мы женимся.

Она выпрямилась и медленно обернулась к нему. Руки она не отняла, но ее пальцы напряглись, насторожились и отстранились.

— Нет, — сказала она.

Она улыбнулась и намеренно задержала улыбку на точно рассчитанное время. Он спокойно смотрел на нее.

— Мне нужна настоящая свадьба, Гейл. Грандиозная церемония в роскошном зале, с тисненными золотом приглашениями, толпами гостей, знаменитостями, морем цветов, фото- и кинорепортерами. Мне нужно свадебное торжество, какого город ждет от Гейла Винанда.

Винанд без обиды отпустил ее руку. На минуту он задумался, как бы решая несложную арифметическую задачку. Потом сказал:

— Хорошо. Чтобы все устроить, потребуется неделя. Можно было бы успеть и к сегодняшнему вечеру, но если рассылать приглашения, то как минимум за неделю. Иначе ритуал будет нарушен, а ты жаждешь бракосочетания, достойного Гейла Винанда. Я отвезу тебя в гостиницу, где ты остановишься на неделю. Этого я не планировал, поэтому номер не заказан. Где бы ты хотела остановиться?

— В твоем пентхаусе.

— Нет.

— Тогда в «Нордланде».

Он наклонился вперед и бросил шоферу:

— Джим, едем в «Нордланд».

В вестибюле гостиницы он сказал ей:

— Увидимся через неделю, во вторник, в четыре часа пополудни в «Нойес Бельмонт». Приглашения должны исходить от твоего отца. Сообщи ему, что я свяжусь с ним. Об остальном я позабочусь сам.

Он поклонился ей в своей неизменной манере, с невозмутимостью, в которой органично сочетались два полярных качества — самообладание человека, абсолютно уверенного в себе, и простодушие ребенка, принимающего свои поступки как должное и единственно допустимое.

Доминик не видела его всю неделю. Она осознала, что с нетерпением ждет его.

Снова она увидела его в сверкающем огнями банкетном зале отеля «Нойес Бельмонт», они стояли перед судьей, произносящим слова брачной церемонии в напряженном молчании шестисот присутствующих.

Церемония свадьбы, которой она пожелала, была исполнена с такой тщательностью, что превратилась в собственную карикатуру. Вместо блестящего события в великосветском обществе свадьба стала обобщенным выражением роскошной и изысканной безвкусицы. Винанд уловил ее желание и выполнил его в точности, не дав себе воли блеснуть излишеством. Спектакль был поставлен и сыгран без всякой пошлости и изящно — именно так, как предпочел бы Гейл Винанд, издатель, если бы хотел сочетаться браком при большом стечении народа. Но Гейл Винанд такого бракосочетания не хотел.

Он заставил себя вписаться в декорации, подчиниться общему замыслу, словно сам был частью спектакля. Когда он вошел в зал, она увидела, что он смотрит на гостей так, словно не сознает, что такая толпа более уместна на премьере в Гранд-опера* или на распродаже, но не на самом торжественном событии, кульминации всей его жизни. Он был безупречно корректен и благообразен.

Она встала рядом с ним. Толпа позади застыла в тяжелом молчании и жадном любопытстве. Они предстали перед судьей. На ней было длинное черное платье, букет свежих жасминов — его подарок — крепила к запястью черная лента. Ее лицо, окутанное черным кружевом, поднялось к судье, который говорил медленно и мерно, слова одно за другим плыли по воздуху.

Она взглянула на Винанда. Он не смотрел ни на нее, ни на судью. И она поняла, что он сейчас один в зале. Он удерживал мгновение и молча творил из блеска люстр, из пошлости обряд для себя. Ему не нужна была религиозная церемония, к ней он не испытывал уважения, еще меньше он уважал государственного чиновника, который произносил перед ним заученный текст, но он претворил ритуал в религиозный акт. Она подумала, что, если бы обручалась с Рорком, Рорк стоял бы в такой же позе.

Позже Винанд терпеливо перенес все тяготы чудовищного приема. Они позировали перед батареей фоторепортеров, он великодушно откликался на все их просьбы, невозмутимо выдержал напор еще более развязной толпы газетных репортеров. Они принимали бесконечную череду гостей, пожимая руки, выслушивая поздравления и благодаря. Его не коснулись гирлянды лилий, не ослепили вспышки камер, не оглушили звуки оркестра, не затопил поток приглашенных, который все тек и тек, разбиваясь на ручейки перед столами с шампанским. Гости его не интересовали; их пригнали сюда скука, зависть, ненависть; они пришли против воли, подчиняясь магии его опасного имени, пришли из любопытства, в надежде услышать новые сплетни. Ему как будто было неведомо, что они считали его публичное жертвоприношение общественным долгом перед ними, а свое присутствие необходимым условием, которым только и можно узаконить и освятить узы этого брака. Глядя на него, нельзя было подумать, что из сотен присутствующих только для него и его невесты этот спектакль был отвратительным зрелищем.

Она пристально наблюдала за ним. Ей хотелось, чтобы что-то хоть на время доставило ему удовольствие. «Ну прими же и подключись, — думала она, — хотя бы раз, пусть дух нью-йоркского «Знамени» проявит себя в своей стихии». Ничего подобного. Временами ей виделся намек на страдание, но даже боль не достигала его. И она подумала о другом человеке, который говорил о боли, о том, что существует некий предел, до которого можно выдерживать боль.

Когда поток поздравлений иссяк, обычай позволял оставить гостей, но он не сделал попытки уйти. Она понимала, что он ждет ее решения. Она отошла от него и смешалась с толпой гостей; она улыбалась, раскланивалась, слушала, стоя с бокалом шампанского в руке, всякую чепуху.

В сумятице она отыскала взглядом отца. Он был явно горд, но не без сомнений, не без изумления. Известие о свадьбе он принял спокойно, лишь сказал: «Желаю тебе найти свое счастье, Доминик. Очень надеюсь на это. Надеюсь, он тот человек, который тебе нужен». По его тону было заметно, что уверенности в этом у него нет.

Ее взгляд наткнулся на Эллсворта Тухи. Он заметил, что она смотрит в его сторону, и быстро отвернулся. Ей захотелось рассмеяться во всеуслышание, но повод — Эллсворт Тухи, захваченный врасплох, — показался ей недостаточно значительным.

К ней протиснулся Альва Скаррет. Он безуспешно пытался придать своему лицу подобающее выражение, но не мог скрыть угрюмой досады. Он торопливо отбубнил поздравления, потом вдруг отчетливо, с нескрываемым раздражением выпалил:

— Почему, Доминик? Почему?

Она не могла поверить, что Альва способен на такой грубый намек, который, казалось, содержал его вопрос.

— О чем ты, Альва?

— О запрете, конечно.

— Каком запрете?

— Ты прекрасно знаешь. Вот я и говорю: каждая газетенка, черт бы их все побрал, даже самая паршивенькая, все радиостанции, только не «Знамя»! Все поголовно, кроме газет Винанда! Что мне сказать читателям? Как им объяснить? Так ты обходишься с собратом по перу?

— Ничего не понимаю.

— Ты что, не знаешь, что Гейл запретил своим репортерам освещать церемонию? Что завтра мы не даем никакой информации, ни единого фото, ничего, кроме двух строчек на последней полосе?

— Нет, — ответила она, — я не знала.

Он с удивлением увидел, как она резко дернулась в сторону. Она сунула бокал с шампанским в руку первому попавшемуся на пути человеку, которого приняла за официанта, и сквозь толпу направилась к Винанду.

— Давай уйдем, Гейл.

— Да, дорогая.

Не веря себе, она стояла посреди гостиной в его пентхаусе и думала, что теперь здесь ее дом и это прекрасно.

Он наблюдал за ней, не обнаруживая желания заговорить, дотронуться до нее. Достаточно было видеть ее здесь, в его доме; он доставил ее сюда, поднял высоко над городом, и эта минута принадлежала только ему.

Доминик медленно двинулась через гостиную, сняла шляпку, прислонилась к столу. Она с удивлением подумала, что ее обычная немногословность, привычная сдержанность здесь, перед ним, оставили ее, ее тянуло открыться, искренне, просто всем поделиться, что было бы немыслимо с кем-нибудь другим.

— В конечном счете, Гейл, ты добился своего — женился, как хотел.

— Да, пожалуй, так.

— Подвергать тебя испытанию было бесполезно.

— В общем да. Но я не слишком тяготился.

— Не слишком?

— Нет. Если такова была твоя воля, я должен был сдержать обещание.

— Но ты был всей душой против?

— Безусловно. Ну и что? Только поначалу было трудно — когда ты заявила об этом в машине. Потом я был даже рад.

Он говорил спокойно, откликаясь на ее открытость. Она знала, что выбор он оставит за ней, последует ее манере — промолчит или признает все, что она пожелает.

— Почему рад?

— А ты не заметила своей ошибки, если, конечно, это была ошибка? Ты не заставляла бы меня страдать, если бы я был тебе совершенно безразличен.

— Нет. Ошибки не было.

— Ты умеешь признавать поражение, Доминик.

— Наверное, меня заражает твой пример, Гейл. Я хочу тебя поблагодарить.

— За что?

— За то, что ты не распространяешься о нашем браке в своих газетах.

Он испытующе посмотрел на нее и улыбнулся:

— Не в твоем стиле благодарить за это.

— Не в твоем стиле поступать так.

— Я должен был. Но думал, ты рассердишься.

— И рассердилась бы, но не вышло. Я не сержусь, я тебе признательна.

— Можно ли быть признательным за признательность? Не знаю, как выразить, но именно это я испытываю, Доминик.

Она посмотрела вокруг. От стен отражался мягкий свет. Освещение было частью интерьера, сообщая стенам еще одно качество. Она подумала, что за этими стенами есть и другие комнаты, комнаты, которых она еще не видела, но которые принадлежали теперь ей.

— Гейл, я не спросила, что мы будем делать? Куда-нибудь поедем? У нас будет медовый месяц? Смешно, но я еще не думала об этом. Думала только о свадьбе и ни о чем больше. Как будто все этим и кончалось, а дальше все будет зависеть от тебя. Тоже не мой стиль, Гейл.

— Твоя покорность — плохой знак, не в твою пользу.

— Но может быть и в мою — если мне она нравится.

— Может быть. Но только на время. Нет, мы никуда не едем. Если, конечно, ты не захочешь.

— Нет.

— Тогда мы остаемся здесь. Опять исключение из правила. Тоже правило, только для нас с тобой. Отъезд всегда был бегством — для нас с тобой. На сей раз мы не бежим.

— Да, Гейл.

Когда он обнял ее и поцеловал, она согнула руку в локте и положила ладонь на свое плечо, так что щека коснулась увядшего жасминового букета на запястье, аромат еще держался — нежное напоминание о весне.

Войдя в спальню, она обнаружила совсем не то место, которое было запечатлено на страницах бесчисленных журналов. На месте стеклянной клетки была сооружена комната без единого окна. Она была освещена, работал кондиционер, но снаружи не проникали ни свет, ни воздух.

Она лежала в его постели и прижимала ладони к гладкой холодной простыне, чтобы не дать рукам протянуться к нему. Но ее скованность и безразличие не пробудили в нем гнев. Он понял. Он рассмеялся. Она услышала его слова — жесткие, прямые, насмешливые: «Так не пойдет, Доминик». И поняла, что не в силах удержать преграду. Ответ на его слова она ощутила в собственном теле — это была готовность, приятие, влечение. Она подумала, что причина не в желании, даже не в половом акте; мужчина воплощает жизненную силу, а женщина откликается только на эту изначальную мощь, слияние их тел будет простым свидетельством этой мощи, и подчинялась она не этому человеку, а той жизненной силе, которая забилась в нем.

— Ну? — спросил Эллсворт Тухи. — Теперь тебе ясно?

Он стоял, небрежно прислонясь к спинке стула, на котором сидел Скаррет, и уставясь на корзинку, полную корреспонденции.

— Нас завалили письмами, Эллсворт. Ты бы видел, как его называют. Почему он не дал материал о своем бракосочетании? Чего он стыдится? Что скрывает? Почему не венчался в церкви, как порядочный человек? Как мог жениться на разведенной? Вот что всех интересует. Тысячи писем. А он не хочет видеть эти письма. И это Гейл Винанд, человек, которого называют барометром общественного мнения.

— Именно так, — сказал Тухи. — Такой он человек.

— Вот, например. — Скаррет взял одно письмо и прочел вслух: — «Я порядочная женщина, мать пятерых детей, и теперь убедилась, что не следует воспитывать детей на примере вашей газеты. Четырнадцать лет я выписывала ее, но теперь, когда вы показали себя недостойным человеком, которому наплевать на священный институт брака, который спокойно вступает в связь с падшей женщиной, женой другого, которая и обручается-то в черном платье, как, впрочем, и пристало в ее положении, я больше не собираюсь читать вашу газету, вы — дурной пример для детей, и я в вас сильно разочаровалась. Искренне ваша миссис Томас Паркер». Я прочитал ему это письмо. Он посмеялся.

— О-хо-хо, — только и сказал Тухи.

— Что в него вселилось, Тухи?

— Ничего, Альва. Наружу вышла наконец его подлинная натура.

— Между прочим, знаешь, многие газеты раскопали старый снимок Доминик — голую статую из того чертова храма, вмонтировали его в репортаж о бракосочетании якобы как свидетельство привязанности миссис Винанд к искусству. Вот подлецы! Подонки, они хотят посчитаться с ним. Интересно, кто подсказал им идею?

— Откуда мне знать?

— Конечно, это не более чем буря в стакане воды. Через пару недель все забудется. Не думаю, что будет большой вред.

— Да, пожалуй, одно это событие мало что значит само по себе.

— То есть? Ты как будто что-то предрекаешь.

— Письма предрекают, Альва. И не столько письма, сколько тот факт, что он не хочет их читать.

— Ну, не стоит придавать этому чрезмерное значение. Гейл знает, где и когда остановиться. Не надо делать из мухи… — Он взглянул на Тухи, и голос его изменился: — Впрочем, о черт, Эллсворт, а ведь ты прав. Что будем делать?

— Ничего, мой друг, мы ничего не будем делать еще долгое время.

Тухи сел на край стола и стал тыкать концом узкого ботинка в корзинку с письмами, подбрасывая листки и шелестя ими. В последнее время он завел привычку постоянно заглядывать в кабинет Скаррета в любое время дня, и Скаррет все больше полагался на него.

— Послушай, Эллсворт, — внезапно спросил Скаррет, — а так ли ты лоялен к «Знамени»?

— Альва, говори по-человечески. Что за высокопарный стиль?

— Нет, в самом деле… Думаю, ты понимаешь.

— Разве можно быть нелояльным к хлебу с маслом?

— Да, конечно… И все же, Эллсворт, понимаешь, ты мне очень нравишься, только я никак не разберу, когда ты говоришь то, что на самом деле думаешь, а когда подстраиваешься под меня.

— Не надо лезть в дебри психологии, заблудишься. Что у тебя на уме?

— Почему ты продолжаешь писать для «Новых рубежей»?

— Ради заработка.

— Ладно, ладно, для тебя это не деньги.

— Ну, это престижный журнал. Почему бы мне не сотрудничать с ними? У вас нет на меня исключительных прав.

— Конечно, и мне вообще-то наплевать, где ты прирабатываешь. Только вот «Новые рубежи» в последнее время как-то странно себя ведут.

— В каком отношении?

— В отношении Гейла Винанда.

— Чепуха, Альва!

— Нет, совсем не чепуха. Возможно, ты не обратил внимания, наверное, не вчитываешься должным образом, но у меня нюх на такие дела, уж я-то знаю. Могу различить, когда оригинальничает какой-нибудь юный умник, а когда гнет свою линию журнал.

— Альва, ты напрасно разнервничался, ты преувеличиваешь. «Новые рубежи» — журнал либеральный, они всегда покусывали Гейла Винанда. Его все поддевают. Он никогда не пользовался любовью в нашей среде, ты же знаешь. Но его это мало трогало, не так ли?

— Тут другое. Мне не нравится, что это делается систематически, с определенной целью, вроде множество мелких ручейков, ан смотришь — и бурный поток. Все одно к одному, и вскоре...

— Уж не развивается ли у тебя мания преследования, Альва?

— Мне это не нравится. Все было в норме, когда прохаживались насчет его яхт, женщин, кое-каких муниципальных делишек... Ведь одни сплетни, так ничего и не подтвердилось, — поспешно добавил он. — Мне не нравится, когда переходят на модный теперь жаргон новой интеллигенции: Гейл Винанд — эксплуататор, Гейл Винанд — акула капитализма, Гейл Винанд — язва эпохи. Тот же треп, конечно, Эллсворт, но треп взрывоопасный.

— Всего лишь современный стиль выражения старых идей, и ничего больше. Кроме того, я не могу нести ответственности за политику журнала, даже если время от времени помещаю там свой материал.

— Нет, конечно, но... До меня доходят и другие слухи.

— Какие?

— Что ты финансируешь эту кампанию.

— Я? Из чьего кармана?

— Ну, не из своего личного. Но говорят, это ты убедил молодого Ронни Пиккеринга, известного выпивоху, сделать им финансовое вливание в сто тысяч зеленых, как раз когда журнал, как многие ему подобные, дышал на ладан.

— А, черт! Это делалось для того, чтобы вытащить Ронни из дорогих кабаков. Малыш опускался на глазах, а так у него появился стимул, смысл жизни. Он дал деньги на благородное дело, вместо того чтобы тратить на хористочек, которые так или иначе выманили бы их у него.

— Так-то оно так, но тебе следовало бы обговорить спонсорство условием, дать понять, что они не должны нападать на Гейла Винанда.

— Но «Новые рубежи» — это ведь не «Знамя», Альва. Это журнал с принципами. Его редакции нельзя ставить условия, нельзя сказать: «А не то...»

— В наших-то играх, Эллсворт? Кого ты хочешь обмануть?

— Ну, чтобы успокоить тебя, скажу кое-что, что тебе неизвестно. Это не для огласки, но раз уж ты... Все сделано через посредников. Тебе известно, что я недавно убедил Митчела Лейтона купить большой пакет акций «Знамени»?

— Нет!

— Именно.

— Господи! Это великолепно, Эллсворт! Митчел Лейтон? Такие денежки нам не помешают, и мы... Погоди-ка. Митчел Лейтон?

— Да, а что тут такого?

— Не тот ли это внучок, которому никак не переварить дедушкино наследство?

— Да, дед оставил ему громадные деньги.

— Но он ужасный сумасброд. То увлекся йогой, то сделался вегетарианцем, затем унитаристом, потом нудистом, а недавно отправился в Москву строить дворец для пролетариата.

— Ну и что?

— О Господи! Красный среди наших акционеров!

— Митчел не красный. Как можно быть красным, имея четверть миллиарда долларов! Он всего лишь бледно-розовый. Скорее даже желтый. Но душой — чудесный парень.

— Но зачем ему «Знамя»?

— Альва, ты просто осел. Неужели не понятно? Я заставлю его поместить часть состояния в добротную, солидную, консервативную газету. Это излечит его от розовых фантазий и направит на верную стезю. А кроме того, какой от него вред? Контрольный пакет ведь у нашего дорогого Гейла, правда?

— А Гейл об этом знает?

— Нет. Последние пять лет наш дорогой Гейл не так осмотрителен, как раньше. И лучше ему не говорить. Ты видишь, как ведет себя Гейл.

Пора оказать на него давление. А для этого нужны деньги. Так что будь мил с Митчелом Лейтоном. Он может пригодиться.

— Тут я согласен.

— Вот и хорошо. Как видишь, я не изменник. Я поддержал на плаву либеральный журнальчик, но я же привлек гораздо более значительную сумму в поддержку такого оплота консерватизма, как нью-йоркское «Знамя».

— Выходит так, и это очень порядочно, учитывая, что ты сам своего рода радикал.

— Ну, будешь еще толковать о моей нелояльности?

— Полагаю, нет оснований. Рассчитываю на твою верность нашему «Знамени».

— То-то же. Я люблю «Знамя». Для него я готов на все. Жизнь готов отдать за «Знамя».

VIII

Отшельник на пустынном острове помнит о большой земле, но в роскошной городской квартире на крыше небоскреба, с отключенным телефоном, Винанд и Доминик забыли, что под ними еще пятьдесят семь этажей, стальные колодцы лифтов, вмонтированных в гранит. Им казалось, что их жилье не остров, а планета, летящая в космосе. Город стал лишь приятным видением, он превратился в абстракцию, связь с которой невозможна, — так можно любоваться небом, которое мало значит в жизни человека, ходящего по земле.

Две недели после свадьбы они не выходили на люди. Ей достаточно было нажать кнопку лифта, чтобы прервать это уединение, но желания не возникало. Не было стремления сопротивляться, поражаться, сомневаться. Ею овладели очарование и покой.

Винанд часами беседовал с ней, если она была к тому расположена. Он с удовольствием сидел рядом и молчал, когда ей так хотелось, рассматривая ее, как произведение искусства в своей художественной галерее, тем же спокойным, отстраненным взглядом. Он отвечал на все ее расспросы. Сам вопросов не задавал, никогда не говорил о своих чувствах, о том, что он испытывает. Когда ей хотелось остаться одной, он не мешал. Однажды вечером она читала в своей комнате и вдруг увидела, что он стоит снаружи, у холодного парапета в зимнем саду. Он ни разу не обернулся взглянуть на ее окно, просто стоял в падавшем из окна свете.

Через две недели Винанд вернулся к работе в редакции «Знамени». Но у него сохранилось чувство изолированности от мира, словно это было решено раз и навсегда и теперь надлежало строго следовать этому. Вечером он возвращался домой, и город переставал для него существовать. Он не хотел выходить. Он не приглашал гостей.

Винанд никогда не упоминал об этом, но Доминик знала, что он не хочет, чтобы она выходила из дому — ни с ним, ни одна. Это никак не навязывалось ей, но было его тихой манией. Возвращаясь, он спрашивал: «Ты выходила?» Никогда не звучало: «Где ты была?» Это не было ревностью. Где — значения не имело. Когда ей понадобилось купить пару туфель, он распорядился, чтобы три магазина прислали ей на выбор полный ассортимент, и этим предотвратил ее выход в город. Когда она захотела посмотреть фильм, он оборудовал кинозал на крыше.

Она подчинялась — первые несколько месяцев. Когда до нее дошло, что ей нравится их уединение, она тотчас положила ему конец. Она заставила Винанда принимать приглашения и сама стала приглашать гостей. Он подчинился не протестуя.

Но он воздвиг стену, которую ей было не сломать, — стену между ней и его газетами. Имя его жены никогда не появлялось на их страницах. Он пресек все попытки вовлечь миссис Гейл Винанд в общественную жизнь: никаких комиссий, благотворительных акций, социальных программ. Он без колебаний вскрывал ее почту, если по адресу и названию организации-отправителя можно было догадаться о цели письма; он уничтожал такие письма, оставляя их без ответа, и сообщал ей об этом. Она молча пожимала плечами.

Однако он, видимо, не разделял ее презрения к его империи. Ей не удалось установить, как он относится к своим изданиям. Однажды на ее замечание об особенно агрессивной передовице он холодно ответил:

— Я никогда не приносил извинений за то, что печатаю в «Знамени». И не намерен впредь.

— Но ведь это просто ужасно, Гейл.

— Я полагал, что ты вышла замуж за меня как издателя «Знамени».

— Я полагала, что тебе не по душе так думать.

— Что мне по душе, а что нет, тебя не касается. Не рассчитывай изменить характер «Знамени» или принести его в жертву. Никто на свете не заставит меня это сделать.

Она рассмеялась:

— Я об этом просить не буду, Гейл.

В ответ он даже не улыбнулся.

Он работал с новой, удвоенной энергией, с таким подъемом и яростным напором, что изумлялись даже люди, знавшие его в самую честолюбивую пору. При необходимости он просиживал в кабинете ночь напролет, чего давно уже не делал. В его стиле работы и направлении газеты ничего не изменилось. Альва Скаррет с удовольствием отмечал это.

— Эллсворт, мы ошибались насчет Гейла, — говорил Скаррет своему постоянному собеседнику, — он тот же прежний Винанд, и слава Богу.

— Дорогой Альва, — отвечал Тухи, — все не так просто, как ты полагаешь, и совершается не так скоро.

— Но он счастлив. Разве ты не видишь, что он счастлив?

— Самое опасное, что с ним могло случиться. И будучи на сей раз гуманным, я говорю это ради его же пользы.

Салли Брент решила перехитрить своего шефа. Салли была одним из самых удачных приобретений «Знамени»; плотная женщина средних лет, она одевалась как на демонстрацию моды двадцать первого века, а писала как горничная. Среди читателей «Знамени» у нее был широкий круг поклонников. Популярность сделала ее излишне самоуверенной.

Салли Брент решила дать материал о миссис Гейл Винанд. Материал сам просился в руки, он был как раз в ее духе, и грех было им не воспользоваться. Она получила доступ в городскую квартиру Винанда, прибегнув к тактике, которую усвоила, будучи хорошо вышколенным сотрудником «Знамени». Она явилась со своей обычной помпой, в черном платье со свежим подсолнухом на плече — украшением, которое стало ее опознавательным знаком, и, не успев отдышаться, выпалила:

— Миссис Винанд, я пришла, чтобы помочь вам обмануть мужа. — Она подмигнула, подчеркивая свою дерзость, и пояснила: — Наш дорогой мистер Винанд к вам несправедлив, он лишает вас положенной вам славы, никак не могу понять почему. Но вместе мы его поправим. Как может мужчина совладать с двумя женщинами, соединившими свои силы? Он просто не понимает, какой ему достался чудесный экземпляр. Так что выдавайте вашу историю, а я ее запишу, и она будет такой занимательной, что ему ничего не останется, как опубликовать ее.

Доминик была дома одна и ответила такой улыбкой, какой Салли Брент еще не доводилось видеть, поэтому эпитеты, которые бы верно описали супругу патрона, не пришли в голову обычно весьма наблюдательной журналистке. Доминик выдала ей свою историю. Она выдала именно такую историю, о которой мечтала Салли Брент.

— Конечно, я готовлю ему завтрак, — сказала Доминик. — Его любимое блюдо — яичница с ветчиной, да, именно яичница с ветчиной… О да, мисс Брент, я очень счастлива. Я просыпаюсь утром и говорю себе: неужели правда, что я, скромная, незаметная девочка, стала женой великого Гейла Винанда, который мог выбрать любую самую блестящую красавицу в мире. Знаете, я давно любила его. Но он оставался для меня только мечтой, прекрасной, но недосягаемой… Прошу вас, мисс Брент, передайте это всем женщинам Америки: терпение всегда вознаграждается, большая любовь поджидает каждую из нас. Мне кажется, это чудесная мысль, и может быть, она будет таким же подспорьем другим девушкам, каким послужила мне… Да, мое единственное стремление в жизни — сделать Гейла счастливым, разделить с ним радости и печали, быть хорошей женой и матерью.

Альва Скаррет прочитал репортаж, и он так ему понравился, что заставил забыть об осторожности.

— Пускай в ход, Альва, — подстрекала его Салли Брент, — отдай в набор и оставь корректуру у него на столе. Он даст добро, поверь.

В тот же вечер Салли Брент была уволена. Ей заплатили по контракту за целых три года вперед и попросили впредь ни под каким предлогом не появляться в редакции «Знамени».

Скаррет в панике пробовал протестовать:

— Гейл, Салли нельзя увольнять! Только не ее!

— Когда я не смогу увольнять любого из моих работников, — спокойно ответил ему Гейл, — я закрою газету и взорву редакцию к чертовой матери.

— Но читатели! Мы потеряем читателей!

— К черту читателей.

Вечером того дня, за ужином, Винанд достал из кармана комок бумаги — корректуру репортажа — и, не сказав ни слова, швырнул его через стол в Доминик. Он попал ей в лицо. Бумага упала на пол. Доминик подобрала ее, развернула, увидела, что это, и громко рассмеялась.

Салли Брент опубликовала статью об интимной стороне жизни Гейла Винанда. В легкой интеллигентной манере она подала в жанре социологического очерка такой материал, который не решился бы напечатать самый низкопробный журнал. Его напечатали «Новые рубежи».

Винанд подарил Доминик ожерелье, сделанное по его заказу. Оно состояло из бриллиантов, незаметно скрепленных вместе; бриллианты располагались просторно, словно небрежно, без видимого порядка, выброшенные целой пригоршней; их соединяли едва видимые платиновые цепи, изготовленные под микроскопом. Когда он надел ожерелье ей на шею, оно легло на кожу случайной россыпью дождевых капель.

Она подошла к зеркалу и спустила платье с плеч, всматриваясь в мерцание серебристых капель на коже. Она сказала:

— Что за мрачная история напечатана в твоей газете, Гейл, о женщине из Бронкса, которая убила молодую любовницу своего мужа. Плохо другое — нездоровое любопытство людей, которым нравится читать об этом. Но что еще хуже — люди, которые работают на потребу таких болезненных интересов. В сущности, именно благодаря этой несчастной женщине — на фотографии в газете у нее короткие толстые ноги и толстая морщинистая шея — появилось это ожерелье. Это ожерелье восхитительно. Я с гордостью буду носить его.

Он улыбнулся, в его глазах внезапно вспыхнул блеск какой-то странной отваги.

— Можно смотреть на дело так, — сказал он, — а можно иначе. Мне больше нравится думать об этом так: я взял отбросы человеческой души — замутненное сознание этой женщины и людей, которым нравится читать о ней, и сотворил из этого ожерелье на твоих плечах. Мне больше по душе думать о себе как об алхимике, способном сотворить бриллиант из грязи.

В его взгляде она не увидела ни оправдания, ни сожаления, ни досады. Это был странный взгляд, она и раньше замечала его — это было поклонение. И это позволило ей осознать, что есть такая ступень поклонения, когда субъект поклонения сам внушает глубокое уважение.

Вечером следующего дня она сидела перед зеркалом, когда он вошел в ее будуар. Он наклонился, прижался губами к ее шее... и увидел в углу зеркала квадратик бумаги. Это была расшифровка телеграммы, которая положила конец ее карьере в «Знамени»: «Уволить суку. Г.В.».

Он выпрямился во весь рост позади нее:

— Как это попало к тебе?

— Мне это дал Эллсворт Тухи. Я подумала — стоит сохранить. Конечно, не ожидала, что придется так кстати.

Он с серьезным видом склонил голову, признавая авторство, и ничего не сказал.

Она думала, что на следующее утро телеграммы не окажется на месте. Но он к ней не притронулся. Она тоже ее не касалась. Телеграмма так и осталась прикрепленной к раме зеркала. Когда Винанд держал Доминик в объятиях, она часто видела, как его взгляд устремляется к этому клочку бумаги. Что он при этом думал, она не знала.

Весной он на неделю уехал из Нью-Йорка на съезд издателей. Они впервые расстались. Доминик удивила его, приехав встречать в аэропорт. Она была весела и нежна, ее поведение обещало то, на что он никогда не рассчитывал, чему не мог поверить и все-таки верил.

Когда он вошел в гостиную и устало раскинулся на диване, она поняла, что ему хотелось отдохнуть во вновь обретенном надежном покое своего жилища. Она заглянула в его глаза; он не хотел ничего, кроме отдыха, он рассчитывал на понимание. Она стояла перед ним, готовая к выходу:

— Пора одеваться, Гейл. Мы идем в театр.

Винанд сел. Он улыбнулся, на лбу появились косые бороздки. Он вызывал у нее холодное чувство восхищения: он полностью владел собой, если не считать этих бороздок. Он сказал:

— Прекрасно. Фрак или смокинг?

— Фрак. У нас билеты на «Не твое собачье дело». Достала с великим трудом.

Это было слишком. На минуту в комнате повисла напряженная, грозовая атмосфера. Он первый нарушил ее искренним смехом, сказав с бессильным отвращением:

— Побойся Бога, Доминик! Все что угодно, только не это!

— Гейл, это гвоздь сезона. Ваш критик Жюль Фауглер, — тут Гейл перестал смеяться, он все понял, — объявил ее величайшей пьесой нашего времени. Эллсворт Тухи сказал, что это чистый голос грядущего нового мира. Альва Скаррет заявил, что пьеса написана не чернилами, а молоком человеческой доброты. Салли Брент, до того как ты ее уволил, сказала, что она смеялась на спектакле, чувствуя комок в горле. Нет, эта пьеса — законное дитя «Знамени», и я подумала, что ты обязательно захочешь посмотреть ее.

— Да, конечно, — сказал Винанд.

Он встал и отправился одеваться.

«Не твое собачье дело» шла уже несколько месяцев. Эллсворт Тухи с сожалением заметил в своей колонке, что название пьесы пришлось немного изменить, «пойдя на уступки ханжеской буржуазной морали, которая до сих пор диктует свою волю театру. Это вопиющий пример давления на художника. Так что не стоит верить болтовне о творческой свободе и вообще о свободе в нашем обществе. Первоначально названием этой чудесной пьесы было подлинное народное выражение, прямое и смелое, как свойственно языку простого человека».

Винанд и Доминик сидели в середине четвертого ряда, не обращаясь друг к другу, следя за действием. Сюжет был малоинтересным, банальным, но подтекст не мог не пугать. Тяжеловесные пустопорожние реплики, которыми текст пропитался, как сыростью, создавали какую-то особую атмосферу; она давала себя знать в ухмылках актеров, в вульгарных жестах, в хитроватом прищуре глаз и насмешливых интонациях. Малозначащие фразы подавались как откровение и нагло навязывались как глубокие истины. На сцене витал дух не невинного предубеждения, а намеренного вызова. Автор, похоже, хорошо знал свою цель и похвалялся властью навязывать зрителям свои представления о возвышенном и тем самым уничтожать в них способность к истинно возвышенному. Спектакль оправдывал мнение критиков: он веселил, как непристойный анекдот, разыгранный не на сцене, а в зрительном зале: словно с пьедестала столкнули божество, а вместо него водрузился не сатана с мечом, а уличный дебошир с бутылкой.

Притихший зал был явно озадачен и насторожен. Когда раздавался смех, все тотчас с облегчением подключались, с радостью открывая для себя, что им весело. Жюль Фауглер не пытался что-то внушить зрителю, он просто дал понять — задолго до постановки и через множество намеков, — что всякий, кто не сможет оценить пьесу, — бездарный тупица. «Бесполезно просить пояснений, — сказал он. — Либо вы в состоянии понять эту пьесу, либо вам это не дано».

В антракте Винанд слышал, как одна полная дама сказала:

— Чудесно, хотя я не все понимаю, но чувствую, что это о чем-то очень важном.

Доминик спросила:

— Может быть, уйдем, Гейл?

Он ответил:

— Нет, досидим до конца.

В машине по дороге домой он молчал. Когда они вошли в гостиную, он остановился и приготовился выслушать и принять любую критику. На миг у нее появилось желание пощадить его. Она чувствовала себя опустошенной и очень уставшей. Ей не хотелось причинять ему боль, ей хотелось просить у него помощи.

Потом ее мысли снова вернулись к тому, о чем она думала в театре. Эта пьеса была творением «Знамени», «Знамя» ее породило, вскормило, поддержало и привело к триумфу. То же «Знамя» начало и завершило разрушение храма Стоддарда... Нью-йоркское «Знамя», второе ноября, рубрика «Вполголоса», статья «Святотатство», автор Эллсворт М. Тухи; «Церкви нашего детства», автор Альва Скаррет. «Вы счастливы, мистер Супермен?..» И разрушение храма Стоддарда представилось ей недавним событием; дело было, конечно, не в сравнении двух несоизмеримых вещей, храма и пьесы, а в том, что и то и другое было не случайно, роли играли не актеры, не Айк, Фауглер, Тухи и она сама... и Рорк. Дело было во вневременном противоречии, в вечной борьбе, битве двух идей: одной, создавшей храм, и другой, произведшей на свет пьесу; две силы открылись ей в наготе, своей сути, силы, боровшиеся друг против друга с сотворения мира; они были известны каждой религии, всегда были Бог и дьявол, просто люди часто заблуждались относительно того, каков дьявол; дьявол не был велик, он был не один, дьяволов было много, люди были грязны и ничтожны. «Знамя» погубило храм Стоддарда, чтобы дать жизнь этой пьесе, иного от него нельзя было ожидать, третьего не дано, нельзя избежать выбора, нейтралитет невозможен — либо одно, либо другое, так было всегда. У этой войны много символов, но нет названия, это необъявленная война... «О Рорк! — закричало все ее существо. — О Рорк, Рорк, Рорк...»

— Доминик, что случилось?

Она услышала голос Винанда, тихий и встревоженный. Никогда раньше он не позволял себе проявить беспокойство. Она поняла его вопрос, он возник как отражение того, что он увидел в ее лице.

Она выпрямилась, уверенная в себе, внутри нее все застыло.

— Я думаю о тебе, Гейл, — сказала она. Он ждал. — Что, Гейл? Меняем величие на великую страсть? — Она рассмеялась, подражая актерам на сцене. — Послушай, Гейл, у тебя есть двухцентовая марка с портретом Джорджа Вашингтона?.. Сколько тебе лет, Гейл? Много ли ты трудился? Ты прожил половину жизни, но сегодня получил вознаграждение. Достиг своей вершины. Конечно, никому не удается встать вровень со своей высшей страстью. Но если будешь стараться изо всех сил, то когда-нибудь сможешь встать вровень с этой пьесой! — Он молчал, слушая и принимая. — Полагаю, тебе надо выставить рукопись этой пьесы напоказ внизу, в твоей художественной галерее. И дать новое имя своей яхте — «Не твое собачье дело». Думаю, ты должен...

— Замолчи.

— ...включить меня в труппу, чтобы я каждый вечер исполняла роль Мэри, той Мэри, которая приютила бездомную крысу и...

— Доминик, замолчи.

— Тогда говори сам. Я хочу услышать, что ты скажешь.

— Я никогда ни перед кем не оправдывался.

— Тогда хвастайся, тоже подойдет.

— Если хочешь знать, меня тошнит от этой пьесы. Ты знаешь это. Это еще омерзительнее, чем история женщины-убийцы из Бронкса.

— Да, пьеса почище той истории.

— Но можно представить себе худшее, например, великая пьеса, выставленная на посмешище перед сегодняшней публикой. Принять мученический венец, оказаться жертвой людей вроде тех, что потешались сегодня. — Он видел, что его слова что-то пробудили в ней, но не знал — гнев или удивление. Он продолжал: — Да, мне тошно от пьесы, как и от многого другого, что делается в «Знамени». Этот вечер особенно показателен, он обнажил многое из того, что было скрыто, — большую агрессивность и озлобленность. Но если это по душе глупцам, то именно это нужно «Знамени». Газета для того и создана, чтобы потрафлять дуракам. Что еще я должен признать? В чем повиниться?

— Скажи откровенно, как ты чувствовал себя сегодня?

— Как на горячих угольях. Потому что ты сидела рядом. Ты ведь все подстроила намеренно? Чтобы я мог ощутить контраст? И все же ты просчиталась. Я смотрел на сцену и думал: вот каковы люди, каковы их душонки, но я... я обрел тебя, у меня есть ты... так что стоило пострадать. Сегодня мне было больно, как ты хотела, но существует некий предел, до которого можно выдерживать боль. Пока существует этот предел, настоящей боли нет...

— Замолчи! — вырвалось у нее. — Замолчи же, черт побери!

На минуту оба остолбенели. Винанд первый пришел в себя, понял, что ей надо помочь; он схватил ее за плечи. Она вырвалась. Пересекла комнату, подошла к окну. Перед ней был город, скопище зданий — в огнях и в мраке.

Через некоторое время она произнесла бесцветным голосом:

— Извини меня.

Он не ответил.

— Я не должна была так говорить. — Она стояла, не оборачиваясь, опираясь руками на оконную раму. — Мы квиты, Гейл. Ты отплатил мне, если тебе от этого легче. Я сломалась первой.

— Я не хочу, чтобы ты страдала. — Он говорил тихо. — Доминик, в чем дело?

— Ни в чем.

— Я заставил тебя о чем-то вспомнить? Но дело не в моих словах. Дело в чем-то другом. Что значили эти слова для тебя?

— Ничего.

— «Пока существует этот предел, настоящей боли нет». Эти слова, что в них?

Она продолжала смотреть в окно. В отдалении была видна башня здания Корда.

— Доминик, я знаю теперь, что ты способна вынести. Случилось что-то ужасное, если ты взорвалась. Я должен знать. Я помогу тебе, что бы это ни было.

Она не отвечала.

— И в театре причина была не только в идиотской пьесе. Сегодня с тобой что-то творится. Я видел выражение твоего лица. И сейчас тоже. В чем же дело?

— Гейл, — мягко сказала она, — ты простишь меня?

Он ответил не сразу, он не был готов к этому:

— Что я должен простить?

— Все. И сегодняшнее тоже.

— Ты имеешь на это право. На этом условии ты вышла за меня замуж. Чтобы заставить меня расплатиться за «Знамя».

— Я больше не хочу этого.

— Почему же?

— Потому что за это нельзя расплатиться.

В наступившем молчании она прислушивалась к его шагам за своей спиной.

— Доминик, в чем же дело?

— Пока существует этот предел, настоящей боли нет? Пустое. Просто ты не имел права говорить это. Тот, кто имеет такое право, платит за него, а ты не можешь себе этого позволить. Но теперь это не важно. Говори, если хочешь. Я тоже не имею права на эти слова.

— Это не все.

— Мне кажется, у нас много общего. Мы оба когда-то совершили предательство. Может быть, предательство — не то слово?.. Да нет, пожалуй, то. Оно передает мое состояние.

— Доминик, этого не может быть!

Его голос звучал странно. Она повернулась к нему:

— Почему?

— Потому что сегодня мне подумалось то же: я изменил, предал.

— Предал кого?

— Не знаю. Будь я верующим, я бы сказал: Бога. Но я не религиозен.

— Я чувствую именно это: я предала.

— Но ведь «Знамя» не твое детище.

— Вину можно чувствовать и по другим причинам.

Он подошел к ней и, обняв ее, сказал:

— Ты не понимаешь смысла слов, которые употребляешь. У нас очень много общего, но в этом мы разные. Я предпочел бы, чтобы ты презрительно отвернулась от меня, чем делила со мной вину.

Она прижала ладонь к его щеке, касаясь виска кончиками пальцев.

— А теперь ты скажешь мне, что случилось?

— Ничего. Я взвалила на себя ношу не по силам. Ты устал, Гейл. Почему бы тебе не пойти наверх? Позволь мне ненадолго остаться здесь, просто посмотреть на город. Потом я приду к тебе, и со мной все будет в порядке.

IX

Доминик стояла на борту яхты, держась за поручни. Палуба под ногами была теплой, солнце грело голые ноги, ветер продувал тонкое белое платье. Она смотрела на Винанда, растянувшегося перед ней в кресле.

Она думала о том, как он переменился, оказавшись на яхте. Днями напролет во время их летнего круиза она наблюдала за ним. Однажды она видела, как он бежал по палубе, — высокая белая фигура, стремительные, уверенные движения, рука, уверенно и властно схватившаяся за поручень, чтобы рывком ускорить бег. Он не боялся риска. Здесь он не был беспринципным магнатом, властелином газетной империи. Это был аристократ. Она подумала: именно так в молодости люди представляют себе аристократа — блестящий, уверенный в себе, динамичный.

Теперь он сидел перед ней в кресле, и она подумала, что на отдыхе хорошо смотрятся лишь те, для кого отдых — непривычное состояние, у них даже расслабленная поза заряжена целью. Ее многое в нем поражало. Гейл Винанд с его прославленной выносливостью олицетворял не просто удачливого честолюбивого авантюриста, создавшего целую сеть газет; даже сейчас, отдыхая в лучах солнца, он всем своим видом утверждал силу, в нем крылся огромный динамизм, великая первопричина человеческой энергии.

— Гейл, — неожиданно для себя позвала она.

Он открыл глаза и взглянул на нее.

— Вот если бы я мог записать твой голос сейчас, — лениво произнес он. — Ты бы сама поразилась, как он прозвучал. Хотел бы я услышать его в спальне.

— Постараюсь повторить, если хочешь.

— Спасибо, дорогая. Обещаю, что не стану этим злоупотреблять и не возьму в голову лишнего. Ты не влюблена в меня. Ты никогда никого не любила.

— Почему ты так думаешь?

— Тому, кого ты полюбишь, не отделаться малой кровью вроде пытки театром и свадебной церемонией. Ты устроила бы ему настоящий ад.

— С чего ты это взял, Гейл?

— А почему ты не спускаешь с меня глаз, с тех пор как мы встретились? Потому что я не тот Гейл Винанд, о котором ты слышала. Видишь ли, я тебя люблю. А любить значит делать исключение. Если бы ты была влюблена, ты бы хотела, чтобы тебя ломали, приказывали тебе и повелевали тобой, потому что в твоих отношениях с людьми это невозможно, ты не можешь допустить этого. И это стало бы особым приношением любимому человеку, тем великим исключением, которое ты захотела бы сделать для него. Но это далось бы тебе нелегко.

— Если это верно, ты...

— Я буду нежным и покорным, к твоему великому изумлению... потому что я самый отъявленный негодяй на свете.

— Я этому не верю, Гейл.

— Не веришь? Я больше не предпоследний человек на свете?

— Больше нет.

— Так вот, дорогая, я он самый и есть.

— Почему ты хочешь, чтобы я так думала?

— Я этого вовсе не хочу. Но я люблю правду. Это единственная роскошь, которой я предаюсь в уединении. Не меняй своего мнения обо мне. Думай так же, как до нашей встречи.

— Гейл, но тебе не это надо.

— Не важно, что мне надо. Я ничего не хочу, только обладать тобою. Не получая ничего. Так должно быть. Если ты начнешь всматриваться в меня слишком пристально, разглядишь такое, что тебе вовсе не понравится.

— Что же?

— Ты так прекрасна, Доминик. Как мило со стороны Бога допустить, чтобы в одном человеке оказались прекрасны и душа, и тело.

— Что же я все-таки могу разглядеть в тебе?

— Понимаешь ли ты, во что на самом деле влюблена? В цельность натуры. В невозможное. В чистоту, последовательность, разум, верность себе, единство стиля как произведение искусства. Все это можно найти только в одном — в искусстве. Но тебе это нужно в жизни. Это твоя любовь. Ну а я, видишь ли, никогда не знал, что такое цельность натуры и что такое преданность.

— Ты уверен, Гейл?

— Ты забыла о «Знамени»?

— К черту «Знамя»!

— Ладно, к черту «Знамя». Как приятно услышать это от тебя. Но «Знамя» не главный симптом. То, что я никогда не старался быть порядочным, не так уж важно. Важно, что я никогда не ощущал потребности в этом. Само понятие цельной и порядочной натуры мне ненавистно. Ненавистен высокомерный характер этой идеи.

— Дуайт Карсон... — сказала она.

Он услышал отвращение в ее голосе и рассмеялся:

— Да, Дуайт Карсон. Человек, которого я купил. Индивидуалист, ставший певцом толпы и, кстати, алкоголиком. Это сделал я, и это хуже, чем «Знамя», правда? Тебе не нравится напоминание об этом?

— Нет, не нравится.

— Однако ты наверняка слышала вопли об этом. И о прочих гигантах духа, которых мне удалось обломать. И никто даже представить себе не может, какое это мне доставляло удовольствие. У меня страсть к этому. Я абсолютно равнодушен к пиявкам вроде Эллсворта Тухи или моего приятеля Альвы, я готов оставить их в покое. Но едва завижу человека чуть большего калибра, как мне неймется сделать из него подобие Тухи. Надо и все тут. Что-то вроде полового влечения.

— Но почему?

— Не знаю.

— Кстати, ты не понимаешь Эллсворта Тухи.

— Возможно. Не думаешь же ты, что я стану тратить нервную энергию на то, чтобы исследовать скорлупку улитки.

— Ты противоречишь себе.

— То есть?

— Почему же ты не захотел уничтожить меня?

— Ты исключение, Доминик. Тебя я люблю. Я должен был полюбить тебя. Но помоги тебе Бог, если бы ты была мужчиной.

— Гейл, но почему?

— Почему я так поступаю?

— Да.

— Это власть, Доминик. Единственное, чего я всегда хотел. Знать, что в мире нет человека, которого я бы не смог заставить делать все, что мне угодно. Все, чего я пожелаю. Человек, которого я не смогу сломать, уничтожит меня. Но я провел годы, устраняя угрозу. Говорят, что у меня нет чести, что жизнь меня обездолила. Однако не так уж она меня обездолила, как думают. Того, чего у меня нет, просто не существует.

Винанд говорил обычным тоном, но вдруг заметил, что она слушает его так, словно он шепчет и ей нужно сосредоточиться и не пропустить ни звука, чтобы понять его.

— В чем дело, Доминик? О чем ты задумалась?

— Я слушаю тебя, Гейл.

Она не сказала, что вслушивалась не только в слова, но и в скрытый в них смысл. Ей вдруг стало ясно, что к каждой произнесенной им фразе что-то примешивалось, хотя она не понимала, в чем он исповедуется.

— Самое скверное в нечестном человеке то, что он принимает за честность, — сказал он. — Я знаю одну женщину, которой никогда не хватало убеждений больше, чем на трое суток, но когда я сказал ей, что она бесчестна, она сердито поджала губы и заявила, что иначе понимает честность, чем я, — она, дескать, ни у кого денег не крала. Однако таким, как она, я не опасен. Ее я не ненавижу. Я ненавижу ту немыслимую идею, которую ты, Доминик, страстно обожаешь.

— Вот как?

— Мне доставило бы большое удовольствие доказать ее невозможность.

Она подошла к нему и опустилась на нагретую солнцем гладкую палубу рядом с его креслом. Его удивил ее нежно пристальный взгляд. Он нахмурился. Она поняла, что в ее взгляде отразилось то, что ей открылось в нем, и отвела глаза.

— Гейл, зачем ты мне все это рассказываешь? Ведь тебе не хочется, чтобы я так думала о тебе.

— Ты права. Зачем же рассказывать? Хочешь знать правду? Потому что об этом надо рассказать. Потому что я хочу быть честным перед тобой. Только перед тобой и перед собой. Но в другом месте у меня на это не хватило бы духу. Только здесь... Потому что здесь это кажется не совсем реальным. Что скажешь?

— Да, не совсем реальным.

— Наверное, я надеялся, что здесь ты это поймешь и примешь и будешь тем не менее относиться ко мне так же, как когда позвала меня тем особенным тоном.

Она прижалась лицом к его коленям, уронив руку со сжатыми в кулак пальцами на горячие, сверкающие на солнце доски палубы. Ей не хотелось открывать ему, что она поняла из его рассказа.

Поздней осенью, вечером, они стояли у парапета на крыше своего дома, в саду, и смотрели на город. Длинные полосы света из окон словно изливались с нависшего над городом мрачного неба. Разрозненные яркие капли отрывались от светового потока и разгорались внизу, в пожаре мостовых.

— Вот они, Доминик, высотные здания. Небоскребы. Помнишь? Они были первыми звеньями, связавшими нас. Мы оба влюблены в них, ты и я.

Ей подумалось: не досадно ли, что он присвоил себе право говорить об этом? Но она не чувствовала досады.

— Да, Гейл. Я влюблена в них.

Доминик смотрела на вертикальные линии света, исходящие от здания Корда. Она оторвала пальцы от парапета и словно дотронулась до далекого здания. Оно ее ни в чем не упрекнуло.

— Мне нравится видеть людей у подножия небоскреба, — сказал он. — Там они не больше муравьев. Видишь людей в их подлинном масштабе. Ничтожные глупцы! Но ведь возвел эти громадины тоже человек, эти невероятные глыбы из камня и стали. И эти глыбы не делают карликом того, кто их поставил, наоборот, он возвышается над делом своих рук. Они открывают миру истинные масштабы величия своего созидателя. В этих зданиях, Доминик, мы любим способность к творчеству, героическое в человеке.

— Ты любишь героическое в человеке, Гейл?

— Я люблю мысль об этом. Но я не верю в это.

Облокотясь о парапет и всматриваясь в длинные прямые линии света внизу, она сказала:

— Хотелось бы мне понять тебя.

— А я думал, что я весь как на ладони. От тебя я никогда ничего не скрывал.

Винанд смотрел на сигнальные огни, монотонно вспыхивающие над черной рекой. Потом он показал далеко на юг, на размытое голубоватое пятно:

— Это здание «Знамени». Видишь вон там голубой свет? Я сделал многое, но одну вещь упустил, самую важную. В Нью-Йорке нет здания Винанда. Когда-нибудь я построю новое здание для «Знамени». Это будет самое грандиозное сооружение в городе, и оно будет носить мое имя. Моя карьера началась в грязной газетенке, она так и называлась — «Газета». Там я был на побегушках у нечистоплотных людей. Но уже тогда мечтал, что когда-нибудь будет возведено здание Винанда. Все эти годы я не переставал думать об этом.

— Почему же ты его не построил?

— Я не был готов.

— Не был готов?

— Я и сейчас не готов. Почему — не знаю. Знаю только, что это очень важно для меня. Это будет символ. Я пойму, когда для этого придет время. — Он повернулся на запад, к смутной россыпи бледных огоньков и сказал, показывая на них: — Там я родился. Местечко называется Адская Кухня. — Она слушала внимательно. Он редко заговаривал о молодых годах. — Мне было шестнадцать, когда однажды я так же стоял на крыше и смотрел на город. Тогда я решил, кем стану.

Тоном он подчеркнул поворот в разговоре: обрати внимание, это важно. Не глядя на него, она думала: наконец-то наступает то, чего она ждала, она получит ключ к нему. Уже давно, размышляя о Гейле Винанде, она старалась представить себе, что такой человек может думать о своей жизни и работе; возможно, он гордится собой, скрывая при этом стыд, а может быть, самодовольством подавляет чувство вины. Она смотрела на него. Он стоял, подняв голову к темневшему небу; в его поведении нельзя было распознать ничего из того, чего она ожидала; в нем угадывалось совершенно неожиданное качество — рыцарская доблесть.

Это и есть ключ, поняла она, но от этого загадка лишь становилась сложнее. Но где-то в глубине ее сознания наступало понимание, как пользоваться ключом, и, прислушавшись к этому чувству, она вдруг сказала:

— Гейл, прогони Эллсворта Тухи.

Он удивленно повернулся к ней:

— То есть?

— Послушай, Гейл. — В ее голосе появилась настойчивость, которой никогда не было в их разговорах. — Раньше я не хотела остановить Тухи. Я даже ему помогала. Я думала, что мир его заслужил. Ничто и никого я не пыталась оградить от него. Мне в голову не приходило, что спасать от него надо «Знамя», где он, казалось бы, на месте.

— Что ты такое говоришь?

— Гейл, когда я выходила за тебя замуж, я не предполагала, что буду испытывать такую преданность. Это противно всему, что я раньше делала, настолько противно моей натуре, что трудно выразить. Для меня это просто катастрофа, переломный момент... и не спрашивай, почему он наступил, потребуются годы, пока я сама в этом разберусь; знаю только, что этим я обязана тебе. Прогони Эллсворта Тухи. Убери его, пока не поздно. Ты разделался со многими гораздо менее опасными и менее вредными людьми. Гони его в шею, преследуй его до конца и не успокаивайся, пока от него не останется одно воспоминание.

— Но почему вдруг? Почему ты вспомнила о нем именно сейчас?

— Потому что я знаю, к чему он стремится.

— К чему же?

— Его цель — подчинить себе империю Винанда.

Он громко рассмеялся. В его смехе не было возмущения, он не звучал обидно, — просто насмешка над неудачной шуткой.

— Гейл, Гейл... — беспомощно взывала она.

— Ради Бога, Доминик! А я-то всегда уважал твое мнение.

— Ты никогда не понимал Тухи.

— И не стремился понять. Только представь, что я преследую Эллсворта Тухи. Танк давит клопа. С какой стати увольнять Эллси? Он приносит мне прибыль. Людям нравится его пустозвонство. Как можно резать курицу, несущую золотые яйца? Для меня он ценен, как морковка, которой приманивают ослов.

— В этом и состоит опасность. Часть опасности.

— У него много прихвостней? Много поклонников? Их всегда было немало в моем хозяйстве, еще почище Тухи, крупнее калибром и талантом. Когда я выбрасывал кое-кого из них за дверь, их славе тут же приходил конец. О них забывали, а «Знамя» продолжало процветать.

— Дело не просто в его популярности, а в природе, характере ее. Ты не можешь сражаться с ним его оружием. Ты ведь танк — оружие очень честное и наивное. Прямодушное оружие переднего края, танк идет впереди, крушит все перед собой и принимает на себя все удары. Он же — разъедающий, отравляющий газ. Я уверена, что есть тайный ключ к самой сердцевине зла. И Тухи его знает. Не знаю, каков этот ключ, но знаю методы и цели Тухи.

— Подчинить себе империю Винанда?

— Да, подчинить себе прессу как одно из средств достижения конечной цели.

— Какой конечной цели?

— Подчинить себе весь мир.

Он сказал тоном терпеливого отвращения:

— Ну о чем ты, Доминик? Что за вздор и зачем тебе это?

— Я говорю серьезно. Очень и очень серьезно.

— Подчинить себе мир, моя дорогая, могут люди вроде меня, а публика вроде Тухи даже мечтать об этом не смеет.

— Постараюсь втолковать тебе, хотя это сложно. Труднее всего объяснить то, что люди отказываются замечать, хотя оно бьет в глаза своей очевидностью. Но если ты готов выслушать меня…

— Не хочу и слышать. Прости меня, но обсуждать Эллсворта Тухи как угрозу просто нелепо. Говорить об этом всерьез оскорбительно.

— Гейл, я…

— Нет, дорогая. Не думаю, чтобы ты хорошо разбиралась в газетном деле. И тебе это ни к чему. Незачем тебе это. Забудь об этом. Предоставь мне заниматься «Знаменем».

— Ты требуешь, Гейл?

— Да, это ультиматум.

— Хорошо.

— Забудь обо всем, не культивируй в себе ужас перед людьми такого калибра, как Эллсворт Тухи. Это не в твоем стиле.

— Хорошо, Гейл. Пойдем в комнату. Тебе здесь холодно без пальто.

Он тихонько хмыкнул — такой заботы о нем раньше за ней не замечалось. Он взял ее руку, прижал к лицу и поцеловал в ладонь.

В течение многих недель, оставаясь наедине, они разговаривали мало — и никогда о себе. Но в молчании не было обиды, молчание основывалось на понимании, слишком деликатном, чтобы его можно было жестко обозначить словом. Они подолгу сидели вдвоем по вечерам, ничего не говоря, каждому было достаточно присутствия другого. Время от времени они обменивались взглядом и улыбались, и улыбка была как рукопожатие.

Однажды вечером она поняла, что он хочет поговорить. Она сидела за туалетным столиком. Он вошел и остановился рядом с ней, прислонившись к стене. Он смотрел на ее руки, на обнаженные плечи, но у нее было ощущение, что он ее не видит; ему виделось нечто большее, чем красота ее тела, большее, чем его любовь к ней; он видел самого себя, и это, она понимала, было несравнимо более высоким признанием.

«Я дышу, потому что это необходимо для моего существования... Я принес тебе не жертву, не сострадание, но собственное Я и свои самые сокровенные желания...» Она услышала слова Рорка, голос Рорка; он сказал это за Гейла Винанда, поэтому она чувствовала, что не предает Рорка, выражая словами его любви любовь другого человека.

— Гейл, — мягко сказала она, — наступит день, когда я должна буду просить прощения за то, что вышла за тебя замуж.

Улыбнувшись, он медленно покачал головой.

Она сказала:

— Я хотела, чтобы ты стал цепью, которая прикует меня к миру. Вместо этого ты оградил меня от мира. Поэтому мой брак стал нечестным.

— Нет. Я сказал тебе, что принимаю любое твое условие.

— Но ты все изменил ради меня. Или я сама все изменила? Не знаю. Мы сделали друг с другом что-то странное. Я отдала тебе то, что хотела отдать, — то особое ощущение жизни, которое, я полагала, должно было исчезнуть с нашим браком. Ощущение жизни высокой. Ты... ты совершил все, что хотела сделать я сама. Ты понимаешь, насколько мы похожи?

— Я знал это с самого начала.

— Но это казалось невозможным. Гейл, я хочу остаться с тобой, но по другой причине. Ждать ответа. Когда я научусь понимать, какой ты на самом деле, я думаю, что пойму и себя. Ответ есть. То, что нас соединяет, должно иметь название. Я его еще не знаю. Но я знаю, что это очень важно.

— Вероятно. Я тоже не прочь понять. Но не понимаю. Теперь меня ничто не беспокоит. Я даже не могу испытать страх.

Она взглянула на него и очень спокойно произнесла:

— А я боюсь, Гейл.

— Чего, милая?

— Того, что я делаю с тобой.

— Почему?

— Я не люблю тебя, Гейл.

— И даже это меня не беспокоит.

Она опустила голову, и он принялся разглядывать ее волосы, похожие на легкий шлем из полированного металла.

— Доминик!

Она послушно подняла на него взгляд.

— Я люблю тебя, Доминик. Я так люблю тебя, что остальное для меня ничего не значит — даже ты сама. Ты можешь это понять? Даже твое безразличие ничего не значит. Я никогда не требовал от жизни многого. Никогда не хотел многого. Честно говоря, я ничего не хотел. Не хотел в самом общем смысле, не испытывал желания, похожего на ультиматум: да или нет, когда нет подобно смерти. Вот чем ты стала для меня. Но когда достигаешь этой стадии, становится уже неважным предмет страсти, важна лишь сама страсть. Способность так сильно желать. Все, что меньше этого, недостойно существования. Я никогда не испытывал этого. Доминик, я не понимал, что значит мое. В том смысле, в каком я говорю о тебе. Мое. Не это ли ты называешь ощущением жизни высокой? Ты так сказала. Я понимаю. Я не боюсь. Я тебя люблю, Доминик... Я люблю тебя... позволь мне повторить это — я люблю тебя.

Она протянула руку к телеграмме, приколотой к раме зеркала, и смяла ее, пальцы ее медленно разминали листок о ладонь. Он прислушивался к шуршанию бумаги. Она склонилась над корзинкой для мусора, раскрыла ладонь, и бумага опустилась в корзинку. На мгновение рука ее с вытянутыми, направленными вниз пальцами застыла в воздухе.

Часть четвертая

ГОВАРД РОРК

I

С деревьев ниспадал струящийся покров листьев, слегка подрагивающий в солнечном свете. Листья утратили цвет, и лишь немногие выделялись в общем потоке такой чистой и яркой зеленью, что резало глаз; остальные были уже не цветом, а светом, воспоминаниями медленно кипящего металла, живыми искрами, лишенными очертаний. Лес как будто превратился в источник света, нехотя бурливший, чтобы выработать цвет, зеленый цвет, поднимавшийся маленькими пузырьками, — концентрированный аромат весны. Деревья, склонившиеся над дорогой, переплелись ветвями, и солнечные зайчики двигались по земле в такт колебаниям ветвей, точно осознанная ласка. Молодой человек начинал верить, что он не умрет, не должен умереть, если земля может так выглядеть. Никак не должен, ведь он слышал надежду и обещание не в словах, а в листьях, стволах деревьев и скалах. Но он знал, что земля выглядит так только потому, что он уже несколько часов не видел следов человека; он был один и несся на своем велосипеде по затерянной тропе среди холмов Пенсильвании, где никогда раньше не бывал и где мог ощутить зарождающиеся чудеса нетронутого мира.

Юноша был очень молод. Он только что окончил университет — этой весной девятьсот тридцать пятого года, — и ему хотелось понять, имеет ли жизнь какую-нибудь ценность. Он не знал, что именно этот вопрос засел у него в голове. Он не думал о смерти. Он думал только о том, что надо найти и радость, и смысл, и основания для того, чтобы жить, а никто и нигде не мог ему ничего подобного предложить.

Ему не нравилось то, чему его научили в университете. Он узнал там многое о социальной ответственности, о жизни, которая есть служение и самопожертвование. Все говорили, что это прекрасно и вдохновляюще. Но он не чувствовал себя вдохновленным. Он вообще ничего не чувствовал. Он, пожалуй, не мог сказать, чего хочет от жизни. Это он и почувствовал здесь, в глуши и одиночестве. Он не воспринимал природу с радостью здорового животного — как нечто само собой разумеющееся и неизменное; он воспринимал ее с радостью здорового человека, как вызов — как инструмент, средство и материал. Поэтому его раздражало, что он может наслаждаться только в глуши, что это большое чувство будет потеряно, когда он вернется к людям. Он подумал, что это несправедливо, он считал труд более высоким уровнем развития по сравнению с природой, а не шагом назад. Ему не хотелось презирать людей; ему хотелось любить их и восхищаться ими. Но он не хотел бы увидеть сейчас дом, бильярдную или рекламный щит, которые могли встретиться на его пути.

У него всегда была потребность сочинять музыку, и он представлял себе то, к чему стремился, в звуках. Если хочешь понять это, говорил он себе, послушай первые аккорды Первого концерта Чайковского или последнюю музыкальную фразу Второго концерта Рахманинова. Люди не смогли найти для этого ни слов, ни дел, ни мыслей, но они открыли для себя музыку. Пусть я услышу ее хоть в одном-единственном творении человека на этом свете. Пусть я пойму то, что обещает эта музыка. Мне не нужны ни служители, ни те, кому служат; ни алтари, ни жертвоприношения, лишь высшее, совершенное, не ведающее боли. Не помогайте мне, не служите мне, но позвольте увидеть это, потому что я в нем нуждаюсь. Не трудитесь ради моего счастья, братья, покажите мне свое счастье — покажите, что оно возможно, покажите мне ваши свершения — и это даст мне мужество увидеть мое.

Он увидел впереди голубой просвет — там, где дорога кончалась на гребне горы. Голубое пространство было прохладным и чистым — словно водное зеркало в рамке зеленых ветвей.

Будет забавно, подумал он, если я ничего не обнаружу за этой горой, ничего, кроме неба — перед собой, над собой и под собой. Он закрыл глаза, отложив на время встречу с действительностью, подарив себе мечту, несколько мгновений веры в то, что он дойдет до вершины, откроет глаза и увидит под собой сияние неба.

Его нога коснулась земли; он остановился и открыл глаза. И застыл на месте.

В широкой долине, далеко внизу, в первых солнечных лучах раннего утра он увидел городок. Только это был не городок. Города так не выглядят. И он отложил встречу с реальностью еще ненадолго. Он не искал ответов и объяснений, а только смотрел.

По отрогам холмов сбегали вниз маленькие домики. Он знал, что эти холмы никто не населял, что никакие механизмы не меняли природной красоты этих склонов. И все же некая сила знала, как построить на этих склонах дома, чтобы они стали неотъемлемой их частью; уже нельзя было вообразить эти прекрасные холмы без домов — как будто время и случай, создавшие эти отроги в противоборстве великих сил, ожидали своего конечного выражения, конечной цели, — а целью были эти строения, неотъемлемая часть пейзажа; сформированные холмами, строения покорили их, дали им смысл.

Дома были из простого гранита, как и скалы, вздымавшиеся на зеленых боках холмов, и из стекла. Большие пластины стекла словно пригласили солнце для завершения строительства; солнечный свет растворился в каменной кладке. Здесь было много домов — маленьких, разбросанных по холмам, и среди них не было двух одинаковых. Они были вариацией одной темы, симфонией, созданной с неисчерпаемой фантазией, и можно было услышать ликование силы, что высвобождалась в этой симфонии, нераздельно, вызывающе жаждала растратиться до конца и никак не могла. Музыка, думал он, обещание музыки сделало все реальностью — вот она, перед глазами, — правда, он ее не видел, но слышал в музыкальных аккордах. Он думал о всеобщем языке мысли, образа и звука. Этот язык дисциплинировал разум: музыка была математикой, а архитектура — музыкой, застывшей в камне*. У него закружилась голова, потому что раскинувшийся перед ним пейзаж не мог быть реальным.

Он видел деревья, лужайки, дорожки, вьющиеся вверх по склонам холма, высеченные в камне ступеньки, он видел фонтаны, бассейны, теннисные корты — и никаких признаков жизни.

Это не так потрясло его, как картина, открывшаяся перед его глазами. Это казалось даже естественным, поскольку пейзаж никак не соотносился с жизнью, как ее знал юноша. Он даже не хотел знать, что же это перед ним.

Прошло много времени, прежде чем он решил оглядеться — и увидел, что он не один. В нескольких шагах от него на валуне сидел мужчина и смотрел вниз, в долину. Мужчина, казалось, был поглощен видом. Мужчина был высокий, худощавый, с рыжими волосами.

Он подошел к мужчине, тот повернул голову; глаза у него были серые и спокойные; юноша тотчас понял, что они испытывают одинаковые чувства и что он может говорить, как никогда не говорил с незнакомыми людьми.

— Ведь это не настоящее, правда? — спросил юноша, показывая вниз.

— Почему же? Теперь это настоящее, — ответил мужчина.

— Наверно, это построили киношники?

— Нет, это домики для летнего отдыха. Их только что построили. Они откроются через несколько недель.

— Кто же их построил?

— Я.

— А как вас зовут?

— Говард Рорк.

— Спасибо, — сказал юноша. — В твердом взгляде мужчины он прочел понимание всего скрытого за этим словом. Рорк кивком головы подтвердил это.

Проехав немного на своем велосипеде рядом с Рорком, юноша свернул на узкую тропинку, спускавшуюся по склону холма к домам в долине. Рорк проводил его взглядом. Он никогда не встречал этого юношу и никогда больше не увидит его. Он не знал, что дал кому-то мужество смотреть в лицо жизни.

Рорк так и не понял, почему его выбрали для строительства летнего курорта в Монаднок-Велли.

Это случилось полтора года назад, осенью 1933 года. Он услышал о проекте и отправился на встречу с мистером Калебом Бредли, главой крупной корпорации, которая купила долину и теперь проводила широкую рекламную кампанию. Он отправился к Бредли из чувства долга, без всякой надежды, просто чтобы прибавить еще один отказ к длинному списку. После храма Стоддарда он в Нью-Йорке не построил ничего.

Войдя в кабинет Бредли, он понял, что лучше забыть Монаднок-Велли, потому что этот человек никогда не отдаст подряд ему. Калеб Бредли был толстеньким коротышкой с покатыми круглыми плечами и смазливым лицом. У него было умное мальчишеское лицо; неприятно поражало, что по лицу было трудно определить возраст, ему могло быть и пятьдесят, и двадцать, глаза были пустые, голубые, хитрые и скучающие.

Но Рорку было трудно забыть Монаднок-Велли. Поэтому он заговорил, забыв, что речи здесь излишни. Мистер Бредли заинтересовался, но явно не тем, что волновало Рорка. Рорк почти ощущал присутствие кого-то третьего при разговоре. Бредли ничего не сказал, только обещал все обдумать и связаться с Рорком. Затем он произнес странную вещь. Его голос не выдавал цели вопроса, в нем не было ни одобрения, ни осуждения:

— Это вы построили храм Стоддарда, мистер Рорк?

— Да, — ответил Рорк.

— Странно, что я сам о вас не подумал, — сказал мистер Бредли.

Рорк решил, что было бы странно, если бы мистер Бредли подумал о нем.

Три дня спустя Бредли позвонил и пригласил Рорка зайти. Рорк пришел и встретил еще четверых незнакомых людей — из правления компании «Монаднок-Велли». Они были хорошо одеты, и их лица были так же непроницаемы, как лицо мистера Бредли.

— Пожалуйста, повторите этим джентльменам то, что рассказывали мне, — любезно сказал Бредли.

Рорк изложил свой план. Если они хотят построить необычный летний курорт для людей со скромными средствами, как рекламировали, то должны понять, что проклятием бедности является невозможность уединения; только очень богатые или очень бедные горожане радуются летним отпускам; очень богатые — потому что у них есть частные владения; очень бедные — потому что не имеют ничего против запаха чужих тел на общественных пляжах и танцплощадках; людям с хорошим вкусом и небольшим доходом некуда пойти, если им не по душе толпы. Откуда возникло убеждение, что бедность прививает человеку стадный инстинкт? Почему бы не предложить людям место, где они на неделю или месяц за небольшие деньги получат то, что хотят и в чем нуждаются? Он видел Монаднок-Велли. Это ему по силам. Не надо трогать холмы, взрывать их или сносить. Не нужны муравейники-отели, нужны маленькие домики, удаленные друг от друга, — у каждого свои владения, люди могут встречаться или не встречаться — как захотят. Не один бассейн, где народу как сельдей в бочке, а много небольших бассейнов, столько, сколько может позволить себе компания, — и он может показать, как сделать это достаточно дешево. Не надо теннисных кортов размером со скотоводческую ферму — нужно много небольших кортов. Не надо мест, где можно в «избранной компании» поймать недельки через две мужа, — нужно место, где люди, довольствующиеся собственным обществом, могли бы обрести уединение и радоваться ему.

Члены правления молча выслушали его. Он заметил, как они время от времени переглядывались. Он был совершенно уверен, что именно такими взглядами обмениваются люди, не позволяющие себе громко смеяться в присутствии говорящего. Но, наверное, он ошибся, потому что два дня спустя он подписал контракт на строительство летнего курорта в Монаднок-Велли.

Он потребовал, чтобы мистер Бредли ставил свою подпись на каждом чертеже, выходившем из чертежной, — он помнил храм Стоддарда. Мистер Бредли подписывал, давал добро; он соглашался со всем, одобрял все. Казалось, он в восторге от того, что может позволить Рорку делать все, что тот хочет. Но эта непринужденная обходительность имела особый оттенок — мистер Бредли как будто ублажал ребенка.

Он немногое смог узнать о Бредли. Говорили, что во время бума во Флориде этот человек нажил целое состояние на недвижимости. Его собственная компания, казалось, обладала неограниченными средствами, среди его акционеров упоминали имена многих очень богатых людей. Рорк с ними не встречался. Четверо джентльменов из правления лишь изредка и ненадолго навещали строительную площадку, не проявляя при этом особого интереса. Мистер Бредли целиком отвечал за все, но и он, если не считать пристального внимания к соблюдению сметы, казалось, не нашел ничего лучшего, как предоставить Рорку всю полноту ответственности.

В течение последующих восемнадцати месяцев у Рорка не было времени интересоваться мистером Бредли — он был занят своим самым крупным подрядом.

Весь последний год Рорк жил на строительной площадке, в наскоро сколоченной на склоне холма хибарке — деревянной времянке, где стояли кровать, печка и большой стол. Его прежние чертежники приехали работать с ним, некоторые покинули более высокооплачиваемую работу в городе, чтобы жить в лачугах и палатках, работать в голых деревянных бараках. Работы было так много, что никто не думал тратить энергию на устройство собственного жилья. Они так и не осознали, разве что значительно позже, что были лишены всех удобств, но и тогда они об этом не жалели, потому что год в Монаднок-Велли остался в их памяти как странное время, когда земля прекратила свое вращение и они прожили двенадцать месяцев весны. Они не думали о снеге, пластах замерзшей земли, пронизывавшем деревянную обшивку ветре, тонких одеялах на армейских койках, застывших пальцах над топившимися углем печками, согревавшими их по утрам, чтобы они могли вновь твердо держать карандаш. Они помнили только ощущение весны — первые побеги зелени на земле, лопнувшие почки на ветвях деревьев, раннюю голубизну неба, помнили звенящую радость не от первых побегов зелени, не от почек на деревьях и голубого неба, а от ощущения великого начала, победного движения вперед, неотвратимости свершавшегося, которое уже ничто не остановит. Это была радость не от листьев и цветов, а от строительных лесов, от экскаваторов, от глыб камня и стеклянных панелей, поднимавшихся из земли; радость, которую они черпали в ощущении молодости, движения, цели, свершения.

Они были армией, и это был их крестовый поход. Но никто из них, кроме Стивена Мэллори, не думал об этом именно в таких словах. Стивен Мэллори занимался фонтанами и всем скульптурным оформлением Монаднок-Велли. Но он приехал намного раньше, чем было нужно для дела. Борьба, размышлял он, это жестокое понятие. В войне нет славы, как нет красоты в крестовых походах. Но это была война — и высшее напряжение всех способностей человека, принимавшего в ней участие. Почему? В чем заключалась суть различия и каким законом можно было его объяснить?

Он ни с кем не говорил об этом. Но он видел то же чувство на лице Майка, прибывшего со своей сворой электриков. Майк ничего не сказал, лишь ободряюще кивнул Мэллори.

— Я бы советовал тебе не беспокоиться, — сказал Майк однажды без всяких предисловий, — о суде то есть. Он не может проиграть, и плевать на всякие там суды и каменоломни. Им не побить его, Стив, они просто не могут, вместе со всем своим чертовым миром.

Но они действительно забыли про этот мир, подумал Мэллори. Это была новая земля, их собственная. Холмы вокруг них тянулись к небу как защитная стена. И у них была еще одна защита — архитектор, что был с ними, лежал ли на холмах снег или зеленела трава, среди валунов и наваленных грудой досок, у кульманов и подъемных кранов, на поднимавшихся вверх стенах, — человек, который сделал это возможным, мысль в голове этого человека, и даже не суть его мысли, не результат, не видение, сотворенные Монаднок-Велли, — а система его мышления, закон его функционирования — система и закон, которые были не похожи на систему и закон, господствующие в мире за этими холмами. Он стоял на страже над долиной и над воинами-крестоносцами в ней.

А затем Мэллори увидел мистера Бредли, который приехал взглянуть на строительство, ласково улыбнулся и отбыл. Мэллори почувствовал беспричинный гнев — и страх.

— Говард, — сказал он однажды вечером, когда они сидели вдвоем у костра из сухих веток на холме над лагерем, — это будет еще один храм Стоддарда.

— Да, — ответил Рорк, — думаю, да. Но не могу себе представить, чего они хотят.

Он перекатился на живот и посмотрел вниз, на стеклянные панели, разбросанные в темноте; они отражали брызги света, поднимавшегося с земли. Он сказал:

— Стив, какое это имеет значение? И что они сделают с этим, и кто будет здесь жить. Важно только, что мы это сделали. Разве ты отказался бы от этого, если бы знал, какую цену тебя заставят заплатить потом?

— Нет, — сказал Мэллори.

Рорк хотел снять один из домиков и провести в нем лето — первое лето существования Монаднок-Велли. Но перед самым открытием курорта он получил телеграмму из Нью-Йорка.

«Разве я не сказал тебе, что смогу? За пять лет я сумел отделаться от своих друзей и братьев, «Аквитания» теперь моя — и твоя. Приезжай ее завершать. Кент Лансинг».

Ему пришлось возвратиться в Нью-Йорк и увидеть, как с громады «неоконченной симфонии» счищают бутовый камень и цементную пыль, как мостовые краны возносят высоко над Центральным парком громадные блоки, как заполняются оконные проемы, как поднимаются над крышами города широкие доски лесов. Отстроенное здание отеля «Аквитания» засверкало огнями над ночным парком.

Последние два года он был очень занят. Монаднок-Велли не был его единственным подрядом. К нему обращались из разных штатов, из мест, от которых, казалось бы, нечего было ожидать, — частные дома, небольшие служебные постройки, скромные магазины. Он строил все — урывая для сна по нескольку часов в поездах и самолетах, уносивших его из Монаднок-Велли к далеким маленьким городкам. Объяснение было всегда одно и то же: «Я был в Нью-Йорке, и мне понравился дом Энрайта», «Я видел здание Корда», «Я видел фотографию того храма, который снесли». Это напоминало подземную реку, которая протекала через всю страну и выплеснулась внезапными родниками, прорывавшимися на поверхность в самых непредсказуемых местах. Это были небольшие и недорогие работы, но он брался за них.

Этим летом, после того как строительство Монаднок-Велли было закончено, ему уже не было нужды заботиться о его дальнейшей судьбе. Но Стивен Мэллори был обеспокоен.

— Почему нет рекламы, Говард? Почему это внезапное молчание? Разве ты не заметил? Было столько разговоров о великом проекте, публиковалось столько подробностей — и все до начала строительства. Потом, пока мы строили, публикации становились все реже. А теперь? Мистер Бредли и компания стали глухонемыми. Именно теперь, когда следовало бы ожидать настоящей рекламной бури. Почему?

— Не знаю, — сказал Рорк. — Я ведь архитектор, а не агент по продаже недвижимости. Да и зачем мне беспокоиться? Мы сделали свое дело, теперь пусть они делают свое и по-своему.

— Но это чертовски странный способ делать дела! Ты видел их объявления — те, которые изредка проскакивают в печати? В них говорится обо всем, что ты им указал: об отдыхе, спокойствии и уединении — но как! Знаешь, какое впечатление производит их реклама? «Приезжайте в Монаднок-Велли, — и вы будете смертельно скучать». Это выглядит так, будто они пытаются отговорить людей от приезда сюда.

— Я не слежу за рекламой, Стив.

Но через месяц после открытия все дома в Монаднок-Велли были сданы в аренду. Публика, приезжавшая сюда, представляла собой странную смесь: мужчины и женщины из общества, которые могли позволить себе более модные курорты, молодые писатели и неизвестные художники, инженеры, газетчики и рабочие. Внезапно о Монаднок-Велли заговорили. Возникла потребность в такого рода курорте, потребность, которую никто не мог удовлетворить. Монаднок-Велли стал новостью номер один, но не для средств массовой информации — газеты молчали о нем. У мистера Бредли не было агентов по рекламе, мистер Бредли и его компания исчезли из деловой жизни. Некий журнал, хотя его никто не просил, опубликовал четыре страницы фотографий Монаднок-Велли и послал репортера взять интервью у Говарда Рорка. К концу лета все домики уже были арендованы на следующий год.

Ранним октябрьским утром дверь приемной Рорка распахнулась и ворвался Стив Мэллори, направившийся прямо в кабинет. Секретарша пыталась остановить его, Рорк работал, и любые вторжения были запрещены. Но Мэллори отстранил ее и проскочил в кабинет, хлопнув дверью. Она заметила у него в руках газету.

Рорк взглянул на него из-за кульмана и опустил карандаш. Он подумал, что так, наверное, выглядело лицо Мэллори, когда он стрелял в Эллсворта Тухи.

— Ну, Говард, хочешь узнать, почему ты получил подряд на Монаднок-Велли? — Он швырнул газету на стол.

Рорк увидел заголовок на третьей полосе: «Калеб Бредли арестован».

— Тут все, — сказал Мэллори. — Но не читай, если не хочешь, чтобы тебя вырвало.

— Хорошо, Стив, в чем дело?

— Они продали двести процентов.

— Кто продал? Чего?

— Бредли и его банда. Акций Монаднок-Велли. — Мэллори говорил с усилием, резко, с мучительной точностью. — Они полагали, что это бессмысленно — с самого начала. Землю получили практически даром, считали, что место не подходит для курорта — далеко от дорог, поблизости не было даже автобусного маршрута или кинотеатра, думали, что момент выбран неудачно и народ не пойдет на это.

Они подняли большой шум и продали акции куче богатых простаков — это было просто гигантское надувательство. Они продали двести процентов акций на эту землю и получили двойную цену против того, что стоило строительство. Были уверены, что все провалится. Хотели провала. Они считали, что не получат прибыли, чтобы распределять по акциям. Была продумана прекрасная комбинация, как выскочить, если компанию объявят банкротом. Они приготовились ко всему, кроме успеха. А Монаднок-Велли его вполне заслуживает. Но они думали, что подготовились к неизбежному краху. Говард, ты не понимаешь? Они выбрали тебя как самого скверного из архитекторов!

Рорк откинул голову назад и рассмеялся.

— Черт возьми, Говард! Это не смешно!

— Садись, Стив, кончай трястись. Ты выглядишь так, будто наткнулся на целое поле, усеянное трупами.

— Так и есть. Хотя я видел и кое-что похуже. Я видел главное: то, из-за чего появляются такие поля. Что эти идиоты считают ужасом? Войны, убийства, пожары, землетрясения? К чертовой матери все это! Ужас в этой статье. Вот чего следует бояться, вот с чем бороться, надо протестовать и призывать все напасти на их головы, Говард. Я думал обо всех определениях зла и обо всех средствах борьбы с ним, предлагаемых на протяжении веков. Они ничего не смогли ни объяснить, ни исправить. Но корень зла — чудовище, истекающее слюной, — в ней, Говард, в этой статье. В ней и в душах самодовольных подонков, которые ее прочтут и скажут: «Да ладно, гений должен бороться, это для него благо», — а затем найдут какого-нибудь деревенского идиота, чтобы тот помог, поучил гения плести корзинки. Таково это чудовище в действии. Говард, подумай о Монаднок-Велли. Закрой глаза и взгляни внутренним взором. Подумай, люди, которые заказали это, верили, что ничего хуже они построить не смогут. Говард, что-то неправильное творится в мире, если тебе позволяют создать свое величайшее творение — в виде грязной шутки!

— Когда ты прекратишь думать об этом? О мире и обо мне? Когда ты научишься забывать об этом? Доминик...

Он замолчал. Они не произносили ее имя в присутствии друг друга уже пять лет. Рорк увидел глаза Мэллори, внимательные и страдающие. Мэллори понял, что его слова задели Рорка, причинили ему боль — такую боль, что вынудила его произнести это имя. Но Рорк повернулся к нему и членораздельно договорил:

— Доминик привыкла думать так же, как ты.

Мэллори никогда не говорил о том, что, как он догадывался, было в прошлом Рорка. Их молчание всегда предполагало, что Мэллори все понимает, а Рорк все знает и что обсуждать нечего. Но сейчас Мэллори спросил:

— Ты все еще ждешь, что она вернется? Миссис Гейл Винанд, черт бы ее подрал!

Рорк сказал без тени волнения:

— Заткнись, Стив.

Мэллори прошептал:

— Извини.

Рорк снова вернулся к столу и сказал обычным голосом:

— Шел бы ты домой, Стив, и позабыл о Бредли. Теперь они начнут таскать друг друга по судам, но нам нельзя лезть в это дело, и тогда они не разрушат Монаднок. Забудь все и иди, мне надо работать.

Он стряхнул газету со стола локтем и склонился над чертежом.

Потом был скандал вокруг финансирования Монаднок-Велли и суд, несколько джентльменов были приговорены к тюремному заключению, и новое руководство компании «Монаднок» занялось своими акционерами. Рорк остался в стороне от этого. Он был занят, и у него не нашлось времени прочесть в газетах отчет о процессе. Мистер Бредли признал, в качестве извинения перед партнерами, что будь он проклят, если думал, что курорт, построенный по сумасшедшему проекту, окажется прибыльным. «Я сделал все, что мог, я выбрал самого большого идиота, которого сумел отыскать».

Остин Хэллер написал статью о Говарде Рорке и Монаднок-Велли. Он писал о сооружениях, которые создал Рорк, он перевел на человеческий язык то, что Рорк сказал своими постройками. Это не был обычный, спокойный тон Остина Хэллера — это был дикий крик восхищения и гнева: «И будь мы все прокляты, если величие должно явиться к нам через мошенничество».

Статья породила в близких к искусству кругах ожесточенные споры.

— Говард, — сказал Мэллори спустя несколько месяцев, — ты знаменит.

— Да, — ответил Рорк, — полагаю, что да.

— Три четверти не понимают, о чем речь, но слышали что-то от одной четверти, которая ожесточенно спорит о тебе, и теперь чувствуют, что надо произносить твое имя с уважением. Из спорящей четверти четыре десятых тебя ненавидят, три десятых считают, что должны выразить свое мнение в любом споре, две десятых действуют наверняка и приветствуют любое «новшество», и только одна десятая понимает. И все они вдруг обнаружили, что существует Говард Рорк и что он архитектор. Бюллетень Американской гильдии архитекторов считает тебя большим, но неуправляемым талантом, и в Музее будущего развешаны фотографии Монаднока, дома Энрайта, здания Корда и «Аквитании» в великолепных рамках под стеклом — рядом с комнатой, где они выставили творения Гордона Л. Прескотта. И все же я рад.

Однажды вечером Кент Лансинг сказал:

— Хэллер сделал великое дело. Ты помнишь, Говард, что я както говорил тебе о психологии полузнаек? Не презирай среднего человека. Он необходим. Чтобы состоялась любая большая карьера, нужны два слагаемых: великий человек и человек более редкий — тот, кто способен увидеть величие и сказать об этом.

Эллсворт Тухи писал: «Парадоксом во всем этом нелепом деле является тот факт, что мистер Калеб Бредли пал жертвой несправедливости. Его нравственность открыта для нападок, но его эстетика безупречна. Он проявил больше здравого смысла в оценке архитектурных достоинств, чем Остин Хэллер, вышедший из моды реакционер, который вдруг сделался художественным критиком. Мистер Калеб Бредли стал мучеником из-за плохого вкуса своих съемщиков. По нашему мнению, приговор должен быть смягчен в знак признания художественной проницательности мистера Бредли. Монаднок-Велли — надувательство, и не только в смысле финансов».

Солидные богатые джентльмены, которые были самым надежным источником заказов, вяло реагировали на славу Рорка. Человек, который раньше говорил: «Рорк? Никогда о нем не слышал», теперь говорил: «Рорк? Очень уж это скандально».

Но некоторых поразил тот простой факт, что Рорк построил нечто, что принесло владельцам большие деньги, в то время как они стремились к обратному, это впечатляло больше, чем абстрактные дискуссии в художественном мире. Были и такие — пресловутая одна десятая, — кто все понимал. За год после Монаднок-Велли Рорк построил два частных дома в штате Коннектикут, кинотеатр в Чикаго, гостиницу в Филадельфии.

Весной 1936 года был выдвинут проект проведения в одном западном городе Всемирной ярмарки — международной выставки, которая стала известна под названием «Марш столетий». Комитет, состоявший из государственных чиновников, ответственных за проект, избрал совет по строительству. Государственные чиновники явно хотели выглядеть прогрессивными. Говард Рорк стал одним из восьми избранных.

Получив приглашение, Рорк выступил перед комитетом и объяснил, что был бы рад проектировать ярмарку, но один.

— Это не серьезно, мистер Рорк, — заявил председатель. — Как ни говори, проект, за который мы беремся, должен стать лучшим из того, что мы когда-либо имели. Я имею в виду, что две головы лучше, чем одна, понимаете, а восемь голов... Господи, сами же понимаете — лучшие головы страны, самые славные имена, вы же понимаете — дружеские консультации, сотрудничество и взаимное обогащение, вы понимаете, как создается великое произведение.

— Да.

— Тогда вы понимаете и...

— Если я вам подхожу, дайте мне сделать все одному. Я не работаю с комитетами.

— Вы что же, отказываетесь от такой возможности, шанса на бессмертие?..

— Я не работаю в коллективе. Не консультируюсь. Не сотрудничаю.

В архитектурных кругах послышались гневные комментарии, связанные с отказом Рорка. Раздавались голоса: «Тщеславный мерзавец!» Негодование было слишком резким и грубым, чтобы счесть его просто профессиональной завистью; каждый почитал, что оскорбили лично его; каждый считал себя вправе менять, советовать и улучшать творения любого из живущих.

«Происшедшее великолепно иллюстрирует, — писал Эллсворт Тухи, — антиобщественную натуру мистера Говарда Рорка, высокомерие и ничем не сдерживаемый индивидуализм, с которым всегда было связано его имя».

Среди восьмерых архитекторов, избранных для работы над проектом «Марша столетий», были Питер Китинг, Гордон Л. Прескотт, Ралстон Холкомб.

— Я не буду работать с Говардом Рорком, — заявил Питер Китинг, когда увидел список членов совета. — Выбирайте. Или он, или я.

Ему сообщили, что мистер Рорк отклонил свою кандидатуру. Китинг принял на себя руководство советом. В статьях, рассказывающих о ходе подготовки к строительству, совет называли «Питер Китинг и его компаньоны».

В последние годы Китинг усвоил грубую, непререкаемую манеру общения. Он резко отдавал распоряжения и терял терпение, столкнувшись с малейшей трудностью, а когда терял терпение, орал на окружающих; у него был целый словарь оскорблений, носивших ядовитый, желчный, по-женски коварный характер; лицо его хранило надутое выражение.

Осенью 1936 года Рорк перенес свою контору на верхний этаж здания Корда. Проектируя это здание, он думал, что когда-нибудь оно станет местом для его бюро. Увидев на двери табличку «Говард Рорк, архитектор», он на мгновение остановился, перед тем как войти. Его кабинет в конце длинной анфилады высоко над городом имел три стеклянные стены. Рорк остановился посреди кабинета. Сквозь большие окна виднелись магазин Фарго, дом Энрайта, отель «Аквитания». Он подошел к окнам, выходившим на юг, и долго стоял там. Вдали, над Манхэттеном, возвышалось здание Дэйна, построенное Генри Камероном.

В один из ноябрьских дней, возвратившись в свою контору со стройки на Лонг-Айленде, Рорк вошел в приемную, отряхивая промокший до нитки плащ, и увидел на лице секретарши с трудом сдерживаемое возбуждение, она едва дождалась его.

— Мистер Рорк, это, вероятно, очень важно, — сказала она. — Я назначила для вас встречу на завтра, на три часа. В его кабинете.

— Чьем кабинете?

— Он звонил полчаса назад. Мистер Гейл Винанд.

II

Вывеска на входной двери представляла собой копию заголовка газеты: «“Знамя”. Нью-Йорк».

Вывеска была небольшой, она демонстрировала славу и власть, которые не нуждались в рекламе; это была своего рода тонкая, насмешливая улыбка, которая оправдывала неприкрытое уродство здания, — здание было фабрикой, презревшей все украшения, кроме этой вывески.

Вестибюль выглядел как топка печи: лифты втягивали горючее из человеческих тел и выплевывали его назад. Люди не спешили, они двигались в заданном ритме, целенаправленно; никто не задерживался в холле. Двери лифтов щелкали подобно клапанам. В испускаемых ими звуках пульсировал особый ритм. Капельки красного и зеленого цвета вспыхивали на настенном указателе, отмечая продвижение лифтов высоко над землей.

Создавалось впечатление, что все в этом здании находилось под контролем властной структуры, которая знала о любом продвижении; здание словно плыло в потоке энергии, функционируя плавно, беззвучно, подобно великолепной машине, которую ничто не могло разрушить. Никто не обратил внимания на рыжеволосого мужчину, который на мгновение задержался в холле.

Говард Рорк взглянул на выложенные изразцами своды. Он никогда никого не ненавидел. Но где-то наверху находился владелец этого здания, человек, который почти заставил его почувствовать ненависть.

Гейл Винанд взглянул на маленькие часы на своем столе. Через несколько минут у него встреча с архитектором. Разговор, подумал он, не будет трудным; такие встречи в его жизни бывали часто; он знал, что скажет; от архитектора же ничего не требовалось, кроме нескольких звуков, означавших понимание.

Его взгляд вернулся к гранкам на столе. Он прочел передовицу, написанную Альвой Скарретом, — о людях, кормивших белок в Центральном парке. И рубрику Эллсворта Тухи — о выставке картин, написанных служащими городского санитарного управления. Раздался звонок, и голос секретарши произнес:

— Мистер Говард Рорк, мистер Винанд.

— Хорошо, — ответил Винанд и выключил селектор.

Убирая руку, он обратил внимание на ряд кнопок на краю стола — блестящие маленькие шишечки с цветовым кодом, присвоенным каждой из них. Все они представляли собой окончание провода, протянутого в определенную часть здания, каждый провод контролировал определенного человека, каждый человек контролировал многих других людей, каждый вносил свой вклад в окончательный выбор слов в газете, которая войдет в миллионы домов, в миллионы человеческих голов, — вот что означали эти маленькие шишечки из цветного пластика под его пальцами. Но у него не было времени позабавиться этой мыслью — дверь кабинета открылась, и он отвел руку от кнопок.

Винанд не был уверен, что он сразу же поднялся, как требовала вежливость, он смотрел на человека, который входил к нему в кабинет; возможно, он тотчас же поднялся и ему только показалось, что он на некоторое время замер. Рорк не был уверен, что, войдя в кабинет, прошел вперед, он стоял и смотрел на человека за столом; возможно, его шаги не прерывались, ему только казалось, что он остановился. Но определенно было мгновение, когда оба забыли об окружающей действительности. Винанд забыл, зачем вызвал этого человека, Рорк забыл, что перед ним муж Доминик, не существовало ни двери, ни стола, ни расстеленного на полу ковра, только два человека, только две мысли: «Это Гейл Винанд», «Это Говард Рорк».

Винанд поднялся, его рука изобразила обычный приглашающий жест, указав на стул возле стола, Рорк подошел и сел, оба не заметили, что забыли поздороваться.

Винанд улыбнулся и произнес слова, которых не думал произносить. Он просто сказал:

— Не думаю, что вы захотите работать на меня.

— Я хочу работать на вас, — сказал Рорк, который пришел с намерением отказаться.

— Вы видели мои постройки?

— Да.

Винанд улыбнулся:

— Это совсем другое. Это не для моих читателей. Для меня.

— Раньше вы никогда не строили для себя?

— Нет, если не считать клетки, которую я соорудил на крыше, и старой типографии здесь. Не знаю, почему я никогда не строил для самого себя, хотя у меня хватило бы средств построить целый город. Мне кажется, что вы знаете. — Он забыл, что не позволял людям, которых нанимал, судить о себе.

— Потому что вы были несчастливы, — ответил Рорк.

Он произнес это просто, без оскорбительного высокомерия, как будто здесь была возможна только полная искренность. Казалось, сегодняшняя встреча стала продолжением чего-то, что началось давным-давно. Винанд сказал:

— Объяснитесь.

— Я думаю, вы понимаете.

— Я хочу услышать ваше объяснение.

— Большинство людей строят так, как живут, — для них это рутинное дело, бессмысленная случайность. Немногие понимают, что дом — это великий символ. Мы живем в своем Я, а существование — это попытка перевести внутреннюю жизнь в физическую реальность, выразить ее жестом и формой. Для понимающего человека дом, которым он владеет, — выражение его жизни. Если такой человек не строит, хотя и располагает средствами, значит, он ведет не ту жизнь, которую хотел бы вести.

— Вам не кажется, что говорить это именно мне, в отличие от других, нелепо?

— Нет.

— И мне тоже.

Рорк улыбнулся.

— Но вы и я — единственные, кто об этом говорит. И о том, что у меня не было того, что я хотел, и что меня можно включить в число тех немногих, от которых можно ожидать понимания каких бы то ни было великих символов. Вы не хотите взять свои слова назад?

— Нет.

— Сколько вам лет?

— Тридцать шесть.

— Когда мне было тридцать шесть, я уже владел большей частью имеющихся у меня сегодня газет. — Он добавил: — Не знаю, зачем я это сказал. Я не имел в виду ничего личного. Просто вдруг пришло на ум.

— Что вы хотите, чтобы я построил для вас?

— Мой дом.

Винанд почувствовал, что эти два слова сильно подействовали на Рорка, который услышал в них нечто такое, чего они обычно не означали; он ощутил это совершенно беспричинно; ему захотелось спросить: что случилось? Но он не смог, потому что на лице Рорка ничего не отразилось.

— Вы правы в своем диагнозе, — сказал Винанд, — вы поняли, что теперь я хочу построить дом только для себя. Меня больше не пугает видимая форма моей жизни. Выражаясь так же прямо, как вы, теперь я счастлив.

— Какой это должен быть дом?

— Загородный. Я купил участок. Землю в Коннектикуте, пятьсот акров. Какой дом? Это решите вы.

— Меня выбрала миссис Винанд?

— Нет. Миссис Винанд ничего не знает. Это мне захотелось выбраться из города, а она согласилась. Я не спрашивал ее об архитекторе — моя жена в девичестве носила имя Доминик Франкон; когда-то она писала об архитектуре. Но она предпочла оставить выбор за мной. Вы хотите знать, почему я выбрал вас? Я искал долго. Вначале я растерялся. Я никогда не слышал о вас. Я вообще не знаком ни с одним архитектором. Я говорю буквально — я не забыл о годах, когда занимался недвижимостью, о том, что строил, и о тех идиотах, которые строили для меня. Это, конечно, не Стоунридж, это — как вы сказали? — выражение моей жизни. Затем я увидел Монаднок. Это заставило меня запомнить ваше имя. Но я продолжал поиск. Я ездил по стране, осматривал частные дома, гостиницы, другие сооружения. Всякий раз, когда мне что-то нравилось, я спрашивал, кто это строил, и ответ всегда был одним и тем же: Говард Рорк. Тогда я позвонил вам. — Он прибавил: — Должен ли я сказать, что восхищен вашей работой?

— Благодарю, — сказал Рорк и на секунду прикрыл глаза.

— Знаете, мне не хотелось встречаться с вами.

— Почему?

— Вы когда-нибудь слышали о моей художественной галерее?

— Да.

— Я никогда не встречаюсь с людьми, чьи работы мне нравятся. Работа очень много значит для меня. Я не хочу, чтобы люди портили впечатление. Обычно так и бывает. Они очень проигрывают по сравнению со своими произведениями. С вами не так. Мне нравится разговаривать с вами. Я говорю вам это, чтобы вы знали, что я мало что уважаю в жизни, но я сохраняю уважение к произведениям в своей галерее и к вашим зданиям, к способности человека создавать подобные вещи. Возможно, это единственная религия, которую я принимаю. — Он пожал плечами. — Думаю, я разрушал, развращал, портил почти все. Но я никогда не касался этого. Почему вы на меня так смотрите?

— Извините. Пожалуйста, расскажите мне, какой вы хотите иметь дом.

— Я хочу, чтобы он был дворцом, хотя дворцы, пожалуй, недостаточно роскошны. Они так велики, так неприлично доступны. Небольшой дом — вот настоящая роскошь. Жилище только для двоих — моей жены и меня. Не обязательно, чтобы он был рассчитан на семью, мы не намерены иметь детей. Не для посетителей, мы не намерены устраивать приемы. Одна комната для гостей — на всякий случай, не больше. Гостиная, столовая, библиотека, два кабинета, одна спальня. Помещение для прислуги, гараж. Такова общая идея. Позднее я сообщу вам подробности. Издержки — любые, какие потребуются. Внешний вид... — Он улыбнулся, пожал плечами. — Я видел ваши постройки. Человек, который вздумает указывать вам, как должен выглядеть дом, должен или спроектировать лучше, или заткнуться. Скажу только, что хочу, чтобы мой дом имел фирменный знак Рорка.

— Что это такое?

— Думаю, вы понимаете.

— Я хочу услышать ваше объяснение.

— По моему мнению, некоторые здания бьют на дешевый эффект, некоторые — трусы, извиняющиеся каждым кирпичом, а некоторые — вечные недоделки, хитрые и лживые. В ваших постройках преобладает одно чувство — радость. Не спокойная радость, а трудная, требовательная. Такая, которая заставляет человека ощущать, что испытывать ее — большое достижение. Человек смотрит и думает: я не так плох, если могу испытывать такую радость.

Рорк медленно произнес, так, будто это не было ответом:

— Я полагаю, это было неизбежно.

— Что?

— То, как вы это понимаете.

— Вы как будто... сожалеете, что я способен это понимать?

— Я не сожалею.

— Послушайте, пусть вас не беспокоит то, что я строил раньше.

— Меня это не беспокоит.

— Все эти Стоунриджи, и гостиницы «Нойес Бельмонт», и газеты Винанда — все это дало мне возможность получить дом, построенный вами. Разве это не роскошь, за которую стоило побороться? Разве важно, каким способом? Все это было средством. А вы — цель.

— Вам не надо оправдываться передо мной.

— Я не… Думаю, я именно этим и занимался.

— Вам не надо этого делать. Я не думал о том, что вы построили.

— А о чем же вы думали?

— Что я беспомощен против любого, кто понимает мои постройки так, как понимаете вы.

— Вы чувствуете, что вам нужна защита от меня?

— Нет. Как правило, я не чувствую себя беспомощным.

— Я тоже, как правило, не спешу оправдываться. Тогда… все в порядке, не так ли?

— Да.

— Я могу рассказать гораздо больше о доме, который хочу построить. Я считаю, что архитектор как исповедник, он должен знать все о людях, которые будут жить в его доме, ведь то, что он им дает, носит гораздо более личный характер, чем одежда или еда. Пожалуйста, рассматривайте сказанное мною именно так и извините меня, если заметите, что мне трудно это выразить, — я никогда не исповедовался. Понимаете, я хочу построить этот дом, потому что безумно влюблен в свою жену… В чем дело? Вы считаете, что это не относится к делу?

— Нет. Продолжайте.

— Я не могу видеть свою жену в окружении других. Это не ревность. Это намного больше и намного хуже. Мне невмоготу видеть, как она ходит по городским улицам. Я не могу делить ее ни с кем, даже с магазинами, театрами, такси, тротуарами. Я должен ее увезти. Должен сделать так, чтобы вокруг ничего не было и никто не мог дотронуться до нее — ни в каком смысле. Этот дом должен стать крепостью. Мой архитектор должен стать хранителем.

Рорк смотрел прямо на Винанда. Он должен был смотреть на Винанда, чтобы быть в состоянии слушать. Винанд чувствовал во взгляде Рорка напряжение, он счел это силой; он чувствовал, что взгляд поддерживает его; он понял, что исповедоваться совсем нетрудно.

— Этот дом должен стать тюрьмой. Нет, не так. Сокровищницей — тайником, который оберегает от чужих взглядов слишком большие ценности. Он должен стать большим. Он должен стать отдельным миром, настолько прекрасным, чтобы мы не ощущали потребности в том, который оставляем. Ни ограждений, ни сторожевых башен — только ваш талант, который станет стеной между нами и миром. Вот чего я хочу от вас. И еще. Строили ли вы когда-нибудь храм?

На мгновение Рорка оставили силы, но он видел, что в вопросе нет подвоха, Винанд просто не знал.

— Да, — сказал Рорк.

— Тогда считайте, что вам поручается построить храм. Храм, посвященный Доминик Винанд... Вам следует встретиться с ней, прежде чем вы приступите к проекту.

— Я был знаком с миссис Винанд несколько лет назад.

— Знакомы? Тогда вам все понятно.

— Да, понятно.

Винанд перевел взгляд на руку Рорка, которую тот положил на край стола рядом с корректурой очередного номера «Знамени». Гранки были сложены небрежно, внутри он заметил заголовок «Вполголоса». Винанд смотрел на руку Рорка, длинные пальцы были прижаты к стеклу. Винанд подумал: «Хорошо бы сделать с нее бронзовую отливку, она красиво смотрелась бы на столе в качестве пресса для бумаг».

— Теперь вы знаете, что мне нужно. Действуйте. Приступайте немедленно. Отложите все. Я заплачу любую цену, какую назовете. Здание мне нужно к лету... Ах да, простите. Слишком часто имел дело с плохими архитекторами. Я не спросил вас, беретесь ли вы за это дело.

Первым было движение руки. Рорк снял ее со стола.

— Да, — сказал он. — Я берусь.

Пальцы оставили влажные отпечатки на стекле, как будто рука прочертила бороздки на поверхности.

— Сколько вам потребуется времени?

— К июлю будет готово.

— Вам, конечно, нужно осмотреть площадку. Я хочу сам показать ее вам. Могу отвезти вас туда завтра утром.

— Как вам удобно.

— Приходите сюда в девять.

— Хорошо.

— Если хотите, я составлю контракт. Не знаю, как вы предпочитаете работать. Как правило, прежде чем вступить с кем-либо в деловые отношения, я навожу о нем подробные справки со дня рождения или даже раньше. Вас я не проверял. Просто забыл. Показалось, нет необходимости.

— Могу ответить на любые вопросы.

Винанд улыбнулся и покачал головой:

— Не надо. В вопросах нет нужды. Кроме чисто деловых.

— Я никогда не выдвигаю никаких условий, кроме одного: если вы одобрили проект, он должен быть осуществлен в соответствии с замыслом, без изменений.

— Согласен. Принято. Я слышал, что иначе вы не работаете. Как вы смотрите на то, что не будет никакой рекламы? Конечно, она в ваших профессиональных интересах, но я хочу, чтобы информация об этом проекте не дошла до газет.

— Не возражаю.

— Вы обещаете не публиковать чертежи и эскизы?

— Обещаю.

— Спасибо. Это будет учтено. Вы можете рассчитывать на мои газеты как на личное рекламное агентство, включая и прочие ваши работы.

— Мне этого не надо.

Винанд громко рассмеялся:

— Услышать такое в таком месте! Вы, видимо, не представляете себе, как обставили бы этот разговор ваши коллеги-архитекторы. Трудно поверить, что вы полностью отдаете себе отчет в том, что беседуете с Гейлом Винандом.

— Я хорошо знаю, с кем говорю.

— Мое предложение было вроде благодарности за ваше согласие. Мне не всегда нравится быть Гейлом Винандом.

— Я знаю.

— Пожалуй, я изменю своему обыкновению и задам личный вопрос. Вы сказали, что готовы ответить на любой.

— Я отвечу.

— Вам нравится быть Говардом Рорком?

Рорк улыбнулся. Вопрос его удивил и позабавил, в улыбке невольно проскользнуло презрение.

— Вот вы и ответили, — сказал Винанд. Он поднялся со словами: — Завтра в девять, — и протянул руку.

После ухода Рорка Винанд остался сидеть за письменным столом. Он улыбался. Рука потянулась к одной из кнопок селектора — и остановилась. Он вспомнил, что ему надо вернуться к обычному тону. Он не мог продолжать разговаривать, как в последние полчаса. Впервые в жизни он не давил на собеседника, не скрывал истинного отношения к нему, что ему обычно приходилось делать. Он не испытывал напряжения, в этом не было необходимости. Он как будто разговаривал с собой.

Нажав кнопку селектора, он сказал секретарю:

— Пусть пришлют все, что у нас есть на Говарда Рорка.

— Ни за что не угадаешь, — сказал Альва Скаррет. Голос его умолял, чтобы к его сведениям проявили интерес.

Эллсворт Тухи нетерпеливо отмахнулся от него, не отрывая глаз от бумаг на столе:

— Уходи, Альва, я занят.

— Нет, Эллсворт, есть интересные новости. Уверен, тебе захочется узнать.

Тухи поднял голову и посмотрел на него с легким выражением скуки в уголках глаз, давая понять, что своим вниманием оказывает Скаррету честь, подчеркивая равнодушным голосом свое терпение:

— Ну ладно, что там у тебя?

Для Скаррета не было ничего обидного в манере Тухи. Тухи обращался с ним так год или больше. Скаррет не заметил перемены, теперь же обижаться было слишком поздно, этот тон стал обычным для обоих.

Скаррет улыбнулся, как способный ученик, который обнаружил ошибку в вычислениях самого учителя и ждет от него похвалы.

— Эллсворт, твоя разведка плохо работает.

— Что ты мелешь?

— Уверен, ты не в курсе дел Гейла в последнее время, а ты так любишь хвастаться информированностью.

— И что же я не знаю?

— Догадайся, кто к нему сегодня приходил.

— Дорогой Альва, у меня нет времени для игры в угадайку.

— Никогда не угадаешь.

— Хорошо, поскольку единственный способ отделаться от тебя — прикинуться придурком из водевиля, спрашиваю без обиняков: кто сегодня был в кабинете нашего обожаемого шефа?

— Говард Рорк.

Тухи круто развернулся всем корпусом, забыв свое правило тщательно дозировать внимание. Он крикнул, не веря:

— Нет, не может быть!

— Да! — сказал Скаррет, гордый произведенным эффектом.

— Ну и ну! — откликнулся Тухи и захохотал.

Скаррет в недоумении расплылся в выжидательной улыбке, он был готов разделить веселье, хотя и не понимал, чем оно вызвано.

— Смешно, конечно, но почему смешно, Эллсворт?

— Ах, Альва, долго рассказывать.

— Я было подумал...

— Неужели ты не способен оценить зрелище, Альва? Тебе не нравится фейерверк? Если хочешь знать, чего следует ожидать, вспомни, что самыми жестокими бывают религиозные войны между сектами одной веры и гражданские войны между народами одного корня.

— Не понимаю, о чем ты.

— Боже, как много у меня бестолковых последователей!

— Рад, что ты в хорошем настроении, но мне эта новость не понравилась.

— Весть, конечно, дурная, но не для нас.

— Как тебя понимать? Мы приложили столько усилий, особенно ты, чтобы представить Рорка самым бездарным в городе, и вдруг его нанимает наш босс. Разве это не конфуз?

— Ах, вот ты о чем! Что ж, возможно...

— Вот видишь.

— Что он делал в кабинете Винанда? Зачем его пригласили? Насчет заказа?

— Не знаю. Невозможно выяснить. Никто не знает.

— Ты не слышал, Винанд собирается что-нибудь строить?

— Нет, а ты?

— Нет, видно, моя разведка и правда плохо работает. Впрочем, каждый старается как может.

— Кстати, Эллсворт, у меня появилось одно соображение. Насчет того, какую пользу мы можем из этого извлечь.

— Что за соображение?

— Эллсворт, в последнее время Гейл стал невыносим. — Скаррет сказал это торжественным тоном, как будто делился большим открытием. Тухи молчал, слегка улыбаясь. — Конечно, Эллсворт, ты это предсказывал. И был прав. Ты всегда прав. Никак не соображу, чтоб мне пусто было, что с ним происходит. То ли это связано с Доминик, то ли он как-то изменился, но что-то происходит. Иногда на него находит, и он читает корректуру от строчки до строчки и поднимает шум по малейшему поводу. Он зарезал три мои лучшие передовицы, раньше он такого никогда не делал. Никогда. Ты знаешь, что он мне сказал? «Материнство, конечно, прекрасно, Альва, но ради Бога не распускай слюни. Всему есть мера, даже порочности ума». Какой порочности? Я написал премиленькую передовицу ко Дню матери, лучше некуда. Даже сам растрогался, честное слово. С каких пор он стал толковать о порочности? Позавчера он прямо в лицо обозвал Жюля Фауглера любителем помоек и выбросил в корзину его статью для воскресного номера. Отличную статью, между прочим, о рабочем театре. Это Жюля-то Фауглера, нашего лучшего автора. Неудивительно, что Гейла никто не любит. Его и раньше не очень-то жаловали, а послушал бы ты, что о нем говорят сейчас...

— Слышал я, знаю.

— Он теряет хватку, Эллсворт. Не знаю, что бы я делал без тебя и отличной команды, которую ты подобрал. Практически штат укомплектован твоими молодцами, за вычетом полудюжины священных коров, оставшихся от прошлых лет. Но они уже исписались, а молодая поросль поможет «Знамени» остаться на плаву. Но Гейл... Знаешь, на прошлой неделе он уволил Дуайта Картона. И думаю, это говорит о многом. Конечно, Дуайт балласт и зануда, но ведь он первый из любимчиков Гейла, мальчиков, продавших ему свою душу. Мне, знаешь ли, даже приятно было видеть его среди нас — как свидетельство, что все в норме, все путем, как память о лучших днях Гейла. Я всегда говорил, что нужен мальчик для битья — клапан безопасности. И мне очень не понравилось, что он выгнал Карсона, Эллсворт. Ох как не понравилось.

— В чем дело, Альва? Ты рассказываешь новости или — извини за такое сочетание — спускаешь пар мне в жилетку?

— Можно сказать и так. Не хотелось бы лягать Гейла, но я давно уже просто киплю от негодования, не знаю, как сдерживаюсь. Я вот к чему клоню: этот Говард Рорк, что ты думаешь насчет его появления?

— Насчет него у меня много разных идей, Альва. Но сейчас не время распространяться на эту тему.

— И все-таки что мы о нем знаем? Что он сумасброд, глупец и гнет свое. Что еще? Он из тех упрямцев, которых ни любовь, ни деньги, ни угрозы не заставят отказаться от своих дурацких принципов. Он хуже Дуайта Карсона, хуже всех любимчиков Гейла. Ну? Идею улавливаешь? Как поступит Гейл, столкнувшись с подобным человеком?

— Всякое возможно.

— Возможно только одно, если я знаю Гейла, а я его знаю. Вот почему я не теряю надежды. Вот для чего нужен Рорк в конечном счете. Глоток привычного лекарства. Клапан безопасности. Гейл во что бы то ни стало сломает хребет этому парню, и это пойдет Гейлу только на пользу. То, что надо. Это приведет его в норму. Вот в чем моя идея, Эллсворт. — Он немного помолчал, не увидел одобрения и энтузиазма на лице Тухи и неуклюже закончил: — Может, я и ошибаюсь... не знаю... может, все пустое... Просто подумалось, что психологически...

— Все так и есть, как ты подумал, Альва.

— Значит, ты тоже так считаешь? Так и будет?

— Возможно. А может, и намного хуже, чем тебе рисует воображение. Но для нас это уже не имеет значения. Видишь ли, Альва, если дело коснется «Знамени», если дойдет до конфликта между нами и нашим боссом, нам больше нечего бояться мистера Гейла Винанда.

Когда пришел посыльный из архива с толстой папкой вырезок, Винанд поднял глаза и сказал:

— Так много? Не знал, что он настолько знаменит.

— Все больше в связи с процессом по делу Стоддарда, мистер Винанд.

Мальчик замолк. Ничего плохого как будто не случилось — только глубокие морщины появились на лбу Винанда, но посыльный не настолько знал Винанда, чтобы понять, что они означают. Он все же почувствовал страх. Через минуту Винанд сказал:

— Хорошо. Спасибо.

Мальчик положил конверт на стеклянную крышку стола и вышел.

Винанд задумчиво смотрел на толстый пакет из желтой бумаги. Пакет отражался в стекле, как будто пробился через поверхность и пустил корни в его стол. Он посмотрел на стены кабинета, как бы спрашивая себя, достаточно ли в них силы, чтобы уберечь его от необходимости открыть конверт.

Затем он выпрямился, положил руки на край стола, соединив пальцы, посмотрел вниз на столешницу и застыл с видом серьезным, гордым, сосредоточенным, подобно мумии фараона. Затем одной рукой подтянул конверт к себе, вскрыл и начал читать.

«Святотатство», Эллсворт Тухи; «Церкви нашего детства», Альва Скаррет; передовицы, проповеди, речи, заявления, письма в редакцию — «Знамя» в действии на полную мощность; фотографии, карикатуры, интервью, резолюции протеста, письма читателей.

Он прочитал все до последнего слова, держа руки на краю стола, так, чтобы не поднимать вырезок, касаясь их только затем, чтобы перевернуть и обратиться к следующей в том порядке, в котором они лежали. Его рука и зрачки двигались синхронно, с точностью механизма: едва глаза пробегали последние слова, пальцы переворачивали вырезку, чтобы не смотреть на нее дольше, чем необходимо. Но на фотографии храма Стоддарда он не пожалел времени, он долго рассматривал их. Еще дольше он задержался на фотографии Рорка, которую сопровождала язвительная подпись: «Вы счастливы, мистер Супермен?» Винанд вырвал снимок из статьи, частью которой он был, и сунул в ящик стола. Затем продолжил чтение.

Судебный процесс: свидетельские показания Эллсворта М. Тухи, Питера Китинга, Ралстона Холкомба, Гордона Л. Прескотта, никаких выдержек из показаний Доминик Франкон, только краткий пересказ. «У защиты нет вопросов». Несколько упоминаний в рубрике «Вполголоса», затем зияние, следующая публикация появилась три года спустя — Монаднок-Велли.

Было уже поздно, когда он закончил чтение. Секретари ушли. Он ощущал пустоту кабинетов и залов. Но был слышен шум печатных машин — негромкое урчание и вибрация, которые проникали повсюду. Шум был ему приятен — это билось сердце здания. Он вслушался. Печатался завтрашний выпуск «Знамени». Он долго сидел не двигаясь.

III

Рорк и Винанд стояли на вершине горы и смотрели вдаль, на мягко спускавшиеся вниз склоны. Голые деревья карабкались вверх от берега озера, прорезая небо геометрическим орнаментом ветвей. Небо было чистого, хрупкого, зеленовато-голубого цвета, и воздух казался еще холоднее. Холод размывал краски земли, и обнаруживалось, что они были только полутонами, из которых собирался цвет: мертво-бурый предвещал зелень, усталый пурпур был увертюрой к пламени, серый — прелюдией к золотому. Земля была подобна наброску великого рассказа, стальному каркасу здания, который будет наполнен, завершен и уже хранит в своей нагой пустоте все грядущее великолепие.

— Где вы думаете поставить здание? — спросил Винанд.

— Здесь, — ответил Рорк.

— Я так и рассчитывал.

Винанд привез его сюда, в свое новое поместье, из города на машине. Два часа они бродили по пустынным тропкам, по лесу, вдоль озера, вверх в гору. Теперь Винанд ждал, а Рорк стоял и смотрел на простиравшуюся у него под ногами землю. Интересно, думал Винанд, какими вожжами удерживает этот человек пейзаж в своих руках?

Когда Рорк повернулся к нему, Винанд спросил:

— Могу я теперь поговорить с вами?

— Конечно. — Рорк улыбнулся, его позабавил уважительный тон, которого он не искал.

Голос Винанда звучал четко и отрывисто, в него словно проникало зеленоватое сверкание льда.

— Почему вы приняли мой заказ?

— Потому что я наемный архитектор.

— Вы знаете, о чем я спрашиваю.

— Не уверен.

— Вы же меня люто ненавидите.

— Нисколько. С какой стати?

— Хотите, чтобы я сказал первым?

— О чем?

— О храме Стоддарда.

Рорк улыбнулся:

— Как видно, вы все же навели справки обо мне.

— Я прочитал то, что у нас есть о вас. — Он остановился, но Рорк молчал. — Все наши публикации. — Голос стал резче, в нем слышалось что-то от вызова, что-то от просьбы. — Все, что мои газеты писали о вас. — Спокойствие Рорка приводило Винанда в ярость. Он продолжал — медленно, основательно, вбивая мысль в каждое слово: — Мы обзывали вас недоучкой, глупцом, шарлатаном, обманщиком, самодовольным маньяком, приготовишкой...

— Перестаньте терзать себя.

Винанд закрыл глаза, словно Рорк ударил его. Через минуту он сказал:

— Мистер Рорк, вы плохо знаете меня. Хорошо бы вам усвоить следующее: я не привык извиняться, я никогда не прошу прощения за свои действия.

— С чего вдруг вы заговорили об извинениях? Я их не требовал.

— Я отвечаю за каждый из эпитетов, которым мы наградили вас. Я отвечаю за каждое слово, напечатанное в «Знамени».

— Я не просил, чтобы вы их опровергли.

— Я знаю, что вы думаете. Вы поняли, что вчера мне не была известна история с храмом Стоддарда. Я забыл, кто был его архитектором. Вы сделали вывод, что не я руководил кампанией против вас. И вы правы, это был не я, в то время я отсутствовал. Но вы не отдаете себе отчета в том, что эта кампания вполне отвечала духу и направлению «Знамени». Она соответствовала той роли, которую отводит себе «Знамя». И за это ответственность целиком лежит на мне. Альва Скаррет делал только то, чему я его научил. Будь я на месте, я делал бы то же самое.

— Это ваше право.

— Вы не верите, что я бы так поступил?

— Нет.

— Мне не нужны ни ваши комплименты, ни ваше сочувствие.

— Я не могу сделать то, на что вы напрашиваетесь.

— И на что же, по вашему мнению, я напрашиваюсь?

— Чтобы я вас ударил по лицу.

— Почему же вы не можете?

— Не могу разыгрывать гнев, которого не испытываю, — сказал Рорк. — Дело не в жалости. В сущности, я действую гораздо более жестоко. Но не ради жестокости как таковой. Если бы я ударил вас, вы бы простили меня из-за храма Стоддарда.

— Разве прощения должны просить вы?

— Нет. Вам хочется, чтобы я просил его. Вы понимаете, что здесь замешана проблема вины. Но вам не ясно, кто должен прощать, а кто просить прощения. Вам угодно, чтобы я простил вас или потребовал платы, что одно и то же, и вы полагаете, что этим вопрос будет исчерпан. Но видите ли, я не имею к этому отношения. Не участвую в этом. Не важно, как я к этому отношусь, что делаю или чувствую сейчас. Не обо мне вы сейчас думаете. Я вам помочь не могу. Не меня вы сейчас боитесь.

— А кого же?

— Себя.

— Кто дал вам право утверждать подобное?

— Вы.

— Ладно, продолжайте.

— Вы хотите услышать продолжение?

— Продолжайте.

— Думаю, вам неприятно сознавать, что вы причинили мне страдания. Вам хочется, чтобы этого не было. Но кое-что пугает вас еще сильнее. Осознание, что я вовсе не страдал.

— Продолжайте.

— Осознание того, что я не добр, не снисходителен сейчас, а просто безразличен. Вас это пугает, потому что вы знаете, что такие истории, как с храмом Стоддарда, требуют расплаты, а вы видите, что я ничем не поплатился. Вас удивило, что я принял заказ. Вы думаете, для этого потребовалось мужество? Вам понадобилось намного больше мужества, чтобы нанять меня. Вот что я думаю об истории с храмом Стоддарда. Я забыл о ней. Вы — нет.

Винанд разжал кулаки. Он расслабился, плечи его обвисли. Он сказал очень просто:

— Что ж, все верно. Все, — и тотчас же распрямился, словно принимая неизбежное, сознательно обрекая себя на поражение. — Надеюсь, вы понимаете, что по-своему задали мне трепку, — сказал он.

— Да, и вы ее получили. Добились того, чего хотели. Скажем так: мы квиты и можем забыть о храме Стоддарда.

— Вы очень умны, или я был слишком откровенен. В любом случае вы добились успеха. Еще никто не вынуждал меня так раскрыться.

— Должен ли я все еще сделать то, чего вы ждете от меня?

— Чего же я, по вашему мнению, жду от вас?

— Чтобы я признал ваши достоинства. Теперь мой черед уступить, не так ли?

— А вы устрашающе честный человек, да?

— Почему бы и нет? Я не могу признать вашим достоинством то, что вы хотели заставить меня страдать. Но вас устроит то, что вы доставили мне удовольствие, не правда ли? Ну и прекрасно. Рад, что нравлюсь вам. Полагаю, вы осознаете, что этим я делаю для вас такое же исключение из своих правил, как вы признанием о полученной от меня трепке. Обычно мне безразлично, нравлюсь я людям или нет. На сей раз мне не безразлично. Я рад этому.

Винанд рассмеялся:

— Вы прямодушны и надменны, как император. Воздавая почести людям, вы лишь возвышаете себя. С какой стати вы возомнили, что вы мне нравитесь?

— Вряд ли вам действительно хочется разъяснений на этот счет. Вы уже один раз упрекнули меня за то, что слишком раскрываетесь передо мной.

Винанд присел на ствол упавшего дерева. Он ничего не сказал, но в его движении было и приглашение, и требование. Рорк сел рядом, на его лице не отражалось ничего, кроме следов улыбки — веселой и слегка настороженной, будто каждое слово, которое он слышал, было не только сообщением, но и подтверждением.

— Вы ведь поднялись из низов? — спросил Винанд. — Вы из бедной семьи.

— Да. Откуда вам это известно?

— Из ощущения, что надо быть деликатным, когда что-то вам предлагаешь, будь это просто похвала или целое состояние. Я тоже вышел из низов. Кем был ваш отец?

— Доменщиком.

— Мой был докером. Наверное, кем только ни поработали с юных лет?

— Все перепробовал. В основном в строительстве.

— Мне пришлось хуже. Буквально все испытал. Какая работа вам нравилась больше всего?

— Клепать стальные сваи.

— А мне больше всего нравилось быть чистильщиком обуви на пароме через Гудзон. Казалось бы, ненавидеть надо, а мне нравилось. Людей я совсем не запомнил, в памяти остался город. Он был всегда на месте, по берегам, он рос, ждал, я был словно привязан к нему резиновым жгутом. Жгут растягивался, и я попадал на другой берег, потом он тянул меня обратно, и я возвращался. Я чувствовал, что никогда не смогу оторваться от города, а он от меня.

Рорк понимал, что Винанд редко говорил о своем детстве, — его слова были светлы памятью и полны раздумья, не заезженные частым повторением, они звенели, как монеты, еще не прошедшие через множество рук.

— Вам приходилось голодать, жить без крыши над головой? — спросил Винанд.

— Не раз.

— Вы очень переживали?

— Нет.

— Я тоже. Переживал я из-за другого. Хотелось ли вам, когда вы были еще юнцом, закричать во всю глотку, не видя вокруг никого, кроме бездарей и лентяев, зная, как много можно сделать, и сделать хорошо, но не имея возможности осуществить свои планы? Не иметь возможности разбить башку этим безмозглым лицемерам. Быть вынужденным подчиняться — а это скверно само по себе, — но подчиняться низшим по духу! Испытывали вы это?

— Да.

— Приходилось ли вам загонять гнев внутрь, копить его в себе и принимать твердое решение любой ценой, даже если тебя растерзают на куски, дожить до того дня, когда сам будешь править людьми, распоряжаться всем и вся?

— Нет.

— Нет? Вы позволили себе все забыть?

— Нет. Я ненавижу некомпетентность. Вероятно, это единственное, что я ненавижу. Но это не порождало во мне желания править людьми. Как и желания учить их чему-либо. Во мне возникало только одно желание — делать свое дело, идти своим путем, и пусть меня растерзают за это, если так надо.

— И вас терзали?

— Нет. Во всяком случае по большому счету.

— Вы без гнева смотрите назад? На все, что было?

— Да.

— Со мной не так. Была одна ночь. Меня избили, я дополз до двери — в деталях помню мостовую у себя под носом, вижу, как сейчас; в булыжниках были прожилки, они были испещрены белыми пятнами. Я не чувствовал, как двигаюсь, но должен был чувствовать, что мостовая движется подо мной, должен был видеть, что пятна и прожилки сменяются, и благодаря этой смене я знал, что продвигаюсь вперед. Мне непременно надо было достичь следующей трещины, другого узора на камнях в паре-другой дюймов от меня; это было непросто, это стоило массы усилий и боли. Я знал, что за мной тянется кровавая полоса...

В его голосе не было жалости к себе, тон был прост, нейтрален, с ноткой легкого удивления.

Рорк сказал:

— Я бы хотел помочь вам.

Винанд слабо, невесело улыбнулся:

— Вы наверняка смогли бы. Я даже верю, что это было бы очень вовремя и кстати. Два дня назад я бы задушил любого, кто увидел бы во мне объект сострадания... Вы, конечно, понимаете, что не эту ночь я ненавижу в своем прошлом. Не в ней дело, когда я страшусь оглянуться назад. О ней я еще могу говорить. О другом невозможно даже упоминать.

— Понимаю. Это другое я и имел в виду.

— И что же это? Назовите.

— Храм Стоддарда.

— Вы хотите помочь мне не мучиться из-за него?

— Да.

— Вы глупец, черт бы вас побрал! Да понимаете ли вы, что...

— А вы понимаете, что именно этим я и занят сейчас?

— Каким образом?

— Строя для вас дом.

Рорк видел косые борозды на лбу Винанда. Глаза Винанда, казалось, лишились зрачков, голубизну вымыло из радужной оболочки — на лице остались два белых светящихся овала. Винанд сказал:

— За это вы получаете недурное вознаграждение.

Он увидел, как на лице Рорка возникла, но тут же была подавлена улыбка. Улыбка могла сказать, что неожиданное оскорбление было капитуляцией — более выразительной, чем доверительные речи. Подавленная улыбка сказала, что Рорк не собирается помогать Винанду пережить сдачу позиций.

— Да, конечно, — спокойно ответил Рорк.

Винанд поднялся:

— Идемте. Мы теряем время. Меня ждут более важные дела.

На обратном пути в город они не разговаривали. Винанд гнал машину под девяносто миль в час. По сторонам дороги вырастали две плотные, упругие стены с размазанными силуэтами. Они как бы летели по длинному, закрытому, беззвучному коридору.

Винанд остановился у входа в здание Корда и высадил Рорка. Он сказал:

— Вы можете наведываться на площадку, когда захотите, мистер Рорк, и без меня. Всю необходимую информацию вам предоставят в моей конторе. Не затрудняйтесь связываться со мной без необходимости. Я буду очень занят. Дайте знать, когда будут готовы первые чертежи.

Когда чертежи были готовы, Рорк позвонил в контору Винанда. Они не разговаривали месяц.

— Не кладите, пожалуйста, трубку, мистер Рорк, — сказала секретарь Винанда.

Он ждал. Секретарь вернулась и сообщила, что мистер Винанд хочет, чтобы чертежи были доставлены ему в кабинет во второй половине дня; она назвала час. Сам Винанд разговаривать не стал.

Когда Рорк вошел в кабинет, Винанд приветствовал его церемонно и вежливо. На его лице не было и следа былой откровенности. Ничего, кроме холодной вежливости.

Рорк передал ему чертежи и большой эскиз дома в перспективе. Винанд изучил каждый лист. Он долго рассматривал рисунок. Потом поднял глаза.

— Впечатление очень благоприятное, мистер Рорк. — Тон был оскорбительно корректным. — С самого начала у меня сложилось о вас весьма благоприятное впечатление. Я все обдумал и хочу заключить с вами особую сделку.

Он смотрел на Рорка в упор и говорил с мягким, почти нежным нажимом, как будто намеревался обойтись с Рорком со всей осторожностью и вниманием, чтобы максимально пощадить его и подготовить к тому, что хотел объявить.

Он поднял набросок, зажав его двумя пальцами, чтобы свет мог падать на него прямо. Белый ватман сверкнул, на минуту ярко высветив черные карандашные линии.

— Вы хотите построить это здание? — мягко спросил Винанд. — Очень хотите?

— Да, — ответил Рорк.

Винанд не шевельнул рукой, лишь разжал пальцы и дал эскизу упасть на стол изображением вниз.

— Оно будет построено, мистер Рорк. Строго по вашему проекту. Точно в соответствии с эскизом. При одном условии.

Рорк сел, откинувшись назад, держа руки в карманах, внимательно слушая.

— Вы не хотите спросить об условии, мистер Рорк? Хорошо, я скажу вам. Я согласен на этот проект, если вы примете мое условие. Я хочу подписать контракт, по которому вы станете архитектором всех зданий, которые будут возводиться мною в будущем. Вы можете представить себе объем работы. Я могу с полным основанием утверждать, что контролирую в этой стране самый большой объем строительных работ, приходящийся на одного человека. Все ваши коллеги наперебой оспаривают эксклюзивное право на мои заказы. Я же предлагаю вам быть моим личным архитектором. За это вы возьмете на себя некоторые обязательства. Прежде чем назвать их, я хотел бы указать вам на некоторые последствия вашего отказа. Вероятно, вам уже известно, что я не люблю отказов. Мое влияние велико, и я использую его двояко. Мне нетрудно устроить так, чтобы вы не получили в этой стране ни одного заказа. Вы пользуетесь некоторой известностью, но ни один разумный предприниматель не выдержит давления, которое я способен оказать. У вас и раньше были периоды вынужденного простоя. Это ничто в сравнении с блокадой, которой могу подвергнуть вас я. Вам не удастся даже вернуться в гранитные каменоломни — да, да, и это мне известно, двадцать восьмой год, каменоломня Франкона в Коннектикуте. Откуда сведения? Частные детективы, мистер Рорк. Вы можете, говорю я, захотеть вернуться в каменоломни, только я позабочусь, чтобы и они для вас были закрыты. А теперь я скажу, что мне нужно от вас.

Во всех пересудах о Гейле Винанде никто не упоминал того выражения, что появилось у него на лице в этот момент. Те немногие, кому довелось видеть его, об этом не распространялись. Первым из этих людей был Дуайт Карсон. Глаза у Винанда начинали блестеть, рот растягивался в оскале. Лицо выражало чувственное наслаждение от агонии — жертвы ли, самого себя или обоих сразу.

— Я хочу, чтобы все мои коммерческие сооружения проектировались вами, ибо народ желает, чтобы коммерческие сооружения строились по индивидуальным проектам. Вы будете строить жилые дома в колониальном стиле, гостиницы в стиле рококо и деловые здания в квазигреческом стиле. Вы употребите ваш исключительный дар на работу в рамках форм, созвучных вкусам народа, и будете приносить мне доход. Вы дисциплинируете ваш изумительный талант, сочетая оригинальность с послушанием. Люди назовут это гармонией. В своей области вы создадите то, чем «Знамя» является в моей. Разве не понадобился талант, чтобы создать «Знамя»? Такова будет ваша карьера впредь. Но дом, который вы спроектировали для меня, будет возведен точно по вашему проекту. Он будет последним творением Рорка, которое поднимется на земле. После меня их больше не будет — ни у кого. Вам доводилось читать о древних властителях, которые казнили зодчих, построивших им дворцы, чтобы никто не мог сравниться с ними славой? Зодчего убивали или выкалывали ему глаза. Теперь другие времена и другие методы. Всю свою дальнейшую жизнь вы будете подчинять себя воле большинства. Не буду аргументировать свое требование. Я просто сообщаю вам, каков выбор. Вы из тех людей, которым понятен прямой язык. Ваш случай прост: если вы откажетесь, вы ничего больше не построите; если согласитесь, построите милый вашему сердцу дом, множество других зданий, которые вам не по душе, но которые принесут нам обоим много денег. Всю оставшуюся жизнь вы будете проектировать жилые массивы вроде Стоунриджа. Вот мои условия.

Он подался вперед, ожидая обычной реакции, которая была ему хорошо знакома и доставляла удовольствие: гнев, негодование, оскорбленное достоинство.

— Нет проблем, — весело отозвался Рорк. — Я готов, с удовольствием. Это дело несложное.

Он потянулся к столу, взял карандаш и первый попавшийся на глаза лист бумаги — письмо с внушительным грифом. Начал быстро чертить на обороте. Движения руки были четкими и уверенными. Винанд смотрел на склоненное лицо, видел гладкий лоб, прямую линию бровей — напряженное внимание без тени тревоги.

Рорк поднял голову и через стол швырнул листок Винанду:

— Вы этого хотите?

На листке был дом Винанда — с колониальным портиком, покатой крышей, двумя массивными трубами, несколькими пилястрами и круглыми окнами. Это была пародия и вместе с тем вполне серьезная переработка оригинала, в которой любой специалист признал бы отличный вкус.

— О Боже, нет, конечно! — Всплеск эмоций был непроизволен и последовал мгновенно.

— Тогда заткнитесь, — сказал Рорк, — и не лезьте ко мне со своими архитектурными идеями.

Винанд осел в кресле и рассмеялся. Он смеялся долго, не в силах остановиться. Но смех его был безрадостен.

Рорк устало покачал головой:

— Вы должны лучше знать меня. Это старая песня. Мой антиобщественный нрав и упрямство так широко известны, странно, что кто-то снова пытается искушать меня.

— Говард, честно, у меня было такое намерение. До того, как я увидел твой рисунок.

— Верю. Никак не ожидал, что ты окажешься таким идиотом.

— Ты понимаешь, что идешь на огромный риск?

— Риска не было. У меня надежный союзник.

— Какой союзник? Цельность твоей натуры?

— Твоей, Гейл.

Винанд смотрел на крышку стола. Спустя минуту он сказал:

— На этот счет ты заблуждаешься.

— Не думаю.

Винанд поднял голову, он выглядел усталым, в голосе появилось безразличие.

— Ты снова опробовал тот же метод, что и на процессе о храме Стоддарда, да? «У защиты нет вопросов». Хотел бы я оказаться в зале суда и услышать все сам. Сейчас ты обернул дело против меня, верно?

— Назови это так.

— Но на сей раз ты победил. Надеюсь, ты понимаешь, что я не в восторге от твоей победы.

— Понимаю.

— И не думай, что здесь имел место один из тех случаев, когда жертву искушают, чтобы позондировать почву, а потом, получив трепку, довольны и таким исходом, рассыпаются в благодарностях и говорят: наконец-то, вот человек, который мне нужен. Не строй иллюзий на этот счет. Я не нуждаюсь в том, чтобы меня оправдывали подобным образом.

— Я не собираюсь тебя оправдывать. Я знаю, чего ты хотел.

— Раньше я бы так легко не уступил. Это было бы только началом. Я могу настоять на своем. Но не хочу. Не потому, что, вероятнее всего, тебе все же удалось бы отстоять свою позицию, а потому, что я сам не смог бы удержаться на своей. Нет, ни радости, ни благодарности к тебе я не испытываю... Однако это не важно...

— Гейл, до какой еще степени ты способен лгать себе?

— Я не лгу. Все, что я сейчас сказал, правда. Я думал, ты понял.

— Все, что ты только что сказал, — да. Но я думал о другом.

— Это ошибка, как и то, что ты здесь задерживаешься.

— Гонишь меня взашей?

— Ты знаешь, что я этого не могу. — Взгляд Винанда переместился на эскиз, лежавший изображением вниз. Он минуту поколебался, глядя на белый картон, потом перевернул его. И тихо спросил: — Сказать тебе, что я об этом думаю?

— Ты уже сказал.

— Говард, дом, который ты для меня спроектировал, должен быть отражением всей моей жизни. Ты полагаешь, моя жизнь заслуживает такого отражения, как ты замыслил?

— Да.

— Ты не кривишь душой?

— Ничуть. Я вполне искренен, Гейл. И я не изменю своего мнения, что бы между нами ни произошло в будущем.

Винанд отложил эскиз в сторону и долго сидел, изучая чертежи. Когда он поднял голову, у него был обычно спокойный вид.

— Почему ты не появился раньше? — спросил он.

— Ты был занят со своими частными детективами.

Винанд рассмеялся:

— А, это! Не мог отказаться от прежних привычек, любопытно было. Теперь мне известно о тебе все, кроме твоих романов с женщинами. Или ты очень осторожен, или их было немного. Нигде никаких сведений на этот счет.

— Их было немного.

— Наверное, я скучал без тебя и взамен собирал информацию о твоем прошлом. Так почему ты держишься в стороне?

— Ты так распорядился.

— Ты всегда так послушен?

— Когда вижу в этом смысл.

— Хорошо, вот мое распоряжение, надеюсь, ты найдешь его осмысленным: приходи к нам сегодня ужинать. Я возьму эскизы показать жене. Она еще не знает о строительстве дома.

— Ты ничего ей не рассказывал?

— Нет. Пусть сначала посмотрит эскизы. И познакомится с тобой. Я знаю, в прошлом она тебя не миловала; я прочитал, что она писала о тебе. Но это было давно. Надеюсь, теперь это уже не важно.

— Да, не важно.

— Тогда мы тебя ждем?

— Да.

IV

Доминик стояла у застекленной двери своей комнаты, Винанд смотрел на свет звезд, падающий на ледяные панели зимнего сада. Отраженный свет очерчивал профиль Доминик, слабо поблескивал на ее веках и щеках. Он подумал: так и должно освещаться ее лицо. Она медленно повернулась к нему, и свет собрался ореолом вокруг бледной массы ее прямых волос. Она улыбнулась, как улыбалась ему всегда — приветливо, понимающе:

— Что случилось, Гейл?

— Добрый вечер, дорогая. Почему ты спрашиваешь?

— Ты выглядишь счастливым. Может быть, это не точное слово, но самое близкое,

— Лучше сказать «испытывающим облегчение». Я чувствую себя легче, легче лет на тридцать. Впрочем, это не значит, что мне хочется быть таким, каким я был тридцать лет назад. Так не бывает. Такое чувство, будто я перенесся в прошлое в целости и сохранности и начал все сначала в своем нынешнем виде. В этом нет логики, это невозможно, и это чудесно.

— Это означает, что ты с кем-то повстречался. Скорее всего, с женщиной.

— Повстречался. Не с женщиной. С мужчиной. Доминик, ты сегодня особенно красива. Впрочем, я говорю это всегда. А сказать я хотел другое. Сегодня я особенно счастлив, что ты так красива.

— Что с тобой, Гейл?

— Ничего, кроме ощущения, как легко жить и сколько в жизни несущественного. — Он взял ее руку и поднес к губам. — Доминик, я не перестаю думать о том, какое чудо, что наш брак продолжается.

Теперь я верю, что он не будет разорван. Чем-либо или кем-либо. — Она прислонилась спиной к стеклянной панели. — У меня есть для тебя подарок, и не говори мне, что эти слова ты слышишь от меня чаще, чем любые другие. Подарок будет готов к концу лета. Наш дом.

— Дом? Ты так давно об этом не заговаривал. Я думала, ты забыл.

— Последние полгода я ни о чем другом и не думал. А твои намерения не изменились? Ты действительно хочешь жить за городом?

— Да, Гейл, если тебе так хочется. Архитектора ты уже выбрал?

— Я сделал даже больше. Могу показать тебе эскиз дома.

— Показывай же.

— Он в моем кабинете. Пойдем, посмотришь.

Она улыбнулась, охватила его запястье пальцами, слегка сжав в знак ласкового нетерпения, и последовала за ним. Он распахнул дверь в кабинет и пропустил ее вперед. В кабинете горел свет, эскиз стоял на столе изображением к двери.

Она замерла, схватившись за дверь. На расстоянии подпись нельзя было рассмотреть, но она узнала стиль и единственного автора, которому мог принадлежать этот проект.

Ее плечи дрогнули и замерли, словно она была привязана к столбу и давно уже оставила надежду на спасение, только по телу пробежал последний, инстинктивный трепет протеста.

Ей представилось, что, даже если бы Гейл Винанд застал ее в постели в объятиях Рорка, потрясение было бы не так сильно. Этот рисунок являл Рорка больше, чем его тело; рисунок был ответной реакцией и был равен силе, исходившей от Гейла Винанда; он одинаково потрясал и ее, и Винанда, и самого Рорка, он взрывал их жизнь, и внезапно ей стало ясно, что в их жизнь вторглось неотвратимое.

— Нет, — прошептала она, — это не может быть совпадением.

— Что?

Она подняла руку, мягко отстраняя вопрос, подошла к эскизу. Ее шаги на ковре были беззвучны. Она увидела резкий росчерк в углу — Говард Рорк. Подпись не так ужаснула ее, как сам рисунок. Она была точкой опоры, почти приветствием.

— Доминик?

Она повернулась к нему. Он увидел на ее лице ответ. И сказал:

— Я знал, что тебе понравится. Прости за банальность выражения. Сегодня что-то не идут слова.

Доминик прошла к дивану и села, прижавшись спиной к подушкам, так ей легче было сидеть прямо. Она не сводила глаз с Винанда. Он стоял, облокотясь о каминную доску, вполоборота к ней. Он смотрел на эскиз. Ей было не укрыться от рисунка — он отражался на лице Винанда как в зеркале.

— Ты его видел, Гейл?

— Кого?

— Архитектора.

— Конечно, видел. Меньше часа назад.

— Когда вы познакомились?

— В прошлом месяце.

— Все это время ты был знаком с ним?.. Каждый вечер... когда приходил домой... за ужином...

— Ты хочешь сказать — почему я не сообщил тебе? Мне хотелось получить эскиз и показать тебе. Дом виделся мне таким, но объяснить этого я не мог. Наверное, никто не смог бы понять, что мне надо. Он смог и сделал проект.

— Кто?

— Говард Рорк.

Ей хотелось, чтобы Гейл Винанд произнес его имя.

— Как вышло, что твой выбор пал на него, Гейл?

— Я перерыл всю страну. Все здания, которые мне нравятся, построены им.

Она медленно кивнула.

— Доминик, я исхожу из того, что теперь тебе это безразлично, но знаю, что выбрал того самого архитектора, которого ты, не жалея сил и времени, старалась развенчать, когда работала в «Знамени».

— Ты все прочитал?

— Да, прочитал. Ты вела себя странно. Очевидно, что ты восхищалась его работами, а его самого ненавидела. Но ты защищала его на суде по делу Стоддарда.

— Да.

— Ты даже работала с ним. Та статуя, Доминик, она ведь была создана для его храма.

— Да.

— Странно. Защищая его, ты потеряла работу в газете. Я этого не знал, когда остановился на нем. Не знал и о суде. Я забыл его имя. Можно сказать, Доминик, что это он дал тебя мне. Та статуя из его храма. А теперь он дает мне дом. Доминик, почему ты ненавидела его?

— Я не ненавидела его... Это было так давно...

— Пожалуй, теперь это не имеет никакого значения, правда? — Он показал на эскиз.

— Я не видела его несколько лет.

— Ты увидишь его через час. Он приглашен к нам на ужин.

Она очертила рукой спираль на спинке дивана, чтобы убедиться, что владеет собой.

— *Он будет у нас*?

— Да.

— Ты пригласил его на ужин?

Он улыбнулся, вспомнив, как не любил приглашать гостей. Он сказал:

— Это другое дело. Он мне нужен здесь. Наверное, ты плохо его запомнила, иначе ты бы не удивлялась.

Она поднялась:

— Хорошо, Гейл. Пойду распоряжусь. Потом оденусь к ужину.

Они стояли в гостиной напротив друг друга. Она подумала: как просто. Он был здесь всегда. Он был движущей силой всех ее действий в этом доме. Он привел ее сюда, а теперь пришел заявить свое право на место в доме. Она смотрела на него. Она видела его таким, как в то утро, когда в последний раз проснулась в его постели. Она поняла, что ничто не мешает живой сохранности его образа в ее памяти. Она поняла, что это было неизбежно с самого начала, с того мгновения, когда она увидела его в карьере каменоломни. Неизбежен был и этот момент в доме Гейла Винанда, и она ощутила покой, поняв, что кончилось время ее решений, — до сих пор действовала она, с этого момента решения будет принимать он.

Она смотрела прямо перед собой. Ее взгляд был чист и строг, как перед боем, ее тело — хрупко и женственно, руки спокойно опущены вдоль длинных прямых складок черного платья.

— Добрый вечер, мистер Рорк.

— Добрый вечер, миссис Винанд.

— Позвольте поблагодарить вас за проект нашего особняка. Это будет самое красивое из ваших сооружений.

— Иначе и не могло быть по характеру поставленной передо мной задачи, миссис Винанд.

Она медленно повернула голову:

— Какую задачу ты поставил перед мистером Рорком, Гейл?

— Именно ту, о которой я тебе рассказывал.

Доминик подумала о том, что же Рорк услышал от Винанда и что заставило его согласиться. Она направилась к креслам, мужчины последовали за ней. Рорк сказал:

— Если проект вам нравится, то заслуга принадлежит в первую очередь мистеру Винанду, его идее.

Она спросила:

— Вы делите успех с заказчиком?

— Некоторым образом да.

— А не противоречит ли это, насколько я помню, вашим профессиональным убеждениям?

— Зато согласуется с моими личными убеждениями.

— Боюсь, этого я никогда не могла понять.

— Я верю в преодоление, миссис Винанд.

— Вам пришлось что-то преодолевать, когда вы работали над этим проектом?

— Нежелание испытывать влияние заказчика.

— Каким образом?

— Мне нравится работать на одних и не нравится — на других. Хотя и то и другое несущественно для результата. На сей раз я был уверен, что дом получится таким, каким он и получился, только потому, что я создавал его для мистера Винанда. Это нужно было преодолеть. Или, точнее сказать, мне пришлось работать с этим ощущением и вопреки ему. А так работается лучше всего. Сооружение должно превзойти зодчего, заказчика и будущего владельца. Так и получилось.

— Но здание — это ведь ты, Говард, — сказал Винанд. — Все же ты архитектор.

На ее лице впервые отразилось волнение, она испытала легкий шок, услышав имя Говард. Винанд этого не заметил. Но Рорк заметил. Он взглянул на нее — первый прямой контакт. Она не могла ничего понять по его взгляду, только прочла в нем подтверждение той мысли, которая обожгла ее.

— Спасибо, Гейл, что ты понимаешь это, — сказал он.

Она осталась в сомнении — послышалось ли ей, что он подчеркнуто произнес имя?

— Странно, — сказал Винанд. — У меня до возмутительных пределов развито чувство собственности. Я как-то преображаю вещи. Стоит мне обзавестись в какой-нибудь дешевой лавчонке пепельницей и, заплатив, положить ее в карман, как она становится необычной пепельницей, отличной от всех других, потому что она моя. Она приобрела новое качество, какую-то ауру. И так со всем, чем я владею. От плаща до старенького линотипа в наборном цехе, до экземпляров «Знамени» на прилавках киосков, до моей квартиры... и моей жены. Ничего я так сильно не хотел иметь, как этот дом, который ты должен построить для меня, Говард. Я, вероятно, буду ревновать его к Доминик, когда мы туда переедем; в таких делах я теряю разум. Однако... у меня нет ощущения, что я буду полностью владеть им, — что бы я ни сделал, сколько бы ни заплатил за него, он все же твой и навсегда останется твоим.

— Он и должен быть моим, — сказал Рорк. — Но в другом смысле. Гейл, ты владеешь домом и всем, что я построил. Ты владеешь каждым зданием, перед которым когда-либо останавливался.

— В каком же смысле?

— Когда ты останавливаешься перед вещью, которой восхищаешься, ты испытываешь только одно чувство — его можно выразить словом «да». Утверждение, приятие, знак сопричастности. И это «да» больше чем ответ этой одной конкретной вещи. Это все равно что сказать «аминь» жизни, «аминь» земле, которая несет эту вещь, той мысли, которая создала эту вещь, и себе, способному видеть ее. Способность сказать «да» или «нет» лежит в основе всякого владения. Ведь это владение твоим собственным Я. Твоей душой, если хочешь. У души одно основное назначение — акт оценки. «Да» или «нет», «хочу» или «не хочу». Нельзя сказать «да», не сказав «Я». Нет утверждения без утверждающего. В этом смысле все, на что устремлена твоя любовь, твое.

— В этом смысле мы делимся этой вещью с другими?

— Нет. Это не означает делиться. Когда я слушаю любимую симфонию, я воспринимаю ее иначе, чем замыслил композитор. Его «да» отличалось от моего. Ему дела не было до меня, он преследовал свои цели. Это «да» — оно сугубо личное для каждого человека. Но подарив себе то, что хотел, он подарил мне величайшее переживание. Когда я работаю, Гейл, я действую один, и никому не дано знать, в каком смысле я являюсь владельцем того, что создал. Но сказав свое «аминь» моему творению, ты присваиваешь его. И я рад, что оно стало твоим.

Винанд сказал с улыбкой:

— Идея мне нравится. Мне нравится, что мне принадлежат Монаднок, дом Энрайта и здание Корда...

— И храм Стоддарда, — сказала Доминик.

Она следила за их рассуждениями, как бы онемев. Винанд никогда не пускался в такие разговоры со своими гостями, а Рорк не говорил подобным образом со своими заказчиками. Она знала, что немота позднее взорвется гневом, неприятием, пока же в ее голосе появилась лишь резкая нотка, призванная уничтожить то, что она только что слышала.

Ей показалось, что она достигла цели. Винанд ответил тяжело упавшим словом:

— Да.

— Забудь о храме Стоддарда, Гейл, — сказал Рорк. В его голосе звучала легкая, простая, беззаботная веселость, гораздо более действенная, чем всякая тяжеловесная аргументация.

— Хорошо, Говард, — с улыбкой включился Винанд.

Доминик увидела, что взгляд Рорка обратился к ней.

— Я не поблагодарил вас, миссис Винанд, за то, что вы согласились, чтобы вашим архитектором был я. Я знаю, что выбрал меня мистер Винанд, но вы могли и отказаться от моих услуг. Я рад, что устроил вас.

Она подумала: «Я верю этому, потому что ничему этому верить нельзя, но сегодня я все вынесу, потому что смотрю на него».

Она сказала с вежливым безразличием:

— Но если предположить, что я могла отвергнуть ваш проект, мистер Рорк, разве это не отразилось бы на вашем мнении о моем эстетическом вкусе? — Доминик подумала, что сегодня не имеет никакого значения, что она говорит.

Винанд спросил:

— Говард, можно ли потом отказаться от этого однажды сказанного «да»?

Ей хотелось расхохотаться недоверчивым, сердитым смехом. Вопрос был задан Винандом, тогда как должен был исходить от нее. «Когда он отвечает, он должен смотреть на меня, — подумала она, — только на меня».

— Ни в коем случае, — ответил Рорк, глядя на Винанда.

— Так много чепухи говорят о человеческом непостоянстве, нестойкости эмоций, — сказал Винанд. — Я всегда считал, что чувство, которое меняется, — это вообще не чувство. Есть книги, которые мне нравились в шестнадцать лет. Я люблю их до сих пор.

Вошел дворецкий, неся на подносе коктейли. Держа в руке бокал, Доминик смотрела, как Рорк берет с подноса свой. Она подумала: «В эту минуту он ощущает стекло пальцами, как я; хоть что-то общее между нами...» Винанд стоял с бокалом и смотрел на Рорка недоверчиво и удивленно — не как хозяин на гостя, а как владелец, не верящий, что стал обладателем дорогой вещи... Доминик думала: «Я не сошла с ума, просто близка к истерике, ничего, я справлюсь с собой, я что-то говорю, не знаю что, но должно быть, не невпопад, меня слушают, отвечают, Гейл улыбается, конечно, я говорю что следует...»

Пригласили к столу. Она послушно поднялась и направилась в столовую — грациозно, как лань, повинующаяся инстинкту. Она сидела во главе стола, по сторонам напротив друг друга расположились мужчины. Она смотрела на серебряные приборы в руках Рорка, на их полированной поверхности был выгравирован вензель «ГВ». Она думала: «Мне столько раз приходилось это делать, я любезная хозяйка дома, миссис Гейл Винанд. Здесь бывают сенаторы, судьи, президенты страховых компаний, сидят справа от меня, меня обучили этой роли. Вот для чего Гейл мучительно рвался наверх: чтобы принимать сенаторов, судей — и увидеть наконец у себя за столом Говарда Рорка».

Винанд рассказывал о газетном бизнесе, он с видимой охотой разговаривал с Рорком, она тоже весьма кстати произнесла несколько фраз. Тон ее был светел и прост; не сопротивляясь, она подчинилась увлекавшему ее потоку, всплеск эмоций, боль или страх были неуместны. Она подумала, что, если вдруг среди разговора Винанд спросит «Ты спала с ним?», она так же просто ответит: «Да, Гейл, конечно». Но Винанд редко смотрел в ее сторону, а когда смотрел, она знала по выражению его лица, что с ее лицом все в порядке.

Потом они перешли в гостиную, она смотрела на Рорка, стоявшего у окна в свете огней города. Она думала: «Гейл построил это здание как символ победы, чтобы всегда видеть перед собой город, город, которым он теперь повелевает. Но построено оно именно для того, чтобы Рорк встал у окна, и наверное, и Гейл сегодня понимает это». Рорк заслонил своим телом многомильную перспективу города, виднелись только несколько огоньков и небольшая часть освещенного окна вокруг его силуэта. Рорк курил, и, когда он отводил руку с сигаретой в сторону, она следила за движением его сигареты на фоне черного неба. Она думала: «Все эти блестящие огоньки в глубоком ночном небе всего лишь искорки от его сигареты».

Она тихо сказала:

— Гейлу всегда нравилось смотреть на ночной город. Он был влюблен в небоскребы, — и удивилась, заметив, что употребила прошедшее время.

Она не помнила, что говорила, когда они вернулись к обсуждению нового дома. Винанд принес из кабинета эскизы, разложил на столе, и они склонились над ними. Рорк давал пояснения, указывая карандашом на скопления жестких геометрических фигур на белых листах ватмана. Она слышала его ровный голос. Речь шла не о красоте и величии, а о подсобных помещениях — лестницах, кладовках, ванных. Рорк спрашивал ее, удобно ли их расположение. Ей казалось странным, что они говорят так, будто действительно верят, что она будет жить в этом доме.

Когда Рорк ушел, Винанд спросил ее:

— Как он тебе?

Она почувствовала, как в ней поднимается опасная волна гнева, и ответила, отчасти со страхом, отчасти намеренно провоцируя его:

— Он не напомнил тебе Дуайта Карсона?

— Оставь ты в покое Дуайта Карсона!

Тон Винанда отстранял серьезный разговор, не признавал вины, он звучал, как тот голос, который недавно произнес: «Забудь о храме Стоддарда».

Секретарша с изумлением смотрела на джентльмена, лицо которого было так хорошо известно по газетным снимкам.

— Гейл Винанд, — представился он, мягко склонив голову. — Я бы хотел повидать мистера Рорка. Если он не занят. Если занят, прошу не беспокоить его. Я зашел без предупреждения.

Она не ожидала, что Винанд может явиться так, без церемоний, и просить о встрече серьезно-уважительным тоном.

Она доложила о нем. Рорк, улыбаясь, вышел в приемную, как видно, не находя ничего необычного в этом визите.

— Привет, Гейл. Проходи.

— Привет, Говард.

Он прошел за Рорком в кабинет. Город растворился за широкими окнами в потемках наступившего вечера, шел снег, и его черные хлопья яростно крутились за окном.

— Не хочу отрывать тебя, если ты занят, Говард. Я не по делу. — Он не видел Рорка пять дней — после того ужина.

— Я не занят. Снимай пальто. Принести чертежи?

— Не надо. Я не хочу говорить о доме. Вообще я пришел без причины. Целый день занимался делами, пока не надоело; захотелось заглянуть к тебе. Чему ты смеешься?

— Просто так. Ты сказал — без причины.

Винанд посмотрел на него, улыбнулся и кивнул.

Он уселся на край стола, как никогда не сидел в своей конторе, — руки в карманах, нога покачивалась взад-вперед.

— С тобой почти бессмысленно разговаривать, Говард. Я всякий раз чувствую себя так, будто зачитываю копию текста, оригинал которого ты уже держишь в руках. Ты как будто слышишь все, что я собираюсь сказать, с опережением на минуту. Мы не синхронизированы.

— И по-твоему, это называется не синхронизированы?

— Согласен. Тогда слишком хорошо синхронизированы. — Он медленно обвел глазами кабинет. — Если мы владеем вещами, которым сказали «да», то я владею этим кабинетом?

— Ты владеешь им.

— Знаешь, как я чувствую себя здесь? Нет, не как дома — не думаю, что я где-либо чувствовал себя как дома. И не скажу, что как во дворцах, которые я посетил, или в знаменитых соборах Европы. Я чувствую себя как, бывало, в Адской Кухне в мои лучшие дни, а их было немного. Иногда я сиживал так же, только это было где-нибудь на гребне полуразрушенной стены, сверху — множество звезд, а рядом — кучи мусора, и от реки пахло гнилой тиной... Говард, когда ты оглядываешься назад, как тебе кажется: твои дни равномерно катились вперед, раскручиваясь, как лента, все как один? Или были остановки, завершенные циклы, а затем лента раскручивалась дальше?

— Были остановки.

— И тебе это было ясно уже тогда? Ты понимал, что цикл завершается?

— Да.

— А я нет. Стал понимать позже. А почему — не знал никогда. Был такой момент: я стоял за береговым валом и ждал, что меня убьют. Однако был уверен, что не убьют. Не знаю, почему это ожидание запало мне в душу и осталось в памяти — ни последовавшая драка, ни то, что было потом, не запомнилось, только ожидание у стены. Не знаю даже, почему я так гордился именно этим моментом ожидания. И сейчас не понимаю, почему это пришло мне в голову.

— Не стоит искать объяснения.

— Оно тебе известно?

— Я сказал: не надо его искать.

— Я все думаю о своем прошлом... с тех пор как познакомился с тобой. До сих пор я обходился без этого. Нет, не надо делать из этого какие-то тайные выводы. Мне не больно смотреть назад, хотя и удовольствия в этом тоже нет. Просто вспоминаю. Без анализа, без системы. Всего лишь прогулка куда глаза глядят, все равно что бродить на природе вечерком после трудного дня... А с тобой это связано, потому что я все время возвращаюсь к одной мысли. Все думаю, что мы с тобой одинаково начинали. С одного и того же — с нуля. Только одна мысль: начинали одинаково... Может быть, ты объяснишь, что это значит?

— Нет.

Винанд огляделся вокруг... и заметил газету на ящике с картотекой.

— Кому это взбрело в голову читать «Знамя»?

— Мне.

— И давно?

— С месяц.

— Садизм?

— Нет. Просто любопытство.

Винанд подошел, взял газету и перелистал. На одной странице он задержался и усмехнулся. Он показал ее Рорку — эскизы проектов к выставке «Марш столетий».

— Ужасно, правда? — сказал Винанд. — Досадно, что нам приходится давать эту информацию. Мне приятно вспоминать, как ты ответил на предложение наших общественных деятелей. — Он довольно рассмеялся. — Ты сказал им, что не будешь ни помогать, ни сотрудничать.

— Это не было жестом, Гейл. Просто здравый смысл. Нельзя ведь сотрудничать с самим собой. Я могу, так сказать, участвовать в деле вместе со строителями, которые возводят здание по моему проекту. Но не могу же я помогать им класть кирпичи, а они не могут помочь мне проектировать здание.

— Хотел бы я сделать подобный жест. Но вынужден предоставлять слово на страницах моей газеты этим общественным деятелям. Да ладно. Ты дал им пощечину вместо меня. — Он равнодушно отбросил газету в сторону. — Все равно как на обеде, на котором мне пришлось присутствовать сегодня. Национальный конгресс рекламодателей. Мне надо дать информацию о нем — бесконечная пустая болтовня. Мне стало там так тошно, что я боялся свихнуться и дать кому-нибудь со зла в зубы. И я подумал о тебе, подумал, что тебя это никак не задевает. Никоим образом. Как будто на свете нет никакого Национального конгресса рекламодателей. Он где-то в пятом измерении и с тобой никак не соотносится. Я подумал об этом, и мне стало легче. — Он прислонился к бюро, скрестив руки. — Говард, как-то у меня был котенок. Чертяка сильно ко мне привязался, худой, грязный, кожа, шерсть да кости, приблудная тварь, полная блох. Увязался за мной, я его накормил и выгнал на улицу, но на следующий день он был тут как тут, и я оставил его у себя. Тогда мне было лет семнадцать, я работал в «Газете», еще только учился жить и работать как надо. Мне многое было по зубам, но не все. Иной раз приходилось туго. Особенно по вечерам. Раз я даже хотел покончить с собой. Не от негодования — негодование только подстегивало меня. Не от страха. От отвращения, Говард. Такого отвращения, что, казалось, весь мир залило сточными водами, весь мир накрыло помоями, грязь и вонь въелись во все, поднявшись до неба, проникли даже в мой мозг. И тогда я посмотрел на котенка и подумал, что он и представления не имеет о том, что мне противно, и никогда не будет иметь. Он был чист — в абсолютном смысле слова, потому что не был способен осознать родство мира. Не могу сказать, какое это было облегчение — попытаться вообразить, что происходит в мозгу этой маленькой твари, попытаться проникнуть в него — в это живое, чистое и свободное сознание. Я ложился на пол, прижимался лицом к животу котенка и слушал, как он мурлычет. И мне становилось легче... Вот так, Говард. Выходит, я приравнял твою контору к развалившейся стене, а тебя — к бездомному котенку. Таков уж мой способ оказывать уважение.

Рорк улыбнулся. Винанд увидел светящуюся в его улыбке признательность.

— Молчи, — быстро произнес Винанд. — Ничего не говори. — Он прошел к окну и остановился, глядя на улицу. — Не пойму, какого черта я так разговорился. Впервые в жизни я счастлив, первые счастливые годы за все время. Я встретил тебя, чтобы поставить памятник своему счастью. Я прихожу сюда в поисках отдыха, и нахожу его, и рассказываю об этом… Ну ладно… Посмотри, какая дрянная погода. Ты закончил сегодня? Свободен?

— Да, почти.

— Тогда заканчивай и пойдем поужинаем вместе где-нибудь поблизости.

— Хорошо.

— Можно я позвоню от тебя? Надо сказать Доминик, чтобы не ждала меня ужинать.

Он набрал номер. Рорк направился в чертежную, ему надо было отдать распоряжения перед уходом. Но у двери он задержался. Он должен был остановиться и слышать.

— Алло, Доминик?.. Да… Устала?.. Мне показалось… Меня не будет дома к ужину, извини, дорогая… Не знаю, возможно, поздно… Поужинаю в городе… Нет, с Говардом Рорком… Алло, Доминик… Да… Что?.. Звоню из его кабинета… Пока, до встречи, дорогая. — Он положил трубку.

Доминик стояла в библиотеке, положив руку на телефон, как бы продлевая разговор.

Пять дней и ночей она боролась с одним желанием — пойти к нему. Увидеть его где угодно — у него дома, в конторе, на улице — ради одного слова, одного взгляда, но только наедине. Но пойти она не могла. Она больше не была свободна. Он мог прийти к ней, когда хотел. Она знала, что он придет и что он хочет, чтобы она ждала его. Она ждала. И ждать ей помогала одна лишь мысль — о некоем адресе, о бюро в здании Корда.

Она стояла, сжимая в руке телефонную трубку. У нее не было права отправиться по этому адресу. Это право было у Гейла Винанда.

Войдя по вызову в кабинет Винанда, Эллсворт Тухи сделал несколько шагов и остановился. Стены в кабинете, единственном богато отделанном помещении в «Знамени», были обшиты пробковым деревом и медными панелями. Раньше на них не было ни одной картины. Теперь на стене напротив стола Винанда он увидел увеличенную фотографию — портрет Рорка на открытии дома Энрайта, Рорк стоял с запрокинутой головой у гранитного парапета набережной.

Тухи повернулся к Винанду. Они посмотрели друг другу в лицо.

Винанд указал на стол. Тухи сел. Винанд, улыбаясь, заговорил:

— Никогда не думал, мистер Тухи, что смогу разделить ваши общественные воззрения, но теперь вынужден сделать это. Вы всегда разоблачали лицемерие высшей касты и превозносили добродетельность масс. Теперь я сожалею о преимуществах, которыми обладал в статусе пролетария. Если бы я все еще оставался в Адской Кухне, я начал бы этот разговор словами: «Послушай ты, гнида»! — но поскольку ныне я цивилизованный капиталист, я этого не сделаю. — Тухи ждал насторожившись. — Я начну так. Послушайте, мистер Тухи. Я не знаю, к чему вы стремитесь. Я не собираюсь выяснять мотивы ваших поступков. У меня не такой крепкий желудок, как у студентов-медиков. Так что вопросов я задавать не буду, как не буду и выслушивать объяснения. Просто впредь вы в своей колонке не будете упоминать одно имя. — Он указал на фотографию. — Я мог бы заставить вас публично объявить о смене ваших взглядов, и это доставило бы мне удовольствие, но предпочитаю вовсе запретить вам высказываться на эту тему. Даже единым словом, мистер Тухи. Никогда впредь. И не ссылайтесь на ваш контракт или какой-то пункт в нем. Не советую. Продолжайте писать в своей колонке, но помните о ее названии и ограничивайте себя сообразно ему. Не выходите за положенные вам рамки, мистер Тухи. Очень узкие рамки.

— Да, мистер Винанд, — легко согласился Тухи. — В настоящее время я не должен писать о мистере Рорке.

— Это все.

Тухи встал:

— Хорошо, мистер Винанд.

V

Гейл Винанд сидел за столом в своем кабинете и читал корректуру передовицы о нравственном значении воспитания в больших семьях. Фразы, как жевательная резинка, жеваная-пережеваная, прокручивались снова и снова, переходили изо рта в рот, падали на мостовые, прилипали к подошвам сапог, отправлялись снова в рот и изо рта попадали в мозг... Он думал о Говарде Рорке и продолжал читать «Знамя» — так было легче.

«Опрятность — большое достоинство в девушке. Обязательно каждый вечер простирывайте ваше нижнее белье и учитесь вести беседу на темы культурной жизни, тогда у вас не будет отбоя от поклонников». «Ваш гороскоп на завтра весьма благоприятен. Усердие и искренность будут вознаграждены успехом в области инженерного и бухгалтерского дела, а также в любви». «Любимыми увлечениями миссис Хантингтон-Коул являются садоводство, опера и коллекционирование ранних американских сахарниц. Она делит свое время между маленьким сыночком Китом и многочисленными благотворительными делами». «Я всего лишь крошка Милли, я всего лишь сирота». «Чтобы получить полную диету, вышлите десять центов и конверт со своим адресом и маркой...» Он листал страницы, думая о Говарде Рорке.

Он подписал контракт на рекламу пудинга «Крим» в течение пяти лет во всех изданиях концерна Винанда — две полосы в каждом воскресном выпуске. Его сотрудники сидели перед ним — триумфальные арки из костей и плоти, памятники побед, напоминание о долгих терпеливых расчетах, об обедах в ресторанах, опрокинутых в глотку бокалах, о месяцах размышлений, воплощение его энергии, животворной энергии, переливавшейся подобно жидкости в стаканах в отверзнутые полные губы, в короткие толстые пальцы, энергии, изливавшейся в страницы воскресных выпусков — в изображения желтой массы, сдобренной клубникой, и желтой массы, сдобренной подливой на сливочном масле. Он смотрел поверх голов собравшихся в его кабинете людей на фотографию на стене — небо, река и запрокинутое вверх лицо.

«Мне больно, — думал он. — Мне больно всякий раз, когда я думаю о нем. От этого все проще и легче — люди, передовицы, контракты, проще и легче от того, что становится так больно. Боль ведь тоже стимулирует. Кажется, я ненавижу его имя. Я буду повторять его снова и снова. Это боль, которую я хочу чувствовать».

Потом он сидел напротив Рорка у себя дома, в кабинете, и не чувствовал никакой боли — только желание смеяться без всякой злости.

— Говард, по меркам общепринятых идеалов человечества все, что ты делал в своей жизни, неверно. Но вот ты здесь, передо мной. И это кажется насмешкой над всем миром.

Рорк сидел в кресле у камина. Отблески огня бродили по кабинету; казалось, свет с удовольствием обволакивает все предметы в комнате, горделиво подчеркивая их красоту, кладя печать одобрения на художественный вкус человека, который создал для себя такое окружение. Они сидели вдвоем. Доминик, извинившись, после ужина ушла к себе. Она понимала, что им необходимо остаться наедине.

— Насмешкой над всеми нами, — продолжал Винанд. — Особенно над так называемым человеком толпы. Я всегда наблюдаю за людьми из толпы. Бывало, я специально садился в метро, чтобы посмотреть, многие ли читают «Знамя». Я их ненавидел, а порой и побаивался. А теперь я гляжу на них, и мне хочется сказать этому самому простому человеку: «Эх ты, глупец несчастный!» И больше ничего.

Однажды он позвонил Рорку утром на работу.

— Говард, приглашаю тебя перекусить... Встретимся через полчаса в «Нордланде».

Усевшись напротив Рорка за столом в ресторане, он с улыбкой покачал головой:

— Просто так, Говард, без всякой причины. Пришлось целых полчаса участвовать в тошнотворном мероприятии, вот и захотелось избавиться от неприятного осадка на душе.

— Что за мероприятие?

— Снимался с Ланселотом Клоуки.

— Кто такой Ланселот Клоуки?

Винанд от души расхохотался, забыв о привычной строгой сдержанности, не обращая внимания на удивленный взгляд официанта.

— В том-то и дело, Говард. Вот почему мне захотелось побыть с тобой. Чтобы услышать подобный вопрос.

— Да в чем же дело?

— Неужели ты не читаешь современных авторов? Разве ты не знаешь, что Ланселот Клоуки самый чуткий журналист-международник? Именно так отозвался о нем литературный критик — в моем «Знамени». Какой-то комитет только что признал Ланселота Клоуки лучшим автором года или чем-то в этом духе. Мы публикуем его биографию в воскресном приложении, и мне пришлось позировать в обнимку с ним. Он носит шелковые рубашки и воняет джином. Вторую книгу он написал о своем детстве и о том, как оно помогает ему разобраться в международных отношениях. Уже продано сто тысяч. А ты ничего о нем не слышал. Ешь, ешь, Говард. Мне нравится, как ты ешь. Хорошо бы ты разорился, тогда я бы угостил тебя обедом, зная, что он действительно тебе нужен.

Он стал заходить к Рорку на исходе дня, не извещая заранее о своем появлении. У Рорка была квартира в доме Энрайта, помещение в форме кристалла и такое же светлое, с видом на Ист-Ривер. Квартира состояла из кабинета, библиотеки и спальни. Мебель Рорк заказал по своим эскизам. Винанд долго не мог взять в толк, почему помещение кажется роскошным, пока не обнаружил, что мебель совсем не бросается в глаза, создавалось впечатление простора, торжественной строгости, которого нелегко добиться. В денежном выражении это была самая скромная квартира, какую Винанду доводилось видеть за последние четверть века.

— Мы начинали одинаково, Говард, — сказал он, оглядев квартиру. — Мой опыт подсказывает мне, что такие люди не поднимаются из нищеты. Но ты поднялся. Мне нравится эта квартира, мне приятно бывать здесь.

— А мне приятно видеть тебя здесь.

— Говард, ты когда-нибудь властвовал хотя бы над одним человеком?

— Нет. И не стал бы, если бы представилась возможность.

— Не могу поверить.

— Однажды мне предлагали, Гейл. Я отказался.

Винанд с любопытством посмотрел на него. Он впервые услышал замешательство в голосе Рорка.

— Почему?

— Пришлось.

— Из уважения к тому парню?

— Это была женщина.

— Ну и глупо. Из уважения к женщине?

— Из уважения к себе.

— Не думаю, что я что-нибудь понимаю. Мы диаметрально противоположные натуры.

— Мне это тоже приходило в голову. Тогда я не имел ничего против.

— А теперь ты против?

— Да.

— Разве ты не презираешь все мои поступки?

— Презираю почти все, о которых мне известно.

— И тем не менее тебе приятно видеть меня?

— Да. Знаешь, Гейл, был один человек, он считал тебя олицетворением зла, которое уничтожило его и должно было уничтожить меня. Он завещал мне свою ненависть. Но была и еще причина. Думаю, я ненавидел тебя до того, как увидел.

— Я знал, что ты должен ненавидеть меня. Что же заставило тебя изменить отношение ко мне?

— Этого я тебе не могу объяснить.

Они поехали в Коннектикут, где из промерзшей земли вставали стены дома. Винанд шел следом за Рорком по будущим комнатам, слушал, как Рорк отдает распоряжения. Иногда Винанд приезжал один. Рабочие видели черный автомобиль, поднимающийся по извилистой дороге на вершину горы, видели, как Винанд издалека смотрел на стройку. Внешность однозначно говорила о его положении: излом шляпы, строгая элегантность плаща, уверенность манер, небрежно энергичных, — все заставляло вспомнить об империи Винанда. Во всем угадывались грохот печатных станков, покрывших пространство от океана до океана, множество газет, блестящие обложки журналов, лучи кинопроектора на экране, провода, опутавшие весь мир, — мощь и власть, вторгавшиеся во дворцы и столицы. Человек, застывший в напряженном внимании на вершине горы, был источником этой мощи и власти; они изливались из него каждый день и каждую ночь, каждую дорогостоящую минуту его жизни. Он одиноко стоял на фоне серого, как мыльная вода, неба, и снежинки, кружась, лениво опускались на поля его шляпы.

Однажды, уже в апреле, он поехал в Коннектикут один после долгого перерыва. Машина летела стрелой, превратившись из точки в размытую линию. Внутри этой коробки из стекла и кожи не ощущалось никакого движения; ему казалось, что машина неподвижно висит над землей, а он, схватившись за руль, заставляет равнину под ним лететь навстречу, надо просто ждать, и нужное место само подкатится к нему. Руль был так же мил его сердцу, как рабочий стол в редакции «Знамени»: и здесь, и там у него было одинаковое ощущение — опасное чудовище, отпущенное на свободу, покоряется властным движениям его рук.

Что-то стремительно вторглось в поле его зрения и исчезло, он успел подумать: как странно, что я заметил, ведь это всего лишь пучок травы у дороги. Проехав милю, он осознал, что стебельки были зеленые. Как же, ведь середина зимы, подумал он и понял, изумившись: зимы не было и в помине. Последние недели он был страшно занят. Теперь он увидел, что творится вокруг: обещание зелени — словно шепот разнесся над полями. В голове у него в строгой последовательности зажглись три вспышки: пришла весна; интересно, сколько их еще мне дано увидеть; мне уже пятьдесят пять.

Это была простая констатация, он не надеялся и не боялся. Но он понимал: странно, что он ощутил бег времени. Раньше он никогда не соотносил свой возраст с какой-то мерой, никогда не фиксировал свое место на ограниченной шкале, просто не думал ни о времени, ни о его границах. Он был Гейлом Винандом, и он был недвижим, а годы мчались мимо, как эта равнина, и мотор внутри него властвовал над полетом времени.

«Нет, — думал он, — я ни о чем не жалею. Что-то я, несомненно, упустил, но я люблю то, что было, таким, каким оно было, даже моменты полной опустошенности, даже то, на что не нашел ответа. И это я любил. *Это* и есть то, что в моей жизни осталось без ответа. Но я люблю все это.

Если верна старая легенда о том, что люди предстают перед верховным судией и дают отчет в своих делах, я предъявлю как дело своей особой гордости не то, что совершил, а то, чего никогда не делал в этой жизни: я никогда не просил, чтобы решали за меня. Я предстану перед Ним и скажу: я Гейл Винанд, человек, совершивший все мыслимые преступления, кроме главного — я никогда не пренебрегал удивительным даром жизни и никогда не искал оправдания вовне. В этом моя гордость, потому что теперь, размышляя о кончине, я не плачусь, как люди моего возраста, — в чем же были смысл и цель моей жизни? Я сам, я, Гейл Винанд, был смыслом и целью. То, что я жил и действовал».

Он подъехал к подножью холма и нажал на тормоз. Он смотрел и с изумлением видел. Дом обрел форму, стал узнаваемым — он выглядел как на рисунке. Винанд по-мальчишески изумился, что дом получился как на эскизе, будто никогда не верил в это до конца. Поднявшись к бледно-голубому небу, еще не законченный, дом уже вознес стены, как на акварели, а строительные леса в точности повторяли карандашные штрихи. Он был громадным эскизом на бледно-голубом небесном полотне.

Винанд оставил машину и поднялся на вершину горы. Среди строителей он увидел Рорка. Он видел, как Рорк ходил по зданию, поворачивал голову или, указывая, поднимал руку. Он отметил особую манеру Рорка, останавливаясь, широко расставлять ноги, держа руки по швам, подняв голову, — непроизвольная поза уверенности, энергии, контролируемой без всякого усилия. В эти моменты линии его тела были безупречно правильны, как и линии его строений. Архитектурное сооружение, подумал Винанд, — это решение взаимосвязанных проблем напряжения, равновесия и надежного сцепления противодействующих сил.

Он думал: сооружение здания — задача механическая, как прокладка канализации и сборка автомобиля. И с удивлением спрашивал себя, почему, наблюдая за Рорком, испытывает то же, что в своей галерее. Его подлинное место, думал Винанд, на строительной площадке, здесь его личность проявляется полнее, чем за чертежной доской; вот настоящий фон для него. Оно соответствует ему, как, по словам Доминик, мне соответствует яхта.

Потом Рорк присоединился к нему, и они прогулялись по вершине холма среди деревьев. Они присели на поваленный ствол дерева и смотрели на каркас здания, видневшийся сквозь кустарник. Кусты стояли сухие и голые, но весна давала себя знать в их жизнерадостном, настойчивом стремлении вверх, к небу. В них оживал целеустремленный порыв к самоутверждению.

Винанд спросил:

— Говард, ты когда-нибудь любил?

Рорк повернулся и, прямо глядя на него, спокойно ответил:

— Я и сейчас люблю.

— Но на стройплощадке ты чувствуешь нечто большее?

— Намного большее, Гейл.

— Я думал о людях, которые говорят, что счастье невозможно. И посмотри, как отчаянно они ищут какую-нибудь радость в жизни, как борются за нее. Почему все живое обречено на страдания? По какому праву от человека требуют, чтобы он жил для какой-то цели, кроме собственной радости? Ее жаждет каждый — всем своим существом. И никто не находит. Странно, почему? Люди хнычут, что не видят смысла в жизни. Некоторых я особенно презираю. Тех, кто ищет какую-то высшую цель, или, иначе, всеобщее благо, и не знает, для чего жить. Они непрестанно ноют, что должны обрести себя. Об этом только и говорят. Кажется, это болезнь века. Открой любую книгу. Всюду слезливые исповеди. Исповедоваться стало достойным занятием. А по моему мнению, это самое постыдное дело.

— Послушай, Гейл. — Рорк встал, потянулся и сорвал с дерева толстый сук. Напружинив мышцы, он медленно, преодолевая сопротивление, согнул ветку в дугу. — Теперь я могу сделать из этого все что хочу: лук, копье, трость, поручень. В этом и есть смысл жизни.

— В силе?

— В труде. — Он отшвырнул сук. — Природа дает материал, и ты используешь его… О чем ты задумался, Гейл?

— О фотографии в моем кабинете.

Владеть собой, терпеливо ждать, видеть в терпении деятельный долг, сознательно исполняемую каждый день обязанность, своим безмятежным видом говорить Рорку: «Ты не мог потребовать от меня ничего труднее, но я рада, что ты этого хочешь», — вот что подчиняло себе жизнь Доминик.

Она стояла в стороне, спокойно наблюдая за Рорком и Винандом. Она молчала. Раньше ей хотелось понять Винанда. Теперь она поняла его.

Она приняла как должное, что, когда Рорк приходит к ним, в эти вечерние часы им располагает Винанд, а не она. Она принимала его как любезная хозяйка, радушно спокойная, не личность, а прелестная деталь дома Винанда. Она сидела во главе стола, а после ужина оставляла их вдвоем в кабинете.

Она одиноко сидела в гостиной, открыв дверь и погасив свет, сидела прямо и молча, устремив взгляд на узкую полоску света под дверью, которая вела в кабинет. Она думала: «Вот мой удел — смотреть на эту дверь, не жалуясь… Рорк, если ты решил так наказать меня, я принимаю наказание не как часть роли, которую я должна играть в твоем присутствии, а как долг, который надлежит исполнять в одиночку. Ты знаешь, что мне нетрудно перенести ярость, физическое насилие, но терпение для меня невыносимо. Ты выбрал самое трудное, и я вынесу все без ропота, вынесу ради тебя, любимый мой».

Когда Рорк смотрел на нее, в его глазах жила память обо всем. Его взгляд утверждал, что ничего не изменилось и нет необходимости доказывать это. Ей казалось, что она отчетливо слышит его голос: «Что тебя угнетает? Разве мы когда-нибудь расставались? Разве реальны эта гостиная, твой муж и город за окнами, которого ты боишься? Ты понимаешь меня? Начинаешь понимать?» «Да», — внезапно вырвалось у нее вслух, и ей оставалось только надеяться, что это слово не прозвучало невпопад, зная, что Рорк услышит в нем ответ.

То, что он избрал, не было наказанием. Это было условие, которому они оба должны были подчиниться, последнее испытание. Она поняла его намерение, обнаружив, что может испытывать к нему любовь. Подтверждением этой любви было то, что он строил для нее дом, что она, как и он, любила Винанда, что она смирилась с этой ужасной ситуацией, с навязанным ей молчанием, со всем, что казалось непреодолимым препятствием, которое лишь доказывало ей, что никаких препятствий не существует.

Они не виделись наедине. Она выжидала. Она не ездила на стройку, а Винанду сказала:

— Я увижу дом, когда он будет построен.

Она никогда не спрашивала его о Рорке.

Руки ее всегда лежали на подлокотниках кресла, на виду, они были барометром ее терпения, так что она отказывала себе даже в облегчении, которое могли подарить резкие движения, когда Винанд возвращался домой поздно ночью и рассказывал, что провел вечер в доме Рорка, в доме, которого она никогда не видела.

Однажды она не выдержала и спросила:

— Что это, Гейл? Наваждение?

— Возможно, — ответил он. — Странно, что он тебе не нравится.

— Я этого не говорила.

— Это видно. И вообще-то я не удивлен. Это похоже на тебя. Он не нравится тебе именно потому, что относится к тому типу мужчин, которые должны тебе нравиться. Прошу тебя, не возмущайся моим наваждением.

— Я не возмущаюсь.

— Доминик, сможешь ли ты понять, если я скажу, что люблю тебя больше с тех пор, как встретил его? Даже когда ты лежишь в моих объятиях, мое чувство к тебе сильнее, чем прежде. Я более отчетливо ощущаю свое право на тебя.

Он говорил просто, с доверием, которое установилось между ними за последние три года.

Она смотрела на него, в ее взгляде, как всегда, были нежность без презрения и печаль без жалости.

— Я понимаю, Гейл.

Спустя некоторое время она спросила:

— Что он для тебя значит, Гейл? Что-то вроде храма?

— Что-то вроде власяницы, — ответил Винанд.

Когда она ушла наверх, он подошел к окну и некоторое время стоял там, глядя на небо. Он откинул голову назад, чувствуя, как напряглись мышцы шеи, и думал, что, возможно, особая торжественность созерцания неба исходит не от того, о чем размышляешь, а именно от того, что голова откинута назад.

VI

— Основная проблема современного мира, — сказал Эллсворт Тухи, — заключается в заблуждении, что свобода и принуждение несовместимы. Для того чтобы решить те гигантские проблемы, которые ведут к гибели современный мир, необходимо внести ясность в наши воззрения. По существу, свобода и принуждение — это одно и то же. Вот простой пример. Светофоры ограничивают вашу свободу — вы не можете пересечь улицу, где вам хочется. Но это ограничение есть ваша свобода не попасть под машину. Если бы вам предоставили работу, запретив оставлять ее, это ущемило бы ваше право выбирать ту область деятельности, которая вам нравится. Но одновременно освободило бы от страха перед безработицей. Как только на нас налагается новое обязательство, мы автоматически получаем новую свободу. Эти два явления неразделимы. Только принимая всяческие ограничения, мы обретаем истинную свободу.

— Правильно! — воскликнул Митчел Лейтон. Это был настоящий вопль, резкий, пронзительно внезапный, как пожарная сирена.

Гости посмотрели на Митчела Лейтона. Он полулежал в кресле, обитом гобеленом, вытянув ноги вперед, как несносный ребенок, гордый своей неуклюжей позой. Почти все в облике Митчела Лейтона было несоразмерно: его тело начало расти, обещая стать высоким, но этого не случилось — длинный торс покоился на коротких, толстых ногах; кости его лица были тонкими, но плоть, покрывающая их, сыграла с ним злую шутку: ее было недостаточно, чтобы лицо выглядело полным, но вполне достаточно, чтобы предположить, что он хронически болен свинкой. Митчел Лейтон выглядел постоянно надутым. Это было обычным выражением его лица. Казалось, будто он дуется всем телом.

Митчел Лейтон унаследовал четверть миллиарда долларов и потратил тридцать три года жизни, чтобы загладить эту свою вину.

Эллсворт Тухи, облаченный в смокинг, стоял, опершись на бюро. Его ленивое равнодушие носило оттенок благосклонной непринужденности и некоторой наглости, как будто окружающие отнюдь не заслуживали проявления хороших манер. Взгляд его блуждал по комнате, обстановка которой не была ни современной, ни колониальной. Меблировка являла собой гладкие поверхности и изогнутые наподобие лебединых шей опоры, повсюду были зеркала в черных рамах и множество светильников, ковры и хром; объединяло все это лишь одно — немыслимая цена, заплаченная за каждую вещь.

— Правильно, — воинственно произнес Митчел Лейтон, будто знал, что никто с ним не согласится, и хотел заранее всех оскорбить. — Люди слишком суетятся вокруг понятия свободы. Я хочу сказать, что это неопределимое, затасканное понятие. И я далеко не уверен, что это такое уж благо. Я полагаю, что люди будут значительно счастливее в регулируемом обществе с определенными правилами и единым порядком — как в народном танце. Вы ведь знаете, как прекрасен народный танец. И как ритмичен. И все потому, что над ним потрудились многие поколения, и люди не позволят какому-нибудь глупцу изменить его. Это именно то, что нам нужно. Я хочу сказать: порядок и ритм. И конечно, красота.

— Это удачное сравнение, Митч, — заметил Эллсворт Тухи. — Я всегда говорил, что у тебя творческое воображение.

— Я хочу сказать, что людей делает несчастными не ограниченность выбора, а неограниченный выбор, — добавил Митчел Лейтон. — Решать, человек должен всегда решать, хотя его раздирают противоречия. В регулируемом обществе человек чувствует себя в безопасности. Никто не будет ему докучать, чтобы он что-то предпринимал. Ничего и не надо будет предпринимать, только, конечно, необходимо трудиться на благо общества.

— Важны только духовные ценности, — сказал Гомер Слоттерн. Надо идти в ногу со временем. Наш век — век духовных ценностей.

У Гомера Слоттерна было широкое лицо с сонными глазами. Пуговицы из рубинов и изумрудов напоминали пятна от салата на его накрахмаленной белой рубашке. Он был владельцем трех универсальных магазинов.

— Необходим закон, обязывающий каждого изучать таинственные загадки древнего мира, — сказал Митчел Лейтон. — Они высечены на камнях египетских пирамид.

— Ты прав, Митч, — согласился Гомер Слоттерн. — В защиту мистицизма можно многое сказать. С одной стороны. С другой — диалектический материализм...

— Они не противоречат друг другу, — презрительно промычал Митчел Лейтон. — В будущем общество соединит их.

— Дело в том, — заметил Эллсворт Тухи, — что оба являются проявлением одного и того же — единой цели. — Его очки засверкали, как будто освещенные изнутри; он наслаждался своим оригинальным утверждением.

— Для меня единственным моральным принципом является бескорыстие, — сказала Джессика Пратт, — самый благородный принцип, священный долг, значительно более важный, чем свобода. Бескорыстие — единственный путь к счастью. Я расстреляла бы всех противников этого принципа, чтобы не мучились. Они все равно не могут быть счастливыми.

Джессика Пратт говорила задумчиво. У нее было нежное увядающее лицо; ее дряблая кожа без всякой косметики производила странное впечатление, — казалось, дотронься до нее и на пальце останется белесое пятнышко пыли.

Джессика Пратт принадлежала к одной из старых американских семей, у нее не было денег, но была одна большая страсть — любовь к младшей сестре Рене. Они рано остались сиротами, и она посвятила свою жизнь воспитанию Рене. Она пожертвовала всем: не вышла замуж, долгие годы боролась, плела интриги, строила тайные планы, но добилась своего — Рене вышла замуж, ее мужем стал Гомер Слоттерн.

Рене Слоттерн свернулась калачиком на низком диванчике и жевала арахис. Время от времени она протягивала руку к хрустальной вазе за очередной порцией, и этим ее физические усилия ограничивались. Ее бесцветные глаза на бледном лице были спокойны.

— Это уж слишком, Джесси, — заметил Гомер Слоттерн. — Нельзя требовать, чтобы все были святыми.

— А я и не требую, — робко возразила Джессика. — Я давно ничего не требую. Что нам нужно, так это образование. Думаю, мистер Тухи понимает меня. Если заставить каждого получить хорошее образование, мир будет намного лучше. Если мы заставим людей совершать благие дела, они смогут стать счастливыми.

— Это совершенно пустой спор, — вмешалась Ева Лейтон. — Ни один мало-мальски культурный человек сегодня не верит в свободу. Это устарело. Будущее за социальным планированием. Принуждение — закон природы. Вот так, и это очевидно.

Ева Лейтон была красива. Свет люстры освещал ее лицо, обрамленное прямыми черными волосами, бледно-зеленый атлас ее платья казался живым. Он мягко струился вдоль тела, и казалось, вот-вот обнажит нежную кожу. Ева обладала особым даром выбирать ткани и духи, столь же современные, как алюминиевые столешницы. Она была подобна Венере, поднимавшейся из люка подводной лодки.

Ева Лейтон считала своим предназначением быть в авангарде — не важно чего; главным достоинством был легкомысленный прыжок и триумфальное приземление намного впереди всех остальных. Вся ее философия заключалась в одной фразе: «Мне все сойдет с рук». Ее любимым высказыванием было: «Я? Я — послезавтрашний день». Она была великолепной наездницей и пловчихой, водила гоночный автомобиль, была потрясающим пилотом. Если она осознавала, что главная тема дня — область идей, то предпринимала очередной прыжок через любую канаву на своем пути и приземлялась далеко впереди. А приземлившись, удивлялась, что находились люди, сомневавшиеся в ее ловкости. Ведь прежние ее достижения никто не ставил под сомнение. У нее выработалась нетерпимость к людям, которые не разделяли ее политических взглядов. Для нее это было как личное оскорбление. Она всегда была права, поскольку она была человеком послезавтрашнего дня.

Муж Евы, Митчел Лейтон, ненавидел ее.

— Спор отнюдь не пустой, — раздраженно сказал он. — Не каждый так эрудирован, как ты, дорогая. Мы должны помогать другим. Это моральный долг идейного лидера. Я хочу сказать, что не следует рассматривать слово «принуждение» как пугало. То, что направлено на благо, то есть совершается во имя любви, не принуждение. Однако не знаю, как заставить страну понять это. Американцы такие ограниченные.

Он не мог простить своей стране того, что, дав ему четверть миллиарда долларов, она отказала ему в соответствующей доле почитания. Окружающие с удовольствием принимали его чеки, но не принимали его взглядов на искусство, литературу, историю, биологию, социологию и метафизику. Он жаловался, что люди отождествляют его с его деньгами; он ненавидел людей, потому что они не распознали его сущности.

— Можно многое сказать в пользу принуждения, — констатировал Гомер Слоттерн. — При условии, что оно будет планироваться демократическим путем. На первом месте всегда должно быть всеобщее благо, нравится нам это или нет.

В переводе на нормальный язык позиция Гомера Слоттерна состояла из двух противоречащих друг другу положений, но это его не волновало, поскольку он не подвергал ее переводу. Во-первых, он считал абстрактные теории просто чепухой, но, если именно на них имелся спрос, почему бы не предоставить их, и, кроме того, это хороший бизнес. Во-вторых, он огорчался, что пренебрег тем, что называют духовной жизнью, и предпочел делать деньги, и в этом люди вроде Тухи правы. А что, если у него отберут его магазины? Может, ему будет легче жить, если он станет администратором государственного предприятия? Разве зарплата администратора не обеспечит тот комфорт и престиж, которые были у него сейчас, причем без обязанностей и ответственности собственника?

— А правда, что в обществе будущего женщина сможет спать с любым мужчиной? — спросила Рене Слоттерн. Это совершенно не интересовало ее. Ее не волновало, какие чувства возникают, когда действительно хочешь мужчину, и как вообще можно этого хотеть.

— Глупо говорить о личном выборе, — сказала Ева Лейтон. — Это старомодно. Нет больше понятия личность, есть только коллектив. И это очевидно.

Эллсворт Тухи улыбнулся и ничего не сказал.

— С народом надо что-то делать, — заявил Митчел Лейтон. — Народом надо управлять. Он не понимает, что для него хорошо. Не могу понять, почему интеллигентные люди с положением в обществе, как мы, принимают идеал коллективизма и готовы пожертвовать ради него личным благополучием, в то время как рабочие, которые только выиграют от этого, так тупо безразличны. Не могу понять, почему рабочие в нашей стране практически не расположены к коллективизму.

— Не можешь понять? — переспросил Эллсворт Тухи. Очки его сверкали.

— Мне это надоело, — раздраженно заявила Ева Лейтон, расхаживая по комнате и сверкая плечами.

Разговор перекинулся на искусство и на его признанных в настоящее время лидеров.

— Лойс Кук считает, что слова должны быть освобождены от гнета интеллекта, что мертвая хватка слов интеллектом сравнима с угнетением народа эксплуататорами. Слова должны вступать в отношения с разумом через коллективный договор. Вот что она сказала. Она такая занятная, в ней есть что-то бодрящее.

— Айк — как там его фамилия? — говорит, что театр — инструмент любви. Он считает, что пьеса разыгрывается не на сцене, а в сердцах зрителей.

— Жюль Фауглер написал в воскресном номере «Знамени», что в обществе будущего в театре вообще не будет надобности. Он пишет, что повседневная жизнь обычного человека — такое же произведение искусства, как трагедия Шекспира. Для драматурга в обществе будущего места не найдется. Критик будет просто наблюдать жизнь людей и давать оценку ее художественных сторон для публики. Именно так выразился Жюль Фауглер. Не уверен, что согласен с ним, но в его взглядах есть что-то новое и интересное.

— Ланселот Клоуки утверждает, что Британская империя обречена. Он говорит, что войны не будет, потому что рабочие во всем мире не допустят этого. Войну начинают банкиры и производители оружия, но их выбили из седла. Ланселот Клоуки считает, что вселенная — тайна и что его лучший друг — мать. Он говорит, что премьер-министр Болгарии ест на завтрак селедку.

— Гордон Прескотт считает, что вся архитектура — это лишь четыре стены и потолок. Пол необязателен. Все остальное — капиталистическая показуха. Он говорит, что надо запретить что бы то ни было строить, пока каждый человек на земле не будет иметь крыши над головой... А как же патагонцы? Наше дело внушить патагонцам, что им необходима крыша над головой. Прескотт называет это диалектической межпространственной взаимозависимостью.

Эллсворт Тухи ничего не говорил. Он стоял, улыбаясь, его мысленному взору представлялась огромная пишущая машинка. Каждое известное имя, которое он слышал, было ее клавишей, каждая отвечала за свой участок, каждая наносила удар и оставляла свой след, все это соединялось в текст на огромном чистом листе. Пишущая машинка, думал он, предполагает руку, которая бьет по клавишам.

Он встрепенулся, услышав мрачный голос Митчела Лейтона:

— Да, да, это проклятое «Знамя»!

— Я понимаю, — откликнулся Гомер Слоттерн.

— Спрос на него падает, — отметил Митчел Лейтон. — Совершенно очевидно — дни его сочтены. Хорошеньким же вложением капитала это обернулось для меня. Единственный случай, когда Эллсворт ошибся.

— Эллсворт никогда не ошибается, — сказала Ева Лейтон.

— На этот раз он все же ошибся. Именно он посоветовал мне купить долю в этой вшивой газетенке. — Он увидел смиренные глаза Тухи и поспешно добавил: — Но я не жалуюсь, Эллсворт. Все в порядке. Это, вероятно, даже поможет мне уменьшить подоходный налог. Но этот грязный реакционный бульварный листок, несомненно, подыхает.

— Потерпи немного, Митч, — посоветовал Тухи.

— А тебе не кажется, что мне надо ее продать и покончить с этим?

— Нет, Митч, не кажется.

— Ну ладно, если тебе так не кажется, я могу себе позволить сохранить ее. Я вообще могу себе позволить все что угодно.

— А я, черт возьми, нет! — воскликнул Гомер Слоттерн с удивительной горячностью. — Все идет к тому, что я не смогу давать рекламу в «Знамени». И дело не в тираже, с этим все в порядке, мешает какое-то ощущение... странное ощущение... Эллсворт. Я подумываю о расторжении контракта.

— Почему?

— Ты знаешь что-нибудь о движении «Мы не читаем Винанда»?

— Что-то слышал.

— Его возглавляет некто Гэс Уэбб. Они расклеивают листовки на ветровых стеклах машин и в общественных туалетах. Они освистывают в кинотеатрах кинохронику Винанда. Я не думаю, что... Их немного, но... На прошлой неделе одна женщина устроила истерику в моем магазине, том, что на Пятой авеню, обзывая нас врагами трудящихся, потому что мы размещаем свою рекламу в «Знамени». Конечно, на это можно было бы не обращать внимания, но положение осложнилось, когда одна из наших старейших покупательниц, приятная пожилая леди из Коннектикута, три поколения ее семьи, как и она сама, принадлежали к Республиканской партии, позвонила и сказала, что, возможно, закроет счет у нас, так как кто-то сообщил ей, что Винанд диктатор.

— Гейл Винанд ничего не смыслит в политике, кроме простейших проблем, — сказал Тухи. — Он все еще мыслит в терминах демократов из Адской Кухни. Все, что происходило в политике в те дни, в достаточной степени невинно.

— Мне все равно. Не в этом дело. Я имею в виду, что «Знамя» становится в какой-то степени помехой. Оно вредит делу. А сейчас нужно быть особенно осторожным. Ты связываешься с неподходящими людьми и узнаешь, что началась клеветническая кампания, брызги которой попадают и на тебя. Я не могу себе этого позволить.

— Но эта кампания не совсем несправедлива.

— Мне все равно. Мне плевать, справедлива она или нет. Зачем мне рисковать ради Гейла Винанда? Если общество настроено против него, моя задача — отойти в сторону, и быстро. И я не один. Нас порядочно, тех, кто думает так же. Джим Феррис из «Феррис и Симе», Билли Шульц из «Вимо Флейкс», Баз Харпер из «Тоддлер Тоге» и... Черт, ты их всех знаешь, все они твои друзья, это наш круг, либеральные бизнесмены. Мы все решили изъять рекламу из «Знамени».

— Потерпи немного, Гомер. На твоем месте я бы не спешил. Всему свое время. Существует такое понятие, как психологический момент.

— Хорошо. Я положусь на тебя. Однако... в воздухе носится какое-то предчувствие. И когда-нибудь это станет опасным.

— Возможно. Я предупрежу тебя, когда это случится.

— Я думала, что Эллсворт продолжает работать в «Знамени», — безучастно произнесла Рене Слоттерн.

Все повернулись к ней с жалостью и возмущением.

— Как ты наивна, Рене, — пожала плечами Ева Лейтон.

— Но что случилось со «Знаменем»?

— Ну-ну, детка, не вмешивайся в грязную политику, — сказала Джессика Пратт. — «Знамя» — безнравственная газетенка. Мистер Винанд — порочный человек. Он защищает эгоистичные интересы богатых.

— Мне кажется, он хорош собой, — заметила Рене. — По-моему, он сексуален.

— О Боже мой! — вскрикнула Ева Лейтон.

— Ладно, в конце концов Рене вправе высказать свое мнение, — сказала Джессика Пратт с ноткой ярости в голосе.

— Мне говорили, Эллсворт, что ты являешься президентом Союза служащих Винанда, — медленно проговорила Рене.

— Да нет же, Рене, нет. Я никогда ничего не возглавляю. Я всего лишь рядовой член. Как обычный клерк.

— А что, существует профсоюз служащих Винанда? — спросил Гомер Слоттерн.

— Сначала это был просто клуб, — пояснил Тухи. — Союзом он стал в прошлом году.

— А кто его организовал?

— Кто его знает. Он возник как-то неожиданно. Как и все общественные начинания.

— Я думаю, Винанд просто мерзавец, — заявил Митчел Лейтон. — Что он о себе мнит? Я прихожу на собрание акционеров, а он обращается с нами как с лакеями. Что, мои деньги хуже, чем его? Разве не я владею самым большим пакетом акций его проклятой газеты? Я мог бы научить его кое-чему в журналистике. И у меня много идей. Что дает ему право быть таким самонадеянным? Только то, что он нажил состояние? Что вышел в люди из Адской Кухни? Разве кто-то виноват, что ему не удалось родиться в Адской Кухне? Никто не понимает, как ужасно родиться богатым. Люди принимают как само собой разумеющееся, что ты был бы никчемным человеком, если бы не родился богатым. Да если бы у меня были такие возможности, как у Гейла Винанда, я бы был в два раза богаче, чем он сейчас, и в три раза знаменитее. Но он так самодоволен, что даже не осознает этого.

Никто не промолвил ни слова. Все почувствовали крепнущие истерические нотки в голосе Митчела Лейтона. Ева Лейтон посмотрела на Тухи, молчаливо умоляя о помощи. Тухи улыбнулся и сделал шаг к Митчелу.

— Мне стыдно за тебя, Митч, — произнес он.

Гомер Слоттерн чуть не задохнулся. Никто еще так не упрекал Митчела Лейтона; никто никогда не упрекал Митчела Лейтона.

Нижняя губа Митчела Лейтона почти исчезла.

— Мне стыдно за тебя, Митч, — строго повторил Тухи, — за то, что ты сравниваешь себя с таким презренным человеком, как Гейл Винанд.

Рот Митчела Лейтона размяк, и на его месте возникло нечто похожее на улыбку.

— Это правда, — сказал он послушно.

— Нет, ты не смог бы сделать такую карьеру, как Гейл Винанд. Это не соответствует твоему духу и гуманным инстинктам. Это сдерживает тебя, Митч, а не твой капитал. Кому сейчас нужны деньги? Время денег прошло. Твой внутренний мир слишком благороден для жестокой конкуренции нашей капиталистической системы. Но и она наконец-то уходит в прошлое.

— Это очевидно, — добавила Ева Лейтон.

Было уже поздно, когда Тухи ушел домой. Он был возбужден и решил идти пешком. Улицы были мрачны и пустынны, темные массы зданий уверенно устремлялись в небо. Он вспомнил, что однажды сказал Доминик: «Сложный механизм, каким является наше общество, можно простым нажатием твоего маленького пальчика на его центр тяжести превратить в кучу обломков...» Он скучал по Доминик. Жаль, что ее не было на этой вечеринке.

Неразделенные чувства переполняли его. Он остановился на одной из тихих улиц и, закинув голову назад, громко захохотал, глядя на небоскребы.

Полицейский, дотронувшись до его плеча, спросил:

— В чем дело, мистер?

Тухи увидел пуговицы голубого мундира, плотно обтягивающего широкую грудь, бесстрастное лицо, суровое и терпеливое, — этот человек был так же крепок и надежен, как дома вокруг.

— Исполняете свой долг, констебль? — спросил Тухи. Отголоски смеха еще слышались в его голосе. — Защищаете закон, порядок, приличие и человеческие жизни? — Полицейский почесал затылок. — Вам следует арестовать меня, констебль.

— Ну ладно, ладно, парень, — сказал полицейский. — Иди давай. Время от времени все мы принимаем лишнего.

VII

Только когда ушел последний маляр, Питер Китинг почувствовал опустошенность. Он стоял в холле и смотрел на потолок. Под режущим глаз глянцем краски он все еще видел очертания проема, откуда убрали лестничный пролет, а отверстие замуровали. Старого бюро Гая Франкона больше не существовало. Теперь фирма «Китинг и Дьюмонт» занимала один этаж. Он вспомнил, как впервые поднимался по покрытым пушистым малиновым ковром ступеням этой лестницы, держа кончиками пальцев чертеж.

Он думал о бюро Гая Франкона, о тех четырех годах, когда оно принадлежало ему одному.

Он знал, что происходило с его фирмой в последние годы; он окончательно понял это, когда люди в комбинезонах убирали лестницу и заделывали отверстие в потолке. Именно этот квадрат под белой краской свидетельствовал, что все реально и бесповоротно. Он давно уже примирился с мыслью, что все катится под откос. Это не было его личным выбором — все произошло само собой, а он не сопротивлялся. Все было просто и почти безболезненно, как дремота, увлекающая в сон — желанный сон, и не более того. Тупая боль шла от желания понять, почему так случилось.

Одна выставка «Марш столетий» не могла стать причиной. Выставка открылась в мае. Это было фиаско. В чем дело, подумал Китинг, почему не назвать это своим именем? Фиаско. Ужасный провал. «Название этого проекта было бы вполне подходящим, — писал Эллсворт Тухи, — если бы мы приняли точку зрения, что столетия двигались верхом на лошади». Все остальное написанное об архитектурных достижениях выставки было в том же духе.

С тоскливой горечью Китинг думал о том, как добросовестно они работали — и он, и семеро других архитекторов. Разумеется, он приложил много усилий, чтобы привлечь внимание прессы к собственной персоне, но, конечно же, в работе все было совсем наоборот. Они работали согласованно, обсуждая вновь и вновь все детали, уступая друг другу, среди них царил дух коллективизма, никто не пытался навязывать свои личные взгляды и интересы. Даже Ралстон Холкомб забыл о Возрождении. Они создали современные здания, самые современные из когда-либо существовавших, более современные, чем витрины универмага Слоттерна. Он не считал, что дома выглядели как «паста, выдавленная из тюбика, на который кто-то случайно наступил», или «стилизованный вариант прямой кишки» — так написал один из критиков.

Но люди, похоже, именно так и думали, если они вообще способны думать. Ему трудно было судить. Он знал только, что билеты на выставку навязывали публике в театрах и что сенсацией выставки, ее финансовой палочкой-выручалочкой была некая особа по имени Хуанита Фей, танцевавшая с живым павлином, который был единственным, что прикрывало ее тело.

Но разве дело в том, что ярмарка провалилась? Она никак не затронула интересов других архитекторов, входивших в ее совет. Гордон Л. Прескотт преуспевал как никогда. Нет, дело не в этом, думал Китинг. Все началось до ярмарки. Он не мог сказать когда.

Можно было привести много объяснений.

Ощутимый удар всем нанесла депрессия; некоторые в какой-то степени оправились, Китинг и Дьюмонт — нет. С выходом в отставку Гая Франкона что-то ушло и из фирмы, и из тех кругов, в которых фирма черпала клиентов. Китинг понимал, что в творчестве Гая Франкона были не поддававшиеся логике энергия и мастерство, даже если это мастерство заключалось лишь в шарме, а вся энергия была направлена на то, чтобы заманить сбитых с толку миллионеров. Было что-то непонятное, необъяснимое в реакции клиентов на Гая Франкона.

Он не мог найти сколько-нибудь разумного объяснения тому, что привлекает людей сейчас. Лидером в профессии — на среднем уровне, высокого уровня не осталось уже нигде — был Гордон Л. Прескотт, председатель Совета американских строителей, Гордон Л. Прескотт, лектор, читавший лекции об абстрактном прагматизме архитектуры и социальном планировании, любитель положить ноги на стол в гостиной, прийти на официальный обед в бриджах и громко высказывать критические замечания по поводу супа. Представители высшего общества утверждали, что им нравятся архитекторы либералы. Американская гильдия архитекторов все еще держалась — упрямо, с чувством оскорбленного достоинства, но к ней уже относились как к богадельне. Все профессиональные проблемы архитекторов решал Совет американских строителей, заявляя под сурдинку, что для людей со стороны эта организация закрыта. Когда в статье, написанной Эллсвортом Тухи, появлялось имя архитектора, это, как правило, было имя Гэса Уэбба. Хотя Китингу было всего тридцать девять лет, уже поговаривали, что он старомоден.

Китинг перестал пытаться что-то понять. Он смутно догадывался, что причины тех изменений, которые захлестнули мир, были такого характера, каких он предпочитал не знать. В юности он с добродушной снисходительностью презирал работы Гая Франкона и Ралстона Холкомба, и подражание им казалось ему не более чем невинным шарлатанством. Он знал, что Гордон Л. Прескотт и Гэс Уэбб олицетворяют такое нагло порочное надувательство, что закрыть на это глаза было выше даже его эластичной совести. Раньше он искренне полагал, что люди считают Холкомба великим архитектором, и не видел ничего зазорного в том, чтобы заимствовать немного этого величия. Сегодня он был уверен, что никто не находит ничего великого у Прескотта. Он ощущал что-то темное и злобное в том, как люди говорили о гениальности Прескотта: они будто не воздавали ему должное, а плевали в гения. В этом Китинг не мог следовать за другими; даже ему было ясно, что общественное признание не является более признанием заслуг, а превратилось в постыдное клеймо.

Он еще держался, но скорее по инерции. Он был уже не в состоянии содержать целый этаж, почти половина помещений которого не использовалась, но сохранял их, доплачивая из собственного кармана. Он должен был держаться. Он потерял большую часть личного состояния в безрассудных биржевых спекуляциях, но у него осталось достаточно средств, чтобы обеспечить себе необходимый комфорт до конца жизни. Это не очень его волновало, деньги перестали быть для него основной заботой. Чего он действительно боялся, так это бездеятельности; его держал в напряжении страх перед завтрашним днем, боязнь лишиться повседневной работы.

Он ходил медленно, сгорбившись, прижав руки к телу, будто преодолевая холодный встречный ветер. Он начал полнеть. Лицо его оплыло, второй подбородок упирался в узел галстука. Намек на былую привлекательность еще сохранился в нем, и это еще больше портило его. Казалось, выразительные черты его лица размазались, расплылись неясными очертаниями — как на промокательной бумаге. Его виски засеребрились сединой. Он часто пил, не испытывая никакого удовольствия.

Он упросил мать вернуться к нему. Она переехала. Теперь они долгими вечерами сидели вдвоем в гостиной и молчали, пытаясь найти утешение друг в друге. Миссис Китинг ничего не советовала и ни в чем не упрекала. В ее отношении к сыну появилась какая-то новая пугливая нежность. Она подавала ему завтрак, хотя у них была прислуга; она готовила его любимые блюда — французские блинчики, именно такие он любил, когда ему было девять лет и он болел корью. Если он замечал ее старания и говорил ей что-нибудь приятное, она кивала головой, моргала, отворачивалась и удивлялась, что это делает ее такой счастливой и отчего при этом на глаза ее наворачиваются слезы.

Она неожиданно спрашивала его после долгого молчания: «Все будет в порядке, Пит? Правда?» И он не спрашивал, что она имеет в виду, а тихо отвечал: «Да, мама, все утрясется», стараясь, чтобы его голос звучал убедительно.

Однажды она спросила:

— Ты счастлив, Пит? Правда?

Он посмотрел на нее и понял, что она не смеется над ним, — ее глаза были широко раскрыты и испуганы. И так как он не мог ничего ответить, она вскрикнула:

— Но ты должен быть счастлив, Пит! Должен, иначе для чего же я жила?

Он хотел встать, обнять ее и сказать, что все будет хорошо, — и вдруг вспомнил, как Гай Франкон сказал ему в день свадьбы: «Я хочу, чтобы ты гордился мной, Питер... Хочу знать, что я кое-что сумел, что моя жизнь не была бессмысленной». И он не смог даже пошевелиться. Он ощутил вдруг что-то, чего не следовало осознавать, о чем не надо думать, и отвернулся от матери.

Однажды вечером она неожиданно сказала:

— Пит, я думаю, тебе надо жениться. Мне кажется, тебе будет лучше, если ты женишься.

Он не знал, что ответить, и пока подыскивал что-нибудь ободряюще веселое, она добавила:

— Пит, а почему бы тебе... почему бы тебе не жениться на Кэтрин Хейлси?

Он почувствовал, как ярость заволакивает ему глаза, давит на припухшие веки, но, посмотрев на ее приземистую маленькую фигурку, беззащитно застывшую с какой-то доведенной до отчаяния гордостью, готовую принять от него любой удар, заранее оправдывая его, понял, что это самый храбрый поступок в ее жизни. Гнев отступил, он почувствовал, что ее боль острее, чем его ярость, вяло махнул рукой, выражая этим жестом все, и только сказал:

— Мама, давай не...

В конце недели, не часто, раз или два в месяц, он исчезал из города. Никто не знал куда. Миссис Китинг беспокоилась, но ни о чем не спрашивала. Она подозревала, что у него есть женщина, не очень порядочная, иначе он не молчал бы и не был так мрачен. Миссис Китинг поймала себя на том, что надеется, чтобы у отвратительной и жадной потаскушки, в лапы которой он попал, все же хватило ума женить его на себе. А он отправлялся в хижину, которую снял в захолустной горной деревушке. Там у него были краски, кисти и холсты. Он не знал, почему вернулся к неосуществленной мечте своей юности, которой его мать пренебрегла, направив его интересы в область архитектуры. Он не мог бы объяснить, что именно вновь вызвало это непреодолимое желание; но он нашел эту хижину, и ему нравилось ездить сюда.

Он не мог утверждать, что ему нравится рисовать. Рисование не приносило ему ни удовольствия, ни облегчения, это было скорее самоистязанием, но для него это не имело значения. Он сидел на парусиновом стульчике перед маленьким мольбертом и смотрел на склоны гор, лес и небо. Какая-то тихая боль была его единственным ощущением, именно это он хотел выразить — робкую, невыносимую нежность к тому, что его окружало, но что-то сдерживало, парализовало его волю. Однако он продолжал попытки. Он понимал, что получается плохо — неуклюже, по-детски. Но это не имело значения. Этого никто не увидит. Перед возвращением в город он осторожно складывал холсты в углу хижины. Он не испытывал ни удовольствия, ни гордости, только — когда одиноко сидел перед мольбертом — умиротворение.

Он старался не думать об Эллсворте Тухи. Какой-то смутный инстинкт подсказывал ему, что, если он хочет сохранить зыбкое ощущение безопасности, лучше не вспоминать о Тухи. Поведение Тухи могло иметь только одно объяснение, которое Китинг предпочитал не формулировать в словах.

Тухи отдалился от него. Интервалы между их встречами увеличивались год от года. Он смирился, объясняя это тем, что Тухи очень занят. Озадачивало то, что Тухи перестал писать о нем. Он убеждал себя, что есть более важные темы. То, что Тухи раскритиковал «Марш столетий», было для Китинга ударом. Он сказал себе, что заслужил это. Он принимал любые упреки. Он сомневался в себе. Он не мог сомневаться в Эллсворте Тухи.

Нейл Дьюмонт заставил его вновь мысленно вернуться к Эллсворту Тухи. Нейл раздраженно говорил о состоянии, в котором находится мир, о том, что прошлого не воротишь, об изменениях как законе всего живого, о приспособляемости и о том, что все должны быть в равном положении. Из его длинной, запутанной речи Китинг понял, что бизнесу, как они его понимали, пришел конец, что все руководство, нравится им это или нет, примет на себя правительство, что частное строительство дышит на ладан и вскоре только правительство будет им заниматься; что надо присоединиться к государственным фирмам сейчас, если у них вообще есть желание продолжать работать.

— Посмотри на Гордона Прескотта, — сказал Нейл Дьюмонт, — он заполучил премиленькую монополию на проектирование жилых домов и почтовых павильонов. Посмотри на Гэса Уэбба — примазался к шайке вымогателей и прет напролом.

Китинг не отвечал. Нейл Дьюмонт высказывал вслух его собственные невысказанные мысли; он знал, что скоро ему придется столкнуться с этими проблемами лицом к лицу, но хотел, чтобы это случилось как можно позже.

Он не хотел думать о Кортландте.

Кортландт был государственным проектом жилой застройки в Астории, на берегу Ист-Ривер. Этот проект задумывался как гигантский эксперимент возведения домов с максимально низкой квартирной платой, эталон для всей страны, для всего мира. В архитектурных кругах этот проект обсуждался больше года. Были выделены необходимые средства, было выбрано место — но не архитектор. Китинг не мог признаться даже себе, как сильно хотел получить этот подряд и как мало у него было шансов.

— Послушай, Пит, давай называть вещи своими именами, — сказал Нейл Дьюмонт. — Мы обречены, приятель, и ты это знаешь. Может, продержимся еще год-два благодаря твоей репутации. А потом? Это не наша вина. Просто частное предпринимательство умирает, и эта тенденция крепнет. Это исторический процесс. Волна будущего. Так что нам следует найти свою доску для серфинга, пока у нас еще есть время. И такая хорошая, крепкая доска есть и ждет парня, который достаточно сообразителен, чтобы схватить ее, Кортландт.

Вот он и услышал свою потаенную мечту высказанной вслух. Почему же это слово прозвучало как приглушенный удар колокола, как будто именно этот звук открыл последовательный ряд других, которые он не в силах будет остановить?

— Что ты имеешь в виду, Нейл?

— Кортландт. Эллсворт Тухи. Ты знаешь, что я имею в виду.

— Нейл, я...

— Что с тобой случилось, Пит? Все ведь смеются. Говорят, что, если бы кто-нибудь из них был любимчиком Тухи, как ты, они бы заполучили Кортландт вот так. — Он легонько щелкнул своими ухоженными, наманикюренными пальцами. Никто не понимает, чего ты ждешь. Ты же знаешь, что именно наш друг Эллсворт держит в своих руках этот проект.

— Неправда. Не он. Он ведь не занимает никакой официальной должности. Он никогда не занимает официальных должностей.

— Кого ты обманываешь? Все, кто что-нибудь значит, в каждой конторе, — его парни. Будь я проклят, если знаю, как ему удалось пристроить их туда, но он это сделал. Что с тобой, Пит? Ты что, боишься попросить Эллсворта Тухи об одолжении?

Вот оно, подумал Китинг, теперь отступать некуда. Он не мог себе признаться, что боится о чем-либо просить Эллсворта Тухи.

— Нет, — сказал он тусклым голосом. — Я не боюсь, Нейл. Я... Ладно, Нейл. Я поговорю с Эллсвортом.

Эллсворт Тухи в домашнем халате полулежал на диване. Тело его имело форму небрежно написанной буквы Х — он закинул руки за голову, положив их на спинку дивана, широко разбросал ноги. Халат был шелковый, разрисованный фирменным знаком пудры Коти — белые пуховки на оранжевом фоне; это выглядело дерзко, весело и в высшей степени элегантно из-за полнейшей нелепости. Под халатом была помятая фисташкового цвета пижама, штанины которой болтались на тонких ногах.

Как это похоже на Тухи, подумал Китинг, такая поза среди строгой утонченности гостиной; единственный холст известного художника висел на стене за спиной Тухи, все остальное напоминало монашескую келью; нет, продолжал думать Китинг, скорее прибежище короля в изгнании, презирающего демонстрацию материального благополучия. Глаза у Тухи были добрые, чуть насмешливые, ободряющие. Он сам поднял телефонную трубку и сразу же назначил встречу. Китинг подумал: «Как приятно встречаться вот так, неофициально. Чего я боялся? В чем сомневался? Ведь мы старые друзья».

— О Господи, — произнес Тухи, зевая,— иногда так устаешь! В жизни наступает момент, когда неудержимо хочется расслабиться, подобно самому отъявленному лентяю. Я пришел домой и почувствовал, что больше ни минуты не могу оставаться в своей одежде. Почувствовал себя как окаянный крестьянин, все тело чесалось, я просто должен был раздеться. Ты ведь не возражаешь, Питер? С некоторыми просто необходимо быть в форме, но с тобой такой необходимости нет.

— Конечно, нет.

— Через некоторое время, пожалуй, приму ванну, ничего нет лучше горячей ванны, чтобы почувствовать себя тунеядцем. Ты любишь горячую ванну, Питер?

— Ну... да... возможно.

— Ты толстеешь, Питер. Скоро на тебя будет противно смотреть в ванне. Полнеешь, а выглядишь осунувшимся. Это плохое сочетание. Совершенно неэстетичное. Толстяки должны выглядеть счастливыми и веселыми.

— Я... У меня все в порядке, Эллсворт. Только вот...

— У тебя всегда был веселый нрав. Не теряй его. Людям будет скучно с тобой.

— Я не изменился, Эллсворт. — И вдруг произнес с особой силой: — Я действительно совсем не изменился. Я такой же, как и тогда, когда проектировал здание «Космо-Злотник».

Китинг с надеждой посмотрел на Тухи. Намек был достаточно прозрачен, чтобы Тухи понял; Тухи понимал вещи значительно более тонкие. Он ждал поддержки. Тухи продолжал смотреть на него добрыми, ничего не выражающими глазами.

— Что ты, Питер, с философской точки зрения это неправильное утверждение. Перемены — основной закон вселенной. Все меняется. Времена года, листья, цветы, птицы, мораль, люди и дома. Это закон диалектики, Питер.

— Да, разумеется. Все меняется так быстро и так непредсказуемо. Даже не замечаешь и вдруг однажды утром — осознаешь. Помнишь, всего несколько лет назад Лойс Кук и Гордон Прескотт, Айк и Ланс были никто. А сейчас — посмотри, Эллсворт, они на самом верху, и все они твои. Куда ни посмотрю, какое имя ни услышу, — это всегда твой парень. Ты просто чудо, Эллсворт. Как этого можно добиться — всего за несколько лет...

— Это намного проще, чем тебе представляется, Питер. Ты мыслишь в масштабе личности. Тебе кажется, что все делается поштучно. Но ведь тогда и сотне импресарио не хватило бы жизни. Все происходит значительно быстрее. Наш век — век механизмов, дающих экономию времени. Когда хочешь что-нибудь вырастить, ты не ухаживаешь отдельно за каждым семенем. Ты просто разбрасываешь удобрение. Остальное сделает природа. Мне кажется, ты считаешь меня ответственным за все. Это не так. Силы небесные, совсем не так. Я просто один из многих, один рычаг гигантского механизма. Очень большого и очень древнего. Просто так случилось, что я оказался в той сфере деятельности, которая тебя интересует, — в сфере искусства, поскольку считал, что в нем сосредоточились все решающие факторы той задачи, которую нам надлежит выполнить.

— Да, конечно, но я имею в виду... Я думаю, ты поступил очень умно. Я хочу сказать, что ты выбрал молодых, талантливых людей, у которых есть будущее. Будь я проклят, если понимаю, как ты сумел все это предвосхитить. Помнишь тот чердак, где размещался Совет американских строителей? Никто не воспринимал нас серьезно. Бывало, даже смеялись, что ты попусту тратишь время на всякие дурацкие организации.

— Дорогой Питер, люди так часто заблуждаются. Например, формула «Разделяй и властвуй». Ну, у нее есть какое-то применение. Но наш век изобрел значительно более убедительную формулу: «Объединяй и властвуй».

— Что это значит?

— Нечто такое, чего тебе не постичь. И я не хочу перенапрягать тебя. Ты не похож на человека, у которого избыток сил.

— О, со мной все в порядке. Возможно, я немного встревожен, потому что...

— Тревожиться — бессмысленная трата нервов. Очень глупая. Недостойная просвещенного человека. Поскольку человек всего лишь результат химических процессов и экономических факторов предшествующих столетий, он ни черта не может. А если так, зачем тревожиться? Разумеется, есть исключения. Но эти исключения — просто видимость. Когда обстоятельства заставляют нас заблуждаться, будто бы существует некая свобода действий. Например, твой визит, чтобы поговорить о Кортландте.

Китинг заморгал, потом благодарно улыбнулся. Он подумал, что это в духе Эллсворта — догадаться и избавить его от затруднительного первого шага.

— Ты прав, Эллсворт. Именно об этом я хотел поговорить с тобой. Ты удивительный человек, читаешь меня, как раскрытую книгу.

— Какую книгу, Питер? Бульварный роман? Любовный? Детектив? Просто плагиат? Нет, скажем так: роман в нескольких частях. Хороший, длинный, увлекательный, но без последней части. Она затерялась. И не будет никакой последней части. Если это, разумеется, не Кортландт. Да, это подходящая заключительная глава.

Китинг ждал, взгляд его был напряжен и беззащитен, он забыл о стыде, о том, что нужно скрывать свою мольбу.

— Грандиозный проект. Кортландт. Побольше, чем Стоунридж. Ты помнишь Стоунридж, Питер?

«Он просто расслабился, — подумал Китинг, — устал, он не может все время быть тактичным, он не осознает, что...»

— Стоунридж. Огромное строительство, жилой квартал Гейла Винанда. Ты когда-нибудь задумывался о карьере Винанда? От портовой крысы до Стоунриджа — ты знаешь, что значит такой рывок? Сможешь ли ты подсчитать те усилия, энергию и страдания, какие Гейл Винанд заплатил за каждый шаг на своем пути? И вот я держу в своих руках проект намного более грандиозный, чем Стоунридж, не приложив к этому ни малейшего усилия. — Он опустил руку и добавил: — Если он действительно в моих руках. Может, это лишь фигуральное выражение. Не надо понимать меня буквально, Питер.

— Я ненавижу Винанда, — глухо произнес Китинг, глядя в пол. — Ненавижу, как никого в жизни не ненавидел.

— Винанда? Он очень наивный человек. Достаточно наивный, чтобы считать, что людьми движут главным образом деньги.

— Ты не такой, Эллсворт. Ты честный человек. Именно поэтому я верю тебе. Это все, что у меня осталось. Если я перестану верить в тебя, у меня не останется ничего... нигде.

— Спасибо, Питер. Очень мило с твоей стороны. Несколько истерично, но мило.

— Эллсворт... ты ведь знаешь, как я к тебе отношусь.

— Да.

— Вот видишь, поэтому я и не могу понять.

— Чего?

Он должен сказать. Он не хотел это говорить, что бы ни случилось, но теперь должен сказать.

— Эллсворт, почему ты игнорируешь меня? Почему больше не пишешь обо мне? Почему всегда в твоих статьях, везде — в любом заказе, который ты можешь устроить, — только Гэс Уэбб?

— Но, Питер, почему бы и нет?

— Но… я…

— Жаль, что ты меня совсем не понял. За все эти годы ты так и не разобрался, какими принципами я руководствуюсь. Я не верю в индивидуализм, Питер. В незаменимых людей не верю. Я считаю, что мы все равны и взаимозаменяемы. Положение, которое сегодня занимаешь ты, завтра может занять кто-то другой — любой. Уравнительное чередование. Разве не об этом я всегда говорил? Почему, ты думаешь, я выбрал тебя? Почему помог тебе стать тем, кем ты стал? Чтобы защитить нашу сферу деятельности от людей, которые незаменимы. Чтобы дать шанс в этом мире Гэсам Уэббам. Почему, ты думаешь, я боролся с такими людьми, как, например, Говард Рорк?

Китинга будто ударили, ему показалось, будто что-то плоское и тяжелое рухнуло ему на голову и она сейчас посинеет, почернеет и разбухнет; он ничего не чувствовал, кроме тупого оцепенения. Обрывки мыслей, которые мелькали у него в голове, позволили ему понять, что услышанные идеи высоконравственны. Он всегда их принимал, и поэтому ничего дурного с ним не случится, в них нет ничего дурного. Глаза Тухи, темные, нежно-доброжелательные, смотрели прямо на него. Может быть, позже… позже он узнает… Но что-то сверлило его мозг, застряло в нем занозой. И он понял. Имя.

И хотя его единственной надеждой было расположение Тухи, с ним происходило что-то необъяснимое, он наклонился вперед, он хотел причинить Тухи боль, его губы скривились в улыбке, обнажив зубы.

— Но ты потерпел фиаско, Эллсворт. Посмотри, кто он сейчас — Говард Рорк.

— О Господи, как скучно с людьми, обреченными понимать лишь очевидное. Ты совершенно не понимаешь главного, Питер. Ты мыслишь лишь в категориях личности. Ты действительно полагаешь, что у меня нет другой миссии в жизни, кроме беспокойства об особой судьбе твоего Говарда Рорка? Мистер Рорк только деталь среди многих других. Я занимался им, когда мне было нужно. Занимаюсь и сейчас, хотя и опосредованно. Признаюсь даже, что мистер Говард Рорк — большое искушение для меня. Временами я понимаю, что будет очень жаль, если мы больше не столкнемся лично, потому что в этом может не оказаться надобности. Когда целиком сосредоточен на главном, Питер, это освобождает от необходимости заниматься личностями.

— Что ты имеешь в виду?

— Я имею в виду, что можно придерживаться одной из двух методик. Можно посвятить жизнь выдергиванию каждого сорняка, как только он вырастает, — и не хватит десяти жизней, чтобы завершить дело. А можно так подготовить почву, разбрасывая специальные химикаты, что сорняки просто не смогут на ней расти. И последний метод надежнее. Я говорю «сорняки», поскольку это привычный символ, он не испугает тебя. Та же технология применима к любым другим растениям, от которых хотелось бы избавиться: гречихе, картофелю, апельсинам, орхидеям или вьюнкам.

— Эллсворт, я не понимаю, о чем ты говоришь.

— Конечно, не понимаешь. В этом мое преимущество. Каждый Божий день я говорю об этом публично — и никто не понимает.

— Ты слышал, что Говард Рорк строит дом для Гейла Винанда?

— Питер, дорогой, ты думаешь, я ждал, пока ты сообщишь мне эту новость?

— Ну и как это тебе нравится?

— А почему это должно мне нравиться или не нравиться?

— А ты знаешь, что Рорк и Винанд закадычные друзья? И еще какие, насколько мне известно! Ты знаешь, как может повести себя Винанд. Знаешь, что он может сделать с Рорком. Попытайся остановить Рорка, немедленно! Останови его! Ты должен...

Он задохнулся и замолчал, уставившись на голые лодыжки Тухи, которые виднелись между краями штанин и меховой оторочкой домашних туфель. Он никогда не видел тела Тухи; ему никогда не приходило в голову, что у Тухи есть тело. В этой лодыжке была какая-то непристойность — белая с синеватым оттенком кожа обтягивала слишком хрупкие кости. Это напоминало куриные хрящики, оставшиеся на тарелке после обеда; дотронься до них без всякого усилия, и они сломаются. Ему захотелось протянуть руку, стиснуть лодыжку большим и указательным пальцами и стряхнуть обломки на пол.

— Эллсворт, я пришел поговорить о Кортландте. — Китинг не мог оторвать глаз от лодыжки. Он надеялся, что слова помогут ему.

— Не кричи так. Что с тобой?.. Кортландт? Ну, так что же ты хочешь?

От удивления он поднял глаза. Тухи невинно ждал.

— Я хочу получить Кортландт, — сказал он, голос его звучал глухо. — Хочу, чтобы ты отдал этот проект мне.

— Почему я должен отдать его тебе?

Китинг не ответил. Если бы он сказал сейчас: «Ты же писал, что я самый значительный из ныне живущих архитекторов», дальнейшее только доказало бы, что Тухи так больше не думает. Он не рискнул услышать это. Он пристально смотрел на два черных волоска на лодыжке Тухи; он ясно видел их: один — прямой, другой — причудливо завившийся. После долгого молчания он сказал:

— Потому что мне это очень нужно, Эллсворт.

— Я знаю.

Больше сказать было нечего. Тухи поднял ноги, располагаясь поудобнее на диване.

— Сядь, Питер. Ты похож на горгулью. — Китинг не шевельнулся. — С чего ты взял, что выбор архитектора Кортландта зависит от меня?

Китинг поднял голову. Он ощутил облегчение. Он вбил себе в голову, что все зависит только от Тухи, и тем самым обидел его; в том-то все и дело, только в этом.

— Как же, я полагаю... мне сказали, что от тебя многое зависит... среди тех людей... и в Вашингтоне... и в других местах...

— Сугубо в неофициальном качестве, нечто вроде эксперта в архитектуре. Не более.

— Да, разумеется... Это... я и имел в виду.

— Я могу порекомендовать архитектора. И только. Я не могу ничего гарантировать. Мое слово не последнее.

— Только это мне и нужно, Эллсворт. Твоя рекомендация.

— Но, Питер, если я кого-то рекомендую, у меня должны быть для этого веские основания. Я не могу использовать влияние, которое у меня, возможно, имеется, чтобы протолкнуть своего друга, правда?

Китинг смотрел на его халат и думал: пуховки для пудры, почему пуховки? Вот что мне мешает, пусть он хотя бы снял этот халат.

— Твоя профессиональная репутация уже не такова, как раньше, Питер.

— Ты сказал «протолкнуть своего друга», Эллсворт... — Это был шепот.

— Ну конечно, я твой друг. Я всегда был твоим другом. Ты ведь не сомневаешься в этом, правда?

— Нет... Я не могу, Эллсворт...

— Ну тогда гляди веселей. Я скажу тебе правду. Мы застряли с этим проклятым Кортландтом. Небольшая, но неприятная загвоздка. Я хотел, чтобы этим проектом занимались Гордон Прескотт и Гэс Уэбб, мне казалось, это в их духе. Мне и в голову не приходило, что ты так заинтересован. Но ни один из них не подошел. Знаешь, какая самая большая проблема в строительстве? Экономия, Питер. Как спроектировать приличное современное жилье, которое можно снять за пятнадцать долларов в месяц? Ты когда-нибудь пытался составить смету? Именно это требуется от архитектора, который осуществит проект, если такой найдется. Разумеется, выбор жильцов вносит свои коррективы и влияет на квартирную плату; семьи, чей доход составляет тысячу двести долларов в год, платят за квартиру больше, чтобы помочь семьям, которые имеют шестьсот долларов в год. Понимаешь, одни обездоленные помогают другим, еще более обездоленным, но тем не менее расходы на строительство и содержание здания должны быть настолько низкими, насколько это вообще возможно. Парни из Вашингтона не хотят других проектов, никаких маленьких государственных проектов, где каждый дом стоит десять тысяч долларов, в то время как частная фирма могла бы построить за две. Кортландт должен стать образцовым кварталом. Примером для всего мира. Он должен стать эффективной демонстрацией мастерского планирования и экономии в строительстве. Именно этого требуют большие боссы. Гордон и Гэс не смогли этого сделать. Они попытались, но были отвергнуты. Ты удивишься, узнав, сколько людей пытались. Питер, я не мог бы всучить тебя им даже на пике твоей карьеры. Что я им скажу о тебе? С чем связывают твое имя? Бархат, позолота, мрамор. Здание «Космо-Злотник», Национальный банк Фринка и эта недоделанная ярмарка, которая никогда не окупится. А им нужна кухня миллионера за деньги издольщика. Думаешь, ты сможешь это сделать?

— Я... У меня есть идеи, Эллсворт. Я в курсе событий... Я... изучал новые методы... Я могу...

— Если можешь, проект твой. Если нет, никакое мое расположение не поможет. И видит Бог, я хотел бы помочь тебе. Ты выглядишь как старая наседка под дождем. Вот что, Питер: приходи завтра в редакцию, я дам тебе любую, даже самую конфиденциальную информацию, возьмешь домой и решишь, хочешь ли сломать себе шею. Попробуй, если хочешь. Сделай предварительный проект. Я ничего не обещаю. Но если это будет хоть чуть-чуть похоже на то, что требуется, я представлю его на суд влиятельных людей и сделаю все, что в моих силах. Это все, чего ты можешь ожидать от меня. И результат зависит не от меня, а от тебя.

Китинг сидел и смотрел на Тухи. Взгляд у него был напряженный и безнадежный.

— Хочешь попробовать, Питер?

— А ты дашь мне попробовать?

— Разумеется. Почему бы и нет? Я буду в восторге, если именно у тебя все получится.

— Что касается моего вида, Эллсворт, — внезапно произнес Китинг, — как я выгляжу... Это не потому, что я так уж переживаю свой провал... а потому, что не могу понять почему... с самой вершины... без всякой причины...

— Знаешь, Питер, размышления на эту тему пугают. Необъяснимое всегда внушает ужас. Но это не будет столь ужасающим, если ты спросишь себя, были ли у тебя основания для того, чтобы оказаться на самом верху… Ну ладно, Питер, улыбнись. Я шучу. Человек теряет все, если он теряет чувство юмора.

На следующее утро Китинг вернулся к себе в бюро после посещения каморки Эллсворта Тухи в здании «Знамени». Он принес портфель с материалами, касающимися Кортландта. Он разложил бумаги на большом столе и запер дверь. В полдень он попросил принести ему сандвич, на ужин заказал второй.

— Нужна моя помощь, Пит? — спросил Дьюмонт. — Мы можем обсудить, проконсультироваться и…

Китинг отрицательно покачал головой.

Он просидел за столом всю ночь. Через какое-то время он перестал просматривать документы. Он сидел и думал, но не о графиках и цифрах, которые были перед ним. Он уже изучил их. Он понял, чего именно не может сделать.

Заметив, что уже рассвело, услышав за закрытыми дверями шаги, движение, он осознал, что наступил новый рабочий день, встал, подошел к столу, взял телефонную книгу и набрал номер.

— Говорит Питер Китинг. Я хотел бы договориться о встрече с мистером Рорком.

«Господи, — думал он, пока ждал ответа. — Сделай так, чтобы он не встретился со мной. Пусть он откажет. Господи, пусть он откажется от встречи, тогда у меня будет право ненавидеть его до конца жизни. Не позволяй ему встречаться со мной».

— Завтра в четыре вам удобно, мистер Китинг? — произнес спокойный, приятный голос секретаря. — Мистер Рорк будет ждать вас.

VIII

Рорк понимал, что не должен показывать, как он шокирован видом Китинга, — но было уже поздно. Он увидел слабую улыбку Китинга, ужасную в покорном признании внутреннего распада.

— Ты моложе меня всего на два года, Говард? — спросил Китинг, глядя в лицо человеку, которого не видел шесть лет.

— Я не уверен, Питер, возможно. Мне тридцать семь.

— А мне тридцать девять — всего.

Китинг неверными шагами двинулся к стулу перед столом Рорка. Его ослепили отблески стеклянных стен кабинета. Он смотрел на небо и на город. Он не ощущал высоты — здания, казалось, лежали у него под ногами. Это был как будто не настоящий город, а миниатюрные модели знаменитых построек, странно близких и маленьких; ему казалось, что он может, нагнувшись, взять в руку любую из них. Он видел темные черточки — машины, они, казалось, ползли, так много времени им требовалось, чтобы проехать квартал длиной с его палец. Он видел, как стены города поглощают и отражают свет, видел ряды вертикальных плоскостей с темными точками окон, каждая плоскость светилась розовым, золотистым, фиолетовым, видел голубые зигзагообразные полоски, мечущиеся между плоскостями, придающие им форму и создающие перспективу. От зданий к небу струился свет и превращал прозрачную летнюю голубизну в белое покрывало над живым огнем. Господи, подумал Китинг, кто сотворил все это? И вспомнил, что был одним из них.

Он увидел отраженную в стеклах фигуру Рорка, а затем и самого Рорка, который сидел за столом и смотрел прямо на него.

Китинг подумал о людях, затерявшихся в пустынях, о людях, погибших в океане, которые перед лицом безмолвной вечности должны были говорить только правду. И он должен тоже говорить правду, потому что перед ним простирался величайший на земле город.

— Говард, ты позволил мне прийти... Это что, соответствует тому ужасному принципу — подставь другую щеку?

Он не слышал своего голоса и не знал, что в нем звучат нотки достоинства.

Рорк некоторое время смотрел на него, не отвечая; перемена в Китинге была значительно большей, чем в его внешности.

— Не знаю, Питер. Нет, если ты имеешь в виду всепрощение. Если бы мне нанесли обиду, я бы никогда не простил. Тем более если бы это касалось моей работы. Я думаю, никто не вправе причинять боль другому, но и помочь сколько-нибудь существенно тоже не может. Мне нечего тебе прощать.

— Жаль, тогда это было бы не так жестоко.

— Возможно.

— Ты не изменился, Говард.

— Думаю, что нет.

— Если это наказание, я хочу, чтобы ты знал, что я принимаю его и понимаю. Раньше я подумал бы, что легко отделался.

— Ты очень изменился, Питер.

— Да.

— Мне жаль, если это для тебя наказание.

— Я знаю. Я верю тебе. Но ничего. Оно последнее. Это случилось, вообще-то, позапрошлой ночью.

— Когда ты решился прийти?

— Да.

— Значит, нечего бояться. Что случилось?

Китинг сидел, выпрямившись, он был спокоен и чувствовал себя совсем иначе, чем три дня назад, сидя напротив человека в домашнем халате, теперь от него исходило даже какое-то уверенное спокойствие. Он заговорил — медленно, без сожаления.

— Говард, я — паразит. Всю жизнь был паразитом. Ты сделал мои лучшие работы в Стентоне. Ты создал самое первое здание, которое я построил. Ты спроектировал здание «Космо-Злотник». Я жил за твой счет и за счет таких людей, как ты, которые творили до твоего рождения. За счет тех, кто построил Парфенон, готические соборы, первые небоскребы. Без них я бы не знал, как положить один камень на другой. За всю жизнь я не внес ничего нового в то, что сделано до меня, даже дверной ручки. Я брал чужое, ничего не давая взамен. Мне нечего было дать. Это не поза, Говард, я знаю, о чем говорю. Я пришел просить тебя снова спасти меня. Если хочешь вышвырнуть меня вон — давай.

Рорк медленно покачал головой и знаком попросил Китинга продолжать.

— Ты знаешь, что как архитектор я конченый человек. Не совсем, но очень близко к этому. Другие могли бы еще долго болтаться в таком положении, но я не могу из-за того, кем я был. Или обольщался, что был. Люди не прощают провала. Я должен жить в том образе, который сложился. Я могу жить только так, как жил. Мне нужна слава, которой я не заслуживаю, чтобы сохранить имя, право носить которое я не заработал. Мне дают последний шанс. Я знаю, что последний. И знаю, что ничего не могу сделать. Я даже не попытался сделать эскиз и не прошу тебя исправить мою стряпню. Я прошу тебя сделать этот проект и разрешить мне поставить на нем свое имя.

— Что за проект?

— Кортландт.

— Жилой квартал?

— Да. Ты слышал об этом?

— Я знаю об этом все.

— Тебе интересно проектировать жилой квартал, Говард?

— Кто тебе это предложил? На каких условиях?

Китинг рассказал — точно, бесстрастно передал разговор с Тухи, будто прочитал копию судебного заключения. Он вытащил из портфеля документы, разложил на столе и продолжал говорить, пока Рорк просматривал их. Рорк прервал его:

— Минуточку, Питер. Помолчи.

Китинг ждал долго. Он смотрел, как Рорк медленно перебирает бумаги, и знал, что тот их не читает. Затем Рорк сказал: «Продолжай», и Китинг вновь послушно заговорил, не задавая вопросов.

— Я понимаю, что у тебя нет причин спасать меня, — сказал он в заключение. — Если ты знаешь, как удовлетворить их требования, ты можешь сделать эту работу сам.

Рорк улыбнулся:

— Думаешь, я могу обойти Тухи?

— Нет. Нет, не думаю.

— С чего ты взял, что мне интересно заниматься жилыми кварталами?

— А какому архитектору не интересно?

— Согласен, мне это интересно. Но это не то, что ты думаешь.

Он встал. Движения его были резкими и напряженными. Китинг позволил себе сформулировать первое впечатление: странно видеть Рорка с трудом сдерживающим волнение.

— Я хочу все обдумать, Питер. Оставь бумаги. Приходи завтра вечером. Я дам ответ.

— Ты мне… не отказываешь?

— Пока нет.

— Ты мог бы… после всего, что произошло?

— К черту все.

— Ты готов…

— Сейчас я ничего не могу сказать, Питер. Я должен все обдумать. Не рассчитывай на меня. У меня может возникнуть желание потребовать от тебя невозможного.

— Все что угодно, Говард. Все.

— Поговорим об этом завтра.

— Говард, я… не знаю, как тебя благодарить, даже…

— Не благодари. Если я соглашусь, то по своим причинам. Мой выигрыш будет таким же, как твой. Может, больше. Помни, я никогда ничего не делаю на условиях, поставленных мне другими.

На следующий вечер Китинг пришел к Рорку домой. Он не мог сказать, что с нетерпением ждал этой встречи. Возможно, и ждал. Боль в голове усилилась. Он мог действовать, но не мог рассуждать.

Он стоял посреди комнаты и медленно оглядывал ее. Он был благодарен Рорку за то, что тот не вспоминал прошлого. Но он спросил сам:

— Это дом Энрайта?

— Да.

— Его построил ты?

Рорк кивнул и сказал: «Садись, Питер», прекрасно понимая ситуацию.

Китинг поставил на пол портфель, прислонив его к стулу. Раздутый портфель выглядел тяжелым. Китинг обращался с ним очень осторожно. Затем он развел руками и застыл, вопрошая:

— Ну?

— Питер, ты можешь на мгновение представить, что ты один во всем мире?

— Я думал только об этом в течение последних трех дней.

— Нет. Я не это имею в виду. Можешь забыть, что тебя всегда учили только повторять, можешь думать, думать собственными мозгами? Я хочу, чтобы ты кое-что понял. Это мое первое условие. Сейчас я скажу тебе, чего хочу. Возможно, ты скажешь, что все это ерунда. Тогда я ничего не смогу сделать. Если ты полностью не осознаешь, всем сердцем, как это важно.

— Я постараюсь, Говард, я был... откровенен с тобой вчера.

— Знаю, иначе я бы сразу отказал тебе. Теперь я думаю, что, возможно, ты поймешь и внесешь свою лепту.

— Ты решил взяться за этот проект?

— Возможно. Если ты предложишь мне достаточно много.

— Говард, все что хочешь. Все. Я продам душу...

— Продать душу легче всего. Большинство делает это ежечасно. Я попрошу тебя сохранить свою душу — ты понимаешь, что это намного труднее?

— Да... думаю, что понимаю.

— Что ж... Я хочу, чтобы ты обосновал, почему я должен проектировать Кортландт. Жду от тебя конкретного предложения.

— Ты можешь взять все деньги, которые мне заплатят. Мне они не нужны. Ты можешь получить в два раза больше. Я удвою гонорар.

— Нет, так не пойдет. Неужели этим ты хотел меня соблазнить?

— Ты спасешь мне жизнь.

— А можешь ли ты привести какой-нибудь довод, почему бы мне хотелось спасти твою жизнь?

— Нет.

— Так как же?

— Это большой проект, Говард. Гуманный. Подумай о тех бедняках, которые живут в трущобах. Если ты сможешь предоставить им приличные условия по их средствам, у тебя будет чувство удовлетворения от благородного поступка.

— Питер, вчера ты был честнее, чем сегодня.

Опустив глаза, тихим голосом Китинг сказал:

— Ты получишь большое удовольствие от этой работы.

— Да, Питер. Теперь мы понимаем друг друга.

— Что же тебе надо?

— А теперь послушай меня. Я работал над проблемой строительства дешевого жилья в течение многих лет. Я никогда не думал о бедняках, живущих в трущобах. Я думал о возможностях современного мира. О материалах, оборудовании — обо всем, что можно использовать. Сегодня, благодаря человеческому гению, у нас все это имеется в изобилии. Сегодня у нас необыкновенные возможности. Строить дешево, просто, разумно. У меня было много времени, чтобы изучить это. После храма Стоддарда я практически ничего не делал. Я не ждал результатов. Просто не мог, глядя на тот или иной материал, не думать: а что с ним можно сделать? А как только начинаю думать, я должен работать. Найти ответ, разобраться. И так я работал многие годы. Мне нравится это. Я работал, потому что были проблемы, которые я хотел решить. Ты хочешь знать, как построить кварталы, где жилье будет стоить пятнадцать долларов в месяц? Я покажу тебе, как сделать, чтобы оно стоило десять. — Китинг невольно подался вперед. — Но сначала подумай и скажи, что заставляло меня работать в течение многих лет. Деньги? Слава? Альтруизм?

Китинг медленно покачал головой.

— Ага. Ты начинаешь понимать. Итак, что бы мы ни решили, давай не говорить о бедняках, живущих в трущобах. Они здесь ни при чем, хотя я и не завидую тому, кто возьмет на себя труд объяснять это идиотам. Видишь ли, меня всегда интересовали не мои клиенты, а их архитектурные потребности. Я отношусь к ним как к части профессиональных проблем, как к строительному материалу — кирпичу, стали. Кирпичи и сталь — не цель моей деятельности. Как и клиенты. И те и другие, — лишь средство. Питер, чтобы сделать что-то для людей, нужно быть в состоянии это сделать. А для этого надо любить само дело, а не второстепенные последствия. Дело, а не людей. Собственные действия, а не объект твоих благодеяний. Я буду рад, если людям, которые в этом нуждаются, будет лучше жить в доме, который я построил. Но это не основной мотив моей работы. И не причина. И не награда. — Он подошел к окну и остановился, глядя на огни города, отраженные в темной реке. — Вчера ты спросил: какому архитектору не интересно заниматься жилищным строительством. Я ненавижу даже саму эту идею. Я полагаю, что надо обеспечить приличной квартирой человека, который зарабатывает пятнадцать долларов в неделю. Но не за счет других людей. Не тогда, когда это повышает налоги и квартирную плату других и заставляет людей, зарабатывающих сорок долларов, жить в крысиной норе. Именно это происходит в Нью-Йорке. Никому не по карману современная квартира — кроме самых богатых и самых бедных. Ты видел перестроенные особняки, в которых живут семьи средних американцев? Видел крошечные кухни и допотопный водопровод? Люди вынуждены жить там, потому что недостаточно бедны. Они зарабатывают сорок долларов в неделю, и их никто не пустит в эти строящиеся дома. Но именно они субсидируют это проклятое строительство. Они платят налоги, а вместе с налогами растет их квартплата. И они вынуждены переезжать из перестроенных зданий в неперестроенные, а оттуда в квартирки со смежными комнатами. У меня нет желания наказывать человека только за то, что он стоит лишь пятнадцать долларов в неделю. Но будь я проклят, если понимаю, почему нужно наказывать человека, который стоит сорок, более того, наказывать в пользу худшего работника. Разумеется, существует множество теорий на эту тему. Но посмотри, каков результат. Архитекторы двумя руками голосуют за государственное строительство. А знаешь ли ты хоть одного архитектора, который бы не ратовал за планирование городов? Мне хотелось бы задать ему вопрос: может ли он быть уверен, что одобренный план будет именно тем, который он предложил? И даже если это так, какое право он имеет навязывать его другим? А если нет, что будет с его работой? Думаю, он ответит, что не хочет ни того, ни другого. Он хочет работать в коллективе, хочет коллегиальности и сотрудничества. А в результате получается «Марш столетий». Питер, каждый из вас, состоявших в комитете, значительно лучше работал самостоятельно, чем коллективно. Спроси себя почему.

— Кажется, я знаю почему... Но Кортландт...

— Да, Кортландт. Так вот, я рассказал тебе, во что не верю, чтобы ты понял, чего я хочу и какое право имею хотеть этого. Я не верю в государственное жилищное строительство. И не хочу ничего слышать о его благородных целях. Я не думаю, что они благородны. Но и это не имеет значения. Меня это не волнует — ни кто будет жить в этом доме, ни по чьему заказу он строится. Меня интересует только сам дом. Если он должен быть построен, это надо сделать хорошо.

— Ты... возьмешься за строительство?

— Все эти годы, работая над жилищной проблемой, я не надеялся увидеть результат. Я заставлял себя не лелеять надежд. Я думал, что мне не представится возможности показать, что можно сделать в широком масштабе. Между прочим, государственное строительство настолько взвинтило цены, что частные фирмы не могут себе позволить ни таких проектов, ни даже дешевых доходных домов.

И ни одно правительство никогда не поручит мне никакой работы. Это и ты понимаешь. Ты сказал, мне не обойти Тухи. И он далеко не один. Никакой совет, комитет, комиссия ни разу не предложили мне работу, коллективную или персональную, если кто-нибудь не сражался за меня, как Кент Лансинг. На это есть причины, но не будем их обсуждать. Я только хочу, чтобы ты знал, насколько ты мне нужен, чтобы то, что мы предпримем, было честной сделкой.

— Тебе нужен я?

— Питер, я полюбил этот проект. Я хочу видеть его претворенным в жизнь. Хочу сделать его живым, действующим. Все живое — это единое целое. Целое, завершенное, чистое. Ты знаешь, что лежит в основе сведения всего в единое целое? Мысль. Мысль, единственная мысль, которая создает целое и все его части. Мысль, которую никто не в силах изменить. Я хочу проектировать Кортландт. Хочу увидеть проект воплощенным. Хочу увидеть, что его построили точно по моему проекту.

— Говард… это действительно важно.

— Ты это понимаешь?

— Да.

— Мне нравится получать деньги за свою работу. Но на этот раз я могу отказаться от них. Мне нравится, когда люди знают, что эту работу выполнил я. Но я могу отказаться и от этого. Это не имеет для меня такого уж большого значения. Мне хотелось бы, чтобы жильцы стали счастливы благодаря моему труду. Но и это не имеет значения. Единственное, что важно, моя цель, награда, начало и конец — сама работа. Работа, которую я сделаю так, как я ее понимаю. Питер, в мире нет ничего, что бы ты мог мне предложить, кроме этого. Предложи мне это, и получишь все, что только я могу дать. Сделать работу так, как я хочу. Личная, себялюбивая мотивация. Только так я работаю, и в этом весь я.

— Да, Говард. Я понимаю. Всем своим существом.

— Тогда слушай мое предложение. Я выполню проект Кортландта. Ты поставишь на нем свое имя. Ты получишь весь гонорар. Но ты должен гарантировать мне, что здания будут построены в точности по моему проекту.

Китинг посмотрел на него намеренно долгим взглядом.

— Хорошо, Говард, — сказал он. И добавил: — Я не сразу ответил, чтобы было ясно, что я понимаю, чего ты просишь и что я обещаю.

— Ты понимаешь, что это будет нелегко?

— Я знаю, что это будет ужасно трудно.

— Ты прав. Потому что это очень большой проект. И особенно потому, что это государственный проект. В дело будет вовлечено очень много людей, и каждый будет иметь власть, каждый захочет ее употребить. Тебе предстоит тяжелая битва. Твое мужество должно достичь степени моих убеждений.

— Я постараюсь быть на высоте, Говард.

— Ты не сможешь, если не поймешь, что я даю тебе возможность проявить большее благородство, чем в любом благотворительном деле. Если не поймешь, что это не любезность, что я это сделаю не для тебя и не для будущих квартиросъемщиков, а для себя и что без этого условия ничего не состоится.

— Да, Говард.

— Тебе придется самому придумать, как этого достичь. Ты должен заключить жесткий контракт со своими боссами и потом целый год или больше сражаться с каждым бюрократом, который каждые пять минут будет ставить нам палки в колеса. У меня не будет никаких гарантий, кроме твоего честного слова. Ты готов дать его мне?

— Я даю тебе слово.

Рорк вынул из кармана два отпечатанных на машинке листка и протянул ему:

— Подпиши.

— А что это?

— Контракт, в котором указаны условия нашего соглашения. Каждому из нас копия. Вероятно, это не имеет юридической силы. Но это будет как дамоклов меч. Я не смогу подать на тебя в суд. Но смогу ознакомить с этим общественность. Если тебе необходим престиж, ты не допустишь, чтобы это стало достоянием гласности. Помни, если мужество покинет тебя, ты потеряешь все. Но если ты сдержишь слово — а я тебе даю свое, — я никогда ничего не раскрою. Кортландт будет твой. В тот день, когда все будет закончено, я пришлю эту копию тебе и ты сможешь сжечь ее, если захочешь.

— Хорошо, Говард.

Китинг подписал, передал ручку Рорку, и тот тоже подписал. Какое-то время Китинг молча смотрел на Рорка, потом медленно, будто стараясь разобраться в какой-то смутной догадке, сказал:

— Каждый сказал бы, что ты глупец... что все выигрываю я...

— Ты получишь все, что общество может дать человеку. У тебя будут деньги. Будет слава и почет. Возможно, тебе будут благодарны квартиросъемщики. А я... я получу то, чего не может дать другому ни один человек. Я буду строить Кортландт.

— Ты получишь больше, чем я, Говард.

— Питер! — Голос Рорка звучал торжествующе. — Ты это понял?

— Да.

Рорк наклонился над столом и тихо засмеялся; Китинг никогда не слышал такого счастливого смеха.

— Все получится, Питер. Все будет хорошо. Ты поступил замечательно. Не испортил все словами благодарности.

Китинг молча кивнул.

— Расслабься, Питер. Хочешь выпить? Сегодня обсуждать детали не будем. Просто сядь и привыкай ко мне. Перестань бояться меня. Забудь все, что говорил вчера. Мы начинаем заново. Теперь мы партнеры. Ты займешься своей частью дела. Это вполне достойная часть. Кстати, это и есть сотрудничество, как я его понимаю. Я займусь строительством. Каждый будет делать то, что он умеет лучше всего, и так честно, как может.

Он подошел к Китингу и протянул руку.

Не вставая и не поднимая головы, Китинг взял руку Рорка и пожал ее.

Когда Рорк принес выпить, Китинг сделал три больших глотка. Пальцы его крепко обхватили стакан, рука казалась твердой, но время от времени лед бился о стенки без заметного движения руки. Он медленно разглядывал комнату и фигуру Рорка. «Нет, это не для того, чтобы причинить мне боль. Иначе он не может, он сам не осознает, насколько явно видно, что он счастлив, каждой клеткой счастлив, что живет». Китинг даже не представлял себе, что можно радоваться просто самому факту бытия.

— Ты такой... молодой, Говард. Такой молодой... Как-то я упрекнул тебя тем, что ты старый и серьезный... Помнишь, когда мы работали у Франкона?

— Перестань, Питер. У нас все прекрасно без всяких воспоминаний.

— Это потому, что ты добрый. Подожди, не хмурься. Дай мне сказать. Я должен сказать. Я знаю, ты специально не говорил об этом. Господи, как я надеялся, что ты не заговоришь об этом. Я должен был одеться в броню, чтобы защититься в тот вечер, защититься от всего, что ты мог бросить мне в лицо. Но ты этого не сделал. Если бы все было наоборот и это был мой дом — можешь представить, что бы я сделал или сказал? Ты не можешь вообразить. Ты для этого недостаточно тщеславен.

— Почему же нет? Я очень даже тщеславен — если хочешь это так называть. Я никогда не делаю сравнений. Никогда не думаю о себе в соотношении с кем-то. Я отвергаю саму мысль о себе как части чего-либо. Я абсолютный эгоист.

— Да. Но эгоисты злые. А ты добрый. Ты самый себялюбивый и самый добрый человек из всех, кого я знаю. А это какая-то бессмыслица.

— Может, бессмысленны сами эти понятия. Может, они не означают того, что люди привыкли понимать под ними. Давай бросим эту тему. Если хочешь поговорить, давай поговорим о том, что мы будем делать. — Он наклонился и выглянул в окно. — Это будет там, внизу. Эта темная полоса — место, где будет Кортландт. Когда все будет завершено, я смогу видеть его из своего окна. Он станет частью города. Питер, я когда-нибудь говорил, как я люблю этот город?

Китинг допил остатки из своего стакана.

— Думаю, мне пора. Я… не в себе сегодня.

— Я позвоню через несколько дней. Лучше встретимся здесь. Не приходи ко мне в контору. Ведь ты не хочешь, чтобы тебя там увидели, кто-нибудь может догадаться. Кстати, когда я сделаю эскизы, ты должен сам сделать с них копии, в своей манере. Кто-нибудь может узнать мои чертежи.

— Да… хорошо.

Китинг встал и некоторое время неуверенно смотрел на свой портфель, затем поднял его, пробормотал слова прощания, взял шляпу, пошел к двери, остановился и снова посмотрел на портфель.

— Говард… Я что-то принес. Я хотел показать тебе… — Он вернулся и поставил портфель на стол. — Я никому это не показывал. — Пальцы его дрожали, когда он открывал замки. — Ни матери, ни Эллсворту Тухи… Я хочу, чтобы ты сказал, может, в этом…

Он вручил Рорку шесть холстов.

Рорк разглядывал их один за другим. Он смотрел на них дольше, чем было необходимо. Когда он смог поднять глаза, он покачал головой — это был молчаливый ответ на вопрос, которого Китинг не произнес.

— Слишком поздно, Питер, — сказал он мягко.

Китинг кивнул головой:

— Пожалуй, я… знал.

Когда Китинг ушел, Рорк прислонился к двери, закрыв глаза. Он испытывал невероятную жалость.

Никогда раньше он не чувствовал ничего подобного — ни когда Генри Камерон рухнул в конторе у его ног, ни когда Стивен Мэллори рыдал в его присутствии. Там все было ясно. А здесь было осознание потери человеком достоинства и надежды, полного истощения, конца, без надежды на возрождение. В этом чувстве было что-то постыдное — Рорку было стыдно, что у него смогло сформироваться такое мнение о человеке, чувство, лишенное даже намека на уважение.

Это жалость, подумал он и удивился. Ему пришло в голову, что в мире что-то неладно, если это ужасное чувство считается добродетелью.

IX

Они расположились на берегу озера: Винанд ссутулился, сидя на валуне, Рорк растянулся на земле, Доминик возвышалась над бледно-голубым кругом своей юбки, раскинувшейся на траве. Позади, на холме, стоял дом. От холма поднимались вверх террасы. Дом состоял из горизонтальных прямоугольников, рассеченных вертикалями, — группа уменьшающихся ниш, каждая из которых была комнатой, при этом размер и форма каждой были задуманы так, что производили впечатление ступеней в цепи смыкавшихся линий этажей. Казалось, рука архитектора из просторной комнаты первого этажа медленно продвигалась вверх, создавая следующую ступень, затем останавливалась и вновь поднималась, теперь уже рывками, все более короткими и резкими, и наконец, оторвавшись, ушла в бесконечность. Создавалось впечатление, что плавный ритм поднимавшихся вверх террас подхватывался, усиливался и рассыпался в финале на стаккато аккордов.

— Мне нравится смотреть отсюда на дом, — сказал Винанд. — Вчера я провел здесь целый день, наблюдая за игрой света на стенах. Когда ты проектируешь здание, Говард, ты знаешь, как солнце будет играть на нем в любое время дня? Ты учитываешь это?

— Разумеется, — ответил Рорк, не поднимая головы. — Отойди, Гейл. Ты заслонил мне солнце. Мне приятно ощущать его спиной.

Винанд плюхнулся на траву. Рорк лежал, растянувшись на животе, на белом рукаве рубашки ярким пятном выделялись рыжие волосы, ладонь вытянутой вперед руки была прижата к земле. Доминик смотрела на травинки между его пальцами. Время от времени его пальцы шевелились, разминая траву с лениво-чувственным наслаждением.

За ними простиралось озеро, темное у берегов, как будто деревья придвигались к нему ближе, чтобы защитить на ночь. Солнце блестящим лучом рассекало воду. Доминик подняла глаза на дом и подумала, что ей хотелось бы стоять у окна, смотреть вниз и видеть на пустынном берегу у подножия холма этого человека, устало опустошенного, лежащего, облокотившись на руку.

Доминик уже месяц жила в этом доме. Она и мысли не допускала, что так будет. Но однажды Рорк сказал:

— Миссис Винанд, дом будет готов через десять дней.

И она ответила:

— Да, мистер Рорк.

Ей все нравилось в этом доме: нравилось касаться перил, поднимаясь по лестницам; нравилось дотрагиваться до выключателей, зажигая свет по вечерам. Сам воздух, которым она дышала в этих стенах, был животворным; ей нравилась вода, которая текла из крана, потому что она бежала по проложенным им трубам, и легкие, твердые провода, которые он провел сквозь стены; нравилось тепло огня, который разжигали августовскими вечерами в камине, сложенном по его чертежам. Она думала: каждое мгновение... все, что мне нужно каждую секунду моей жизни... Она думала: а почему бы и нет? Ведь и мое тело — легкие, кровеносные сосуды, нервы, мозг — тоже в его власти. Она чувствовала себя частью этого дома.

Она полюбила ночи, когда, лежа в объятиях Винанда, открывала глаза и видела спальню, созданную Рорком. И она стискивала зубы от мучительного наслаждения, которое было наполовину ответом, наполовину насмешкой ее неудовлетворенного тела, и подчинялась этой сладкой муке, не осознавая, кто из мужчин причинял ее — Винанд или Рорк. А может быть, оба?

Винанд наблюдал, как она двигается по комнате, спускается по лестнице, стоит у окна.

— Я и не думал, что дом можно сделать для женщины, как платье. Ты не видишь себя в нем, как я, и не представляешь, насколько этот дом соответствует тебе. Каждый уголок интерьера, каждая комната — оправа для тебя. Этот дом соразмерен тебе. Даже фактура стен странным образом гармонирует с твоей кожей. Это храм Стоддарда, только он построен для одного человека, и этот человек принадлежит мне. Мне именно этого и хотелось. Здесь городу тебя не достать. Я всегда чувствовал, что город отнимет тебя у меня, хотя мне он дал все, что у меня есть. Иногда мне кажется, что он потребует плату за это. Но здесь ты в безопасности, ты моя.

Ей хотелось закричать: «Гейл, именно здесь я, как никогда, принадлежу ему!»

Рорк был единственным, кого Винанды принимали в своем новом доме. К его визитам по выходным она притерпелась, хотя это было труднее всего. Она знала, что он не хотел причинять ей боль, — его приглашал Винанд, а ему нравилось общаться с Винандом. Она вспомнила, как однажды вечером сказала ему, положив руку на перила лестницы, ведущей наверх, в ее спальню:

— Вы можете спуститься к завтраку, когда вам захочется, мистер Рорк. Только нажмите кнопку звонка в гостиной.

— Спасибо, миссис Винанд. Спокойной ночи.

Однажды они на мгновение остались наедине; она не спала всю ночь, думая о нем, — ему отвели комнату за холлом. Она вышла из дома, когда остальные еще спали, и спустилась к подножию холма.

Ей стало легко и спокойно. Было тихо, ни один листок не шевелился, все светилось ясным утренним светом, хотя солнце еще не взошло. Она услышала шаги за спиной, остановилась, прислонилась к стволу. Рорк спускался к озеру, перебросив через плечо купальный костюм. Он остановился перед ней, и они молча постояли в сияющей тишине, глядя друг на друга. Потом он так же молча повернулся и пошел дальше. Доминик осталась стоять, прислонившись к стволу. Постояв так немного, она вернулась в дом.

Сейчас, сидя у озера, она слышала, как Винанд говорит Рорку:

— Ты выглядишь самым большим лентяем на свете, Говард.

— Так и есть.

— Я не видел, чтобы кто-нибудь так нежился.

— Попробуй не спать три ночи подряд.

— Я ведь звал тебя сюда вчера.

— Я не мог приехать.

— Ты, кажется, собираешься потерять сознание прямо здесь.

— Хотел бы. Это замечательно. — Он поднял голову. Глаза его смеялись, как будто он не видел дома на холме, как будто говорил не о нем. — Так бы я и хотел умереть, растянувшись на берегу, просто закрыть глаза и больше никогда не открывать.

В голове Доминик промелькнуло: «Он знает, о чем я думаю; это утреннее мгновение еще связывает нас; Гейлу этого не понять — на этот раз не он и Гейл, а он и я».

Винанд сказал:

— Ну и дурень. Это не похоже на тебя, даже если ты шутишь. Ты изводишь себя. Из-за чего?

— Сейчас из-за вентиляционных шахт. Очень упрямых вентиляционных шахт.

— Для кого?

— Для клиентов... У меня много клиентов.

— Тебе действительно приходится работать ночами?

— Да — в этом случае. Особый заказ. Я даже не могу заниматься им в бюро.

— О чем ты?

— Так, ни о чем. Не обращай внимания. Я наполовину сплю.

Она подумала: «Это дань Гейлу, знак полного доверия — он разнежился, как кот, а коты позволяют себе это только рядом с теми, кто им нравится».

— После обеда отправлю тебя наверх и запру дверь, будешь спать двенадцать часов.

— Хорошо.

— Может, встанем завтра пораньше? Поплаваем до рассвета.

— Мистер Рорк устал, Гейл, — резко сказала Доминик.

Рорк облокотился на руку и посмотрел на нее. Он смотрел ей прямо в глаза, все понимая.

— Ты приобретаешь дурные манеры сельских жителей, Гейл, — сказала она, — навязывая свои деревенские привычки городским гостям, которые не привыкли рано вставать. — Она думала: «Пусть это мгновение, когда ты шел купаться к озеру, будет моим, не отдавай его Гейлу, как все остальное». — Ты ведь не можешь командовать мистером Рорком, как мелким служащим «Знамени».

— Когда это сходит мне с рук, — весело сказал Винанд, — я не прочь покомандовать мистером Рорком, даже с большим удовольствием, чем кем-нибудь другим.

— Тебе это сходит с рук.

— Я не против, чтобы мною покомандовали, миссис Винанд, — сказал Рорк. — Во всяком случае не против такого командующего, как Гейл.

«Дай мне на этот раз выиграть, — думала она, — пожалуйста, дай мне выиграть, для тебя это ничего не значит, абсолютно ничего, но не соглашайся, не соглашайся в память о том мгновении, которое не принадлежит ему».

— Мне кажется, вам лучше отдохнуть, мистер Рорк. Поспите завтра подольше. Я скажу слугам, чтобы вас не беспокоили.

— Нет, нет, спасибо, через несколько часов я буду в форме, миссис Винанд. Я люблю купаться перед завтраком. Когда будешь готов, Гейл, постучись ко мне, поплаваем вместе.

Ее взгляд скользил по поверхности озера, по безлюдным холмам. Вокруг не было ни одного дома, только вода, деревья и солнце — их мир. И она подумала, что он прав: они — одно целое, они трое.

В проекте Кортландта было шесть пятнадцатиэтажных зданий. Каждое представляло собой звезду неправильной формы, лучи которой расходились от центрального ствола. В центре располагались лифты, лестницы, отопительная система и все коммуникации. Квартиры имели форму вытянутых треугольников, расходившихся от центра, что давало максимальный доступ свету и воздуху. Потолки были блочными, стены внутри отделаны пластиковой плиткой, которую не нужно ни красить, ни штукатурить. Отопительная система и электропроводка скрыты в металлических трубах, протянутых вдоль плинтусов. В случае необходимости их было легко заменить. Кухни и ванные комнаты были изготовлены заводским способом в виде цельных блоков. Внутренние перегородки сделаны из легкого материала. Их можно было свернуть, превратив квартиру в одну большую комнату. Холлов было мало, поэтому поддерживать порядок в помещениях было легко, с минимальными затратами труда и средств. Весь план представлял собой сочетание треугольников. Здания были сложены из бетонных блоков — сложное сочетание простых, четких линий. Никаких украшений — они не были нужны. Очертания постройки были совершенны, как линии прекрасной статуи.

Эллсворт Тухи даже не взглянул на чертежи, развернутые Китингом на его столе. Он изумленно уставился на эскиз здания в перспективе. Смотрел, открыв рот.

Потом запрокинул голову назад и расхохотался.

— Питер, — сказал он, — ты гений. — И добавил: — Думаю, ты прекрасно понимаешь, о чем я.

Китинг бесстрастно, без любопытства смотрел на него.

— Я восхищен. Снимаю перед тобой шляпу в благоговейном трепете. Ты преуспел в том, чего я пытался добиться всю жизнь. В том, чего люди столетиями пытались добиться в кровавых войнах.

— Посмотри чертежи, — апатично сказал Китинг. — Квартиры пойдут по десять долларов.

— Нисколько не сомневаюсь. Мне и смотреть не нужно. Да, Питер, это пройдет. Не волнуйся. Это примут. Поздравляю, Питер.

— Чертов дурень! — сказал Гейл Винанд. — Что ты задумал?

Он перегнул номер «Знамени» так, чтобы было видно, о чем он говорит, и перебросил его Рорку. Подпись под фотографией гласила: «Вид Кортландта. Здания будут построены в Астории, на Лонг-Айленде. Осуществление проекта обойдется федеральным властям в пятнадцать миллионов долларов. Архитекторы Китинг и Дьюмонт».

Рорк взглянул на фотографию и спросил:

— Ты о чем?

— Ты отлично знаешь о чем. Думаешь, я выбираю вещи для своей художественной галереи по подписям, которые стоят под ними? Если мне докажут, что этот проект — работа Питера Китинга, я съем все экземпляры сегодняшнего «Знамени».

— Этот проект — работа Питера Китинга, Гейл.

— Дурень. Чего ты добиваешься?

— Не хочу понимать, о чем ты, и не буду, что бы ты ни говорил.

— О, ты должен будешь понять, если я опубликую статью о том, что проект создан Говардом Рорком. Получится потрясающий материал и хорошая шутка над неким мистером Тухи, который прячется за другими.

— Только попробуй напечатать что-нибудь подобное, я тебя по судам затаскаю.

— В самом деле?

— В самом деле. Оставь, Гейл. Я не хочу говорить об этом, ты же видишь.

Винанд показал фотографию Доминик:

— Чей это проект?

— Конечно, — только и сказала она, едва взглянув на фотографию.

— Что это за меняющийся мир, Альва? Кто его изменяет и как?

Альва Скаррет взглянул на корректуру своей передовицы, которая лежала на столе Винанда. Статья была озаглавлена «Материнство в меняющемся мире». Лицо Альвы Скаррета выражало нетерпение, хотя в уголках глаз затаилось беспокойство.

— Какого черта, Гейл? — примиряюще пробормотал он.

— Именно это я и спрашиваю — какого черта? — Винанд взял корректуру и стал читать вслух: «Мир, в котором мы живем, умирает, дни его сочтены. Бесполезно обманываться на этот счет. Назад возврата нет, нужно идти вперед. Каждая мать сегодня должна подать нам пример, поднявшись над своими чувствами и своей эгоистической любовью лишь к собственным детям, вознесясь на более высокую ступень. Каждая мать должна возлюбить чужих детей, как своих, каждого ребенка в своем доме, на своей улице, в своем городе, округе, штате, стране и в целом огромном мире — так же как свою малышку Мэри или своего Джонни». — Винанд придирчиво наморщил нос. — Альва?.. Мы все иногда порем чушь. Но такую...

Альва Скаррет не поднимал на него глаз.

— Ты отстал от времени, Гейл, — сказал он. Он говорил тихо; в его тоне было предостережение, он словно оскалил зубы, не совсем всерьез, но и не в шутку.

Это было так не похоже на Альву Скаррета, что у Винанда пропало всякое желание продолжать разговор. Он перечеркнул передовицу; синяя черта закончилась кляксой, словно усталость и апатия передались даже ручке.

— Иди состряпай еще что-нибудь, Альва, — произнес он.

Скаррет встал, взял листок, повернулся и, не сказав ни слова, вышел.

Винанд смотрел ему вслед. Случившееся казалось странным, смешным и досадным.

Без всякого давления с его стороны газета постепенно, незаметно избрала определенное направление. На это ушло несколько лет. Он замечал легкое искажение фактов в рубрике новостей, полунамеки, двусмысленные аллюзии, странные эпитеты, непонятную расстановку акцентов, политические комментарии, данные некстати.

Если речь шла о споре между работником и работодателем, факты подавались так, что виноватым всегда выходил работодатель, независимо от того, о чем был спор. Если говорилось о прошлом, то это обязательно было «наше темное прошлое» или «невозвратное прошлое». Если дело касалось чьей-то личной заинтересованности, она всегда была «эгоистическим побуждением» или «жадностью». В кроссворде могло встретиться определение «загнивающего индивидуума», и отгадкой было слово «капиталист».

Винанд не обращал на это внимания, пропуская с презрительной усмешкой. «Мои сотрудники, — думал он, — знают свое дело: ребята автоматически используют популярный сленг, на самом деле абсолютно ни о чем не говорящий». Он старался не допускать такого на первой полосе, остальное его не волновало, речь шла просто о модном поветрии, на его веку пронеслось много подобных поветрий.

Кампания под лозунгом «Мы не читаем Винанда» мало его заботила. На ветровое стекло своего «линкольна» он наклеил их картинку, которую раздобыл в мужском туалете, приписал внизу «Мы тоже» и не снимал до тех пор, пока ее не заметил и не сфотографировал репортер одной из нейтральных газет. За время карьеры ему не раз приходилось принимать бой, его осуждали, ему угрожали владельцы самых известных газет, представители самых влиятельных финансовых кругов. Он не мог собирать совещание по поводу деятельности какого-то Гэса Уэбба.

Он знал, что «Знамя» теряет популярность. «Это временно», — говорил он Скаррету, пожимая плечами. Он пускал в очередном номере шуточный тест или несколько купонов на покупку грампластинок со скидкой, это несколько поднимало интерес к газете, и он тут же успокаивался.

Он никак не мог заставить себя работать в полную силу. И вместе с тем у него еще никогда не было такого желания работать. Каждое утро он входил в кабинет, чувствуя необычное рвение. Но через час ловил себя на том, что разглядывает обшивку стен, вспоминая какие-нибудь детские стишки. Ему не было скучно, он не то чтобы зевал, а словно хотел зевнуть, но не получалось. И досадовал на себя. Не то чтобы работа ему не нравилась, просто он утратил к ней вкус, не настолько, чтобы решиться на что-нибудь, но и не так, чтобы брать себя в ежовые рукавицы и усаживать за работу; его просто что-то раздражало.

Он смутно ощущал, что причина его настроения кроется в новом настроении общества. Он не видел причин, почему бы ему не манипулировать им столь же мастерски, как раньше. Но не мог. Угрызений совести он не испытывал. Это не была сознательно занятая позиция, вызов во имя справедливости; скорее какая-то разборчивость, нечто сродни сдержанной брезгливости, нерешительность, которую испытываешь, прежде чем шагнуть в грязь. Он думал: «Ничего страшного, это не продлится долго, подождем, когда маятник качнется в другую сторону, сейчас лучше подождать».

Он не понимал, почему начал тревожиться, причем больше обычного, после стычки с Альвой. Ему казалось странным, что Альва вдруг принялся писать такой вздор. Но было еще кое-что в поведении Альвы во время разговора, в том, как он вышел из кабинета, было что-то вызывающее; он почти дал понять, что больше не находит нужным считаться с мнением босса.

«Следовало бы уволить Альву», — подумал он и ошеломленно рассмеялся над самим собой. Уволить Альву Скаррета? Да это все равно что остановить Землю или, страшно подумать, положить конец «Знамени».

Этим летом и осенью случались дни, когда он ощущал приступ любви к «Знамени». В такие дни он сидел за своим столом, положив руку на развернутые перед ним страницы, свежие чернила расплывались на его ладони, и он улыбался всякий раз, когда видел на страницах «Знамени» имя Говарда Рорка.

Во все отделы, которых это касалось, был спущен приказ: Говарду Рорку должна быть обеспечена широкая реклама. Имя Рорка и его работы стали регулярно упоминаться во всех газетных рубриках: в разделе искусств, недвижимости, передовицах, авторских колонках. Не очень-то легко найти предлог для того, чтобы упомянуть имя архитектора в прессе, информация о строительстве обычно не вызывает большого интереса. Но сотрудники «Знамени» оказались на редкость изобретательны, и имя Рорка не сходило со страниц газеты. Винанд лично редактировал все без исключения. Появление этих сообщений на страницах «Знамени» поражало: все они были хорошо написаны, не проскальзывало ни единой попытки добиться дешевой популярности — никаких сенсационных историй или фотографий за завтраком, никакого «личного материала» или коммерческого подтекста, лишь желание отдать дань величию художника, полное уважения и благожелательности.

Ни Винанд, ни Рорк никогда не заговаривали об этом. Они вообще не говорили о «Знамени».

Каждый вечер, возвращаясь в свой новый дом, Винанд видел «Знамя» на столе в гостиной. Сам он никогда со дня свадьбы не приносил газету домой. Увидев ее в своей гостиной в первый раз, он лишь улыбнулся и ничего не сказал.

Но однажды вечером он заговорил об этом. Он перелистывал газету, пока не наткнулся на статью, посвященную летним курортам.

Большая часть статьи представляла собой описание Монаднок-Велли. Он поднял голову и взглянул на Доминик, сидящую на полу у камина в другом конце комнаты.

— Спасибо, милая, — сказал он.

— За что, Гейл?

— За то, что ты понимаешь, когда мне приятно видеть «Знамя» в своем доме.

Винанд подошел к ней и сел рядом. Обняв ее узкие плечи, он сказал:

— Только вспомни всех этих политиков, великих князей и увешанных орденами убийц, о которых «Знамя» трубило столько лет. А крестовые походы против трамвайных компаний, кварталов красных фонарей и овощей на подоконниках. На этот раз, Доминик, я впервые говорю то, что думаю.

— Да, Гейл...

— Вся власть, положение, которого я добивался, достиг и которым никогда не пользовался... Теперь-то они увидят, на что я способен. Я заставлю их признать его, он этого заслуживает. Дам ему славу, которой он достоин. Что есть общественное мнение? Его делаю я.

— Ты считаешь, он всего этого хочет?

— Может быть, и нет. Мне все равно. Ему это небесполезно, и у него это будет. Я так хочу. Как архитектор он общественное достояние. Он не может помешать газете писать о нем.

— А этот номер, посвященный ему, ты делал его сам?

— Почти весь.

— Гейл, ты мог бы стать блестящим журналистом.

Результат рекламной кампании оказался совершенно неожиданным. Массовый читатель никак не отреагировал. Но в интеллектуальных кругах, в мире искусства, в узком профессиональном кругу над Рорком смеялись. Некоторые комментарии достигали и слуха Винанда. «Рорк? А, любимчик Винанда». «Шикарный парень, любовь “Знамени”». «Гений желтой прессы». «“Знамя” теперь продает искусство — рассылает целыми коробками по сходной цене». «А разве были какие-то сомнения? Я всегда знал, что Рорк — талант, годный лишь для газетенки Винанда».

— Мы еще посмотрим, — презрительно сказал Винанд и продолжил свой крестовый поход.

Благодаря ему Рорк был завален серьезными заказами — заказчиками были люди, на которых Винанд мог повлиять. Начиная с весны, он принес Рорку контракты на строительство яхт-клуба на Гудзоне, здания под конторы, двух частных резиденций.

— Ты еще пощады попросишь, — твердил он. — Я заставлю тебя отработать за все те годы, которые ты из-за них потерял.

Однажды вечером Остин Хэллер сказал Рорку:

— Если ты простишь мне эту дерзость, я осмелюсь дать тебе совет, Говард. Да, ты угадал, я говорю об этой несуразной шумихе вокруг тебя, которую устраивает мистер Гейл Винанд. Никак не могу взять в толк: он и ты — неразлучные друзья? В конце концов, существуют люди разного класса — нет, я не пытаюсь говорить языком Тухи, но есть определенные границы между людьми, и переходить их нельзя.

— Да, есть. Но кто сказал, где их нужно проводить?

— Ну хорошо, ты волен дружить, с кем хочешь. Но есть кое-что, чему нужно положить конец, и ты выслушаешь меня хотя бы на этот раз.

— Я слушаю.

— Конечно, заказы, которыми он тебя заваливает, это замечательно. Уверен, что он будет вознагражден за это и поднимется на несколько кругов ада, где он, без сомнения, окажется. Но нужно остановить поток рекламной шумихи, в который он окунает тебя на страницах «Знамени». Ты должен его остановить. Неужели ты не понимаешь, что поддержки этой газеты достаточно, чтобы дискредитировать кого угодно? — Рорк молчал. — Это губит тебя как профессионала, Говард.

— Знаю.

— Ты его остановишь?

— Нет.

— Да почему?!

— Я обещал тебя выслушать, Остин. Но я не обещал говорить о нем.

Позже, одним осенним днем, Винанд зашел в контору Рорка, как часто делал в конце рабочего дня, и, когда они вместе вышли из здания, сказал:

— Хороший вечер. Давай прогуляемся, Говард. Я хочу показать тебе одно частное владение.

Они пошли к Адской Кухне, огибая огромный прямоугольник — два квартала между Девятой и Одиннадцатой авеню, пять кварталов с севера на юг. Рорк увидел обветшавшие, заброшенные многоквартирные дома, покосившиеся громадины из некогда красного кирпича, кривые дверные проемы, сгнившие доски, в узких проходах между домами — веревки, увешанные застиранным нижним бельем, — приметы разрастающегося отвратительного гнойника, а не живой жизни.

— И ты владеешь этим всем? — спросил Рорк.

— Всем.

— Зачем ты мне это показываешь? Показывать такое архитектору хуже, чем заставлять человека смотреть на поле, усеянное незахороненными трупами.

Винанд указал на выложенный белой плиткой фасад новой закусочной через дорогу:

— Зайдем?

Они сели за чистый металлический стол у окна, и Винанд заказал кофе.

Казалось, он чувствует себя как дома — он был изысканно учтив и вел себя так, словно сидел в лучшем ресторане города. Он не был подчеркнуто, оскорбительно вежлив, но его манеры странным образом преображали это место, как присутствие короля, всегда остающегося королем, преображает любой дом в дворец. Он облокотился на стол и наклонился вперед, глядя на Рорка. Глаза его над чашкой кофе сузились, в них искрился смех. Он указал на улицу за окном:

— Это первая недвижимость, которую я купил, Говард. Это было давно. С тех пор я ничего с ней не делал.

— Для чего же ты ее берег?

— Для тебя.

Рорк поднес ко рту тяжелую белую кружку, он в упор смотрел на Винанда, глаза его тоже смеялись. Он знал, что Винанд ожидает града вопросов, но терпеливо ждал, когда тот все объяснит сам.

— Упрямец, — хохотнул Винанд уступая. — Что ж, слушай. Я здесь родился. Как только смог позволить себе купить недвижимость, купил этот район. Дом за домом. Квартал за кварталом. На это ушло много времени. Можно было купить что-нибудь получше и выгодней вложить деньги, что я и делал позже. Но не раньше чем купил весь этот район. Я знал, что еще долго не смогу его использовать. Это меня не останавливало. Дело в том, что уже тогда я решил, что именно здесь когда-нибудь будет стоять здание Винанда… Хорошо, можешь ничего не говорить, но я ведь видел, какое у тебя сейчас было лицо.

— Боже, Гейл!..

— Что? Хочешь его строить? Очень хочешь?

— Я бы за это жизнь отдал — правда, тогда я не смог бы его построить. Ты ведь это хотел услышать?

— Что-то вроде. Успокойся, не нужна мне твоя жизнь. Но все же приятно было увидеть, как у тебя хоть на миг перехватило дыхание. Я рад, что тебя это потрясло. Значит, ты понимаешь, каким должно быть здание Винанда. Самым высоким и грандиозным сооружением в городе.

— Я понимаю. Это именно то, что ты хотел бы.

— Пока я его строить не буду. Я ждал этого много лет. Теперь ты будешь ждать вместе со мной. Мне, знаешь ли, даже нравится тебя терзать. Мне всегда этого хотелось.

— Я знаю.

— Я привел тебя сюда, чтобы сказать, что это здание будешь строить ты — когда я захочу. Я ждал, потому что знал: время еще не подошло. Теперь время подошло, я это понял, когда мы встретились. Но придется еще год или два подождать. Сейчас строить нельзя — страна должна встать на ноги. Конечно, все говорят, что небоскребы ушли в прошлое, что они устарели. Но мне плевать. Этот небоскреб себя окупит. Мои предприятия разбросаны по всему городу. Я хочу свести их под одну крышу. И у меня достаточно влияния, чтобы заставить арендовать то, что останется незаселенным. Этот небоскреб будет последним в Нью-Йорке. Тем лучше. Самый грандиозный и последний.

Рорк смотрел в окно на бесформенные руины.

— Их снесут, Говард. Все это снесут. Сровняют с землей. Все это место, в котором не я был хозяином. Здесь будет парк и здание Винанда. Лучшие здания Нью-Йорка теряются, стиснутые другими домами, их никто не видит. Мой небоскреб будет виден. Он преобразит все вокруг. Пусть другие попробуют сделать что-нибудь подобное. Не самый лучший вид, скажут мне? А от кого зависит этот вид? Они еще посмотрят. Здесь будет новый центр города — когда город снова начнет застраиваться. Я думал об этом, когда «Знамя» было всего лишь третьеразрядным листком. И я не просчитался, правда? Я знал, чего добьюсь... Итог моей жизни, Говард. Помнишь, что ты сказал, когда пришел в мою контору в первый раз? Это формула моей жизни. Мне приходилось делать то, о чем не хотелось бы вспоминать. Но и все, чем я горжусь, останется. Когда меня не станет, Гейлом Винандом будет это здание... Я знал, что, когда придет время, найду достойного архитектора. Но не думал, что он будет значить для меня гораздо больше, чем просто архитектор, которого я нанимаю. Получилось именно так — и я рад. Это... награда. Словно меня простили. Последняя и лучшая моя работа будет лучшей и для тебя. Это здание будет не только моим итогом, но и лучшим подарком, который я могу преподнести человеку, значащему для меня больше всех на земле. Не хмурься, ты знаешь, что ты для меня значишь. Посмотри на весь этот ужас на другой стороне улицы. Мне нравится наблюдать за тобой, когда ты это рассматриваешь. Вот это мы и разрушим — ты и я. Вот где вознесется здание Винанда, построенное Говардом Рорком. Я ждал этого всю жизнь. И ты всю жизнь ждал своего звездного часа. Он пришел, Говард, это твой шанс там, на другой стороне улицы. Это мой подарок тебе.

X

Дождь кончился, но Питеру Китингу хотелось, чтобы он не кончался. Тротуары блестели, по стенам домов расползлись темные подтеки, а так как дождь прекратился, казалось, что город покрылся капельками холодного пота. Стемнело рано, и воздух казался плотным и тяжелым. Это тревожило, как преждевременные морщинки на лице. В окнах домов плескался желтый свет. Китинг не попал под дождь, но продрог до костей.

Он рано вышел из конторы и пошел домой пешком. Все в конторе давно казалось ему нереальным. Реальными были только вечера, когда он крадучись проскальзывал наверх, в квартиру Рорка. Он сердито обрывал себя — почему проскальзывал, почему крадучись? — но знал: это именно так. Он именно крался и проскальзывал, хотя и делал вид, что ему нечего таиться. Он проходил через вестибюль дома Энрайта и поднимался на лифте, как служащий, выполняющий деловое поручение. Он все равно чувствовал смутное беспокойство, желание оглянуться, страх, что его узнают. И чувствовал себя виноватым. Это не было чувство вины перед кем-то конкретным, это было хуже — как будто он был виноват сразу перед всеми.

Рорк давал ему эскизы, по которым его сотрудники делали подробные чертежи. Он выслушивал объяснения Рорка, запоминал, что отвечать на возражения, которые могли бы возникнуть у заказчиков. Он впитывал все, как губка. Позже, когда он давал указания своим чертежникам, голос его звучал, словно магнитофонная запись. Но ему было все равно. Ни в чем, что исходило от Рорка, он не сомневался.

Сейчас он медленно шел по улице. Воздух был напоен влагой. Казалось, дождь вот-вот начнется, но на тротуар не упало ни единой капли. Он посмотрел вдаль и увидел пустоту на месте башен знакомых зданий. Казалось, здания скрыли не тучи; казалось, их поглотило серое, хмурое небо. Ему всегда было не по себе, когда он видел эту пустоту на месте растворившихся в небе зданий. Он опустил глаза и пошел дальше.

Сначала он увидел туфли. Он понял, что женщина ему знакома, но поспешно отвел взгляд от ее лица, подчиняясь инстинкту самосохранения, и увидел туфли. Это были коричневые полуботинки на плоской подошве, оскорбительно дорогие, слишком чистые для грязного тротуара, не имевшие никакого отношения ни к сырой погоде, ни к изяществу. Потом он увидел коричневую юбку, сшитый на заказ пиджак, дорогой и холодный, как форма, руку в дорогой перчатке с дырой на пальце, нелепое украшение на лацкане пиджака — брошь в виде кривоногого мексиканца в красных панталонах — неуклюжая попытка смягчить строгость костюма; он увидел тонкие губы, очки, наконец, глаза.

— Кэти, — сказал он.

Она стояла у витрины книжного магазина. Она узнала его, но хотела дочитать название книги, которую рассматривала в витрине. Уголки губ поднялись в приветственной улыбке, но повернулась она к нему не раньше, чем дочитала название. Улыбка была приветливой, не натянутой, но и не радушной — просто приветливой.

— Господи, да это же Питер Китинг, — сказала она. — Привет, Питер.

— Кэти... — Он был не в силах ни подать руку, ни подойти к ней ближе.

— Какой случай, кто бы мог подумать; да, Нью-Йорк в этом отношении похож на все маленькие городки — просто идешь по улице и встречаешь знакомого. Хотя других прелестей маленького города он лишен. — Она говорила спокойно, без напряжения.

— Что ты здесь делаешь? Я думал... Я слышал... — Он знал, что ей предложили хорошую работу в Вашингтоне и она переехала туда два года назад.

— Я здесь по делу. Завтра еду обратно. И я этому, в общем, рада. В Нью-Йорке нет жизни, это болото.

— Что ж, тебе нравится работа, это радует... то есть... ведь ты именно это имела в виду?

— Работа? Какая чушь. Вашингтон — единственный цивилизованный город в стране. Не знаю, как можно жить в другом месте. Ну а ты чем занимаешься, Питер? На днях я видела твое имя в газете — что-то важное...

— Я... я работаю... А ты почти не изменилась, Кэти, правда... то есть лицо... ты выглядишь, в общем, как всегда...

— Ну, другого лица у меня нет. И зачем говорить о переменах, если ты не видел человека всего год-два? Вчера я случайно встретила Грейс Паркер, она тоже начала разглядывать меня, просто не могла без этого обойтись. Я заранее знала, что она скажет: «Ты так хорошо выглядишь, совсем не постарела, правда, Кэтрин». Люди так провинциальны.

— Но... ты в самом деле хорошо выглядишь... и... я рад тебя видеть...

— Я тоже рада тебя видеть. Как твоя работа?

— Трудно сказать... Ты, наверное, читала о Кортландте... Я занимаюсь Кортландтом...

— Да, конечно. Именно об этом я и читала. Это здорово, Питер. Заниматься настоящим делом, не ради денег или личной выгоды, а на благо общества. Архитекторам пора бы перестать халтурить ради денег и начать тратить больше времени на государственное строительство, решать более широкие задачи.

— Да большинство архитекторов схватились бы за это, если бы могли, но это совсем не просто, двери там не для всех открыты...

— Да, да, знаю. Просто невозможно объяснить непрофессионалу наши методы работы. Вот откуда берутся глупые, надоедливые жалобы. Тебе не стоит читать «Знамя» Винанда, Питер.

— Я и не читал его никогда. Какое это вообще имеет отношение к... Не знаю, почему мы об этом заговорили, Кэти.

Он подумал, что не вправе ждать от нее какого-то особого отношения, или, если уж говорить об особом отношении, то скорее должен ожидать лишь презрения или гнева, на какие она только была способна. Хотя одного он все-таки ждал от нее: он ждал, что она будет говорить с ним через силу. Но этого не случилось.

— Нам действительно надо бы о многом поговорить, Питер. — Эти слова воодушевили бы его, если бы не легкость, с которой она их произнесла. — Но не можем же мы стоять здесь весь день. — Она взглянула на свои часики: — У меня еще есть примерно час, может, угостишь меня чашечкой чая? Тебе бы не помешала чашка горячего чая, ты, кажется, замерз.

Она первый раз заговорила о том, как он выглядит. Сказала и взглянула равнодушно. Он подумал о том, что даже Рорк был поражен происшедшей в нем переменой.

— Да, Кэти. Было бы неплохо. Я... — Он пожалел, что не догадался предложить это первым; именно это им и нужно сделать. Ему было досадно, что она решила так правильно и так быстро. — Пойдем в какое-нибудь хорошее, тихое место...

— Пойдем к Торпу. Это недалеко, за углом. У них вкусные сандвичи с кресс-салатом.

Когда они переходили улицу, она взяла его под руку — и отпустила на другой стороне. Она сделала это автоматически. Даже не заметив. На стойке в кафе Торпа стояли пирожные и конфеты. Ослепительно сверкала ваза с засахаренным миндалем — конфеты были белого и зеленого цвета. Пахло апельсиновой глазурью. Свет был приглушен — душная оранжевая дымка окутывала помещение. Из-за запаха глазури свет казался липким. Слишком маленькие столики были тесно сдвинуты.

Он сел, глядя на кружевные бумажные салфетки на черной стеклянной поверхности стола. Но взглянув на Кэтрин, понял, что можно отбросить осторожность: она не замечала его испытующего взгляда. Ей было все равно, на нее он смотрит или на женщину за соседним столиком. Казалось, она не ощущает саму себя.

Он подумал, что больше всего в ее лице изменилась линия губ: бледные и тонкие, они были властно поджаты. Такими устами дают указания, подумал он, но не важные или жесткие, а незначительно придирчивые — о неисправности водопровода или дезинфицирующих средствах. В уголках глаз были мелкие морщинки — будто смяли, а потом разгладили бумагу.

Она рассказывала о своей работе в Вашингтоне, он мрачно слушал. Слов он не разбирал, слышал только ее суховатый, трескучий голос.

К их столику подошла официантка в накрахмаленном красном форменном платье. Кэтрин четко сделала заказ:

— Ваши фирменные сандвичи. Пожалуйста.

Китинг сказал:

— Мне чашечку кофе. — Он вдруг ощутил на себе взгляд Кэтрин и смутился, запаниковал. Он почувствовал, что нельзя признаваться в том, что он потерял аппетит и не сможет проглотить ни кусочка, почувствовал, что это может рассердить ее, и добавил: — Ветчину и, пожалуй, рулет с вареньем.

— Питер, разве можно так питаться! Минуточку, не уходите. Питер, тебе нельзя это есть. Это вредно. Съешь свежий салат. И в это время дня лучше не пить кофе. Американцы пьют слишком много кофе.

— Хорошо, хорошо, — сказал Китинг.

— Принесите чай и салат... и... минуточку! Хлеба не нужно — ты полнеешь, Питер, — несколько диетических крекеров. Пожалуйста.

Китинг подождал, пока красное форменное платье не отойдет от столика, и с надеждой спросил:

— Я изменился, правда, Кэти? Я очень плохо выгляжу? — Даже пренебрежительный ответ был бы лучше, чем равнодушие.

— Что? А, ну да, наверное. Ты плохо питаешься. Американцы абсолютно не имеют представления о рациональном питании. Все-таки как много внимания мужчины уделяют собственной внешности! Они гораздо тщеславнее женщин. Именно женщины, а вовсе не мужчины занимаются сейчас настоящим делом. И именно они сделают этот мир лучше.

— А как можно сделать этот мир лучше, Кэти?

— Ну, определяющим фактором, конечно, является экономика...

— Нет, я... я не про это... Кэти, мне было очень плохо.

— Мне очень жаль. Теперь многие жалуются, что им плохо. Сейчас переходный период, и люди чувствуют себя между небом и землей, в этом все дело. Но ты ведь всегда был оптимистом, Питер.

— Ты... ты помнишь, каким я был?

— Господи, Питер, можно подумать, это было шестьдесят пять лет назад.

— Но с тех пор так много всего произошло. Я... — Он решил говорить открыто, иначе было нельзя; легче всего казалось действовать, отбросив всякую осторожность. — Я женился. Потом развелся.

— Да, я читала. Я обрадовалась, когда узнала, что ты развелся.

Он наклонился ближе.

— Если твоя жена могла выйти замуж за Гейла Винанда, то это удача, что ты от нее избавился.

Она произнесла эту фразу тем же категорическим тоном. Ничего не оставалось, как поверить, что она говорит правду; ее это действительно больше не трогало.

— Кэти, ты очень тактична и добра ко мне... но перестань же играть, — сказал он и вдруг в страхе понял, что она не играет. — Перестань играть... Скажи, что ты тогда думала обо мне... Скажи, я готов ко всему... Я хочу это слышать... Разве ты не понимаешь? Мне будет лучше, если я услышу это от тебя.

— Питер, ты ведь не хочешь, чтобы я вдруг начала тебя обвинять? Если бы это не было так по-детски, я бы решила, что это тщеславие.

— А все-таки, что ты чувствовала в тот день... когда я не пришел... и потом, когда узнала, что я женился? — Он не понимал, что именно заставляет его прибегать к грубости как к единственному средству общения. — Кэти, ты страдала?

— Ну конечно, я страдала. Как все в подобной ситуации. Потом поняла, конечно, как все это глупо. Я плакала и кричала что-то дяде Эллсворту, ему пришлось вызвать врача и дать мне успокоительное. А несколько недель спустя я потеряла сознание на улице — просто шла и упала, конечно, мне потом было очень стыдно. Наверное, так бывает со всеми. Это как корь — надо переболеть. Как говорил дядя Эллсворт, вряд ли можно было ожидать, что я буду исключением, что меня это не коснется.

Он подумал: «Помнить о боли, которую тебе причинили, и ничего при этом не чувствовать — это страшно. Страшнее, чем переживать все снова и снова».

— Но конечно, мы понимали, что все, что ни делается, к лучшему. Не могу представить себя твоей женой.

— Не можешь представить себя моей женой, Кэти?

— То есть вообще не могу представить себя замужем, Питер. Семейная жизнь не для меня, не для моего характера. Иметь семью — что может быть эгоистичнее и ограниченнее? Конечно, я понимаю твои чувства и ценю их. Ты чувствуешь угрызения совести, так, наверное, и должно быть, ведь ты меня бросил — так это называется. —

Он поморщился. — Видишь, глупо говорить об этом. Ты сокрушаешься о том, что сделал, это естественно, нормально, но давай посмотрим на это трезво. Мы ведь взрослые, разумные люди. Ничто не стоит слез. Мы такие, какие есть, и с этим ничего не поделаешь. Все наши поступки — это наше прошлое, наш опыт, но надо жить дальше.

— Кэти! Как ты можешь? Ведь ты о себе говоришь, а не успокаиваешь какую-нибудь оступившуюся девчонку.

— А что, есть существенная разница? У всех одни и те же проблемы, одни и те же чувства.

Она отщипнула кусочек хлеба с зеленым кресс-салатом, и он заметил, что его заказ тоже подан. Он поковырял вилкой в тарелке с салатом и заставил себя откусить кусочек серого диетического крекера. Он ел не автоматически, как будто утратил этот навык, а сознательно, прилагая усилия, и это было странно. Крекеру, казалось, не будет конца; он никак не мог его дожевать. Он жевал и жевал, а во рту все не убывало.

— Кэти… все эти шесть лет… я представлял, как однажды попрошу у тебя прощения. Я могу это сделать сейчас, но не стану. Кажется… кажется, это уже не нужно. Ужасно так говорить, но я действительно так думаю. То, как я с тобой поступил… я не сделал ничего хуже за всю свою жизнь — но не потому, что я ранил тебя. Ведь я тебя ранил, Кэти, и может быть, больше, чем ты сама считаешь. Но это не самое худшее… Кэти, я ведь хотел на тебе жениться. Это единственное, чего я действительно хотел. Я не сделал того, что хотел, и этот грех простить нельзя. Это так мерзко, бессмысленно, чудовищно, это просто безумие, в этом нет ни смысла, ни достоинства, ничего, кроме боли, никому не нужной боли… Кэти, зачем нам вдалбливают в головы, что делать то, что мы хотим, слишком легко и недостойно, что мы должны сдерживать себя, что нужна дисциплина? Ведь делать то, чего ты действительно хочешь, труднее всего. Для этого нужно особое мужество. Если ты действительно этого хочешь. Вот как, например, я хотел жениться на тебе. Я не говорю о таких желаниях, как желание напиться, или увидеть свое имя в газетах, или переспать с кем-нибудь. Все это даже не желания, мы делаем это, чтобы уйти от наших истинных желаний, потому что это огромная ответственность — действительно стремиться к чему-нибудь.

— Питер, то, что ты говоришь, просто чудовищно и очень эгоистично.

— Может быть. Не знаю. Я всегда говорил тебе правду. Обо всем. Даже если ты не просила. Я не мог иначе.

— Да. Это была похвальная черта. Ты был очень милым мальчиком, Питер.

В бессмысленной злобе он подумал, что ему плохо от этой вазы с засахаренным миндалем на стойке. Миндаль был белым и зеленым; он не должен быть белым и зеленым в это время года; это цвет дня святого Патрика — в этот день такие конфеты бывают в витринах всех кондитерских, а день святого Патрика означал весну — нет, даже лучше, время волнующего ожидания в самом начале весны.

— Кэти, я не буду говорить, что все еще люблю тебя. Я этого сам не знаю. Не задумывался. Да это и не важно теперь. Я это говорю не потому, что на что-то надеюсь, или хочу попытаться, или... Единственное, что я знаю: я любил тебя, Кэти, как бы я себя ни вел тогда, несмотря на то что я говорю об этом в последний раз именно здесь, после всего, что было, я любил тебя, Кэти.

Она взглянула на него — ей, кажется, было это приятно. Она не была ни взволнована, ни счастлива, не жалела его — ей просто было приятно. Он подумал: если бы она была до мозга костей старой девой, озлобленной общественной деятельницей, как обычно думают о таких женщинах, презирающей все, что касается разницы между полами, чванящейся собственными добродетелями, она проявила бы свои чувства, пусть даже враждебные. Но снисходительное терпение, с которым она его слушала... Она словно охотно допускала, что человеку свойственно влюбляться, и нужно через это пройти, ведь все через это проходят, это распространенная слабость, не имеющая большого значения, ей было приятно слышать его признание, как любого другого мужчины. Она вела себя так, как следует вести себя в подобных ситуациях: ее реакция была как тот красный мексиканец на лацкане — презрительная уступка людской суетности.

— Кэти... Кэти, давай скажем: то, что сейчас между нами происходит, не в счет, хорошо? Это не может испортить того, что у нас было, правда, Кэти?.. О прошлом всегда жалеют, потому что ничего нельзя изменить, а я этому рад. Мы не можем это испортить. Но мы можем думать об этом, правда? Почему бы нет? Не обманывая себя, не надеясь, мы ведь взрослые люди, как ты говоришь, просто думать об этом... Помнишь, как я первый раз пришел к тебе в гости в твою квартиру в Нью-Йорке? Ты была такая тоненькая и маленькая, волосы у тебя были в таком милом беспорядке. Я сказал тебе, что я не полюблю никого другого. Ты сидела у меня на коленях, такая невесомая, и я говорил тебе, что никогда больше никого не полюблю. А ты сказала, что все это знаешь.

— Я помню.

— Когда мы были вместе... Кэти, я стыжусь многих вещей, но это никак не касается времени, когда мы были вместе. Когда я сделал тебе предложение... нет, я никогда не делал тебе предложения... просто сказал, что мы обручены... и ты сказала «да»... это было на скамейке в парке... шел снег...

— Да.

— На тебе были какие-то необычные шерстяные перчатки. Как митенки. Помнится... на них были капли воды... повсюду на шерсти... как хрусталь... и они сверкали... это потому, что проехала машина.

— Да, оглядываться в прошлое время от времени весьма приятно. Но горизонт у человека все время расширяется. С годами человек становится духовно богаче.

Наступило продолжительное молчание. Потом он сказал ровным голосом:

— Извини.

— Почему? Ты очень мил, Питер. Я всегда считала, что мужчины сентиментальны.

Он думал: «Нет, это не притворство... так притворяться нельзя... если только она не притворяется сама перед собой, но тогда уже нельзя остановиться, уйти, на что-то опереться...»

Она продолжала что-то рассказывать и вскоре вернулась к разговору о Вашингтоне. Он отвечал в нужных местах.

Раньше ему казалось, что между прошлым и настоящим есть прямая связь, и если в прошлом была допущена ошибка, она может отозваться болью в настоящем, но эта боль как бы подчеркивает некое бессмертие прошлого; он не мог вообразить, что Кэтрин способна разрушить, расправиться со всем, что было... как будто этого никогда и не существовало.

С легким вздохом нетерпения она бросила взгляд на часы:

— Я опаздываю. Мне надо бежать.

Он подчеркнуто произнес:

— Ты не возражаешь, Кэти, если я не провожу тебя? Не сочти это грубостью. Просто я думаю, что так будет лучше.

— Конечно, конечно. Зачем это? Я вполне способна ориентироваться в Нью-Йорке. И к чему эти церемонии между старыми друзьями, — прибавила она, беря перчатки и сумочку, и, скомкав бумажную салфетку, бросила ее точно в свою чашку. — В следующий раз я позвоню тебе, что я здесь, и мы сможем где-нибудь перекусить вместе. Хотя не могу сказать, когда это произойдет. Я так занята, мне так много где надо побывать. В прошлом месяце Детройт, на следующей неделе я лечу в Сент-Луис. Но, если меня снова занесет в Нью-Йорк, я позвоню. Пока, Питер, было очень приятно.

XI

Гейл Винанд рассматривал блестящую деревянную палубу яхты. Дерево и медные ручки, словно пышущие жаром, помогали ему ощутить бесконечные заполненные солнцем мили между горнилом неба и океаном. Стоял февраль, яхта дрейфовала с выключенными двигателями в южной части Тихого океана.

Он перегнулся над поручнем и посмотрел вниз, на Рорка. Тот плыл на спине, вытянув тело в прямую линию, распластав руки и закрыв глаза. Цвет его кожи говорил о месяце таких дней, как этот. Винанд подумал, что ему нравится именно так ощущать время и пространство: через мощь яхты, через цвет кожи Рорка, через загар собственных рук, лежащих на поручне.

Он не выходил на яхте уже несколько лет. На этот раз он захотел, чтобы Рорк был его единственным гостем. Доминик осталась дома.

Свое приглашение Винанд сформулировал следующим образом:

— Ты убьешь себя, Говард. Ты двигаешься вперед с такой скоростью, которой долго не выдержать. И это длится уже по крайней мере со времени Монаднока, не так ли? Так что, хватит у тебя мужества на самый трудный для тебя подвиг — отдых?

К его удивлению, Рорк принял все без возражений. Рорк рассмеялся:

— Я не бегу от работы, если именно это тебя удивляет. Я знаю, когда надо остановиться... но не могу остановиться, если не брошу все сразу. Я понимаю, что переработал. В последнее время я портил слишком много бумаги, а получалась дрянь.

— Дрянь? У тебя? Возможно ли?

— Возможно, больше, чем у любого другого архитектора, и с меньшими возможностями для оправдания. Единственное, в чем я уверен, это то, что мои неудачные проекты заканчивали свою жизнь в корзинке для мусора.

— Предупреждаю, мы отправимся на долгие месяцы. Если ты начнешь сожалеть и через неделю заплачешь о своем рабочем столе, как и все, кто не научился бездельничать, обратно я тебя не повезу. На борту своей яхты я самый скверный из тиранов. У тебя будет все, что ты можешь вообразить, кроме бумаги и карандаша. Я не оставлю тебе даже свободы слова. Ты не будешь упоминать о несущих конструкциях, пластике и железобетоне с той минуты, как поднимешься на борт. Я научу тебя есть, спать и жить, как последний богатый бездельник.

— Мне хотелось бы попробовать.

Работа не требовала присутствия Рорка в течение ближайших месяцев. Все текущие дела были завершены. Работы по двум новым заказам начнутся не раньше весны.

Он сделал все чертежи, которые были нужны Китингу для работы в Кортландте. Строительство должно было вот-вот начаться. Перед отъездом в один из дней конца декабря Рорк отправился бросить прощальный взгляд на место будущего Кортландта. Как безвестный зритель стоял он в группе глазеющих бездельников и наблюдал, как вгрызается в землю экскаватор, освобождая место для будущего фундамента. Ист-Ривер лениво ползла широкой черной лентой, а за ней редкое кружево снежинок смягчало абрис городских башен, едва угадываемый в фиолетово-голубой акварели.

Доминик не стала возражать, когда Винанд сказал ей о намерении отплыть в долгое путешествие вместе с Рорком.

— Дорогая, ты понимаешь, что это не означает, что я бегу от тебя? Мне просто необходимо на некоторое время уйти от всего. А быть с Говардом все равно что быть наедине с самим собой, только спокойнее.

— Конечно, Гейл, я не против.

Он посмотрел на нее и внезапно рассмеялся, невероятно польщенный:

— Доминик, по-моему, ты ревнуешь. Это чудесно, я еще больше благодарен ему... за то, что он пробудил в тебе ревность.

Она не могла сказать ему, ревнует ли и к кому.

Яхта отплыла в конце декабря. Рорк, ухмыляясь, наблюдал за разочарованным Винандом, обнаружившим, что ему не надо укреплять дисциплину. Рорк не говорил о строительстве, часами лежал под солнцем на палубе, как настоящий бездельник. Они мало говорили. Случались дни, когда Винанд не мог вспомнить, обменивались ли они вообще какими-то мнениями. Ему начало казаться, что они могут вообще не разговаривать. Молчание было для них лучшим способом общения.

Сегодня они вместе нырнули, чтобы поплавать, и Винанд первым вернулся на борт. Теперь, склонившись над поручнем и наблюдая за Рорком, продолжавшим купаться, он подумал, что получил в этот момент власть над ним: он мог в любую минуту запустить мотор и уйти, бросив рыжеголового Рорка на милость солнца и океана. Мысль понравилась ему: ощущение власти и зависимости от Рорка, — потому что никакая сила не могла бы заставить его употребить свою власть. Небольшое напряжение голосовых связок, чтобы отдать приказ, и чья-то рука откроет клапан — и послушная машина тронется. Он подумал: «Дело не в морали, не в ужасе самого деяния. Вполне можно было бы бросить человека на произвол судьбы, если бы от этого зависела судьба целого континента». Но бросить этого человека было невозможно. Он, Гейл Винанд, был в данный момент беспомощен. Рорк, который лежал на воде, как бревно, обладал куда более значительной мощью, чем двигатель яхты. Винанд подумал: «Наверное, потому, что именно эта мощь и породила машину».

Рорк влез на палубу; Винанд оглядел его, блестящего от водяных нитей, струившихся по плечам.

— Говард, ты сделал ошибку в храме Стоддарда. Та статуя должна была воплотить тебя, а не Доминик.

— Нет, для этого я слишком себялюбив.

— Себялюбив? Себялюбивому человеку это понравилось бы. Ты как-то странно употребляешь слова.

— В их точном значении. Я не хочу быть символом. Я — это только я.

Растянувшись в кресле, Винанд с удовлетворением смотрел на фонарь — матовый стеклянный диск на переборке за его спиной отрезал его от черной бездны океана и создавал ощущение защищенности внутри мощных стен из света. Он слышал шум яхты, ощущал на лице теплый ночной воздух и ничего не видел, кроме пространства палубы вокруг себя.

Рорк стоял перед ним — высокая белая фигура, на фоне черного пространства, голова поднята; такое же стремление вверх Винанд видел в эскизе здания. Его руки вцепились в поручень. На Рорке была рубашка с короткими рукавами — вертикальные складки теней подчеркивали напрягшиеся мускулы на его руках и шее. Винанд размышлял о двигателе яхты, небоскребах, трансатлантических кабелях — обо всем, что создал человек.

— Говард, этого я и хотел. Только ты и я.

— Я знаю.

— А знаешь, как это называется? Жадность. Я скуп в отношении двух вещей на этой земле: тебя и Доминик. Я — миллионер, который никогда ничем не владел. Помнишь, что ты сказал о собственности? Я как дикарь, который открыл идею частной собственности и на этой почве совсем взбесился. Странно все-таки. Помнишь Эллсворта Тухи?

— Почему Эллсворта Тухи?

— Я имею в виду то, что он проповедует. Недавно я подумал — понимает ли он, что именно проповедует? Самоотречение в абсолютном смысле? Так я же был таким. Знает ли он, что я — воплощение его идеала? Конечно, он не одобрил бы моих мотивов, но мотивация никогда не изменяла фактов. Если он ищет подлинного самоотречения, в философском смысле — а мистер Тухи настоящий философ, — в смысле несравненно более глубоком, чем денежный интерес, Боже мой, да пусть посмотрит на меня. Я никогда ничем не владел. Никогда ничего не хотел. Мне просто все было безразлично, в самом широком — космическом смысле, которого Тухи в жизни не постичь. Я превратил себя в барометр, испытывающий давление всего мира. Голос масс заставлял меня подниматься и опускаться вместе с ними. Конечно, в ходе этого процесса я скопил целое состояние. Но разве это существенно меняет картину? Допустим, я отдам все до последнего цента. Допустим, что я никогда бы не хотел никаких денег, а пытался из чистого альтруизма служить людям. Что я должен был бы сделать? Именно то, что и делал. Дарить самое большое наслаждение как можно большему числу людей. Выражать мнения, желания, вкусы большинства. Того большинства, что голосует за меня, свободно изъявляя свое одобрение и свою поддержку трехцентовым бюллетенем, покупаемым каждое утро в газетном киоске на углу. Газеты Винанда? За тридцать один год они представляли кого угодно, кроме Гейла Винанда. Я выдавил свое Я из бытия, как ни один святой в монастыре. И они называют меня порочным. Почему? Святой жертвует только материальными благами. Это невысокая цена за вечное блаженство его души. Святой сберегает свою душу и отдает ее миру. А я... я пользуюсь автомобилем, шелковыми пижамами, роскошной квартирой, а в обмен отдаю миру свою душу. Кто жертвует больше — если жертва является мерилом добродетели? Кто по-настоящему святой?

— Гейл... я не думал, что ты мог бы сказать это даже самому себе.

— А почему нет? Я знал, что делал. Я хотел власти над всеобщей душой, и я ее получил. Всеобщая душа... Довольно туманное понятие, но если кто-то пожелает увидеть ее, пусть возьмет номер нью-йоркского «Знамени».

— Да...

— Конечно, Тухи сказал бы, что он не то понимает под альтруизмом. Он считает, что я не должен оставлять людям право решать, чего они хотят. Я должен решать все. Должен определять не что нравится мне, а что им, но то, что, по моему мнению, им должно нравиться, а затем вколачивать это в их глотки. Это нужно вколачивать, раз они свободно выбрали «Знамя». Что ж, в сегодняшнем мире есть еще несколько таких альтруистов.

— Ты это так понимаешь?

— Конечно. Что еще может человек, если он должен служить народу, жить для других? Или обслуживай желания каждого и называйся порочным, или силой навязывай всем собственное представление о том, что такое всеобщее благо. А тебе известны другие возможности?

— Нет.

— Что же тогда остается? Где начинается порядочность? Что начинается там, где кончается альтруизм? Ты понимаешь, что меня волнует?

— Да, Гейл. — Винанд заметил в голосе Рорка уклончивость, очень похожую на горечь.

— Что с тобой? Что тебе так неприятно?

— Извини. Прости меня. Просто подумал кое о чем. Я уже долгое время размышляю об этом. Особенно все эти дни, когда ты заставляешь меня бездельничать.

— Думая обо мне?

— О тебе... среди прочего.

— И к чему ты пришел?

— Я не альтруист, Гейл. Я не решаю за других.

— Не стоит беспокоиться обо мне. Я продал себя, но у меня нет иллюзий на этот счет. Мне никогда не стать Альвой Скарретом. Он действительно верит во все, во что верит читающая публика. Я презираю эту публику. В этом мое единственное оправдание. Я продал свою жизнь, но за хорошую цену. Власть. Я никогда ее не использовал. Я не мог позволить себе личных желаний. Но теперь я свободен. Теперь я могу использовать ее для того, что хочу. Для того, во что верю. Для Доминик. Для тебя.

Рорк отвернулся. Потом снова взглянул на Винанда и сказал только:

— Надеюсь, Гейл.

— О чем же ты думал все эти последние недели?

— О том принципе, что стоял за решением декана исключить меня из Стентона.

— Каком принципе?

— Ну о том, что губит мир. О котором говорил ты. О настоящем самоотречении.

— Об идеале, которого, говорят, не существует?

— Он существует... хотя и не в том виде, как они воображают. Именно этого я не могу понять в людях. В них нет самих себя. Они живут в других. Живут как бы взаймы. Посмотри на Питера Китинга.

— Смотри на него сам. Я его ненавижу.

— Я смотрел на него... на то, что от него осталось... и это позволило мне понять. Он расплачивается, и удивляется, за какие грехи, и объясняет себе, что был слишком эгоистичен. В каком его поступке или мысли проявилось его Я? Какой была его цель в жизни? Величие —

в чужих глазах. Слава, восхищение, зависть — все, что исходит от других. Другие продиктовали ему убеждения, которых он не разделял, и он удовлетворился тем, что другие верят, будто он их разделяет. Его движущей силой и главной заботой были другие. Он не хотел быть великим, лишь бы другие считали его великим. Он не хотел строить — хотел, чтобы им восхищались как строителем. Он заимствовал у других, чтобы произвести впечатление на других. Вот его самоотречение. Он предал свое Я и успокоился. Но его называют эгоистом.

— Большинство людей живет так же.

— Да! Но разве не это основа всех низких поступков? Не эгоизм, а как раз отсутствие своего Я. Посмотри на них. Кто-то мошенничает и врет, но сохраняет респектабельный вид. Он знает, что бесчестен, но другие верят, что он честен, и он черпает в этом самоуважение, живет тем, во что верят другие. Другой пользуется доверием за поступки, которых не совершал. Он-то знает, что он посредственность, но возвышается от сознания, что велик в глазах других. А вот несчастная посредственность, которая проповедует любовь к нижестоящим и тянется к тем, кто еще более обделен, чтобы утвердиться в своем сравнительном превосходстве. Вот человек, чья единственная цель — делать деньги. Нет, я не вижу ничего дурного в стремлении к деньгам. Но деньги — только средство. Если человек добивается их для личных целей — внести в свое производство, создавать, изучать, трудиться, наслаждаться роскошью — он нравственная личность. Но те, кто ставит деньги на первое место, заходят слишком далеко. Роскоши для себя им мало. Они хотят поразить других — показать, развлечь, удивить, произвести впечатление. Все они довольствуются заемным. Взгляни на наших так называемых носителей культуры. Лектор, который с важностью изливает заимствованные ничего не значащие, в том числе и для него самого, мыслишки, — и люди, которые слушают в полнейшем безразличии, ведь они пришли лишь для того, чтобы рассказать друзьям, что были на лекции человека с именем. Все они получают жизнь из вторых рук.

Если бы я был Эллсвортом Тухи, я бы сказал: «А не выступаете ли вы здесь против эгоизма, мистер Рорк? Разве все они не действуют из эгоистических побуждений — быть замеченными, любимыми, возвеличенными?..» Другими. Ценой самоуважения. В области наивысшей важности — в области ценностей, суждений, духа, мысли — они ставят других над своим Я, как предписывает альтруизм. Настоящего эгоиста не может затронуть одобрение других. Он не нуждается в нем.

Я думаю, Тухи понимает это. Именно это и помогает ему распространять свою порочную бессмыслицу. Только слабость и трусость. Так легко обращаться к другим. Так тяжело опираться на собственные достижения. Можно изображать добродетель для окружающих. Нельзя изобразить добродетель перед собой, если ее нет. Собственное Я — самый строгий судья. Они бегут от него. В бегах они проводят свою жизнь. Легче отдать несколько тысяч на благотворительность и считать себя благородным, чем достигнуть самоуважения на основе собственных достижений. Просто найти подмену компетентности — такие простые замены: любовь, изящество, доброта, щедрость. Но замены компетентности нет.

Здесь как раз и проходит граница, которую никогда не переходят получающие жизнь из вторых рук. Их не заботят факты, идеи, работа. Их заботят лишь люди. Они не спрашивают: это правда? Они спрашивают: это то, что другие считают правдой? Не для суждения, а для повторения. Не делать — создавать впечатление, что что-то делается. Не созидать — показывать. Не способности — связи. Не заслуги — услуги. Что станет с миром без тех, кто делает: мыслит, трудится, производит? Все они себялюбивы. Не думают чужой головой и не трудятся чужими руками. Когда люди не используют свою способность независимо рассуждать, они не используют свой разум. Перестать использовать разум значит остановить жизнь. У получающих жизнь из вторых рук нет чувства реальности. Их реальность не в них, а где-то в пространстве, которое разделяет человеческие тела. Они существуют не как реальное нечто, а как соотношение между ничто и ничто. Этой пустоты в людях я никак не могу понять. Это всегда останавливает меня, когда я попадаю в какой-нибудь комитет. Люди без своего Я. Мнения без всякого осмысления. Движение без тормозов и двигателя. Власть без ответственности. Получающий жизнь из вторых рук функционирует, но источник его действий в других индивидуумах. С ним ничего нельзя обсудить. Он закрыт для обмена мнениями. С ним нельзя говорить — он не слышит. Все равно что пытаться разговаривать со стулом. Слепая взбесившаяся масса мчится вперед, сокрушая все без всякого чувства или цели. Стив Мэллори не мог определить этого монстра, но знал его, и он боялся этого чудовища, источающего слюну, — человека, получающего свою жизнь из вторых рук.

— Я думаю, что получающие жизнь из вторых рук подсознательно понимают это. Обрати внимание: они принимают все, только не самостоятельного человека. Они распознают его сразу. Инстинктом. У них какая-то специфическая тайная ненависть к нему. Они прощают преступников. Восхищаются диктаторами. Преступление и насилие — это узы. Форма взаимной зависимости. Они нуждаются в таких узах. Они готовы силой навязать свою презренно малозначительную личность каждому человеку, которого встречают. Независимый человек для них смерть, потому что они не могут существовать в нем, а это единственная форма их выживания. Обрати внимание, какую злобу у них вызывает любая мысль, которая предлагает независимость, заметь их ненависть к самостоятельному человеку. Оглянись на прожитую жизнь, Говард, на людей, которых ты встречал. Они знают. Они испуганы. Ты — упрек им.

— Это потому, что в них всегда остается какое-то достоинство. Они все еще остаются людьми. Но они научены искать себя в других. И все же ни один человек не может достичь такой степени смирения, когда нужда в самоуважении отпала бы. Он не смог бы этого пережить. Сознание людей столетиями накачивали мыслью, что альтруизм — наивысший идеал, и люди приняли эту доктрину так, как она только и могла быть принята. Ища самоуважения в других. Живя жизнью из вторых рук. Это открыло путь к различного рода ужасам, стало кошмарной формой эгоизма, которую по-настоящему эгоистичный человек не смог бы придумать. И теперь, чтобы излечить мир, погибающий от эгоизма, нас просят отказаться от самих себя, от своего Я. Прислушайся, что сегодня проповедуется. Взгляни на окружающих. Ты удивлялся, почему они страдают, почему ищут счастья, но не находят. Если любой из них спросит себя, было ли у него когда-либо по-настоящему личное желание, ответ будет очевиден. Он поймет, что все его желания, усилия, мечты, амбиции мотивированы другими людьми. Он даже не боролся за материальное благополучие, а стремился к обманчивому призраку всех получающих жизнь из вторых рук — престижу. Печати одобрения, но не собственного. Он не может найти радости ни в борьбе, ни в победе. Он ни о чем не может сказать: «Это то, чего я хотел, потому что именно я этого хотел, а не потому, что это заставит моих соседей разинуть в изумлении рот». И человек еще жалуется, что несчастлив. Все виды счастья — дело сугубо личное. Наши самые волнующие моменты сугубо личны, несут удовлетворение в самих себе, их не надо трогать. Священные или драгоценные для нас вещи мы не хотим разделять с кем-то. Но нас приучили выставлять все напоказ, чтобы каждый лапал, искать радостей в толпе. У нас даже нет слова, чтобы выразить то качество, которое я имею в виду — самодостаточность человеческого духа. Трудно назвать это эгоизмом или эгоцентризмом — слова исказили, и они стали выражать Питера Китинга. Гейл, я считаю главным злом на земле то, что надо помещать самое важное для тебя в других людей. Я всегда требовал от людей, которые мне нравились, некоего качества. И всегда сразу его узнавал — это единственное качество, которое я уважаю в людях. Руководствуясь им, я выбираю друзей. Теперь я знаю, что это такое: самодостаточное Я. Все остальное не в счет.

— Приятно, что ты допускаешь, что у тебя есть друзья.

— Я даже допускаю, что люблю их. Но я не любил бы их, если бы они были единственным смыслом моего существования. Ты обратил внимание, что у Питера Китинга не осталось ни одного друга? Ты понимаешь почему? Если человек не уважает самого себя, он не может ни любить, ни уважать других.

— К черту Питера Китинга. Я думаю о тебе... и о твоих друзьях.

Рорк улыбнулся:

— Гейл, если бы эта лодка тонула, я отдал бы жизнь, чтобы спасти тебя. Не из чувства долга. Только потому, что я тебя люблю — на свой манер. Я мог бы умереть за тебя. Но я не могу и не хочу жить для тебя.

— Говард, и что это за мерки?

Рорк посмотрел на Винанда и понял, что сказал все, чего старался не говорить. И ответил:

— Ты родился не для того, чтобы получать жизнь из вторых рук.

Винанд улыбнулся. Он услышал слова — и ничего больше.

Позже, когда Винанд спустился в свою каюту, Рорк остался на палубе один. Он стоял, глядя в океан.

И думал: «Я даже не упомянул, что самый опасный из людей, получающих жизнь из вторых рук, — тот, кто стремится к власти».

XII

Когда Рорк с Винандом возвратились в город, был уже апрель. Небоскребы выглядели розовыми на фоне голубого неба, придававшего камню несвойственную ему прозрачность фарфора, на деревьях появились пучки зелени.

Рорк отправился к себе в контору. Его сотрудники жали ему руку, и он обратил внимание на некоторую напряженность в улыбках, которые они сознательно хотели скрыть, пока какой-то юноша не выдержал:

— Какого черта! Почему мы не можем сказать, что очень рады вновь видеть вас, босс?

Рорк засмеялся:

— Валяйте. А я не могу выразить, как чертовски рад, что вернулся.

Потом он уселся за стол в чертежной, и все принялись, перебивая друг друга, рассказывать, как прошли три месяца, а он вертел в руках линейку, не замечая этого, — так человек мнет в пальцах землю своей фермы после долгого отсутствия.

Днем, уже один, за своим столом, он открыл газету. Он три месяца не видел газет. Он обратил внимание на заметку о строительстве Кортландта. И строчку: «Питер Китинг, архитектор. Гордон Л. Прескотт и Огастес Уэбб, проектировщики».

Он застыл на месте. Этим же вечером он отправился в Кортландт.

Первое здание было почти завершено. Оно одиноко стояло на широком пустыре. Рабочие уже ушли по домам, слабый свет был виден только в домике ночного сторожа. Абрис строения был таким, как спроектировал Рорк. Он увидел, что общий план сохранен, но добавлены непонятные пристройки; разнообразие моделируемых масс исчезло, взамен появилась монотонность грубых кубов; было пристроено еще одно крыло с выгнутой крышей, торчащей из стены как опухоль, — спортивный зал; появились ряды металлических балконов, выкрашенных в пронзительно-синий цвет; непонятно откуда и зачем взялись боковые окна, срезанный угол для ненужной двери и металлическая арка над ней, поддерживаемая колонной, как над витринами на Бродвее; три вертикальные полосы из кирпича не вели никуда и ниоткуда. Общий стиль представлял собой то, что архитекторы называют между собой «Бронкс модерн». Барельеф над главным входом являл взору массу мускулов — они, возможно, принадлежали трем или четырем различным телам, из которых торчала поднятая рука с отверткой.

На только что вставленные оконные стекла были наклеены белые бумажные кресты, и они выглядели вполне уместно, вызывая ассоциацию с вычеркнутыми из текста опечатками. На небе за Манхэттеном проступили красные полосы, силуэт города выглядел на этом фоне черным и четким.

Рорк стоял перед первым домом Кортландта. Он стоял, выпрямившись, задрав вверх подбородок, разведя в стороны кулаки опущенных рук, — наверно, так он стоял бы перед солдатами на расстреле.

Никто не мог сказать, как это произошло. За этим не крылось ничего преднамеренного. Просто так получилось.

Сначала Тухи однажды утром сказал Китингу, что Гордона Л. Прескотта и Гэса Уэбба следует внести в ведомость на зарплату как помощников архитектора.

— О чем ты беспокоишься, Питер? Это не уменьшит твою зарплату. Это совершенно не затронет твоего престижа, ведь ты у нас большой начальник. Они будут просто твоими подручными, не больше. Я только хочу оказать парням поддержку. Тот факт, что они каким-то образом связаны с таким проектом, улучшит их репутацию. Я весьма заинтересован в укреплении их репутации.

— Но для чего? Здесь же нечего делать. Все уже сделано.

— О, изменения всегда возникают в последнюю минуту. Сохранишь время собственных сотрудников. Можешь разделить с ними и расходы. Не будь эгоистом.

Тухи сказал правду: ничего иного у него и в мыслях не было.

Китинг не смог обнаружить связей Прескотта и Уэбба — в какой конторе, на каких условиях, с кем из десятков официальных лиц, вовлеченных в проект. Понятие ответственности было настолько размыто, что никто не мог быть полностью уверен в чьей-то власти. Ясно было только одно — у Прескотта и Уэбба есть друзья, и Китингу не убрать их из дела.

Изменения начались со спортивного зала. Дама, отвечавшая за подбор съемщиков, потребовала спортивного зала. Она была из службы социального обеспечения, и ее работа должна была закончиться с началом строительства. Она получила постоянную работу, добившись назначения на должность директора службы массового досуга Кортландта. В проекте не было никакого спортивного зала — в нескольких минутах ходьбы были расположены две школы и отделение ХАМЛ*. Она заявила, что это оскорбление для детей бедняков, — Прескотт и Уэбб снабдили здание спортивным залом. Затем пошли и другие изменения, уже чисто эстетического плана. Дополнительные расходы накручивались на смету, выдержанную в духе строжайшей экономии. Директор службы массового досуга отправилась в Вашингтон провентилировать вопрос о малом театре и зале собраний, которые она надеялась устроить в следующих двух зданиях Кортландта.

Изменения происходили постепенно, понемногу. Распоряжения, дающие добро изменениям, шли из штаб-квартиры.

— Но мы уже готовы начать! — кричал Китинг.

— Какого черта, — тянул на южный манер Гэс Уэбб, — ну пусть выкинут еще пару тысяч, всего и делов.

— Теперь с балконами, — настаивал Гордон А. Прескотт, — они придадут современный стиль. Нельзя же, чтобы торчала голая стена. Это уныло. Потом, ты не учитываешь психологии тех, кто будет здесь жить. Люди, которые придут сюда жить, привыкли рассиживать на пожарных лестницах. Им это нравится. Им будет не хватать этого. Надо позаботиться, чтобы им было где посидеть на свежем воздухе… Цена? Черт возьми, если тебя это чертовски заботит, у меня есть идея, на чем можно здорово сэкономить. Мы обойдемся без дверей в кладовки. Зачем вообще нужны двери в кладовках? Это старомодно. — И все кладовки остались без дверей.

Китинг боролся. Такой борьбы он еще не знал, он использовал все что мог, честно, до предела своих истощенных сил. Он ходил из кабинета в кабинет, споря, угрожая, моля. Но у него не было влияния, в то время как его помощники, казалось, контролировали все подводные течения. Чиновники пожимали плечами и отправляли его к кому-нибудь другому. Никого не заботил эстетический образ здания. «А какая разница?» — «Это же не из вашего кармана, не так ли?» — «Кто вы такой, чтобы все шло по-вашему?» — «Дайте и другим попробовать свои силы».

Он взывал к Эллсворту Тухи, но Тухи не заинтересовался. Он был занят другими делами и не имел никакого желания провоцировать бюрократическую перебранку. По правде говоря, он не нацеливал своих протеже на высокохудожественные усилия, но и не видел причин их останавливать. Все это его занимало.

— Но это ужасно, Эллсворт! Ты же знаешь, что это ужасно!

— Да, наверное. Но о чем ты беспокоишься, Питер? Бедные необразованные съемщики не в состоянии оценить художественные изыски. Главное, чтобы канализация работала.

— Но для чего?! Зачем?! Зачем?! — кричал Китинг на своих помощников.

— А почему нам ничего нельзя сказать? — спрашивал Гордон Л. Прескотт. — Мы тоже хотим выразить свою индивидуальность.

Когда же Китинг призывал обратиться к контракту, ему говорили: «Ладно, валяй, попытайся привлечь к суду правительство. Попытайся». Временами на него нападало желание убить. Но было некого убивать. Даже если бы ему это позволили, он бы не смог найти жертвы. Никто ни за что не отвечал. Не было ни целей, ни причин. Это просто происходило — и все.

Китинг пришел к Рорку в тот же вечер, когда тот вернулся. Он пришел незваным. Рорк открыл дверь и сказал: «Добрый вечер, Питер». Китинг не смог ответить. Они молча прошли в кабинет. Рорк сел, а Китинг остановился посредине и мрачно спросил:

— Что ты собираешься делать?

— Теперь предоставь это мне.

— Я ничего не мог сделать, Говард... Ничего не мог сделать!

— Полагаю, нет.

— А что можешь ты? Ты же не подашь в суд на правительство.

— Нет.

Китинг подумал, что лучше сесть, но расстояние до стула казалось ему слишком длинным.

— Что ты со мной сделаешь, Говард?

— Ничего.

— Хочешь, я выложу им всю правду? Каждому?

— Нет.

После небольшой паузы Китинг прошептал:

— Позволь мне отдать тебе гонорар... все... и...

Рорк улыбнулся.

— Извини, — прошептал Китинг, глядя в сторону. Он помолчал, а затем мольба, которая не должна была прозвучать, вырвалась наружу: — Я боюсь, Говард...

Рорк покачал головой:

— Что бы я ни делал, тебя это не затронет, Питер. Я тоже виновен. Мы оба виновны.

— Ты виновен?

— Это я повредил тебе, Питер. С самого начала. Тем, что помогал тебе. Есть дела, в которых нельзя просить помощи и нельзя помогать. Я не должен был работать над твоим проектом в Стентоне. Не должен был работать над зданием «Космо-Злотник». И над Кортландтом. Я нагрузил на тебя больше, чем ты мог снести. Это как слишком сильный для цепи электрический ток. Предохранители полетели. А теперь мы оба за это платим. Для тебя это тяжело, для меня еще тяжелее.

— Ты... ты хотел бы побыть один, а, Говард?

— Да.

У дверей Китинг сказал:

— Говард! Они же не умышленно.

— Это еще хуже.

Доминик услышала шум машины, поднимающейся по холму. Она подумала, что возвращается домой Винанд. Он задерживался допоздна вот уже две недели, после своего возвращения.

Шум мотора наполнил тишину весеннего вечера. В доме не было ни звука, только тихое потрескивание ее волос, когда она откидывала назад голову, ища для нее опору на мягкой спинке кресла. На какой-то момент она перестала осознавать шум приближавшейся машины — все было таким знакомым в этот час, все было частью окружавшего дом одиночества.

Она услышала, как машина остановилась. Дверь никогда не закрывалась, не ждали ни гостей, ни соседей. Она услышала, как дверь отворилась, затем послышались шаги внизу в холле. Шаги не остановились, а уверенно зазвучали на лестнице. Повернулась ручка двери.

Это был Рорк. Поднимаясь, она подумала, что раньше он не входил в ее комнату, но он знал все закоулки этого дома, как ее тело. Она не испытала потрясения. Только вспомнила о потрясении, подумав в прошедшем времени: «Я должна была чувствовать себя потрясенной, когда увидела его». Сейчас, когда она стояла перед ним, все казалось очень простым.

Она подумала: «Самое важное еще не прозвучало между нами. Все всегда говорилось как бы между прочим. Он не хотел видеться со мной наедине, теперь он здесь. Я ждала, и я готова».

— Добрый вечер, Доминик.

Она услышала, как произнесенное им ее имя заполнило пространство длиной в пять лет. И спокойно ответила:

— Добрый вечер, Рорк.

— Я хочу, чтобы ты мне помогла.

Она стояла на платформе вокзала в Клейтоне, штат Огайо, на процессе Стоддарда, на краю карьера в каменоломне, чтобы услышать от него то, что сейчас услышала.

— Да, Рорк.

Он пересек комнату, которую создал для нее, и сел, глядя на нее, — их разделяла только эта комната. Она не ощущала своих движений, только его, как будто в его теле было две нервные системы — его собственная и ее.

— Вечером в следующий понедельник, Доминик, ровно в одиннадцать тридцать, я хочу, чтобы ты подъехала к Кортландту.

Она отметила, что ощущает свои веки, — это была не боль, просто сознание, что они как будто одеревенели и не могут шевелиться. Она видела первое здание Кортландта и знала, что сейчас услышит.

— Ты должна быть одна в машине и должна ехать домой с заранее назначенной встречи. В таком месте, куда можно попасть только через Кортландт. Ты должна будешь доказать это впоследствии. Я хочу, чтобы у тебя кончился бензин напротив Кортландта в одиннадцать тридцать. Посигналь. Там есть старик — ночной сторож. Он выйдет. Попроси у него помощи и отошли его в ближайший гараж, он в миле оттуда.

— Да, Рорк, — обычным тоном подтвердила она.

— Когда он уйдет, выйди из машины. Вдоль дороги наискосок от здания тянется пустырь и что-то вроде окопа. Иди туда как можно быстрее, спускайся и ложись на землю. Через некоторое время можешь вернуться к автомобилю. Ты поймешь, когда будет можно. Позаботься, чтобы тебя обнаружили в машине, твое состояние должно быть соответствующим... примерно.

— Да, Рорк.

— Ты поняла?

— Да.

— Все?

— Да, все.

Они оба стояли. Она видела только его глаза, он улыбался.

Она услышала, как Рорк сказал: «Спокойной ночи, Доминик», затем он вышел, и машина отъехала. Она думала о его улыбке.

Она знала, что он не нуждался в ее помощи, чтобы сделать то, что задумал, он мог найти другой способ избавиться от сторожа; он позволил ей участвовать, потому что она не пережила бы того, что последует, если бы он не позволил ей участвовать; она знала, что это было испытание.

Он не хотел называть этого, он хотел, чтобы она поняла сама и не выказала страха. Она так и не смогла примириться с процессом Стоддарда, она бежала тогда от жуткого зрелища того, как мир расправляется с Рорком, но сейчас она согласилась ему помочь. Она согласилась в совершенном спокойствии духа. Она была свободна, и он это знал.

Дорога ровной лентой бежала по темному Лонг-Айленду, но Доминик казалось, что она пытается одолеть подъем. Это было необыкновенное ощущение, ощущение подъема, как будто машина устремилась вертикально вверх. Она не отрывала взгляда от дороги, приборный щиток, который находился в поле ее зрения, выглядел как панель управления самолетом. Часы на панели показывали одиннадцать десять.

Она в удивлении задумалась: «Я никогда не училась управлять самолетом, но теперь знаю, что при этом ощущаешь, как вот сейчас — безграничность пространства и никаких усилий. И невесомость. Кажется, так бывает в стратосфере... Или в межпланетном пространстве?.. Где не действует закон тяготения». Она заметила, что смеется вслух.

Просто ощущение подъема. В остальном она чувствовала себя нормально. Она никогда не вела машину так уверенно. Она думала: «Это скучная, механическая работа — управлять машиной, поэтому я знаю, что голова у меня ясная»; вести машину казалось легко, как дышать или глотать. Она остановилась на красный свет — светофор висел в воздухе на каком-то перекрестке какого-то пригорода. Она резко поворачивала, обгоняла другие машины и была уверена, что сегодня с ней ничего не случится; ее машину словно вел луч радара, о котором она читала, или радиомаяк; она только сидела за рулем.

Это помогало выкинуть из головы все, кроме мелочей, и чувствовать себя беззаботной и... несерьезной, подумала она, совершенно несерьезной. В этом была какая-то ясность, было радостно чувствовать себя более чем нормальной — как хрусталь, который более прозрачен, чем воздух. Имели значение лишь мелочи: тонкий шелк короткого черного платья, натянутого на колени, подвижность пальцев ног, когда она шевелила ими в туфле, надпись «Обеды у Денни», промелькнувшая золотыми буквами в темной витрине.

Она была очень весела во время обеда, который давала жена какого-то банкира из числа влиятельных друзей Гейла, имен которых она уже не помнила. Это был великолепный обед в огромном особняке на Лонг-Айленде. Они были так рады видеть ее и так огорчены, что не смог прийти Гейл. Она ела все, что перед ней стояло. У нее был великолепный аппетит... как в редкие моменты в детстве, когда она прибегала домой после целого дня, проведенного в лесу, и ее мать была так довольна, потому что боялась, что она вырастет малокровной.

Она развлекала присутствовавших историями из своего детства, она заставила всех смеяться — это был самый веселый обед на памяти собравшихся. В гостиной, окна которой были широко распахнуты навстречу темному небу — безлунному пространству, протянувшемуся за деревьями в сторону отмелей Ист-Ривер, — она смеялась и неумолчно говорила, она улыбалась окружавшим ее людям с такой теплотой, что они тоже начинали свободно говорить о дорогих для них вещах; она любила этих людей, и те понимали, что их любят, она любила всех людей на земле, и какая-то женщина сказала ей:

— Доминик, я и не думала, что ты можешь быть так великолепна.

И она ответила:

— У меня все прекрасно.

Но в действительности она ничего не замечала, кроме часов у себя на запястье, и знала, что ей надо выйти отсюда в десять пятьдесят. Ей не приходило в голову, чем объяснить свой уход, но в десять сорок пять это было сказано, четко и убедительно, и в десять пятьдесят ее нога уже была на педали акселератора.

Это был закрытый спортивный автомобиль с черно-красной обивкой. Она подумала, как прекрасно Джон, шофер, сумел сохранить блеск красной кожи. Скорее всего, от автомобиля ничего не останется, и важно, чтобы он выглядел подобающим образом для своей последней поездки. Как девушка в свою первую ночь. «Я не одевалась для своей первой ночи, у меня и не было первой ночи — с меня только что-то сорвали, а во рту остался привкус карьерной пыли».

Увидев черные вертикальные полосы с точками света, заполнившие ветровое стекло, она удивилась — что случилось со стеклом? Потом поняла, что едет вдоль Ист-Ривер и что это Нью-Йорк. Она рассмеялась и подумала: «Нет, это не Нью-Йорк, это картина, нарисованная на окне моей машины, все находится здесь, на маленькой стеклянной панели под моей рукой. Я владею этим, — она пробежала рукой по стеклу от Бэттери до моста Куинсборо* — это мое, и я все отдаю тебе».

Фигура ночного сторожа уже уменьшилась до пятнадцати дюймов. «Когда она уменьшится до десяти дюймов, я начинаю», — подумала

Доминик. Она стояла возле машины, и ей хотелось, чтобы сторож шел быстрее.

Строение черной массой впивалось в небо. Над плоским пустырем небо нависало необычно низко. Ближайшие дома были удалены на расстояние многих лет — неровные маленькие зубцы далеко у горизонта похожие на зубья ломаной пилы.

Она ощутила крупную гальку под подошвами; это было неприятно, но она не могла двинуть ногой, боясь шуметь. Она была не одна. Она знала, что он где-то в здании, их разделяла только дорога. Из здания не доносилось ни звука, не было видно ни огонька, только белые кресты на черных окнах. Ему не нужен был свет: он знал каждую комнату, каждый лестничный пролет.

Фигура сторожа еще уменьшилась. Доминик распахнула дверцу машины, швырнула внутрь шляпу и сумочку и захлопнула дверцу. Она услышала нарастающий гул, когда, уже перебравшись через дорогу, бежала по пустырю прочь от здания.

Она чувствовала, как шелковое платье льнет к ногам, и это служило ощутимым признаком бега, надо было пробиться через это, чтобы как можно быстрее разорвать сковывавшие ее барьеры. Она бежала по каким-то колдобинам, поросшим грубой щетиной. Один раз она упала, но поняла это, лишь когда была уже вновь на ногах.

В темноте она различила траншею и упала на колени, а потом легла на живот, лицом вниз, уткнувшись в землю.

Она почувствовала удар и конвульсию: ее ноги, руки, грудь льнули к земле, она как будто лежала в постели Рорка.

Звук взрыва показался ей ударом кулака по затылку. Она почувствовала, как земля навалилась на нее, подбросила и поставила на ноги у края траншеи. Верхняя часть здания соскользнула с места и повисла, пока разорванная полоса неба постепенно не заполнила ее, будто разрезав пополам. Затем эта полоса окрасилась в сине-зеленый цвет. И вот уже верхней части не стало, видны были только оконные рамы и балки, летящие в воздухе; здание расползалось по небу, длинный, тонкий, красный язык выстрелил из его центра: еще удар кулаком, и еще один, ослепительная вспышка, и стекла небоскреба сверкающим ливнем забарабанили по реке.

Она не помнила, что он приказал ей лежать, не двигаясь, не ощущала, что стоит, а вокруг наддает дождь из стекол и искореженного железа. Во вспышках взрывов, когда стены начали разваливаться и здание раскрылось, как солнце, появляющееся из-за облачной завесы, она подумала о нем — о строителе, который вынужден разрушать, о человеке, который знал каждую уязвимую точку этой структуры, который высчитал напряжения конструкций; она подумала о том, кто выбирал эти ключевые точки, закладывал туда взрывчатку, о враче, обернувшемся убийцей, умело и быстро расправившимся с сердцем, легкими и мозгом. Он был там, он все понимал, и это понимание причиняло ему большую боль, чем та, которую он причинял зданию. Но он был там и приветствовал это.

На мгновение она увидела город, залитый светом, разглядела оконные проемы и карнизы за мили отсюда, подумала о темных комнатах и потолках, которые лизал огонь, об остриях башен, осветившихся на фоне неба, — о ее и его городе.

— Рорк! — закричала она. — Рорк! Рорк! — Она не понимала, что кричит. В грохоте взрыва она не слышала своего голоса.

Потом она побежала наискосок через пустырь, к дымящимся руинам, несясь по битому стеклу, каждым шагом тяжело упираясь в землю и радуясь боли. И боли уже не оставалось. Над пустырем стояла туча пыли. Откуда-то издалека слышался вой сирен.

Машину еще можно было узнать, хотя задние колеса расплющились под тяжестью обломка отопительной системы, а на капоте лежала дверца лифта. Она заползла на сиденье, ведь она должна была выглядеть так, будто не уходила отсюда. Она хватала осколки стекла с пола и посыпала им колени, волосы. Она подняла острый осколок и резанула им шею, ноги, руки. То, что она чувствовала, нельзя было назвать болью. Она видела, как из руки брызнула кровь, струйки ее стекали ей на колени, пропитывая черное шелковое платье, сбегая между ног. Голова ее откинулась назад, рот открылся. Она тяжело дышала. Но не хотела остановиться. Она была свободна. Она была неуязвима. Она не знала, что перерезала себе артерию. Она чувствовала себя такой легкой. Она смеялась над законом всемирного тяготения.

Когда ее нашли полицейские из первой машины, прибывшей на место происшествия, она была без сознания, жизни в ее теле оставалось на несколько минут.

XIII

Доминик разглядывала свою спальню. Это была ее первая встреча с окружающим миром, к которой она была готова. Ей было известно, что ее привезли сюда после многих дней, проведенных в больнице. Спальня, казалось, сверкала от света. Все видится ясным, как стекло, подумалось ей, это осталось, это навсегда. Она увидела, что Винанд стоит возле ее постели. Он наблюдал за ней, как будто его что-то забавляло.

Она вспомнила, каким видела его в больнице. Тогда его ничто не забавляло. Она знала, что доктор сказал ему в ту первую ночь, что она не выживет. Ей же хотелось сказать всем, что она выживет, что у нее нет выбора — она будет жить; только говорить об этом людям казалось уже неважным, как и вообще что-либо говорить.

И вот она вернулась. Она еще ощущала бинты на своей шее, на ногах, на левой руке, но ее руки лежали перед ней на простыне, бинты были сняты; остались только бледно-розовые шрамы.

— Ну ты и дурочка!— весело заявил Винанд. — Зачем было так стараться?

Лежа на белой подушке, с мягкими золотистыми волосами, в белой больничной рубашке с застегнутым воротом, она выглядела как никогда молодой. Она излучала спокойную радость, которую искала и не могла найти в юности: сознание полной определенности, невинности и покоя.

— У меня кончился бензин, — сказала она,— и я ждала в своей машине, как вдруг...

— Я уже рассказал эту историю полиции. И ночной сторож тоже. Но разве ты не знаешь, что со стеклом надо обращаться осторожно?

«Гейл выглядит отдохнувшим, — подумала она, — и очень уверенным». Это меняло все и для него, и в такой же мере.

— Было не больно, — объяснила она.

— В следующий раз, когда захочешь играть роль случайного прохожего, позволь мне тебя потренировать.

— Но они же поверили, правда?

— О да, они всему поверили. Они были вынуждены. Ты чуть не умерла. Не понимаю, зачем ему понадобилось спасать жизнь сторожу и чуть не угробить тебя.

— Кому?

— Говарду, милая. Говарду Рорку.

— А при чем здесь он?

— Дорогая, тебя еще не допрашивала полиция. Но будет, и тебе следует быть более убедительной, чем сейчас. Уверен, что тебе удастся. Они не вспомнят о процессе Стоддарда.

— Ох!..

— Ты преуспела тогда и сумеешь сделать это снова. Всякий раз, вспоминая о нем, ты будешь испытывать то, что испытываю я, глядя на его труды.

— Гейл, ты рад, что я так поступила?

— Да.

Она увидела, что Винанд смотрит на ее руку, лежащую на краю постели. Потом он опустился на колени, и его губы прижались к ее руке; он не дотронулся до нее пальцами, лишь губами. Это было единственное признание, чего стоили ему дни, проведенные ею в больнице, которое он мог себе позволить. Она приподняла другую руку и погладила его волосы.

Она думала: «Для тебя это будет хуже, чем если бы я умерла, Гейл, но все будет в порядке, тебе не будет больно, потому что на свете больше нет боли; нет ничего важнее факта, что мы существуем: он, ты и я; ты уже понял, что имеет значение, хотя еще не знаешь, что потерял меня».

Он поднял голову и встал:

— Ни в малейшей мере я не хотел упрекнуть тебя. Извини меня.

— Я не умру, Гейл. Я чувствую себя великолепно.

— Ты так и выглядишь.

— Его арестовали?

— Его выпустили под залог.

— Ты счастлив?

— Я рад, что ты это сделала, и сделала для него. Я рад, что он это сделал. Он не мог иначе.

— Да. И будет еще один процесс Стоддарда.

— Не совсем.

— Тебе нужен еще один шанс, Гейл? После всех этих лет?

— Да.

— Мне можно читать газеты?

— Нет. Пока не встанешь.

— Даже «Знамя» нельзя?

— «Знамя» в особенности.

— Я люблю тебя, Гейл. Если ты продержишься до конца...

— Не надо меня подкупать. Это не наше с тобой личное дело. И даже не мое с ним.

— Это твое дело с Богом?

— Если тебе нравится называть это так. Но мы не будем это обсуждать. Даже когда все кончится. Внизу тебя ждет посетитель. Он там каждый день.

— Кто?

— Твой любовник, Говард Рорк. Можно впустить его, чтобы он теперь тебя поблагодарил?

Веселая насмешливость, тон, которым он произносил эти слова, как нечто предельно нелепое, подсказали ей, как он далек от того, чтобы догадаться об остальном. Она попросила:

— Да, я хочу его видеть. Гейл... а если я решу сделать его своим любовником?

— Я убью вас обоих. Не двигайся, лежи спокойно, доктор сказал, что нельзя напрягаться, он наложил двадцать шесть различных швов в самых разных местах.

Он вышел, она слышала, как он спускался по лестнице.

Когда первый полицейский добрался к месту взрыва, он обнаружил позади здания, на берегу реки, взрывное устройство. Рорк стоял рядом, держа руки в карманах и разглядывая руины Кортландта.

— Что тебе об этом известно, приятель? — спросил полицейский.

— Вам лучше арестовать меня, — предложил Рорк. — Я буду говорить на суде.

Он не прибавил ни слова в ответ на все официальные вопросы, последовавшие за этим.

Именно Винанд тем же ранним утром добился, чтобы Рорк был выпущен под залог. Винанд выглядел спокойным и в травматологической клинике, где ему позволили увидеть Доминик и сказали, что она не выживет. Он был спокоен, когда телефонным звонком поднял с постели окружного судью и договорился об освобождении под залог. Но в маленьком кабинетике начальника окружной тюрьмы его вдруг начало трясти.

— Вы, чертовы идиоты, — произнес он сквозь стиснутые зубы, а затем последовали самые грязные слова, которым он научился в порту. Он начисто забыл все аспекты случившегося, кроме одного: Рорк в тюрьме. Он вновь был Винандом Дылдой из Адской Кухни, это была одна из тех вспышек ярости, что охватила его у полуразрушенной стены, когда он ждал смерти. Только теперь он был владельцем целой империи, и ему было трудно понять, зачем нужны какие-то судебные процедуры, почему он не может разнести эту тюрьму при помощи своих кулаков или своих газет. В этот момент он хотел убивать, он должен был убивать, как в ту ночь, когда защищал свою жизнь.

Он заставил себя подписать бумаги, заставил подождать, когда приведут Рорка. Затем они вместе вышли, Рорк вел его за запястье, и к тому времени, когда они дошли до машины, Винанд успокоился. В машине он спросил:

— Конечно, это сделал ты?

— Конечно.

— Мы будем бороться вместе.

— Если ты хочешь, чтобы это было и твоей борьбой.

— Оценивая собственное состояние на сегодня, я добрался до четырехсот миллионов долларов. Этого хватит, чтобы нанять любого адвоката или всех сообща.

— Мне не нужен адвокат.

— Говард! Ты опять хочешь трясти фотографиями?

— Нет. На этот раз нет.

Рорк вошел в спальню и уселся на стул возле постели. Доминик спокойно лежала, разглядывая его. Они улыбнулись друг другу. «Ничего не нужно говорить и на этот раз», — подумала она.

Она спросила:

— Ты был в тюрьме?

— Всего несколько часов.

— На что это похоже?

— Не стоит начинать все сначала. Гейл обо всем этом уже спрашивал.

— Гейл был очень рассержен?

— Очень.

— А я нет.

— Я могу снова оказаться в камере, и на долгие годы. Ты знала это, когда соглашалась помочь мне.

— Да. Я знала.

— Я рассчитываю на то, что ты поможешь Гейлу, если я попаду туда.

— Рассчитываешь на меня?

Он посмотрел на нее и покачал головой.

— Дорогая... — Это прозвучало как упрек.

— Да? — прошептала она.

— Разве ты не поняла, что я завлек тебя в ловушку?

— Каким образом?

— Что бы ты делала, если бы я не попросил тебя о помощи?

— Я была бы с тобой, в твоей квартире в доме Энрайта. Прямо сейчас, открыто, перед всем миром.

— Да. Но теперь ты не можешь. Ты миссис Гейл Винанд, ты вне подозрений, и все верят, что ты оказалась на месте происшествия совершенно случайно. Если они узнают, кто мы друг для друга, это будет равноценно признанию.

— Понятно.

— Я хочу, чтобы ты вела себя тихо. Если у тебя была мысль разделить мою судьбу, оставь ее. Я не хочу рассказывать тебе о своих намерениях, потому что это единственный способ сдерживать тебя до суда. Доминик, если меня осудят, я хочу, чтобы ты оставалась с Гейлом. Я рассчитываю на это. Я хочу, чтобы ты оставалась с ним и никогда не рассказывала ему о нас, потому что вы будете нуждаться друг в друге.

— А если тебя оправдают?

— Тогда… — Он оглядел комнату. Спальню Винанда. — Я не хочу говорить об этом здесь. Но ты это знаешь.

— Ты очень любишь его?

— Да.

— Настолько, чтобы пожертвовать…

Он улыбнулся:

— Ты боялась этого с первого дня, как я вошел сюда?

— Да.

Он посмотрел прямо на нее:

— Ты думала, что это возможно?

— Нет.

— Только не моей работой, только не тобой, Доминик. Никогда. Но вот что я могу сделать для него — могу оставить это ему, если мне придется возвратиться в тюрьму.

— Ты будешь оправдан.

— Это не то, что мне хотелось услышать от тебя.

— Если тебя осудят… если тебя запрут в тюрьму и закуют в цепи… если твое имя будут поносить в каждой строчке грязных заголовков… если тебе не дадут спроектировать больше ни одного здания… если мне не позволят никогда вновь увидеть тебя… все это не имеет значения. Ну, не слишком большое. Только до некоего предела.

— Я ждал, когда ты это скажешь, вот уже семь лет, Доминик.

Он взял ее руку, поднял и прижал к губам, и она ощутила его губы там, где были губы Винанда. Затем он встал.

— Я буду ждать, — произнесла она. — Я буду спокойна. Я к тебе и близко не подойду. Обещаю.

Он улыбнулся и кивнул. Потом он вышел.

«Случается, хотя и редко, что силы мира, слишком могущественные, чтобы оценить их в полной мере, фокусируют свое внимание на одном событии, подобно солнечным лучам, сфокусированным в одной точке линзы, — здесь они достигают такой яркости, что больно смотреть. Подобное событие — разрушение Кортландта. Здесь, как в миниатюрной модели космоса, мы можем наблюдать зло, терзающее нашу бедную планету с момента ее зарождения в галактической пыли, — Я человека, презревшего все заповеди сострадания, человечности и братства. Человека, разрушившего крышу над головой обездоленных. Человека, обрекшего тысячи людей на ужас трущоб, грязь, болезни и смерть. В то время как пробуждающееся общество с новым осознанием гуманности делает героическое усилие спасти униженных, когда лучшие умы общества объединяются, чтобы создать для них достойное жилище, эгоцентризм одного разносит на куски достижения других. И ради чего же? Ради некоего туманного понятия, личного тщеславия, ради некоей пустопорожней идеи. Я сожалею, что законы нашего штата допускают только тюремное заключение за это преступление. Этот человек не достоин права на жизнь. Общество вправе освобождать себя от людей, подобных Говарду Рорку». Так писал Эллсворт М. Тухи на страницах «Новых рубежей».

Отклики на его слова шли из всех уголков страны. Взрыв Кортландта длился полминуты. Взрыв общественной ярости продолжался и продолжался: из поднявшихся облаков щебеночной пыли все падали и падали стекла, ржавчина и мусор.

Рорк выслушал обвинения большого жюри, не признал себя виновным и отказался что-либо прибавить к этому. Он был отпущен под залог, внесенный Гейлом Винандом, и теперь ожидал суда.

В обществе широко обсуждали причины его поступка. Некоторые утверждали, что здесь замешана профессиональная зависть. Другие находили сходство между чертежами Кортландта и стилем построек Рорка, который Китинг, Прескотт и Уэбб могли слегка позаимствовать — «законная адаптация», «нет права собственности на идеи», «в демократическом обществе искусство принадлежит народу», — Рорк же, в свою очередь, почувствовав плагиат, предался сладостной мести человека искусства.

Все это было не очень доказательно, но никто и не задумывался всерьез о подлинных причинах. Было ясно только, что один выступает против всех. Он не имел права на причину.

Дом, построенный ради благотворительности, предназначался для бедняков. Десять тысяч лет людям вбивали в голову, что благотворительность и самопожертвование являются, вне всяких сомнений, абсолютом, краеугольным камнем добродетели, высшим идеалом. Десять тысяч лет на людей давил пресс голосов, твердивших о служении и жертвах: основной закон жизни — жертвование; служи — и тебе будут служить, круши — и тебя сокрушат; жертвовать благородно; с одной стороны или с другой, но пользуйся этим; служи и жертвуй; служи, служи, служи...

А против всего этого — один, который не желал ни руководить, ни прислуживать. И тем самым совершал то единственное преступление, которое непростительно.

Это была настоящая сенсация, скандал, поднявший обычный шум и обычный всплеск праведного гнева людей, приготовившихся линчевать «виновного». Но к этому шуму добавлялась и агрессивная нотка личного негодования.

— Он просто маниакальный эгоцентрист, лишенный всякого представления о морали, — сказали:

светская дама, которая не осмеливалась даже помыслить о том, какие средства самовыражения остались бы у нее и чем она могла бы похваляться перед друзьями, если бы благотворительность не была добродетелью, извинявшей все;

работник социальной службы, который не нашел и не мог найти цели в жизни, ибо душа его была бесплодна, но прямо-таки купался в добродетели и пользовался незаслуженным уважением благодаря гибкости своих пальцев, копавшихся в ранах других;

романист, которому было бы нечего сказать, если бы у него отняли темы служения и жертвенности, который хныкал на глазах у тысяч своих почитателей, что он их любит бесконечно, и пусть они за это полюбят его, ну хоть чуточку;

журналистка, которая только что купила загородный особняк, потому что с нежностью писала о маленьком человеке;

маленькие люди, которые хотели слышать о любви, большой, всепобеждающей любви, которая распространяется на все, прощает все и разрешает все;

все те, кто мог существовать, только паразитируя на душах других.

Эллсворт Тухи сидел тихо, наблюдая, слушая и улыбаясь.

Гордона Л. Прескотта и Гэса Уэбба приглашали на обеды и коктейли, с ними обращались с нежной и участливой почтительностью, как с людьми, пережившими катастрофу. Они говорили, что не могут понять, чем руководствовался Рорк; и они требовали справедливости.

Питер Китинг нигде не появлялся. Он отказывался встречаться с прессой. Он отказывался от всех встреч. Но он написал заявление о том, что считает Рорка невиновным. В его заявлении содержалась одна любопытная фраза, последняя: «Пожалуйста, оставьте его в покое, почему бы вам не оставить его в покое?»

Пикеты Совета американских строителей дефилировали перед деловым центром Корда. Это было бессмысленно, потому что в конторе Рорка никто не работал. Все контракты были разорваны.

Это было проявление солидарности. Светская барышня, зашедшая к педикюрше, домашняя хозяйка, покупавшая морковь у уличного разносчика, бухгалтер, желавший стать пианистом и оправдывающий себя тем, что надо было содержать сестру, бизнесмен, ненавидевший свое дело, рабочий, ненавидевший свою работу, интеллигент, ненавидевший всех, — все братски объединились в удовольствии общего гнева, излечивавшего скуку и отвлекавшего их от самих себя, а они хорошо знали, какое благо отвлечься от самих себя. Читатели были единодушны. Пресса была единодушна.

Гейл Винанд шел против течения.

— Гейл! — выдохнул Альва Скаррет. — Мы не можем защищать поджигателей!

— Потише, Альва, пока я не выбил тебе зубы.

Гейл Винанд стоял один в центре своего кабинета, откинув голову назад, полный желания жить, — так он некогда стоял на пристани и смотрел на огни города в ночной темноте.

«В грязном вое, поднявшемся вокруг нас, — говорилось в передовице «Знамени», подписанной большими буквами «Г.В.», — никто, кажется, не вспоминает, что Говард Рорк сдался правосудию по собственной воле. Если он взорвал это здание — разве он должен был оставаться на месте, пока его не арестуют? Но нам не хочется ждать, когда станут ясными его побуждения. Мы осудили его даже без предварительного слушания. Мы хотим, чтобы он был виновен. Мы восхищены этим делом. То, что мы слышим, не негодование, это глумление. Любой безграмотный маньяк, идиот, совершивший отвратительное убийство, находит в нас проявление симпатии и целую армию защитников-гуманистов. Но гений виновен по определению. Всеми признано, что порочно клеймить человека просто за то, что он мал и слаб. До какой же степени должно опуститься общество, чтобы клеймить человека только за то, что он силен и велик. Но такова тем не менее в целом моральная атмосфера нашего века — века эпигонов».

«Мы слышим крики, — говорилось в другой передовице Винанда, — что Говард Рорк проводит время в судах или в ожидании судов. Что ж, это правда. Человек, подобный Рорку, предстает перед судом общества всю свою жизнь. Но кто в этом виновен — Рорк или общество?»

«Мы никогда не поднимались до попытки понять, что такое человеческое величие и как его распознать, — говорилось еще в одной статье Винанда. — Мы в каком-то тошнотворном приступе сентиментальности пришли к выводу, что величие состоит в постоянном самопожертвовании. Самопожертвование, истекаем мы слюной, — это высшая добродетель. Но разве жертвенность — добродетель? Может ли человек жертвовать своей целостностью? Своей честью? Своей свободой? Своим идеалом? Своими убеждениями? Чистотой своих чувств? Свободой мыслить? Все это — высшие достижения личности. И жертва ради них — не жертва, а благо. Они выше любой жертвы. Так не следует ли прекратить проповедь опасной и порочной глупости? Самопожертвование? Но именно собственной личностью мы не можем и не должны жертвовать. Это не подлежит жертвованию, ибо это мы должны ставить в человеке превыше всего».

Эту передовицу цитировали «Новые рубежи» и многие другие газеты; перепечатывали ее в рамках и под заголовком «Взгляните, кто это говорит!».

Гейл Винанд смеялся. Сопротивление раззадоривало его и придавало ему сил. Это была война, а он уже давно не ввязывался в настоящую войну, во всяком случае с тех пор, как заложил фундамент своей империи под протестующие вопли всех газетчиков. Ему было дано осуществить невозможное — мечту каждого мужчины: использовать мудрость опыта, сохранив способность к риску и горячность юности. Объединение нового начала и кульминации. В ожидании этого, думал он, я и жил.

Его двадцать две газеты, его журналы, его экранные «Новости дня» получили приказ защищать Рорка. Рекламировать Рорка. Остановить линчевателей.

— Каковы бы ни были факты, — поучал он своих сотрудников, — этот процесс не будет руководствоваться фактами. Он будет руководствоваться общественным мнением. Мы всегда занимались общественным мнением. Давайте его делать. Я вас учил. Вы эксперты по рекламе. Покажите мне, чего вы стоите.

Ответом на его слова было молчание, его сотрудники поглядывали друг на друга. Альва Скаррет хмурил лоб. Но они подчинились.

«Знамя» опубликовало фотографию дома Энрайта, сопроводив ее словами: «Вы хотите разделаться именно с ним?» Фотографию загородного дома Винанда: «Найдите лучший, если сможете». Фотографию Монаднок-Велли: «Разве этот человек ничего не дал обществу?»

«Знамя» печатало биографию Рорка в колонке автора, имени которого никто не слышал, она была написана Гейлом Винандом. «Знамя» начало печатать серию статей об известных судебных процессах, на которых были осуждены невинные, поплатившиеся за предрассудки, которые разделяло большинство. «Знамя» печатало статьи о мучениках, убитых обществом: Сократе, Галилее, Пастере, мыслителях, ученых, длинный список героических имен — каждый был одиночкой, человеком, бросившим вызов другим.

— Гейл, ради Бога, это же был только строительный проект.

Винанд обессиленно посмотрел на Скаррета:

— Бессмысленно заставлять вас, дураков, понять. Ну ладно. Поговорим о строительстве.

«Знамя» писало о вымогательстве в жилищном строительстве: о подкупах, некомпетентности, зданиях, затраты на возведение которых в пять раз превышали смету, которой бы удовольствовался частный застройщик; о постройках, возведенных и брошенных; об ужасных проектах, которые принимались и которыми восторгались во имя священной коровы — альтруизма. «Полагают, дорога в ад вымощена благими намерениями, — писало «Знамя». — Может быть, потому что мы не научились различать, какие намерения создают благо? Разве не пора научиться этому? Никогда еще не было столько прекрасных намерений, которые бы так громко восхвалялись в обществе. А посмотрите на него...»

Передовицы «Знамени» были написаны Гейлом Винандом за столом в наборном цехе; он писал, как всегда: синим карандашом на громадных листах газетной бумаги буквами высотой в дюйм. В конце статьи он размашисто ставил «Г.В.», и знаменитые инициалы никогда еще не выглядели столь беспечно гордыми.

Доминик поправилась и вернулась в загородный дом. Винанд приезжал поздно вечером. Он пользовался любой возможностью, чтобы привезти с собой Рорка. Они сидели втроем в гостиной, окна которой были распахнуты в весеннюю ночь. Темные склоны холма плавно опускались из-под стен дома к озеру, озеро блестело сквозь деревья далеко внизу. Они не говорили о предстоявшем судебном процессе. Винанд рассказывал о своем крестовом походе, не затрагивая личности, будто это совершенно не касалось Рорка. Винанд стоял посреди комнаты и говорил:

— Пусть вся история «Знамени» не внушает ничего, кроме презрения. Но *это* все оправдает. Я знаю, Доминик, ты не в состоянии понять, почему я не стыдился и не стыжусь своего прошлого. Почему я люблю «Знамя». Теперь ты услышишь ответ. Власть. У меня была власть, которую я никогда не использовал. Теперь ты увидишь, как это делается. Они будут думать то, что я хочу. Они будут делать то, что я скажу. Потому что это мой город, и я должен следить за тем, что в нем происходит. Говард, к тому времени, когда ты войдешь в зал суда, я их так скручу, что не останется ни одного присяжного, который бы осмелился осудить тебя.

Ночью он не мог заснуть. Он не чувствовал никакого желания спать.

— Давайте спать, — говорил он Рорку и Доминик. — Через несколько минут я тоже лягу.

И вот уже Доминик из своей спальни и Рорк из гостевой комнаты слышали шаги Винанда, долгими часами меряющего террасу, в его шагах звучало какое-то веселое беспокойство, каждый шаг — брошенный якорь высказывания, утверждение, припечатанное к полу.

Как-то поздно ночью, когда Винанд простился с ними, Рорк и Доминик вместе поднимались по лестнице и остановились на лестничной площадке первого этажа; они прислушались к резкому чирканью спички внизу, в гостиной, звуку, вызвавшему образ беспокойно дергающейся руки, зажигающей первую из сигарет, которые будут сменять друг друга до зари, — огненная точка, мечущаяся по террасе в такт шагам.

Они посмотрели вниз, затем друг на друга.

— Это ужасно, — произнесла Доминик.

— Это великолепно, — возразил Рорк.

— Он не сможет помочь тебе, что бы ни делал.

— Я знаю, что не сможет. Не в этом дело.

— Он рискует всем, что у него есть, ради тебя. Он не знает, что потеряет меня, если ты будешь спасен.

— Доминик, что для него хуже — потерять тебя или проиграть свой крестовый поход? — Она кивнула, догадываясь. Он прибавил: — Ты знаешь, что он спасает не меня. Я только предлог.

Она подняла руку и легонько коснулась его щеки. Она не могла позволить себе большего.

Потом повернулась, пошла к себе в спальню и услышала, как он закрывает дверь комнаты для гостей.

«Разве не примечательно, — писал Ланселот Клоуки в статье, перепечатанной многими газетами, — что Говарда Рорка защищают газеты Винанда? Если кто-то еще сомневается в моральном аспекте этого ужасного дела, это лишь доказательство того, «что есть что» и «кто где». Газеты Винанда — оплот желтой прессы, вульгарности, коррупции и диффамации, организованное оскорбление общественному вкусу и благопристойности, интеллектуальное подполье, руководимое человеком, у которого меньше принципов, чем у каннибала. Газеты Винанда подходящее поле для Говарда Рорка, а Говард Рорк их подлинный герой. Вполне понятно, что после целой жизни, посвященной подрыву нравственных основ прессы, Гейл Винанд оказывает поддержку своему закоренелому собрату-динамитчику».

— Разговоры вокруг да около, — публично заявил Гэс Уэбб, — ничего не стоят. Здесь все просто. Этот парень, Винанд, загреб кучу денег, вот именно — кучу, годами обдирая дураков на спекуляции недвижимостью. Разве Винанду может понравиться, что правительство само вступает в игру и вышвыривает его вон, чтобы простые парни могли получить достойную крышу над головой и современный унитаз для своих детишек? Можно поспорить на что угодно, что ему это не нравится, еще как не нравится. Эта парочка, Винанд и его рыжий дружок, просто сговорились, и могу вас уверить, этот дружок получил хороший куш за то, что провернул дельце.

«По сообщению хорошо информированных источников, — писала одна радикальная газета, — Кортландт был только первым шагом в гигантском замысле взорвать каждый проект государственной застройки, каждую государственную электростанцию, почту и школу в Соединенных Штатах. Заговором заправляют Гейл Винанд и разъевшиеся капиталисты вроде него, включая некоторых из наших денежных мешков».

«Слишком мало внимания было уделено женскому началу в этом деле, — писала Салли Брент в «Новых рубежах». — Роль, которую сыграла миссис Гейл Винанд, по меньшей мере сомнительна. Какое интересное совпадение, что именно миссис Винанд так своевременно отослала ночью сторожа. И почему ее супруг поднял такой шум в защиту мистера Рорка? Если бы мы не были ослеплены глупой, бессмысленной, старомодной галантностью, когда дело касается так называемой прекрасной дамы, мы не позволили бы замалчивать эту сторону будущего процесса. Если бы мы не относились слишком почтительно к социальному положению миссис Винанд и так называемому престижу ее мужа, который позволил выставить себя последним дураком, мы бы задали несколько вопросов о том, как она чуть не погибла в катастрофе. Откуда нам знать, что все было именно так? Доктора могут быть подкуплены, так же как и кое-кто еще, мистер Гейл Винанд большой специалист в подобных делах. Если принять во внимание все это, можно различить очертания кое-чего очень похожего на самую отвратительную ложь во спасение».

«Позиция, занятая прессой Винанда, — писала нейтральная консервативная газета, — необъяснима и бесчестна».

Тираж «Знамени» снижался от недели к неделе с нарастающей скоростью, как падающий лифт. Наклейки и значки с надписью «Мы не читаем Винанда» появились на стенах, столбах надземки, лобовых стеклах автомашин и лацканах пиджаков. Винандовские киноролики новостей освистывались в кинотеатрах. «Знамя» исчезло из киосков, продавцы должны были выставлять его, но они скрывали газету под прилавком и вытаскивали, брюзжа, только по требованию. Почва была подготовлена, опоры изъедены давным-давно, дело Кортландта дало последний толчок.

В поднявшейся буре негодования против Гейла Винанда Рорк был почти забыт. Самые злобные выпады сыпались на Винанда от его собственных читателей: от женских клубов, духовенства, почтенных матерей, мелких лавочников. Альву Скаррета приходилось держать подальше от комнаты, где скапливались горы писем, которые росли день ото дня; он начал было читать письма, но друзьям из числа сотрудников газеты удалось удержать его: они опасались удара.

Сотрудники «Знамени» работали в полном молчании. Исчезли осторожные взгляды, не слышно было даже крепких слов, прекратилась болтовня в туалетных комнатах. Ушли лишь немногие. Остальные продолжали работать, медленно, тяжело, как люди, застегнувшие пристежные ремни в ожидании столкновения.

Гейл Винанд замечал замедленный темп во всем, что происходило вокруг него. Когда он входил в здание «Знамени», служащие останавливались при виде него; когда он кивал им, ответные приветствия на секунду запаздывали; он замечал, что люди смотрят ему вслед. «Да, мистер Винанд», которое всегда слышалось в ответ на его приказы, когда еще звучал его голос, теперь запаздывало, и пауза становилась все значительнее. Ответные фразы звучали так, будто вопросительный знак стоял в начале, а не в конце.

«Вполголоса» хранила молчание о деле Кортландта. Винанд вызвал Тухи в свой кабинет на следующий день после взрыва и сказал:

— Послушайте, вы. Ни слова в вашей рубрике. Понятно? Что вы вопите на стороне — не мое дело, по крайней мере пока. Но если вы будете вопить слишком много, я займусь вами, когда все кончится.

— Да, мистер Винанд.

— И в своей колонке вы оглохли, ослепли и онемели. Вы не слышали ни о каком взрыве. Вы знать не знаете никого по фамилии Рорк. Вы не знаете, что такое Кортландт. И это действует все то время, пока вы находитесь в этом здании.

— Да, мистер Винанд.

— И не попадайтесь мне на глаза.

— Да, мистер Винанд.

Адвокат Винанда, старый друг, работавший на него долгие годы, попробовал остановить его:

— Гейл, в чем дело? Ты ведешь себя как ребенок. Как зеленый любитель. Соберись, старик.

— Заткнись, — был ответ Винанда.

— Гейл, ты самый... ты был величайшим газетчиком на нашей планете. Нужно ли говорить очевидное? Непопулярное дело — опасное мероприятие для каждого. А для популярной газеты это самоубийство.

— Если ты не заткнешься, я пошлю тебя собирать манатки и найму другого адвокатишку.

Винанд начал спорить об этом деле с влиятельными людьми, с которыми встречался на деловых завтраках и обедах. Раньше он никогда ни о чем не спорил; никогда не жаловался. Он просто бросал окончательные решения почтительным слушателям. Теперь у него не было слушателей. Он сталкивался с безразличным молчанием, полускукой-полуоскорблением. Люди, ловившие каждое его слово, которое он, бывало, обронял о бирже, недвижимости, рекламе, политике, не проявляли никакого интереса к его мнению об искусстве, величии или абстрактной справедливости.

Он выслушивал ответы:

«Да, Гейл, да, конечно. Но я считаю, что с его стороны это было чертовски эгоистично. Все теперешние неприятности в мире — от эгоизма. Слишком уж его много повсюду. Как раз об этом писал Ланселот Клоуки в своей книге... прекрасной книге, там все о его детстве, да ты ж читал ее — я видел твою фотографию с Клоуки. Клоуки объездил весь мир, он знает, о чем пишет».

«Да, Гейл, но не очень ли ты старомодно относишься к этому? Что это за шум о великом человеке? Что в этом возвеличенном укладчике кирпичей? И кто, собственно, велик? Все мы состоим из желез и химических соединений и того, что едим за завтраком. Я считаю, что Лойс Кук очень хорошо объяснила это в своей великолепной небольшой книжке — как там ее?.. — да, «Доблестный камень в мочевом пузыре». Да. Твое же «Знамя» из кожи вон лезло, рекламируя эту книжечку».

«Но послушай, Гейл, ему стоило подумать и о других людях до того, как думать о себе. Я считаю, если у человека в сердце нет любви, не очень-то он и хорош. Я слышал, во вчерашней пьесе... великолепная вещь... последняя написанная Айком — как, черт возьми, его фамилия? — ты должен ее посмотреть... твой Жюль Фауглер сказал, что это нежная поэма для сцены».

«Ты грамотно излагаешь, Гейл, и я не знаю, что сказать против, не знаю, где ты не прав, но что-то здесь не так, потому что Эллсворт Тухи... Пойми меня правильно, я не согласен с политическими взглядами Тухи, я знаю, что он радикал, но, с другой стороны, ты должен допустить, что он великий идеалист с очень большим сердцем, вмещающим все, — так вот, Эллсворт Тухи сказал...»

И это говорили миллионеры, банкиры, промышленники, бизнесмены — все, кто не мог понять, почему этот мир летит к черту, и жаловались на жизнь в своих обеденных монологах.

Однажды утром, когда Винанд, выйдя из своего автомобиля напротив здания «Знамени», переходил тротуар, к нему бросилась женщина, ожидавшая у входа. Она была средних лет, толстая, в грязной одежде и мятой шляпке. Лицо у нее было опухшее, неухоженное, с бесформенным ртом и черными, круглыми, блестящими глазами. Она остановилась перед Винандом и швырнула ему в лицо пучок гнилых свекольных листьев. Это была не свекла, а только листья, мягкие и липкие, перевязанные веревочкой. Они ударились о его щеку и шлепнулись на тротуар.

Винанд стоял и спокойно смотрел на женщину. Он видел ее белую кожу, открытый от восторга рот и самодовольное лицо, воплощавшее зло. Прохожие схватили женщину, когда она выкрикивала непечатные ругательства. Винанд поднял руку, потряс головой, жестом прося отпустить женщину, и с зеленовато-желтым пятном во всю щеку прошел в здание.

— Эллсворт, что делать? — стонал Альва Скаррет. — Что делать?

Эллсворт Тухи, восседая за столом, улыбнулся, как будто хотел поцеловать Альву Скаррета.

— Отчего они не бросят это чертово дело, Эллсворт? Почему не подвернется что-нибудь, чтобы убрать его с первых полос? Не могли бы мы обеспокоиться по поводу международной ситуации или еще чего-то? Я в жизни не видел, чтобы народ так озлобился из-за таких пустяков. Какой-то взрыв! Господи, Эллсворт, это же материал для последней полосы. Мы печатаем такое каждый месяц, практически во время любой забастовки, понимаешь?.. Забастовка меховщиков, забастовка работников химчисток... Какого черта! Откуда эта ярость? Кому это нужно? Почему это так важно?

— Бывают обстоятельства, Альва, когда на карту ставятся слишком явные вещи и реакция общества кажется неадекватной, но это не так. Не стоит впадать в пессимизм. Я тебе удивляюсь. Тебе следовало бы благодарить свою звезду. Видишь ли, я бы назвал это ожиданием благоприятного момента. Благоприятный момент всегда наступает, хотя, черт меня подери, если я ожидал, что мне его поднесут вот так, на блюдечке с золотой каемочкой. Веселей, Альва. Тут мы и возьмем все в свои руки.

— Что значит «все»?

— Концерн Винанда.

— Ты сошел с ума, Эллсворт. Как и все. Ты сошел с ума. Что ты имеешь в виду? Гейл владеет пятьюдесятью одним процентом...

— Альва, я тебя люблю. Ты просто великолепен, Альва. Я тебя люблю, но молю Господа, чтобы ты не был таким идиотом, тогда я мог бы с тобой поговорить! Хотелось бы мне хоть с кем-нибудь поговорить!

Как-то вечером Эллсворт Тухи попытался побеседовать с Гэсом Уэббом, но это оказалось сплошным разочарованием. Гэс Уэбб, растягивая гласные, заключил:

— Все твои неприятности, Эллсворт, от того, что ты слишком большой романтик. Идиотский метафизик. К чему столько шума? Все это не имеет никакой практической ценности. Здесь нет ничего, во что бы ты мог вонзить зубы, разве что на недельку-другую. Мне бы хотелось, чтобы он взорвал дом, когда тот был полон людей, разорвало бы на части нескольких детей, тогда в твоих действиях был бы смысл. Тогда бы мне это понравилось. Наше движение смогло бы это использовать. Но это? Ну, бросят они этого придурка в тюрягу и все. Ты — реалист? Ты неизлечимый образчик интеллигента, Эллсворт, вот что ты такое. Ты считаешь себя человеком будущего? Не смеши самого себя, милый. Человек будущего — это я.

Тухи вздохнул:

— Ты прав, Гэс, — сказал он.

XIV

— Как любезно с вашей стороны, мистер Тухи, — смиренно произнесла миссис Китинг. — Рада, что вы пришли. Уж не знаю, что и делать с Питером. Он никого не хочет видеть. Не хочет ходить в свое бюро. Я боюсь, мистер Тухи. Извините меня, я не должна жаловаться. Возможно, вы сможете что-то сделать, вывести его из этого состояния. Он высоко вас ценит, мистер Тухи.

— Да, я в этом убежден. Но где он?

— Сюда, пожалуйста. В его комнату. Сюда, мистер Тухи.

Его визита не ждали. Тухи не был здесь целую вечность. Миссис Китинг чувствовала себя польщенной. Она проводила его вниз, в холл, открыла, не постучав, дверь, боясь назвать посетителя, боясь отказа сына увидеться с ним. Она громко произнесла:

— Подними голову, Пит, взгляни, какого гостя я тебе привела!

Китинг поднял голову. Он сидел за захламленным столиком, склонившись перед плоской лампой, дававшей мало света; он решал кроссворд, вырванный из газеты. На столе стоял высокий бокал с сухой красной каймой от томатного сока, лежали коробка с головоломками, карты и Библия.

— Привет, Эллсворт, — сказал Китинг улыбнувшись. Он наклонился вперед, чтобы встать, но на полпути забыл о своем порыве.

Миссис Китинг, увидев его улыбку, поспешно отступила назад и с облегчением закрыла дверь.

Улыбка не сходила с его губ, хотя и была какой-то незавершенной. Потом он вспомнил о многом, чего в свое время не хотел понимать.

— Привет, Эллсворт, — беспомощно повторил он.

Тухи стоял перед ним, с любопытством осматривая комнату и стол.

— Очень трогательно, Питер, — сказал он. — Очень трогательно. Уверен, что он бы оценил.

— Кто?

— Не очень-то мы разговорчивы последние дни, не очень общительны, а, Питер?

— Я хотел тебя видеть, Эллсворт. Хотел поговорить с тобой.

Тухи взялся за спинку стула, поднял его, легко, широким круговым движением перенес к столу и уселся.

— Что ж, именно за этим я и пришел, — заметил он. — Услышать, как ты говоришь.

Китинг молчал.

— Ну?

— Не думай, что я не хотел тебя видеть, Эллсворт. Это только потому... я сказал матери никого не впускать... из-за газетчиков. Никак не хотят оставить меня в покое.

— Боже, как меняются времена, Питер! Я припоминаю время, когда тебя было не оттащить от газетчиков.

— Эллсворт, у меня совсем не осталось чувства юмора. Совсем.

— Тебе повезло. Иначе ты бы умер от смеха.

— Я так устал, Эллсворт... я рад, что ты пришел.

Полоса света соскользнула с очков Тухи, и Китинг не мог видеть его глаз, только два стеклянных кружка с металлическим отблеском — как потухшие автомобильные фары, отражающие что-то приближающееся издалека.

— Думаешь, тебе это сойдет с рук? — спросил Тухи.

— Что?

— Твое затворничество. Великое покаяние. Верноподданное молчание.

— Эллсворт, что с тобой?

— Итак, он невиновен, да? Итак, ты хочешь, чтобы его оставили в покое, да?

Плечи Китинга зашевелились, скорее от намерения, чем от действительного желания сесть прямо, и все же намерение было, а его челюсти были еще способны дать выход словам:

— Чего ты хочешь?

— Чтобы ты рассказал все.

— Зачем?

— Хочешь, чтобы я помог тебе? Хочешь оправдаться, Питер? Я мог бы, ты знаешь. Я мог бы привести тридцать три причины, и все благородные, и ты заглотил бы любую. Но мне не хочется облегчать тебе жизнь. Поэтому я скажу тебе правду: его надо отправить в исправительное заведение, твоего героя, твоего идола, твоего щедрого друга, твоего ангела-хранителя!

— Мне нечего тебе сказать, Эллсворт.

— Ты теряешь от ужаса последний разум, лучше бы постарался сохранить остатки, чтобы понять, что не тебе со мной тягаться. Ты будешь говорить, если я захочу, а я не расположен тянуть время. Кто спроектировал Кортландт?

— Я.

— Ты знаешь, что я специалист по архитектуре.

— Я спроектировал Кортландт.

— Как и здание «Космо-Злотник»?

— Чего ты от меня хочешь?

— Я хочу, чтобы ты был свидетелем на суде, Пит. Хочу, чтобы ты все рассказал на суде. Твоего друга не так легко понять, как тебя. Я не знаю, чего он добивается. То, что он остался на месте взрыва, уже слишком умно. Он знал, что его заподозрят, и сыграл на этом. Один Всевышний знает, что он заявит на суде. Но я не намерен давать ему возможность уйти от ответа. Мотив преступления — вот на чем все застряли. Я его знаю. Но мне никто не поверит, если я попытаюсь объяснить. Но ты поклянешься и расскажешь. Расскажешь правду. Расскажешь, кто спроектировал Кортландт и почему.

— Я его спроектировал.

— Если ты хочешь повторить это на суде, постарайся лучше контролировать себя. Чего ты трясешься?

— Оставь меня в покое.

— Слишком поздно, Пит. Ты читал «Фауста»?

— Чего ты хочешь?

— Голову Говарда Рорка.

— Он мне не друг. И никогда им не был. Ты знаешь, что я о нем думаю.

— Я знаю, идиот чертов! Знаю, что ты обожествлял его всю свою жизнь. Стоял на коленях, молясь на него, и в то же время хотел ударить ножом в спину. У тебя даже не хватило храбрости осуществить свое намерение. Ты никак не мог выбрать свой собственный путь. Ты ненавидел меня — о, ты не предполагал, что я это знаю! — и следовал за мной. Ты любил его, и ты убивал его. О, ты его убил по-настоящему, Пит, и теперь от этого не скроешься, тебе придется идти до конца!

— А тебе что? Какая тебе разница?

— Тебе надо было спросить об этом давно. Но ты не спросил. А это значит, что ты знаешь ответ. Всегда знал. Именно это и заставляет тебя трястись. Зачем мне помогать тебе лгать самому себе? Я делал это десять лет. Все идут ко мне за этим. Поэтому-то ты и пришел ко мне. Но нельзя получить что-нибудь просто так. Никогда. Несмотря на все мои социалистические теории, говорящие об обратном. Ты получил от меня что хотел. Теперь моя очередь.

— Я не буду говорить о Говарде. Ты не можешь заставить меня говорить о Говарде.

— Нет? Так почему бы тебе не вышвырнуть меня? Почему бы не взять меня за горло и не придушить? Ты ведь сильнее меня. Но ты не станешь. Ты не можешь. Ты понимаешь, что такое сила, Пит? Физическая сила? Мышцы, пистолет или деньги? Тебе бы как-нибудь встретиться с Гейлом Винандом. Тебе есть что ему сказать. Давай, Питер. Кто спроектировал Кортландт?

— Оставь меня в покое.

— Кто спроектировал Кортландт?

— Отпусти меня!

— Кто спроектировал Кортландт?

— Это хуже... То, что ты делаешь, — это намного хуже...

— Чем что?

— Чем то, что я сделал с Лусиусом Хейером.

— А что ты сделал с Лусиусом Хейером?

— Я убил его.

— О чем это ты?

— Поэтому-то тогда все и было лучше. Потому что я позволил ему умереть.

— Не сходи с ума.

— Зачем тебе смерть Говарда?

— Мне не нужна его смерть. Мне надо засадить его в тюрьму. Понятно? В тюрьму. В камеру. За решетку — запертым, остановленным, связанным... и живым. Он будет есть что дадут. Он будет двигаться, когда скажут, и остановится, когда скажут. Он пойдет на джутовую фабрику, когда ему велят. Его подтолкнут, если он будет недостаточно проворен, дадут по морде, если заблагорассудится, будут бить резиновой дубинкой, если он не подчинится. И он будет *подчиняться*. Он будет выполнять приказы. Он будет *выполнять приказы!*

— Эллсворт! — закричал Китинг. — Эллсворт!

— Ты мне противен. Неужели ты не можешь принять грубую правду? Нет, ты хочешь, чтобы ее подсластили. Вот почему я предпочитаю Гэса Уэбба. У него-то нет никаких иллюзий.

Миссис Китинг рывком открыла дверь — она услышала крик.

— Вон отсюда! — рявкнул на нее Тухи.

Она отступила, и Тухи захлопнул дверь.

Китинг поднял голову:

— Ты не имеешь права так разговаривать с моей матерью. Она не имеет к тебе никакого отношения.

— Кто спроектировал Кортландт?

Китинг встал, потащился к платяному шкафу, открыл ящик, вытащил мятый лист бумаги и протянул его Тухи. Это был его контракт с Рорком.

Тухи прочел его, сухо и коротко рассмеялся. Потом взглянул на Китинга:

— Да, Питер, ты моя большая удача. Но иногда приходится отвернуться, чтобы не видеть собственных удач.

Китинг стоял у шкафа — плечи опущены, глаза пустые.

— Вот уж не ожидал, что у тебя все записано и он подписался. Итак, вот что он сделал для тебя... и вот что ты сделал в ответ... Беру назад все оскорбления, Питер. Ты должен был сделать это. Кто ты такой, чтобы повернуть вспять законы истории? Ты знаешь, что это за документ? Это невозможное совершенство, мечта столетий, цель всех великих школ человеческой мысли. Ты набросил на него узду. Заставил его работать на себя. Забрал его свершение, его награду, его деньги, его славу, его имя. Мы только думали и писали об этом. Ты продемонстрировал это на практике. Все философы, начиная с Платона, должны тебя благодарить. Вот он — философский камень, способный превращать золото в свинец. Мне должно быть приятно, но я — человек и ничего не могу с этим поделать, мне неприятно. Меня воротит от этого. Другие, Платон и остальные, они действительно считали, что этот камень может превращать свинец в золото. Я знал правду с самого начала. Я был честен перед собой, Питер, а это самая трудная форма честности. Та, от которой вы все стараетесь убежать любой ценой. Теперь я не ругаю тебя, это действительно очень трудно признать, Питер. — Тухи сел, держа бумагу за кончики обеими руками. Он сказал: — Если хочешь знать, насколько это трудно, я скажу тебе. Теперь уже я хочу сжечь этот документ. Понимай это как хочешь. Особой заслуги в этом нет, ведь я знаю, что завтра отошлю его окружному прокурору. Рорк никогда об этом не узнает, а если бы и знал, ему было бы на это плевать, но, если быть правдивым до конца, был момент, когда мне хотелось сжечь этот документ.

Он осторожно сложил бумагу и опустил ее в карман. Китинг следил за его жестами, двигая им в такт головой, подобно котенку, следящему за клубком.

— Ты мне противен, — повторил Тухи. — Господи, как вы мне противны, все вы, с вашими лицемерными сантиментами! Ты все время тащишься за мной, питаешься тем, чему я тебя учу, извлекаешь из этого выгоду, но не имеешь достоинства признаться в этом самому себе. Ты зеленеешь от страха, когда понимаешь правду. Я полагаю, что это заложено в самой сути твоего характера, и это и есть мое главное оружие... Господи! Я устал от всего этого. Я должен хотя бы на время освободиться от тебя. Почему я должен притворяться всю свою жизнь — ради жалких посредственностей вроде тебя? Чтобы защитить твою сентиментальность, твою совесть и покой ума, которого у тебя нет. Вот она, цена, которую я плачу за то, чего хочу, но по крайней мере я знаю, что должен платить. И у меня нет иллюзий относительно цены и того, что я покупаю.

— Чего ты... хочешь... Эллсворт?

— Власти, Пит.

В квартире наверху послышались шаги, кто-то весело скакал, по потолку будто ударили четыре или пять раз. Люстра зазвенела, и Китинг послушно поднял голову. Затем лицо его вновь обратилось к Тухи. Тухи равнодушно улыбался.

— Ты... всегда говорил...— хрипло начал Китинг и замолчал.

— Я всегда говорил только это. Ясно, точно и открыто. Не моя вина, если ты не мог услышать. Мог, конечно. Не хотел. А это для меня еще лучше глухоты. Я говорил, что намерен править. Как все мои духовные предшественники. Но мне посчастливилось больше, чем им. Я унаследовал плоды их усилий и буду единственным, кто осуществит великую мечту. Сегодня я вижу это вокруг. Я узнаю это. Мне это не нравится. Я и не ожидал, что это мне понравится. Наслаждение не мой удел. Насколько позволят мои способности, я найду в этом удовлетворение. Я буду править.

— Кем?..

— Тобой. Миром. Все зависит только от того, нашел ли ты нужный рычаг. Если научиться управлять душой хотя бы одного-единственного человека, можно это делать и со всем человечеством. Это душа, Питер, душа. Не кнут или меч, не огонь или оружие. Вот почему Цезари, Аттилы, Наполеоны были дураками и не смогли удержаться у власти. Мы сможем. Душа, Питер, — это то, чем нельзя управлять, она должна быть сломлена. Вбей в нее клин, возьми ее в свои руки — и человек твой. Не нужно кнута — он принесет тебе его сам и попросит выпороть себя. Включи в нем обратный ход — и его собственный механизм будет работать на тебя. Используй его против него самого. Хочешь узнать, как это делается? Послушай, разве я тебе когда-нибудь лгал? Разве ты не слушал все это годами, но ты не хотел слышать, и это твоя вина, а не моя. Тут много способов. Вот один из них. Заставь человека почувствовать себя маленьким. Заставь его почувствовать себя виновным. Уничтожь его стремления и его целостность. Это трудно. Даже худший из вас ищет идеал. Убей его цельность путем внутреннего подкупа. Направь его на разрушение цельности человека. Проповедуй альтруизм. Говори, что человек должен жить для других. Скажи, что альтруизм — это идеал. Ни один из них не достиг этого, и ни один этого и не хотел. Все жизненные инстинкты восстают против этого. Человек начинает понимать, что не способен к тому, что сам принял как высшую добродетель — и это вызывает чувство вины, греха, сомнение в себе самом. Но раз высший идеал недосягаем, человек постепенно отказывается от всех идеалов, от всех надежд, от всякого чувства личной ценности. Он чувствует, что обязан проповедовать то, чего сам не может делать. Но человек не может быть наполовину добрым или приблизительно честным. Сохранить порядочность очень трудно. Зачем сохранять то, что уже подгнило? Его душа теряет самоуважение. И он твой. Он будет подчиняться. Он будет рад подчиняться — потому что не может верить самому себе, чувствует себя не совсем определенно, чувствует себя нечистым. Это один путь.

А вот еще один. Разрушить ощущение ценности. Разрушить способность различать величие или достигать его. Великим человеком нельзя управлять. Нам не нужны великие люди. Не отрицай понятие величия. Разрушай его изнутри. Великое редко, трудно, оно — исключение. Установи планку на уровне, доступном для всех и каждого, вплоть до самого ничтожного, самого глупого, — и убьешь желание стараться у всех людей, маленьких и больших. Ты уничтожишь мотив к совершенствованию. Смейся над Рорком и считай Питера Китинга великим архитектором. И уничтожишь архитектуру. Превозноси Лойс Кук и уничтожишь литературу. Подними на щит Айка и уничтожишь театр. Восславь Ланселота Клоуки и уничтожишь прессу. Не пытайся сразу разрушить все храмы — напугаешь людей. Воздвигни храм посредственности — и падут все храмы. Но есть и другой способ. Убивать смехом. Смех — инструмент веселья. Научись использовать его как орудие разрушения. Преврати его в усмешку. Это просто. Позволь смеяться надо всем. Скажи, что чувство юмора — ничем не ограниченная добродетель. Не оставляй ничего святого в душе человека. Убей почитание — и ты убьешь в человеке героя. Человек не может почитать насмехаясь. Он станет подчиняться, и не будет границ для послушания — ничто не важно, нет ничего серьезного.

Или еще вот этот способ. Он один из самых важных. Не позволяй людям быть счастливыми. Счастье самосодержательно и самодостаточно. Если люди счастливы, ты им не нужен. Счастливые люди свободны. Поэтому убей радость в их жизни. Отними у них все, что им дорого и важно. Никогда не позволяй людям иметь то, чего они хотят. Заставь их почувствовать, что само личное желание — зло. Доведи их до такого состояния, чтобы слова «я хочу» стали для них не естественным правом, а стыдливым допущением. Альтруизм весьма полезен для этого. Несчастные придут к тебе. Ты будешь им нужен. Они придут за утешением, за поддержкой. Природа не терпит пустоты. Опустоши душу — и можешь заполнить это пространство, чем угодно тебе. Не понимаю, чем ты так шокирован, Питер. Это один из самых старых способов. Вспомни историю. Взгляни на любую великую этическую систему начиная со стран Востока. Разве все они не проповедуют отречение от личного счастья? Разве за всеми хитросплетениями слов не звучит единственный лейтмотив: жертвенность, самоотречение? Разве ты не способен различить, о чем они поют — «откажись, откажись, откажись, откажись»? Вдумайся в сегодняшнюю моральную атмосферу. Все приносящее радость — от сигарет до секса, амбиций и выгоды, — все объявлено аморальным или греховным. Только докажи, что что-то приносит людям счастье, — и оно обречено. Вот до чего мы дошли. Мы связали счастье и вину. И взяли человечество за горло. Брось своего перворожденного в жертвенный огонь; спи на постели, утыканной гвоздями; спеши в пустыню умерщвлять плоть; не танцуй; не ходи в кино по воскресеньям; не пытайся разбогатеть; не кури; не пей. Все та же линия. Великая линия. Дураки думают, что подобные табу — просто бессмыслица. Какие-то остатки былого, консерватизм. В бессмыслице всегда есть некий смысл, некая цель. Не торопись исследовать безумие — спроси себя, чего им достигают.

Каждая этическая система, проповедующая жертвенность, вырастала в мировую и властвовала над миллионами людей. Конечно, следует подобрать соответствующую приправу. Надо говорить людям, что они достигнут высшего счастья, отказываясь от всего, что приносит радость. Не стоит выражаться ясно и определенно. Надо использовать слова с нечетким значением: всеобщая гармония, вечный дух, божественное предназначение, нирвана, рай, расовое превосходство, диктатура пролетариата. Разлагай изнутри, Питер. Это самый старый метод. Этот фарс продолжается столетиями, а люди все еще попадаются на удочку. Хотя проверка может быть очень простой: послушай любого пророка и, если он говорит о жертвенности, беги. Беги, как от чумы. Надо только понять, что там, где жертвуют, всегда есть кто-то, собирающий пожертвования. Где служба, там и ищи того, кого обслуживают. Человек, вещающий о жертвенности, говорит о рабах и хозяевах. И полагает, что сам будет хозяином. А если услышишь проповедь о том, что необходимо быть счастливым, что это твое естественное право, что твоя первая обязанность — ты сам, знай: этот человек не жаждет твоей души. Этот человек ничего не хочет от тебя. Но стоит ему прийти — и ты заорешь во все горло, что он эгоистичное чудовище. Так что метод доказал свою надежность в течение многих столетий. Но ты должен был заметить кое-что. Я сказал: «Надо только понять». Понимаешь? У людей есть оружие против тебя. Разум. Поэтому ты должен удостовериться, что отнял его у них. Выдерни из-под него то, на чем он держится. Но будь осторожен. Не отрицай напрямую, не раскрывай карты. Не говори, что разум — зло, хотя некоторые делали и это, и с потрясающим успехом. Просто скажи, что разум ограничен. Что есть нечто выше разума. Что? И здесь не стоит быть слишком ясным и четким... Здесь неисчерпаемые возможности. Инстинкт, чувство, откровение, божественная интуиция, диалектический материализм. Если тебя прихватят в самых критических местах и кто-то скажет, что твое учение не имеет смысла — ты уже готов к отпору. Ты говоришь, что есть нечто выше смысла. Что тут не надо задумываться, а надо *чувствовать. Верить*. Приостанови разум, и игра пойдет чертовски быстро. Все будет, как ты хочешь и когда ты хочешь. Он твой. Разве можно управлять мыслящим человеком? Нам не нужны мыслящие люди.

Китинг опустился на пол возле шкафа; он чувствовал себя смертельно уставшим. Он не хотел подниматься, он чувствовал себя увереннее, прислонившись к шкафу, как будто там еще был документ, который он отдал Тухи.

— Питер, ты все это слышал. Ты все видел, вот уже десять лет как я практикую это. Ты понимаешь, что этим занимаются во всем мире. Что тебе так не нравится? Что ты уставился на меня с видом оскорбленной добродетели? Ты занимаешься тем же. Ты получил свою долю и должен ее отрабатывать. Тебе страшно от понимания, куда это ведет. Мне — нет. Я скажу тебе. Мир будущего. Я хочу этого мира. Мир послушания и единства. Мир, где мысль каждого будет не его собственной, а лишь попыткой угадать мысль соседа, у которого нет своих мыслей, а есть лишь попытка угадать мысль следующего соседа, у которого не будет мыслей... и так далее, Питер, по всему миру. Все будут согласны со всеми. Мир, в котором ни один человек не будет испытывать личных желаний, но направит все свои усилия на удовлетворение желаний своего соседа, у которого не будет никаких желаний, за исключением желания удовлетворить желания следующего соседа, у которого не будет желаний... И так по всему миру, Питер. Все будут служить всем. Мир, в котором человек будет работать не ради таких невинных вещей, как деньги, а ради безголового чудища — престижа. Одобрение сограждан, их хорошее мнение — мнение людей, которым не будет позволено иметь собственное мнение. Осьминог — одни щупальца и никаких мозгов. Суждения, Питер! Не суждения, а социологическая выборка, средняя величина из нулей, так как не будет больше никакой индивидуальности. Двигатели мира заглохнут, и единственное сердце будет подкачиваться рукой. Моей рукой — и руками немногих, очень немногих других, подобных мне. Для тех, кто знает причины твоих поступков, ты великое, прекрасное среднее, ты, который не взорвался в ярости, когда тебя назвали средним, маленьким, обыкновенным, тебя, полюбившего и принявшего эти имена. Ты восседаешь на троне и в храме, ты, ничтожный народ и одновременно абсолютный правитель, заставивший всех правителей прошлого корчиться от зависти. Комбинация из Всевышнего, пророка и короля. Глас народа. Среднее, обыкновенное, общее. Знаешь ли ты подходящий антоним для Я? Посредственность, Питер. Власть посредственности. Но даже самое посредственное должно быть кем-то открыто в свое время. Мы сделаем это открытие. Глас Божий. Мы будем наслаждаться безграничным послушанием — среди людей, которые не научились ничему, кроме послушания. Мы назовем это служением! Мы выдадим медали за службу. Вы будете падать друг на друга в свалке, чтобы показать, кто умеет подчиниться лучше. Других отличий не будет. Никаких других форм личного отличия. Можешь ли ты различить Говарда Рорка в этой картине? Нет? Тогда не трать времени на глупые вопросы. Все, что не может стать управляемым, должно исчезнуть. А если такие ненормальные будут время от времени появляться на свет, они не проживут дольше двенадцати лет. Когда их мозг начнет функционировать, он почувствует давление и взорвется. Ты знаешь судьбу глубоководных созданий, которых вытащили на солнечный свет? Так будет и с будущими Рорками. Остальные будут улыбаться и подчиняться. Ты замечал, что идиоты всегда улыбаются? Первое нахмуривание лба у человека — это первое прикосновение Господа. Прикосновение мыслью. Но у нас не будет ни Господа, ни мысли. Только одобрение улыбкой. Автоматические рычаги — все говорят «да». Теперь, если бы ты был чуть более сообразительным, например, как твоя бывшая жена, ты бы спросил: а что же мы, правители? А что я, Эллсворт Монктон Тухи? И я бы ответил: да, ты прав. Я получу не больше тебя. Мне останется лишь следить за тем, чтобы ты был доволен. Лгать тебе, льстить, восхвалять тебя, поддерживать твое тщеславие, произносить речи о народе и общем достоянии. Питер, мой бедный старый друг, я самый большой альтруист из всех, кого ты когда-либо знал. У меня меньше независимости, чем у тебя, которого я просто вынудил продать свою душу. Ты использовал людей ради того, чтобы получить от них что-то для себя. Мне ничего не нужно для себя. Я использую людей ради того, что сам могу сделать для них. Это моя единственная функция и оправдание. У меня нет личных целей. Мне нужна власть. Нужен мой мир будущего. Заставить всех жить для всех. Заставить всех жертвовать, а не преуспевать. Заставить всех страдать, а не радоваться. Застопорить прогресс. Пусть все загнивает. В загнивании есть равенство. Все подчинены воле всех.

Всеобщее рабство — даже без достоинства руководителя. Рабство для рабства. Огромный круг — и полное равенство. Мир будущего.

— Эллсворт… а ты…

— Не сошел ли я с ума? Боишься произнести? Вот ты сидишь, и это слово просто написано на тебе, оно — твоя последняя надежда. Сошел с ума? Взгляни вокруг. Возьми любую газету и прочти заголовки. Разве это уже не здесь? Все, о чем я тебе говорил, до последней детали? Разве Европа уже не поглощена, а мы не тянемся за ней? Все, что я сказал, содержится в одном слове — коллективизм. Разве оно не бог нашего столетия? Действовать — сообща. Думать — сообща. Чувствовать — сообща. Соединяться, соглашаться, подчиняться. Подчиняться, служить, жертвовать. Разделять и властвовать — сначала. Но затем — объединяться и править. Мы наконец обнаружили это. Вспомни римского императора, который сказал, что хотел бы, чтобы у человечества была одна голова и он мог ее отрубить*. Люди столетиями смеялись над ним. Теперь мы смеемся последними. Мы добились того, чего он не мог добиться. Мы научили людей объединяться. Это создало одну голову, готовую для удара. Мы открыли магическое слово «коллективизм». Взгляни на Европу, ты, недоросль. Разве ты не можешь за внешней мишурой угадать суть? Одна страна посвятила себя служению идее, что отдельный человек не имеет никаких прав, они все только у коллектива. Индивидуальность рассматривается как зло, масса — как божество. Никаких целей и добродетелей — только служение пролетариату. Это один вариант. А вот и другой. Страна посвятила себя служению идее — один человек не имеет никаких прав, только служение государству. Индивидуальность рассматривается как зло, раса — как божество. Никаких иных целей и добродетелей — только служение расе. Так я брежу или это суровая действительность уже двух стран? Посмотри, идет захват в клещи. Если ты в ужасе от одного варианта, мы толкнем тебя к другому. Заставим подергаться. Мы закрыли двери. Мы подготовили монету. На одной стороне орел — коллективизм, на другой решка — коллективизм. Отдай свою душу совету — или вождю, но отдай ее, отдай, отдай. Моя методика: предложи яд как пищу и яд как противоядие. Расцвечивай, украшай, но не забывай о главной цели. Дай дуракам выбор, пусть забавляются, но не забывай о единственной цели, которой тебе надо достичь. Убей личность, умертви человеческую душу. Остальное приложится. Взгляни на мир, каков он сейчас. Ну что, Питер, ты все еще думаешь, что я сошел с ума?

Питер сидел на полу, раскинув ноги. Он поднял руку, осмотрел ногти, сунул палец в рот и откусил заусеницу. Все его чувства были отключены — он слушал, и Тухи понимал, что ответа не последует.

Китинг послушно ждал, казалось, ему все безразлично: звуки стихли, и он просто ждал, когда они возобновятся.

Тухи ухватился за подлокотник кресла, потом отнял и приподнял ладони, снова обхватил дерево — он больше ни на что не рассчитывал. Он толчком поднялся на ноги.

— Спасибо, Питер. — Голос Тухи звучал серьезно. — Честность трудно отбросить в сторону. Всю свою жизнь я произносил речи перед большими аудиториями. Но такую речь мне больше произнести не удастся.

Китинг приподнял голову. В его голосе прозвучало предвосхищение ужаса, еще не испытанного, но ожидающего его в ближайший час:

— Не уходи, Эллсворт.

Тухи наклонился над ним и тихо рассмеялся:

— Вот и ответ, Питер. Вот мой довод. Ты хорошо знаешь меня, знаешь, что я с тобой сделал, у тебя не осталось иллюзий на мой счет. Но оставить меня ты не можешь и никогда не сможешь. Ты повиновался мне во имя идеалов, но и оставив идеалы, ты будешь подчиняться мне. Ни на что другое ты уже не годишься... Спокойной ночи, Питер.

XV

«Наступил решающий момент. Наш вывод покажет, чего мы стоим. В лице Говарда Рорка мы должны сокрушить силы эгоизма и антиобщественного индивидуализма. Эти силы — проклятье нашего времени, и в данном случае они предстали в полном своем выражении. Как уже сказано в начале статьи, в настоящее время окружной прокурор располагает свидетельством — сейчас мы не можем назвать его, — которое безусловно доказывает виновность Рорка. Общество требует возмездия вместе с нами».

Статья появилась в конце мая в утреннем выпуске газеты «Знамя» в колонке «Вполголоса». В руки Гейла Винанда она попала, когда он ехал домой из аэропорта. Он летал в Чикаго в надежде возобновить контракт на три миллиона долларов с одним крупным рекламным агентством. Два дня он предпринимал отчаянные усилия, но все напрасно — контракт был потерян. Сойдя с самолета, он накупил нью-йоркских газет. Его ожидала машина, чтобы отвезти в загородный дом. Тогда он и наткнулся на статейку.

Винанд даже усомнился, ту ли газету он читает, и проверил название. Как ни странно, это было «Знамя», и статья была напечатана на первой полосе на месте передовицы.

Он велел шоферу ехать в редакцию и держал газету развернутой на коленях, пока машина не остановилась перед зданием «Знамени».

Едва он вошел, как заметил перемену — во взгляде двух репортеров, выходивших из лифта, в позе лифтера, которому явно хотелось обернуться и рассмотреть его, во внезапном оцепенении людей в его приемной. Ожидание чувствовалось в том, как при виде него разом замолкал треск пишущих машинок, как замирали взгляды и движения. Все понимали значение невероятного, но свершившегося поворота в ходе событий.

Он впервые ощутил смутное потрясение; чувствовалось, что всеми овладело сомнение, и то, что оно проникло в умы, предвещало дурное — люди допускали возможность его поражения в конфликте с Эллсвортом Тухи.

Но у него не было времени для самоанализа. Он не мог позволить себе копаться в своих эмоциях, в этот момент он испытывал лишь ощущение того, как напряглись мышцы его лица, как сжались зубы, как натянулась кожа на переносице и скулах; он знал, что должен контролировать внешние проявления волнения.

Не говоря ни слова, он прошел в кабинет. В кресле перед его столом сидел, обмякнув, Альва Скаррет. Горло у него было забинтовано грязным белым бинтом, лицо воспалено. Винанд остановился посреди комнаты. Если в приемной люди испытали облегчение, увидев спокойствие Винанда, то Альву Скаррета это не обмануло.

— Гейл, меня здесь не было, — прохрипел он возбужденным шепотом, мало походившим на нормальный голос. — Меня не было здесь два дня. У меня ларингит. Можешь спросить доктора, высокая температура, по мне видно. Я прямо из постели. Доктор не пускал меня, но я пришел... Гейл, поверь, меня здесь не было, не было!

Он не был уверен, слышит ли его Винанд. Винанд дал ему закончить, потом помолчал, раздумывая. Наконец он спросил:

— Кто отвечал за выпуск?

— Выпускали Аллен и Фальк.

— Уволь Хардинга, Аллена, Фалька и Тухи. Заплати Хардингу за расторжение контракта. Тухи не надо. Чтобы через четверть часа их здесь не было.

Хардинг был ответственным редактором, Фальк — корректором, Аллен отвечал за реализацию, все работали в «Знамени» более десяти лет. Для Скаррета это прозвучало как гром среди ясного неба — словно сообщение, что президент отрешен от должности, Нью-Йорк разрушен метеоритом, а Калифорнию поглотил океан.

— Гейл! — завопил он. — Это невозможно!

— Убирайся.

Скаррет поплелся прочь.

Винанд нажал кнопку селектора и в ответ на испуганный голос секретарши потребовал:

— Ко мне никого не впускать.

— Да, мистер Винанд.

Он нажал другую кнопку и вызвал ответственного за распространение газеты:

— Надо изъять все из розничной продажи.

— Мистер Винанд, слишком поздно! Большая часть уже...

— Изъять немедля!

— Хорошо, мистер Винанд...

Ему хотелось опустить голову на стол, застыть неподвижно и отдохнуть, но отдыха для него не существовало, он нуждался в большем покое, чем смерть, в отдыхе нежившего человека. Желание отдохнуть противоречило его натуре; он знал, что означало распиравшее его напряжение: призыв к действию; мобилизация сил, инстинкт борьбы были так сильны, что парализовали его. Он поискал чистый лист, забыв, что держит его в руке. Надо написать передовицу, которая объяснит и перечеркнет прежнюю. Надо спешить. Это его первая неотложная обязанность.

С первыми написанными словами спало внутреннее напряжение. Быстро водя пером по бумаге, он думал о том, какая мощь скрыта в словах, сначала для того, кто их нашел, потом для тех, кому они предназначались, — исцеляющая мощь, преодоление преграды. Он думал: вот нераскрытая учеными основополагающая тайна, источник жизни — то, что происходит, когда мысль обретает форму в слове.

Он чувствовал, как вибрируют стены и пол его кабинета. Он слышал легкий шум — машины были запущены, печатался вечерний выпуск малоформатной газеты «Кларион». Шум был ему приятен. Перо забегало быстрее, как будто со звуками в пальцы вливалась энергия.

Он отказался от обычного авторского «мы». Он писал: «...и если моим читателям или врагам угодно будет посмеяться надо мной изза этого происшествия, я не буду в обиде и сочту это оплатой старых долгов. Я заслужил это».

Он думал: вот стучит сердце этого здания... Который теперь час? Действительно ли это шум извне или я слышу собственное сердце? Однажды доктор сунул мне в уши наконечники своего стетоскопа, он сказал тогда, что я здоров как бык и меня хватит надолго, на многие годы.

«Я виновен перед читателями в том, что допустил до них презренного негодяя, и меня извиняет только то, что всякому очевиден его нравственный уровень. Я достаточно уважаю людей, чтобы хоть на минуту мог счесть его опасным для общества. И я до сих пор испытываю слишком большое уважение к своим согражданам, чтобы усматривать в Эллсворте Тухи реальную угрозу для них».

Говорят, звук не исчезает бесследно, а распространяется в пространстве. А что происходит с биением сердца? Сколько ударов оно сделало за пятьдесят шесть лет... Можно ли собрать звуки каким-то уловителем и снова пустить их в дело? Если их вернуть, усилив, то не получится ли в результате стук печатных машин?

«Но, допустив его в свою газету, я несу ответственность за его поступки, и если в наше время публичное покаяние дело редкое и потому особенно унизительное, я накладываю на себя это наказание».

Однако, если быть точным, биение моего сердца запускало эти печатные машины не пятьдесят шесть лет, а только тридцать один, до этого двадцать пять лет ушли на дело, пока я наконец не прибил над входом новую вывеску... Издатели обычно не меняют название газеты, но я это сделал: «Знамя» Нью-Йорка — «Знамя» Гейла Винанда. Но и тридцать один год — долгий срок, и сколько сердцу нужно сделать ударов, чтобы снова и снова запускать печатный станок, сколько этих легких толчков, которые никто не слышит, каждый удар падает, как последний, — не как запятая, а как точка в многоточии, длинная цепочка многоточий.

«Я прошу прощения у всех читателей нашей газеты».

Здоров как бык, и все у меня получается здорово... Надо пригласить того доктора, пусть послушает... Наверняка он останется доволен и расплывется в радостной улыбке: докторам иной раз по душе видеть пациентов с отменным здоровьем, такое встречается не часто... надо доставить ему это удовольствие — услышать здоровый ритм... И он удостоверится, что «Знамени» хватит надолго...

Дверь кабинета открылась, и вошел Эллсворт Тухи. Винанд без слова позволил ему пересечь кабинет и подойти к столу. Пожалуй, Винанд испытывал любопытство, если только любопытство может раздуться до запредельных размеров, подобно коллажам в воскресном приложении к «Знамени», на которых шмели размером с целый дом слетались на людей... Винанд удивился, что Эллсворт Тухи все еще в здании, что он добрался до него, несмотря на отданные распоряжения, и что он смеялся.

— Я зашел известить вас о своей отлучке, мистер Винанд, — сказал Тухи. Его лицо было спокойно, на нем не было довольства, это было лицо актера, сознававшего, что перебор вредит успеху, что для максимального эффекта не следует выходить из рамок. — И сообщить, что я вернусь. На эту же работу, в этом же здании, к тем же обязанностям. За это время вы осознаете, в чем ваша ошибка. Я прошу простить меня — это дурной тон, но я ждал этого момента тринадцать лет и могу вознаградить себя пятью минутами. Итак, вы были властным человеком и обожали чувствовать себя собственником, не так ли, мистер Винанд? Но давали ли вы себе труд задуматься, что лежало в основе всего? Не стоило ли вам больше заботиться о фундаменте вашего сооружения? Нет, это вас не заботило, потому что вы преданы делу, а не рассуждениям. Как человек дела, вы мыслите в категориях банковских счетов, недвижимости, рекламы, контрактов и ценных бумаг. Люди дела оставляют непрактичным интеллектуалам вроде меня анализ природы и источников богатства. Вы оставляете себе доходы, а наше дело разбираться в таких пустяках, как театр, кино, радио, школы, книжные обзоры и архитектурные стили. Вы бросаете нам подачку, чтобы держать нас в рамках, раз уж нам нравится заниматься всякой безделицей, пока вы заняты деланием денег. Деньги — власть. Не так ли, мистер Винанд? Ведь вас влекла власть, мистер Винанд? Власть над людьми. Бедный дилетант! Вы не понимали природы вашей страсти, иначе догадались бы, что она вам не по плечу. Вам были бы не по душе методы достижения власти, и вы не приняли бы результатов своей борьбы за нее. Для этого вам не хватило бы подлости. Говорю вам об этом без колебания, так как не знаю, что хуже — быть крупным подлецом или круглым тупицей. Вот почему я вернусь. И когда это случится, я буду главным в этой газете.

Винанд спокойно ответил:

— Когда вернетесь. А сейчас убирайтесь.

Нью-йоркский персонал «Знамени» объявил забастовку.

Профсоюз работников редакции и издательства дружно прекратил работу. К ним присоединились многие не члены профсоюза. Типографские рабочие, однако, не последовали их примеру.

Винанд никогда не принимал в расчет профсоюзы. Он платил больше любого другого издателя, и ему никогда не предъявляли экономических требований. Если его служащие иной раз и проявляли интерес к речам агитаторов, он не видел причин для беспокойства. Доминик однажды пробовала предупредить его:

— Гейл, когда рабочие борются за повышение зарплаты, сокращение рабочего дня и прочее, это их право. Но когда они организуются без всякой видимой цели, надо быть начеку.

— Дорогая, сколько мне тебя просить не вмешиваться в мои дела?

Он так и не разведал, кто вступил в профсоюз. Теперь он узнал, что состав невелик, но входят в него все ключевые фигуры, не высший эшелон, однако люди умело подобранные и активные, незаменимые, как свечи зажигания в автомобиле, вездесущие репортеры, журналисты, редакторы и их заместители. Он ознакомился с их анкетами — большинство поступили на работу в последние восемь лет по рекомендации Тухи.

Не члены профсоюза бастовали по разным причинам: одни просто ненавидели Винанда, другие боялись остаться в стороне и не особо вникали в требования. Один из них, робкий незаметный человек, столкнулся с Винандом в холле и внезапно разразился криком: «Мы вернемся, дорогуша, и тогда все будет иначе». Другие бросали работу, избегая встречи с Винандом. Некоторые подстраховывались: «Мистер Винанд, мне это ужасно не по душе, я далеко не сторонник и не имею ничего общего с профсоюзом, но забастовка есть забастовка, и я не могу допустить, чтобы меня обозвали штрейкбрехером»; «По правде говоря, мистер Винанд, я не знаю, кто прав, а кто виноват. Думаю, что Эллсворт провернул грязное дельце, и Хардинг не должен был этого позволять, но нынче не поймешь что к чему. Одно я знаю точно — против коллектива не попрешь. Надо держаться со всеми».

Бастующие предъявили два требования: восстановить на работе четверых уволенных и изменить позицию «Знамени» в деле Кортландта.

Хардинг, главный редактор, опубликовал в «Новых рубежах» статью, в которой объяснял свою позицию: «Я действительно поступил вопреки указаниям мистера Винанда в этом принципиальном вопросе, и для главного редактора это беспрецедентный поступок. Я полностью осознавал последствия своих действий. Тухи, Аллен, Фальк и я хотели спасти «Знамя» ради сотрудников газеты, акционеров и читателей. Нашей целью было образумить мистера Винанда мирными средствами. Мы надеялись, что он отступит, не теряя лица, убедившись в необходимости разделить точку зрения большинства изданий. Нам известны своеволие, непредсказуемость и неразборчивость в средствах владельца газеты, но мы решились на наш поступок, пожертвовав собой ради профессионального долга. Признавая за владельцем право определять позицию газеты по социальным, экономическим и политическим вопросам, мы полагаем, что в этом случае владелец нарушил границы порядочности, требуя от уважающих себя людей принять сторону заведомого преступника. Мы хотели бы, чтобы мистер Винанд понял, что прошли дни диктатуры. Мы имели право выразить свое мнение относительно того, как вести дела в газете, с которой мы связали свою трудовую жизнь. Это борьба за свободу прессы».

Хардингу было за шестьдесят, у него было поместье на Лонг-Айленде, и в свободное время он стрелял по тарелочкам и выращивал фазанов. Детей у него не было, и его жена состояла членом совета директоров Центра социальных исследований. В этот совет ее ввел Тухи, подвизавшийся там в качестве главного лектора. Она написала эту статью за мужа.

Аллен и Фальк тоже не состояли в союзе Тухи. Дочь Аллена, красивая молодая актриса, играла главные роли во всех пьесах Айка. Брат Фалька был секретарем Ланселота Клоуки.

Гейл Винанд сидел за столом у себя в кабинете среди вороха бумаг. Дела осаждали его, но один образ неотвязно вертелся у него в голове, задавая тон всем его действиям, — образ обтрепанного мальчишки, стоявшего перед редактором: «А ты можешь написать слово “кошка”?» — «А вы можете написать слово “антропоморфология”?» Координаты пространства и времени смещались и смешивались, ему казалось, что мальчик ждал, стоя перед ним, и он даже произнес вслух: «Уходи!» Потом спохватился, сердито одернул себя и подумал: «Кончай, не время давать слабину». Больше он ничего не произносил вслух, но внутренний голос не умолкал, пока он читал, правил и подписывал гранки. «Уходи! У нас нет для тебя работы». — «Я буду поблизости. Вдруг понадоблюсь. Мне можно ничего не платить». — «Дурачок, тебе ведь и так платят, разве не понятно? Тебе платят». Вслух он громко сказал в телефонную трубку: «Передайте Мэннингу, что придется печатать с матриц... Срочно пришлите корректуру... и сандвич — какой угодно».

Кое-кто остался с ним — пожилые и совсем юные. Они приходили по утрам, иной раз с синяками и следами крови на воротниках; один вошел, шатаясь, с рассеченной до кости головой, пришлось вызывать «скорую помощь». Дело было вовсе не в храбрости или преданности, приходили по привычке — слишком долго они жили с мыслью, что мир рухнет, если они потеряют работу в «Знамени». Пожилые не понимали, молодым было все равно.

Парнишек рассылали как репортеров. Материал, с которым они возвращались, был такого качества, что вызывал у Винанда не просто отчаяние, а взрывы безумного хохота: он никогда не встречал такого высокопарного слога и легко мог представить себе, какая гордость распирала юнца, нежданно-негаданно произведенного в журналисты. Но когда он читал репортажи в газете, ему было не до смеха — катастрофически не хватало редакторов.

Он пытался найти новых людей. Предлагал самые высокие ставки. Но люди, которые были ему нужны, отказывались. Иногда он получал согласие, но сам жалел об этом. Соглашались те, кого давно не брала ни одна порядочная газета, те, кого месяц назад он не пустил бы на порог. Некоторых приходилось вышвыривать через пару дней, кое-кто задерживался дольше. Бо́льшую часть дня они пьянствовали. Иные вели себя так, будто оказывали Винанду большую честь. Один сказал: «Гейл, старичок, подожми хвост», после чего летел с лестницы два пролета. Он сломал лодыжку и сидел на полу, глядя вверх на Винанда с видом полного изумления. Другие вели себя умнее, они слонялись по зданию, хитро поглядывая на Винанда, чуть ли не подмигивая ему, как сообщники в весьма неблаговидном деле.

Он обращался на факультеты журналистики. Никто не откликнулся. Из одного колледжа пришло коллективное письмо студентов: «...вступая на путь журналистики с сознанием высокой профессиональной ответственности, посвящая себя благородной миссии журналиста, мы солидарны в том, что принять предложение, подобное вашему, не совместимо с чувством собственного достоинства».

Редактор отдела новостей остался, но ушел редактор отдела городской жизни. Винанд взял на себя его обязанности и еще обязанности главного редактора, выпускающего, ответственного за связь с телеграфными агентствами, литературного редактора и многое другое. Он не выходил из здания, спал на диване в кабинете, как в первые годы существования «Знамени». Без пиджака и галстука, с распахнутым воротом он носился вверх и вниз по лестницам, отстукивая каблуками пулеметную дробь. При лифтах остались двое, остальные лифтеры испарились, и никто не мог сказать, куда, когда и почему, то ли из чувства солидарности с бастующими, то ли из страха.

Альва Скаррет не мог понять невозмутимости Винанда. Великолепный механизм — а именно таким ему всегда представлялся Винанд — никогда не функционировал столь безотказно. Команды были быстрыми, речи короткими, реакция мгновенной. В сумятице и суете, среди станков и опустевших конторок, замусоренных лестничных площадок, типографской краски и свинца, среди осколков разбитого влетевшим с улицы кирпичом оконного стекла Винанд двигался, разделяясь на множество своих двойников, поспевавших всюду, но всегда слитых в единую волю, в единую сущность вне времени и пространства. Нет, он не от мира сего, думал Скаррет, он и выглядит иначе, будто из других времен, да, совсем иначе, и не важно, какого фасона на нем брюки, он выглядит как персонаж из готического собора: гордо поднятая голова патриция, сухое лицо с туго обтянутыми кожей скулами. Капитан корабля, о котором всем, кроме самого капитана, известно, что он идет ко дну.

Альва Скаррет не сбежал. До него так и не дошла реальность, он бродил в каком-то тумане. Всякий раз, подъезжая к зданию и видя пикеты, он испытывал изумление. Он ни разу не пострадал, если не считать нескольких гнилых помидоров, брошенных в ветровое стекло его машины. Он старался помочь Винанду, пытался делать свое дело и пяти других человек, но не мог нормально работать даже за одного. Мало-помалу он рассыпался на части, он не мог найти ответ на осаждавшие его вопросы и потому не улавливал связь событий. Он путался под ногами, приставая ко всем с одним и тем же: «Но почему, почему? Как так вдруг, ни с того ни с сего?»

Он обратил внимание на медсестру в белом халате, мелькавшую в вестибюле, — внизу установили пост первой помощи. Он видел, как она относила в топку окровавленные бинты и вату. Его едва не стошнило не столько от их вида, сколько от ужаса, который стоял за ними и который наконец дошел до него: всего за пару дней это место, где шла разумная, цивилизованная жизнь, где блестели натертые полы, где занимались нужным, почтенным делом — заключали контракты, печатали рекламу детского белья и болтали о гольфе, — вдруг стало местом, где по коридорам носят окровавленные тряпки. Почему? Альва Скаррет не находил ответа.

— Не могу понять, — монотонно вопрошал он, — как Эллсворт получил такую власть над людьми?.. И ведь не какой-нибудь пошлый радикал из пивной, а образованный человек, эрудит, идеалист, остроумный, общительный... Разве тот, кто любит шутку, может быть расположен к насилию?.. Нет, Эллсворт не хотел этого, он не знал, чем все может кончиться, он любит людей, я готов поручиться за Эллсворта Тухи.

Один раз он отважился спросить Винанда:

— Гейл, почему ты не пойдешь на переговоры? По меньшей мере, почему не встретиться с ними?

— Заткнись.

— Но может ведь быть какая-то доля истины на их стороне. Они газетчики. Ты знаешь, что они говорят: свобода прессы...

Тогда и последовал взрыв ярости, которого он ждал последние дни и который, казалось, его миновал: голубые зрачки вспыхнули белым пламенем, исторгнув слепящую молнию, черты лица еще больше заострились, дрожь дошла до кончиков пальцев. На миг Скаррет увидел то, чего никогда раньше не замечал: Винанд подавил вспышку, подавил без единого звука, но и без облегчения. От усилия пот капельками выступил на впалых висках, руки на краю стола сжались в кулаки.

— Альва, если бы я тогда не сидел целую неделю на ступеньках «Газеты», где была бы та пресса, свободы которой они так жаждут?

Снаружи и внутри здания дежурили полицейские, это что-то давало, но не много. Однажды ночью в главный подъезд бросили бутыль с кислотой, она разъела вывеску и оставила безобразные, как язвы, пятна на стене. В подшипники одного из печатных станков бросили песок и вывели его из строя. Разгромили продовольственный магазин, владелец которого давал рекламу в «Знамени». В результате многие мелкие торговцы перестали помещать рекламу в газете. Ломали машины доставки. Один водитель был убит. Но бастующий профсоюз выступил против актов насилия — союз не подстрекал к ним, и большинство его членов не имели об этом никакого представления. «Новые рубежи» глухо возражали против достойных сожаления эксцессов, но тут же относили их к «спонтанным взрывам оправданного народного гнева».

От имени группы, называвшей себя бизнесменами-либералами, Гомер Слоттерн известил Винанда о разрыве контракта на рекламу. «Вы можете предъявить нам иск, однако мы полагаем, что имеем законное право на разрыв отношений. Мы поместили свою рекламу в газете с достойной репутацией, а не в бульварном листке, опозорившем себя в глазах общества. Нас пикетируют из-за связи с вами, мы несем убытки. Вас никто не читает». В эту группу входило большинство самых состоятельных рекламодателей «Знамени».

Гейл Винанд стоял у окна кабинета и смотрел на город.

«Я поддерживал забастовки, когда это было опасно. Всю свою жизнь я боролся с Гейлом Винандом. И никак не ожидал, что наступит день и дело повернется так, что я должен буду заявить, как заявляю сейчас, что я на стороне Гейла Винанда», — писал в «Кроникл» Остин Хэллер.

Винанд послал ему записку: «Черт побери, я не просил защищать меня. Г.В.».

«Новые рубежи» отозвались об Остине Хэллере как о реакционере, продавшемся большому бизнесу. Интеллектуальные светские дамы объявили Остина Хэллера старомодным.

Гейл Винанд стоял за конторкой и, как и прежде, писал передовицы. Сохранившийся штат не замечал в нем перемен: ни спешки, ни гневных всплесков. Никто не видел, что в его действиях появилось новое: он отправлялся в печатный цех и подолгу смотрел на исторгавшие пар гиганты и слушал их громыхание. Он подбирал свинцовую матрицу с пола наборного цеха, рассеянно вертел ее в пальцах, как ценный слиток, и бережно возвращал на верстак. Он стал бережлив во всем и, не замечая этого, непроизвольно подбирал карандаши и всякую мелочь. Полчаса он потратил, не слыша, как надрываются телефоны, на ремонт пишущей машинки. Дело было не в экономии, он подписывал счета, не обращая внимания на суммы. Скаррет боялся даже подумать о каждодневных расходах.

Все дело было в том, что он лелеял каждую вещь в этом здании, здесь все до последней скрепки принадлежало ему, потому что принадлежало «Знамени».

В конце каждого дня он звонил Доминик. «Все идет отлично. Все под контролем. Не верь паникерам... Какого черта! Не хочу я говорить о газете. Лучше расскажи мне, как выглядит сад... Сегодня ты ходила купаться? Как озеро?.. Какое на тебе платье? Не забудь сегодня включить радио в восемь — передают твой любимый Второй концерт Рахманинова... Конечно, у меня есть время, чтобы быть в курсе всего... Ладно, ладно, как я могу провести бывшую журналистку, конечно, я посмотрел программу радиопередач. У нас достаточно сотрудников, но не на всех можно положиться, за ними надо присматривать, а у меня как раз выдалась минутка... Ни в коем случае *не приезжай в город.* Ты мне обещала... До свидания, дорогая». Он повесил трубку, но продолжал, улыбаясь, смотреть на телефон. Казалось, загородный дом был где-то на другом континенте и до него невозможно было добраться. От этого возникало ощущение осажденной крепости, и ему это нравилось — не сам факт, а ощущение. И лицом он напоминал какого-то отдаленного предка — из тех, что сражались на стенах замков.

Однажды вечером он отправился в ресторан через улицу, он давно уже толком не обедал. Было еще светло, когда он возвращался, — приглушенные лучи заходящего летнего солнца уютно вытягивались в теплом воздухе и, казалось, медлили с уходом, хотя солнце уже закатилось. От этого небо светилось свежестью, но улицы казались грязными. В углах старых зданий высвечивались коричневые и густо-оранжевые пятна. Перед входом в редакцию прохаживались пикетчики. Их было восемь, и они двигались по вытянутой окружности. Он узнал одного юношу, репортера уголовной хроники, других ему не приходилось видеть. Они несли плакаты: «Тухи, Хардинг, Аллен, Фальк», «Свободу прессе!», «Гейл Винанд попирает права человека».

Его внимание привлекла одна женщина. Ее бедра начинались от лодыжек, плоть подушечками выпирала из-под тесных застежек туфель. Она вся была квадратной — квадратные плечи, квадратная фигура, на крупное тело было накинуто длинное пальто из дешевого коричневого твида. Но руки были маленькими, белыми — из таких вечно все валится. Рот узкой прорезью, без губ, она переваливалась на ходу с ноги на ногу, но двигалась с поразительной энергией. Она готова была бросить вызов всему миру. У нее было такое злое и хитрое выражение лица, словно она только и ждала — давай, тронь! Винанд был уверен, что она у него никогда не работала, ее никто не взял бы, вряд ли ее можно было обучить чтению, и ее вид определенно говорил: и слава Богу, что не надо забивать голову всякой дурью. Она несла плакат: «Мы требуем...»

Он вспомнил долгие ночи, когда в первые годы ему приходилось спать на диване в старом здании редакции, потому что нужно было расплачиваться за новое оборудование, а газета должна была появляться на улицах рано, опережая конкурентов. Он начал кашлять кровью, но не обратился к врачам, хорошо, что все обошлось, — это был результат истощения.

Он поспешил в здание. Станки работали. Он постоял минуту, прислушиваясь.

Ночью в здании было тихо. Звуки отлетали, здание пустело и от этого казалось больше. Неяркий свет горел в проходах, у открытых дверей, на перекрестках коридоров. Где-то монотонно, как капли воды из крана, постукивала одинокая пишущая машинка. Винанд шел по пустым холлам и думал: люди охотно работали на него, когда он помогал протащить на выборах в муниципалитет заведомых мошенников, рекламировал злачные места, сплетнями и клеветой подрывал репутации, сострадал матерям гангстеров. Талантливые, уважаемые люди охотно нанимались к нему. Сейчас впервые за всю свою карьеру он был честен. Он пустился в величайший крестовый поход — и с кем? С пьяницами, бродягами, мошенниками, жалкими отбросами, у которых не хватало сил даже уволиться. Были ли они лучше тех, что бросили его?

Луч солнца уперся в квадратную хрустальную чернильницу у него на столе. Винанд мечтательно представил себе зеленую лужайку, белые одежды, зеленую траву под рукой, глоток прохладного напитка. Он оторвал взгляд от игры света и продолжил писать. Шла вторая неделя забастовки. Он закрылся у себя и велел не беспокоить его, ему надо было закончить статью, и он был рад поводу хотя бы час не видеть того, что происходит в здании.

Дверь открылась без предупреждения, и в кабинет вошла Доминик. С самой их свадьбы ей было не разрешено появляться в редакции «Знамени».

Он встал, не сказав ни слова, в его движениях не было протеста. На ней был полотняный костюм цвета коралла, за ней, казалось, виднелось озеро, и, отражаясь от его поверхности, лучи солнца падали на складки ее одежды. Она сказала:

— Гейл, я пришла, чтобы получить прежнюю работу в «Знамени».

Он стоял и молча смотрел на нее, потом улыбнулся — это была улыбка выздоравливающего.

Он повернулся к столу, собрал исписанные листы и, передавая их ей, сказал:

— Отнеси это в заднюю комнату, захвати там информацию с телетайпа и принеси мне. Затем отправляйся в распоряжение Мэннинга, в отдел городской жизни.

Невозможное, недоступное ни слову, ни жесту, ни взгляду единение двух существ, полное понимание свершилось в акте простой передачи стопки бумаги из рук в руки. Они не коснулись друг друга даже пальцами. Она повернулась и вышла.

Через пару дней уже казалось, что она никогда не оставляла газету. Только теперь она занималась не колонкой семейной жизни, а всем — везде, где образовывалась брешь.

— Все правильно, Альва, — сказала она Скаррету, — что для женщины естественнее, чем латание прорех. Моя задача заделывать швы везде, где рвется. Но Боже мой, сколько же у нас дыр! Ну ладно, зови меня всякий раз, как наши новоиспеченные журналисты выдадут блин комом.

Скаррет не мог объяснить себе ее тон, манеры и само появление.

— Доминик, ты спасительница по призванию, — грустно бормотал он. — Вижу тебя, и возвращается былое. Как было славно тогда! Одно мне непонятно: когда все шло гладко, без проблем, Гейл не позволял держать в редакции даже твое фото, а теперь, когда бунт на корабле в самом разгаре, он разрешил тебе работать здесь.

— Оставь комментарии, Альва, у нас нет на них времени.

Она написала блестящую рецензию на фильм, которого не видела, сочинила отчет о конференции, на которой не была. Она выдала подборку кулинарных рецептов для семейной колонки, когда женщина, редактировавшая ее, не вышла на работу.

— Я и не подозревал, что ты умеешь готовить, — удивился Скаррет.

— Я тоже, — ответила Доминик.

Однажды она отправилась ночью на пожар в порту, когда дежурный репортер, единственный мужчина в ту смену, напился до бесчувствия и заснул прямо в мужском туалете.

— Недурная работа, — отозвался Винанд, прочитав репортаж, — но если это повторится, я тебя уволю. Если хочешь сохранить работу, не выходи из здания.

Этим и ограничилась его реакция на ее появление. Он разговаривал с ней, когда было необходимо, но не тратил лишних слов — как с любым другим служащим. Он давал ей указания. Бывали дни, когда у них не было времени увидеться. Она спала на диване в библиотеке. Время от времени по вечерам она заходила к нему в кабинет, чтобы передохнуть вместе с ним, если позволяли дела, и тогда они разговаривали о том о сем, о мелких происшествиях в течение рабочего дня, разговаривали легко и весело, подобно супружеской чете, обсуждающей нормальный ход повседневной жизни.

О Рорке и Кортландте они не говорили. Увидев портрет Рорка на стене в его кабинете, она спросила:

— Когда ты его повесил?

— Около года назад.

Это было единственное упоминание о нем. Они не обсуждали рост общественного негодования против «Знамени», не строили догадок о будущем. Они с облегчением отбросили от себя проблему, существовавшую за стенами здания. О ней можно было забыть, потому что она уже не стояла между ними, — для них она была решена, ответ был найден. Оставалась самая простая и мирная часть ее: сохранить газету, не дать ей погибнуть, и это стало их задачей, работой, которую они делали вместе.

Она появлялась без вызова посреди ночи с чашкой горячего кофе, и он благодарно пил его, не отрываясь от работы. Он обнаруживал на столе свежие сандвичи, когда ему больше всего требовалось подкрепиться. У него не было времени раздумывать, где она их доставала. Потом он обнаружил, что она поставила электроплитку, а в шкафчике появился запас продуктов. Она готовила завтраки, когда ему приходилось работать всю ночь. Когда за окнами на улицах воцарялась тишина или когда на крыши домов падал первый утренний свет, она появлялась с едой на картонке вместо подноса. Один раз он застал ее со шваброй в руках, она подметала и убирала в редакции, так как хозяйственная служба развалилась и уборщицы появлялись от случая к случаю.

— Разве я плачу тебе за это? — спросил он.

— Но мы не можем работать в свинарнике. Кстати, я не спросила о своей ставке, но прошу прибавки.

— Да брось ты эту швабру! Смешно ведь.

— Что тут смешного? Теперь хоть какой-то порядок. Я быстро управилась. Тебе нравится?

— Конечно.

Она оперлась на ручку швабры и засмеялась:

— Наверняка, Гейл, ты, как и все, принимал меня за предмет роскоши, содержанку высокой пробы, так ведь?

— И что, ты, если захочешь, можешь всегда быть такой?

— Именно такой я и хотела быть всегда, было бы только ради чего.

Он должен был признать, что она выносливее его. Она никогда не обнаруживала признаков усталости. Наверняка она находила время для сна, но когда — он не мог установить.

В любое время суток, в любой части здания, часами не видя его, она знала, что с ним, и знала, когда он нуждается в ней. Раз он уснул прямо за столом. Очнувшись, он увидел ее рядом. Она выключила свет и смотрела на него, усевшись у окна, в полосе лунного света, спокойная и надежная. Первым, открыв глаза, он увидел ее лицо. Шея его онемела до боли, и в первый момент, с трудом отрывая голову от рук, еще до того, как сознание и воля полностью вернули ему контроль над собой, он испытал приступ внезапного гнева и беспомощности, отчаянного протеста. Забыв, где он, почему они здесь и в каком положении, он прежде всего почувствовал, что они в тисках и что он любит ее.

Она увидела это на его лице до того, как он выпрямился. Подойдя, она остановилась у его кресла, взяла его голову в свои руки и держала ее, прижав к себе. Он не противился, расслабившись в ее объятиях. Она поцеловала его в голову и прошептала:

— Все будет хорошо, Гейл, все будет хорошо.

Когда истекли три недели, Винанд вечером вышел из здания и, не заботясь, останется ли от него что-нибудь, когда он вернется, отправился повидать Рорка.

Он не звонил ему с начала осады, Рорк же звонил часто. Винанд отвечал односложно, без пояснений и деталей, не ввязываясь в разговор. С самого начала он предупредил Рорка:

— Не пытайся прийти. Я распорядился на этот счет. Тебя не впустят.

Он старался не думать, в какие формы мог вылиться конфликт, ему пришлось забыть о самом факте существования Рорка, потому что мысль о нем влекла за собой представление о тюрьме.

Он прошел пешком долгий путь до дома Энрайта, так было дольше, но надежнее. Поездка в такси приблизила бы Рорка к редакции «Знамени». Всю дорогу он смотрел только на тротуар впереди себя, ему не хотелось видеть город.

— Добрый вечер, Гейл, — спокойно встретил его Рорк.

— Не знаю, какая разновидность дурных манер лучше, — ответил Винанд, бросив шляпу на столик у двери, — прямо сболтнуть правду или отрицать очевидные факты. Я выгляжу ужасно. Скажи мне об этом.

— Да, ты выглядишь ужасно. Садись, отдохни и ничего не говори. Я наберу горячей воды в ванну, впрочем, ты не выглядишь таким уж грязным. Но все равно ванна тебе не помешает. Потом поговорим.

Винанд отрицательно покачал головой, он остался стоять у дверей.

— Говард, «Знамя» тебе не помогает, газета губит тебя.

Ему понадобилось восемь недель, чтобы дозреть до этих слов.

— Конечно, — сказал Рорк. — Ну и что же? — Винанд не сдвинулся с места. — Гейл, что до меня, то мне это не важно. Меня не волнует общественное мнение.

— Ты хочешь, чтобы я сдался?

— Я хочу, чтобы ты держался до последнего цента.

Рорк видел: Винанд понял, что это было самое трудное для него, и хотел услышать продолжение.

— Я не жду, что ты спасешь меня. Думаю, у меня есть шанс победить. Забастовка не вредит мне и не помогает. Не беспокойся обо мне. И не сдавайся. Если ты продержишься до конца… я тебе больше не буду нужен.

Рорк увидел выражение гнева, протеста… и согласия. И добавил:

— Ты понимаешь, что я имею в виду. Мы останемся друзьями, ближе, чем прежде, и ты, если понадобится, будешь навещать меня в тюрьме. Не вздрагивай и не заставляй меня говорить больше, чем надо. Не сейчас. Я рад этой забастовке. Я знал, что-то подобное случится, уже когда в первый раз увидел тебя. А сам ты знал это раньше.

— Два месяца назад я обещал тебе… уж это-то слово я хотел сдержать…

— Ты и держишь его.

— Неужели я не вызываю у тебя презрения? Если так, говори. Я за этим пришел.

— Хорошо. Слушай. Ты стал важной частью моей жизни, а такое уже не повторится. Взять Генри Камерона, он отдал за мое дело жизнь. А ты издатель паршивых газетенок. Но ему я бы этого не мог сказать, а тебе говорю. Или Стив Мэллори, человек, никогда не шедший на компромисс со своей совестью. Ты же только и делал, что торговал собственной совестью мыслимым и немыслимым образом. Это ты хотел услышать от меня? *Но ни в коем случае не сдавайся.* — Он отвернулся и добавил: — Это все. Больше ни слова об этой чертовой забастовке. Садись, я дам тебе выпить. Отдохни, приди в себя.

Винанд вернулся в редакцию поздно ночью. Он приехал на такси. Теперь это не имело значения. Он не замечал расстояния. Доминик сказала:

— Ты виделся с Рорком.

— Да. Как ты догадалась?

— Вот макет воскресного выпуска. Вышло скверно, но что поделаешь. Мэннинга я отослала на несколько часов домой, иначе бы он свалился. Джексон уволился, но мы обойдемся без него. Альва написал какой-то бред, он теперь даже пару слов толком связать не может, я его отредактировала, не говори ему об этом, скажи, что сам поправил.

— Иди поспи. Я буду за Мэннинга. Сейчас я в форме.

Так и продолжалось; шли дни, в отделе возврата росли горы непроданных газет, выплескиваясь в коридор, связки бумаги — как плиты мрамора. Тираж «Знамени» падал, печаталось все меньше экземпляров, горы возврата продолжали расти. Шли дни и недели — Винанд предпринимал героические усилия, продолжая издавать газету, которую не хотели покупать и читать.

XVI

На зеркальной поверхности длинного стола красного дерева, за которым собирался совет директоров, была выложена цветная монограмма, воспроизводившая заглавные буквы его подписи. Директоров она всегда раздражала. Теперь им некогда было рассматривать ее, но когда чей-нибудь случайный взгляд пробегал по ней, в нем вспыхивала радость.

Директора расселись за столом. Это было первое в истории совета заседание, созванное не самим Винандом. Но они собрались, и Винанд явился. Стачка продолжалась второй месяц.

Винанд стоял у своего кресла во главе стола. Он выглядел так, будто сошел со страницы журнала мод: безупречно одет, в нагрудном кармане темного костюма белый платок. В головах директоров роились аналогии, одни думали об английских портных, другим на память приходила палата лордов... Тауэр... казненный английский король — или это был канцлер?.. В любом случае блистательная смерть.

Им не хотелось смотреть на человека во главе стола. Поддержку и обоснование того, что они высказывали, они искали в ссылках на пикеты снаружи, на холеных женщин, клеймивших Винанда в гостиных и клубах, и на девицу с широким, плоским лицом, которая неутомимо вышагивала по Пятой авеню с плакатом «Мы не читаем Винанда».

А Винанду представлялся полуразрушенный вал на берегу Гудзона. Он слышал приближающиеся издалека шаги. На сей раз ему неоткуда было почерпнуть бодрости.

— Какое-то помрачение рассудка! Кто мы, деловая организация или благотворительное общество по поддержке своих приятелей?

— Триста тысяч долларов за последнюю неделю... Не важно, откуда мне это известно, Гейл, это не секрет, мне сказал твой банкир.

Ладно, это твои деньги, но если ты рассчитываешь вернуть их за счет газеты, знай, что мы твои махинации раскусили. Ты не можешь взвалить свои просчеты на корпорацию, на сей раз тебе это не удастся, ни цента ты не получишь, поезд ушел, Гейл, кончилось время твоих выкрутасов.

Винанд смотрел на мясистые губы человека, издававшего эти звуки, и думал: «С самого начала вы заправляли газетой, даже не зная этого, но я-то знаю, именно вы, это ваша газета, и теперь нечего спасать».

— Да, Слоттерн и его группа готовы вернуться тотчас же, как только мы примем требования профсоюзов, и они пойдут на возобновление контрактов на прежних условиях, не дожидаясь даже, когда тебе снова удастся поднять тираж, а это, скажу тебе, приятель, будет очень и очень непросто. Думаю, они поступают по-честному. Вчера я разговаривал с Гомером, и он дал мне слово... Хочешь услышать, о каких суммах идет речь, Винанд, или тебе и так известно?

— Нет, сенатор Элридж не сможет принять тебя... Гейл, перестань темнить, мы знаем, что на прошлой неделе ты летал в Вашингтон. Ты не знаешь, однако, что сенатор Элридж повсюду говорит, что его ни за какие коврижки не заставить подступиться к этому делу. А Крейга внезапно вызвали во Флориду, так ведь, навестить больную тетку? Никто из них, Гейл, пальцем не пошевельнет ради тебя. Это тебе не какая-нибудь мелочовка, и сам ты уже не тот, что раньше.

Винанд думал: «Почему вы боитесь посмотреть мне в глаза? Разве вам не известно, что я самый маленький человек среди вас? Полураздетые женщины в воскресном приложении, милые детишки с гравюр, передовицы о белках в парках — в них нашли выражение ваши души, бóльшая часть ваших душ, но в чем выражалась моя душа?»

— Черт бы меня побрал, но я ничего не возьму в толк. Ну пусть бы они требовали прибавки к зарплате, это я бы понял, тогда я бы с ними потягался. Но тут ведь другое — какая-то идиотская интеллигентская свара. Нас что, хотят разорить ради принципов или еще чего?

— Вам непонятно? Теперь «Знамя» — церковная газетка, издает ее евангелист мистер Гейл Винанд. В кармане ни шиша, зато есть идеалы.

— Пусть бы серьезная проблема, вопрос большой политической важности, а то какой-то сумасшедший взрывает свалку. Над нами все смеются. Честно, Винанд, я пробовал читать твои передовицы — ничего скучнее не встречал. Ты что, думаешь, что пишешь для университетской публики?

Винанд думал: «Я тебя знаю, ты скорее дашь денег беременной шлюхе, чем голодному гению, твое лицо я видел раньше, я сам подобрал тебя и привел сюда… Когда ты пишешь и у тебя сомнения, вспомни лицо человека, для которого пишешь… Но, мистер Винанд, его лицо нельзя вспомнить… О нет, малыш, можно, оно само возникает в сознании и напоминает о себе… Оно вернется и потребует расплатиться, и я заплачу… Я давно подписал чек, не указав сумму, но такой чек всегда выписывается на *все*, что у тебя есть».

— Какое-то средневековье, позор для демократии. — Голос сбивался на визг. Это заговорил Митчел Лейтон. — Давно пора кому-нибудь вмешаться. Один человек заправляет всеми делами, всеми газетами, как ему заблагорассудится… Что это, прошлый век? — Лейтон надул губы, отведя взгляд куда-то в сторону, на какого-то банкира. — Здесь кто-нибудь когда-нибудь поинтересовался моими соображениями? У меня они есть. Нам надо собрать все мнения. Я имею в виду, что надо работать всем заодно, как слаженный оркестр. Давно пора этой газете проводить современную, либеральную, прогрессивную политику! Возьмем, к примеру, вопрос об арендаторах…

— Помолчи, Митч, — вмешался Альва Скаррет. Непонятно почему пот стекал у него со лба. Скаррет хотел победы совета, и все-таки что-то такое витало в комнате… Тут слишком жарко, думал он, хорошо бы кто-нибудь открыл окно.

— Не стану молчать! — завопил Митчел Лейтон. — Я такой же…

— *Прошу* вас, мистер Лейтон, — сказал банкир.

— Хорошо, хорошо, — утихомирился Лейтон. — Не будем забывать, у кого второй по величине пакет акций после нашего супермена. Не будем забывать. Ну-ка угадайте, кто станет всем здесь заправлять.

— Гейл, — начал Альва Скаррет, глядя на Винанда неожиданно честным, страдальческим взглядом, — Гейл, все пропало. Но мы еще можем спасти черепки. Надо только сознаться, что мы ошиблись с Кортландтом и… надо принять обратно Хардинга, он ценный работник, и, может быть… Тухи.

— Не произносите здесь имени Тухи, — сказал Винанд.

У Митчела Лейтона отвалилась челюсть, и он с усилием захлопнул ее.

— Именно так, Гейл! — закричал Альва Скаррет. — Великолепно! Можно торговаться и делать уступки. Мы поменяем позицию относительно Кортландта. Это мы должны сделать, и не ради профсоюза, черт бы его побрал, а чтобы поднять тираж. Мы выйдем к ним с таким предложением и вернем Хардинга, Аллена и Фалька, но не Ту… то есть не Эллсворта. Мы уступим, и они уступят, и всех устроит. Так ведь, Гейл?

Винанд молчал.

— Именно так, мистер Скаррет, — ответил банкир. — В этом решение вопроса. Безусловно, престиж мистера Винанда должен быть соблюден. Мы можем пожертвовать одним журналистом и сохранить мир в нашей среде.

— Как это — мы можем! — разразился Митчел Лейтон. — Не понимаю, почему мы должны пожертвовать мистером... безупречным либералом только потому, что...

— Я поддерживаю мистера Скаррета, — заявил член совета, ранее говоривший о сенаторах. Другие поддержали его, а тот, который критиковал передовицы, сказал вдруг среди общего шума:

— Полагаю, как ни верти, а Гейл Винанд шикарный руководитель.

Он старался не смотреть на Митчела Лейтона. Он теперь искал защиты у Винанда, но Винанд не замечал его.

— Гейл? — беспокоился Скаррет. — Что ты скажешь?

Ответа не последовало.

— Черт возьми, Винанд, сейчас или никогда! Ты что, хочешь продать свою долю и выйти из дела?

— Решай или выходи из дела!

— Я готов выкупить твою долю! — вопил Лейтон. — Хочешь продать мне? Продать и убраться восвояси?

— Ради Бога, Гейл, не валяй дурака.

— Гейл, на кону «Знамя», — шептал Скаррет, — наше «Знамя».

— Мы тебя поддержим, Гейл, станем заодно, снова поставим газету на ноги, будем поступать, как скажешь, будешь полным хозяином, но ради Бога, поступи по-хозяйски!

— Спокойно, господа, спокойно! Винанд, вот наше окончательное предложение: мы меняем позицию по Кортландту, возвращаем Хардинга, Аллена и Фалька и спасаем обломки. Да или нет?

Ответа не было.

— Винанд, ты знаешь, другого не дано, или придется закрыть газету. Тебе не удержаться, даже если ты выкупишь все наши акции. Уступи или закрой «Знамя». Лучше уступи.

Винанд все слышал. Это звучало везде. Это было на слуху задолго до совета директоров. Он знал это лучше всех присутствующих. Закрой «Знамя».

Перед глазами вставала картина: у главного входа в «Газету» вешают новую вывеску.

— Тебе лучше уступить.

Он сделал шаг назад. За ним не было стены, лишь спинка кресла. Он вспомнил тот миг в спальне, когда чуть было не спустил курок. Он понимал, что сейчас он спускает его.

— Хорошо, — сказал он.

Всего лишь пробка, подумал Винанд, рассматривая блестящий предмет под ногами, бутылочная пробка на нью-йоркской мостовой. Мостовые полны такого мусора — пробок, булавок, пуговиц, цепочек от раковин. Иной раз — потерянных ценностей. Но, попав на мостовую, все они выглядят одинаково — смяты, вдавлены в асфальт… и поблескивают в свете ночных фонарей. Удобрение городских полей. Кто-то допил бутылку и выбросил пробку. Сколько колес и ног прошлись по ней? Не поднять ли? Нагнуться, опуститься на колени и голыми руками выковырять ее из асфальта? У меня не было права надеяться на спасение; не было права встать на колени и искать искупления. Миллионы лет назад, когда Земля еще только рождалась, были подобные мне живые существа: мухи, попавшие в смолу, ставшую потом янтарем, животные, захваченные лавой, которая, затвердев, стала камнем. Я человек двадцатого века, и я стал осколком жести на мостовой, надо мной грохочут грузовики.

Он шел медленно, подняв воротник плаща. Пустая улица вытянулась перед ним, здания впереди выстроились, как книги на полке, составленные без всякой системы, разного цвета и размера. Он проходил мимо подъездов, которые вели в темные дворы, уличные фонари давали возможность оглядеться, но они выхватывали только участки улицы, разрывая темноту. Он свернул за угол, увидев яркий сноп света, бивший из окон через три или четыре дома впереди.

Свет лился из окон ломбарда. Ломбард был заперт, однако свет оставили, чтобы отпугнуть воров. Винанд остановился и осмотрелся. Он считал витрину ломбарда самым печальным зрелищем на свете. То, что было свято для людей как память и имело реальную ценность, выставлено на обозрение зевак; можно вертеть в руках, можно торговаться; для сторонних глаз многие их этих вещей — дешевый хлам, инструменты грез, свалка ненужных предметов, все эти скрипки и пишущие машинки, альбомы и обручальные кольца, потертые брюки и кофейники, пепельницы и непристойные фигурки из гипса, все эти свидетельства нищеты, отчаяния и оставленных надежд. Память утраченной любви и былого счастья. Их существование не пришло к законному завершению, их не продали как должно, а заложили и обрекли на бесчестье, на несбыточную надежду вернуть свое место в мире.

— Привет, Гейл Винанд, — сказал он вещам в витрине и прошел мимо.

Он почувствовал железную решетку под ногами, в ноздри ему пахнуло запахом пыли, пота и грязного белья, этот запах был хуже всякого складского запаха, так как он стал привычен, стал нормой, даже если это был запах распада и тлена. Вентиляционный люк метро. Он думал: вот след множества людей, спрессованных как сельди в бочке, так, что ни дохнуть, ни пошевелиться. Вот общая сумма, хотя, конечно, там, под землей, в массе людской плоти были и другие запахи — аромат здоровой молодой кожи, чистых волос, накрахмаленного белья. Такова природа итоговых сумм и стремления к общему знаменателю. Но что же тогда остается от усреднения суммы многих умов, лишенных воздуха, пространства, индивидуальности? Остается «Знамя», подумал он и зашагал дальше.

Мой город, думал он гордо, который я любил и которым, как полагал, правил.

Он ушел с совета директоров, сказав: «Альва, останься за меня». Он не остановился у стола Мэннинга, замотанного до бесчувствия, не перекинулся ни словом с Доминик, с сотрудниками, занятыми делом, ждущими и уже знающими о принятых на совете решениях. Им все расскажет Скаррет. Он вышел из здания, пришел домой и уселся один в спальне без окон. Никто не пришел и не потревожил его.

Потом, когда стемнело и можно было не опасаться, он вышел на улицу. Проходя мимо газетного киоска, он увидел вечерние выпуски газет, в которых сообщалось, что конфликт со «Знаменем» улажен. Профсоюз принял предложенный Скарретом компромисс. Он знал, что Скаррет позаботится об остальном. Скаррет изменит первую полосу завтрашнего номера «Знамени», напишет для нее передовицу. Печатные машины наверняка уже запущены. Через час на улицах появится утренний выпуск «Знамени».

Он шел куда глаза глядят. Он ничем не владел в городе, но каждая часть города владела им. Верно, что теперь его шаги будет направлять город, им будет руководить притяжение случайных мест. Я в вашем распоряжении, мои господа. Я пришел приветствовать вас и заверить, что готов идти туда, куда мне скажут. Я тот, кто хотел власти. Но теперь я не властитель, я слуга безликих господ — этой женщины, стоящей, широко раздвинув жирные белые колени на ступеньке старого дома, этого толстяка, с трудом вытаскивающего грузное, пузатое тело из такси перед большим отелем, этого коротышки, потягивающего пиво перед стойкой бара, женщины, вытряхивающей запятнанный матрас из окна многоквартирного дома, таксиста, остановившегося на углу, дамы с орхидеями, напившейся в кафе на углу, беззубой женщины, торгующей жевательной резинкой, мужчины, прислонившегося к двери казино. Все они мои повелители.

Остановись, думал он, и пересчитай освещенные городские окна. Всех не перечесть? Но за каждым из этих желтых прямоугольников, карабкающихся ввысь по стене один над другим прямо к небу, под каждой лампочкой — взгляни, видишь искорку над рекой, это не звезда — сидят люди, которых ты никогда не увидишь и которые тоже имеют власть над тобой. За обеденными столами, в гостиных, в постелях, в подвалах, кабинетах и ванных. Мчатся в метро у тебя под ногами. Поднимаются в лифтах в расщелинах окруживших тебя зданий. Трясутся в автобусах и машинах, снующих мимо тебя. Это твои хозяева, Гейл Винанд. Заброшена сеть, она крепче, чем сплетение труб, несущих воду, газ и отходы. Прочные нити этой сети обвиты вокруг тебя, и люди держат их в руках. Потянули за ниточку, и ты дернулся. Ты был властителем, ты держал людей на поводке. Поводок всего лишь веревка с петлей на обоих концах.

Мои безумные анонимные хозяева. Они дали мне дом, офис, яхту. Всем им, каждому, кто пожелал, я продал за три цента Говарда Рорка.

Он шел мимо открытого мраморного подъезда — пещеры, залитой светом, дышащей прохладой кондиционера. Это был кинотеатр. Выгнутые радугой разноцветные буквы на афише возвещали — «Ромео и Джульетта». Рядом со стеклянной будкой кассы стоял рекламный щит: «Бессмертная пьеса Билла Шекспира! Классика, доступная каждому: простая история юной любви. Парень из Бронкса встречает девушку из Бруклина. Такое бывает со всеми — с вашими соседями и с вами самими».

Он прошел мимо пивной. Пахнуло затхлым пивом. Женщина грузно склонилась мятой грудью на стойку. Автомат играл аранжировку в ритме свинга «Песни к вечерней звезде» Вагнера.

Показались деревья Центрального парка. Он шел, опустив глаза, мимо отеля «Аквитания».

Дошел до угла. Другие похожие перекрестки не привлекли его внимания, но здесь все было иначе. Это была темная площадка, зажатая между опорами надземки и стеной запертого гаража. Он увидел в конце улицы удалявшийся грузовик. Надписи на нем он не разглядел, но узнал его. Под опорами дороги притулился газетный киоск. Он перевел взгляд на сброшенную машиной пачку газет. Это было «Знамя», утренний выпуск.

Ближе он не подошел, стоял и ждал. У меня еще осталось, подумал он, несколько минут, пока я еще имею право ничего не знать.

Он видел, как люди, все на одно лицо, останавливались у киоска. Один за другим они покупали газеты, разные газеты, но и «Знамя» тоже, как только их взгляд падал на первую полосу. Он стоял и ждал, прижавшись к стене. Так и должно быть, чтобы я последним узнал, что я сказал, думал он.

Но он не мог больше оттягивать этот момент, покупателей уже не было, и разложенные газеты дожидались его в желтом свете лампочки. Продавца, скрытого за абажуром в глубине киоска, нельзя было рассмотреть. На улице не было ни души. Длинный коридор, образованный опорами надземки. Каменная мостовая, заляпанные стены, металлические джунгли. Окна были освещены, но за ними не двигались тени, казалось, дома оставлены. Над головой прогрохотал поезд — долгий раскат грома, скатившийся в землю по содрогнувшимся опорам. Казалось, через ночь промчалась неуправляемая груда металла.

Обождав, пока звук не умрет в отдалении, он подошел к киоску. «“Знамя”», — сказал он. Он не видел, кто подал ему газету, мужчина или женщина, видел только скрюченную коричневую руку, протянувшую ему экземпляр «Знамени».

Он пошел было прочь, но остановился посреди дороги. С первой страницы на него смотрело лицо Рорка. Фотография была удачной. Спокойное лицо с выступающими скулами, непреклонная воля. Прислонясь к опоре, Винанд прочитал передовицу.

«Мы всегда стремились говорить нашему читателю правду без страха и предубеждения...

...милосердие и право думать лучше, пока не доказано худшее, даже о человеке, обвиняемом в чудовищном преступлении...

...но после беспристрастного анализа и в свете новых открывшихся нам свидетельств мы вынуждены открыто признать, что, возможно, слишком потворствовали...

...общество, в котором пробудилось чувство большей ответственности за судьбу обездоленных...

...мы присоединяем свой голос к общему хору...

...прошлое, жизнь и личность Говарда Рорка, по всей видимости, подтверждают широко распространенное мнение, что перед нами тип человека антисоциального, беспринципного, опасного и заслуживающего осуждения...

...если Говард Рорк будет признан виновным, что, по-видимому, неизбежно, он должен понести полную меру наказания, которую предусматривает закон...»

Подпись гласила: «Гейл Винанд».

Когда его сознание вернулось к окружающему миру, он уже стоял на ярко освещенной улице, на чистом тротуаре, и на него, расположившись в парусиновом шезлонге, смотрела из витрины магазина изящная восковая фигура женщины. На ней была серебристая ночная рубашка и открытые сандалии, с пальца поднятой руки свисала нитка жемчуга.

Он не помнил, когда выбросил газету. Он больше не держал ее в руках. Он посмотрел назад. Невозможно отыскать газету, если не знаешь, где, на какой улице выбросил ее. Да и зачем? Таких газет множество. Город полон ими.

«Ты стал важной частью моей жизни, а такое уже не повторится».

Говард, эту передовицу я написал сорок лет назад. Я написал ее в шестнадцать лет однажды ночью на крыше дома.

Он двинулся дальше. Перед ним тянулась еще одна улица, длинный туннель, вырубленный в скале, по которому была пропущена до самого горизонта зеленая цепочка дорожных сигналов. Как четки, подумал он. Шагай от одной зеленой бусины к другой. Нет, не те слова, думал он, но они звучали в нем. Mea culpa... mea culpa... mea maxima culpa[1].

Он шел мимо витрины, в которой была выставлена старая, сморщенная обувь, мимо часовни с крестом на двери, мимо выцветшего, порванного портрета кандидата на выборах двухлетней давности, мимо лавки зеленщика с ящиками загнившей зелени на тротуаре. Улицы сужались, стены надвигались друг на друга. Он чувствовал запах реки, вокруг редких огней дымился туман.

Он был в Адской Кухне.

Фасады домов вокруг выглядели так, будто стены внутренних дворов вывернулись наружу, бесстыдно обнажив неприглядную тайну упадка, равнодушно выставленного напоказ. Из закусочной на углу доносились крики то ли веселья, то ли ссоры.

Он остановился посреди улицы. Он внимательно рассматривал каждую темную щель, заколоченные стены, крыши и окна.

Я так и не выбрался отсюда.

Я так и не выбрался. Я сдался перед зеленщиком, перед матросами на пароме, перед владельцем игорного дома. Не ты здесь главный. Не ты здесь главный. И не был главным нигде и никогда, Гейл Винанд. Ты просто увеличил собой число тех, кем распоряжаются.

Потом он взглянул поверх домов, туда, где вдалеке высились небоскребы. Он увидел лишь обозначенные огнями контуры; огни, казалось, плыли без опоры в черном небе — горный пик, подвешенный в воздухе, небольшой светящийся шпиль, спустившийся сверху. Он знал эти шпили и мог представить здания целиком. Вы мои судьи, думал он, и свидетели. Вы вольно возвышаетесь над прогнувшимися крышами. Вы выстреливаете шпилями в небеса, преодолевая тяготение и усталость, вялость и безволие. Глаз слаб и уже через милю не увидит этого всплеска воли, но вы остаетесь, вы существуете — и вы, и город. Так и в веках немногие мужи стоят одиноко, но неколебимо, чтобы мы могли оглянуться и сказать: есть истина в человеке. От вас не укрыться. Меняются улицы, но стоит лишь поднять взор — и вот вы, неизменные, не подверженные

[1] Моя вина... моя вина... моя самая большая вина *(лат.)*

переменам. Вы видели, как я бродил сегодня по городу. Вы знаете каждый мой шаг и все мои годы. И вас я предал. Ибо я был рожден стать одним из вас.

Он двинулся дальше. Было поздно. Круги света недвижно лежали под фонарями на пустынных улицах. Время от времени гудели такси — безответно, как звонок в пустой квартире. Он видел выброшенные газеты — на мостовой, на скамейках в скверах, в урнах на перекрестках. Сегодня вечером в городе разошелся большой тираж «Знамени». «Альва, газета пошла в гору», — подумал он.

Он остановился, увидев номер «Знамени» на обочине дороги. Он лежал первой полосой вверх, и на лице Рорка отпечатался грязный след резиновой подметки.

Он наклонился, медленным движением поднял газету. Сложив, он сунул газету в карман и двинулся дальше.

Неведомая подошва с неведомых ног, которые я пустил гулять по городу.

Я всех их впустил в мир. Я сотворил каждого из тех, кто разрушил мою личность. На земле обитает чудовище, оно сковано собственным бессилием, но я выпустил его на свободу. Без меня они были бы беспомощны. Они не способны сами сотворить что-либо. Я дал им оружие. Я отдал им свою силу, энергию, жизненную мощь. Я сотворил зычный голос и позволил им диктовать слова. Женщина, бросившая мне в лицо свекольную ботву, имела на это право. Я дал ей эту возможность.

Можно предать любого, можно простить любого. Но не тех, кому для величия не хватило духа и храбрости. Можно простить Альву Скаррета. Ему нечего было предавать. Можно простить Митчела Лейтона. Но не меня. Я родился не для того, чтобы получать жизнь из вторых рук.

XVII

Стоял летний день, безоблачно прохладный, как будто невидимая водяная пленка закрыла солнце и тепловая энергия трансформировалась в четкость линии, яркость красок, в сияние городского пейзажа. По всему городу, как серая пена после набега волны, валялось множество экземпляров «Знамени». Весь город, посмеиваясь, читал о том, что Винанд переменил фронт.

— То-то же, — сказал Гэс Уэбб, председатель комитета «Мы не читаем Винанда».

— Дал отбой, но ловко, — сказал Айк.

— Хотела бы я взглянуть сегодня в лицо великому Гейлу Винанду, — сказала Салли Брент.

— Да и пора уже, — сказал Гомер Слоттерн.

— Великолепно! Винанд сдался, — сказала женщина с плотно сжатыми губами, она мало знала о Винанде и ничего о сути дела, но ей нравилось слышать, как люди сдаются. В каком-то доме на кухне толстушка-хозяйка соскребла остатки еды с тарелок на газетный лист, она никогда не читала первой полосы, ее интересовал только любовный сериал на второй странице. Она завернула луковую шелуху и куриные косточки в «Знамя».

— Великий день, — сказал Ланселот Клоуки, — но профсоюз не одобряю. Как они могли так поступить с тобой, Эллсворт?

— Не будь ослом, Лэнс, — ответил Эллсворт Тухи.

— Что ты имеешь в виду?

— А то, что я велел им согласиться на эти условия.

— Ты велел?

— Вот именно.

— Господи Иисусе! «Вполголоса»...

— Ты ведь можешь перебиться без «Вполголоса» еще месяц-другой? Сегодня я подал в комиссию по трудовым спорам заявление о своем восстановлении на работе в «Знамени». Есть много способов добиться своего, Лэнс. Не мытьем, так катаньем. Важно сломать хребет зверю.

В тот вечер Рорк нажал кнопку звонка у входа в дом Винанда. Дверь открыл дворецкий и сказал: «Мистер Винанд не может принять вас, мистер Рорк». С противоположной стороны улицы Рорку был виден квадрат света высоко под крышей — светилось окно кабинета Винанда.

Утром Рорк появился у Винанда в редакции. Секретарь Винанда сказала ему:

— Мистер Винанд не может принять вас, мистер Рорк. — И добавила очень вежливым, бесстрастным тоном: — Мистер Винанд просил передать вам, что не желает больше когда-либо видеть вас.

Рорк написал ему длинное письмо: «Гейл, я знаю... Я надеялся, что этого не случится, но раз уж этого не удалось избежать, начни заново с того места, где ты оказался. Я знаю, что ты делаешь. Ты делаешь это не ради меня, не во мне дело, но если тебе это поможет, я снова повторяю все то, что уже сказал. Для меня ничего не изменилось. Ты тот же, что и раньше. Это не значит, что я тебя прощаю, потому что между нами такое невозможно. Но если ты не можешь простить себя, позволь мне сделать это. Позволь мне сказать, что это не важно, это не окончательный приговор. Дай мне право позволить тебе забыть. Живи с этой моей верой, пока не оправишься. Знаю, что нельзя сделать это за другого, но, если я остался для тебя тем, кем был раньше, ты согласишься. Назови это переливанием крови. Тебе это нужно. Так прими же. Это труднее, чем бороться со стачкой. Сделай так для меня, если это поможет тебе. Но сделай. Вернись. Еще будут возможности. То, что ты считаешь утраченным, нельзя ни утратить, ни обрести. Не дай этому исчезнуть!»

Письмо вернулось к Рорку не вскрытым.

«Знаменем» управлял Альва Скаррет. Винанд сидел у себя в кабинете. Он снял со стены портрет Рорка. Он занимался рекламой, контрактами, счетами. Редакционную политику определял Скаррет. Винанд не интересовался содержанием газеты.

Когда Винанд появлялся в отделах, его слушались, как прежде. Он продолжал действовать как механизм, и люди знали, что этот механизм стал еще опаснее, чем раньше, — машина, катящаяся с горы без тормозов и с выключенным мотором.

Ночевал он в городской квартире. Он не встречался с Доминик. Скаррет сказал ему, что она уехала за город. Один раз Винанд велел секретарю соединить его с Коннектикутом. Он стоял у ее стола, когда она спрашивала дворецкого о миссис Винанд. Дворецкий ответил, что она дома. Секретарь повесила трубку, а Винанд отправился в свой кабинет.

Он хотел дать себе несколько дней. Потом он вернется к Доминик. Их брак будет таким, как она хотела сначала: она станет миссис Газеты Винанда. Он согласится на это.

Обожди, думал он, мучаясь нетерпением, обожди. Надо суметь предстать перед ней таким, каким он был теперь. Научись быть нищим. Нечего претендовать на то, на что у тебя нет права. Ни равенства, ни сопротивления, ни гордыни и попыток противопоставить себя ей. Только покорность. Встань перед ней как человек, который ничего не может ей дать, который будет жить на то, что она выделит ему. Это означает презрение, но оно будет исходить от нее, и это будет связывать их. Покажи ей, что ты все признал. В откровенном признании утраты всякого достоинства есть свое достоинство. Научись этому. А пока жди...

Он сидел дома в кабинете, откинув голову на спинку кресла. Некому было наблюдать за ним... Доминик, думал он, я ничего не потребую, но ты мне так нужна. И я так тебя люблю. Когда-то я просил тебя не принимать это во внимание. Теперь я хватаюсь за эту соломинку. Я тебя люблю...

Доминик лежала вытянувшись на берегу озера. Она смотрела на дом на холме и ветви деревьев. Сложив руки под головой, она следила за движением листвы на фоне неба. Это занятие целиком поглощало ее и давало полное удовлетворение. Она думала о том, как чудесна зелень. Есть разница между зеленью деревьев и просто зелеными предметами. В растениях заключен свет, это не просто нечто зеленое, это жизненная сила, ставшая видимой. Мне не надо смотреть вниз, я вижу и ветви, и ствол, и корни дерева, глядя на листья. Огонь, окаймляющий листву, — это солнце, и не надо видеть его, чтобы сказать, как все вокруг выглядит сегодня. Пятна света, пляшущие на листьях, — свет, который пришел, отразившись от воды; озеро сегодня прекрасно, и лучше не смотреть на него, а представлять его по этим бликам.

Раньше у меня никогда не было возможности насладиться ликом земли, земля — волшебная основа всего, и весь ее смысл в том, чтобы служить основой; раньше я думала о тех, кому она принадлежит, и мне было больно. Теперь я могу любить ее. Она им не принадлежит. Им ничто не принадлежит. Они никогда не побеждали. Я видела жизнь Гейла Винанда и теперь знаю. Нельзя из-за них ненавидеть землю. Земля прекрасна. Она опора для всего, но не для них.

Она знала, что делать. Но прежде она даст себе несколько дней. Она подумала: я научилась выносить все, кроме счастья. Теперь я должна научиться жить со счастьем. И не сломаться под ним. Вот единственный жизненный устав, с которым мне теперь надо считаться.

Рорк стоял у окна своего дома в Монаднок-Велли. Он приезжал сюда летом, когда нуждался в отдыхе и одиночестве. Вечер был тихим. Окно выходило на небольшую площадку на склоне холма, обрамленную уходящими ввысь деревьями. Над темными макушками теплилась красная полоса заката. Внизу, он знал, стояли другие дома, но их не было видно. Он был доволен тем, где и как построил этот дом.

Послышался шум мотора, с противоположной стороны дома подходила машина. Он удивился. Гостей он не ждал. Машина остановилась, мотор замолк. Он пошел открыть дверь. И уже не удивился, увидев Доминик.

Она вошла так, будто оставляла дом всего на час-другой. На ней не было ни шляпы, ни чулок, только сандалии и полотняное платье с короткими рукавами, пригодное и для загородных прогулок, и для работы в саду. По ее виду нельзя было сказать, что она проехала три штата, она выглядела как человек, гулявший на природе. Он понял, что торжественность момента состоит в том, что в торжественности нет нужды; ничего не надо было подчеркивать и выделять, важен был не этот вечер, а смысл прошедших до него семи лет.

— Говард.

Он как будто искал взглядом звук своего имени в комнате. У него было все, чего он желал.

Но даже сейчас его не покидала одна мысль — как память о боли. Он сказал:

— Доминик, надо подождать, пока он не придет в себя.

— Ты же знаешь, ему не оправиться.

— Пожалей его немного.

— Не говори их языком.

— У него не было выбора.

— Он мог закрыть газету.

— Это была его жизнь.

— А это моя жизнь.

Он не знал, что Винанд однажды сказал: любить значит делать исключение, а Винанд не хотел знать, что Рорк любит его настолько, чтобы сделать для него величайшее исключение. Рорк понял, что это бесполезно, как всякая жертва. И то, что он сказал, было его подписью под ее решением:

— Я тебя люблю.

Она осмотрелась, чтобы обыденность окружающего помогла ей соблюсти правила того устава, которому она училась. Стены, которые он возвел, кресла, которыми он пользовался, пачка его сигарет на столе — повседневные вещи, которые приобретают великолепие в такие моменты, как этот.

— Говард, я знаю, как ты собираешься поступить на процессе. Так что не важно, если они узнают о нас правду.

— Да, не важно.

— Когда ты пришел в ту ночь и рассказал мне о Кортландте, я не пыталась остановить тебя. Я понимала, что ты должен был так поступить, тогда был твой час выдвигать условия. Теперь наступил мой час. Позволь мне поступить по-моему. Ни о чем не спрашивай. Не предостерегай меня, что бы я ни делала.

— Я знаю, что ты сделаешь.

— Ты знаешь, что я должна сделать?

— Да.

Согнув руку в локте, она коротко взмахнула кистью, словно отшвырнув прошлое. Тема была исчерпана, решение принято.

Отвернувшись, она легкой походкой пересекла комнату, чтобы освоиться в новом месте и принять присутствие Рорка как правило на все отпущенные ей дни, чтобы доказать себе, что она может не смотреть на него. Она знала, что оттягивает время, потому что не готова и никогда не будет готова. Она потянулась к пачке его сигарет на столе.

Ее запястье сжали его пальцы. Он повернул ее лицом к себе и крепко обнял, прижавшись губами к ее губам. Она сознавала, что не исчез бесследно ни один миг семи лет, когда она стремилась к этому, скрывая боль и думая, что преодолела ее, — нет, ничто не исчезло, а накапливалось как жажда, и надо было утолить ее, дать выход ожиданию, получить полный ответ в прикосновении его тела.

Помог ли ей ее новый устав, она не знала, — пожалуй, не очень, потому что он поднял ее на руки, отнес к креслу и посадил к себе на колени; он улыбался ей, как ребенку, но в его объятиях чувствовались и озабоченность, и успокаивающая осторожность. Все стало проще, не нужно было ничего скрывать, и она прошептала:

— Да, Говард… пока так… — и сказала: — Мне было так тяжело все эти годы. Но эти годы кончились.

Она скользнула вниз, села на пол, упершись локтями в колени, взглянула на него и улыбнулась. Она знала, что никогда бы не достигла такой безмятежной гармонии духа, не пройдя через все испытания.

— Говард… я готова… вполне… сейчас и навсегда… без всяких оговорок, без страха перед тем, что могут сделать с тобой и со мной… как ты захочешь… как твоя жена или любовница, тайно или открыто… здесь или в каком-нибудь городке близ тюрьмы, где я буду видеть тебя сквозь решетку… Это не имеет значения… Говард, если ты выиграешь процесс… даже это не имеет значения. Ты уже давно выиграл. Я останусь такой же и останусь с тобой… теперь и всегда… как ты захочешь.

Он держал ее руки в своих, он склонился над ней, беззаветно, беспомощно, как и она, отдаваясь моменту. Она поняла, что исповедоваться в счастье значит обнажиться, отдаться во власть свидетеля, но они не нуждались в защите друг от друга. Темнело, комната становилась неразличимой, Доминик видела лишь окно и плечи Рорка на фоне неба за окном.

Она проснулась от солнца, ударившего ей в глаза. Она лежала на спине и смотрела на потолок, как недавно смотрела на листву. Ломаные треугольники света на гипсовой лепнине потолка говорили ей, что настало утро, что она в спальне, в Монадноке, — эти узоры и солнечный свет на них были задуманы и созданы им. Свет был чист, и это означало, что еще очень рано и лучи проникли сквозь прозрачный горный воздух, не встретив преграды. Ночь напоминала о себе лишь интимной тяжестью теплого одеяла на нагом теле. А плечо рядом с ней было плечом спящего Рорка.

Она выскользнула из постели и встала у окна, ухватившись за створки. Ей казалось, что ее тело не отбрасывает тени, что свет пронзает ее насквозь, потому что она невесома.

Но надо торопиться, пока он не проснулся. Она отыскала в комоде и надела его пижаму. Затем отправилась в гостиную, тихо прикрыв за собой дверь. Она подняла телефонную трубку и попросила соединить ее с шерифом.

— Говорит миссис Гейл Винанд, — сказала она. — Я звоню из дома мистера Говарда Рорка в Монаднок-Велли. Дело в том, что у меня здесь вчера ночью пропало кольцо с ценным сапфиром... Около пяти тысяч долларов... Подарок мистера Рорка... Вы сможете приехать в пределах часа?.. Спасибо.

Затем она прошла на кухню, приготовила кофе и долго стояла у электроплитки, глядя на раскаленную спираль под кофейником. Ее свет казался ей самым прекрасным на земле.

Она накрыла стол у большого окна в гостиной. Он вышел из спальни в халате на голое тело и рассмеялся, увидев ее в своей пижаме. Она сказала:

— Не одевайся. Садись. Завтрак готов.

Они только кончили завтракать, когда послышался шум подъехавшей машины. Она с улыбкой отправилась открывать дверь.

В дверях стояли шериф, его помощник и двое репортеров местной газеты.

— Доброе утро, — приветствовала их Доминик. — Входите.

— Миссис... Винанд? — сказал шериф.

— Да, я миссис Гейл Винанд. Проходите. Садитесь.

И хотя пижама на ней висела, а талию перехватывало вместо передника толстое полотенце, она сохраняла элегантную уверенность, как будто на ней было нарядное платье и она принимала гостей. Она выглядела единственным человеком, не находившим ничего необычного в происходящем.

Шериф вертел в руках блокнот, не зная, что с ним делать. Она помогла ему задать нужные вопросы и дала на них точные ответы, как истинный журналист:

— ...сапфировое кольцо в платиновой оправе. Я оставила его здесь, на этом столе, рядом с сумочкой, прежде чем отправиться спать. Было около десяти часов вечера. Когда я встала утром, оно исчезло. Да, окно было открыто. Нет, мы ничего не слышали. Нет, оно не застраховано, у меня не было времени, мистер Рорк подарил мне его недавно. Нет, здесь нет ни слуг, ни гостей. Пожалуйста, осмотрите дом. Здесь есть гостиная, спальня, ванная и кухня. Конечно, смотрите и там, пожалуйста. Вы из газеты, я полагаю? Вам хотелось бы задать мне какие-нибудь вопросы?

Но спрашивать было не о чем. Все было ясно. Репортерам не доводилось видеть, чтобы о подобных вещах сообщали подобным образом.

Она старалась, взглянув один раз на Рорка, больше не смотреть на него. Но он держал свое слово. Он не пытался ни остановить, ни оградить ее. Когда к нему обращались, он говорил ровно столько, чтобы подтвердить ее заявление.

Прибывшие удалились. Казалось, они были рады уехать. Даже шерифу было ясно, что кольцо искать не придется.

Доминик сказала:

— Прости меня. Я знаю, это было ужасно. Но другого пути оповестить газеты не было.

— Тебе надо было сказать, какое из твоих колец с сапфирами было моим подарком.

— У меня нет ни одного. Я не люблю большие сапфиры.

— Ты заложила мину посильнее, чем Кортландт.

— Да. Теперь Гейла отбросит туда, где ему место. Он считает, что ты беспринципный, общественно опасный тип? Посмотрим, как «Знамя» будет поносить и меня в придачу. Почему он должен быть избавлен от этого? Прости, Говард, но я не так милосердна, как ты. Я читала ту передовицу. Можешь не комментировать. Не говори о самопожертвовании, а то я не удержусь и... не такой уж я крепкий орешек, как, вероятно, подумал шериф. Я сделала это не ради тебя. Тебе от этого лишь вред. Я подлила масла в огонь, мало тебе было без этого. Но, Говард, теперь мы заодно против них всех. Ты будешь арестантом, а я прелюбодейкой. Говард, помнишь, я боялась делить тебя с закусочными-вагончиками и чужими окнами? Теперь я не боюсь, что эту ночь распишут во всех газетах. Милый, теперь ты понимаешь, почему я счастлива и почему свободна?

Он ответил:

— Я никогда не напомню тебе, Доминик, что сейчас ты плачешь.

Все вечерние газеты Нью-Йорка рассказали обо всех подробностях, включая пижаму, халат, утренний кофе и односпальную кровать.

Альва Скаррет зашел в кабинет Винанда и бросил газету ему на стол. До этого момента Скаррет не сознавал, как сильно любит Винанда. Он был так глубоко оскорблен за него, что мог изрыгать только нечленораздельные проклятья. Он выпалил:

— Черт бы тебя побрал, идиота несчастного! Поделом же тебе, недоумку бездарному! Честно, я даже рад! Что ты собираешься делать?

Винанд прочитал и ничего не сказал, уставившись в газету. Скаррет продолжал стоять перед ним. Ничего не случилось: кабинет как кабинет, человек сидит и держит газету. Он видел руки Винанда, они были неподвижны. Нет, сообразил он, нормальный человек не может держать руки на весу без опоры, чтобы они не дрожали.

Винанд поднял голову. Скаррет ничего не увидел в его глазах, кроме легкого удивления, — он словно спрашивал, а что здесь надо Скаррету. Скаррет испуганно прошептал:

— Гейл, что ты намерен предпринять?

— Напечатать это. Это же новости.

— Но как?

— Как сочтешь нужным.

Голос Скаррета дрогнул — теперь или никогда, в другой раз он не наберется храбрости:

— Гейл, ты должен развестись с ней. — Он все еще был прикован к месту, голос его сорвался на крик, иначе он не смог бы выдавить из себя: — У тебя нет выбора, Гейл! Надо подумать об остатках репутации. Ты должен подать на развод, именно ты.

— Хорошо.

— Ты согласен? Сейчас же? Сказать, чтобы Пол готовил, не откладывая, необходимые бумаги?

— Хорошо, скажи.

Скаррет выскочил из кабинета. Он побежал к себе, захлопнул дверь и вызвал по телефону адвоката Винанда. Объясняя задачу, он непрерывно повторял: «Брось все дела, Пол, и подай иск сейчас же, поторопись, пока он не передумал».

Винанд поехал в загородный дом. Там его дожидалась Доминик.

Она встала, когда он вошел, и пошла ему навстречу. Ей хотелось, чтобы он видел ее всю — с головы до пят. Он остановился перед ней и смотрел на нее как посторонний наблюдатель — равнодушный свидетель сцены между Доминик и каким-то мужчиной — не Гейлом Винандом.

Она ждала, но он молчал.

— Ну что ж, Гейл, я дала тебе хороший материал, который поднимет тираж.

Он выслушал, продолжая смотреть так, словно происходящее его не касалось. У него был вид кассира, подводившего баланс банковского счета, по которому превышен кредит и который должен быть закрыт. Он сказал:

— Я хочу узнать только одно, если можно: это случилось впервые за время нашего брака?

— Да.

— Но это не первый раз?

— Нет. Он был моим первым мужчиной.

— Думаю, я должен был это понять. Ты вышла замуж за Питера Китинга. Сразу после процесса Стоддарда.

— Тебе хочется узнать все? Я расскажу. Я встретила его, когда он работал в каменоломне. Почему бы и нет? Ты закуешь его в цепи вместе с преступниками или упечешь на джутовую фабрику. Он работал в каменоломне. Он не спрашивал моего согласия. Он взял меня силой. Вот как это началось. Хочешь это использовать? Рассказать об этом в «Знамени»?

— Он тебя любил.

— Да.

— И все же построил для нас этот дом.

— Да.

— Мне только хотелось узнать. — Он повернулся, чтобы уйти.

— Черт бы тебя побрал! — закричала она. — Если ты можешь это так принять, то какое ты имел право стать тем, кем стал!

— Поэтому я и принимаю это.

Он вышел. И тихо прикрыл за собой дверь.

Вечером того дня Гай Франкон позвонил Доминик. Оставив дела, он жил один в своем загородном имении близ каменоломни. В тот день она не отвечала на звонки, но взяла трубку, когда горничная сказала, что звонит мистер Франкон. Она ожидала бури, но услышала мягкий голос:

— Здравствуй, Доминик.

— Здравствуй, отец.

— Ты собираешься оставить Винанда?

— Да.

— Не надо переезжать в город. Нет необходимости. Не перегни палку. Приезжай ко мне. Поживешь до процесса по делу Кортландта.

Его тон, прозвучавшая в его голосе твердая и простая нота, почти счастливая, заставили ее ответить после небольшой паузы:

— Хорошо, отец. — Это было сказано девочкой, дочерью, утомленно-доверчивой, обрадованной и печальной. — Я приеду за полночь. Приготовь мне стакан молока и пару сандвичей.

— Не гони машину. Дороги не очень-то хороши.

Гай Франкон встретил ее в дверях. Оба улыбались, она поняла, что не будет ни расспросов, ни упреков. Он провел ее в маленькую комнату, где поставил еду на столике у окна, распахнутого в темноту лужайки. Пахло травой, свечами и жасмином в серебряной вазе.

Она сидела, держа в руке холодный стакан, он расположился напротив, мирно жуя свой сандвич.

— Хочешь поговорить, отец?

— Нет. Хочу, чтобы ты допила молоко и отправилась отдыхать.

— Хорошо.

Он взял маслину, насаженную на цветную шпажку, и стал задумчиво рассматривать ее, потом поднял взгляд на дочь:

— Послушай, Доминик. Не буду и пытаться понять, но мне ясно, что ты поступила правильно. На сей раз это тот мужчина, который тебе нужен.

— Да, отец.

— Вот почему я рад.

Она кивнула.

— Передай мистеру Рорку, что он может приезжать сюда, когда захочет.

Она улыбнулась:

— Передать кому, отец?

— Передай... Говарду.

Ее рука лежала на столе, ее голова склонилась на руку. Он смотрел на ее волосы, золотистые в свете свечей. Она сказала, потому что так было легче заглушить тревогу:

— Не давай мне свалиться и уснуть здесь. Я устала.

Он ответил:

— Его оправдают, Доминик.

Каждый день по распоряжению Винанда в его кабинет доставляли все нью-йоркские газеты. Он был в курсе всего, о чем писали и шептались в городе. Все понимали, что история подстроена самой Доминик: не будет же жена мультимиллионера в подобных обстоятельствах сообщать о пропаже кольца в пять тысяч долларов, но это не помешало принимать историю, как ее подали. Самые оскорбительные домыслы печатались в «Знамени».

Альва Скаррет отдавал все силы и страсть этой кампании. Он пустился в нее как в крестовый поход, с жаром преданного вассала, считая, что может искупить прошлое, когда он, возможно, был недостаточно лоялен к Винанду. Он восстанавливал честь его имени, всячески ухищрялся представить Винанда жертвой великой любви к распущенной женщине. Именно Доминик вынудила мужа поддержать безнравственное дело вопреки его желанию, она чуть не погубила его газету, положение в обществе, репутацию, достижения всей его жизни — и все ради любовника. Скаррет заклинал читателей понять и простить своего патрона, фигуру трагическую, но оправдываемую жертвенной любовью. Расчет строился на контрасте: каждый грязный эпитет, которым награждали Доминик, оборачивался сочувствием к Винанду, и это подхлестывало Скаррета. Прием сработал, общественность откликалась, особенно пожилые читательницы. Постепенно, с трудом газета становилась на ноги.

Стали приходить письма с выражением глубокого сочувствия, читатели не стеснялись в выражениях, осуждая Доминик, вплоть до нецензурных слов.

— Как в былые дни, Гейл, — торжествовал Скаррет, — совсем как прежде! — Он кучей вываливал письма на стол шефа.

Винанд одиноко сидел в кабинете, просматривая корреспонденцию. Скаррет и не подозревал, какие страдания приносили Гейлу Винанду эти груды писем. Винанд заставлял себя читать каждое письмо. Когда-то он так старался оградить Доминик от газет...

Встречаясь с Винандом, Скаррет заглядывал ему в глаза с мольбой и надеждой, как усердный ученик, ожидающий похвалы учителя за хорошо усвоенный урок. Винанд молчал. Раз Скаррет отважился:

— Неплохо сработано, Гейл?

— Да.

— Как ты думаешь, что еще можно из этого выжать?

— Это твоя забота, Альва.

— Безусловно, она всему причина, Гейл. Задолго до всей этой кутерьмы, когда ты женился на ней, у меня были опасения. С этого и началось. Помнишь, ты запретил нам писать о свадьбе. Это был знак. Она подорвала «Знамя». Но будь я проклят, если не восстановлю все на ее костях. Все как раньше. Наше «Знамя».

— Да.

— Гейл, что еще предпринять?

— Все что хочешь, Альва.

XVIII

Ветка дерева заглядывала в открытое окно. Листья шевелились на фоне неба — посланцы солнца, лета и неисчерпаемо плодородной земли. Доминик понимала мир как вместилище жизни. Винанд видел жизнь в руках, сгибающих ветвь дерева. Листья касались шпилей и башен на линии горизонта далеко за рекой. Небоскребы стояли в потоках солнечного света, выбеленные расстоянием и жарой.

Зал суда был заполнен толпой, пришедшей на процесс Говарда Рорка. Рорк сидел за столом защиты. Он внимательно слушал.

Доминик устроилась в третьем ряду среди зрителей. Казалось, что она улыбается. Но это была не улыбка. Она смотрела на листья в окне.

Гейл Винанд сел в конце зала. Он пришел один, когда зал был уже полон. Он не замечал любопытствующих взглядов и вспышек фотокамер, сопровождавших его появление. На минуту он задержался в проходе, рассматривая зал. На нем был серый летний костюм и летняя шляпа с полями, загнутыми вверх с одной стороны. Его взгляд задержался на Доминик не дольше, чем на других людях в зале. Усевшись, он посмотрел на Рорка. С момента его появления Рорк все время поворачивал голову, чтобы взглянуть на него, но Винанд всякий раз отворачивался.

— Мотивы этого дела, как мы намерены доказать, — говорил во вступительном слове к присяжным прокурор, — лежат за пределами нормальных человеческих эмоций. Большинству из нас они покажутся чудовищными и непостижимыми.

Доминик сидела рядом с Мэллори, Хэллером, Лансингом, Энрайтом, Майком... и Гаем Франконом, что вызвало неодобрение его друзей. Через проход, в другой части зала, разместились знаменитости, образуя собой нечто вроде кометы, крошечной головкой которой был Эллсворт Тухи, сидевший впереди всех, а за ним сквозь всю толпу тянулся яркий шлейф известнейших особ: Лойс Кук, Гордон Л. Прескотт, Гэс Уэбб, Ланселот Клоуки, Айк, Жюль Фауглер, Салли Брент, Гомер Слоттерн, Митчел Лейтон.

— Подобно динамиту, разнесшему здание, мотивы, которыми руководствовался этот человек, подорвали в его душе все человеческое. Господа присяжные, здесь мы имеем дело с самым опасным взрывчатым веществом на земле — эгоизмом!

На стульях, подоконниках, в проходах, у стен люди были плотно спрессованы в монолитную массу, из которой выступали бледные овалы лиц. Масса различалась только лицами — несхожими, одинокими. За каждым из них стояли годы жизни, усилия, надежды и попытки — честные или бесчестные, но попытки. И это наложило на всех единый отпечаток — отпечаток страдания, являвшего себя и в злорадной усмешке, и в покорной тихой улыбке, и в сжатых губах сомневающегося в себе достоинства.

— В наше время, когда мир осаждают гигантские проблемы, когда человечество ищет ответ на вопрос, как обеспечить свое выживание, этот человек настолько озабочен таким неосязаемым, призрачным понятием, как субъективное художественное пристрастие, так непомерно раздул его значение, что позволил ему стать своей единственной страстью, и в конечном счете оно стало причиной его преступления против общества.

Люди явились на сенсационный процесс, чтобы увидеть знаменитостей, показать себя, получить пищу для пересудов и сплетен, убить время. Потом они вернутся к надоевшей работе, надоевшим женам и детям, надоевшим друзьям, надоевшим домам, вечерним нарядам, коктейлям, кино, к тайным страданиям, оставленным надеждам, неосуществленным желаниям, подавленным страстям, вернутся к отчаянным усилиям не думать, не говорить, забыть, уступить и покориться. Но каждый хранил в памяти незабываемый образ — тихое, безмятежное утро, обрывок услышанной однажды мелодии, незнакомое лицо, мимолетно мелькнувшее в автобусе. Каждый помнил тот миг, когда он жил и ощущал, что может жить иначе. И другие мгновения — бессонной ночью, в дождливый полдень, в церкви, на пустынной улице в час заката каждый хоть раз спрашивал себя, почему в мире столько страдания и безобразия. Тогда они не пытались найти ответ и продолжали жить так, будто в ответе не было необходимости. Но каждый помнил миг, когда перед ним жестко и неумолимо встала потребность в ответе.

— ...безжалостный, высокомерный эгоист, любой ценой добивавшийся своих целей...

На скамье присяжных сидели двенадцать человек. Они слушали внимательно и бесстрастно. В публике шептались, что у жюри суровый вид. Там были двое служащих промышленных концернов, двое инженеров, математик, водитель грузовика, каменщик, электрик, садовник и трое фабричных рабочих. Потребовалось немало времени, чтобы отобрать присяжных. Рорк отвел многих, но выбрал этих двенадцать. Прокурор не возражал, думая: вот что случается, когда непрофессионал сам берется себя защищать. Адвокат выбрал бы самые мягкие натуры, тех, кто скорее отозвался бы на призыв к милосердию. Рорк остановился на самых непреклонных.

— ...пусть бы особняк какого-нибудь плутократа, но ведь это был, господа присяжные, *жилой многоквартирный дом*!

Судья сидел, выпрямившись на своем возвышении. Он был сед, у него было жесткое лицо армейского служаки.

— ...человек, призванный служить обществу, строитель, который начал разрушать...

Прокурор говорил и говорил, голос его звучал гневно и уверенно. Люди, набившиеся в зал, слушали, реагируя как на хороший обед — вкусно, но через час забудется. Они соглашались с каждым словом, они слышали это раньше, так им говорили всегда, этим жил мир, это очевидно... как лужа на дороге.

Обвинитель пригласил свидетелей. Полицейский, арестовавший Рорка, занял свидетельское место и рассказал, как он обнаружил обвиняемого рядом с взрывным устройством. Ночной сторож поведал, как его отослали с вахты; его показания были краткими, обвинение не хотело заострять внимание на Доминик. Далее последовали показания подрядчика о пропаже динамита со склада на стройплощадке.

Строительные инспекторы, оценщики дали показания о размерах ущерба. На этом первый день процесса закончился.

На следующий день первым свидетелем был вызван Питер Китинг.

Он сидел в свидетельском кресле, обмякнув и наклонившись вперед. Время от времени он безучастно озирался, переводя взгляд со зрителей на присяжных, на Рорка.

— Мистер Китинг, можете ли вы заявить под присягой, что разработали приписываемый вам проект, известный как жилой квартал Кортландт?

— Нет, проект создал не я.

— Кто же его создал?

— Говард Рорк.

— По чьей просьбе?

— По моей.

— Почему вы обратились к нему?

— Потому что сам я был не в состоянии.

В его голосе не чувствовалось стремления высказать горькую правду, вообще не звучали ни истина, ни ложь — лишь безразличие.

Обвинитель вручил ему лист бумаги:

— Это тот контракт, который вы подписали?

Китинг взял бумагу в руки:

—Да.

— И это подпись Говарда Рорка?

—Да.

— Прочитайте, пожалуйста, условия контракта присяжным.

Китинг стал читать вслух. Голос звучал ровно, монотонно. Никому в зале не пришло в голову, что эти показания задумывались как сенсация. Китинг выглядел не как знаменитый архитектор, который публично признавался в некомпетентности, а как человек, декламирующий затверженный наизусть урок. Чувствовалось, что, если его прервут, он не сможет продолжить, ему придется начать сначала.

Ему задали много вопросов. В качестве вещественных доказательств обвинение предъявило суду оригиналы чертежей Рорка, которые сохранил Китинг, копии, снятые с них Китингом, фотографии возведенных зданий.

— Почему вы категорически возражали против структурных изменений, предложенных мистером Прескоттом и мистером Уэббом?

— Я боялся Говарда Рорка.

— Зная его характер, чего вы ожидали от него?

— Чего угодно.

— Что вы имеете в виду?

— Не знаю. Я боялся. Я привык бояться.

Вопросы продолжались. Случай был необычный, но зрители заскучали. Не чувствовалось, что рассказывает непосредственный участник событий. Предыдущие свидетели, казалось, имели более непосредственное отношение к делу.

Когда Китинг покинул свидетельское место, у присутствующих осталось странное ощущение, что ничего не изменилось с уходом этого человека. Как будто его и не было.

— У обвинения больше нет вопросов, ваша честь, — заявил прокурор.

Судья взглянул на Рорка.

— Приступайте, — сказал он. Тон его был мягок.

Рорк поднялся:

— Ваша честь, я не стану вызывать свидетелей. Я сам дам показания и произнесу заключительное слово.

— Присягните.

Рорк поклялся говорить правду, только правду и ничего, кроме правды. Он прошел к свидетельскому месту. Все в зале смотрели на него. Им казалось, что у него нет шансов. Они уже могли отрешиться от непонятной неприязни, беспокойства, которое он вызывал у большинства. Впервые его видели таким, каков он был: человеком, полностью свободным от страха — страха, который они привыкли считать естественным, который не был обычной реакцией на реальную опасность, а хроническим состоянием, в котором они не сознавались даже себе.

Люди помнили о тех минутах, когда наедине с собой думали о прекрасных словах, которые могли сказать, но не сумели подобрать, и теперь ненавидели тех, кто отнял у них смелость. Они с горечью сознавали, как силен и талантлив человек в своих мыслях и наедине с самим собой. Мечты? Самообольщение? Или реальность, умерщвленная в зародыше, загубленная разрушительным чувством, которому нет названия, — страх, нужда, зависимость, ненависть?

Рорк стоял перед ними, как каждый стоит перед самим собой, веря в чистоту своих помыслов. Но он стоял перед враждебной толпой. И они вдруг осознали, что ненавидеть его невозможно. Их озарила внезапная вспышка, им открылся склад его души. И всяк спросил себя: нуждаюсь ли я в чужом одобрении? Важно ли оно для меня? И в это мгновение все были свободны, свободны настолько, чтобы преисполниться доброты ко всем.

Это длилось всего один миг — миг молчания перед тем, как Рорк начал говорить:

— Тысячи лет назад люди научились пользоваться огнем. Первый, кто это сделал, вероятно, был сожжен соплеменниками на костре, разводить который сам и научил. Вероятно, его приняли за злодея, имевшего дело с духами, которых люди страшились. Но потом люди освоили огонь, он согревал их, на нем готовили пищу, он освещал их пещеры. Они обрели непостижимый дар, завеса мрака была сдернута с земли. Прошли века, и родился человек, который изобрел колесо. Вероятно, его распяли на дыбе, строить которую он научил своих собратьев. Его изобретение сочли недопустимым вторжением в запретную область. Но прошло время, и благодаря этому человеку люди смогли раздвинуть горизонты своих странствий. Он оставил им непостижимый для них дар, открыл путь в широкий мир.

Такой первооткрыватель, человек непокорного духа стоит у истоков всех легенд, записанных человечеством с начала истории. Прометей был прикован к скале, хищные птицы раздирали его внутренности, потому что он украл у богов огонь. Адам был обречен на страдания, потому что вкусил плод древа познания. Какой миф ни возьми, люди всегда осознавали, что у истоков славы человеческого рода стоит кто-то один и этот один поплатился за свою смелость.

Во все века были люди, первыми отправлявшиеся в неизведанное, и единственным оружием им служило прозрение. Их цели были различны, но в одном они были похожи: они делали первый шаг по новому пути, они ни у кого ничего не заимствовали, и люди всегда платили им ненавистью. Великие творцы: мыслители, художники, изобретатели — одиноко противостояли своим современникам. Сопротивление вызывала всякая великая идея. Отвергалось всякое великое изобретение. Первый мотор был объявлен глупостью. Аэроплан считался невозможным. Паровую машину считали злом. Анестезию признавали греховной. Но первопроходцы продолжали дерзать, ведомые прозрением. Они сражались, страдали и дорого расплачивались. Но они побеждали.

Служение своим собратьям не вдохновляло никого из творцов, потому что собратья отвергали дар, который им предлагали, — он ломал косность их обыденного существования. Истина всегда была для творца единственным стимулом. Истина, постигнутая им, и труд по ее воплощению вели его. Симфония, книга, машина, философское откровение, самолет или здание — в них были его цель и жизнь. Творение, а не те, кто его использует. Творение, а не польза, которую другие извлекают из него. Творение, сообщившее форму истине. Истина была для творца превыше всего — и всех.

Его прозрение, сила, смелость проистекали из его духа. Но дух человека — он сам, его сознание. Мысль, чувство, суждение, действие суть функции Я.

Творцы не были бескорыстны. Тайна их мощи в том, что она самодостаточна, самообусловлена и самопроизводна. Первопричина, источник энергии, жизненная сила, первичный стимул. Творец никому и ничему не служил. Он жил для себя.

И только живя для себя, он мог достичь того, что составляет славу человечества. Такова природа свершения.

Человек может выжить, только благодаря своему уму. Он приходит в мир безоружным. Единственное его оружие — мозг. Животные добиваются пищи силой. У человека нет когтей, клыков, рогов, мощных мускулов. Он должен выращивать свою пищу или охотиться на нее. Чтобы выращивать, требуется разум. Чтобы охотиться, нужно оружие, а чтобы изготовить оружие, требуется разум. От этих простейших потребностей до высочайших религиозных абстракций, от колеса до небоскреба — все, что мы есть, и все, что мы имеем, восходит к одному — способности мыслить.

Но мышление — свойство индивидуума. Нет такой сущности, как коллективный мозг, нет такой сущности, как коллективная мысль. Согласие, достигнутое группой людей, — это лишь компромисс, усреднение множества частных мыслей. Оно вторично. Первичный акт, мыслительный процесс совершается каждым человеком в одиночку. Можно разделить пищу, но нельзя переварить ее в коллективном желудке. Нельзя дышать за другого. Нельзя думать за другого. Все функции тела и духа индивидуальны. Ими нельзя поделиться, их нельзя передать.

Мы используем продукты мышления других людей. Мы наследуем колесо и делаем телегу. Телега становится автомобилем. Автомобиль — самолетом. Но по всей цепочке прогресса мы получаем от других только конечный продукт их мысли. Движущей силой выступает способность к творчеству, которая использует этот продукт как материал и делает следующий шаг. Нельзя дать или получить способность к творчеству, одолжить ее или поделиться ею. Она принадлежит каждому в отдельности. То, что ею создается, составляет собственность творца. Люди учатся друг у друга. Но обучение — лишь обмен материальным. Никто не может дать другому способность мыслить. Но от этой способности зависит выживание.

На земле ничто не дано человеку. Все, что ему требуется, надо произвести. И он сталкивается с главным выбором: есть только два способа выжить — живя своим умом или паразитируя на уме других. Творец творит. Паразит все получает из вторых рук. Творец стоит лицом к лицу с природой. Паразит прячется за посредником.

Творец стремится подчинить природу. Паразит стремится подчинить людей.

Творец живет ради своего дела. Он не нуждается в других. Первичная цепь замкнута в нем самом. Паразит живет, питаясь из чужих рук. Ему нужны другие. Другие становятся единственным смыслом его существования.

Основное, что требуется созидателю, — независимость. Мыслящая личность не может творить по принуждению. Ее нельзя взять в шоры, урезать в правах или подчинить каким-либо ограничениям. Ей нужна полная независимость в действиях и мотивах. Для созидателя вторичны все связи с людьми.

Главная забота паразита — облегчить связь с другими людьми, чтобы кормиться самому. Он ставит связи и отношения на первое место. И провозглашает, что человек живет для других. Он проповедует альтруизм.

Альтруизм — учение, согласно которому человек должен жить для других и ставить других выше себя.

Но человек не может жить ради другого человека. Он не может поделиться своей душой, как не может поделиться телом. Паразит использовал альтруизм как орудие эксплуатации и перевернул основу нравственных принципов человечества. Людям дали исчерпывающие инструкции, как уничтожить творца. Людям внушили, что зависимость — благо и добродетель.

Тот, кто пытается жить для других, — иждивенец. Он паразит по природе и делает паразитами тех, кому служит. Эта связь лишь разлагает обоих. Она недопустима в принципе. Ее ближайший прототип в реальном мире — раб, человек, который по определению служит своему господину. Если отвратительно физическое рабство, то насколько более отвратительно рабство духовное, раболепство духа. Раб по принуждению сохраняет остатки чести. Его оправдывает то, что он сопротивлялся и считает свое состояние злом. Но человек, добровольно отдающийся в рабство во имя любви, становится самым низменным существом на свете. Он позорит человеческое достоинство и опошляет идею любви. Но в этом суть альтруизма.

Людям внушили, что высшая добродетель — не созидать, а отдавать. Но нельзя отдать то, что не создано. Созидание предшествует распределению, иначе нечего будет распределять. Интересы творящего выше интересов пользователя. Но нас учат восхищаться в первую очередь паразитом, который распоряжается чужими дарами, а не человеком, благодаря которому эти дары появились. Мы восхваляем благотворительность и не замечаем созидания.

Людям внушают, что их первая забота — облегчать страдания ближних. Но страдание — болезнь. Видя боль, люди стараются облегчить ее. Но провозглашая сострадание высшим критерием добра, страдание превращают в важнейшее дело жизни. И вот уже люди хотят видеть страдания других, чтобы самим быть добродетельными. Такова природа альтруизма. Но созидателя заботит не болезнь, а жизнь. Трудами созидателей искоренялись одни болезни за другими, болезни телесные и душевные; созидатели принесли больше облегчения страдающим, чем любой альтруист.

Людей учили, что соглашаться с другими — добродетель. Но творец не согласен. Людей учили, что добродетельно плыть по течению. Но творец идет против течения. Людям внушали, что добродетельно держаться вместе. Но творец держится в одиночестве.

Людям внушали, что Я человека — синоним зла, что бескорыстие — идеал добродетели. Но творец — эгоист в абсолютном смысле, а бескорыстный человек — тот, кто не думает, не чувствует, не выносит суждений и не действует. Все это — свойства личности. Тут подмена понятий смертельно опасна. Суть проблемы была извращена, и человечеству не оставили выбора... и свободы. Как два полюса ему предложили два понятия — эгоизм и альтруизм. Сказали, что эгоизм означает жертвование интересами других в угоду себе, а альтруизм — жертвование собой для других. Этим человека навечно привязывали к другим людям и не оставляли ему никакого выбора, кроме боли — собственной боли, переносимой ради других, или боли, причиняемой другим ради себя. К этому добавляли, что от самоуничижения надо испытывать радость, и ловушка захлопывалась. Оставалось принять мазохизм в качестве идеала — как альтернативу садизму. Это был величайший обман, которому когда-либо подвергали человечество.

Зависимость и страдание были навязаны людям как основа жизни.

Но выбор — не между самопожертвованием и господством. Выбор — между независимостью и зависимостью. Кодекс созидателя или кодекс паразита. Вот дилемма. В основе ее — выбор между жизнью и смертью. Кодекс творца исходит из интересов мыслящей личности, что обеспечивает человечеству выживание. Кодекс паразита исходит из потребностей рассудка, не способного к выживанию. Хорошо все, что исходит от независимого Я. Плохо все, что порождено зависимостью человека от других людей.

В абсолютном смысле эгоист отнюдь не человек, жертвующий другими. Это человек, стоящий выше необходимости использовать других. Он обходится без них. Он не имеет к ним отношения ни в своих целях, ни в мотивах действий, ни в мышлении, ни в желаниях, ни в истоках своей энергии. Его нет для других людей, и он не просит, чтобы другие были для него. Это единственно возможная между людьми форма братства и взаимоуважения.

Различна мера способностей, но основной принцип един: мера независимости человека, инициативности и преданности своему делу определяет его талант как работника и ценность как человека. Независимость — вот единственный критерий его значимости и достоинства. То, что человек есть и во что он ставит себя, а не то, что он сделал или не сделал для других. Нет замены личному достоинству, и нет иной шкалы для его оценки, кроме независимости.

В честных отношениях нет места жертвенности. Архитектору нужны заказчики, но он не подчиняет свой труд их желаниям. Они нуждаются в нем, но они заказывают ему дом не для того, чтобы загрузить его работой. Люди обмениваются своим трудом ради взаимной выгоды, со взаимного согласия, каждый по собственной воле, когда их личные интересы совпадают и обе стороны заинтересованы в обмене. Если же у них нет желания, они не обязаны иметь дело друг с другом. Это единственно верная форма отношений между равными. Иное — отношения раба и господина или жертвы и палача.

Нет совместного труда с согласия большинства. Всякое творческое дело выполняется под руководством чьей-то одной мысли. Чтобы возвести здание, архитектору требуется множество исполнителей. Но он не ставит свой проект на голосование. Они работают вместе по общему согласию, и каждый свободен в своем деле. Архитектор использует сталь, стекло, бетон, произведенные другими. Но эти материалы остаются просто сталью, стеклом, бетоном, пока он не пустил их в дело. То, что он делает из них, уже личный продукт, его личная собственность. Такова единственная модель правильного сотрудничества людей.

Первейшее на земле право — это право Я. Первейший долг человека — долг перед собой. Его нравственный долг — никогда не отождествлять свои цели с другой личностью; нравственный закон — делать то, что он хочет, при условии, что его желания в основе своей не зависят от других людей. Это включает всю сферу его творческих способностей, разума, труда. Но это не относится к бандиту, альтруисту или диктатору.

Человек мыслит и трудится один. Человек один не может грабить, эксплуатировать или править. Рабство, эксплуатация, господство предполагают наличие жертвы, а это предполагает зависимость, то есть сферу деятельности паразитов.

Правители не эгоисты. Они ничего не создают. Они существуют полностью за счет других. Их цель в их подданных, в порабощении. Они столь же зависимы, как нищий, бандит или работник соцобеспечения. Форма зависимости несущественна.

Но людям внушили, что нетворцы — тираны, императоры, диктаторы — олицетворение эгоизма. Этот обман был нужен, чтобы принизить и уничтожить Я в себе и других. Целью этого обмана было покончить с творцами. Или обуздать их, что то же самое.

Испокон века противостоят друг другу два антагониста — творец и паразит. Когда первый творец изобрел колесо, первый паразит изобрел альтруизм.

Творец, отвергнутый, гонимый, преследуемый, эксплуатируемый, упорно шел своим путем, вперед и вперед, и тащил за собой все человечество. Паразит ничем не содействовал прогрессу, он ставил палки в колеса. У этого конфликта есть другое название: индивидуум против коллектива.

«Общее благо» коллектива — расы, класса, государства — состояло в требовании и оправдании всякой тирании над людьми. Все самое страшное в мировой истории свершалось во имя человеколюбия. Какой акт эгоизма привел к кровопролитию, сравнимому с тем, что учиняли апологеты альтруизма? Где искать причину — в человеческом лицемерии или в самой сути принципа? Самые беспощадные мясники были правдивыми людьми. Они верили в гильотину и расстрел как верный путь к идеальному обществу. Никто не подвергал сомнению их право на убийство, поскольку они убивали ради гуманизма. Было признано, что можно пожертвовать одним человеком ради другого. Меняются действующие лица, но трагедия идет своим ходом. Гуманист начинает признанием в любви к человечеству и кончает морем крови. Так было и так будет до тех пор, пока люди верят, что бескорыстное есть дело доброе. Это дает гуманисту право действовать и вынуждает его жертвы к смирению. Но посмотрите на результат.

Единственно верный лозунг человеческих отношений — руки прочь! Это и есть единственное добро, которое люди могут делать друг другу.

А теперь посмотрите, чего добилось общество, построенное на принципах индивидуализма. Возьмите нас, нашу страну, благороднейшее из государств в человеческой истории, страну величайших достижений, благополучия и свободы. Наша страна не строилась на принципе бескорыстного служения, жертвенности, самоотверженности или иных постулатах альтруизма. Она основана на праве человека строить счастливую жизнь. Творить собственное счастье, а не чье-то. Личный, частный, эгоистичный мотив. И обратитесь к результатам. Обратитесь к собственной совести.

Это древний конфликт. Люди приближались к истине, но всякий раз отвергали ее, и цивилизации гибли одна за другой. Цивилизация — это движение к первостепенному праву личности. Вся жизнь дикаря проходит на глазах общества, она управляется племенными законами. Цивилизация — процесс освобождения человека от людей.

Ныне коллективизм — закон паразита, второсортного человека, древнее чудовище, сорвавшееся с цепи и опьяневшее от власти. Оно низвело людей до уровня невиданного ранее интеллектуального бесчестья. Оно разрослось до невероятных, беспрецедентных масштабов. Оно напоило умы ядом. Оно поглотило большую часть Европы. Его волны захлестывают и нашу страну.

Я архитектор. Я знаю, что будет с сооружением, поскольку знаю принцип, на котором оно зиждется. Мы движемся и уже близки к обществу, в котором я не могу позволить себе жить.

Теперь вы знаете, почему я взорвал Кортландт.

Я спроектировал Кортландт. Я дал его вам. Я разрушил его.

Разрушил, потому что такова была моя воля. Я не позволил ему существовать. Это было чудовище и по форме, и по содержанию. Я должен был уничтожить и то и другое. Его форма была изуродована двумя посредственностями, которые присвоили себе право усовершенствовать то, что было создано не ими и было им не по плечу. Им позволено было сделать это по негласному правилу, что бескорыстное назначение здания превыше всего.

Я взялся спроектировать Кортландт, чтобы увидеть воплощение своего замысла — не для каких-либо иных целей. Только эту цену я назначил за свой труд. Он не был оплачен.

Я не виню Питера Китинга. Он был беспомощен. У него был контракт. Им пренебрегли. Ему обещали, что предложенное им сооружение будет возведено согласно проекту. Обещание не сдержали. Стремление людей к тому, чтобы их труд уважали, считались с их мнением, теперь объявили чем-то несущественным, не стоящим внимания. Вы слышали, что заявил прокурор. Почему здание было обезображено? Без всякой причины. Такие действия всегда беспричинны, разве что за ними стоит тщеславие профана, посягающего на чужое достояние, духовное или материальное. Кто позволил им сделать это? Никто, в частности среди множества чиновников. Никто не нес ответственности и некого призвать к ответу. Таков характер всех коллективных действий.

Я не получил оплаты, которую просил. Но хозяева Кортландта получили от меня то, что хотели. Им нужен был проект, по которому можно возвести здание с наименьшими затратами. Они не нашли никого, кто бы удовлетворил их запросы. Это мог сделать я, и я это сделал. Они воспользовались моим трудом и сделали так, что я предложил им его как дар. Но я не альтруист. Я не раздаю дары такого рода.

Утверждают, что я разрушил жилище для обездоленных, но забывают, что, если бы не я, у обездоленных не было бы возможности иметь такой дом. Тем, кто хлопотал о бедняках, пришлось обратиться ко мне, человеку, который никогда о них не хлопотал, обратиться за моей помощью, чтобы помочь беднякам. Полагают, что бедность будущих жильцов давала им право на мой труд. Что их положение обязывало меня к участию. Что помочь им было моим долгом, от которого я не мог уклониться. Таково кредо коллективизма, который захлестнул мир.

Я вышел заявить, что не признаю чьего-либо права ни на одну минуту моего времени. Ни на одну частицу моей жизни и энергии. Ни на одно из моих свершений. И не важно, кто заявит такое право, сколько их будет и как сильно они будут нуждаться во мне.

Я вышел заявить, что я человек, существующий не для других.

Заявить это необходимо, ибо мир гибнет в оргии самопожертвования.

Я заявляю, что неприкосновенность созидательных усилий человека намного важнее всякой благотворительности. Те из вас, кому это непонятно, губят мир.

Я пришел изложить свои условия. На иных я отказываюсь существовать.

Я не признаю никаких обязательств перед людьми, кроме одного — уважать их свободу и не иметь никакого отношения к обществу рабов. Я готов отдать моей стране десять лет, которые проведу в тюрьме, если моей страны больше не существует. Я отдам их в память о ней и с благодарностью к ней такой, какой она была. Это будет актом верности моей стране и актом отказа жить и работать в той стране, которая пришла ей на смену.

С моей стороны это акт верности каждому творцу, когда-либо жившему и пострадавшему от сил, несущих ответственность за Кортландт, который я взорвал. Каждому мучительному часу одиночества, изгнания, осуждения и душевной муки, которые им пришлось испытать, но и каждой битве, в которой они победили. Каждому творцу, чье имя известно, и тем, кто жил, боролся и погиб непризнанным. Каждому творцу, уничтоженному физически или духовно. Генри Камерону и Стивену Мэллори. И человеку, который не хочет, чтобы его имя было названо, но он сидит в этом зале и знает, что я говорю о нем.

Рорк стоял, расставив ноги и подняв голову, как он всегда стоял в недостроенном здании. Позже, когда он уже снова сидел за столом защиты, многим казалось, что он все еще стоит перед ними — этот образ крепко засел у них в памяти и держался в сознании на протяжении последовавших долгих прений. Люди слышали, как судья объявил, что обвиняемый по сути дела изменил первоначальное заявление: он признал свое деяние, но не признал себя виновным в преступлении. Был поднят вопрос о временной невменяемости и неподсудности обвиняемого, но сочли, что присяжные определят, понимал ли он род и характер своего деяния и, если да, понимал ли, что нарушил закон. Прокурор не возражал, в зале установилась странная тишина, прокурор был уверен, что выиграл процесс. Он выступил с заключительным словом. Что он сказал, никто не запомнил. Судья проинструктировал присяжных. Присяжные встали и вышли из зала.

Люди задвигались, собираясь выйти, другие не торопились, настроившись на долгое ожидание. Винанд и Доминик остались на месте.

Бейлиф* подошел к Рорку, чтобы вывести его из зала. Рорк стоял у стола защиты. Он отыскал глазами Доминик, потом Винанда. Затем повернулся и последовал за бейлифом к выходу.

Он был уже в дверях, когда раздался громкий стук, за которым наступила полная тишина, пока присутствующие не осознали, что это сигнал из комнаты присяжных: жюри вынесло вердикт.

Те, кто был уже на ногах, так и остались стоять, застыв на месте. Судья уселся в свое кресло. Присяжные вернулись в зал.

— Обвиняемый, встаньте и повернитесь лицом к присяжным, — произнес секретарь суда.

Говард Рорк встал перед столом присяжных. Гейл Винанд тоже поднялся в глубине зала.

— Господин председатель, вынесен ли вердикт?

— Да, мы вынесли вердикт.

— И каков он?

— Невиновен.

Рорк посмотрел не на город за окном, не на судью или Доминик. Он посмотрел на Винанда.

Винанд резко повернулся и вышел. Он первым покинул зал суда.

XIX

Роджер Энрайт выкупил участок, проект и развалины здания. Он велел разобрать руины и полностью расчистить площадку, оставив лишь котлован. Он нанял Говарда Рорка для осуществления проекта. Строительство было доверено одному подрядчику с условием соблюдения строжайшей экономии. Энрайт финансировал строительство с намерением установить низкую квартплату, но при этом обеспечить себе достаточную долю прибыли. Его не интересовали доходы, занятия, состав семьи, привычки квартиросъемщиков. Въехать мог каждый, кто был в состоянии платить, независимо от того, мог ли он при желании снять жилье в другом месте за более высокую цену или нет.

В конце августа Гейл Винанд получил развод. Иск не был оспорен, Доминик не появилась на слушании дела, занявшем немного времени. Винанд стоял с видом человека, ожидающего смертной казни, и выслушивал, как звучит на холодном юридическом языке описание предосудительной сцены за завтраком в доме Рорка в Монаднок-Велли, которая послужила основанием для официального заключения о супружеской неверности его жены, признания его пострадавшей и поэтому заслуживающей сочувствия стороной. Решение суда давало ему свободу на все оставшиеся годы и обрекало на безмолвные, одинокие вечера в течение этих бесконечных лет.

Эллсворт Тухи выиграл дело в комиссии по трудовым спорам. Винанду было вменено в обязанность восстановить его на прежней работе.

В тот день секретарь Винанда позвонила Тухи и сообщила, что мистер Винанд ожидает его появления в редакции сегодня вечером до девяти часов. Кладя трубку, Тухи удовлетворенно улыбался.

С той же улыбкой он вошел вечером в здание редакции и остановился в отделе городской жизни. Он пожимал руки, сыпал приветствиями, острил по поводу последних фильмов и посматривал вокруг с видом добродушного изумления, будто отсутствовал не более суток и не понимал, почему его встречают как победителя.

Затем он неторопливо направился в свой кабинет. Но у дверей замялся и, дернувшись, замер. Уже остановившись, он осознал, что не следовало дергаться и замирать на месте, не следовало обнаруживать волнение, но было поздно. В дверях его кабинета стоял Винанд.

— Добрый вечер, мистер Тухи, — негромко произнес Винанд. — Проходите.

— Добрый вечер, мистер Винанд, — ответил Тухи любезным тоном, с удовольствием отмечая, что ноги несут его дальше, а лицо изображает подобающую улыбку.

Он вошел и остановился в нерешительности. В его кабинете ничего не изменилось, пишущая машинка стояла на месте, рядом стопка чистой бумаги. Но дверь оставалась открытой, и на пороге, прислонившись к косяку, молча стоял Винанд.

— Садитесь за стол, мистер Тухи. Приступайте к работе. Закон надо соблюдать.

Тухи слегка пожал плечами в знак согласия и, подойдя к столу, уселся. Он положил ладони на крышку стола, широко растопырив пальцы, потом переместил их на колени, а еще через минуту схватил карандаш, посмотрел, хорошо ли он отточен, и положил обратно.

Винанд неторопливо поднял левую руку на уровень груди и согнул ее в локте — вытянув кисть руки из манжета, он смотрел на часы.

— Сейчас без десяти минут девять. Вы восстановлены на работе, мистер Тухи.

— Я рад этому, как младенец. Честно, мистер Винанд. Может, не стоит сознаваться, но я чертовски скучал по этому месту.

Винанд не собирался уходить. Он стоял с невозмутимым видом, подпирая лопатками дверной косяк, скрестив руки на груди и обхватив локти. На столе горела лампа под зеленым стеклянным колпаком, но за окном еще не угас летний день, и по лимонно-желтому небу протянулись бурые полосы усталой зари. От этого вечернего освещения, преждевременного и слабого, возникало щемящее чувство. Лампа очертила световой круг на столе, но за окном еще можно было различить темнеющие полуразмытые очертания улицы. Но света было недостаточно, чтобы обезопаситься от Винанда.

Колпак лампы слегка дрожал, Тухи почувствовал легкую вибрацию под ногами: работали станки. Он осознал, что уже ощущает это некоторое время. Звук успокаивал, он нес живое чувство надежности. Биение пульса газеты, сообщающей людям биение пульса мира. Непрерывная цепочка размеренных толчков, звучащих как биение человеческого сердца.

Тухи начал было водить карандашом по бумаге, но сообразил, что лист освещен лампой и Винанд может рассмотреть, что он чертит — контуры водяной лилии и чайника, бородатый профиль. Он бросил карандаш и осуждающе чмокнул. Затем открыл ящик и стал рассматривать стопку копировальной бумаги и коробку со скрепками. Он не представлял себе, чего от него ожидают: нельзя же работать в таких условиях. Он спрашивал себя, почему должен был приступить к работе именно в этот поздний час, но предположил, что Винанд хотел проявить свою власть и тем смягчить досаду от поражения. Тухи счел за благо не спорить.

Станки работали, накапливая и транслируя миру удары человеческого сердца. Других звуков не было слышно; Тухи подумал, что глупо сидеть так, если Винанд ушел, но не стоило и поглядывать в его сторону, если он еще оставался в дверях.

Но через минуту он взглянул. Винанд не ушел. Свет выхватывал из темноты два белых пятна: высокий лоб и длинные пальцы, охватившие локоть. Тухи хотелось видеть именно лоб: нет, над бровями не было сбегавших дугами морщин. На месте глаз виднелись два слабо различимых белых овала. Овалы были направлены на Тухи. Но по лицу было ничего не угадать. Спустя некоторое время Тухи сказал:

— В самом деле, мистер Винанд, не вижу причин, почему мы не можем ужиться.

Винанд не ответил.

Тухи взял лист бумаги и вставил в машинку. Он сидел и смотрел на клавиши, зажав подбородок между двумя пальцами, в своей привычной позе. Клавиши поблескивали в свете лампы, словно готовясь начать свой перестук в затемненной комнате.

Станки остановились.

Тухи вздрогнул — чисто рефлекторно, еще не поняв, что заставило его дернуться: он был газетчиком и знал, что этот звук не мог прекратиться просто так.

Винанд взглянул на часы:

— Девять часов. Вы снова безработный, мистер Тухи. «Знамя» прекратило свое существование.

Далее случилось то, чего Тухи опасался: его рука невольно опустилась на клавиатуру, он услышал, как с лязгом дернулись и разом смешались рычаги клавиатуры, как сдвинулась каретка.

Он не произнес ни слова, но ощутил, как беззащитен перед ответом Винанда:

— Да, вы проработали здесь тринадцать лет... Я все скупил две недели назад, со всеми рассчитался, включая Митчела Лейтона... — В голосе не было эмоций. — Нет, в отделе городских новостей никто не знал. Знали только в печатном цехе.

Тухи отвернулся. Он подобрал скрепку, подержал ее на ладони, затем повернул ладонь вниз и с некоторым удивлением констатировал непреложность закона, не позволившего скрепке удержаться на перевернутой вниз ладони.

Он поднялся и стоял, глядя на Винанда, отделенного от него полосой серого ковра.

Винанд повел головой, слегка наклонив ее к плечу. Его лицо говорило, что теперь нет нужды в барьерах, все упростилось. В лице не было гнева, сомкнутые губы сложились в страдальческое подобие почти смиренной улыбки. Он сказал:

— Это конец «Знамени»... Я думаю, уместно было встретить его именно вместе с вами.

Многие газеты с готовностью распахнули свои двери перед Эллсвортом Монктоном Тухи. Он предпочел «Курьер», газету с устойчивым престижем и умеренно невнятным направлением.

Вечером первого дня работы на новом месте Эллсворт Тухи сидел на краю стола в кабинете заместителя главного редактора и беседовал с ним о мистере Тальботе, владельце «Курьера», которого видел пока только несколько раз.

— Что представляет собой мистер Тальбот как человек? — спрашивал Эллсворт Тухи. — Какому божеству молится? Без чего не может жить?

В радиорубке рядом с вестибюлем кто-то крутил ручку настройки. Из динамика раздался зычный торжественный голос: «Время на марше, вперед!»

Рорк работал у себя в кабинете за кульманом. Город за стеклянной стеной был наполнен чистым сиянием, первый октябрьский холод сделал воздух прозрачным.

Зазвенел телефон. Рорк с досадой провел карандашом дугу в воздухе: когда он работал, ему не было дела до телефона. Он подошел к столу и взял трубку.

— Мистер Рорк! — В голосе секретаря было легкое напряжение, что должно было служить извинением за нарушение установленного порядка. — Мистер Гейл Винанд просит узнать, удобно ли вам прийти к нему завтра в четыре часа дня.

Некоторое время в трубке слышалось лишь легкое потрескивание, и секретарь начала считать секунды.

— Он еще у телефона? — спросил Рорк. В его голосе слышались особые нотки, и она знала, что причина не в аппарате.

— Нет, мистер Рорк. Звонит секретарь мистера Винанда.

— Хорошо. Передайте, я буду.

Он вернулся к кульману и стал рассматривать эскиз. Его заставили оторваться от работы, и он чувствовал, что сегодня ему не удастся сосредоточиться. Слишком велик был груз надежды и облегчения.

Подойдя к тому, что было редакцией, издательством и типографией «Знамени», Рорк увидел, что вывеска снята. Над входом остался только след от нее. Он знал, что в здании теперь размещались службы «Клариона» и целые этажи пустовали. «Кларион», третьестепенная ежедневная газета меньшего, чем «Знамя», тиража формата, — вот все, что осталось от концерна Винанда в Нью-Йорке.

Он направился к лифту и обрадовался, что оказался единственным пассажиром — эта тесная стальная кабинка словно принадлежала ему и никому другому, он снова обрел ее, ему ее возвратили. Глубина испытанного им облегчения лишь подчеркивала силу той боли, которая наконец отступила, — боли особой, ни с чем не сравнимой.

Но войдя в кабинет Винанда, он понял, что ему придется смириться с болью: надежды не оставалось. Когда он вошел, Винанд встал из-за стола, глядя прямо на него. Лицо Винанда не было лицом незнакомого человека; лицо незнакомца — неизвестная земля, ее можно открыть и исследовать, будь на то воля и желание. Тут же было знакомое лицо, которое замкнулось и никогда не откроется. В нем не было боли самоотречения, это было лицо человека, отказавшего себе даже в боли. Лицо отрешенное и спокойное, полное собственного достоинства, но не живого, а того, которое запечатлели изображения на средневековых гробницах, — достоинства, говорящего о былом величии и не позволяющего касаться останков.

— Мистер Рорк, эта встреча необходима, но очень тяжела для меня. Прошу вас принять это во внимание.

Рорк понял, что должен сделать последний жест милосердия, который он мог сделать: не показывать, что между ним и Винандом сохранилась какая-то близость. Он понял: назвав Винанда по имени, он погубит последнее, что еще было живо в стоявшем перед ним человеке.

Рорк ответил:

— Хорошо, мистер Винанд.

Винанд взял в руки четыре листа машинописного текста и через стол передал их Рорку:

— Прошу вас прочитать и подписать, если вы согласны и одобряете.

— Что это такое?

— Контракт на здание Винанда.

Рорк положил листы на стол. Он не мог их держать, не мог смотреть на них.

— Прошу вас внимательно выслушать меня, мистер Рорк. Я поясню, и вы должны понять. Я желаю немедля приступить к строительству здания Винанда. Я хочу, чтобы это было самое высокое здание в городе. Прошу не спорить со мной, своевременно ли это и приемлемо ли экономически. Я хочу возвести его. У него будет свое назначение, и это все, что касается вас. В нем разместятся «Кларион» и все службы моего концерна, разбросанные сейчас по всему городу. Остальные помещения будут сданы в аренду. У меня еще достаточно влияния, чтобы гарантировать это. Не опасайтесь, что возведете бесполезное сооружение. Вы получите подробный проспект со всеми деталями, условиями и требованиями. Остальное будет предоставлено на ваше усмотрение. Ваши решения будут окончательными. Они не будут нуждаться в моем одобрении. У вас будут все полномочия и полная свобода действий. Это оговорено в контракте. Но я хочу специально оговорить, что мы не будем встречаться. По всем техническим и финансовым вопросам меня будет представлять мой агент, вы будете иметь дело с ним. С ним вы будете проводить все последующие переговоры. Дайте ему знать, каких вы предпочитаете подрядчиков. Если усмотрите необходимость связаться со мной, делайте это через моего агента. Не пытайтесь встретиться со мной. Если вы все же попробуете, вам будет отказано. Я не желаю разговаривать с вами, я не желаю когда-либо видеть вас снова. Если вы согласны на эти условия, пожалуйста, прочтите и подпишите контракт.

Рорк достал ручку и подписался, не глядя на бумаги.

— Вы не прочитали, — сказал Винанд.

Рорк бросил бумаги через стол.

— Пожалуйста, подпишите оба экземпляра.

Рорк подчинился.

— Благодарю вас, — сказал Винанд, подписал контракт и протянул один экземпляр Рорку: — Это ваш экземпляр.

Рорк сунул бумагу в карман.

— Я не сказал о финансовой стороне. Ни для кого не секрет, что так называемой империи Винанда пришел конец. Однако она в добром здравии и функционирует так же хорошо, как и раньше, по всей стране, за исключением Нью-Йорка. На мою жизнь ее хватит. Но она умрет со мной. Я намерен ликвидировать бóльшую ее часть. Поэтому можете не ограничивать себя соображениями экономии, разрабатывая проект. Вы вольны определять стоимость строительства. Здание будет стоять еще долгое время после того, как исчезнут газеты.

— Конечно, мистер Винанд.

— Я полагаю, что вы захотите решать вопросы эксплуатации здания с надлежащей экономической эффективностью. Но вас не должны беспокоить окупаемость и прибыль на начальные капиталовложения. Им не к кому будет возвращаться.

— Да, мистер Винанд.

— Если принять во внимание, как ведет себя мир в нынешние времена, ту катастрофу, к которой он устремился, этот проект может показаться безумием. Век небоскребов прошел. Наступило время массового жилищного строительства. А это прелюдия к пещерному веку. Но вас не пугает эскапада против целого света. Это будет последний небоскреб Нью-Йорка. И это окажется весьма кстати — последнее достижение человека, прежде чем человечество уничтожит себя.

— Человечество никогда не уничтожит себя, мистер Винанд. Во всяком случае пока оно способно на такие действия.

— Какие действия?

— Возведение здания Винанда.

— Это уже ваша задача. Мертвецы, такие, как «Знамя», годятся лишь на финансовое удобрение для великих проектов. В этом их назначение.

Винанд взял свой экземпляр контракта, сложил его и аккуратным, точным движением отправил во внутренний карман пиджака. Не меняя тона, он добавил:

— Однажды я сказал вам, что это здание должно быть памятником всей моей жизни. Теперь увековечивать нечего. Здание Винанда будет замечательно только тем, что вы вложите в него.

Он поднялся, давая понять, что встреча подошла к концу. Рорк встал и, прощаясь, склонил голову. Он держал ее так на мгновение дольше, чем требовал простой поклон.

В дверях он остановился и обернулся. Винанд стоял за столом не двигаясь. Они посмотрели друг на друга.

Винанд произнес:

— Воздвигни его как памятник той духовной силе, которая есть у тебя... и которая могла быть у меня.

XX

Весенним днем, полтора года спустя, Доминик направлялась на строительство здания Винанда.

Она смотрела на небоскребы, разрывавшие низкую линию городских крыш. Они внезапно вырывались вверх, словно выросли из земли за минуту до того, как она подняла глаза, застигнув их в момент последнего порыва. Казалось, секундой раньше она увидела бы их движение.

Она свернула за угол у Адской Кухни и вышла к обширному расчищенному пустырю.

По развороченной земле ползали грейдеры и бульдозеры, выравнивая поверхность будущего парка. В центре возвышался остов здания Винанда, уже возведенный под самое небо. Верхняя часть остова еще висела нагой, не одетой в бетон стальной клеткой. Но уже подбирались вверх стекло и дерево, наращивая плоть на неудержимо рвавшуюся в небо арматуру.

Она думала: говорят, что сердце земли состоит из огня. Оно взято в оковы и безмолвно. Но время от времени огонь прорывается сквозь глину, руду, гранит, стремясь на свободу. И тогда застывает в таких формах, как эта.

Она подошла ближе. Стройплощадка была обнесена деревянным забором. Забор пестрел яркими вывесками, плакатами и надписями, рекламирующими фирмы, которые поставляли материалы и возводили высочайшее в мире здание: «Стальные конструкции “Нэшнл стил"», «Стекло "Лудлов"», «"Уэллс-Клермонт"» — электрооборудование», «"Кесслер" — лифты и подъемники», «"Нэш и Даннинг" — строительные подряды».

Она остановилась, увидев то, чего не замечала раньше. Казалось, ее коснулся рукой сказочный волшебник, способный исцелять. Она не была знакома с Генри Камероном и не слышала его высказывания, но то, что она чувствовала сейчас, вылилось в когда-то произнесенные им слова: «...если ты пронесешь свой девиз до конца, то это и будет победа. Победа не только для тебя, Говард, но и для чего-то, что обязано победить, чего-то, благодаря чему движется мир, хотя оно и обречено оставаться непризнанным и неузнанным. И так будут отомщены все те, кто пал до тебя, кто страдал так же, как предстоит страдать тебе».

Она увидела на заборе, которым обнесли самое высокое сооружение в Нью-Йорке, небольшую металлическую пластинку со словами: «Говард Рорк. Архитектор».

Она прошла к вагончику прораба. Она часто приходила сюда, чтобы вызвать Рорка и посмотреть, как идет строительство. На сей раз там был новый человек, который не знал ее. Она спросила о Рорке.

— Мистер Рорк на самом верху. Кто его спрашивает?

— Миссис Рорк, — ответила она.

Человек разыскал прораба, и тот позволил ей подняться наверх тем же способом, что и прежде, — в люльке, незамысловатом сооружении из нескольких досок и веревочного ограждения, ходившем вверх-вниз вдоль стены.

Она стояла, упираясь высокими каблуками в пол и держась за трос. Доски под ней дрожали, ветер прижимал юбку к ногам, она видела, как земля поплыла вниз.

Ушли вниз широкие проемы витрин, стали глубже каньоны улиц, осталась внизу яркая реклама кинотеатров и магазинов. Мимо уже плыли окна — длинные стеклянные пояса этажей. Скрылись из виду приземистые коробки складов, уйдя на дно вместе со своими богатствами. Встали под косым углом высокие башни отелей, сначала раскрывшись, а затем сложившись веером. Заводские трубы казались дымящимися спичками, а машины — крошечными бегущими коробками. Солнце превратило шпили в слепящие маяки, они раскачивались, разбрасывая над городом длинные белые лучи. Город все рос и ширился, двигаясь к рекам правильным каре. Его марш сдерживали два черных тонких водных рукава. Но город перескочил через них и покатился дальше, в марево долин и неба.

Плоские крыши ступенями опускались вниз, вдавливая дома в землю, прочь с дороги. Она миновала стеклянные кубы гостиных, спален и детских. Сады на крышах колыхались под ней, как платки, трепетавшие на ветру. Небоскребы пускались за ней вдогонку и отставали, исчерпав свой задор. Вот и антенны радиостанций остались у нее под ногами.

Люлька раскачивалась над городом, как маятник. Она скользила вдоль стены здания, уже миновав линию, где кончилась кладка. Вверху не было ничего, кроме стальных конструкций и неба. Она чувствовала, как высота давит на барабанные перепонки. Глаза ей залило солнце. Ветер бил в поднятый подбородок.

Она увидела, что он стоит над ней, на верхней площадке здания Винанда. Он махал ей рукой.

Линия океана пересекла небо. Океан вздымался вверх по мере того, как город уходил вниз. Она миновала шпили банков, дворцы правосудия. Она поднялась выше церковных шпилей.

Перед ней остались лишь океан, небо и Говард Рорк.

Комментарии

Основная цель данного комментария — прояснить и расширить для читателя значение некоторых архитектурных терминов и понятий, которые могут затруднить понимание текста, а также уточнить ряд специфических реалий американской действительности.

Следует учесть, что имена персонажей, топонимы, наименования общественных организаций, фирм, названия сооружений, периодических изданий и т. п., непосредственно связанных с сюжетом, носят в романе Айн Рэнд по большей части вымышленный характер.

Стр. 14. *...с тех пор как поселился в Стентоне...* — Под «известнейшим... Стентонским технологическим институтом» подразумевается, очевидно, Массачусетский технологический институт (Massachusetts Institute of Technology) в Кембридже (штат Массачусетс). Институт основан в 1861 г., новое здание занимает с 1915 г.

Стр. 19. *Парфенон* — мраморный храм богини Афины Парфенос (Афины Девы) на акрополе в Афинах. Прославленный памятник древнегреческой высокой классики (448–438 до н.э.). Сооружен архитекторами Иктином и Калликратом под руководством скульптора Фидия. Разрушен в 1687 г., частично восстановлен.

Стр. 20. *...спроектировать часовню в тюдоровском духе...* Стиль архитектуры тюдор (поздний перпендикулярный стиль) относится ко времени правления английской династии Тюдоров (1485–1603). Отличается плоскими арками, мелкими карнизами и деревянной обшивкой стен.

Стр. 22. *Кампус* — территория университета или колледжа (включая парк).

Стр. 23. *Капители* (лат. capitellum — головка) — головные, венчающие — нередко орнаментированные — части колонны, столба или пилястры, расположенные между стволом опоры и горизонтальным перекрытием (антаблементом).

Триглифы (греч. triglyphos — с тремя нарезками)— прямоугольные каменные плиты с продольными врезами. Чередуясь с метопами (прямоугольными, почти квадратными плитами, часто украшенными скульптурой), составляют *фриз* (см. ниже) дорического ордера.

Стр. 27. *Фриз* (средневек. лат. frisium — кайма, складка) — в архитектурных ордерах средняя горизонтальная часть антаблемента между архитравом и карнизом; в дорическом ордере членится на триглифы и метопы, в ионическом и коринфском иногда заполняется рельефами.

Стр. 28. *...вице-президент Американской гильдии архитекторов... ...председатель Общества архитектурного просвещения США*. — В США существуют Американский институт архитекторов (American Institute of Architects), основан в 1857 г.; Американская академия искусств и точных наук (American Academy of Arts and Sciences), Национальная академия дизайна (National Academy of Design), Общество американских художников (Society of American Artists).

Мавзолей Адриана. — Строительство грандиозного мавзолея римского императора Адриана (76–138, правил с 117 г.) началось еще при его жизни. Круглое здание имело конусообразное завершение и было увенчано статуей Адриана на квадриге. В Средние века было перестроено в крепость и получило название Замка святого ангела.

Стр. 29. *Школа изящных искусств в Париже* (Ecole des Beaux Arts). — Основана в 1785 г. Имеет отделение живописи, скульптуры, архитектуры и графики.

Стр. 30. *Пибоди* — город в штате Массачусетс (ранее — Денвер). Переименован в честь Джорджа Пибоди (1795–1869), торговца и филантропа.

Стр. 42. *...чиппендейлские бюро...* — Чиппендейл — стиль мебели XVIII в., рококо с обилием тонкой резьбы и богатой, нередко вычурной инкрустацией (по имени английского краснодеревщика Томаса Чиппендейла, 1718–1779).

...кресла в стиле эпохи Стюартов... — Стюарты — династия шотландских и английских королей (1603–1714), сменившая на английском престоле династию Тюдоров. Якобитский стиль мебели, получивший распространение при правлении Якова I (1603–1625),

отличается прямыми линиями и богатой резьбой; особенно характерны кресла с высокими спинками и жесткими сиденьями и подлокотниками.

...каминная полка под Людовика Пятнадцатого... — Имеется в виду изощренно-вычурный стиль мебели, внешней и внутренней отделки зданий, господствовавший во Франции в царствование короля Людовика XV (1715–1774).

Реймсский собор — архитектурный памятник зрелой французской готики в городе Реймсе (1211–1311).

Версаль — пригород Парижа, в 1682–1789 гг. — резиденция французских королей. Крупнейший дворцово-парковый ансамбль в стиле французского классицизма XVII–XVIII вв.

Стр. 44. *Картуши* (франц. cartouche от ит. cartoccio — сверток) — украшающая скульптурная композиция в виде щита или стилизованного изображения свитка рукописи, не до конца развернутого, окруженного орнаментом с изображением герба, маски, монограммы и т. п. С XV в. — один из наиболее распространенных декоративных мотивов в европейской архитектуре. Картуши обычно помещались над парадным входом в здание.

Стр. 46. *...над Нижним Манхэттеном...* — Манхэттен (Манхаттан) — центральный административный район Нью-Йорка, расположенный на острове Манхэттен (35 кв. км). Нижний Манхэттен — южная часть острова. Остров Манхэттен, открытый в 1524 г. флорентийским мореплавателем Джованни Верразано, в 1626 г. куплен голландцами у индейцев за товары и безделушки на сумму 24 доллара. Здесь в том же году был основан город, названный первоначально Новый Амстердам. В 1674 г. отошел к англичанам и был переименован ими в Нью-Йорк.

...от «Аквариума» до Манхэттенского моста. — Здание форта Кэстл Клинтон (1807–1811, архитектор Дж. Макомб) никогда не служило военным целям: с 1824 г. — место развлечений и театральных представлений. С 1855 по 1890 г. служило пересыльным пунктом для иммигрантов. В 1896 г. перестроено. С 1902 по 1941 г. в здании, названном «Аквариум», располагалось Нью-Йоркское зоологическое общество. Манхэттенский мост (построен в 1901–1911 гг.) соединяет Манхэттен с другим районом Нью-Йорка — Бруклином.

Фронтон (лат. frons — передняя сторона) — верхняя часть, торец фасадной стены здания, образуемый двумя скатами кровли — обычно в форме треугольника. В классической архитектуре — почти непременное завершение фасадов зданий, портиков, порталов и т. п.

Волюты (ит. voluta — завиток) — архитектурная декоративная деталь в форме спиралевидного завитка с «глазком» в центре.

Стр. 47. *Витрувий (Марк Витрувий Поллион)* — римский зодчий и инженер второй половины I в. до н. э. Трактат Витрувия «Десять книг об архитектуре» — энциклопедический свод технических знаний древности — с XV в. служил важнейшим источником для выработки канонических форм архитектурного ордера.

Микеланджело Буонарроти (1475–1564) — итальянский скульптор, живописец, архитектор и поэт.

Рен, Кристофер, сэр (1632–1723) — английский архитектор, математик и астроном, представитель классицизма. Из возведенных им сооружений наиболее известен собор Св. Павла в Лондоне (1675–1710).

Стр. 54. *...ходить на Бауэри благотворительным супчиком кормиться!* — Бауэри-стрит — улица в Нью-Йорке, на которой расположены дешевые увеселительные заведения, мелкие лавочки и ночлежки.

Стр. 59. *...на Двадцать восьмой западной...* — в Нью-Йорке принята сетчатая схема расположения улиц. Улицы (стрит) начинаются с востока на запад и нумеруются последовательно, проспекты (авеню) — с севера на юг. Некоторые улицы и проспекты имеют названия. Обычно они пересекаются под прямым углом. В Нижнем Манхэттене на восток и запад город делит Пятая авеню.

Гринвич-Виллидж — один из кварталов Нью-Йорка в западной части Манхэттена, ранее населенный по преимуществу писателями, художниками, актерами, представителями богемы. В 1920-е гг. получил славу «американского Монмартра».

Империал — верхняя часть конки, омнибуса и т. п. с местами для пассажиров.

Стр. 82. *Пилястры* (ит. pilastro от лат. pila — столб) — вертикальные плоские выступы прямоугольного сечения на стене или столбе. Пилястра имеет те же части и пропорции, что и колонна (ствол, капитель, база); служит для членения плоскости стены.

...ликторские пучки прутьев... — Ликторы — в Древнем Риме служители, сопровождавшие и охранявшие высших магистратов. Отличительными знаками ликторов были фасции (пучки прутьев) и топорики.

Стр. 83. *Астория* — город в штате Орегон, на побережье Тихого океана.

Стр. 87. *...технические подробности пяти ордеров.* — Трактат представителя позднего Возрождения Джакомо да Виньола (наст. фам. Бароцци; 1507–1573) «Правила пяти ордеров архитектуры», вышедший в Риме в 1562 г., оказал большое влияние на развитие теоретических основ европейской архитектуры и вместе с тем способствовал возникновению формализма и догматизма. Архитектурный ордер (франц. ordre — строй, порядок) — принцип архитектурной композиции со строго выдержанным соотношением определенных элементов и пропорций; система стоечно-балочных конструкций, подчиненная определенным закономерностям формирования, построения пропорций, расположения и чередования отдельных элементов, их структуры и художественной обработки. Обязательные части ордера — несущая опора (колонна) и несомые перекрытия (антаблемент). Классический канон архитектурных ордеров сложился в античном зодчестве (Древняя Греция, V в. до н. э.), основные типы — дорический, ионический, коринфский. В Риме появились новые разновидности — тосканский, композитный.

Стр. 91. *Парк-авеню* — одна из наиболее фешенебельных улиц центральной части Манхэттена.

Метрополитен-опера — ведущий оперный театр в США. Открыт в Нью-Йорке в 1883 г.; помещался в здании, построенном по проекту архитектора Дж. К. Кейди. С 1966 г. находится в новом здании Линкольн-сентер.

Стр. 96. *Вашингтон-сквер* — площадь, расположенная в южной части Манхэттена. На площади установлена арка в честь Джорджа Вашингтона, здесь же находятся корпуса Нью-Йоркского университета.

Стр. 98. *Мадам Помпадур* — Жанна Антуанетта Пуассон, маркиза де Помпадур (1721–1764), фаворитка французского короля Людовика XV, оказывала заметное влияние на государственные дела.

Стр. 104. *Центральный парк* — зеленый массив (840 акров) в центре Манхэттена. Спланирован Ф. Олмстедом и К. Во.

Стр. 107. *Мезон Карре в Ним*е — храм Мезон Карре (Maison Carre) в Ниме (Франция), воздвигнут ок. 20 г. до н. э. Маленький храм коринфского ордера, трактованный как большой. Показательный пример вырождения содержания, подчиняемого традиционной форме.

Стр. 108. *Вместо ионического ордера используйте дорический.* — О классической системе архитектурных ордеров, сложившейся в Древней Греции, см. прим. к стр. 84. Ионический ордер отличается от дорического большей легкостью пропорций и более богатым декором всех частей. Дорический ордер наиболее лаконичен и прост по форме: колонна не имеет базы, ствол прорезан каннелюрами (вертикальными желобками). Широко распространен как важнейший элемент монументальных композиций классической архитектуры.

Стр. 111. *...в костюме Чезаре Борджиа!* — Чезаре Борджиа (Борджа; ок. 1475–1507 гг.), представитель знатного итальянского рода испанского происхождения, сын Родриго Борджиа (впоследствии папы Александра VI). Семейство Борджиа играло значительную роль в политических интригах эпохи. Чезаре Борджиа послужил прототипом идеального правителя в знаменитом произведении Никколо Макиавелли «Государь» (1513, опубл. в 1532 г.).

Стр. 116. *Ист-Ривер* — река, отделяющая районы Нью-Йорка Манхэттен и Бронкс от Бруклина и Квинса.

Стр. 129. *Риверсайд-драйв* — улица близ Риверсайд-парка в Нью-Йорке, расположенного вдоль реки Гудзон.

Стр. 131. *Капитолии* — здания законодательных ассамблей отдельных штатов (по аналогии со зданием конгресса США в Вашингтоне). Название — от одноименного холма в Риме, на котором в древности помещался Капитолийский храм, посвященный Юпитеру, Юноне и Минерве.

Стр. 132. *Палаццо* — итальянский городской дворец-особняк, характерный для эпохи Возрождения, с пышным уличным фасадом и внутренним двором. Основной тип сложился во Флоренции в XV в.

Стр. 134. *«Манхэттен»* — коктейль «манхэттен» представляет собой смесь виски и вермута с добавлением небольшого количества горькой настойки и мараскиновой вишни.

Стр. 148. *Гудзон* — река на востоке США, впадающая в Атлантический океан. В устье ее находится Нью-Йорк.

Стр. 161. *Ист-Сайд* — часть Манхэттена, расположенная к востоку от Центрального парка.

Квартира-пентхаус — роскошный одноквартирный дом на крыше многоэтажного здания, иногда с садиком, бассейном и т. п.; доступна только весьма состоятельным людям.

Стр. 162. *Горгулья* — желоб водосточной трубы в виде открытой пасти фантастического чудовища; мотив, характерный для готической архитектуры.

Стр. 167. *Гелиос* — в греческой мифологии бог Солнца (отождествлялся с Фебом-Аполлоном).

Стр. 186. *Лонг-Айленд* — низменный остров в Атлантическом океане, у берегов США; за исключением западной части, где расположены районы Нью-Йорка Бруклин и Квинс, территория острова занята дачными поселками, парками и пляжами.

Стр. 187. *...характер елизаветинского склада*. — Относящийся ко времени правления английской королевы Елизаветы I Тюдор (1558–1603) — эпохе, когда на историческую сцену выступили незаурядные личности широкого масштаба, разносторонних талантов, нередко наделенные дерзкой предприимчивостью вплоть до авантюризма.

Стр. 258. *Подожди меня в «Плаза»*. — Отель «Плаза» (на западной стороне площади Великой армии, близ Центрального парка в Нью-Йорке) сооружен в 1907 г. архитектором Г. Дж. Харденбергом в стиле французского Ренессанса.

Стр. 261. *Храм Нике Аптерос* — маленький ионийский храм, посвященный богине победы Нике Аптерос (Бескрылой — с тем чтобы она никогда более не покидала афинян), в ансамбле Акрополя в Афинах (архитектор Калликрат, между 449 и 420 гг. до н. э.).

Стр. 276. *Эдисон, Томас Алва* (1847–1931) — американский изобретатель и предприниматель, автор более тысячи изобретений.

Стр. 309. *Поттерсфилд* — кладбище в Нью-Йорке для бездомных, безродных, преступников и бродяг. Происхождение названия, ставшего нарицательным, восходит к Библии. Первосвященники и старейшины купили у горшечника участок земли (отсюда — potter's field) за те самые тридцать сребреников, которые получил Иуда за предательство, «для погребения странников» (Мф. 27:3-10).

Стр. 337. *Вест-Сайд* — часть Манхэттена, расположенная к западу от Центрального парка.

Стр. 344. *Гарвардский университет* — старейший университет в США (Кембридж, штат Массачусетс). Основан в 1636 г. как колледж, с 1639 г. носит имя Дж. Гарварда, завещавшего капитал колледжу. Реорганизован в университет в первой четверти XIX в.

Стр. 345. *«Любящий душу свою погубит ее… сохранит ее в жизнь вечную»*. — Ин. 12:25.

Стр. 361. *…три золоченых шара*. — Три золоченых шара изображались на вывеске лавки ростовщика. Исторически — герб семейства Медичи (ломбардские банкиры были первыми крупными ростовщиками в Европе).

Стр. 411. *…вытащил на суд Фрину…* — Фрина — знаменитая в древности гетера, славившаяся своей красотой. Была оправдана судьями, перед которыми предстала обнаженной.

Стр. 454. *Олбани* — город на северо-востоке США, административный центр штата Нью-Йорк.

Стр. 465. *…на Пятой авеню* — Пятая авеню — одна из самых протяженных и фешенебельных улиц Нью-Йорка. Длина ее — 11 км (от Вашингтон-сквер на юге до реки Гарлем на севере). Делит Манхэттен на две части — восточную и западную. Здесь находится множество дорогих магазинов, роскошных отелей и ресторанов. Считается проявлением духа Нью-Йорка.

Стр. 465. *Спенсер,* Герберт (1820–1903) — английский философ и социолог, один из родоначальников позитивизма. В этике — сторонник утилитаризма. Основоположник «органической школы» в социологии, утверждавшей тождество общества и организма.

Стр. 489. *Уэстчестер* — округ в южной части штата Нью-Йорк.

Стр. 501. *Бали* — самый западный из Малых Зондских островов Малайского архипелага, старинный центр индонезийской культуры и народных искусств («остров тысячи храмов»).

Стр. 507. *Палладио* (наст. фам. ди Пьетро), Андреа (1508–1580), итальянский архитектор, представитель позднего Возрождения.

Стр. 515. *Большой Каньон* — находится в штате Аризона, па плато Колорадо в США. Длина — 320 км, глубина — до 1800 м. Национальный парк.

Стр. 518. *…ты отправишься в Рино*. — Рино — город в штате Невада; известен игорными заведениями. Здесь возможно осуществить развод в течение часа без представления документов.

Стр. 545. *«Если не обратитесь… не войдете в Царство Небесное»*. — Евангелие от Матфея, 18:3.

Стр. 545. *Стилобаты* — в античной архитектуре каменные плиты под колоннами, верхняя часть стереобата (приподнятого основания), трехступенное подножие древнегреческого храма.

Стр. 551. *Гранд-опера* (официальное название — Национальная академия музыки и танца) — государственный оперный театр в Париже. Открыт в 1671 г. Новое здание построено и 1875 г. (архитектор Шарль Гарнье), реконструировано в 1936 г.

Стр. 581. *...музыкой, застывшей в камне* — ставшее широкоупотребительным сравнение архитектуры с застывшей музыкой, неоднократно встречающееся у Гете («Изречения в прозе» и «Беседа с Эккерманом 23 марта 1829»), восходит к изречению древнегреческого поэта Симонида Кеосского (VI–V вв. до н.э.).

Стр. 697. *ХАМЛ* — Христианская ассоциация молодых людей.

Стр. 702. *Мост Куинсборо* — пересекает Ист-Ривер от Манхэттена до Куинса (построен в 1901–1909 гг.).

Бэттери — парк на южной оконечности Манхэттена. Название происходит от батареи форта, построенного в 1693 г. англичанами.

Стр. 730. *Вспомни римского императора... и он мог ее отрубить.* — Римский император Калигула (12–41, правил с 37 г.), по свидетельству Гая Светония Транквилла («Жизнь двенадцати Цезарей»), выражал пожелание, чтобы римский народ обладал единственной головой, которую можно было бы отрубить разом.

Стр. 780. *Бейлиф* — в англоязычных странах — помощник шерифа, полицейское лицо при судебных органах.

С. Сухарев

РЭНД АЙН

ИСТОЧНИК

Главный редактор *С. Турко*
Корректор *Е. Аксёнова*
Компьютерная верстка *М. Поташкин*

Подписано в печать 26.01.2021. Формат 60×90 1/16.
Бумага офсетная № 1. Печать офсетная.
Объем 50 печ. л. Тираж 4500 экз. Заказ № 0515/21.

ООО «Альпина Паблишер»
123060, Москва, а/я 28
Тел. +7 (495) 980-53-54
www.alpina.ru
e-mail: info@alpina.ru

Знак информационной продукции
(Федеральный закон № 436-ФЗ от 29.12.2010 г.) 16+

Отпечатано в соответствии с предоставленными материалами
в ООО «ИПК Парето-Принт»,
РФ, 170546, Тверская область, Промышленная зона Боровлево-1, комплекс № 3А